J. K. ROWLING

Harry Potter

ET L'ORDRE DU PHÉNIX

Traduit de l'anglais
par Jean-François Ménard

GALLIMARD

Pour Neil, Jessica et David
qui ont fait de ma vie un monde magique.

1

DUDLEY DÉTRAQUÉ

La journée la plus chaude de l'été, jusqu'à présent en tout cas, tirait à sa fin et un silence somnolent s'était installé sur les grandes maisons aux angles bien droits de Privet Drive. Immobiles dans les allées, les voitures habituellement étincelantes se couvraient de poussière et les pelouses autrefois vert émeraude n'offraient plus au regard que des étendues jaunâtres d'herbe brûlée. Une sécheresse persistante interdisait en effet l'usage des jets d'eau. Désormais privés du plaisir de laver leurs voitures et de tondre leurs pelouses, les habitants de Privet Drive s'étaient réfugiés à l'ombre fraîche de leurs maisons, les fenêtres grandes ouvertes dans l'espoir d'attirer une brise inexistante. La seule personne encore dehors était un jeune homme étendu de tout son long au milieu d'un massif de fleurs, à la hauteur du numéro 4 de la rue.

Maigre, le cheveu noir, le garçon portait des lunettes et avait l'air hâve et légèrement maladif de quelqu'un qui a beaucoup grandi en peu de temps. Son jean déchiré était sale, son T-shirt informe et délavé et ses semelles bâillaient au bout de ses baskets. La tenue de Harry Potter n'était pas faite pour lui attirer la faveur de voisins convaincus qu'il devrait exister une loi contre les gens débraillés. Mais comme il avait pris la précaution de se cacher derrière un imposant massif d'hortensias, il était pratiquement invisible aux yeux d'éventuels passants. Pour le remarquer, il aurait fallu que l'oncle Vernon et la tante Pétunia passent la tête par la fenêtre du salon et dirigent leur regard droit sur le massif de fleurs.

Harry se félicitait d'avoir eu l'idée de cette cachette. Sans doute n'était-il pas très confortable de rester allongé sur ce sol dur et brûlant mais là, au moins, il n'y avait personne pour lui lancer des regards furieux, ou grincer des dents au point de l'empêcher d'entendre le journal télévisé, ou encore le mitrailler de questions désagréables comme cela se produisait chaque fois qu'il s'asseyait dans le salon en compagnie de sa tante et de son oncle afin de regarder les nouvelles du soir.

Comme si ses pensées s'étaient engouffrées par la fenêtre ouverte, Vernon Dursley, l'oncle de Harry, se mit soudain à parler de lui :

— Content de voir qu'il a renoncé à nous imposer sa présence. D'ailleurs, où est-il ?

— Je ne sais pas, répondit la tante Pétunia d'un air indifférent. Pas dans la maison, en tout cas.

L'oncle Vernon émit un grognement.

— *Regarder les informations...*, dit-il d'un ton acerbe. J'aimerais bien savoir ce qu'il a derrière la tête. Comme si, à son âge, un garçon normal pouvait se soucier de l'actualité. Dudley n'a aucune idée de ce qui se passe dans le monde, je ne suis même pas sûr qu'il connaisse le nom du Premier ministre ! De toute façon, s'il s'imagine qu'on va parler des gens de *son* espèce dans *nos* journaux télévisés...

— Chut, Vernon ! dit la tante Pétunia. La fenêtre est ouverte !

— Ah oui, c'est vrai... Désolé, chérie.

Les Dursley redevinrent silencieux. Harry entendit le jingle d'une publicité pour une marque de céréales tandis qu'il regardait Mrs Figg passer de son petit pas lent. C'était une vieille folle qui adorait les chats et habitait Wisteria Walk, la rue voisine. Les sourcils froncés, elle parlait toute seule. Harry était ravi d'être caché par le massif de fleurs car, depuis quelque temps, Mrs Figg avait la manie de vouloir l'inviter à prendre le thé chaque fois qu'elle le croisait dans la rue. Elle tourna le coin et disparut quelques instants avant que la voix de l'oncle Vernon s'élève à nouveau par la fenêtre ouverte :

– Duddy est allé dîner quelque part ?

– Oui, chez les Polkiss, répondit la tante Pétunia d'un ton affectueux. Il a tellement d'amis, tout le monde veut l'avoir à sa table...

Harry étouffa à grand-peine une exclamation. Les Dursley faisaient preuve d'une étonnante bêtise lorsqu'il s'agissait de leur fils Dudley. Ils avalaient tous ses mensonges, pourtant pas très habiles, sur de prétendues invitations quotidiennes à prendre le thé chez les différents membres de sa bande. Harry savait parfaitement que Dudley n'avait jamais bu la moindre tasse de thé chez qui que ce soit : lui et sa bande passaient leurs soirées à vandaliser le parc, à fumer au coin des rues et à jeter des pierres aux voitures et aux enfants qu'ils rencontraient sur leur chemin. Harry les avait observés lorsque lui-même se promenait le soir dans Little Whinging. Il avait passé la plus grande partie de ses vacances à vagabonder dans les rues en fouillant les poubelles à la recherche de journaux.

Les premières notes de l'indicatif annonçant le journal télévisé parvinrent aux oreilles de Harry et il sentit son estomac se retourner. Ce serait peut-être pour ce soir – après un mois d'attente.

« Un nombre record de vacanciers se retrouvent bloqués dans les aéroports alors que la grève des bagagistes espagnols entre dans sa deuxième semaine... »

– On n'a qu'à leur accorder la sieste à vie, grogna l'oncle Vernon en couvrant la fin de la phrase du présentateur.

Mais c'était sans importance ; dehors, dans le massif de fleurs, l'estomac de Harry se détendit. Si un événement grave s'était produit, il aurait sûrement fait la une du journal. La mort et la destruction avaient quand même plus d'importance que des touristes immobilisés.

Harry laissa échapper un long soupir et regarda le ciel d'un bleu éclatant. Les jours s'étaient succédé, identiques, tout au long de l'été : la tension, l'attente, le soulagement provisoire puis la tension qui montait à nouveau... et toujours cette même question de plus en plus insistante à chaque fois : pourquoi ne s'était-il encore rien passé ?

Harry continua d'écouter, au cas où il y aurait un quelconque indice, dont les Moldus ne comprendraient pas la véritable signification – peut-être une disparition inexpliquée ou un étrange accident... mais la grève des bagagistes laissa place aux dernières nouvelles sur la sécheresse qui sévissait dans le sud-est du pays. (« J'espère que le voisin d'à côté entend ça ! mugit l'oncle Vernon. Lui qui arrose son jardin toutes les nuits à trois heures du matin ! ») Il fut ensuite question d'un hélicoptère qui avait failli s'écraser dans un champ du Surrey, puis du divorce d'une actrice célèbre d'avec son célèbre mari (« Comme si on allait s'intéresser à leurs petites affaires sordides », lança d'un ton méprisant la tante Pétunia qui avait suivi l'histoire avec passion dans tous les magazines sur lesquels elle avait pu mettre sa main décharnée.)

Harry ferma les yeux pour les protéger du ciel qui s'embrasait tandis que le présentateur concluait : « Et pour finir, sachez que Perry la perruche a trouvé un nouveau moyen de se rafraîchir par ces temps de canicule. Perry, qui habite le pub des Cinq Plumes à Barnsley, a appris à faire du ski nautique ! Notre reporter Mary Dorkins a voulu en savoir plus. »

Harry rouvrit les yeux. Si on en était aux perruches adeptes du ski nautique, il n'y aurait plus d'autre nouvelle digne d'intérêt. Il roula précautionneusement sur le ventre et se releva à quatre pattes en se préparant à ramper sous la fenêtre pour quitter sa cachette sans être vu.

Il n'avait parcouru que quelques centimètres lorsque différentes choses se succédèrent très rapidement.

Un craquement sonore brisa comme un coup de feu le silence endormi, un chat surgit de sous une voiture et fila à toute vitesse, puis un hurlement, un juron et un bruit de porcelaine cassée retentirent dans le salon des Dursley. Comme si c'était enfin le signal qu'il attendait, Harry se releva d'un bond et, d'un même mouvement, tira de la ceinture de son jean une fine baguette de bois, tel un escrimeur dégainant son épée. Mais avant qu'il ait pu se redresser de toute sa hauteur, le sommet de son crâne heurta la fenêtre ouverte des Dursley. Le « crac ! » qui en résulta arracha à la tante Pétunia un cri encore plus perçant.

Harry eut l'impression qu'on lui avait fendu la tête. Les larmes aux yeux, il vacilla en essayant de fixer son regard sur l'endroit d'où le craquement était venu mais à peine avait-il retrouvé son équilibre que deux grosses mains violettes jaillirent de la fenêtre ouverte et se refermèrent étroitement autour de son cou.

— *Range-ça-tout-de-suite !* grogna l'oncle Vernon à l'oreille de Harry. *Immédiatement ! Avant-que-quelqu'un-le-voie !*

— Lâche-moi ! dit Harry, le souffle coupé.

Ils luttèrent pendant quelques secondes, Harry s'efforçant d'écarter de sa main gauche les doigts en forme de saucisse de son oncle, sa main droite brandissant sa baguette magique. Puis, tandis qu'un élancement particulièrement douloureux transperçait la tête de Harry, l'oncle Vernon poussa un petit cri et relâcha son étreinte comme sous l'effet d'un choc électrique. Une force invisible semblait avoir traversé le corps de son neveu, l'empêchant de maintenir sa prise.

Le souffle court, Harry tomba en avant sur le massif d'hortensias, se redressa et regarda autour de lui. Rien ne laissait deviner ce qui avait pu provoquer le craquement sonore mais, en tout cas, des visages étaient apparus aux fenêtres des maisons environnantes. Harry se hâta de ranger sa baguette magique dans son jean et fit de son mieux pour prendre un air innocent.

— Belle soirée ! s'écria l'oncle Vernon qui adressa un signe de la main à la dame du numéro 7, de l'autre côté de la rue.

La voisine le regardait d'un air furieux derrière ses rideaux en filet.

—Vous avez entendu cette voiture pétarader il y a un instant ? Je peux vous dire que nous avons fait un bond, Pétunia et moi !

Il continua d'afficher un horrible sourire de dément jusqu'à ce que tous les voisins aient quitté leurs fenêtres puis le sourire se transforma en une grimace de rage lorsqu'il fit signe à Harry d'approcher.

Harry s'avança de quelques pas en prenant soin de s'arrêter à une distance suffisante pour que les mains tendues de l'oncle Vernon ne puissent atteindre à nouveau sa gorge.

— Que *diable* avais-tu en tête quand tu as fait ça ? demanda l'oncle Vernon d'une voix rauque qui tremblait de fureur.

— Quand j'ai fait quoi ? répondit Harry avec froideur.

Il continuait de regarder à gauche et à droite en espérant toujours apercevoir la personne qui avait produit le craquement.

— Ce bruit de pistolet juste devant notre...

— Ce n'était pas moi, répliqua Harry d'un ton ferme.

Le visage maigre et chevalin de la tante Pétunia apparut à côté de la grosse tête cramoisie de l'oncle Vernon. Elle semblait folle de rage.

— Pourquoi te cachais-tu sous notre fenêtre ?

— En effet, tu as raison, Pétunia ! *Qu'est-ce que tu fabriquais sous notre fenêtre, mon garçon ?*

— J'écoutais les informations, répondit Harry d'une voix résignée.

Son oncle et sa tante échangèrent un regard scandalisé.

— Tu écoutais les informations ! *Encore ?*

— Elles changent tous les jours, vous savez ? dit Harry.

— Ne fais pas ton malin avec moi ! J'exige de savoir ce que tu mijotes — et ne me parle plus de ces histoires *d'écouter les informations* ! Tu sais parfaitement que les gens de *ton* espèce...

— Attention, Vernon ! chuchota la tante Pétunia.

L'oncle Vernon baissa tellement la voix que Harry parvint tout juste à l'entendre :

– ... que les gens de *ton* espèce n'apparaissent pas dans *nos* informations !

– C'est toi qui le dis, répliqua Harry.

Les Dursley le regardèrent avec des yeux exorbités.

– Tu es un horrible petit menteur, déclara la tante Pétunia. Qu'est-ce que tous ces...

Elle baissa la voix à son tour et Harry dut lire sur ses lèvres pour comprendre le mot suivant :

– ... *hiboux* viennent faire dans le coin si ce n'est pas pour t'apporter des nouvelles ?

– Ha, ha ! dit l'oncle Vernon dans un murmure triomphant. Je me demande bien comment tu vas t'en sortir, cette fois ! Comme si nous ne savions pas que *vos* nouvelles vous sont transmises par ces oiseaux de malheur !

Harry hésita un instant. Il lui en coûtait de répondre la vérité, bien que sa tante et son oncle n'aient aucune idée du malaise qu'il éprouvait à la dire.

– Les hiboux... ne m'apportent pas de nouvelles, affirma-t-il d'une voix sans timbre.

– Je ne te crois pas, répliqua aussitôt la tante Pétunia.

– Moi non plus, ajouta l'oncle Vernon avec force.

– Nous savons que tu mijotes quelque chose de louche, assura la tante Pétunia.

– Nous ne sommes pas stupides, tu sais ? dit l'oncle Vernon.

– Ça, au moins, c'est une information, répliqua Harry.

Il commençait à s'énerver et, avant que les Dursley aient eu le temps de le rappeler, il avait tourné les talons, traversé la pelouse, enjambé le muret du jardin et remontait à présent la rue à grandes enjambées.

Harry s'était mis dans une situation difficile, il le savait. Tôt ou tard, il devrait affronter sa tante et son oncle et payer le prix de son insolence, mais il ne s'en souciait guère pour le moment. Il avait d'autres préoccupations beaucoup plus urgentes.

Il était persuadé que le craquement avait été provoqué par

un transplanage. C'était exactement le genre de bruit que produisait Dobby, l'elfe de maison, lorsqu'il se volatilisait. Était-il possible que Dobby soit présent dans Privet Drive ? Le suivait-il en ce moment même ? A cette pensée, il fit volte-face et scruta la rue mais elle lui apparut complètement déserte et Harry était sûr que Dobby n'avait pas la faculté de se rendre invisible.

Il poursuivit son chemin sans voir vraiment où il allait. Il avait si souvent arpenté ces mêmes rues les jours précédents que ses pieds le portaient machinalement vers ses endroits préférés. De temps à autre, il jetait des coups d'œil par-dessus son épaule. Une personne douée de pouvoirs magiques avait été présente tout près de lui lorsqu'il était étendu parmi les fleurs moribondes de la tante Pétunia. Il en était certain. Pourquoi cette personne ne lui avait-elle pas parlé, pourquoi n'était-elle pas entrée en contact avec lui d'une manière ou d'une autre, pourquoi se cachait-elle à présent ?

Puis soudain, alors que son sentiment de frustration parvenait à son comble, sa certitude commença à faiblir.

Après tout, peut-être que ce bruit n'avait rien à voir avec la magie. Peut-être était-il si impatient de recevoir le moindre signe du monde auquel il appartenait que des sons parfaitement ordinaires provoquaient en lui des réactions excessives. Pouvait-il être vraiment sûr qu'il ne s'agissait pas d'un bruit causé par un quelconque objet qui se serait cassé dans une maison voisine ?

Harry éprouva une sensation sourde dans son ventre et l'impression de désespoir qui l'avait accablé tout au long de l'été le submergea à nouveau.

Le lendemain matin, son réveil le tirerait du sommeil à cinq heures pour payer le hibou qui lui apporterait *La Gazette du sorcier* – mais valait-il vraiment la peine de continuer à la recevoir ? Ces jours-ci, Harry se contentait de jeter un coup d'œil à la une avant d'abandonner le journal dans un coin. Quand les imbéciles qui dirigeaient le quotidien s'apercevraient enfin que

Voldemort était de retour, la nouvelle ferait les gros titres et c'était la seule chose qui comptait aux yeux de Harry.

Avec un peu de chance, peut-être quelques hiboux lui apporteraient-ils des lettres de ses meilleurs amis, Ron et Hermione, bien qu'il eût depuis longtemps perdu espoir d'apprendre des nouvelles par leur intermédiaire.

« Bien entendu, nous ne pouvons pas dire grand-chose sur tu-sais-quoi… On nous a bien recommandé de ne rien écrire d'important, au cas où nos lettres se perdraient… Nous sommes très occupés mais je ne peux te donner aucun détail pour l'instant… Il se passe beaucoup de choses et nous te raconterons tout dès que nous te verrons… »

Mais quand donc le verraient-ils ? Personne ne semblait se préoccuper de fixer une date. Dans la carte qu'elle lui avait envoyée pour son anniversaire, Hermione écrivait : « Je pense que nous serons très bientôt réunis. » Mais que fallait-il entendre par « bientôt » ? Autant qu'il pouvait le deviner à partir des vagues indices que contenaient leurs lettres, Ron et Hermione se trouvaient au même endroit, probablement chez les parents de Ron. Harry avait beaucoup de mal à supporter l'idée que tous deux s'amusaient au Terrier pendant que lui-même restait coincé dans Privet Drive. En réalité, il était si furieux contre eux qu'il avait jeté sans les ouvrir les deux boîtes de chocolats de chez Honeydukes qu'ils lui avaient envoyées pour son anniversaire. Un geste qu'il eut tôt fait de regretter en voyant la salade fanée que la tante Pétunia lui avait servie ce soir-là en guise de dîner.

Et pourquoi donc Ron et Hermione étaient-ils si occupés ? Pourquoi n'était-il pas occupé, lui aussi ? N'avait-il pas apporté la preuve qu'il était capable d'accomplir beaucoup plus de choses qu'eux ? Oubliaient-ils tout ce qu'il avait fait ? N'était-ce pas *lui* qui avait atterri dans le cimetière et assisté au meurtre de Cedric ? N'était-ce pas *lui* qui s'était retrouvé attaché à une pierre tombale et avait failli être tué à son tour ?

« Ne pense pas à tout ça », se répéta Harry d'un air sombre pour la centième fois depuis le début de l'été. Il était déjà suffisamment douloureux de revoir sans cesse ce cimetière dans ses cauchemars, inutile d'y revenir également lorsqu'il était éveillé.

Un peu plus loin, il tourna dans Magnolia Crescent. Parvenu à la moitié de la rue, il passa devant l'étroite allée où son parrain lui était apparu pour la première fois. Sirius, lui, semblait comprendre ce que Harry ressentait. Certes, ses lettres étaient tout aussi dépourvues de nouvelles importantes que celles de Ron et d'Hermione mais, au lieu de vagues allusions tout juste bonnes à exciter sa curiosité, elles contenaient au moins des mises en garde ou des mots de consolation : « Je sais à quel point tu dois te sentir frustré... Ne fourre pas ton nez là où tu ne dois pas et tout ira bien... Sois prudent, ne fais rien d'irréfléchi... »

Harry traversa Magnolia Crescent, tourna dans Magnolia Road et se dirigea vers le parc assombri par le crépuscule. Il avait suivi les conseils de Sirius, pensa-t-il – dans l'ensemble, en tout cas. Au moins avait-il résisté à la tentation d'accrocher sa grosse valise à son balai et de s'envoler tout seul en direction du Terrier des Weasley. En fait, Harry trouvait sa conduite irréprochable, compte tenu de l'exaspération et de la colère qu'il éprouvait à rester coincé si longtemps dans Privet Drive, où il était réduit à se cacher dans des massifs de fleurs en espérant entendre une nouvelle qui trahisse les activités de Lord Voldemort. Il n'en était pas moins irritant de se voir conseiller la prudence par un homme qui avait passé douze ans à Azkaban, la prison des sorciers, s'en était échappé, avait tenté de commettre le meurtre pour lequel on l'avait condamné à l'origine et s'était enfui sur le dos d'un hippogriffe volé.

Harry sauta par-dessus la grille verrouillée du parc et traversa la pelouse desséchée. L'endroit était aussi désert que les rues environnantes. Lorsqu'il arriva devant les balançoires, il se laissa tomber sur la seule que Dudley et ses amis n'avaient pas réussi à casser, passa un bras autour de la chaîne et contempla le sol d'un air maussade. Il ne pourrait plus se cacher dans le massif de fleurs des Dursley. Demain, il faudrait songer à un nouveau moyen d'écouter les informations. Entre-temps, il n'avait d'autre perspective qu'une nouvelle nuit tout aussi agitée que les précédentes ; car même lorsqu'il échappait aux cauchemars dans lesquels il revoyait Cedric, il faisait des rêves inquiétants où se succédaient de longs couloirs sombres qui se terminaient tous par des culs-de-sac ou des portes fermées à clé. Sans doute étaient-ils liés à ce sentiment d'être pris au piège qu'il éprouvait lorsqu'il était éveillé. Souvent, la cicatrice de son front le picotait désagréablement mais il savait bien que Ron, Hermione ou Sirius n'y accorderaient pas la moindre importance. Dans le passé, la douleur de sa cicatrice l'avertissait que Voldemort reprenait des forces, mais à présent que Voldemort était bel et bien de retour, ses amis lui auraient sans doute répondu qu'il devait s'attendre à ressentir plus régulièrement cette irritation... Pas de quoi s'inquiéter... Rien de nouveau...

Son sentiment d'injustice grandit tellement en lui qu'il eut envie de pousser des hurlements de fureur. S'il n'avait pas été là, personne n'aurait même jamais su que Voldemort était revenu ! Et, en guise de récompense, on l'obligeait à s'enterrer à Little Whinging pendant quatre longues semaines, complètement coupé du monde de la magie, condamné à se tapir dans des massifs de bégonias agonisants pour entendre parler de perruches qui font du ski nautique ! Comment Dumbledore avait-il pu l'oublier aussi facilement ? Pourquoi Ron et Hermione s'étaient-ils retrouvés sans lui demander de les rejoindre ? Combien de temps encore devrait-il supporter que Sirius lui répète de se tenir tranquille et d'être un gentil garçon bien sage ? Combien de temps devrait-il résister à la tentation d'écrire à la stupide *Gazette du sorcier* pour leur faire remarquer que Voldemort était de retour ? Ces pensées tournoyaient furieusement dans sa tête et la colère lui tordait les entrailles tandis qu'une nuit chaude, veloutée, tombait autour de lui, dans un parfum d'herbe sèche et tiède. Le parc était silencieux. On n'entendait que le grondement lointain de la circulation sur l'avenue qui longeait les grilles.

Harry ignorait combien de temps il était resté assis sur la balançoire avant que des éclats de voix interrompent ses songeries. Il releva la tête. Les réverbères des rues alentour projetaient une lueur brumeuse suffisante pour distinguer un groupe de jeunes gens qui s'avançaient dans le parc. L'un d'eux chantait bruyamment une chanson grossière. Les autres éclataient de rire. Des vélos de course haut de gamme, poussés par leurs propriétaires, produisaient un cliquetis discret.

Harry savait de qui il s'agissait. La silhouette qui marchait en tête était sans nul doute possible celle de son cousin, Dudley Dursley, qui rentrait chez lui, accompagné par sa bande de fidèles.

Dudley était aussi volumineux qu'à l'ordinaire, mais une année de régime sévère et la découverte d'un nouveau talent avaient entraîné un changement sensible dans son apparence physique. Ainsi que l'oncle Vernon le répétait avec ravissement à qui voulait l'entendre, Dudley était devenu récemment le champion de boxe junior intercollèges du Sud-Est, catégorie poids lourds. « Le noble art », comme disait l'oncle Vernon, avait rendu Dudley encore plus redoutable qu'au temps de l'école primaire, lorsque Harry lui avait tenu lieu de premier punching-ball. Harry n'avait plus du tout peur de son cousin, mais le fait que Dudley ait appris à porter ses coups avec plus de force et de précision ne constituait pas pour autant un motif de réjouissance. Les enfants du voisinage étaient terrifiés en le voyant – plus terrifiés encore que par « ce jeune Potter » dont on leur avait dit qu'il était un voyou endurci, inscrit au Centre d'éducation des jeunes délinquants récidivistes de St Brutus.

Harry regarda les silhouettes sombres traverser la pelouse et se demanda qui ils avaient roué de coups ce soir-là. « Regardez un peu par ici, pensa-t-il en les observant. Allez… Regardez… je suis assis tout seul… Venez donc tenter votre chance… »

Si les amis de Dudley le voyaient assis là, ils lui fonceraient droit dessus, et que ferait Dudley, dans ce cas ? Il ne voudrait pas perdre la face devant sa bande mais il aurait une peur bleue de provoquer Harry... Il serait très amusant d'assister au dilemme de Dudley, de le tourner en ridicule, de voir son impuissance à réagir... Et, si l'un des autres essayait de frapper Harry, il était prêt – il avait emporté sa baguette magique. Qu'ils essaient... Il aurait grand plaisir à se défouler sur la bande qui avait fait autrefois de sa vie un enfer.

Mais ils ne se tournèrent pas vers lui et ne le virent pas. Ils avaient presque atteint les grilles, à présent, et Harry se retint à grand-peine de les appeler... Chercher la bagarre ne serait pas très intelligent... Il n'avait pas le droit de faire usage de magie... Il risquerait à nouveau l'expulsion.

Les voix de Dudley et de ses amis s'évanouirent ; ils avaient pris la direction de Magnolia Road et ils étaient maintenant hors de vue.

« Et voilà, Sirius, pensa tristement Harry, rien d'irréfléchi. Je n'ai pas fourré mon nez là où je ne devais pas. Exactement le contraire de ce que toi, tu as toujours fait. »

Il se leva et s'étira. Pour la tante Pétunia et l'oncle Vernon, l'heure à laquelle rentrait Dudley semblait toujours la bonne. Passé cette heure-là, en revanche, il était beaucoup trop tard. Son oncle avait menacé d'enfermer Harry dans la remise si jamais il rentrait encore une fois après Dudley. Aussi, étouffant un bâillement et la mine toujours renfrognée, Harry se dirigea vers la grille du parc.

Magnolia Road, tout comme Privet Drive, était envahie de grandes maisons carrées aux pelouses parfaitement entretenues et dont les propriétaires, eux-mêmes grands et carrés, roulaient dans des voitures étincelantes semblables à celle de l'oncle Vernon. Harry aimait mieux Little Whinging la nuit, lorsque les fenêtres masquées de rideaux formaient des taches de couleur qui brillaient comme des joyaux dans l'obscurité. A ces heures-là, il ne courait plus aucun danger d'entendre à son passage des marmonnements désapprobateurs sur son allure de délinquant. Il marcha rapidement et aperçut à nouveau la bande de Dudley en arrivant vers le milieu de Magnolia Road. Ils étaient en train de se dire au revoir à l'entrée de Magnolia Crescent. Harry se glissa à l'ombre d'un grand lilas et attendit.

— ... hurlait comme un cochon, disait Malcolm sous les rires gras de ses amis.

— Joli crochet du droit, Big D, déclara Piers.

— Même heure demain ? proposa Dudley.

— Vous venez chez moi, mes parents ne seront pas là, annonça Gordon.

— A demain, alors, dit Dudley.

— Salut, Dud !

— A bientôt, Big D !

Harry attendit que la bande soit partie avant de se remettre en chemin. Lorsque leurs voix se furent à nouveau évanouies, il tourna le coin de la rue et s'engagea dans Magnolia Crescent. Marchant à grands pas, il rattrapa Dudley qui avançait nonchalamment en fredonnant des notes sans suite.

— Hé, Big D !

Dudley se retourna.

— Ah, grogna-t-il, c'est toi.

— Depuis quand tu te fais appeler Big D ? demanda Harry.

— Ferme-la, grogna Dudley.

— C'est cool, comme nom, dit Harry avec un sourire.

Il s'avança à la hauteur de son cousin et régla son pas sur le sien.

— Mais pour moi, tu seras toujours le « Duddlynouchet adoré ».

— Je t'ai dit de LA FERMER ! répliqua Dudley dont les mains de la taille d'un jambon se serrèrent en deux poings massifs.

— Tes copains savent que ta mère t'appelle Duddlynouchet ?

— Tu la fermes, oui ?

— A *elle*, tu ne lui dis pas de la fermer. Et « Popkin » ou « Duddy chéri », tu veux bien que je t'appelle comme ça aussi ?

Dudley ne répondit rien. L'effort qu'il devait faire pour se retenir de frapper Harry exigeait tout son sang-froid.

— Alors, à qui as-tu cassé la figure, ce soir ? demanda Harry dont le sourire s'effaça. Encore un môme de dix ans ? Je sais que tu t'en es pris à Mark Evans il y a deux jours...

— Il l'avait cherché, gronda Dudley.

— Ah bon ?

— Il a été insolent.

— Vraiment ? Il a dit que tu avais l'air d'un cochon à qui on aurait appris à marcher sur deux pattes ? Mais ça, ce n'est pas de l'insolence, Dud, c'est la vérité.

Un muscle frémissait sur la mâchoire de Dudley. Harry éprouvait une intense satisfaction à provoquer en lui une telle fureur. Il avait l'impression de transférer son propre sentiment de frustration directement à son cousin, le seul exutoire dont il disposait.

Ils tournèrent à droite, dans l'étroite allée où Harry avait vu Sirius pour la première fois, et qui offrait un raccourci entre Magnolia Crescent et Wisteria Walk. L'allée déserte, dépourvue de réverbères, était beaucoup plus sombre que les deux rues qu'elle reliait. Le bruit de leurs pas était étouffé par le mur d'un garage d'un côté et une haute clôture de l'autre.

— Tu te prends pour quelqu'un quand tu as ce machin-là sur toi, pas vrai ? dit Dudley quelques instants plus tard.

— Quel machin ?

— Cette chose que tu caches.

Harry sourit à nouveau.

— Tu n'es pas aussi bête que tu en as l'air, Dud. La preuve, c'est que tu arrives à marcher et à parler en même temps.

Harry sortit sa baguette magique et vit son cousin y jeter un regard en biais.

— Tu n'as pas le droit, dit aussitôt Dudley. Je sais que tu n'as pas le droit de t'en servir. Tu serais expulsé de ton école de cinglés.

— Peut-être qu'ils ont changé le règlement ? Qu'est-ce que tu en sais, Big D ?

— Ils n'ont rien changé du tout, assura Dudley qui ne semblait pas tout à fait convaincu.

Harry eut un rire silencieux.

— Tu n'aurais jamais le courage de te battre avec moi sans ce truc-là, grogna Dudley.

— Alors que toi, il te faut quatre copains derrière pour taper sur un môme de dix ans. Ce fameux titre de champion de boxe dont tu te vantes tout le temps, il avait quel âge, ton adversaire quand tu l'as eu ? Sept ans ? Huit ans ?

— Il avait seize ans, si tu veux savoir, gronda Dudley, et quand j'en ai eu fini avec lui, il est resté K.O. vingt minutes. Pourtant, il était deux fois plus lourd que toi. Tu vas voir quand je vais dire à mon père que tu as sorti ce truc-là...

— On va vite se réfugier chez son papa ? Le petit championnet de bo-boxe a peur de la baguette du méchant Harry ?

— Tu ne fais pas autant le fier la nuit, lança Dudley d'un ton railleur.

— Mais la nuit, on y *est* déjà, Duddlynouchet. C'est comme ça que ça s'appelle quand il fait tout noir.

— Je veux dire quand tu es dans ton lit ! répliqua Dudley.

Il avait cessé de marcher. Harry s'arrêta à son tour et observa son cousin. Même s'il ne pouvait pas voir grand-chose dans cette obscurité, il lui semblait que le visage épais de Dudley avait pris une expression étrangement triomphante.

— Qu'est-ce que tu veux dire par là ? Je ne fais pas le fier quand je suis dans mon lit ? s'étonna Harry, déconcerté. De quoi j'ai peur, d'après toi ? Des oreillers ?

— Je t'ai entendu la nuit dernière, répondit Dudley, la voix haletante. Tu parlais dans ton sommeil. Et tu *pleurnichais*.

— Qu'est-ce que tu veux dire ? répéta Harry.

Mais il sentit son estomac se nouer. La nuit précédente, il avait revu le cimetière dans ses cauchemars.

Dudley éclata d'un rire rauque comme un aboiement puis il se mit à gémir d'une petite voix aiguë :

– Ne tuez pas Cedric ! Ne tuez pas Cedric ! C'est qui, Cedric ? Ton petit ami ?

– Je... Tu mens, répondit machinalement Harry.

Sa bouche était devenue sèche. Il se rendait compte que Dudley ne mentait pas. Sinon, comment aurait-il pu savoir quoi que ce soit de Cedric ?

– Papa ! Au secours, papa ! Il va me tuer, papa ! Bou hou !

– Tais-toi, dit Harry à voix basse. Tais-toi, Dudley, je t'aurai prévenu !

– Papa, viens à mon secours ! Maman, à l'aide ! Il a tué Cedric ! Papa, au secours ! Il va... *Ne pointe pas cette chose sur moi !*

Dudley recula contre le mur de l'allée. Harry avait dirigé sa baguette droit sur son cœur. Il sentait quatorze ans de haine pour Dudley palpiter dans ses veines... Que n'aurait-il pas donné pour le foudroyer à l'instant même, pour lui jeter un sort si violent qu'il serait frappé de mutisme, que des antennes lui pousseraient sur la tête et qu'il devrait rentrer à la maison en rampant comme un insecte...

– Ne parle plus jamais de ça, dit Harry dans un grondement. Tu as compris ?

– Pointe ce truc-là ailleurs !

– J'ai dit : « Tu as compris ? »

– Pointe ça ailleurs !

– TU AS COMPRIS ?

– POINTE CE TRUC-LÀ AILLEURS QUE SUR...

Dudley laissa échapper une exclamation étrange, semblable à un frisson, comme si on l'avait brusquement plongé dans une eau glacée.

Quelque chose venait de bouleverser la nuit tout entière. Le ciel indigo parsemé d'étoiles était soudain devenu d'un noir d'encre, sans la moindre lueur – les étoiles, la lune, les réverbères entourés d'un halo brumeux à chaque extrémité de l'allée, tout avait disparu. Le grondement lointain de la circulation, le murmure des feuillages s'étaient tus. L'atmosphère douce et parfumée avait laissé place à un froid mordant, pénétrant. Ils étaient entourés à présent d'une obscurité totale, impénétrable, silencieuse, comme si une main géante avait laissé tomber sur toute l'allée un épais manteau de glace qui les aurait aveuglés.

Pendant une fraction de seconde, Harry pensa qu'il avait jeté un sort sans le vouloir, malgré tous ses efforts pour se contrôler – puis sa raison l'emporta sur ses impressions : il n'avait pas le pouvoir d'éteindre les étoiles. Il tourna la tête de chaque côté pour essayer d'apercevoir quelque chose mais les ténèbres lui couvraient les yeux comme un voile immatériel.

La voix terrifiée de Dudley retentit aux oreilles de Harry :

– Que... Qu'est-ce qu-que t-tu f-fais ? Ar-arrête !

– Je ne fais rien du tout ! Tais-toi et ne bouge pas !

– Je... J-je n'y v-vois p-plus ! Je s-suis aveugle ! Je...

– Je t'ai dit de te taire !

Harry restait parfaitement immobile, tournant ses yeux aveugles à droite et à gauche. Le froid était si intense qu'il tremblait de tous ses membres. Il avait la chair de poule et ses cheveux s'étaient hérissés sur sa nuque. Il écarquilla les yeux au maximum et scruta l'obscurité sans rien voir.

C'était impossible... Ils ne pouvaient pas être là... Pas à Little Whinging... Il tendit l'oreille... Il les entendrait avant de les voir...

– Je l-le d-dirai à papa ! gémit Dudley. Où... où es-tu ? Qu'est-ce que tu f-f-f... ?

– Tu vas te taire, oui ? J'essaye d'écou...

Harry s'interrompit. Il venait d'entendre ce qu'il avait redouté.

Quelque chose d'autre était présent dans l'allée, quelque chose qui poussait de longs soupirs rauques comme des râles. Debout dans le froid glacial, tremblant des pieds à la tête, Harry éprouva une horrible sensation de terreur.

– Ar-arrête ! Je vais t-te casser la f-figure. Je te le j-jure !

– Dudley, tais...

BANG !

Un poing entra en contact avec la tempe de Harry. Le choc le souleva de terre et de petites lumières blanches dansèrent devant ses yeux. Pour la deuxième fois en une heure, il eut l'impression qu'on lui avait fendu le crâne. Une fraction de seconde plus tard, il retomba brutalement en laissant échapper sa baguette magique.

– Dudley, espèce de crétin ! s'écria-t-il.

La douleur lui avait fait venir les larmes aux yeux. A quatre pattes dans l'obscurité, il tâtonnait frénétiquement le sol à la recherche de sa baguette. Il entendit Dudley qui tentait de s'enfuir à l'aveuglette, trébuchant à chaque pas, se cognant contre la clôture.

– DUDLEY, REVIENS ! TU VAS DROIT DESSUS !

Un effroyable hurlement retentit et les bruits de pas de son cousin s'arrêtèrent net. Au même moment, Harry sentit s'insinuer derrière lui une onde glacée qui ne pouvait signifier qu'une seule chose. Il y en avait plus d'un.

– DUDLEY, FERME-LA ! QUOI QUE TU FASSES, NE DIS RIEN ! Baguette ! murmura fébrilement Harry, ses mains effleurant le sol comme des araignées. Où est... baguette... viens... *lumos !*

Dans sa quête désespérée d'un peu de lumière, il avait prononcé la formule machinalement. Avec un soulagement mêlé d'incrédulité, il vit une lueur jaillir à quelques centimètres de sa main : l'extrémité de la baguette magique s'était allumée. Harry l'attrapa, se releva précipitamment et fit volte-face.

Son estomac se révulsa.

Une haute silhouette encapuchonnée glissait doucement vers lui, comme suspendue au-dessus du sol, sans qu'on puisse voir ni pieds ni visage sous sa longue robe. A mesure qu'elle avançait, la créature semblait aspirer la nuit.

Reculant d'un pas incertain, Harry leva sa baguette.

– *Spero patronum !*

Un filet de vapeur argentée jaillit à l'extrémité de la baguette magique. Le Détraqueur ralentit mais le sortilège ne fonctionna pas. S'emmêlant les pieds, Harry recula encore tandis que la créature continuait d'avancer vers lui. La panique embrumait son cerveau... « Concentre-toi... »

Deux mains grisâtres, visqueuses, couvertes de croûtes, glissèrent entre les plis de la robe et se tendirent vers Harry. Un crépitement semblable à une chute d'eau retentit à ses oreilles.

– *Spero patronum !*

Sa propre voix lui parut faible et lointaine. Un nouveau filet de fumée argentée, plus mince que le précédent, s'échappa de la baguette. Harry n'y arrivait plus, il ne parvenait plus à jeter le sortilège.

Un rire s'éleva dans sa tête, un rire perçant, suraigu... Il sentait le souffle froid et putride de la mort lui emplir les poumons, le noyer... « Pense... pense à quelque chose d'heureux... »

Mais il n'y avait plus aucun bonheur en lui... Les doigts glacés du Détraqueur se refermaient sur sa gorge – le rire aigu devenait de plus en plus sonore et une voix dans sa tête lui disait : « Incline-toi devant la mort, Harry... peut-être même que tu ne souffriras pas... Je n'en sais rien... Je ne suis jamais mort... »

Jamais plus il ne reverrait Ron et Hermione...

Leurs visages surgirent alors dans son esprit tandis qu'il s'efforçait de reprendre son souffle.

– *SPERO PATRONUM !*

Cette fois, un immense cerf argenté jaillit de la baguette magique ; la ramure de l'animal frappa le Détraqueur là où son cœur aurait dû être et la créature fut aussitôt rejetée en arrière, aussi dénuée de pesanteur que l'obscurité elle-même. Tandis que le cerf chargeait, le Détraqueur s'envola, semblable à une chauve-souris. Il était vaincu.

– PAR ICI ! cria Harry à l'adresse du cerf.

Il fit demi-tour et se rua le long de l'allée en brandissant sa baguette lumineuse.

– DUDLEY ? DUDLEY !

Il n'eut pas à faire plus d'une douzaine de pas pour les trouver : Dudley recroquevillé par terre se protégeait la tête de ses bras. Un deuxième Détraqueur accroupi tout près de lui avait saisi ses poignets dans ses mains visqueuses et les écartait lentement, presque avec amour, en penchant sa tête encapuchonnée sur le visage de Dudley comme s'il voulait l'embrasser.

– ATTAQUE-LE ! hurla Harry.

Il y eut un bruissement précipité, un martèlement de sabots, et le cerf qu'il avait fait apparaître passa devant lui au galop. Le visage sans yeux du Détraqueur n'était plus qu'à deux centimètres de Dudley lorsque la ramure d'argent le frappa de plein fouet ; la créature fut projetée dans les airs et, tout comme son compagnon, s'envola dans la nuit avant d'être absorbée par les ténèbres. Le cerf poursuivit sa course jusqu'au bout de l'allée puis se volatilisa dans une brume argentée.

La lune, les étoiles et les réverbères se rallumèrent aussitôt. Une brise tiède balaya l'allée. Les feuillages se remirent à murmurer dans les jardins avoisinants et le ronronnement familier des voitures s'éleva à nouveau de Magnolia Crescent. Harry demeura immobile, tous ses sens en éveil, prenant pleinement conscience de ce brusque retour à la normalité. Quelques instants plus tard, il se rendit compte que son T-shirt lui collait à la peau. Il ruisselait de sueur.

Harry n'arrivait pas à croire ce qui venait de se passer. Des Détraqueurs *ici*, à Little Whinging.

Dudley était toujours recroquevillé par terre, tremblant et gémissant. Harry se pencha pour voir s'il était en état de se relever mais, au même moment, il entendit quelqu'un approcher derrière lui au pas de course. Instinctivement, il brandit à nouveau sa baguette en pivotant sur ses talons pour faire face au nouvel arrivant.

Mrs Figg, leur vieille folle de voisine, apparut devant lui tout essoufflée. Des mèches grises s'échappaient de son filet à cheveux, un autre filet, à provisions celui-là, pendait de son poignet en produisant un bruit de ferraille et ses pieds sortaient à moitié de ses pantoufles écossaises. Harry esquissa un geste pour cacher sa baguette magique, mais...

— Ne la range surtout pas, espèce d'idiot ! s'écria Mrs Figg d'une voix perçante. S'il y en avait d'autres ? Oh, ce Mondingus Fletcher, je vais le *tuer* !

2
CRISES DE BEC

Quoi ? demanda Harry sans comprendre.

— Il est parti ! s'exclama Mrs Figg en se tordant les mains. Parti voir quelqu'un à propos d'un lot de chaudrons d'origine douteuse ! Je lui ai dit que je l'écorcherais vif si jamais il s'en allait et maintenant, voilà ce qui arrive ! Des Détraqueurs ! Encore heureux que j'aie mis le sieur Pompon sur l'affaire ! Mais ne traînons pas ici ! Dépêche-toi, il faut te ramener là-bas ! Cette histoire n'a pas fini de nous causer des ennuis ! Je vais le *tuer* !

— Mais...

La révélation que cette vieille folle obsédée par ses chats connaissait l'existence des Détraqueurs constituait un choc presque aussi important que celui provoqué par l'apparition des deux créatures dans l'allée.

— Vous... vous êtes une sorcière ?

— Je suis une Cracmol et Mondingus le sait très bien. Comment voulait-il que je t'aide à affronter des Détraqueurs ? Il t'a laissé sans aucune protection alors que je l'avais *averti*...

— Ce Mondingus me suivait ? Mais alors... C'était *lui* ? Il était devant chez moi et il est parti en transplanant !

— Oui, c'est ça. Heureusement j'avais mis mon chat Pompon en faction sous une voiture, au cas où, et Pompon est venu me prévenir. Mais au moment où je suis arrivée chez toi, tu étais déjà parti et maintenant... Oh, que va dire Dumbledore ? Toi !

cria-t-elle à Dudley, toujours étendu par terre, dépêche-toi d'enlever tes grosses fesses de là !

— Vous connaissez Dumbledore ? s'étonna Harry en la regardant avec des yeux ronds.

— Bien sûr que je connais Dumbledore. Qui ne le connaît pas ? Mais *dépêchons*. Je ne serai d'aucune utilité s'ils reviennent, je n'ai même jamais réussi à métamorphoser un sachet de thé.

Elle se pencha, saisit un des gros bras de Dudley dans sa main ratatinée et tira.

— Lève-toi, espèce de gros tas de mou, *lève-toi* !

Mais Dudley ne pouvait ou ne voulait pas bouger. Il restait allongé par terre, tremblant comme une feuille, le teint d'un gris de cendre, les lèvres étroitement serrées.

— Je m'en occupe, dit Harry.

Il prit le bras de son cousin et le souleva. Avec un effort colossal, il parvint à le hisser sur ses pieds. Dudley semblait sur le point de s'évanouir. Ses petits yeux roulaient dans leurs orbites et des gouttes de sueur perlaient sur son visage ; lorsque Harry le lâcha, il se mit à vaciller dangereusement.

— Allez, vite ! s'écria Mrs Figg d'une voix hystérique.

Harry passa un des énormes bras de Dudley autour de ses épaules et le traîna en direction de la rue, ployant légèrement sous son poids. Mrs Figg, qui marchait devant eux d'un pas chancelant, alla jeter un regard anxieux au bout de l'allée.

— Garde ta baguette à la main, dit-elle à Harry tandis qu'ils s'engageaient dans Wisteria Walk. Inutile de nous soucier du Code du secret à présent, de toute façon, tout cela nous coûtera très cher, alors autant aller jusqu'au bout. Comme dit le proverbe : *Quitte à être pendu, mieux vaut que ce soit pour avoir volé un dragon plutôt qu'un mouton.* Sans parler de la Restriction de l'usage de la magie chez les sorciers de premier cycle... c'était précisément ce que Dumbledore craignait le plus... Qu'est-ce que je vois, là-bas ? Ah, c'est simplement Mr Prentice... Ne range pas ta baguette, mon garçon, je te répète que je ne pourrais t'être d'aucune utilité.

Il n'était pas facile de brandir une baguette magique d'une main ferme tout en soutenant Dudley. Exaspéré, Harry donna à son cousin un coup de coude dans les côtes mais il semblait avoir perdu toute faculté de mouvement et restait avachi sur l'épaule de Harry, ses grands pieds traînant par terre.

— Pourquoi ne m'avez-vous jamais dit que vous étiez une Cracmol, Mrs Figg ? demanda Harry, essoufflé par ses efforts. Toutes les fois où je suis venu chez vous, pourquoi ne pas m'en avoir parlé ?

— C'était par ordre de Dumbledore. Je devais garder un œil sur toi mais ne rien te révéler. Tu étais trop jeune. Je suis désolée d'avoir dû te faire passer des moments aussi pénibles, Harry, mais les Dursley ne t'auraient jamais laissé venir chez moi s'ils avaient pensé que tu t'y plaisais. Ce n'était pas facile, tu sais... mais, oh, ma parole, dit-elle d'un ton tragique en se tordant à nouveau les mains, quand Dumbledore saura ça... Comment Mondingus a-t-il pu partir alors qu'il était de garde jusqu'à minuit... ? *Où est-il ?* Comment vais-je annoncer à Dumbledore ce qui s'est passé ? Je ne sais pas transplaner.

— J'ai une chouette, je peux vous la prêter, dit Harry d'une voix gémissante en se demandant si son épine dorsale n'allait pas se briser sous le poids de Dudley.

— Harry, tu ne comprends pas ! Dumbledore va devoir agir au plus vite, le ministère a ses propres moyens de détecter l'usage de la magie par un sorcier de premier cycle, ils sont déjà au courant, tu peux en être sûr.

— Mais comment pouvais-je me débarrasser des Détraqueurs sans magie ? Ils se demanderont plutôt ce que des Détraqueurs venaient faire du côté de Wisteria Walk, non ?

— Oh, mon cher Harry, comme je voudrais qu'il en soit ainsi mais j'ai bien peur que... MONDINGUS FLETCHER, JE VAIS TE TUER !

Il y eut un « crac ! » sonore et une forte odeur d'alcool mêlée de vieux tabac se répandit dans l'atmosphère tandis qu'un homme râblé, mal rasé et vêtu d'un pardessus en lambeaux, se matérialisait devant leur nez. Il avait des jambes courtes et arquées, une longue tignasse rousse et des yeux injectés de sang, soulignés de grands cernes qui lui donnaient le regard mélancolique d'un basset. Serrée dans sa main, il tenait une boule de tissu argenté que Harry reconnut aussitôt : c'était une cape d'invisibilité.

— C'qui s'passe, Figgy ? dit l'homme en regardant successivement Mrs Figg, Harry et Dudley. On peut savoir pourquoi tu sors de la clandestinité ?

— Je t'en ficherais, moi, de la *clandestinité* ! s'écria Mrs Figg. Des Détraqueurs, voilà c'qui s'passe, espèce de tire-au-flanc ! Voleur ! Bon à rien ! Aigrefin !

— Des Détraqueurs ? répéta Mondingus, effaré. Des Détraqueurs, ici ?

— Oui, espèce de gros tas de fientes de chauve-souris, ici ! hurla Mrs Figg d'une voix perçante. Des Détraqueurs qui ont attaqué ce pauvre garçon alors que tu étais de garde !

— Nom de nom ! Ça alors ! dit Mondingus d'une voix faible en regardant alternativement Harry et Mrs Figg. Nom de nom, je…

— Et toi, pendant ce temps-là, tu étais parti t'acheter des chaudrons volés ! Je t'avais bien dit de ne pas t'éloigner ! Je te l'ai dit, pas vrai ?

— Je… enfin… j'ai…

Mondingus paraissait très mal à l'aise.

— C'était une excellente affaire, tu comprends…

Mrs Figg leva son filet à provisions et en frappa Mondingus au visage et au cou. À en juger par le bruit métallique qu'il produisait, le filet devait être rempli de boîtes de nourriture pour chats.

— Aïe ! Arrête ! Houlà ! arrête ça espèce de vieille chouette ! Il faut que quelqu'un aille prévenir Dumbledore !

— Oui ! Il faut ! hurla Mrs Figg en donnant de grands coups de son sac plein de conserves sur toutes les parties du corps de

Mondingus qu'elle pouvait atteindre. Et-tu-ferais-bien-d'y aller-toi-même-comme-ça-tu lui-diras-pourquoi-tu-n'étais-pas-là-pour-aider !

— Pas la peine de te mettre le chignon à l'envers ! dit Mondingus, le dos voûté, les bras en bouclier au-dessus de sa tête. J'y vais, j'y vais !

Et dans un nouveau craquement, il se volatilisa.

— J'espère que Dumbledore va *l'assassiner* ! s'exclama Mrs Figg avec fureur. Allez, dépêche-toi, Harry, qu'est-ce que tu attends ?

Harry estima préférable de ne pas perdre ce qui lui restait de souffle à faire remarquer qu'il parvenait à peine à marcher sous le poids de Dudley. Il souleva son cousin à demi inconscient et poursuivit son chemin d'un pas chancelant.

— Je t'accompagne jusqu'à ta porte, dit Mrs Figg alors qu'ils tournaient dans Privet Drive. Au cas où il y en aurait d'autres... Oh, ma parole, quelle catastrophe... Dire que tu as dû les affron-ter tout seul... Et Dumbledore qui nous avait recommandé de tout faire pour t'éviter d'avoir à te servir de ta baguette... Mais inutile de se lamenter, quand la potion est tirée, il faut la boire... N'empêche, comme dit le proverbe : *Le chat est entré dans la cage aux lutins*, à présent.

— Et donc, Dumbledore me faisait suivre ? demanda Harry d'une voix haletante.

— Évidemment, répondit Mrs Figg d'un ton agacé. Tu croyais qu'il allait te laisser vagabonder à ta guise après ce qui s'est passé en juin ? Seigneur, mon garçon, on m'avait pourtant dit que tu étais intelligent... Bon, allez... rentre chez toi et n'en sors plus, dit-elle lorsqu'ils eurent atteint le numéro 4 de la rue. Je pense que quelqu'un va bientôt te contacter.

— Qu'allez-vous faire maintenant ? demanda précipitamment Harry.

— Je file tout droit à la maison, répondit Mrs Figg avec un fris-son en scrutant la rue sombre. Je dois attendre des instructions supplémentaires. Toi, reste enfermé. Bonsoir.

– Attendez, ne partez pas tout de suite ! Je voudrais savoir…

Mais elle s'éloignait déjà en trottinant, ses pantoufles claquant sous ses pieds, son filet à provisions se balançant dans un bruit de ferraille.

– Attendez ! s'écria Harry.

Il avait toujours un million de questions à poser à quiconque se trouvait en contact avec Dumbledore. Mais en quelques instants, Mrs Figg fut engloutie par l'obscurité. L'air renfrogné, Harry cala Dudley sur son épaule et parcourut lentement, douloureusement, l'allée qui traversait le jardin du numéro 4.

La lumière était allumée dans le hall. Harry remit sa baguette magique dans son jean, appuya sur la sonnette et regarda la silhouette de la tante Pétunia grandir à mesure qu'elle approchait, étrangement déformée par le verre dépoli de la porte d'entrée.

– Diddy ! Enfin ! Il était temps que tu rentres. Je commençais à être très… *Diddy, qu'est-ce qui se passe ?*

Harry jeta un regard en biais à son cousin et s'écarta juste à temps. Dudley vacilla sur place pendant un instant, le teint verdâtre… Puis il ouvrit la bouche et vomit sur le paillasson.

– DIDDY ! Diddy, qu'est-ce qui t'arrive ? Vernon ? VERNON !

L'oncle de Harry sortit du salon d'un pas pesant, sa moustache de morse se hérissant en tout sens, comme toujours lorsqu'il était dans un état d'agitation. Il se précipita pour aider la tante Pétunia à manœuvrer un Dudley aux genoux flageolants afin de lui faire franchir le seuil de la porte tout en évitant de marcher dans la mare nauséabonde.

– Il est malade, Vernon !

– Qu'y a-t-il, fils ? Qu'est-ce qui s'est passé ? Est-ce que Mrs Polkiss t'a donné à manger quelque chose qui venait de l'étranger ?

– Pourquoi es-tu tout sale, mon chéri ? Tu t'es allongé par terre ?

34

– J'espère au moins que tu ne t'es pas fait attaquer dans la rue, fils ?

La tante Pétunia poussa un cri.

– Vernon, appelle la police ! Appelle la police ! Mon Diddy chéri, parle à ta maman ! Qu'est-ce qu'ils t'ont fait ?

Dans tout ce remue-ménage, personne ne semblait avoir remarqué la présence de Harry, ce qui lui convenait à merveille. Il parvint à se glisser dans le hall juste avant que l'oncle Vernon claque la porte et, tandis que les Dursley s'avançaient à grand bruit en direction de la cuisine, Harry s'approcha de l'escalier à pas feutrés.

– Qui t'a fait ça, fils ? Donne-nous les noms. On les aura, ne t'inquiète pas.

– Chut, Vernon ! Il essaye de dire quelque chose. Qu'est-ce qu'il y a, Diddy ? Parle à ta maman !

Harry avait posé le pied sur la première marche lorsque Dudley retrouva l'usage de la parole :

– C'est *lui*.

Harry se figea sur place, le pied sur la marche, le visage crispé, se préparant à l'explosion.

– VIENS ICI, MON GARÇON !

Dans un mélange de colère et de peur, Harry retira lentement son pied de la marche et fit demi-tour pour suivre les Dursley.

La cuisine d'une propreté méticuleuse avait un éclat étrangement irréel, après l'obscurité du dehors. La tante Pétunia aida Dudley à s'asseoir sur une chaise. Il avait toujours le visage moite et verdâtre. L'oncle Vernon se tenait devant l'égouttoir, ses petits yeux plissés fixant Harry d'un regard noir.

– Qu'as-tu fait à mon fils ? dit-il dans un grondement menaçant.

– Rien, répondit Harry qui savait parfaitement que l'oncle Vernon ne le croirait pas.

– Que t'a-t-il fait, Diddy ? demanda la tante Pétunia d'une

voix chevrotante en épongeant le blouson de cuir de son fils sur lequel il avait vomi. Est-ce que... est-ce qu'il s'agit de tu-sais-quoi, mon chéri ? Est-ce qu'il s'est servi de sa... chose ?

Dudley répondit par l'affirmative en hochant lentement sa tête qui tremblotait.

– Ce n'est pas vrai ! protesta vivement Harry, tandis que la tante Pétunia laissait échapper une longue plainte et que l'oncle Vernon brandissait ses poings serrés. Je ne lui ai rien fait du tout, ce n'était pas moi, c'était...

Mais à cet instant précis, un hibou moyen duc s'engouffra par la fenêtre de la cuisine. Manquant de peu le sommet du crâne de l'oncle Vernon, il traversa la pièce, laissa tomber aux pieds de Harry la grande enveloppe en parchemin qu'il portait dans son bec, exécuta un gracieux demi-tour, l'extrémité de ses ailes effleurant à peine le haut du réfrigérateur, puis ressortit dans le jardin.

– Des HIBOUX ! rugit l'oncle Vernon, l'éternelle veine de sa tempe palpitant de fureur alors qu'il fermait violemment la fenêtre de la cuisine. ENCORE DES HIBOUX ! JE NE VEUX PLUS DE HIBOUX DANS MA MAISON !

Mais Harry avait déjà ouvert l'enveloppe et sorti la lettre qu'elle contenait, son cœur battant à tout rompre, quelque part dans la région de sa pomme d'Adam.

Cher Mr Potter,

Nous avons reçu des informations selon lesquelles vous auriez exécuté le sortilège du Patronus ce soir à neuf heures vingt-trois, dans une zone habitée par des Moldus et en présence de l'un d'eux.

La gravité de cette violation du décret sur la Restriction de l'usage de la magie chez les sorciers de premier cycle entraîne d'office votre expulsion de l'école de sorcellerie Poudlard. Des représentants du ministère se présenteront à votre domicile dans les plus brefs délais afin de procéder à la destruction de votre baguette magique.

Étant entendu que vous avez déjà reçu un avertissement officiel pour une précédente infraction à l'article 13 du Code du secret établi par la

Confédération internationale des sorciers, nous avons le regret de vous informer que votre présence sera requise lors d'une audience disciplinaire qui aura lieu au ministère de la Magie le 12 août prochain à neuf heures précises.

Vous espérant en bonne santé, je vous prie d'agréer, cher Mr Potter, l'expression de mes sentiments distingués.

Mafalda Hopkrik
Service des usages abusifs de la magie
Ministère de la Magie

Harry lut deux fois la lettre d'un bout à l'autre. Il entendait à peine les voix de l'oncle Vernon et de la tante Pétunia. Sa tête lui semblait comme engourdie par une sensation glacée. Une seule information avait pénétré sa conscience comme une fléchette paralysante : il était renvoyé de Poudlard. C'était fini, il n'y retournerait plus.

Il leva les yeux vers les Dursley. Le teint écarlate, l'oncle Vernon hurlait, les poings toujours brandis. La tante Pétunia avait passé les bras autour de son fils, à nouveau saisi de haut-le-cœur.

Le cerveau momentanément paralysé de Harry parut se réveiller. « Des représentants du ministère se présenteront à votre domicile dans les plus brefs délais afin de procéder à la destruction de votre baguette magique. » Il n'y avait plus qu'une solution. Prendre la fuite. A l'instant même. Où irait-il ? Harry l'ignorait, mais il était au moins certain d'une chose : que ce soit à Poudlard ou ailleurs, il aurait besoin de sa baguette magique. Presque comme dans un rêve, il sortit sa baguette et pivota sur ses talons pour quitter la cuisine.

— Où vas-tu comme ça ? s'écria son oncle.

N'obtenant aucune réponse, l'oncle Vernon traversa la cuisine à grands pas pour barrer la porte à Harry.

— Je n'en ai pas encore fini avec toi, mon garçon.

— Laisse-moi passer, dit Harry à voix basse.

— Tu vas rester ici et m'expliquer pourquoi mon fils...

— Si tu ne me laisses pas passer, je te jette un sort, coupa Harry en levant sa baguette.

— N'essaye pas de m'impressionner ! gronda l'oncle Vernon. Je sais très bien que tu n'as pas le droit de t'en servir en dehors de cette maison de fous que tu appelles une école !

— La maison de fous m'a expulsé, annonça Harry. Je peux donc faire tout ce que je veux, maintenant. Je te donne trois secondes. Un... Deux...

Un « CRAC ! » retentissant résonna dans la cuisine. La tante Pétunia poussa un hurlement. L'oncle Vernon laissa échapper un cri en se baissant instinctivement et, pour la troisième fois ce soir-là, Harry chercha l'origine d'une perturbation dont il n'était pas responsable. Il la découvrit aussitôt : une chouette effraie aux plumes en bataille était tombée sur le rebord extérieur après avoir heurté de plein fouet la fenêtre fermée.

Sans prêter attention aux vociférations angoissées de l'oncle Vernon qui criait : « ENCORE CES HIBOUX ! », Harry traversa la cuisine et ouvrit la fenêtre à la volée. La chouette tendit une patte à laquelle était attaché un petit rouleau de parchemin, secoua ses plumes et s'envola dès que Harry eut pris la lettre. Les mains tremblantes, il déroula le parchemin sur lequel un mot avait été hâtivement griffonné à l'encre noire.

Harry,
Dumbledore vient d'arriver au ministère pour essayer d'éclaircir les choses. NE QUITTE SURTOUT PAS LA MAISON DE TA TANTE ET DE TON ONCLE. NE FAIS PLUS USAGE DE MAGIE ET NE RENDS PAS TA BAGUETTE.
Arthur Weasley

Dumbledore essayait d'éclaircir les choses... Qu'est-ce que cela signifiait ? Avait-il le pouvoir d'annuler une décision du ministère ? Dans ce cas, y avait-il une chance pour qu'il puisse rester à Poudlard ? Une lueur d'espoir s'alluma en lui, aussitôt effacée par la panique : comment pouvait-il refuser de rendre sa baguette sans avoir recours à la magie ? Il lui faudrait engager un duel avec les représentants du ministère et, s'il le faisait vraiment, ce n'était plus l'expulsion de Poudlard qu'il risquait mais la prison d'Azkaban.

Ses pensées se bousculaient dans sa tête... il pouvait soit prendre la fuite et risquer d'être rattrapé par les représentants du ministère, soit ne pas bouger en attendant qu'ils viennent le chercher ici. Il était beaucoup plus tenté par la première possibilité mais il savait que Mr Weasley prenait ses intérêts à cœur... Et d'ailleurs, Dumbledore avait déjà arrangé des situations bien pires.

— Finalement, j'ai changé d'avis, dit Harry, je reste.

D'un bond, il alla s'asseoir à la table de la cuisine, face à Dudley et à la tante Pétunia. Les Dursley semblaient pris de court par cette brusque volte-face. La tante Pétunia jeta un regard désespéré à l'oncle Vernon. La veine de sa tempe violacée palpitait plus que jamais.

— D'où sortent tous ces fichus hiboux ? rugit-il.

— Le premier venait du ministère de la Magie pour m'annoncer mon expulsion, répondit Harry d'une voix très calme.

Il tendait l'oreille pour essayer de percevoir le moindre bruit extérieur au cas où les représentants du ministère approcheraient de la maison et il lui semblait plus simple et plus paisible de répondre aux questions de l'oncle Vernon plutôt que de l'entendre hurler et tempêter.

— Le deuxième était envoyé par le père de mon ami Ron, qui travaille au ministère.

— Le *ministère de la Magie* ? beugla l'oncle Vernon. Des gens comme toi au *gouvernement* ? Oh mais ça explique tout, je comprends maintenant, pas étonnant que le pays soit en pleine dégringolade !

Voyant que Harry ne réagissait pas, l'oncle Vernon lui jeta un regard furieux puis lança :

— Et pourquoi t'a-t-on expulsé ?

— Parce que j'ai utilisé une formule magique.

— Aha ! gronda l'oncle Vernon en abattant son poing massif sur le réfrigérateur qui s'ouvrit sous le choc — divers aliments basses calories réservés à Dudley tombèrent en s'écrasant sur le sol. Donc, tu avoues ! *Qu'as-tu fait à Dudley ?*

— Rien, répondit Harry d'une voix un peu moins calme. Ce n'était pas moi...

— *C'était lui*, marmonna Dudley inopinément.

L'oncle Vernon et la tante Pétunia adressèrent à Harry de grands signes de la main pour le faire taire tandis qu'ils se penchaient tous deux vers Dudley.

—Vas-y, fils, dit l'oncle Vernon. Qu'a-t-il fait exactement ?

— Raconte-nous tout, mon chéri, murmura la tante Pétunia.

— L'a pointé sa baguette sur moi, grommela Dudley.

— Oui, c'est vrai mais je ne m'en suis pas servi, protesta Harry avec colère.

— TAIS-TOI ! s'écrièrent l'oncle Vernon et la tante Pétunia d'une même voix.

—Vas-y, fils, répéta l'oncle Vernon, la moustache frémissante de fureur.

— Tout s'est éteint, expliqua Dudley d'une voix rauque, le corps parcouru de frissons. Il faisait tout noir. Et alors, j'ai entendu des... des *choses*. Dans ma tête.

L'oncle Vernon et la tante Pétunia échangèrent un regard horrifié. Si la magie était la chose au monde qu'ils détestaient le plus — suivie de près par les voisins qui trichaient encore plus qu'eux pour contourner l'interdiction d'arroser les jardins —, les gens qui entendaient des voix occupaient sans nul doute une place de choix dans l'ordre de leurs répugnances. De toute évidence, ils pensaient que Dudley était en train de perdre la raison.

— Qu'est-ce que tu as entendu, Popkin ? murmura la tante Pétunia, le teint blafard et les larmes aux yeux.

Mais Dudley semblait incapable de répondre. Il frissonna à nouveau et hocha sa grosse tête blonde. Malgré la sensation d'effroi et d'hébétude qui l'avait envahi depuis l'arrivée du premier hibou, Harry éprouva une certaine curiosité. Les Détraqueurs avaient le pouvoir de faire revivre aux gens les pires moments de leur vie. Qu'avait donc pu entendre cette petite brute de Dudley, si gâté, si choyé ?

— Comment se fait-il que tu sois tombé par terre, fils ? demanda l'oncle Vernon avec une douceur qui n'avait rien de naturel.

C'était le genre de voix qu'on adopte au chevet d'une personne gravement malade.

— Tré... trébuché, répondit Dudley en tremblant. Et puis...

Il montra son torse massif. Harry comprit aussitôt. Dudley se rappelait la moiteur glacée qui emplit les poumons à mesure qu'on se vide de tout espoir, de toute idée de bonheur.

— Horrible, croassa-t-il. Froid. Vraiment froid.

— D'accord, dit l'oncle Vernon d'une voix qu'il s'efforçait de rendre calme tandis que la tante Pétunia posait une main anxieuse sur le front de son fils pour évaluer sa température. Que s'est-il passé ensuite, Duddy ?

— Senti... senti... senti... comme si... comme si...

— Comme si tu ne pourrais plus jamais être heureux de ta vie, acheva Harry d'un ton monocorde.

— Oui, murmura Dudley, toujours tremblant.

— Donc ! s'exclama l'oncle Vernon d'une voix qui avait retrouvé sa pleine et considérable puissance. Tu as jeté à mon fils un de tes sortilèges de cinglé pour qu'il entende des voix et se croie condamné au malheur ou à je ne sais quoi, c'est bien cela ?

— Combien de fois faudra-t-il que je le répète, répondit Harry dont le ton et la colère montaient. Ce n'était pas moi ! C'étaient deux Détraqueurs !

— Deux quoi ? Qu'est-ce que c'est que ces sornettes ?

— Des Dé-tra-queurs, répéta Harry avec lenteur, en détachant chaque syllabe. Ils étaient deux.

— Et qu'est-ce que c'est que ça, des Détraqueurs ?

— Ce sont les gardiens d'Azkaban, la prison des sorciers, dit la tante Pétunia.

Ses paroles laissèrent place à deux secondes d'un silence assourdissant, puis la tante Pétunia plaqua une main contre sa bouche comme si elle venait de laisser échapper un juron obscène. L'oncle Vernon la regardait avec des yeux écarquillés. Harry sentit son cerveau vaciller dans sa tête. Mrs Figg, c'était une chose, mais la *tante Pétunia* ?

— Comment sais-tu cela ? demanda-t-il, abasourdi.

La tante Pétunia semblait consternée. Elle lança à l'oncle Vernon un regard d'excuse apeuré puis baissa légèrement la main, découvrant ses dents de cheval.

— J'ai entendu... cet horrible garçon... il en parlait à... à *elle*... il y a des années..., dit-elle d'une voix hachée.

— Si tu fais allusion à maman et papa, pourquoi ne pas les appeler par leurs noms ? déclara Harry d'une voix forte.

Mais la tante Pétunia ne lui prêta aucune attention. Elle paraissait terriblement ébranlée.

Harry avait l'air stupéfait. En dehors d'un accès de colère au cours duquel, des années auparavant, elle avait hurlé que la mère de Harry était un monstre, il n'avait jamais entendu la tante Pétunia mentionner sa sœur. Il était abasourdi qu'elle se soit rappelé pendant si longtemps cette bribe d'information sur le monde de la magie, alors qu'elle mettait habituellement toute son énergie à prétendre que ce monde n'existait pas.

L'oncle Vernon ouvrit la bouche, la referma, l'ouvrit à nouveau, la referma encore, puis, livrant apparemment un rude combat pour retrouver l'usage de la parole, l'ouvrit une troisième fois et dit d'une voix croassante :

— Alors, ils... ils existent... heu... vraiment... ces... heu... Détrac-choses ?

La tante Pétunia acquiesça d'un signe de tête.

L'oncle Vernon regarda alternativement sa femme, Dudley et

Harry comme dans l'espoir que l'un d'eux s'écrierait soudain : « Poisson d'avril ! » Voyant que ce n'était pas le cas, il ouvrit à nouveau la bouche mais se vit dispensé de tout effort supplémentaire par l'arrivée du troisième hibou de la soirée. L'oiseau s'engouffra par la fenêtre toujours ouverte comme un boulet de canon emplumé et atterrit avec bruit sur la table de la cuisine. Les trois Dursley sursautèrent d'un même mouvement d'effroi. Harry saisit une deuxième enveloppe d'aspect officiel que le hibou tenait dans son bec et l'ouvrit tandis que l'oiseau repartait par la fenêtre en disparaissant dans la nuit.

– J'en ai assez de ces nom de nom de fichus hiboux, marmonna l'oncle Vernon, l'air exaspéré.

À grands pas pesants, il alla refermer la fenêtre d'un geste brusque.

Cher Mr Potter,

Suite à notre lettre d'il y a approximativement vingt-deux minutes, le ministère de la Magie est revenu sur sa décision de procéder à la destruction immédiate de votre baguette magique. Vous pourrez donc la conserver jusqu'à votre audience disciplinaire du 12 août à l'issue de laquelle une décision officielle sera prise.

À la suite d'un entretien avec le directeur de l'école de sorcellerie Poudlard, le ministère a bien voulu que la question de votre expulsion soit également examinée à cette date. Vous devrez par conséquent vous considérer comme simplement suspendu jusqu'à plus ample informé.

Je vous prie d'agréer, cher Mr Potter, l'expression de mes sentiments distingués.

Mafalda Hopkrik
Service des usages abusifs de la magie
Ministère de la Magie

Harry relut entièrement la lettre trois fois de suite. Le nœud qu'il sentait dans sa poitrine se relâcha légèrement à l'annonce qu'il n'était pas définitivement expulsé. Mais ses craintes n'étaient pas dissipées pour autant. Tout semblait suspendu à cette audience du 12 août.

— Alors ? dit l'oncle Vernon, rappelant Harry à la réalité immédiate. Qu'est-ce qui se passe, maintenant ? Ils t'ont condamné à quelque chose ? Vous avez encore la peine de mort, chez vous ? ajouta-t-il avec espoir.

— Je suis convoqué à une audience disciplinaire, dit Harry.

— C'est là qu'ils te condamneront ?

— J'imagine.

— Alors, tout espoir n'est pas perdu, dit l'oncle Vernon avec méchanceté.

— Bon, si c'est terminé, dit Harry en se levant.

Il avait hâte d'être seul, de réfléchir, peut-être d'envoyer une lettre à Ron, à Hermione ou à Sirius.

— CE N'EST PAS DU TOUT TERMINÉ ! hurla l'oncle Vernon. RASSIEDS-TOI !

— Qu'est-ce qu'il y a, *maintenant* ? répliqua Harry d'un ton agacé.

— DUDLEY ! Voilà ce qu'il y a ! rugit l'oncle Vernon. Je veux savoir ce qui est arrivé exactement à mon fils !

— PARFAIT ! s'écria Harry.

Son humeur était telle que des étincelles rouge et or jaillirent à l'extrémité de sa baguette qu'il tenait toujours serrée dans sa main. Les trois Dursley tressaillirent, l'air terrifié.

— Dudley et moi, nous étions dans l'allée entre Magnolia Crescent et Wisteria Walk, dit Harry, qui parlait très vite en s'efforçant de contrôler ses nerfs. Dudley a voulu faire le malin avec moi et j'ai sorti ma baguette mais je ne m'en suis pas servi. A ce moment-là, deux Détraqueurs sont arrivés...

— Mais QUI SONT ces Détracoïdes ? demanda l'oncle Vernon avec fureur. Qu'est-ce qu'ils FONT ?

— Je te l'ai dit : ils t'enlèvent toute idée de bonheur, répondit Harry, et s'ils en ont l'occasion, ils t'embrassent.

— Ils t'embrassent ? s'exclama son oncle, les yeux légèrement exorbités. Ils *t'embrassent* ?

— C'est comme ça qu'on dit quand ils aspirent ton âme à travers ta bouche.

La tante Pétunia laissa échapper un petit cri.

— Son *âme*? Ils ne lui ont quand même pas pris... Il a toujours...

Elle attrapa Dudley par les épaules et le secoua comme si elle espérait entendre son âme remuer en lui.

— Bien sûr qu'ils n'ont pas pris son âme, tu le saurais s'ils l'avaient fait, dit Harry, exaspéré.

— Alors tu t'es défendu, fils, c'est ça? reprit l'oncle Vernon d'une voix sonore, en s'efforçant de ramener la conversation sur un plan qu'il pouvait comprendre. Tu leur as envoyé un bon vieux gauche-droite bien placé?

— On ne peut pas envoyer à un Détraqueur *un bon vieux gauche-droite*, dit Harry entre ses dents serrées.

— Alors, pourquoi est-il entier? s'exclama l'oncle Vernon. Pourquoi n'est-il pas tout vide à l'intérieur?

— Parce que j'ai fait apparaître un Patronus.

WHOOSH! Accompagné d'un bruissement d'ailes et d'un petit nuage de poussière, un quatrième hibou fit irruption dans le foyer de la cheminée.

— POUR L'AMOUR DU CIEL! rugit l'oncle Vernon en arrachant des touffes de poils à sa moustache, ce qu'il n'avait pas fait depuis bien longtemps. JE NE VEUX PAS DE HIBOUX ICI, JE TE PRÉVIENS QUE JE NE LE TOLÉRERAI PAS!

Mais Harry détachait déjà un morceau de parchemin de la patte du hibou. Il était tellement certain que cette lettre venait de Dumbledore et lui expliquait tout – les Détraqueurs, Mrs Figg, les intentions du ministère, la façon dont il comptait arranger les choses – que, pour la première fois de sa vie, il fut déçu de reconnaître l'écriture de Sirius. Sans prêter la moindre attention à l'oncle Vernon qui poursuivait ses imprécations, les yeux plissés pour se protéger du nouveau nuage de poussière que le hibou avait soulevé en repartant par la cheminée, Harry lut le message de Sirius : « Arthur vient de nous raconter ce qui s'est passé. Ne sors plus de la maison, quoi que tu fasses. »

Harry trouvait cette réponse si peu appropriée aux événements de la soirée qu'il retourna le parchemin en pensant que la lettre comportait une suite, mais il n'y avait rien de plus.

Il se sentit à nouveau de très mauvaise humeur. Est-ce que quelqu'un allait enfin se décider à lui dire : « Bien joué » pour avoir réussi à mettre en fuite deux Détraqueurs à lui tout seul ? Mr Weasley et Sirius se comportaient tous deux comme s'il avait fait quelque chose de mal et qu'ils attendaient de connaître toute l'étendue des dégâts avant de lui exprimer leurs remontrances.

— J'en ai assez de tous ces hiboux qui entrent et sortent à leur guise, nous allons avoir une sérieuse crise de... heu, prise de bec à ce sujet, mon garçon !

— Je ne peux pas empêcher les hiboux de venir, répliqua sèchement Harry en froissant la lettre de Sirius.

— Je veux savoir la vérité sur ce qui s'est passé ce soir ! aboya l'oncle Vernon. Si ce sont des Défroqueurs qui ont attaqué Dudley, comment se fait-il que tu sois renvoyé ? Tu as fait tu-sais-quoi, tu l'as avoué toi-même !

Harry respira profondément pour essayer de se détendre. Il commençait à avoir de nouveau mal à la tête et désirait plus que tout sortir de cette cuisine pour échapper aux Dursley.

— J'ai jeté le sortilège du Patronus pour chasser les Détraqueurs, dit-il en se forçant à rester calme. C'est la seule chose qui soit efficace contre eux.

— Et qu'est-ce que ces Détracoïdes *faisaient* à Little Whinging ? demanda l'oncle Vernon d'un ton outragé.

— Je n'en sais rien, répondit Harry avec lassitude. Je n'en ai aucune idée.

La lumière crue des néons de la cuisine aggravait son mal de tête. Sa colère s'apaisait peu à peu, il se sentait épuisé, vidé. Les trois Dursley le regardaient fixement.

— C'est à cause de toi, dit l'oncle Vernon avec force. Tu as quelque chose à voir là-dedans, mon garçon, je le sais. Sinon, pourquoi seraient-ils venus jusqu'ici ? Pourquoi auraient-ils pris cette allée ? Tu es certainement le seul... le seul...

De toute évidence, il ne pouvait se résoudre à prononcer le mot « sorcier ».

— Le seul *tu-sais-quoi* à des kilomètres à la ronde.

— Je le répète : j'ignore pourquoi ils étaient là.

Mais en entendant les dernières paroles de l'oncle Vernon, le cerveau épuisé de Harry s'était remis à fonctionner. Qu'est-ce que les Détraqueurs étaient venus *faire* à Little Whinging ? Comment croire que leur présence dans l'allée relevait d'une simple coïncidence ? Avaient-ils été envoyés là délibérément ? Le ministère de la Magie avait-il perdu le contrôle des Détraqueurs ? Avaient-ils déserté Azkaban pour rejoindre Voldemort, ainsi que Dumbledore l'avait prédit ?

— Ces Détrousseurs gardent une prison de fous ? demanda l'oncle Vernon qui semblait patauger dans le sillage de ses pensées.

— Oui.

Si seulement son mal de tête avait cessé, s'il avait pu simplement quitter la cuisine, monter dans sa chambre et rester dans le noir à *réfléchir*...

— Alors, ils étaient venus t'arrêter, dit l'oncle Vernon avec l'air triomphant de celui qui vient d'aboutir à une conclusion inattaquable. C'est bien cela, mon garçon ? Tu es recherché par la justice !

— Bien sûr que non, répliqua Harry en hochant la tête comme s'il voulait chasser une mouche.

Il réfléchissait à toute vitesse, à présent.

— Dans ce cas, pourquoi... ?

— C'est lui qui a dû les envoyer, dit Harry à voix basse, plus pour lui-même que pour l'oncle Vernon.

— Quoi ? Qui a dû les envoyer ?

47

– Lord Voldemort, répondit Harry.

Dans un coin de sa tête, il remarqua combien il était étrange que les Dursley qui tressaillaient, grimaçaient, couinaient aux seuls mots de « sorcier », « sortilège » ou « baguette magique », puissent entendre le nom du plus grand mage noir de tous les temps sans éprouver le moindre petit frémissement.

– Lord... Attends, dit l'oncle Vernon, le visage concentré, une lueur de compréhension s'allumant dans ses petits yeux porcins. J'ai déjà entendu ce nom... C'est celui qui...

– A assassiné mes parents, dit Harry.

– Mais il est mort, déclara l'oncle Vernon d'un air agacé, sans avoir l'air de considérer le moins du monde le meurtre des parents de Harry comme un sujet douloureux. C'est ce que nous avait raconté ce géant. Il est mort.

– Il est revenu, dit Harry, le regard lourd.

C'était une étrange sensation de se trouver ainsi dans cette cuisine aussi impeccable qu'une salle d'opération, entre le réfrigérateur haut de gamme et la télévision à écran large, en train de parler calmement de Lord Voldemort à l'oncle Vernon. L'arrivée de Détraqueurs à Little Whinging semblait avoir creusé une brèche dans le grand mur invisible qui séparait le monde magique de celui de Privet Drive, d'où était impitoyablement bannie toute évocation de la sorcellerie. D'une certaine manière, les deux vies parallèles de Harry s'étaient soudain confondues et tout en avait été bouleversé. Les Dursley demandaient des détails sur le monde de la magie et Mrs Figg connaissait Albus Dumbledore. Les Détraqueurs apparaissaient dans les rues de Little Whinging et lui-même ne retournerait peut-être plus jamais à Poudlard. Harry avait de plus en plus mal à la tête.

– Revenu ? murmura la tante Pétunia.

Elle regardait Harry comme si elle ne l'avait encore jamais vu. Et tout à coup, pour la première fois de sa vie, Harry apprécia pleinement le fait que la tante Pétunia fût la sœur de sa mère. Il n'aurait pu dire pourquoi ce lien l'avait frappé avec tant de force en cet instant précis. Tout ce qu'il savait, c'était qu'il n'était pas la seule personne présente dans cette cuisine à avoir une idée de ce que pouvait signifier le retour de Lord Voldemort. Jamais la tante Pétunia ne l'avait regardé ainsi. Ses grands yeux pâles (si différents de ceux de sa sœur) n'étaient plus plissés dans une expression d'hostilité ou de colère, ils étaient grands ouverts et on y lisait la peur. Les faux-semblants qu'elle avait entretenus avec tant d'acharnement pour faire croire à Harry que la magie n'existait pas et qu'il n'y avait d'autre monde que celui dans lequel elle habitait avec l'oncle Vernon semblaient s'être dissipés.

– Oui, dit Harry en s'adressant directement à sa tante, il est revenu il y a un mois. Je l'ai vu.

La main de la tante Pétunia chercha les épaules massives de Dudley et s'y cramponna.

– Attends un peu, dit l'oncle Vernon en regardant alternative-ment sa femme et Harry.

Il paraissait ébahi et désorienté par la compréhension mutuelle qui s'était soudain établie entre eux.

– Ce Lord Voldechose est de retour, dis-tu ?

– Oui.

– Celui qui a assassiné tes parents ?

– Oui.

– Et maintenant, il t'envoie des Défroqueurs ?

– On dirait, répondit Harry.

– Je vois, marmonna l'oncle Vernon.

Il regarda successivement son neveu, puis le visage blafard de sa femme et remonta son pantalon d'un cran. On aurait dit qu'il s'était mis à enfler, son gros visage violacé se dilatant sous les yeux de Harry.

– Eh bien, voilà qui règle la question, reprit-il, sa chemise ten-due sur son torse gonflé. *Tu peux tout de suite quitter cette maison, mon garçon !*

– Quoi ? dit Harry.

– Tu m'as très bien entendu. DEHORS ! beugla l'oncle Vernon.

Même Dudley et la tante Pétunia sursautèrent.

– DEHORS ! DEHORS ! J'aurais dû faire ça il y a des années ! Des hiboux qui considèrent cette maison comme leur volière, des gâteaux qui explosent, le salon à moitié en ruine, la queue de cochon de Dudley, la tante Marge qui se promène au plafond comme un ballon et la Ford Anglia qui vole, DEHORS ! DEHORS ! Cette fois, c'est fini, tu appartiens au passé ! Pas question que tu restes ici avec un cinglé qui te court après, pas question que tu mettes en danger la vie de ma femme et de mon fils, pas question que tu attires des malheurs sur cette maison. Si tu veux suivre la même voie que tes bons à rien de parents, libre à toi, mais moi, j'en ai assez ! DEHORS !

Harry resta planté sur place. Il tenait dans sa main gauche les lettres froissées du ministère, de Mr Weasley et de Sirius. « Ne sors plus de la maison, quoi que tu fasses. NE QUITTE SURTOUT PAS LA MAISON DE TA TANTE ET DE TON ONCLE. »

– Tu m'as entendu ! poursuivit l'oncle Vernon en se penchant sur lui, son gros visage cramoisi si proche que Harry sentait des postillons sur ses joues. Allez, vas-y. Tu avais très envie de partir il y a une demi-heure ! Eh bien, je t'approuve ! Fiche le camp et qu'on ne revoie plus jamais ton ombre sur le seuil de cette maison ! Qu'est-ce qui nous a pris de te recueillir, ça, je n'en sais rien. Marge avait raison, on aurait dû t'envoyer à l'orphelinat. Nous avons été beaucoup trop indulgents, ce n'était pas un service à te rendre, nous avons cru que nous pourrions t'arracher à toutes ces histoires, faire de toi un être normal, mais tu es pourri en profondeur et j'en ai plus qu'assez... des *hiboux* !

Le cinquième hibou descendit la cheminée si vite qu'il heurta le sol avant de reprendre son vol en lançant un cri aigu. Harry leva la main pour attraper la lettre qui se trouvait dans une enveloppe rouge vif, mais le hibou passa au-dessus de lui et vola droit vers la tante Pétunia qui se baissa en poussant un hurlement, les bras croisés devant son visage. Le hibou laissa tomber l'enveloppe sur sa tête, fit demi-tour et repartit aussitôt par la cheminée.

Harry se précipita pour ramasser la lettre mais la tante Pétunia fut plus rapide que lui.

— Tu peux l'ouvrir si tu veux, dit Harry, mais je saurai quand même ce qu'il y a dedans. C'est une Beuglante.

— Lâche ça, Pétunia, rugit l'oncle Vernon. N'y touche pas. Ça peut être dangereux !

— C'est à moi qu'elle est adressée, dit la tante Pétunia d'une voix tremblante. A *moi*, Vernon, regarde ! *Mrs Pétunia Dursley, dans la cuisine du 4, Privet Drive...*

Horrifiée, elle reprit son souffle. Une fumée s'élevait de l'enveloppe rouge.

— Ouvre-la ! s'écria Harry. Fais vite ! De toute façon, tu ne peux pas y échapper !

— Non, je ne veux pas.

La main tremblante, elle jetait en tous sens des regards affolés, comme si elle cherchait un moyen de s'enfuir, mais il était trop tard : l'enveloppe s'enflamma et la tante Pétunia la lâcha en poussant un hurlement.

Une voix terrifiante s'éleva alors de la lettre de feu, résonnant avec force dans l'espace confiné de la cuisine :

— *Souviens-toi de ma dernière, Pétunia.*

La tante Pétunia semblait sur le point de s'évanouir. La tête entre les mains, elle se laissa tomber sur la chaise à côté de Dudley. Dans le silence, l'enveloppe acheva de se consumer, se transformant en un petit tas de cendres.

— Qu'est-ce que c'est que ça ? dit l'oncle Vernon d'une voix rauque. Que... Je ne... Pétunia ?

Elle ne répondit pas. Dudley regardait sa mère d'un air stupide, la bouche grande ouverte. Un silence horrible, vertigineux, s'installa. Abasourdi, Harry observait sa tante avec l'impression que sa tête douloureuse allait exploser.

— Pétunia, ma chérie ? dit timidement l'oncle Vernon. P-Pétunia.

Elle leva les yeux, toujours tremblante, puis déglutit avec difficulté.

— Ce... ce garçon doit rester ici, Vernon, dit-elle d'une voix faible.

— Qu-quoi ?

— Il doit rester, répéta-t-elle en regardant Harry.

Elle se leva à nouveau.

— Il... Mais... Pétunia...

— Si nous le mettons dehors, les voisins vont jaser, dit-elle.

Bien qu'elle fût toujours très pâle, elle retrouva très vite sa brusquerie habituelle et ses manières cassantes.

— Ils vont poser des questions embarrassantes, ils voudront savoir où il est parti. Nous devons le garder chez nous.

L'oncle Vernon sembla se dégonfler comme un vieux pneu.

— Mais Pétunia, ma chérie...

La tante Pétunia ne lui prêta aucune attention. Elle se tourna vers Harry.

— Tu vas rester dans ta chambre, dit-elle. Interdiction de quitter la maison. Et maintenant, va te coucher.

Harry ne bougea pas.

— Qui t'a envoyé cette Beuglante ?

— Ne pose pas de questions, répliqua-t-elle sèchement.

— Tu es en contact avec des sorciers ?

— Je t'ai dit d'aller te coucher !

— Qu'est-ce que ça signifiait ? Souviens-toi de ma dernière quoi ?

— File au lit !

— Comment se fait-il que... ?

— TU AS ENTENDU CE QUE T'A DIT TA TANTE ? VA TE COUCHER !

3

LA GARDE RAPPROCHÉE

Je viens d'être attaqué par des Détraqueurs et on va peut-être me renvoyer de Poudlard. Je veux savoir ce qui se passe et quand je pourrai enfin sortir d'ici. »

Dès qu'il fut remonté dans sa chambre mal éclairée, Harry s'installa à son bureau et recopia ces mots sur trois parchemins différents. Il adressa le premier à Sirius, le deuxième à Ron et le troisième à Hermione. Hedwige, sa chouette, était partie chasser. Sa cage vide était posée sur le bureau. Harry fit les cent pas dans la pièce en attendant son retour. Son cœur cognait contre sa poitrine et il pensait à trop de choses à la fois pour songer à dormir, même si la fatigue lui picotait les yeux. Porter son cousin lui avait fait mal au dos et les deux bosses sur sa tête, l'une due au battant de la fenêtre, l'autre au coup de poing de Dudley, le lançaient douloureusement.

Il arpentait sa chambre en tous sens, rongé par la colère et la contrariété, dents et poings serrés, jetant des regards furieux vers le ciel étoilé et vide chaque fois qu'il passait devant la fenêtre. On lui avait envoyé des Détraqueurs, Mrs Figg et Mondingus Fletcher le suivaient en secret, on l'avait suspendu de Poudlard et enfin il devait comparaître en audience au ministère de la Magie – mais il ne se trouvait toujours personne pour lui expliquer ce qui se passait.

Et que signifiait donc cette Beuglante ? A qui appartenait cette voix si horrible, si menaçante qui avait résonné dans la cuisine ?

Pourquoi était-il toujours coincé ici sans rien savoir ? Pourquoi tout le monde le traitait-il comme un gamin pris en faute ? « Ne fais plus usage de magie, ne sors plus de la maison... »

En passant, il donna à sa valise un grand coup de pied qui ne soulagea nullement sa colère. C'était même pire car il éprouvait à présent dans son gros orteil une douleur aiguë qui venait s'ajouter à toutes les autres.

Tandis qu'il s'approchait de la fenêtre en boitillant, Hedwige s'engouffra dans la pièce avec un léger bruissement d'ailes, comme un petit fantôme.

— Il était temps ! grogna Harry lorsqu'elle se fut posée sur sa cage. Laisse tomber ce que tu as rapporté, j'ai du travail pour toi !

Une grenouille morte dans le bec, Hedwige lui adressa de ses grands yeux ronds et ambrés un regard de reproche.

—Viens là, dit-il.

Harry prit les trois petits rouleaux de parchemin ainsi qu'une lanière de cuir et les attacha à la patte rugueuse d'Hedwige.

— Dépêche-toi d'apporter ça à Sirius, Ron et Hermione et ne reviens pas sans avoir obtenu des réponses détaillées. S'il le faut, donne-leur des coups de bec jusqu'à ce qu'ils se décident à écrire des lettres d'une longueur convenable. Compris ?

Hedwige, le bec toujours plein de grenouille, émit un hululement étouffé.

— Alors, vas-y, dit Harry.

Elle s'envola aussitôt. Dès qu'elle fut partie, Harry se jeta sur le lit sans se déshabiller et fixa le plafond obscur. Pour ajouter à ses malheurs, il se sentait coupable à présent d'avoir été désagréable avec Hedwige. Elle était pourtant sa seule amie au 4, Privet Drive. Mais il se rattraperait lorsqu'elle reviendrait avec les réponses de Sirius, Ron et Hermione.

Ils allaient certainement lui écrire très vite. Impossible d'ignorer une attaque de Détraqueurs. Lorsqu'il se réveillerait le lendemain matin, il trouverait trois bonnes grosses lettres débordantes d'affection et un plan de bataille pour son transfert immédiat au Terrier. Ces certitudes rassurantes en tête, il se laissa submerger par un sommeil qui étouffa toute autre pensée.

Mais le lendemain matin, Hedwige n'était toujours pas revenue. Harry passa toute la journée dans sa chambre qu'il ne quittait que pour aller aux toilettes. A trois reprises ce jour-là, la tante Pétunia lui glissa de quoi manger à travers la petite trappe que l'oncle Vernon avait aménagée dans la porte, trois ans auparavant. Chaque fois qu'il entendait sa tante approcher, Harry essayait de l'interroger au sujet de la Beuglante mais il aurait pu tout aussi bien s'adresser à la poignée de la porte. Le reste du temps, les Dursley restaient soigneusement à l'écart de sa chambre et il n'avait aucune raison de leur imposer sa compagnie. Une autre dispute n'aboutirait qu'à un nouvel accès de colère qui pourrait l'inciter une fois de plus à faire un usage illégal de sa baguette magique.

Il en alla ainsi pendant trois jours entiers. Parfois, Harry débordait d'une énergie frénétique qui l'empêchait de se concentrer sur quoi que ce soit – il arpentait alors sa chambre de long en large, furieux contre tous ceux qui le laissaient mijoter dans cette lamentable situation. A d'autres moments, il sombrait dans une léthargie telle qu'il pouvait rester étendu sur son lit une heure durant, le regard vide, à songer avec une appréhension douloureuse au jour où il devrait comparaître devant les instances disciplinaires du ministère de la Magie.

Et si leur décision lui était défavorable ? S'il était *vraiment* expulsé, si on brisait sa baguette magique ? Que ferait-il, où irait-il ? Il ne pourrait pas revenir habiter toute l'année chez les Dursley, maintenant qu'il avait connu l'autre monde, celui auquel il appartenait véritablement. Pourrait-il déménager chez Sirius, comme celui-ci le lui avait suggéré un an plus tôt, avant qu'il soit contraint de prendre la fuite ? Harry serait-il autorisé à vivre là-bas tout seul, compte tenu de son jeune âge ? Ou bien déciderait-on à sa place de l'endroit où il devrait aller ? Son infraction au Code international du secret magique était-elle suffisamment grave pour qu'on l'envoie dans une cellule d'Azkaban ? Chaque fois que cette pensée lui venait en tête, il se levait de son lit et se remettait à faire les cent pas.

La quatrième nuit après le départ d'Hedwige, Harry était allongé, en proie à l'une de ses phases d'apathie, les yeux fixés au plafond, l'esprit vide, épuisé, lorsque son oncle fit soudain irruption dans la chambre. Harry tourna lentement la tête vers lui. L'oncle Vernon arborait son plus beau costume et une expression d'extrême suffisance.

— Nous sortons, annonça-t-il.

— Pardon ?

— Nous sortons. Nous, c'est-à-dire ta tante, Dudley et moi.

— Parfait, répondit Harry d'un ton morne en regardant à nouveau le plafond.

— Et il t'est interdit de quitter ta chambre pendant notre absence.

— D'accord.

— Interdiction également de toucher à la télévision, à la chaîne stéréo ou à quoi que ce soit qui nous appartienne.

— Très bien.

— Interdiction de voler de la nourriture dans le frigo.

— O.K.

— Je vais fermer ta porte à clé.

— Vas-y.

L'oncle Vernon regarda Harry avec colère, visiblement méfiant devant cette absence de réaction, et quitta la pièce en refermant la porte derrière lui. Harry entendit la clé tourner dans la serrure puis les pas lourds de son oncle qui descendait l'escalier. Quelques minutes plus tard, il entendit également des portières claquer, un moteur ronronner et le bruit caractéristique d'une voiture qui s'éloignait dans l'allée.

Le départ des Dursley n'inspirait à Harry aucun sentiment

particulier. Qu'ils soient ou non présents dans la maison lui était indifférent. Il n'avait même plus assez d'énergie pour se lever et allumer la lumière de sa chambre. La pièce devenait de plus en plus sombre tandis que les bruits de la nuit lui parvenaient par la fenêtre toujours ouverte, dans l'attente du moment béni où Hedwige reviendrait.

La maison vide grinçait autour de lui. Les tuyaux de la plomberie gargouillaient. Harry restait allongé dans un état de torpeur, sans penser à rien, comme suspendu dans son infortune.

Soudain, il entendit distinctement, en provenance du rez-de-chaussée, un bruit de vaisselle cassée.

Il se redressa brusquement, tendant l'oreille. Les Dursley ne pouvaient pas être revenus, il était beaucoup trop tôt, et d'ailleurs il n'avait pas entendu leur voiture.

Le silence revint pendant quelques secondes, puis des voix s'élevèrent.

Des cambrioleurs, pensa-t-il, en se levant sans bruit. Mais des cambrioleurs auraient parlé à voix basse. Or, les gens qui se trouvaient au rez-de-chaussée ne se donnaient pas cette peine.

Il attrapa sa baguette magique posée sur la table de chevet et se posta devant la porte de sa chambre, l'oreille aux aguets. Un instant plus tard, il sursauta en entendant la serrure cliqueter bruyamment. La porte s'ouvrit alors devant lui.

Harry resta immobile, observant le couloir obscur, s'efforçant de percevoir le moindre son. Mais il n'entendit plus rien. Après un moment d'hésitation, il sortit de sa chambre et se précipita à pas feutrés vers l'escalier qui descendait au rez-de-chaussée.

Son cœur lui remonta soudain dans la gorge. Dans la pénombre du hall, il distinguait des silhouettes découpées par la lueur des réverbères qui filtrait à travers la porte vitrée. Ils étaient huit ou neuf et, d'après ce qu'il pouvait voir, tous avaient levé les yeux vers lui.

— Baisse ta baguette, mon garçon, tu risques d'éborgner quelqu'un, dit une voix grave, semblable à un grognement.

Le cœur de Harry se mit à cogner furieusement contre sa poitrine. Il connaissait cette voix, mais il n'abaissa pas sa baguette pour autant.

– Professeur Maugrey ? dit-il d'un ton mal assuré.

– Professeur, je ne sais pas, gronda la voix, je n'ai pas eu beaucoup l'occasion d'enseigner, pas vrai ? Descends donc, on aimerait bien te voir de plus près.

Harry abaissa légèrement sa baguette mais il continua de la tenir fermement et ne bougea pas. Il avait d'excellentes raisons de se montrer méfiant. Récemment, il avait passé neuf mois en compagnie de quelqu'un qu'il croyait être Maugrey Fol Œil pour s'apercevoir en définitive qu'il ne s'agissait pas du tout de Maugrey mais d'un imposteur ; un imposteur qui, par surcroît, avait essayé de le tuer avant d'être démasqué. Harry se demandait encore ce qu'il convenait de faire lorsqu'une deuxième voix, légèrement rauque, s'éleva dans l'escalier :

– Ne t'inquiète pas, Harry. Nous sommes venus te chercher.

Le cœur de Harry fit un bond. Cette voix-là aussi, il la connaissait, bien qu'il ne l'ait plus entendue depuis plus d'un an.

– P-professeur Lupin ? dit-il, incrédule. C'est vous ?

– Pourquoi est-ce que nous restons dans le noir ? demanda une troisième voix.

Cette fois, c'était une voix de femme que Harry ne connaissait pas.

– *Lumos*, dit-elle.

L'extrémité d'une baguette s'embrasa, illuminant le hall d'une clarté magique. Harry cligna des yeux. Ses visiteurs se pressaient au pied de l'escalier en le regardant attentivement, certains tendant le cou pour mieux voir.

Remus Lupin était en tête du groupe. Bien qu'il fût encore jeune, Lupin semblait fatigué, malade. Il avait davantage de cheveux blancs que la dernière fois où Harry l'avait vu et sa robe de sorcier paraissait encore plus rapiécée, plus miteuse que jamais. Il adressa un large sourire à Harry qui s'efforça de lui sourire à son tour malgré son état de choc.

— Oooh, il est exactement tel que je l'imaginais, dit la sorcière qui tenait à bout de bras sa baguette allumée.

Elle semblait la plus jeune du groupe. Elle avait un visage pâle en forme de cœur, des yeux sombres et brillants, et des cheveux courts, d'une intense couleur violette, qui se dressaient en mèches pointues.

— Salut, Harry ! lança-t-elle.

— Oui, je vois ce que tu veux dire, Remus, déclara un sorcier chauve qui se tenait un peu plus loin – il parlait d'une voix grave, lente, et portait à l'oreille un unique anneau d'or –, c'est le portrait de James.

— Sauf pour les yeux, fit remarquer un autre sorcier aux cheveux argentés et à la voix sifflante. Ce sont ceux de Lily.

Maugrey Fol Œil, qui avait de longs cheveux gris et un nez dont il manquait une bonne partie, observait Harry avec méfiance de ses yeux dissymétriques. L'un d'eux était petit, sombre, perçant, l'autre grand, rond et d'un bleu électrique – un œil magique qui voyait à travers les murs, les portes et derrière la propre tête de Maugrey.

— Tu es vraiment sûr que c'est lui, Lupin ? gronda-t-il. On aurait l'air fin si on ramenait un Mangemort qui aurait pris son apparence. Il faudrait lui demander quelque chose que seul le vrai Potter peut savoir. A moins que quelqu'un ait apporté du Veritaserum ?

— Harry, quelle forme prend ton Patronus ? interrogea Lupin.

— La forme d'un cerf, répondit Harry, d'un ton nerveux.

— C'est bien lui, Fol Œil, assura Lupin.

Très conscient d'être l'objet de tous les regards, Harry descendit l'escalier en rangeant sa baguette magique dans la poche arrière de son jean.

— Ne mets pas ta baguette là, mon garçon ! rugit Maugrey. Imagine qu'elle s'enflamme toute seule. Des sorciers plus expérimentés que toi se sont retrouvés avec une fesse en moins !

— Tu as déjà vu quelqu'un qui a perdu une fesse ? demanda d'un air intéressé la sorcière aux cheveux violets.

— Peu importe, ne mets pas ta baguette dans ta poche arrière, c'est tout ! grogna Fol Œil. Question de sécurité élémentaire, mais personne ne s'en soucie plus.

Il se dirigea vers la cuisine d'un pas claudicant.

— Et ça, je l'ai vu bien souvent, ajouta-t-il d'un ton irrité tandis que la sorcière levait les yeux au plafond.

Lupin serra la main de Harry.

— Comment vas-tu ? demanda-t-il en le regardant attentivement.

— T-très bien...

Harry avait du mal à croire que ce qu'il voyait était bien réel. Quatre semaines sans rien, pas le moindre signe d'un plan quelconque pour l'arracher à Privet Drive et soudain, toute une bande de sorciers qui se rassemblaient dans la maison le plus naturellement du monde, comme s'il s'agissait d'un rendez-vous prévu de longue date. Harry jeta un coup d'œil aux gens qui entouraient Lupin. Ils le fixaient toujours d'un regard avide et il prit soudain conscience qu'il ne s'était pas peigné les cheveux depuis quatre jours.

— J'ai... j'ai vraiment de la chance que les Dursley ne soient pas là, bredouilla Harry.

— De la chance ? Ha ! Ha ! s'exclama la sorcière aux cheveux violets. C'est moi qui les ai attirés dehors. Je leur ai envoyé une lettre par la poste moldue pour leur annoncer qu'ils faisaient partie des finalistes du concours national de la plus belle pelouse de banlieue. Ils sont en route pour assister à la remise des prix... enfin, c'est ce qu'ils croient.

Harry eut une vision fugitive de la tête de l'oncle Vernon lorsqu'il s'apercevrait que le concours national de la plus belle pelouse de banlieue n'existait pas.

— On va partir d'ici, n'est-ce pas ? demanda-t-il. C'est pour bientôt ?

— Presque tout de suite, assura Lupin. Nous attendons simplement le feu vert.

— Où va-t-on ? Au Terrier ? dit Harry plein d'espoir.

— Non, pas au Terrier, répondit Lupin en lui faisant signe d'aller dans la cuisine.

Le petit cercle des sorciers leur emboîta le pas sans cesser d'observer Harry avec curiosité.

— Trop risqué, expliqua Lupin. Nous avons installé notre quartier général dans un endroit impossible à détecter. Il a fallu un certain temps...

Maugrey Fol Œil s'assit à la table de la cuisine et but au goulot de sa flasque, son œil magique pivotant en tous sens pour observer les nombreuses machines qui épargnaient aux Dursley la plupart des corvées ménagères.

— Voici Alastor Maugrey, dit Lupin à Harry.

— Je sais, répondit Harry, mal à l'aise.

Il était étrange d'être présenté à quelqu'un qu'on pensait avoir connu pendant un an.

— Et voici Nymphadora...

— Ne m'appelle pas Nymphadora, Remus, protesta la jeune sorcière avec un frisson. Mon nom, c'est Tonks.

— Nymphadora Tonks qui préfère être connue sous son seul nom de famille, acheva Lupin.

— Toi aussi, tu préférerais si ton idiote de mère t'avait baptisé *Nymphadora*, marmonna Tonks.

— Lui, c'est Kingsley Shacklebolt.

Il montra un grand sorcier noir qui s'inclina.

— Elphias Doge.

Le sorcier à la voix sifflante fit un signe de tête.

— Dedalus Diggle...

— Nous nous sommes déjà rencontrés, couina Diggle, toujours aussi émotif, en laissant tomber son haut-de-forme violet.

– Emmeline Vance.

Une majestueuse sorcière enveloppée d'un châle vert émeraude le salua de la tête.

– Sturgis Podmore.

Un sorcier à la mâchoire carrée et aux cheveux couleur paille adressa un clin d'œil à Harry.

– Et enfin Hestia Jones.

Derrière le toaster, une sorcière aux joues roses et à la chevelure noire lui fit un signe de la main.

Harry s'inclina maladroitement devant chacun d'eux. Il aurait aimé que les regards soient dirigés ailleurs que sur lui. C'était comme si on l'avait soudain propulsé sur une scène de théâtre. Il se demanda également pourquoi ils étaient venus si nombreux.

– Un nombre surprenant de volontaires se sont proposé de venir te chercher, expliqua Lupin comme s'il avait lu dans les pensées de Harry.

Les commissures de ses lèvres se convulsèrent légèrement.

– Plus on est, mieux ça vaut, commenta Maugrey d'un air sombre. Nous sommes ta garde rapprochée, Potter.

– Nous attendons simplement le signal qui nous indiquera que la voie est libre, dit Lupin en jetant un coup d'œil par la fenêtre. Il devrait venir dans une quinzaine de minutes environ.

– Ils sont très propres, tes Moldus, dit la dénommée Tonks qui observait la cuisine avec beaucoup d'intérêt. Mon père aussi est un Moldu mais c'est un vrai cochon. J'imagine que ça doit dépendre des individus, comme chez les sorciers.

– Heu... oui, dit Harry.

Il se tourna à nouveau vers Lupin.

– Que s'est-il passé, je n'ai eu aucune nouvelle de qui que ce soit, qu'est-ce que Vol... ?

D'étranges sifflements s'élevèrent aussitôt du groupe des sorciers. Dedalus Diggle laissa une nouvelle fois tomber son chapeau et Maugrey gronda :

– Tais-toi !

– Quoi ? s'étonna Harry.

– Pas question de parler de ça ici, c'est trop risqué, expliqua Maugrey qui tourna son œil normal vers Harry, l'œil magique restant fixé sur le plafond. Nom de nom, ajouta-t-il avec colère en portant une main à son œil. Il n'arrête pas de se coincer depuis que cette vermine s'en est servie.

Avec un horrible bruit de succion semblable à celui d'une ventouse débouchant un évier, il arracha l'œil de son orbite.

– Fol Œil, tu sais que c'est parfaitement répugnant ce que tu fais ? dit Tonks sur le ton de la conversation.

– Va me chercher un verre d'eau, s'il te plaît, Harry, demanda Maugrey.

Harry alla prendre un verre propre dans le lave-vaisselle et le remplit d'eau au robinet de l'évier, sous les regards toujours avides des sorciers rassemblés. Être ainsi observé sans relâche commençait à l'agacer.

– Merci bien, dit Maugrey lorsque Harry lui eut donné le verre.

Il laissa tomber l'œil magique dans l'eau et le secoua de haut en bas. L'œil tourna sur lui-même en regardant tout le monde tour à tour.

– Je veux trois cent soixante degrés de visibilité sur le trajet du retour.

– Comment irons-nous... là où on doit aller ? demanda Harry.

– En balai, répondit Lupin. C'est le seul moyen. Tu es trop jeune pour transplaner, le réseau de cheminées est trop bien surveillé pour utiliser la poudre de Cheminette et installer un Portoloin sans autorisation nous coûterait beaucoup trop cher pour que ça en vaille la peine.

– Remus dit que tu sais très bien voler, dit Kingsley Shacklebolt de sa voix grave.

– Il est excellent, assura Lupin, un œil sur sa montre.

D'ailleurs, tu ferais bien de préparer tes bagages, Harry, il faut que nous soyons prêts à partir dès qu'on aura le signal.

— Je viens t'aider, dit Tonks d'un ton claironnant.

Elle suivit Harry dans le hall puis dans l'escalier en regardant autour d'elle avec beaucoup d'intérêt et de curiosité.

— Drôle d'endroit, dit-elle. Un peu *trop* propre, si tu vois ce que je veux dire. Ça manque de naturel. Ah, ça, c'est mieux, ajouta-t-elle lorsqu'ils entrèrent dans la chambre de Harry.

La pièce était sans nul doute beaucoup plus désordonnée que le reste de la maison. Enfermé quatre jours durant, l'humeur massacrante, Harry ne s'était pas soucié de faire le ménage. La plupart de ses livres, dans lesquels il avait essayé de chercher un peu de distraction, étaient répandus par terre, là où il les avait jetés les uns après les autres ; la cage d'Hedwige, qui aurait eu bien besoin d'être nettoyée, commençait à dégager une forte odeur. La grosse valise de Harry était ouverte, révélant un mélange de vêtements moldus et de robes de sorcier qui avaient débordé sur le sol.

Harry ramassa des livres qu'il jeta hâtivement dans sa valise. Tonks s'arrêta devant l'armoire ouverte et examina d'un œil critique son reflet dans la glace de la porte.

— Finalement, je ne crois pas que ce soit le violet qui m'aille le mieux, dit-elle d'un air pensif en tirant une mèche de ses cheveux pointus. Tu ne trouves pas que ça me donne mauvaise mine ?

— Heu..., dit Harry en la regardant par-dessus un volume intitulé *Les Équipes de Quidditch de Grande-Bretagne et d'Irlande*.

— Oui, sans aucun doute, assura Tonks d'un air décidé.

Elle plissa les yeux, le visage crispé, comme si elle s'efforçait de se rappeler quelque chose et, un instant plus tard, ses cheveux prirent une teinte rose chewing-gum.

— Comment avez-vous fait ça ? s'étonna Harry, l'air ébahi tandis qu'elle rouvrait les yeux.

— Je suis une Métamorphomage, dit-elle en tournant la tête

pour se regarder dans la glace sous tous les angles. Ça signifie que je peux changer d'apparence à volonté.

Elle remarqua l'expression stupéfaite du visage de Harry qui se reflétait dans le miroir.

— Je suis née comme ça. J'ai eu les notes maximum en classe de dissimulation et déguisement quand j'ai suivi ma formation d'Auror. Et sans avoir besoin de rien étudier. C'était parfait.

— Vous êtes un Auror ? demanda Harry, impressionné.

Devenir un chasseur de mages noirs était la seule carrière qu'il avait jamais envisagé d'entreprendre après ses études à Poudlard.

— Ouais, répondit Tonks avec fierté. Kingsley aussi, à un niveau un peu plus élevé que moi. Je n'ai passé mon diplôme qu'il y a un an. J'ai failli rater l'épreuve de filature et tapinois. Je suis d'une maladresse abominable, tu m'as entendue casser l'assiette quand nous sommes arrivés ?

— On peut apprendre à devenir Métamorphomage ? lui demanda Harry qui s'était redressé, oubliant complètement sa valise.

Tonks eut un petit rire.

— J'imagine que ça ne te déplairait pas de cacher cette cicatrice de temps en temps, non ?

Ses yeux se posèrent sur la marque en forme d'éclair que Harry portait au front.

— Non, ça ne me déplairait pas du tout, marmonna-t-il en se détournant.

Il détestait qu'on regarde sa cicatrice.

— J'ai bien peur que l'apprentissage soit difficile, dit Tonks. On naît Métamorphomage, on ne le devient pas. C'est très rare, tu sais ? La plupart des sorciers doivent recourir à une baguette magique ou à une potion pour changer d'apparence. Mais il faut se dépêcher, Harry, nous étions venus faire tes bagages, ajouta-t-elle d'un ton coupable en regardant la pagaille alentour.

— Ah oui, c'est vrai, dit Harry.

Il ramassa quelques livres.

— Ne sois pas idiot, ça ira beaucoup plus vite si je... *Failamalle !* s'écria Tonks qui décrivit avec sa baguette magique un grand arc de cercle au-dessus du sol.

Les livres, les vêtements, le télescope et la balance s'envolèrent aussitôt et retombèrent pêle-mêle dans la grosse valise.

— C'est un peu en vrac, dit Tonks en contemplant le fatras. Ma mère avait le don d'amener les affaires à se ranger d'elles-mêmes dans un ordre parfait — avec elle, même les chaussettes se pliaient toutes seules — mais je n'ai jamais compris comment elle s'y prenait. Question de tour de main.

Elle agita sa baguette dans l'espoir d'un meilleur résultat. L'une des chaussettes de Harry se tortilla un peu puis retomba mollement au milieu du fouillis.

— Bah, tant pis, dit Tonks en refermant la grosse valise d'un coup sec. Au moins, tout est dedans. Il faudrait aussi nettoyer ça.

Elle pointa sa baguette sur la cage d'Hedwige.

— *Récurvite !*

Quelques plumes et des fientes de hibou disparurent aussitôt.

— C'est *un peu* mieux, mais je n'ai jamais très bien su maîtriser tous ces sortilèges ménagers. Bon, on a tout ? Le chaudron ? Le balai ? Wouao ! Un *Éclair de feu* ?

Ses yeux s'écarquillèrent en se posant sur l'engin que Harry tenait dans sa main droite. C'était sa fierté et sa joie, un balai aux normes internationales, offert par Sirius.

— Et moi qui continue de voler sur un Comète 260, soupira Tonks avec envie. Enfin... Tu as toujours ta baguette dans ta poche ? Et tes deux fesses sont encore là ? O.K., alors, allons-y. *Locomotor barda !*

La grosse valise s'éleva de quelques centimètres dans les airs. Sa baguette magique à la main dans un geste de chef d'orchestre, Tonks dirigea la valise vers le couloir en tenant la cage d'Hedwige de l'autre main. Harry, qui portait son balai, descendit l'escalier derrière elle.

Dans la cuisine, Maugrey avait remis son œil magique qui tournait si vite à présent, après un bon nettoyage, que Harry en eut le vertige. Kingsley Shacklebolt et Sturgis Podmore regardaient le four à micro-ondes et Hestia Jones s'amusait beaucoup en examinant un épluche-légumes qu'elle avait trouvé dans un tiroir. Lupin, lui, cachetait une lettre destinée aux Dursley.

— Parfait, dit Lupin lorsqu'il vit entrer Tonks et Harry. Je pense qu'il nous reste à peu près une minute. Nous devrions peut-être sortir dans le jardin pour nous tenir prêts. Harry, j'ai laissé un mot à ta tante et à ton oncle pour leur dire de ne pas s'inquiéter...

— Ils ne s'inquiéteront pas, assura-t-il.

— ... que tu es en sécurité...

— Ça va les déprimer.

— ... et que tu les reverras l'été prochain.

— C'est vraiment indispensable ?

Lupin sourit mais s'abstint de tout commentaire.

—Viens là, mon garçon, dit Maugrey d'un ton bourru en lui faisant signe avec sa baguette magique. Il faut que je te désillusionne.

— Que vous quoi ? s'inquiéta Harry.

— Que je te soumette à un sortilège de Désillusion, répondit Maugrey, sa baguette brandie. Lupin m'a dit que tu possèdes une cape d'invisibilité mais tu n'arriveras pas à la maintenir en place pendant le vol, il faut donc trouver un meilleur déguisement. Allons-y...

Il lui donna un bon coup de baguette sur le crâne et Harry éprouva aussitôt une étrange sensation, comme si Maugrey venait de lui écraser un œuf sur la tête. Un liquide froid semblait couler le long de son corps à partir de l'endroit où il avait reçu le coup.

— Beau travail, Fol Œil, dit Tonks d'un air appréciateur en contemplant Harry à hauteur de la taille.

Harry regarda son corps, ou plus exactement ce qui avait été son corps et qui n'avait plus du tout le même aspect. Il n'était pas devenu invisible mais avait pris la couleur et la texture de l'élément de cuisine qui se trouvait derrière lui. Il semblait transformé en caméléon humain.

— Venez, dit Maugrey en déverrouillant la porte de derrière d'un coup de baguette magique.

Ils sortirent sur la magnifique pelouse de l'oncle Vernon.

— La nuit est claire, grogna Maugrey, dont l'œil magique scrutait le ciel. J'aurais préféré un peu plus de nuages. Bon, toi, aboya-t-il à l'adresse de Harry, on va voler en formation serrée. Tonks restera devant, colle-toi dans son sillage. Lupin te couvrira par en dessous. Moi, je serai derrière. Les autres feront le cercle autour de nous. Pas question de rompre la formation pour quelque motif que ce soit, vous m'avez compris ? Si l'un de nous se fait tuer...

— Il y a un risque ? demanda Harry avec appréhension, mais Maugrey ne prit pas la peine de lui répondre.

— ...les autres continuent, ne vous arrêtez pas et, je le répète, ne rompez pas la formation. S'ils arrivent à nous descendre tous et que tu survives, Harry, l'arrière-garde sera prête à prendre le relais. Continue à voler cap à l'est et ils te rejoindront.

— Ne dis pas ça d'un ton aussi joyeux, Fol Œil, il va croire qu'on prend les choses à la légère, commenta Tonks.

Elle était occupée à fixer la grosse valise de Harry et la cage d'Hedwige à son balai grâce à un harnais accroché au manche.

— J'explique simplement notre plan à ce garçon, gronda Maugrey. Nous avons pour mission de l'amener sain et sauf au quartier général et si nous sommes tués au cours de l'opération...

— Personne ne se fera tuer, assura Kingsley Shacklebolt de sa voix profonde et apaisante.

— Montez sur vos balais, voilà le premier signal ! annonça vivement Lupin, le doigt pointé vers le ciel.

Très loin au-dessus d'eux, une pluie d'étincelles rouges avait jailli parmi les étoiles. Harry sut aussitôt qu'elles provenaient de baguettes magiques. Il enfourcha son Éclair de feu, saisit fermement le manche et le sentit vibrer très légèrement comme s'il avait la même hâte que lui de s'élever à nouveau dans les airs.

– Deuxième signal, on y va ! dit Lupin d'une voix forte tandis que d'autres étincelles, vertes cette fois, explosaient dans le ciel.

Harry s'élança en donnant un grand coup de pied par terre. L'air frais de la nuit s'engouffra dans ses cheveux et les jardins bien carrés de Privet Drive s'éloignèrent en se réduisant rapidement à un patchwork noir et vert foncé. La pensée de l'audience qui l'attendait au ministère de la Magie s'évanouit aussitôt comme si le vent nocturne l'avait chassée de sa tête. Il avait l'impression que son cœur allait exploser de bonheur. Il volait à nouveau, loin de Privet Drive, comme il en avait rêvé si souvent cet été, il retournait dans le monde qui était le sien... Pendant quelques merveilleux instants, tous ses problèmes sombrèrent dans le néant, devenus soudain insignifiants dans le vaste ciel étoilé.

– Virage serré à gauche, je répète, gauche serré, il y a un Moldu qui regarde en l'air ! s'écria Maugrey derrière lui.

Tonks vira et Harry la suivit, les yeux fixés sur sa grosse valise qui se balançait dangereusement sous le balai.

– Il faut prendre de l'altitude. On monte de quatre cents mètres !

Harry sentit le froid lui faire venir les larmes aux yeux à mesure qu'ils s'élevaient dans les airs. Au-dessous il ne voyait plus que les petits points lumineux des réverbères et des phares de voitures. Deux de ces minuscules lueurs appartenaient peut-être à la voiture de l'oncle Vernon... A présent, les Dursley devaient être sur le chemin du retour, furieux d'avoir découvert qu'il n'existait aucun concours de pelouses... Harry éclata de rire mais sa voix fut couverte par le claquement des robes, le grincement du harnais auquel était attachée sa valise et le sifflement du vent. Depuis un mois, il ne s'était pas senti aussi heureux, aussi débordant de vie.

– Cap au sud ! s'écria Maugrey. Ville en vue !

Ils virèrent à droite pour éviter de passer à la verticale de la toile d'araignée lumineuse qui étincelait au-dessous.

– Cap au sud-est et continuez à prendre de l'altitude, il y a un nuage dans lequel nous pourrons disparaître ! lança Maugrey.

– Il n'est pas question de traverser des nuages ! s'exclama Tonks avec colère. On serait trempés, Fol Œil !

Harry fut soulagé de l'entendre réagir ainsi. Ses mains s'engourdissaient sur le manche de l'Éclair de feu et il regrettait de n'avoir pas mis de blouson. Il commençait à frissonner.

De temps à autre, ils changeaient de trajectoire, selon les instructions de Fol Œil. Harry plissait les yeux pour se protéger du vent glacé qui commençait également à lui faire mal aux oreilles. Il n'avait éprouvé qu'une seule fois une telle sensation de froid sur un balai, au cours du match de Quidditch contre Poufsouffle qui avait eu lieu pendant un orage, lors de sa troisième année à Poudlard. Les sorciers qui formaient sa garde volaient constamment en cercle autour de lui, tels des oiseaux de proie. Harry avait perdu toute notion de durée et se demanda depuis combien de temps ils volaient. Il aurait dit au moins une heure.

– Cap au sud-ouest ! hurla Maugrey, il faut éviter de passer au-dessus de l'autoroute !

Harry avait si froid, à présent, qu'il songeait avec envie au confort tiède et douillet des voitures dont le flot s'étirait sous leurs yeux. Avec une envie plus intense encore, il s'imaginait voyageant par la poudre de Cheminette : une méthode sans doute inconfortable mais, au moins, il faisait chaud dans les flammes des feux de bois... Kingsley Shacklebolt décrivit un cercle autour de lui, son crâne chauve et l'anneau de son oreille brillant légèrement au clair de lune... A présent, Emmeline

Vance avait pris position à sa droite, sa baguette à la main, tournant la tête de gauche et de droite pour surveiller les alentours… Elle vira à son tour, laissant la place à Sturgis Podmore…

– Nous devrions revenir en arrière pour nous assurer que nous ne sommes pas suivis ! s'écria Maugrey.

– TU ES FOU, FOL ŒIL ? s'exclama Tonks, à l'avant de la formation. Nous sommes tous gelés jusqu'au manche ! Si nous changeons sans cesse de cap, nous arriverons là-bas la semaine prochaine ! D'ailleurs, nous y sommes presque !

– Il est temps d'amorcer la descente ! lança la voix de Lupin. Suis bien Tonks, Harry !

Tonks descendit en piqué et Harry imita sa trajectoire. Ils se dirigeaient vers la plus grosse concentration de lumières qu'il ait jamais vue, une masse gigantesque et tentaculaire de lignes étincelantes qui s'entrecroisaient dans tous les sens, parsemées par endroits de taches d'un noir profond. Ils volèrent de plus en plus bas jusqu'à ce que Harry puisse distinguer un à un les phares et les réverbères, les cheminées et les antennes de télévision. Il avait hâte d'atteindre le sol, mais il faudrait sûrement le dégeler pour arriver à le décoller de son balai.

– On y est ! s'exclama Tonks.

Quelques secondes plus tard, elle avait atterri. Harry se posa juste derrière elle et descendit de son balai sur un carré de pelouse à l'abandon, au milieu d'une petite place. Tonks était déjà en train de détacher la valise. Frissonnant, Harry jeta un regard autour de lui. Les façades crasseuses des maisons environnantes n'étaient guère accueillantes. Certaines d'entre elles avaient des fenêtres cassées qui luisaient tristement à la lumière des réverbères, la peinture des portes s'écaillait et des tas d'ordures couvraient par endroits les marches des perrons.

– Où sommes-nous ? demanda Harry, mais Lupin lui répondit à voix basse : Attends un instant.

Maugrey fouillait dans les replis de sa cape, ses mains noueuses rendues malhabiles par le froid.

— Ah, je l'ai, marmonna-t-il.

Il leva devant lui quelque chose qui ressemblait à un briquet argenté et l'alluma. Le réverbère le plus proche s'éteignit alors en produisant un petit claquement sec. Maugrey actionna à nouveau le briquet et le réverbère suivant s'éteignit à son tour. Il continua ainsi jusqu'à ce que toutes les lampes de la place se soient éteintes. Les seules lumières qui demeuraient provenaient de fenêtres masquées par des rideaux et de la lune en lame de faucille qui brillait au-dessus d'eux.

— J'ai emprunté ça à Dumbledore, grogna Maugrey en remettant l'Éteignoir dans sa poche. Comme ça, les Moldus ne pourront plus rien voir par leurs fenêtres, tu comprends ? Et maintenant, viens vite.

Il prit Harry par le bras et l'entraîna sur le trottoir d'en face. Lupin et Tonks suivaient en portant sa valise. Le reste de la garde, baguettes brandies, les encadrait.

Le son étouffé d'une chaîne stéréo s'élevait d'une fenêtre, au dernier étage de la maison voisine. Un tas de sacs-poubelle, derrière la porte cassée, dégageait une odeur âcre d'ordures en décomposition.

— C'est là, murmura Maugrey.

Il tendit un morceau de parchemin à Harry, toujours désillusionné, et l'éclaira de sa baguette allumée pour qu'il puisse voir ce qui y était écrit.

— Lis ça et inscris-le dans ta mémoire.

Harry regarda le morceau de papier. L'écriture étroite lui était vaguement familière. Il lut : « Le quartier général de l'Ordre du Phénix se trouve au 12, square Grimmaurd, Londres. »

4

12, SQUARE GRIMMAURD

Qu'est-ce que c'est, l'Ordre du…? commença Harry.
— Pas ici, mon garçon! grogna Maugrey. Attends d'être
entré!

Il reprit le morceau de parchemin et y mit le feu du bout de
sa baguette magique. Tandis que le message s'enflammait et
voletait en cendres vers le sol, Harry regarda à nouveau les maisons autour de lui. Ils se trouvaient devant le numéro 11. A
gauche, il vit le numéro 10, à droite, le numéro 13.

— Mais où est le…?

— Pense à ce que tu viens de lire, dit Lupin à voix basse.

Harry obéit et, à peine s'était-il répété les mots « 12, square
Grimmaurd », qu'une vieille porte délabrée surgit de nulle part
entre les numéros 11 et 13. Des murs décrépis aux fenêtres crasseuses apparurent à leur tour. C'était comme si une nouvelle
maison avait soudain écarté les deux autres pour se glisser entre
elles. Harry la contempla bouche bée. On entendait toujours
les pulsations de la musique, au numéro 11. Apparemment, les
Moldus qui habitaient là ne s'étaient aperçus de rien.

— Viens, dépêche-toi, gronda Maugrey en poussant Harry
devant lui.

Harry monta les marches usées du perron, le regard fixé sur la
vieille porte qui venait de se matérialiser. Elle était recouverte
d'une peinture noire miteuse et éraflée par endroits. La poignée
d'argent avait la forme d'un serpent et il n'y avait ni trou de
serrure, ni boîte aux lettres.

Lupin sortit sa baguette magique et en donna un petit coup sur la porte. Harry entendit une longue succession de bruits métalliques puis quelque chose qui ressemblait au cliquetis d'une chaîne. Dans un grincement, la porte s'ouvrit.

– Entre vite, Harry, murmura Lupin, mais ne va pas trop loin et ne touche à rien.

Harry franchit le seuil et se retrouva dans l'obscurité quasi totale du hall. Une odeur douceâtre d'humidité, de poussière et de pourriture imprégnait les lieux. La maison donnait l'impression d'être totalement à l'abandon. Jetant un coup d'œil par-dessus son épaule, Harry vit les autres entrer à la file derrière lui. Lupin et Tonks portaient la grosse valise et la cage d'Hedwige. Debout sur la dernière marche du perron, Maugrey libérait une à une les boules de lumière que l'Éteignoir avait dérobées aux réverbères. Chacune d'elles s'envola vers son ampoule éteinte et le square Grimmaurd fut à nouveau baigné d'une lueur orangée qui disparut lorsque Maugrey referma la porte. L'obscurité du hall devint alors complète.

– Et voilà…

Maugrey donna un bon coup de baguette magique sur la tête de Harry qui sentit cette fois quelque chose de chaud lui couler dans le dos. Le sortilège de Désillusion avait été levé.

– Ne bougez pas, je vais faire un peu de lumière, murmura Maugrey.

Les chuchotements qu'il entendait autour de lui donnaient à Harry un étrange sentiment d'appréhension, comme s'il venait d'entrer dans la maison d'un mourant. Il y eut un léger sifflement puis des lampes à gaz à l'ancienne s'allumèrent peu à peu le long des murs, projetant une lumière tremblante et fantomatique sur le papier à moitié décollé et les tapis usés jusqu'à la corde d'un long hall sinistre. Un lustre couvert de toiles d'araignée luisait au-dessus de leur tête et des portraits noircis par le temps étaient accrochés de travers. Harry entendit quelque chose bouger précipitamment derrière la plinthe. Le lustre ainsi qu'un candélabre posé sur une table bancale avaient tous deux la forme de serpents.

On entendit de petits pas pressés et Mrs Weasley, la mère de Ron, surgit dans l'embrasure d'une porte, à l'autre bout du hall. Elle se hâta vers eux, le visage rayonnant, visiblement ravie de les accueillir. Harry remarqua qu'elle était plus mince et plus pâle que la dernière fois où il l'avait vue.

– Oh, Harry, quelle joie de te revoir ! murmura-t-elle.

Elle le serra contre elle dans une étreinte à lui faire craquer les côtes puis recula d'un pas en le tenant par les épaules et l'examina d'un œil critique.

– Tu m'as l'air tout faible. Tu as besoin de manger quelque chose mais j'ai bien peur que le dîner se fasse un peu attendre.

Elle se tourna vers les autres et murmura rapidement :

– Il vient d'arriver, la réunion a commencé.

Derrière lui, Harry entendit les sorciers manifester divers signes d'intérêt et d'enthousiasme puis il les vit défiler en direction de la porte par laquelle Mrs Weasley était entrée. Harry s'apprêtait à suivre Lupin, mais Mrs Weasley le retint.

– Non, Harry, la réunion est réservée aux membres de l'Ordre. Ron et Hermione sont en haut, tu n'as qu'à attendre avec eux qu'elle soit terminée, ensuite nous pourrons dîner. Et surtout, parle à voix basse quand tu es dans le hall, ajouta-t-elle dans un murmure pressant.

– Pourquoi ?

– Il ne faudrait pas réveiller... quelque chose.

– Qu'est-ce que... ?

– Je t'expliquerai plus tard. Dépêchons-nous, je dois assister à la réunion. Je vais te montrer ton lit.

Un doigt sur les lèvres, elle s'avança sur la pointe des pieds en lui faisant signe de la suivre. Ils passèrent devant de longs rideaux mangés aux mites qui devaient masquer une autre porte puis, après avoir contourné un grand porte-parapluies en forme de jambe de troll, ils montèrent un escalier obscur dont le mur s'ornait d'une rangée de têtes réduites fixées à des plaques. En regardant de plus près, Harry vit qu'il s'agissait de têtes d'elfes. Toutes avaient le même nez semblable à un groin.

Harry était un peu plus déconcerté à chaque pas. Que faisaient-ils donc dans une maison qui semblait appartenir à l'un des pires adeptes de la magie noire ?

— Mrs Weasley, pourquoi...

— Ron et Hermione vont tout t'expliquer, mon chéri, il faut vraiment que je me dépêche, murmura-t-elle l'air affolé. C'est là... — ils avaient atteint le deuxième palier — la porte à droite. Je vous appellerai quand ce sera terminé.

Et elle se hâta de redescendre l'escalier.

Harry traversa le palier délabré, tourna la poignée de la porte, qui avait la forme d'une tête de serpent, et entra.

Il eut le temps d'apercevoir une chambre sinistre avec de hauts plafonds et des lits jumeaux, puis il entendit un gazouillis sonore suivi d'un cri perçant et son champ de vision fut complètement obscurci par une masse épaisse de cheveux ébouriffés. Hermione s'était jetée sur lui et le serrait dans une étreinte qui faillit l'aplatir, tandis que Coquecigrue, le minuscule hibou de Ron, voletait autour d'eux d'un air surexcité.

— HARRY ! Ron, ça y est, il est là, c'est Harry ! Nous ne t'avions pas entendu arriver ! Oh, comment vas-tu ? Ça va ? Tu étais furieux contre nous ? Je peux l'imaginer, nos lettres n'avaient aucun intérêt, nous ne pouvions rien te dire, Dumbledore nous avait fait jurer de garder le silence mais maintenant, on a tellement de choses à te raconter et toi aussi... Les Détraqueurs ! Quand nous avons entendu ça, et l'histoire de l'audience au ministère... quel scandale ! J'ai bien étudié la question, ils ne peuvent pas te renvoyer, c'est impossible, il y a une disposition dans le décret sur la Restriction de l'usage de la magie chez les sorciers de premier cycle qui autorise le recours aux sortilèges en cas de légitime défense...

– Laisse-le respirer, Hermione, dit Ron avec un grand sourire tandis qu'il refermait la porte derrière Harry.

Il semblait avoir encore pris plusieurs centimètres au cours du mois écoulé et paraissait plus grand et dégingandé que jamais. En revanche, son long nez, ses cheveux carotte et ses taches de rousseur n'avaient pas changé.

Toujours rayonnante, Hermione lâcha Harry mais, avant qu'elle ait pu prononcer un mot de plus, il y eut un léger bruissement et une forme blanche s'envola du sommet d'une armoire pour atterrir en douceur sur l'épaule de Harry.

– Hedwige !

La chouette des neiges claqua du bec et lui mordilla affectueusement l'oreille tandis que Harry lui caressait les plumes.

– Elle était de très mauvaise humeur, dit Ron, elle a failli nous dévorer à moitié quand elle nous a apporté tes dernières lettres. Regarde ça...

Il montra à Harry l'index de sa main droite qui présentait une coupure à moitié guérie mais profonde.

– Ah oui, désolé, dit Harry, mais je voulais absolument des réponses...

– On aurait bien voulu te les donner, répondit Ron. Hermione en devenait folle, elle n'arrêtait pas de dire que tu finirais par faire une bêtise si tu restais tout seul sans aucune nouvelle, mais Dumbledore nous a fait...

– ...jurer de garder le silence, acheva Harry. Je sais, Hermione me l'a déjà dit.

L'impression de chaleur qui l'avait envahi à la vue de ses deux meilleurs amis s'était dissipée et une sensation glacée se répandait à présent au creux de son estomac. Tout à coup – après avoir éprouvé pendant un mois entier un tel désir de les revoir – il avait plutôt envie que Ron et Hermione le laissent seul.

Il y eut un silence tendu pendant lequel Harry caressa machinalement Hedwige, sans regarder les deux autres.

– Il pensait que c'était ce qu'il y avait de mieux à faire, reprit Hermione, la voix un peu haletante. Dumbledore, je veux dire.

– C'est ça, répondit Harry.

Il remarqua que les mains d'Hermione portaient également la trace des coups de bec d'Hedwige et s'aperçut qu'il n'en éprouvait aucun remords.

– A mon avis, il pensait que tu étais plus en sécurité chez les Moldus..., commença Ron.

– Ah ouais ? dit Harry en haussant les sourcils. Est-ce que l'un de *vous deux* a été attaqué par des Détraqueurs, au cours de l'été ?

– Non, bien sûr... mais c'est pour ça qu'il te faisait surveiller sans arrêt par des gens de l'Ordre du Phénix...

Harry ressentit une brusque secousse, comme s'il avait raté une marche en descendant un escalier. Ainsi donc, tout le monde savait qu'il était surveillé, sauf lui.

– Ça n'a pas marché si bien que ça, on dirait, remarqua Harry en faisant de son mieux pour parler d'une voix égale. En définitive, j'ai été obligé de me débrouiller tout seul.

– Il était dans une fureur..., dit Hermione d'une voix presque terrorisée. Dumbledore. On l'a vu. Quand il a appris que Mondingus était parti avant la fin de son tour de garde. C'était effrayant.

– Eh bien, moi, je suis très content qu'il soit parti, répliqua froidement Harry. Sinon, je n'aurais pas été obligé de jeter un sortilège et Dumbledore m'aurait sans doute laissé mijoter à Privet Drive tout l'été.

– Tu n'es pas... inquiet à propos de ta convocation au ministère de la Magie ? demanda Hermione à voix basse.

– Non, répondit Harry sur un ton de défi.

Il s'éloigna d'eux en jetant des coups d'œil autour de lui, Hedwige, l'air satisfait, blottie sur son épaule. Mais cette pièce n'était pas faite pour lui remonter le moral. Elle était sombre et humide. Une toile vide dans un cadre ouvragé constituait le seul élément qui rompait un peu la monotonie des murs au papier peint décollé. Lorsque Harry passa devant, il lui sembla entendre quelqu'un ricaner, quelque part dans l'obscurité.

– Alors, pourquoi Dumbledore tenait-il tant à me garder dans l'ignorance ? demanda Harry qui s'efforçait toujours d'adopter un ton détaché. Est-ce que vous avez... heu... pris la peine de le lui demander ?

Il leva la tête juste à temps pour les voir échanger un regard éloquent : de toute évidence, son comportement était exactement celui qu'ils avaient redouté. Ce qui ne fit rien pour améliorer son humeur.

– Nous avons expliqué à Dumbledore que nous voulions te raconter ce qui se passait, dit Ron. Tu peux nous croire, Harry. Mais il est très occupé en ce moment, nous ne l'avons vu que deux fois depuis que nous sommes arrivés ici et il n'avait pas beaucoup de temps à nous consacrer, il nous a simplement fait jurer de ne rien te communiquer d'important dans nos lettres, il avait peur que nos hiboux soient interceptés.

– Il aurait quand même pu me tenir informé s'il l'avait voulu, répliqua sèchement Harry. Vous n'allez pas me faire croire qu'il n'a aucun moyen de transmettre des messages autrement que par des hiboux.

Hermione jeta un coup d'œil à Ron avant de répondre :

– Je pensais la même chose. Mais en fait, il ne voulait pas que tu saches *quoi que ce soit*.

– Il pense peut-être que je ne suis pas digne de confiance, dit Harry en observant l'expression de leur visage.

– Ne sois pas idiot, répondit Ron, qui ne savait plus où il en était.

– Ou que je suis incapable de prendre mes responsabilités.

– Ce n'est pas du tout ça ! s'exclama Hermione d'une voix anxieuse.

– Alors, expliquez-moi pourquoi j'ai dû rester chez les Dursley pendant que vous deux, vous étiez ici à participer aux événements ? interrogea Harry, ses paroles sortant en cascade de ses lèvres, sa voix s'intensifiant à chaque mot. Comment se fait-il que vous, vous ayez le droit de savoir ce qui se passe ?

— Ce n'est pas ça du tout ! l'interrompit Ron. Maman ne nous laisse jamais approcher des réunions, elle dit que nous sommes trop jeunes...

A sa propre surprise, Harry se mit alors à hurler :

— DONC, VOUS N'ASSISTEZ PAS AUX RÉUNIONS, ET ALORS ? VOUS ÊTES QUAND MÊME ICI, NON ? ET ENSEMBLE ! MOI, J'AI ÉTÉ COINCÉ CHEZ LES DURSLEY PENDANT TOUT UN MOIS. ET J'AI DÛ AFFRONTER DES SITUATIONS DONT VOUS N'AVEZ JAMAIS EU L'IDÉE. DUMBLEDORE LE SAIT ! QUI A RÉCUPÉRÉ LA PIERRE PHILOSOPHALE ? QUI S'EST DÉBARRASSÉ DE JEDUSOR ? QUI VOUS A SAUVÉS TOUS LES DEUX DES DÉTRAQUEURS ?

Toute l'amertume et la rancœur que Harry avait accumulées au cours du mois écoulé se déversait à présent : sa déception de n'avoir aucune nouvelle, la peine qu'il avait ressentie à les savoir ensemble loin de lui, sa fureur en apprenant qu'on le suivait à son insu — tous les sentiments dont il avait à moitié honte finissaient par rompre les digues. Hedwige prit peur en entendant tout ce bruit et s'envola pour aller se poser à nouveau sur le sommet de l'armoire. Coquecigrue émit de petits cris de frayeur et voleta encore plus vite autour de leurs têtes.

— QUI EST-CE QUI A DÛ FAIRE FACE À DES DRAGONS, DES SPHINX ET TOUTES SORTES D'AUTRES HORREURS, L'ANNÉE PASSÉE ? QUI EST-CE QUI *L'A* VU REVENIR ? QUI A DÛ *LUI* ÉCHAPPER ? MOI !

Ron restait bouche bée, visiblement paralysé et incapable de répondre quoi que ce soit tandis qu'Hermione paraissait sur le point de fondre en larmes.

— MAIS POURQUOI DEVRAIS-JE ÊTRE AU COURANT DE CE QUI SE PASSE ? POURQUOI SE

DONNERAIT-ON LA PEINE DE ME DONNER DES NOUVELLES ?

– Harry, nous voulions te tenir au courant, crois-moi..., commença Hermione.

– VOUS N'AVEZ PAS DÛ VOULOIR BEAUCOUP, SINON VOUS M'AURIEZ ENVOYÉ UN HIBOU, MAIS DUMBLEDORE VOUS A FAIT JURER...

– C'est la vérité...

– PENDANT QUATRE SEMAINES ENTIÈRES, JE SUIS RESTÉ COINCÉ À PRIVET DRIVE, OBLIGÉ DE FOUILLER LES POUBELLES À LA RECHERCHE DE JOURNAUX OÙ JE POURRAIS TROUVER DES INDI-CATIONS SUR CE QUI SE PASSAIT...

– On voulait...

– J'IMAGINE QUE VOUS VOUS ÊTES BIEN AMUSÉS, ICI, TOUS LES DEUX...

– Non, crois-moi...

– Nous sommes vraiment désolés ! assura Hermione au désespoir, les yeux brillants de larmes. Tu as parfaitement rai-son, Harry... à ta place, j'aurais été furieuse !

Harry lui jeta un regard noir, en respirant profondément, puis il se détourna et se mit à faire les cent pas. Perchée au sommet de l'armoire, Hedwige hululait d'un air sombre. Il y eut un long silence que seuls venaient briser les grincements sinistres du parquet sous les pas de Harry.

– Et d'ailleurs, on est où, ici ? lança-t-il à Ron et à Hermione.

– Au quartier général de l'Ordre du Phénix, répondit aussitôt Ron.

– Est-ce que quelqu'un va enfin consentir à m'expliquer ce qu'est l'Ordre du Phénix ?

– C'est une société secrète, dit précipitamment Hermione. Dumbledore en est le président, il l'a fondée lui-même. Elle ras-semble tous ceux qui ont lutté contre Tu-Sais-Qui la dernière fois.

— Qui en fait partie ? demanda Harry en s'immobilisant, les mains dans les poches.

— Pas mal de gens...

— On en a vu une vingtaine, précisa Ron, mais nous pensons qu'il y en a plus.

Harry les fixa d'un œil sévère.

— Et *alors* ? demanda-t-il d'un ton impérieux en les regardant tour à tour.

— Heu..., dit Ron. Alors, quoi ?

— *Voldemort !* s'exclama Harry avec fureur.

Ron et Hermione grimacèrent.

— Qu'est-ce qu'il mijote ? Où est-il ? Qu'est-ce qui s'est passé ? Qu'est-ce qu'on fait pour l'arrêter ?

— On te l'a déjà dit, l'Ordre du Phénix ne nous laisse pas assister à ses réunions, répondit Hermione d'une voix tremblante. Nous ne connaissons donc pas les détails, mais nous avons une idée générale, s'empressa-t-elle d'ajouter en voyant l'expression de Harry.

— Fred et George ont inventé des Oreilles à rallonge, dit Ron. Elles nous sont très utiles.

— A rallonge ?

— Oui, des oreilles. Mais nous avons dû cesser de nous en servir ces temps-ci parce que maman s'en est aperçue et elle est devenue folle de rage. Fred et George les ont cachées pour qu'elle ne puisse pas les jeter à la poubelle. Mais elles ont été très efficaces avant qu'elle les découvre. Nous savons par exemple que des membres de l'Ordre suivent des Mangemorts bien connus et font des rapports sur eux.

— D'autres essayent de recruter de nouveaux membres pour l'Ordre, dit Hermione.

— Et d'autres se chargent de garder quelque chose, ajouta Ron. Ils parlent toujours de tours de garde.

— Ce ne serait pas moi qu'ils garderaient, par hasard ? interrogea Harry d'un ton sarcastique.

— Ah, oui, c'est bien possible, répondit Ron, qui semblait soudain comprendre.

Harry eut une exclamation de dédain. Il recommença à faire le tour de la pièce en posant son regard un peu partout, sauf sur Ron et Hermione.

— Alors, qu'est-ce que vous avez fait tous les deux si on ne veut pas de vous aux réunions ? demanda-t-il. Vous m'avez dit que vous étiez très occupés.

— C'est vrai, répondit aussitôt Hermione. Nous avons désinfecté cette maison. Elle était restée inhabitée pendant des années et des tas de trucs se sont répandus un peu partout. Nous avons réussi à nettoyer la cuisine, la plupart des chambres et je pense que nous allons nous occuper du salon dem… AARGH !

Accompagnés de deux craquements sonores, Fred et George, les frères jumeaux de Ron, venaient de se matérialiser au milieu de la pièce. Coquecigrue poussa des cris plus frénétiques que jamais et fila rejoindre Hedwige au sommet de l'armoire.

— Arrêtez de faire ça ! dit Hermione d'une voix faible à l'adresse des jumeaux qui avaient les mêmes cheveux roux que Ron mais étaient plus râblés et un peu moins grands.

— Salut, Harry, dit George avec un grand sourire. Il nous avait semblé entendre ta voix douce et mélodieuse.

— Il ne faut pas réprimer ta colère comme ça, Harry, laisse-la s'exprimer, dit Fred avec le même sourire. Sinon, il y a peut-être deux ou trois personnes dans un rayon de cinquante kilomètres qui risquent de ne pas t'entendre.

— On dirait que vous avez réussi vos examens de transplanage, tous les deux, remarqua Harry d'un ton grincheux.

— Avec mention, précisa George qui tenait à la main une sorte de longue ficelle couleur chair.

— Il vous aurait fallu trente secondes de plus pour descendre par l'escalier, fit remarquer Ron.

— Le temps, c'est des Gallions, petit frère, dit Fred. En tout cas,

Harry, tu produis des interférences. Oreilles à rallonge, ajouta-t-il en le voyant hausser les sourcils d'un air interrogateur.

Il lui montra la ficelle qui s'étendait jusqu'au palier.

— On essaye de savoir ce qui se passe en bas.

— Vous devriez faire attention, dit Ron en regardant l'oreille. Si jamais maman en voit encore une...

— Ça vaut la peine de prendre le risque. Ils tiennent une réunion très importante, répondit Fred.

La porte s'ouvrit et une longue crinière rousse apparut.

— Oh, salut, Harry ! lança Ginny, la jeune sœur de Ron. Je pensais bien avoir entendu ta voix.

Se tournant vers Fred et George, elle ajouta :

— C'est fichu pour les Oreilles à rallonge, elle a jeté un sort d'Impassibilité sur la porte de la cuisine.

— Comment tu le sais ? demanda George, tout déconfit.

— Tonks m'a appris comment s'en apercevoir, expliqua Ginny. Il suffit de jeter quelque chose contre la porte suspecte et si le contact est impossible, ça signifie qu'elle a été impassibilisée. J'ai lancé des Bombabouses sur la porte de la cuisine depuis le haut de l'escalier et à chaque fois, elles sont reparties dans l'autre sens. Donc, les Oreilles à rallonge ne pourront pas passer dessous.

Fred poussa un profond soupir.

— Quel dommage ! J'aurais bien aimé savoir ce que le vieux Rogue a fabriqué ces temps derniers.

— Rogue ! s'exclama Harry. Il est ici ?

— Ouais, dit George.

Il referma soigneusement la porte et alla s'asseoir sur l'un des lits jumeaux. Fred et Ginny l'imitèrent.

— Il est en train de faire un rapport top secret.

— Sale bonhomme, dit Fred d'un ton nonchalant.

— Il est de notre côté, maintenant, protesta Hermione.

Ron renifla avec mépris.

— Il n'empêche que c'est quand même un sale bonhomme. Il faut voir comment il nous regarde quand on le croise.

— Bill ne l'aime pas non plus, dit Ginny, comme si cela réglait définitivement la question.

Harry ne savait pas encore très bien si sa colère s'était calmée. En tout cas, sa soif d'informations l'emportait à présent sur son besoin de vociférer. Il se laissa tomber sur l'autre lit.

— Bill est ici ? demanda-t-il. Je croyais qu'il travaillait en Égypte ?

— Il a fait une demande pour un emploi de bureau. Comme ça, il a pu rentrer et travailler pour l'Ordre, dit Fred. Il prétend que les tombeaux égyptiens lui manquent, mais... il y a des compensations, ajouta-t-il avec un petit rire.

— Qu'est-ce que tu veux dire ?

— Tu te souviens de cette bonne vieille Fleur Delacour ? répondit George. Elle a trouvé un travail chez Gringotts pour *speaker un betteur Anglish...*

— Et Bill lui donne beaucoup de leçons particulières, ricana Fred.

— Charlie aussi est membre de l'Ordre, précisa George, mais il est toujours en Roumanie. Dumbledore veut recruter le plus grand nombre possible de sorciers étrangers, alors Charlie essaye d'établir des contacts pendant ses jours de congé.

— Et Percy, il ne pourrait pas faire ça ? demanda Harry.

La dernière fois qu'il avait entendu parler de lui, le troisième des frères Weasley travaillait au Département de la coopération magique internationale, au ministère de la Magie.

En entendant sa question, les Weasley et Hermione, l'air sombre, échangèrent des regards éloquents.

— Quoi qu'il arrive, ne prononce jamais le nom de Percy devant maman ou papa, dit Ron à Harry, la voix tendue.

— Pourquoi ?

— Parce que chaque fois qu'on parle de Percy, papa casse ce qui lui tombe sous la main et maman se met à pleurer, répondit Fred.

— C'est une histoire affreuse, dit tristement Ginny.

— On en a tous assez de lui, déclara George, avec une expression hostile qui ne lui était pas familière.

— Qu'est-ce qui s'est passé ? interrogea Harry.

— Percy et papa se sont disputés, expliqua Fred. Je n'avais jamais vu papa se disputer comme ça avec qui que ce soit. D'habitude, c'est maman qui se charge de crier.

— Ça s'est passé à la fin de l'année scolaire, dit Ron. Nous devions venir rejoindre l'Ordre. Percy est arrivé à la maison et nous a annoncé qu'il avait eu une promotion.

— Tu plaisantes ? dit Harry.

Il savait à quel point Percy était ambitieux, mais il lui semblait qu'il n'avait pas très bien réussi dans son premier emploi au ministère de la Magie. Percy avait commis une assez considérable bévue en ne s'apercevant pas que son chef était tombé sous le contrôle de Lord Voldemort (d'ailleurs, les gens du ministère ne l'avaient pas cru non plus, ils pensaient tous que Mr Croupton était simplement devenu fou).

— Oui, nous avons tous été surpris, dit George, car Percy s'était attiré beaucoup d'ennuis dans l'affaire Croupton, il y a eu une enquête et tout ça. Ils ont dit que Percy aurait dû se rendre compte que Croupton déraillait et en informer les instances supérieures. Mais tu connais Percy, Croupton lui avait confié la direction du département, il n'allait pas s'en plaindre.

— Alors comment se fait-il qu'il ait eu une promotion ?

— C'est précisément la question que nous nous sommes posée, dit Ron qui semblait ravi d'avoir une conversation normale, maintenant que Harry avait cessé de hurler. Il était très content de lui quand il est revenu à la maison — encore plus content que d'habitude, si c'est possible — et il a annoncé à papa qu'on lui avait offert un poste dans le bureau même de Fudge. Un excellent job pour quelqu'un sorti de Poudlard depuis seulement un an : assistant du ministre. Il pensait que papa serait impressionné.

— Mais il ne l'était pas du tout, dit Fred d'un air sinistre.

— Et pourquoi ? demanda Harry.

— Apparemment, Fudge avait fait une descente dans tous les bureaux du ministère pour s'assurer que plus personne n'avait de contact avec Dumbledore, répondit George.

— Ces temps-ci, le nom de Dumbledore est haï au ministère, dit Fred. Ils sont tous persuadés qu'il cherche à semer la pagaille en prétendant que Tu-Sais-Qui est de retour.

— Papa dit que Fudge a bien fait comprendre que les alliés de Dumbledore, quels qu'ils soient, peuvent tout de suite prendre la porte, expliqua George.

— L'ennui, c'est que Fudge soupçonne papa. Il sait qu'il est ami avec Dumbledore et il a toujours pensé que papa était quelqu'un d'un peu bizarre à cause de sa passion pour les Moldus.

— Mais quel est le rapport avec Percy ? s'étonna Harry, un peu désorienté.

— J'y viens. Papa pense que Fudge veut prendre Percy auprès de lui dans le seul but de s'en servir pour espionner la famille — et Dumbledore par la même occasion.

Harry émit un léger sifflement.

— J'imagine que ça a dû faire plaisir à Percy.

Ron eut un rire jaune.

— Il est devenu fou de rage. Il a dit... il a dit tout un tas de choses horribles. Que depuis son arrivée au ministère, il avait dû se battre contre l'exécrable réputation de papa, que papa n'avait aucune ambition et que c'était pour ça que nous avions toujours été... enfin, je veux dire... qu'on n'avait jamais eu beaucoup d'argent...

— *Quoi ?* s'exclama Harry, incrédule, tandis que Ginny laissait échapper un grondement de chat furieux.

— Je sais, dit Ron à voix basse. Et c'est devenu encore pire. Il a dit que papa était idiot de fréquenter Dumbledore, que Dumbledore allait avoir de graves ennuis, et qu'il entraînerait papa dans sa chute et que lui — Percy — savait où était la loyauté, qu'elle était du côté du ministère. Et si maman et papa devaient trahir le ministère, il s'arrangerait pour que tout le monde sache qu'il n'appartenait plus à notre famille. Là-dessus, il a fait ses valises et il est parti le soir même. Maintenant, il vit ici, à Londres.

Harry murmura un juron. Parmi tous les frères de Ron, Percy était celui qu'il aimait le moins mais il n'aurait jamais imaginé qu'il puisse dire des choses pareilles à Mr Weasley.

— Maman était dans un bel état, dit Ron, elle n'arrêtait pas de pleurer. Elle est allée à Londres pour essayer de parler à Percy mais il lui a claqué la porte au nez. Je me demande ce qu'il fait quand il croise papa dans les couloirs du ministère – il détourne la tête, j'imagine.

— Mais Percy sait *sûrement* que Voldemort est de retour, dit lentement Harry. Il n'est pas idiot, il se doute bien que ton père et ta mère ne prendraient pas tous ces risques sans avoir de preuves.

— Ouais, et c'est là que ton nom est apparu dans la dispute, répondit Ron en jetant à Harry un regard furtif. Percy dit que la seule preuve qu'on ait, c'est ta parole et... enfin... il ne pensait pas que ce soit suffisant.

— Percy croit ce qui est écrit dans *La Gazette du sorcier*, dit Hermione d'un ton amer.

Les autres acquiescèrent d'un signe de tête.

— De quoi parlez-vous ? demanda Harry en les regardant tour à tour.

Ils eurent tous l'air gêné.

— Tu... tu ne recevais pas *La Gazette du sorcier* ? demanda Hermione, mal à l'aise.

— Si, bien sûr ! répondit Harry.

— Et tu... tu l'as lue attentivement ? poursuivit-elle, de plus en plus anxieuse.

— Pas de la première à la dernière ligne, répondit Harry sur la défensive. S'ils avaient eu quelque chose à dire sur Voldemort, la nouvelle aurait fait les grands titres, non ?

Les autres tressaillirent en entendant prononcer le nom.

– Si tu ne la lisais pas en entier, tu ne pouvais rien remarquer, reprit précipitamment Hermione. En tout cas, ils ont... heu... parlé de toi environ deux fois par semaine.

– Je m'en serais aperçu...

– Pas si tu te contentais de lire la première page, dit-elle en hochant la tête. C'étaient de simples allusions, pas de grands articles. Une sorte de plaisanterie à répétition.

– Qu'est-ce que tu... ?

– En fait, ils sont assez méchants, dit Hermione qui s'efforçait de parler d'une voix calme. Ils se servent des histoires de Rita.

– Mais elle n'écrit plus pour eux ?

– Oh non, elle a tenu sa promesse – d'ailleurs, elle n'avait pas le choix, ajouta Hermione avec satisfaction. Mais elle a jeté les bases de ce qu'ils font maintenant.

– Et ils font *quoi* ? demanda Harry, agacé.

– Tu te souviens quand elle écrivait que tu passais ton temps à t'évanouir en disant que ta cicatrice te faisait mal et tout ça ?

– Oh, oui, dit Harry qui n'était pas près d'oublier les articles de Rita Skeeter.

– Eh bien, ils te présentent comme une sorte d'illuminé qui cherche à tout prix à attirer l'attention sur lui en pensant qu'il est un grand héros tragique ou quelque chose dans ce genre-là, expliqua Hermione qui parlait le plus rapidement possible comme s'il était moins désagréable pour Harry d'entendre tout cela très vite. Ils glissent régulièrement des remarques sarcastiques à ton sujet. Par exemple, s'ils parlent d'une histoire qui paraît invraisemblable, ils ajoutent un commentaire du style : « Un conte digne de Harry Potter », et si quelqu'un est victime d'un accident un peu bizarre, ils disent : « Espérons qu'il n'aura pas de cicatrice au front, sinon on nous demandera de lui vouer un culte... »

– Je n'ai pas du tout envie qu'on me voue un culte..., répliqua Harry avec fougue.

— Je le sais bien, dit aussitôt Hermione, effrayée. Je le *sais*, Harry. Mais tu vois où ils veulent en venir ? Ils veulent te faire passer pour quelqu'un qu'il ne faut surtout pas croire. C'est Fudge qui est derrière tout ça, j'en suis sûre. Ils veulent que le sorcier moyen te considère comme un personnage ridicule et stupide qui raconte des contes à dormir debout pour entretenir sa célébrité.

— Je n'ai pas demandé... Je n'ai pas voulu... *Voldemort a tué mes parents* ! balbutia Harry. Je suis devenu célèbre parce qu'il a assassiné ma famille sans réussir à me tuer ! Qui aurait envie d'être célèbre pour cette raison-là ? Ils ne comprennent donc pas que j'aurais préféré ne jamais...

— Nous le *savons*, Harry, dit Ginny d'un ton grave.

— Et, bien entendu, ils n'ont pas dit un mot des Détraqueurs qui t'ont attaqué, poursuivit Hermione. Quelqu'un leur a recommandé de faire le silence là-dessus. Pourtant ils tenaient un bon article : des Détraqueurs échappés d'Azkaban. Ils n'ont même pas signalé ton infraction au Code international du secret magique. Nous pensions qu'ils sauteraient sur l'occasion, ça cadrait tellement bien avec l'image de m'as-tu-vu stupide qu'ils veulent donner de toi. Ils doivent attendre que tu sois renvoyé de Poudlard pour se déchaîner. Je veux dire, *si* tu es renvoyé, bien sûr, s'empressa-t-elle d'ajouter. En fait, tu ne devrais pas l'être : s'ils respectent leurs propres lois, ils n'ont rien à te reprocher.

La conversation revenait sur sa convocation au ministère de la Magie et Harry ne voulait plus y penser. Il essaya de trouver un autre sujet moins déplaisant mais des bruits de pas qui montaient l'escalier lui épargnèrent cette peine.

— Oh, attention.

Fred tira vigoureusement sur l'Oreille à rallonge puis, dans un nouveau craquement assourdissant, il se volatilisa en même temps que George. Quelques secondes plus tard, Mrs Weasley apparut à la porte de la chambre.

– La réunion est terminée, vous pouvez venir dîner. Tout le monde meurt d'envie de te voir, Harry. Et, au fait, qui a laissé traîner toutes ces Bombabouses devant la porte de la cuisine ?

– Pattenrond, répondit Ginny sans rougir. Il adore jouer avec.

– Ah, dit Mrs Weasley, je pensais que c'était peut-être Kreattur, il n'arrête pas de faire des choses bizarres dans ce genre-là. Et n'oubliez pas de parler à voix basse quand vous serez dans le hall. Ginny, tes mains sont d'une saleté repoussante, où as-tu encore été traîner ? Va vite les laver, s'il te plaît.

Ginny fit une grimace et suivit sa mère hors de la pièce, laissant Harry seul en compagnie de Ron et d'Hermione qui le regardaient avec appréhension comme s'ils craignaient une nouvelle explosion de fureur. En les voyant si inquiets, Harry se sentit un peu honteux.

– Écoutez…, murmura-t-il.

Mais Ron hocha la tête et Hermione dit à voix basse :

– Nous savions que tu serais en colère, Harry, nous ne t'en voulons pas mais comprends-nous bien : on a *vraiment* essayé de convaincre Dumbledore de…

– Oui, oui, je sais, répondit sèchement Harry.

Il chercha un sujet de conversation qui n'oblige pas à parler de Dumbledore. Dès qu'il pensait à lui, la rage lui brûlait les entrailles.

– Qui est Kreattur ? demanda-t-il.

– L'elfe de maison qui vit ici, répondit Ron. Un vrai dingue. Jamais vu ça.

Hermione se tourna vers lui en fronçant les sourcils.

– Ce n'est pas un *dingue*, Ron.

– L'ambition de sa vie, c'est qu'on lui coupe la tête et qu'on la mette sur une plaque comme celle de sa mère, répliqua Ron d'un ton agacé. Tu trouves ça normal, Hermione ?

– Heu… ce n'est pas sa faute s'il est un peu étrange.

Ron regarda Harry d'un œil effaré.

– Hermione n'a toujours pas laissé tomber ses histoires de SALE !

– On ne dit pas SALE ! s'indigna Hermione. On dit Société d'Aide à la Libération des Elfes. Et je ne suis pas la seule à le défendre, Dumbledore lui aussi dit qu'il faut être gentil avec Kreattur.

– C'est ça, c'est ça, dit Ron. Venez, je meurs de faim.

Il sortit le premier sur le palier, mais avant qu'ils aient commencé à descendre l'escalier...

– Attendez ! souffla-t-il en tendant le bras pour les empêcher d'aller plus loin. Ils sont toujours dans le hall, on va peut-être entendre quelque chose.

Tous trois jetèrent un regard prudent par-dessus la rampe. En bas, une foule de sorciers et de sorcières se pressaient dans le hall obscur. Harry reconnut parmi eux les membres de sa garde rapprochée. Les sorciers se parlaient en chuchotant, l'air surexcité. Harry distingua au beau milieu du groupe les cheveux sombres et gras et le nez proéminent du professeur Rogue, celui des enseignants de Poudlard qu'il aimait le moins. Il se pencha un peu, curieux d'en savoir plus sur le rôle que tenait Rogue au sein de l'Ordre du Phénix...

Une mince ficelle couleur chair descendit alors devant les yeux de Harry. En levant la tête, il vit sur le palier du dessus Fred et George qui déroulaient une Oreille à rallonge en direction des sorciers plongés dans la pénombre. Un instant plus tard, cependant, le groupe se dirigea vers la porte d'entrée et disparut.

– Nom d'une gargouille, murmura Fred en remontant l'Oreille à rallonge.

Ils entendirent la porte d'entrée s'ouvrir puis se refermer.

– Rogue ne mange jamais ici, dit Ron à voix basse. Dieu merci. Viens.

– Et ne parle surtout pas à haute voix, murmura Hermione.

Lorsqu'ils arrivèrent à la hauteur des têtes d'elfes accrochées au mur, ils virent Lupin, Mrs Weasley et Tonks refermer la porte sur ceux qui venaient de partir et en verrouiller les nombreuses serrures à l'aide d'un sortilège.

— Nous dînons dans la cuisine, chuchota Mrs Weasley qui les avait rejoints au bas de l'escalier. Harry, mon chéri, traverse le hall sur la pointe des pieds jusqu'à la porte que tu vois là-bas...

CRACBOUM !

— *Tonks !* s'écria-t-elle, exaspérée, en tournant la tête.

— Je suis désolée ! se lamenta Tonks, à plat ventre par terre. C'est ce stupide porte-parapluies, ça fait deux fois que je me prends les pieds...

Mais la fin de sa phrase fut étouffée par un terrible hurlement à glacer le sang.

Les rideaux mangés aux mites devant lesquels Harry était passé un peu plus tôt s'écartèrent brusquement mais ce n'était pas une porte qu'ils masquaient. Pendant une fraction de seconde, Harry crut voir une fenêtre derrière laquelle une vieille dame coiffée d'un chapeau noir hurlait de toutes ses forces comme si on l'avait torturée — puis il s'aperçut qu'il s'agissait d'un simple portrait grandeur nature, sans doute le plus réaliste et le plus déplaisant qu'il eût jamais vu.

La vieille femme bavait, ses yeux roulaient dans leurs orbites, sa peau parcheminée se tendait sur son visage tandis qu'elle vociférait. Dans le hall, tous les autres portraits se réveillèrent soudain en se mettant à crier à leur tour dans un tel vacarme que Harry, les yeux plissés, dut se plaquer les mains sur les oreilles.

Lupin et Mrs Weasley se précipitèrent pour essayer de rabattre les rideaux sur le portrait mais ils refusaient de se fermer et la vieille femme hurlait de plus en plus fort en tendant devant elle ses mains griffues comme pour leur lacérer le visage.

— *Vermine ! Saletés ! Résidus de pourriture et d'abjection ! Bâtards, mutants, monstres, quittez cette maison ! Comment osez-vous souiller la demeure de mes aïeux ?*

Tonks se répandit en excuses, soulevant l'énorme et pesante jambe de troll pour la remettre d'aplomb. Mrs Weasley renonça à fermer les rideaux et courut en tous sens dans le hall pour stupéfixer les autres portraits à coups de baguette magique. Un homme à la longue chevelure noire apparut alors à une porte, face à Harry.

— Tais-toi, espèce d'horrible vieille harpie, TAIS-TOI ! rugit-il en saisissant le rideau que Mrs Weasley venait de lâcher.

La vieille femme pâlit.

— *Oooouuuu !* hurla-t-elle, les yeux exorbités en voyant approcher l'homme aux cheveux noirs. *Traître, abomination, honte de ma chair et de mon sang !*

— Je t'ai dit de te TAIRE ! gronda l'homme.

Dans un effort colossal, il parvint à refermer les rideaux avec l'aide de Lupin.

Les cris de la vieille femme s'évanouirent aussitôt et le silence revint.

Légèrement essoufflé, écartant les mèches sombres qui lui tombaient devant les yeux, Sirius Black, le parrain de Harry, se tourna vers son filleul.

— Salut, Harry, dit-il d'un air lugubre. Je vois que tu as déjà fait connaissance avec ma mère.

5

L'Ordre du Phénix

Ta... ?

— Ma chère vieille mère, oui, dit Sirius. Depuis un mois, nous essayons de la décrocher mais elle a dû jeter un maléfice de Glu Perpétuelle derrière la toile. Viens, descendons vite avant qu'ils se réveillent de nouveau.

— Mais qu'est-ce que fait le portrait de ta mère dans cette maison ? demanda Harry, déconcerté.

Sirius, suivi des autres sorciers, entraîna Harry hors du hall, dans un étroit escalier de pierre.

— Personne ne t'a rien dit ? Cette maison était celle de mes parents. Et comme je suis le dernier survivant de la famille Black, j'en ai hérité. Je l'ai mise à la disposition de Dumbledore pour y installer le quartier général — c'est d'ailleurs la seule chose utile que j'aie réussi à faire.

Harry, qui s'était attendu à un meilleur accueil, fut frappé par le ton dur et amer de Sirius. Il suivit son parrain au bas des marches puis dans une cuisine aménagée en sous-sol.

C'était une salle de la taille d'une caverne, à peine moins sinistre que le hall, avec des murs en pierre brute. Elle était éclairée essentiellement par un grand feu de bois qui brûlait dans une cheminée aménagée tout au fond. La fumée de pipe qui flottait dans l'air comme des volutes au-dessus d'un champ de bataille laissait voir les contours menaçants de lourdes casseroles et de marmites ventrues, suspendues au plafond baigné de ténèbres. De nombreuses chaises apportées pour les besoins de la réunion s'alignaient autour d'une longue table de bois encombrée de rouleaux de parchemin, de coupes, de bouteilles de vin vides et d'un tas informe qui semblait constitué de chiffons. Au bout de la table, Mr Weasley et Bill, son fils aîné, parlaient à voix basse, penchés l'un vers l'autre.

Mrs Weasley s'éclaircit la gorge. Son mari, un homme mince au front dégarni, avec des cheveux roux et des lunettes d'écaille, jeta un regard autour de lui puis se leva d'un bond.

– Harry ! dit-il en se précipitant pour l'accueillir. Ça fait plaisir de te voir !

Il lui serra chaleureusement la main. Par-dessus l'épaule de Mr Weasley, Harry jeta un regard à Bill. Les cheveux longs toujours noués en catogan, il s'affairait à enrouler les parchemins qui traînaient sur la table.

– Tu as fait bon voyage, Harry ? demanda Bill en essayant de ramasser une douzaine de parchemins à la fois. Fol Œil n'est pas passé par le Groenland ?

– Il a essayé, dit Tonks.

Elle s'était approchée de Bill pour l'aider et avait aussitôt renversé une bougie allumée sur le dernier morceau de parchemin resté sur la table.

– Oh non... je suis *désolée*...

– Ce n'est rien, ma chérie, dit Mrs Weasley, visiblement exaspérée.

D'un coup de baguette magique, elle répara le parchemin. A la lueur de l'éclair qui sortit de la baguette, Harry aperçut un dessin semblable à un plan d'immeuble.

Mrs Weasley avait surpris son regard. Elle saisit le parchemin d'un geste vif et le fourra dans les bras déjà surchargés de Bill.

– Ces choses-là devraient être rangées très vite à la fin des réunions, dit-elle sèchement.

Elle fila ensuite vers un buffet ancien d'où elle commença à sortir des assiettes.

Brandissant sa baguette magique, Bill marmonna : « *Evanesco !* » et les parchemins disparurent aussitôt.

– Assieds-toi, Harry, dit Sirius. Tu connais déjà Mondingus, je crois ?

Ce que Harry avait pris pour un tas de chiffons émit un long grognement puis se redressa d'un coup.

– Y a quéqu'un qui m'a appelé ? grommela Mondingus d'une voix ensommeillée. Chuis d'accord avec Sirius...

Il leva une main crasseuse comme pour participer à un vote, ses yeux cernés et injectés de sang lançant un regard vitreux.

Ginny pouffa de rire.

– La réunion est terminée, Ding, annonça Sirius tandis que tout le monde prenait place autour de la table. Harry est arrivé.

– Hein ? dit Mondingus en observant Harry d'un air sinistre à travers ses épaisses mèches rousses. Alors, le voilà, nom de nom... Ça va, Harry ?

– Ouais, répondit-il.

Mondingus fouilla fébrilement dans ses poches sans quitter Harry des yeux et en sortit une pipe noire et sale. Il la colla entre ses dents, l'alluma avec sa baguette magique et en tira une longue bouffée. Un épais nuage d'une fumée verdâtre se répandit autour de lui en le cachant bientôt à la vue.

– Te dois des escuses, grogna une voix, au milieu du nuage malodorant.

– Pour la dernière fois, Mondingus, s'exclama Mrs Weasley, voulez-vous bien cesser de fumer cette chose dans la cuisine, surtout quand on s'apprête à manger !

– Ah oui, d'accord, Molly, désolé, dit-il.

Le nuage de fumée se dissipa tandis qu'il remettait la pipe dans sa poche mais une odeur âcre de chaussette brûlée s'attarda dans l'atmosphère.

– Et si vous voulez dîner avant minuit, j'ai besoin d'un coup de main, ajouta Mrs Weasley en s'adressant à l'assistance. Non, reste où tu es, Harry chéri, tu as fait un long voyage.

— Qu'est-ce que je peux faire, Molly ? demanda Tonks avec enthousiasme en s'approchant d'un pas bondissant.

Mrs Weasley hésita, apparemment inquiète.

— Heu... Non, ça va, Tonks, il faut que tu te reposes, toi aussi, tu en as assez fait pour aujourd'hui.

— Non, non, je veux t'aider ! protesta Tonks d'un ton claironnant.

Elle renversa une chaise en se dirigeant vers le buffet d'où Ginny sortait des couverts.

Bientôt, de gros couteaux se mirent à couper tout seuls viande et légumes, sous la surveillance de Mr Weasley. Pendant ce temps, Mrs Weasley remuait le contenu d'un chaudron accroché au-dessus du feu et les autres s'occupaient de sortir des assiettes et des coupes ainsi que divers ingrédients conservés dans le garde-manger. Harry se retrouva assis à la table en compagnie de Sirius et de Mondingus qui le regardait toujours d'un œil lugubre.

— T'as revu la vieille Figgy, depuis ? demanda-t-il.

— Non, répondit Harry, je n'ai revu personne.

— Tu sais, normalement, je serais pas parti, assura Mondingus en se penchant vers lui, une note larmoyante dans la voix, mais j'avais une bonne affaire en vue...

Harry sentit quelque chose lui effleurer les genoux. Il sursauta mais ce n'était que Pattenrond, le chat orange aux pattes arquées d'Hermione. Il se frotta contre les jambes de Harry en ronronnant puis sauta sur les genoux de Sirius et s'y blottit. Sirius le gratta derrière les oreilles d'un air absent tandis qu'il se tournait vers Harry, la mine toujours sinistre.

— Tu as passé de bonnes vacances ?

— Non, c'était atroce, répondit Harry.

Pour la première fois, quelque chose qui ressemblait à un sourire passa sur le visage de Sirius.

— Moi, en tout cas, je ne vois pas de quoi tu te plains.

— Quoi ? s'exclama Harry, incrédule.

— Personnellement, j'aurais été ravi d'être attaqué par des

Détraqueurs. Une lutte mortelle pour le salut de mon âme aurait été bienvenue, histoire de rompre la monotonie du quotidien. Tu trouves que tu t'es ennuyé mais, au moins, tu pouvais sortir, te dégourdir les jambes, participer à une ou deux bagarres... Moi, je suis resté enfermé ici pendant tout un mois.

— Comment ça se fait ? demanda Harry, les sourcils froncés.

— Parce que le ministère de la Magie me recherche toujours et qu'à présent, Voldemort sait que je suis un Animagus, Queudver le lui aura dit. Donc, mon beau déguisement ne me sert plus à rien. Je ne peux pas faire grand-chose pour l'Ordre du Phénix... C'est du moins ce que pense Dumbledore.

Le ton un peu éteint sur lequel il avait prononcé le nom de Dumbledore laissait penser que lui non plus n'était pas très satisfait du directeur de Poudlard. Harry ressentit un soudain élan d'affection pour son parrain.

— Toi au moins, tu savais ce qui se passait, dit-il d'un ton énergique.

— Oh oui, répondit Sirius avec ironie. J'ai écouté les rapports de Rogue, j'ai supporté tous ses sarcasmes sur le fait qu'il était dehors à risquer sa vie pendant que je restais confortablement ici à m'amuser... Il me demandait si le nettoyage avançait bien...

— Quel nettoyage ?

— Il fallait essayer de rendre cette maison habitable pour des humains, répondit Sirius en montrant d'un geste de la main le triste décor de la cuisine. Il y avait dix ans que plus personne ne vivait ici, depuis la mort de ma mère, à part son vieil elfe de maison qui est devenu un peu cinglé et qui n'avait plus fait le ménage pendant des années.

— Sirius, dit Mondingus, qui semblait ne prêter aucune attention à la conversation mais examinait minutieusement sa coupe vide, c'est de l'argent massif, ça ?

— Oui, répondit-il en regardant la coupe avec dégoût. XVe siècle, argent ouvragé, superbe travail de gobelin, frappé aux armoiries des Black.

— Ça doit pouvoir s'effacer..., marmonna Mondingus en frottant la coupe avec sa manchette.

— Fred ! George ! NON, PORTEZ-LES NORMALE-MENT ! s'écria Mrs Weasley.

Harry, Sirius et Mondingus se retournèrent. Une fraction de seconde plus tard, ils plongeaient tous les trois sous la table. Fred et George avaient ensorcelé un grand chaudron de ragoût, une bonbonne en métal remplie de Bièraubeurre et une épaisse planche à pain avec son couteau, pour qu'ils aillent se poser tout seuls à leur place. Le ragoût glissa sur toute la longueur de la table et s'arrêta juste au bord en laissant une longue brûlure noirâtre à la surface ; la bonbonne de Bièraubeurre tomba dans un grand bruit et déversa son contenu un peu partout ; quant au couteau, il s'envola de la planche à pain et se planta verticalement en vibrant avec force à l'endroit précis où la main droite de Sirius s'était trouvée un instant auparavant.

— POUR L'AMOUR DU CIEL ! hurla Mrs Weasley. VOUS N'AVIEZ PAS BESOIN DE FAIRE ÇA ! JE COMMENCE À EN AVOIR ASSEZ ! CE N'EST PAS PARCE QU'ON VOUS A DONNÉ LE DROIT D'UTILISER LA MAGIE QUE VOUS DEVEZ SORTIR VOS BAGUETTES À LA MOINDRE OCCASION !

— Nous voulions simplement gagner un peu de temps ! répliqua Fred en se précipitant pour arracher le couteau à pain de la table. Désolé, Sirius, mon vieux... Je n'avais pas l'intention de...

Harry et Sirius éclatèrent de rire. Mondingus qui était tombé en arrière se releva en poussant des jurons. Pattenrond, crachant avec fureur, était allé se réfugier sous le buffet où l'on voyait ses deux grands yeux jaunes briller dans l'obscurité.

— Mes enfants, dit Mr Weasley qui souleva la marmite pour la remettre au milieu de la table, votre mère a raison, vous devriez vous montrer un peu plus responsables maintenant que vous êtes majeurs...

— Aucun de vos frères ne m'a jamais causé autant d'ennuis !

s'emporta Mrs Weasley en posant brutalement une nouvelle bonbonne sur la table.

Son geste avait été si violent qu'elle renversa presque autant de Bièraubeurre que lorsque la première bonbonne était tombée.

— Bill n'éprouvait pas le besoin de transplaner chaque fois qu'il fallait faire trois pas ! Charlie ne passait pas son temps à ensorceler tout ce qui lui tombait sous la main ! Percy...

Elle s'interrompit net, le souffle court, et lança un regard apeuré à son mari dont le visage s'était soudain figé comme un morceau de bois.

— Mangeons, dit précipitamment Bill.

— Ça m'a l'air délicieux, Molly, commenta Lupin.

Il remplit une assiette de ragoût et la lui tendit de l'autre côté de la table.

Pendant quelques minutes, le silence ne fut troublé que par le tintement de la vaisselle et le raclement des chaises sur lesquelles les convives s'installaient devant leurs assiettes. Mrs Weasley se tourna alors vers Sirius.

— Je voulais te dire, Sirius, qu'il y a quelque chose dans le secrétaire du salon. Ça n'arrête pas de bouger et de gratter, là-dedans. C'est peut-être un simple Épouvantard mais je pensais que nous pourrions peut-être demander à Alastor d'y jeter un coup d'œil avant qu'on ouvre.

— Comme tu voudras, répondit Sirius d'un air indifférent.

— Et les rideaux sont infestés de Doxys, reprit Mrs Weasley. J'aimerais bien qu'on essaye de s'en débarrasser demain.

— J'en serais ravi, assura Sirius.

Harry perçut le ton sarcastique de sa voix mais il n'était pas sûr que les autres l'aient également saisi.

Face à Harry, Tonks amusait Hermione et Ginny en changeant la forme de son nez entre deux bouchées. Plissant les yeux avec la même expression crispée qu'elle avait eue dans la chambre de Harry, elle fit enfler son nez en une sorte de bec qui ressemblait à s'y méprendre au nez de Rogue. Puis elle le réduisit à la taille d'un petit champignon d'où jaillirent deux énormes touffes de poils. Apparemment, c'était un spectacle qu'elle offrait régulièrement au cours des repas car Hermione et Ginny lui demandèrent bientôt leurs nez préférés.

— Fais celui en forme de groin, Tonks.

Tonks s'exécuta et Harry eut soudain la fugitive impression de voir devant lui une version féminine de Dudley lui adresser un grand sourire.

Mr Weasley, Bill et Lupin étaient plongés dans une grande discussion sur les gobelins.

— Ils ne laissent rien deviner, dit Bill. Je n'arrive toujours pas à savoir s'ils croient ou non à son retour. Il est possible, bien sûr, qu'ils refusent de prendre parti. Qu'ils préfèrent rester en dehors.

— Moi, je suis sûr qu'ils ne se rangeront jamais du côté de Tu-Sais-Qui, assura Mr Weasley en hochant la tête. Eux aussi ont subi des pertes. Tu te souviens de cette famille de gobelins qu'il a assassinée la fois dernière, dans la région de Nottingham ?

— Je crois que ça va dépendre de ce que nous leur proposerons, dit Lupin. Et je ne parle pas d'or. Si nous leur offrons la liberté que nous leur avons toujours refusée pendant des siècles, alors ils seront tentés d'être avec nous. Tu n'as toujours rien pu tirer de Ragnok, Bill ?

— Il est très antisorcier, ces temps-ci, répondit Bill. Il ne cesse de fulminer à propos de l'histoire Verpey, il pense que le ministère a étouffé l'affaire. Ces gobelins n'ont jamais récupéré leur or, comme tu le sais...

Des éclats de rire couvrirent la voix de Bill. Fred, George, Ron et Mondingus se tenaient les côtes.

— ... Et alors, dit Mondingus en s'étouffant à moitié, des larmes coulant sur son visage, vous n'allez pas me croire, il me dit — écoutez bien —, il me dit : « Hé, Ding, où ce que t'as trouvé tous ces crapauds ? Parce que moi, y a un fils de Cognard qui m'a piqué tous les miens ! » Et moi, je lui dis : « Piqué tes crapauds, Will, ça alors ! Du coup, il t'en faut d'autres ? » Et c'est là que vous

allez pas me croire, les gars, mais cette espèce de gargouille abru-
tie me rachète ses propres crapauds beaucoup plus cher que ce
qu'il les avait payés la première fois...

— Je crois que nous en avons assez entendu sur votre façon de
faire des affaires, merci beaucoup, Mondingus, dit Mrs Weasley
d'un ton sec tandis que Ron s'écroulait sur la table en hurlant de
rire.

— Vous demande pardon, Molly, dit aussitôt Mondingus en
essuyant ses larmes avec un clin d'œil à Harry, mais en fait, Will les
avait piqués à Harris Laverrue, alors je ne faisais rien de mal.

— Je ne sais pas où vous avez appris les notions de bien et
de mal, Mondingus, mais j'ai l'impression que vous avez
raté quelques leçons fondamentales, répliqua froidement
Mrs Weasley.

Fred et George plongèrent dans leurs coupes de Bièraubeurre.
George avait le hoquet. Mrs Weasley jeta un regard féroce à Sirius
avant de se lever et d'aller chercher une grosse tarte à la rhubarbe.
Harry se tourna vers son parrain.

— Molly n'aime pas beaucoup Mondingus, dit Sirius à mi-voix.

— Comment se fait-il qu'il soit membre de l'Ordre ? chuchota
Harry.

— Il est utile. Il connaît tous les escrocs — c'est normal
puisqu'il en est un lui-même. Mais il est aussi très loyal envers
Dumbledore qui l'a sorti d'un mauvais pas, un jour. Ça sert
d'avoir quelqu'un comme Ding avec nous, il entend des choses
qui nous échappent. Mais Molly trouve qu'on va trop loin en
l'invitant à dîner. Elle ne lui a pas pardonné d'avoir quitté son
poste alors qu'il était chargé de te surveiller.

Après avoir repris trois fois de la tarte à la rhubarbe accompagnée de crème anglaise, Harry sentit son jean le serrer un peu
trop (ce qui en disait long, car c'était un ancien jean de Dudley).
Quand il posa enfin sa cuillère, la rumeur des conversations avait
faibli. Mr Weasley s'était laissé aller contre le dossier de sa chaise,
l'air rassasié et détendu. Tonks, dont le nez avait repris sa forme

habituelle, bâillait à s'en décrocher la mâchoire et Ginny, qui avait réussi à faire sortir Pattenrond de sous le buffet, était assise en tailleur par terre et lui lançait des bouchons de Bièraubeurre pour qu'il coure après.

— Je crois qu'il va être temps d'aller se coucher, dit Mrs Weasley en bâillant à son tour.

— Pas encore, Molly, répondit Sirius qui repoussa son assiette vide et se tourna vers Harry. Tu sais, je suis un peu surpris. Je pensais que la première chose que tu ferais en arrivant ici serait de poser des questions sur Voldemort.

L'atmosphère de la pièce changea aussi vite que si des Détraqueurs avaient brusquement surgi. Un instant auparavant, elle était décontractée et somnolente, soudain tout le monde fut sur le qui-vive, tendu même. Lorsque Sirius prononça le nom de Voldemort, un frisson courut autour de la table. Lupin, qui s'apprêtait à boire une gorgée de vin, reposa lentement sa coupe, l'air méfiant.

— Bien sûr que j'ai posé des questions ! s'indigna Harry. J'en ai posé à Ron et à Hermione mais ils m'ont dit qu'ils n'étaient pas admis aux réunions de l'Ordre, alors...

— Et c'est vrai, l'interrompit Mrs Weasley. Vous êtes trop jeunes.

Elle était assise bien droite, les poings serrés sur les bras de son fauteuil, et toute trace de somnolence avait disparu de son visage.

— Depuis quand doit-on être membre de l'Ordre du Phénix pour poser des questions ? demanda Sirius. Harry a été prisonnier de cette maison moldue pendant un mois entier. Il a le droit de savoir ce qui s'est pass...

— Attendez un peu ! intervint George d'une voix forte.

— Comment se fait-il qu'on réponde aux questions de Harry ? lança Fred avec colère.

— *Nous*, on a essayé de tirer quelque chose de vous pendant un mois et vous ne nous avez pas raconté la moindre petite bribe de quoi que ce soit ! ajouta George.

— *Vous êtes trop jeunes, vous n'êtes pas membres de l'Ordre !* dit Fred d'une voix aiguë qui imitait avec une ressemblance troublante celle de sa mère. Harry, lui, n'est même pas majeur !

— Ce n'est pas ma faute si on ne vous a rien dit de ce que faisait l'Ordre, répondit calmement Sirius. Il s'agit d'une décision de vos parents. Harry, en ce qui le concerne...

— Ce n'est pas à toi de juger ce qui est bon ou pas pour Harry ! coupa sèchement Mrs Weasley.

Son visage d'ordinaire si bienveillant avait pris une expression menaçante.

— J'imagine que tu n'as pas oublié ce qu'a dit Dumbledore ?

— A quel moment ? demanda Sirius d'un ton poli mais avec l'air de quelqu'un qui se prépare à la bagarre.

— Au moment où il nous a recommandé de ne pas révéler à Harry plus de choses qu'il n'a *besoin de savoir*, répliqua Mrs Weasley en insistant bien sur les trois derniers mots.

Ron, Hermione, Fred et George détachèrent leur regard de Sirius et tournèrent la tête vers Mrs Weasley, comme s'ils suivaient un match de tennis. Ginny, à genoux au milieu d'un tas de bouchons abandonnés, assistait à l'échange, la bouche légèrement entrouverte. Lupin, quant à lui, gardait les yeux fixés sur Sirius.

— Je n'ai pas l'intention de lui dire plus qu'il n'a *besoin de savoir*, Molly, reprit Sirius. Mais comme c'est lui qui a vu revenir Voldemort (il y eut un nouveau frisson autour de la table), il a davantage le droit que beaucoup d'autres de...

— Il n'est pas membre de l'Ordre du Phénix ! s'exclama Mrs Weasley. Il n'a que quinze ans et...

— Et il a dû affronter autant d'épreuves que la plupart des membres de l'Ordre, interrompit Sirius, et même plus que certains.

— Personne ne nie ce qu'il a fait ! répondit-elle en élevant la voix, ses poings tremblants sur les bras du fauteuil. Mais il est encore...

— Ce n'est plus un enfant ! s'impatienta Sirius.

— Ce n'est pas non plus un adulte ! protesta Mrs Weasley, dont les joues commençaient à prendre des couleurs. Ce n'est pas *James* !

— Je sais parfaitement qui il est, Molly, répliqua froidement Sirius.

— Je n'en suis pas si sûre ! Parfois, à t'entendre, on dirait que tu viens de retrouver ton meilleur ami !

— Qu'est-ce qu'il y a de mal à ça ? demanda Harry.

— Ce qu'il y a de mal, Harry, c'est que tu n'es *pas* ton père, même si tu lui ressembles beaucoup ! déclara Mrs Weasley, les yeux toujours rivés sur Sirius. Tu vas encore à l'école et les adultes responsables de ton éducation ne devraient pas l'oublier !

— Ce qui signifie que je suis un parrain irresponsable ? s'indigna Sirius d'une voix puissante.

— Ce qui signifie que tu es connu pour tes comportements irréfléchis, Sirius, et c'est pourquoi Dumbledore ne cesse de te répéter que tu dois rester à la maison...

— Laissons de côté les instructions de Dumbledore à mon égard, si tu veux bien ! s'écria-t-il.

— Arthur ! lança Mrs Weasley en se tournant vers son mari. Arthur, défends-moi !

Mr Weasley ne répondit pas tout de suite. Sans regarder sa femme, il enleva ses lunettes et les essuya lentement avec un pan de sa robe. Il ne parla enfin qu'après les avoir soigneusement remises sur son nez.

— Dumbledore sait que la situation a changé, Molly. Il accepte l'idée qu'il faut mettre Harry au courant, jusqu'à un certain point, maintenant qu'il est venu s'installer au quartier général.

— Oui, mais il y a une différence entre ça et l'encourager à poser toutes les questions qu'il veut !

— Personnellement, intervint Lupin à mi-voix, en détachant enfin son regard de Sirius tandis que Mrs Weasley se tournait vers lui dans l'espoir d'avoir trouvé un allié, je pense préférable que Harry apprenne les faits — pas tous les faits, Molly, mais l'idée

106

générale – de notre bouche plutôt que par d'autres personnes qui lui donneraient une version... déformée.

Lupin avait une expression bienveillante mais il devait savoir que des Oreilles à rallonge avaient survécu à la purge infligée par Mrs Weasley, Harry en était sûr.

– Très bien, dit Mrs Weasley.

Elle respira profondément et jeta un regard autour de la table à la recherche d'un soutien qui ne venait pas.

– Très bien, je vois que je suis en minorité, mais j'ajouterai simplement ceci : Dumbledore doit avoir ses raisons pour ne pas vouloir que Harry en sache trop et, comme je suis quelqu'un à qui les intérêts de Harry tiennent particulièrement à cœur...

– Il n'est pas ton fils, dit tranquillement Sirius.

– C'est comme s'il l'était, répliqua Mrs Weasley d'un ton féroce. Qui d'autre a-t-il ?

– Il a moi !

– Ah oui, dit-elle en retroussant la lèvre, sauf qu'il était plutôt difficile pour toi de t'en occuper pendant que tu étais enfermé à Azkaban, non ?

Sirius amorça un mouvement pour se lever de sa chaise.

– Molly, tu n'es pas la seule personne autour de cette table qui se soucie de Harry, lança sèchement Lupin. Sirius, rassieds-toi.

La lèvre de Mrs Weasley tremblait. Sirius retomba lentement sur sa chaise, le visage livide.

– Je pense que Harry devrait avoir son mot à dire, reprit Lupin. Il est suffisamment grand pour décider par lui-même.

– Je veux savoir ce qui s'est passé, assura Harry.

Il ne regarda pas Mrs Weasley. L'entendre dire qu'elle le considérait comme son propre fils l'avait touché mais sa façon de le couver l'agaçait également. Sirius avait raison, il n'était *plus* un enfant.

– Très bien, dit Mrs Weasley, la voix un peu cassée. Ginny, Ron, Hermione, Fred, George, vous sortez tout de suite de la cuisine.

Il y eut un concert de protestations.

– On est majeurs ! s'écrièrent Fred et George d'une même voix.

– Si Harry a le droit de savoir, pourquoi pas moi ? s'exclama Ron.

– M'man, je *veux* tout entendre ! gémit Ginny.

– NON ! hurla Mrs Weasley en se levant, les yeux brillants. J'interdis absolument...

– Molly, tu ne peux pas empêcher Fred et George de rester, dit Mr Weasley d'un ton las. Ils *sont* majeurs.

– Ils vont toujours à l'école.

– Mais légalement, ce sont des adultes, répondit Mr Weasley de la même voix fatiguée.

Mrs Weasley était devenue écarlate.

– Je... Bon, d'accord, dans ce cas, Fred et George peuvent rester, mais Ron...

– De toute façon, Harry nous dira tout, à Hermione et à moi ! s'emporta Ron. Pas... pas vrai ? ajouta-t-il d'une voix mal assurée en croisant le regard de Harry.

Pendant une fraction de seconde, Harry eut envie de répondre à Ron qu'il ne lui raconterait rien du tout, qu'il verrait ainsi ce qu'on ressent lorsqu'on est maintenu dans l'ignorance. Mais cette fâcheuse impulsion s'effaça dès qu'ils eurent échangé un regard.

– Bien sûr, dit-il.

Ron et Hermione eurent un grand sourire.

– Très bien ! s'écria Mrs Weasley. Très bien ! Ginny... AU LIT !

Le départ de Ginny ne se fit pas en silence. Ils l'entendirent hurler et tempêter contre sa mère en montant les marches et lorsqu'elle fut parvenue dans le hall, les cris assourdissants de Mrs Black s'ajoutèrent bientôt au vacarme. Lupin se précipita vers le portrait pour ramener le calme. Sirius attendit pour parler qu'il fût revenu et eût repris sa place à la table après avoir refermé soigneusement la porte de la cuisine.

— O.K., Harry... Qu'est-ce que tu veux savoir ?

Harry respira profondément et posa la question qui l'avait obsédé un mois durant.

— Où est Voldemort ? demanda-t-il, sans se soucier des frissons et des grimaces qu'il provoqua en prononçant ce nom. Que fait-il ? J'ai essayé de regarder les informations des Moldus mais on n'a encore rien annoncé qui porte sa marque, pas de morts étranges, rien.

— C'est parce qu'il n'y a eu aucune mort étrange pour l'instant, répondit Sirius. Autant que nous puissions le savoir en tout cas... et nous en savons beaucoup.

— Plus qu'il ne le pense, ajouta Lupin.

— Comment se fait-il qu'il n'ait plus tué personne ? s'étonna Harry.

Il savait que Voldemort avait commis plus d'un meurtre au cours de la seule année précédente.

— Parce qu'il ne veut pas attirer l'attention sur lui, expliqua Sirius. Ce serait dangereux. Son retour ne s'est pas déroulé exactement comme il l'aurait voulu. Il l'a raté.

— Ou plutôt, c'est toi qui le lui as fait rater, rectifia Lupin avec un sourire satisfait.

— Comment ça ? demanda Harry, perplexe.

— Tu n'étais pas censé en réchapper ! répondit Sirius. Personne, en dehors de ses Mangemorts, ne devait savoir qu'il était revenu. Mais tu as survécu et témoigné.

— La personne qu'il voulait à tout prix tenir dans l'ignorance de son retour, c'était Dumbledore, dit Lupin. Or, tu l'as aussitôt prévenu.

— Et en quoi cela a-t-il aidé ? interrogea Harry.

— Tu plaisantes ? dit Bill, incrédule. Dumbledore est le seul qui ait jamais réussi à faire peur à Tu-Sais-Qui !

— Grâce à toi, Dumbledore a pu réunir à nouveau l'Ordre du Phénix environ une heure après le retour de Voldemort, expliqua Sirius.

– Et qu'a fait l'Ordre ? demanda Harry en jetant un regard aux sorciers réunis autour de la table.

– Tout son possible pour empêcher Voldemort de mener à bien ses projets, répondit Sirius.

– Comment pouvez-vous les connaître, ses projets ?

– Dumbledore a une idée de la question, dit Lupin, et les idées de Dumbledore se révèlent généralement exactes.

– Qu'est-ce qu'il prépare, d'après lui ?

– D'abord, il veut reconstituer son armée, dit Sirius. Dans le passé, il avait énormément de gens sous ses ordres : des sorcières et des sorciers qu'il avait obligés à le suivre en les brutalisant ou en les ensorcelant, et puis ses fidèles Mangemorts bien sûr, et aussi toutes sortes de créatures des ténèbres. Tu l'as entendu dire qu'il avait l'intention de recruter les géants mais ce ne sont pas les seuls qu'il cherche à rallier. Il n'essayera sûrement pas de s'emparer du ministère de la Magie avec simplement une douzaine de Mangemorts.

– Alors, vous essayez de l'empêcher de réunir des partisans ?

– Nous faisons de notre mieux, dit Lupin.

– Comment ?

– L'étape la plus importante, c'est de convaincre le plus de gens possible que Tu-Sais-Qui est revenu pour qu'ils soient sur leurs gardes, dit Bill. C'est déjà très difficile.

– Pourquoi ?

– A cause de la position du ministère, répondit Tonks. Tu as vu Cornelius Fudge après le retour de Tu-Sais-Qui, Harry. Eh bien, il n'a pas du tout changé d'opinion. Il refuse catégoriquement de croire que c'est vrai.

– Mais pourquoi ? demanda Harry d'un ton désespéré. Pourquoi est-il si stupide ? Si Dumbledore...

– Et voilà, tu as mis le doigt sur le problème, l'interrompit Mr Weasley avec un sourire désabusé. *Dumbledore.*

– Fudge a peur de lui, tu comprends ? dit Tonks avec tristesse.

– Peur de Dumbledore ? s'étonna Harry.

– Peur de ce qu'il prépare, dit Mr Weasley. Fudge pense qu'il essaye de le renverser. Il croit qu'il veut devenir ministre de la Magie à sa place.

– Mais Dumbledore ne s'est jamais intéressé à...

– Bien sûr que non, dit Mr Weasley. Il n'a jamais voulu du poste de ministre, même si beaucoup de gens souhaitaient le voir nommer lorsque Millicent Bagnold est partie à la retraite. Fudge a pris le pouvoir à sa place mais il n'a jamais complètement oublié le soutien que Dumbledore avait obtenu, sans jamais s'être porté candidat.

– Au fond, Fudge sait très bien que Dumbledore est beaucoup plus intelligent que lui et que ses pouvoirs de sorcier sont bien plus puissants, dit Lupin. Dans les premiers temps de son ministère, il lui demandait sans cesse aide et conseils. Mais il semble qu'il ait pris goût au pouvoir et qu'il se sente beaucoup plus sûr de lui, à présent. Il aime être ministre, il a même réussi à se convaincre que c'est lui le plus intelligent et que Dumbledore essaye simplement de provoquer des troubles pour servir ses propres intérêts.

– Comment peut-il penser cela ? s'indigna Harry. Comment peut-il penser que Dumbledore aurait tout inventé – que *j'aurais* tout inventé ?

– Parce que accepter le fait que Voldemort soit de retour signifie devoir affronter des problèmes que le ministère n'a plus jamais connus depuis près de quatorze ans, expliqua Sirius d'un ton amer. Et Fudge ne peut s'y résoudre. Il est tellement plus confortable à ses yeux de se convaincre que Dumbledore ment dans le seul but de le mettre en difficulté...

– Tu vois le problème, reprit Lupin. Tant que le ministère répète qu'il n'y a rien à craindre de Voldemort, il est difficile de convaincre les gens qu'il est bel et bien de retour, surtout qu'ils n'ont pas du tout envie de le croire. En plus, le ministère s'appuie largement sur *La Gazette du sorcier* pour que ne soient jamais rendues publiques ce qu'ils appellent les fausses rumeurs de Dumbledore. Si bien que la plupart de ses lecteurs ne se doutent de rien, ce qui en fait des cibles faciles pour les Mangemorts s'ils veulent utiliser le sortilège de l'Imperium.

— Mais vous expliquez tout cela autour de vous, non ? demanda Harry en regardant Mr Weasley, Sirius, Bill, Mondingus, Lupin et Tonks. Vous prévenez les gens qu'il est de retour ?

Ils eurent tous un sourire sans joie.

— Comme tout le monde pense que je suis un tueur complètement fou et que le ministère offre dix mille Gallions de récompense pour ma capture, il m'est difficile de me promener dans la rue en distribuant des tracts, tu comprends ? dit Sirius, visiblement nerveux.

— Et moi, je ne suis pas l'hôte idéal dans les dîners en ville, déclara Lupin. Ça fait partie des risques du métier, quand on est loup-garou.

— Tonks et Arthur perdraient leur emploi au ministère s'ils se mettaient à parler, reprit Sirius. Or, il est très important pour nous d'avoir des espions à l'intérieur du ministère car tu peux être sûr que Voldemort en a aussi.

— Nous avons quand même réussi à convaincre deux ou trois personnes, dit Mr Weasley. Tonks, par exemple — elle est trop jeune pour avoir appartenu à l'Ordre du Phénix la dernière fois et il est toujours très avantageux d'avoir des Aurors de notre côté. Kingsley Shacklebolt est aussi un atout majeur. C'est lui qui est chargé de rechercher Sirius et il a fait croire qu'il s'était réfugié au Tibet.

— Mais si personne parmi vous ne répand la nouvelle du retour de Voldemort..., commença Harry.

— Qui t'a dit que personne ne répandait la nouvelle ? coupa Sirius. Pourquoi donc crois-tu que Dumbledore a tant d'ennuis ?

— Qu'est-ce que tu veux dire ?

— Ils essayent de le discréditer, répondit Lupin. Tu n'as pas lu *La Gazette du sorcier* la semaine dernière ? Il était annoncé qu'il a été mis en minorité à la Confédération internationale des mages et sorciers dont il a dû quitter la présidence parce qu'il se fait vieux et qu'il ne contrôle plus rien. Mais ce n'est pas vrai du tout. Il a été mis en minorité par des sorciers du ministère après avoir prononcé un discours dans lequel il annonçait le retour de Voldemort. Ils l'ont également limogé de son poste de président sorcier du Magenmagot – la Haute Cour de justice des mages – et on parle même de lui retirer l'Ordre de Merlin, première classe.

– Mais Dumbledore dit qu'il s'en fiche du moment qu'on ne supprime pas sa carte des Chocogrenouilles, dit Bill avec un sourire.

– Il n'y a pas de quoi rire, répliqua vivement Mr Weasley. S'il continue à défier le ministère comme ça, il risque de se retrouver à Azkaban et c'est ce qui pourrait arriver de pire. Tant que Dumbledore est en liberté et au courant de ce qui se prépare, Tu-Sais-Qui prendra des précautions. Mais si Dumbledore n'est plus en travers de son chemin, alors il aura le champ libre.

– Mais si Voldemort essaye de rassembler de nouveaux Mangemorts, on finira forcément par s'apercevoir de son retour, non ? interrogea Harry d'un ton désespéré.

– Voldemort ne va pas frapper à la porte des gens, répondit Sirius. Il les trompe, les ensorcelle, leur fait du chantage. Il a une longue pratique de la clandestinité. De toute façon, il ne cherche pas seulement à recruter des partisans. Il a également d'autres projets, des projets qu'il peut mettre en œuvre très discrètement et c'est là-dessus qu'il se concentre pour le moment.

– Qu'est-ce qu'il veut ? demanda aussitôt Harry.

Il crut voir Sirius et Lupin échanger un regard à peine perceptible avant que Sirius réponde :

– Des choses qu'il ne peut obtenir que dans le plus grand secret.

Voyant l'air interrogateur de Harry, Sirius ajouta :

– Une arme, par exemple. Une arme nouvelle dont il ne disposait pas la dernière fois.

– Lorsqu'il avait le pouvoir ?

– Oui.

– Quel genre d'arme ? Pire que l'Avada Kedavra... ?

– Bon, ça suffit !

La voix de Mrs Weasley s'éleva de l'obscurité, du côté de la porte. Harry n'avait pas remarqué qu'elle était revenue après avoir emmené Ginny dans sa chambre. Les bras croisés, elle paraissait furieuse.

– Et maintenant, vous allez me faire le plaisir d'aller vous coucher. Tous ! ajouta-t-elle en regardant Fred, George, Ron et Hermione.

– Tu n'as plus le droit de nous commander..., protesta Fred.

– C'est ce qu'on va voir, gronda Mrs Weasley.

Elle se mit à trembler légèrement en regardant Sirius.

– Tu as déjà donné plein d'informations à Harry. Si tu continues, autant le faire entrer directement dans l'Ordre.

– Et pourquoi pas ? dit précipitamment Harry. Je veux rejoindre les autres, je veux me battre.

– Non.

Cette fois, ce n'était pas Mrs Weasley qui avait parlé mais Lupin.

– L'Ordre ne comprend que des sorciers qui ont atteint ou dépassé la majorité, dit-il. Des sorciers qui ont fini leurs études, ajouta-t-il en voyant Fred et George ouvrir la bouche. Il existe des dangers dont vous n'avez aucune idée... Je crois que Molly a raison, Sirius. Nous en avons assez dit.

Sirius eut un vague haussement d'épaules mais ne chercha pas à discuter. Mrs Weasley adressa alors un signe de main impérieux à ses fils et à Hermione. Un par un, ils se levèrent et Harry, acceptant la défaite, les suivit en silence.

6

LA NOBLE ET TRÈS ANCIENNE MAISON DES BLACK

M rs Weasley les suivit en haut de l'escalier, la mine maussade.

– Je veux que vous alliez directement au lit, pas de bavardage, dit-elle lorsqu'ils eurent atteint le palier du premier étage. Nous avons beaucoup de choses à faire, demain. Ginny doit sûrement dormir, ajouta-t-elle à l'adresse d'Hermione, alors essaye de ne pas la réveiller...

– Dormir, tu parles, commenta Fred à mi-voix après qu'Hermione leur eut souhaité une bonne nuit. Si Ginny n'est pas en train de l'attendre les yeux grands ouverts pour qu'elle lui raconte tout ce qui s'est dit, que je sois transformé en Veracrasse...

– Allez, Ron, Harry, lança Mrs Weasley quand ils arrivèrent au deuxième étage, filez au lit.

– 'Soir, dirent Ron et Harry aux jumeaux.

– Dormez bien, répondit Fred avec un clin d'œil.

Mrs Weasley referma la porte derrière Harry avec un claquement sec. La chambre paraissait encore plus humide et sinistre que la première fois. La toile vide accrochée au mur respirait très lentement, profondément, comme si son occupant invisible était endormi. Harry mit son pyjama, enleva ses lunettes et se glissa dans son lit glacé tandis que Ron lançait du Miamhibou sur l'armoire pour calmer Hedwige et Coquecigrue qui s'agitaient dans un bruissement d'ailes incessant.

– On ne peut pas les laisser sortir chaque nuit pour chasser, expliqua Ron en mettant son pyjama violet. Dumbledore ne veut pas qu'il y ait trop de hiboux qui volent autour de la place, il pense que ça éveillerait les soupçons. Ah oui, tiens, j'ai oublié...

Il s'approcha de la porte et ferma le verrou.

– Pourquoi tu fais ça ?

– A cause de Kreattur, répondit Ron en éteignant la lumière. La première nuit que j'ai passée ici, il est venu se promener dans la chambre à trois heures du matin. Crois-moi, ça n'a rien d'agréable de se réveiller et de le voir fouiner autour de toi.

Il se coucha dans son lit, s'installa confortablement sous les couvertures puis se tourna vers Harry. Dans l'obscurité, Harry distinguait sa silhouette dessinée par la lueur de la lune qui filtrait à travers les vitres sales de la fenêtre.

– Alors, qu'est-ce que tu crois ?

Harry n'eut pas besoin de lui demander ce qu'il entendait par là.

– Ils ne nous ont pas révélé grand-chose de plus que ce qu'on devinait déjà, répondit-il en repensant à ce qui s'était dit dans la cuisine. Tout ce qu'ils ont raconté, c'est que l'Ordre essaye d'empêcher les gens de rejoindre Vol...

Ron aspira une brusque bouffée d'air.

– ... *demort*, acheva Harry d'un ton ferme. Quand donc vas-tu te décider à prononcer son nom ? Sirius et Lupin le font bien, eux.

Ron ne fit pas attention à sa remarque.

– Oui, tu as raison, dit-il, on savait déjà presque tout grâce aux Oreilles à rallonge. La seule chose nouvelle, c'est...

Crac !

– AÏE !

– Tais-toi, Ron, sinon maman va venir voir ce qui se passe.

– Vous avez transplané sur mes genoux, tous les deux !

– C'est plus difficile dans le noir.

Harry aperçut les deux silhouettes floues de Fred et de George qui sautaient du lit de Ron. Des ressorts grincèrent et le matelas de Harry s'affaissa de quelques centimètres lorsque George vint s'asseoir à ses pieds.

– Alors, vous en êtes déjà à l'essentiel ? demanda George d'un ton avide.

– Tu veux dire l'arme dont a parlé Sirius ? répondit Harry.

– Il n'en a pas vraiment parlé, il l'a laissé échapper, dit Fred avec ravissement – il était assis à présent sur le lit de Ron. *Ça*, on ne l'avait pas entendu dans les Oreilles à rallonge !

– A ton avis, qu'est-ce que c'est ? demanda Harry.

– Ce pourrait être n'importe quoi, dit Fred.

– Il ne peut rien exister de plus terrible que le sortilège d'Avada Kedavra, non ? dit Ron. Qu'y a-t-il de pire que la mort ?

– C'est peut-être quelque chose qui permet de supprimer beaucoup de gens d'un seul coup, suggéra George.

– Ou alors une façon de tuer particulièrement douloureuse, dit Ron avec effroi.

– Pour la douleur, il y a déjà le sortilège Doloris, fit remarquer Harry. C'est suffisamment efficace, il n'a pas besoin d'autre chose.

Il y eut un silence. Harry savait que, comme lui, tout le monde se demandait quelles horreurs cette nouvelle arme pouvait bien provoquer.

– D'après vous, qui est-ce qui l'a, pour le moment ? demanda George.

– J'espère que c'est nous, dit Ron, un peu inquiet.

– Dans ce cas, c'est sans doute Dumbledore qui est chargé de la garder, déclara Fred.

– Où ça ? A Poudlard ? dit précipitamment Ron.

– Je serais prêt à le parier ! assura George. C'est là qu'il conservait la pierre philosophale.

– Une arme, ça doit être plus grand qu'une pierre, fit remarquer Ron.

– Pas forcément, dit Fred.

– La puissance ne dépend pas de la taille, ajouta George. Regarde Ginny, par exemple.

– Qu'est-ce que tu veux dire ? s'étonna Harry.

– Tu ne t'es jamais pris sur la figure un de ses maléfices de Chauve-Furie ?

– Chut ! dit Fred en se levant à moitié du lit. Écoutez !

Ils se turent aussitôt. Des bruits de pas montaient l'escalier.

– C'est maman, dit George.

Il y eut un craquement sonore et Harry sentit le poids disparaître au bout de son matelas. Quelques secondes plus tard, ils entendirent le parquet grincer derrière la porte. De toute évidence, Mrs Weasley écoutait pour s'assurer qu'ils n'étaient pas en train de parler.

Hedwige et Coquecigrue hululèrent tristement. Le parquet craqua à nouveau et ils entendirent Mrs Weasley se diriger vers l'escalier, sans doute pour aller vérifier ce que faisaient Fred et George.

– Elle ne nous fait pas du tout confiance, dit Ron sur un ton de regret.

Harry savait qu'il ne parviendrait pas à s'endormir. La soirée avait été si riche en événements qu'il passerait sûrement des heures à retourner dans sa tête tout ce qu'il venait de voir et d'entendre. Il aurait bien voulu continuer à parler avec Ron, mais Mrs Weasley redescendait l'escalier et lorsqu'elle se fut éloignée, il entendit distinctement d'autres pas monter les marches... En fait, toutes sortes de créatures à pattes trottinaient derrière la porte et il entendit Hagrid, le professeur de soins aux créatures magiques, lui dire : « Elles sont magnifiques, pas vrai, Harry ? Ce trimestre, nous allons étudier les armes... » Harry voyait alors que toutes ces créatures avaient des canons à la place de la tête et qu'elles se tournaient vers lui... Dans un geste instinctif, il se baissait pour les éviter...

Et un instant plus tard, il se retrouva pelotonné en boule sous la tiédeur des couvertures tandis que la voix sonore de George résonnait dans la pièce.

— Maman a dit tout le monde debout, le petit déjeuner vous attend dans la cuisine, ensuite elle aura besoin de vous dans le salon. Les Doxys sont beaucoup plus nombreux qu'elle ne le pensait et elle a trouvé un nid de Boursoufs morts sous le canapé.

Une demi-heure plus tard, Harry et Ron, qui s'étaient dépêchés de s'habiller et de prendre leur petit déjeuner, entrèrent dans le salon du premier étage, une vaste pièce aux plafonds hauts et aux murs vert olive ornés de tapisseries sales. De petits nuages de poussière s'élevaient du tapis chaque fois que quelqu'un posait les pieds dessus et les longs rideaux de velours couleur vert de mousse bourdonnaient sans cesse comme s'ils avaient été infestés d'abeilles invisibles. Mrs Weasley, Hermione, Ginny, Fred et George s'affairaient tout autour. Ils s'étaient noué autour de la bouche et du nez un morceau de tissu qui leur donnait un air bizarre et tenaient à la main de gros vaporisateurs remplis d'un liquide noir.

— Couvrez-vous le visage et prenez un pulvérisateur, dit Mrs Weasley à Harry et à Ron dès qu'ils furent entrés.

Elle leur montra du doigt deux autres bouteilles de liquide noir posées sur une table aux pieds effilés.

— C'est du doxycide. Je n'ai jamais vu une telle invasion de ces bestioles. On se demande ce que cet elfe de maison a bien pu faire au cours des dix dernières années.

Le visage d'Hermione était à moitié caché par une serviette mais Harry vit nettement le regard de reproche qu'elle lança à Mrs Weasley.

— Kreattur est très vieux, il n'a sans doute pas pu...

— Tu serais surprise de voir ce que Kreattur peut faire quand il le veut, répliqua Sirius qui venait d'entrer à son tour dans la pièce, chargé d'un sac taché de sang apparemment rempli de rats morts. Je viens d'aller donner à manger à Buck, ajouta-t-il en réponse au regard interrogateur de Harry. Je l'ai installé là-haut, dans la chambre de ma mère. Bon, voyons un peu ce secrétaire...

Il posa le sac de rats morts sur un fauteuil puis se pencha pour examiner le secrétaire fermé à clé. Pour la première fois depuis qu'il était arrivé, Harry remarqua que le meuble remuait légèrement.

– Tu sais, Molly, je suis presque sûr qu'il s'agit d'un Épouvantard, dit Sirius en regardant par le trou de la serrure. Mais il faudrait peut-être que Fol Œil voie ça de plus près avant qu'on le laisse sortir. Connaissant ma mère, c'est peut-être quelque chose de bien pire.

– Tu as raison, Sirius, approuva Mrs Weasley.

Tous deux prenaient soin de parler d'un ton poli, léger, qui indiquait clairement à Harry que ni l'un ni l'autre n'avait oublié leur dispute de la veille.

Une cloche au son clair retentit au rez-de-chaussée, aussitôt suivie par la même cacophonie de hurlements et de lamentations que Tonks avait provoquée la veille en renversant le porte-parapluies.

– Je n'ai pourtant pas arrêté de leur répéter de ne pas actionner la cloche ! s'exclama Sirius, exaspéré.

Il se précipita hors de la pièce et dévala l'escalier tandis que les cris de Mrs Black résonnaient une fois de plus dans toute la maison :

– *Opprobre et déshonneur, immondes bâtards, traîtres à votre sang, enfants indignes...*

– Ferme la porte, s'il te plaît, Harry, dit Mrs Weasley.

Harry prit le plus de temps possible pour repousser la porte du salon. Il voulait écouter ce qui se passait au rez-de-chaussée. Sirius avait dû réussir à refermer les rideaux sur le portrait de sa mère car elle avait cessé de hurler. Il entendit les pas de Sirius dans le hall, puis la chaîne de la porte d'entrée cliqueta et la voix profonde de Kingsley Shacklebolt retentit :

— Hestia vient de prendre ma relève, dit-il, c'est donc elle qui a la cape de Maugrey, pour le moment. J'ai pensé que je ferais bien de laisser un rapport à Dumbledore...

Sentant le regard de Mrs Weasley fixé sur sa nuque, Harry ferma à regret la porte du salon et rejoignit les chasseurs de Doxys.

Mrs Weasley était penchée sur le livre de Gilderoy Lockhart intitulé *Le Guide des créatures nuisibles* qu'elle avait posé sur le canapé, ouvert à la bonne page.

— Faites bien attention, vous tous, les Doxys peuvent mordre et leurs dents sont venimeuses. J'ai un flacon d'antidote mais j'aimerais mieux que personne n'ait à s'en servir.

Elle se redressa, alla se poster devant les rideaux et fit signe aux autres d'approcher.

— À mon signal, vous commencerez tout de suite à pulvériser, dit-elle. Ils vont sûrement se précipiter sur nous mais d'après ce qui est écrit sur les bouteilles, un bon jet de liquide devrait suffire à les paralyser. Quand ils seront immobilisés, jetez-les dans le seau.

Elle fit un pas prudent pour se mettre hors de portée de la ligne de tir et brandit sa propre bouteille.

— Prêts ? *Allez-y !*

Harry avait actionné son vaporisateur depuis quelques secondes seulement lorsqu'un Doxy de bonne taille surgit d'un pli du rideau. Ses ailes brillantes comme la carapace d'un scarabée bourdonnaient, ses dents minuscules, semblables à des aiguilles, étaient largement découvertes et ses petits poings se crispaient de fureur. Harry lui envoya un jet de doxycide en visant la tête. La créature s'immobilisa en plein vol et tomba sur le tapis usé en produisant un « bong ! » surprenant. Harry le ramassa et le lança dans le seau.

– Fred, qu'est-ce que tu fais ? demanda sèchement Mrs Weasley. Arrose-le tout de suite et jette-le !

Harry se tourna vers lui. Fred tenait entre le pouce et l'index un Doxy qui se débattait.

– D'ac ! dit-il d'une voix claironnante en envoyant à la créature un jet en pleine tête.

Mais dès que Mrs Weasley eut le dos tourné, il le glissa rapidement dans sa poche avec un clin d'œil à Harry.

– On veut faire des expériences avec du venin de Doxy pour nos boîtes à Flemme, expliqua George à voix basse.

Tout en aspergeant avec dextérité les deux Doxys qui fonçaient droit sur son nez, Harry se rapprocha de George et murmura du coin des lèvres :

– Qu'est-ce que c'est, des boîtes à Flemme ?

– Un choix de sucreries qui rendent malade, chuchota George en surveillant d'un œil prudent le dos de Mrs Weasley. Pas très malade, bien sûr, juste assez pour être dispensé de cours quand on en a envie. Avec Fred, on y a travaillé tout l'été. Chaque friandise comporte deux moitiés de couleur différente. Par exemple, si tu manges la partie orange d'une pastille de Gerbe, tu te mets à vomir. Dès qu'on t'a envoyé à l'infirmerie, tu avales la partie violette...

– ... qui te remet aussitôt d'aplomb. Tu peux alors te livrer à l'activité de ton choix au lieu de passer une heure à t'ennuyer en pure perte. C'est ce qu'on explique dans nos publicités, murmura Fred.

Il s'était glissé hors du champ de vision de Mrs Weasley et ramassait sur le tapis quelques Doxys inanimés qu'il s'empressa de fourrer dans sa poche.

– Mais ce n'est pas encore tout à fait au point. Jusqu'à maintenant, nos cobayes ont eu du mal à s'arrêter de vomir suffisamment longtemps pour avaler la moitié violette de la pastille.

– Les cobayes ?

— Nous, précisa Fred. Nous faisons ça à tour de rôle. George a essayé les petits-fours Tourndelœil et nous avons expérimenté tous les deux le nougat Néansang.

— Maman croyait que nous nous étions battus en duel, dit George.

— Le magasin de farces et attrapes marche toujours, alors ? murmura Harry qui faisait semblant d'ajuster le bouchon de son vaporisateur.

— Nous n'avons pas encore trouvé de local, répondit Fred en baissant la voix un peu plus pendant que Mrs Weasley s'épongeait le front avec son foulard avant de repartir à l'attaque. Et donc, pour le moment, on fait de la vente par correspondance. On a passé une publicité dans *La Gazette du sorcier*, la semaine dernière.

— Tout ça grâce à toi, mon vieux, dit George. Mais ne t'inquiète pas... Maman ne se doute de rien. Elle ne lit plus *La Gazette* parce qu'elle raconte des mensonges sur toi et Dumbledore.

Harry eut un sourire. Il avait obligé les jumeaux Weasley à prendre les mille Gallions qu'il avait gagnés en remportant le Tournoi des Trois Sorciers, afin de les aider à réaliser leur rêve d'ouvrir un magasin de farces et attrapes. Il était content, cependant, que Mrs Weasley ne soit pas encore au courant du rôle qu'il avait joué dans l'avancement du projet. Elle estimait en effet que le commerce des farces et attrapes ne constituait pas une carrière convenable pour ses enfants.

La dédoxysation des rideaux occupa la plus grande partie de la matinée. Il était plus de midi lorsque Mrs Weasley ôta enfin le foulard qui lui protégeait le visage. Elle se laissa tomber dans un fauteuil et se releva aussitôt en poussant un cri de dégoût : elle s'était assise sur le sac de rats morts. Les rideaux avaient cessé de bourdonner. Ils pendaient, flasques et humides, imbibés par la vaporisation intensive. Des Doxys inertes étaient entassés dans un seau à côté d'un bol rempli de leurs œufs noirs que

Pattenrond flairait avec curiosité et auxquels Fred et George jetaient des regards de convoitise.

— Nous nous occuperons de *ceux-là* après déjeuner.

Mrs Weasley montra du doigt les armoires vitrées, couvertes de poussière, qui se dressaient de chaque côté de la cheminée. Elles étaient encombrées d'un étrange assemblage d'objets : poignards rouillés, griffes, peau de serpent lovée, boîtes en argent terni portant des inscriptions dans des langues inconnues de Harry et, pire que tout, une bouteille en cristal au bouchon incrusté d'une grosse opale, dont Harry eut la certitude qu'elle était remplie de sang.

La cloche de la porte d'entrée retentit à nouveau. Les regards se tournèrent vers Mrs Weasley.

— Restez ici, dit-elle d'un ton décidé en prenant le sac de rats morts tandis que Mrs Black se remettait à hurler. Je vais vous apporter des sandwiches.

Elle quitta la pièce et referma soigneusement la porte derrière elle. Tout le monde se précipita aussitôt vers la fenêtre pour regarder ce qui se passait sur le perron. Ils virent le sommet d'une tignasse rousse mal peignée et un tas de chaudrons à l'équilibre précaire.

— Mondingus ! dit Hermione. Pourquoi apporte-t-il tous ces chaudrons ?

— Il cherche sans doute un endroit sûr pour les entreposer, répondit Harry. Ce n'est pas ça qu'il était parti faire, le soir où il devait me surveiller ? Aller chercher des chaudrons d'origine douteuse ?

— C'est vrai, tu as raison ! dit Fred.

La porte de la maison s'ouvrit. Mondingus entra, chargé de ses chaudrons, et disparut de leur champ de vision.

— Eh ben dis donc, ça ne va pas plaire à maman..., commenta Fred.

George et lui s'approchèrent de la porte de la chambre et restèrent là, l'oreille tendue. Les hurlements de Mrs Black avaient cessé.

– Mondingus est en train de parler avec Sirius et Kingsley, murmura Fred, le visage concentré. Je n'entends pas très bien... Tu crois qu'on peut risquer les Oreilles à rallonge ?

– Ça vaut peut-être le coup, dit George. Je pourrais filer là-haut en chercher une paire.

Mais à cet instant précis, il y eut au rez-de-chaussée une véritable explosion sonore qui rendit inutile le recours à tout artifice. Ils entendaient distinctement, à présent, ce que criait Mrs Weasley de toute la puissance de sa voix :

– CE N'EST PAS UNE CACHETTE POUR OBJETS VOLÉS, ICI !

– J'aime beaucoup entendre maman hurler contre quelqu'un d'autre, dit Fred avec un sourire satisfait. Ça change agréablement.

Il entrouvrit la porte de quelques centimètres pour que la voix de Mrs Weasley leur parvienne plus facilement.

– COMPLÈTEMENT IRRESPONSABLE ! VOUS CROYEZ QUE NOUS N'AVONS PAS SUFFISAMMENT DE SOUCIS COMME ÇA SANS QU'IL SOIT BESOIN DE VOUS VOIR ARRIVER AVEC UN CHARGEMENT DE CHAUDRONS VOLÉS !

– Ces idiots la laissent s'échauffer, commenta George en hochant la tête. Il faut l'arrêter tout de suite, sinon la vapeur s'accumule et ça peut durer des heures. En plus, elle mourait d'envie de s'attaquer à Mondingus depuis le jour où il s'est éclipsé au lieu de te surveiller, Harry... Tiens, la mère de Sirius s'y remet, elle aussi.

La voix de Mrs Weasley fut étouffée par les nouveaux hurlements des portraits du hall.

George s'apprêtait à refermer la porte pour atténuer le vacarme lorsqu'un elfe de maison se glissa par l'entrebâillement et pénétra dans la pièce.

En dehors du chiffon crasseux noué autour de sa taille à la manière d'un pagne, il était complètement nu. Il avait l'air très vieux, sa peau semblait beaucoup trop grande pour lui, et bien qu'il fût chauve, comme tous les elfes de maison, de grosses touffes de poils blancs sortaient de ses oreilles semblables à celles d'une chauve-souris. Ses yeux d'un gris larmoyant étaient injectés de sang et son gros nez charnu avait plutôt la forme d'un groin.

L'elfe ne prêta aucune attention à Harry ni aux autres. Comme s'il ne les voyait pas, il s'avança en traînant des pieds, le dos voûté, et se dirigea d'un pas lent et obstiné vers le fond de la pièce en marmonnant sans cesse, d'une voix rauque et grave qui ressemblait au coassement d'un crapaud.

– ... il a une odeur d'égout et en plus, c'est un bandit, mais l'autre ne vaut pas mieux, cette horrible vieille bonne femme traître à son sang avec ses sales gosses qui viennent semer la pagaille dans la maison de ma maîtresse ! Oh, ma pauvre maîtresse, si elle savait, si elle savait quelle vermine est entrée dans sa demeure, que dirait-elle à ce pauvre Kreattur ? Oh, quelle honte, des Sang-de-Bourbe et des loups-garous et des traîtres et des voleurs, pauvre vieux Kreattur, que peut-il faire... ?

– Bonjour, Kreattur, lança Fred d'une voix claironnante en fermant la porte avec un claquement sec.

L'elfe de maison se figea sur place. Il cessa de marmonner et sursauta dans une réaction de surprise trop appuyée pour être convaincante.

– Kreattur n'a pas vu le jeune maître, dit-il en se tournant pour s'incliner bien bas devant Fred.

Le nez face au tapis, il ajouta d'une manière parfaitement audible : Un sale petit gamin, celui-là, fils de traîtresse, infidèle à son sang.

– Pardon ? dit George. Je n'ai pas très bien compris la dernière phrase.

– Kreattur n'a rien dit, affirma l'elfe en s'inclinant une deuxième fois devant George.

Il ajouta à haute et intelligible voix :

— Et voilà son jumeau, des sales bêtes contre nature, ces deux-là.

Harry ne savait pas s'il fallait rire ou non. L'elfe se redressa en leur jetant à tous un regard hostile puis, apparemment convaincu qu'ils ne pouvaient l'entendre, il continua de marmonner :

— ... et la Sang-de-Bourbe qui est toujours là à faire sa fière, oh, si ma maîtresse savait, oh, comme elle pleurerait ! Et en voilà un nouveau, Kreattur ignore son nom. Qu'est-ce qu'il fait ici ? Kreattur n'en sait rien du tout...

— Voici Harry, Kreattur, risqua Hermione. Harry Potter.

Les yeux pâles de l'elfe s'agrandirent et il se mit à marmonner plus vite et plus furieusement que jamais.

— La Sang-de-Bourbe parle à Kreattur comme si elle était son amie, si la maîtresse de Kreattur le voyait en si mauvaise compagnie, oh, que dirait-elle... ?

— Ne l'appelle pas Sang-de-Bourbe ! protestèrent Ron et Ginny avec colère.

— Ça n'a pas d'importance, murmura Hermione. Il n'a pas toute sa tête, il ne sait pas ce qu'il...

— Ne t'imagine pas ça, Hermione, il est parfaitement conscient de ce qu'il dit, assura Fred en lançant un regard de dégoût à Kreattur.

L'elfe marmonnait toujours, les yeux tournés vers Harry.

— Est-ce vrai ? Est-ce vraiment Harry Potter ? Kreattur voit la cicatrice, ce doit être vrai, c'est lui qui a fait échec au Seigneur des Ténèbres, Kreattur se demande comment il s'y est pris...

— On se le demande tous, Kreattur, dit Fred.

— Et, au fait, qu'est-ce que tu veux ? demanda George.

Les yeux immenses de l'elfe se posèrent aussitôt sur George.

— Kreattur fait le ménage, dit-il d'un ton vague.

— Et tu penses qu'on va te croire ? tonna une voix derrière Harry.

Sirius était revenu et regardait l'elfe avec des yeux flamboyants de colère. Dans le hall, le tumulte s'était apaisé. Peut-être Mrs Weasley et Mondingus étaient-ils allés poursuivre leur dispute dans la cuisine. En voyant Sirius, Kreattur, dans une attitude ridicule, s'inclina si bas que son nez en forme de groin s'écrasa sur le tapis.

— Tiens-toi droit, ordonna Sirius, agacé. Qu'est-ce que tu fabriques ici ?

— Kreattur fait le ménage, répéta l'elfe. Kreattur ne vit que pour servir la noble maison des Black...

— Et la noble maison devient de plus en plus ignoble chaque jour. C'est d'une saleté repoussante, ici, répliqua Sirius.

— Le maître a toujours aimé plaisanter, reprit Kreattur en s'inclinant à nouveau.

Il poursuivit à mi-voix :

— Le maître est un sale pourceau ingrat qui a brisé le cœur de sa mère...

— Ma mère n'avait pas de cœur, Kreattur, répondit sèchement Sirius. Seule la rancœur la faisait vivre.

Kreattur s'inclina une fois de plus.

— Le maître dit ce qu'il veut, grommela-t-il avec fureur. Le maître n'est pas digne d'essuyer la boue des bottes de sa mère ! Oh, ma pauvre maîtresse, que dirait-elle si elle voyait Kreattur le servir, lui ? Oh, comme elle le haïssait, quelle déception il représentait pour elle...

— Je t'ai demandé ce que tu fabriquais ici, coupa Sirius avec froideur. Chaque fois que tu te montres en prétendant faire le ménage, tu dérobes quelque chose et tu vas le mettre dans ta chambre pour qu'on ne puisse pas le jeter.

— Kreattur n'enlèverait jamais rien de la place qui est la sienne dans la maison du maître, assura l'elfe ; puis il marmonna précipitamment : La maîtresse ne pardonnerait jamais à Kreattur que quelqu'un jette la tapisserie, sept siècles elle est restée dans la famille, Kreattur doit la sauver, Kreattur ne laissera pas le maître ni ceux qui ont trahi leur sang ni les sales gosses la détruire...

— Je pensais bien que c'était ça, dit Sirius en regardant avec dédain le mur d'en face. Elle a sûrement jeté un autre maléfice de Glu Perpétuelle pour qu'on ne puisse pas la décrocher, mais si j'arrive à m'en débarrasser, je ne m'en priverai pas. Et maintenant, va-t'en, Kreattur.

Apparemment, l'elfe n'osait pas désobéir à un ordre direct. Mais le regard qu'il lança à Sirius en passant devant lui de son pas traînant exprimait la plus profonde répugnance et tout au long du chemin qui le séparait de la porte, il ne cessa de marmonner :

— ... revient d'Azkaban et donne des ordres à Kreattur. Oh, ma pauvre maîtresse, que dirait-elle si elle voyait la maison à présent, pleine de cette vermine, ses trésors jetés aux ordures, elle jurait que ce n'était pas son fils et le voilà de retour, on dit aussi que c'est un assassin...

— Continue à marmonner comme ça et je ne vais pas tarder à devenir un véritable assassin ! s'exclama Sirius d'un ton exaspéré en claquant la porte derrière l'elfe.

— Sirius, il n'a pas toute sa tête, plaida Hermione. A mon avis, il ne s'aperçoit pas qu'on entend ce qu'il dit.

— Il est resté seul trop longtemps à obéir aux ordres déments du portrait de ma mère et à parler tout seul, répondit Sirius, mais de toute façon, il a toujours été un horrible petit...

— Si tu lui donnais sa liberté ? suggéra Hermione avec espoir, peut-être que...

— Impossible de le libérer, il sait trop de choses sur l'Ordre, répliqua sèchement Sirius. Et, d'ailleurs, le choc le tuerait. Propose-lui de quitter la maison, tu verras comment il réagira.

Sirius s'approcha du mur auquel était accrochée sur toute sa surface la tapisserie que Kreattur tenait tant à protéger. Harry et les autres le rejoignirent.

La tapisserie paraissait très ancienne. Elle était décolorée et on aurait dit que des Doxys l'avaient grignotée par endroits. Mais le fil d'or avec lequel elle avait été brodée continuait de briller suffisamment pour qu'on puisse voir un arbre généalogique aux multiples ramifications qui remontait (autant que Harry pouvait en juger) au Moyen Âge. Tout en haut de la tapisserie était écrit en grosses lettres :

La Noble et Très Ancienne Maison des Black
« Toujours pur »

— Tu n'y es pas ! remarqua Harry après avoir examiné le bas de l'arbre.

— J'y étais, répondit Sirius en montrant un petit trou rond aux bords noircis qui ressemblait à une brûlure de cigarette. Mais ma chère vieille mère m'a effacé d'un coup de baguette lorsque je suis parti de la maison. Kreattur aime beaucoup raconter l'histoire quand il parle tout seul.

— Tu t'es enfui de la maison ?

— Quand j'ai eu seize ans. J'en avais assez.

— Où es-tu allé ? demanda Harry en le regardant avec de grands yeux.

— Chez ton père, dit Sirius. Tes grands-parents ont été très gentils avec moi. D'une certaine manière, ils m'ont considéré comme leur deuxième fils. Je suis allé camper chez eux pendant les vacances scolaires et, quand j'ai eu dix-sept ans, j'ai pris une maison à moi. Mon oncle Alphard m'avait laissé une assez belle quantité d'or – lui aussi, on l'a enlevé de l'arbre, sans doute à cause de ça – et, à partir de cette époque, j'ai pu vivre par mes propres moyens. Mais j'ai toujours été invité à déjeuner le dimanche chez Mr et Mrs Potter.

— Et... Pourquoi es-tu...

— Parti ?

Sirius eut un sourire amer et passa ses doigts dans ses longs cheveux emmêlés.

— Parce que je les haïssais tous : mes parents avec leur manie du sang pur, qui étaient convaincus qu'être un Black donnait quasiment un rang royal... mon idiot de frère, suffisamment bête pour les croire... Tiens, c'est lui.

Sirius tapota de l'index le bas de l'arbre généalogique à l'endroit qui portait le nom de Regulus Black. La date de sa mort (une quinzaine d'années auparavant) suivait sa date de naissance.

— Il était plus jeune que moi, reprit Sirius, et un bien meilleur fils, comme on ne manquait jamais de me le faire observer.

— Mais il est mort, dit Harry.

— Ouais... L'imbécile... Il s'est enrôlé dans les Mangemorts.

— Tu plaisantes ?

— Allons, Harry, tu as vu suffisamment de choses dans cette maison pour savoir quel genre de famille vivait ici, non ? répliqua Sirius avec mauvaise humeur.

— Et tes... tes parents aussi étaient des Mangemorts ?

— Non, non, mais crois-moi, ils approuvaient les idées de Voldemort, ils étaient tous partisans de purifier la race des sorciers, de se débarrasser de ceux qui venaient de familles moldues et de mettre les sang-pur au pouvoir. Ils n'étaient d'ailleurs pas les seuls, beaucoup de gens, avant que Voldemort montre sa vraie nature, étaient persuadés qu'il avait raison... Ils ont été un peu refroidis en voyant ce qu'il était prêt à faire pour prendre le pouvoir. Mais au début, quand il s'est engagé, je suis sûr que mes parents voyaient en Regulus un brave petit héros...

— Il a été tué par un Auror ? demanda Harry d'une voix hésitante.

— Oh non, répondit Sirius. Non, il a été assassiné par Voldemort. Ou sur ordre de Voldemort, plus vraisemblablement. Je doute que Regulus ait jamais été assez important pour que Voldemort se donne la peine de le tuer lui-même. D'après ce que j'ai su après sa mort, il l'a suivi jusqu'à un certain point, puis il a été pris de panique devant ce qu'on lui demandait de faire et il a essayé de se retirer. Mais on ne quitte pas Voldemort en lui écrivant une simple lettre de démission. Avec lui, il faut servir ou mourir.

– Le déjeuner est prêt, annonça la voix de Mrs Weasley.

Elle tenait à bout de bras sa baguette magique sur laquelle reposait en équilibre un énorme plateau chargé de sandwiches et de gâteaux. Le teint écarlate, elle semblait toujours en colère. Les autres s'approchèrent d'elle, affamés, mais Harry resta à côté de Sirius qui s'était penché sur la tapisserie.

– Ça fait des années que je ne l'ai pas regardée. Voilà Phineas Nigellus... mon arrière-arrière-grand-père. Tu vois ?... Le directeur le moins aimé de toute l'histoire de Poudlard... Et là, c'est Araminta Meliflua... une cousine de ma mère... elle a essayé de faire passer une loi au ministère pour autoriser la chasse aux Moldus... et cette chère tante Elladora... c'est elle qui a inauguré la tradition de décapiter les elfes de maison quand ils étaient trop vieux pour porter les plateaux de thé... Bien entendu, chaque fois qu'un membre de la famille se révélait à peu près fréquentable, il était renié. Je vois que Tonks n'est pas là. C'est sans doute pour ça que Kreattur refuse de lui obéir – il est censé faire tout ce que lui demandent les membres de la famille...

– Tu es parent avec Tonks ? s'étonna Harry.

– Oh oui, Andromeda, sa mère, était ma cousine préférée, répondit Sirius en examinant attentivement la tapisserie. Non, Andromeda n'est pas là non plus, regarde...

Il montra un autre petit trou entre les noms de Bellatrix et Narcissa.

– Les sœurs d'Andromeda y sont toujours parce qu'elles se sont mariées à de charmants et respectables sang-pur, mais Andromeda a épousé un sorcier d'origine moldue, Ted Tonks, alors...

Sirius mima le geste par lequel on avait brûlé le nom d'un coup de baguette magique puis il eut un rire amer. Harry, en revanche, ne riait pas, il était trop occupé à lire les noms qui figuraient à droite de la marque noircie d'Andromeda. Un double trait brodé d'or liait Narcissa Black à Lucius Malefoy et une ligne verticale unique menait au nom de Drago.

– Tu es parent avec les Malefoy !

– Les familles de sang-pur sont toutes parentes, expliqua Sirius. Si tu ne laisses tes enfants se marier qu'avec d'autres sang-pur, le choix devient vite très limité. Nous ne sommes plus très nombreux. Molly est ma cousine par alliance. Arthur est quelque chose comme mon deuxième cousin au deuxième degré. Mais inutile de les chercher sur cet arbre – s'il y a jamais eu une famille qui soit considérée comme traître à son sang, c'est bien les Weasley.

Mais Harry regardait à présent le nom qui figurait à gauche de la marque d'Andromeda. Bellatrix Black était reliée par un double trait à Rodolphus Lestrange.

– Lestrange..., lut Harry à haute voix.

Le nom évoquait quelque chose dans sa mémoire, il l'avait déjà entendu quelque part mais, pour le moment, il ne pouvait se rappeler où. Une étrange sensation s'insinua cependant au creux de son estomac.

– Ils sont à Azkaban, dit sèchement Sirius.

Harry le regarda avec curiosité.

– Bellatrix et son mari Rodolphus y sont entrés en même temps que Barty Croupton junior, poursuivit Sirius du même ton brusque. Rabastan, le frère de Rodolphus, était également avec eux.

Harry retrouva alors la mémoire. Il avait vu Bellatrix Lestrange dans la Pensine de Dumbledore, l'étrange objet dans lequel on pouvait conserver ses pensées et ses souvenirs : une grande femme brune, avec des paupières lourdes, qui avait comparu devant le tribunal en proclamant sa fidélité à Voldemort, sa fierté d'avoir tenté de le retrouver après sa chute et sa conviction qu'elle serait un jour récompensée de sa loyauté.

– Tu ne m'as jamais dit qu'elle était...

– Quelle importance qu'elle soit ma cousine ? répliqua brutalement Sirius. En ce qui me concerne, je ne les considère pas comme ma famille. *Elle* particulièrement. Je ne l'ai pas revue depuis que j'avais ton âge, sauf si on compte le bref instant où je l'ai aperçue le jour de son arrivée à Azkaban. Tu crois vraiment que je suis fier d'avoir une parente comme elle ?

— Désolé, dit précipitamment Harry, je ne voulais pas...J'étais simplement surpris, c'est tout.

— Ça n'a pas d'importance, ne t'excuse pas, grommela Sirius.

Les mains enfoncées dans ses poches, il se détourna de la tapisserie.

— Je n'aime pas être ici, dit-il en contemplant le salon. Je n'avais jamais pensé que je serais un jour à nouveau enfermé dans cette maison.

Harry le comprenait parfaitement. Il savait ce que lui-même ressentirait si, devenu adulte, il était obligé de retourner vivre au 4, Privet Drive après avoir cru en être libéré à tout jamais.

— Bien sûr, c'est idéal pour installer un quartier général, dit Sirius. Lorsqu'il y habitait, mon père a doté la maison de tous les systèmes de sécurité connus dans le monde de la sorcellerie. Elle est incartable et donc les Moldus ne pourraient jamais la localiser — comme s'ils en avaient envie ! — et maintenant que Dumbledore a ajouté sa propre protection, on aurait du mal à trouver une maison plus sûre. Dumbledore est le Gardien du Secret au sein de l'Ordre — ce qui signifie que personne ne peut découvrir le quartier général s'il ne lui révèle pas personnellement son emplacement. Ce petit mot que Maugrey t'a montré hier soir était de la main de Dumbledore.

Sirius eut un rire bref, semblable à un aboiement.

— Si mes parents pouvaient voir à quoi sert leur demeure à présent...Le portrait de ma mère te donne une idée de ce qu'ils en penseraient.

Il fronça les sourcils puis soupira.

— Ça me serait égal si au moins j'avais la possibilité de sortir un peu de temps en temps pour faire quelque chose d'utile. J'ai demandé à Dumbledore si je pouvais t'accompagner au ministère le jour de ton audience — sous la forme de Sniffle, bien sûr – pour t'apporter un peu de soutien moral. Qu'en penses-tu ?

Harry sentit soudain son estomac chavirer. Il n'avait plus pensé à sa convocation depuis le dîner de la veille. La joie de revoir les êtres qui lui étaient le plus chers et l'excitation de savoir enfin ce qui se passait l'avaient complètement chassée de son esprit. En entendant les paroles de Sirius, la peur l'accabla à nouveau. Il regarda Hermione et les Weasley, tous occupés à manger leurs sandwiches, et se demanda ce qu'il éprouverait s'ils retournaient à Poudlard sans lui.

– Ne t'inquiète pas, dit Sirius.

Harry leva les yeux et s'aperçut que Sirius l'observait.

– Je suis sûr qu'ils t'innocenteront. Il y a bel et bien dans le Code international du secret magique un article qui autorise l'usage des sortilèges si ta vie est menacée.

– Mais s'ils me renvoient quand même, dit Harry à voix basse, est-ce que je pourrai revenir ici et vivre avec toi ?

Sirius eut un sourire triste.

– On verra.

– J'aurais beaucoup moins peur de cette audience si j'étais sûr de ne pas être obligé de retourner chez les Dursley, insista Harry.

– Ils doivent être vraiment terribles si tu préfères vivre ici, remarqua Sirius d'un air sombre.

– Dépêchez-vous tous les deux, sinon il n'y aura plus rien à manger, leur lança Mrs Weasley.

Sirius poussa à nouveau un profond soupir, jeta un regard noir à la tapisserie puis rejoignit les autres en compagnie de Harry.

Cet après-midi-là, Harry fit de son mieux pour ne pas penser à sa convocation au ministère pendant le temps qu'ils passèrent à vider les armoires vitrées. Fort heureusement, ce travail exigeait une très grande concentration car la plupart des objets contenus dans le meuble n'avaient pas la moindre envie de

quitter leurs étagères poussiéreuses. Sirius se fit mordre cruelle-
ment par une tabatière en argent. En quelques secondes, une
sorte de croûte repoussante lui recouvrit la main, tel un gant
dur et marron.

— Ce n'est rien, dit-il en examinant sa main d'un air intéressé
avant de lui donner un petit coup de baguette magique qui lui
rendit une peau normale. Il doit y avoir de la poudre à Verrue,
là-dedans.

Il jeta la boîte dans le sac où ils rassemblaient le bric-à-brac
trouvé dans les armoires. Quelques instants plus tard, Harry vit
George envelopper sa propre main dans un chiffon et glisser la
tabatière dans sa poche déjà remplie de Doxys.

Ils découvrirent un instrument en argent d'aspect assez
déplaisant, une sorte de pince à épiler pourvue de nombreuses
pattes, qui se mit à courir comme une araignée le long du bras
de Harry et essaya de lui percer la peau. Sirius attrapa l'objet et
l'écrasa avec un lourd volume intitulé *Nobles par nature : une
généalogie des sorciers*. Il y avait également une boîte à musique
d'où s'élevait une mélodie aigrelette et un peu sinistre lorsqu'on la remontait. En l'entendant, ils se sentirent étrangement
faibles et somnolents jusqu'à ce que Ginny ait le bon sens de
refermer le couvercle. Ils trouvèrent aussi un lourd médaillon
que personne ne parvint à ouvrir, un bon nombre de sceaux
anciens et enfin, dans une boîte poussiéreuse, une médaille de
l'Ordre de Merlin, première classe, qui avait été décernée au
grand-père de Sirius pour « services rendus au ministère ».

— Ça veut dire qu'il leur a donné un tas d'or, commenta Sirius
avec mépris en jetant la médaille dans le sac.

A plusieurs reprises, Kreattur se glissa dans la pièce et tenta
d'emporter des objets en les dissimulant sous son pagne.
Chaque fois qu'il se faisait prendre, on l'entendait marmonner
d'épouvantables malédictions. Lorsque Sirius lui arracha un
anneau d'or qui portait les armoiries des Black, Kreattur éclata
en sanglots furieux et quitta la pièce en pleurant et en grom-

melant à l'adresse de son maître des injures que Harry n'avait encore jamais entendues.

— Cet anneau appartenait à mon père, dit Sirius en l'expédiant dans le sac. Kreattur ne lui était pas aussi dévoué qu'à ma mère mais je l'ai quand même surpris la semaine dernière en train de serrer contre lui un de ses vieux pantalons.

Dans les jours qui suivirent, Mrs Weasley continua à les faire travailler dur. Il fallut trois jours pour assainir le salon. Finalement, il ne resta plus que deux éléments indésirables : la tapisserie représentant l'arbre généalogique de la famille Black, impossible à décrocher en dépit de tous leurs efforts, et le secrétaire qui continuait d'émettre des bruits suspects. Maugrey n'était pas encore repassé par le quartier général, ils ne savaient donc toujours pas avec certitude ce qui s'y cachait.

Ils passèrent du salon à une salle à manger du rez-de-chaussée où ils trouvèrent des araignées grandes comme des soucoupes cachées dans le buffet (Ron s'empressa de quitter la pièce pour aller faire du thé et ne revint qu'au bout d'une heure et demie). Sirius jeta sans cérémonie dans un sac-poubelle la vaisselle de porcelaine qui portait les armoiries et la devise des Black. Le même sort frappa une série de photos anciennes, conservées dans des cadres d'argent terni, et dont les sujets poussèrent de petits cris aigus lorsque le verre qui les protégeait se brisa dans leur chute.

Rogue pouvait toujours parler de « nettoyage » mais, aux yeux de Harry, il s'agissait en fait d'une véritable guerre menée contre la maison qui opposait une résistance acharnée, encouragée et soutenue par Kreattur. L'elfe ne cessait d'apparaître partout où ils se trouvaient, ses marmonnements devenant de plus en plus injurieux tandis qu'il s'efforçait d'arracher ce qu'il pouvait aux sacs-poubelle. Sirius alla jusqu'à le menacer de lui donner un vêtement mais Kreattur le fixa d'un regard larmoyant et dit :

— Le maître fait ce que le maître désire, avant de tourner les talons en marmonnant d'une voix forte : Mais le maître ne renverra pas Kreattur parce que Kreattur sait très bien ce qui se prépare ! Oh oui, le maître complote contre le Seigneur des Ténèbres avec ces Sang-de-Bourbe, ces traîtres, toute cette vermine...

Sur quoi, Sirius, sans prêter attention aux protestations d'Hermione, saisit Kreattur par son pagne et le jeta hors de la pièce.

La cloche de la porte d'entrée retentissait plusieurs fois par jour. Chaque fois, la mère de Sirius se mettait à hurler et Harry et les autres se précipitaient pour essayer d'entendre ce que disait le visiteur. Mais ils n'arrivaient pas à glaner grand-chose des images fugitives et des bribes de conversation qu'ils surprenaient car Mrs Weasley les rappelait aussitôt à leurs tâches. Rogue fit encore quelques allées et venues mais, au grand soulagement de Harry, ils ne se retrouvèrent jamais face à face. Harry aperçut également le professeur McGonagall qui enseignait la métamorphose à Poudlard. Elle était vêtue d'une robe et d'un manteau moldus qui lui donnaient une allure très étrange et paraissait elle aussi trop occupée pour s'attarder dans la maison. Parfois, cependant, l'un des visiteurs restait pour les aider.

Ainsi, Tonks se joignit à eux lors d'un après-midi mémorable au cours duquel ils découvrirent une vieille goule meurtrière qui se cachait dans les toilettes du dernier étage. Lupin, qui habitait dans la maison avec Sirius mais partait pendant de longues périodes pour accomplir de mystérieuses missions au service de l'Ordre, les aida à réparer une horloge de grand-mère qui avait pris la désagréable habitude de jeter de gros boulons sur quiconque passait à proximité. Mondingus remonta légèrement dans l'estime de Mrs Weasley en sauvant Ron de l'attaque d'une collection de vieilles robes pourpres qui avaient essayé de l'étrangler lorsqu'il les avait sorties d'une armoire.

En dépit d'un sommeil agité, toujours peuplé des mêmes

rêves de couloirs et de portes verrouillées qui provoquaient des picotements le long de sa cicatrice, Harry, pour la première fois depuis le début de l'été, parvint à s'amuser un peu. Tant qu'il était occupé, il se sentait heureux. Mais, lorsque le rythme de ses activités se relâchait, lorsqu'il baissait la garde ou restait allongé sur son lit, épuisé, à regarder passer des ombres au plafond, sa convocation au ministère lui revenait en tête. La peur lui perçait les entrailles comme des aiguilles quand il se demandait ce qui se passerait s'il était vraiment renvoyé de Poudlard. C'était une idée si effrayante qu'il n'osait pas en parler à voix haute, pas même à Ron et à Hermione. Respectant ce silence, eux aussi s'abstenaient d'aborder le sujet bien que Harry les vît parfois chuchoter tous les deux en lui jetant des regards inquiets. Par moments, son imagination lui montrait malgré lui un fonctionnaire sans visage qui cassait sa baguette en deux et lui ordonnait de retourner vivre chez les Dursley… Mais il n'obéirait pas. Il était décidé à rester ferme sur ce point. Il reviendrait ici, square Grimmaurd, pour vivre avec Sirius.

Il eut l'impression qu'une brique lui tombait dans l'estomac lorsque le mercredi soir, pendant le dîner, Mrs Weasley lui dit à voix basse :

— Je t'ai repassé tes plus beaux habits pour demain matin, Harry, et je veux aussi que tu te laves les cheveux ce soir. Une première impression favorable peut faire des merveilles.

Ron, Hermione, Fred, George et Ginny interrompirent leur conversation, le regard tourné vers lui. Harry acquiesça d'un signe de tête et s'efforça de finir sa côtelette mais sa bouche était devenue si sèche qu'il n'arrivait plus à mâcher.

— Comment vais-je faire pour aller là-bas ? demanda-t-il à Mrs Weasley en essayant de parler d'un ton détaché.

— Arthur va t'emmener avec lui en allant au bureau, dit-elle avec douceur.

De l'autre côté de la table, Mr Weasley lui adressa un sourire encourageant.

– Tu n'auras qu'à rester dans mon bureau en attendant l'heure de l'audience, dit-il.

Harry jeta un coup d'œil à Sirius mais avant qu'il ait pu poser la question, Mrs Weasley y avait déjà répondu :

– Le professeur Dumbledore ne pense pas que ce soit une bonne idée pour Sirius de t'accompagner et je dois dire qu'à mon avis...

– ...il a tout à fait raison, acheva Sirius, les dents serrées.

Mrs Weasley pinça les lèvres.

– Quand est-ce que Dumbledore vous a dit ça ? demanda Harry sans quitter Sirius des yeux.

– Il est passé hier soir, quand tu étais couché, répondit Mrs Weasley.

Sirius donna un coup de fourchette rageur dans une pomme de terre. Harry baissa les yeux sur son assiette. A la pensée que Dumbledore se trouvait dans la maison la veille de sa convocation et qu'il n'ait pas demandé à le voir, Harry se sentit encore plus mal, si c'était possible.

7

LE MINISTÈRE DE LA MAGIE

L e lendemain matin, Harry se réveilla à cinq heures et demie aussi brusquement et aussi complètement que si quelqu'un avait crié dans son oreille. Pendant quelques instants, il resta étendu, immobile, tandis que la pensée de l'audience qui l'attendait au ministère imprégnait chaque particule de son cerveau. Incapable d'en supporter davantage, il se leva d'un bond et mit ses lunettes. Mrs Weasley avait disposé au pied du lit son jean et son T-shirt fraîchement lavés. Harry s'habilla avec des gestes fébriles. La toile vide accrochée au mur ricana.

Ron était étalé sur le dos, la bouche grande ouverte, plongé dans un profond sommeil. Il ne bougea pas lorsque Harry traversa la pièce, sortit sur le palier et referma la porte en douceur. Essayant de ne pas penser que la prochaine fois où ils se verraient, ils auraient peut-être cessé d'être des camarades de classe, Harry descendit l'escalier en silence, passa devant les têtes coupées des ancêtres de Kreattur et se dirigea vers la cuisine.

Il croyait qu'elle serait vide à cette heure-là mais, lorsqu'il arriva devant la porte, il entendit de l'autre côté le ronronnement sourd d'une conversation. En entrant, il vit Mr et Mrs Weasley, Sirius, Lupin et Tonks assis autour de la table. On aurait presque dit qu'ils l'attendaient. Ils étaient tous habillés de pied en cap, sauf Mrs Weasley qui portait une robe de chambre violette matelassée. Dès qu'elle vit Harry, elle se leva d'un bond.

– Petit déjeuner, dit-elle en se précipitant vers la cheminée, sa baguette magique à la main.

– B-b-bonjour, Harry, dit Tonks en bâillant.

Ce matin-là, ses cheveux étaient blonds et bouclés.

– Bien dormi ?

– Oui, répondit Harry.

– Je s-s-suis restée debout toute la nuit, dit-elle avec un nouveau bâillement qui la fit frissonner. Viens t'asseoir.

Elle tira une chaise en renversant celle qui se trouvait juste à côté.

– Qu'est-ce que tu veux, Harry ? s'enquit Mrs Weasley. Du porridge ? Des petits pains ? Des harengs ? Des œufs au lard ? Des toasts ?

– Oh, simplement des toasts, merci, dit-il.

Lupin lui jeta un coup d'œil puis demanda à Tonks :

– Qu'est-ce que tu disais à propos de Scrimgeour ?

– Ah oui... Eh bien, il faut que nous fassions un peu plus attention. Il nous a posé de drôles de questions, à Kingsley et à moi...

Harry éprouva une vague reconnaissance en voyant qu'ils ne lui demandaient pas de se joindre à la conversation. Ses entrailles étaient comme nouées. Mrs Weasley posa devant lui deux toasts à la marmelade. Il essaya de manger mais il avait l'impression de mâcher un morceau de tapis. Mrs Weasley s'assit alors à côté de lui et se mit à arranger son T-shirt, rentrant l'étiquette qui dépassait dans le cou, lissant les plis du tissu sur ses épaules. Il aurait préféré qu'elle le laisse tranquille.

– ... et il faudra que je dise à Dumbledore que je ne pourrai pas assurer le service de nuit demain soir, je suis vraiment t-t-trop fatiguée, acheva Tonks en bâillant de plus en plus largement.

– Je te remplacerai, répondit Mr Weasley. De toute façon, j'ai un rapport à finir.

Mr Weasley était vêtu non pas d'une robe de sorcier, mais d'un pantalon à rayures et d'un vieux blouson. Il se tourna vers Harry.

– Comment te sens-tu ?

Harry haussa les épaules.

— Ce sera bientôt terminé, assura Mr Weasley d'un ton confiant. Dans quelques heures, tu seras innocenté.

Harry resta silencieux.

— L'audience aura lieu à mon étage, dans le bureau d'Amelia Bones. Elle dirige le Département de la justice magique et c'est elle qui t'interrogera.

— On peut faire confiance à Amelia Bones, Harry, dit Tonks d'un air sérieux. Elle est impartiale, elle écoutera tes arguments.

Harry acquiesça d'un signe de tête, toujours incapable de parler.

— Il ne faudra surtout pas t'énerver, dit brusquement Sirius. Sois très poli avec eux et tiens-t'en aux faits.

Harry hocha à nouveau la tête.

— La loi est de ton côté, dit Lupin à voix basse. Même les sorciers qui n'ont pas encore atteint l'âge de la majorité ont le droit de recourir à la magie lorsque leur vie est menacée.

Harry sentit soudain sa nuque se glacer, comme si quelque chose de très froid lui coulait dans le dos. Pendant un instant, il pensa qu'on lui avait jeté un sortilège de Désillusion puis il comprit que Mrs Weasley s'était attaquée à ses cheveux avec un peigne mouillé qu'elle appuya vigoureusement sur le sommet de son crâne.

— Tes cheveux ne s'aplatissent donc jamais? demanda-t-elle d'un ton désespéré.

Harry fit non de la tête.

Mr Weasley consulta sa montre et leva les yeux vers lui.

— Il est temps d'y aller, dit-il. Nous sommes un peu en avance mais je crois que tu seras mieux au ministère qu'à traîner ici.

— D'accord, répondit machinalement Harry.

Il laissa tomber son toast et se leva.

— Ça se passera bien, Harry, dit Tonks en lui tapotant le bras.

— Bonne chance, ajouta Lupin. Je suis sûr que tout ira à merveille.

— Et si ce n'est pas le cas, dit Sirius d'un air sinistre, je m'occuperai d'Amelia Bones pour toi...

Harry eut un pâle sourire. Mrs Weasley le serra contre elle.

– On croise les doigts, dit-elle.

– Merci, dit Harry. Bon... alors, à plus tard.

Il suivit Mr Weasley dans le hall. Derrière ses rideaux, la mère de Sirius grognait dans son sommeil. Mr Weasley ouvrit la porte et ils sortirent dans l'aube froide et grise.

– D'habitude, vous n'allez pas au bureau à pied ? demanda Harry tandis qu'ils contournaient la place d'un pas vif.

– Non, je transplane, répondit Mr Weasley. Mais ça t'est impossible et je crois préférable que nous arrivions de la manière la moins magique qui soit... Ça fera une meilleure impression compte tenu de ce qui t'est reproché...

Mr Weasley gardait la main à l'intérieur de son blouson et Harry savait qu'il tenait fermement sa baguette magique. Les rues délabrées du quartier étaient presque désertes mais, lorsqu'ils arrivèrent à la station de métro tout aussi misérable, elle était bondée de voyageurs matinaux en route pour leur travail. Comme chaque fois qu'il se trouvait en compagnie de Moldus occupés à leurs tâches quotidiennes, Mr Weasley eut du mal à modérer son enthousiasme.

– C'est tout simplement fabuleux, murmura-t-il en montrant les distributeurs automatiques de tickets. Merveilleusement ingénieux.

– Ils sont hors d'usage, fit remarquer Harry qui lui montra l'écriteau.

– Oui, mais même..., répondit Mr Weasley en regardant les machines d'un air ému.

Ils achetèrent leurs tickets à un employé somnolent (Harry se chargea de la transaction car Mr Weasley ne savait pas très bien se servir de l'argent moldu) et, cinq minutes plus tard, ils montaient à bord d'une rame qui les emmena dans un grand bruit de ferraille vers le centre de Londres. Mr Weasley ne cessait de regarder le plan du métro affiché au-dessus de la fenêtre.

– Encore quatre stations, Harry... encore trois... plus que deux stations, Harry...

Ils sortirent de la rame en plein cœur de Londres et furent emportés par une vague d'hommes en costume et de femmes en tailleur qui avaient tous un attaché-case à la main. Ils montèrent l'escalier mécanique, franchirent le portillon de la sortie (Mr Weasley fut émerveillé de voir le tourniquet avaler son ticket) et se retrouvèrent dans une avenue bordée d'immeubles imposants et déjà encombrée de voitures.

– Où sommes-nous ? demanda Mr Weasley d'un air perplexe.

Pendant un instant, Harry craignit qu'ils se soient trompés de station, bien que Mr Weasley n'eût cessé de consulter le plan.

– Ah, oui, c'est par là, dit-il enfin quelques secondes plus tard.

Et il l'entraîna vers une rue adjacente.

– Désolé, ajouta-t-il, je ne viens jamais en métro et les choses paraissent différentes quand on les voit à la façon d'un Moldu. En fait, c'est la première fois que je passe par l'entrée des visiteurs.

Plus ils avançaient, moins les immeubles paraissaient imposants. Enfin, ils atteignirent une rue où s'alignaient des bureaux d'aspect plutôt miteux, un pub et une benne à ordures qui débordait de toutes parts. Harry avait pensé que le ministère de la Magie serait installé dans un quartier plus prestigieux.

– Nous y sommes, dit Mr Weasley d'une voix claironnante.

Il montra une vieille cabine téléphonique rouge aux vitres cassées, plantée devant un mur surchargé de graffiti.

– Après toi, Harry, dit-il en ouvrant la porte de la cabine.

Harry entra à l'intérieur en se demandant ce que tout cela signifiait. Mr Weasley se faufila derrière lui et referma la porte. Il n'y avait pas beaucoup d'espace. Harry se retrouva coincé contre l'appareil téléphonique qui pendait de travers, comme si un vandale avait essayé de l'arracher. Mr Weasley passa la main devant Harry pour prendre le combiné.

– Mr Weasley, je crois que le téléphone aussi est hors d'usage, dit Harry.

— Non, non, je suis sûr qu'il marche très bien, répondit Mr Weasley en tenant le combiné au-dessus de sa tête, le regard fixé sur le cadran circulaire du téléphone. Voyons... six... Il composa le chiffre. Deux... quatre... encore un quatre... et un autre deux...

Lorsque le cadran se remit en place dans un chuintement, une voix féminine, froide et distante, s'éleva dans la cabine. Elle ne venait pas du combiné que Mr Weasley tenait à la main mais résonnait aussi clairement que si une femme invisible s'était trouvée à côté d'eux.

— Bienvenue au ministère de la Magie. Veuillez indiquer votre nom et l'objet de votre visite.

— Heu..., dit Mr Weasley qui ne savait visiblement pas s'il devait ou non parler dans le combiné.

Il adopta un compromis en collant le micro contre son oreille.

— Ici, Arthur Weasley, Service des détournements de l'artisanat moldu, j'accompagne Harry Potter qui a été convoqué à une audience disciplinaire...

— Merci, dit la voix féminine, toujours aussi réfrigérante. Le visiteur est prié de prendre le badge et de l'attacher bien en vue sur sa robe.

Il y eut un déclic, suivi d'un grincement, et Harry vit quelque chose tomber dans le réceptacle de métal destiné à rendre les pièces inutilisées. Il ramassa l'objet : c'était un badge carré, en argent, qui portait la mention : « Harry Potter, audience disciplinaire ». Il l'épingla sur son T-shirt tandis que la voix féminine s'élevait à nouveau :

— Le visiteur est prié de se soumettre à une fouille et de présenter sa baguette magique pour enregistrement au comptoir de la sécurité situé au fond de l'atrium.

Le plancher de la cabine téléphonique se mit alors à vibrer et Harry s'aperçut qu'ils étaient en train de descendre lentement dans le sol. Il regarda avec appréhension le trottoir passer devant les vitres de la cabine jusqu'à ce que l'obscurité se referme au-dessus de leur tête. Il ne pouvait plus rien voir, à présent. Il entendait seulement un grondement sourd pendant que la cabine s'enfonçait dans les profondeurs de la terre. Au bout d'environ une minute, bien que Harry eût l'impression qu'un temps beaucoup plus long s'était écoulé, un rai de lumière dorée tomba sur ses pieds et s'élargit jusqu'à éclairer tout son corps. Lorsque le rayon illumina son visage, il dut battre des paupières pour empêcher les larmes de lui monter aux yeux.

– Le ministère de la Magie vous souhaite une bonne journée, dit la voix.

La porte s'ouvrit à la volée et Mr Weasley sortit de la cabine, suivi par Harry qui resta bouche bée.

Ils se trouvaient à l'extrémité d'un hall gigantesque et somptueux dont le parquet de bois foncé était ciré à la perfection. Le plafond d'un bleu semblable aux plumes d'un paon était incrusté de symboles dorés et brillants qui ne cessaient de bouger et de se transformer comme un immense tableau d'affichage céleste. De chaque côté, des lambris de bois sombre et luisant recouvraient les murs dans lesquels étaient aménagées de nombreuses cheminées aux manteaux dorés. Régulièrement, une sorcière ou un sorcier émergeait dans un bruissement discret d'une des cheminées situées sur la gauche. A droite, de courtes files se formaient devant chaque feu de bois, dans l'attente d'un départ.

Au milieu du hall s'élevait une fontaine. Des statues d'or plus grandes que nature occupaient le centre d'un bassin circulaire. La plus haute de toutes représentait un sorcier de noble apparence, sa baguette magique pointée vers le ciel. Il était entouré d'une sorcière d'une grande beauté, d'un centaure, d'un gobelin et d'un elfe de maison. Ces trois derniers contemplaient les deux humains avec adoration. Des jets d'eau étincelants jaillissaient des baguettes magiques du sorcier et de la sorcière, de la flèche du centaure, du chapeau pointu du gobelin et des deux oreilles de l'elfe de maison. L'eau qui retombait dans le bassin produisait un clapotis régulier qui se mêlait aux craquements brusques des transplaneurs et au martèlement des pas de centaines de personnes qui se dirigeaient vers deux grandes portes d'or, à l'autre bout du hall. La plupart des visages affichaient une expression maussade due sans doute à l'heure matinale.

– Par ici, dit Mr Weasley.

Ils se mêlèrent à la foule, se frayant un chemin parmi les employés du ministère dont certains portaient des piles de parchemins en équilibre précaire ou des attachés-cases cabossés tandis que d'autres traversaient le hall en lisant *La Gazette du sorcier*. Lorsqu'il passa devant la fontaine, Harry vit des Noises et des Mornilles briller au fond du bassin. À côté, un petit écriteau noirci précisait :

LES SOMMES RÉCOLTÉES DANS LA FONTAINE
DE LA FRATERNITÉ MAGIQUE SERONT INTÉGRALEMENT
VERSÉES À L'HÔPITAL STE MANGOUSTE

« Si je ne suis pas renvoyé de Poudlard, j'y mettrai dix Gallions », pensa Harry, dans une promesse désespérée.

– C'est par là, dit Mr Weasley.

Ils quittèrent le flot des employés qui se dirigeaient vers les portes d'or. À gauche, sous une pancarte qui indiquait « Sécurité », un sorcier mal rasé vêtu d'une robe bleue comme des plumes de paon était assis derrière un bureau. En les voyant approcher, il leva les yeux et posa *La Gazette du sorcier* qu'il était en train de lire.

– J'accompagne un visiteur, dit Mr Weasley en désignant Harry d'un geste.

– Approchez-vous, répondit le sorcier d'une voix lasse.

Harry s'avança d'un pas. Le sorcier prit alors une longue tige dorée, mince et souple comme l'antenne radio d'une voiture, et la lui passa sur le corps, de haut en bas, d'avant en arrière.

– Baguette magique, grommela le sorcier-vigile en tendant la main après avoir posé sa tige d'or.

Harry lui donna sa baguette. Le sorcier la plaça sur un étrange instrument de cuivre en forme de balance à un seul plateau. L'appareil se mit à vibrer et une étroite bande de parchemin sortit d'une fente aménagée à sa base.

— Vingt-sept centimètres et demi, plume de phénix, en usage depuis quatre ans. C'est bien cela ?

— Oui, répondit Harry, d'un ton nerveux.

— Je garde ceci, dit le sorcier qui empala le morceau de parchemin sur une petite pointe de cuivre. Je vous rends ça, ajouta-t-il en tendant à Harry sa baguette magique.

— Merci.

— Attendez un peu…, reprit le sorcier d'une voix lente.

Il examina le badge argenté que Harry avait épinglé sur sa poitrine puis regarda aussitôt son front.

— Merci, Éric, dit alors Mr Weasley d'une voix ferme.

Il prit Harry par l'épaule et le ramena dans le flot des sorcières et des sorciers qui franchissaient les portes d'or.

Légèrement bousculé par la foule, Harry suivit Mr Weasley de l'autre côté des portes qui menaient à un hall plus petit où une vingtaine d'ascenseurs s'alignaient derrière des grilles d'or ouvragé. Harry et Mr Weasley se mêlèrent au groupe qui attendait devant l'un d'eux. A côté, un grand sorcier barbu tenait une grande boîte en carton d'où s'élevaient des crissements.

— Ça va, Arthur ? lança le sorcier en adressant un signe de tête à Mr Weasley.

— Qu'est-ce que tu as là, Bob ? demanda Mr Weasley qui regardait la boîte.

— Nous ne savons pas très bien, répondit le sorcier d'un air grave. Nous pensions qu'il s'agissait d'un poulet parfaitement ordinaire et, là-dessus, il s'est mis à cracher du feu. A mon avis, c'est un cas très sérieux d'infraction à l'interdiction de l'élevage expérimental.

Dans un bruit de ferraille, un ascenseur s'arrêta devant eux ; la grille dorée coulissa et Mr Weasley entra avec Harry dans la cabine. Les autres s'y engouffrèrent également et Harry se retrouva poussé tout au fond, coincé contre la cloison. Plusieurs sorcières et sorciers l'observaient avec curiosité. Il contempla ses chaussures pour éviter de croiser leurs regards et aplatit sa frange sur son front. La grille se referma avec bruit et l'ascenseur monta lentement dans un cliquetis de chaînes. La même voix féminine que Harry avait entendue dans la cabine téléphonique s'éleva à nouveau :

– Niveau sept, Département des jeux et sports magiques, Siège des ligues britanniques et irlandaises de Quidditch, Club officiel de Bavboules, Bureau des Brevets saugrenus.

Les portes de l'ascenseur s'ouvrirent. Harry aperçut un couloir d'une propreté douteuse avec des affiches représentant différentes équipes de Quidditch collées de travers sur les murs. L'un des sorciers, les bras chargés de balais, se faufila avec difficulté hors de la cabine et disparut dans le couloir. Les portes se refermèrent, l'ascenseur repartit en tremblotant et la voix féminine annonça :

– Niveau six, Département des transports magiques, Régie autonome des transports par cheminée, Service de régulation des balais, Office des Portoloins, Centre d'essai de transplanage.

Les portes s'ouvrirent une nouvelle fois et quatre ou cinq sorcières sortirent en compagnie d'un sorcier. En même temps, plusieurs avions en papier s'engouffrèrent dans la cabine. Harry les regarda voleter paresseusement au-dessus de sa tête. Ils étaient d'une couleur violette plutôt claire et portaient les mots « ministère de la Magie » inscrits sur leurs ailes.

– Ce sont de simples notes de service qu'on s'envoie d'un bureau à l'autre, expliqua Mr Weasley à voix basse. Avant, on utilisait des hiboux, mais ils étaient d'une saleté incroyable... Il y avait des fientes partout...

Tandis qu'ils poursuivaient leur ascension dans un cliquetis métallique, les notes de service tournoyèrent en battant des ailes autour de la lampe qui se balançait au plafond de la cabine.

– Niveau cinq, Département de la coopération magique internationale, Organisation internationale du commerce magique, Bureau international des lois magiques, Confédération internationale des sorciers, section britannique.

Lorsque les portes s'ouvrirent, deux notes de service s'envolèrent de l'ascenseur d'où sortirent également quelques sorcières et sorciers mais d'autres avions en papier s'engouffrèrent en si grand nombre que la lumière de la lampe s'obscurcissait par instants, masquée par leur vol incessant.

– Niveau quatre, Département de contrôle et de régulation des créatures magiques, sections des animaux, êtres et esprits, Bureau de liaison des gobelins, Agence de conseil contre les nuisibles.

– S'cusez, dit le sorcier qui portait la boîte contenant le poulet cracheur de feu.

Il sortit de la cabine, suivi d'un essaim de notes de service. Les portes se refermèrent avec un bruit métallique.

– Niveau trois, Département des accidents et catastrophes magiques, Brigade de réparation des accidents de sorcellerie, Quartier général des Oubliators, Comité des inventions d'excuses à l'usage des Moldus.

A cet étage, tout le monde descendit, à l'exception de Mr Weasley, de Harry et d'une sorcière occupée à lire un très long parchemin qui traînait par terre. Les notes de service restées à l'intérieur continuèrent de voler autour de la lampe tandis que l'ascenseur repartait en bringuebalant. A l'ouverture des portes, la voix annonça :

– Niveau deux, Département de la justice magique, Service des usages abusifs de la magie, Quartier général des Aurors, Services administratifs du Magenmagot.

– C'est là qu'on descend, Harry, dit Mr Weasley.

Ils suivirent la sorcière hors de la cabine et longèrent un couloir dans lequel des portes s'alignaient de chaque côté.

– Mon bureau est à l'autre bout.

— Mr Weasley, dit Harry alors qu'ils passaient devant une fenêtre inondée de soleil, nous ne sommes donc plus sous terre ?

— Si, si, répondit Mr Weasley. Ce sont des fenêtres enchantées. La maintenance magique décide chaque jour du temps qu'il fera. La dernière fois qu'ils ont demandé une augmentation de salaire, nous avons eu deux mois d'ouragans... C'est là-bas, Harry.

Ils tournèrent au coin d'un autre couloir, franchirent une double porte de chêne et arrivèrent dans une vaste salle en désordre divisée en boxes. L'endroit bourdonnait de rires et de conversations et des notes volantes se croisaient en tous sens, d'un box à l'autre, comme des fusées miniatures. Accroché de travers, un écriteau indiquait : « Quartier général des Aurors ».

Harry jeta au passage des regards furtifs à l'intérieur des boxes. Les Aurors avaient recouvert les cloisons de leurs bureaux d'un mélange hétéroclite de portraits de sorciers recherchés, de photos de famille, d'affiches de leurs équipes de Quidditch préférées ou d'articles découpés dans *La Gazette du sorcier*. Un homme vêtu d'une robe écarlate, les cheveux coiffés en un catogan plus long que celui de Bill, était assis, les pieds sur son bureau, et dictait un rapport à sa plume. Un peu plus loin, une sorcière, un œil caché sous un bandeau, parlait à Kingsley Shacklebolt par-dessus la cloison de son box.

— Bonjour, Weasley, dit Kingsley d'un ton dégagé en les voyant approcher. J'aurais voulu vous dire un mot, vous avez une seconde ?

— Oui, si c'est vraiment une seconde, répondit Mr Weasley, je suis assez pressé.

Ils se parlaient comme s'ils se connaissaient à peine et lorsque Harry ouvrit la bouche pour dire bonjour à Kingsley, Mr Weasley lui marcha sur le pied pour le faire taire. Ils suivirent Shacklebolt jusqu'au dernier box de la rangée.

Harry ressentit alors un léger choc : de tous côtés, le visage de Sirius lui clignait de l'œil. Des coupures de presse et de vieilles photos – y compris celle où Sirius était garçon d'honneur au mariage de ses parents – s'étalaient sur les murs. Le seul endroit où Sirius n'apparaissait pas était occupé par une carte du monde sur laquelle de petites épingles rouges luisaient comme des joyaux.

– Voilà, dit Kingsley d'un ton brusque en mettant dans la main de Mr Weasley une liasse de parchemins. J'ai besoin de toutes les informations possibles sur les véhicules volants d'origine moldue qui ont été vus dans les douze derniers mois. D'après nos renseignements, il se pourrait que Black utilise toujours sa vieille motocyclette.

Kingsley lança à Harry un clin d'œil très appuyé puis ajouta dans un murmure :

– Donne-lui le magazine, ça pourrait l'intéresser.

Il reprit alors d'une voix normale :

– Et ne traînez pas trop, Weasley, le retard de votre rapport sur les larmes à feu a bloqué notre enquête pendant un mois entier.

– Si vous aviez lu ce rapport, vous sauriez que le terme exact est « armes » à feu, répliqua Weasley avec froideur. Et j'ai bien peur que vous ayez à attendre les informations sur les motocyclettes un certain temps, nous sommes très occupés en ce moment.

Baissant la voix, il ajouta :

– Si tu peux te libérer avant sept heures, Molly va préparer des boulettes pour le dîner.

Il fit signe à Harry de le suivre et l'emmena jusqu'à une autre porte de chêne qui donnait sur un nouveau passage. Il tourna à gauche, longea un couloir, tourna à droite dans un corridor miteux et sombre puis atteignit enfin un cul-de-sac où une porte entrouverte laissait voir sur la gauche un placard à balais tandis que, sur la porte de droite, une plaque de cuivre terni indiquait : « Service des détournements de l'artisanat moldu ».

Le misérable bureau de Mr Weasley semblait légèrement plus petit que le placard à balais. On avait réussi à y coincer deux tables entre lesquelles il était difficile de se faufiler en raison des armoires pleines à craquer qui s'alignaient le long des murs et sur lesquelles des piles de dossiers vacillaient dangereusement. Le seul espace encore disponible sur l'une des cloisons témoignait des obsessions de Mr Weasley : il y avait accroché des affiches de voitures, dont l'une montrait un moteur démonté, deux images de boîtes aux lettres, sans doute découpées dans un livre pour enfants moldus, et un schéma indiquant comment installer une prise de courant.

Sur la corbeille où s'accumulait le travail en attente étaient posés côte à côte un vieux toaster secoué de hoquets déchirants et une paire de gants en cuir qui se tournaient les pouces. A côté de la corbeille, Harry vit une photographie de la famille Weasley. Il remarqua que Percy en était sorti.

— Nous n'avons pas de fenêtre, s'excusa Mr Weasley en enlevant son blouson qu'il suspendit au dossier d'une chaise. Nous en avons demandé une mais, apparemment, ils pensent que nous n'en avons pas besoin. Assieds-toi, Harry, je ne crois pas que Perkins soit déjà arrivé.

Harry se glissa sur une chaise derrière le bureau de Perkins tandis que Mr Weasley examinait la liasse de parchemins que Kingsley Shacklebolt lui avait confiée.

— Ah, dit-il avec un sourire en découvrant au milieu un exemplaire d'une revue intitulée *Le Chicaneur*. Voyons...

Il feuilleta le magazine.

— Oui, il a raison, je suis sûr que Sirius trouvera ça très amusant. Oh là, qu'est-ce que c'est que ça, encore ?

Une note volante qui venait de surgir dans le bureau alla se poser dans un battement d'ailes sur le toaster qui continuait de hoqueter. Mr Weasley déplia le papier et lut à haute voix :

— Troisième cas de toilettes publiques régurgitantes signalé à Bethnal Green. Veuillez mener l'enquête sans délai. Ça devient ridicule...

— Des toilettes régurgitantes ?

— L'acte de farceurs antimoldus, expliqua Mr Weasley, les sourcils froncés. Nous en avons déjà eu deux la semaine dernière, un à Wimbledon, l'autre à Elephant and Castle. Les Moldus tirent la chasse d'eau et, au lieu que tout disparaisse... enfin, je te laisse imaginer. Les malheureux n'arrêtent pas d'appeler les... les « plumiers », c'est comme ça qu'on dit, je crois ?... Tu sais, ces gens qui réparent les tuyaux...

— Les plombiers ?

— C'est ça, mais bien entendu, ils ne comprennent pas ce qui se passe. J'espère qu'on va retrouver les coupables.

— Ce sont des Aurors qui vont les attraper ?

— Oh non, ce n'est pas assez important pour des Aurors. Ça regarde la Brigade magique. Ah, Harry, je te présente Perkins.

Un vieux sorcier au dos voûté, l'air timide, les cheveux blancs ébouriffés, entra dans la pièce, le souffle court.

— Ah, Arthur, dit-il d'une voix fébrile sans regarder Harry, Dieu merci, je ne savais plus ce qu'il convenait de faire, vous attendre ici ou pas. Je viens d'envoyer un hibou chez vous mais, de toute évidence, il vous a raté — un message urgent est arrivé il y a dix minutes.

— Les toilettes régurgitantes ? Je sais, je suis déjà au courant, répondit Mr Weasley.

— Oh non, il ne s'agit pas de ça, c'est au sujet de la convocation du jeune Potter ; ils ont modifié l'heure et le lieu. Maintenant, l'audience doit commencer à huit heures dans la vieille salle numéro dix...

— Dans la vieille... mais ils m'avaient dit... Par la barbe de Merlin !

Mr Weasley consulta sa montre, poussa une exclamation et se leva d'un bond.

—Vite, Harry, on aurait dû y être il y a déjà cinq minutes !

Perkins se plaqua contre une armoire pour laisser passer Mr Weasley qui sortit du bureau en courant, Harry sur ses talons.

– Pourquoi ont-ils changé l'heure ? demanda Harry d'une voix haletante tandis qu'ils traversaient au pas de course la salle des Aurors.

Des têtes apparurent au-dessus des cloisons et les regardèrent passer d'un air surpris. Harry avait l'impression d'avoir laissé ses entrailles derrière le bureau de Perkins.

– Je n'en ai aucune idée, mais c'est une chance que nous soyons arrivés de bonne heure. Si tu n'avais pas été présent à l'audience, c'était une catastrophe !

Mr Weasley s'arrêta dans une glissade devant les ascenseurs et pressa d'un geste impatient le bouton de la descente.

– Allez, VITE !

L'ascenseur apparut enfin dans son habituel bruit de ferraille et ils se ruèrent à l'intérieur. Chaque fois que la cabine s'arrêtait, Mr Weasley lançait des jurons furieux et écrasait le bouton du niveau neuf.

– Il y a des années que ces anciennes salles d'audience n'ont plus été utilisées, dit-il avec colère. Je ne comprends pas pourquoi ils ont décidé de faire ça là-bas... à moins que... mais non...

A cet instant, une petite sorcière replète qui tenait à la main un gobelet fumant entra dans l'ascenseur et Mr Weasley s'interrompit.

– Atrium, annonça la voix féminine.

Les grilles s'ouvrirent et Harry aperçut à nouveau les statues d'or de la fontaine. La petite sorcière descendit et un mage au teint jaunâtre, le visage lugubre, entra dans la cabine.

– Bonjour, Arthur, dit-il d'une voix sépulcrale tandis que l'ascenseur recommençait à descendre. On ne vous voit pas souvent par ici.

– Bonjour, Moroz. Une affaire urgente, répondit Mr Weasley qui se balançait sur ses talons et jetait à Harry des regards inquiets.

– Ah oui, dit Moroz, en observant Harry sans ciller. Bien sûr.

Harry était trop absorbé par ses émotions pour s'intéresser à Moroz mais son regard implacable n'était pas de nature à le réconforter.

— Département des mystères, annonça la voix féminine, sans rien ajouter.

—Vite, Harry, dit Mr Weasley alors que les portes s'ouvraient dans un grincement.

Ils se précipitèrent dans un couloir très différent de ceux des étages supérieurs. Les murs étaient nus et il n'y avait ni fenêtre ni porte à part celle, noire et lisse, qu'on apercevait tout au fond. Harry crut qu'ils allaient passer par là, mais Mr Weasley le saisit par le bras et l'entraîna vers la gauche où une ouverture donnait accès à une volée de marches.

— C'est en bas, tout en bas, dit Mr Weasley d'une voix haletante en descendant l'escalier quatre à quatre. L'ascenseur ne va même pas jusque-là... Pourquoi ont-ils voulu faire ça ici, je ne...

Parvenus au bas des marches, ils coururent le long d'un nouveau couloir, très semblable à celui qui menait au cachot de Rogue, à Poudlard, avec des torches allumées fixées aux murs de pierre brute. Ils franchirent enfin de lourdes portes en bois, pourvues de verrous et de serrures.

— Salle d'audience... numéro dix... je crois... que nous y sommes presque... oui...

Mr Weasley s'immobilisa devant une porte sinistre, dotée d'une énorme serrure de fer, et s'effondra contre le mur en se tenant le flanc.

—Vas-y, haleta-t-il, le pouce tendu vers la porte. Entre.

—Vous...Vous ne venez pas avec...

— Non, non, je n'en ai pas le droit. Bonne chance !

Harry sentit son cœur remonter dans sa gorge et battre à tout rompre contre sa pomme d'Adam. Il déglutit avec difficulté, tourna la lourde poignée de fer et entra dans la salle d'audience.

8
L'AUDIENCE

Harry étouffa une exclamation. Il n'avait pu s'en empêcher. Le vaste cachot dans lequel il était entré lui semblait horriblement familier. Il ne l'avait pas seulement déjà vu, il y était déjà *venu*. C'était là qu'il avait atterri lorsqu'il était tombé dans la Pensine de Dumbledore, là qu'il avait assisté à la condamnation des Lestrange à la prison à vie.

Les murs de pierre sombre étaient faiblement éclairés par des torches. Les bancs en gradins qui s'élevaient de chaque côté restaient vides, mais face à lui, les sièges les plus hauts étaient occupés par des silhouettes plongées dans l'ombre, qui parlaient à voix basse. Lorsque la lourde porte se referma derrière Harry, un silence inquiétant s'installa.

Une voix d'homme s'éleva alors dans la salle :

— Vous êtes en retard, dit la voix avec froideur.

— Désolé, répondit Harry, mal à l'aise. Je… je ne savais pas que l'heure avait changé.

— Ce n'est pas la faute du Magenmagot, dit la voix. Un hibou vous a été envoyé ce matin. Asseyez-vous.

Harry posa son regard sur le fauteuil situé au centre de la salle et dont les bras étaient pourvus de chaînes. Il avait déjà vu ces chaînes s'animer et s'enrouler autour de quiconque s'asseyait dans ce fauteuil. Le bruit des pas de Harry résonna bruyamment sur le sol de pierre. Lorsqu'il prit place avec précaution au bord du fauteuil, les chaînes se dressèrent dans un cliquetis menaçant mais elles ne se refermèrent pas sur lui. Pris de nausée, il leva les yeux vers les silhouettes assises face à lui, sur les bancs qui le dominaient.

A première vue, ils étaient une cinquantaine, vêtus de robes couleur prune, brodées du côté gauche d'un M savamment dessiné. Ils le contemplaient de toute leur hauteur, certains avec des expressions austères, d'autres avec une franche curiosité.

Au beau milieu du premier rang se tenait Cornelius Fudge, le ministre de la Magie. Fudge était un homme corpulent qui arborait généralement un chapeau melon vert vif, mais il y avait renoncé en la circonstance. Il renonça également au sourire bienveillant qu'il adressait d'ordinaire à Harry lorsqu'il le rencontrait. Une sorcière massive à la mâchoire carrée, les cheveux gris et courts, était assise à la gauche de Fudge. Elle avait la mine rébarbative et portait un monocle. A la droite de Fudge était installée une autre sorcière, mais si loin à l'arrière du banc que son visage demeurait dans l'ombre.

– Très bien, dit Fudge, l'accusé étant présent – enfin –, l'audience peut s'ouvrir. Vous êtes prêt ? lança-t-il en tournant la tête.

– Oui, monsieur le ministre, répondit une voix empressée que Harry connaissait bien.

Percy, le frère de Ron, était assis tout au bout du premier rang. Harry le regarda en s'attendant à ce qu'il lui adresse un signe, mais il n'en fit rien. Derrière ses lunettes d'écaille, Percy avait les yeux fixés sur son parchemin, sa plume prête.

– Audience disciplinaire du 12 août, annonça Fudge d'une voix claironnante et Percy commença aussitôt à prendre des notes, ayant pour objet d'examiner les infractions au décret sur la Restriction de l'usage de la magie chez les sorciers de premier cycle et au Code international du secret magique reprochées au dénommé Harry James Potter, domicilié au 4, Privet Drive, Little Whinging, Surrey. Le prévenu sera interrogé par Cornelius Oswald Fudge, ministre de la Magie, Amelia Susan Bones, directrice du Département de la justice magique, et Dolores Jane

159

Ombrage, sous-secrétaire d'État auprès du ministre. Greffier d'audience : Percy Ignatius Weasley...

— Témoin de la défense, Albus Perceval Wulfric Brian Dumbledore, dit une voix paisible derrière Harry.

Il tourna la tête si vite qu'il en ressentit une douleur dans le cou.

Dumbledore s'avançait dans la salle d'un pas serein, vêtu d'une longue robe bleu nuit, l'air parfaitement calme. Sa longue barbe et ses cheveux argentés brillèrent à la lueur des torches tandis qu'il parvenait à la hauteur de Harry et regardait Fudge à travers ses lunettes en demi-lune posées au milieu de son nez aquilin.

Les membres du Magenmagot se mirent à chuchoter, les yeux à présent tournés vers Dumbledore. Certains semblaient agacés, d'autres légèrement effrayés. Au dernier rang, deux sorcières âgées levèrent la main pour lui adresser un signe de bienvenue.

En le voyant arriver, Harry éprouva une émotion puissante, un sentiment de force et d'espoir semblable à celui que lui inspirait le chant du phénix. Il voulut croiser son regard, mais Dumbledore gardait les yeux fixés sur Fudge qui ne pouvait cacher son trouble.

— Ah, dit le ministre, pris complètement au dépourvu. Dumbledore. Oui. Vous avez... heu... été prévenu... heu... que l'heure et... heu... le lieu de l'audience étaient modifiés ?

— J'ai dû rater le message, répondit-il d'un ton joyeux. Mais, à la suite d'une heureuse erreur, je suis arrivé au ministère avec trois heures d'avance. Ce n'est donc pas grave.

— Oui... bien... Je crois que nous aurons besoin d'un autre siège... Je... Weasley, pourriez-vous... ?

— Laissez, laissez, répondit Dumbledore d'un ton enjoué.

Il sortit sa baguette magique, l'agita légèrement et un petit fauteuil recouvert de chintz surgit soudain de nulle part, juste à côté de Harry. Dumbledore s'assit, joignit ses longs doigts et observa Fudge avec un intérêt poli. Les membres du Magenmagot continuaient de chuchoter en se trémoussant sur leurs bancs. Ils ne se calmèrent que lorsque Fudge reprit la parole :

— Oui, répéta Fudge qui farfouillait dans ses notes. Bien, alors. Donc. Les charges. Voilà.

Il sortit un parchemin de la pile posée devant lui, respira profondément et lut à haute voix :

— Les charges retenues contre le prévenu sont les suivantes : en parfaite connaissance de la gravité de ses actes, après avoir reçu un premier avertissement du ministère de la Magie pour une infraction similaire, il a sciemment et délibérément jeté un sortilège de Patronus dans une zone habitée par des Moldus, et en présence d'un Moldu, à la date du 2 août à vingt et une heures vingt-trois, en violation de l'alinéa C du décret sur la Restriction de l'usage de la magie chez les sorciers de premier cycle de 1875 et aussi de l'article 13 du Code international du secret magique. Vous êtes bien Harry James Potter, domicilié au 4, Privet Drive, Little Whinging, Surrey ? interrogea Fudge en lançant à Harry un regard noir par-dessus son parchemin.

— Oui, répondit Harry.

— Il y a trois ans, vous avez reçu un avertissement officiel du ministère pour avoir fait un usage illégal de la magie, c'est bien cela ?

— Oui, mais...

— Et pourtant, vous avez fait apparaître un Patronus dans la nuit du 2 août ? poursuivit Fudge.

— Oui, reconnut Harry, mais...

— En sachant qu'il est interdit aux moins de dix-sept ans de recourir à la magie en dehors de l'école ?

— Oui, mais...

— En sachant également que vous vous trouviez dans une zone abondamment peuplée de Moldus ?

— Oui, mais...

— Et conscient que l'un de ces Moldus se trouvait tout près de vous ?

– Oui, dit Harry avec colère, mais je l'ai fait parce que nous étions...

La sorcière au monocle l'interrompit d'une voix tonitruante :

–Vous avez fait apparaître un Patronus complet ?

– Oui, dit Harry, parce que...

– Un Patronus corporel ?

– Un... quoi ? demanda Harry.

–Votre Patronus avait une forme bien définie ? Je veux dire, ce n'était pas simplement de la vapeur ou de la fumée ?

– Non, répondit Harry, à la fois irrité et gagné par le désespoir. C'était un cerf. C'est toujours un cerf.

– Toujours ? s'exclama Mrs Bones. Vous aviez donc déjà fait apparaître un Patronus auparavant ?

– Oui, dit-il, j'ai commencé il y a plus d'un an.

– Et vous êtes âgé de quinze ans ?

– Oui, mais...

–Vous avez appris ça à l'école ?

– Oui, le professeur Lupin me l'a enseigné en troisième année, à cause du...

– Impressionnant, coupa Mrs Bones en le regardant fixement. Un véritable Patronus à cet âge... vraiment très impressionnant.

Il y eut à nouveau des murmures parmi les sorcières et les sorciers. Certains hochaient la tête d'un air appréciateur mais d'autres fronçaient les sourcils pour exprimer leur réprobation.

– La question n'est pas de savoir si le sortilège était impressionnant ou pas, dit Fudge d'un ton irrité. En fait, j'aurais plutôt tendance à penser que, plus il était impressionnant, pire c'est, compte tenu du fait que ce garçon a agi sous les yeux d'un Moldu !

Ceux qui avaient froncé les sourcils approuvèrent dans un murmure mais ce fut le hochement de tête faussement vertueux de Percy qui incita Harry à prendre la parole :

– J'ai fait ça à cause des Détraqueurs ! dit-il d'une voix forte avant que quiconque ait eu le temps de l'interrompre à nouveau.

Il s'était attendu à provoquer de nouveaux murmures mais, tout au contraire, le silence s'intensifia soudain.

– Des Détraqueurs ? dit Mrs Bones au bout d'un moment.

Ses épais sourcils se haussèrent au point que son monocle menaça de tomber.

– Que voulez-vous dire, mon garçon ?

– Je veux dire qu'il y avait deux Détraqueurs dans l'allée et qu'ils nous menaçaient, mon cousin et moi !

– Ah, reprit Fudge, avec un sourire narquois.

Il tourna son regard vers les membres du Magenmagot comme s'il les invitait à apprécier une bonne plaisanterie.

– Oui, oui, bien sûr, je m'attendais à entendre quelque chose dans ce genre-là.

– Des Détraqueurs à Little Whinging ? s'exclama Mrs Bones sur le ton de la plus grande surprise. Je ne comprends pas...

–Vous ne comprenez pas, Amelia ? dit Fudge qui continuait de sourire d'un air moqueur. Eh bien, je vais vous expliquer. Ce jeune homme a réfléchi à ce qu'il pourrait donner comme excuse et a estimé que l'apparition de Détraqueurs constituerait une bonne petite histoire pour justifier son geste, et même très bonne en vérité. Les Moldus ne peuvent pas voir les Détraqueurs, n'est-ce pas, mon garçon ? Très pratique, vraiment très pratique... Ainsi, on est obligé de vous croire sur parole, puisqu'il ne peut y avoir de témoins...

– Ce n'est pas un mensonge ! protesta Harry d'une voix sonore pour couvrir les nouveaux murmures qui s'élevaient dans la salle. Ils étaient deux et s'avançaient à chaque bout de l'allée, tout est devenu noir et froid, mon cousin les a sentis et il a essayé de s'enfuir...

– Ça suffit, ça suffit ! coupa Fudge d'un air hautain. Je suis navré d'interrompre un récit dont je ne doute pas qu'il ait été soigneusement mis au point...

A cet instant, Dumbledore s'éclaircit la gorge et le silence revint aussitôt dans la salle.

— En réalité, dit-il, nous avons bel et bien un témoin pour confirmer la présence des Détraqueurs dans cette allée. Un témoin autre que Dudley Dursley, bien entendu.

Le visage joufflu de Fudge devint soudain flasque, comme si quelqu'un l'avait dégonflé à la manière d'un ballon. Il fixa Dumbledore pendant un moment puis, reprenant contenance, il déclara :

— J'ai bien peur que nous n'ayons pas le temps d'écouter d'autres sornettes, Dumbledore, je veux que cette affaire soit réglée au plus vite...

— Je me trompe peut-être, dit Dumbledore d'un ton aimable, mais je crois bien que d'après la charte des Droits du Magenmagot, l'accusé a le droit de faire entendre des témoins à décharge. N'est-ce pas conforme à la politique du Département de la justice magique ? poursuivit-il en s'adressant à la sorcière au monocle.

— Exact, répondit Mrs Bones, parfaitement exact.

— Fort bien, fort bien, coupa Fudge d'un ton sec. Qui est cette personne ?

— Elle est venue avec moi, répondit Dumbledore. Elle attend derrière la porte. Dois-je... ?

— Non. Weasley, allez-y, aboya Fudge à Percy.

Celui-ci se leva aussitôt, dévala les marches qui menaient aux bancs des juges et passa précipitamment devant Dumbledore et Harry sans leur accorder un regard.

Un instant plus tard, Percy revint, suivi de Mrs Figg qui paraissait plus apeurée et plus folle que jamais. Harry regretta qu'elle n'ait pas pensé à quitter ses pantoufles pour mettre d'autres chaussures.

Dumbledore se leva et lui offrit son fauteuil en faisant apparaître un deuxième siège pour lui-même.

— Nom et prénoms ? demanda Fudge d'une voix forte lorsque Mrs Figg se fut assise tout au bord du fauteuil.

— Arabella Dorine Figg, répondit Mrs Figg d'une voix tremblante.

— Et qui êtes-vous exactement ? reprit Fudge d'un ton las et hautain.

— J'habite Little Whinging, tout près de chez Harry Potter, répondit Mrs Figg.

— Nous n'avons aucune trace dans nos registres d'une sorcière ou d'un sorcier résidant à Little Whinging en dehors de Harry Potter, fit aussitôt remarquer Mrs Bones. Nous accordons pourtant une attention toute particulière à cet endroit, compte tenu... compte tenu des événements passés.

— Je suis une Cracmol, précisa Mrs Figg. Donc, je ne figure pas sur les listes officielles.

— Une Cracmol, vraiment ? dit Fudge en l'observant avec suspicion. Nous allons le vérifier. Vous donnerez les détails de votre ascendance à Weasley, mon assistant. Au fait, est-ce que les Cracmols peuvent voir les Détraqueurs ? ajouta-t-il en jetant autour de lui un coup d'œil interrogateur.

— Bien sûr que nous le pouvons ! répliqua Mrs Figg d'un ton indigné.

Fudge reporta son regard sur elle, les sourcils levés.

— Très bien, dit-il d'un air supérieur. Qu'avez-vous à déclarer ?

— Le 2 août, aux alentours de neuf heures du soir, je suis sortie acheter de la nourriture pour mes chats à l'épicerie du coin, au bout de Wisteria Walk, déclara précipitamment Mrs Figg, comme si elle avait appris par cœur ce qu'elle devait dire. Tout à coup, j'ai entendu un bruit anormal dans l'allée qui relie Magnolia Crescent à Wisteria Walk. Je me suis approchée et j'ai vu des Détraqueurs qui couraient...

— Qui couraient ? l'interrompit sèchement Mrs Bones. Les Détraqueurs ne courent pas, ils glissent.

— C'est ce que je voulais dire, s'empressa de répondre Mrs Figg tandis que des taches roses apparaissaient sur ses joues ridées. Donc, les Détraqueurs glissaient le long de l'allée en direction de deux jeunes garçons.

— Comment étaient-ils ? demanda Mrs Bones en plissant les

yeux si fort que les bords de son monocle disparurent dans sa chair.

— L'un d'eux était très corpulent et l'autre plutôt maigrichon...

— Non, non, reprit Mrs Bones d'un ton agacé, je veux parler des Détraqueurs... Décrivez-les-moi.

— Oh, répondit Mrs Figg, les taches roses s'étalant à présent le long de son cou, ils étaient grands. Grands et vêtus de capes.

Harry sentit le creux de son estomac se crisper douloureusement. Quoi que dise Mrs Figg, il lui semblait qu'elle n'avait jamais vu de Détraqueurs autrement qu'en images. Or, jamais une image n'aurait pu refléter la réalité de ces êtres : leur façon effrayante de se mouvoir, suspendus à quelques centimètres au-dessus du sol, ou l'odeur de pourriture qu'ils dégageaient ou le terrible râle qu'ils émettaient en aspirant l'air autour d'eux...

Au deuxième rang, un petit sorcier courtaud avec une grosse moustache noire se pencha pour murmurer quelque chose à l'oreille de sa voisine, une sorcière aux cheveux crépus. La sorcière l'écouta puis hocha la tête en ricanant.

— Grands et vêtus de capes, répéta Mrs Bones avec froideur tandis que Fudge reniflait d'un air méprisant. Je vois. Autre chose ?

— Oui, répondit Mrs Figg. Je les ai sentis. Tout est devenu froid et pourtant c'était une soirée d'été très chaude, ne l'oublions pas. Et j'ai eu l'impression que... que toute idée de bonheur avait quitté ce monde... Je me suis souvenue de... de choses terrifiantes...

Sa voix se brisa et se tut.

Les yeux de Mrs Bones s'élargirent légèrement. Harry vit des marques rouges sous ses sourcils, là où le monocle s'enfonçait dans la peau.

— Qu'ont fait les Détraqueurs ? interrogea-t-elle.

Harry sentit une bouffée d'espoir monter en lui.

— Ils se sont avancés vers les deux garçons, raconta Mrs Figg, la voix plus forte et plus assurée, les taches roses refluant de son visage. L'un des garçons était tombé. L'autre reculait en essayant de repousser le Détraqueur. C'était Harry. Il a fait deux tentatives mais n'a réussi qu'à produire un peu de vapeur argentée. Au troisième essai, un Patronus est apparu et a chargé le premier Détraqueur. Ensuite, Harry lui a crié de chasser le second qui était penché sur son cousin. Voilà... voilà ce qui s'est passé, conclut Mrs Figg un peu maladroitement.

Mrs Bones observa Mrs Figg en silence. Fudge, occupé à tripoter ses papiers, ne la regardait pas du tout. Enfin, il leva les yeux et déclara, d'un ton passablement agressif :

– C'est ce que vous avez vu ?

– C'est ce qui s'est passé, répéta Mrs Figg.

– Très bien, dit Fudge, vous pouvez partir.

Le regard effrayé de Mrs Figg se posa successivement sur Fudge et sur Dumbledore. Puis elle se leva et se dirigea d'un pas traînant vers la porte que Harry entendit se refermer derrière elle avec un bruit sourd.

– Ce témoin n'était pas très convaincant, remarqua Fudge d'un air hautain.

– Oh, je ne sais pas, dit Mrs Bones de sa voix tonitruante. Elle a décrit très exactement les effets que provoque une attaque de Détraqueurs et je ne vois pas pourquoi elle prétendrait les avoir vus si ce n'était pas vrai.

– Des Détraqueurs qui se promènent dans une banlieue moldue et qui croisent par hasard un sorcier sur leur chemin ? dit Fudge avec dédain. Il y a vraiment très, très peu de chance pour qu'une telle situation se produise. Même Verpey ne parierait pas là-dessus...

– Oh, mais je ne pense pas que quiconque dans cette salle puisse croire que les Détraqueurs se trouvaient là par hasard, intervint Dumbledore d'un ton dégagé.

La sorcière assise à la droite de Fudge, le visage dans l'ombre, remua légèrement mais tous les autres restèrent immobiles et silencieux.

– Qu'entendez-vous par là ? interrogea Fudge d'une voix glaciale.

— J'entends par là qu'ils ont agi sur ordre, répondit Dumbledore.

— Je pense qu'il y aurait une trace administrative si quelqu'un avait ordonné à deux Détraqueurs d'aller faire un tour à Little Whinging, aboya Fudge.

— Pas si les Détraqueurs ont tendance, ces temps-ci, à prendre leurs ordres ailleurs qu'au ministère de la Magie, répliqua calmement Dumbledore. Je vous ai déjà exposé mon point de vue à ce sujet, Cornelius.

— En effet, dit Fudge avec vigueur, et je ne vois aucune raison d'accorder le moindre crédit à ce point de vue, Dumbledore. Ce ne sont que des balivernes. Les Détraqueurs restent à Azkaban et ne font rien d'autre que ce que nous leur disons de faire.

— Dans ce cas, répondit Dumbledore à voix basse mais claire, nous devons nous demander pourquoi quelqu'un, au sein du ministère, a donné l'ordre à deux Détraqueurs de se rendre dans cette allée le 2 août dernier.

Dans le silence total qui accueillit ces paroles, la sorcière assise à la droite de Fudge se pencha en avant, ce qui permit à Harry de voir pour la première fois son visage.

Avec sa silhouette trapue, sa grosse tête flasque sur un cou quasi inexistant, comme celui de l'oncle Vernon, sa bouche large et molle, elle ressemblait à un gros crapaud blanchâtre, pensa-t-il. Ses grands yeux ronds sortaient légèrement de leurs orbites et le petit nœud de velours noir perché sur ses cheveux courts et bouclés avait l'air d'une grosse mouche qu'elle s'apprêtait à attraper d'un coup de langue visqueuse.

— La cour donne la parole à Dolores Jane Ombrage, sous-secrétaire d'État auprès du ministre, annonça Fudge.

La sorcière avait une voix de petite fille, aigrelette et haut perchée, qui surprit Harry. Il s'était attendu à l'entendre coasser.

— Je pense ne pas vous avoir très bien compris, professeur Dumbledore, dit-elle d'un ton minaudant qui ne modifia en rien l'expression glacée de ses gros yeux ronds. C'est sans doute idiot de ma part mais il m'a semblé, pendant un très court moment, vous entendre suggérer que le ministère de la Magie avait lancé une attaque sur ce garçon !

Elle éclata d'un rire cristallin qui fit dresser les cheveux sur la nuque de Harry. D'autres membres du Magenmagot rirent à leur tour mais, de toute évidence, aucun d'eux n'était véritablement amusé.

— S'il est vrai que les Détraqueurs ne prennent leurs ordres qu'au ministère de la Magie et s'il est également vrai que deux d'entre eux ont attaqué Harry et son cousin il y a une semaine, il s'ensuit logiquement que quelqu'un au ministère a dû ordonner cette attaque, répondit Dumbledore d'un ton poli. Bien entendu, il est également possible que ces deux Détraqueurs aient échappé au contrôle du ministère...

— Aucun Détraqueur n'échappe au contrôle du ministère ! répliqua sèchement Fudge dont le teint avait viré au rouge brique.

Dumbledore inclina la tête en un bref salut.

— Dans ce cas, il ne fait aucun doute que le ministère mènera une enquête approfondie afin de savoir pourquoi deux Détraqueurs se sont retrouvés si loin d'Azkaban et pourquoi ils ont lancé une attaque sans autorisation.

— Ce n'est pas à vous de décider ce que doit faire ou pas le ministère de la Magie, Dumbledore ! lança Fudge dont le teint avait pris une couleur magenta à rendre jaloux l'oncle Vernon.

— Bien entendu, répondit Dumbledore avec douceur. Je souhaitais simplement exprimer ma confiance dans la volonté du ministère de ne pas laisser de tels faits inexpliqués.

Il jeta un coup d'œil à Mrs Bones qui rajusta son monocle et soutint son regard en fronçant légèrement les sourcils.

— Je tiens à rappeler que la conduite de ces Détraqueurs, si toutefois elle n'est pas le fruit de l'imagination de ce garçon, ne constitue pas l'objet de cette audience ! déclara Fudge. Nous sommes ici pour examiner les infractions au décret sur la

Restriction de l'usage de la magie chez les sorciers de premier cycle commises par Harry Potter !

— C'est vrai, admit Dumbledore, mais la question de la présence des Détraqueurs dans cette allée concerne directement le sujet qui nous occupe. L'article sept du décret stipule en effet qu'on peut faire usage de magie devant des Moldus dans des circonstances exceptionnelles, notamment lorsqu'une menace pèse sur la vie du sorcier ou de la sorcière en cause, ou de tout autre sorcier, sorcière ou Moldu présent au moment de...

— Nous connaissons parfaitement le contenu de l'article sept, merci bien ! gronda Fudge.

— J'en suis certain, répliqua Dumbledore d'un ton courtois. Et sans doute serons-nous d'accord pour estimer que le recours au sortilège du Patronus en pareille situation relève précisément des circonstances exceptionnelles prévues par cet article ?

— Oui, si des Détraqueurs étaient véritablement présents, ce dont je doute.

— Vous avez entendu un témoin oculaire l'affirmer, trancha Dumbledore. Si vous doutez de ses déclarations, faites revenir cette dame et interrogez-la à nouveau. Je suis convaincu qu'elle n'y verra aucun inconvénient.

— Je... Que... Non..., fulmina Fudge en tripotant les papiers posés devant lui. Je veux régler cette question aujourd'hui, Dumbledore !

— Certes, mais personne n'irait imaginer que vous refuseriez d'entendre un témoin aussi souvent qu'il le faudrait si cela devait éviter un grave déni de justice, répondit Dumbledore.

— Déni de justice, c'est vous qui le dites ! s'écria Fudge de toute la puissance de sa voix. Dumbledore, avez-vous jamais pris la peine d'établir la liste de toutes les histoires abracadabrantes que ce garçon a inventées pour essayer de couvrir ses usages abusifs de la magie en dehors de l'école ? J'imagine que vous avez déjà oublié le sortilège de Lévitation qu'il a jeté il y a trois ans...

— Ce n'était pas moi, c'était un elfe de maison ! protesta Harry.

— VOUS VOYEZ ? rugit Fudge en montrant Harry d'un geste théâtral. Un elfe de maison ! Dans une habitation moldue ! Je vous demande un peu !

— L'elfe dont il est question est actuellement employé à Poudlard, répondit Dumbledore. Je peux le convoquer ici dans un instant pour lui demander de témoigner, si vous le souhaitez.

— Je... Non... Je n'ai pas le temps d'écouter des elfes de maison ! D'ailleurs, ce n'est pas la seule... Il a gonflé sa tante comme un ballon, rendez-vous compte ! s'écria Fudge en tapant du poing sur la table, ce qui eut pour effet de renverser une bouteille d'encre.

— Et, dans votre grande mansuétude, vous avez décidé de ne pas poursuivre, considérant, j'imagine, que même les meilleurs sorciers ne peuvent pas toujours contrôler leurs émotions, dit Dumbledore d'une voix paisible tandis que Fudge essayait de nettoyer l'encre qui s'était répandue sur ses notes.

— Et je n'ai pas encore parlé de ce qu'il fait à l'école.

— Mais, comme le ministère n'est pas compétent pour sanctionner les manquements à la discipline commis par les élèves de Poudlard, la conduite de Harry Potter dans l'établissement ne concerne en aucune manière cette assemblée, déclara Dumbledore, toujours aussi poli, mais avec une nuance de froideur dans le ton.

— Oh, oh ! Ce qu'il fait à l'école ne nous concernerait pas, hein ? répliqua Fudge. C'est ce que vous pensez ?

— Le ministère n'a aucune autorité pour renvoyer les élèves de Poudlard, Cornelius, ainsi que je vous l'ai déjà rappelé dans la soirée du 2 août. Il n'a pas non plus le droit de confisquer une baguette magique tant que la culpabilité de son propriétaire n'a pas été prouvée. Cela aussi, je vous l'ai rappelé au soir du 2 août. Dans votre admirable empressement à veiller au respect de la loi, vous semblez vous-même — par inadvertance, j'en suis convaincu — négliger certaines dispositions.

— Les lois peuvent être modifiées, affirma Fudge avec férocité.

— Bien entendu, approuva Dumbledore en inclinant la tête. Et, apparemment, vous vous chargez vous-même de ces modifications, Cornelius. Comment se fait-il que quelques semaines seulement après qu'on m'a demandé de quitter le Magenmagot, il soit déjà de pratique courante de réunir un tribunal pénal au complet pour juger d'un simple usage de la magie chez un sorcier de premier cycle ?

Quelques sorciers remuèrent sur leurs sièges, visiblement mal à l'aise. Le teint de Fudge passa au cramoisi. En revanche, la sorcière à tête de crapaud assise à sa droite se contenta de regarder Dumbledore, le visage dénué de toute expression.

— Pour autant que je le sache, poursuivit Dumbledore, il n'existe encore aucune loi qui donne mission à ce tribunal de sanctionner Harry Potter pour chaque sortilège dont il a fait usage au cours de sa vie. Il est accusé d'avoir commis une infraction bien précise et il a présenté sa défense. Tout ce que nous pouvons faire, lui et moi, c'est attendre votre verdict.

Il se tut et joignit à nouveau les doigts. Fudge, qui ne parvenait pas à masquer sa fureur, lui lança un regard noir. Harry jeta un coup d'œil en biais à Dumbledore, en quête de réconfort. Il se demandait s'il avait eu raison de déclarer au Magenmagot que le moment était venu de prendre une décision. Cette fois encore, Dumbledore resta insensible aux efforts de Harry pour croiser son regard. Il continuait de fixer les juges qui s'étaient lancés dans des conversations fébriles tenues à voix basse.

Harry contempla ses chaussures. Son cœur, qui semblait avoir doublé de volume, battait à tout rompre contre ses côtes. Il avait cru que l'audience durerait plus longtemps et il n'était pas du tout certain d'avoir fait bonne impression. En fait, il n'avait pas dit grand-chose. Il aurait dû expliquer plus en détail ce qui s'était passé avec les Détraqueurs, comment il était tombé, comment Dudley et lui avaient failli recevoir le baiser de la mort...

A deux reprises, il leva les yeux vers Fudge et ouvrit la bouche pour parler mais son cœur dilaté empêchait l'air de passer dans sa gorge et, par deux fois, il dut se contenter de reprendre sa respiration et de contempler à nouveau ses chaussures.

Puis le murmure des conversations s'évanouit. Harry voulut regarder les juges, mais il s'aperçut qu'il était infiniment plus facile de conserver les yeux fixés sur ses lacets.

– Ceux qui sont partisans d'abandonner les charges contre le prévenu ? lança la voix tonitruante de Mrs Bones.

Harry redressa brusquement la tête. Des mains se levèrent, beaucoup de mains... Plus de la moitié ! Le souffle haletant, il essaya de les compter, mais avant qu'il eût terminé, Mrs Bones avait déjà demandé :

– Ceux qui sont partisans d'une condamnation ?

Fudge leva la main. Une demi-douzaine d'autres l'imitèrent. Il y avait parmi eux la sorcière assise à sa droite, le sorcier à la grosse moustache et sa voisine aux cheveux crépus.

Fudge leur jeta un coup d'œil avec l'air de quelqu'un qui a quelque chose de très gros coincé dans la gorge, puis il baissa la main. Après avoir respiré profondément deux fois de suite, il annonça, d'une voix déformée par la rage qu'il s'efforçait de contenir :

– Très bien, très bien... les charges sont abandonnées.

– Excellent, dit vivement Dumbledore en se levant d'un bond.

Il sortit sa baguette magique et fit disparaître les deux fauteuils recouverts de chintz.

– Je dois partir, maintenant. Bonne journée à tous.

Et, sans accorder un seul regard à Harry, il se hâta de quitter le cachot.

9

LES MALHEURS DE MRS WEASLEY

Le brusque départ de Dumbledore prit Harry complètement au dépourvu. Il resta assis dans le fauteuil aux
chaînes, partagé entre le désarroi et le soulagement.
Les membres du Magenmagot s'étaient levés et bavardaient
en ramassant et rangeant leurs papiers. Harry se leva à son
tour. Personne ne lui accordait la moindre attention, à part la
sorcière-crapaud qui, après avoir si longuement regardé
Dumbledore, fixait à présent les yeux sur lui. Il l'ignora et
s'efforça de croiser le regard de Fudge ou de Mrs Bones pour
leur demander s'il était libre de partir mais Fudge semblait
décidé à faire comme s'il n'existait pas. Quant à Mrs Bones,
elle paraissait très absorbée par son attaché-case. Il fit donc
quelques pas timides en direction de la sortie et, voyant que
personne ne le rappelait, se mit à marcher beaucoup plus
vite.

Il parcourut les derniers mètres au pas de course, ouvrit la
porte à la volée et faillit se cogner contre Mr Weasley qui se
tenait de l'autre côté, l'air pâle et inquiet.

– Dumbledore n'a pas dit...

– Les charges sont abandonnées, annonça Harry en refermant
la porte derrière lui.

Le visage rayonnant, Mr Weasley le prit par les épaules.

– Harry, c'est merveilleux ! Oh, bien sûr, il était impossible de
te condamner, il n'y avait aucune preuve mais, quand même, je
dois dire que je n'étais pas...

Il s'interrompit car la porte venait de se rouvrir. Les membres du Magenmagot sortaient en file indienne.

— Par la barbe de Merlin ! s'exclama Mr Weasley d'un air songeur en écartant Harry pour les laisser passer. Tu as eu droit à la cour au complet ?

— Je crois bien, répondit Harry à mi-voix.

Un ou deux sorciers adressèrent un signe de tête à Harry en passant devant lui et quelques-uns, y compris Mrs Bones, lancèrent un « Bonjour, Arthur » à Mr Weasley, mais la plupart détournèrent les yeux. Cornelius Fudge et la sorcière-crapaud furent presque les derniers à quitter le cachot. Fudge ne prêta pas plus d'attention à Mr Weasley et à Harry que s'ils avaient été un morceau du mur. En revanche, la sorcière fixa à nouveau Harry comme si elle cherchait à l'évaluer. Percy sortit en dernier. Tout comme Fudge, il ignora complètement son père et Harry. Il passa devant eux, le dos raide et le nez en l'air, en serrant contre lui un gros rouleau de parchemin et une poignée de plumes. Les rides aux coins de la bouche de Mr Weasley se crispèrent légèrement, mais il ne laissa paraître aucun autre signe indiquant qu'il venait de voir son troisième fils.

— Je vais te ramener tout de suite, comme ça, tu pourras annoncer la bonne nouvelle aux autres, dit-il, en faisant signe à Harry d'avancer tandis que les talons de Percy disparaissaient dans l'escalier qui montait vers le niveau neuf. Je te déposerai en allant m'occuper de cette histoire de toilettes à Bethnal Green. Viens...

— Qu'est-ce que vous allez faire pour arranger ça ? demanda Harry avec un sourire.

Tout lui semblait soudain beaucoup plus drôle que d'habitude. La nouvelle commençait à pénétrer en lui : il était innocenté, *il retournerait à Poudlard.*

— Oh, c'est simple, il suffit d'un antimaléfice, répondit Mr Weasley en montant l'escalier. Mais le plus grave, ce n'est pas d'avoir à réparer les dégâts, c'est plutôt l'attitude qui se cache derrière ce vandalisme. Se moquer des Moldus peut paraître très amusant à certains sorciers, mais c'est l'expression de quelque chose de beaucoup plus profond et de beaucoup plus méchant. En ce qui me concerne...

Mr Weasley s'interrompit au milieu de sa phrase. Ils venaient d'atteindre le couloir du niveau neuf et Cornelius Fudge se tenait à quelques mètres d'eux, parlant tranquillement à un homme de grande taille aux cheveux blonds et lisses, le visage pâle et pointu.

Au son de leurs pas, l'homme se tourna vers eux. Lui aussi s'interrompit en pleine conversation. Il plissa ses yeux gris et froids et les fixa sur Harry.

– Tiens, tiens, tiens... Le Patronus Potter, dit Lucius Malefoy d'un ton glacial.

Harry en eut le souffle coupé, comme s'il venait de se cogner contre un mur. La dernière fois qu'il avait vu ces yeux gris au regard glacé, c'était derrière les fentes d'une cagoule de Mangemort, la dernière fois qu'il avait entendu cette voix lancer des sarcasmes, c'était dans un cimetière, pendant que Voldemort le torturait. Harry n'arrivait pas à croire que Lucius Malefoy ose le regarder en face. Il ne parvenait pas à croire qu'il se trouvait là, au ministère de la Magie, en train de parler avec Cornelius Fudge, alors que Harry avait révélé à Fudge quelques semaines auparavant que Malefoy était un Mangemort.

– Monsieur le ministre m'a informé de la chance que vous venez d'avoir, Potter, dit Mr Malefoy d'une voix traînante. Très étonnant de voir comment vous arrivez toujours à vous sortir des situations les plus inextricables en vous tortillant... à la manière d'un *serpent*, en fait.

Mr Weasley serra l'épaule de Harry pour l'inciter au calme.

– Oui, vous avez raison, dit Harry, je m'en tire toujours très bien.

Lucius Malefoy leva les yeux vers Mr Weasley.

– Et voilà également Arthur Weasley ! Que faites-vous là, Arthur ?

– C'est ici que je travaille, répliqua sèchement Mr Weasley.

– Sûrement pas *ici* ? reprit Mr Malefoy qui haussa les sourcils en jetant un regard vers la porte de la salle d'audience. Je croyais que vous étiez au deuxième étage... Si je me souviens bien, vos activités consistent notamment à emporter chez vous des objets moldus pour les ensorceler ?

– Non, répondit Mr Weasley d'un ton brusque.

Ses doigts s'enfonçaient à présent dans l'épaule de Harry.

– Et vous, qu'est-ce que vous faites là ? demanda Harry à Lucius Malefoy.

– Je ne pense pas que les affaires privées entre le ministre et moi-même vous regardent en quoi que ce soit, Potter, répondit Malefoy en lissant le devant de sa robe.

Harry entendit un faible tintement qui semblait provenir d'une poche remplie d'or.

– Ce n'est pas parce que vous êtes le chouchou de Dumbledore que vous devez vous attendre à la même indulgence de notre part... Nous devrions peut-être monter dans votre bureau, à présent, mon cher ministre ?

– Certainement, approuva Fudge qui tourna le dos à Harry et à Mr Weasley. Par ici, Lucius.

Ils s'éloignèrent tous les deux en parlant à voix basse. Ce fut seulement lorsqu'ils eurent disparu dans l'ascenseur que Mr Weasley lâcha enfin l'épaule de Harry.

– Pourquoi n'attendait-il pas devant le bureau de Fudge, s'ils ont des affaires à traiter ? s'exclama Harry d'un ton furieux. Qu'est-ce qu'il fabriquait ici ?

– Si tu veux mon avis, il essayait de s'approcher en douce du tribunal.

Mr Weasley, en proie à une extrême nervosité, jetait des regards par-dessus son épaule pour s'assurer que personne ne pouvait les entendre.

— Il voulait savoir si tu avais été renvoyé ou pas. Je vais laisser un mot à Dumbledore quand je te déposerai, il faut qu'il sache que Malefoy a encore eu des contacts avec Fudge.

— Et, au fait, en quoi consistent leurs affaires privées ?

— J'imagine qu'il s'agit d'or, répondit Mr Weasley avec colère. Pendant des années, Malefoy s'est montré très généreux avec toutes sortes d'organismes... ce qui lui permet de fréquenter les gens utiles... à qui il peut alors demander des services... par exemple, retarder l'examen de certains projets de loi qu'il ne veut pas voir passer... Ah ça, Lucius Malefoy a beaucoup de relations...

L'ascenseur arriva. Il était vide en dehors d'un vol de notes de service qui battirent des ailes autour de Mr Weasley tandis qu'il appuyait sur le bouton de l'atrium. Il les chassa d'un geste irrité et les portes se refermèrent dans un bruit métallique.

— Mr Weasley, dit lentement Harry, si Fudge reçoit des Mangemorts comme Malefoy, s'il les voit en tête à tête, comment être sûr qu'ils ne l'ont pas soumis au sortilège de l'Imperium ?

— Ne crois pas que nous n'y ayons pas pensé, Harry, répondit Mr Weasley à voix basse. Mais Dumbledore estime qu'en ce moment, Fudge agit de sa propre initiative – ce qui n'a rien de très rassurant, comme le dit Dumbledore. Mais il vaut mieux ne plus en parler pour l'instant, Harry.

Les portes s'ouvrirent et ils sortirent dans l'atrium, presque désert à présent. Éric, le sorcier-vigile, était à nouveau caché derrière sa *Gazette du sorcier*. Ils étaient passés devant la fontaine d'or lorsque Harry se souvint.

— Attendez, dit-il à Mr Weasley.

Il sortit une bourse de sa poche et se tourna vers la fontaine.

Harry regarda le sorcier à la noble figure mais, vu de près, il lui sembla qu'il avait l'air plutôt faible et stupide. La sorcière affichait un sourire vide, comme une candidate à un concours de beauté, et d'après ce que Harry savait des gobelins et des centaures, il était peu vraisemblable qu'on les surprenne à contempler des humains, quels qu'ils soient, avec une telle mièvrerie. Seul l'elfe de maison, dans son attitude de soumission servile, paraissait convaincant. Avec un sourire à la pensée de ce qu'Hermione dirait si elle voyait la statue de l'elfe, Harry retourna sa bourse et vida dans le bassin non pas les dix Gallions qu'il avait promis mais l'intégralité de son contenu.

— Je le savais ! s'écria Ron en donnant un coup de poing en l'air. Tu t'en sors toujours !

— Ils ne pouvaient pas faire autrement que de te disculper, dit Hermione.

En voyant Harry entrer dans la cuisine, elle avait semblé sur le point de s'évanouir d'angoisse. A présent, elle se cachait les yeux derrière une main tremblante.

— Il n'y avait rien à te reprocher, absolument rien.

— Pour des gens qui étaient sûrs que j'allais m'en tirer, vous m'avez quand même l'air bien soulagés, fit remarquer Harry avec un sourire.

Mrs Weasley s'essuyait le visage avec son tablier et Fred, George et Ginny exécutaient une sorte de danse de guerre en scandant :

— *Il s'en est tiré, il s'en est tiré, il s'en est tiré…*

— Ça suffit, calmez-vous ! s'exclama Mr Weasley bien que lui aussi eût un sourire. Écoute bien, Sirius, Lucius Malefoy était au ministère…

— Quoi ? dit Sirius d'un ton brusque.

— *Il s'en est tiré, il s'en est tiré, il s'en est tiré…*

— Taisez-vous, tous les trois. Oui, on l'a vu parler avec Fudge au niveau neuf et ensuite, ils sont montés ensemble dans le bureau de Fudge. Il faut mettre Dumbledore au courant.

— Absolument, approuva Sirius. On le lui dira, ne t'inquiète pas.

— Bon, je ferais bien d'y aller, il y a des toilettes régurgitantes qui m'attendent à Bethnal Green. Molly, je rentrerai tard, je remplace Tonks, mais il se peut que Kingsley vienne dîner...

— *Il s'en est tiré, il s'en est tiré, il s'en est tiré...*

— Ça suffit, Fred, George, Ginny ! s'écria Mrs Weasley tandis que son mari sortait de la cuisine. Harry, mon chéri, viens manger quelque chose, tu n'as presque rien pris au petit déjeuner.

Ron et Hermione s'assirent en face de lui. Jamais ils n'avaient eu l'air aussi heureux depuis son arrivée square Grimmaurd et Harry sentit revenir en lui le sentiment de soulagement un peu étourdissant que sa rencontre avec Lucius Malefoy avait passablement refroidi. La maison lugubre lui parut soudain plus chaleureuse et plus accueillante. Même Kreattur lui sembla moins laid lorsqu'il pointa dans la cuisine son nez en forme de groin pour se renseigner sur l'origine de tout ce vacarme.

— Du moment que Dumbledore venait te soutenir, ils ne pouvaient plus te condamner, bien sûr, dit Ron d'un ton joyeux en distribuant de grands tas de purée dans les assiettes.

— Ouais, il a tout arrangé, dit Harry.

Il estima qu'il serait ingrat, pour ne pas dire puéril, d'ajouter : « Mais j'aurais bien voulu qu'il me parle. Ou même qu'il me *regarde.* »

A cette pensée, la cicatrice de son front le brûla si douloureusement qu'il plaqua une main dessus.

— Qu'est-ce qu'il y a ? s'inquiéta Hermione.

— Ma cicatrice, marmonna Harry. Mais ce n'est rien... Ça arrive tout le temps, maintenant...

Personne d'autre n'avait rien remarqué. Ils étaient tous occupés à vider leurs assiettes en se réjouissant que Harry s'en soit sorti de justesse. Fred, George et Ginny continuaient de chanter. Hermione, elle, paraissait un peu anxieuse mais, avant qu'elle ait pu dire quoi que ce soit, Ron lança joyeusement :

— Je parie que Dumbledore va venir ce soir pour faire la fête avec nous.

— Je ne pense pas qu'il pourra, Ron, dit Mrs Weasley en

posant devant Harry une énorme assiette de poulet rôti. Il est très occupé en ce moment.

– *IL S'EN EST TIRÉ, IL S'EN EST TIRÉ, IL S'EN EST TIRÉ...*

– VOUS ALLEZ VOUS TAIRE, OUI ? rugit Mrs Weasley.

Dans les jours qui suivirent, Harry ne put ignorer qu'une personne au moins, au 12, square Grimmaurd, ne paraissait pas enchantée de le voir retourner à Poudlard. Sirius avait fait de son mieux pour afficher sa joie en entendant la nouvelle, étreignant la main de Harry avec un visage aussi rayonnant que les autres. Bientôt, pourtant, il s'était montré plus renfrogné, plus grognon qu'auparavant. Il parlait moins, même à Harry, et passait de plus en plus de temps dans la chambre de sa mère en compagnie de Buck.

– Tu n'as pas à te sentir coupable ! dit Hermione quelques jours plus tard, après que Harry lui eut confié, ainsi qu'à Ron, ce qu'il éprouvait à ce sujet.

Ils étaient occupés à nettoyer un placard moisi, au troisième étage.

– Ta place est à Poudlard et Sirius le sait. Personnellement, je trouve qu'il fait preuve d'égoïsme.

– Tu es un peu dure, Hermione, dit Ron.

Les sourcils froncés, il essayait de détacher un morceau de moisissure qui s'était solidement collé à son doigt.

– Toi non plus, tu n'aimerais pas ça, si on t'obligeait à rester enfermée dans cette maison sans voir personne.

– Sans voir personne ? s'exclama Hermione. On est au quartier général de l'Ordre du Phénix, ici, non ? Il s'était simplement mis en tête que Harry viendrait vivre avec lui dans cette maison.

– Je ne crois pas que ce soit vrai, répondit Harry en essorant son torchon. Il ne m'a pas donné de réponse claire quand je lui ai demandé si je pourrais habiter là.

– Il ne voulait pas entretenir de faux espoirs, dit Hermione avec pertinence. Et il devait aussi se sentir un peu coupable car je suis sûre que, quelque part en lui, il espérait que tu serais renvoyé. Comme ça, vous auriez vécu tous les deux en réprouvés.

– Arrête un peu ! répliquèrent Harry et Ron d'une même voix.

Hermione se contenta de hausser les épaules.

– Comme vous voudrez. Mais parfois, je me dis que la mère de Ron a raison et qu'il arrive à Sirius de te confondre avec ton père, Harry.

– Alors, tu crois qu'il est un peu cinglé ? s'emporta Harry.

– Non, je pense seulement qu'il est resté très seul pendant très longtemps, répondit simplement Hermione.

A ce moment, Mrs Weasley entra dans la chambre.

– Toujours pas terminé, dit-elle en passant la tête dans le placard.

– Je croyais que tu étais venue nous dire de prendre un peu de repos ! se plaignit Ron avec amertume. Est-ce que tu te rends compte de la quantité de moisissure que nous avons enlevée depuis que nous sommes là ?

– Vous étiez si enthousiastes à l'idée d'apporter votre aide à l'Ordre, répliqua Mrs Weasley. Vous pouvez faire votre part de travail en rendant cette maison habitable.

– J'ai l'impression d'être un elfe de maison, grommela Ron.

– Eh bien, maintenant que tu comprends mieux dans quelles conditions épouvantables ils sont obligés de vivre, tu deviendras peut-être un peu plus actif dans la S.A.L.E ! dit Hermione avec espoir, tandis que Mrs Weasley les abandonnait à leur besogne. Ce ne serait pas une mauvaise idée de montrer aux gens à quel point il est horrible de passer son temps à faire le ménage. Nous pourrions nettoyer la pièce commune de Gryffondor en organisant une collecte dont le produit irait à la S.A.L.E. Ce serait un moyen de faire progresser le niveau de conscience en même temps que notre fonds de soutien.

– Je suis prêt à faire une collecte pour que tu cesses de nous parler de la *SALE*, grommela Ron avec mauvaise humeur et à voix suffisamment basse pour que seul Harry puisse l'entendre.

A mesure que la fin des vacances approchait, Harry passait de plus en plus de temps à songer à Poudlard. Il avait hâte de revoir Hagrid, de jouer au Quidditch et même de traverser le potager pour se rendre dans les serres du cours de botanique. Il éprouverait un tel plaisir à quitter cette maison poussiéreuse et moisie, où la moitié des placards étaient encore verrouillés et où Kreattur, tapi dans l'ombre, ne cessait de siffler des insultes sur leur passage ! Mais bien sûr, Harry veillait à ne jamais rien dire de tout cela lorsque Sirius pouvait l'entendre.

Habiter le quartier général du mouvement anti-Voldemort n'était pas aussi intéressant ou excitant que Harry l'aurait imaginé. Les membres de l'Ordre du Phénix allaient et venaient régulièrement, restant parfois déjeuner ou dîner, ou ne passant que brièvement pour échanger quelques mots chuchotés mais, chaque fois, Mrs Weasley veillait à ce que Harry et les autres soient suffisamment loin d'eux pour que leurs oreilles (à rallonge ou pas) ne puissent rien entendre. D'une manière générale, tout le monde, y compris Sirius, semblait penser que Harry n'avait pas besoin d'en savoir plus que ce qu'il avait entendu le soir de son arrivée.

Au tout dernier jour des vacances, Harry balayait les saletés d'Hedwige, au sommet de l'armoire, lorsque Ron entra dans la chambre avec deux enveloppes à la main.

– Les listes de livres sont arrivées, dit-il, en lançant l'une des enveloppes à Harry, debout sur une chaise. Il était temps, j'ai cru qu'ils avaient oublié. D'habitude, ils les envoient plus tôt que ça...

Harry jeta les dernières fientes dans un sac-poubelle et l'expédia par-dessus la tête de Ron, dans la corbeille à papiers qui l'avala aussitôt avant de laisser échapper un rot sonore. Il ouvrit alors son enveloppe. Elle contenait deux morceaux de parchemin. L'un était la lettre traditionnelle qui rappelait que l'année scolaire commençait le 1ᵉʳ septembre, l'autre indiquait les titres des livres dont il aurait besoin cette année.

– Il n'y en a que deux nouveaux, dit-il. *Le Livre des sorts et enchantements, niveau 5,* par Miranda Fauconnette, et *Théorie des stratégies de défense magique,* par Wilbert Eskivdur.

CRAC !

Fred et George transplanèrent juste à côté de Harry. Il y était si habitué, à présent, qu'il ne tomba même pas de sa chaise.

– On se demandait simplement qui avait ajouté le bouquin d'Eskivdur à la liste, dit Fred sur le ton de la conversation.

– Parce que ça signifie que Dumbledore a trouvé un nouveau prof de défense contre les forces du Mal, dit George.

– Il était temps, d'ailleurs, ajouta Fred.

– Qu'est-ce que tu veux dire ? demanda Harry en sautant à bas de sa chaise.

– Avec les Oreilles à rallonge, on a surpris une conversation entre maman et papa il y a quelques semaines, expliqua Fred, et d'après ce qu'ils disaient, Dumbledore avait beaucoup de mal à trouver quelqu'un cette année.

– Pas étonnant quand on voit ce qui est arrivé aux quatre derniers, fit remarquer George.

– Un renvoyé, un mort, un amnésique et le dernier enfermé dans une malle pendant neuf mois, dit Harry en comptant sur ses doigts. Oui, ça se comprend.

– Qu'est-ce qui t'arrive, Ron ? demanda Fred.

Ron ne répondit pas. Harry se tourna vers lui. Il se tenait immobile, la bouche légèrement ouverte, les yeux fixés sur sa lettre de Poudlard.

– Qu'est-ce qui se passe ? s'impatienta Fred.

Lorsqu'il s'approcha de Ron pour lire le parchemin par-dessus son épaule, Fred ouvrit la bouche à son tour.

– Préfet ? dit-il en contemplant la lettre d'un air incrédule. *Préfet ?*

George fit un bond, arracha l'enveloppe que Ron tenait de l'autre main et la retourna. Harry vit un objet rouge et or tomber dans sa paume.

– Pas possible, dit George d'une voix étouffée.

– Il y a eu erreur, dit Fred.

Il arracha la lettre de la main de Ron et la leva contre la lumière comme s'il cherchait un filigrane.

– Aucune personne saine d'esprit n'aurait l'idée de nommer Ron préfet.

Les jumeaux tournèrent la tête d'un même mouvement et regardèrent Harry.

– On pensait que ce serait toi à coup sûr ! dit Fred, d'un ton qui laissait entendre que Harry avait dû leur jouer un tour.

– On croyait que Dumbledore serait *forcé* de te choisir, ajouta George d'un ton indigné.

– Après avoir remporté le Tournoi des Trois Sorciers et tout ça ! dit Fred.

– J'imagine que toutes ces histoires de folie ont dû jouer contre lui, dit George à Fred.

– Ouais, répondit Fred d'une voix lente. Ouais, tu as causé trop d'ennuis, mon vieux. Enfin, il y en a au moins un de vous deux qui sait où sont ses priorités.

Il s'approcha de Harry et lui donna une claque dans le dos tandis qu'il foudroyait Ron du regard.

– *Préfet...* Le petit Ronnie préfet.

– Maman va devenir intenable, grogna George en rendant à Ron son insigne, comme s'il avait eu peur d'être contaminé.

Ron, qui n'avait toujours rien dit, contempla l'insigne pendant un bon moment puis le tendit à Harry comme pour lui demander de confirmer son authenticité. Harry examina l'objet. Un grand P était inscrit sur le lion de Gryffondor. Il avait vu le même sur la poitrine de Percy le premier jour où il était arrivé à Poudlard.

La porte de la chambre s'ouvrit à la volée et Hermione fit irruption, cheveux au vent, les joues écarlates. Elle tenait une enveloppe à la main.

— Vous avez... Vous avez eu... ?

Elle vit l'insigne dans la main de Harry et laissa échapper un cri perçant.

— Je le savais ! s'exclama-t-elle, surexcitée, en brandissant sa lettre. Moi aussi, Harry, moi aussi !

— Non, dit précipitamment Harry qui remit l'insigne dans la paume de Ron. C'est Ron, pas moi.

— C'est... Quoi ?

— C'est Ron qui est préfet, pas moi, répéta Harry.

— *Ron ?* dit Hermione, bouche bée. Tu es sûr ? Je veux dire...

Elle rougit un peu plus lorsque Ron se tourna vers elle avec un air de défi.

— C'est à moi que la lettre est adressée, dit-il.

— Je..., balbutia Hermione, abasourdie. Je... Eh ben dis donc ! Wouaooo ! Bravo, Ron ! C'est vraiment...

— Inattendu, acheva George en hochant la tête.

— Oh non, répondit Hermione, de plus en plus rouge. Non, ce n'est pas... Ron a fait beaucoup de... il est très...

Derrière elle, la porte s'ouvrit un peu plus et Mrs Weasley entra dans la chambre à reculons, les bras chargés d'une pile de robes fraîchement lavées.

— Ginny m'a dit que les listes de livres étaient enfin arrivées, dit-elle en jetant un coup d'œil aux enveloppes.

Elle alla poser les robes sur le lit et commença à les séparer en deux tas.

— Vous n'aurez qu'à me les donner, j'irai faire un tour sur le Chemin de Traverse cet après-midi et je prendrai vos livres pendant que vous préparerez vos valises. Ron, il faut que je t'achète d'autres pyjamas, les tiens sont trop courts d'au moins quinze centimètres. C'est fou ce que tu grandis vite... Quelle couleur tu voudrais ?

– Prends-les rouge et or pour aller avec son insigne, ricana George.

– Aller avec quoi ? dit Mrs Weasley d'un air absent en roulant une paire de chaussettes violettes qu'elle plaça sur la pile de Ron.

– Son *insigne*, dit Fred avec l'air de quelqu'un qui se dépêche d'annoncer le pire. Son magnifique insigne tout neuf et tout brillant de *préfet*.

Les paroles de Fred mirent un certain temps à éclipser les pré-occupations de Mrs Weasley en matière de pyjamas.

– Son... Mais... Ron, tu n'es pas...

Ron montra son insigne.

Mrs Weasley poussa un cri aussi perçant que celui d'Hermione.

– Je n'arrive pas à le croire ! Je n'arrive pas à le croire ! Oh, Ron, c'est tellement merveilleux ! Un préfet ! Tout le monde l'a été dans la famille !

– Et Fred et moi, on est qui ? Des voisins de palier ? s'indigna George.

Sa mère l'écarta et serra dans ses bras son plus jeune fils.

– Quand ton père saura ça ! Ron, je suis si fière de toi, quelle fabuleuse nouvelle, tu deviendras peut-être préfet-en-chef, comme Bill et Percy, c'est le premier pas ! Oh, quelle joie au milieu de tous ces soucis, je suis enchantée, oh, *Ronnie...*

Derrière son dos, Fred et George faisaient semblant de vomir, mais Mrs Weasley n'y prêta aucune attention. Les bras serrés autour du cou de Ron, elle couvrait de baisers son visage devenu plus écarlate que son insigne.

– Maman... Non... Maman, calme-toi..., marmonna-t-il en essayant de la repousser.

Elle le lâcha enfin et dit d'une voix haletante :

– Alors, qu'est-ce que ça va être ? On avait offert un hibou à Percy mais tu en as déjà un.

– Que... Qu'est-ce que tu veux dire ? demanda Ron comme s'il n'osait pas en croire ses oreilles.

— Il faut bien te récompenser ! dit Mrs Weasley d'un ton affectueux. Tu veux des nouvelles tenues de soirée ?

— On lui en a déjà acheté, dit Fred avec amertume, comme s'il regrettait sincèrement cette générosité.

— Ou un chaudron neuf ? Le tien est tout rouillé, il faut dire qu'il date du temps de Charlie. Ou peut-être un autre rat ? Tu as toujours aimé Croûtard...

— Maman, dit Ron, plein d'espoir, est-ce que je pourrais avoir un nouveau balai ?

Les traits de Mrs Weasley s'affaissèrent légèrement. Les balais étaient chers.

— Pas un vraiment beau ! s'empressa d'ajouter Ron. Simplement un neuf, pour changer.

Mrs Weasley hésita puis sourit.

— Bien sûr que tu l'auras... Bon, je ferais bien de me dépêcher si je dois aussi acheter un balai. A tout à l'heure, vous tous... Le petit Ronnie, préfet ! Et n'oubliez pas de faire vos bagages... Préfet... Oh, j'en suis toute retournée !

Elle embrassa à nouveau Ron sur la joue, renifla bruyamment puis se hâta de sortir.

Fred et George échangèrent un regard.

— J'espère que tu ne seras pas fâché si on s'abstient de t'embrasser, Ron ? dit Fred d'un ton faussement anxieux.

— On peut remplacer ça par une révérence si tu préfères, dit George.

— Ça suffit, répliqua Ron avec un froncement de sourcils.

— Sinon, quoi ? dit Fred, un sourire malveillant s'étalant sur ses lèvres. Tu vas nous donner une retenue ?

— J'aimerais beaucoup qu'il essaye, ricana George.

— Il pourrait très bien, si vous ne faites pas attention à vous ! intervint Hermione avec colère.

Fred et George éclatèrent de rire.

— Laisse tomber, Hermione, grommela Ron.

— Il va falloir qu'on surveille notre conduite, George, dit

Fred qui faisait mine de trembler. Avec ces deux-là pour nous surveiller...

— Oui, j'ai bien peur que la belle époque où on se fichait du règlement soit terminée, dit George avec un hochement de tête.

Et dans un nouveau « crac ! » sonore, les jumeaux transplanèrent.

— Ah, ceux-là ! dit Hermione d'un ton furieux.

Elle leva les yeux au plafond d'où leur parvenaient les éclats de rire de Fred et George qui étaient retournés dans leur chambre, juste au-dessus.

— Ne fais pas attention à eux, Ron, ils sont jaloux, c'est tout.

— Je ne crois pas, répondit-il d'un air sceptique, en regardant également le plafond. Ils ont toujours dit qu'il n'y a que les imbéciles qui deviennent préfets... N'empêche, ajouta-t-il d'un ton plus joyeux, ils n'ont jamais eu de balais neufs, eux ! J'aimerais bien pouvoir le choisir avec maman... Elle n'aura pas les moyens d'acheter un Nimbus mais il y a le nouveau Brossdur qui vient de sortir, ce serait super... Oui, je vais aller lui dire que je voudrais un Brossdur, comme ça, elle saura quoi prendre...

Il fila hors de la chambre, laissant Harry et Hermione seuls.

Pour une raison qui lui échappait, Harry s'aperçut qu'il n'avait pas la moindre envie de regarder Hermione. Il se tourna vers son lit, ramassa la pile de robes que Mrs Weasley y avait déposée et l'emporta vers sa valise.

— Harry ? dit Hermione d'une voix timide.

— Bravo, Hermione, répondit-il avec une cordialité si appuyée qu'on ne reconnaissait plus sa voix. Merveilleux. Préfète, c'est formidable, ajouta-t-il, toujours sans la regarder.

— Merci, dit Hermione. Heu... Harry... pourrais-je t'emprunter Hedwige pour prévenir mes parents ? Ils seront vraiment contents... Au moins, *préfète*, ils comprennent ce que ça signifie.

— Bien sûr, pas de problème, dit Harry de cette voix horriblement chaleureuse qui n'était pas la sienne. Prends-la !

Il se pencha sur sa grosse valise, y rangea ses robes et fit semblant de chercher quelque chose tandis qu'Hermione s'approchait de l'armoire et appelait Hedwige. Quelques instants plus tard, la porte s'ouvrit et se referma. Harry resta penché, l'oreille aux aguets. Il n'entendit que la toile vide qui ricana à nouveau et la corbeille à papiers que les fientes de hibou faisaient tousser.

Il se redressa alors et regarda derrière lui. Hermione et Hedwige étaient parties. Il revint lentement vers son lit et s'y laissa tomber, regardant sans les voir les pieds de l'armoire.

Il avait complètement oublié que les préfets étaient nommés parmi les élèves de cinquième année. L'angoisse d'être renvoyé avait tellement occupé son esprit qu'il n'avait plus du tout pensé aux insignes déjà en route, à destination de certaines personnes... Mais s'il s'en était souvenu... S'il y avait songé... A quoi se serait-il attendu ?

« Pas à ça », dit dans sa tête une petite voix qui avait les accents de la vérité.

Les traits de Harry se crispèrent et il enfouit son visage dans ses mains. Il ne pouvait se mentir à lui-même : s'il avait su que l'insigne de préfet était en chemin, il se serait attendu à ce qu'il lui soit adressé à *lui*, pas à Ron. Cette pensée le rendait-elle aussi prétentieux et arrogant que Drago Malefoy ? S'estimait-il supérieur à tous les autres ? Pouvait-il se croire véritablement *meilleur* que Ron ?

« Non », répondit la petite voix sur un ton de défi.

Était-ce vrai ? se demanda Harry qui essayait avec angoisse d'analyser ses propres sentiments.

« Je suis meilleur au Quidditch, dit la voix. Mais, pour le reste, je ne suis pas le meilleur. »

C'était la vérité, sans aucun doute, pensa Harry. En classe, il n'était pas meilleur que Ron. Mais en dehors de la classe ? Ces aventures que lui, Ron et Hermione avaient vécues ensemble depuis leur arrivée à Poudlard en risquant bien plus que le renvoi ?

« Ron et Hermione étaient avec moi, la plupart du temps », dit la petite voix dans sa tête.

« Oui, mais pas tout le temps, objecta Harry. Ils n'étaient pas à mes côtés pour affronter Quirrell. Ils n'ont pas combattu Jedusor et le Basilic. Ils n'ont pas repoussé tous ces Détraqueurs le soir où Sirius s'est échappé. Ils n'étaient pas dans ce cimetière avec moi, lorsque Voldemort est revenu. »

Ce même sentiment d'être injustement traité, qui l'avait envahi le soir de son arrivée, revint en lui. « J'en ai fait beaucoup plus, on ne peut pas le nier, songea Harry avec indignation. J'en ai fait beaucoup plus qu'eux ! »

« Mais peut-être, reprit la petite voix, soucieuse d'impartialité, peut-être que Dumbledore ne choisit pas les préfets parce qu'ils se sont mis dans toutes sortes de situations dangereuses... peut-être les choisit-il pour d'autres raisons... Ron doit avoir des qualités que tu ne... »

Harry ouvrit les yeux et regarda à travers ses doigts écartés les pieds en forme de griffes de l'armoire. Il se rappela ce que Fred avait dit : « Aucune personne saine d'esprit n'aurait l'idée de nommer Ron préfet. »

Harry eut un petit rire. Presque aussitôt, sa propre attitude l'écœura.

Ron n'avait pas demandé à Dumbledore de lui donner l'insigne de préfet. Il n'y était pour rien. Est-ce que lui, Harry, le meilleur ami que Ron eût au monde, allait faire la tête sous prétexte qu'il n'avait pas eu l'insigne ? Est-ce qu'il allait se joindre aux jumeaux pour se moquer de Ron derrière son dos, lui gâcher ce plaisir au moment où, pour la première fois, il l'avait emporté sur lui ?

Harry entendit soudain les pas de Ron dans l'escalier. Il se leva, redressa ses lunettes sur son nez et accrocha un sourire sur ses lèvres tandis que Ron franchissait la porte d'un pas bondissant.

– J'ai parlé à ma mère ! dit-il d'un ton joyeux. Elle dit qu'elle achètera le Brossdur si elle peut.

— Super, répondit Harry.

Il fut soulagé d'entendre que sa voix avait perdu ce ton faussement chaleureux.

— Écoute, Ron... Bravo, mon vieux...

Le sourire s'effaça du visage de Ron.

— Je n'avais jamais pensé que ce serait moi ! dit-il en hochant la tête. Je croyais que ce serait toi !

— Non, j'ai causé trop d'ennuis, répondit Harry, reprenant les mots de Fred.

— Ouais, dit Ron, ouais, sans doute... Bon, il faudrait peut-être faire nos bagages, non ?

Il était étrange de voir à quel point leurs affaires s'étaient répandues d'elles-mêmes un peu partout, depuis leur arrivée. Ils passèrent la plus grande partie de l'après-midi à récupérer livres et objets dans tous les coins de la maison et à les ranger dans leurs valises. Harry remarqua que Ron ne cessait de changer son insigne de place. Il le mit d'abord sur sa table de chevet, le glissa ensuite dans la poche de son jean puis le ressortit et le posa sur ses robes pliées comme pour voir l'effet du rouge sur un fond noir. Ce fut seulement lorsque Fred et George vinrent lui proposer de le coller sur son front avec un maléfice de Glu Perpétuelle qu'il l'enveloppa tendrement dans une paire de chaussettes violettes et le rangea dans sa valise.

Mrs Weasley revint du Chemin de Traverse aux alentours de six heures. Elle était chargée de livres et portait un long paquet enveloppé d'un épais papier kraft que Ron lui prit des mains avec un grognement de convoitise.

— Ce n'est pas le moment de le déballer, les gens arrivent pour dîner, je veux que vous descendiez tout de suite, dit-elle.

Mais dès qu'elle eut quitté la pièce, Ron déchira fébrilement le papier et examina chaque centimètre carré du nouveau balai avec une expression d'extase.

Dans la cuisine, au-dessus de la table surchargée de mets, Mrs Weasley avait accroché une banderole rouge sur laquelle on pouvait lire :

FÉLICITATIONS
À RON ET À HERMIONE
LES NOUVEAUX PRÉFETS

Harry ne l'avait pas vue d'aussi bonne humeur depuis son arrivée.

— J'ai pensé que nous pourrions remplacer le dîner habituel par une petite fête, dit-elle lorsque Harry, Ron, Hermione, Fred, George et Ginny entrèrent. Ton père et Bill ne vont pas tarder, Ron. Je leur ai envoyé un hibou à tous les deux et ils sont *enchantés*, ajouta-t-elle, le visage rayonnant.

Fred leva les yeux au plafond.

Sirius, Lupin, Tonks et Kingsley Shacklebolt étaient déjà là et Maugrey Fol Œil entra de son pas claudicant peu après que Harry se fut versé un verre de Bièraubeurre.

— Ah, Alastor, je suis contente que tu sois là, dit Mrs Weasley d'une voix claironnante, tandis que Fol Œil se débarrassait de sa cape d'un mouvement d'épaule. On voulait te le demander depuis une éternité : pourrais-tu regarder le secrétaire du salon et nous dire ce qu'il y a dedans ? On n'a pas osé l'ouvrir de peur que ce soit quelque chose de dangereux.

— Pas de problème, Molly.

L'œil bleu électrique de Maugrey pivota vers le plafond de la cuisine et regarda au travers.

— Le salon..., grogna-t-il, sa pupille contractée. Le bureau qui se trouve dans le coin ? Ouais, je le vois... C'est un Épouvantard... Tu veux que je monte m'en occuper, Molly ?

— Non, non, je ferai ça plus tard, répondit Mrs Weasley avec un grand sourire. Sers-toi.donc un verre. On a improvisé une petite fête... — elle montra la banderole rouge. Le quatrième préfet de la famille ! dit-elle d'un ton débordant d'affection en ébouriffant les cheveux de Ron.

– Préfet, hein ? grogna Maugrey.

Son œil normal se posa sur Ron, l'œil magique roulant dans son orbite pour regarder sur le côté de sa tête. Harry eut l'impression désagréable que c'était lui qu'il observait et il s'éloigna pour aller retrouver Sirius et Lupin.

– Eh bien, félicitations, dit Maugrey, son œil normal fixant toujours Ron. Ceux qui incarnent l'autorité s'attirent toujours des ennuis, mais j'imagine que Dumbledore te croit capable de résister aux principaux maléfices, sinon il ne t'aurait pas choisi...

Ron parut surpris par cette façon de voir les choses mais l'arrivée de son père et de son frère aîné lui épargna la peine de répondre. Mrs Weasley était de si bonne humeur qu'elle ne protesta même pas en voyant qu'ils avaient amené Mondingus. Il portait un long pardessus qui formait d'étranges protubérances à des endroits inattendus et refusa de l'enlever lorsque Mrs Weasley lui proposa de l'accrocher à côté de la cape de Maugrey.

– Je crois que le moment est venu de porter un toast, dit Mr Weasley lorsque chacun eut un verre en main.

Il leva sa coupe.

– A Ron et à Hermione, les nouveaux préfets de Gryffondor !

Tout le monde but à leur santé avant de les applaudir. Ron et Hermione avaient le visage radieux. Les invités s'approchèrent ensuite de la table pour se servir à manger.

– Je n'ai jamais été préfète, dit joyeusement Tonks, derrière Harry.

Ce soir-là, elle avait des cheveux rouge tomate qui lui tombaient jusqu'à la taille. On aurait dit la sœur aînée de Ginny.

– Le directeur de ma maison disait que je manquais de certaines qualités indispensables.

– Par exemple ? demanda Ginny en prenant une pomme de terre au four.

— Par exemple, la capacité de me conduire convenablement, répondit Tonks.

Ginny éclata de rire. Hermione ne savait pas très bien s'il convenait de sourire ou pas. Choisissant une troisième voie, elle but une longue gorgée de Bièraubeurre qu'elle avala de travers.

— Et Sirius ? demanda Ginny en donnant à Hermione des tapes dans le dos.

Sirius, qui était juste à côté de Harry, éclata de son rire habituel, semblable à un aboiement de chien.

— Personne n'aurait songé à me nommer préfet, je passais trop de temps en retenue avec James. C'était Lupin, le bon élève, c'est lui qui a eu l'insigne.

— Dumbledore espérait peut-être que je parviendrais à exercer un certain contrôle sur mes meilleurs amis, dit Lupin. Est-il besoin de préciser que j'ai lamentablement échoué ?

Harry se sentit soudain d'humeur plus légère. Son père non plus n'avait pas été préfet. Tout à coup, la fête lui parut plus agréable. Il remplit largement son assiette et redoubla d'affection pour tout le monde.

Ron chantait les louanges de son nouveau balai à quiconque voulait l'entendre.

— ... de zéro à cent kilomètres heure en moins de dix secondes, pas mal, non ? Quand on pense que dans le même temps, le Comète 260 ne va que jusqu'à quatre-vingt-dix et encore, par vent arrière, d'après *Balai-Magazine*.

Avec le plus grand sérieux, Hermione exposait à Lupin son point de vue sur les droits fondamentaux des elfes de maison.

— Vous comprenez, c'est le même genre d'absurdité que la ségrégation à l'égard des loups-garous. Tout cela vient de cette détestable manie qu'ont les sorciers de croire qu'ils sont supérieurs à toutes les autres créatures...

Bill subissait les habituels reproches de sa mère au sujet de ses cheveux :

— On se demande jusqu'où ils vont pousser, disait

Mrs Weasley, pourtant, tu es si beau garçon, ce serait tellement mieux si tu les faisais couper, tu n'es pas d'accord, Harry ?

— Oh, je ne sais pas, répondit Harry, un peu inquiet qu'on lui demande son opinion.

Il jugea préférable de s'éloigner en direction de Fred et de George qui discutaient dans un coin avec Mondingus.

Mondingus s'interrompit en le voyant, mais Fred lui adressa un clin d'œil et lui fit signe d'approcher.

— Pas de problème, dit-il à Mondingus, on peut faire confiance à Harry, c'est lui qui nous finance.

— Regarde ce que Ding nous a trouvé, dit George en montrant au creux de sa main quelque chose qui ressemblait à de petites graines noires et desséchées.

Bien que parfaitement immobiles, elles produisaient un faible crépitement.

— Ce sont des graines de Tentacula vénéneuse, dit George. On en a besoin pour nos boîtes à Flemme mais elles appartiennent à la classe C des substances interdites à la vente et nous avons donc eu un peu de mal à nous en procurer.

— Alors, c'est d'accord, Ding, dix Gallions pour le tout ? dit Fred.

— 'Vec tout c'que j'me suis donné comme mal pour les avoir ? répliqua Mondingus en écarquillant encore un peu plus ses yeux cernés, injectés de sang. Désolé, les gars, mais ce sera vingt, pas une Noise de moins.

— Ding adore la plaisanterie, dit Fred à Harry.

— Oui, la meilleure qu'il nous ait racontée jusqu'à maintenant, c'était six Mornilles pour un sac de piquants de Noueux, dit George.

— Faites attention, les prévint Harry à voix basse.

— Quoi ? dit Fred. Maman est occupée à roucouler sur son petit préfet chéri, on ne craint rien.

— Mais Maugrey vous surveille peut-être, fit remarquer Harry.

Mondingus jeta un regard inquiet par-dessus son épaule.

— T'as raison, grogna-t-il. C'est bon, les gars, va pour dix, mais dépêchez-vous de m'en débarrasser.

— Merci, Harry ! dit Fred d'un air réjoui lorsque Mondingus eut vidé ses poches dans les mains tendues des jumeaux, avant de s'éclipser pour aller chercher quelque chose à manger. On va se dépêcher de les emporter là-haut...

Harry se sentit un peu mal à l'aise en les regardant s'éloigner. Mr et Mrs Weasley voudraient sans doute savoir où Fred et George avaient trouvé les fonds, quand ils finiraient par s'apercevoir qu'ils avaient réussi à monter leur commerce de farces et attrapes. Donner aux jumeaux l'argent du Tournoi des Trois Sorciers lui avait semblé tout naturel à l'époque. Mais si cela entraînait une nouvelle querelle familiale semblable à celle qui avait abouti à l'éloignement de Percy ? Mrs Weasley continuerait-elle à le considérer comme son fils si elle découvrait qu'il avait fourni à Fred et à George les moyens d'entreprendre une carrière qu'elle désapprouvait ?

Harry n'avait pas bougé de l'endroit où l'avaient laissé les jumeaux, sans autre compagnie que ce sentiment de culpabilité qui lui pesait au creux de l'estomac, lorsqu'il entendit soudain prononcer son nom. La voix profonde de Kingsley Shacklebolt parvenait à dominer la rumeur des conversations.

— ... pourquoi Dumbledore n'a pas nommé Potter préfet ? disait Kingsley.

— Il doit avoir ses raisons, répondit Lupin.

— Mais ça aurait montré qu'il avait confiance en lui. Moi, c'est ce que j'aurais fait, insista Kingsley. Surtout depuis que *La Gazette du sorcier* s'attaque régulièrement à lui.

Harry ne tourna pas la tête. Il ne voulait pas que Kingsley ou Lupin s'aperçoivent qu'il les avait entendus. Bien qu'il n'eût plus du tout faim, il imita Mondingus et s'approcha de la table. Le plaisir qu'il avait éprouvé au début de la fête s'était évanoui aussi vite qu'il était apparu. Il n'avait plus qu'une envie : monter se coucher.

Maugrey Fol Œil renifla une cuisse de poulet avec ce qui lui restait de nez. Apparemment, il n'avait détecté aucune trace de poison car il se mit à déchirer la chair à belles dents.

– Le manche est en chêne d'Espagne avec un vernis antimaléfices et un dispositif intégré de contrôle des vibrations, expliquait Ron à Tonks.

Mrs Weasley bâilla longuement.

– Je crois que je vais m'occuper de cet Épouvantard avant d'aller au lit... Arthur, je ne veux pas qu'ils se couchent trop tard, d'accord ? Bonne nuit, Harry, mon chéri.

Et elle quitta la cuisine. Harry posa son assiette en se demandant s'il lui serait possible de l'imiter sans attirer l'attention.

– Ça va, Potter ? grogna alors Maugrey.

– Oui, oui, très bien, mentit Harry.

Maugrey but une gorgée au goulot de sa flasque, son œil bleu électrique regardant Harry en biais.

– Viens là dit-il, j'ai quelque chose qui pourrait t'intéresser.

Il tira d'une poche intérieure de sa robe une vieille photo tout abîmée.

– L'Ordre du Phénix, tel qu'il était à l'origine, gronda Maugrey. Trouvé ça hier soir en cherchant ma cape d'invisibilité de secours, puisque Podmore n'a pas eu l'amabilité de me rendre celle à laquelle je tiens le plus... J'ai pensé qu'il y en aurait peut-être qui aimeraient y jeter un coup d'œil.

Harry prit la photo. Un petit groupe de gens le regardait, certains lui adressant des signes de la main, d'autres levant leurs verres.

– Ça, c'est moi, dit inutilement Maugrey en se montrant luimême.

Le Maugrey de la photo était parfaitement reconnaissable, bien qu'il eût les cheveux moins gris et un nez intact.

– A côté de moi, c'est Dumbledore, de l'autre côté, Dedalus Diggle... Ça, c'est Marlene McKinnon, elle s'est fait tuer deux semaines après que cette photo a été prise, ils ont eu la famille tout entière. Ça, c'est Frank et Alice Londubat...

L'estomac de Harry, qui n'était déjà pas très détendu, se crispa un peu plus lorsqu'il vit Alice Londubat. Il connaissait très bien son visage rond et sympathique, même s'il ne l'avait jamais rencontrée : elle était le portrait craché de son fils Neville.

— Pauvres diables, grogna Maugrey. Il vaut encore mieux mourir que de subir ce qu'on leur a fait… Ça, c'est Emmeline Vance, tu l'as déjà rencontrée, et voilà Lupin, bien sûr… Benjy Fenwick, lui aussi, y a eu droit, on l'a retrouvé en petits morceaux… Poussez-vous un peu, là, ajouta-t-il en tapotant la photo.

Les personnages se glissèrent alors sur le côté pour que ceux qu'ils cachaient partiellement puissent venir au premier plan.

— Ça, c'est Edgar Bones… le frère d'Amelia Bones. Lui aussi, ils l'ont eu avec sa famille, c'était un grand sorcier… Sturgis Podmore, oh, là, là, c'est fou ce qu'il paraît jeune… Caradoc Dearborn, il a disparu six mois après la photo, on n'a jamais retrouvé son corps… Hagrid, bien sûr, toujours le même… Elphias Doge, tu l'as vu ici, j'avais oublié qu'il portait ce stupide chapeau à l'époque… Gideon Prewett, les Mangemorts ont dû se mettre à cinq pour les tuer lui et son frère Fabian, ils se sont battus en héros… Allez, poussez-vous…

Les personnages se tassèrent un peu pour que ceux qui se trouvaient au tout dernier rang puissent apparaître à leur tour.

— Voici Abelforth, le frère de Dumbledore, c'est la seule fois où je l'ai rencontré, drôle de type… Dorcas Meadowes, Voldemort l'a tuée de sa propre main… Sirius quand il avait encore les cheveux courts… et… voilà qui devrait t'intéresser !

Harry sentit son cœur chavirer. Son père et sa mère le regardaient en souriant, assis de part et d'autre d'un petit homme aux yeux larmoyants que Harry reconnut aussitôt : c'était Queudver, celui qui avait révélé à Voldemort la cachette de ses parents, contribuant ainsi à leur assassinat.

— Hein ? dit Maugrey.

Harry leva les yeux vers son visage ravagé de cicatrices. Bien entendu, Maugrey était convaincu d'avoir fait un grand plaisir à Harry.

– Oui, très bien, dit Harry, s'efforçant à nouveau de sourire. Heu... excusez-moi, mais je viens de me souvenir que j'ai oublié de mettre dans ma valise...

Il n'eut pas à se donner la peine d'imaginer quel objet il avait pu oublier. Sirius venait en effet de dire : « Qu'est-ce que tu as là, Maugrey ? » et Fol Œil s'était aussitôt tourné vers lui.

Harry traversa rapidement la cuisine, se glissa par la porte et monta l'escalier avant que quiconque ait eu le temps de le rappeler.

Il ne savait pas pourquoi il avait éprouvé un tel choc. Il avait déjà vu d'autres photos de ses parents auparavant et il avait connu Queudver... mais les voir surgir soudain devant lui, au moment où il s'y attendait le moins... Personne n'aimerait ça, pensa-t-il avec colère...

Et puis, tous ces visages heureux autour d'eux... Benjy Fenwick, qu'on avait retrouvé en morceaux, et Gideon Prewett, qui était mort en héros, et les Londubat, devenus fous à force de torture... tous agitant joyeusement la main, sans savoir qu'ils étaient condamnés... Maugrey trouvait peut-être ça intéressant... Pour Harry, il y avait plutôt de quoi être bouleversé...

Content d'être à nouveau seul, il monta l'escalier du hall sur la pointe des pieds en passant devant les têtes d'elfes empaillées mais, lorsqu'il approcha du premier étage, il entendit des sanglots qui venaient du salon.

– Il y a quelqu'un ? demanda-t-il.

Personne ne répondit, mais il entendait toujours pleurer. Il monta alors les dernières marches quatre à quatre, traversa le palier et ouvrit la porte du salon.

Quelqu'un était prostré contre le mur sombre, une baguette magique à la main, les épaules secouées de sanglots. Étendu sur le vieux tapis poussiéreux, éclairé par un rayon de lune, il y avait un corps. Un corps mort, de toute évidence. Celui de Ron.

Harry sentit ses poumons se vider. Il eut l'impression de tomber à travers le plancher dans une chute vertigineuse. Un froid glacial se répandit dans sa tête. Ron mort, non, c'était impossible...

Mais oui, bien sûr que c'était *impossible...* Ron se trouvait en bas, dans la cuisine.

— Mrs Weasley ? appela Harry d'une voix rauque.

— *R-r-riddikulus !* sanglota-t-elle en pointant sa baguette tremblante sur le corps de Ron.

Crac !

Le cadavre de Ron se transforma en celui de Bill, les bras en croix, les yeux grands ouverts, le regard vide. Mrs Weasley se mit à pleurer de plus belle.

— *R-riddikulus !* répéta-t-elle.

Crac !

Le corps de Mr Weasley remplaça celui de Bill, les lunettes de travers, un filet de sang coulant sur son visage.

— Non ! se lamenta Mrs Weasley. Non... *Riddikulus ! Riddikulus ! RIDDIKULUS !*

Crac ! Les jumeaux morts. *Crac !* Percy mort. *Crac !* Harry mort...

— Mrs Weasley, sortez vite d'ici ! s'écria Harry en regardant son propre cadavre. Quelqu'un d'autre va s'occuper de...

— Qu'est-ce qui se passe ?

Lupin était accouru dans le salon, suivi de près par Sirius, Maugrey boitant derrière eux. Lupin regarda successivement Mrs Weasley puis le corps de Harry étendu par terre et comprit aussitôt. Sortant sa propre baguette magique, il lança haut et clair :

— *Riddikulus !*

Le cadavre de Harry disparut. Une sphère argentée flotta en l'air, au-dessus de l'endroit où il s'était trouvé un instant auparavant. Lupin agita une nouvelle fois sa baguette et la sphère s'évapora en une volute de fumée.

– Oh... Oh... Oh..., s'étrangla Mrs Weasley, le visage dans les mains, en proie à une véritable tempête de larmes.

– Molly, dit Lupin d'un ton grave en s'approchant d'elle, Molly, ne...

Elle se jeta alors sur son épaule et sanglota de toutes ses forces.

– Molly, c'était un simple Épouvantard, murmura Lupin d'une voix apaisante en lui caressant les cheveux.

– Je les vois m-m-morts tout le temps ! gémit Mrs Weasley. Tout le t-t-temps ! J'en r-r-rêve...

Sirius contemplait l'endroit du tapis où le faux cadavre de Harry s'était trouvé un peu plus tôt. Maugrey, lui, observait Harry qui évitait son regard. Il avait l'étrange impression que son œil magique l'avait suivi depuis qu'il était sorti de la cuisine.

– N-n-ne le dites pas à Arthur, hoqueta Mrs Weasley en s'épongeant fébrilement les yeux avec ses manchettes. Je n-n-ne veux pas qu'il sache... que je suis une idiote...

Lupin lui tendit un mouchoir.

– Harry, je suis désolée. Qu'est-ce que tu dois penser de moi ? bredouilla-t-elle d'une voix tremblante. Pas même capable de se débarrasser d'un Épouvantard...

– Ne soyez pas stupide, dit Harry en s'efforçant de sourire.

– C'est parce que je suis s-s-si inquiète, reprit-elle, des larmes débordant à nouveau de ses yeux. La moitié de la f-f-famille fait partie de l'Ordre, ce s-s-sera un miracle si nous nous en sortons tous... Et P-P-Percy qui ne nous parle plus... Si quelque chose d-d-d'horrible arrivait et que nous n-n-ne soyons pas réconciliés avec lui ? Et que se passerait-il si Arthur et moi nous étions tués, qui s-s-s'occuperait de Ron et de Ginny ?

– Molly, ça suffit, répondit Lupin d'un ton ferme. Ce n'est pas comme la dernière fois. L'Ordre est mieux préparé, nous avons une longueur d'avance, nous savons ce que projette Voldemort...

Mrs Weasley laissa échapper un petit cri de terreur en entendant prononcer ce nom.

— Voyons, Molly, il est temps de s'habituer à l'appeler par son nom. Je ne peux pas promettre que personne ne prendra de coups – qui pourrait faire une telle promesse ? –, mais nous sommes dans une meilleure situation que la dernière fois. Tu n'étais pas dans l'Ordre, à cette époque, tu ne peux pas comprendre. Nous étions à un contre vingt face aux Mangemorts et ils nous tuaient un par un...

Harry repensa à la photo, au visage rayonnant de ses parents. Il savait que Maugrey continuait de l'observer.

— Ne t'inquiète pas pour Percy, dit brusquement Sirius. Il changera d'avis. C'est une simple question de temps avant que Voldemort se montre à nouveau à visage découvert. Et lorsqu'il le fera, le ministère tout entier nous suppliera de leur pardonner. Mais je ne suis pas sûr que j'accepterai leurs excuses, ajouta-t-il d'un ton amer.

— Et quant à savoir qui s'occuperait de Ron et de Ginny si toi et Arthur disparaissiez, dit Lupin avec un léger sourire, crois-tu que nous les laisserions mourir de faim ?

Mrs Weasley eut un sourire timide.

— Je suis une idiote, marmonna-t-elle à nouveau en s'essuyant les yeux.

Mais Harry, quand il referma la porte de sa chambre dix minutes plus tard, ne pensait pas que Mrs Weasley était une idiote. Il revoyait ses parents lui sourire sur la vieille photo, au temps où ils ignoraient que leur vie, comme celle de beaucoup d'autres autour d'eux, approchait de sa fin. L'image de l'Épouvantard prenant l'aspect du cadavre de chacun des membres de la famille Weasley lui revenait par instants devant les yeux.

Sans aucun signe avant-coureur, la cicatrice de son front

devint alors très douloureuse et il sentit son estomac se soulever horriblement.

— Ça suffit, toi, dit-il d'une voix ferme en frottant sa cicatrice dont la douleur diminua très vite.

— Premier signe de folie, parler à sa propre tête, dit une voix malicieuse qui venait de la toile vide accrochée dans la chambre.

Harry n'y prêta aucune attention. Jamais de sa vie il ne s'était senti aussi mûr et il lui paraissait extraordinaire que, moins d'une heure plus tôt, il ait pu se soucier du destinataire d'un insigne de préfet ou du financement d'un magasin de farces et attrapes.

10

LUNA LOVEGOOD

C ette nuit-là, Harry eut le sommeil agité. Ses parents allaient et venaient dans ses rêves, sans jamais lui parler. Mrs Weasley sanglotait, penchée sur le cadavre de Kreattur, sous les yeux de Ron et d'Hermione coiffés de couronnes et, cette fois encore, Harry se retrouvait dans un couloir qui menait à une porte verrouillée. Il se réveilla en sursaut, en ressentant des picotements le long de sa cicatrice, et vit Ron déjà habillé qui lui parlait.

– … ferait bien de se dépêcher, maman pique sa crise, elle dit qu'on va rater le train…

Toute la maison était en effervescence. D'après les bruits qu'il entendit pendant qu'il se pressait de s'habiller, Harry devina que Fred et George avaient ensorcelé leurs malles pour qu'elles volent toutes seules au bas de l'escalier, s'épargnant ainsi la peine de les porter eux-mêmes. Elles avaient alors heurté Ginny de plein fouet et l'avaient précipitée dans le hall, après lui avoir fait dévaler deux étages. Mrs Black et Mrs Weasley hurlaient de toute la force de leurs poumons :

– VOUS AURIEZ PU LA BLESSER GRAVEMENT, ESPÈCES D'IDIOTS…

– IMMONDES BÂTARDS, VOUS SOUILLEZ LA MAISON DE MES ANCÊTRES…

Hermione, qui paraissait très énervée, se rua dans la chambre au moment où Harry laçait ses baskets. Elle portait dans ses bras un Pattenrond qui se tortillait dans tous les sens tandis qu'Hedwige se balançait sur son épaule.

— Mes parents viennent de me renvoyer Hedwige.

La chouette alla obligeamment se poser sur sa cage.

— Tu es prêt ?

— Presque. Ginny va bien ? demanda Harry en mettant ses lunettes.

— Mrs Weasley l'a rafistolée, répondit Hermione. Mais maintenant, c'est Fol Œil qui dit qu'on ne pourra pas partir tant que Sturgis Podmore ne sera pas revenu, sinon il manquera un membre à l'escorte.

— L'escorte ? s'étonna Harry. Il faut vraiment une escorte pour aller à la gare de King's Cross ?

— C'est à *toi* qu'il faut une escorte, rectifia Hermione.

— Et pourquoi ? demanda Harry, agacé. Je croyais que Voldemort devait se faire discret. Tu penses qu'il va surgir de derrière une poubelle pour essayer de me tuer ?

— Je n'en sais rien, je te répète simplement ce qu'a dit Fol Œil, répliqua Hermione qui regardait sa montre d'un air affolé. Mais si on ne part pas tout de suite, on est sûrs de rater le train...

— EST-CE QUE VOUS ALLEZ VOUS DÉCIDER À DESCENDRE, LÀ-HAUT ? rugit Mrs Weasley.

Hermione sursauta comme si elle venait de se brûler et se précipita hors de la pièce. Harry prit Hedwige, la fourra dans sa cage sans cérémonie et descendit l'escalier à la suite d'Hermione en traînant sa grosse valise derrière lui.

Le portrait de Mrs Black hurlait de rage mais personne ne se souciait de refermer les rideaux sur elle. De toute façon, le tumulte qui agitait le hall la réveillerait à nouveau.

— Harry, tu viens avec Tonks et moi, lui lança Mrs Weasley — couvrant les cris répétés de SANG-DE-BOURBE ! VERMINE ! CRÉATURES INFÂMES ! –, laisse ta valise et ta chouette, Alastor s'occupera des bagages... Oh, pour l'amour du ciel, Sirius, Dumbledore a dit *non* !

Un chien noir semblable à un ours était apparu à côté de Harry qui escaladait les monceaux de bagages entassés dans le hall pour rejoindre Mrs Weasley.

— Non, mais vraiment..., se lamenta Mrs Weasley. Oh et puis, après tout, fais comme tu voudras !

Elle ouvrit la porte d'entrée et sortit dans la lumière incertaine du soleil de septembre. Harry et le chien la suivirent. La porte claqua derrière eux, étouffant les hurlements de Mrs Black.

— Où est Tonks ? demanda Harry en jetant un regard autour de lui.

Ils descendirent les marches du perron et le numéro 12 se volatilisa à l'instant où ils eurent atteint le trottoir.

— Elle nous attend là-bas, dit Mrs Weasley avec froideur en évitant de poser le regard sur le chien qui gambadait à côté de Harry.

Une vieille femme les salua au coin d'une rue. Elle avait des cheveux gris bouclés et portait un chapeau violet semblable à une galette.

— Salut, Harry, dit-elle avec un clin d'œil. On ferait bien de se dépêcher, pas vrai, Molly ? ajouta-t-elle en consultant sa montre.

— Je sais, je sais, marmonna Mrs Weasley qui allongea le pas, mais Fol Œil voulait attendre Sturgis... Si seulement Arthur avait pu obtenir à nouveau des voitures du ministère... Mais, ces temps-ci, Fudge ne lui prêterait même pas une bouteille d'encre vide... Comment les Moldus s'y prennent-ils pour voyager sans magie ?

Le grand chien noir lança un aboiement joyeux et se mit à bondir autour d'eux, faisant mine de mordre les pigeons et courant après sa queue. Harry ne put s'empêcher d'éclater de rire. Sirius était resté enfermé si longtemps ! Mrs Weasley, en revanche, pinça les lèvres dans une expression qui rappelait presque la tante Pétunia.

Le trajet jusqu'à King's Cross leur prit vingt minutes à pied et ne fut marqué d'aucune autre péripétie que les cabrioles de Sirius qui effraya deux ou trois chats pour amuser Harry. Une fois dans la gare, ils firent semblant de flâner entre les voies 9 et 10 puis, lorsqu'il n'y eut plus personne en vue, chacun à tour de rôle alla s'appuyer contre la barrière et la traversa sans difficulté pour atteindre le quai 9 3/4. Le Poudlard Express était là, crachant des panaches de vapeur noire au-dessus de la foule des élèves et de leurs familles qui se pressaient dans l'attente du départ. Harry respira l'odeur familière du train et sentit son moral remonter... Il retournait véritablement à Poudlard...

— J'espère que les autres vont arriver à temps, dit Mrs Weasley d'une voix anxieuse.

Elle regarda derrière elle l'arcade de fer forgé qui marquait l'entrée du quai.

— Il est beau, ton chien, Harry ! dit un garçon de grande taille coiffé de dreadlocks.

— Merci, Lee, répondit Harry avec un sourire tandis que Sirius remuait frénétiquement la queue.

— Ah, c'est bien, dit Mrs Weasley, soulagée, Alastor arrive avec les bagages, regardez...

Une casquette de porteur enfoncée sur ses yeux dissymétriques, Maugrey franchit l'arcade de son pas claudicant. Il poussait devant lui un chariot chargé de leurs valises.

— Tout est O.K., murmura-t-il à Mrs Weasley et à Tonks, je ne pense pas qu'on nous ait suivis...

Quelques secondes plus tard, Mr Weasley apparut à son tour sur le quai, en compagnie de Ron et d'Hermione. Ils avaient presque fini de décharger le chariot de Maugrey lorsque Fred, George et Ginny arrivèrent avec Lupin.

— Pas d'ennuis ? grogna Maugrey.

— Aucun, répondit Lupin.

— Je vais quand même parler de Sturgis à Dumbledore, dit Maugrey. C'est la deuxième fois en une semaine qu'il nous fait faux bond. Bientôt, on ne pourra pas plus compter sur lui que sur Mondingus.

— Bon, prenez bien soin de vous, dit Lupin en serrant des mains autour de lui.

Il s'avança vers Harry et lui donna une tape sur l'épaule.

— Toi aussi, Harry, sois prudent.

— Ouais, garde la tête basse et les yeux ouverts, ajouta Maugrey en serrant à son tour la main de Harry. Et n'oubliez pas, vous tous, faites bien attention à ce que vous écrivez dans vos lettres. Si vous avez un doute, n'écrivez rien du tout.

— J'ai été très contente de vous connaître, dit Tonks en serrant contre elle Hermione et Ginny. On se reverra sûrement un de ces jours.

Un coup de sifflet retentit. Les élèves qui étaient encore sur le quai se hâtèrent de monter dans le train.

— Vite, vite, dit Mrs Weasley d'un air affolé en les serrant contre elle au hasard — Harry eut même droit à deux étreintes —, écrivez... soyez sages... Si vous avez oublié quelque chose, on vous l'enverra... Allez, montez maintenant, vite...

Pendant un bref moment, le gros chien noir se dressa sur ses pattes de derrière et posa celles de devant sur les épaules de Harry, mais Mrs Weasley poussa Harry vers la portière du wagon en sifflant entre ses dents :

— Pour l'amour du ciel, conduis-toi comme un chien, Sirius !

— A plus tard ! lança Harry par la fenêtre ouverte alors que le train s'ébranlait.

A côté de lui, Ron, Hermione et Ginny faisaient de grands signes de la main. Les silhouettes de Tonks, de Lupin, de Maugrey et de Mr et Mrs Weasley diminuèrent rapidement, mais le chien noir continuait de courir à hauteur de la fenêtre en remuant la queue, sous les rires de la foule restée sur le quai. Le train prit alors un virage et Sirius disparut.

— Il n'aurait pas dû venir avec nous, dit Hermione d'un air soucieux.

– Oh, détends-toi un peu, répondit Ron, ça faisait des mois qu'il n'avait pas vu la lumière du jour, le pauvre.

– Bon, dit Fred en claquant ses mains l'une contre l'autre, on ne va pas passer la journée à bavarder, on a des choses à voir avec Lee. A plus tard.

Il s'éloigna en compagnie de George et tous deux disparurent dans le couloir.

Le train prenait de la vitesse et les maisons défilaient sous leurs yeux en une succession d'éclairs. Ils restèrent debout dans le couloir, ballottés par le balancement du wagon.

– Si on allait chercher un compartiment ? proposa enfin Harry.

Ron et Hermione échangèrent un regard.

– Heu..., dit Ron.

– Nous... heu... Ron et moi, nous sommes censés aller dans le wagon réservé aux préfets, dit Hermione, gênée.

Ron évitait le regard de Harry. Il semblait passionné par la contemplation des ongles de sa main gauche.

– Ah, très bien, dit Harry.

– Je ne crois pas que nous soyons obligés d'y rester pendant tout le voyage, dit précipitamment Hermione. Dans nos lettres, ils disaient simplement que nous devions prendre nos instructions auprès du préfet et de la préfète-en-chef et ensuite faire un tour dans le couloir de temps en temps.

– Très bien, répéta Harry. Alors, à tout à l'heure.

– Oui, sûrement, répondit Ron en lui lançant à la dérobée un regard anxieux. C'est pénible d'être forcé d'aller là-bas, je préférerais – enfin on n'a pas le choix – je veux dire, ça ne m'amuse pas, je ne m'appelle pas Percy, moi ! acheva-t-il sur un ton de défi.

– Je sais bien, dit Harry avec un sourire.

Mais tandis qu'Hermione et Ron s'éloignaient vers la tête du convoi en traînant leurs valises, Pattenrond et la cage de Coquecigrue, Harry éprouva un étrange sentiment de vide. Il n'avait jamais fait le voyage du Poudlard Express sans Ron.

—Viens, lui dit Ginny. Si on s'y prend maintenant, on pourra leur garder des places.

— D'accord, dit Harry.

Il prit la cage d'Hedwige d'une main et la poignée de sa grosse valise de l'autre. Ils avancèrent péniblement le long du couloir en jetant des coups d'œil à travers les portes vitrées dans les compartiments devant lesquels ils passaient mais aucun n'était libre. Harry ne put ignorer que de nombreux élèves le regardaient avec un grand intérêt et que plusieurs d'entre eux donnèrent des coups de coude à leur voisin en le montrant du doigt. Ce comportement, observé dans cinq wagons successifs, venait lui rappeler que *La Gazette du sorcier* avait raconté tout au long de l'été qu'il était un fabulateur uniquement préoccupé par sa célébrité. Il se demanda d'un air sombre si ceux qui le regardaient ainsi en chuchotant croyaient vraiment à ces articles.

Dans le tout dernier wagon, ils rencontrèrent Neville Londubat, un des camarades de classe de Harry à Gryffondor. Son visage rond luisait de sueur sous l'effort qu'il devait faire pour traîner sa valise tout en tenant fermement de l'autre main Trevor, son crapaud qui se débattait.

— Bonjour, Harry, dit-il, le souffle court. Bonjour, Ginny... Tout est plein... Je n'arrive pas à trouver de place...

— Qu'est-ce que tu racontes, répliqua Ginny qui s'était faufilée devant lui pour regarder dans le compartiment suivant. Celui-là est libre, il n'y a que Luna Lovegood là-dedans.

Neville marmonna quelque chose qui signifiait qu'il ne voulait déranger personne.

— Ne sois pas stupide, s'exclama Ginny en éclatant de rire. Elle est très gentille, Luna.

Ginny fit coulisser la porte du compartiment et tira sa valise à l'intérieur. Harry et Neville la suivirent.

— Salut, Luna, dit Ginny. On peut s'installer ici ?

La jeune fille assise près de la fenêtre leva les yeux vers eux.

Elle avait des cheveux blonds, sales et emmêlés qui lui tombaient jusqu'à la taille, des sourcils très clairs et des yeux protubérants qui lui donnaient sans cesse l'air surpris. Harry comprit tout de suite pourquoi Neville avait préféré ne pas s'installer dans ce compartiment. La jeune fille dégageait manifestement une aura de folie douce. Peut-être était-ce dû au fait qu'elle avait collé sa baguette magique sur son oreille gauche ou qu'elle portait un collier constitué de bouchons de Bièraubeurre, ou encore qu'elle était en train de lire un magazine en le tenant à l'envers. Son regard passa sur Neville pour aller se poser sur Harry. Elle acquiesça alors d'un signe de tête.

— Merci, dit Ginny avec un sourire.

Harry et Neville hissèrent les trois valises et la cage d'Hedwige dans le filet à bagages puis s'assirent. Luna les observait par-dessus son magazine qu'elle tenait toujours à l'envers et qui avait pour titre *Le Chicaneur*. Apparemment, elle n'éprouvait pas le besoin de cligner des yeux aussi souvent que les humains normaux. Elle contemplait fixement Harry qui s'était assis en face d'elle et commençait à le regretter.

— Tu as passé de bonnes vacances, Luna ? demanda Ginny.

— Oui, répondit Luna d'un air rêveur sans quitter Harry des yeux. Oui, je me suis bien amusée. Toi, tu t'appelles Harry Potter, ajouta-t-elle.

— Je sais, répliqua Harry.

Neville pouffa de rire. Luna tourna vers lui ses yeux pâles.

— Et toi, je ne sais pas qui tu es.

— Moi, je ne suis personne, répondit aussitôt Neville.

— Ce n'est pas vrai, dit Ginny d'un ton brusque. Neville Londubat – Luna Lovegood. Luna est en même année que moi, mais à Serdaigle.

— *Tout homme s'enrichit quand abonde l'esprit*, dit Luna d'une voix chantante.

Elle leva son magazine pour se cacher le visage puis se tut.

Harry et Neville échangèrent un regard, les sourcils levés. Ginny étouffa un rire.

Dans le fracas des rails, le train poursuivit son chemin à travers des paysages de campagne. C'était une journée étrange, instable. Parfois le wagon était illuminé de soleil, un instant plus tard, des nuages menaçants obscurcissaient le ciel.

— Devine ce que j'ai eu pour mon anniversaire ? dit Neville.

— Un nouveau Rapeltout ? répondit Harry en se souvenant de l'objet en forme de bille que sa grand-mère lui avait envoyé dans l'espoir de remédier à ses trous de mémoire vertigineux.

— Non, dit Neville, remarque que ça me serait bien utile, il y a longtemps que j'ai perdu l'autre... Non, regarde...

Tenant toujours Trevor d'une main ferme, il plongea l'autre main dans son sac et, après y avoir fouillé pendant un certain temps, en retira quelque chose qui ressemblait à un petit cactus gris planté dans un pot. Mais en guise d'épines, la plante était recouverte de pustules.

— *Mimbulus Mimbletonia*, annonça fièrement Neville.

Harry contempla la chose. Elle palpitait légèrement et offrait l'aspect sinistre d'un organe interne atteint de maladie.

— C'est une plante très, très rare, expliqua Neville le visage rayonnant. Je ne sais même pas s'il y en a une dans la serre de Poudlard. J'ai hâte de la montrer au professeur Chourave. Mon grand-oncle Algie me l'a dénichée en Assyrie. Je vais voir si je peux la reproduire.

Harry savait que la botanique était la matière préférée de Neville mais il ne voyait vraiment pas ce qu'il pouvait trouver d'intéressant à ce petit végétal rabougri.

— Est-ce que... heu... est-ce qu'elle fait quelque chose de spécial ? demanda-t-il.

— Oh oui, plein de choses ! répondit Neville avec fierté. Elle possède un système de défense étonnant. Tiens, tu peux me tenir Trevor ?

Il laissa tomber le crapaud sur les genoux de Harry et prit une plume dans son sac. Les yeux exorbités de Luna apparurent à nouveau au-dessus de son magazine renversé pour regarder ce que faisait Neville. Celui-ci leva le *Mimbulus Mimbletonia* au niveau de son visage. La langue entre les dents, il choisit un endroit précis et piqua sa plante d'un petit coup sec avec la pointe de sa plume.

Un liquide vert foncé, épais et malodorant, jaillit alors de chacune des pustules en de longs jets puissants qui éclaboussèrent le plafond, la fenêtre et le magazine de Luna Lovegood. Ginny, qui avait levé les bras devant son visage juste à temps, avait simplement l'air de porter un chapeau d'un vert de vase, mais Harry, dont les mains étaient occupées à maintenir Trevor en place, reçut en pleine tête une giclée de liquide. Une odeur de fumier rance se répandit dans le compartiment.

Neville, le visage et le torse également trempés, secoua la tête pour enlever la substance de ses yeux.

— D-désolé, haleta-t-il. Je n'avais encore jamais essayé... Je ne pensais pas que ça aurait cet effet-là... mais ne vous inquiétez pas, l'Empestine n'est pas un poison, ajouta-t-il d'une voix fébrile tandis que Harry crachait un jet de liquide par terre.

A cet instant précis, la porte du compartiment s'ouvrit.

— Oh... bonjour, Harry, dit une voix mal assurée. Hum... j'arrive peut-être au mauvais moment ?

Harry essuya les verres de ses lunettes avec sa main libre, l'autre tenant toujours Trevor. Dans l'encadrement de la porte, une magnifique jeune fille aux longs cheveux noirs et brillants lui souriait : c'était Cho Chang, l'attrapeuse de l'équipe de Quidditch de Serdaigle.

— Ah, heu... salut, dit Harry, l'air ahuri.

— Hum... Voilà... je voulais simplement te dire bonjour... alors, au revoir, dit Cho.

Le teint virant au rose vif, elle referma la porte et s'éloigna dans le couloir. Harry se laissa tomber contre le dossier de la banquette en poussant un grognement. Il aurait souhaité que

Cho le surprenne au milieu d'un groupe d'amis super cool en train de se tordre de rire après avoir entendu l'excellente plaisanterie qu'il venait de raconter. S'il avait eu le choix, il aurait préféré qu'elle ne le trouve pas en compagnie de Neville et de Luna Lovegood, un crapaud à la main et le visage ruisselant d'Empestine.

— Ce n'est pas grave, dit Ginny d'une voix décidée. On va se débarrasser de tout ça très facilement.

Elle sortit sa baguette magique et s'écria :

— *Récurvite !*

L'Empestine se volatilisa aussitôt.

— Désolé, répéta Neville d'une petite voix.

Ron et Hermione restèrent absents pendant près d'une heure. Le chariot à friandises était déjà passé, Harry, Ginny et Neville avaient fini leurs Patacitrouilles et s'échangeaient les cartes trouvées dans les Chocogrenouilles lorsque Ron et Hermione entrèrent enfin dans le compartiment, accompagnés de Pattenrond et de Coquecigrue qui poussait des hululements perçants dans sa cage.

— Je meurs de faim, dit Ron.

Il rangea la cage de Coquecigrue à côté de celle d'Hedwige, prit un Chocogrenouille des mains de Harry et se jeta sur la banquette à côté de lui. Il déchira le papier d'emballage, arracha la tête de la grenouille d'un coup de dents et s'abandonna contre le dossier en fermant les yeux, comme s'il avait eu une matinée harassante.

— Il y a deux préfets de cinquième année dans chaque maison, annonça Hermione, apparemment très mécontente. Un garçon et une fille.

— Et devine qui est le préfet de Serpentard ? dit Ron, les yeux toujours fermés.

— Malefoy, répondit aussitôt Harry, convaincu que ses pires craintes seraient confirmées.

— Bien sûr, dit Ron avec amertume.

Il avala ce qui restait de son Chocogrenouille et en prit un autre.

— Et la fille, c'est bien entendu cette vraie *bourrique* de Pansy Parkinson, lança Hermione d'un ton féroce. Comment elle a fait pour être préfète, elle est plus bête qu'un troll endormi...

— Et à Poufsouffle, c'est qui ? demanda Harry.

— Ernie Macmillan et Hannah Abbot, dit Ron d'une voix pâteuse.

— Et Anthony Goldstein et Padma Patil pour Serdaigle, ajouta Hermione.

— Tu es allé au bal de Noël avec Padma Patil, dit une voix d'un ton absent.

Tout le monde se tourna vers Luna Lovegood qui regardait Ron sans ciller par-dessus *Le Chicaneur*. Ron avala son Chocogrenouille.

— Oui, je sais, dit-il, légèrement surpris.

— Elle ne s'est pas beaucoup amusée, l'informa Luna. Elle pense que tu ne t'es pas très bien occupé d'elle parce que tu ne voulais pas la faire danser. Moi, ça ne m'aurait pas dérangée, ajouta-t-elle, songeuse. Je n'aime pas tellement danser.

Puis elle se retira à nouveau derrière *Le Chicaneur*. Ron, bouche bée, regarda pendant quelques secondes la couverture du magazine avant de se tourner vers Ginny d'un air interrogateur, mais Ginny se mordait le poing pour s'empêcher d'éclater de rire. Stupéfait, Ron hocha la tête et consulta sa montre.

— On est censés faire des rondes dans le couloir de temps en temps, dit-il à Harry et à Neville, et on a le droit de donner des punitions à ceux qui se conduisent mal. J'ai hâte de coincer Crabbe et Goyle...

— Tu ne dois pas profiter de ta position, Ron ! lança sèchement Hermione.

— C'est ça, oui, et Malefoy non plus n'en profitera pas du tout, répliqua Ron d'un ton sarcastique.

— Alors, tu vas t'abaisser à son niveau ?

– Non, je veux simplement coincer ses copains avant qu'il ne coince les miens.

– Ron, pour l'amour du ciel...

– J'obligerai Goyle à faire des lignes, ça va le tuer, il déteste écrire, dit Ron d'un ton joyeux.

Il crispa son visage dans une expression de concentration douloureuse et fit mine d'écrire en imitant les grognements rauques de Goyle :

– *Je... ne... dois... pas... ressembler... à... un... derrière... de... babouin...*

Tout le monde éclata de rire mais Luna Lovegood laissa échapper un véritable hurlement de joie qui réveilla Hedwige. La chouette battit des ailes d'un air indigné et Pattenrond sauta sur le filet à bagages en crachant. Luna riait si fort que son magazine lui échappa des mains et glissa par terre.

– Ça, c'était vraiment *drôle* !

Ses yeux globuleux baignés de larmes, elle haletait pour reprendre son souffle, le regard fixé sur Ron. Abasourdi, celui-ci jetait des coups d'œil aux autres qui riaient à présent de son expression ahurie et de l'hilarité interminable et grotesque de Luna Lovegood qu'on voyait se balancer d'avant en arrière en se tenant les côtes.

– Tu te fiches de moi, ou quoi ? lui dit Ron en fronçant les sourcils.

– Un derrière... de babouin ! s'étouffa-t-elle, pliée en deux.

Tandis que tout le monde regardait Luna rire, Harry remarqua quelque chose en voyant le magazine tombé par terre et se précipita soudain pour le ramasser. Vue à l'envers, il était difficile de savoir ce que représentait la couverture mais Harry venait de réaliser qu'il s'agissait d'une assez mauvaise caricature de Cornelius Fudge. Il ne l'avait reconnu que grâce au chapeau melon vert. Fudge tenait un sac d'or à la main, son autre main serrée sur la gorge d'un gobelin. La caricature avait pour légende : «Jusqu'où ira Fudge pour s'emparer de Gringotts ?»

Au-dessous, on pouvait lire les titres des autres articles du magazine.

CORRUPTION À LA LIGUE DE QUIDDITCH :
Comment l'équipe des Tornades a-t-elle fait pour gagner ?
LES SECRETS DES ANCIENNES RUNES RÉVÉLÉS
SIRIUS BLACK : *tueur ou victime ?*

— Je peux y jeter un coup d'œil ? demanda Harry à Luna.

Elle acquiesça d'un signe de tête, haletant de rire, le regard toujours fixé sur Ron.

Harry ouvrit le magazine et parcourut le sommaire. Jusqu'à cet instant, il avait complètement oublié la revue que Kingsley avait donnée à Mr Weasley pour qu'il l'apporte à Sirius, mais il s'agissait sans doute de cette même édition du *Chicaneur*.

Il trouva le numéro de la page et se précipita sur l'article.

Là aussi, il découvrit une assez mauvaise caricature. Harry n'aurait même pas su qu'elle représentait Sirius s'il n'avait pas lu la légende. Sirius était debout sur un tas d'ossements humains et brandissait sa baguette magique. Le titre de l'article disait :

SIRIUS BLACK EST-IL AUSSI NOIR QU'ON LE DÉPEINT ?
Un redoutable tueur en série ou un innocent chanteur de variétés ?

Harry dut lire la phrase à plusieurs reprises pour s'assurer qu'il avait bien compris. Depuis quand Sirius était-il chanteur de variétés ?

Il y a maintenant quatorze ans que Sirius Black est considéré comme l'auteur du meurtre collectif de douze Moldus innocents et d'un sorcier. Sa fuite audacieuse du pénitencier d'Azkaban, il y a deux ans, a déclenché la plus grande chasse à l'homme jamais entreprise par le ministère de la Magie. De l'avis général, il est urgent de le retrouver pour le rendre aux Détraqueurs et lui infliger le châtiment qu'il mérite.
MAIS LE MÉRITE-T-IL VRAIMENT ?

Un fait nouveau et troublant permet en effet de penser que Sirius Black ne serait peut-être pas coupable du crime pour lequel on l'a envoyé à Azkaban. En réalité, nous dit Doris Purkiss, au 18, Acanthia Way, Little Norton, il se pourrait bien que Black n'ait même jamais été présent sur le lieu de la tuerie.

« Les gens n'ont pas compris que Sirius Black est un faux nom, affirme Mrs Purkiss. L'homme que l'on croit être Sirius Black n'est autre que Stubby Boardman, le chanteur du groupe Croque-Mitaines, qui a quitté la vie publique après avoir reçu un navet en pleine figure lors d'un concert donné à Little Norton, il y a près de quinze ans. Je l'ai reconnu au premier coup d'œil en voyant sa photo dans le journal. Il est impossible que Stubby ait commis ces crimes pour la bonne raison que, ce jour-là, il dînait aux chandelles en ma compagnie. J'ai écrit au ministre de la Magie et je pense qu'il accordera incessamment une grâce pleine et entière à Stubby, alias Sirius. »

Lorsqu'il eut achevé sa lecture, Harry contempla la page d'un air incrédule. Il s'agissait peut-être d'une plaisanterie, pensa-t-il, peut-être était-ce un magazine spécialisé dans le canular. Il revint quelques pages en arrière et trouva l'article consacré à Fudge.

Cornelius Fudge, le ministre de la Magie, a démenti avoir eu le projet de prendre la direction de Gringotts, la banque des sorciers, lorsqu'il a été élu à son poste, il y a maintenant cinq ans. Fudge a toujours répété qu'il souhaitait simplement « coopérer pacifiquement » avec les gardiens de notre or.

MAIS EST-CE BIEN VRAI ?

Des sources proches du ministre ont récemment révélé que la plus chère ambition de Fudge serait de s'assurer le contrôle des réserves d'or des gobelins et qu'il n'hésiterait pas pour cela à employer la force si nécessaire.

« D'ailleurs, ce ne serait pas la première fois, déclare un membre du ministère. Les amis de Cornelius Fudge l'ont surnommé l'Éventreur de gobelins. Si vous entendiez ce qu'il dit lorsqu'il se croit à l'abri des

oreilles indiscrètes ! Il ne cesse de parler des gobelins qu'il a tués de toutes les manières possibles : il les a noyés, jetés du haut d'un immeuble, empoisonnés, il en a même fait du pâté en croûte... »

Harry n'alla pas plus loin. Fudge avait sans doute beaucoup de défauts mais il n'arrivait pas à l'imaginer donnant l'ordre de faire un pâté de gobelin. Il feuilleta le reste du magazine et découvrit divers articles : une accusation selon laquelle les Tornades de Tutshill étaient en train de gagner le championnat de Quidditch en combinant chantage, sabotage de balais et actes de barbarie. Une interview d'un sorcier qui prétendait avoir volé jusqu'à la lune sur un Brossdur 6 et en avoir rapporté un sac de grenouilles lunaires pour le prouver. Et enfin une étude sur les anciennes runes qui expliquait au moins pourquoi Luna tenait *Le Chicaneur* à l'envers. D'après le magazine, si on lisait les runes tête en bas, on pouvait y déchiffrer une formule magique qui permettait de transformer en kumquats les oreilles de ses ennemis. En fait, comparée au reste des articles, la suggestion selon laquelle Sirius serait le chanteur du groupe Croque-Mitaines paraissait tout à fait raisonnable.

— Il y a des trucs bien, là-dedans ? demanda Ron lorsque Harry referma le magazine.

— Bien sûr que non, répliqua Hermione d'un ton cinglant avant que Harry ait eu le temps de répondre. *Le Chicaneur*, c'est une vraie poubelle, tout le monde le sait.

— Excuse-moi, dit Luna d'une voix qui avait soudain perdu son ton rêveur, mais mon père en est le directeur.

— Ah, je... heu..., balbutia Hermione, gênée. En fait, il y a des choses intéressantes... je veux dire que c'est...

— Je vais le reprendre, merci, dit froidement Luna.

Elle se pencha et arracha le magazine des mains de Harry. Elle chercha la page 57 et le remit à l'envers en disparaissant derrière. Au même moment, la porte du compartiment s'ouvrit pour la troisième fois.

Harry leva la tête. Il s'y était attendu, mais la vue d'un Drago Malefoy ricanant, entouré de ses deux acolytes, Crabbe et Goyle, n'en fut pas plus réjouissante pour autant.

– Qu'est-ce que tu veux ? lança Harry d'un ton agressif avant que Malefoy ait pu ouvrir la bouche.

– Poli, Potter, sinon je serai obligé de te donner une retenue, dit Malefoy de sa voix traînante.

Il avait les mêmes cheveux blonds et lisses, le même menton pointu que son père.

– Tu vois, contrairement à toi, j'ai été nommé préfet, ce qui signifie que, contrairement à toi, j'ai le pouvoir de distribuer des punitions.

– C'est ça, répliqua Harry, mais toi, contrairement à moi, tu es un crétin alors sors d'ici et fiche-nous la paix.

Ron, Hermione, Ginny et Neville éclatèrent de rire. Malefoy pinça les lèvres.

– Dis-moi, Potter, quel effet ça fait de se retrouver deuxième derrière Weasley ? demanda-t-il.

– Ferme-la, Malefoy, répondit Hermione d'un ton sec.

– Tiens, on dirait que j'ai touché un point sensible, commenta Malefoy avec un sourire narquois. En tout cas, fais attention à toi, Potter, parce que je vais te suivre à la trace, comme un *chien*, et si jamais tu fais un pas de travers...

– Fiche le camp ! ordonna Hermione en se levant.

Toujours ricanant, Malefoy lança à Harry un dernier regard venimeux et s'en alla, suivi de Crabbe et de Goyle. Hermione claqua la porte du compartiment derrière eux et se tourna vers Harry. Il sut aussitôt que, comme lui, elle avait noté ce que Malefoy avait dit et qu'elle en était tout aussi alarmée.

– Envoie un autre Chocogrenouille, dit Ron qui, à l'évidence, n'avait rien remarqué.

Harry ne pouvait parler librement devant Neville et Luna. Il échangea à nouveau un regard inquiet avec Hermione puis contempla le paysage qui défilait par la fenêtre.

Il avait trouvé amusant que Sirius l'accompagne à la gare mais, soudain, cette escapade lui paraissait imprudente et même carrément dangereuse... Hermione avait eu raison... Sirius n'aurait pas dû venir. Si Mr Malefoy avait remarqué le chien noir et l'avait signalé à Drago ? S'il en avait déduit que les Weasley, Lupin, Tonks et Maugrey connaissaient la cachette de Sirius ? Ou alors fallait-il voir une pure coïncidence dans le fait que Malfoy ait prononcé le mot « chien » ?

Le temps demeurait incertain tandis qu'ils poursuivaient leur progression vers le nord. La pluie éclaboussait les vitres sans grande conviction puis le soleil faisait une timide apparition avant d'être une nouvelle fois masqué par les nuages. Lorsque le soir tomba et que les lumières s'allumèrent dans les wagons, Luna roula *Le Chicaneur,* le rangea soigneusement dans son sac et se mit à observer les autres à tour de rôle.

Harry avait posé le front contre la fenêtre, essayant de distinguer la silhouette lointaine de Poudlard mais c'était une nuit sans lune et la vitre balayée par la pluie était trop sale.

– On ferait bien de se changer, dit bientôt Hermione.

Non sans difficultés, ils ouvrirent leurs valises pour y prendre leurs robes de l'école. Hermione et Ron épinglèrent soigneusement sur leur poitrine leur insigne de préfet et Harry vit Ron regarder son reflet dans la vitre obscurcie.

Enfin, le train commença à ralentir et ils entendirent le tumulte habituel des élèves qui se précipitaient pour rassembler leurs bagages et leurs animaux, prêts à descendre. Comme Ron et Hermione étaient censés superviser les opérations, ils sortirent du compartiment, confiant à Harry et aux autres le soin de s'occuper de Pattenrond et de Coquecigrue.

– Je peux porter ce hibou si tu veux, proposa Luna à Harry.

Elle tendit le bras pour prendre la cage de Coquecigrue pendant que Neville glissait précautionneusement Trevor dans une poche intérieure.

– Ah, heu... oui, merci, répondit Harry.

Il lui donna la cage de Coquecigrue et put ainsi assurer un meilleur équilibre à celle d'Hedwige qu'il tenait dans ses bras.

Quand ils sortirent du compartiment, parmi la foule qui avait envahi le couloir, la fraîcheur nocturne leur picota le visage. Ils avancèrent lentement vers la portière la plus proche et Harry sentait déjà l'odeur des pins qui bordaient le chemin du lac. Descendu sur le quai, il regarda autour de lui, tendant l'oreille pour entendre le traditionnel : « Les première année, par ici... Les première année... »

Mais l'appel ne vint pas. A sa place, une voix très différente, une voix de femme, sèche et énergique, lança :

– Les première année en rang par deux, s'il vous plaît ! Toutes les première année, en rang devant moi !

Une lanterne se balança devant Harry et sa lueur éclaira le menton proéminent et la coupe de cheveux austère du professeur Gobe-Planche, la sorcière qui avait provisoirement remplacé Hagrid l'année précédente pour donner les cours de soins aux créatures magiques.

– Où est Hagrid ? demanda-t-il à voix haute.

– Je ne sais pas, répondit Ginny. Mais on ferait bien de bouger, on bloque la portière du wagon.

– Ah, oui...

En avançant vers la sortie de la gare, Harry et Ginny furent séparés par la foule. Bousculé de toutes parts, Harry scrutait l'obscurité pour essayer de distinguer Hagrid. Il était forcément là, Harry y comptait bien – revoir Hagrid était l'une des choses qu'il avait attendues avec le plus d'impatience. Mais il n'y avait aucune trace de lui.

« Il ne peut quand même pas avoir quitté Poudlard », songea Harry, tandis qu'il franchissait avec la foule des élèves la porte étroite qui donnait sur la route. « Peut-être qu'il a un rhume ou quelque chose comme ça... »

Il chercha du regard Ron et Hermione pour leur demander ce qu'ils pensaient de la réapparition du professeur Gobe-

Planche, mais ni l'un ni l'autre ne se trouvait à proximité. Il se laissa donc entraîner sur la route obscure, luisante de pluie, devant la gare de Pré-au-Lard.

Sur la chaussée s'alignaient la centaine de diligences sans chevaux, qui emmenaient traditionnellement les élèves jusqu'au château, à l'exception des première année. Harry y jeta un rapide coup d'œil, se tourna pour continuer à chercher Ron et Hermione du regard, puis fit soudain volte-face.

Cette fois, les diligences étaient attelées. Des créatures se tenaient entre leurs brancards. Si Harry avait dû leur donner un nom, sans doute les aurait-il appelées des chevaux mais elles avaient aussi quelque chose de reptilien. On aurait dit qu'elles étaient dépourvues de toute chair. Leur pelage noir collait à leur squelette dont on voyait chaque os se dessiner. Leurs têtes rappelaient celles des dragons et leurs yeux blancs sans pupille avaient un regard fixe et vide. Elles étaient également dotées d'une paire d'ailes à la hauteur du garrot — de grandes ailes noires à la surface lisse comme du cuir, qui auraient pu appartenir à des chauves-souris géantes. Immobiles et silencieuses dans l'obscurité montante, les créatures paraissaient sinistres, effrayantes. Harry ne comprit pas pourquoi on avait attelé ces horribles chevaux aux diligences alors qu'elles étaient parfaitement capables de se mouvoir toutes seules.

— Où est Coq ? demanda la voix de Ron, juste derrière Harry.

— C'est cette fille, Luna, qui l'a pris, répondit-il en se tournant vers lui, impatient de lui parler de Hagrid. A ton avis, où est...

— ... Hagrid ? Je ne sais pas, dit Ron, d'une voix inquiète. J'espère qu'il va bien...

Un peu plus loin, Drago Malefoy, suivi d'une petite bande qui comportait Crabbe, Goyle et Pansy Parkinson, écartait de son chemin des deuxième année à l'air timide pour que ses amis et lui puissent disposer d'une diligence à eux tout seuls.

Quelques secondes plus tard, Hermione, tout essoufflée, surgit de la foule.

– Malefoy a été odieux avec un première année. Je te jure que je vais le signaler, ça fait à peine trois minutes qu'il a son insigne et il en profite déjà pour brutaliser les autres encore plus que d'habitude... Où est Pattenrond ?

– C'est Ginny qui l'a, dit Harry. La voilà...

Ginny venait d'émerger de la foule en serrant contre elle un Pattenrond qui ne cessait de se tortiller.

– Merci, dit Hermione qui reprit son chat. Viens, on va essayer de se trouver une diligence avant que tout soit plein...

– Je n'ai pas encore récupéré Coq ! dit Ron, mais Hermione se dirigeait déjà vers la diligence la plus proche.

Harry resta à côté de Ron.

– A ton avis, c'est quoi, ces *choses* ? lui demanda-t-il en montrant d'un signe de tête les horribles chevaux.

Autour d'eux, les élèves continuaient d'affluer.

– Quelles choses ?

– Ces chevaux...

Luna apparut, la cage de Coquecigrue dans les bras. Comme d'habitude, le minuscule hibou poussait des hululements surexcités.

– Et voilà, dit Luna. Il est très mignon, ton hibou.

– Heu... ouais, il est pas mal, répondit Ron d'un ton bourru. Bon, alors, on y va... Qu'est-ce que tu disais, Harry ?

– Je disais, qu'est-ce que c'est que ces espèces de chevaux ? répéta Harry tandis qu'il se dirigeait en compagnie de Ron et de Luna vers la diligence où Hermione et Ginny avaient déjà pris place.

– Quelles espèces de chevaux ?

– Ceux qui tirent les diligences ! s'impatienta Harry.

Ils n'étaient qu'à trois mètres de celui qui se trouvait le plus près d'eux. La créature les fixait de ses yeux vides et blancs. Mais Ron paraissait perplexe.

– De quoi tu parles ?

– Je parle de... Tiens, regarde !

Harry attrapa Ron par le bras et le fit pivoter pour le mettre face à face avec le cheval ailé. Ron regarda un instant, puis se tourna à nouveau vers Harry.

– Et qu'est-ce qu'il faut que je voie ?

– Le... Là, entre les brancards ! Attelé à la diligence ! Devant ton nez...

Voyant l'air toujours ahuri de Ron, une étrange pensée vint alors à l'esprit de Harry.

– Tu... Tu n'arrives pas à les voir ?

– Voir *quoi* ?

– Tu ne vois pas les créatures qui tirent les diligences ?

Ron semblait sérieusement inquiet, à présent.

– Tu te sens bien, Harry ?

– Je... Oui...

Harry n'y comprenait plus rien. Le cheval était là, devant lui, bien réel, son pelage luisant dans la faible lumière que diffusaient les fenêtres de la gare, des panaches de vapeur s'élevant de ses naseaux dans l'air frais de la nuit. Pourtant, à moins que Ron se soit moqué de lui – et dans ce cas, la plaisanterie aurait été douteuse –, il ne le voyait pas du tout.

– Bon, on monte ? dit Ron, incertain, en regardant Harry d'un air soucieux.

– Oui, oui, allons-y...

– Ne t'en fais pas, dit une voix rêveuse à côté de Harry, après que Ron eut disparu dans les profondeurs obscures de la diligence. Tu n'es pas en train de devenir fou, moi aussi, je les vois.

– C'est vrai ? s'exclama Harry d'un air éperdu en se tournant vers Luna.

Il distinguait dans ses grands yeux argentés le reflet des chevaux aux ailes de chauves-souris.

– Oh, oui, répondit-elle. Je les ai vus dès le premier jour où je

226

suis venue ici. Ce sont toujours eux qui tirent les diligences. Ne t'inquiète pas, tu es aussi sain d'esprit que moi.

Avec un faible sourire, elle monta à la suite de Ron dans la diligence d'où s'exhalait une odeur de moisi. Sans être rassuré le moins du monde, Harry la suivit.

11

La nouvelle chanson du Choixpeau magique

Harry ne voulait pas révéler aux autres que Luna et lui partageaient la même hallucination – si toutefois c'en était une. Il ne parla donc plus des chevaux et s'assit à l'intérieur de la diligence dont il claqua la portière derrière lui. Il ne put s'empêcher cependant de regarder les silhouettes des chevaux qu'il voyait bouger par la fenêtre.

– Vous avez vu la Gobe-Planche ? demanda Ginny. Qu'est-ce qu'elle est revenue faire ici ? Hagrid n'est quand même pas parti, non ?

– Moi, je serais contente s'il n'était plus là, dit Luna. Ce n'est pas un très bon prof.

– Bien sûr que si, c'est un bon prof ! s'exclamèrent Harry, Ron et Ginny avec colère.

Harry jeta un regard noir à Hermione qui toussota et dit précipitamment :

– Heu... Oui, oui, il est très bon.

– Nous, à Serdaigle, on trouve que ses cours sont une plaisanterie, reprit Luna, imperturbable.

– Alors, vous devez avoir un sens de l'humour particulièrement lamentable, répliqua Ron tandis que la diligence s'ébranlait dans un grincement de roues.

Luna ne sembla nullement affectée par la grossièreté de Ron. Elle se contenta de le regarder pendant un moment comme si elle avait jeté un coup d'œil à une émission de télévision d'un intérêt limité.

Bringuebalant dans un bruit de ferraille, le convoi des diligences remonta la route en direction du château. Lorsqu'ils passèrent entre les deux grands piliers de pierre surmontés de sangliers ailés qui encadraient le portail de l'école, Harry se pencha en avant pour voir s'il y avait de la lumière dans la cabane de Hagrid, près de la Forêt interdite, mais le parc était plongé dans une obscurité totale. Le château de Poudlard, en revanche, dessinait de plus en plus nettement la silhouette de ses hautes tours d'un noir de jais qui se détachaient contre le ciel nocturne. Par endroits, une fenêtre allumée brillait d'une lueur flamboyante au-dessus de leurs têtes.

Les diligences s'arrêtèrent dans un cliquetis métallique devant les marches de pierre qui menaient à la double porte de chêne de l'entrée. Harry fut le premier à descendre. Il scruta à nouveau le parc pour essayer de distinguer une lumière du côté de la Forêt interdite mais il n'y avait toujours pas le moindre signe de vie dans la cabane de Hagrid. A contrecœur, et avec le vague espoir qu'elles se soient volatilisées, il se tourna à nouveau vers les étranges créatures squelettiques, immobiles et muettes dans la fraîcheur nocturne, leurs yeux blancs luisant d'un regard vide.

Il était déjà arrivé à Harry de voir quelque chose que Ron ne voyait pas, mais c'était un reflet dans un miroir, beaucoup moins réel qu'une centaine d'animaux bien solides, suffisamment robustes pour tirer toute une flotte de diligences. A en croire Luna, les créatures avaient toujours été présentes, mais restaient invisibles. Pourquoi, dans ce cas, Harry pouvait-il soudain les voir et pas Ron ?

– Alors, tu viens ou pas, lui dit Ron.

– Hein ? Ah oui, répondit Harry.

Et ils se joignirent à la foule qui se hâtait de monter les marches pour pénétrer dans le château.

Le hall d'entrée était éclairé par des torches enflammées et résonnait du martèlement des pas sur les dalles de pierre, tandis que les élèves se pressaient vers la Grande Salle où aurait lieu le festin du début d'année.

Les quatre longues tables, une pour chaque maison, se remplissaient sous le plafond noir sans étoiles, semblable au ciel qu'on apercevait à travers les hautes fenêtres. Tout au long des tables, des chandelles flottaient dans les airs, illuminant les fantômes argentés dispersés dans la salle et les visages des élèves qui s'interpellaient d'une maison à l'autre et observaient d'un œil critique les nouvelles coupes de cheveux ou les nouvelles robes. Cette fois encore, Harry vit des têtes se pencher les unes vers les autres en chuchotant sur son passage. Il serra les dents et fit mine de ne rien remarquer ou de ne pas s'en soucier.

Luna s'éloigna d'eux pour se diriger vers la table de Serdaigle. Dès qu'ils eurent rejoint celle de Gryffondor, Ginny fut appelée par des amis de quatrième année et alla s'asseoir avec eux. Harry, Ron, Hermione et Neville trouvèrent des places vers le milieu de la table, entre Nick Quasi-Sans-Tête, le fantôme de la maison Gryffondor, et Parvati Patil assise à côté de Lavande Brown. A en juger par les démonstrations d'amitié excessives avec lesquelles elles l'accueillirent, Harry fut convaincu qu'elles parlaient encore de lui une fraction de seconde avant son arrivée. Il avait cependant d'autres préoccupations plus importantes. Il observait en effet la table des professeurs dressée à l'extrémité de la salle.

— Il n'est pas là, dit-il.

Bien que ce fût inutile, Ron et Hermione regardèrent à leur tour. La taille de Hagrid le rendait immédiatement reconnaissable au sein de n'importe quelle assemblée.

— Il ne peut quand même pas être parti définitivement, dit Ron, un peu anxieux.

— Bien sûr que non, répondit Harry d'un ton convaincu.

— Tu ne crois pas qu'il aurait pu être... *blessé* ou je ne sais quoi ? dit Hermione, mal à l'aise.

– Non, répliqua aussitôt Harry.

– Mais alors, où est-il ?

Il y eut un silence puis, à voix très basse pour que Neville, Parvati et Lavande ne puissent pas l'entendre, Harry répondit :

– Peut-être qu'il n'est pas encore rentré. De sa… mission… ce qu'il devait faire pendant l'été pour Dumbledore.

– Oui… Oui, ça doit être ça, dit Ron qui parut rassuré.

Mais Hermione se mordit la lèvre et observa la table des professeurs comme dans l'espoir d'y découvrir une autre explication satisfaisante à l'absence de Hagrid.

– Qui c'est, ça ? demanda-t-elle brusquement en montrant le milieu de la table.

Harry suivit son regard. Il vit d'abord le professeur Dumbledore, vêtu d'une robe pourpre parsemée d'étoiles argentées et coiffé d'un chapeau assorti. Il était assis au centre de la grande table, dans son fauteuil d'or au dossier haut, la tête penchée vers sa voisine qui lui parlait à l'oreille, une sorcière aux mines de vieille tante célibataire : elle était trapue, avec des cheveux courts et bouclés d'une teinte châtain clair dans lesquels elle avait glissé un horrible bandeau rose, genre Alice au pays des merveilles, assorti à son cardigan de laine pelucheuse, également rose, qu'elle portait par-dessus sa robe. Lorsqu'elle se tourna pour boire à sa coupe, Harry reconnut avec horreur la tête de crapaud blafarde et les deux gros yeux soulignés de cernes.

– C'est cette bonne femme, Dolores Ombrage !

– Qui ? dit Hermione.

– Elle était au tribunal, elle travaille avec Fudge !

– Joli cardigan, remarqua Ron avec un sourire narquois.

– Elle travaille avec Fudge ? répéta Hermione en fronçant les sourcils. Qu'est-ce qu'elle fait ici, alors ?

– Sais pas…

Hermione, les yeux plissés, scruta la table des professeurs.

– Non, marmonna-t-elle, non, sûrement pas…

Harry ne comprenait pas ce qu'elle voulait dire mais il ne posa pas de questions. Son attention avait été attirée par le professeur Gobe-Planche qui venait d'apparaître derrière la longue table. Elle se fraya un chemin jusqu'à son extrémité et s'assit à la place qui aurait dû revenir à Hagrid. Ce qui signifiait que les première année devaient avoir traversé le lac et être arrivés au château. En effet, quelques secondes plus tard, les portes de la Grande Salle s'ouvrirent et une longue file de nouveaux entra derrière le professeur McGonagall. Celle-ci portait un tabouret sur lequel était posé un antique chapeau de sorcier raccommodé de toutes parts, avec une large déchirure tout près du bord.

La rumeur des conversations cessa et les première année s'alignèrent devant la table des professeurs, face aux autres élèves. Le professeur McGonagall plaça soigneusement le tabouret devant eux puis fit un pas en arrière.

La lumière des chandelles éclairait les visages au teint pâle des nouveaux. Un jeune garçon, au milieu de la file, tremblait de tous ses membres. Harry eut le souvenir fugitif de sa propre terreur lorsqu'il s'était trouvé à cette même place, dans l'attente du mystérieux examen qui déterminerait à quelle maison il allait appartenir.

L'école tout entière attendit en retenant son souffle. La déchirure qui traversait l'étoffe, juste au-dessus du bord, s'ouvrit alors largement et le Choixpeau magique chanta sa chanson :

Aux temps anciens lorsque j'étais tout neuf
Et que Poudlard sortait à pein' de l'œuf
Les fondateurs de notre noble école
De l'unité avaient fait leur symbole
Rassemblés par la même passion
Ils avaient tous les quatre l'ambition
De répandre leur savoir à la ronde
Dans l'école la plus belle du monde

« Ensemble bâtissons et instruisons ! »
Décidèrent les quatre compagnons
Sans jamais se douter qu'un jour viendrait
Où la destinée les séparerait.
Toujours amis à la vie à la mort
Tels étaient Serpentard et Gryffondor
Toujours amies jusqu'à leur dernier souffle
Tell's étaient aussi Serdaigle et Poufsouffle.
Comment alors peut-on s'imaginer
Que pareille amitié vienne à sombrer ?
J'en fus témoin et je peux de mémoire
Vous raconter la très pénible histoire.
Serpentard disait : « Il faut enseigner
Aux descendants des plus nobles lignées »,
Serdaigle disait : « Donnons la culture
A ceux qui ont l'intelligence sûre »,
Gryffondor disait : « Tout apprentissage
Ira d'abord aux enfants du courage »,
Poufsouffle disait : « Je veux l'équité
Tous mes élèv's sont à égalité. »
Lorsqu'apparur'nt ces quelques divergences
Elles n'eur'nt d'abord aucune conséquence
Car chacun ayant sa propre maison
Pouvait enseigner selon sa façon
Et choisir des disciples à sa mesure.
Ainsi Serpentard voulait un sang pur
Chez les sorciers de son académie
Et qu'ils aient comme lui ruse et rouerie.
Seuls les esprits parmi les plus sagaces
Pouvaient de Serdaigle entrer dans la classe
Tandis que les plus brav's des tromp'-la-mort
Allaient tous chez le hardi Gryffondor.
La bonn' Poufsouffl' prenait ceux qui restaient
Pour leur enseigner tout ce qu'ell' savait.

Ainsi les maisons et leurs fondateurs
Connurent de l'amitié la valeur.
Poudlard vécut alors en harmonie
De longues années libres de soucis.
Mais parmi nous la discorde grandit
Nourrie de nos peurs et de nos folies.
Les maisons qui comme quatre piliers
Soutenaient notre école et ses alliés
S'opposèrent bientôt à grand fracas
Chacune voulant imposer sa loi.
Il fut un temps où l'école parut
Tout près de sa fin, à jamais perdue.
Ce n'étaient partout que duels et conflits
Les amis dressés contre les amis
Si bien qu'un matin le vieux Serpentard
Estima venue l'heur' de son départ.
Et bien que l'on vît cesser les combats
Il laissait nos cœurs en grand désarroi.
Et depuis que les quatre fondateurs
Furent réduits à trois pour leur malheur
Jamais plus les maisons ne fur'nt unies
Comme ell's l'étaient au début de leur vie.
Maintenant le Choixpeau magique est là
Et vous connaissez tous le résultat :
Je vous répartis dans les quatr' maisons
Puisque l'on m'a confié cette mission.
Mais cette année je vais en dir' plus long
Ouvrez bien vos oreilles à ma chanson :
Bien que condamné à vous séparer
Je ne peux pas m'empêcher de douter
Il me faut accomplir ma destinée
Qui est de vous répartir chaque année
Mais je crains que ce devoir aujourd'hui
N'entraîne cette fin qui m'horrifie

LA NOUVELLE CHANSON DU CHOIXPEAU MAGIQUE

Voyez les dangers, lisez les présages
Que nous montrent l'histoire et ses ravages
Car notre Poudlard est en grand péril
Devant des forces puissantes et hostiles
Et nous devons tous nous unir en elle
Pour échapper à la chute mortelle
Soyez avertis et prenez conscience
La répartition maintenant commence.

Le chapeau redevint immobile et la salle éclata en applaudissements. Mais pour la première fois, autant que Harry pouvait s'en souvenir, ils furent accompagnés de murmures et de marmonnements divers. D'un bout à l'autre de la Grande Salle, les élèves échangeaient des commentaires avec leurs voisins et Harry, qui n'en continuait pas moins d'applaudir avec les autres, savait très bien de quoi ils parlaient.

— Il a un peu débordé du sujet, cette année, dit Ron en haussant les sourcils.

— Ça, c'est vrai, dit Harry.

Le Choixpeau magique se contentait ordinairement d'énoncer les qualités que chacune des différentes maisons de Poudlard exigeait de ses élèves et de préciser le rôle que lui-même jouait dans leur répartition. Harry ne se souvenait pas de l'avoir jamais entendu prodiguer des conseils à l'école.

— Je me demande s'il a jamais donné de tels avertissements dans le passé, dit Hermione, légèrement inquiète.

— Oh si, répondit Nick Quasi-Sans-Tête, qui savait de quoi il parlait.

Il se pencha vers Hermione en traversant Neville qui fit une grimace : il était très inconfortable d'avoir un fantôme en travers du corps.

— Le Choixpeau estime qu'il est de son devoir de donner des avertissements à l'école lorsqu'il pense que la situation l'exige...

Mais le professeur McGonagall attendait de lire la liste des noms des première année et elle jeta aux élèves qui continuaient de chuchoter un regard aussi pénétrant qu'une brûlure. Nick Quasi-Sans-Tête posa sur ses lèvres un index transparent et se redressa sagement tandis que les chuchotements s'interrompaient soudain. Après avoir balayé chacune des tables d'un dernier regard sévère, le professeur McGonagall baissa les yeux sur son long morceau de parchemin et appela le premier nom de la liste.

– Abercrombie, Euan.

Le jeune garçon terrifié que Harry avait déjà remarqué s'avança d'un pas trébuchant et coiffa le Choixpeau magique qui lui serait tombé jusqu'aux épaules s'il n'avait été retenu par ses oreilles proéminentes. Le Choixpeau réfléchit un instant puis sa déchirure en forme de bouche annonça :

– *Gryffondor !*

Harry applaudit bruyamment avec les autres Gryffondor tandis qu'Euan Abercrombie venait s'asseoir à leur table d'un pas chancelant en ayant l'air de vouloir disparaître à travers le plancher pour ne plus jamais subir le moindre regard.

Peu à peu, la longue file des première année diminua. Dans les moments de silence entre deux décisions du Choixpeau, Harry entendait l'estomac de Ron gronder bruyamment. Enfin, Zeller, Rose, fut envoyée à Poufsouffle et le professeur McGonagall remporta le Choixpeau et son tabouret hors de la Grande Salle tandis que le professeur Dumbledore se levait.

Malgré l'amertume que son directeur avait pu lui inspirer ces derniers temps, Harry se sentit rassuré de voir Dumbledore face à eux. Entre l'absence de Hagrid et l'apparition de ces chevaux aux allures de dragons, il trouvait que son retour tant attendu à Poudlard lui avait réservé de très désagréables surprises, comme des fausses notes dans une mélodie familière. Mais en cet instant tout au moins, les choses se passaient comme prévu : leur directeur se levait pour les accueillir au festin qui marquait le début du trimestre.

– A ceux qui sont ici pour la première fois, déclara

Dumbledore d'une voix claironnante, les bras écartés et le visage illuminé d'un sourire rayonnant, je souhaite la bienvenue ! Et à nos anciens, je dis : bon retour parmi nous ! Il y a un temps pour les discours et justement, ce temps n'est pas encore venu. Alors, bon appétit !

Un éclat de rire appréciateur et une salve d'applaudissements saluèrent ses paroles. Dumbledore se rassit et rejeta sa longue barbe par-dessus son épaule pour éviter qu'elle ne tombe dans son assiette. Car, à présent, des plats innombrables avaient surgi de nulle part et les cinq longues tables croulaient sous les rôtis, les pâtés, les panachés de légumes, le pain, les sauces et les bonbonnes de jus de citrouille.

— Merveilleux, dit Ron avec un grognement de satisfaction.

Il attrapa un plat de côtelettes et se mit à en empiler dans son assiette, sous l'œil mélancolique de Nick Quasi-Sans-Tête.

— Que disiez-vous avant la Répartition ? demanda Hermione au fantôme. Au sujet des avertissements donnés par le Choixpeau ?

— Ah oui, répondit Nick, apparemment content d'avoir un prétexte pour se détourner de Ron qui était occupé à dévorer des pommes de terre sautées avec un enthousiasme proche de l'indécence. Oui, j'ai déjà entendu le Choixpeau donner des avertissements à plusieurs reprises. C'était toujours à des moments où il sentait venir des périodes de grand péril pour l'école. Et, bien sûr, il conseille toujours la même chose : rester unis pour être plus forts.

— C'ment un chao ptil aouar quanlécle éten angé ? dit Ron.

Il avait la bouche tellement pleine que le simple fait d'avoir réussi à émettre quelques sons constituait déjà un exploit.

— Je vous demande pardon ? dit poliment Nick Quasi-Sans-Tête tandis qu'Hermione paraissait outrée.

Ron avala avec difficulté et reprit :

— Comment un chapeau peut-il savoir quand l'école est en danger ?

— Je l'ignore, répondit Nick. Mais comme il passe son temps dans le bureau de Dumbledore, on peut imaginer qu'il entend parfois des choses.

— Et il veut que toutes les maisons soient amies ? dit Harry en jetant un coup d'œil à la table des Serpentard où Drago Malefoy tenait salon. Il peut toujours rêver.

— Vous ne devriez pas adopter une telle attitude, répliqua Nick d'un air réprobateur. La coopération dans la paix, voilà la clé de tout. Nous autres, fantômes, bien que nous appartenions à des maisons différentes, savons maintenir des liens d'amitié. En dépit de la rivalité entre Gryffondor et Serpentard, je ne songerais jamais à me disputer avec le Baron Sanglant.

— Ça, c'est parce qu'il vous fait une peur bleue, dit Ron.

Nick Quasi-Sans-Tête parut profondément offensé.

— Peur ? J'ose espérer que moi, Sir Nicholas de Mimsy-Porpington, ne me suis jamais rendu coupable de couardise ! Le noble sang qui coule dans mes veines...

— Quel sang ? s'étonna Ron. Vous n'avez sûrement plus de...

— C'est une façon de parler ! l'interrompit Nick Quasi-Sans-Tête, si exaspéré à présent que sa tête oscillait dangereusement sur son cou en partie tranché. Les plaisirs de la table ont beau m'être refusés, je n'en conserve pas moins le droit d'employer le vocabulaire qui me convient ! Mais je suis habitué à entendre les élèves se moquer de moi sous le prétexte que je suis mort, croyez-le bien !

— Nick, il ne se moquait pas de vous ! assura Hermione en jetant un regard furieux à Ron.

Malheureusement, la bouche de Ron était à nouveau si pleine qu'elle menaçait d'exploser et les seuls sons qu'il parvint à produire se résumèrent à :

— Pa d'tou v'lu ou 'xer.

Ce que Nick ne sembla pas considérer comme des excuses appropriées. S'élevant dans les airs, il redressa son chapeau à plumes et glissa à l'autre bout de la table où il s'arrêta entre les frères Crivey, Colin et Dennis.

— Bravo, Ron, bien joué, lança sèchement Hermione.

— Quoi ? s'indigna-t-il après avoir enfin réussi à avaler ce qu'il avait dans la bouche. Je n'ai même plus le droit de poser une simple question ?

— Oh, laisse tomber, répliqua Hermione, agacée.

Et tous deux passèrent le reste du repas enfermés dans un silence boudeur.

Harry était trop habitué à leurs disputes pour se soucier de les réconcilier. Il jugea préférable de se consacrer à la dégustation de sa tourte de bœuf aux rognons, qui fut suivie d'une grande assiettée de tarte à la mélasse, son dessert favori.

Lorsque tous les élèves eurent fini de dîner et que le niveau sonore des conversations recommença à monter, Dumbledore se leva à nouveau. Tout le monde s'interrompit aussitôt et les têtes se tournèrent vers lui. Harry éprouvait à présent une agréable sensation de somnolence. Son lit à baldaquin l'attendait là-haut, merveilleusement doux et tiède...

— A présent que nous sommes tous occupés à digérer un autre de nos somptueux festins, je vous demande de m'accorder quelques instants d'attention afin que je puisse vous donner les traditionnelles recommandations de début d'année, déclara Dumbledore. Les nouveaux doivent savoir que la forêt située dans le parc est interdite d'accès — il ne serait d'ailleurs pas inutile que quelques-uns de nos plus anciens élèves s'en souviennent aussi.

Harry, Ron et Hermione échangèrent des sourires.

— Mr Rusard, le concierge, m'a demandé de vous rappeler, pour la quatre cent soixante-deuxième fois selon lui, que l'usage de la magie n'est pas autorisé dans les couloirs entre les heures de cours et que beaucoup d'autres choses sont également interdites, dont la liste complète est désormais affichée sur la porte de son bureau.

Nous aurons cette année deux nouveaux enseignants. Je suis particulièrement heureux d'accueillir à nouveau parmi nous le professeur Gobe-Planche qui assurera les cours de soins aux créatures magiques. J'ai également le plaisir de vous présenter le professeur Ombrage qui enseignera la défense contre les forces du Mal.

Il y eut quelques applaudissements polis, dépourvus du moindre enthousiasme, pendant lesquels Harry, Ron et Hermione se regardèrent d'un air alarmé. Dumbledore n'avait pas précisé combien de temps le professeur Gobe-Planche occuperait son poste.

Le directeur reprit la parole :

— Les essais pour la constitution des équipes de Quidditch de chacune des quatre maisons auront lieu le…

Il s'interrompit en lançant un regard interrogateur au professeur Ombrage. Comme celle-ci n'était pas beaucoup plus grande debout qu'assise, il y eut un moment d'incertitude au cours duquel personne ne comprit pourquoi Dumbledore s'était tu. Le professeur Ombrage s'éclaircit alors la gorge — *Hum, hum* — et il devint manifeste qu'elle s'était levée avec l'intention de faire un discours.

Pendant un bref instant, Dumbledore parut pris au dépourvu, puis il se rassit avec élégance et regarda le professeur Ombrage d'un air intéressé comme si rien ne pouvait lui procurer plus grand plaisir que de l'écouter parler. D'autres membres du corps enseignant ne se montrèrent pas aussi habiles à cacher leur surprise. Les sourcils du professeur Chourave se levèrent si haut qu'ils disparurent derrière ses mèches rebelles et Harry n'avait jamais vu les lèvres du professeur McGonagall aussi pincées. Jusqu'à présent, aucun nouvel enseignant ne s'était jamais permis d'interrompre Dumbledore. De nombreux élèves affichaient un sourire narquois ; de toute évidence, cette femme ignorait les traditions de Poudlard.

— Merci, cher directeur, pour ces aimables paroles de bienvenue, minauda le professeur Ombrage.

Elle avait une voix de petite fille, haut perchée et un peu voilée. Cette fois encore, Harry éprouva à son égard un puissant élan d'antipathie qu'il ne parvenait pas à s'expliquer. La seule chose certaine, c'était que tout en elle lui inspirait un profond dégoût, depuis sa petite voix stupide jusqu'à son cardigan rose et pelucheux. Elle s'éclaircit une nouvelle fois la gorge (*hum, hum*) et reprit :

— Je dois dire que c'est un grand plaisir de revenir à Poudlard, — elle sourit en découvrant des dents pointues — et de voir tous ces joyeux petits visages levés vers moi !

Harry jeta un regard autour de lui. Aucun visage ne lui parut joyeux. Les élèves semblaient plutôt surpris de s'entendre traiter comme des enfants de cinq ans.

— J'ai hâte de vous connaître tous et je suis sûre que nous deviendrons vite de très bons amis !

Autour des tables, il y eut des échanges de coups d'œil. Certains cachaient à peine leurs sourires ironiques.

— Moi, je veux bien être amie avec elle du moment qu'elle ne m'oblige pas à porter son cardigan, murmura Parvati à Lavande et toutes deux pouffèrent d'un rire silencieux.

Le professeur Ombrage s'éclaircit à nouveau la gorge (*hum, hum*) mais lorsqu'elle reprit son discours, sa voix était beaucoup moins voilée. Elle parlait plutôt comme une femme d'affaires et les mots qu'elle prononçait avaient le rythme morne d'un discours appris par cœur.

— Le ministère de la Magie a toujours accordé une importance primordiale à l'éducation des jeunes sorcières et des jeunes sorciers. Les quelques dons que vous avez pu recevoir à votre naissance ne se révéleraient pas d'une très grande utilité si une instruction attentive ne se chargeait de les cultiver et de les affiner. L'ancien savoir dont la communauté des sorciers est l'unique dépositaire doit être transmis aux nouvelles générations, si nous ne voulons pas qu'il se perde à jamais. Le trésor de la connaissance magique amassé par nos ancêtres doit être conservé, enrichi, bonifié, par ceux qui sont appelés à la noble mission de l'enseignement.

Le professeur Ombrage marqua une pause et inclina légèrement la tête en direction de ses collègues mais aucun ne lui rendit son salut. Les sourcils noirs du professeur McGonagall s'étaient froncés à tel point qu'elle avait l'air d'un faucon et Harry la vit échanger un regard éloquent avec le professeur Chourave tandis qu'Ombrage, après un nouveau « *hum, hum* », poursuivait son discours :

— Chaque directeur, chaque directrice de Poudlard a apporté quelque chose de nouveau en accomplissant la lourde tâche de gouverner cette école historique et c'est ainsi qu'il doit en être car l'absence de progrès signifie la stagnation puis le déclin. Mais le progrès pour le progrès ne doit pas être encouragé pour autant, car nos traditions éprouvées par le temps n'ont souvent nul besoin d'être modifiées. Un équilibre entre l'ancien et le nouveau, entre la pérennité et le changement, entre la tradition et l'innovation...

Harry s'aperçut que son attention avait tendance à faiblir comme si son cerveau s'éteignait par instants. Le silence qui accompagnait habituellement les discours de Dumbledore était à présent rompu par les chuchotements et les rires étouffés des élèves penchés les uns vers les autres. A la table de Serdaigle, Cho Chang était en grande conversation avec ses amis. Un peu plus loin, Luna Lovegood avait ressorti *Le Chicaneur*. A la table de Poufsouffle, cependant, Ernie Macmillan était l'un des rares à garder les yeux fixés sur le professeur Ombrage mais il avait le regard vitreux et Harry fut convaincu qu'il faisait semblant d'écouter pour se montrer digne de l'insigne de préfet qui brillait sur sa poitrine.

Le professeur Ombrage ne semblait pas remarquer l'agitation de la salle. Harry avait l'impression qu'une émeute aurait pu éclater sous son nez sans qu'elle renonce pour autant à ânonner son discours jusqu'à la fin. Les autres professeurs, en revanche, l'écoutaient très attentivement et Hermione avait l'air de boire chacune de ses paroles même si, à en juger par son expression, elles n'étaient pas du tout de son goût.

— ... car certains changements seront pour le mieux alors que d'autres, à l'épreuve du temps, apparaîtront comme des erreurs de jugement. De même, certaines coutumes anciennes seront conservées à juste titre tandis que d'autres, usées et démodées, devront être abandonnées. Aussi, n'hésitons pas à entrer dans une ère nouvelle d'ouverture, d'efficacité, de responsabilité, avec la volonté de préserver ce qui doit être préservé, d'améliorer ce qui doit être amélioré, et de tailler dans le vif chaque fois que nous serons confrontés à des pratiques dont l'interdiction s'impose.

Elle se rassit et Dumbledore applaudit. Les autres professeurs l'imitèrent mais Harry remarqua que plusieurs d'entre eux se contentèrent de claquer des mains une ou deux fois seulement. Quelques élèves suivirent mais la plupart avaient été surpris par la fin du discours dont ils n'avaient écouté que quelques mots et, avant qu'ils aient eu le temps d'applaudir vraiment, Dumbledore s'était à nouveau levé.

— Merci beaucoup, professeur Ombrage, pour ce discours très éclairant, dit-il en s'inclinant vers elle. A présent, comme je vous l'annonçais, les essais pour la constitution des équipes de Quidditch auront lieu le...

— Ça, pour être éclairant, c'était éclairant, dit Hermione à voix basse.

— Tu ne vas pas me dire que ça t'a captivée, non ? murmura Ron en tournant vers Hermione un visage éteint. C'est le discours le plus ennuyeux que j'aie jamais entendu et pourtant, *moi*, j'ai grandi avec Percy.

— J'ai dit éclairant, pas captivant, répondit-elle. C'était très révélateur.

— Vraiment ? s'étonna Harry. Moi, ça m'a donné l'impression d'une sauce insipide.

— Il y avait beaucoup d'ingrédients cachés dans la sauce, répliqua Hermione, le visage sombre.

— Ah bon ? dit Ron, interdit.

— Par exemple : « le progrès pour le progrès ne doit pas être encouragé ». Ou encore : « tailler dans le vif chaque fois que nous serons confrontés à des pratiques dont l'interdiction s'impose ».

— Et alors, qu'est-ce que ça veut dire ? demanda Ron avec impatience.

— Ça veut dire ce que ça veut dire, répondit Hermione d'un ton lourd de menaces. Que le ministère a décidé d'intervenir dans les affaires de Poudlard.

Des bruits divers retentirent soudain autour d'eux. De toute évidence, Dumbledore avait annoncé la fin de la soirée car tout le monde s'était levé, prêt à quitter la Grande Salle. Hermione fit un bond, l'air effaré.

— Ron, nous sommes censés montrer le chemin aux première année !

— Ah oui, répondit Ron qui avait complètement oublié. Hé, vous, là-bas, les demi-portions !

— *Ron !*

— Ben, c'est vrai qu'ils sont tout petits...

— Je sais mais ce n'est pas une raison pour les traiter de demi-portions ! Les première année ! appela Hermione d'un ton autoritaire. Par ici, s'il vous plaît !

Un groupe de nouveaux s'avança timidement entre les tables de Gryffondor et de Poufsouffle, chacun d'eux s'efforçant de ne surtout pas se mettre en avant. Ils avaient l'air en effet très petits. Harry était sûr qu'il ne semblait pas aussi jeune lorsqu'il était arrivé pour la première fois à Poudlard. Il leur adressa un sourire bienveillant. Un jeune homme blond, à côté d'Euan Abercrombie, avait l'air pétrifié. Il donna un petit coup de coude à Euan et lui murmura quelque chose à l'oreille. Euan Abercrombie parut alors tout aussi terrifié et lança un regard d'effroi à Harry qui sentit son sourire glisser de son visage comme une coulée d'Empestine.

— A plus tard, dit-il à Ron et à Hermione.

La nouvelle chanson du Choixpeau magique

Il se dirigea seul vers la sortie de la Grande Salle en faisant son possible pour rester indifférent aux regards, aux chuchotements et aux doigts pointés qui le suivaient sur son passage. Les yeux fixés devant lui, il se fraya un chemin jusqu'au hall d'entrée puis se dépêcha de monter l'escalier de marbre, prit un ou deux raccourcis secrets et se retrouva bientôt loin de la foule.

Il avait été stupide de ne pas prévoir ce genre de réactions, pensa-t-il avec colère tandis qu'il parcourait les couloirs beaucoup moins fréquentés des étages supérieurs. Rien d'étonnant à ce que tout le monde le regarde : deux mois plus tôt, il était sorti du labyrinthe du Tournoi des Trois Sorciers en tenant le cadavre d'un de ses camarades d'école et en affirmant qu'il avait vu Voldemort retrouver sa puissance. Il n'avait pas eu le temps de s'expliquer avant le départ des élèves en vacances d'été, même s'il s'était senti prêt à faire le récit, devant toute l'école rassemblée, des terribles événements qui avaient eu lieu dans le cimetière.

Harry parvint au bout du couloir qui menait à la salle commune de Gryffondor et s'arrêta devant le portrait de la grosse dame. Il s'aperçut alors qu'il ignorait le mot de passe.

– Heu…, dit-il tristement.

La grosse dame, qui était occupée à lisser les plis de sa robe de satin rose, lui lança un regard sévère.

– On n'entre pas sans mot de passe, dit-elle avec dédain.

– Harry, je le connais ! dit quelqu'un derrière lui d'une voix haletante.

Il se retourna et vit Neville qui arrivait en courant.

– Devine ce que c'est ? Cette fois-ci, je vais enfin m'en souvenir – il brandit le petit cactus rabougri qu'il lui avait montré dans le train –, c'est *Mimbulus Mimbletonia* !

– Exact, dit la grosse dame.

Son portrait pivota aussitôt vers eux à la manière d'une porte, révélant un trou circulaire aménagé dans le mur, par lequel Harry et Neville se faufilèrent.

La salle commune de Gryffondor paraissait aussi accueillante que d'habitude. C'était une pièce circulaire, qui épousait la forme de la tour, meublée de fauteuils défoncés et de vieilles tables bancales qui lui donnaient un caractère intime et chaleureux. Un feu de bois brûlait joyeusement dans la cheminée et quelques élèves s'y réchauffaient les mains avant de monter dans les dortoirs. A l'autre bout de la pièce, Fred et George Weasley étaient en train d'accrocher quelque chose au tableau d'affichage. Harry les salua d'un signe de la main puis se dirigea droit vers la porte de l'escalier qui menait aux dortoirs des garçons. Il n'était guère d'humeur à faire la conversation pour le moment. Neville le suivit.

Dean Thomas et Seamus Finnigan se trouvaient déjà dans le dortoir, occupés à recouvrir d'affiches et de photos les murs qui entouraient leurs lits. Lorsqu'ils virent entrer Harry, ils interrompirent aussitôt leur conversation. Harry se demanda si c'était de lui qu'ils parlaient ou s'il devenait paranoïaque.

– Salut, dit-il en allant ouvrir sa grosse valise.

– Salut, Harry, lança Dean qui enfilait un pyjama aux couleurs de West Ham. Passé de bonnes vacances ?

– Pas mal, oui, marmonna Harry.

Un compte rendu détaillé aurait occupé la plus grande partie de la nuit et c'était au-dessus de ses forces.

– Et toi ?

– Oui, oui, ça s'est bien passé, affirma Dean avec un petit rire. Mieux que pour Seamus, en tout cas, il était en train de me raconter.

– Pourquoi, qu'est-ce qui t'est arrivé, Seamus ? demanda Neville en déposant tendrement son *Mimbulus Mimbletonia* sur sa commode.

Seamus ne répondit pas tout de suite. Il semblait beaucoup trop occupé à s'assurer que son affiche représentant l'équipe de Quidditch des Crécerelles de Kenmare était bien droite. Enfin, tournant toujours le dos à Harry, il dit :

— Ma mère ne voulait pas que je revienne.

— Quoi ?

Harry, qui était en train d'enlever sa robe de sorcier, interrompit son geste.

— Elle ne voulait pas que je revienne à Poudlard.

Seamus se détourna de son affiche et retira son propre pyjama de sa valise, en prenant soin de ne pas regarder Harry.

— Mais... Pourquoi ? s'étonna celui-ci.

Il savait que la mère de Seamus était une sorcière et ne comprenait pas ce qui aurait pu la pousser à adopter une attitude si proche de celle des Dursley.

Seamus attendit d'avoir fini de boutonner son pyjama pour répondre.

-Eh bien, dit-il d'une voix posée, j'imagine que c'est... à cause de toi.

— Qu'est-ce que tu veux dire ? répliqua vivement Harry.

Son cœur s'était mis à battre plus vite et il eut la vague impression que quelque chose se refermait sur lui.

— Eh bien, répéta Seamus en continuant d'éviter le regard de Harry, elle... heu... enfin, ce n'est pas seulement toi, c'est aussi Dumbledore...

— Elle croit ce qui est écrit dans *La Gazette du sorcier*, c'est ça ? dit Harry. Elle pense que je suis un menteur et Dumbledore un vieux fou ?

Seamus leva les yeux vers lui.

— Ouais, quelque chose dans ce goût-là.

Harry ne répondit rien. Il jeta sa baguette magique sur sa table de chevet, ôta sa robe de sorcier, la fourra d'un geste furieux dans sa valise et mit son pyjama. Il en avait assez, assez d'être celui qu'on regardait et dont on parlait tout le temps, il en était malade. Si l'un d'entre eux savait, si l'un d'entre eux avait la moindre idée de ce qu'on pouvait ressentir quand on avait vécu tout ce que lui avait vécu... Mrs Finnigan n'en savait rien du tout, la pauvre idiote, songea Harry avec férocité.

Il se glissa dans son lit et tendit la main pour fermer les rideaux de son baldaquin mais, avant d'avoir pu achever son geste, Seamus demanda :

— Écoute... Qu'est-ce qui s'est passé, cette nuit-là quand... tu sais... quand... avec Cedric Diggory et tout ça ?

Seamus paraissait à la fois inquiet et avide de savoir. Dean, qui s'était penché sur sa valise pour essayer d'y retrouver une pantoufle, s'immobilisa dans une attitude qui n'était pas très naturelle et Harry devina qu'il tendait l'oreille.

— Pourquoi me demander ça ? répliqua Harry. Tu n'as qu'à lire *La Gazette du sorcier*, comme ta mère. Tu y apprendras tout ce que tu as besoin de savoir.

— Ne t'en prends pas à ma mère ! protesta Seamus.

— Je m'en prendrai à tous ceux qui me traitent de menteur, répondit Harry.

— Ne me parle pas sur ce ton !

— Je te parle sur le ton qui me plaît.

Son humeur s'échauffait à tel point qu'il attrapa sa baguette magique, sur sa table de chevet.

— Si ça te pose un problème de partager un dortoir avec moi, va donc demander à McGonagall de te mettre ailleurs... Comme ça, ta manman cessera de s'inquiéter...

— Laisse ma mère tranquille, Potter !

— Qu'est-ce qui se passe, ici ?

Ron venait d'apparaître sur le seuil de la porte. Il regarda successivement Harry, à genoux sur son lit, sa baguette pointée sur Seamus, puis Seamus lui-même, les poings levés en position de combat.

— Il s'en prend à ma mère ! s'écria Seamus.

— Quoi ? dit Ron. Harry ne ferait jamais ça... On l'a rencontrée, ta mère, on l'a trouvée très sympathique...

— Ça, c'était avant qu'elle croie tout ce que cette immonde *Gazette du sorcier* écrit sur moi ! s'exclama Harry de toute la puissance de sa voix.

– Ah…, dit Ron qui commençait à comprendre. D'accord.

– Tu sais quoi ? lança Seamus d'un ton enflammé, en jetant à Harry un regard venimeux. Il a raison, je ne veux plus me retrouver dans le même dortoir que lui, ce type est fou.

– Tu dérailles, Seamus, dit Ron dont les oreilles commençaient à rougir – ce qui était toujours chez lui un signal d'alerte.

– Je déraille, moi ? s'indigna Seamus qui, contrairement à Ron, était devenu très pâle. Alors, toi, tu crois toutes les imbécillités qu'il raconte sur Tu-Sais-Qui, tu penses qu'il dit la vérité ?

– Oui, c'est ce que je pense, répliqua Ron avec colère.

– Dans ce cas, toi aussi, tu es fou, dit Seamus d'un ton dégoûté.

– Ah oui ? Malheureusement pour toi, mon vieux, il se trouve que je suis aussi préfet ! répondit Ron en tapotant son insigne. Alors, si tu veux éviter une retenue, fais un peu attention à ce que tu dis !

Pendant quelques secondes, Seamus parut penser qu'une retenue était un prix raisonnable à payer pour pouvoir dire ce qu'il avait sur le cœur mais, avec une exclamation de mépris, il finit par tourner les talons, sauta sur son lit et ferma les rideaux du baldaquin avec une telle violence qu'ils s'arrachèrent de leur tringle et tombèrent sur le sol en un gros tas d'étoffe poussiéreuse. Ron lança un regard noir à Seamus, puis se tourna vers Dean et Neville.

– Est-ce que d'autres parents ont un problème avec Harry ? demanda-t-il d'un ton agressif.

– Mes parents sont des Moldus, répliqua Dean avec un haussement d'épaules. Ils ne sont absolument pas au courant qu'il y a eu un mort à Poudlard, vu que je ne suis pas assez idiot pour leur parler de ça.

– Eh bien, moi, tu ne connais pas ma mère, elle arriverait à faire avouer n'importe quoi à n'importe qui ! lui lança Seamus. De toute façon, tes parents ne lisent pas *La Gazette du sorcier*. Ils ne savent pas que notre directeur a été renvoyé du Magenmagot et de la Confédération internationale des mages et sorciers parce qu'il commence à perdre la boule...

— Ma grand-mère dit que ce sont des idioties, intervint Neville. Elle dit que c'est *La Gazette du sorcier* qui est sur la mauvaise pente, pas Dumbledore. Elle a annulé notre abonnement. Nous, on croit Harry, ajouta simplement Neville.

Il se mit au lit et remonta les couvertures jusqu'à son menton, en lançant à Seamus un regard de hibou.

— Ma grand-mère a toujours dit que Tu-Sais-Qui reviendrait un jour. Et elle dit que si Dumbledore annonce qu'il est revenu, c'est qu'il est revenu.

Harry sentit monter en lui une bouffée de gratitude pour Neville. Plus personne n'ajouta un mot. Seamus sortit sa baguette magique, répara les rideaux de son lit et disparut derrière. Dean se coucha également, se tourna sur le côté et demeura silencieux. Neville, qui n'avait rien d'autre à ajouter, regardait avec tendresse son cactus éclairé par un rayon de lune.

Harry posa la tête sur ses oreillers tandis que Ron s'activait autour du lit voisin, en rangeant ses affaires. Il se sentait ébranlé par sa dispute avec Seamus qu'il avait toujours bien aimé. Combien d'autres allaient répandre à leur tour la rumeur qu'il était un menteur ou un détraqué ?

Dumbledore avait-il connu la même souffrance, cet été, lorsque le Magenmagot, puis la Confédération internationale des sorciers l'avaient exclu de leurs rangs ? Était-ce un sentiment de colère contre Harry qui l'avait dissuadé de le contacter ces derniers mois ? Après tout, ils étaient tous les deux embarqués sur le même bateau. Dumbledore avait cru son récit, il avait répété sa version des événements devant l'école tout entière puis, plus largement, à la communauté des sorciers. Quiconque pensait que Harry était un menteur devait considérer que Dumbledore en était un aussi, ou bien qu'il avait été abusé...

« Ils finiront par comprendre que nous avons raison », songea Harry, désemparé, alors que Ron se couchait et éteignait la dernière chandelle du dortoir. Mais il se demandait combien d'attaques semblables à celle de Seamus il devrait subir avant que vienne enfin le temps de la vérité.

12

LE PROFESSEUR OMBRAGE

Le lendemain matin, Seamus s'habilla en hâte et sortit du dortoir avant même que Harry ait mis ses chaussettes.

– Est-ce qu'il a peur de devenir fou s'il reste trop longtemps avec moi dans la même pièce ? demanda Harry à haute voix, en voyant les pans de la robe de Seamus disparaître derrière la porte.

– Ne t'inquiète pas pour ça, Harry, marmonna Dean en hissant son sac sur l'épaule. Il est juste un peu...

Mais apparemment, il était incapable de dire avec précision ce qu'était Seamus et, après un silence gêné, il préféra sortir à son tour.

Neville et Ron lancèrent tous deux à Harry un regard qui signifiait : « C'est son problème, pas le tien », mais Harry n'en éprouva guère de consolation. Combien de fois devrait-il encore subir ce genre d'avanies ?

– Qu'est-ce qu'il y a ? demanda Hermione cinq minutes plus tard.

Elle avait rattrapé Harry et Ron au milieu de la salle commune tandis qu'ils allaient tous prendre leur petit déjeuner.

– Tu as l'air absolument... Oh, mon Dieu !

Elle fixait d'un regard effaré le tableau d'affichage sur lequel une nouvelle annonce avait été placardée.

DES GALLIONS À FOISON
Votre argent de poche n'arrive pas à suivre vos dépenses ?
Un peu d'or en plus serait le bienvenu ?

N'hésitez pas à prendre contact
avec Fred et George Weasley, pièce commune
de Gryffondor, pour petits travaux à temps partiel,
simples et quasiment sans douleur.
(Nous avons le regret de préciser que les candidats
devront agir à leurs risques et périls.)

— Ils dépassent vraiment les bornes ! dit Hermione d'un air sombre.

Elle s'empressa d'enlever l'annonce épinglée par les jumeaux sur une affiche qui informait que la première sortie à Pré-au-Lard aurait lieu au mois d'octobre.

— Il va falloir leur dire deux mots, Ron.

Ron parut soudain très inquiet.

— Et pourquoi ?

— Parce que nous sommes préfets ! répondit Hermione, en se glissant par le trou que masquait le portrait de la grosse dame. C'est à nous de mettre un frein à ce genre de choses !

Ron resta silencieux. Harry devinait à son expression renfrognée que la perspective d'empêcher Fred et George de faire ce qui leur plaisait n'avait rien d'enthousiasmant à ses yeux.

— Au fait, qu'est-ce qui se passe, Harry ? reprit Hermione. Tu as l'air furieux.

Ils descendaient à présent un escalier où s'alignaient des portraits de vieux sorciers trop absorbés par leurs conversations pour leur accorder le moindre regard.

— Seamus prétend que Harry ment au sujet de Tu-Sais-Qui, résuma Ron en voyant que Harry ne répondait pas.

Harry s'attendait à ce qu'Hermione s'indigne en prenant sa défense, mais elle se contenta de soupirer.

— Oui, Lavande pense la même chose, dit-elle, d'un ton affligé.

— Et là-dessus, vous avez bavardé aimablement pour savoir si j'étais oui ou non un petit crétin qui cherche à faire parler de lui ? demanda Harry d'une voix sonore.

— Pas du tout, répondit calmement Hermione. En fait, je lui ai dit qu'elle ferait bien de la fermer une bonne fois pour toutes. Et ce ne serait pas mal si tu arrêtais de nous sauter à la gorge à tout propos, Harry, parce que, au cas où tu ne l'aurais pas remarqué, Ron et moi, nous sommes de ton côté.

Il y eut un bref silence.

— Désolé, dit Harry à voix basse.

— Ce n'est pas grave, répliqua Hermione d'un air digne.

Puis elle hocha la tête et ajouta :

— Vous vous souvenez de ce que Dumbledore a dit le jour du festin de fin d'année ?

Harry et Ron la regardèrent d'un air interdit et Hermione poussa un nouveau soupir.

— A propos de Vous-Savez-Qui. Il a dit que son « aptitude à semer la discorde et la haine est considérable. Nous ne pourrons le combattre qu'en montrant une détermination tout aussi puissante, fondée sur l'amitié et la confiance... »

— Comment tu fais pour te rappeler des trucs comme ça ? s'étonna Ron, le regard admiratif.

— Moi, j'écoute, répondit Hermione avec une certaine âpreté.

— Moi aussi, mais je serais quand même incapable de répéter exactement...

— Il se trouve, poursuivit Hermione d'une voix forte, que nous sommes précisément dans la situation dont parlait Dumbledore. Il y a deux mois seulement que Vous-Savez-Qui est de retour et nous commençons déjà à nous diviser. L'avertissement du Choixpeau magique était le même : restez ensemble, soyez unis...

— Et Harry avait raison hier soir, répliqua Ron. Si ça veut dire qu'on doit devenir amis avec Serpentard, *on peut toujours rêver*.

— Je pense qu'il serait dommage de ne pas tenter un rapprochement entre les maisons, dit Hermione avec mauvaise humeur.

Ils étaient arrivés au pied de l'escalier de marbre. Une file d'élèves de quatrième année de Serdaigle traversait le hall. Lorsqu'ils aperçurent Harry, ils resserrèrent aussitôt les rangs, comme s'ils avaient peur qu'il attaque les retardataires.

— Oui, il faudrait vraiment essayer de devenir amis avec ces gens-là, dit Harry d'un ton sarcastique.

Ils suivirent les Serdaigle dans la Grande Salle et se tournèrent instinctivement vers la table des enseignants. Le professeur Gobe-Planche bavardait avec le professeur Sinistra, qui enseignait l'astronomie, mais, cette fois encore, Hagrid se faisait remarquer par son absence. Le plafond enchanté, au-dessus de leurs têtes, reflétait bien l'humeur de Harry : il était d'une grisaille navrante.

— Dumbledore n'a même pas précisé combien de temps cette Gobe-Planche allait rester, dit-il tandis qu'ils s'avançaient vers la table de Gryffondor.

— Peut-être..., commença Hermione d'un air songeur.

— Quoi ? demandèrent Harry et Ron d'une même voix.

— Peut-être qu'il ne voulait pas attirer l'attention sur l'absence de Hagrid ?

— Qu'est-ce que tu veux dire, ne pas attirer l'attention ? s'étonna Ron en riant à moitié. Comment pouvait-on ne rien remarquer ?

Avant qu'Hermione ait pu répondre, une grande fille noire avec de longues tresses s'était ruée vers Harry.

— Salut, Angelina.

— Salut, dit-elle d'un ton brusque. Passé de bonnes vacances ?

Et, sans attendre la réponse, elle ajouta :

— J'ai été nommée capitaine de l'équipe de Quidditch de Gryffondor.

— Ça, c'est bien, répondit Harry avec un sourire.

Il présageait que les discours d'encouragement d'Angelina ne seraient pas aussi longs et laborieux que ceux d'Olivier Dubois, ce qui constituerait un progrès.

CHAPITRE DOUZE

– Maintenant qu'Olivier est parti, nous avons besoin d'un nouveau gardien. On fera des essais vendredi à cinq heures et je veux que l'équipe soit là au complet, d'accord ? Comme ça, on cherchera quelqu'un avec qui tout le monde puisse s'entendre.

– O.K., dit Harry.

Angelina lui sourit et s'éloigna.

– J'avais oublié que Dubois était parti, dit Hermione d'un air absent.

Elle s'assit à côté de Ron et prit une assiette remplie de toasts.

– J'imagine que ça va changer beaucoup de choses dans l'équipe ?

– Sans doute, répondit Harry en s'asseyant face à elle. C'était un bon gardien.

– Ça ne fera quand même pas de mal d'avoir un peu de sang neuf, tu ne trouves pas ? dit Ron.

A cet instant, dans une bourrasque de battements d'ailes, des centaines de hiboux surgirent par les fenêtres et se répandirent dans toute la Grande Salle. Ils étaient chargés de lettres et de paquets qu'ils apportaient à leurs destinataires en aspergeant de gouttelettes d'eau les élèves attablés. De toute évidence, la pluie tombait dru au-dehors. Hedwige n'était pas là mais Harry n'en fut guère surpris. Son seul correspondant était Sirius et il y avait peu de chances qu'il eût quelque chose de nouveau à lui dire vingt-quatre heures seulement après son départ. Hermione, en revanche, dut écarter son jus d'orange pour laisser la place à une grande chouette effraie aux plumes mouillées qui tenait dans son bec un exemplaire détrempé de *La Gazette du sorcier*.

– Pourquoi tu continues à te faire livrer ça ? lança Harry d'un ton agacé.

Il songea à Seamus tandis qu'Hermione déposait une Noise dans la bourse de cuir attachée à la patte de la chouette qui repartit aussitôt.

– A ta place, je ne prendrais pas la peine de lire ce tissu d'âneries...

256

– Il vaut mieux savoir ce que dit l'ennemi, fit remarquer Hermione avec gravité.

Elle déplia le journal, disparut derrière et ne se montra plus jusqu'à ce que Harry et Ron aient fini leur petit déjeuner.

– Il n'y a rien, dit-elle alors en roulant le journal qu'elle posa à côté de son assiette. Rien sur toi, rien sur Dumbledore ni sur quoi que ce soit d'autre.

Le professeur McGonagall circulait à présent entre les tables pour distribuer les emplois du temps.

– Regarde ce qu'on a aujourd'hui ! grogna Ron. Histoire de la magie, double cours de potions, divination et encore un double cours de défense contre les forces du Mal... Binns, Rogue, Trelawney et cette Ombrage, tout ça dans la même journée ! J'aimerais bien que Fred et George se dépêchent de mettre au point leurs boîtes à Flemme...

– Mes oreilles m'abuseraient-elles ? dit Fred qui arrivait en compagnie de George.

Tous deux se glissèrent sur le banc à côté de Harry.

– Un préfet de Poudlard ne chercherait quand même pas à sécher ses cours ?

– Regarde ce qu'on a aujourd'hui, dit Ron d'un ton grincheux en mettant son emploi du temps sous le nez de Fred. C'est le pire lundi que j'aie jamais vu.

– Je te l'accorde, petit frère, dit Fred en parcourant la feuille des yeux. Si tu veux, je peux te céder à bas prix un peu de nougat Néansang.

– Et pourquoi à bas prix ? demanda Ron d'un air soupçonneux.

– Parce que tu continueras à saigner jusqu'à ce que tu sois tout desséché. On n'a pas encore trouvé l'antidote, répondit George en se servant un hareng fumé.

Ron rangea son emploi du temps dans sa poche.

– Merci bien, ronchonna-t-il. Je crois que je préfère encore les cours.

— A propos de vos boîtes à Flemme, dit Hermione qui dévisageait Fred et George avec de petits yeux perçants, il n'est pas question d'afficher dans la salle commune vos petites annonces pour recruter des cobayes.

— Ah, et qui a dit ça ? s'étonna George.

— C'est moi qui le dis, répliqua Hermione. Et Ron aussi.

— Ne me mêle pas à ces histoires, protesta aussitôt Ron.

Hermione le fusilla du regard. Fred et George ricanèrent.

— Tu changeras bientôt de discours, Hermione, assura Fred en étalant une épaisse couche de beurre sur un petit pain rond. Tu commences ta cinquième année et tu verras que dans très peu de temps, tu nous supplieras de te fournir des boîtes à Flemme.

— Et pourquoi aurais-je besoin de boîtes à Flemme pour ma cinquième année ? demanda Hermione.

— Parce que c'est l'année des BUSE, répondit George.

— Et alors ?

— Alors, il va falloir préparer tes examens et tu passeras tellement de temps le nez collé à ton labeur que tu finiras par avoir la chair à vif, expliqua Fred d'un air satisfait.

— La moitié de notre classe est tombée en dépression à l'approche des examens, dit George d'un ton joyeux. Larmes, sanglots, crises de nerfs... Patricia Stimpson était sans cesse au bord de l'évanouissement...

— Kenneth Towler était couvert de furoncles, tu te souviens ? rappela Fred.

— Ça, c'est parce que tu avais mis de la poudre de Bulbonox dans son pyjama, fit remarquer George.

— Ah oui, c'est vrai, j'avais oublié, dit Fred avec un grand sourire. On a parfois des trous de mémoire...

— En tout cas, la cinquième année, c'est un vrai cauchemar, reprit George. Si les résultats de tes examens t'intéressent, bien sûr. Fred et moi, on s'est toujours arrangés pour garder le moral.

— Oui...Vous avez eu quoi, trois BUSE chacun, c'est ça ? dit Ron.

— Ouais, répondit Fred d'un ton insouciant. Mais nous avons la très nette impression que notre avenir se situe dans un autre monde que celui des performances académiques.

— Nous nous sommes même sérieusement demandé si nous allions prendre la peine de revenir ici faire notre septième année, dit George d'un ton claironnant, maintenant que nous avons...

Il s'interrompit en voyant le regard de Harry qui savait qu'il s'apprêtait à parler du sac d'or du Tournoi des Trois Sorciers.

— ...maintenant que nous avons nos BUSE, acheva précipitamment George. Devions-nous vraiment passer nos ASPIC ? Sans doute pas mais nous avons pensé que maman ne supporterait pas de nous voir quitter l'école trop tôt, surtout au moment où Percy se révélait comme le plus grand crétin du monde.

— Cette dernière année ici ne sera pourtant pas du temps perdu, assura Fred en jetant un regard affectueux autour de la Grande Salle. Nous avons l'intention d'en profiter pour faire une étude de marché, évaluer très précisément les besoins de l'élève moyen en matière de farces et attrapes, analyser en profondeur les résultats de nos recherches puis fabriquer les produits qui répondront à la demande.

— Et où allez-vous trouver l'or nécessaire pour financer votre magasin ? demanda Hermione d'un air sceptique. Vous aurez besoin de beaucoup d'ingrédients, de matériel, et d'un local aussi, j'imagine...

Harry détourna son regard des jumeaux. Les joues en feu, il fit exprès de laisser tomber sa fourchette et plongea sous la table pour la ramasser. Il entendit alors Fred dire au-dessus de sa tête :

— Ne nous pose pas de questions et nous ne te dirons pas de mensonges, Hermione. Viens, George, si nous arrivons là-bas assez tôt, nous pourrons peut-être vendre quelques Oreilles à rallonge avant le cours de botanique.

Lorsqu'il émergea de sous la table, Harry vit Fred et George s'éloigner en emportant une pile de toasts.

– Qu'est-ce qu'il a voulu dire ? interrogea Hermione qui regarda successivement Harry puis Ron. « Ne nous pose pas de questions... » Ça signifie qu'ils ont déjà suffisamment d'or pour lancer leur boutique ?

– Justement, c'est ce que je me suis demandé, dit Ron, les sourcils froncés. Cet été, ils m'ont acheté de nouvelles tenues de soirée et je n'ai pas réussi à savoir où ils avaient trouvé les Gallions pour ça...

Harry estima le moment venu de faire dévier la conversation vers des eaux moins dangereuses.

– A votre avis, c'est vrai que cette année va être plus dure que les autres à cause des examens ?

– Oh, oui, dit Ron. C'est forcé, non ? Les BUSE sont vraiment importantes, elles déterminent les métiers que tu peux choisir et tout ça. Bill m'a dit qu'un peu plus tard dans l'année, on nous donnera des conseils sur les possibilités de carrière. Pour qu'on puisse choisir les ASPIC qu'on préparera l'année prochaine.

– Vous savez déjà ce que vous voudrez faire après Poudlard ? demanda Harry aux deux autres.

Ils avaient quitté la Grande Salle et se dirigeaient à présent vers leur cours d'histoire de la magie.

– Pas vraiment, répondit Ron avec lenteur. Sauf que... Enfin, bon...

Il semblait un peu embarrassé.

– Quoi ? insista Harry.

– J'avais pensé que ça doit être super d'être un Auror, dit Ron d'un ton dégagé.

– Oui, sûrement, approuva Harry avec ferveur.

– Mais c'est, disons, l'élite, poursuivit Ron. Il faut être vraiment bon. Et toi, Hermione ?

– Je ne sais pas. J'aimerais faire quelque chose de réellement utile.

– Auror, c'est utile ! fit remarquer Harry.

— Oui, mais il n'y a pas que ça, répondit Hermione d'un air songeur. Par exemple, j'aimerais bien développer la S.A.L.E...

Harry et Ron évitèrent soigneusement de se regarder.

L'histoire de la magie était de l'avis général la matière la plus ennuyeuse jamais conçue dans le monde des sorciers. Binns, leur professeur fantôme, avait une voix sifflante et monotone qui provoquait presque immanquablement une terrible somnolence au bout de dix minutes, cinq par temps chaud. Jamais il n'avait modifié le déroulement de ses cours : il parlait, parlait, sans la moindre interruption, pendant que les élèves prenaient des notes ou plutôt, qu'ils regardaient au plafond d'un air endormi. Jusqu'à présent, Harry et Ron s'étaient arrangés pour passer de justesse dans cette matière en recopiant les notes d'Hermione juste avant les examens. Elle seule avait la faculté de résister au pouvoir soporifique de la voix de Binns.

Ce jour-là, l'habituel ronronnement du professeur Binns était consacré aux guerres des géants et devait durer une heure et demie. Au cours des dix premières minutes, Harry en entendit juste assez pour songer qu'un autre professeur à sa place aurait pu rendre ce sujet vaguement intéressant. Son cerveau décrocha très vite, cependant, et il passa les quatre-vingts minutes restantes à jouer au pendu avec Ron sur un bout de parchemin. Du coin de l'œil, Hermione leur lançait par instants des coups d'œil indignés.

— Qu'est-ce qui se passerait, demanda-t-elle avec froideur, tandis qu'ils sortaient de la salle (et que Binns disparaissait en traversant le tableau noir), si je refusais de vous donner mes notes, cette année ?

— Nous raterions nos BUSE, répondit Ron. Si tu veux avoir ça sur la conscience...

— En tout cas, vous le mériteriez, répliqua-t-elle d'un ton cinglant. Vous n'essayez même pas de l'écouter.

— Si, on essaye, affirma Ron. Simplement, nous n'avons pas ton intelligence, ou ta mémoire, ou ta concentration — tu es plus brillante que nous, voilà tout. Ça te fait vraiment plaisir de nous le rappeler sans cesse ?

— Ne me sers pas ce genre de salades, répondit Hermione, mais elle parut se radoucir un peu et sortit la première dans la cour humide.

Il tombait une petite pluie brumeuse qui rendait floues les silhouettes des élèves réfugiés en groupes serrés autour de la cour. Harry, Ron et Hermione choisirent un coin à l'écart, sous un balcon ruisselant, et remontèrent les cols de leurs robes pour se protéger de la froidure de septembre. Ils s'étaient mis à parler de Rogue en se demandant ce qu'il leur avait réservé pour le premier cours de l'année. Sans doute quelque chose de particulièrement difficile qui les prendrait par surprise, au terme de ces deux mois de vacances. Tous trois venaient de tomber d'accord là-dessus lorsque quelqu'un tourna le coin et s'approcha d'eux.

— Bonjour, Harry !

C'était Cho Chang. Cette fois encore, elle était seule, ce qui n'arrivait presque jamais. La plupart du temps, Cho était entourée d'une bande de filles qui passaient le plus clair de leur temps à pouffer de rire. Harry se souvenait du mal qu'il avait eu à essayer de lui parler en tête à tête pour l'inviter au bal de Noël.

— Salut, dit Harry qui sentit son visage s'embraser. « Au moins, tu n'es pas couvert d'Empestine, cette fois-ci », se dit-il.

Cho semblait penser la même chose.

— Tu as fini par te débarrasser de ce truc ?

— Oui, dit Harry en s'efforçant de sourire comme si le souvenir de leur dernière rencontre n'avait strictement rien de mortifiant et lui paraissait au contraire très drôle. Alors, tu… heu… tu as passé de bonnes vacances ?

Il regretta ce qu'il venait de dire au moment même où les mots franchirent ses lèvres. Cedric avait été le petit ami de Cho et la pensée de sa mort avait dû affecter ses vacances presque autant que celles de Harry.

Les traits de son visage semblèrent se tendre un peu, mais elle répondit :

— Oh, oui, c'était bien...

— C'est un badge des Tornades de Tutshill que tu as là ? demanda soudain Ron en pointant l'index sur la poitrine de Cho où était épinglé un badge bleu ciel frappé d'un double T. Tu n'es quand même pas une de leurs supporters ?

— Si, répondit-elle.

— Depuis toujours ou simplement parce qu'ils sont en tête du championnat ? reprit Ron d'un ton que Harry jugea inutilement accusateur.

— Je fais partie de leurs supporters depuis l'âge de six ans, répliqua Cho avec froideur. Bon... A un de ces jours, Harry.

Elle s'en alla et Hermione attendit qu'elle ait traversé la moitié de la cour pour se tourner vers Ron.

— C'est fou ce que tu manques de tact !

— Pourquoi ? Je lui ai seulement demandé si...

— Tu ne t'es pas rendu compte qu'elle voulait parler à Harry seule à seul ?

— Et alors ? Elle n'avait qu'à le faire. Je ne voulais pas l'empê-cher de...

— Pourquoi l'as-tu attaquée sur son équipe de Quidditch ?

— Attaquée ? Je ne l'ai pas attaquée, j'ai juste...

— Qu'est-ce que ça peut faire qu'elle soit supporter des Tornades ?

— Tu rigoles ? La moitié des gens qui ont leurs badges les ont achetés la saison dernière...

— Et *alors* ?

— Alors, ça veut dire que ce ne sont pas de vrais fans, ils prennent simplement le train en marche...

— La cloche sonne, dit nonchalamment Harry, car Ron et Hermione criaient trop fort pour l'entendre.

La dispute se prolongea jusqu'au cachot de Rogue et Harry songea qu'entre Ron et Neville, il aurait bien de la chance s'il parvenait à passer avec Cho deux minutes dont il puisse se souvenir sans avoir envie de partir aux antipodes.

En dépit de tout, elle était venue lui parler de sa propre initiative, se dit-il, tandis qu'ils se joignaient à la file des élèves, devant la classe de Rogue. Cho avait été la petite amie de Cedric. Elle aurait très bien pu haïr Harry pour être sorti vivant du Tournoi des Trois Sorciers alors que Cedric en était mort. Pourtant, elle lui parlait d'une façon très amicale et non pas comme à un fou, à un menteur ou à quelqu'un qui, de quelque horrible manière, aurait été responsable de la mort de Cedric... Oui, pour la deuxième fois en deux jours, elle avait décidé de venir lui parler... A cette pensée, Harry sentit son moral remonter. Même le grincement menaçant que produisit en s'ouvrant la porte du cachot de Rogue ne parvint pas à faire éclater la petite bulle d'espoir qui enflait dans sa poitrine. Il entra dans la classe derrière Ron et Hermione et les suivit au fond de la salle, à leur table habituelle, indifférent aux divers bruits par lesquels ils exprimaient leur irritation.

– Taisez-vous, dit Rogue d'une voix glacée en refermant la porte derrière lui.

L'ordre de se taire n'était pas vraiment indispensable. Dès que les élèves avaient entendu la porte se fermer, le calme s'était installé et tout signe d'agitation avait disparu. La simple présence de Rogue suffisait habituellement à assurer le silence de toute une classe.

– Avant de commencer le cours d'aujourd'hui, dit Rogue qui avait foncé vers son bureau et les dévisageait à présent d'un regard circulaire, je crois utile de vous rappeler qu'en juin prochain vous aurez à passer un examen important au cours duquel vous devrez apporter la preuve de vos connaissances en matière de composition et d'utilisation des potions magiques. Malgré le crétinisme congénital qui caractérise indubitablement une partie de cette classe, il serait souhaitable que vous arrachiez une mention « acceptable » lors de votre épreuve de BUSE si vous ne voulez pas subir... mon mécontentement.

Son regard s'attarda sur Neville qui déglutit avec difficulté.

— Au terme de cette année, bien entendu, nombre d'entre vous cesseront d'assister à mes cours, poursuivit Rogue. Je ne prends en effet que les meilleurs pour la préparation des ASPIC, ce qui signifie que certains n'auront plus qu'à me dire au revoir.

Ses yeux se posèrent sur Harry et sa lèvre se retroussa. Harry soutint son regard en éprouvant un sombre plaisir à l'idée qu'il pourrait enfin laisser tomber les cours de potions à l'issue de sa cinquième année.

— Mais avant d'en arriver à ce bonheur des adieux, nous avons encore un an à passer ensemble, reprit Rogue d'une voix doucereuse, aussi, que vous ayez ou non l'intention de passer l'épreuve de potions aux ASPIC, je vous conseille de consacrer tous vos efforts à maintenir le haut niveau que j'attends de mes élèves en année de BUSE. Aujourd'hui, nous allons préparer une potion qui est souvent demandée au Brevet Universel de Sorcellerie Élémentaire. Il s'agit du philtre de Paix, destiné à calmer l'anxiété et à apaiser l'agitation. Mais je dois vous avertir que si vous avez la main trop lourde dans le dosage des ingrédients, celui qui boirait la potion tomberait dans un sommeil profond et peut-être même irréversible. Vous devrez donc vous montrer particulièrement attentifs à ce que vous faites.

A la gauche de Harry, Hermione se redressa un peu plus, en affichant une expression d'extrême concentration.

— Les ingrédients et la méthode de préparation (Rogue agita sa baguette magique) figurent au tableau (ils s'y inscrivirent à cet instant). Vous trouverez tout ce dont vous aurez besoin (il agita à nouveau sa baguette) dans l'armoire (dont la porte s'ouvrit aussitôt). Vous avez environ une heure et demie... Allez-y.

Ainsi que Harry, Ron et Hermione l'avaient prévu, Rogue n'aurait pas pu choisir pour un début d'année une potion plus difficile et délicate à préparer. Les ingrédients devaient être versés dans le chaudron exactement dans l'ordre et les quantités indiqués. Il fallait tourner le mélange un nombre précis de fois, d'abord dans le sens des aiguillles d'une montre, puis dans le sens contraire. Enfin, on devait diminuer la chaleur des flammes jusqu'à une température bien précise pendant une durée déterminée, avant d'ajouter l'ingrédient final.

— Une légère vapeur argentée devrait maintenant s'élever de vos potions, annonça Rogue dix minutes avant la fin du cours.

Harry, qui transpirait abondamment, regarda autour de lui d'un air désespéré. Son propre chaudron produisait d'énormes panaches de vapeur gris foncé. Celui de Ron crachait des étincelles vertes. Du bout de sa baguette, Seamus essayait fébrilement de ranimer son feu qui paraissait sur le point de s'éteindre. La potion d'Hermione, en revanche, frémissait d'une brume de vapeur argentée. Lorsque Rogue passa devant elle, ses yeux se baissèrent sur son nez crochu et il regarda le chaudron sans faire de commentaire, ce qui signifiait qu'il n'avait rien trouvé à critiquer. Mais quand il arriva devant le chaudron de Harry, il s'arrêta et regarda la mixture avec un horrible sourire.

— Potter, qu'est-ce que c'est que ça, exactement ?

Aux premiers rangs de la classe, les Serpentard relevèrent avidement la tête. Ils étaient toujours ravis d'entendre Rogue infliger ses sarcasmes à Harry.

— Un philtre de Paix, répondit Harry d'un air tendu.

— Dites-moi, Potter, reprit Rogue de sa voix doucereuse, savez-vous lire ?

Drago Malefoy éclata de rire.

— Oui, dit Harry, la main serrée sur sa baguette magique.

— Dans ce cas, voudriez-vous me lire à haute voix la troisième ligne des instructions, Potter ?

Harry regarda le tableau en plissant les yeux. Il n'était pas facile de lire à travers la brume multicolore qui s'était à présent répandue dans la salle.

— Ajouter la poudre de pierre de lune, tourner trois fois dans le sens contraire des aiguilles d'une montre, laisser frémir pendant sept minutes, puis ajouter deux gouttes de sirop d'ellébore.

Il sentit son cœur chavirer. Il avait oublié d'ajouter le sirop d'ellébore et était passé directement à la quatrième étape après avoir laissé sa potion frémir pendant sept minutes.

— Avez-vous fait tout ce qui est écrit à la troisième ligne, Potter ?

— Non, répondit Harry à voix basse.

— Je vous demande pardon ?

— Non, répéta Harry plus fort. J'ai oublié l'ellébore.

— Je le sais bien, Potter, ce qui signifie que cette lamentable mixture ne sert strictement à rien. *Evanesco.*

La potion se volatilisa et Harry se retrouva comme un idiot devant un chaudron vide.

— Ceux d'entre vous qui ont réussi à lire les instructions verseront à présent un échantillon de leur potion dans un flacon en inscrivant clairement leur nom sur l'étiquette et me l'apporteront pour que je puisse l'analyser, dit Rogue. Veuillez noter le sujet du prochain devoir : vous me ferez trente centimètres de parchemin sur les propriétés de la pierre de lune et son utilisation dans les potions magiques, à rendre jeudi prochain.

Pendant que tout le monde autour de lui remplissait son flacon, Harry, bouillonnant de rage, ramassa ses affaires. Sa potion n'était pas pire que celle de Ron dont le chaudron exhalait une épouvantable odeur d'œuf pourri. Celle de Neville avait la consistance du ciment frais et il dut y creuser un trou pour en retirer un échantillon. Pourtant, c'était lui, Harry, qui aurait un zéro. Il fourra sa baguette magique dans son sac et se laissa tomber sur sa chaise en regardant les autres apporter leurs flacons au bureau de Rogue. Au son de la cloche, Harry fut le premier à sortir du cachot et il avait déjà entamé son déjeuner lorsque Ron et Hermione le rejoignirent dans la Grande Salle. Pendant la matinée, le plafond était devenu d'un gris encore plus sombre et la pluie martelait les hautes fenêtres.

— C'était vraiment injuste, dit Hermione pour le consoler.

Elle s'était assise à côté de Harry et remplissait son assiette de hachis parmentier.

— Ta potion était beaucoup moins ratée que celle de Goyle. Quand il en a versé dans son flacon, le verre a explosé et sa robe a pris feu.

— De toute façon, dit Harry en contemplant son assiette d'un regard noir, tu peux me citer une seule fois où Rogue n'ait pas été injuste avec moi ?

Personne ne répondit. Ils savaient tous les trois qu'une hostilité absolue et réciproque était née entre Rogue et Harry dès que celui-ci avait mis les pieds à Poudlard pour la première fois.

— Je pensais que ça se passerait peut-être un peu mieux cette année, dit Hermione d'un air déçu. Je veux dire...

Elle regarda prudemment autour d'elle. Il y avait une demi-douzaine de places vides de chaque côté et personne ne passait à proximité de la table.

— ... maintenant qu'il est dans l'Ordre du Phénix et tout ça, acheva-t-elle.

— Les champignons vénéneux ne deviennent jamais comestibles, dit Ron avec sagesse. En tout cas, moi, j'ai toujours trouvé que Dumbledore était fou de faire confiance à Rogue. Où est la preuve qu'il ait véritablement cessé d'être au service de Tu-Sais-Qui ?

— Des preuves, je suis sûre que Dumbledore n'en manque pas mais il n'a sans doute pas jugé utile de t'en parler, Ron, répliqua sèchement Hermione.

— Oh, taisez-vous, tous les deux, dit Harry d'une voix accablée, alors que Ron s'apprêtait à répondre sur le même ton.

Hermione et Ron restèrent figés face à face, l'air furieux et offensé.

— Vous ne pourriez pas vous reposer un peu, tous les deux ? poursuivit Harry. Vous êtes tout le temps en train de vous chamailler, c'est à devenir dingue.

Abandonnant son hachis, il mit son sac en bandoulière et partit sans ajouter un mot.

Harry monta quatre à quatre l'escalier de marbre, croisant une foule d'élèves qui se hâtaient d'aller déjeuner. Sa colère, qui avait explosé d'une manière si inattendue, continuait de bouillonner en lui et il éprouva une intense satisfaction en repensant à l'expression choquée de Ron et d'Hermione. « Bien fait pour eux, pensa-t-il. Ils ne peuvent donc jamais arrêter de se disputer... N'importe qui deviendrait fou à les entendre... »

Il passa devant le grand tableau qui représentait le chevalier du Catogan. Celui-ci tira aussitôt son épée et la brandit d'un air féroce en menaçant Harry qui ne lui accorda aucune attention.

– Reviens donc, chien galeux ! Reviens te battre ! s'écria le chevalier d'une voix étouffée par le heaume de son armure.

Harry poursuivit son chemin tandis que le chevalier essayait de le suivre en se précipitant dans un tableau voisin, dont il fut chassé par son occupant, un gros chien-loup aux yeux flamboyants de colère.

Harry passa la fin de l'heure du déjeuner assis seul sous la trappe située au sommet de la tour nord. Lorsque la cloche sonna, il fut ainsi le premier à monter l'échelle d'argent par laquelle on accédait à la classe de Sibylle Trelawney.

Après les potions, la divination était la matière que Harry aimait le moins, en raison principalement de la manie qu'avait le professeur Trelawney de lui prédire presque à chaque cours une mort prématurée. C'était une femme mince, enveloppée de grands châles et chargée de perles qui étincelaient de toutes parts. Harry trouvait qu'elle avait l'air d'un insecte avec ses épaisses lunettes qui lui grossissaient extraordinairement les yeux. Lorsqu'il entra, elle était occupée à déposer des volumes de cuir usé sur les petites tables aux pieds effilés qui remplissaient la pièce. Mais la lumière que diffusaient les lampes recouvertes de châles et le feu de bois aux senteurs écœurantes était si faible qu'elle ne sembla pas remarquer sa présence lorsqu'il alla s'asseoir dans la pénombre. Le reste de la classe arriva dans les cinq minutes qui suivirent. Ron émergea de la trappe, regarda lentement tout autour de la pièce puis, lorsqu'il eut repéré Harry, s'avança directement vers lui, ou en tout cas aussi directement que le permettaient les tables, les fauteuils et les énormes poufs qu'il fallait contourner et enjamber.

— On a cessé de se disputer, avec Hermione, dit-il en s'asseyant à côté de Harry.

— Bonne chose, grommela celui-ci.

— Mais Hermione dit que ce serait bien si tu arrêtais de passer ta mauvaise humeur sur nous, ajouta Ron.

— Je ne...

— Je transmets le message, c'est tout. Mais je crois qu'elle a raison. Nous ne sommes pas responsables de la façon dont Rogue et Seamus te traitent.

— Je n'ai jamais dit que...

— Bonjour, dit le professeur Trelawney de son habituelle voix rêveuse, comme enveloppée d'un voile de brume.

Harry se tut. Il se sentait à la fois agacé et un peu honteux.

— Et soyez les bienvenus dans la classe de divination. Bien entendu, j'ai soigneusement étudié vos destinées pendant les vacances et je suis ravie de voir que vous êtes tous revenus à Poudlard sains et saufs – ainsi, d'ailleurs, que je l'avais prévu. Vous trouverez sur vos tables un livre intitulé *L'Oracle des rêves*, par Inigo Imago. L'interprétation des rêves constitue l'un des principaux moyens de pénétrer l'avenir et il est très possible qu'on vous demande de traiter cette question à l'épreuve de BUSE. Ne croyez pas, bien sûr, que la réussite ou l'échec à un examen revête à mes yeux la moindre importance lorsqu'il s'agit de l'art sacré de la divination. Si vous possédez le troisième œil, les certificats et les diplômes n'auront jamais grande importance. Mais le directeur de l'école tient beaucoup à ce que vous passiez vos BUSE, alors...

Sa voix s'éteignit délicatement et il ne fit de doute pour personne que le professeur Trelawney considérait sa matière comme très supérieure à des préoccupations aussi sordides que l'obtention d'un examen.

– Ouvrez s'il vous plaît vos livres à la page de l'introduction et lisez ce qu'Imago nous dit de l'interprétation des rêves. Vous vous regrouperez ensuite par équipes de deux et vous tenterez d'interpréter vos rêves les plus récents en vous servant du livre. Allez-y.

Le cours de divination avait pour seul avantage de n'être pas double et lorsqu'ils eurent fini de lire l'introduction, il ne restait plus que dix minutes à consacrer à l'interprétation des rêves. A la table voisine de Harry et de Ron, Dean avait fait équipe avec Neville qui s'était aussitôt embarqué dans l'interminable explication d'un cauchemar au cours duquel lui était apparue une paire de ciseaux géante coiffée du plus beau chapeau de sa grand-mère. Harry et Ron, pour leur part, échangeaient des regards affligés.

– Je ne me souviens jamais de mes rêves, dit Ron. Raconte un des tiens.

– Tu dois bien t'en rappeler au moins un, répondit Harry d'un ton agacé.

Il n'avait pas l'intention de partager ses propres rêves avec quiconque. Il savait très bien ce que signifiait son cauchemar le plus fréquent, celui où il se retrouvait dans un cimetière. Il n'avait besoin ni de Ron, ni du professeur Trelawney ni de ce stupide *Oracle des rêves* pour le lui expliquer.

– J'ai rêvé que je jouais au Quidditch, l'autre nuit, dit Ron, les traits de son visage crispés dans un effort de mémoire. A ton avis, qu'est-ce que ça veut dire ?

– Sans doute que tu vas être dévoré par une guimauve géante ou quelque chose comme ça, répondit Harry en tournant machinalement les pages de *L'Oracle des rêves*.

Lire ces bribes de rêves interprétées par *L'Oracle* était particulièrement fastidieux et Harry ne se montra pas plus enthousiaste lorsque le professeur Trelawney leur donna comme devoir de tenir le journal de leurs rêves pendant un mois entier. Dès que la cloche sonna, il fut le premier à sortir, en compagnie de Ron qui ronchonnait à voix haute :

– Tu te rends compte de tous les devoirs qu'on a déjà à faire ? Binns nous a demandé quarante-cinq centimètres de parchemin sur les guerres des géants, Rogue veut trente centimètres sur les pierres de lune et maintenant Trelawney nous oblige à tenir le journal de nos rêves pendant tout un mois ! Fred et George n'avaient pas tort quand ils nous parlaient de l'année des BUSE. J'espère que cette Ombrage ne va rien nous donner en plus...

Quand ils entrèrent dans la classe de défense contre les forces du Mal, le professeur Ombrage était déjà assise à son bureau. Elle portait le même cardigan rose que la veille ainsi que le nœud de velours noir accroché dans ses cheveux. Encore une fois, Harry ne put s'empêcher de penser à une grosse mouche qui se serait imprudemment perchée sur la tête d'un crapaud.

Les élèves entrèrent dans la salle en silence. Le professeur Ombrage restait une inconnue pour l'instant et personne ne savait quelles seraient ses exigences en matière de discipline.

– Eh bien, bonjour, dit-elle lorsqu'ils furent tous assis.

Quelques élèves marmonnèrent un vague bonjour.

– Voyons, voyons, dit le professeur Ombrage, ça ne va pas du tout. J'aimerais bien, s'il vous plaît, que vous répondiez : « Bonjour, professeur Ombrage. » Recommençons depuis le début, si vous le voulez bien. Bonjour, tout le monde !

– Bonjour professeur Ombrage, scandèrent les élèves.

– Voilà qui est beaucoup mieux, dit-elle d'une voix douce. Ce n'était pas si difficile, n'est-ce pas ? Rangez vos baguettes et sortez vos plumes, s'il vous plaît.

De nombreux élèves échangèrent des regards sombres. Quand un professeur disait : « Rangez vos baguettes », la leçon qui suivait était rarement passionnante. Harry glissa sa baguette magique dans son sac et sortit plume, encre et parchemin. Le professeur Ombrage ouvrit son sac à main, en tira sa propre baguette, qui était étonnamment courte, et en tapota le tableau noir. Des mots s'inscrivirent aussitôt :

Défense contre les forces du Mal
Retour aux principes de base

— Bien. Il apparaît que votre enseignement dans cette matière a été passablement perturbé et plutôt fragmentaire, n'est-ce pas ? déclara le professeur Ombrage en se tournant vers les élèves, les mains jointes devant elle. Le changement constant d'enseignants, dont beaucoup ne semblent pas avoir suivi le programme approuvé par le ministère, a eu le fâcheux résultat de vous laisser loin au-dessous du niveau qu'on est en droit d'attendre au début d'une année de BUSE. Vous serez certainement satisfaits d'apprendre que ces problèmes vont être désormais résolus. Cette année, en effet, nous aurons un programme de magie défensive centré sur la théorie et approuvé par le ministère. Commencez par copier sur vos parchemins les phrases suivantes.

Elle tapota à nouveau le tableau noir. Les mots qui s'y étaient inscrits s'effacèrent pour faire place aux objectifs d'apprentissage :

1) Comprendre les principes qui fondent la défense magique.
2) Apprendre à reconnaître les situations dans lesquelles la défense magique se trouve légalement justifiée.
3) Replacer la défense magique dans un contexte ouvrant sur la pratique.

Pendant deux minutes, on n'entendit plus que le grattement des plumes sur les parchemins. Lorsque tout le monde eut recopié les trois objectifs du professeur Ombrage, elle demanda :

— Avez-vous tous votre exemplaire de *Théorie des stratégies de défense magique* par Wilbert Eskivdur ?

Un murmure d'approbation dénuée d'enthousiasme parcourut la classe.

— Je crois qu'il va falloir recommencer, dit alors le professeur Ombrage. Lorsque je vous pose une question, j'aimerais bien que vous me répondiez : « Oui, professeur Ombrage », ou « Non, professeur Ombrage. » Donc, je reprends : Avez-vous tous votre exemplaire de *Théorie des stratégies de défense magique* par Wilbert Eskivdur ?

— Oui professeur Ombrage, répondit la classe d'une seule voix.

— Très bien. Je voudrais maintenant que vous ouvriez ce livre à la page 5 et que vous lisiez le premier chapitre : « Principes de base à l'usage des débutants ». Et je vous signale qu'il est inutile de bavarder.

Le professeur Ombrage s'éloigna du tableau noir et s'installa dans le fauteuil, derrière le bureau, en observant attentivement les élèves de ses yeux de crapaud bordés de cernes. Harry ouvrit son livre à la page 5 et commença à lire.

Le texte était à peu près aussi ennuyeux que les cours du professeur Binns. Il sentit son attention décliner et s'aperçut bientôt qu'il avait relu la même phrase une demi-douzaine de fois sans en retenir grand-chose au-delà des premiers mots. Plusieurs minutes s'écoulèrent en silence. A côté de lui, Ron, l'air absent, tournait et retournait sa plume entre ses doigts, le regard fixé sur la même ligne. Jetant un coup d'œil à sa droite, Harry eut alors une surprise qui le sortit de sa torpeur. Hermione n'avait même pas pris la peine d'ouvrir son exemplaire de la *Théorie des stratégies de défense magique*. Les yeux rivés sur le professeur Ombrage, elle tenait obstinément sa main en l'air.

Harry ne se souvenait pas d'avoir jamais vu Hermione dédaigner un livre qu'on lui demandait de lire. D'ailleurs, elle ne résistait jamais à la tentation d'ouvrir n'importe quel volume qui lui tombait sous le nez. Il l'interrogea du regard mais elle se contenta de hocher légèrement la tête pour indiquer qu'elle n'était pas disposée à répondre aux questions. Elle continuait de fixer le professeur Ombrage qui s'était résolument tournée dans une autre direction.

Quelques minutes plus tard, Harry s'aperçut qu'il n'était plus le seul à s'intéresser à Hermione. Le chapitre qu'ils étaient censés lire dégageait un tel ennui qu'un nombre grandissant d'élèves préféraient observer sa tentative muette pour accrocher le regard du professeur Ombrage plutôt que d'affronter les « Principes de base à l'usage des débutants ».

Lorsque plus de la moitié de la classe eut ainsi les yeux tournés vers Hermione au détriment du livre, le professeur Ombrage estima qu'elle ne pouvait ignorer plus longtemps la situation.

– Souhaitiez-vous poser une question au sujet de ce chapitre ? demanda-t-elle à Hermione comme si elle venait tout juste de la remarquer.

– Non, pas au sujet du chapitre, répondit Hermione.

– Pour l'instant, nous sommes en train de lire, dit le professeur Ombrage en découvrant ses dents pointues. Si vous avez d'autres questions, nous attendrons la fin du cours pour nous en occuper.

– J'ai une question à propos de vos objectifs d'apprentissage, dit Hermione.

Le professeur Ombrage haussa les sourcils.

– Et vous vous appelez ?

– Hermione Granger, répondit Hermione.

– Eh bien, Miss Granger, il me semble que ces objectifs sont parfaitement clairs si vous prenez la peine de les lire attentivement, répliqua le professeur Ombrage d'un ton à la fois aimable et décidé.

– Je ne le pense pas, dit abruptement Hermione. Rien n'est indiqué au sujet de l'*utilisation* des sortilèges de défense.

Il y eut un bref silence pendant lequel de nombreux élèves, sourcils froncés, tournèrent la tête vers le tableau pour relire les trois objectifs qui y étaient toujours inscrits.

– L'*utilisation* des sortilèges de défense ? répéta le professeur Ombrage avec un petit rire. Je ne vois pas ce qui pourrait arriver dans ma classe qui nécessite de recourir à un tel sortilège, Miss Granger. Vous ne craignez quand même pas de subir une attaque pendant mes cours ?

– Alors, on ne fera pas de magie ? s'exclama Ron d'une voix sonore.

– Lorsqu'on veut s'exprimer dans ma classe, on lève la main, Mr...

– Weasley, dit Ron qui tendit aussitôt la main en l'air.

Le professeur Ombrage, avec un sourire plus large que jamais, lui tourna le dos. Harry et Hermione levèrent la main à leur tour. Les yeux cernés du professeur s'attardèrent un moment sur Harry, puis elle s'adressa à Hermione :

– Miss Granger ? Vous vouliez demander autre chose ?

– Oui, répondit Hermione. La raison d'être des cours de défense contre les forces du Mal, c'est bien de pratiquer des sortilèges de défense, non ?

– Seriez-vous une experte formée par le ministère, Miss Granger ? demanda le professeur Ombrage de sa voix faussement aimable.

– Non, mais...

– Dans ce cas, j'ai bien peur que vous ne soyez pas qualifiée pour définir la raison d'être d'une matière, quelle qu'elle soit. Notre nouveau programme d'études a été établi par des sorciers beaucoup plus âgés et intelligents que vous, Miss Granger. Vous apprendrez ainsi les sortilèges de défense dans des conditions qui garantissent la sécurité et l'absence de risques...

– A quoi ça peut bien servir ? interrogea Harry à haute voix. Si nous sommes attaqués, ce ne sera pas avec...

– Votre *main*, Mr Potter ! l'interrompit le professeur Ombrage d'une voix chantante.

Harry brandit le poing en l'air. Cette fois encore, le professeur Ombrage se détourna de lui mais, à présent, plusieurs autres élèves avaient également levé la main.

– Vous vous appelez ? demanda le professeur Ombrage à Dean.

– Dean Thomas.

– Je vous écoute, Mr Thomas.

– Harry a raison, non ? déclara Dean. Si on se fait attaquer, les risques ne seront pas du tout absents.

– Je le répète, reprit le professeur Ombrage en adressant à Dean un sourire exaspérant, craignez-vous de subir une attaque pendant mes cours ?

– Non, mais...

Le professeur Ombrage l'interrompit :

– Je ne souhaite pas critiquer la façon dont cette école a été dirigée, dit-elle, un sourire peu convaincant étirant sa large bouche, mais vous vous êtes trouvés exposés dans cette classe à des sorciers irresponsables, totalement irresponsables même, sans parler (elle eut un petit rire féroce) de certains hybrides particulièrement dangereux.

– Si vous voulez parler du professeur Lupin, répliqua Dean avec colère, c'est le meilleur qu'on ait jamais...

– Votre *main*, Mr Thomas ! Comme je vous le disais, vous avez été initiés à des sortilèges complexes, inadaptés à votre âge et potentiellement mortels. On vous a fait peur en vous laissant croire que vous risquiez d'être attaqués tous les deux jours par des forces maléfiques...

– Pas du tout, protesta Hermione, nous avons simplement...

– *Vous n'avez pas levé la main, Miss Granger !*

Hermione leva la main et le professeur Ombrage regarda ailleurs.

– Si j'ai bien compris, mon prédécesseur ne s'est pas contenté de pratiquer des sortilèges illégaux devant vous, il les a pratiqués *sur* vous.

— En fait, c'était un fou, non ? N'empêche qu'on a quand même appris plein de choses, répliqua Dean avec ardeur.

— *Vous n'avez pas levé la main, Mr Thomas !* s'exclama le professeur Ombrage d'une petite voix aiguë. Le ministère estime que des connaissances théoriques seront suffisantes pour vous permettre de réussir votre examen, ce qui est après tout l'essentiel dans une école. Vous vous appelez ? ajouta-t-elle en regardant Parvati qui avait la main en l'air.

— Parvati Patil. Il n'y a pas une partie pratique dans l'épreuve de défense contre les forces du Mal quand on passe les BUSE ? Est-ce qu'on ne doit pas montrer qu'on sait véritablement lancer des antisorts ou des choses comme ça ?

— Si vous étudiez suffisamment bien la théorie, il n'y a aucune raison pour que vous ne puissiez pas exécuter l'un de ces sorts sous le contrôle attentif des responsables de l'examen, répondit le professeur Ombrage d'un ton dédaigneux.

— Sans jamais les avoir pratiqués avant ? insista Parvati, incrédule. Vous voulez dire que la première fois qu'on jettera ce genre de sort, ce sera le jour de l'examen ?

— Je répète, si vous avez étudié la théorie suffisamment bien...

— Et à quoi nous servira la théorie dans le monde réel ? intervint Harry en tendant à nouveau le poing en l'air.

Le professeur Ombrage leva les yeux.

— Ici, nous sommes dans une école, Mr Potter, pas dans le monde réel, répondit-elle avec douceur.

— Alors, nous n'allons pas nous préparer à ce qui nous attend dehors ?

— Rien ne vous attend dehors, Mr Potter.

— Ah, vraiment ? répliqua Harry.

Sa mauvaise humeur qui avait bouillonné en lui tout au long de la journée atteignait à présent son point d'ébullition.

— A votre avis, qui aurait l'idée d'attaquer des enfants comme vous ? interrogea le professeur Ombrage d'une horrible voix mielleuse.

— Mmm, voyons..., répondit Harry en faisant semblant de réfléchir. Peut-être... disons... *Lord Voldemort ?*

Ron eut un haut-le-corps. Lavande Brown laissa échapper un petit cri. Neville glissa de son tabouret. Le professeur Ombrage, en revanche, ne manifesta aucune réaction. Elle fixa Harry avec une expression à la fois satisfaite et sinistre.

— Dix points de moins pour Gryffondor, Mr Potter.

Les élèves restèrent silencieux et immobiles. Chacun regardait soit Ombrage soit Harry.

— Et maintenant, je vais éclaircir certaines petites choses.

Le professeur Ombrage se leva et se pencha vers eux, ses mains aux doigts boudinés étalées sur le bureau.

— On vous a raconté qu'un certain Mage noir était revenu d'entre les morts...

— Il n'était pas mort, s'emporta Harry, et c'est vrai, il est revenu !

— Mr–Potter–vous–avez–déjà–fait–perdre–dix–points–à–votre–maison–n'aggravez–pas–votre–propre–cas, dit le professeur Ombrage d'un seul souffle et sans le regarder. Comme je vous le disais, on vous a raconté qu'un certain Mage noir est à nouveau en liberté. *Il s'agit d'un mensonge.*

— Ce n'est PAS un mensonge ! s'exclama Harry. Je l'ai vu, je me suis battu contre lui !

— Vous aurez une retenue, Mr Potter ! répliqua le professeur Ombrage d'un air triomphal. Demain soir. Cinq heures. Dans mon bureau. Je le répète, *il s'agit d'un mensonge.* Le ministère de la Magie peut vous garantir qu'aucun Mage noir ne vous menace. Si vous continuez à éprouver des inquiétudes, n'hésitez pas à venir m'en parler en dehors des heures de classe. Si quelqu'un vous fait peur en vous racontant des mensonges sur le retour des Mages noirs, j'aimerais bien être mise au courant. Je suis ici pour vous aider. Je suis votre amie. Et maintenant, veuillez reprendre votre lecture. Page 5, « Principes de base à l'usage des débutants ».

Le professeur Ombrage s'assit derrière son bureau. Harry, en revanche, se leva. Tout le monde se tourna vers lui. Seamus paraissait à la fois effrayé et fasciné.

— Harry, non ! murmura Hermione en lui tirant la manche, mais il se dégagea d'un geste et resta hors de sa portée.

— Alors, selon vous, Cedric Diggory est mort de son plein gré ? demanda Harry, la voix tremblante.

Toute la classe eut le souffle coupé. A part Ron et Hermione, personne n'avait jamais entendu Harry parler de ce qui s'était passé la nuit de la mort de Cedric. Les regards se posèrent avec avidité sur Harry et sur le professeur Ombrage qui avait levé les yeux et le fixait sans la moindre trace de sourire.

— La mort de Cedric Diggory a été un tragique accident, dit-elle d'un ton glacial.

— C'était un meurtre, répliqua Harry.

Il se sentait trembler. Il n'avait quasiment jamais parlé de cela à personne, encore moins à une classe de trente élèves qui le dévoraient des yeux.

— Voldemort l'a tué et vous le savez très bien.

Le visage du professeur Ombrage resta sans expression. Pendant un instant, Harry pensa qu'elle allait se mettre en colère contre lui. Mais, de sa voix la plus douce et la plus enfantine, elle dit simplement :

— Venez ici, mon cher Mr Potter.

Il écarta sa chaise d'un coup de pied, contourna Ron et Hermione et s'avança à grands pas vers le bureau. Il sentait la classe retenir son souffle. Sa rage était telle qu'il ne se souciait plus de ce qui pourrait arriver.

Le professeur Ombrage sortit de son sac à main un petit rouleau de parchemin qu'elle étala sur le bureau. Puis elle trempa sa plume dans un encrier et commença à griffonner en se penchant sur le parchemin pour que Harry ne puisse rien voir de ce qu'elle écrivait. Tout le monde resta silencieux. Au bout d'une minute, elle roula son parchemin et, d'un coup de baguette magique, le scella soigneusement pour qu'il lui soit impossible de l'ouvrir.

— Allez donc porter ceci au professeur McGonagall, cher Mr Potter, dit le professeur Ombrage en lui tendant le rouleau.

Il prit le parchemin en silence et quitta la classe en claquant la porte, sans même accorder un regard à Ron et à Hermione. Il parcourut rapidement le couloir, la main serrée sur le rouleau, tourna à l'angle d'un mur et se retrouva nez à nez avec Peeves, l'esprit frappeur, un petit homme avec une grande bouche, qui flottait dans les airs, allongé sur le dos, et jonglait avec des encriers.

— Tiens, tiens, mais c'est le petit Potter piqué, caqueta Peeves.

Il laissa tomber deux encriers qui s'écrasèrent sur le sol en éclaboussant les murs. Harry fit un bond en arrière avec un grognement de mauvaise humeur.

— Dégage, Peeves.

— Oh, oh, maboul est bougon, dit Peeves.

Il poursuivit Harry le long du couloir en lui jetant des regards en biais.

— Qu'est-ce qui se passe cette fois-ci, mon petit pote Potter ? On entend des voix ? On a des visions ? On parle dans des (Peeves fit un bruit grossier avec les lèvres) *drôles de langues* ?

— Je t'ai dit de me laisser TRANQUILLE ! s'écria Harry en dévalant l'escalier le plus proche.

Mais Peeves glissa sur la rampe à côté de lui.

Certains croient qu'il aboie, le p'tit dingo gamin
Et d'autres plus gentils croient qu'il a du chagrin
Mais Peevy qui sait tout vous dit qu'il est zinzin

— TAIS-TOI !

Une porte sur sa droite s'ouvrit à la volée et le professeur

McGonagall surgit de son bureau, la mine sombre et l'air un peu fatiguée.

— Qu'est-ce qui vous fait crier comme ça, Potter ? lança-t-elle d'un ton brusque tandis que Peeves s'enfuyait en poussant des caquètements de joie. Pourquoi n'êtes-vous pas en classe ?

— J'ai été envoyé ici, dit Harry avec raideur.

— Envoyé ? Qu'est-ce que vous voulez dire par *envoyé* ?

Il lui tendit le mot du professeur Ombrage. Les sourcils froncés, le professeur McGonagall le prit, l'ouvrit d'un coup de baguette magique, le déroula et commença à le lire. Derrière ses lunettes carrées, ses yeux bondissaient d'un bord à l'autre du parchemin en se plissant un peu plus à chaque ligne.

— Entrez, Potter.

Il la suivit à l'intérieur de son bureau. La porte se referma d'elle-même derrière eux.

— Alors ? dit le professeur McGonagall en se tournant vers lui. C'est vrai ?

— Qu'est-ce qui est vrai ? demanda Harry, d'un ton plus agressif qu'il ne l'aurait voulu. Professeur, ajouta-t-il pour essayer de paraître plus poli.

— Que vous vous êtes opposé au professeur Ombrage ?

— Oui, répondit Harry.

— Vous l'avez traitée de menteuse ?

— Oui.

— Vous lui avez dit que Celui-Dont-On-Ne-Doit-Pas-Prononcer-Le-Nom est de retour ?

— Oui.

Le professeur McGonagall s'assit derrière son bureau et regarda Harry les sourcils froncés. Enfin, elle dit :

— Prenez un biscuit, Potter.

— Un... quoi ?

— Prenez un biscuit, répéta-t-elle avec impatience.

Elle lui montra une boîte en fer décorée de motifs écossais, posée sur son bureau au sommet d'une pile de papiers.

— Et asseyez-vous, ajouta-t-elle.

Un jour, Harry s'était trouvé dans des circonstances semblables : il s'attendait à recevoir des coups de canne du professeur McGonagall qui, en fait, l'avait intégré à l'équipe de Quidditch de Gryffondor. Il se laissa tomber dans le fauteuil, face à elle, et prit dans la boîte un triton au gingembre, en ressentant la même impression d'incertitude et de confusion que ce fameux jour.

Le professeur McGonagall posa le mot du professeur Ombrage sur son bureau et regarda Harry d'un air grave.

— Potter, vous devez faire attention.

Harry avala son triton au gingembre et la regarda dans les yeux. Le ton de sa voix n'était pas du tout le même que d'habitude : la brusquerie, la sécheresse, la sévérité avaient disparu. Elle parlait à présent d'une voix basse, anxieuse et, d'une certaine manière, plus humaine qu'à l'ordinaire.

— Une mauvaise conduite dans la classe de Dolores Ombrage pourrait vous coûter bien plus cher que des points en moins et une retenue.

— Qu'est-ce que vous... ?

— Potter, ayez donc un peu de bon sens, coupa le professeur McGonagall qui retrouva soudain son ton coutumier. Vous savez d'où elle vient, vous savez à qui elle fait ses rapports.

La cloche sonna la fin du cours. Au-dessus de leurs têtes et tout autour d'eux retentirent les pas éléphantesques de centaines d'élèves qui quittaient leurs classes.

— Elle indique dans son mot qu'elle vous a infligé une retenue chaque soir de la semaine à compter de demain, dit le professeur McGonagall en parcourant une nouvelle fois le parchemin du professeur Ombrage.

— Chaque soir de la semaine ! répéta Harry, horrifié. Mais, professeur, vous ne pourriez pas... ?

— Non, je ne pourrais pas, répondit le professeur McGonagall d'un ton catégorique.

— Mais...

— Elle est votre professeur, elle a donc parfaitement le droit de vous donner des retenues. Vous vous rendrez dans son bureau demain soir à cinq heures et rappelez-vous : soyez très prudent chaque fois que vous aurez affaire au professeur Ombrage.

— Mais je disais la vérité ! protesta Harry, outré. Voldemort est de retour, vous le savez. Le professeur Dumbledore sait qu'il est...

— Pour l'amour du ciel, Potter ! s'exclama le professeur McGonagall en rajustant ses lunettes avec colère (elle avait fait une horrible grimace lorsqu'il avait prononcé le nom de Voldemort). Il ne s'agit pas de vérité ou de mensonges, il s'agit d'adopter un profil bas et de contrôler vos humeurs !

Elle se leva, les narines et les lèvres plus pincées que jamais. Harry se leva à son tour.

— Prenez un autre biscuit, dit-elle d'un ton irrité en poussant la boîte vers lui.

— Non, merci, répondit froidement Harry.

— Ne soyez pas ridicule, lança-t-elle sèchement.

Il prit un biscuit.

— Merci, dit-il à contrecœur.

— Vous n'avez donc pas écouté le discours de Dolores Ombrage, le jour du festin, Potter ?

— Si, répondit Harry. Si... Elle a dit... que les progrès seraient interdits... enfin, ça signifie que... que le ministère essaye d'intervenir dans les affaires de Poudlard.

Le professeur McGonagall le dévisagea pendant un bon moment puis elle contourna son bureau et alla lui ouvrir la porte.

— Au moins, je suis heureuse que vous écoutiez Hermione Granger, dit-elle en lui faisant signe de sortir.

13
RETENUE DOULOUREUSE AVEC DOLORES

Ce soir-là, le dîner dans la Grande Salle n'eut rien de très réjouissant pour Harry. La nouvelle de ses vociférations contre Ombrage s'était répandue à une vitesse exceptionnelle, même pour Poudlard. Lorsqu'il s'assit entre Ron et Hermione, des murmures s'élevèrent de toutes parts mais le plus étrange, c'était qu'aucun de ceux qui murmuraient ainsi ne paraissait gêné qu'il puisse entendre ce qu'on disait de lui. Au contraire, tout le monde semblait espérer le mettre en colère pour qu'il vocifère à nouveau et leur raconte enfin son histoire.

– Il dit qu'il a vu Cedric Diggory se faire assassiner sous ses yeux...

– Il prétend qu'il s'est battu en duel contre Tu-Sais-Qui...

– Tu rigoles...

– A qui veut-il faire croire ça ?

– Non mais, vraiment...

– Ce que je ne comprends pas, c'est pourquoi ils ont cru mon récit il y a deux mois quand Dumbledore le leur a rapporté..., dit Harry d'une voix tremblante, en posant son couteau et sa fourchette (ses mains étaient trop fébriles pour qu'il puisse les tenir droites).

– Justement, Harry, je ne suis pas sûre qu'ils l'aient cru, dit Hermione avec gravité. Viens, sortons d'ici.

Elle posa bruyamment ses propres couverts. Ron contempla avec envie la moitié de tarte aux pommes qui restait dans son assiette mais suivit le mouvement. Tout le monde les accompagna du regard lorsqu'ils quittèrent la salle.

— Ça signifie quoi quand tu dis que tu n'es pas sûre qu'ils aient cru Dumbledore ? demanda Harry à Hermione alors qu'ils atteignaient le palier du premier étage.

— Tu n'as pas bien compris quelle a été l'ambiance générale après les faits, répondit Hermione à voix basse. Tu as réapparu au milieu de la pelouse, cramponné au cadavre de Cedric... Aucun de nous n'avait vu ce qui s'était passé dans le labyrinthe... Nous avons dû croire Dumbledore sur parole quand il a dit que Tu-Sais-Qui était revenu, qu'il avait tué Cedric et que tu t'étais battu contre lui.

— Et c'est la vérité ! dit Harry d'une voix forte.

— Je le sais, Harry ! Tu veux bien arrêter, *s'il te plaît*, de me sauter à la gorge chaque fois que je dis quelque chose ? répliqua Hermione d'un air las. Simplement, avant d'avoir eu le temps d'assimiler la vérité, tout le monde est parti en vacances et a passé deux mois à lire dans le journal que tu étais devenu cinglé et Dumbledore sénile !

La pluie martelait les vitres tandis qu'ils arpentaient les couloirs en direction de la tour de Gryffondor. Harry eut l'impression que son premier jour avait duré une semaine mais il avait encore une montagne de devoirs à faire avant d'aller se coucher. Une douleur sourde et lancinante s'était installée au-dessus de son œil droit. Lorsqu'ils tournèrent dans le couloir du portrait de la grosse dame, il jeta un regard dans le parc, à travers une fenêtre ruisselante de pluie, mais il n'y avait toujours pas de lumière dans la cabane de Hagrid.

— *Mimbulus Mimbletonia*, dit Hermione, sans laisser à la grosse dame le temps de demander le mot de passe.

Le portrait pivota, révélant le trou dans le mur par lequel ils se glissèrent l'un après l'autre.

La salle commune était presque vide. La plupart des autres Gryffondor n'avaient pas encore fini de dîner. Pattenrond, qui s'était roulé en boule dans un fauteuil, se leva et vint à leur rencontre en ronronnant bruyamment. Lorsque Harry, Ron et

Hermione se furent installés dans leurs fauteuils préférés, près de la cheminée, le chat sauta en souplesse sur les genoux d'Hermione et s'y lova comme un coussin de fourrure orangée. Vidé, épuisé, Harry contempla le feu de bois.

– Comment Dumbledore a-t-il pu laisser cette situation s'installer ? s'exclama soudain Hermione en faisant sursauter Harry et Ron.

Pattenrond, l'air offensé, fit un bond et sauta à terre. Furieuse, Hermione donnait de grands coups de poing sur les bras de son fauteuil en faisant sortir des morceaux de bourre par les déchirures du cuir.

– Comment peut-il accepter que cette horrible bonne femme nous donne des cours ? Et en année de BUSE, en plus !

– On n'a jamais eu de très bons profs en défense contre les forces du Mal, fit remarquer Harry. Tu sais bien pourquoi, Hagrid nous l'a dit, personne ne veut de ce poste, on raconte qu'il est maudit.

– Oui, mais de là à engager quelqu'un qui nous interdit d'utiliser la magie ! A quoi joue Dumbledore ?

– En puis, elle encourage les gens à faire de l'espionnage pour son compte, dit Ron d'un air sombre. Vous vous souvenez quand elle a dit que si quelqu'un nous parlait du retour de Vous-Savez-Qui, il fallait la mettre au courant.

– Bien sûr, elle est là pour nous espionner tous, c'est évident, sinon pourquoi Fudge l'aurait-il fait venir ? trancha Hermione.

– Ne recommencez pas à vous disputer, tous les deux, dit Harry avec lassitude, alors que Ron s'apprêtait à répliquer. On ne pourrait pas simplement... Tiens, on n'a qu'à faire nos devoirs pour s'en débarrasser...

Ils allèrent chercher leurs sacs dans un coin de la pièce et retournèrent s'asseoir auprès du feu. Les autres revenaient de dîner, à présent. Harry évitait soigneusement de jeter le moindre coup d'œil vers l'entrée de la pièce commune mais il sentait peser leurs regards sur lui.

— On va commencer par celui de Rogue, d'accord ? dit Ron en trempant sa plume dans l'encre. *Les propriétés... de la pierre de lune... et son utilisation... dans les potions magiques...*, marmonna-t-il en même temps qu'il écrivait ces mots en haut de son parchemin. Voilà.

Il souligna le titre puis regarda Hermione d'un œil interrogateur.

— Alors, quelles sont les propriétés de la pierre de lune et son utilisation dans les potions magiques ?

Mais Hermione ne l'écoutait pas. Elle observait le coin opposé de la pièce où Fred, George et Lee Jordan étaient assis au centre d'un groupe d'élèves de première année qui les regardaient d'un air naïf. Tous mâchaient quelque chose qui semblait provenir d'un grand sac en papier que Fred tenait entre ses mains.

— Non, désolée, mais là, ils vont trop loin, dit-elle en se levant avec fureur. Viens, Ron.

— Hein ?... Quoi ? répondit Ron qui essayait manifestement de gagner du temps. Enfin, Hermione, on ne peut quand même pas leur reprocher de distribuer des bonbons.

— Tu sais très bien qu'il s'agit de nougats Néansang ou de pastilles de Gerbe ou de...

— ... petits-fours Tourndelœil ? suggéra Harry à voix basse.

Un par un, comme si on les avait assommés avec un maillet invisible, les première année s'effondraient, inconscients, sur leurs sièges. Certains glissaient par terre, d'autres restaient penchés par-dessus le bras de leur fauteuil, la langue pendante. Les autres élèves assistaient au spectacle en éclatant de rire. Hermione redressa alors les épaules et s'avança d'un pas décidé vers Fred et George qui étaient debout, à présent, un bloc-notes à la main, et observaient attentivement leurs cobayes évanouis. Ron se leva à moitié, resta immobile un moment puis murmura à Harry :

— Ça va, elle a la situation bien en main, avant de retomber dans son fauteuil en s'y enfonçant aussi profondément que le lui permettait sa longue silhouette.

— Ça suffit ! dit Hermione avec force en s'adressant à Fred et à George qui la regardèrent tous deux d'un air légèrement surpris.

— Oui, tu as raison, répondit George avec un hochement de tête, ce dosage me semble assez puissant.

— Je vous ai dit ce matin que vous n'aviez pas le droit de vous servir des élèves pour tester vos cochonneries !

— Mais on les paye ! s'indigna Fred.

— Je m'en fiche, ça peut être dangereux !

— Tu dis n'importe quoi !

— Calme-toi, Hermione, ils sont en pleine forme ! déclara Lee d'un ton rassurant.

Il glissait à présent des bonbons violets dans la bouche ouverte de chacun des élèves.

— Regarde, ils reprennent connaissance, dit George.

Certains commençaient en effet à bouger. La plupart semblaient stupéfaits de se retrouver allongés par terre ou penchés par-dessus le bras de leur fauteuil et Harry fut convaincu que Fred et George ne les avaient pas avertis des effets que les bonbons auraient sur eux.

— Ça va, tu te sens bien ? demanda aimablement George à une fillette aux cheveux bruns étendue à ses pieds.

— Je... je crois, répondit-elle d'une voix tremblante.

— Parfait, dit Fred, l'air joyeux.

Mais Hermione lui arracha des mains son bloc-notes et le sac de petits-fours Tourndelœil.

— Ce n'est PAS parfait du tout !

— Bien sûr que si, ils sont vivants, non ? protesta Fred avec colère.

— Je ne peux pas vous laisser faire ça. Imaginez que l'un d'entre eux tombe vraiment malade ?

— Ça ne peut pas les rendre malades, on les a déjà testés sur nous, c'est simplement pour voir si tout le monde réagit de la même manière.

— Si vous n'arrêtez pas tout de suite, je vais…

— Nous donner une retenue ? dit Fred d'un ton qui signifiait : « J'aimerais bien voir ça. »

— Nous faire copier des lignes ? dit George avec un sourire narquois.

Des rires s'élevaient des quatre coins de la pièce. Hermione se redressa de toute sa hauteur, les yeux plissés. Des étincelles électriques semblaient crépiter dans ses cheveux touffus.

— Non, répliqua-t-elle, la voix tremblante de colère, mais je vais écrire à votre mère.

— Tu ne ferais pas ça, dit George, horrifié, en reculant d'un pas.

— Oh que si, je le ferais, assura Hermione d'un air menaçant. Je ne peux pas vous empêcher de manger vous-mêmes vos cochonneries mais il n'est pas question que vous en donniez aux première année.

Fred et George paraissaient abasourdis. Pour eux, la menace d'Hermione était un coup en traître. Avec un dernier regard noir, elle remit le bloc-notes et le sac de petits-fours dans les mains de Fred et retourna s'asseoir près du feu.

Ron était à présent tellement enfoncé dans son fauteuil que son nez était à peu près au niveau de ses genoux.

— Merci pour ton aide, Ron, dit Hermione d'un ton acerbe.

— Tu t'en es très bien sortie toute seule, marmonna-t-il.

Hermione contempla pendant quelques instants sa feuille de parchemin vierge, puis dit d'un ton irrité :

— Ça ne sert à rien. Je n'arrive pas à me concentrer. Il vaut mieux que j'aille me coucher.

Elle ouvrit son sac d'un geste brusque. Harry pensa qu'elle s'apprêtait à y ranger ses livres, mais elle en sortit deux morceaux de laine informes, les posa soigneusement sur une table devant la cheminée, les recouvrit de bouts de parchemin déchirés et d'une plume cassée puis recula d'un pas pour admirer le résultat.

— Au nom de Merlin, qu'est-ce que tu fabriques avec ça ? dit Ron qui paraissait s'inquiéter de sa santé mentale.

— Ce sont des chapeaux pour les elfes de maison, répondit-elle d'un ton brusque en rangeant cette fois ses livres dans son sac. Je les ai faits pendant l'été. Sans magie, je tricote très lentement mais maintenant que je suis de nouveau ici, je devrais arriver à en faire beaucoup plus.

— Tu laisses des chapeaux pour les elfes de maison ? dit lentement Ron. Et tu les recouvres de déchets ?

— Oui, répondit Hermione d'un air de défi en passant sur son épaule la bandoulière de son sac.

— Ça, c'est un coup bas, dit Ron avec colère. Tu essayes de leur faire prendre les chapeaux par la ruse. Tu veux les libérer alors qu'ils n'ont peut-être pas envie de l'être.

— Bien sûr que si, ils ont envie d'être libres ! s'exclama Hermione, le teint virant au rose vif. Et ne t'avise pas de toucher à ces chapeaux, Ron !

Elle s'en alla et Ron attendit qu'elle ait disparu derrière la porte du dortoir des filles pour enlever les débris qui recouvraient les chapeaux de laine.

— Il faut au moins qu'ils puissent voir ce qu'ils prennent, dit-il d'un ton décidé. En tout cas... (il roula le parchemin sur lequel il avait écrit le titre du devoir de Rogue) inutile d'essayer de faire ça maintenant, je n'y arriverai pas sans Hermione. Je n'ai pas la moindre idée de ce qu'on peut fabriquer avec des pierres de lune, et toi ?

Harry hocha la tête en signe de dénégation et remarqua en même temps que la douleur de sa tempe droite empirait. Il pensa au long devoir qu'il devait faire sur les guerres des géants et la douleur le transperça. Tout en sachant parfaitement que le lendemain matin, il regretterait de n'avoir pas terminé ses devoirs la veille, il rangea ses livres dans son sac.

— Moi aussi, je vais me coucher.

Sur le chemin du dortoir, il passa devant Seamus sans lui

accorder un regard. Harry eut la vague impression qu'il avait ouvert la bouche pour lui dire quelque chose mais il accéléra le pas et se réfugia dans le silence apaisant de l'escalier sans avoir eu à subir de nouvelle provocation.

Le lendemain matin, l'aube d'une couleur de plomb était aussi pluvieuse que la veille et, à l'heure du petit déjeuner, Hagrid était toujours absent.

— Le côté positif, c'est qu'on n'a pas Rogue, aujourd'hui, dit Ron d'un ton revigorant.

Hermione bâilla longuement et se versa un peu de café. Elle paraissait assez contente et lorsque Ron lui demanda ce qui la rendait si heureuse, elle répondit simplement :

— Les chapeaux ont disparu. Les elfes de maison ont quand même envie d'être libres, on dirait.

— Je ne parierais pas là-dessus, répondit Ron d'un ton tranchant. Ce ne sont pas vraiment des vêtements. Pour moi, on ne dirait pas des chapeaux, ça ressemble plutôt à des vessies en laine.

Hermione ne lui adressa plus la parole de toute la matinée.

Le double cours de sortilèges fut suivi par un double cours de métamorphose. Le professeur Flitwick et le professeur McGonagall passèrent tous les deux le premier quart d'heure de leur classe à leur faire un discours sur l'importance des BUSE.

— Ce que vous devez toujours avoir en tête, couina le professeur Flitwick, perché comme toujours sur une pile de livres qui lui permettait de voir par-dessus son bureau, c'est que ces examens peuvent influencer votre avenir pour de longues années ! Si vous n'avez pas encore sérieusement pensé à la carrière que vous choisirez, il est temps de le faire. Et en attendant, je le crains, il nous faudra travailler plus dur que jamais pour être sûrs de mettre toutes les chances de votre côté !

Ils passèrent ensuite plus d'une heure à réviser les sortilèges d'Attraction qui, selon le professeur Flitwick, allaient sûrement leur être demandés à l'épreuve de BUSE. Il termina le cours en leur donnant la plus grande quantité de devoirs qu'ils aient jamais eus en classe de sortilèges.

La même chose se produisit, en pire peut-être, au cours de métamorphose.

— Vous ne réussirez jamais vos BUSE, annonça gravement le professeur McGonagall, sans une application, une pratique et une étude du plus grand sérieux. Il n'y a aucune raison pour que quiconque dans cette classe échoue à l'épreuve de métamorphose, si vous donnez le meilleur de vous-mêmes.

Neville eut une petite exclamation incrédule.

— Mais oui, ça vous concerne aussi, Londubat, assura le professeur McGonagall. Votre seul défaut dans le travail, c'est le manque de confiance en vous. Bien... aujourd'hui, nous allons commencer l'étude des sortilèges de Disparition. Ils sont plus faciles que les sortilèges d'Apparition que l'on n'aborde normalement qu'au niveau des ASPIC. Mais ils représentent quand même un des exercices magiques les plus délicats parmi tous ceux qui vous seront demandés à votre épreuve de BUSE.

Elle avait raison. Harry trouva le sortilège de Disparition d'une difficulté épouvantable. A la fin du double cours, ni lui ni Ron n'avaient réussi à faire disparaître les escargots sur lesquels ils s'entraînaient. Ron assura avec un certain optimisme qu'à son avis, le sien paraissait quand même un peu plus pâle. L'escargot d'Hermione, en revanche, s'était volatilisé dès la troisième tentative, ce qui lui avait valu un bonus de dix points au profit de Gryffondor. Elle fut la seule à être dispensée de devoirs. Tous les autres devaient continuer à s'entraîner dans la soirée pour renouveler leurs tentatives sur des escargots le lendemain après-midi.

Harry et Ron, qui commençaient à paniquer devant la quantité de devoirs à faire, passèrent l'heure du déjeuner à la bibliothèque pour se documenter sur l'usage des pierres de lune dans les potions magiques. Toujours fâchée contre Ron à cause de ses commentaires insultants sur les chapeaux de laine, Hermione ne se joignit pas à eux. L'après-midi, lorsqu'ils arrivèrent au cours de soins aux créatures magiques, Harry avait de nouveau mal à la tête.

Le temps était devenu frais, il y avait du vent, et le long du chemin qui descendait en pente douce vers la cabane de Hagrid, ils sentirent sur leur visage quelques gouttes de pluie. Le professeur Gobe-Planche les attendait à une dizaine de mètres de la cabane. Devant elle, une longue table à tréteaux était recouverte de brindilles. Quand Harry et Ron s'approchèrent, des hurlements de rire retentirent derrière eux. Ils se retournèrent et virent Drago Malefoy, entouré de son habituelle bande de Serpentard. Apparemment, il avait dit quelque chose de très amusant, car Crabbe, Goyle, Pansy Parkinson et les autres continuaient de ricaner de bon cœur lorsqu'ils se rassemblèrent autour de la table à tréteaux. A en juger par leur façon de regarder Harry, il n'était pas très difficile de deviner le sujet de la plaisanterie.

– Tout le monde est là ? aboya le professeur Gobe-Planche quand tous les élèves de Gryffondor et de Serpentard furent arrivés. Alors, on s'y met. Qui peut me dire comment s'appelle ce qu'on voit sur cette table ?

Elle montra les petites branches entassées et la main d'Hermione se leva aussitôt. Dans son dos, Drago Malefoy fit une imitation d'elle, les dents en avant, sautillant sur place dans sa hâte de répondre aux questions du professeur. Pansy Parkinson éclata d'un rire suraigu qui se transforma presque instantanément en un hurlement lorsque les branches se mirent à bondir dans les airs. Elles avaient soudain pris la forme de minuscules lutins de bois, dotés de bras et de jambes noueux, de deux doigts en forme de brindilles à l'extrémité de chaque main et d'une drôle de tête plate semblable à de l'écorce, avec deux petits yeux étincelants comme des scarabées.

– Oooooooh ! s'écrièrent Parvati et Lavande, ce qui eut le don d'exaspérer Harry.

On aurait cru que Hagrid ne leur avait jamais montré de créatures spectaculaires. Sans doute les Veracrasses avaient-ils été un peu ennuyeux, mais les salamandres et les hippogriffes étaient très intéressants, tout comme les Scroutts à pétard qui l'étaient même un peu trop.

– Un peu moins de bruit, s'il vous plaît, les filles ! dit sèchement le professeur Gobe-Planche.

Elle répandit une poignée de ce qui ressemblait à du riz complet parmi les créatures en forme de branchages qui se jetèrent immédiatement sur la nourriture.

– Alors, quelqu'un connaît-il le nom de ces animaux ? Miss Granger ?

– Ce sont des Botrucs, dit Hermione. Ils gardent les arbres, surtout ceux dont on se sert pour fabriquer les baguettes magiques.

– Cinq points pour Gryffondor, annonça le professeur Gobe-Planche. En effet, il s'agit de Botrucs et comme le dit si justement Miss Granger, ils vivent généralement dans les arbres dont le bois est utilisé dans la confection de baguettes magiques. Qui peut me dire ce qu'ils mangent ?

– Des cloportes, répondit précipitamment Hermione.

Voilà pourquoi Harry voyait bouger ce qu'il avait pris pour des grains de riz.

– Mais aussi des œufs de fée quand ils peuvent s'en procurer.

– Très bien, ça vous fera cinq points de plus. Ainsi, lorsque vous avez besoin de feuilles ou de branches d'un arbre dans lequel vivent des Botrucs, il est sage d'emporter des cloportes pour les distraire ou les calmer. Ils ne paraissent peut-être pas très dangereux, mais quand on les met en colère, ils essayent d'arracher les yeux des humains avec leurs doigts qui sont très pointus, comme vous pouvez le constater. Croyez-moi, il n'est pas du tout conseillé d'en laisser un s'approcher de votre œil.

Bien, alors, maintenant, vous allez tous prendre quelques cloportes et un Botruc – il y en a à peu près un pour trois élèves – afin de l'étudier de plus près. Je veux que, d'ici à la fin du cours, chacun de vous me fasse un dessin de la créature en indiquant très précisément toutes les parties du corps.

Les élèves se resserrèrent autour de la table et Harry en fit délibérément le tour pour venir se placer tout à côté du professeur Gobe-Planche.

– Où est Hagrid ? lui demanda-t-il pendant que les autres choisissaient leurs Botrucs.

– Ça ne vous regarde pas, répondit le professeur Gobe-Planche d'un ton impérieux.

Elle avait eu la même attitude l'année précédente, un jour où Hagrid n'était pas revenu donner ses cours. Un grand sourire sur son visage pointu, Drago Malefoy se pencha alors devant Harry pour prendre le plus grand des Botrucs.

– Peut-être, dit-il à voix basse pour que seul Harry puisse l'entendre, que ce gros idiot a été gravement blessé.

– Et peut-être que toi aussi, ça va t'arriver si tu ne la fermes pas, répliqua Harry du coin des lèvres.

– Peut-être qu'il s'est frotté à quelque chose de trop *grand* pour lui, si tu vois ce que je veux dire.

Malefoy s'éloigna en adressant par-dessus son épaule un autre sourire narquois à Harry qui se sentit soudain pris de nausée. Malefoy savait-il quelque chose ? Après tout, son père était un Mangemort. Et s'il avait sur le sort de Hagrid des informations qui n'étaient pas encore parvenues aux oreilles de l'Ordre ? Il se hâta d'aller retrouver Ron et Hermione. Accroupis dans l'herbe, un peu plus loin, ils s'efforçaient de convaincre un Botruc de rester tranquille suffisamment longtemps pour qu'ils puissent le dessiner. Harry sortit de son sac un parchemin et une plume, s'accroupit à côté d'eux et leur répéta dans un murmure ce que Malefoy venait de lui dire.

– Dumbledore le saurait si quelque chose était arrivé à

Hagrid, dit aussitôt Hermione. Si on a l'air de s'inquiéter, ça fera le jeu de Malefoy. Il saura que nous ignorons ce qui se passe. Il ne faut pas faire attention à lui, Harry. Tiens-moi ce Botruc un instant que je puisse dessiner sa tête...

La voix traînante de Malefoy s'éleva alors d'un groupe qui se trouvait tout près d'eux :

— Papa s'entretenait avec le ministre il y a quelques jours, disait-il, et il semble bien que le ministère soit décidé à en finir avec les cours qui ne sont pas au niveau. Alors *même* si ce crétin hypertrophié remet les pieds ici, il faudra sans doute qu'il fasse tout de suite ses valises.

— AÏE !

Harry serrait tellement le corps du Botruc qu'il l'avait presque cassé en deux. La créature venait de se venger en lui enfonçant dans la main ses doigts pointus qui avaient laissé deux profondes coupures. Harry le lâcha aussitôt. Crabbe et Goyle, qui avaient déjà ri grassement à l'idée du renvoi de Hagrid, redoublèrent d'hilarité en voyant le Botruc se précipiter à toutes jambes vers la forêt, tel un petit homme de bois bientôt englouti par les racines des arbres. Lorsque l'écho lointain de la cloche retentit dans le parc, Harry roula le parchemin taché de sang sur lequel il avait dessiné la créature et se dirigea vers le cours de botanique, la main enveloppée dans le mouchoir d'Hermione et le rire narquois de Malefoy résonnant encore à ses oreilles.

— Si jamais il recommence à traiter Hagrid de crétin..., gronda Harry.

— Harry, ne cherche pas la bagarre avec Malefoy, n'oublie pas qu'il est préfet, maintenant, il pourrait te rendre la vie difficile...

— Je me demande ce que ce serait d'avoir une vie difficile, répliqua Harry d'un ton sarcastique.

Ron éclata de rire, mais Hermione se renfrogna. Ils traversèrent tous les trois le potager sous un ciel apparemment incapable de décider s'il voulait ou non faire tomber la pluie.

– Tout ce que je demande, c'est que Hagrid se dépêche de revenir, dit Harry à voix basse lorsqu'ils arrivèrent devant les serres. Et ne me raconte *pas* que cette Gobe-Planche est un meilleur prof que lui ! ajouta-t-il d'un ton menaçant.

– Je n'en avais pas l'intention, répondit calmement Hermione.

– Parce qu'elle ne sera jamais aussi bien que Hagrid, déclara Harry, catégorique, tout en sachant parfaitement qu'il venait d'assister à un cours exemplaire de soins aux créatures magiques.

Ce qui l'agaçait au plus haut point.

La porte de la serre voisine s'ouvrit et un flot d'élèves de quatrième année en sortit. Ginny était parmi eux.

– Salut, dit-elle d'une voix joyeuse.

Quelques secondes plus tard, Luna Lovegood émergea à son tour de la serre, traînant derrière les autres, le nez maculé de terre et les cheveux noués au-dessus de sa tête. Lorsqu'elle vit Harry, ses yeux globuleux s'exorbitèrent un peu plus et elle se précipita droit sur lui d'un air surexcité. Des regards se tournèrent vers elle avec curiosité. Luna prit alors une profonde inspiration et lança, sans avoir pris la peine de dire bonjour :

– Je te crois quand tu dis que Celui-Dont-On-Ne-Doit-Pas-Prononcer-Le-Nom est de retour et je te crois aussi quand tu dis que tu l'as affronté et que tu lui as échappé.

– Heu... très bien, dit maladroitement Harry.

Luna portait en guise de boucles d'oreilles une paire de radis orangés. Le fait n'avait pas échappé à Parvati et à Lavande qui pouffaient de rire en montrant ses oreilles.

– Oh, vous pouvez rire, déclara Luna en élevant la voix, visiblement convaincue que Parvati et Lavande se moquaient de ce qu'elle avait dit et non de son apparence. Mais il y a eu aussi des gens qui disaient que l'Énormus à Babille ou le Ronflak Cornu n'existaient pas.

– Et ils avaient raison, dit Hermione, agacée. L'Énormus à Babille et le Ronflak Cornu n'ont *jamais* existé.

Luna la fusilla du regard et s'en alla d'un pas résolu, ses boucles d'oreilles se balançant rageusement. Parvati et Lavande ne furent bientôt plus les seules à rire.

– Tu voudrais bien éviter d'offenser les rares personnes qui croient ce que je dis ? demanda Harry à Hermione tandis qu'ils entraient dans la serre.

– Oh, pour l'amour du ciel, Harry, tu peux trouver mieux qu'*elle*, répondit Hermione. Ginny m'a tout raconté sur son compte. Apparemment, elle ne croit les choses qu'à la condition de n'avoir aucune preuve de leur existence. Je ne vois d'ailleurs pas ce qu'on pourrait attendre d'autre de quelqu'un dont le père dirige *Le Chicaneur*.

Harry repensa aux sinistres chevaux ailés qu'il avait vus le soir de son arrivée et que Luna disait avoir vus également. Son moral retomba quelque peu. Avait-elle menti ? Mais avant qu'il ait pu réfléchir plus longuement à la question, Ernie Macmillan s'avança vers lui.

– Je veux que tu saches, Potter, dit-il d'une voix sonore, qu'il n'y a pas que des dingos qui sont avec toi. Personnellement, je te crois à cent pour cent. Ma famille a toujours soutenu Dumbledore et moi aussi.

– Heu... Merci beaucoup, Ernie, répondit Harry, pris au dépourvu, mais content.

Dans des occasions comme celle-ci, Ernie manifestait parfois une certaine grandiloquence mais Harry appréciait pleinement une telle marque de confiance de la part de quelqu'un qui n'avait pas de radis accrochés aux oreilles. En tout cas, les paroles d'Ernie avaient effacé le sourire de Lavande Brown et, lorsqu'il se tourna vers Ron et Hermione, Harry aperçut Seamus dont le visage exprimait un mélange d'incertitude et de défi.

Personne ne fut étonné d'entendre le professeur Chourave commencer la classe par un discours sur l'importance des BUSE. Harry aurait bien voulu que les professeurs abandonnent cette manie. Il commençait à éprouver un sentiment d'anxiété qui lui contractait l'estomac chaque fois qu'il repensait à tous les devoirs qu'il avait à faire. Un sentiment qui empira considérablement quand, à la fin de la classe, un nouveau devoir vint s'ajouter à la liste. Fatiguée et sentant fortement la bouse de dragon – l'engrais préféré du professeur Chourave –, la troupe des Gryffondor rentra au château une heure et demie plus tard. Personne n'avait très envie de parler. La journée, cette fois encore, avait été longue.

Harry mourait de faim et comme sa première retenue avec Ombrage devait avoir lieu à cinq heures, il décida d'aller dîner directement, sans prendre le temps de rapporter son sac à la tour de Gryffondor. Il pourrait ainsi avaler quelque chose avant d'affronter ce qu'elle lui avait préparé. Mais à peine avait-il atteint l'entrée de la Grande Salle qu'une voix tonitruante et courroucée hurla :

– Ohé, Potter !

– Qu'est-ce qu'il y a encore ? marmonna-t-il d'un air las tandis qu'Angelina, qui semblait d'une humeur de dogue, surgissait devant lui.

– Je vais te le dire, moi, *ce qu'il y a encore*, répliqua-t-elle en lui enfonçant l'index dans la poitrine. Comment se fait-il que tu te sois arrangé pour avoir une retenue vendredi à cinq heures ?

– Quoi ? dit Harry. Pourquoi... Ah oui, les essais pour le nouveau gardien !

– Ah tiens, il s'en souvient, maintenant ! gronda Angelina. J'avais dit que je voulais *l'équipe au complet* le jour des essais pour chercher *quelqu'un avec qui tout le monde puisse s'entendre*. Je t'ai prévenu que j'avais réservé le terrain de Quidditch spécialement pour ça. Et voilà que tu décides de ne pas venir !

– Ce n'est pas moi qui ai décidé de ne pas venir ! protesta Harry, irrité par l'injustice de la formulation. Cette bonne femme, Ombrage, m'a donné une retenue simplement parce que je disais la vérité sur Tu-Sais-Qui.

– Eh bien, tu n'as qu'à aller la voir et lui demander de te

libérer vendredi, répondit Angelina d'un ton féroce, et peu importe comment tu t'y prends. Dis-lui que Tu-Sais-Qui est un produit de ton imagination si ça t'arrange, mais débrouille-toi *pour être là sans faute* !

Puis elle s'éloigna à grands pas.

—Vous savez quoi ? dit Harry à Ron et à Hermione lorsqu'ils entrèrent dans la Grande Salle. On devrait demander au Club de Quidditch de Flaquemare si Olivier Dubois n'aurait pas été tué au cours d'une séance d'entraînement, parce qu'on dirait que son esprit s'est réincarné dans Angelina.

— Tu crois qu'il y a des chances pour qu'Ombrage te laisse partir vendredi ? demanda Ron d'un air sceptique, tandis qu'ils s'asseyaient à la table de Gryffondor.

— Pas la moindre, répondit Harry, la mine lugubre.

Il remplit son assiette de côtelettes et commença à manger.

— Mais je vais quand même faire une tentative, non ? Je lui proposerai de rajouter deux retenues en échange. Quelque chose comme ça, je ne sais pas encore...

Il avala une bouchée de pommes de terre et poursuivit :

— J'espère qu'elle ne va pas me garder trop longtemps ce soir. Vous vous rendez compte, il faut qu'on rédige trois devoirs, qu'on pratique les sortilèges de Disparition pour McGonagall, qu'on mette au point un contre-sortilège pour Flitwick, qu'on finisse le dessin du Botruc et qu'on commence ce stupide journal de nos rêves pour Trelawney !

Ron poussa un gémissement et leva les yeux au plafond.

— En plus, on dirait bien qu'il va pleuvoir.

— Quel est le rapport avec nos devoirs ? s'étonna Hermione en haussant les sourcils.

— Rien, répondit aussitôt Ron, les oreilles rougissantes.

A cinq heures moins cinq, Harry prit congé et se rendit au bureau d'Ombrage, au troisième étage.

— Entrez, dit-elle de sa voix sucrée, lorsqu'il eut frappé à la porte.

Il s'avança prudemment en regardant autour de lui.

Harry avait connu ce même bureau du temps de ses trois précédents occupants. A l'époque de Gilderoy Lockhart, les murs étaient tapissés de portraits de lui qui adressaient au visiteur un sourire rayonnant. Du temps de Lupin, on avait toutes les chances d'y trouver de fascinantes créatures enfermées dans des cages ou des aquariums. Enfin, lorsque le faux Maugrey s'y était installé, il l'avait rempli de toutes sortes d'instruments bizarres destinés à détecter méfaits et mensonges.

Mais aujourd'hui, il était devenu méconnaissable. Des étoffes ornées de dentelles recouvraient tout, des vases de fleurs séchées étaient posés sur de petits napperons et un mur entier était occupé par une collection d'assiettes ornementales qui représentaient des chatons aux couleurs criardes, chacun portant autour du cou un nœud différent. Les assiettes étaient si laides que Harry, pétrifié, ne put en détacher son regard jusqu'à ce que le professeur Ombrage prenne à nouveau la parole :

— Bonsoir, Mr Potter, dit-elle.

Harry sursauta et se tourna vers elle. Il ne l'avait pas tout de suite remarquée car elle portait à présent une robe à fleurs tapageuse qui semblait se fondre entièrement avec la nappe recouvrant son bureau, juste derrière elle.

— 'Soir, professeur Ombrage, répondit Harry avec raideur.

— Eh bien, asseyez-vous, dit-elle.

Elle lui indiqua une petite table drapée de dentelles devant laquelle elle avait installé une chaise à dossier droit. Un morceau de parchemin vierge, posé sur la table, paraissait l'attendre.

— Heu…, dit Harry sans bouger. Professeur Ombrage, avant de… heu… commencer, j'aurais voulu vous… vous demander un… un service.

Les yeux globuleux du professeur se plissèrent.

— Ah, vraiment ?

— Voilà, je… je fais partie de l'équipe de Quidditch de Gryffondor et je devais aller aux essais pour sélectionner le nouveau gardien vendredi à cinq heures. Alors, je... je me demandais si je pourrais éviter la retenue ce soir-là et la faire un... un autre jour...

Longtemps avant d'avoir fini sa phrase, il sut que c'était raté.

– Oh non, répondit Ombrage avec un large sourire qui lui donnait l'air d'un crapaud ravi d'avoir avalé une mouche particulièrement juteuse. Oh, non, non, non. Vous êtes puni parce que vous répandez des histoires détestables et malfaisantes dans le seul but d'attirer l'attention sur vous, Mr Potter, et les punitions ne sont pas faites pour être adaptées aux convenances du coupable. Non, vous viendrez ici à cinq heures demain et le jour suivant et vendredi également et vous accomplirez vos retenues comme prévu. Je pense qu'il est excellent de vous priver d'une chose à laquelle vous tenez véritablement. Cela ne fera que renforcer la leçon que j'essaye de vous donner.

Harry sentit le sang lui monter à la tête et un bruit sourd palpita dans ses oreilles. Ainsi, il racontait des histoires détestables et malfaisantes dans le seul but d'attirer l'attention. Vraiment ?

Elle l'observait, la tête un peu penchée, en souriant toujours largement comme si elle savait très bien ce qu'il pensait et attendait de voir s'il allait à nouveau perdre son calme. Au prix d'un effort colossal, Harry détourna son regard, laissa tomber son sac à côté de la chaise et s'assit.

– Très bien, dit Ombrage d'une voix douce, on parvient déjà mieux à contrôler son humeur, n'est-ce pas ? Maintenant vous allez copier des lignes, Mr Potter. Oh non, pas avec votre plume, ajouta-t-elle en voyant Harry se pencher pour ouvrir son sac. Vous allez vous servir d'une de mes plumes personnelles. Voilà.

Elle lui tendit une longue plume mince et noire dont l'extrémité était anormalement pointue.

– Je veux que vous écriviez : « Je ne dois pas dire de mensonges », poursuivit-elle à mi-voix.

— Combien de fois ? demanda Harry d'un ton qui imitait d'une manière assez convaincante celui de la politesse.

— Oh, autant de fois qu'il le faudra pour que le message *rentre*, répondit Ombrage de sa voix doucereuse. Allez-y.

Elle alla s'asseoir à son bureau et se pencha sur une liasse de parchemins qui semblaient être des copies à corriger. Harry leva la plume noire et pointue puis se rendit compte qu'il manquait quelque chose.

— Vous ne m'avez pas donné d'encre, dit-il.

— Oh, mais vous n'en aurez pas besoin, répondit le professeur Ombrage avec quelque chose dans la voix qui évoquait vaguement un rire.

Harry posa la pointe de la plume sur le parchemin et écrivit : « Je ne dois pas dire de mensonges. »

Il étouffa alors une exclamation de douleur. Les mots s'étaient inscrits sur le parchemin dans une sorte d'encre rouge et brillante. Mais au même moment, ils étaient également apparus sur le dos de sa main droite, tracés dans sa peau comme avec un scalpel. Tandis qu'il regardait la coupure encore étincelante de sang, la peau se referma peu à peu et l'inscription s'effaça en ne laissant qu'une marque légèrement rouge et lisse au toucher.

Harry se tourna vers Ombrage. Elle l'observait, sa large bouche de crapaud étirée en un sourire.

— Oui ?

— Rien, répondit Harry à mi-voix.

Il regarda à nouveau le parchemin, y reposa la pointe de la plume et recommença à écrire : « Je ne dois pas dire de mensonges. » Aussitôt, il ressentit la même douleur cuisante au dos de sa main. Cette fois encore, les mots s'étaient inscrits dans sa peau. Et, cette fois encore, la coupure se referma d'elle-même quelques secondes plus tard.

Le même phénomène se répéta ainsi. Harry écrivait inlassablement les mêmes mots sur le parchemin non pas avec de l'encre mais, comme il ne tarda pas à le comprendre, avec son propre sang. Et à chaque fois, les mots s'inscrivaient au dos de sa main, disparaissaient lorsque la plaie guérissait puis réapparaissaient dès qu'il reposait la pointe de la plume sur le parchemin.

Derrière la fenêtre du bureau, l'obscurité tombait dans le parc. Harry ne demanda pas quand il pourrait s'arrêter. Il ne regarda même pas sa montre. Il savait que le professeur Ombrage l'observait, guettant le moindre signe de faiblesse. Mais il n'avait pas l'intention de laisser voir quoi que ce soit, même s'il devait rester là toute la nuit à s'écorcher la main avec cette plume...

— Venez ici, dit-elle enfin.

Il lui semblait que des heures entières s'étaient écoulées.

Il se leva, la main douloureuse. En y jetant un coup d'œil, il vit que la coupure s'était refermée mais que la peau à cet endroit avait à présent une couleur rouge vif.

— Votre main, dit-elle.

Il la tendit et elle la prit dans la sienne. Harry réprima un frisson lorsqu'elle le toucha avec ses épais doigts boudinés entourés d'horribles vieilles bagues.

— Mmm, il me semble que je n'ai pas encore réussi à faire grande impression, dit-elle avec un sourire. Eh bien, nous n'aurons qu'à recommencer demain soir, n'est-ce pas ? Vous pouvez partir.

Harry quitta le bureau sans dire un mot. L'école était déserte. Il était sûrement plus de minuit. Il parcourut lentement le couloir puis, après avoir tourné le coin et s'être assuré qu'elle ne l'entendrait pas, il se mit à courir à toutes jambes.

Il n'avait pas eu le temps de pratiquer les sortilèges de Disparition, ni de raconter quoi que ce soit dans son journal des rêves, ni d'achever son dessin du Botruc, ni de rédiger aucun de ses devoirs. Le lendemain matin, il se priva de petit déjeuner afin d'avoir le temps de griffonner deux ou trois rêves inventés pour le cours de divination qui était le premier de la journée et fut surpris de retrouver dans la salle commune un Ron échevelé.

– Pourquoi tu n'as pas fini ça hier soir ? demanda Harry alors que Ron cherchait l'inspiration en jetant des regards frénétiques tout autour de la pièce.

Ron, qui était profondément endormi lorsque Harry avait regagné le dortoir, marmonna quelque chose à propos « d'autres trucs » qu'il avait eu à faire puis se pencha sur son parchemin et gribouilla quelques mots.

– Il faudra bien que ça aille, dit-il en refermant d'un coup sec le journal de ses rêves. J'ai dit que j'ai fait un rêve où j'achetais des chaussures, ça ne devrait pas donner lieu à des interprétations trop bizarres, non ?

Ils prirent ensuite le chemin de la tour nord.

– Au fait, la retenue avec Ombrage, c'était comment ? Qu'est-ce qu'elle t'a donné comme punition ?

Harry hésita une fraction de seconde, puis répondit :

– Des lignes.

– Ce n'est pas trop grave, alors ? dit Ron.

– Non, répondit Harry.

Ron exprima sa compassion par un grognement.

La journée fut à nouveau pénible pour Harry. N'ayant pas eu le temps de s'entraîner aux sortilèges de Disparition, il se montra particulièrement lamentable au cours de métamorphose. Il dut renoncer au déjeuner pour terminer son dessin du Botruc et entre-temps, les professeurs McGonagall, Gobe-Planche et Sinistra leur donnèrent d'autres devoirs qu'il ne pouvait envisager de faire le soir même en raison de sa deuxième retenue avec Ombrage. Pour couronner le tout, Angelina Johnson fonça une nouvelle fois sur lui à l'heure du dîner. Apprenant qu'il ne pourrait assister aux essais du vendredi, elle lui déclara qu'elle ne se laisserait pas impressionner par son attitude désinvolte et que les joueurs qui souhaitaient rester dans l'équipe devaient faire passer l'entraînement avant leurs autres obligations.

— Je suis en retenue ! lui cria Harry alors qu'elle s'éloignait déjà. A ton avis, qu'est-ce qui me plaît le plus ? Rester coincé dans une pièce avec ce vieux crapaud ou jouer au Quidditch ?

— Enfin, au moins, tu ne fais que des lignes, dit Hermione d'un ton consolant, tandis que Harry se rasseyait sur son banc et regardait sa tourte de bœuf aux rognons qui ne lui faisait plus très envie. C'est mieux que si elle t'avait infligé une horrible punition...

Harry ouvrit la bouche puis la referma et acquiesça d'un signe de tête. Il ne savait pas très bien pourquoi il ne racontait pas exactement à Ron et à Hermione ce qui se passait dans le bureau d'Ombrage : la seule chose certaine, c'était qu'il ne voulait surtout pas voir leurs regards horrifiés qui n'auraient fait qu'empirer la situation en la rendant encore plus difficile à affronter. Il avait aussi le vague sentiment qu'il s'agissait d'une affaire personnelle entre Ombrage et lui, une lutte entre deux volontés, et il ne voulait pas lui offrir la satisfaction d'entendre dire qu'il s'en plaignait à ses amis.

— Je n'arrive pas à croire qu'on nous donne autant de devoirs, dit Ron d'un ton désespéré.

— Pourquoi n'en as-tu pas fait hier soir ? lui demanda Hermione. Et d'ailleurs, où étais-tu ?

— J'étais... j'ai eu envie d'aller me promener, dit Ron, évasif.

Harry eut alors la nette impression qu'il n'était pas le seul à cacher des choses.

La deuxième retenue fut aussi pénible que la précédente. La peau, sur la main de Harry, s'irrita plus vite et devint bientôt rouge et enflammée. Il pensa que la cicatrisation aurait de plus en plus de mal à se faire. Bientôt, la coupure resterait gravée dans sa main et Ombrage, alors, serait peut-être satisfaite. Il ne laissa pas échapper la moindre exclamation de douleur, cependant, et depuis le moment où il entra dans la pièce jusqu'à celui où elle le renvoya — cette fois encore après minuit —, il ne prononça pas d'autre parole que « Bonsoir » et « Bonne nuit ».

En ce qui concernait ses devoirs, la situation était à présent désespérée. A son retour dans la salle commune de Gryffondor, Harry renonça à aller se coucher, malgré son état d'épuisement, et ouvrit ses livres. Il commença par rédiger le devoir pour Rogue. Il était deux heures et demie du matin lorsqu'il l'eut terminé. Ce qu'il avait écrit n'était guère brillant, il le savait, mais il ne pouvait pas faire mieux. S'il ne rendait rien au prochain cours, ce serait Rogue qui lui donnerait une retenue, cette fois-ci. Il bâcla ensuite quelques réponses aux questions que leur avait posées le professeur McGonagall, griffonna pour le professeur Gobe-Planche quelques lignes sur la meilleure façon de s'y prendre avec les Botrucs puis monta enfin se coucher d'un pas chancelant. Sans prendre la peine de se déshabiller, il se laissa tomber sur le lit et s'endormit aussitôt.

La fatigue le plongea dans une sorte de brouillard qui dura toute la journée du jeudi. Ron aussi semblait endormi, mais Harry ne comprenait pas pourquoi. La troisième retenue se passa comme les deux précédentes, avec la différence que les mots «Je ne dois pas dire de mensonges» ne s'effacèrent plus de la main de Harry mais y demeurèrent gravés, des gouttes de sang suintant de la blessure. Lorsqu'elle entendit le grattement de la plume sur le parchemin s'interrompre, le professeur Ombrage leva les yeux.

— Ah, voyons cela, dit-elle de sa voix doucereuse en contournant son bureau pour venir elle-même examiner sa main. Très bien. Voilà qui devrait vous servir d'aide-mémoire, n'est-ce pas ? C'est fini pour ce soir, vous pouvez partir.

— Est-ce que je dois quand même revenir demain ? demanda Harry.

Il ramassa son sac de la main gauche. L'autre lui faisait trop mal.

— Bien sûr, répondit le professeur Ombrage avec un sourire toujours aussi large. Je crois qu'une soirée de travail supplémentaire permettra d'inscrire le message un peu plus profondément.

Jusqu'à présent, Harry n'avait jamais imaginé qu'il puisse haïr un professeur plus encore que Rogue mais, tandis qu'il revenait vers la tour de Gryffondor, il dut admettre qu'il lui avait trouvé une sérieuse rivale. « Elle est malfaisante, pensa-t-il en montant l'escalier jusqu'au septième étage, malfaisante, tordue, une vieille folle de... »

– Ron ?

Il était arrivé en haut des marches, avait tourné à droite et s'était presque cogné contre Ron qui se cachait derrière une statue de Lachelan le Maigre, en serrant son balai contre lui. Il fit un bond lorsqu'il vit Harry et tenta de cacher son Brossdur 11 derrière son dos.

– Qu'est-ce que tu fais ?

– Heu... Rien. Et toi, qu'est-ce que *tu* fais ?

Harry fronça les sourcils.

– Allez, tu peux bien me le dire ! Pourquoi tu te cachais ?

– Je... Je me cache de Fred et George, si tu veux savoir, répondit Ron. Ils viennent de passer avec toute une bande de première année. Je parie qu'ils sont encore en train de leur faire essayer des trucs. Tu comprends, ils ne peuvent plus rester dans la salle commune, maintenant, avec Hermione qui les surveille.

Il parlait très vite, d'un ton fébrile.

– Mais pourquoi tu as ton balai ? demanda Harry. Tu es allé faire un tour ou quoi ?

– Je... enfin... Bon, O.K., je vais te le dire mais ne te moque pas de moi, d'accord ? répondit Ron, sur la défensive, en devenant de plus en plus rouge à chaque seconde. J'ai... j'ai pensé que je pourrais peut-être m'entraîner pour le poste de gardien dans l'équipe de Gryffondor, maintenant que j'ai un balai convenable. C'est ça, vas-y, rigole.

– Je ne ris pas du tout, dit Harry.

Ron cligna des yeux.

— Je trouve que c'est une excellente idée ! poursuivit Harry. Ce serait super si tu entrais dans l'équipe ! Je ne t'ai jamais vu jouer comme gardien, tu es bon ?

— Je me débrouille pas trop mal, répondit Ron qui semblait éprouver un immense soulagement devant la réaction de Harry. Charlie, Fred et George me mettaient toujours devant les buts quand ils s'entraînaient pendant les vacances.

— Et tu t'es entraîné, ce soir ?

— Chaque jour depuis jeudi... Mais tout seul. J'ai essayé d'ensorceler des Souafles pour qu'ils volent vers moi mais ce n'était pas facile et je ne sais pas si ça a servi à grand-chose.

Ron paraissait inquiet, nerveux.

— Fred et George vont s'effondrer de rire quand ils me verront arriver pour les essais. Ils n'ont pas arrêté de se payer ma tête depuis que je suis devenu préfet.

— J'aurais bien aimé être là, vendredi, dit Harry avec amertume.

Ils repartirent ensemble vers la salle commune.

— Oui, moi aussi, j'aurais... Harry, qu'est-ce que tu as sur la main ?

Harry, qui venait de se gratter le nez de la main droite, l'autre portant son sac, essaya de la cacher, mais sans plus de succès que Ron avec son balai.

— Une simple coupure, ce n'est rien... c'est...

Mais Ron lui saisit le bras et regarda sa main de près. Il y eut un long silence pendant lequel il examina les mots gravés sur la peau. Puis, l'air écœuré, il laissa retomber la main de Harry.

— Je croyais qu'elle te faisait simplement faire des lignes ?

Harry hésita mais, après tout, Ron avait été franc avec lui, il lui raconta donc la vérité sur les heures qu'il avait passées dans le bureau d'Ombrage.

— Cette vieille harpie ! murmura Ron, révolté.

Ils étaient arrivés devant le portrait de la grosse dame qui somnolait paisiblement, la tête appuyée contre le bord du cadre.

— Elle est complètement malade ! Va voir McGonagall, dis-lui quelque chose !

— Non, répondit aussitôt Harry. Je ne veux pas lui donner la satisfaction d'avoir réussi à m'atteindre.

— *A t'atteindre ?* Tu ne peux pas la laisser s'en tirer comme ça !

— D'ailleurs, je ne sais pas quel pouvoir McGonagall a sur elle, dit Harry.

— Dumbledore, alors, parles-en à Dumbledore !

— Non, répondit Harry d'un ton catégorique.

— Et pourquoi pas ?

— Il a d'autres choses en tête.

Ce n'était cependant pas la véritable raison. Harry ne voulait pas demander d'aide à Dumbledore alors que celui-ci ne lui avait pas adressé une seule fois la parole depuis le mois de juin.

— Moi, je crois que tu devrais…, commença Ron mais il fut interrompu par la grosse dame qui les avait regardés d'un air endormi et se mit soudain en colère :

—Vous allez me le donner ce mot de passe ou faut-il que je reste éveillée toute la nuit à attendre la fin de votre conversation ?

Le vendredi s'annonça aussi maussade et pluvieux que le reste de la semaine. Chaque fois qu'il entrait dans la Grande Salle, Harry jetait un regard machinal vers la table des professeurs, mais il n'avait plus grand espoir d'y voir Hagrid et préféra se concentrer sur des problèmes plus immédiats, tels que la montagne de devoirs qu'il avait à faire et la quatrième retenue qui l'attendait avec Ombrage.

Deux choses aidèrent Harry à mieux supporter la journée. D'une part, le week-end approchait. D'autre part, il avait remarqué que la fenêtre du bureau d'Ombrage permettait d'apercevoir au loin le terrain de Quidditch. Même si, comme il en était certain, sa dernière retenue se révélait particulièrement éprouvante, il pourrait avec un peu de chance assister aux essais de Ron. Certes, il s'agissait de bien modestes lueurs mais Harry accueillait avec gratitude tout ce qui pouvait éclairer si peu que ce soit la noirceur de son quotidien. Jamais il n'avait connu une première semaine aussi pénible à Poudlard.

A cinq heures, ce soir-là, il frappa à la porte du bureau d'Ombrage en espérant qu'il s'agirait bel et bien de sa dernière séance et fut invité à entrer. Le parchemin l'attendait sur la table recouverte de dentelles, la plume noire et pointue posée juste à côté.

— Vous savez ce que vous avez à faire, Mr Potter, lui dit Ombrage avec un sourire mielleux.

Harry prit la plume et jeta un coup d'œil par la fenêtre. S'il arrivait à déplacer sa chaise de quelques centimètres vers la droite... Sous le prétexte de se rapprocher de la table, il y parvint. A présent, il voyait au loin l'équipe de Gryffondor voler de long en large au-dessus du terrain tandis qu'une demi-douzaine de silhouettes noires se tenaient au pied des trois buts, attendant apparemment que vienne leur tour de les garder. A cette distance, il était impossible de savoir laquelle de ces silhouettes était celle de Ron.

« Je ne dois pas dire de mensonges », écrivit Harry. La coupure de sa main droite se rouvrit aussitôt et recommença à saigner.

« Je ne dois pas dire de mensonges. » La blessure devint plus profonde, brûlante, cinglante.

« Je ne dois pas dire de mensonges ». Un filet de sang coula sur son poignet.

Il risqua un autre coup d'œil par la fenêtre. Celui qui défendait les buts à cet instant, quel qu'il fût, n'était vraiment pas doué. Katie Bell marqua deux fois pendant les quelques secondes où Harry osa regarder. Espérant vivement que ce gardien ne soit pas Ron, il baissa à nouveau les yeux sur son parchemin constellé de sang.

« Je ne dois pas dire de mensonges.

Je ne dois pas dire de mensonges. »

Il levait la tête chaque fois qu'il pensait pouvoir le faire sans danger, lorsqu'il entendait le grattement de la plume d'Ombrage ou le bruit d'un tiroir qu'elle ouvrait. Le troisième candidat était assez bon, le quatrième épouvantable, le cinquième évita un Cognard avec une habileté exceptionnelle mais laissa passer un tir qu'il aurait pu facilement bloquer. Le ciel s'assombrissait et Harry songea qu'il ne pourrait sans doute rien voir des sixième et septième candidats.

« Je ne dois pas dire de mensonges.

Je ne dois pas dire de mensonges. »

Le parchemin luisait à présent du sang de sa blessure qui lui brûlait douloureusement la main droite. Lorsqu'il leva à nouveau les yeux, la nuit était tombée et le terrain de Quidditch n'était plus visible.

— Voyons si le message est passé, dit la voix doucereuse d'Ombrage une demi-heure plus tard.

Elle s'approcha de lui et tendit ses doigts courts chargés de bagues. Lorsqu'elle lui prit le bras pour examiner les mots inscrits dans sa chair, il ressentit une douleur cuisante non pas au dos de sa main mais à l'endroit de sa cicatrice. Au même instant, il éprouva une étrange sensation quelque part au niveau de son estomac.

Il dégagea son bras de la main d'Ombrage et se leva d'un bond, les yeux fixés sur elle. Elle soutint son regard, un sourire étirant sa bouche large et molle.

— Ah oui, ça fait mal, n'est-ce pas ? dit-elle doucement.

Il ne répondit pas. Son cœur battait très vite et très fort. Lui parlait-elle de sa main ou savait-elle que c'était sa cicatrice qui lui avait fait mal ?

— Eh bien, je crois que j'ai réussi à me faire comprendre, Mr Potter. Vous pouvez partir.

Il ramassa son sac et quitta la pièce aussi vite qu'il le put.

« Calme-toi, se dit-il tandis qu'il montait les escaliers quatre à quatre. *Calme-toi, ça ne signifie pas forcément ce que tu crois...* »

— *Mimbulus Mimbletonia !* lança-t-il d'une voix haletante à la grosse dame qui pivota une nouvelle fois sur ses gonds.

Il fut accueilli par un joyeux vacarme. Ron se précipita sur lui, le visage rayonnant, de la Bièraubeurre dégoulinant de la coupe qu'il tenait à la main.

— Harry, j'ai réussi, c'est moi le nouveau gardien !

— Quoi ? Magnifique ! s'exclama Harry qui s'efforçait de sourire le plus naturellement possible alors que son cœur continuait de battre à tout rompre et qu'il sentait le sang couler de sa main douloureuse.

— Prends donc une Bièraubeurre, dit Ron en lui donnant une canette. Je n'ai pas encore réalisé ! Où est Hermione ?

— Là-bas, dit Fred, occupé lui aussi à vider une bouteille de Bièraubeurre.

Il montra du doigt un fauteuil près de la cheminée. Hermione y était assise et somnolait, sa coupe penchant dangereusement dans sa main.

— Pourtant, elle a dit qu'elle était contente quand je lui ai annoncé la nouvelle, commenta Ron, un peu contrarié.

— Laisse-la dormir, dit précipitamment George.

Quelques instants plus tard, Harry remarqua que plusieurs élèves de première année regroupés autour d'eux semblaient avoir récemment saigné du nez.

— Viens-là, Ron, et regarde si ces vieilles robes d'Olivier Dubois peuvent t'aller, lui cria Katie Bell. On n'aura qu'à enlever son nom et mettre le tien à la place...

Ron s'éloigna et Angelina s'avança droit sur Harry.

— Désolée d'avoir été un peu brusque avec toi, Potter, dit-elle d'un ton abrupt. Ça finit par être stressant de diriger l'équipe. Parfois, je me dis que j'étais un peu dure avec Dubois.

Elle regarda Ron par-dessus le bord de sa coupe, les sourcils légèrement froncés.

— Écoute, je sais que c'est ton meilleur copain mais entre nous, il n'est pas vraiment fabuleux, dit-elle sans détour.

Enfin, je pense qu'avec un peu d'entraînement, il ne s'en sortira pas trop mal. Il y a de bons joueurs dans sa famille. Pour te parler franchement, j'espère qu'à l'avenir, il aura un peu plus de talent qu'il n'en a montré aujourd'hui. Vicky Frobisher et Geoffrey Hooper ont mieux volé ce soir mais Hooper est un vrai pleurnichard, il n'arrête pas de se plaindre de n'importe quoi et Vicky fait partie de tout un tas d'associations. Elle m'a avoué elle-même que si l'entraînement avait lieu aux mêmes heures que son club de sortilèges, elle ferait passer le club en priorité. En tout cas, on a une séance d'entraînement à deux heures demain après-midi, alors, cette fois, arrange-toi pour y être. Et s'il te plaît, essaye d'aider Ron le plus possible, d'accord ?

Harry acquiesça d'un signe de tête et Angelina retourna auprès d'Alicia Spinnet. Il alla ensuite s'asseoir à côté d'Hermione qui se réveilla en sursaut lorsqu'il posa son sac.

– Oh, Harry, c'est toi... Bonne chose pour Ron, hein ? dit-elle, le regard incertain. Je suis tellement... tellement fatiguée, ajouta-t-elle en bâillant. J'ai travaillé jusqu'à une heure du matin pour faire d'autres chapeaux. Ils disparaissent à une vitesse folle !

En regardant autour de lui, Harry vit qu'en effet il y avait des chapeaux de laine cachés un peu partout dans la pièce, dans des endroits où des elfes sans méfiance risquaient de tomber dessus par hasard.

– Tant mieux, dit Harry, l'air désemparé.

Il avait l'impression qu'il allait exploser s'il ne racontait pas tout de suite à quelqu'un ce qui lui était arrivé.

– Écoute, Hermione, reprit-il. Tout à l'heure, j'étais dans le bureau d'Ombrage et elle m'a touché le bras...

Hermione l'écouta attentivement. Lorsque Harry eut terminé son récit, elle dit avec lenteur :

– Tu as peur que Tu-Sais-Qui la contrôle comme il contrôlait Quirrell ?

– C'est une possibilité, non ? répondit Harry en baissant la voix.

– J'imagine, dit Hermione, sans conviction. Mais je ne pense pas qu'il puisse la *posséder* de la même manière qu'il possédait Quirrell. Tu comprends, il a retrouvé une vie à part entière, maintenant, il dispose de son propre corps, donc il n'a plus besoin de partager celui d'un autre. Bien sûr il pourrait la dominer par le sortilège de l'Imperium...

Harry regarda pendant un moment Fred, George et Lee Jordan qui jonglaient avec des bouteilles de Bièraubeurre vides.

– Mais l'année dernière, poursuivit Hermione, ta cicatrice te faisait mal alors que personne ne te touchait et Dumbledore a dit que c'était en rapport avec les émotions que Tu-Sais-Qui ressentait à ce moment-là, tu te souviens ? Je veux dire par là que ça n'a peut-être rien à voir avec Ombrage. Peut-être s'agit-il d'une simple coïncidence ?

– Elle est malfaisante, trancha Harry d'un ton sans réplique. Elle est tordue...

– C'est vrai, elle est horrible, mais... Harry, je crois que tu devrais aller dire à Dumbledore que ta cicatrice te fait mal.

C'était la deuxième fois en deux jours que Harry recevait le conseil d'aller voir Dumbledore et il répondit à Hermione la même chose que ce qu'il avait répondu à Ron.

– Je ne veux pas le déranger avec ça. Comme tu viens de le dire, ce n'est pas très grave. J'ai senti la douleur aller et venir pendant tout l'été – j'ai eu un peu plus mal ce soir, voilà tout...

– Harry, je suis sûre que Dumbledore *voudrait* que tu le déranges pour lui en parler...

– Oui, répondit Harry avant d'avoir pu se retenir, c'est la seule chose chez moi qui intéresse Dumbledore : ma cicatrice.

– Ne dis pas ça, ce n'est pas vrai !

– Je crois plutôt que je vais écrire à Sirius et lui demander ce qu'il en pense...

– Harry, tu ne peux pas écrire ça dans une lettre ! dit

Hermione, l'air affolé. Souviens-toi, Maugrey nous a bien recommandé de faire attention à ce qu'on écrivait ! On ne peut pas être sûrs que nos hiboux ne seront pas interceptés !

— D'accord, d'accord, dans ce cas, je ne lui raconterai rien ! répliqua Harry avec mauvaise humeur.

Il se leva.

— Je vais me coucher. Préviens Ron, d'accord ?

— Oh, non, répondit Hermione, visiblement soulagée. Si tu t'en vas, ça veut dire que moi aussi je peux m'en aller sans être impolie. Je suis épuisée et j'ai encore des chapeaux à tricoter, demain. Tu peux m'aider, si tu veux, tu verras, c'est très amusant. Je me débrouille de mieux en mieux. Maintenant, j'arrive à faire des motifs, des pompons et plein d'autres choses.

En voyant son visage resplendissant de joie, Harry fit semblant d'être vaguement tenté par sa proposition.

— Heu... Non, j'aurais bien voulu, mais je crois que ce ne sera pas possible, dit-il. Heu... Pas demain... J'ai beaucoup de devoirs à faire...

D'un pas nonchalant, il s'éloigna alors vers le dortoir des garçons, sous le regard un peu déçu d'Hermione.

14

PERCY ET PATMOL

L e lendemain, Harry fut le premier à se réveiller. Il resta allongé un moment à regarder la poussière tourbillonner dans un rayon de soleil qui s'était glissé entre les rideaux de son baldaquin et se réjouit à la pensée qu'on était enfin samedi. La première semaine du trimestre lui avait donné l'impression de traîner interminablement, comme une sorte de gigantesque leçon d'histoire de la magie.

A en juger par le silence endormi qui régnait dans le dortoir et la lueur du rayon de soleil qui semblait fraîchement tombé du ciel, l'aube venait tout juste d'apparaître. Il écarta les rideaux autour de son lit, se leva et commença à s'habiller. En dehors du gazouillement lointain des oiseaux, on n'entendait que la respiration lente et profonde des autres Gryffondor endormis. Il ouvrit son sac sans faire de bruit, en sortit plume et parchemins puis descendit dans la salle commune.

Il alla s'asseoir dans le vieux fauteuil moelleux qu'il affectionnait particulièrement, à côté de la cheminée où le feu était à présent éteint. Harry s'installa confortablement et déroula ses parchemins tout en jetant un coup d'œil autour de la pièce. Les bouts de papier froissés, les vieilles Bavboules, les fioles d'ingrédients vides et les papiers de bonbons qui jonchaient habituellement le sol à la fin de la journée avaient disparu, tout comme les chapeaux de laine d'Hermione. Se demandant vaguement combien d'elfes s'étaient désormais retrouvés libres, qu'ils l'aient voulu ou pas, Harry déboucha sa bouteille d'encre et y trempa sa plume qu'il tint suspendue à quelques centimètres au-dessus de la surface lisse et jaunâtre du parchemin. Il réfléchissait... Mais au bout d'une minute environ, il se surprit à contempler l'âtre vide de la cheminée, sans avoir la moindre idée de ce qu'il pourrait écrire.

Il se rendait compte maintenant combien il avait dû être difficile pour Ron et Hermione de lui écrire des lettres au cours de l'été. Comment s'y prendre pour raconter à Sirius tout ce qui s'était passé pendant la semaine et poser toutes les questions qui le tourmentaient sans donner à d'éventuels voleurs de lettres une quantité d'informations qu'il voulait précisément leur cacher?

Il resta immobile un moment, le regard perdu dans la cheminée puis, prenant enfin une décision, il trempa une nouvelle fois sa plume dans l'encrier et se mit résolument à écrire.

Cher Sniffle,

J'espère que tu vas bien. Ici, la première semaine a été épouvantable, je suis content que le week-end soit enfin arrivé.

Nous avons un nouveau professeur de défense contre les forces du Mal, le professeur Ombrage. Elle est presque aussi sympathique que ta mère. La raison pour laquelle je t'écris aujourd'hui c'est que, hier soir, alors que j'étais en retenue avec Ombrage, il m'est arrivé cette même chose dont je t'avais déjà parlé dans une lettre l'été dernier.

Nous avons tous hâte de revoir notre très grand ami et nous espérons qu'il reviendra bientôt.

Réponds-moi vite, s'il te plaît.
Avec toute mon affection,
Harry

Harry relut la lettre à plusieurs reprises en essayant de se mettre à la place d'un observateur extérieur. Il ne voyait pas très bien comment quiconque aurait pu comprendre de quoi il parlait – ni à qui il parlait – en lisant simplement cette lettre. Il espérait que Sirius comprendrait l'allusion à Hagrid et qu'il leur dirait quand on pouvait espérer son retour. Harry ne voulait pas poser la question directement de peur d'attirer l'attention sur la mission que Hagrid était peut-être en train d'accomplir pendant son absence de Poudlard.

Malgré la brièveté de la lettre, il lui avait fallu beaucoup de temps pour l'écrire. Pendant qu'il l'avait rédigée, la lumière du jour s'était peu à peu glissée jusqu'au milieu de la pièce et il entendait à présent des bruits étouffés qui provenaient des dortoirs, au-dessus de sa tête. Après avoir soigneusement cacheté son parchemin, il sortit par le trou que dissimulait le portrait de la grosse dame et se dirigea vers la volière aux hiboux.

— Si j'étais vous, je ne prendrais pas ce chemin, dit alors Nick Quasi-Sans-Tête.

A sa façon quelque peu insolite, le fantôme avait traversé un mur du couloir pour apparaître juste devant Harry.

— Peeves a préparé une plaisanterie très divertissante dont sera victime la première personne qui passera devant le buste de Paracelse, au milieu du couloir.

— Faut-il en conclure que Paracelse tombera sur la tête de la personne en question ? demanda Harry.

— *En effet.* Amusant, non ? répondit Nick Quasi-Sans-Tête d'une voix lasse. La subtilité n'a jamais été le point fort de Peeves. Je suis parti à la recherche du Baron Sanglant... Peut-être pourra-t-il empêcher cela... A bientôt, Harry...

— C'est ça, au revoir, dit Harry.

Et au lieu de prendre à droite, il tourna à gauche, empruntant un chemin plus long mais plus sûr pour se rendre à la volière. Son moral remonta lorsqu'il passa devant les fenêtres par lesquelles il voyait le ciel d'un bleu éclatant. Une séance d'entraînement était prévue un peu plus tard. Il serait enfin de retour sur le terrain de Quidditch.

Quelque chose lui effleura les chevilles. Il regarda par terre et vit Miss Teigne, la chatte grise et squelettique du concierge, qui avançait à pas furtifs. Elle tourna vers lui des yeux jaunes semblables à deux lampes, puis disparut derrière la statue de Wilfrid le Mélancolique.

— Je ne fais rien de mal, lui lança Harry.

Elle avait l'air caractéristique du chat délateur qui va faire son rapport à son maître. Pourtant, Harry ne voyait pas ce qu'on pouvait lui reprocher. Il avait parfaitement le droit de monter à la volière un samedi matin.

Le soleil était haut dans le ciel, à présent, et lorsque Harry entra dans la volière, les fenêtres sans carreaux l'éblouirent. De larges rayons de lumière argentée traversaient en tous sens la pièce circulaire où des centaines de hiboux, perchés sur des poutres, s'agitaient par instants dans la clarté du matin, certains revenant tout juste d'une nuit de chasse. Le sol couvert de paille crissa légèrement sous ses pas lorsqu'il marcha sur les carcasses de petits animaux dévorés jusqu'à l'os. Tendant le cou, Harry essaya d'apercevoir Hedwige.

— Ah, te voilà.

Il l'avait repérée tout près du plafond voûté.

— Viens, j'ai une lettre pour toi.

Avec un hululement grave, elle déploya ses grandes ailes blanches et descendit se poser sur son épaule.

— Bon, alors, l'adresse, c'est Sniffle, quelque part au-dehors, dit-il en lui donnant le parchemin qu'elle prit dans son bec mais, en fait, murmura-t-il sans vraiment savoir pourquoi, la lettre est destinée à Sirius, d'accord ?

Hedwige cligna ses yeux couleur d'ambre, ce qui laissait entendre qu'elle avait compris.

— Alors, bon vol, dit Harry.

Il la porta jusqu'à l'une des fenêtres. Après une amicale pression sur son bras, Hedwige s'envola dans le ciel d'une clarté aveuglante. Il la regarda s'éloigner jusqu'à ce qu'elle ne soit plus qu'un point minuscule qui disparut bientôt. Il tourna alors son regard vers la cabane de Hagrid qu'on voyait distinctement depuis cette même fenêtre et qui, de toute évidence, était toujours inhabitée, avec ses rideaux tirés et sa cheminée sans fumée.

Là-bas, dans la Forêt interdite, les cimes des arbres oscillaient sous une légère brise. Harry les contempla en savourant la fraîcheur de l'air matinal sur son visage. Il pensait à l'entraînement de Quidditch qui l'attendait un peu plus tard... Ce fut à ce moment-là qu'il le vit : un grand cheval ailé, reptilien, semblable à ceux qui tiraient les diligences de Poudlard, ses ailes noires et lisses largement déployées comme celles d'un ptérodactyle, s'éleva des arbres, tel un oiseau géant et grotesque. Il décrivit un large cercle puis replongea dans la forêt. Tout s'était passé si vite que Harry eut du mal à croire ce qu'il avait vu. Mais son cœur battait frénétiquement contre ses côtes.

Au même instant, la porte de la volière s'ouvrit derrière lui. Il sursauta, se retourna et vit entrer Cho Chang qui tenait une lettre et un paquet à la main.

— Salut, dit machinalement Harry.

— Oh... Salut, dit-elle, le souffle court. Je ne pensais pas qu'il y aurait quelqu'un dans la volière à cette heure-ci... Je viens de m'en souvenir il y a cinq minutes, c'est l'anniversaire de ma mère, aujourd'hui.

Elle montra le paquet.

— Ah, très bien, dit Harry.

Il avait l'impression que son cerveau s'était bloqué. Il aurait voulu dire quelque chose de drôle, d'intéressant, mais le souvenir de cet horrible cheval ailé était trop présent dans son esprit.

— Belle journée, dit-il en montrant les fenêtres.

Il fut tellement gêné qu'il sentit ses entrailles se ratatiner.

La météo. Il ne trouvait pas d'autre sujet de conversation que la *météo*...

— Oui, répondit Cho qui regardait autour d'elle, à la recherche d'un hibou. Beau temps pour le Quidditch. Je ne suis pas du tout sortie, cette semaine. Et toi ?

— Non plus, dit Harry.

Cho avait choisi une des chouettes effraies de l'école. Elle lui parla doucement pour la faire venir sur son bras et l'oiseau tendit obligeamment sa patte à laquelle elle attacha le paquet.

– Au fait, est-ce que Gryffondor a trouvé un nouveau gardien ? demanda-t-elle.

– Oui, répondit Harry. C'est mon copain Ron Weasley, tu le connais ?

– Celui qui déteste les Tornades ? dit Cho avec froideur. Et il est bon ?

– Oui, je crois. Mais je n'ai pas vu ses essais, j'étais en retenue.

Cho leva les yeux, le paquet à moitié attaché à la patte de la chouette.

– Cette Ombrage est abominable, dit-elle à voix basse. Te donner une retenue simplement parce que tu as dit la vérité sur la façon dont... dont il est... dont il est mort. Tout le monde est au courant, la nouvelle a circulé dans toute l'école. C'était vraiment courageux de ta part de lui tenir tête comme ça.

Les entrailles de Harry retrouvèrent si rapidement leur volume normal qu'il se demanda s'il n'allait pas se mettre à flotter dans les airs, à quelques centimètres au-dessus du sol constellé de fientes de hiboux. Qui pouvait bien se soucier d'un stupide cheval volant alors que Cho venait de lui dire qu'elle le trouvait vraiment courageux ? Pendant un instant, il songea à lui montrer mine de rien sa coupure à la main pendant qu'il l'aidait à attacher le colis à la patte de la chouette... Mais au moment même où cette idée très séduisante lui venait à l'esprit, la porte de la volière s'ouvrit à nouveau.

Rusard, le concierge, entra dans la pièce, la respiration sifflante. Ses joues creuses, aux veines apparentes, étaient parsemées de plaques violettes, ses bajoues frémissaient et ses cheveux gris voletaient autour de sa tête. De toute évidence il avait couru jusqu'ici. Miss Teigne, qui trottait sur ses talons, leva les yeux vers les hiboux en miaulant d'un air affamé. Il y eut une grande agitation d'ailes et une grosse chouette claqua du bec d'un air menaçant.

– Aha ! s'exclama Rusard.

Il s'avança vers Harry, ses gros pieds plats claquant sur le sol, ses joues flasques frémissantes de colère.

— On m'a dit que vous vous apprêtiez à passer une grosse commande de Bombabouses.

Harry croisa les bras et fixa le concierge.

— Qui vous a dit que je commandais des Bombabouses ?

Les sourcils froncés, Cho regarda successivement Harry et Rusard. La chouette posée sur son bras, fatiguée de se tenir sur une patte, émit un hululement de protestation mais Cho n'y prit pas garde.

— J'ai mes sources, dit Rusard d'une voix sifflante qui exprimait toute sa satisfaction. Donnez-moi donc ce que vous aviez l'intention d'envoyer.

Se félicitant de n'avoir pas traîné dans l'expédition de sa lettre, Harry répondit :

— Impossible, c'est déjà parti.

— *Parti ?* dit Rusard, le visage crispé de rage.

— Parti, répéta calmement Harry.

Rusard ouvrit la bouche d'un air furieux, prononça quelques mots inaudibles puis promena son regard inquisiteur sur la robe de Harry.

— Comment puis-je être sûr que vous ne cachez rien dans votre poche ?

— Oh, pour une raison simple...

— Je l'ai vu l'envoyer, dit Cho avec colère.

Rusard se tourna vers elle.

— Vous l'avez vu ?

— Oui, je l'ai vu, répéta-t-elle d'un ton féroce.

Il y eut un silence pendant lequel Rusard jeta un regard noir à Cho qui le lui rendit, puis le concierge retourna vers la porte d'un pas traînant. La main sur la poignée, il s'arrêta et lança un coup d'œil menaçant à Harry.

— Si jamais je sens la moindre Bombabouse...

Il descendit alors l'escalier d'un pas pesant. Miss Teigne

contempla une dernière fois les hiboux avec convoitise puis se décida à le suivre.

Harry et Cho échangèrent un regard.

– Merci, dit Harry.

– Pas de quoi, répondit Cho.

Le teint légèrement rosé, elle acheva d'attacher son colis à la patte de la chouette.

– Tu *n'as pas* commandé de Bombabouses, n'est-ce pas ?

– Non, dit Harry.

– Je me demande pourquoi il a cru ça, dit-elle, en portant la chouette jusqu'à la fenêtre.

Harry haussa les épaules. Il était tout aussi étonné qu'elle, même si, étrangement, il ne s'en souciait guère pour le moment.

Ils sortirent ensemble de la volière. A l'entrée du couloir qui menait vers l'aile ouest du château, Cho lui dit :

– Je vais par là. Je... à un de ces jours, Harry.

– Oui... à bientôt.

Elle lui sourit et s'éloigna. Harry poursuivit son chemin dans un état de ravissement silencieux. Il avait réussi à avoir toute une conversation avec elle sans se sentir gêné une seule fois... « C'était vraiment courageux de ta part de lui tenir tête comme ça... » Cho lui avait dit qu'il était courageux... Elle ne lui en voulait pas d'avoir survécu à Cedric...

Bien sûr, c'était Cedric qu'elle lui avait préféré, il le savait... Pourtant, s'il avait réussi à l'inviter au bal avant lui, tout aurait peut-être été différent... Elle avait paru sincèrement désolée d'avoir à refuser sa proposition...

– Bonjour, dit Harry d'un ton claironnant à Ron et à Hermione lorsqu'il les rejoignit à la table de Gryffondor.

– Qu'est-ce qui te met de si bonne humeur ? demanda Ron en le dévisageant d'un air surpris.

– Heu... de jouer au Quidditch tout à l'heure, répondit Harry d'un ton joyeux en se servant une grande assiettée d'œufs au lard.

– Ah oui..., dit Ron.

Il reposa le toast qu'il était en train de manger et but une longue gorgée de jus de citrouille avant de poursuivre :

– Écoute... Est-ce que ça te dirait d'y aller un peu plus tôt avec moi pour... heu... que je m'habitue un peu avant la séance ? Que je puisse me mettre au niveau, tu comprends ?

– Oui, d'accord, assura Harry.

– Eh bien, moi, je crois que tu ne devrais pas, intervint Hermione. Vous avez tous les deux beaucoup de retard dans vos devoirs et je pense que...

Elle fut interrompue par l'arrivée du courrier. Comme d'habitude, un hibou moyen duc fonça vers elle, *La Gazette du sorcier* dans le bec, et atterrit dangereusement près du sucrier, la patte tendue. Hermione glissa une Noise dans sa bourse et parcourut la première page du journal d'un œil critique tandis que l'oiseau reprenait son vol.

– Rien d'intéressant ? demanda Ron.

Harry eut un sourire. Il savait que Ron cherchait surtout à détourner la conversation sur un autre sujet que les devoirs.

– Non, soupira Hermione, juste des idioties sur la bassiste des Bizarr' Sisters qui va se marier.

Elle ouvrit le journal et disparut derrière. Harry se servit une autre assiettée d'œufs au lard pendant que Ron contemplait les fenêtres de la Grande Salle, l'air un peu préoccupé.

– Oh, mais attends..., dit soudain Hermione. Oh non... Sirius !

– Qu'est-ce qui s'est passé ? s'exclama Harry en lui arrachant le journal d'un geste si violent qu'il le déchira par le milieu, chacun gardant une moitié dans les mains.

– « Le ministère de la Magie a reçu d'une source digne de foi une information selon laquelle Sirius Black, l'assassin de sinistre réputation... bla, bla, bla... se cacherait actuellement à Londres ! » lut Hermione dans un murmure angoissé.

– Ça, je suis prêt à parier n'importe quoi que c'est un coup de

Lucius Malefoy, dit Harry à voix basse, le regard furieux. Il a dû reconnaître Sirius sur le quai de la gare...

– Quoi ? s'écria Ron, affolé. Tu ne m'as pas dit...

– Chut ! ordonnèrent les deux autres d'une même voix.

– ...« Le ministère a le devoir d'avertir l'ensemble de la communauté des sorciers que Black est un homme très dangereux... a tué treize personnes... s'est évadé d'Azkaban... », les imbécillités habituelles, conclut Hermione qui posa sur la table sa moitié de journal en regardant Harry et Ron d'un air effaré. Il ne pourra certainement plus quitter la maison, murmura-t-elle. Dumbledore lui avait pourtant dit de ne pas sortir.

Harry, la mine sombre, jeta un coup d'œil au morceau de *La Gazette* qu'il avait déchiré. La plus grande partie de la page était consacrée à une publicité en faveur de « Madame Guipure prêt-à-porter pour mages et sorciers ». La boutique proposait des articles en solde.

– Hé ! dit soudain Harry en étalant la page sur la table. Regardez !

– Je n'ai pas besoin de robes, j'ai tout ce qu'il me faut, dit Ron.

– Non, pas ça. Regardez, là, cet entrefilet...

Ron et Hermione se penchèrent un peu plus. L'article ne faisait que quelques lignes, tout en bas d'une colonne. Il avait pour titre :

CAMBRIOLAGE AU MINISTÈRE

Sturgis Podmore, trente-huit ans, domicilié au 2, Laburnum Gardens, à Clapham, a été déféré devant le Magenmagot pour effraction et tentative de vol au ministère de la Magie, le 31 août dernier. Podmore a été appréhendé par le sorcier-vigile du ministère, Éric Munch, qui l'a surpris à une heure du matin alors qu'il essayait de forcer une porte de haute sécurité. Podmore, qui a refusé de présenter sa défense, a été condamné pour ces deux chefs d'accusation à six mois de prison au pénitencier d'Azkaban.

— Sturgis Podmore ? dit lentement Ron. C'est bien ce type qui a l'air d'avoir un toit de chaume sur la tête, non ? Il fait partie de l'Or...

— Ron, *chut !* l'interrompit Hermione en jetant un regard terrifié autour d'elle.

— Six mois à Azkaban ! murmura Harry, choqué. Simplement pour avoir essayé d'ouvrir une porte !

— Ne sois pas stupide, ce n'était pas seulement pour ça. Que pouvait-il faire à une heure du matin au ministère de la Magie ? souffla Hermione.

— Tu crois qu'il était en mission pour le compte de l'Ordre ? chuchota Ron.

— Attendez un peu, dit lentement Harry. Sturgis devait nous accompagner l'autre jour, vous vous souvenez ?

Les deux autres se tournèrent vers lui.

— Oui, il devait faire partie de notre escorte pour aller à King's Cross, c'est bien ça ? Et Maugrey n'était pas content parce qu'il n'est pas venu. Donc, il n'était pas en mission pour eux.

— Peut-être ne savaient-ils pas encore qu'il s'était fait prendre ? dit Hermione.

— Ou peut-être que c'est une machination ! s'exclama Ron, surexcité. Non... Attendez ! poursuivit-il en baissant brusquement la voix sous le regard menaçant d'Hermione. Le ministère le soupçonne d'être un allié de Dumbledore, alors, ils l'attirent là-bas, mais en fait il n'a pas du tout essayé de forcer cette porte ! C'était tout simplement un piège pour pouvoir l'arrêter !

Il y eut un silence pendant lequel Harry et Hermione réfléchirent à cette hypothèse. Harry la trouvait un peu tirée par les cheveux. Mais elle semblait avoir fait plus grande impression sur Hermione.

—Vous savez, je ne serais pas surprise que ce soit vrai.

Elle replia sa moitié de journal d'un air songeur. Lorsque Harry reposa son couteau et sa fourchette, elle paraissait sortir d'une rêverie.

– Bon, je pense qu'on devrait s'occuper d'abord du devoir pour Chourave sur les arbrisseaux autofertilisants. Avec un peu de chance, nous aurons peut-être le temps de commencer celui pour McGonagall sur le sortilège Inanimatus Apparitus avant l'heure du déjeuner...

Harry éprouva un vague sentiment de culpabilité à la pensée de la pile de devoirs qui l'attendait là-haut mais le ciel était d'un bleu limpide, enivrant, et il y avait une semaine qu'il n'était pas monté sur son Éclair de feu...

– En fait, on pourra très bien s'occuper de tout ça ce soir, dit Ron, alors qu'il descendait en compagnie de Harry la pelouse en pente douce qui menait au terrain de Quidditch.

Leur balai sur l'épaule, ils entendaient encore résonner à leurs oreilles les terribles prédictions d'Hermione qui les avait menacés d'un échec aux BUSE.

– D'ailleurs, on a encore demain. Elle se fait trop de soucis pour le travail, c'est ça l'ennui avec elle...

Après un moment de silence, il ajouta d'un ton légèrement plus anxieux :

– Tu crois qu'elle parlait sérieusement quand elle a dit qu'elle ne nous laisserait pas copier sur elle ?

– Oui, je crois, répondit Harry. Mais le Quidditch aussi, c'est important, il faut que nous nous entraînions si nous voulons rester dans l'équipe...

– Ouais, c'est vrai, dit Ron, ragaillardi. Et nous aurons bien assez de temps pour tout faire...

Lorsqu'ils approchèrent du terrain de Quidditch, Harry regarda sur sa droite les arbres de la forêt qui oscillaient d'un air sinistre. Aucune créature ne s'en échappa. Le ciel était vide, à part les quelques hiboux qui tournoyaient autour de la volière. Il avait déjà suffisamment de soucis en tête et le cheval volant ne le menaçait en rien, il décida donc de le chasser de son esprit.

Ils allèrent prendre des balles dans les vestiaires et se mirent au travail. Ron gardait les trois buts pendant que Harry, dans le rôle du poursuiveur, essayait d'envoyer le Souafle à travers les anneaux. Harry trouva Ron assez doué. Il était parvenu à bloquer les trois quarts de ses tirs et plus le temps passait, plus son jeu s'améliorait. Au bout de deux heures, ils retournèrent au château pour le déjeuner – au cours duquel Hermione leur fit clairement comprendre qu'elle les considérait comme des irresponsables – puis ils revinrent sur le terrain de Quidditch où allait commencer la véritable séance d'entraînement. Lorsqu'ils entrèrent dans les vestiaires, tous leurs coéquipiers étaient déjà là, à l'exception d'Angelina.

– Ça va, Ron ? demanda George en lui lançant un clin d'œil.

– Oui, répondit Ron qui était devenu de moins en moins bavard à mesure qu'il approchait du terrain.

– Prêt à nous en mettre plein la vue, le petit préfet ? dit Fred dont la tête ébouriffée émergea du col de sa robe avec un sourire légèrement moqueur.

– Ferme-la, répliqua Ron, le visage de marbre.

C'était la première fois qu'il revêtait la tenue de l'équipe. Pour une ancienne robe d'Olivier Dubois, qui avait les épaules plus larges que lui, elle lui allait plutôt bien.

– O.K., tout le monde, allons-y, lança Angelina, qui s'était déjà changée et sortait du bureau réservé au capitaine de l'équipe. Alicia et Fred, si vous pouviez nous apporter la boîte de balles. Ah, je voulais aussi vous dire qu'il y a deux ou trois personnes qui vont venir nous voir jouer mais n'y faites surtout pas attention, d'accord ?

En entendant le ton faussement dégagé d'Angelina, Harry n'eut pas trop de mal à deviner l'identité de ces spectateurs indésirables. Et, en effet, lorsqu'ils arrivèrent sur le terrain illuminé de soleil, ils furent accueillis par une tempête de sifflets et de quolibets. Les joueurs de Serpentard, accompagnés de leur suite habituelle, s'étaient installés à mi-hauteur des gradins vides, l'écho de leurs voix résonnant avec force tout autour du stade.

– C'est quoi, le truc qui sert de balai à Weasley ? lança Malefoy de sa voix traînante. Qui donc a eu l'idée d'ensorceler cette vieille bûche moisie pour essayer de la faire voler ?

Un mélange de rires gras et suraigus s'éleva du banc où Crabbe, Goyle et Pansy Parkinson avaient pris place. Ron monta sur son balai et donna un coup de pied pour prendre son envol. Derrière lui, Harry, qui avait décollé à son tour, vit ses oreilles devenir écarlates.

– N'y fais pas attention, lui dit-il en accélérant pour venir à sa hauteur. On verra bien qui rigolera le jour où on jouera contre eux...

– Voilà l'attitude qui me plaît, Harry, approuva Angelina.

Elle décrivit un cercle autour d'eux, le Souafle sous le bras, puis vint se placer en vol stationnaire devant son équipe.

– Alors, écoutez-moi, tout le monde, on va commencer par quelques passes pour s'échauffer, toute l'équipe, s'il vous plaît...

– Hé, Johnson, c'est quoi, cette coiffure ? hurla Pansy Parkinson, sur les gradins. On dirait que tu as des vers de terre qui te sortent de la tête !

Angelina rejeta en arrière ses longs cheveux tressés et poursuivit très calmement :

– Mettez-vous en place et voyons ce qu'on peut faire...

Harry se détacha du groupe et alla se poster à l'extrémité du terrain. Ron se dirigea vers les buts d'en face, Angelina leva le Souafle d'une main et le lança avec force à Fred qui le passa à George qui le passa à Harry qui le passa à Ron qui le laissa tomber.

Menés par Malefoy, les Serpentard se mirent à hurler de rire. Ron fonça en piqué pour rattraper le Souafle avant qu'il ne touche le sol et essaya de remonter en chandelle mais il rata sa manœuvre et glissa de côté sur son balai avant de revenir tant bien que mal à l'altitude de jeu, le visage écarlate. Harry vit Fred et George échanger des regards mais, contrairement à leur habitude, aucun des deux ne fit de commentaire, ce dont il leur fut reconnaissant.

– Passe la balle, Ron, lança Angelina, comme si rien ne s'était passé.

Ron lança le Souafle à Angelina qui passa derrière elle à Harry qui passa à George.

– Hé, Potter, comment va ta cicatrice ? s'écria Malefoy. Tu ne crois pas que tu devrais te coucher ? Ça fait bien une semaine que tu n'es pas allé à l'infirmerie, c'est un record pour toi, non ?

George passa à Angelina qui fit une passe de revers à Harry qui ne s'y attendait pas mais parvint à rattraper le Souafle du bout des doigts. Il le passa très vite à Ron qui se précipita et le rata de quelques centimètres.

– Ron, enfin..., s'impatienta Angelina tandis qu'il redescendait en piqué pour rattraper le Souafle. Fais un peu attention.

Lorsque Ron revint à l'altitude de jeu, il aurait été difficile de dire si c'était le Souafle ou son visage qui était le plus écarlate. Malefoy et les autres Serpentard recommencèrent à hurler de rire.

A sa troisième tentative, Ron rattrapa le Souafle. Sous l'effet du soulagement, sans doute, il le relança avec tant d'enthousiasme que le Souafle passa droit entre les bras tendus de Katie et la heurta violemment en plein sur le nez.

– Excuse-moi, grogna Ron en fonçant vers elle pour voir s'il lui avait fait mal.

– Reprends ta place, elle n'a rien ! aboya Angelina. Mais quand tu passes le Souafle à une de tes coéquipières, n'essaye pas de la faire tomber de son balai, d'accord ? On a des Cognards pour ça !

Le nez de Katie saignait. En bas, les Serpentard tapaient du pied en lançant leurs habituels quolibets. Fred et George s'approchèrent ensemble de Katie.

– Tiens, prends ça, lui dit Fred.

Il sortit de sa poche une sorte de petit bonbon violet qu'il lui tendit.

— Dans un instant, tu n'auras plus rien.

— Bien, dit Angelina d'une voix sonore. Fred et George, allez chercher vos battes et un Cognard. Ron, va te mettre en place devant les buts, Harry, tu relâcheras le Vif d'or quand je te le dirai. Alors, évidemment, on essaye de marquer des buts à Ron.

Harry fonça dans le sillage des jumeaux pour aller chercher le Vif d'or.

— Ron joue comme une patate, non ? marmonna George.

Ils avaient atterri tous les trois devant la boîte à balles qu'ils ouvrirent pour y prendre l'un des deux Cognards ainsi que le Vif d'or.

— Il a simplement le trac, dit Harry. Il se débrouillait très bien quand je me suis entraîné avec lui ce matin.

— J'espère qu'il n'a pas donné le meilleur de lui-même trop tôt, dit Fred d'un air sombre.

Ils redécollèrent en direction du terrain. Au coup de sifflet d'Angelina, Harry lâcha le Vif d'or et Fred et George libérèrent le Cognard. A partir de cet instant, Harry ne sut plus très bien ce que faisaient les autres. Sa tâche consistait à attraper de nouveau la minuscule balle dorée qui voletait en tous sens. L'exploit exigeait une rapidité et une adresse exceptionnelles, et rapportait cent cinquante points d'un coup à l'équipe de l'attrapeur victorieux. Harry accéléra, zigzaguant parmi les poursuiveurs. L'air tiède de l'automne lui fouettait le visage et les cris lointains des Serpentard qui résonnaient à ses oreilles paraissaient à présent bien dérisoires... Mais un autre coup de sifflet l'obligea, trop tôt à son goût, à s'arrêter une nouvelle fois.

— Stop... *stop*... STOP ! hurla Angelina. Ron, tu ne couvres pas le but central !

Harry se tourna vers Ron qui se tenait devant l'anneau de gauche en laissant les deux autres sans aucune protection.

– Oh..., excuse-moi...

– Tu n'arrêtes pas de changer de place pendant que tu sur-
veilles les poursuiveurs ! dit Angelina. Ou bien tu restes au
centre jusqu'à ce que tu aies à bouger pour défendre un but ou
bien tu tournes régulièrement autour des anneaux, mais ne te
balade pas vaguement d'un seul côté, c'est comme ça que tu as
encaissé les trois derniers buts !

– Excuse-moi..., répéta Ron, son visage écarlate brillant
comme un phare dans le ciel d'un bleu étincelant.

– Et Katie, tu ne pourrais pas arrêter de saigner du nez ?

– Ça devient de pire en pire ! répondit Katie d'une voix
pâteuse en essayant d'arrêter le flot de sang avec sa manche.

Harry jeta un coup d'œil à Fred qui vérifiait le contenu de ses
poches d'un air inquiet. Il le vit sortir quelque chose de violet
qu'il examina un instant. Puis Fred se tourna vers Katie, visiblement frappé d'horreur.

– Bon, on essaye une nouvelle fois, dit Angelina.

Elle n'accordait apparemment aucune attention aux
Serpentard qui scandaient à présent : « *Les Gryffondor vont
perdre, les Gryffondor vont perdre !* », mais on sentait malgré tout
une certaine raideur dans la façon dont elle se tenait sur son
balai.

Cette fois, ils avaient à peine volé pendant trois minutes que
le sifflet d'Angelina retentit à nouveau. Harry, qui venait de
repérer le Vif d'or près des buts d'en face, s'immobilisa, manifestement exaspéré.

– Qu'est-ce qu'il y a encore ? demanda-t-il d'un ton irrité à
Alicia qui se trouvait à côté de lui.

– C'est Katie, répondit-elle.

Harry vit alors Angelina, Fred et George voler à toute vitesse
vers Katie. Il se hâta d'aller les rejoindre en compagnie d'Alicia.
De toute évidence, Angelina avait interrompu l'entraînement
juste à temps : Katie avait à présent le teint crayeux et ruisselait
de sang.

— Il faut l'envoyer à l'infirmerie, dit Angelina.

— On s'en occupe, assura Fred. Elle... heu... elle a peut-être avalé par erreur des graines de Sanguinole...

— En tout cas, on ne peut pas continuer sans batteurs et avec un poursuiveur en moins, dit Angelina d'un air renfrogné, tandis que Fred et George filaient vers le château en portant Katie chacun d'un côté. Venez, on retourne se changer.

Et les Serpentard continuèrent de scander leurs insultes pendant que le reste de l'équipe prenait la direction des vestiaires.

— Comment s'est passé l'entraînement ? demanda Hermione d'un ton plutôt froid, lorsque Harry et Ron revinrent une demi-heure plus tard dans la salle commune.

— C'était..., commença Harry.

— Complètement lamentable, acheva Ron d'une voix caverneuse en se laissant tomber dans un fauteuil près d'Hermione.

Elle leva les yeux vers lui et sa froideur sembla fondre aussitôt.

— C'était seulement la première séance, dit-elle pour le consoler. Il te faudra forcément du temps pour...

— Qui a dit que c'était lamentable à cause de moi ? répliqua sèchement Ron.

— Personne, répondit Hermione, prise au dépourvu. Je pensais...

— Tu pensais que je serais *forcément* nul ?

— Non, bien sûr que non ! Tu comprends, tu m'as dit toi-même que c'était lamentable, alors j'ai...

— Je vais me mettre à mes devoirs, coupa Ron d'un ton furieux.

Il s'éloigna à grands pas vers l'escalier qui menait aux dortoirs des garçons et disparut. Hermione se tourna vers Harry.

— Il était vraiment lamentable ?

— Non, répondit Harry, avec une indéfectible loyauté.

Hermione haussa les sourcils.

— Oh, bien sûr, il aurait peut-être pu jouer mieux, marmonna-t-il, mais comme tu l'as dit, ce n'était que la première séance...

Ni Ron ni Harry n'avancèrent beaucoup dans leurs devoirs ce soir-là. Harry savait que Ron était trop préoccupé par sa mauvaise performance au cours de l'entraînement et lui-même avait du mal à chasser de son esprit les voix des Serpentard qui scandaient : « *Les Gryffondor vont perdre.* »

Ils passèrent tout leur dimanche dans la salle commune, plongés dans leurs livres tandis que la pièce se remplissait puis se vidait autour d'eux. Le temps était toujours beau et clair et les autres Gryffondor avaient préféré sortir dans le parc pour profiter de ce qui serait peut-être la dernière journée ensoleillée de l'année. Le soir venu, Harry eut l'impression qu'on lui avait cogné le cerveau contre la boîte crânienne.

— Tu sais, on devrait peut-être essayer de travailler davantage au cours de la semaine, murmura-t-il à Ron.

Après avoir rangé la longue dissertation qu'ils avaient rédigée pour le professeur McGonagall sur le sortilège d'Inanimatus Apparitus, ils se penchèrent misérablement sur le devoir tout aussi long et difficile qu'ils devaient rendre au professeur Sinistra sur les nombreuses lunes de Jupiter.

— Oui, admit Ron.

Il frotta ses yeux rougis et jeta dans le feu le cinquième morceau de parchemin qu'il venait de raturer.

— Écoute... il faudrait demander à Hermione si elle veut bien nous laisser jeter un coup d'œil à ce qu'elle a fait.

Harry regarda Hermione, assise un peu plus loin, Pattenrond sur ses genoux. Elle bavardait gaiement avec Ginny tandis que des aiguilles étincelaient devant son visage en tricotant des chaussettes informes destinées aux elfes.

— Non, dit Harry, d'un ton lourd. Elle n'acceptera jamais.

Ils continuèrent donc à travailler tandis que le ciel s'assombrissait peu à peu derrière les fenêtres. Lentement, la foule rassemblée dans la pièce commune commença à s'éclaircir à nouveau. A onze heures et demie, Hermione s'approcha d'eux en bâillant.

– Vous avez bientôt fini ?

– Non, répliqua Ron d'un ton tranchant.

– La plus grande lune de Jupiter, c'est Ganymède, pas Callisto, dit-elle en montrant par-dessus l'épaule de Ron une ligne de son devoir. Et c'est sur Io qu'il y a les volcans.

– Merci, grogna Ron en rectifiant les phrases offensantes pour les lunes de Jupiter.

– Désolée, je voulais seulement...

– Bon, écoute, si tu es simplement venue pour critiquer...

– Ron...

– Je n'ai pas le temps d'écouter un sermon, d'accord, Hermione ? Je suis jusqu'au cou dans...

– Mais non, ce n'est pas ça... Regardez !

Hermione montrait la fenêtre la plus proche. Harry et Ron tournèrent la tête. Un magnifique hibou moyen duc se tenait sur le rebord, les yeux fixés sur Ron.

– Ce ne serait pas Hermès ? demanda Hermione, stupéfaite.

– Mais si, ma parole, c'est lui ! dit Ron à voix basse.

Il jeta sa plume et se leva.

– Je me demande bien pourquoi Percy m'écrit.

Il se dirigea vers la fenêtre et l'ouvrit. Hermès entra dans la pièce, se posa sur le devoir de Ron et tendit sa patte à laquelle un parchemin était attaché. Ron prit la lettre et le hibou repartit aussitôt, laissant des traces d'encre sur le dessin que Ron avait fait de Io, la lune de Jupiter.

– C'est bien l'écriture de Percy, dit Ron.

Il se laissa retomber dans son fauteuil et regarda l'adresse rédigée sur le parchemin : «Ronald Weasley, maison Gryffondor, Poudlard». Puis il leva les yeux vers les deux autres.

– Qu'est-ce que vous pensez de ça ?

– Ouvre-la, dit Hermione avec impatience.

Harry approuva d'un signe de tête.

Ron déroula le parchemin et commença à lire. À mesure qu'il parcourait les lignes, son visage se renfrognait de plus en plus. Lorsqu'il eut fini, il paraissait dégoûté. Il tendit alors la lettre à Harry et à Hermione qui la lurent en même temps, penchés l'un vers l'autre.

Cher Ron,

Je viens d'apprendre (du ministre de la Magie en personne, qui le tient de ton nouveau professeur, Dolores Ombrage) que tu viens d'être nommé préfet à Poudlard.

J'ai été très agréablement surpris d'entendre cette nouvelle et je dois commencer par t'adresser toutes mes félicitations. J'avoue que j'ai toujours eu peur de te voir prendre ce que l'on pourrait appeler la « voie de Fred et George » plutôt que de suivre mes traces, aussi peux-tu facilement imaginer mon soulagement quand j'ai su que tu avais cessé de mépriser l'autorité et décidé d'endosser de véritables responsabilités.

Mais je veux faire plus que t'exprimer de simples félicitations, Ron, je souhaite également t'offrir quelques conseils et c'est la raison pour laquelle je t'envoie cette lettre le soir plutôt que par le courrier du matin. J'espère que tu pourras la lire loin des regards indiscrets et des questions embarrassantes.

D'après ce que le ministre a laissé échapper en m'annonçant que tu avais été nommé préfet, je conclus que tu vois toujours très souvent Harry Potter. Je dois t'avertir, Ron, que rien ne peut menacer davantage ton insigne de préfet qu'une fraternisation prolongée avec ce garçon. Je sais, bien sûr, que tu seras surpris de lire ces lignes – tu me diras sans doute que Potter a toujours été le chouchou de Dumbledore – mais j'estime de mon devoir de te prévenir que Dumbledore ne sera peut-être plus très longtemps en poste à Poudlard et que les personnes qui comptent aujourd'hui ont une façon très différente – et probablement beaucoup plus juste – de juger le comportement de Potter. Je n'en dirai pas plus pour l'instant mais si tu prends la peine de lire La Gazette du sorcier *demain, tu auras une assez bonne idée de la direction dans laquelle souffle le vent – et on verra si tu reconnais la marque de ton serviteur !*

Percy et Patmol

Sérieusement, Ron, il ne faut pas que tu sois mis dans le même sac que Potter, cela pourrait avoir des conséquences fâcheuses pour ton avenir et je parle également de ta vie après l'école. Comme tu dois déjà le savoir, puisque notre père l'a accompagné au tribunal, Potter a été convoqué cet été à une audience disciplinaire devant le Magenmagot au complet et il n'en est pas sorti sans dommages. Si tu veux mon avis, il n'a réussi à échapper aux mailles du filet que grâce à des finasseries juridiques et nombre de personnes avec lesquelles je me suis entretenu restent convaincues de sa culpabilité.

Peut-être as-tu peur de rompre les liens avec Potter — je sais qu'il n'est pas très équilibré et qu'il lui arrive, autant que je le sache, d'être violent — mais si tu as quelque souci que ce soit à ce sujet, ou si tu as remarqué dans son comportement quelque chose d'inquiétant, je te conjure d'aller en parler à Dolores Ombrage, une femme véritablement charmante qui ne sera que trop heureuse de te conseiller, tu peux m'en croire.

Voilà qui m'amène au deuxième conseil que je voulais te donner. Comme je te l'ai laissé entendre, les jours de Dumbledore à Poudlard pourraient bien être comptés. Ce n'est pas à lui que tu dois manifester ta fidélité, Ron, mais à l'école et au ministère. Je regrette infiniment d'apprendre que, jusqu'à présent, le professeur Ombrage ne rencontre guère de coopération de la part des autres professeurs dans ses efforts pour mettre en œuvre les changements que le ministère désire si ardemment introduire à Poudlard (bien que sa tâche puisse être facilitée à compter de la semaine prochaine — là encore, tu en sauras plus en lisant La Gazette du sorcier *demain !). Je te dirai simplement ceci : un élève qui montre sa volonté d'aider le professeur Ombrage aujourd'hui pourrait se retrouver en bonne position pour devenir préfet-en-chef dans deux ans !*

Je regrette de n'avoir pas pu te voir davantage cet été. Critiquer nos parents me chagrine profondément, mais j'ai bien peur qu'il me soit impossible de vivre plus longtemps sous leur toit tant qu'ils continueront à fréquenter la redoutable bande qui tourne autour de Dumbledore. (Si tu écris à maman, tu peux lui dire qu'un certain Sturgis Podmore, qui est un grand ami de Dumbledore, a été récemment envoyé à

Azkaban pour avoir tenté de cambrioler le ministère. Voilà qui l'aidera peut-être à ouvrir les yeux sur le genre de délinquants qu'ils côtoient.) Je m'estime pour ma part très heureux d'avoir échappé à la honte d'être associé à de tels personnages – le ministre ne saurait être plus aimable avec moi – et j'espère vraiment, Ron, que tu ne laisseras pas les liens familiaux te dissimuler la nature erronée des croyances et des actions de nos parents. Je souhaite sincèrement qu'avec le temps, ils comprennent à quel point ils se sont trompés et je serai bien entendu tout disposé à accepter leurs excuses lorsque ce jour viendra.

Réfléchis très attentivement, s'il te plaît, à ce que je t'ai dit, particulièrement en ce qui concerne Harry Potter, et reçois à nouveau mes très sincères félicitations pour ta nomination au poste de préfet.

Ton frère,

Percy

Harry leva les yeux vers Ron.

– Bon, eh bien, dit-il en s'efforçant d'adopter le ton de la plaisanterie, si tu veux... heu... comment dit-il déjà ? – Il regarda la lettre de Percy. – Ah oui, c'est ça... « rompre les liens » avec moi, je te promets que je ne deviendrai pas violent.

– Rends-moi ça, demanda Ron, la main tendue. C'est vraiment – dit-il d'une voix saccadée tandis qu'il déchirait en deux la lettre de Percy – le plus grand – il la déchira en quatre – *crétin* – il la déchira en huit – du monde.

Puis il jeta les morceaux de parchemin dans le feu.

– Allez, viens, il faut finir ça avant l'aube, dit-il vivement à Harry en reprenant le devoir destiné au professeur Sinistra.

Hermione regarda Ron avec une étrange expression.

– Allez, donne, dit-elle soudain.

– Quoi ? s'étonna Ron.

– Donnez-moi vos devoirs, je vais les regarder et les corriger, dit-elle.

– Tu parles sérieusement ? Ah, Hermione, tu nous sauves la vie, dit Ron. Qu'est-ce que je pourrais...

— Tu pourrais dire par exemple : « Nous promettons de ne plus jamais accumuler un tel retard dans nos devoirs », répondit-elle en tendant les deux mains pour prendre leurs copies.

Mais en même temps, son expression était légèrement amusée.

— Merci mille fois, Hermione, dit Harry d'une petite voix.

Il lui donna son devoir et retomba dans son fauteuil en se frottant les yeux.

Il était maintenant plus de minuit et ils étaient seuls dans la salle commune. On n'entendait que le crissement de la plume d'Hermione qui raturait des phrases ici ou là et le bruissement des pages qu'elle tournait en vérifiant certaines données dans les livres étalés sur la table. Harry était épuisé. Il ressentait également un étrange sentiment de vide, un peu nauséeux, qui n'avait rien à voir avec la fatigue mais plutôt avec la lettre dont les morceaux noircis se consumaient à présent au milieu des flammes.

Il savait que la moitié des élèves de Poudlard le trouvaient bizarre, et même fou. Il savait que *La Gazette du sorcier* avait fait pendant des mois des allusions narquoises à son sujet. Mais le voir écrit ainsi de la main de Percy, savoir que Percy conseillait à Ron de le laisser tomber et même d'aller raconter des histoires sur lui à Ombrage, rendait la situation beaucoup plus réelle à ses yeux que n'importe quoi d'autre. Il connaissait Percy depuis quatre ans, il avait passé des vacances d'été dans sa maison, partagé avec lui une tente pendant la Coupe du Monde de Quidditch, et Percy lui avait même donné la note maximum à l'issue de la deuxième tâche du Tournoi des Trois Sorciers, l'année précédente. Pourtant, aujourd'hui, Percy pensait qu'il était un déséquilibré et pouvait même se montrer violent.

Avec un élan d'affection pour son parrain, il songea que Sirius était la seule personne qui pouvait vraiment comprendre ce qu'il ressentait en cet instant, car il se trouvait dans une situation semblable. Presque tout le monde chez les sorciers le considérait comme un redoutable assassin et l'un des plus fidèles partisans de Voldemort. Et depuis quatorze ans, il devait vivre en sachant cela...

Harry cligna des yeux. Il venait de voir dans le feu quelque chose qui n'aurait pas dû y être. Une image lui était apparue comme dans un éclair puis s'était aussitôt volatilisée. Non... Ce ne pouvait être... Son imagination l'avait abusé parce qu'il pensait à Sirius...

— Bon, alors, écris ça, dit Hermione à Ron.

Elle lui donna son devoir et une feuille recouverte de sa propre écriture.

— Ensuite, tu ajouteras la conclusion que j'ai rédigée pour toi.

— Hermione, tu es vraiment la personne la plus extraordinaire que j'aie jamais rencontrée, dit Ron d'une voix faible. Et si jamais je me montrais à nouveau grossier avec toi...

— ... je saurais que tu as retrouvé ton état normal, acheva Hermione. Harry, ce que tu as écrit est très bien à part la fin. Tu as sans doute mal entendu ce que disait le professeur Sinistra, le satellite de Jupiter qu'on appelle Europe est recouvert de glace, pas de garces... Harry ?

Harry avait glissé de son fauteuil et s'était agenouillé sur le vieux tapis brûlé, le regard fixé sur les flammes.

— Heu... Harry ? dit Ron d'une voix hésitante. Qu'est-ce que tu fais par terre ?

— Je viens de voir la tête de Sirius dans le feu.

Harry avait dit cela d'une voix très calme. Après tout, il avait déjà vu la tête de Sirius dans cette même cheminée l'année précédente et il lui avait parlé. Mais, cette fois, il n'en était pas absolument sûr... Elle avait disparu si vite...

— La tête de Sirius ? répéta Hermione. Tu veux dire comme le jour où il a voulu te parler pendant le Tournoi des Trois Sorciers ? Mais il ne pourrait plus faire ça maintenant, ce serait trop... *Sirius !*

Elle sursauta en regardant le feu. Ron laissa tomber sa plume. Sous leurs yeux, au beau milieu des flammes qui dansaient dans l'âtre, la tête de Sirius venait d'apparaître avec ses longs cheveux noirs qui encadraient son visage souriant.

— Je commençais à craindre que vous n'alliez vous coucher avant que les autres soient partis, dit-il. J'ai vérifié toutes les heures...

— Tu veux dire que, toutes les heures, tu as passé la tête dans le feu ? s'étonna Harry en riant à moitié.

— Juste quelques secondes pour voir si la voie était libre.

— Et si on vous avait surpris ? dit Hermione d'une voix angoissée.

— Je crois qu'il y a une fille — de première année, d'après sa tête — qui a dû m'apercevoir tout à l'heure, mais ne t'inquiète pas, dit Sirius précipitamment en voyant Hermione plaquer une main contre sa bouche. J'étais déjà parti quand elle a voulu regarder de plus près. Elle a sans doute pensé que j'étais une bûche avec une drôle de forme ou quelque chose comme ça.

— Mais Sirius, c'est un risque énorme..., commença Hermione.

— On dirait Molly, répliqua Sirius. C'était la seule façon de répondre à la lettre de Harry sans recourir à un code — les codes, on peut les percer.

En entendant parler de la lettre de Harry, Hermione et Ron tournèrent tous deux les yeux vers lui.

— Tu ne nous avais pas dit que tu avais écrit à Sirius ! s'exclama Hermione d'un ton accusateur.

— J'ai oublié, assura Harry, ce qui était parfaitement exact.

Sa rencontre avec Cho dans la volière avait chassé de son esprit tout ce qui s'était passé avant.

— Ne me regarde pas comme ça, Hermione, il était impossible que quiconque y découvre la moindre information, pas vrai, Sirius ?

— En effet, elle était très bien, répondit Sirius avec un sourire. Mais il faut qu'on se dépêche au cas où quelqu'un viendrait nous déranger... Ta cicatrice.

– Quoi ? Qu'est-ce que... ? commença Ron, mais Hermione l'interrompit.

– On te racontera plus tard. Continuez, Sirius.

– Je sais que ce n'est pas drôle quand ça fait mal mais nous pensons qu'il n'y a pas de quoi s'inquiéter. Elle est restée douloureuse toute l'année dernière, non ?

– Oui, et Dumbledore a dit que ça arrivait chaque fois que Voldemort éprouvait une très forte émotion, répondit Harry, indifférent comme toujours aux grimaces de Ron et d'Hermione. Alors peut-être que le soir où j'avais cette retenue, il était très en colère ou je ne sais quoi...

– Maintenant qu'il est de retour, la douleur reviendra plus souvent, dit Sirius.

– Alors, tu penses que ça n'a rien à voir avec le fait qu'Ombrage m'ait touché ? demanda Harry.

– J'en doute, répondit Sirius. Je la connais de réputation et je suis sûr que ce n'est pas une Mangemort.

– Elle est suffisamment ignoble pour en être une, dit sombrement Harry.

Ron et Hermione approuvèrent d'un vigoureux signe de tête.

– Oui, mais le monde ne se divise pas entre braves gens et Mangemorts, fit remarquer Sirius avec un sourire désabusé. Je sais bien qu'elle est épouvantable, vous devriez entendre Remus quand il en parle.

– Lupin la connaît ? demanda précipitamment Harry en se rappelant qu'Ombrage avait parlé lors de son premier cours de « certains hybrides particulièrement dangereux ».

– Non, dit Sirius, mais il y a deux ans, elle a rédigé quelques textes de loi antiloups-garous qui lui interdisent pratiquement de trouver du travail.

Harry se souvint que Lupin lui avait paru plus misérable que jamais ces temps derniers et son aversion pour Ombrage n'en fut que renforcée.

– Qu'est-ce qu'elle a contre les loups-garous ? demanda Hermione avec colère.

– J'imagine qu'elle en a peur, répondit Sirius qui souriait devant son indignation. Apparemment, elle déteste les hybrides. L'année dernière, elle a fait campagne pour qu'on recense les êtres de l'eau et qu'on les marque. Vous vous rendez compte ? Perdre son temps et son énergie à persécuter les êtres de l'eau alors que des immondices comme Kreattur ne sont pas inquiétées ?

Ron éclata de rire, mais Hermione parut outrée.

– Sirus ! s'exclama-t-elle d'un ton de reproche. Si vous faisiez quelques efforts avec Kreattur, je suis sûre qu'il réagirait favorablement. Vous êtes le dernier membre de la famille qui lui reste et le professeur Dumbledore a dit...

– Alors, comment se passent les cours d'Ombrage ? coupa Sirius. Elle vous apprend à tuer les hybrides ?

– Oh non, répondit Harry, indifférent à l'expression offensée d'Hermione, interrompue dans sa défense de Kreattur. Elle ne veut pas que nous fassions de la magie !

– On passe notre temps à lire ce stupide manuel, dit Ron.

– Oui, ce n'est pas étonnant, répondit Sirius. D'après nos informations au sein du ministère, Fudge ne veut pas qu'on vous entraîne au combat.

– *Qu'on nous entraîne au combat !* répéta Harry, incrédule. Qu'est-ce qu'il croit ? Qu'on veut devenir une armée ?

– C'est exactement ce qu'il pense, dit Sirius. Ou plutôt, il pense que c'est Dumbledore qui essaye de former sa propre armée pour s'emparer du ministère de la Magie.

Il y eut un moment de silence, puis Ron reprit :

– C'est la chose la plus idiote que j'aie jamais entendue. Même Luna Lovegood ne dit pas des trucs pareils.

– Alors, on nous empêche d'apprendre la défense contre les forces du Mal parce que Fudge a peur qu'on utilise des sortilèges contre le ministère ? dit Hermione, furieuse.

– En effet, répondit Sirius. Fudge pense que Dumbledore ne

reculera devant rien pour prendre le pouvoir. Il devient chaque jour un peu plus paranoïaque. Il finira par monter une machination pour faire arrêter Dumbledore, c'est une question de jours.

Harry repensa à la lettre de Percy.

— Est-ce que tu sais s'il va y avoir quelque chose sur Dumbledore dans *La Gazette du sorcier* de demain ? Percy, le frère de Ron, prétend que oui...

— Je ne sais pas, dit Sirius. Je n'ai vu aucun membre de l'Ordre pendant le week-end, ils étaient tous trop occupés. Il n'y avait plus que Kreattur et moi, là-bas...

On sentait une très nette amertume dans sa voix.

— Alors, tu n'as pas eu de nouvelles de Hagrid non plus ?

— Ah... dit Sirius. Je crois qu'il aurait déjà dû revenir, personne ne sait très bien ce qui lui est arrivé.

Voyant leur expression atterrée, il s'empressa d'ajouter :

— Mais Dumbledore n'est pas inquiet, alors ne vous mettez pas dans tous vos états. Je suis sûr que Hagrid va très bien.

— Mais s'il aurait déjà dû revenir..., dit Hermione d'une petite voix anxieuse.

— Madame Maxime était avec lui, nous avons eu un contact avec elle et elle nous a dit qu'ils étaient rentrés séparément, mais rien ne laisse penser qu'il ait pu être blessé ou... Bref, rien n'indique qu'il ne soit pas en pleine forme.

Harry, Ron et Hermione, qui n'étaient pas convaincus, échangèrent des regards inquiets.

— Écoutez, ne posez pas trop de questions sur Hagrid, reprit Sirius. Vous ne pourriez qu'attirer l'attention sur le fait qu'il n'est pas encore revenu et je sais que Dumbledore veut éviter ça. Hagrid est un dur, il s'en sortira très bien.

Comme ils ne semblaient pas retrouver le sourire, il ajouta :

— A quel moment aura lieu votre prochaine sortie à Pré-au-Lard ? Je me disais qu'on pourrait faire comme pour la gare de King's Cross, personne n'a remarqué le chien...

— NON ! s'écrièrent Harry et Hermione d'une même voix.

— Sirius, vous n'avez donc pas lu *La Gazette du sorcier* ? demanda Hermione d'un ton anxieux.

— Ah oui, ce petit article..., répondit-il avec un sourire. Ils essayent toujours de deviner où je me trouve. En fait, ils n'en ont pas la moindre idée...

— Cette fois, c'est différent, dit Harry. Dans le train, Malefoy a fait une allusion... et on a tout de suite pensé qu'il savait que le chien, c'était toi. Son père était sur le quai, Sirius — tu connais Lucius Malefoy — alors, quoi que tu fasses, ne viens pas ici. Si Drago Malefoy te reconnaît...

— D'accord, d'accord, j'ai compris, répondit Sirius, visiblement mécontent. C'était juste une idée, je pensais que ça vous ferait plaisir qu'on se retrouve.

— Bien sûr que ça nous ferait plaisir mais je ne veux pas qu'on te renvoie à Azkaban ! dit Harry.

Il y eut un silence pendant lequel Sirius, la tête au milieu des flammes, observa Harry. Un pli s'était dessiné entre ses yeux enfoncés dans leurs orbites.

— Tu ne ressembles pas autant à ton père que je le pensais, dit-il enfin avec une nette froideur dans la voix. Pour James, c'était justement le risque qui était amusant.

— Écoute...

— Bon, je ferais bien d'y aller. J'entends Kreattur qui descend l'escalier, dit Sirius, mais Harry était sûr qu'il mentait. Je t'écrirai pour t'indiquer le moment où je pourrai revenir te parler dans le feu, d'accord ? Si tu acceptes d'affronter un tel risque...

Il y eut un petit *pop !* et les flammes s'élevèrent à nouveau à l'endroit où la tête de Sirius s'était trouvée un instant auparavant.

15
LA GRANDE INQUISITRICE
DE POUDLARD

L e lendemain, ils s'attendaient à devoir éplucher
soigneusement *La Gazette du sorcier* pour y trouver
l'article dont Percy avait parlé dans sa lettre. Mais, à peine
le hibou livreur de journaux s'était-il envolé de la cruche de
lait sur laquelle il était venu se poser qu'Hermione fit un bond
sur sa chaise. Elle étala aussitôt le journal sur la table, montrant
une grande photo de Dolores Ombrage qui souriait largement
et clignait lentement des yeux sous la manchette :

LE MINISTÈRE VEUT RÉFORMER L'ÉDUCATION
DOLORES OMBRAGE NOMMÉE
GRANDE INQUISITRICE

– Ombrage... Grande Inquisitrice ? murmura Harry d'un air
sombre, sa tartine à moitié mangée lui glissant des doigts.
Qu'est-ce que ça veut dire ?
Hermione lut à haute voix :

*Dans une initiative inattendue, le ministère de la Magie a publié hier
soir un nouveau décret qui lui permettra d'exercer un contrôle sans précédent sur l'école de sorcellerie de Poudlard.*
*« Depuis un certain temps déjà, les responsables du ministère étaient
de plus en plus préoccupés par certains agissements qu'on pouvait observer à Poudlard, nous a déclaré Percy Weasley, le jeune assistant du
ministre. Il s'agit aujourd'hui de répondre aux inquiétudes exprimées*

par des parents alarmés qui sentent que l'école prend une direction qu'on ne saurait approuver. »

Ce n'est pas la première fois, ces dernières semaines, que le ministre, Cornelius Fudge, établit de nouvelles lois pour améliorer le fonctionnement de l'école de sorcellerie. Déjà, le 30 août dernier, le décret d'éducation numéro vingt-deux établissait que, dans le cas où l'actuel directeur ne serait pas en mesure de proposer un candidat à un poste d'enseignant, le ministère serait chargé de choisir lui-même la personne qualifiée.

« C'est ainsi que Dolores Ombrage a pu être nommée professeur à Poudlard, indique Weasley. Dumbledore était incapable de trouver quelqu'un. Le ministre a donc choisi Ombrage qui, bien entendu, a remporté un succès immédiat... »

– A remporté QUOI ? s'exclama Harry.
– Attends, ça continue, dit Hermione d'un air lugubre.

« ... un succès immédiat. Elle a en effet totalement révolutionné l'enseignement de la défense contre les forces du Mal et a pu fournir au ministre des informations recueillies sur le terrain à propos de ce qui se passe réellement dans l'école. »

C'est cette dernière fonction que le ministère a désormais officialisée grâce au décret d'éducation numéro vingt-trois qui crée à Poudlard le poste de Grand Inquisiteur – en l'occurrence de Grande Inquisitrice.

« Il s'agit d'une nouvelle étape passionnante dans le projet du ministère de traiter concrètement le problème de ce que certains appellent la "baisse de niveau" à Poudlard, souligne Weasley. L'inquisitrice aura le pouvoir d'inspecter ses collègues enseignants et de veiller ainsi à ce qu'ils se montrent à la hauteur de leur tâche. Le professeur Ombrage s'est vu offrir ce poste en plus de celui d'enseignante et nous avons le très grand plaisir de vous annoncer qu'elle a accepté d'en assumer les responsabilités. »

Ces nouvelles initiatives ont reçu le soutien enthousiaste des parents d'élèves de Poudlard.

« Je me sens beaucoup plus tranquille, maintenant que je sais que Dumbledore est soumis à une évaluation juste et objective de la façon *dont il exerce ses fonctions, nous a ainsi déclaré Lucius Malefoy, quarante et un ans, que nous avons pu joindre hier dans son manoir du Wiltshire. Nombre de parents d'élèves soucieux des intérêts de leurs enfants se sont inquiétés de certaines décisions excentriques de Dumbledore au cours de ces dernières années. Aujourd'hui, nous sommes heureux de savoir que le ministère surveille la situation de près. »*

Parmi ces décisions excentriques, on rappellera diverses nominations dont nous avons déjà fait état dans ces colonnes, notamment celles du loup-garou Remus Lupin, du demi-géant Rubeus Hagrid et de l'ex-Auror paranoïaque Maugrey « Fol Œil ».

Les rumeurs ne manquent pas, bien sûr, pour affirmer qu'Albus Dumbledore, autrefois manitou suprême de la Confédération internationale des sorciers et président-sorcier du Magenmagot, n'est plus en état de diriger la prestigieuse école de Poudlard.

« Je pense que la nomination de l'inquisitrice est un premier pas pour garantir à l'avenir que Poudlard sera dirigé par quelqu'un en qui nous pourrons avoir toute confiance », nous a déclaré hier soir un membre du ministère.

Deux juges du Magenmagot, Griselda Marchebank et Tiberius Ogden, ont démissionné pour protester contre la création du poste de Grand Inquisiteur à Poudlard.

« Poudlard est une école, pas un poste avancé du cabinet de Cornelius Fudge, affirme Mrs Marchebank. Il s'agit une fois de plus d'une tentative abjecte de discréditer Dumbledore. »

(Pour plus de détails concernant les liens présumés de Mrs Marchebank avec des groupes subversifs de gobelins, voir page 17.)

Hermione acheva sa lecture puis regarda Harry et Ron assis face à elle.

– Maintenant, on sait pourquoi on a cette Ombrage sur le dos ! Fudge a fait passer un « décret d'éducation » et nous l'a imposée ! Et à présent, elle a le pouvoir d'inspecter les autres profs !

Les yeux d'Hermione étincelaient et sa respiration s'était accélérée.

– Je n'arrive pas à y croire. C'est absolument *scandaleux* !

– Je sais bien, dit Harry.

Il regarda sa main crispée sur la table et distingua les contours blanchâtres des mots qu'Ombrage l'avait forcé à graver dans sa chair.

Un sourire était cependant apparu sur le visage de Ron.

– Qu'est-ce qu'il y a ? s'étonnèrent Harry et Hermione en se tournant vers lui.

– J'ai hâte de voir McGonagall inspectée, dit-il d'un ton joyeux. Ombrage ne verra pas le coup venir !

– Allez, venez, dit Hermione en se levant d'un bond. On ferait bien d'y aller, si elle inspecte Binns, il ne faut pas qu'on soit en retard...

Mais le professeur Ombrage n'inspecta pas leur cours d'histoire de la magie qui fut tout aussi ennuyeux que le lundi précédent. Elle ne se montra pas davantage dans le cachot de Rogue lorsqu'ils arrivèrent pour leur double cours de potions où le devoir de Harry sur la pierre de lune lui fut rendu avec un grand D aux angles pointus griffonné dans le coin supérieur.

– Je vous ai mis les notes que vous auriez obtenues si vous aviez rendu ces copies-là à l'épreuve de BUSE, dit Rogue avec un sourire narquois tandis qu'il passait entre les tables pour distribuer les devoirs corrigés. Voilà qui devrait vous donner une idée assez réaliste de ce qui vous attend le jour de l'examen.

Rogue revint à l'autre bout de la salle et se tourna face aux élèves.

– La moyenne générale de ce devoir se situe à des profondeurs abyssales. Si ce sujet vous avait été soumis à l'examen, la plupart d'entre vous auraient été recalés. J'espère que vous ferez un plus grand effort pour votre devoir de cette semaine qui portera sur les divers types d'antidotes aux venins, sinon, je serai obligé de donner des retenues aux ânes qui n'arrivent pas à obtenir plus qu'un D.

Il eut un petit rire lorsque Malefoy murmura assez fort pour que tout le monde puisse l'entendre :

– Ah tiens, il y en a qui ont eu un D ?

Harry vit qu'Hermione lui jetait un regard en biais pour voir quelle note il avait obtenue. Il se hâta de glisser son devoir dans son sac en songeant qu'il valait mieux que cette information reste confidentielle.

Décidé à ne pas donner à Rogue un prétexte pour lui faire rater sa potion du jour, Harry lut et relut ligne à ligne les instructions inscrites au tableau avant de les mettre en pratique. Sa solution de Force n'avait certes pas la couleur turquoise de celle d'Hermione mais au moins, elle était bleue et non pas rose comme celle de Neville. A la fin du cours, il alla en remettre un flacon à Rogue avec un sentiment mêlé de soulagement et de défi.

– C'était moins terrible que la semaine dernière, non ? dit Hermione lorsqu'ils montèrent l'escalier qui menait au hall d'entrée pour aller déjeuner dans la Grande Salle. Et les devoirs n'étaient pas si mal que ça, qu'est-ce que vous en pensez ?

Voyant que ni Ron ni Harry ne répondaient, elle poursuivit :

– Je veux dire, bon, d'accord, je ne m'attendais pas à avoir le maximum, surtout s'il note comme aux BUSE, mais déjà, obtenir une note passable à ce stade, c'est quand même encourageant, vous ne trouvez pas ?

Harry émit un bruit de gorge qui n'engageait à rien.

– Bien sûr, beaucoup de choses peuvent se passer entre maintenant et le jour des examens, nous avons tout le temps de faire des progrès, mais les notes qu'on obtient aujourd'hui sont une sorte de base sur laquelle on peut construire quelque chose...

Ils s'assirent ensemble à la table des Gryffondor.

– Évidemment, j'aurais été enchantée si j'avais obtenu un O...

– Hermione, dit sèchement Ron, si tu veux savoir quelles notes on a eues, tu n'as qu'à le demander.

— Oh, je ne... je ne voulais pas... enfin, si vous avez vraiment envie de me le dire...

— Moi, j'ai eu un P, dit Ron en se servant un bol de soupe. Alors, heureuse ?

— Il n'y a pas de quoi en avoir honte, dit Fred.

Il venait d'arriver à la table en compagnie de George et de Lee Jordan et s'assit à la droite de Harry.

— C'est très bien, un bon vieux P.

— Mais P, dit Hermione, ça signifie...

— « Piètre », oui, acheva Lee Jordan. Mais c'est toujours mieux que D qui veut dire « désolant ».

Harry sentit le rouge lui monter aux joues et se mit à tousser en faisant semblant d'avoir avalé de travers. Lorsqu'il reprit contenance, il s'aperçut à son grand regret qu'Hermione continuait sur sa lancée :

— Alors, les meilleures notes, disait-elle, c'est O pour Optimal et ensuite A...

— Non, E, rectifia George. E pour « effort exceptionnel ». D'ailleurs, j'ai toujours pensé que Fred et moi aurions dû avoir un E dans toutes les matières parce que le simple fait de nous présenter aux examens constituait en soi un effort exceptionnel.

Tout le monde éclata de rire à l'exception d'Hermione qui insista pesamment :

— Alors, après le E , il y a le A pour « acceptable » et c'est la dernière note qui permet de passer, c'est ça ?

— Ouais, dit Fred.

Il trempa un petit pain entier dans sa soupe et l'avala d'un coup.

— Après, c'est P pour « piètre » (Ron leva les bras en signe de triomphe) et D pour « désolant ».

— Il y a aussi T, lui rappela George.

— T ? s'inquiéta Hermione, l'air effaré. Encore pire que D ? Qu'est-ce que ça peut bien vouloir dire, T ?

— « Troll », répondit George.

Harry éclata de rire à nouveau bien qu'il ne sût pas très bien si George plaisantait ou pas. Il s'imagina essayant de cacher à Hermione qu'il avait obtenu un T dans toutes ses épreuves de BUSE et résolut aussitôt de travailler davantage.

— Vous avez déjà eu un cours inspecté, vous ? leur demanda Fred.

— Non, répondit aussitôt Hermione. Et vous ?

— Juste avant le déjeuner, dit George. Sortilèges.

— Comment ça s'est passé ? demandèrent ensemble Harry et Hermione.

Fred haussa les épaules.

— Pas trop mal. Ombrage était tapie dans un coin et griffonnait sur son bloc-notes. Tu connais Flitwick, il l'a traitée comme si c'était une invitée, ça n'avait pas l'air de le déranger le moins du monde. Elle n'a pas dit grand-chose, simplement posé quelques questions à Alicia sur la façon dont se passent les cours d'habitude. Alicia a répondu qu'ils étaient toujours intéressants et ça s'est arrêté là.

— Je ne vois pas comment on pourrait donner une mauvaise note à ce vieux Flitwick, dit George. En général, ses élèves sont toujours reçus aux examens.

— Vous avez qui, cet après-midi ? demanda Fred à Harry.

— Trelawney...

— Elle, c'est sûr qu'elle mérite un T.

— Et Ombrage aussi.

— Écoute, sois gentil et contrôle tes nerfs avec Ombrage, aujourd'hui, d'accord ? dit George. Angelina va devenir cinglée si jamais tu rates encore une séance d'entraînement.

Mais Harry n'eut pas à attendre le cours de défense contre les forces du Mal pour revoir le professeur Ombrage. Assis tout au fond de la classe de divination, plongée comme d'habitude dans la pénombre, il sortait de son sac le journal de ses rêves lorsque Ron lui donna un coup de coude dans les côtes. Il regarda autour de lui et vit le professeur Ombrage qui émergeait de la trappe aménagée dans le sol. Les élèves qui bavardaient allégrement se turent aussitôt. La chute brutale du niveau sonore éveilla l'attention du professeur Trelawney, occupée à distribuer des exemplaires de *L'Oracle des rêves*.

– Bonjour, professeur Trelawney, dit Ombrage avec son large sourire. Je pense que vous avez dû recevoir mon petit mot ? Celui dans lequel je vous indiquais le jour et l'heure de mon inspection ?

Le professeur Trelawney hocha sèchement la tête puis, l'air très mécontent, tourna le dos au professeur Ombrage et continua de distribuer les livres. Toujours souriante, Ombrage saisit le dossier du fauteuil le plus proche qu'elle emporta à l'autre bout de la classe pour l'installer à quelques centimètres derrière celui du professeur Trelawney. Puis elle s'assit, prit son bloc-notes dans son sac à fleurs et attendit que le cours commence.

Les mains légèrement tremblantes, le professeur Trelawney resserra ses châles autour d'elle et contempla la classe à travers les énormes verres grossissants de ses lunettes.

– Aujourd'hui, nous allons poursuivre notre étude des rêves prémonitoires, dit-elle dans une courageuse tentative pour retrouver ses habituelles tonalités mystiques, bien que sa voix fût quelque peu chevrotante. Répartissez-vous en équipe de deux, s'il vous plaît. A l'aide de *L'Oracle*, vous échangerez vos interprétations de vos visions nocturnes les plus récentes.

Elle voulut retourner vers son fauteuil mais quand elle vit le professeur Ombrage assise juste derrière, elle bifurqua aussitôt vers la gauche en direction de Parvati et Lavande qui s'étaient déjà lancées dans une grande discussion autour du dernier rêve de Parvati.

Harry ouvrit son exemplaire de *L'Oracle des rêves* et observa Ombrage à la dérobée. Elle écrivait déjà sur son bloc-notes. Quelques minutes plus tard, elle se leva et se mit à arpenter la pièce dans le sillage de Trelawney, écoutant ses conversations avec les élèves, posant une question de-ci, de-là. Harry pencha brusquement la tête sur son livre.

– Pense vite à un rêve, dit-il à Ron, au cas où le vieux crapaud viendrait par ici.

– Je l'ai déjà fait la dernière fois, protesta Ron, c'est à toi d'en trouver un.

– Je n'ai aucune idée…, dit Harry d'un ton désespéré.

Il ne se souvenait pas d'avoir rêvé quoi que ce soit dans les jours précédents.

– Je vais dire que j'ai rêvé que… je noyais Rogue dans mon chaudron. Oui, ça ira…

Ron pouffa de rire et ouvrit son *Oracle des rêves*.

– O.K., alors il faut additionner ton âge et la date où tu as fait le rêve, puis ajouter le nombre de lettres du sujet… C'est quoi le sujet du rêve, à ton avis ? Noyade, Chaudron ou Rogue ?

– Ça ne fait rien, n'importe lequel, dit Harry en risquant un coup d'œil derrière lui.

Le professeur Ombrage se tenait à présent à côté du professeur Trelawney et prenait des notes tandis que celle-ci posait des questions à Neville sur son journal des rêves.

– A quelle date tu as rêvé ça ? demanda Ron, plongé dans ses calculs.

– Je ne sais pas, la nuit dernière ou n'importe quand, répondit Harry qui essayait d'entendre ce qu'Ombrage disait au professeur Trelawney.

Elles n'étaient plus qu'à une table de distance, à présent. Le professeur Ombrage nota à nouveau quelque chose et le professeur Trelawney parut très irritée.

– Dites-moi, demanda Ombrage en levant les yeux vers Trelawney, depuis combien de temps occupez-vous ce poste, exactement ?

Le professeur Trelawney se renfrogna, les bras croisés, les épaules voûtées, comme si elle cherchait à se protéger le mieux possible de l'indignité d'une telle inspection. Après un bref silence au cours duquel elle parut estimer que la question n'était pas offensante au point de refuser d'y répondre, elle déclara avec une profonde amertume :

— Près de seize ans.

— Une longue période, commenta le professeur Ombrage en écrivant quelque chose sur son bloc-notes. Et c'est donc le professeur Dumbledore qui vous a nommée ?

— Exact, répondit sèchement Trelawney.

Le professeur Ombrage écrivit à nouveau.

— Vous êtes une arrière-arrière-petite-fille de la célèbre voyante Cassandra Trelawney ?

— Oui, répondit le professeur Trelawney en redressant un peu la tête.

Encore quelques mots jetés sur le bloc-notes.

— Mais je crois, vous me corrigerez si je me trompe, que vous êtes la première dans la famille depuis Cassandra à avoir le don de double vue ?

— Ces choses-là sautent souvent... heu... trois générations, assura le professeur Trelawney.

Le sourire de crapaud du professeur Ombrage s'élargit.

— Bien sûr, dit-elle d'une voix douce en écrivant encore quelques mots. Alors, peut-être pourriez-vous me prédire quelque chose ?

Toujours souriante, elle la regardait d'un air interrogateur.

Le professeur Trelawney se raidit, comme si elle n'en croyait pas ses oreilles.

— Je ne comprends pas ce que vous voulez dire, répondit-elle en serrant son châle d'un geste convulsif autour de son cou décharné.

— J'aimerais bien que vous me fassiez une prédiction, dit très clairement le professeur Ombrage.

A présent, Harry et Ron n'étaient plus les seuls à regarder et écouter discrètement derrière leurs livres. La plupart des élèves, fascinés, observaient à la dérobée le professeur Trelawney qui s'était redressée de toute sa taille, ses colliers et ses bracelets de perles s'entrechoquant bruyamment.

– Le troisième œil ne voit pas sur commande ! déclara-t-elle, scandalisée.

– Je comprends, dit le professeur Ombrage à mi-voix en prenant encore quelques notes.

– Je… mais… mais… *attendez* ! dit soudain le professeur Trelawney.

Elle fit une tentative pour reprendre son habituel ton éthéré, mais ses accents mystiques étaient gâchés par la colère qui faisait trembler sa voix.

– Je… je crois que je *vois* quelque chose… quelque chose qui vous concerne *vous*… Oui, je sens quelque chose… quelque chose de *sombre*… une très grave menace…

Le professeur Trelawney pointa un index tremblant sur le professeur Ombrage qui continuait de lui sourire aimablement, les sourcils levés.

– J'ai bien peur… j'ai bien peur que vous ne soyez en grand danger ! acheva le professeur Trelawney d'un ton dramatique.

Il y eut un silence. Le professeur Ombrage continuait de hausser les sourcils.

– Bien, dit-elle à voix basse en écrivant encore sur son bloc-notes, si vous ne pouvez pas faire mieux…

Elle se détourna, laissant le professeur Trelawney plantée sur place, la respiration haletante. Harry croisa le regard de Ron et vit tout de suite qu'il pensait la même chose que lui : tous deux savaient que le professeur Trelawney n'était qu'une vieille farceuse mais ils éprouvaient par ailleurs une telle aversion pour Ombrage qu'ils se sentaient entièrement de son côté – jusqu'au moment où elle se précipita sur eux, quelques secondes plus tard.

– Alors ? dit-elle avec une brusquerie inhabituelle, en claquant des doigts sous le nez de Harry. Montrez-moi un peu le journal de vos rêves, je vous prie.

Lorsqu'elle eut donné de toute la force de sa voix son interprétation personnelle des rêves de Harry (dont chacun, même celui dans lequel il mangeait du porridge, annonçait apparemment une mort atroce et prématurée), il éprouva beaucoup moins de sympathie à son égard. Pendant tout ce temps, le professeur Ombrage était restée tout près et continuait d'écrire sur son bloc-notes. Quand la cloche retentit, elle fut la première à descendre l'échelle d'argent et, dix minutes plus tard, elle les attendait au cours de défense contre les forces du Mal.

A leur entrée dans la classe, elle chantonnait et souriait toute seule. Harry et Ron racontèrent à Hermione, qui revenait du cours d'arithmancie, ce qui s'était passé en divination. Entre-temps, tout le monde avait sorti son livre sur la *Théorie des stratégies de défense magique* et, avant qu'Hermione ait pu poser la moindre question, le professeur Ombrage avait demandé le silence, qu'elle obtint aisément.

— Rangez vos baguettes, ordonna-t-elle avec un sourire.

Les quelques élèves suffisamment optimistes pour les avoir sorties durent les remettre tristement dans leur sac.

— Puisque nous avons fini de lire le premier chapitre au cours précédent, je voudrais maintenant que vous ouvriez vos livres à la page 19 et que vous commenciez la lecture du chapitre deux : « Les théories de défense les plus communes et leurs dérivés ». Bien entendu, il sera inutile de bavarder.

Arborant toujours son large sourire satisfait, elle s'assit à son bureau. La classe tout entière laissa échapper un long soupir parfaitement audible et se reporta d'un même mouvement à la page 19. Harry se demanda d'un air d'ennui si le livre contenait suffisamment de chapitres pour qu'ils puissent passer tous les cours de l'année à le lire. Il s'apprêtait à consulter la table des matières lorsqu'il vit qu'Hermione avait de nouveau levé la main.

Le professeur Ombrage l'avait vue, elle aussi, mais apparemment, elle avait mis au point une nouvelle stratégie pour faire face à ce genre d'éventualité. Au lieu de regarder ailleurs comme si elle n'avait rien remarqué, elle se leva et s'approcha de la table d'Hermione. Puis elle se pencha vers elle et murmura, de telle sorte que le reste de la classe ne puisse l'entendre :

— Qu'y a-t-il, cette fois, Miss Granger ?

— J'ai déjà lu le chapitre deux, répondit Hermione.

— Dans ce cas, passez donc au chapitre trois.

— Celui-là aussi, je l'ai lu. En fait, j'ai lu tout le livre.

Le professeur Ombrage cligna des yeux mais elle reprit aussitôt contenance.

— Très bien, dans ce cas, vous devriez pouvoir me répéter ce qu'Eskivdur dit des contre-maléfices au chapitre quinze.

— Il dit que le terme de contre-maléfice est impropre, répondit immédiatement Hermione. Et que les gens donnent le nom de « contre-maléfice » à leurs propres maléfices pour les rendre plus acceptables.

Le professeur Ombrage haussa les sourcils et Harry vit qu'elle ne pouvait s'empêcher d'être impressionnée.

— Mais moi, je ne suis pas d'accord, poursuivit Hermione.

Les sourcils du professeur Ombrage se levèrent un peu plus et son regard devint nettement plus froid.

— Vous n'êtes pas d'accord ?

— Non, dit Hermione qui, à l'inverse d'Ombrage, ne murmurait pas mais parlait d'une voix claire et forte qui avait attiré l'attention de toute la classe. Mr Eskivdur n'aime pas les maléfices, mais moi, je pense qu'ils peuvent se révéler très utiles lorsqu'on les utilise pour se défendre.

— Ah vraiment, voyez-vous cela ? répliqua le professeur Ombrage.

Elle avait oublié de murmurer et s'était redressée.

— Eh bien, je crains que ce soit l'opinion de Mr Eskivdur et non la vôtre qui importe dans cette classe, Miss Granger.

— Mais..., commença Hermione.

— Ça suffit, coupa le professeur Ombrage.

Elle revint vers son bureau et se tourna face aux élèves. L'enjouement dont elle avait fait étalage jusqu'à présent avait totalement disparu.

– Miss Granger, dit-elle, j'enlève cinq points à la maison Gryffondor.

Des marmonnements s'élevèrent aussitôt dans toute la classe.

– Et pourquoi ? demanda Harry avec colère.

– Ne t'en mêle pas ! lui murmura précipitamment Hermione.

– Pour avoir perturbé mon cours avec des interruptions intempestives, répondit le professeur Ombrage de sa voix doucereuse. Je suis ici pour vous apprendre à utiliser une méthode approuvée par le ministère et qui ne nécessite aucunement que les élèves donnent leur opinion sur des sujets auxquels ils ne comprennent pas grand-chose. Vos professeurs précédents vous ont peut-être accordé une plus grande licence mais comme aucun d'entre eux n'aurait passé avec succès l'épreuve de l'inspection – à part le professeur Quirrell qui, au moins, s'était limité à l'étude de sujets adaptés à l'âge de ses élèves...

– Ah oui, ça, c'était un grand professeur, Quirrell, l'interrompit Harry à voix haute. Son seul petit défaut, c'est qu'il avait Lord Voldemort collé à l'arrière de la tête.

Cette déclaration fut suivie d'un des silences les plus assourdissants que Harry ait jamais entendus. Puis...

– Je crois qu'une autre semaine de retenue vous ferait le plus grand bien, Mr Potter, dit Ombrage d'une voix onctueuse.

La coupure sur la main de Harry avait à peine eu le temps de guérir que le lendemain matin elle saignait à nouveau. Il ne s'était pas plaint pendant la retenue du soir, toujours décidé à ne pas donner cette satisfaction à Ombrage. Inlassablement, il avait écrit : « Je ne dois pas dire de mensonges » sans qu'aucun son ne s'échappe de ses lèvres bien que sa blessure devienne de plus en plus profonde à chaque lettre qu'il traçait.

La plus terrible conséquence de cette deuxième semaine de retenue fut, comme George l'avait prédit, la réaction d'Angelina. Elle l'intercepta au moment où il arrivait à la table de Gryffondor pour le petit déjeuner du mardi et se mit à crier si fort que le professeur McGonagall quitta la table des enseignants pour se précipiter vers eux.

— Miss Johnson, comment *osez-vous* faire un tel vacarme dans la Grande Salle ? Cinq points de moins pour Gryffondor !

— Mais, professeur... il s'est *encore* arrangé pour avoir une retenue...

— Qu'est-ce que c'est que ça, Potter ? demanda sèchement le professeur McGonagall. Qui vous a donné une retenue ?

— Le professeur Ombrage, marmonna Harry qui évitait soigneusement les yeux perçants du professeur McGonagall, encadrés de leurs lunettes carrées.

— Êtes-vous en train de me dire, répondit-elle, en baissant la voix pour que les curieux assis derrière eux à la table des Serdaigle ne puissent l'entendre, que malgré mon avertissement de lundi dernier, vous avez de nouveau perdu votre calme dans la classe du professeur Ombrage ?

— Oui, grommela Harry, les yeux fixés sur le sol.

— Potter, vous devez vous ressaisir ! Vous vous exposez à de sérieux ennuis ! Encore cinq points de moins pour Gryffondor !

— Mais... que... ? Non, professeur ! s'exclama Harry, furieux de cette injustice. J'ai déjà été puni par *elle*, pourquoi en plus nous enlever des points ?

— Parce que les retenues ne semblent avoir aucun effet sur vous ! répliqua le professeur McGonagall d'une voix tranchante. Non, plus un mot de protestation, Potter ! Quant à vous, Miss Johnson, vous êtes priée à l'avenir de limiter vos performances vocales au terrain de Quidditch si vous ne voulez pas courir le risque de perdre votre poste de capitaine de l'équipe !

Le professeur McGonagall retourna à grands pas à sa table.

Angelina lança à Harry un regard de profond dégoût puis s'éloigna tandis qu'il se laissait tomber sur le banc à côté de Ron. Il était furieux.

— Elle nous enlève des points parce que je me fais charcuter la main tous les soirs ! C'est juste, ça, hein ? C'est *juste* ?

— Je sais, mon vieux, je sais, répondit Ron d'un ton compatissant en servant à Harry quelques tranches de bacon. Elle est complètement à côté de la plaque.

Hermione, elle, se contentait de feuilleter *La Gazette du sorcier* sans dire un mot.

— Toi, tu penses que McGonagall a raison, c'est ça ? dit Harry avec colère en s'adressant à la photo de Cornelius Fudge étalée à la une derrière laquelle se cachait Hermione.

— J'aurais mieux aimé qu'elle ne t'enlève pas de points, mais je crois qu'elle a raison de t'inciter à garder ton calme avec Ombrage, répondit la voix d'Hermione, tandis que Fudge gesticulait avec force comme s'il prononçait un discours.

Harry n'adressa plus la parole à Hermione pendant tout le cours de sortilèges mais, lorsqu'ils entrèrent dans la classe de métamorphose, il oublia qu'il était fâché avec elle. Le professeur Ombrage était assise avec son bloc-notes dans un coin de la salle et cette vision chassa aussitôt de son esprit le souvenir du petit déjeuner.

— Parfait, murmura Ron tandis qu'ils s'asseyaient à leurs places habituelles. Ombrage va enfin avoir ce qu'elle mérite.

Le professeur McGonagall s'avança dans la classe sans manifester le moindre signe indiquant qu'elle avait remarqué la présence du professeur Ombrage.

— Bien, ça suffit, dit-elle et le silence se fit aussitôt. Mr Finnigan, ayez la gentillesse de venir prendre les devoirs corrigés que vous distribuerez à vos camarades... Miss Brown, s'il vous plaît, prenez cette boîte de souris... Allons, ne soyez pas stupide, elles ne vous feront aucun mal...Vous en donnerez une à chaque élève...

– *Hum, hum*, dit le professeur Ombrage, avec cette même petite toux stupide qui avait interrompu Dumbledore le soir de la rentrée.

Le professeur McGonagall ne lui accorda aucune attention. Seamus rendit son devoir à Harry qui le prit sans lever les yeux vers lui et vit à son grand soulagement qu'il avait réussi à obtenir un A.

– Alors, écoutez-moi bien, tous – Dean Thomas, si vous refaites ça à cette souris, vous aurez une retenue –, la plupart d'entre vous sont parvenus à faire disparaître leurs escargots et même ceux à qui il est resté un peu de coquille ont compris l'essentiel du sortilège. Aujourd'hui, nous allons...

– *Hum, hum*, dit le professeur Ombrage.

– *Oui ?* répondit le professeur McGonagall qui se tourna vers elle, les sourcils si rapprochés qu'ils semblaient former une seule ligne, longue et rigide.

– J'étais en train de me demander, professeur, si vous aviez reçu mon petit mot vous indiquant le jour et l'heure de mon inspec...

– Bien sûr que je l'ai reçu, sinon je vous aurais demandé ce que vous faisiez dans ma classe, répliqua le professeur McGonagall, en tournant résolument le dos au professeur Ombrage.

De nombreux élèves échangèrent des regards réjouis.

– Comme je le disais, nous allons pratiquer aujourd'hui une Disparition plus difficile, celle d'une souris. Le sortilège de Disparition...

– *Hum, hum*.

– Je ne vois pas très bien, dit le professeur McGonagall avec une colère froide, comment vous espérez vous faire une idée de mes méthodes d'enseignement si vous persistez à m'interrompre sans cesse. En règle générale, je ne permets à personne de parler en même temps que moi.

On aurait dit que le professeur Ombrage venait de recevoir

une gifle. Elle ne répondit pas un mot mais ajusta son parchemin sur son bloc-notes et se mit à écrire frénétiquement.

L'air suprêmement indifférent, le professeur McGonagall s'adressa à nouveau à la classe :

— Comme je le disais, le sortilège de Disparition devient d'autant plus difficile que l'animal à faire disparaître est plus complexe. L'escargot, qui n'est qu'un simple invertébré, ne présente pas d'obstacle majeur. Mais la souris, qui est un mammifère, offre une plus grande résistance. Ce n'est donc pas un acte magique qu'on peut accomplir en pensant à ce qu'on va manger le soir. Alors, maintenant... vous connaissez l'incantation, montrez-moi ce que vous êtes capables de faire...

— Et après, elle viendra encore me faire des sermons pour dire que je dois garder mon calme avec Ombrage ! murmura Harry à Ron.

Mais cette fois, il souriait — sa colère contre le professeur McGonagall s'était entièrement dissipée.

Le professeur Ombrage ne suivit pas le professeur McGonagall dans toute la classe comme elle l'avait fait avec le professeur Trelawney. Sans doute se rendait-elle compte que McGonagall ne l'aurait pas toléré. Elle prit cependant beaucoup de notes sans quitter le coin où elle s'était assise et, lorsque leur professeur annonça aux élèves qu'ils pouvaient ranger leurs affaires, elle se leva avec une expression sinistre.

— C'est quand même un début, dit Ron.

Il tenait entre les doigts une longue queue de souris qui se tortillait et la laissa tomber dans la boîte que Lavande passait entre les rangées.

Alors qu'ils sortaient de la classe en file indienne, Harry vit le professeur Ombrage s'approcher du bureau. Il donna un coup de coude à Ron qui en donna un autre à Hermione et tous trois s'attardèrent délibérément pour entendre ce qui se disait.

— Depuis combien de temps enseignez-vous à Poudlard ? demanda le professeur Ombrage.

— Ça fera trente-neuf ans en décembre, répondit le professeur McGonagall avec brusquerie en fermant son sac d'un coup sec.

Le professeur Ombrage écrivit quelque chose.

— Très bien, vous recevrez les résultats de votre inspection dans un délai de dix jours.

— Je les attends avec impatience, répliqua le professeur McGonagall avec une froide indifférence avant de se diriger à grands pas vers la porte de la salle. Dépêchez-vous, tous les trois, ajouta-t-elle en poussant Harry, Ron et Hermione devant elle.

Harry ne put s'empêcher de lui adresser un léger sourire et il aurait juré qu'elle le lui avait rendu.

Il avait pensé que la prochaine fois qu'il verrait Ombrage, ce serait le soir, à l'heure de sa retenue, mais il se trompait. Lorsqu'ils traversèrent les pelouses en direction de la forêt pour assister au cours de soins aux créatures magiques, ils la retrouvèrent, elle et son bloc-notes, attendant à côté du professeur Gobe-Planche.

— D'habitude, ce n'est pas vous qui assurez ce cours, c'est bien cela ? entendit Harry alors qu'ils arrivaient devant la table à tréteaux sur laquelle les Botrucs captifs s'agitaient en tous sens à la recherche de cloportes, telles des branches douées de vie.

— C'est bien cela, répondit le professeur Gobe-Planche.

Les mains derrière le dos, elle se balançait d'avant en arrière.

— Je remplace le professeur Hagrid en son absence.

Harry échangea des regards inquiets avec Ron et Hermione. Malefoy chuchotait avec Crabbe et Goyle. Il serait certainement ravi de saisir cette occasion pour raconter des histoires sur Hagrid à une représentante du ministère.

— Mmmm, dit le professeur Ombrage.

Elle baissa la voix, mais Harry parvenait quand même à l'entendre clairement.

— Je me demande... Le directeur semble étrangement réticent lorsque je lui pose des questions à ce sujet... Mais *vous*, pourriez-vous me dire la raison de cette absence très prolongée du professeur Hagrid ?

Harry vit Malefoy lever les yeux d'un air avide.

— Bien peur de ne pas pouvoir vous répondre, dit le professeur Gobe-Planche d'un air jovial. N'en sais pas plus que vous sur la question. Reçu un hibou de Dumbledore, est-ce que je voulais un travail d'enseignante pendant deux semaines. J'ai accepté. Voilà tout ce que je sais. Bon... alors, je commence ?

— Oui, je vous en prie, dit le professeur Ombrage en écrivant sur son bloc-notes.

Ombrage adopta une autre méthode durant ce cours. Elle se promenait parmi les élèves en leur posant des questions sur les créatures magiques. La plupart donnèrent les bonnes réponses et le moral de Harry remonta quelque peu. Au moins, la classe faisait honneur à Hagrid.

Après avoir longuement interrogé Dean Thomas, le professeur Ombrage retourna au côté du professeur Gobe-Planche.

— D'une manière générale, dit Ombrage, en tant que membre provisoire de l'équipe pédagogique — un observateur objectif, en quelque sorte —, comment trouvez-vous Poudlard ? Pensez-vous que vous bénéficiez d'un soutien suffisant de la part de la direction ?

— Oh oui, Dumbledore est un excellent directeur, répondit le professeur Gobe-Planche avec chaleur. Je suis très heureuse de la façon dont les choses sont organisées, vraiment très heureuse.

Avec un air d'incrédulité polie, Ombrage griffonna un mot sur son bloc-notes et poursuivit :

— Qu'est-ce que vous avez l'intention d'étudier cette année avec cette classe — en supposant bien sûr que le professeur Hagrid ne revienne pas ?

— Oh, je leur ferai faire un tour d'horizon des créatures qui reviennent le plus souvent aux épreuves de BUSE, répondit le professeur Gobe-Planche. Il ne reste plus grand-chose, ils ont déjà vu les licornes et les Niffleurs. Je pensais ajouter les Porlocks et les Fléreurs, leur apprendre à reconnaître les Croups et les Noueux, voilà...

— *Vous*, au moins, vous semblez savoir ce que vous faites, remarqua le professeur Ombrage en traçant une croix bien nette sur son bloc-notes.

Harry n'aimait pas la façon dont elle avait accentué le « vous » et il aima encore moins la question qu'elle posa ensuite à Goyle :

— J'ai entendu dire qu'il y avait eu des blessés dans cette classe ?

Goyle eut un sourire stupide et Malefoy s'empressa de répondre à sa place :

— C'est moi qui ai été blessé, dit-il, un hippogriffe m'a fait une entaille au bras.

— Un hippogriffe ? s'exclama le professeur Ombrage.

Elle se mit soudain à griffonner avec frénésie sur son bloc-notes.

— C'est simplement parce qu'il a été trop bête pour écouter ce que Hagrid lui a dit, intervint Harry avec colère.

Ron et Hermione poussèrent tous deux un gémissement. Le professeur Ombrage tourna lentement la tête vers Harry.

— Voilà qui nous fera une soirée de retenue supplémentaire, dit-elle à mi-voix. Eh bien, merci, professeur Gobe-Planche. Je n'ai plus besoin de rien. Vous recevrez les résultats de votre inspection dans un délai de dix jours.

— C'est parfait, répondit le professeur Gobe-Planche.

Et Ombrage s'éloigna sur la pelouse en direction du château.

Ce soir-là, il était presque minuit lorsque Harry quitta le bureau d'Ombrage. Sa main saignait tellement à présent que le foulard dont il l'avait entourée était taché de sang. A son retour, il s'attendait à voir la salle commune vide mais Ron et Hermione l'avaient attendu. Il fut content de les retrouver, surtout qu'Hermione était disposée à se montrer plus compatissante que critique.

— Tiens, dit-elle, en poussant vers lui un petit bol rempli d'un liquide jaune. Trempe ta main là-dedans, c'est une solution filtrée de tentacules de Murlap marinés, ça devrait te faire du bien.

Harry plongea sa main douloureuse et ensanglantée dans le bol et éprouva bientôt une merveilleuse sensation de soulagement. Pattenrond s'enroula autour de ses jambes en ronronnant bruyamment puis sauta sur ses genoux et s'y installa.

– Merci, dit-il avec reconnaissance en grattant Pattenrond derrière les oreilles avec sa main gauche.

– Je pense toujours que tu devrais te plaindre auprès de quelqu'un, dit Ron à voix basse.

– Non, répondit Harry d'un ton catégorique.

– McGonagall serait folle de rage si elle savait ça...

– Oui, sans doute, dit Harry. Et combien de temps crois-tu qu'il faudrait à Ombrage pour faire passer un nouveau décret stipulant que quiconque se plaindra de la Grande Inquisitrice sera immédiatement renvoyé ?

Ron ouvrit la bouche mais aucune réplique ne lui vint à l'esprit et il finit par la refermer, dépité.

– Cette bonne femme est abominable, dit Hermione d'une petite voix. *Abominable.* Tu sais, j'étais justement en train de dire à Ron au moment où tu es arrivé... Il faudrait qu'on fasse quelque chose à son sujet.

– Je suggère le poison, dit Ron d'un air lugubre.

– Non... je voulais dire quelque chose par rapport à ses cours où on n'apprend rien du tout pour se défendre, dit Hermione.

– Qu'est-ce qu'on y peut ? répondit Ron en bâillant. Trop tard, non ? Elle a décroché le poste et elle est là pour longtemps. Fudge y veillera.

– En fait, risqua Hermione, je me disais ce matin...

Elle jeta un coup d'œil un peu inquiet à Harry, puis se lança :

– Je me disais que le moment est peut-être venu de... de faire les choses nous-mêmes.

– Nous-mêmes ? répéta Harry d'un ton soupçonneux, sa main flottant toujours dans l'essence de tentacules de Murlap.

— Oui... Apprendre la défense contre les forces du Mal *par nous-mêmes*, reprit Hermione.

— Qu'est-ce que tu racontes ? grogna Ron. Tu veux nous donner du travail en plus ? Est-ce que tu te rends compte que Harry et moi, on a encore pris du retard dans nos devoirs ? Et on n'en est qu'à la deuxième semaine !

— Oui, mais ça, c'est beaucoup plus important que les devoirs, dit Hermione.

Harry et Ron la regardèrent avec des yeux ronds.

— Je ne savais pas qu'il y avait dans tout l'univers quelque chose de plus important que les devoirs ! dit Ron.

— Ne sois pas stupide, bien sûr que si, répliqua Hermione.

Harry vit alors, avec un sentiment d'appréhension, que son visage s'était soudain animé d'une ferveur semblable à celle que lui inspirait généralement l'évocation de la S.A.L.E.

— Il s'agit de nous préparer, comme l'a dit Harry au premier cours d'Ombrage, à ce qui nous attend dehors. De faire en sorte que nous puissions véritablement nous défendre. Si nous n'apprenons rien pendant une année entière...

— On n'arrivera pas à grand-chose tout seuls, soupira Ron d'un ton accablé. Oh, bien sûr, on peut toujours aller à la bibliothèque pour étudier des maléfices et essayer de les appliquer...

— Non, cette fois, je suis d'accord, nous avons dépassé le stade où l'on n'apprend les choses que dans les livres, dit Hermione. Il nous faut un professeur, un vrai, qui sache nous montrer comment utiliser les sortilèges et nous corriger en cas d'erreur.

— Si tu penses à Lupin..., commença Harry.

— Non, non, je ne pense pas à Lupin, coupa Hermione. Il est trop occupé avec l'Ordre et de toute façon, nous ne pourrions le voir que pendant nos week-ends à Pré-au-Lard, ce qui ne serait pas du tout suffisant.

— Alors, qui ? demanda Harry, les sourcils froncés.

Hermione poussa un profond soupir.

– C'est évident, non ? dit-elle. Je veux parler de *toi*, Harry.

Il y eut un moment de silence. Une légère brise nocturne fit vibrer les carreaux de la fenêtre, derrière Ron, et les flammes vacillèrent dans la cheminée.

– De moi à propos de quoi ? interrogea Harry.

– De *toi* comme professeur de défense contre les forces du Mal.

Harry la contempla avec des yeux ronds. Puis il se tourna vers Ron, prêt à échanger avec lui un de ces regards exaspérés que leur inspirait Hermione quand elle se lançait dans des projets extravagants tels que la S.A.L.E. Mais, à la grande consternation de Harry, Ron n'avait pas du tout l'air exaspéré.

Le front légèrement plissé, il semblait réfléchir.

– C'est une idée, dit-il.

– Qu'est-ce qui est une idée ? dit Harry.

– Toi, répondit Ron. Que tu deviennes notre professeur.

– Mais...

Harry souriait à présent, certain que les deux autres le faisaient marcher.

– Je ne suis pas professeur, je ne peux pas...

– Harry, tu es toujours le meilleur en cours de défense contre les forces du Mal, dit Hermione.

– Moi ? s'étonna-t-il, en souriant de plus en plus. Bien sûr que non, tu m'as battu à tous les examens...

– Non, ce n'est pas vrai, répliqua froidement Hermione. Tu m'as battue en troisième année, la seule année où on ait tous les deux passé l'examen avec un professeur qui savait de quoi il parlait. Mais il ne s'agit pas d'examens, Harry, pense plutôt à ce que tu as *fait* !

– Qu'est-ce que tu veux dire ?

– Tu sais, finalement, je n'ai pas très envie d'avoir comme prof quelqu'un d'aussi idiot, dit Ron à Hermione, avec un petit sourire moqueur.

Il se tourna vers Harry.

— Réfléchissons, dit-il, en imitant Goyle en plein effort de concentration. Heu... première année, tu as sauvé la pierre philosophale des mains de Tu-Sais-Qui.

— Simple coup de chance, dit Harry. Ce n'était pas mon habileté personnelle...

— Deuxième année, l'interrompit Ron, tu as tué le Basilic et anéanti Jedusor.

— Oui, mais si Fumseck n'avait pas été là, je...

— Troisième année, poursuivit Ron en élevant la voix, tu as affronté une centaine de Détraqueurs à la fois...

— Là encore, un coup de chance, si le Retourneur de Temps n'avait...

— L'année dernière, reprit Ron qui criait presque à présent, tu as combattu Tu-Sais-Qui *une nouvelle fois*...

— Écoutez-moi ! s'exclama Harry, presque avec colère.

Ron et Hermione avaient maintenant un petit rire moqueur.

— Vous m'écoutez, oui ? Ça paraît très bien quand vous en parlez comme ça, mais c'était uniquement de la chance ; la moitié du temps, je ne savais pas ce que je faisais, je n'avais rien prévu, j'ai simplement improvisé comme je le pouvais et j'ai presque toujours eu de l'aide...

Ron et Hermione continuaient de ricaner et Harry sentit sa colère monter. Il ne savait d'ailleurs pas très bien pourquoi il était si furieux.

— Ne restez pas là à sourire comme si vous saviez tout mieux que moi ! dit-il en s'emportant. C'est moi qui étais là, non ? Je sais bien ce qui s'est passé ! Et si j'ai réussi à faire tout ça, ce n'est pas parce que j'étais brillant en défense contre les forces du Mal mais parce que... parce que j'ai reçu une aide au bon moment ou parce que j'avais bien deviné... mais, croyez-moi, j'ai complètement pataugé, je n'avais aucune idée de ce que je faisais – ET ARRÊTEZ DE RIGOLER !

Le bol d'essence de Murlap tomba par terre et se brisa. Harry se rendit compte qu'il était debout alors qu'il ne se souvenait pas de s'être levé. Pattenrond fila se réfugier sous un canapé. Le sourire de Ron et d'Hermione avait disparu.

– Vous ne savez pas ce que c'est ! Ni l'un ni l'autre vous n'avez eu à l'affronter ! Vous pensez qu'il suffit de se souvenir de quelques sortilèges et de les lui jeter à la figure, comme si on était en classe ? Pendant tout le temps où vous êtes face à lui, vous savez qu'entre vous et la mort, il n'y a plus rien d'autre que votre... votre cerveau, vos tripes, ou je ne sais quoi. Comme si on pouvait réfléchir normalement quand on sait que dans une fraction de seconde, on va se faire tuer, torturer ou voir ses amis mourir... ils ne nous ont jamais appris ça en classe, ce que c'est que d'affronter ce genre de choses... Et vous deux, vous êtes là à faire comme si j'étais un brave garçon bien intelligent sous prétexte que je suis vivant, comme si Diggory, lui, n'était qu'un idiot qui a raté son coup... Vous n'y comprenez rien, j'aurais très bien pu mourir à sa place, c'est ce qui se serait passé si Voldemort n'avait pas eu besoin de moi...

– On n'a rien dit de tout ça, mon vieux, se défendit Ron, effaré. On ne s'en est jamais pris à Diggory, pas du tout, tu te trompes complètement...

Il jeta un regard désemparé à Hermione qui paraissait pétrifiée.

– Harry, dit-elle timidement, tu ne comprends donc pas. C'est... c'est exactement pour ça qu'on a besoin de toi... on a besoin de savoir co-comment c'est... de... de l'affronter... d'affronter V-Voldemort.

C'était la première fois de sa vie qu'elle prononçait le nom de Voldemort et ce fut cela, plus que tout le reste, qui parvint à calmer Harry. La respiration toujours saccadée, il se laissa retomber dans son fauteuil et reprit conscience de l'horrible douleur qui lui transperçait la main. Il regretta alors d'avoir renversé le bol d'essence de Murlap.

– Écoute... penses-y, dit Hermione à voix basse. S'il te plaît.

Harry ne trouva rien à répondre. Il avait déjà honte de s'être emporté et il se contenta d'acquiescer d'un signe de tête, sans très bien savoir à quoi.

Hermione se leva.

— Bon, je vais me coucher, dit elle d'une voix qu'elle s'efforça de rendre la plus naturelle possible. Heu... Bonne nuit.

Ron s'était levé à son tour.

— Tu viens ? demanda-t-il maladroitement à Harry.

— Oui, répondit Harry. Dans une minute, le temps de nettoyer ça.

Il montra le bol fracassé par terre. Ron fit un signe de tête et s'en alla.

— *Reparo*, marmonna Harry en pointant sa baguette magique sur les morceaux de porcelaine.

Ils se recollèrent aussitôt, reformant un bol tout neuf mais il était impossible d'y remettre l'essence de Murlap.

Harry se sentait si fatigué qu'il fut tenté de rester dans son fauteuil et d'y dormir mais il se força quand même à se lever et suivit Ron dans l'escalier. Cette fois encore, son sommeil agité fut ponctué de rêves peuplés de longs couloirs et de portes verrouillées. Lorsqu'il se réveilla le lendemain, il ressentit à nouveau des picotements le long de sa cicatrice.

16

A La Tête de Sanglier

Pendant deux semaines, Hermione ne parla plus de son idée d'organiser des leçons de défense contre les forces du Mal avec Harry comme professeur. Les retenues de Harry avec Ombrage s'étaient finalement terminées (il se demandait cependant si les mots inscrits au dos de sa main s'effaceraient jamais complètement). Ron avait participé à quatre séances d'entraînement de Quidditch dont les deux dernières s'étaient déroulées sans que personne ne lui hurle de choses désagréables et tous les trois étaient parvenus à faire disparaître leurs souris au cours de métamorphose (Hermione réussissait même à faire disparaître des chatons). Enfin, le sujet fut à nouveau abordé à la fin de septembre, un soir où le vent hurlait en rafales déchaînées. Assis tous les trois à une table de la bibliothèque, ils étudiaient des ingrédients pour une potion de Rogue.

— Je me demandais, dit soudain Hermione, si tu as repensé au cours de défense contre les forces du Mal, Harry ?

— Bien sûr, répondit Harry d'un air grognon. Difficile d'oublier avec cette harpie qu'on a comme prof...

— Je voulais dire, l'idée qu'on avait eue, Ron et moi...

Ron lui jeta un regard à la fois affolé et menaçant. Elle lui répondit par un froncement de sourcils.

— Bon d'accord, l'idée que *j'ai* eue de te demander de nous donner toi-même des leçons.

Harry ne répondit pas tout de suite. Il fit semblant de lire attentivement une page des *Antivenins asiatiques* pour ne pas avoir à dévoiler ce qu'il avait en tête.

Il y avait en effet longuement réfléchi au cours des quinze jours précédents. Parfois, l'idée lui semblait absurde, tout comme le premier soir où Hermione l'avait suggérée mais, à d'autres moments, il s'était surpris à penser aux sortilèges qui lui avaient été le plus utiles dans ses diverses rencontres avec des créatures maléfiques ou des Mangemorts. En fait, il avait préparé inconsciemment un programme de cours...

— Oui, bon, je... j'y ai un peu pensé, dit-il lentement, lorsqu'il lui devint impossible de prétendre se passionner plus longtemps pour les *Antivenins asiatiques*.

— Et alors ? dit Hermione avec avidité.

— Je ne sais pas, répondit Harry qui essayait de gagner du temps.

Il regarda Ron.

— Moi, j'ai tout de suite trouvé que c'était une bonne idée, dit Ron qui semblait plus enclin à participer à la conversation, maintenant qu'il était sûr de ne plus voir Harry se mettre en colère.

Harry, mal à l'aise, se trémoussa sur sa chaise.

— Vous m'avez bien écouté quand je vous ai dit qu'il y avait une énorme part de chance dans tout ça ?

— Oui, Harry, répondit Hermione avec douceur, mais ce n'est pas une raison pour prétendre que tu n'es pas doué pour la défense contre les forces du Mal, parce que tu as ce don, c'est incontestable. L'année dernière, tu as été la seule personne à pouvoir résister complètement au sortilège de l'Imperium, tu es capable de produire un Patronus, tu sais faire toutes sortes de choses dont même des sorciers d'âge mûr sont incapables. Viktor m'a toujours dit...

Ron tourna la tête vers elle si brusquement qu'il sembla avoir attrapé un torticolis.

— Quoi ? s'exclama-t-il en se massant la nuque. Qu'est-ce qu'il a dit, Vicky ?

– Oh, là, là, répondit Hermione d'une voix lasse, il a dit que Harry savait faire des choses que lui-même ne connaissait pas et pourtant il était en dernière année à Durmstrang.

Ron la regarda d'un air soupçonneux.

– Tu n'as pas gardé de contact avec lui, quand même ?

– Et si c'était le cas, qu'est-ce que ça ferait ? répliqua Hermione avec froideur, bien que son teint eût viré au rose. J'ai le droit d'avoir un correspondant si je...

– Il ne voulait pas seulement être ton correspondant ! s'écria Ron d'un ton accusateur.

Hermione hocha la tête d'un air exaspéré et, sans s'occuper de Ron qui continuait de la fixer, elle reprit à l'adresse de Harry :

– Alors, qu'en penses-tu ? Tu veux bien nous donner des cours ?

– Simplement à toi et à Ron, on est d'accord ?

– Oh, ben..., dit Hermione qui parut à nouveau un peu inquiète. Ne... ne commence pas à monter sur tes grands chevaux, s'il te plaît... mais je crois que tu devrais accepter comme élèves tous ceux qui veulent apprendre. Tu comprends, il s'agit de nous défendre contre V-Voldemort – Ron, arrête, tu es ridicule – ce ne serait pas juste si on ne donnait pas la même chance à d'autres.

Harry réfléchit un moment puis répondit :

– Oui, mais à part vous, je ne pense pas que qui que ce soit ait envie de suivre mes cours. Je suis cinglé, ne l'oubliez pas.

– Je crois que tu serais surpris de voir combien de gens ont envie d'entendre ce que tu as à dire, assura Hermione d'un air très sérieux.

Elle se pencha vers lui. Ron, qui continuait de la regarder les sourcils froncés, se pencha à son tour pour écouter.

– Tu sais que notre première sortie à Pré-au-Lard aura lieu le premier week-end d'octobre ? Qu'en penserais-tu si nous disions à tous ceux qui sont intéressés de nous retrouver au village pour qu'on puisse en parler ?

— Pourquoi faut-il le faire en dehors de l'école ? demanda Ron.

— Parce que, dit Hermione en revenant au schéma du chou mordeur de Chine qu'elle était en train de copier, je ne pense pas qu'Ombrage serait ravie si elle découvrait ce qu'on prépare.

Harry attendait avec impatience la sortie à Pré-au-Lard, mais quelque chose le tracassait. Sirius avait gardé un silence total depuis qu'il était apparu dans la cheminée, au début du mois de septembre. Harry savait qu'ils l'avaient mis en colère en le conjurant de ne pas venir — mais parfois, il craignait que Sirius oublie toute prudence et vienne quand même. Que feraient-ils si le grand chien noir se mettait à gambader vers eux dans la grand-rue de Pré-au-Lard, peut-être sous le nez même de Drago Malefoy ?

— On ne peut pas lui en vouloir d'avoir envie d'aller se promener, remarqua Ron lorsque Harry leur fit part de ses appréhensions. Il a été en fuite pendant plus de deux ans et je me doute que ce ne devait pas être très drôle, mais au moins il avait une certaine forme de liberté. Et voilà que maintenant, il est enfermé en permanence avec cet elfe épouvantable.

Hermione lança à Ron un regard sévère mais ne releva pas l'insulte faite à Kreattur.

— L'ennui, dit-elle à Harry, c'est que jusqu'à ce que V-Voldemort — Ron, ça suffit, je t'en prie — se montre à découvert, Sirius devra rester caché. Ce stupide ministère ne voudra pas admettre que Sirius est innocent tant qu'il n'aura pas accepté le fait que, depuis le début, Dumbledore disait la vérité à son sujet. Quand ces idiots partiront à nouveau à la chasse aux Mangemorts, ils s'apercevront enfin que Sirius n'en est pas un... Déjà, pour commencer, il ne porte pas la Marque des Ténèbres.

— Je ne crois pas qu'il soit assez bête pour se montrer, dit Ron d'un ton rassurant. Dumbledore serait furieux s'il faisait une chose pareille et Sirius écoute ce que dit Dumbledore, même si ce qu'il entend ne lui plaît pas.

Voyant que Harry n'était toujours pas rassuré, Hermione ajouta :

— Écoute, Ron et moi on a sondé les gens pour voir qui pourrait avoir envie de suivre de vrais cours de défense contre les forces du Mal et nous en avons rencontré deux ou trois qui sont intéressés. Nous leur avons dit de venir nous retrouver à Pré-au-Lard.

— Très bien, dit Harry d'un air absent, l'esprit toujours occupé par Sirius.

— Ne t'inquiète pas pour lui, Harry, dit Hermione à voix basse. Tu as suffisamment de pain sur la planche sans avoir besoin d'y ajouter Sirius.

Elle avait raison, bien sûr, il avait déjà assez de mal à faire ses devoirs à temps, même si les choses allaient mieux depuis qu'il n'était plus obligé de passer ses soirées en retenue avec Ombrage. Ron avait encore plus de retard dans son travail car, outre les séances d'entraînement auxquelles il se rendait deux fois par semaine avec Harry, il lui fallait également remplir ses devoirs de préfet. Hermione, en revanche, bien qu'elle eût choisi davantage d'options qu'eux, avait non seulement fini tous ses devoirs mais trouvait encore le temps de tricoter des vêtements pour les elfes. Harry dut reconnaître qu'elle avait fait des progrès : à présent, on pouvait presque toujours distinguer les chapeaux des chaussettes.

Le matin du jour où ils devaient aller à Pré-au-Lard, le vent soufflait, mais le ciel était clair. Après le petit déjeuner, ils firent la queue devant le bureau de Rusard qui cochait leurs noms sur la longue liste d'élèves autorisés par leurs parents ou leurs tuteurs à se rendre au village. Avec un petit pincement au cœur, Harry songea que sans Sirius, il n'aurait pas eu le droit d'y aller du tout.

Lorsqu'il arriva devant Rusard, le concierge renifla longuement comme s'il essayait de détecter une odeur particulière. Puis il hocha brièvement la tête en faisant trembler ses bajoues et Harry put repartir et descendre les marches de pierre dans l'air frais et ensoleillé.

– Et heu... pourquoi Rusard te reniflait comme ça ? demanda Ron tandis qu'avec Harry et Hermione ils avançaient tous trois d'un pas vif le long de la grande allée qui menait au portail.

– J'imagine qu'il essayait de détecter une odeur de Bombabouse, répondit Harry avec un petit rire. J'avais oublié de vous dire...

Il leur raconta l'histoire de la lettre expédiée à Sirius et de l'irruption de Rusard quelques secondes plus tard, exigeant de lire ce qu'il avait envoyé. Un peu surpris, il s'aperçut qu'Hermione trouvait l'anecdote très intéressante, et semblait y attacher beaucoup plus d'importance que lui.

– Il a dit qu'on lui avait signalé que tu commandais des Bombabouses ? Mais qui le lui a signalé ?

– Je ne sais pas, répondit Harry en haussant les épaules. Peut-être Malefoy pour faire une blague.

Ils passèrent entre les deux grands piliers de pierre surmontés de sangliers ailés et tournèrent à gauche sur la route du village, le vent rabattant leurs cheveux sur leur visage.

– Malefoy ? dit Hermione d'un air sceptique. Oui... peut-être...

Et elle resta plongée dans ses pensées jusqu'à ce qu'ils eurent atteint les abords de Pré-au-Lard.

– Où va-t-on ? demanda Harry. Aux Trois Balais ?

– Oh non, dit Hermione qui sortit de sa rêverie, c'est toujours plein de monde et beaucoup trop bruyant. J'ai dit aux autres de nous retrouver à La Tête de Sanglier, c'est un autre pub, vous savez, celui qui n'est pas sur la grand-rue. Je crois que l'endroit est un peu... comment dire... un peu *louche*... mais généralement les élèves de Poudlard n'y vont pas, alors je pense que nous ne ris-quons pas d'être entendus par des oreilles indiscrètes.

Ils avancèrent le long de la grand-rue et passèrent devant le magasin de farces et attrapes de Zonko où ils ne furent pas surpris de voir Fred, George et Lee Jordan, puis devant le bureau de poste d'où des hibous s'envolaient à intervalles réguliers. Enfin ils s'engagèrent dans une rue latérale au bout de laquelle se trouvait une petite auberge. Une vieille enseigne en bois, suspendue à une potence de fer rouillée, montrait la tête tranchée d'un sanglier qui imbibait de sang le linge blanc sur lequel elle était posée. A mesure qu'ils approchaient, ils entendaient l'enseigne grincer dans le vent. Arrivés devant la porte, tous trois hésitèrent un moment.

– Bon, vous venez ? dit Hermione d'une voix légèrement inquiète.

Harry entra le premier.

Le décor n'avait rien à voir avec celui des Trois Balais dont la vaste salle aux lueurs chaleureuses donnait une impression de propreté et de confort. Celle de La Tête de Sanglier était petite, miteuse, crasseuse et imprégnée d'une forte odeur qui faisait penser à des chèvres. Les fenêtres en saillie étaient tellement incrustées de saleté que la lumière du jour avait du mal à les traverser. Le seul éclairage provenait de bouts de chandelles posés sur les tables en bois brut. A première vue, le sol semblait en terre battue mais, en posant le pied dessus, Harry s'aperçut qu'il y avait de la pierre sous les couches de salissures qui paraissaient s'être accumulées depuis des siècles.

Harry se souvint que Hagrid lui avait parlé d'un bar mal famé lors de sa première année à Poudlard. « Il y a des tas de gens un peu bizarres dans ce pub », avait-il dit en lui expliquant comment il avait gagné un œuf de dragon à un étranger au visage dissimulé sous un capuchon. A l'époque, Harry avait trouvé curieux que l'étranger ait gardé son capuchon sur la tête tout au long de leur rencontre. Mais il constatait à présent que se cacher le visage était une sorte de mode dans ce pub. Accoudé au comptoir, un homme avait la tête entièrement entourée de bandages grisâtres de saleté, ce qui ne l'empêchait pas d'avaler à travers une fente pratiquée devant sa bouche d'innombrables verres d'une substance rougeoyante d'où s'élevaient des volutes de fumée. Deux silhouettes ensevelies sous d'épais capuchons étaient assises à une table, devant l'une des fenêtres. Harry aurait pu croire qu'il s'agissait de Détraqueurs s'il ne les avait entendues parler avec un fort accent du Yorkshire. Dans un coin sombre, près de la cheminée, était installée une sorcière enveloppée d'un voile noir et épais qui lui tombait jusqu'aux pieds. On ne distinguait que le bout de son nez qui formait une légère bosse sous le voile.

— Je ne sais pas si c'est vraiment ce qui nous convient, Hermione, marmonna Harry tandis qu'ils s'avançaient vers le comptoir.

Il regardait en particulier la sorcière entièrement voilée.

— Tu ne crois pas qu'Ombrage pourrait se cacher là-dessous ?

Hermione évalua d'un coup d'œil la silhouette qu'il lui désignait.

— Ombrage est plus petite que cette femme, dit-elle à voix basse. Et d'ailleurs, même si Ombrage venait ici, elle ne pourrait rien dire parce que j'ai vérifié à plusieurs reprises le règlement de l'école et nous ne sommes pas hors des limites autorisées. J'ai demandé au professeur Flitwick si les élèves pouvaient venir à La Tête de Sanglier et il m'a répondu oui, mais m'a fortement conseillé d'apporter nos propres verres. J'ai aussi lu et relu tout ce que j'ai trouvé sur le sujet et on a parfaitement le droit d'étudier ou de travailler à ses devoirs en groupe. Mais je ne pense pas pour autant que ce soit une bonne idée d'*afficher* ce que nous avons l'intention de faire.

— Non, répondit Harry d'un ton sec, surtout qu'il ne s'agit pas vraiment de devoirs.

Le barman sortit d'une arrière-salle et s'approcha d'eux en marchant en crabe. C'était un vieil homme à l'air revêche avec une imposante barbe grise et de longs cheveux de la même couleur. Il était grand et mince et Harry eut la vague impression de l'avoir déjà vu.

– Quoi ? grogna-t-il.

– Trois Bièraubeurres, s'il vous plaît, dit Hermione.

L'homme tendit la main sous le comptoir et en retira trois bouteilles très sales et couvertes de poussière qu'il posa bruyamment devant eux.

– Six Mornilles, annonça-t-il.

– Je m'en charge, dit précipitamment Harry en lui donnant les pièces d'argent.

Le regard du barman se promena sur le visage de Harry, s'attardant une fraction de seconde sur sa cicatrice. Puis l'homme se détourna et déposa l'argent dans une antique caisse enregistreuse en bois dont le tiroir s'ouvrit automatiquement. Harry, Ron et Hermione s'éloignèrent du bar pour aller s'installer à la table la plus éloignée, en jetant des regards autour d'eux. L'homme aux bandages grisâtres martela le comptoir avec les jointures de ses doigts et le barman lui servit un autre verre rempli du même liquide fumant.

– Tu sais quoi ? murmura Ron en contemplant le bar d'un air enthousiaste. On pourrait commander tout ce qu'on veut ici. Je parie que ce type serait prêt à nous vendre n'importe quoi, il s'en ficherait. J'ai toujours voulu goûter du whisky Pur Feu...

– Tu-es-un-*préfet*, gronda Hermione.

– Ah oui, c'est vrai, admit Ron et son sourire s'effaça.

– Alors, qui doit nous rejoindre ? demanda Harry.

Il arracha la capsule rouillée de sa bouteille et but une gorgée de Bièraubeurre.

– Oh, juste deux ou trois personnes, répéta Hermione qui consulta sa montre et jeta un coup d'œil inquiet en direction de la porte. Je leur avais dit de venir à peu près à cette heure-ci et je suis sûre qu'ils savent où ça se trouve... Ah, regardez, c'est sûrement eux.

La porte du pub s'était ouverte. Pendant un instant un épais rayon de soleil transperça la poussière et divisa la salle en deux avant de disparaître, occulté par la foule qui entrait.

Il y eut d'abord Neville, avec Dean et Lavande, suivis de près par Parvati et Padma Patil en compagnie de (Harry sentit son estomac faire un saut périlleux) Cho et de l'une de ses habituelles amies spécialisées dans les gloussements. Venait ensuite (toute seule et l'air si rêveur qu'elle aurait pu entrer là par hasard) Luna Lovegood. Puis Katie Bell, Alicia Spinnet et Angelina Johnson, Colin et Dennis Crivey, Ernie Macmillan, Justin Flinch-Fletchley, Hannah Abbot, une élève de Poufsouffle avec une longue natte dans le dos et dont Harry ignorait le nom, trois garçons de Serdaigle qui s'appelaient, il en était presque sûr, Anthony Goldstein, Michael Corner et Terry Boot, Ginny, immédiatement suivie d'un garçon blond, grand et maigre, le nez en trompette, que Harry reconnut vaguement pour l'avoir vu dans l'équipe de Quidditch de Poufsouffle et enfin, fermant la marche, Fred et George Weasley accompagnés de leur ami Lee Jordan, tous trois chargés de grands sacs en papier remplis de marchandises achetées chez Zonko.

— Deux ou trois personnes ? dit Harry d'une voix rauque en s'adressant à Hermione. *Deux ou trois personnes ?*

— En fait, on dirait que l'idée a eu pas mal de succès, répondit-elle d'un ton joyeux. Ron, tu veux bien aller chercher d'autres chaises ?

Le barman s'était figé sur place alors qu'il essuyait un verre avec un torchon si sale qu'il semblait n'avoir jamais été lavé. L'homme n'avait sans doute jamais vu son pub aussi plein.

— Bonjour, dit Fred qui fut le premier à arriver au bar et compta rapidement le nombre de ses camarades. Nous voudrions... vingt-cinq Bièraubeurres, s'il vous plaît.

Le barman le regarda un instant avec des yeux flamboyants puis, jetant le torchon d'un air agacé, comme si on l'avait interrompu dans une tâche importante, il entreprit de passer à Fred des bouteilles poussiéreuses qu'il prenait sous le comptoir.

— Merci, dit Fred en les distribuant. Allongez la monnaie, s'il vous plaît, je n'ai pas assez d'or pour payer tout ça...

Harry regarda d'un air hébété les élèves prendre leurs bières des mains de Fred et fouiller dans leurs robes de sorcier à la recherche de monnaie. Il n'arrivait pas très bien à imaginer pour quelle raison tous ces gens étaient venus ici jusqu'à ce qu'une horrible pensée lui vienne à l'esprit : peut-être s'attendaient-ils à ce qu'il leur fasse un quelconque discours ? Harry se tourna alors vers Hermione.

– Qu'est-ce que tu leur as raconté ? dit-il à voix basse. Qu'est-ce qu'ils veulent de moi ?

– Je te l'ai dit, ils veulent simplement écouter ce que tu as à leur dire, répondit Hermione d'un ton apaisant.

Mais Harry continuait de la regarder avec une telle expression de fureur qu'elle s'empressa d'ajouter :

– Tu n'as pas besoin de faire quoi que ce soit pour l'instant, c'est moi qui leur parlerai d'abord.

– Salut, Harry, dit Neville, le visage rayonnant, en venant s'asseoir face à lui.

Harry s'efforça de lui rendre son sourire mais ne répondit pas un mot. Il avait la bouche extraordinairement sèche. Cho venait de lui sourire et s'était assise à la droite de Ron. Son amie, qui avait des cheveux bouclés d'une couleur blonde tirant sur le roux, ne souriait pas du tout. Elle lança à Harry un regard méfiant qui signifiait clairement qu'elle ne serait pas venue si elle avait eu son mot à dire.

Par groupes de deux ou trois, les nouveaux arrivants s'installèrent autour de Harry, Ron et Hermione. Certains paraissaient surexcités, d'autres simplement curieux. Luna Lovegood, elle, regardait dans le vide d'un air rêveur. Lorsque tout le monde eut pris une chaise, les bavardages s'évanouirent et tous les yeux se fixèrent sur Harry.

– Heu..., dit Hermione d'une voix que la nervosité rendait légèrement plus aiguë qu'à l'ordinaire, eh bien, heu... bonjour.

Le groupe reporta son attention sur elle mais les regards continuaient de se tourner régulièrement vers Harry.

– Alors, heu... bon, vous savez pourquoi vous êtes ici. Heu... donc, Harry a eu l'idée... Je veux dire (Harry venait de la fusiller du regard), j'ai eu l'idée... que ce serait peut-être bien pour les gens qui veulent étudier la défense contre les forces du Mal – et je veux dire étudier vraiment, pas se contenter des idioties que nous fait faire Ombrage (la voix d'Hermione devint soudain beaucoup plus forte et plus assurée), parce qu'on ne peut pas appeler ça des cours de défense contre les forces du Mal...

– Bravo, dit Anthony Goldstein, ce qui donna du courage à Hermione.

– Donc, j'ai pensé que nous devrions peut-être prendre nous-mêmes les choses en main.

Elle marqua une pause, lança un regard en biais à Harry, puis continua :

– J'entends par là apprendre à nous défendre pour de bon, pas seulement en théorie, mais en jetant réellement les sortilèges...

– Tu veux quand même réussir l'épreuve de défense le jour des BUSE, non ? dit Michael Corner.

– Bien entendu, répondit aussitôt Hermione. Mais, plus encore, je veux suivre un véritable entraînement défensif parce que... parce que... – elle prit une profonde inspiration avant d'achever sa phrase – parce que Lord Voldemort est de retour.

La réaction fut immédiate et prévisible. L'amie de Cho poussa un hurlement aigu et renversa de la Bièraubeurre sur sa robe. Terry Boot eut une sorte de spasme. Padma Patil frissonna des pieds à la tête et Neville laissa échapper un étrange glapissement qu'il parvint à transformer en toux. Tout le monde, cependant, regarda fixement Harry, avec même une certaine avidité.

– Enfin... c'est notre projet, en tout cas, reprit Hermione. Si vous décidez de vous joindre à nous, il faudra voir comment nous ferons pour...

– Où est la preuve que Tu-Sais-Qui est de retour ? demanda d'un ton assez agressif le garçon blond qui jouait dans l'équipe de Poufsouffle.

— Eh bien, Dumbledore le croit..., commença Hermione.

— Tu veux plutôt dire que Dumbledore le croit, *lui*, dit le garçon blond, en désignant Harry d'un signe de tête.

— Et *toi*, tu es qui ? demanda Ron d'un ton assez grossier.

— Zacharias Smith, répondit le garçon, et j'estime que nous avons le droit de savoir exactement ce qui lui fait dire que Tu-Sais-Qui est de retour.

— Écoute, reprit aussitôt Hermione, ce n'est vraiment pas l'objet de cette réunion...

— Laisse, Hermione, dit Harry.

Il venait de comprendre pourquoi tant de gens étaient venus jusqu'ici. Hermione aurait dû s'en douter. Certains d'entre eux — peut-être même la plupart — espéraient entendre Harry leur faire un récit de première main de ce qui lui était arrivé.

— Ce qui me fait dire que Vous-Savez-Qui est de retour ? demanda-t-il en regardant Zacharias droit dans les yeux. C'est que je l'ai vu. Mais Dumbledore a déjà raconté l'année dernière à toute l'école ce qui s'était passé et si vous ne l'avez pas cru, lui, alors vous ne me croirez pas, moi, et je n'ai pas du tout l'intention de perdre l'après-midi à essayer de convaincre qui que ce soit.

Tout le monde semblait retenir son souffle pendant que Harry parlait. Il avait l'impression que même le barman l'écoutait. Il le voyait essuyer le même verre avec son torchon crasseux, en le salissant un peu plus à chaque geste.

— Tout ce que Dumbledore nous a dit l'année dernière, répliqua Zacharias avec dédain, c'est que Cedric Diggory a été tué par Tu-Sais-Qui et que tu as ramené son corps à Poudlard. Il ne nous a donné aucun détail, il ne nous a pas expliqué comment Diggory avait été tué et je pense que nous aimerions tous savoir...

— Si tu es venu pour entendre raconter ce qui se passe exactement quand Voldemort assassine quelqu'un, je ne peux rien pour toi, l'interrompit Harry.

Sa colère, toujours prête à exploser ces temps derniers, montait à nouveau en lui. Il ne détacha pas les yeux du visage agressif de Zacharias Smith, bien décidé à ne surtout pas regarder Cho.

— Je ne veux pas parler de Cedric Diggory, d'accord ? Alors, ceux qui sont venus pour ça peuvent repartir tout de suite.

Il lança un regard furieux en direction d'Hermione. Tout cela était de sa faute, pensa-t-il. Elle avait voulu l'exhiber comme une sorte de phénomène de foire et, bien sûr, ils s'étaient tous précipités pour voir s'il avait vraiment des choses si extraordinaires à raconter. Mais personne ne se leva pour partir, pas même Zacharias Smith qui continuait de fixer Harry d'un regard intense.

— Donc, reprit Hermione, la voix à nouveau suraiguë, comme je le disais... si nous voulons apprendre à nous défendre, nous devons nous organiser, décider de la fréquence des cours, de l'endroit où...

— C'est vrai que tu arrives à faire apparaître un Patronus ? demanda à Harry la fille à la longue tresse.

Un murmure intéressé s'éleva du groupe.

— Oui, répondit Harry, un peu sur la défensive.

— Un Patronus corporel ?

L'expression évoqua quelque chose dans la mémoire de Harry.

— Heu... Tu ne connaîtrais pas Mrs Bones, par hasard ? demanda-t-il.

La fille eut un sourire.

— C'est ma tante, dit-elle. Je m'appelle Susan Bones. Elle m'a parlé de ton audience disciplinaire. Alors, c'est vrai ? Tu as fait apparaître un Patronus en forme de cerf ?

— Oui.

— Ça alors, Harry ! s'exclama Lee, l'air très impressionné. Je ne savais pas du tout !

— Maman a demandé à Ron de ne pas répandre la nouvelle,

déclara Fred en souriant à Harry. Elle dit que tu attires suffisamment l'attention comme ça.

– Elle n'a pas tort, marmonna Harry.

Il y eut quelques éclats de rire.

La sorcière voilée remua légèrement sur sa chaise.

– Et tu as vraiment tué un Basilic avec l'épée qui se trouve dans le bureau de Dumbledore ? demanda Terry Boot. C'est ce que m'a dit l'un des portraits quand je suis allé là-bas, l'année dernière...

– Heu, oui... c'est vrai, répondit Harry.

Justin Finch-Fletchley émit un sifflement. Les frères Crivey échangèrent des regards ébahis et Lavande Brown laissa échapper un « Wouao ! » à mi-voix. Harry éprouvait à présent une sensation de chaleur autour du cou. Il était toujours résolu à regarder n'importe où sauf en direction de Cho.

– Et à la fin de notre première année, dit Neville en s'adressant à tout le monde, il a arraché la pierre phénoménale...

– Philosophale, souffla Hermione.

– C'est ça, oui... à Vous-Savez-Qui, acheva Neville.

Hannah Abbot ouvrit des yeux ronds comme des Gallions.

– Et il ne faut pas oublier, dit Cho (les yeux de Harry se tournèrent instantanément vers elle. Cho le regardait en souriant et son estomac fit un nouveau saut périlleux), toutes les tâches qu'il a accomplies l'année dernière pendant le Tournoi des Trois Sorciers – en affrontant des dragons, des êtres de l'eau, l'Acromentule et tout le reste...

Un murmure approbateur et admiratif s'éleva autour de la table. Harry sentit ses entrailles se tordre. Il s'efforça de contrôler l'expression de son visage pour n'avoir pas l'air trop content de lui. Les louanges de Cho rendaient infiniment plus difficiles à prononcer les mots qu'il s'était juré de dire devant eux.

– Écoutez, reprit-il, et tout le monde se tut à l'instant même. Je... je ne veux pas jouer les faux modestes mais j'ai toujours bénéficié de beaucoup d'aide au moment où je faisais tout ça...

– Pas avec le dragon, en tout cas, dit aussitôt Michael Corner. Ça, c'était une sacrée démonstration de vol...

– Bon, d'accord, admit Harry, en sentant qu'il ne servirait à rien de le nier.

– Et personne ne t'a aidé à te débarrasser de ces Détraqueurs l'été dernier, fit remarquer Susan Bones.

– Non, reconnut Harry, non. Bon, O.K., je sais que j'ai réussi certaines chose sans aucune aide, mais ce que je voudrais vous faire comprendre, c'est...

– Tu essayes de te défiler pour ne pas nous montrer ce que tu sais faire ? intervint Zacharias Smith.

– Tiens, j'ai une idée pour toi, dit Ron à haute voix, avant que Harry ait pu répondre, et si tu la fermais ?

Peut-être que l'expression « se défiler » avait particulièrement choqué Ron. En tout cas, il regardait à présent Zacharias comme si rien ne lui aurait fait davantage plaisir que de l'assommer. Zacharias devint écarlate.

– Enfin, quoi, dit-il, on vient tous ici pour qu'il nous apprenne des choses et là-dessus, il nous raconte qu'il ne sait rien faire du tout.

– Ce n'est pas ce qu'il a dit, grogna Fred.

– Tu veux qu'on se charge de te laver les oreilles ? demanda George en sortant d'un des sacs de chez Zonko un long instrument de métal à l'aspect meurtrier.

– Ou n'importe quelle autre partie de ton corps, nous on n'est pas difficiles, on veut bien te coller ça où tu voudras, ajouta Fred.

– Bien, alors, reprit précipitamment Hermione, essayons d'avancer... Le premier point, c'est : sommes-nous tous d'accord pour suivre des cours que nous donnerait Harry ?

Il y eut un murmure général d'approbation. Zacharias croisa les bras sans rien dire, trop occupé sans doute à surveiller l'instrument que Fred tenait à la main.

– Bien, dit Hermione, soulagée que quelque chose ait enfin été décidé. Alors, la question suivante, c'est à quel rythme va-t-on le faire ? A mon avis, il faut au moins une séance par semaine, sinon ça ne vaut pas le coup...

— Attends un peu, coupa Angelina. Nous devons être sûrs que ça ne va pas se télescoper avec notre entraînement de Quidditch.

— Ni avec le nôtre, dit Cho.

— Ni avec le nôtre, ajouta Zacharias Smith.

— Je suis certaine qu'on peut trouver une soirée qui convienne à tout le monde, dit Hermione, un peu agacée. Vous savez, c'est quand même assez important, il s'agit d'apprendre à nous défendre contre les Mangemorts de V-Voldemort...

— Bien dit ! aboya Ernie Macmillan, dont Harry s'était attendu à ce qu'il intervienne bien avant. Personnellement, je pense que c'est très important, peut-être même plus important que tout ce que nous aurons à faire d'autre cette année, même avec les BUSE qui nous attendent !

Il promena autour de lui un regard impérieux, comme s'il s'attendait à ce que tout le monde s'écrie : « Sûrement pas ! » Mais voyant que personne ne disait rien, il poursuivit :

— En ce qui me concerne, je ne comprends pas pourquoi le ministère nous a imposé un professeur aussi incompétent dans une période aussi critique. De toute évidence, ils nient le retour de Vous-Savez-Qui mais de là à nous donner un enseignant qui nous empêche systématiquement d'utiliser des sortilèges de défense...

— Nous pensons que la raison pour laquelle Ombrage ne veut pas nous former à la défense contre les forces du Mal, dit Hermione, c'est qu'elle a... une sorte d'idée folle selon laquelle Dumbledore pourrait se servir des élèves de l'école pour constituer une sorte d'armée privée. Elle pense qu'il cherche à nous mobiliser contre le ministère.

Tout le monde ou presque sembla stupéfait. Tout le monde sauf Luna Lovegood qui lança :

— C'est assez normal, après tout, Cornelius Fudge lui aussi dispose de sa propre armée.

— Quoi ? s'exclama Harry, abasourdi.

— Oui, il a une armée d'Héliopathes, déclara solennellement Luna.

— Non, ce n'est pas vrai, répliqua Hermione d'un ton sec.

— Bien sûr que si, insista Luna.

— C'est quoi, des Héliopathes ? demanda Neville, intrigué.

— Ce sont des esprits du feu, répondit Luna, dont les yeux exorbités s'arrondirent en lui donnant l'air plus fou que jamais, de grandes créatures enflammées qui galopent droit devant elles en brûlant tout sur leur passage...

— Ces créatures n'existent pas, Neville, affirma Hermione d'un ton acerbe.

— Si, elles existent ! protesta Luna avec colère.

— Je suis navrée, mais as-tu la preuve de leur existence ? demanda Hermione.

— Il y a plein de témoignages. Tu es tellement bornée qu'il faut toujours tout te mettre sous le nez pour que tu y croies...

— *Hum, hum*, dit Ginny, dans une si bonne imitation du professeur Ombrage que plusieurs d'entre eux se tournèrent vers elle d'un air affolé avant d'éclater de rire. N'étions-nous pas en train de décider du rythme de nos cours de défense ?

— Si, dit aussitôt Hermione. Tu as raison, Ginny.

— Une fois par semaine, ça paraît bien, approuva Lee Jordan.

— Du moment que..., commença Angelina.

— Oui, oui, on est au courant pour le Quidditch, l'interrompit Hermione d'une voix tendue. Bon, l'autre chose à déterminer c'est l'endroit où ça se passera...

La question était plus difficile et tout le monde garda le silence.

— La bibliothèque ? suggéra Katie Bell au bout d'un moment.

— Je ne pense pas que Madame Pince sera vraiment enchantée de nous voir pratiquer des maléfices dans sa bibliothèque, dit Harry.

— Peut-être une classe inutilisée ? proposa Dean.

— Oui, approuva Ron. McGonagall nous laissera peut-être la sienne, elle l'avait déjà fait quand Harry s'entraînait pour le Tournoi des Trois Sorciers.

Mais Harry était sûr que McGonagall ne se montrerait pas aussi accommodante cette fois-ci. Car, malgré tout ce qu'Hermione avait dit sur les études et les devoirs qu'on pouvait faire collectivement, il avait la nette impression que ce groupe-là serait considéré comme beaucoup trop subversif.

— Bon, alors, on essayera de trouver autre chose, dit Hermione. Nous enverrons un message à tout le monde lorsque nous aurons fixé une date et un lieu pour le premier rendez-vous.

Elle fouilla dans son sac, en sortit une plume et un parchemin, puis hésita un instant, comme si elle se préparait à dire quelque chose qui ne plairait pas forcément à tout le monde.

— Je crois que nous devrions tous écrire notre nom simplement pour savoir qui était présent à cette première rencontre. Mais je pense également — elle prit une profonde inspiration — que nous devrons tous promettre de ne pas crier sur les toits ce que nous avons l'intention de faire. Donc, si vous signez, vous vous engagez à ne rien révéler de ce que nous préparons, ni à Ombrage, ni à quiconque d'autre.

Fred tendit la main vers le parchemin et écrivit son nom de bonne grâce mais Harry remarqua que certains ne paraissaient guère enthousiastes à l'idée d'ajouter leur nom à la liste.

— Heu..., dit lentement Zacharias sans prendre le parchemin que George lui passait. En fait, il suffira qu'Ernie me dise à quel moment aura lieu la prochaine réunion.

Mais Ernie, lui aussi, avait l'air d'hésiter à signer. Hermione le regarda en haussant les sourcils.

— Je... Enfin, bon, nous sommes *préfets*, s'exclama Ernie. Et si jamais cette liste était découverte... Je veux dire... Tu nous as avertis toi-même, si Ombrage s'aperçoit...

— Tu viens d'affirmer que ce groupe était la chose la plus importante que tu aurais à faire cette année, lui rappela Harry.

— Je... Oui, répondit Ernie, oui, je le crois. Simplement...

— Ernie, tu penses vraiment que je vais m'amuser à laisser traîner cette liste ? demanda Hermione avec mauvaise humeur.

— Non, bien sûr que non, répondit Ernie qui sembla un peu moins anxieux. Je... Oui, bien sûr, je vais signer.

Après Ernie, plus personne ne souleva d'objection mais Harry vit l'amie de Cho lui lancer un regard de reproche avant d'ajouter son nom à la liste. Lorsque la dernière personne – en l'occurrence, Zacharias – eut signé, Hermione reprit le parchemin et le glissa précautionneusement dans son sac. Un sentiment étrange parcourait à présent l'assistance. C'était comme s'ils avaient signé une sorte de contrat.

— Bon, le temps passe, dit brusquement Fred en se levant. George, Lee et moi devons faire des achats d'une nature un peu délicate. Alors, à plus tard.

Par groupes de deux ou trois, les autres s'en allèrent à leur tour.

Cho prit tout son temps pour fermer son sac, le visage caché derrière un long rideau de cheveux noirs, mais son amie était restée à côté d'elle, bras croisés, et claquait la langue d'un air impatient, si bien que Cho fut contrainte de la suivre. Tandis qu'elle l'entraînait vers la porte, Cho regarda par-dessus son épaule et adressa un signe de la main à Harry.

— Je crois que ça s'est bien passé, dit Hermione d'un ton joyeux quelques instants plus tard.

Tous trois avaient quitté La Tête de Sanglier et marchaient au soleil, Harry et Ron tenant toujours à la main leur bouteille de Bièraubeurre.

— Ce Zacharias est un vrai furoncle, dit Ron en regardant d'un œil noir la silhouette de Smith qu'on apercevait au loin.

— Moi non plus, je ne l'aime pas beaucoup, dit Hermione, mais il m'a entendue parler à Ernie et Hannah, à la table de Poufsouffle, et il avait l'air d'avoir très envie de venir, alors qu'est-ce que je pouvais dire ? En fait, plus on est, mieux ça vaut

– par exemple Michael Corner et ses amis ne seraient pas venus si Michael ne sortait pas avec Ginny...

Ron, qui était en train de boire les dernières gouttes de sa bouteille, avala de travers et aspergea de Bièraubeurre le devant de sa robe.

– Il QUOI ? bredouilla-t-il, scandalisé, les oreilles semblables à deux tranches de bœuf cru. Elle sort avec... Ma sœur sort... qu'est-ce que tu veux dire par là, Michael Corner ?

– C'est précisément pour ça qu'il était là avec ses amis... Bien sûr, ça les intéresse d'apprendre à se défendre, mais si Ginny n'avait pas dit à Michael ce qui se préparait...

– Et quand est-ce que... qu'elle... ?

– Ils se sont rencontrés au bal de Noël et ont décidé de rester ensemble à la fin de l'année dernière, répondit posément Hermione.

Ils avaient rejoint la grand-rue, à présent, et Hermione s'arrêta devant le magasin de plumes Scribenpenne dont la vitrine exposait d'élégantes plumes de faisan.

– Mmmm... J'aurais bien besoin d'une nouvelle plume, dit-elle.

Elle entra dans la boutique, suivie de Harry et de Ron.

– C'était lequel Michael Corner ? demanda Ron, furieux.

– Le brun, répondit Hermione.

– Il ne me plaît pas du tout, dit aussitôt Ron.

– Ça, c'est étonnant, murmura Hermione.

– Je croyais qu'elle avait un faible pour Harry ! dit Ron qui suivait Hermione le long d'une rangée de plumes présentées dans des pots en cuivre.

Hermione hocha la tête en le regardant avec une certaine commisération.

– Ginny *avait* un faible pour Harry mais elle a renoncé à lui il y a plusieurs mois. Ça ne veut pas dire qu'elle ne *t'aime pas*, bien sûr, ajouta-t-elle aimablement à l'adresse de Harry, tout en examinant une longue plume noir et or.

Harry, dont l'esprit était tout entier occupé par le signe de la main que Cho lui avait adressé en partant, ne trouvait pas le sujet aussi intéressant que Ron qui tremblait littéralement d'indignation, mais il repensa à un détail auquel il n'avait pas prêté attention jusqu'à présent.

– C'est pour ça qu'elle me parle, maintenant ? demanda-t-il à Hermione. D'habitude, elle ne disait jamais rien devant moi.

– Exactement, répondit Hermione. Bon, je crois que je vais prendre celle-ci...

Elle alla au comptoir et donna les quinze Mornilles et deux Noises que coûtait la plume. Derrière elle, Ron, qui ne la lâchait plus d'un pas, respirait bruyamment dans sa nuque. Il était si près qu'elle lui marcha sur le pied en se retournant.

– Ron, dit-elle d'un ton sévère, voilà exactement la raison pour laquelle Ginny ne t'a pas raconté qu'elle sortait avec Michael, elle savait que tu le prendrais mal. Alors, pour l'amour du ciel, cesse de *radoter* avec ça.

– Qu'est-ce que ça signifie ? Qui prend les choses mal ? Je ne radote pas du tout..., marmonna Ron tout au long de la grand-rue.

Hermione se tourna vers Harry en levant les yeux au ciel, tandis que Ron continuait de grommeler des imprécations contre Michael Corner, puis elle lui demanda à mi-voix :

– En parlant de Michael et Ginny... Ça va, entre Cho et toi ?

– Qu'est-ce que tu veux dire ? répondit précipitamment Harry.

Ce fut comme si on l'avait soudain rempli d'eau bouillante. Il éprouva une sensation brûlante qui se mêla au vent froid et lui picota les joues. S'était-il donc révélé à ce point ?

– Eh bien, dit Hermione avec un léger sourire, elle te dévorait des yeux.

Jamais encore Harry ne s'était rendu compte à quel point le village de Pré-au-Lard était magnifique.

17
DÉCRET D'ÉDUCATION NUMÉRO VINGT-QUATRE

Pendant tout le reste du week-end, Harry se sentit plus heureux qu'il ne l'avait jamais été depuis la rentrée. Ron et lui passèrent la plus grande partie du dimanche à faire leurs devoirs en retard. Sans doute n'y avait-il là rien de très amusant, mais les derniers éclats du soleil d'automne persistaient et ils en profitèrent pour aller travailler au bord du lac, à l'ombre d'un hêtre, plutôt que de rester confinés dans la salle commune. Hermione, qui avait, bien entendu, terminé ses devoirs depuis longtemps, emporta des pelotes de laine et ensorcela ses aiguilles à tricoter qui flottaient dans les airs à côté d'elle en cliquetant toutes seules pour fabriquer chapeaux et écharpes.

Entreprendre quelque chose pour s'opposer à Ombrage et au ministère et jouer lui-même un rôle-clé dans cette rébellion donnait à Harry un sentiment d'intense satisfaction. Il ne cessait de revivre dans sa tête leur réunion du samedi : tous ces gens qui étaient venus le voir pour apprendre à se défendre contre les forces du Mal... l'expression de leurs visages lorsqu'on leur avait raconté ce qu'il avait accompli... Et Cho qui avait vanté ses exploits pendant le Tournoi des Trois Sorciers... A la pensée qu'ils ne le considéraient pas comme un menteur et un détraqué mais comme quelqu'un digne d'être admiré, il ressentait une telle allégresse que sa bonne humeur ne l'avait toujours pas quitté le lundi matin, malgré la perspective imminente de devoir assister aux cours qu'il aimait le moins.

Ron et lui quittèrent le dortoir et descendirent l'escalier en parlant de l'idée d'Angelina de leur faire travailler, pendant leur séance d'entraînement du soir, une nouvelle figure de Quidditch qu'on appelait la « roulade du paresseux ». Ils étaient arrivés au milieu de la pièce commune inondée de soleil lorsqu'ils remarquèrent un petit groupe d'élèves rassemblés devant le panneau d'affichage de Gryffondor.

Un grand écriteau y était placardé, si grand qu'il avait recouvert tout le reste – la liste des grimoires d'occasion à vendre, les habituels rappels au règlement d'Argus Rusard, le programme des séances d'entraînement de Quidditch, les propositions d'échange de cartes de Chocogrenouille, les petites annonces des Weasley pour recruter de nouveaux cobayes, les dates des week-ends à Pré-au-Lard et les messages concernant des objets trouvés ou perdus. L'écriteau était imprimé en grandes lettres noires et un sceau à l'aspect très officiel y était apposé, à côté d'une signature ronde et nette.

PAR ORDRE DE LA GRANDE
INQUISITRICE DE POUDLARD
Toutes les organisations, associations, équipes, groupes
et clubs d'élèves sont dissous à compter de ce jour.
Une organisation, association, équipe, groupe
ou club se définit par le rassemblement à intervalles
réguliers de trois élèves ou plus.
L'autorisation de former à nouveau
de tels rassemblements doit être demandée
à la Grande Inquisitrice (professeur Ombrage).
Aucune organisation, association, équipe, groupe
ou club d'élèves ne peut exister
sans l'approbation de la Grande Inquisitrice.
Tout élève fondateur ou membre d'une organisation,
association, équipe, groupe ou club
qui n'aurait pas été approuvé par la Grande Inquisitrice
serait immédiatement renvoyé de l'école.

Décret d'éducation numéro vingt-quatre

*Les mesures ci-dessus sont prises conformément
au décret d'éducation numéro vingt-quatre.*

Signé : Dolores, Jane, Ombrage, Grande Inquisitrice

Harry et Ron lurent l'écriteau par-dessus la tête de quelques élèves de deuxième année qui avaient soudain l'air anxieux.

— Ça veut dire qu'ils vont fermer le club de Bavboules ? demanda l'un d'eux à son voisin.

— Je pense que vous n'aurez pas de problèmes avec les Bavboules, dit Ron d'un ton lugubre en faisant sursauter le jeune Gryffondor. Mais nous, je ne crois pas que nous aurons autant de chance, qu'est-ce que tu en penses ? demanda-t-il à Harry tandis que les deuxième année se hâtaient de filer.

Harry était en train de relire entièrement l'avis. L'impression de bonheur qu'il ressentait depuis le samedi précédent avait disparu d'un coup. Tout son corps palpitait de rage.

— Ce n'est pas une coïncidence, dit-il, les poings serrés. Elle est au courant.

— Impossible, dit Ron.

— Il y a des gens qui nous écoutaient, dans ce pub. Et puis, soyons réalistes : parmi tous ceux qui étaient là, combien y en a-t-il à qui nous pouvons faire confiance ? N'importe lequel d'entre eux aurait pu aller tout raconter à Ombrage...

Lui qui avait pensé qu'ils le croyaient, qu'ils l'admiraient, même...

— Zacharias Smith, dit aussitôt Ron en donnant un coup de poing dans la paume de sa main. Ou alors... j'ai trouvé que ce Michael Corner avait lui aussi une tête de faux-jeton...

— Je me demande si Hermione a déjà lu ça, dit Harry, le regard tourné vers la porte du dortoir des filles.

— Viens, on va la prévenir, dit Ron.

Il se précipita pour ouvrir la porte et commença à monter d'un pas vif l'escalier en colimaçon.

Il avait atteint la sixième marche lorsqu'un bruit assourdissant, semblable au gémissement d'une sirène, retentit soudain. Au même moment, les marches s'escamotèrent pour ne plus former qu'un long toboggan en spirale, comme dans les parcs de jeux. Pendant un instant, Ron essaya de continuer à courir en faisant de grands moulinets avec les bras mais il bascula en arrière et dévala le toboggan avant de finir sa course sur le dos, aux pieds de Harry.

— Heu... Je crois qu'on n'a pas le droit d'aller dans le dortoir des filles, fit remarquer Harry qui aida Ron à se relever en s'efforçant de ne pas éclater de rire.

Deux filles de quatrième année se laissèrent glisser allégrement au bas du toboggan de pierre.

— Ha ! ha ! Qui est-ce qui a essayé de monter ? demandèrent-elles avec un rire joyeux, les yeux fixés sur Harry et Ron.

— Moi, dit Ron, encore un peu secoué. Je n'avais aucune idée de ce qui se passerait.

Les deux filles se dirigèrent vers la sortie en continuant de rire comme des folles.

— Ce n'est pas juste ! ajouta Ron à l'adresse de Harry. Hermione a le droit de venir dans notre dortoir, je ne vois pas pourquoi nous, nous ne pourrions pas...

— Oh, c'est un règlement un peu vieillot, répondit Hermione qui venait de glisser sur le toboggan et s'était arrêtée en douceur sur un tapis, juste devant eux.

Elle se releva.

— Dans *L'Histoire de Poudlard*, on explique que les fondateurs trouvaient les garçons moins dignes de confiance que les filles. Et au fait, pourquoi avez-vous essayé de monter là-haut ?

— Pour te voir... Regarde ça ! dit Ron en l'entraînant vers le tableau d'affichage.

Hermione parcourut rapidement des yeux le texte de l'écriteau. Son visage se figea.

— Quelqu'un a dû tout lui raconter ! dit Ron avec colère.

— C'est impossible, assura Hermione à mi-voix.

— Tu es vraiment naïve. Tu crois que sous prétexte que vous êtes tous des gens de bonne compagnie...

— Non, c'est impossible pour la bonne raison que j'ai ensorcelé le morceau de parchemin que nous avons tous signé, dit Hermione, menaçante. Crois-moi, si quelqu'un nous dénonce à Ombrage, nous saurons exactement qui c'est et il le regrettera amèrement.

— Qu'est-ce qu'il lui arrivera ? demanda Ron d'un air avide.

— Disons que, par comparaison, l'acné d'Éloïse Midgen apparaîtra comme de ravissantes petites taches de rousseur. Venez, descendons prendre le petit déjeuner, on verra ce que les autres en pensent... Je me demande si la même chose a été affichée dans toutes les maisons.

Dès qu'ils entrèrent dans la Grande Salle, il fut évident que l'annonce d'Ombrage n'était pas réservée aux seuls Gryffondor. Une intensité particulière animait les conversations et l'on remarquait davantage de mouvement que d'habitude, les élèves passant d'une table à l'autre pour discuter de ce qu'ils venaient de lire. Harry, Ron et Hermione s'étaient à peine assis que Neville, Fred, George et Ginny fondirent sur eux.

— Vous avez vu ça ?

— Vous croyez qu'elle est au courant ?

— Qu'est-ce qu'on va faire ?

Tous les regards étaient tournés vers Harry qui jeta un coup d'œil autour de lui pour s'assurer qu'aucun professeur ne pouvait les entendre.

— On va le faire quand même, bien sûr, dit-il à voix basse.

— Je savais que tu dirais ça, se réjouit George, le visage rayonnant en donnant à Harry une tape sur le bras.

— Les préfets sont d'accord ? demanda Fred, avec un regard interrogateur en direction de Ron et d'Hermione.

— Bien entendu, répondit froidement Hermione.

— Voilà Ernie et Hannah Abbot, dit Ron en regardant par-dessus son épaule. Et aussi les types de Serdaigle et Smith... Aucun d'eux n'a l'air d'avoir de boutons.

Hermione sembla inquiète.

– Peu importe les boutons, il ne faut surtout pas que ces idiots viennent nous voir maintenant, ce serait vraiment suspect... Asseyez-vous ! dit-elle à Ernie et à Hannah en remuant simplement les lèvres, avec des gestes frénétiques pour leur faire signe de rejoindre la table de Poufsouffle. Plus tard ! Nous-parlerons-plus-tard, ajouta-t-elle, toujours silencieusement.

– Je vais aller prévenir Michael, dit Ginny d'un ton agacé en pivotant sur son banc pour se lever. Quel imbécile, vraiment !

Elle se précipita vers la table des Serdaigle et Harry la suivit des yeux. Cho, assise un peu plus loin, bavardait avec l'amie aux cheveux bouclés qu'elle avait amenée à La Tête de Sanglier. L'avis placardé par Ombrage allait-il la dissuader de revenir aux réunions ?

Mais l'ampleur des conséquences qu'entraînait la nouvelle réglementation ne leur apparut pleinement qu'au moment où ils quittèrent la Grande Salle pour se rendre au cours d'histoire de la magie.

– Harry ! *Ron !*

Angelina se hâtait vers eux. Elle semblait au désespoir.

– Ça ne fait rien, dit Harry à voix basse lorsqu'elle fut suffisamment près pour l'entendre. On va quand même continuer à...

– Est-ce que vous vous rendez compte que ça concerne aussi le Quidditch ? l'interrompit Angelina. Il faut qu'on aille demander la permission de reconstituer l'équipe !

– *Quoi ?* s'exclama Harry.

– Impossible ! dit Ron, effaré.

– Tu as lu l'avis, il parle également des équipes ! Alors, écoute, Harry, je te dis ça pour la dernière fois... S'il te plaît, *s'il te plaît*, ne recommence pas à t'énerver avec Ombrage sinon, elle peut nous interdire définitivement de jouer !

– D'accord, d'accord, répondit Harry en voyant Angelina au bord des larmes. Ne t'inquiète pas, je ferai attention...

– Je parie qu'on va retrouver Ombrage au cours d'histoire de la magie, dit sombrement Ron tandis qu'ils prenaient le chemin de la classe de Binns. Elle ne l'a pas encore inspecté... Je te parie ce que tu veux qu'elle est là-bas...

Mais il se trompait. A leur entrée dans la classe, Binns était seul, flottant comme d'habitude à quelques centimètres au-dessus de sa chaise, prêt à poursuivre son exposé soporifique sur les guerres des géants. Ce jour-là, Harry n'essaya pas de suivre ce qu'il disait. Il dessinait négligemment sur son parchemin, indifférent aux regards noirs d'Hermione et à ses coups de coude répétés, jusqu'à ce qu'un coup dans les côtes plus douloureux que les autres lui fasse relever la tête d'un air furieux.

– *Quoi ?*

Elle montra la fenêtre du doigt et Harry vit Hedwige, perchée sur l'étroit rebord. Une lettre attachée à la patte, elle le fixait des yeux à travers les épais carreaux. Harry ne comprenait pas. Ils venaient de prendre leur petit déjeuner, pourquoi donc n'avait-elle pas apporté la lettre à ce moment-là, comme d'habitude ? Plusieurs élèves, à présent, se montraient Hedwige du doigt.

– J'ai toujours adoré cette chouette, elle est tellement belle, chuchota Lavande à Parvati.

Harry jeta un coup d'œil au professeur Binns qui continuait de lire sereinement ses notes, sans s'apercevoir le moins du monde que l'attention de la classe était encore moins centrée sur lui qu'à l'ordinaire. Harry glissa en silence de sa chaise, se pencha en avant et se faufila très vite entre les rangées de tables en direction de la fenêtre qu'il ouvrit lentement.

Il s'attendait à ce qu'Hedwige lui tende la patte pour qu'il puisse prendre la lettre avant qu'elle ne rejoigne la volière mais, lorsque la fenêtre fut suffisamment ouverte, elle sauta à l'intérieur de la classe en poussant un hululement plaintif. Harry referma la fenêtre, jeta un regard inquiet à Binns puis, toujours penché en avant, se dépêcha de regagner sa place, Hedwige sur son épaule. Lorsqu'il se fut rassis, il posa Hedwige sur ses genoux et détacha la lettre de sa patte.

Ce fut à ce moment-là seulement qu'il se rendit compte que les plumes d'Hedwige étaient étrangement ébouriffées, certaines courbées dans le mauvais sens, et qu'une de ses ailes formait un angle bizarre avec le reste de son corps.

— Elle est blessée ! murmura Harry en penchant la tête pour l'examiner de plus près.

Ron et Hermione regardèrent à leur tour. Hermione posa même sa plume.

—Vous voyez, elle a l'aile de travers...

Hedwige tremblait. Lorsque Harry voulut lui toucher l'aile, elle sursauta légèrement, les plumes hérissées, comme si elle se gonflait à la manière d'un ballon, et lui jeta un regard de reproche.

— Professeur Binns, dit Harry à haute voix.

Toute la classe se tourna vers lui.

— Je ne me sens pas très bien.

Le professeur Binns leva les yeux de ses notes, stupéfait, comme à son habitude, de voir devant lui une classe remplie d'élèves.

—Vous ne vous sentez pas bien ? répéta-t-il d'un air absent.

— Non, pas bien du tout, déclara fermement Harry.

Il se leva, Hedwige cachée derrière son dos.

— Il faut que j'aille à l'infirmerie.

— Oui, dit le professeur Binns, pris au dépourvu. Oui... Oui, à l'infirmerie... Eh bien, allez-y, Perkins...

Une fois sorti, Harry remit Hedwige sur son épaule et se hâta le long du couloir. Lorsqu'il fut certain qu'on ne pouvait plus le voir depuis la porte de la classe, il s'arrêta pour réfléchir. Bien entendu, la première personne à laquelle il aurait pensé pour soigner Hedwige était Hagrid mais comme il n'avait aucune idée de l'endroit où il se trouvait, la solution qui restait consistait à chercher le professeur Gobe-Planche en espérant qu'elle pourrait l'aider.

Il s'arrêta devant une fenêtre et jeta un coup d'œil au parc plongé dans la grisaille et battu par les vents. Il n'y avait aucune trace d'elle près de la cabane de Hagrid. Si elle ne donnait pas de cours, elle devait être dans la salle des professeurs. Il descendit les escaliers, Hedwige vacillant sur son épaule et poussant de faibles hululements.

Deux gargouilles de pierre encadraient la porte de la salle des professeurs. Lorsque Harry s'approcha, l'une d'elle croassa :

– Tu devrais être en classe, mon petit bonhomme.

– C'est urgent, dit Harry d'un ton sec.

– Oooooh, *urgent*, voyez-vous ça ? dit l'autre gargouille d'une voix aiguë. Voilà qui *nous* remet à notre place.

Harry frappa. Il entendit des bruits de pas, puis la porte s'ouvrit et il se retrouva face au professeur McGonagall.

– Vous n'avez pas encore eu une retenue ? demanda-t-elle aussitôt, ses lunettes carrées lançant des éclairs alarmants.

– Non, professeur, répondit Harry.

– Alors pourquoi n'êtes-vous pas en classe ?

– Il paraît que c'est *urgent*, dit la deuxième gargouille d'un ton narquois.

– Je cherche le professeur Gobe-Planche, expliqua Harry. Ma chouette est blessée.

– Une chouette blessée, dites-vous ?

Le professeur Gobe-Planche apparut au côté du professeur McGonagall. Elle fumait une pipe et tenait à la main un numéro de *La Gazette du sorcier*.

– Oui, répondit Harry en soulevant avec précaution Hedwige de son épaule. Elle est arrivée après les autres hiboux et elle a une aile bizarre, regardez...

Le professeur Gobe-Planche cala solidement sa pipe entre ses dents et prit Hedwige des mains de Harry sous le regard du professeur McGonagall.

— Mmmmm, dit-elle, sa pipe remuant légèrement, j'ai l'impression qu'elle s'est fait attaquer. Mais je ne sais pas qui aurait pu faire ça. Parfois, les Sombrals s'en prennent aux oiseaux, c'est vrai, mais Hagrid a dressé les Sombrals de Poudlard pour qu'ils ne touchent pas aux hiboux.

Harry ignorait ce qu'étaient des Sombrals et d'ailleurs, il s'en fichait. Tout ce qui l'intéressait, c'était qu'Hedwige guérisse. Le professeur McGonagall lui lança un regard perçant et demanda :

— Savez-vous d'où venait cette chouette, Potter ?

— Heu…, répondit Harry, de Londres, je crois.

Il croisa brièvement son regard et sut tout de suite, d'après la façon dont ses sourcils s'étaient rejoints au milieu de son front, que Londres signifiait pour elle le 12, square Grimmaurd.

Le professeur Gobe-Planche sortit un monocle d'une poche de sa robe et le vissa devant son œil pour examiner de plus près l'aile d'Hedwige.

— Je pense pouvoir arranger ça si vous me la laissez, Potter, dit-elle. En tout cas, elle ne devra plus voler sur de longues distances pendant quelques jours.

— Heu… très bien…, merci, dit Harry au moment même où la cloche sonnait l'heure de la récréation.

— Pas de problème, répondit le professeur Gobe-Planche d'un ton bourru en retournant dans la salle des professeurs.

— Un instant, Wilhelmina ! dit le professeur McGonagall. La lettre de Potter !

— Ah oui, c'est vrai ! dit Harry qui avait momentanément oublié le rouleau de parchemin attaché à la patte d'Hedwige.

Le professeur Gobe-Planche le lui donna et disparut au fond de la salle, emportant Hedwige qui regardait fixement Harry comme si elle n'arrivait pas à croire qu'il l'abandonne ainsi. Avec un vague sentiment de culpabilité, il s'apprêta à repartir mais le professeur McGonagall le rappela.

— Potter !

— Oui, professeur ?

Elle jeta un coup d'œil dans le couloir. Des élèves arrivaient des deux côtés.

— N'oubliez pas, dit-elle très vite et à voix basse, les yeux sur le rouleau qu'il tenait à la main, que les voies de communications de Poudlard, que ce soit pour expédier ou recevoir du courrier, sont étroitement surveillées, compris ?

— Je..., répondit Harry, mais le flot des élèves qui se répandaient dans le couloir était presque arrivé à sa hauteur.

Le professeur McGonagall lui fit un bref signe de tête et se réfugia dans la salle des professeurs en laissant la foule l'emporter dans la cour de récréation. Il aperçut Ron et Hermione qui étaient déjà là, dans un coin abrité, le col de leurs capes relevé pour se protéger du vent. Harry déroula le parchemin tandis qu'il s'avançait vers eux et y lut cinq mots de la main de Sirius :

Aujourd'hui, même heure, même endroit.

— Comment va Hedwige ? demanda Hermione d'un ton anxieux, dès qu'il fut à portée de voix.

— Où est-ce que tu l'as emmenée ? ajouta Ron.

— Je l'ai confiée à Gobe-Planche, répondit Harry. Et j'ai rencontré McGonagall... Écoutez...

Il leur rapporta les propos qu'elle lui avait tenus. A sa grande surprise, aucun des deux ne parut étonné ou choqué. Au contraire, ils échangèrent un coup d'œil significatif.

— Quoi ? dit Harry en regardant alternativement Ron et Hermione.

— J'étais justement en train de dire à Ron... Et si quelqu'un avait essayé d'intercepter Hedwige ? Elle n'avait jamais été blessée jusqu'à maintenant ?

— Au fait, de qui est la lettre ? demanda Ron en la lui prenant des mains.

— Sniffle, répondit Harry à voix basse.

— Même heure, même endroit, ça veut dire la cheminée de la salle commune ?

— Bien entendu, dit Hermione qui lisait également le mot.

Elle parut mal à l'aise.

— J'espère que personne n'a vu ça...

— Le rouleau était bien scellé, répondit Harry qui essayait de se convaincre lui-même autant qu'Hermione. D'ailleurs, si on ignore l'endroit où nous lui avons parlé, personne ne peut comprendre de quoi il s'agit, non ?

— Je ne sais pas, dit Hermione, inquiète, en remettant son sac à l'épaule alors que la cloche retentissait à nouveau. Ce ne serait pas très difficile de sceller le parchemin une deuxième fois en appliquant une formule magique... Et si le réseau des cheminées est surveillé... mais je ne vois pas comment on pourrait lui écrire de ne pas venir sans que la lettre soit elle aussi interceptée !

Ils descendirent d'un pas pesant les marches de pierre qui menaient au cachot où avait lieu le cours de potions, tous trois perdus dans leurs pensées. Mais lorsqu'ils atteignirent le pied de l'escalier, ils furent ramenés à la réalité immédiate par la voix de Drago Malefoy. Debout devant la porte de la classe, il brandissait un parchemin d'aspect officiel et parlait plus fort qu'il n'était nécessaire pour être sûr que tout le monde l'entende.

— Oui, Ombrage a tout de suite donné à l'équipe de Quidditch de Serpentard la permission de continuer à jouer. Je suis allé la lui demander dès ce matin et ça s'est fait d'une manière quasiment automatique. Elle connaît assez bien mon père, il va toujours faire un tour au ministère... Ce serait intéressant de savoir si Gryffondor a reçu l'autorisation de maintenir son équipe.

— Ne vous énervez pas, murmura Hermione d'un ton implorant en voyant Harry et Ron fixer Malefoy, le visage figé et les poings serrés. C'est exactement ce qu'il cherche.

— Je veux dire par là, poursuivit Malefoy qui éleva un peu plus la voix, ses yeux gris lançant des lueurs malveillantes à Ron et à

Harry, que c'est une question d'influence auprès du ministère. Je ne pense pas qu'ils aient une grande chance... D'après ce que m'a raconté mon père, il y a des années qu'ils cherchent un motif pour licencier Arthur Weasley... Quant à Potter... Mon père dit que ce n'est plus qu'une question de temps avant que le ministère l'expédie à Ste Mangouste... Il paraît qu'ils ont un service spécial pour les gens qui ont le cerveau ramolli par un excès de magie.

Malefoy fit une grimace grotesque, la mâchoire pendante, les yeux roulant dans leurs orbites. Crabbe et Goyle éclatèrent de leur rire habituel, semblable à un grognement, et Pansy Parkinson hurla de joie.

Soudain, quelque chose heurta violemment l'épaule de Harry en le projetant sur le côté. Une fraction de seconde plus tard, il comprit que Neville venait de le bousculer et fonçait droit sur Malefoy.

— Neville, *non* !

Harry fit un bond en avant et attrapa un pan de la robe de Neville qui se débattait avec frénésie. Ses poings décrivaient des moulinets en essayant désespérément d'atteindre Malefoy. Pendant quelques instants, celui-ci parut stupéfait.

— Aide-moi ! lança Harry à Ron.

Il avait réussi à passer un bras autour du cou de Neville et à le tirer en arrière, à l'écart des Serpentard. Crabbe et Goyle firent jouer leurs biceps en se postant devant Malefoy, prêts à la bagarre. Ron saisit les bras de Neville et parvint avec Harry à le ramener dans les rangs des Gryffondor. Neville avait le visage écarlate. La pression que le bras de Harry exerçait sur sa gorge rendait pratiquement incompréhensible ce qu'il essayait de dire mais quelques mots isolés parvinrent à franchir ses lèvres.

— Pas... drôle... ne jamais... Mangouste... lui... montrer...

La porte du cachot s'ouvrit et Rogue apparut. Ses yeux noirs balayèrent la file des Gryffondor jusqu'à l'endroit où Harry et Ron se débattaient avec Neville.

— En pleine bagarre, Potter, Weasley, Londubat ? dit Rogue de sa voix froide et ironique. Dix points de moins pour Gryffondor. Lâchez Londubat, Potter, sinon c'est la retenue. Entrez, tout le monde.

Harry lâcha Neville qui essaya de retrouver son souffle et lui lança un regard furieux.

— Il fallait bien que je t'arrête, haleta Harry en prenant son sac par terre. Crabbe et Goyle t'auraient mis en pièces.

Neville ne répondit rien. Il se contenta de ramasser son propre sac d'un geste brusque et entra dans le cachot.

— Au nom de Merlin, qu'est-ce qui t'a pris ? demanda Ron d'une voix lente alors qu'ils emboîtaient le pas de Neville.

Harry resta silencieux. Il savait pourquoi le sujet des malades traités à Ste Mangouste pour des dommages infligés à leur cerveau par des pratiques magiques était particulièrement douloureux aux yeux de Neville. Mais il avait promis à Dumbledore de ne jamais révéler ce secret à personne. Neville lui-même ne savait pas que Harry était au courant.

Harry, Ron et Hermione s'installèrent à leurs places habituelles au fond de la salle puis sortirent plumes, parchemins et un exemplaire du livre intitulé *Mille herbes et champignons magiques*. Autour d'eux, les élèves chuchotaient en commentant le coup de colère de Neville mais lorsque Rogue claqua la porte avec un grand bang !, tout le monde se tut immédiatement.

— Vous remarquerez, dit Rogue de sa boix basse et narquoise, que nous avons une invitée, aujourd'hui.

Il fit un geste vers le coin le plus sombre du cachot et Harry vit le professeur Ombrage qui s'était assise là, son bloc-notes sur les genoux. Les sourcils levés, il jeta un regard en biais à Ron et à Hermione. Rogue et Ombrage, les deux professeurs qu'il détestait le plus. Il était difficile de dire lequel il voulait voir l'emporter sur l'autre.

— Aujourd'hui, nous allons poursuivre la préparation de notre solution de Force. Vous trouverez vos mélanges là où vous les avez laissés à la dernière leçon. S'ils ont été préparés correctement, ils devraient avoir bien évolué au cours du week-end. Les instructions – il agita sa baguette – figurent au tableau. Allez-y.

Le professeur Ombrage passa la première demi-heure du cours à prendre des notes dans son coin. Harry était impatient de l'entendre poser des questions à Rogue, si impatient que, cette fois encore, il négligeait sa potion.

– Du sang de salamandre, Harry ! marmonna Hermione en lui attrapant le poignet pour l'empêcher d'ajouter une troisième fois les mauvais ingrédients. Pas de jus de grenade !

– Oui, oui, d'accord, répondit Harry qui reposa le flacon et continua d'observer ce qui se passait dans le coin de la salle.

Ombrage venait de se lever.

– Ah, dit Harry à voix basse.

Il la vit s'avancer entre deux rangées de tables en direction de Rogue qui était penché sur le chaudron de Dean Thomas.

– Cette classe me semble très avancée par rapport au niveau habituel, dit-elle brusquement, dans le dos de Rogue. Je me demande toutefois s'il est très raisonnable de leur apprendre une potion comme la solution de Force. Je pense que le ministère préférerait la voir disparaître du programme.

Rogue se redressa lentement et se tourna pour la regarder.

– Maintenant, dites-moi... Depuis combien de temps enseignez-vous à Poudlard ? demanda Ombrage, la plume suspendue au-dessus de son bloc-notes.

– Quatorze ans, répliqua Rogue.

L'expression de son visage paraissait insondable. Sans quitter Rogue des yeux, Harry ajouta quelques gouttes à sa potion qui se mit à siffler d'un air menaçant en passant du turquoise à l'orange.

– Je crois que vous avez d'abord posé votre candidature au poste de professeur de défense contre les forces du Mal ? demanda Ombrage.

– Oui, répondit Rogue à mi-voix.

– Mais sans succès ?

Rogue pinça les lèvres.

— De toute évidence.

Le professeur Ombrage griffonna sur son bloc-notes.

— Et, depuis que vous êtes entré dans cette école, vous avez régulièrement renouvelé votre candidature à ce poste, je crois ?

— Oui, répondit Rogue en remuant à peine les lèvres.

Il avait l'air furieux.

— Avez-vous une idée de la raison pour laquelle Dumbledore vous a systématiquement refusé cette matière ? interrogea Ombrage.

— Je vous suggère de lui poser la question vous-même, répliqua Rogue d'une voix hachée.

— Je n'y manquerai pas, assura le professeur Ombrage avec un aimable sourire.

— Il était vraiment indispensable d'évoquer ce sujet, j'imagine ? dit Rogue en plissant ses yeux noirs.

— Oh oui, répondit le professeur Ombrage. Le ministère souhaite connaître le mieux possible les... heu... différents éléments de la personnalité des enseignants.

Elle le laissa là et s'approcha de Pansy Parkinson pour lui poser quelques questions sur les cours de potions en général. Rogue tourna les yeux vers Harry et leurs regards se croisèrent un bref instant. Harry se pencha aussitôt sur sa potion qui formait à présent d'horribles grumeaux et dégageait une forte odeur de caoutchouc brûlé.

— Cette fois encore, vous n'aurez pas de note, Potter, dit Rogue d'un ton malveillant en vidant le chaudron de Harry d'un coup de baguette magique. Vous allez me rédiger une dissertation sur la composition de cette potion en expliquant comment et pourquoi vous vous êtes trompé. Vous me rendrez ça au prochain cours, c'est compris ?

— Oui, répondit Harry avec fureur.

Rogue leur avait déjà donné des devoirs et il y avait une séance d'entraînement le soir même. Ce qui signifiait qu'il devrait passer encore deux autres nuits sans dormir. Et dire qu'il s'était senti heureux ce matin-là ! Tout ce qu'il éprouvait maintenant, c'était un intense désir de voir la journée se terminer.

— Je vais peut-être sauter le cours de divination, dit-il après le déjeuner.

Ils s'étaient retrouvés dans la cour sous un vent froid qui cinglait les pans de leurs robes et les bords de leurs chapeaux.

— Je ferai semblant d'être malade et je m'occuperai de mon devoir pour Rogue, comme ça, je n'aurai pas besoin de rester debout la moitié de la nuit.

— Tu ne peux pas sauter la divination, dit Hermione d'un ton sévère.

— Non mais écoutez-moi ça ! Toi, tu l'as complètement laissée tomber, la divination ! s'indigna Ron. Tu détestes Trelawney !

— Je ne la *déteste* pas, répliqua Hermione d'un air hautain. Je pense simplement que c'est un professeur épouvantable et une totale mystificatrice. Mais Harry a déjà manqué le cours d'histoire de la magie et je crois qu'il ne devrait plus manquer d'autres cours aujourd'hui !

Il y avait trop de vérité dans ce qu'elle disait pour ne pas en tenir compte. Une demi-heure plus tard, Harry, furieux contre tout le monde, alla donc s'asseoir dans la classe de divination à l'atmosphère saturée de chaleur et de parfums écœurants. Le professeur Trelawney distribuait à nouveau des exemplaires de *L'Oracle des rêves* et Harry songea que son temps aurait été beaucoup mieux employé à faire le devoir de Rogue plutôt qu'à essayer de découvrir le sens caché de rêves inventés.

Mais il apparut bientôt qu'il n'était pas la seule personne dans cette classe à être de mauvaise humeur. Le professeur Trelawney posa brutalement *L'Oracle* sur la table, entre Harry et Ron, et s'éloigna à grandes enjambées, les lèvres pincées. Elle jeta un autre exemplaire à Seamus et à Dean en manquant de peu la tête de Seamus, puis enfonça le dernier livre qui lui restait dans la poitrine de Neville avec tant de force qu'il glissa de son pouf.

— Bon, allons-y ! lança le professeur Trelawney d'une voix aiguë et un peu hystérique. Vous savez ce que vous avez à faire ! A moins que je sois un professeur d'un niveau à ce point insuffisant que vous n'ayez même pas appris à ouvrir un livre ?

Les élèves l'observèrent d'un air perplexe puis échangèrent des regards. Harry, cependant, croyait savoir ce qui se passait. Alors que le professeur Trelawney retournait à grands pas rageurs s'asseoir dans son fauteuil à dossier haut, ses yeux immenses remplis de larmes de fureur, il se pencha vers Ron et murmura :

— Je crois qu'elle vient de recevoir les résultats de son inspection.

— Professeur ? dit Parvati Patil d'une voix étouffée (Lavande et elle avaient toujours admiré le professeur Trelawney). Professeur, il y a quelque chose qui ne va pas ?

— Qui ne va pas ! s'écria le professeur Trelawney, la voix frémissante d'émotion. Bien sûr que non ! Tout va très bien ! J'ai été insultée, c'est vrai... des insinuations ont été lancées contre moi... des accusations infondées portées à mon encontre... Mais à part ça, je le répète, tout va très bien !

Elle prit une profonde inspiration qui la fit frissonner de la tête aux pieds et détourna son regard, des larmes de colère débordant sous ses lunettes.

— Bien sûr, je ne parlerai pas, dit-elle dans un sanglot, de mes seize années de bons et loyaux services... Apparemment, personne n'y a prêté attention... Mais je ne me laisserai pas insulter, ah, çà, non !

— Professeur, qui vous insulte ? demanda timidement Parvati.

— Les institutions ! répondit le professeur Trelawney d'une voix grave, dramatique, tremblotante. Tous ces gens trop aveuglés par le quotidien pour *voir* comme je *vois*, pour *savoir* comme je *sais*... Oh, bien sûr, nous autres, les voyants, avons toujours été craints, persécutés... C'est, hélas, notre destin.

Elle déglutit avec difficulté, essuya ses joues humides à l'aide d'un coin de son châle puis tira d'une manche un petit mouchoir brodé et se moucha avec force en produisant un son de trompette semblable au bruit grossier que faisait ordinairement Peeves.

Ron ricana et Lavande lui lança un regard indigné.

– Professeur, reprit Parvati, vous voulez dire... Est-ce qu'il s'agit de quelque chose que le professeur Ombrage...

– Ne me parlez pas de cette femme ! s'écria le professeur Trelawney.

Elle se leva d'un bond, dans un cliquetis de perles, ses grosses lunettes jetant des éclairs flamboyants.

–Veuillez, s'il vous plaît, poursuivre votre travail !

Pendant tout le reste du cours, elle passa parmi eux en marchant à grands pas. Des larmes continuaient de couler sous ses lunettes et elle marmonnait à voix basse des paroles qui sonnaient comme des menaces.

– ... finirai peut-être par démissionner... absolument indigne... mise à l'épreuve... on va voir ça... Comment ose-t-elle... ?

–Toi et Ombrage, vous avez quelque chose en commun, dit Harry à Hermione lorsqu'ils se retrouvèrent en cours de défense contre les forces du Mal. Elle aussi considère Trelawney comme une mystificatrice... apparemment, elle l'a mise à l'épreuve.

Ombrage entra dans la classe pendant qu'il parlait. Elle avait un nœud de velours noir dans les cheveux et une expression d'extrême suffisance sur le visage.

– Bonjour, tout le monde.

– Bonjour professeur Ombrage, scanda la classe d'un ton morne.

– Rangez vos baguettes, s'il vous plaît.

Cette fois, aucun mouvement ne s'ensuivit. Personne ne s'était donné la peine de sortir sa baguette magique.

– Ouvrez s'il vous plaît votre *Théorie des stratégies de défense magique* à la page 34 et lisez le chapitre trois intitulé : « Les cas de réaction pacifique à une attaque magique ». Bien entendu, il sera inutile...

– ... de bavarder, achevèrent Harry, Ron et Hermione dans un murmure.

– *Pas* d'entraînement de Quidditch, annonça Angelina d'une voix caverneuse lorsque, ce soir-là, Harry, Ron et Hermione entrèrent dans la salle commune en revenant de dîner.

– Mais je ne me suis pas énervé ! s'exclama Harry, horrifié. Je ne lui ai rien dit, Angelina, je te le jure...

– Je sais, je sais, répondit Angelina d'un ton accablé. Elle a simplement dit qu'elle avait besoin d'un peu de temps pour réfléchir.

– Réfléchir à quoi ? lança Ron avec colère. Elle a tout de suite donné aux Serpentard l'autorisation de reformer leur équipe, pourquoi pas à nous ?

Mais Harry imaginait très bien le plaisir que devait éprouver Ombrage à faire planer au-dessus de leurs têtes la menace d'une disparition de l'équipe de Gryffondor et il comprenait aisément pourquoi elle ne voulait pas renoncer trop tôt à cette arme.

– Regardons le bon côté des choses, dit Hermione. Maintenant, au moins, tu auras le temps de faire ton devoir pour Rogue !

– C'est ça que tu appelles le bon côté des choses ? s'indigna Harry tandis que Ron contemplait Hermione d'un air incrédule. Pas d'entraînement de Quidditch et encore un peu plus de potions ?

Harry s'avachit dans un fauteuil, tira à contrecœur son devoir de potions de son sac et se mit au travail. Il lui était toutefois difficile de se concentrer. Même s'il savait que Sirius ne devait se montrer que bien plus tard, il ne pouvait s'empêcher de jeter de temps à autre un coup d'œil dans les flammes, au cas où. En plus, la salle commune résonnait ce soir-là d'un incroyable vacarme : apparemment, Fred et George avaient enfin mis au point une boîte à Flemme dont ils faisaient la démonstration à tour de rôle devant un public enthousiaste et tapageur.

D'abord, Fred mordait la partie orange d'un bonbon, ce qui avait pour effet immédiat et spectaculaire de le faire vomir dans un seau placé devant lui. Ensuite, il se forçait à avaler la partie violette du bonbon et les vomissements cessaient aussitôt. Lee Jordan, qui jouait le rôle d'assistant, débarrassait à intervalles réguliers le seau de son contenu en lançant négligemment les mêmes sortilèges de Disparition qu'utilisait Rogue pour vider le chaudron de Harry de ses potions ratées.

Dans le tumulte des haut-le-cœur, des acclamations et des cris lancés à Fred et à George pour leur passer commande, Harry trouvait exceptionnellement difficile de se concentrer sur la meilleure façon de préparer une solution de Force. Hermione n'arrangeait rien : les ovations et le bruit des vomissures qui s'écrasaient au fond du seau étaient ponctués par ses reniflements sonores et dédaigneux que Harry trouvait encore plus agaçants.

– Empêche-les donc de continuer ! dit-il d'un ton exaspéré après avoir raturé pour la quatrième fois la quantité de poudre d'ongle de griffon nécessaire à la composition du breuvage.

– Impossible, formellement, ils ne font rien d'interdit, répliqua Hermione, les dents serrées. Ils ont le droit de manger eux-mêmes leurs immondices et je n'ai trouvé aucun article du règlement qui interdise aux autres idiots d'en acheter. Sauf s'il était prouvé que ces substances représentent un danger, ce qui ne semble pas être le cas.

Harry, Ron et Hermione regardèrent George vomir à grands jets dans le seau, avaler le reste du bonbon puis se redresser, le visage rayonnant et les bras écartés sous les applaudissements prolongés du public.

– En fait, je ne comprends pas pourquoi Fred et George n'ont obtenu que trois BUSE chacun, dit Harry en les regardant collecter l'or de la foule avide. Ils savent pourtant faire plein de choses.

— Uniquement des choses superficielles qui n'ont pas grande utilité, commenta Hermione avec dédain.

— Pas grande utilité ? dit Ron d'une voix tendue. Hermione, ils ont déjà ramassé vingt-six Gallions.

La foule rassemblée autour des jumeaux Weasley mit longtemps à se disperser. Fred, Lee et George mirent encore plus longtemps à compter leurs gains et il était plus de minuit lorsque Harry, Ron et Hermione se retrouvèrent seuls dans la salle commune. Fred venait enfin de refermer derrière lui la porte du dortoir des garçons après avoir fait tinter ostensiblement sa boîte remplie de Gallions, ce qui provoqua un froncement de sourcils d'Hermione. Harry n'avait progressé que très lentement dans la rédaction de son devoir de potions et il décida d'abandonner pour ce soir. Alors qu'il rangeait ses livres, Ron, qui somnolait dans son fauteuil, émit un grognement étouffé et regarda soudain les flammes d'un œil vitreux.

— Sirius ! dit-il.

Harry fit brusquement volte-face. La tête sombre et échevelée de Sirius se trouvait à nouveau au milieu des flammes.

— Salut, dit-il avec un sourire.

— Salut, répondirent en chœur Harry, Ron et Hermione en s'agenouillant tous les trois sur le tapis.

Pattenrond se mit à ronronner bruyamment et s'approcha du feu en essayant, malgré la chaleur, de frotter sa tête contre celle de Sirius.

— Comment ça se passe ? demanda Sirius.

— Pas trop bien, répondit Harry, tandis qu'Hermione tirait Pattenrond en arrière pour l'empêcher de se brûler les moustaches. Le ministère a passé un nouveau décret qui nous interdit d'avoir notre équipe de Quidditch...

— Ou de former un groupe de défense contre les forces du Mal ? acheva Sirius.

Il y eut un bref silence.

— Comment tu le sais ? s'étonna Harry.

— Vous devriez vous montrer plus prudents dans le choix de vos lieux de rendez-vous, répondit Sirius avec un sourire encore plus large. La Tête de Sanglier ! Non mais vraiment !

— En tout cas, c'était mieux que Les Trois Balais ! répliqua Hermione, sur la défensive. Là-bas, c'est toujours plein de monde...

— Ce qui signifie qu'il aurait été plus difficile d'entendre ce que vous disiez. Tu as encore beaucoup à apprendre, Hermione.

— Qui nous a entendus ? demanda Harry.

— Mondingus, bien sûr.

Devant leur expression ébahie, Sirius ajouta :

— La sorcière voilée, c'était lui.

— Mondingus ? répéta Harry, abasourdi. Qu'est-ce qu'il faisait à La Tête de Sanglier ?

— Qu'est-ce que tu crois ? dit Sirius d'un ton un peu agacé. Il te surveillait, bien entendu.

— Je suis toujours suivi ? interrogea Harry avec colère.

— Oui, répondit Sirius, et ça vaut mieux si la première chose que tu songes à faire, c'est constituer un groupe illégal de défense.

Il ne paraissait ni fâché, ni inquiet, cependant. Au contraire, il regardait Harry avec une fierté manifeste.

— Et pourquoi Ding se cachait-il de nous ? demanda Ron, déçu. On aurait bien aimé le voir.

— Il y a vingt ans qu'il n'a plus le droit de revenir à La Tête de Sanglier, expliqua Sirius. Et ce barman a une très bonne mémoire. Nous avons perdu une des capes d'invisibilité de Maugrey quand Sturgis a été arrêté et Ding est souvent obligé de se déguiser en sorcière ces temps-ci... Quoi qu'il en soit... Ron, pour commencer, j'ai juré à ta mère de te transmettre un message.

— Ah bon ? s'inquiéta Ron.

– Elle dit que sous aucun prétexte tu ne dois participer à un groupe illégal de défense contre les forces du Mal. Sinon, tu serais renvoyé à coup sûr et ton avenir s'en trouverait gravement compromis. Elle dit que tu auras tout le temps d'apprendre à te défendre plus tard et que tu es trop jeune pour t'occuper de ça maintenant. Elle conseille également (les yeux de Sirius se tournèrent vers les deux autres) à Harry et à Hermione de renoncer à ce groupe bien qu'elle sache qu'elle n'a d'autorité ni sur l'un ni sur l'autre. Elle les supplie simplement de ne pas oublier qu'elle prend toujours leurs intérêts à cœur. Elle aurait bien voulu vous écrire tout ça elle-même mais si son hibou avait été intercepté, vous auriez tous eu de sérieux ennuis et comme elle était de service ce soir, elle n'a pas pu venir vous en parler de vive voix.

– De service pour faire quoi ? demanda précipitamment Ron.

– Ne t'inquiète pas de ça, ce sont des choses qui concernent l'Ordre, répondit Sirius. J'ai donc été chargé du message et n'oublie surtout pas de lui dire que j'ai bien rempli ma mission parce que je crois qu'elle se méfie aussi de moi.

Pendant le silence qui suivit, Pattenrond essaya en miaulant de poser sa patte sur la tête de Sirius et Ron joua avec un trou dans le tapis.

– Alors, vous voulez m'entendre dire que je ne participerai pas au groupe de défense ? marmonna enfin Ron.

– Moi ? Certainement pas ! répondit Sirius, surpris. Je crois au contraire que c'est une excellente idée !

– Vraiment ? dit Harry qui se sentit soudain plus léger.

– Bien entendu ! assura Sirius. Tu crois donc que ton père et moi, on se serait couchés et qu'on aurait obéi aux ordres d'une vieille harpie comme Ombrage ?

– Mais l'année dernière, tu n'as pas arrêté de me dire que je devais être prudent et ne pas prendre de risques...

– L'année dernière, nous avions tout lieu de penser que quelqu'un, à l'intérieur de Poudlard, essayait de te tuer, Harry ! répliqua Sirius, agacé. Cette année, nous savons qu'il y a quelqu'un, à l'extérieur de Poudlard, qui aimerait bien nous tuer tous et voilà pourquoi apprendre à vous défendre efficacement me semble être une très bonne idée !

— Et si on se fait renvoyer ? demanda Hermione d'un air songeur.

— Hermione, c'est toi qui es à l'origine de cette idée ! s'exclama Harry en la fixant des yeux.

— Je sais bien. Je me demandais simplement ce qu'en pensait Sirius, répondit-elle avec un haussement d'épaules.

— Il vaut mieux être renvoyé et capable de se défendre que de rester tranquillement assis dans une école sans avoir aucune idée de ce qui se passe dehors, répondit Sirius.

— Bravo ! approuvèrent Harry et Ron d'une même voix enthousiaste.

— Donc, reprit Sirius, comment comptez-vous organiser ce groupe ? Où allez-vous vous réunir ?

— C'est le problème, dit Harry. Je ne sais pas du tout où nous pourrions aller.

— Pourquoi pas à la Cabane hurlante ? suggéra Sirius.

— C'est une idée ! dit Ron, très excité.

Hermione, en revanche, émit un grognement sceptique. Les trois autres se tournèrent vers elle, la tête de Sirius pivotant dans les flammes.

— A votre époque, Sirius, vous n'étiez que quatre à vous réunir dans la Cabane hurlante, expliqua Hermione. Vous aviez tous la faculté de vous métamorphoser en animaux et j'imagine qu'en vous serrant un peu, vous auriez pu tenir sous une seule cape d'invisibilité en cas de besoin. Mais nous, nous sommes vingt-huit et aucun d'entre nous n'est un Animagus, alors ce n'est pas une cape mais un chapiteau d'invisibilité qu'il nous faudrait.

— Tu as raison, répondit Sirius, un peu dépité. Mais je suis sûr que vous trouverez un endroit. Il y avait un passage secret assez spacieux derrière le grand miroir du quatrième étage, vous auriez peut-être assez de place pour y pratiquer des maléfices.

— Fred et George m'ont dit qu'il n'existe plus, déclara Harry en hochant la tête. Il y a eu un éboulement ou je ne sais quoi.

— Ah..., murmura Sirius avec un froncement de sourcils. Bon, je vais y penser et je reviendrai...

Il s'interrompit, le visage soudain tendu, anxieux. Sa tête pivota sur le côté, le regard apparemment fixé sur le mur en briques de l'âtre.

— Sirius ? s'inquiéta Harry.

Mais il avait disparu. Harry observa les flammes pendant un moment puis se tourna vers Ron et Hermione.

— Pourquoi est-ce qu'il... ?

Hermione laissa alors échapper un gémissement de terreur et se leva d'un bond, les yeux fixés sur la cheminée.

Une main était apparue parmi les flammes, cherchant à saisir quelque chose, une main aux doigts boudinés, surchargés d'horribles vieilles bagues démodées.

Tous trois prirent aussitôt la fuite. Arrivé à la porte du dortoir des garçons, Harry jeta un regard par-dessus son épaule. La main d'Ombrage, léchée par les flammes, continuait à s'ouvrir et à se refermer telle une pince, à l'endroit précis où s'était trouvée la tête de Sirius un instant auparavant, comme si elle cherchait à la saisir par les cheveux.

18

L'ARMÉE DE DUMBLEDORE

Ombrage a lu ton courrier, Harry. Il n'y a pas d'autre explication.

— Tu crois que c'est elle qui a attaqué Hedwige ? demanda-t-il, scandalisé.

— J'en suis presque certaine, dit Hermione d'un air grave. Surveille ta grenouille, elle s'échappe.

Harry pointa sa baguette magique sur la grenouille-taureau qui sautillait, pleine d'espoir, vers le bord opposé de la table.

— *Accio !* dit-il et la grenouille retourna aussitôt dans sa main, visiblement déçue.

Le cours de sortilèges était l'un des plus propices au bavardage. Il y avait en général tant de mouvements et d'activités diverses qu'on ne courait pas grand risque d'être entendu. Ce jour-là, entre les coassements des grenouilles et les croassements des corbeaux, auxquels s'ajoutait le martèlement de la pluie contre les fenêtres, Harry, Ron et Hermione pouvaient parler sans se faire remarquer de la façon dont Ombrage avait failli attraper Sirius.

— J'ai eu des soupçons depuis le jour où Rusard t'a accusé de commander des Bombabouses. C'était tellement stupide, comme mensonge ! murmura Hermione. Il suffisait de lire ta lettre pour s'apercevoir que ce n'était pas vrai et donc, tu n'aurais eu aucun ennui — un peu léger, comme farce, non ? Je me suis alors dit : « Et si quelqu'un cherchait simplement un prétexte pour lire ton courrier ? » Dans ce cas, ce serait le meilleur moyen pour Ombrage d'y arriver : te dénoncer à Rusard, lui laisser le travail peu reluisant de confisquer ta lettre, puis s'arranger pour la lui voler ou même exiger de la voir. Je ne pense pas que Rusard s'y opposerait. Il n'a jamais beaucoup défendu les droits des élèves, non ? Harry, tu écrases ta grenouille.

Il la serrait en effet si fort dans sa main qu'elle en avait les yeux qui lui sortaient de la tête. Harry reposa la grenouille sur la table.

— C'était vraiment moins une, hier soir, reprit Hermione. Je me demande même si Ombrage a réalisé à quel point elle était près du but. *Silencio.*

La grenouille sur laquelle elle pratiquait le sortilège de Mutisme resta sans voix au beau milieu d'un coassement et lui lança un regard de reproche.

— Si elle avait réussi à attraper Sniffle...

Harry acheva sa phrase pour elle :

— ... il serait sans doute de retour à Azkaban, à l'heure qu'il est.

Il agita sa baguette sans vraiment se concentrer et sa grenouille se mit à enfler comme un ballon vert en émettant un sifflement suraigu.

— *Silencio !* dit aussitôt Hermione.

Elle pointa sa baguette sur la grenouille qui se dégonfla silencieusement.

— Il ne faut surtout pas qu'il recommence, voilà tout. Mais je ne sais pas comment nous y prendre pour le lui faire savoir. On ne peut pas lui envoyer de hibou.

— Je ne pense pas qu'il prendra de nouveau le risque, dit Ron. Il n'est pas idiot, il se rend bien compte qu'elle a failli l'attraper. *Silencio.*

L'affreux gros corbeau qui se trouvait sur sa table lança un croassement moqueur.

— *Silencio ! SILENCIO !*

Le corbeau croassa encore plus fort.

— C'est la façon dont tu bouges ta baguette, dit Hermione en observant Ron d'un œil critique. Il ne faut pas l'agiter comme ça, plutôt donner un coup sec.

— Les corbeaux, c'est plus difficile que les grenouilles, répondit Ron avec mauvaise humeur.

— Très bien, on n'a qu'à échanger, si tu préfères, proposa Hermione qui prit le corbeau de Ron et le remplaça par sa grosse grenouille. *Silencio !*

Le corbeau continua d'ouvrir et de fermer son bec pointu, mais plus aucun son n'en sortait.

— Très bien, Miss Granger ! s'exclama la petite voix flûtée du professeur Flitwick.

Harry, Ron et Hermione sursautèrent d'un même mouvement.

— A vous d'essayer, Mr Weasley.

— Que... quoi ? oui, bien sûr, dit Ron, pris au dépourvu. Heu... *Silencio !*

Il fit un mouvement si brusque qu'il donna un coup de baguette dans l'œil de la grenouille. Celle-ci sauta aussitôt de la table en lançant un coassement assourdissant.

Sans surprise, Flitwick imposa comme devoir supplémentaire à Ron et Harry l'obligation de pratiquer leur sortilège de Mutisme.

En raison de la pluie qui continuait à tomber dru, les élèves furent autorisés à rester à l'intérieur pendant la récréation. Harry, Ron et Hermione trouvèrent quelques chaises libres dans une classe du premier étage, bruyante et surpeuplée, où Peeves, l'air rêveur, flottait à côté du lustre en jetant de temps à autre une boulette imbibée d'encre sur la tête de quelqu'un. Ils venaient tout juste de s'asseoir lorsqu'ils virent arriver Angelina qui se frayait un chemin parmi la foule des élèves occupés à bavarder.

— J'ai eu l'autorisation ! s'exclama-t-elle. De reconstituer l'équipe de Quidditch !

— *Parfait !* se réjouirent Ron et Harry d'une même voix.

– Oui, dit Angelina, le visage radieux. Je suis allée voir McGonagall et je crois bien qu'elle a demandé à Dumbledore d'intervenir. En tout cas, Ombrage a dû céder. Alors, je veux vous voir tous les deux sur le terrain à sept heures ce soir. Il faut rattraper le temps perdu. On n'est plus qu'à trois semaines de notre premier match, vous vous rendez compte ?

Elle replongea dans la cohue, évita de justesse une boulette d'encre qui atterrit sur la tête d'un élève de première année, puis disparut.

Le sourire de Ron s'effaça quelque peu lorsqu'il regarda la fenêtre rendue opaque par le rideau de pluie.

– J'espère que ça va se lever. Qu'est-ce qu'il y a, Hermione ?

Elle aussi contemplait la fenêtre mais elle ne semblait pas la voir. Les sourcils froncés, elle regardait dans le vide.

– J'étais simplement en train de penser…, dit-elle, sans quitter des yeux la fenêtre ruisselante de pluie.

– A propos de Sir… de Sniffle ? demanda Harry.

– Non… pas exactement…, répondit lentement Hermione. Je me demandais plutôt… J'imagine que nous avons raison de faire ce que nous faisons… Enfin, je crois… Non ?

Harry et Ron échangèrent un regard.

– On comprend mieux, maintenant, dit Ron. Ça nous aurait déçus si tu ne t'étais pas expliquée clairement.

Hermione se tourna vers lui comme si elle venait tout juste de remarquer sa présence.

– J'étais en train de me demander, dit-elle d'une voix plus assurée, si nous avions raison d'organiser ce groupe de défense contre les forces du Mal.

– Quoi ? s'exclamèrent Harry et Ron d'une même voix.

– Hermione, c'est toi qui as eu l'idée ! s'indigna Ron.

– Je sais, admit-elle en s'entortillant les doigts. Mais après avoir parlé avec Sniffle…

– Il est tout à fait d'accord, fit remarquer Harry.

— Oui, dit Hermione qui regardait à nouveau la fenêtre. Oui, c'est justement pour ça que je me demande si c'est une bonne idée, après tout...

Peeves vint flotter au-dessus d'eux, sa sarbacane prête. Machinalement, tous trois se protégèrent la tête de leurs sacs jusqu'à ce qu'il se soit éloigné.

— Explique-moi ça, dit Harry avec colère tandis qu'ils reposaient leurs sacs par terre. Sirius est d'accord avec nous et donc, tu crois que nous ne devrions plus le faire ?

Hermione paraissait tendue et malheureuse. Les yeux à présent fixés sur ses mains, elle demanda :

— Tu as vraiment confiance en son jugement ?

— Absolument ! répondit aussitôt Harry. Il nous a toujours donné d'excellents conseils !

Une boulette d'encre les frôla et frappa Katie Bell en plein sur l'oreille. Hermione la regarda se lever d'un bond et se mettre à lancer divers objets à Peeves. Enfin elle reprit la parole en ayant l'air de choisir très soigneusement ses mots.

— Tu ne crois pas qu'il aurait pu devenir un peu... disons... téméraire... depuis qu'il est enfermé square Grimmaurd ? Tu ne crois pas que... il aurait tendance à vivre... à travers nous ?

— Qu'est-ce que tu veux dire par vivre à travers nous ? s'étonna Harry.

— Je veux dire que... je pense qu'il aimerait beaucoup fonder une société secrète de défense juste sous le nez de quelqu'un du ministère... Je crois qu'il se sent très frustré de ne pas pouvoir faire grand-chose là où il est... Alors, j'ai l'impression que... qu'il nous pousse à agir à sa place.

Ron sembla abasourdi.

— Sirius a raison, dit-il, tu parles exactement comme ma mère.

Hermione se mordit la lèvre sans rien répondre. La cloche retentit au moment où Peeves fondait sur Katie en lui renversant une bouteille d'encre sur la tête.

Le temps ne s'améliora pas au cours de la journée et lorsque, à sept heures du soir, Harry et Ron se rendirent au terrain de Quidditch pour la séance d'entraînement, ils se retrouvèrent trempés en quelques minutes, leurs pieds glissant sur l'herbe imbibée d'eau. Le ciel avait une couleur gris foncé, orageuse, et ce fut un soulagement pour eux de se retrouver dans la lumière et la chaleur des vestiaires, même s'ils savaient que le répit serait de courte durée. Ils tombèrent sur Fred et George qui se demandaient s'ils n'allaient pas recourir à l'une de leurs boîtes à Flemme pour échapper à la séance de vol.

— Mais je suis sûr qu'elle s'en apercevrait, disait Fred du coin des lèvres. Si seulement je ne lui avais pas proposé hier de lui vendre quelques pastilles de Gerbe...

— On pourrait peut-être essayer le berlingot de Fièvre, murmura George. Personne ne l'a encore vu, celui-là...

— Et ça marche ? demanda Ron avec espoir, tandis que le martèlement de plus en plus intense de la pluie sur le toit se mêlait au hurlement du vent.

— Oui, bien sûr, répondit Fred, ça fait tout de suite monter ta température.

— Mais ça provoque aussi d'énormes furoncles, ajouta George, et on n'a pas encore trouvé le moyen de s'en débarrasser.

— Je ne vois aucun furoncle, dit Ron en les regardant attentivement.

— Non, bien sûr, répondit Fred d'un air sombre. Ils se trouvent à un endroit qu'on ne montre généralement pas en public.

— Et, crois-moi, quand on monte sur un balai, on en a très vite plein le...

— Bon, alors, écoutez-moi, tout le monde, dit Angelina d'une voix sonore en surgissant du bureau réservé au capitaine de l'équipe. Je sais que le temps n'est pas idéal mais il y a des chances pour que le match contre les Serpentard se déroule dans les mêmes conditions, alors ce n'est pas une mauvaise idée de s'y habituer dès maintenant. Harry, tu avais trouvé un moyen d'éviter la buée sur tes lunettes, le jour où on a joué contre Poufsouffle en plein orage.

– C'est Hermione qui l'avait trouvé, rectifia Harry.

Il sortit sa baguette et en tapota ses lunettes en prononçant la formule : *Impervius !*

– Je pense que nous devrions tous essayer ça, dit Angelina. Si nous arrivions à ne pas avoir la pluie dans la figure, notre visibilité en serait nettement améliorée. Allez, tous ensemble : *Impervius !* O.K., allons-y.

Ils rangèrent leurs baguettes dans la poche intérieure de leurs robes, mirent leur balai sur l'épaule et suivirent Angelina hors des vestiaires.

Avec un bruit de succion, ils pataugèrent jusqu'au centre du terrain dans la boue de plus en plus épaisse. Même avec le sortilège de l'Impervius, la visibilité restait très réduite. La lumière baissait et des rideaux de pluie balayaient le sol.

– Attention, à mon coup de sifflet ! s'écria Angelina.

Harry décolla en projetant de la boue tout autour de lui et s'éleva en chandelle, déviant un peu de sa trajectoire sous la force du vent. Il se demandait comment il allait s'y prendre pour apercevoir le Vif d'or par un temps pareil. Il avait déjà suffisamment de mal à voir l'unique Cognard avec lequel ils s'entraînaient. Dès la fin de la première minute, le Cognard avait failli le désarçonner et il n'avait réussi à l'éviter qu'en exécutant une roulade du paresseux. Malheureusement, Angelina n'avait pas vu cet exercice de haute voltige. D'ailleurs, elle semblait ne rien voir du tout et personne, d'une manière générale, n'avait la moindre idée de ce que faisaient les autres. Le vent soufflait de plus en plus fort et même à cette distance, Harry entendait la pluie clapoter et crépiter à la surface du lac dans un tambourinement incessant.

Angelina les retint pendant près d'une heure avant de s'avouer vaincue. Elle ramena alors son équipe trempée et maussade dans les vestiaires en affirmant que cette séance d'entraînement n'avait pas été une perte de temps, mais sa voix manquait de conviction. Fred et George paraissaient particulièrement exaspérés. Tous deux avaient les jambes arquées et chaque mouvement leur arrachait une grimace. Harry les entendit se plaindre à voix basse pendant qu'il se séchait les cheveux avec une serviette.

— J'en ai plusieurs qui ont éclaté, dit Fred d'une voix caverneuse.

— Pas les miens, répondit George avec une grimace, mais ils me font un mal de chien... J'ai l'impression qu'ils sont de plus en plus gros.

— AÏE ! s'exclama Harry.

Il pressa la serviette contre son visage, les yeux plissés de douleur. La cicatrice de son front était redevenue douloureuse. Il y avait des semaines qu'elle ne lui avait pas fait aussi mal.

— Qu'est-ce qu'il y a ? demandèrent plusieurs voix.

Harry émergea de derrière sa serviette. Sans ses lunettes, les vestiaires lui paraissaient flous, mais il vit quand même tous les visages tournés vers lui.

— Rien, marmonna-t-il, je me suis mis la serviette dans l'œil, c'est tout.

Mais il adressa à Ron un regard éloquent et tous deux restèrent à la traîne pendant que les autres joueurs de l'équipe sortaient des vestiaires, emmitouflés dans leurs capes, leurs bonnets enfoncés par-dessus leurs oreilles.

— Qu'est-ce qui s'est passé ? demanda Ron dès qu'Alicia, la dernière de la file, eut franchi la porte. C'était ta cicatrice ?

Harry acquiesça d'un signe de tête.

— Mais...

L'air effrayé, Ron s'approcha de la fenêtre et regarda au-dehors la pluie qui continuait de tomber.

— Il ne peut pas se trouver à proximité ?

— Non, grommela Harry.

Il se laissa tomber sur un banc et frotta sa cicatrice.

— Il est probablement à des kilomètres d'ici. Ça me fait mal parce qu'il est... en colère.

Harry n'avait eu aucune intention de dire cela et il entendit ses propres paroles comme si un étranger les avait prononcées. Pourtant, il sut tout de suite qu'elles étaient vraies. Il ignorait comment, mais il le savait : Voldemort, où qu'il fût, quoi qu'il fît, était d'une humeur massacrante.

— Tu l'as vu ? demanda Ron, horrifié. Tu as eu... une vision ou quelque chose comme ça ?

Harry resta assis immobile, les yeux fixés sur ses chaussures, laissant son esprit et sa mémoire se détendre après l'intensité de la douleur.

Un mélange indistinct de silhouettes, un flot de voix vociférantes...

— Il veut que quelque chose soit fait et ça ne se passe pas assez vite à son goût, dit-il.

A nouveau, il fut surpris d'entendre ces mots sortir de sa bouche et pourtant, il était sûr que c'était vrai.

— Mais... comment tu le sais ? s'étonna Ron.

Harry hocha la tête et se couvrit les yeux de ses mains en appuyant ses paumes contre ses paupières. De petites étoiles apparurent. Il sentit que Ron s'asseyait sur le banc, à côté de lui, et sut qu'il l'observait.

— C'était déjà comme ça, la dernière fois ? demanda-t-il d'une voix étouffée. Lorsque ta cicatrice t'a fait mal, dans le bureau d'Ombrage ? Tu-Sais-Qui était en colère ?

Harry fit non de la tête.

— Alors qu'est-ce qui se passe ?

Harry rassembla ses souvenirs. Il avait regardé le visage d'Ombrage... Sa cicatrice lui avait fait mal... et il avait éprouvé cette étrange sensation... Comme si son estomac avait fait un bond... Une sensation de *bonheur*... mais bien entendu, il ne l'avait pas interprétée ainsi sur le moment, lui-même s'était senti trop accablé pour cela...

– La dernière fois, c'était parce qu'il était content, dit-il. Vraiment content. Il pensait... qu'une bonne chose allait se produire. Et la veille de notre arrivée à Poudlard...

Il repensa au moment où sa cicatrice lui avait fait tellement mal, dans la chambre du square Grimmaurd...

– ... ce jour-là, il était furieux...

Il se tourna vers Ron qui le regardait bouche bée.

– Tu pourrais remplacer Trelawney, dit-il, intimidé.

– Je ne lis pas l'avenir, répliqua Harry.

– Non, tu sais ce que tu fais ? dit Ron qui paraissait à la fois effrayé et impressionné. Harry, *tu parviens à lire les pensées de Tu-Sais-Qui* !

– Non, répondit Harry en hochant la tête. C'est plutôt... son humeur, j'imagine. Par instant, je ressens son humeur comme dans une sorte d'éclair. Dumbledore a dit que quelque chose dans ce genre-là s'était produit l'année dernière. Lorsque Voldemort était près de moi ou qu'il ressentait de la haine, je le savais. Eh bien, maintenant, je sais aussi quand il est de bonne humeur...

Il y eut un silence. Au-dehors, le vent et la pluie ne faiblissaient pas.

– Il faut que tu le dises à quelqu'un, suggéra Ron.

– J'en ai parlé à Sirius la dernière fois.

– Parle-lui-en encore !

– Je ne peux plus, répondit Harry avec tristesse. Ombrage surveille les hiboux et la cheminée.

– Alors, va voir Dumbledore.

– Je viens de te dire qu'il est déjà au courant, répliqua Harry d'un ton abrupt.

Il se leva, décrocha sa cape et la déploya autour de ses épaules.

– A quoi bon le lui répéter ?

Ron attacha sa propre cape en regardant Harry d'un air songeur.

– Dumbledore préférerait le savoir, dit-il.

Harry haussa les épaules.

– Allez, viens, il faut qu'on s'entraîne à jeter le sortilège de Mutisme.

Sans dire un mot, ils traversèrent le parc plongé dans l'obscurité, glissant et trébuchant sur les pelouses boueuses. Harry réfléchissait. Quelle était donc cette chose qui ne se faisait pas assez vite au goût de Voldemort ?

« Il a d'autres projets... des projets qu'il peut mettre en œuvre très discrètement... Des choses qu'il ne peut obtenir que dans le plus grand secret... Une arme, par exemple. Une arme nouvelle dont il ne disposait pas la dernière fois... »

Depuis des semaines, Harry n'avait plus réfléchi à ces paroles de Sirius. Il avait été trop absorbé par ce qui se passait à Poudlard, trop occupé par les conflits avec Ombrage, l'injustice des interventions du ministère... Mais à présent, ces mots lui revenaient en tête et le faisaient réfléchir... La colère de Voldemort aurait un sens s'il n'avait pas progressé dans la recherche de l'*arme*, quelle qu'elle soit. L'Ordre avait-il réussi à le freiner, à l'empêcher d'acquérir cette arme ? Où était-elle conservée ? Qui la possédait pour le moment ?

– *Mimbulus Mimbletonia*, dit la voix de Ron.

Harry revint à la réalité juste à temps pour franchir le trou qui donnait accès à la salle commune.

Il apparut qu'Hermione était allée se coucher de bonne heure, laissant Pattenrond lové dans un fauteuil et des chapeaux d'elfes grossièrement tricotés posés sur une table auprès du feu. Harry était plutôt content qu'elle ne soit pas là : il n'avait pas envie de lui parler de sa cicatrice et de l'entendre dire, elle aussi, qu'il devait absolument aller voir Dumbledore. Ron ne cessait de lui jeter des regards inquiets mais Harry se contenta de sortir ses livres de sortilèges et de se mettre à son devoir. Il faisait semblant de se concentrer, cependant, et lorsque Ron lui annonça qu'il allait également se coucher, Harry n'avait quasiment rien écrit.

Minuit arriva tandis qu'il lisait et relisait sans rien y comprendre un passage sur les propriétés du cranson officinal, de la livèche et de l'achillée sternutatoire.

« Ces plantes sont d'une grande utilité pour enflammer le cerveau et entrent ainsi dans la composition des philtres de Confusion et d'Embrouille par lesquels le sorcier désire inciter à des conduites impétueuses et téméraires... »

... Hermione disait que Sirius devenait téméraire depuis qu'il était enfermé square Grimmaurd...

« ...d'une grande utilité pour enflammer le cerveau et entrent ainsi dans la composition... »

... *La Gazette du sorcier* penserait sûrement qu'il avait le cerveau enflammé si elle découvrait qu'il connaissait les sentiments de Voldemort...

« ... entrent ainsi dans la composition des philtres de Confusion et d'Embrouille... »

... La confusion, c'était le mot qui convenait. Pour quelle raison savait-il ce que Voldemort ressentait ? Quelle était donc la nature de ce lien étrange qui existait entre eux et dont jamais Dumbledore ne lui avait donné une explication satisfaisante ?

« ...le sorcier désire inciter... »

... Harry aurait tellement eu envie de dormir...

« ... à des conduites impétueuses... »

... Ce fauteuil devant le feu était si chaud, si confortable, avec Pattenrond qui ronronnait, le crépitement des flammes et la pluie qui continuait de tambouriner sur les carreaux...

Le livre lui glissa des mains et tomba sur le tapis avec un bruit mat. Sa tête s'inclina sur le côté...

Il avançait une fois de plus le long d'un couloir sans fenêtres, ses pas résonnant dans le silence. A mesure que la porte, au bout du passage, se rapprochait, l'excitation accélérait le rythme de son cœur... si seulement il avait pu l'ouvrir... la franchir...

Il tendit la main... Le bout de ses doigts n'était plus qu'à quelques centimètres...

– Harry Potter, monsieur !

Il se réveilla en sursaut. Toutes les chandelles de la salle commune étaient éteintes mais il voyait quelque chose bouger près de lui.

– Quiélà ? dit Harry en se redressant dans son fauteuil.

Le feu s'était presque entièrement consumé, il faisait noir dans la pièce.

– Dobby vous ramène votre chouette, monsieur ! couina une petite voix.

– Dobby ? répéta Harry d'une voix pâteuse en scrutant les ténèbres dans la direction d'où venait la voix.

Dobby, l'elfe de maison, était debout à côté de la table sur laquelle Hermione avait laissé une demi-douzaine de chapeaux de laine. Ses grandes oreilles pointues dépassaient de sous une pile de chapeaux qui devait rassembler tous ceux qu'Hermione avait tricotés. Il les portait les uns par-dessus les autres et sa tête paraissait s'être ainsi allongée de près de un mètre. Sur le dernier pompon de la pile se tenait Hedwige qui hululait d'un air paisible, visiblement guérie.

– Dobby s'est proposé pour ramener la chouette de Harry Potter, dit l'elfe de sa voix aiguë, une expression de véritable adoration sur le visage. Le professeur Gobe-Planche dit qu'elle va très bien, maintenant, monsieur.

Il s'inclina si bas que son nez en pointe effleura le tapis usé. Avec un hululement indigné, Hedwige s'envola et vint se poser sur le bras du fauteuil.

– Merci, Dobby ! dit Harry en caressant la tête de sa chouette.

Il ne cessait de cligner des yeux pour chasser l'image de la porte qu'il avait vue dans son rêve... Elle lui avait paru d'une réalité saisissante. En observant Dobby plus attentivement, il remarqua que l'elfe portait également plusieurs écharpes et d'innombrables chaussettes qui faisaient paraître ses pieds beaucoup trop gros par rapport à son corps.

– Heu... Tu as pris *tous* les vêtements qu'a laissés Hermione ?

— Oh non, monsieur, dit Dobby d'un ton joyeux. Dobby en a aussi donné à Winky, monsieur.

— Ah oui, et comment va-t-elle, Winky ? demanda Harry.

Les oreilles de Dobby s'affaissèrent légèrement.

— Winky boit toujours beaucoup, monsieur, répondit-il avec tristesse, en baissant ses énormes yeux ronds et verts, aussi gros que des balles de tennis. Elle n'a toujours pas envie de vêtements, Harry Potter. Et les autres elfes de maison non plus. Aucun d'eux ne veut plus nettoyer la tour de Gryffondor à cause des chapeaux et des chaussettes qui sont cachés partout. Ils trouvent cela insultant, monsieur. Dobby fait le ménage tout seul, monsieur, mais ça ne dérange pas Dobby parce qu'il espère toujours rencontrer Harry Potter et ce soir, monsieur, son vœu s'est réalisé !

Dobby s'inclina à nouveau très bas.

— Mais Harry Potter ne semble pas heureux, poursuivit Dobby qui se redressa en regardant Harry d'un air timide. Dobby l'a entendu grommeler dans son sommeil. Harry Potter a-t-il fait de mauvais rêves ?

— Pas vraiment mauvais, répondit Harry en bâillant et en se frottant les yeux. J'en ai eu de pires.

L'elfe contempla Harry de ses grands yeux sphériques. Puis, les oreilles tombantes, il dit d'un ton très sérieux :

— Dobby aimerait bien pouvoir aider Harry Potter parce que Harry Potter a donné la liberté à Dobby et Dobby est beaucoup plus heureux maintenant.

Harry eut un sourire.

— Tu ne peux pas m'aider, Dobby, mais je te remercie de me l'avoir proposé.

Il se pencha et ramassa son livre de potions. Il essayerait de finir son devoir le lendemain. Lorsqu'il referma le livre, les dernières lueurs du feu éclairèrent les fines cicatrices blanchâtres au dos de sa main — le résultat de ses retenues avec Ombrage...

— Ah mais, attends, dit lentement Harry, il y a peut-être quelque chose que tu pourrais faire pour moi, Dobby.

L'elfe le regarda, le visage radieux.

– Dites ce que veut Harry Potter, monsieur !

– J'ai besoin d'un endroit où vingt-huit personnes puissent s'entraîner à la défense contre les forces du Mal sans être découvertes par un professeur. Et surtout – Harry crispa la main sur le livre, ses cicatrices brillant d'un blanc nacré – pas par le professeur Ombrage.

Il s'attendait à voir le sourire de Dobby disparaître et ses oreilles tomber. Il s'attendait à l'entendre dire que c'était impossible ou bien qu'il essayerait de chercher un endroit mais qu'il n'avait pas grand espoir. Jamais, en revanche, il n'aurait pensé que Dobby allait faire un petit bond en l'air et agiter ses oreilles d'un air joyeux en claquant des mains.

– Dobby connaît l'endroit idéal, monsieur ! dit-il d'un ton allègre. Dobby en a entendu parler par les autres elfes de maison quand il est arrivé à Poudlard, monsieur. On l'appelle la Pièce Va-et-Vient ou encore la Salle sur Demande.

– Et pourquoi ? s'étonna Harry.

– Parce que c'est une pièce où on ne peut entrer, dit Dobby d'un ton très sérieux, que si on en a vraiment besoin. Parfois, elle est là, parfois, elle n'y est pas, mais quand elle apparaît, elle contient toujours ce qu'on cherche. Dobby l'a déjà utilisée, monsieur, ajouta l'elfe en baissant la voix d'un air coupable, quand Winky avait beaucoup bu. Il l'a cachée dans la Salle sur Demande et il y a trouvé des antidotes à la Bièraubeurre avec un joli petit lit à la taille d'un elfe pour qu'elle puisse se remettre, monsieur... Et Dobby sait aussi que Mr Rusard y a trouvé du matériel de nettoyage un jour où il en manquait, monsieur, et...

– Et si on avait vraiment besoin d'aller aux toilettes, dit Harry, après s'être soudain rappelé quelque chose que Dumbledore lui avait dit l'année précédente, au bal de Noël, est-ce qu'elle se remplirait de pots de chambre ?

– Dobby le pense, monsieur, répondit l'elfe en hochant gravement la tête. C'est une pièce très étonnante, monsieur.

— Combien de gens la connaissent ? demanda Harry qui s'était redressé dans son fauteuil.

— Très peu, monsieur. La plupart du temps, ils tombent dessus quand ils en ont vraiment besoin mais, souvent, ils ne la retrouvent plus jamais parce qu'ils ne savent pas qu'elle est toujours là à attendre qu'on l'appelle, monsieur.

— C'est une excellente idée, dit Harry, le cœur battant. Ça me semble parfait, Dobby. Quand pourrais-tu me montrer où elle se trouve ?

— N'importe quand, Harry Potter, monsieur, répondit Dobby, manifestement ravi de voir la réaction enthousiaste de Harry. Nous pourrions même y aller maintenant, si vous le désirez !

Pendant un instant, Harry fut tenté de le suivre. Il s'était à moitié levé de son fauteuil avec l'intention d'aller chercher sa cape d'invisibilité dans le dortoir lorsque, et ce n'était pas la première fois, une voix très semblable à celle d'Hermione lui murmura à l'oreille : « Téméraire. » Il était très tard, il se sentait épuisé et il devait terminer son devoir pour Rogue.

— Pas ce soir, Dobby, dit alors Harry à contrecœur en se laissant retomber dans son fauteuil. C'est très important, je ne veux pas risquer de tout faire rater. Il faut une bonne organisation. Écoute-moi, peux-tu me dire où se trouve exactement cette Salle sur Demande et comment s'y rendre ?

Les pans de leurs robes voltigeaient et tournoyaient autour d'eux alors qu'ils traversaient en pataugeant le potager détrempé pour se rendre au double cours de botanique. La pluie qui tombait en gouttes aussi grosses que des grêlons sur le toit de la serre produisait un tel vacarme qu'ils avaient du mal à entendre le professeur Chourave. L'après-midi, il fallut transférer le cours de soins aux créatures magiques dans une classe libre du rez-de-chaussée à cause de la tempête qui balayait le parc et, à l'heure du déjeuner, Angelina les informa, à leur grand soulagement, que la séance d'entraînement de Quidditch était annulée.

– Très bien, lui dit Harry à voix basse lorsqu'elle vint le lui annoncer, parce qu'on a trouvé un endroit pour notre première réunion. Ce soir, huit heures, septième étage, en face de la tapisserie qui représente Barnabas le Follet battu par les trolls. Tu peux le dire à Katie et Alicia ?

Elle parut légèrement déconcertée mais promit de faire passer le message. Harry retourna avidement à ses saucisses accompagnées de purée. Quand il releva la tête pour boire son jus de citrouille, il vit Hermione qui le regardait.

– Qu'est-ce qu'il y a ? demanda-t-il, la bouche pleine.

– Je voulais simplement dire que les idées de Dobby ne sont pas toujours sans danger. Souviens-toi, quand tu as perdu tous les os de ton bras à cause de lui ?

– Cette pièce n'est pas une idée absurde de Dobby. Dumbledore la connaît aussi, il m'en a parlé au bal de Noël.

Le visage d'Hermione s'éclaira.

– Dumbledore t'en a parlé ?

– En passant, précisa Harry avec un haussement d'épaules.

– Alors, ça va, dit Hermione qui ne souleva plus d'objections.

Avec Ron, ils avaient consacré la plus grande partie de la journée à chercher les élèves qui avaient inscrit leur nom sur la liste, à La Tête de Sanglier, afin de leur donner le lieu du rendez-vous. Harry fut un peu déçu que Ginny soit la première à trouver Cho et son amie. A la fin du dîner, cependant, il était sûr que la nouvelle avait été transmise à chacune des vingt-cinq personnes qui avaient assisté à la première réunion.

A sept heures et demie, Harry, Ron et Hermione quittèrent la salle commune, Harry serrant dans sa main un vieux parchemin. Les élèves de cinquième année avaient le droit de se promener dans les couloirs jusqu'à neuf heures du soir mais tous trois n'en jetaient pas moins des regards inquiets tout autour d'eux pendant qu'ils montaient au septième étage.

– Attendez, dit Harry lorsqu'ils furent arrivés en haut du dernier escalier.

Il déroula son parchemin, le tapota avec sa baguette magique et murmura :

— *Je jure solennellement que mes intentions sont mauvaises.*

Un plan de Poudlard apparut aussitôt. De petits points noirs mobiles, chacun accompagné d'un nom, montraient à quel endroit du château se trouvaient les diverses personnes qu'ils tenaient à éviter.

— Rusard est au deuxième étage, dit Harry en regardant le plan de près. Et Miss Teigne au quatrième.

— Et Ombrage ? demanda Hermione d'un ton anxieux.

— Dans son bureau, indiqua Harry. On peut y aller.

Ils se hâtèrent le long du couloir jusqu'à l'endroit que Dobby avait décrit à Harry, une surface de mur lisse, face à une immense tapisserie qui représentait la stupide tentative de Barnabas le Follet d'apprendre à des trolls l'art de la danse.

— O.K., murmura Harry.

Un troll mangé aux mites cessa de donner ses habituels coups de massue au maître de ballet et regarda les nouveaux venus.

— Dobby m'a dit de passer trois fois devant ce morceau de mur en pensant très fort à ce que nous voulons.

Ils suivirent ces instructions, faisant demi-tour devant la fenêtre située à l'une des extrémités du mur, puis devant le vase de la taille d'un homme qui se trouvait à l'autre bout. Ron plissait les yeux dans un effort de concentration, Hermione murmurait des paroles indistinctes et Harry serrait les poings en regardant droit devant lui.

« Il nous faut un endroit pour apprendre à nous battre..., pensait-il avec force. Donnez-nous un lieu pour nous entraîner... quelque part où on ne pourra pas nous trouver... »

— Harry ! dit soudain Hermione alors qu'ils faisaient à nouveau demi-tour après leur troisième passage.

Une porte de bois verni était apparue dans le mur. Ron la regarda d'un air un peu méfiant. Harry tendit la main, saisit la poignée de cuivre, ouvrit la porte et pénétra le premier dans une pièce spacieuse, illuminée par des torches semblables à celles qui éclairaient les cachots, huit étages plus bas.

Des bibliothèques s'alignaient le long des murs et de grands coussins en soie tenaient lieu de sièges. Au fond de la pièce, des étagères étaient chargées de toutes sortes d'instruments tels des Scrutoscopes, des Capteurs de Dissimulation et une grande Glace à l'Ennemi craquelée, celle-là même que Harry avait déjà vue l'année précédente dans le bureau du faux Maugrey.

– Ça, ce sera bien quand on s'entraînera à la Stupéfixion, dit Ron avec enthousiasme en donnant un petit coup de pied dans un coussin.

– Et regardez tous ces livres ! s'exclama Hermione, surexcitée, en caressant du bout des doigts la reliure des gros volumes de cuir. *Abrégé des sortilèges communs et de leurs contre-attaques... Les Forces du Mal surpassées... Les Sorts d'Autodéfense...* Wouao...

Le visage radieux, elle se tourna vers Harry. La présence de ces centaines d'ouvrages avait finalement convaincu Hermione qu'ils avaient raison de faire ce qu'ils faisaient.

– Harry, c'est merveilleux, dit-elle, il y a tout ce qu'il nous faut, ici !

Et sans attendre, elle prit sur une étagère *Sortilèges à l'usage des ensorcelés*, se laissa tomber sur le coussin le plus proche et commença à lire.

On frappa doucement à la porte. Harry se retourna. Ginny, Neville, Lavande, Parvati et Dean étaient arrivés.

– Ooooh, s'écria Dean en regardant autour de lui, l'air impressionné. C'est quoi, cet endroit ?

Harry se lança dans des explications mais, avant d'en avoir terminé, d'autres personnes arrivèrent et il dut tout recommencer depuis le début. Lorsqu'il fut huit heures, tous les coussins étaient occupés. Harry se dirigea vers la porte et tourna la clé qui dépassait de la serrure. Il y eut un déclic sonore des plus satisfaisants et tout le monde se tut, les yeux tournés vers lui. Hermione prit bien soin de marquer la page de *Sortilèges à l'usage des ensorcelés* à laquelle elle avait interrompu sa lecture et mit le livre de côté.

– Bien, dit Harry, un peu nerveux. Voici donc l'endroit que nous avons trouvé pour nos séances d'entraînement et heu... apparemment, il vous convient.

– C'est fantastique ! dit Cho.

Des murmures approbateurs s'élevèrent de toutes parts.

– C'est bizarre, dit Fred, les sourcils froncés, un jour on s'est réfugiés ici pour échapper à Rusard, tu te souviens, George ? Mais, à l'époque, c'était un simple placard à balais.

– Hé, Harry, qu'est-ce que c'est que ça ? demanda Dean, assis au fond de la pièce, l'index pointé sur les Scrutoscopes et la Glace à l'Ennemi.

– Des détecteurs de magie noire, répondit Harry en se faufilant parmi les coussins pour s'approcher des étagères. Leur fonction de base, c'est de montrer la présence d'ennemis ou de mages noirs qui se trouveraient à proximité, mais il ne faut pas trop s'y fier, on peut parfois déjouer leur vigilance...

Il observa un moment la Glace à l'Ennemi craquelée. Des silhouettes sombres s'y promenaient mais aucune n'était reconnaissable. Harry tourna le dos au miroir.

– J'ai réfléchi à ce qu'on devrait faire au début et... heu... – il remarqua une main levée. Qu'est-ce qu'il y a, Hermione ?

– Je pense qu'il faudrait commencer par élire un chef, dit-elle.

– C'est Harry, le chef, dit aussitôt Cho en regardant Hermione comme si elle était folle.

Harry sentit son estomac faire un nouveau saut périlleux.

– Oui, mais je pense qu'il faudrait procéder à un vrai vote, poursuivit Hermione, imperturbable. Ça officialisera la fonction et ça lui donnera l'autorité nécessaire. Alors, ceux qui pensent que Harry doit être le chef de ce groupe, levez la main.

Tout le monde leva la main, même Zacharias Smith. Son geste manquait cependant de conviction.

— Bon, heu... très bien, merci, dit Harry qui sentit ses joues s'embraser. Et... *Quoi*, Hermione ?

— Je pense que nous devrions aussi nous donner un nom, dit-elle d'une voix claironnante, la main toujours en l'air. Ce serait une façon de créer une unité et un esprit d'équipe, vous ne croyez pas ?

— On n'a qu'à s'appeler la Ligue des champions anti-Ombrage, proposa Angelina, avec optimisme.

— Ou alors le Front de libération contre les crétins du ministère, suggéra Fred.

— Moi, je pensais plutôt à un nom qui ne dévoilerait pas tout de suite ce que nous faisons, reprit Hermione en regardant Fred les sourcils froncés. Comme ça, on pourrait en parler sans risque en dehors des réunions.

— L'Association de défense ? risqua Cho. En abrégé, ça donnerait A.D., personne ne saurait de quoi il s'agit.

— Oui, c'est pas mal l'A.D., approuva Ginny. Mais ce serait mieux si ça voulait dire l'armée de Dumbledore, puisque c'est la pire crainte du ministère, non ?

Il y eut un mélange d'éclats de rire et de murmures approbateurs.

— Tout le monde est d'accord pour l'A.D. ? demanda Hermione d'un ton autoritaire.

Elle s'agenouilla sur son coussin pour compter les voix.

— Ça fait une majorité, la motion est adoptée !

Elle épingla au mur le parchemin qui portait toutes leurs signatures et écrivit en grosses lettres sur toute la largeur :

ARMÉE DE DUMBLEDORE

— Bien, dit Harry lorsqu'elle se fut rassise. On passe à la pratique, maintenant ? Je pense que la première chose que nous devrions faire, c'est *Expelliarmus*, vous savez, le sortilège de

Désarmement. Je sais que c'est assez élémentaire mais je me suis rendu compte qu'il était très utile...

— Oh, non, *s'il te plaît*, dit Zacharias Smith en levant les yeux au plafond, les bras croisés. Je ne crois pas qu'*Expelliarmus* puisse vraiment nous aider contre Tu-Sais-Qui.

— Moi, je m'en suis servi contre lui, dit Harry d'une voix posée. Ça m'a sauvé la vie en juin.

Smith ouvrit la bouche d'un air niais. Les autres restèrent totalement silencieux.

— Mais si tu penses que ce n'est pas digne de toi, tu peux t'en aller, dit Harry.

Smith ne bougea pas. Ni personne d'autre.

— O.K., reprit Harry, la bouche un peu plus sèche que d'habitude en voyant tous ces regards tournés vers lui. Nous allons former des équipes de deux et nous mettre au travail.

Donner ainsi des instructions lui procurait un étrange sentiment mais il était encore plus étrange de voir les autres les suivre. Tout le monde se leva aussitôt et se répartit par équipes de deux. Comme c'était à prévoir, Neville se retrouva sans partenaire.

— Tu n'as qu'à te mettre avec moi, lui dit Harry. Bon, à trois, on y va... Un, deux, trois...

Des *Expelliarmus* retentirent alors dans toute la pièce. Des baguettes magiques volèrent en tous sens. Des sortilèges mal orientés frappèrent les livres rangés sur les étagères en les projetant en l'air. Harry était trop rapide pour Neville dont la baguette bondit de sa main et alla heurter le plafond dans une pluie d'étincelles avant de retomber sur une bibliothèque où Harry la récupéra à l'aide d'un sortilège d'Attraction. En jetant un coup d'œil autour de lui, il s'aperçut qu'il avait eu raison de commencer par un exercice de base. Tout cet étalage de magie n'était guère brillant. Nombre d'entre eux étaient incapables de désarmer leurs adversaires et ne parvenaient qu'à les faire reculer de quelques pas ou à leur arracher une grimace lorsque leur sort défaillant leur sifflait au-dessus de la tête.

— *Expelliarmus* ! dit soudain Neville et Harry, pris par surprise, sentit sa baguette lui échapper.

— J'Y SUIS ARRIVÉ ! s'exclama Neville d'un air ravi. Je ne l'avais encore jamais fait et J'Y SUIS ARRIVÉ !

— Bien joué ! dit Harry pour l'encourager.

Il préféra ne pas souligner le fait que dans un vrai duel, il était peu probable que son adversaire regarde ailleurs en tenant négligemment sa baguette le long du corps.

— Neville, tu veux bien faire équipe avec Ron et Hermione pour que j'aille voir d'un peu plus près comment se débrouillent les autres ?

Harry s'avança au centre de la pièce. Il se passait quelque chose de bizarre avec Zacharias Smith. Chaque fois qu'il ouvrait la bouche pour désarmer Anthony Goldstein, sa propre baguette lui sautait de la main alors qu'Anthony n'avait pas encore émis le moindre son. Harry n'eut pas à chercher très loin la clé du mystère : Fred et George se trouvaient à quelques pas de Smith et lui pointaient à tour de rôle leur baguette dans le dos.

— Désolé, Harry, dit précipitamment George lorsqu'il croisa son regard. Je n'ai pas pu résister.

Harry passa parmi les autres en essayant de corriger ceux qui s'y prenaient mal. Ginny faisait équipe avec Michael Corner et se montrait très habile sans qu'on puisse savoir si Michael était moins doué qu'elle ou s'il répugnait à lui jeter un sort. Ernie Macmillan brandissait sa baguette avec de grands gestes inutiles qui permettaient à son partenaire de passer sous sa garde. Les frères Crivey, pleins d'enthousiasme mais très irréguliers, étaient les principaux responsables des vols planés exécutés par les livres de la bibliothèque. Luna Lovegood semblait tout aussi inégale. Parfois, elle arrivait à arracher sa baguette magique des mains de Justin Finch-Fletchley, à d'autres moments, elle ne parvenait qu'à lui faire dresser les cheveux sur la tête.

— Bon, on arrête ! s'écria Harry. *Stop* ! STOP !

« J'aurais besoin d'un sifflet », pensa-t-il, et aussitôt, il en vit un posé sur la rangée de livres la plus proche. Il le prit et souffla dedans avec force. Tout le monde abaissa sa baguette.

— Ce n'était pas mal, dit Harry, mais il y a de la place pour des progrès.

Zacharias Smith le fusilla du regard.

— Allez, on essaie encore.

Il fit à nouveau le tour de la pièce, s'arrêtant ici ou là pour donner des conseils. Peu à peu, les performances s'améliorèrent. Pendant un certain temps, il évita de s'approcher de Cho et de son amie mais, après avoir vu deux fois chacune des autres équipes, il sentit qu'il ne pouvait pas les ignorer plus longtemps.

— Oh non, dit Cho d'un air fébrile lorsqu'il vint vers elle. *Expelliarmious* ! Non, je veux dire *Expellimellius* ! Je... oh, désolée, Marietta !

La manche de son amie aux cheveux bouclés venait de prendre feu. Marietta l'éteignit à l'aide de sa propre baguette magique et lança à Harry un regard furieux comme si c'était lui le responsable.

— Tu me troubles, je me débrouillais très bien tout à l'heure ! dit Cho, la mine piteuse.

— C'était pas mal du tout, mentit Harry, mais lorsqu'il la vit hausser les sourcils il rectifia : non en fait, c'était nul mais je sais que tu peux y arriver, je te regardais de là-bas.

Elle éclata de rire. Son amie Marietta les observa d'un air aigre et s'éloigna.

— Ne fais pas attention à elle, murmura Cho. Elle n'avait pas vraiment envie de venir mais j'ai quand même réussi à l'emmener avec moi. Ses parents lui ont interdit de faire quoi que ce soit qui puisse contrarier Ombrage. Sa mère travaille au ministère, tu comprends ?

— Et tes parents à toi ? demanda Harry.

— Moi aussi, ils m'ont interdit de me mettre mal avec

Ombrage, répondit Cho en se redressant fièrement. Mais s'ils s'imaginent que je ne vais pas combattre Tu-Sais-Qui après ce qui est arrivé à Cedric...

Elle s'interrompit, un peu désorientée, et un silence gêné s'installa entre eux. La baguette de Terry Boot siffla aux oreilles de Harry et vint frapper Alicia Spinnet en plein sur le nez.

– Moi, mon père soutient toutes les actions contre le ministère ! dit Luna Lovegood avec fierté.

Elle était juste derrière Harry et, de toute évidence, elle avait écouté leur conversation pendant que Justin Finch-Fletchley essayait de se dépêtrer de sa robe qui lui était passée par-dessus la tête.

– Il dit toujours qu'il s'attend à tout de la part de Fudge, poursuivit Luna. Le nombre de gobelins que Fudge a assassinés ! Et, bien sûr, il utilise le Département des mystères pour mettre au point des poisons terrifiants qu'il fait boire à leur insu à tous ceux qui ne sont pas d'accord avec lui. Et puis il y a aussi le Tranchesac Ongubulaire...

– Ne demande pas ce que c'est, chuchota Harry à Cho lorsqu'il la vit ouvrir la bouche d'un air interrogateur.

Cho pouffa de rire.

– Hé, Harry, appela Hermione à l'autre bout de la pièce. Tu as vu l'heure ?

Il regarda sa montre et fut stupéfait de voir qu'il était déjà neuf heures dix, ce qui signifiait qu'ils devaient rentrer tout de suite dans leurs salles communes respectives s'ils ne voulaient pas être punis par Rusard pour vagabondage dans les couloirs. Il donna un nouveau coup de sifflet. Les *Expelliarmus* s'interrompirent aussitôt et l'on entendit encore deux baguettes magiques tomber sur le sol.

– C'était très bien, annonça Harry, mais nous avons un peu dépassé l'horaire et il vaudrait mieux s'arrêter maintenant. Même heure, même endroit la semaine prochaine, d'accord ?

– Plus tôt que ça ! lança Dean Thomas avec enthousiasme.

Il y eut de nombreux signes de tête approbateurs, mais Angelina s'empressa d'intervenir :

— La saison de Quidditch est sur le point de commencer, il faut aussi penser à nous entraîner !

— Alors, disons mercredi prochain, proposa Harry. Nous pourrons décider à ce moment-là d'organiser des réunions supplémentaires. Venez, on ferait bien d'y aller.

Il ressortit sa carte du Maraudeur et vérifia qu'il n'y avait pas de professeurs dans les couloirs du septième étage. Puis il les laissa partir par groupes de deux ou trois en suivant leurs petits points noirs avec inquiétude pour s'assurer qu'ils étaient retournés sans encombre dans leurs dortoirs : les Poufsouffle dans leur couloir du sous-sol, par lequel on accédait également aux cuisines, les Serdaigle dans une tour de l'aile ouest du château et les Gryffondor dans le passage qui menait au portrait de la grosse dame.

— C'était vraiment très, très bien, Harry, dit Hermione lorsqu'ils ne furent plus que tous les trois.

— Ça, c'est vrai, approuva Ron avec enthousiasme.

Ils sortirent de la pièce et virent la porte disparaître derrière eux en se fondant dans le mur de pierre.

— Tu as vu quand j'ai désarmé Hermione, Harry ?

— Oh, une fois seulement, répliqua Hermione, vexée. La plupart du temps, c'était moi la plus rapide.

— Une fois seulement ? Je t'ai désarmée au moins trois fois, protesta Ron.

— Ah, évidemment, si tu comptes le moment où tu t'es pris les pieds dans ta robe en tombant sur moi et en m'arrachant ma baguette des mains...

Ils se disputèrent ainsi tout au long du chemin qui les séparait de la salle commune mais Harry ne les écoutait pas. Il gardait un œil sur la carte du Maraudeur et repensait à Cho quand elle lui avait dit qu'il la troublait.

19

LE LION ET LE SERPENT

D ans les deux semaines qui suivirent, Harry eut l'impression de porter dans sa poitrine une sorte de talisman, un secret flamboyant qui l'aidait à supporter les cours d'Ombrage et lui permettait même d'afficher un sourire aimable lorsqu'il croisait le regard de ses horribles yeux globuleux. L'A.D. lui résistait sous son nez en faisant précisément ce que le ministère redoutait le plus et, chaque fois qu'il était censé lire la prose de Wilbert Eskivdur, Harry repensait plutôt aux meilleurs moments de leurs séances d'entraînement : Neville avait réussi à désarmer Hermione, Colin Crivey était enfin parvenu à maîtriser le maléfice d'Entrave après trois séances de rudes efforts, et Parvati Patil avait jeté un sortilège de Réduction si efficace que la table sur laquelle étaient posés les Scrutoscopes s'était trouvée réduite en poussière.

Harry avait vite compris qu'il était quasiment impossible de choisir un jour fixe pour leurs réunions de l'A.D. en raison des horaires qu'imposait l'entraînement de trois équipes de Quidditch, et que le mauvais temps venait souvent modifier. Mais cela ne le gênait pas. Bien au contraire, il estimait préférable que la date de leurs rendez-vous soit imprévisible. Si quelqu'un les surveillait, il lui serait impossible d'en déduire un emploi du temps régulier.

Hermione conçut bientôt une méthode très efficace pour communiquer la date et l'heure de la prochaine réunion à tous les membres de l'A.D. en cas de changement imprévu. Il aurait semblé suspect, en effet, que des élèves de différentes maisons traversent trop souvent la Grande Salle pour aller se parler. A la fin de leur quatrième séance, Hermione donna à chacun un faux Gallion.(Ron sembla très excité lorsqu'il vit le panier et fut convaincu qu'elle distribuait bel et bien des pièces d'or.)

— Vous voyez les chiffres, sur la tranche de la pièce ? dit-elle en tenant l'un des Gallions entre le pouce et l'index.

A la lumière des torches, la pièce d'or scintillait d'un bel éclat jaune vif.

— Sur les vrais Gallions, il s'agit simplement d'un numéro de série désignant le gobelin qui a frappé la monnaie. Sur ces fausses pièces, en revanche, les chiffres changent et indiquent le jour et l'heure de la prochaine réunion. Si la date est modifiée, la pièce chauffe et vous la sentirez dans votre poche. Nous aurons chacun un faux Gallion. Lorsque Harry fixera la date de la prochaine séance, il changera les chiffres de son propre Gallion et comme j'ai soumis toutes les pièces à un sortilège Protéiforme, les autres indiqueront automatiquement les mêmes chiffres.

Un silence total suivit les paroles d'Hermione. Déconcertée, elle regarda les visages levés vers elle.

— Enfin je... j'ai pensé que c'était une bonne idée, dit-elle d'une voix mal assurée. Même si Ombrage nous demande de vider nos poches, elle ne verra rien de suspect dans un simple Gallion... Mais heu... si vous ne voulez pas de mon système...

— Tu arrives à jeter un sortilège Protéiforme ? s'étonna Terry Boot.

— Oui, répondit Hermione.

— Mais c'est... c'est du niveau des ASPIC, ça, dit-il d'une voix timide.

— Oh, dit Hermione en s'efforçant d'avoir l'air modeste, oui, heu... c'est possible...

— Comment se fait-il que tu ne sois pas à Serdaigle ?

demanda-t-il en regardant Hermione avec une expression proche de l'émerveillement. Avec un cerveau comme le tien ?

— Oh, il est vrai que le Choixpeau a sérieusement envisagé de m'y envoyer au moment de ma Répartition, répondit-elle d'un air radieux, mais finalement, il s'est décidé pour Gryffondor. Alors, vous êtes d'accord pour utiliser les Gallions ?

Il y eut un murmure d'approbation et chacun s'avança pour prendre une pièce dans le panier. Harry lança à Hermione un regard en biais.

— Tu sais ce que ça me rappelle ?

— Non, quoi ?

— La marque des Mangemorts. Il suffit que Voldemort touche l'une d'elles pour que toutes les autres marques deviennent douloureuses. Ils savent alors qu'ils doivent le rejoindre.

— En fait... oui, admit Hermione à voix basse. C'est ce qui m'a donné l'idée... Mais tu auras quand même remarqué que j'ai gravé les chiffres sur des morceaux de métal pas sur la peau.

— Oui... Je préfère ta méthode, dit Harry avec un sourire en glissant son Gallion dans sa poche. Le seul ennui, avec ces pièces, c'est qu'on risque de les dépenser par inadvertance.

— Aucun danger, dit Ron qui contemplait son propre Gallion d'un air un peu triste. Je n'ai aucun vrai Gallion avec lequel je puisse le confondre.

A l'approche du premier match de la saison, Gryffondor contre Serpentard, les réunions de l'A.D. se trouvèrent suspendues car Angelina insistait pour qu'ils s'entraînent presque chaque jour. Le fait que la Coupe de Quidditch n'ait pas eu lieu depuis si longtemps ne faisait qu'ajouter à la passion et à la fébrilité qui entouraient cette première rencontre. Les Serdaigle et les Poufsouffle s'intéressaient de très près au résultat du match car eux-mêmes auraient à affronter chacune des deux équipes au cours de l'année. Et les directeurs des maisons en compétition, tout en s'efforçant de prétendre que seul l'esprit sportif les animait, étaient bien décidés à voir leur camp l'emporter. Harry comprit à quel point le professeur McGonagall tenait à ce qu'ils battent les Serpentard lorsqu'elle s'abstint de leur donner des devoirs dans la semaine qui précéda le match.

– Je crois que vous avez suffisamment à faire pour le moment, dit-elle d'un air hautain.

Personne n'en crut ses oreilles jusqu'à ce qu'elle tourne son regard vers Harry et Ron en ajoutant avec gravité :

– Je me suis habituée à voir la coupe de Quidditch dans mon bureau, jeunes gens, et il me serait très désagréable de devoir la remettre au professeur Rogue, alors utilisez votre temps libre pour vous entraîner.

Rogue ne se montrait pas moins partial. Il avait retenu si souvent le terrain de Quidditch pour l'entraînement des Serpentard que les Gryffondor avaient du mal à y jouer eux-mêmes. Il faisait par ailleurs la sourde oreille chaque fois qu'on lui rapportait que des Serpentard tentaient de jeter des mauvais sorts aux joueurs de Gryffondor lorsqu'ils les croisaient dans les couloirs. Lorsque Alicia Spinnet s'était retrouvée à l'infirmerie avec des sourcils si longs et si épais qu'ils lui obscurcissaient la vue et lui entraient dans la bouche, Rogue avait affirmé qu'elle avait dû essayer de s'appliquer un sortilège de Cheveux Drus. Il refusa d'écouter les quatorze témoins qui affirmaient avoir vu Miles Bletchley, le gardien de Serpentard, lui lancer un maléfice par-derrière alors qu'elle travaillait à la bibliothèque.

Harry était optimiste sur les chances de Gryffondor de remporter la victoire. Après tout, jamais encore ils n'avaient été battus par l'équipe de Malefoy. Il fallait reconnaître que Ron n'était pas au niveau de Dubois mais il faisait de gros efforts pour améliorer son jeu. Sa plus grande faiblesse, c'était de perdre confiance en lui chaque fois qu'il commettait une erreur. Encaisser un but le mettait dans un tel état de nerfs qu'il risquait fort de recommencer la même faute la fois suivante. D'un autre côté, Harry avait vu Ron bloquer des tirs d'une manière spectaculaire quand il était en forme. Au cours d'une séance mémorable, il s'était suspendu d'une seule main à son balai et avait donné un tel coup de pied dans le Souafle que la balle avait survolé le terrain sur toute sa longueur pour finir sa course à travers l'anneau central des buts adverses. Les autres joueurs avaient estimé que ce coup méritait la comparaison avec celui réalisé récemment par Barry Ryan, le gardien de l'équipe d'Irlande, lorsqu'il avait bloqué une attaque de Ladislaw Zamojski, le poursuiveur-vedette de l'équipe polonaise. Même Fred avait déclaré que George et lui finiraient par être fiers de Ron. Ils envisageaient même de reconnaître qu'il avait un lien de parenté avec eux, ce qu'ils avaient toujours essayé de nier depuis quatre ans.

La seule chose qui inquiétait vraiment Harry, c'était de savoir jusqu'à quel point Ron se laisserait affecter par la tactique des Serpentard pour le déstabiliser. Harry avait supporté leurs quolibets pendant plus de quatre ans, aussi accueillait-il par un éclat de rire les réflexions du genre : « Hé, petit pote Potter, on m'a dit que Warrington a juré de te faire tomber de ton balai samedi. » Il répondait du tac au tac : « Warrington est incapable de tirer juste, je serais beaucoup plus inquiet s'il visait le joueur à côté de moi », ce qui amusait beaucoup Ron et Hermione et effaçait le sourire narquois du visage de Pansy Parkinson.

Mais Ron n'avait jamais eu à affronter une campagne inlassable d'insultes, de sarcasmes et d'intimidation. Lorsque des Serpentard, parfois des élèves de septième année beaucoup plus forts que lui, murmuraient sur son passage : « Tu as réservé ton lit à l'infirmerie, Weasley ? », il ne riait pas du tout et son teint se colorait d'une délicate nuance verdâtre. Quand Drago Malefoy imitait Ron laissant tomber le Souafle (et il ne se privait pas de le faire chaque fois qu'il le croisait), les oreilles de Ron devenaient rouge vif et il tremblait si fort que ses mains auraient lâché tout ce qu'elles tenaient à ce moment-là.

Octobre s'éloigna sous la pluie battante et les rugissements du vent et novembre s'installa, avec sa froideur d'acier, ses matins de givre et ses courants d'air glacés qui mordaient les mains et le visage. Le ciel et le plafond de la Grande Salle avaient pris une teinte gris perle, le sommet des montagnes qui entouraient Poudlard s'était couvert de neige et la température dans le château était tombée si bas que nombre d'élèves mettaient leurs gants en peau de dragon pour parcourir les couloirs entre deux classes.

Le matin du match, le ciel était clair et froid. Lorsque Harry se réveilla, il se tourna vers le lit de Ron et le vit assis droit et raide, les bras autour des genoux, le regard fixé dans le vide.

– Ça va ? lui demanda Harry.

Ron fit un signe de tête affirmatif mais resta silencieux. Harry ne put s'empêcher de repenser au jour où Ron s'était accidentellement jeté à lui-même un sort de Crache-Limaces. En cet instant, il avait la même pâleur, le même visage luisant de sueur et la même répugnance à ouvrir la bouche.

– Tu as besoin d'un bon petit déjeuner, dit Harry d'un ton énergique. Allez, viens.

La Grande Salle se remplissait rapidement lorsqu'ils arrivèrent. Les conversations étaient plus bruyantes et l'humeur plus exubérante qu'à l'ordinaire. Quand ils passèrent devant la table des Serpentard, le vacarme s'amplifia. Harry leur jeta un coup d'œil et vit qu'en plus des habituels écharpes et chapeaux vert et argent, chaque élève de Serpentard portait un badge argenté qui avait apparemment la forme d'une couronne. Pour une mystérieuse raison, ils furent nombreux à adresser à Ron des signes de la main en riant aux éclats. Harry essaya de lire ce qui était écrit sur les badges mais il n'en eut pas le temps, l'important étant d'éloigner Ron de leur table le plus vite possible.

Ils reçurent un accueil enthousiaste à la table des Gryffondor où tout le monde était vêtu de rouge et d'or mais, loin d'améliorer l'humeur de Ron, les vivats semblèrent achever de lui saper le moral. Il s'effondra sur le banc le plus proche comme s'il s'apprêtait à prendre le repas du condamné.

— Je devais être complètement dingue pour vouloir faire ça, dit-il dans un murmure rauque. *Dingue.*

— Ne sois pas idiot, répliqua Harry d'un ton ferme en lui passant un assortiment de céréales. Tu te débrouilleras à merveille. C'est normal d'avoir le trac.

— Je suis lamentable, coassa Ron. Je suis nul. Même si ma vie en dépendait, je serais incapable de jouer convenablement. Où avais-je la tête ?

— Ressaisis-toi, dit Harry d'un air sérieux. Pense un peu à la façon dont tu as renvoyé le Souafle l'autre jour, même Fred et George ont dit que tu avais été brillant.

Ron tourna vers Harry un visage torturé.

— C'était un hasard, murmura-t-il d'un air misérable. Je ne l'ai pas fait exprès. J'ai glissé de mon balai à un moment où tout le monde regardait ailleurs et quand j'ai essayé de remonter dessus j'ai donné un coup de pied dans le Souafle sans le vouloir.

— Bah, tu sais, répondit Harry, en revenant rapidement de sa surprise, il suffit de quelques hasards de ce genre pour être sûrs de gagner, non ?

Assises face à eux, Hermione et Ginny portaient des écharpes, des gants et des cocardes rouge et or.

— Comment tu te sens ? demanda Ginny à Ron qui regardait le fond de son bol vide comme s'il envisageait sérieusement de se noyer dans le lait qui y restait.

— Il a simplement le trac, dit Harry.

— C'est bon signe, à mon avis, on ne réussit jamais aussi bien aux examens que quand on a un peu le trac, fit remarquer Hermione avec conviction.

— Bonjour, dit derrière eux une voix éthérée et rêveuse.

Harry se retourna. Luna Lovegood avait quitté la table des Serdaigle pour venir jusqu'à eux. Plusieurs élèves la regardèrent avec des yeux ronds, d'autres la montraient du doigt en riant ouvertement. Elle avait déniché un chapeau représentant une tête de lion grandeur nature, perchée sur son crâne en équilibre précaire.

– Je suis pour Gryffondor, dit Luna en montrant inutilement son chapeau. Regardez ce qu'il fait...

Elle leva la main et tapota le chapeau à l'aide de sa baguette magique. La tête de lion ouvrit grand sa gueule et poussa un rugissement très réaliste qui fit sursauter tout le monde.

– Il est bien, non ? dit joyeusement Luna. J'aurais voulu qu'il dévore un serpent qui aurait symbolisé l'équipe de Serpentard, mais je n'ai pas eu le temps de le rajouter. En tout cas... Bonne chance, Ronald !

Et elle s'éloigna d'un pas aérien. À peine s'étaient-ils remis du choc provoqué par le chapeau de Luna qu'Angelina se précipita vers eux, accompagnée par Katie et Alicia qui avait retrouvé des sourcils normaux grâce à Madame Pomfresh.

– Dès que vous êtes prêts, dit-elle, on file sur le terrain, on vérifie les conditions météo et on se change.

– On arrive tout de suite, lui assura Harry. Le temps que Ron mange quelque chose.

Mais il apparut très vite que Ron était incapable d'avaler quoi que ce soit d'autre et Harry estima préférable de l'emmener sans attendre dans les vestiaires. Hermione se leva en même temps qu'eux et attira Harry un peu à l'écart.

– Il ne faut pas que Ron voie ce qui est écrit sur les badges des Serpentard, chuchota-t-elle précipitamment.

Harry lui jeta un regard interrogateur mais elle hocha la tête comme pour le prévenir de quelque chose. Ron s'avançait vers eux, l'air perdu et désespéré.

– Bonne chance, dit Hermione.

Elle se dressa sur la pointe des pieds et l'embrassa sur la joue.

– Et à toi aussi, Harry.

Lorsqu'ils traversèrent la Grande Salle, Ron sembla retrouver un peu ses esprits. Déconcerté, il se caressa la joue à l'endroit où

Hermione l'avait embrassé, comme s'il ne savait pas très bien ce qui s'était passé. Il paraissait trop égaré pour faire attention à ce qui l'entourait. Quand ils passèrent devant la table des Serpentard, Harry jeta un regard aux badges en forme de couronne, et cette fois, il eut le temps de lire ce qui y était écrit : « Weasley est notre roi ».

Avec le sentiment désagréable qu'il fallait voir là un très mauvais signe, il entraîna Ron vers le hall d'entrée puis, descendant les marches de pierre, ils sortirent dans l'air glacial.

L'herbe recouverte de givre craquait sous leurs pieds lorsqu'ils traversèrent la pelouse qui descendait vers le stade. Il n'y avait pas de vent et le ciel uniforme était d'un blanc de perle, ce qui signifiait que la visibilité serait bonne sans l'inconvénient du soleil dans l'œil. Harry souligna ces éléments encourageants mais il n'était pas sûr que Ron l'écoutait.

A leur entrée dans les vestiaires, Angelina, qui s'était déjà changée, s'adressait au reste de l'équipe. Harry et Ron revêtirent leurs robes (Ron essaya pendant un bon moment de la mettre à l'envers jusqu'à ce qu'Alicia, prise de pitié, vienne à sa rescousse) puis s'assirent pour écouter le discours d'avant match. Au-dehors, la rumeur des voix s'intensifiait régulièrement à mesure que la foule déferlait du château pour se rendre dans les tribunes.

– Bon, je viens seulement d'obtenir la composition finale de l'équipe des Serpentard, annonça Angelina en consultant un parchemin. Les batteurs de l'année dernière, Derrick et Bole, sont partis mais il semble que Montague les ait remplacés par le même genre de gorilles, plutôt que par des joueurs plus habiles à voler. Ce sont deux types du nom de Crabbe et Goyle. Je ne sais pas grand-chose d'eux...

– Nous, si, dirent Harry et Ron d'une même voix.

– En tout cas, ils n'ont pas l'air assez intelligents pour savoir dans quel sens volent leurs balais, reprit Angelina en rangeant son parchemin, mais de toute façon, je me suis toujours demandé comment Derrick et Bole arrivaient à trouver le terrain sans pancarte.

— Crabbe et Goyle sont sortis du même moule, lui assura Harry.

Ils entendaient les pas des spectateurs qui montaient à présent les gradins par centaines pour aller s'asseoir sur les bancs. Certains chantaient. Harry, cependant, ne parvenait pas à distinguer les paroles de leur chanson. Il commençait à se sentir nerveux mais il savait que ses angoisses n'étaient rien comparées à celles de Ron qui se tenait le ventre, le regard à nouveau dans le vide, la mâchoire serrée, le teint grisâtre.

— C'est l'heure, dit Angelina à voix basse en regardant sa montre. Allons-y... et bonne chance.

L'équipe se leva, le balai sur l'épaule, et sortit des vestiaires en file indienne sous le soleil qui perçait maintenant les nuages. Des hurlements divers les accueillirent et Harry entendit à nouveau une chanson, étouffée par les acclamations et les sifflets.

Les joueurs de Serpentard les attendaient. Eux aussi arboraient des badges argentés en forme de couronnes. Montague, leur nouveau capitaine, était bâti comme Dudley Dursley, avec des avant-bras massifs qui ressemblaient à des jambons poilus. Derrière lui se tenaient Crabbe et Goyle, presque aussi grands. Balançant leurs battes toutes neuves, ils clignaient stupidement des yeux sous le ciel lumineux. Malefoy était à côté d'eux, sa tête blonde étincelant à la clarté du soleil. Avec un sourire ironique, il croisa le regard de Harry et tapota le badge en forme de couronne épinglé sur sa poitrine.

— Les capitaines, vous vous serrez la main, ordonna l'arbitre, Madame Bibine.

Angelina et Montague se tendirent la main. Harry vit nettement que Montague essayait d'écraser les doigts d'Angelina mais elle resta impassible.

— Enfourchez vos balais...

Madame Bibine porta le sifflet à ses lèvres et souffla.

Les balles furent lâchées et les quatorze joueurs s'élevèrent dans les airs. Du coin de l'œil, Harry vit Ron filer vers les buts. Harry prit de l'altitude, évita un Cognard et entreprit de décrire un large cercle autour du terrain, scrutant l'espace à la recherche d'un reflet d'or. A l'autre extrémité du stade, Drago Malefoy faisait exactement la même chose.

– Et c'est maintenant Johnson qui prend le Souafle, quelle joueuse extraordinaire, cette fille, ça fait des années que je le dis mais elle refuse toujours de sortir avec moi...

– JORDAN ! s'écria le professeur McGonagall.

– C'était pour rire, professeur, juste pour ajouter un peu de piquant. Elle évite Warrington, passe devant Montague, houlà ! elle est frappée dans le dos par un Cognard de Crabbe... Montague reprend le Souafle, il remonte le terrain et... excellent Cognard expédié par George Weasley, en plein sur la tête de Montague qui lâche le Souafle rattrapé par Katie Bell, Katie Bell de Gryffondor fait une passe de revers à Alicia Spinnet qui s'élance...

Le commentaire de Lee Jordan résonnait dans tout le stade et Harry s'efforçait de l'écouter malgré le sifflement du vent dans ses oreilles et le tumulte de la foule qui hurlait, conspuait, chantait.

– ... elle contourne Warrington, évite un Cognard, c'était tout juste, Alicia ! et les spectateurs sont ravis, écoutez-les, qu'est-ce qu'ils chantent ?

Lorsque Lee s'interrompit en tendant l'oreille, la chanson s'éleva, forte et claire, de la marée vert et argent qui s'étalait dans les tribunes des Serpentard :

Weasley est un grand maladroit
Il rate son coup à chaque fois
Voilà pourquoi
Les Serpentard chantent avec joie
Weasley est notre roi.

Weasley est né dans un trou à rats
Il laisse le Souafle entrer tout droit
Voilà pourquoi
Grâce à lui, c'est sûr, on gagnera,
Weasley est notre roi.

– ... Et Alicia repasse à Angelina ! s'écria Lee.

Harry prit un virage serré. Ce qu'il venait d'entendre le faisait bouillir de rage et il savait que Lee essayait de noyer sous sa voix les paroles de la chanson.

– Vas-y, Angelina ! On dirait qu'elle n'a plus que le gardien devant elle ! ELLE TIRE... ELLE aaargh...

Bletchley, le gardien de Serpentard, avait bloqué le Souafle. Il le renvoya à Warrington qui fonça en zigzaguant entre Alicia et Katie. Au-dessous, la chanson résonnait avec de plus en plus de force à mesure qu'il se rapprochait de Ron.

Weasley est notre roi
Weasley est notre roi
Il laisse le Souafle entrer tout droit
Weasley est notre roi.

Harry ne put s'en empêcher : abandonnant sa recherche du Vif d'or, il vira dans la direction opposée et regarda Ron, silhouette solitaire à l'autre bout du terrain, voltigeant devant les trois anneaux, tandis que le massif Warrington fonçait sur lui.

– ... Warrington en possession du Souafle, Warrington qui s'avance vers les buts, hors de portée des Cognards, seul le gardien lui fait face...

Dans les tribunes des Serpentard, la chanson résonna de plus belle :

Weasley est un grand maladroit
Il rate son coup à chaque fois...

— ...Voici donc le premier test pour le nouveau gardien de Gryffondor, Weasley, frère des batteurs Fred et George, et un nouveau talent prometteur de cette équipe...Vas-y, Ron !

Hélas, ce furent les supporters de Serpentard qui poussèrent les hurlements de joie : Ron avait plongé de toutes ses forces mais le Souafle était passé entre ses bras écartés et avait traversé l'anneau central.

— Serpentard marque ! annonça la voix de Lee parmi les acclamations et les huées de la foule, le score est donc de dix à zéro en faveur de Serpentard... Pas de chance, Ron.

Les Serpentard chantèrent de plus en plus fort :

WEASLEY EST NÉ DANS UN TROU À RATS
IL LAISSE LE SOUAFLE ENTRER TOUT DROIT...

— Gryffondor reprend le Souafle et c'est Katie Bell qui remonte le terrain..., s'écria vaillamment Lee, malgré la chanson qui retentissait avec tant de force qu'il avait du mal à se faire entendre.

GRÂCE À LUI, C'EST SÛR, ON GAGNERA,
WEASLEY EST NOTRE ROI...

— Harry, QU'EST-CE QUE TU FAIS ? cria Angelina en passant devant lui pour se maintenir à la hauteur de Katie.VAS-Y !

Harry se rendit compte qu'il était resté en vol stationnaire pendant plus d'une minute à regarder l'évolution du match sans accorder une pensée au Vif d'or. Horrifié, il plongea aussitôt et recommença à faire le tour du terrain, l'œil aux aguets, essayant de ne pas prêter attention au chœur qui emplissait le stade comme un tonnerre :

WEASLEY EST NOTRE ROI
WEASLEY EST NOTRE ROI...

Nulle part il n'avait vu trace du Vif d'or. Comme lui, Malefoy décrivait des cercles autour du terrain, dans la direction opposée, et Harry l'entendit chanter à pleins poumons :

WEASLEY EST NÉ DANS UN TROU À RATS...

— ...Warrington reprend le Souafle, s'écria Lee, il passe à Pucey, Pucey évite Spinnet, vas-y, Angelina, tu peux l'arrêter ! Non, finalement, tu ne peux pas. Mais voilà un très beau Cognard de Fred Weasley, non, c'est George, oh, peu importe, un des deux en tout cas, et Warrington lâche le Souafle repris par Katie Bell... heu... qui le lâche aussi... Et c'est Montague qui le récupère, le capitaine des Serpentard en possession du Souafle remonte le terrain, allez, Gryffondor, il faut le bloquer !

Harry fila à l'autre bout du terrain, derrière les buts de Serpentard. Il ne voulait surtout pas voir ce qui se passait du côté de Ron. En passant devant Bletchley, le gardien de Serpentard, il l'entendit chanter avec la foule :

WEASLEY EST UN GRAND MALADROIT

— Et Pucey évite une nouvelle fois Alicia, il fonce droit vers les buts, arrête-le, Ron !

Harry n'eut pas besoin de regarder pour savoir ce qui s'était produit : il entendit du côté des Gryffondor une terrible plainte qui se mêla aux cris et aux applaudissements des Serpentard. Baissant les yeux, il vit la tête de bouledogue de Pansy Parkinson qui conduisait le chœur des Serpentard, le dos tourné au terrain :

VOILÀ POURQUOI
LES SERPENTARD CHANTENT AVEC JOIE
WEASLEY EST NOTRE ROI

Mais vingt à zéro n'était pas un score inquiétant, Gryffondor avait largement le temps de rattraper son retard ou de s'emparer du Vif d'or. Il suffisait de quelques buts pour qu'ils reprennent la tête, comme d'habitude. Harry assura sa prise sur son balai et se mit à zigzaguer parmi les autres joueurs, virant, montant, descendant, à la poursuite d'un reflet brillant qui se révéla être le bracelet-montre de Montague.

Entre-temps, Ron avait encaissé deux autres buts. Dans son désir de trouver le Vif d'or, Harry ressentait à présent un début de panique. Si seulement il pouvait l'attraper le plus vite possible et mettre fin au match !

— Katie Bell de Gryffondor évite Pucey, contourne Montague, beau virage, Katie, et passe à Johnson qui file vers les buts, vas-y Angelina ! GRYFFONDOR MARQUE ! Quarante-dix, quarante-dix en faveur de Serpentard et c'est Pucey qui reprend le Souafle...

Harry entendit le lion ridicule que Luna portait sur la tête rugir parmi les acclamations de Gryffondor et il reprit courage. Trente points de différence, ce n'était rien, ils pouvaient facilement les rattraper. Harry esquiva un Cognard que lui avait envoyé Crabbe et reprit sa recherche frénétique du Vif d'or. Il gardait un œil sur Malefoy, au cas où celui-ci l'apercevrait le premier mais, tout comme lui, Malefoy faisait le tour du terrain sans rien trouver...

— Pucey passe à Warrington qui passe à Montague, Montague repasse à Pucey, Johnson intercepte, Johnson prend le Souafle, passe à Bell, tout ça se présente très bien... non, très mal... Bell est frappée par un Cognard envoyé par Goyle, de Serpentard, et c'est Pucey qui reprend possession du Souafle...

WEASLEY EST NÉ DANS UN TROU À RATS
IL LAISSE LE SOUAFLE ENTRER TOUT DROIT
GRÂCE À LUI, C'EST SÛR, ON GAGNERA...

Mais Harry venait enfin de le voir : le minuscule Vif d'or voletait à quelques dizaines de centimètres du sol, du côté des Serpentard.

Il plongea aussitôt...

En quelques secondes, Malefoy surgit à sa gauche, sa silhouette floue, vert et argent, collée à son balai...

Le Vif d'or contourna le pied d'un des buts et fila de l'autre côté des tribunes. Son changement de direction arrangeait Malefoy qui se trouvait plus près. Harry vira sur son Éclair de feu, Malefoy et lui étaient maintenant côte à côte...

Arrivé tout près du sol, Harry tendit sa main droite vers le Vif d'or... A sa droite, le bras de Malefoy se tendit également, sa main cherchant à tâtons...

Tout fut terminé en deux secondes, deux secondes haletantes, éperdues, tourbillonnantes... Les doigts de Harry se refermèrent sur la minuscule balle qui se débattait... Les ongles de Malefoy lui griffèrent la main, mais c'était sans espoir... Harry remonta légèrement, serrant le Vif d'or qu'il sentait s'agiter contre sa paume et les supporters de Gryffondor hurlèrent leur joie...

Ils étaient sauvés, les buts encaissés par Ron n'avaient plus d'importance, personne ne s'en souviendrait, du moment que Gryffondor avait gagné...

BANG !

Un Cognard frappa Harry au creux des reins et l'éjecta de son balai. Par chance, il se trouvait à moins de deux mètres du sol après son plongeon vers le Vif d'or, mais le choc lui coupa le souffle lorsqu'il atterrit en plein sur le dos, à la surface du sol gelé. Il entendit le coup de sifflet aigu de Madame Bibine, puis un grand tumulte de huées, de hurlements indignés, de quolibets et enfin un bruit sourd, tout près de lui.

— Ça va, tu n'as rien ? demanda la voix fébrile d'Angelina.

— Bien sûr que non, je n'ai rien, répondit Harry avec mauvaise humeur en prenant la main d'Angelina pour qu'elle l'aide à se relever.

Au-dessus de lui, Madame Bibine fonçait sur l'un des joueurs de Serpentard, mais il n'arrivait pas à voir de qui il s'agissait.

– C'est ce voyou de Crabbe, dit Angelina avec colère. Il t'a envoyé le Cognard au moment où il a vu que tu avais le Vif d'or. Mais on a gagné, Harry, on a gagné !

Harry entendit un grognement derrière lui et se retourna, sa main tenant toujours fermement le Vif d'or : Drago Malefoy venait d'atterrir. Blanc de rage, il lança malgré tout ses habituels sarcasmes.

– Tu as réussi à sauver la peau de Weasley, hein ? dit-il à Harry. Je n'ai jamais vu un gardien aussi mauvais... Mais après tout, *il est né dans un trou à rats...* Ma chanson t'a plu, Potter ?

Harry ne répondit pas. Il se détourna pour aller à la rencontre des autres joueurs de Gryffondor qui atterrissaient un par un autour de lui, hurlant de joie et donnant des coups de poing dans le vide en signe de victoire. Ils étaient tous là, sauf Ron qui était descendu de son balai au pied des buts et rentrait seul au vestiaire d'un pas accablé.

– On voulait écrire un autre couplet ! lança Malefoy tandis que Katie et Angelina serraient Harry dans leurs bras. Mais on n'a pas trouvé de rimes à « grosse et laide »... On aurait aimé chanter quelque chose sur sa mère, tu comprends ?

– Typique des mauvais joueurs, dit Angelina en regardant Malefoy d'un air dégoûté.

– On a également eu du mal à caser « pauvre type » dans les paroles... à propos de son père...

Fred et George venaient de réaliser de quoi parlait Malefoy. Au moment où ils s'apprêtaient à serrer la main de Harry, ils s'immobilisèrent soudain et regardèrent Malefoy.

– Laissez tomber, dit aussitôt Angelina en prenant Fred par le bras. Laisse, Fred, laisse-le s'égosiller, il est simplement hargneux parce qu'il a perdu, cette espèce de petit parvenu à la...

– Mais toi, tu aimes bien les Weasley, Potter ? reprit Malefoy d'un ton railleur. Tu passes même tes vacances avec eux, je crois ? Je me demande comment tu fais pour supporter l'odeur mais enfin, j'imagine que quand on a été élevé – si on peut employer ce mot-là – chez les Moldus, même le taudis des Weasley ne sent pas trop mauvais...

Harry ceintura George. Dans le même temps, il fallut les efforts combinés d'Angelina, d'Alicia et de Katie pour empêcher Fred de bondir sur Malefoy qui riait ouvertement. Harry chercha Madame Bibine des yeux mais elle était toujours occupée à sermonner Crabbe pour avoir jeté un Cognard après la fin du match.

– Ou peut-être, ajouta Malefoy en s'éloignant avec un regard torve, que tu te souviens de l'odeur que dégageait la maison de *ta* mère, Potter, et que la porcherie des Weasley te la rappelle.

Harry ne se rendit même pas compte qu'il lâchait George, tout ce qu'il savait, c'était qu'un instant plus tard, tous deux s'étaient précipités sur Malefoy. Il avait complètement oublié que les professeurs les regardaient. Pour lui, la seule chose importante à présent était de faire mal à Malefoy, de lui infliger la plus grande douleur possible. Sans prendre le temps de sortir sa baguette magique, il le frappa violemment au ventre. Son poing qui tenait encore le Vif d'or s'enfonça dans l'estomac de Malefoy.

– Harry ! HARRY ! GEORGE ! NON !

Il entendait des voix de filles crier, Malefoy hurler de douleur, George lancer des jurons, des coups de sifflet retentir, la foule vociférer, mais peu lui importait. Ce fut seulement lorsque quelqu'un s'écria : *« Impedimenta ! »* et qu'il se retrouva projeté à terre par la puissance du sortilège qu'il renonça à marteler de coups de poing chaque partie du corps de Malefoy qu'il pouvait atteindre.

– Qu'est-ce qui vous prend ? s'exclama Madame Bibine tandis que Harry se relevait d'un bond.

Apparemment, c'était elle qui lui avait jeté un maléfice d'Entrave. Elle tenait son sifflet d'une main et une baguette magique de l'autre, son balai abandonné par terre à quelques mètres de là. Malefoy, recroquevillé sur le sol, gémissait et pleurnichait, le nez en sang. George avait une lèvre enflée, Fred était toujours retenu de force par les trois poursuiveuses de Gryffondor et Crabbe, resté un peu plus loin, caquetait comme un poulet.

— Je n'ai jamais vu un tel comportement, poursuivit Madame Bibine. Rentrez immédiatement au château, dans le bureau de votre directrice de maison ! Allez ! Dépêchez-vous !

Harry et George quittèrent le terrain à grandes enjambées, le souffle court et sans dire un mot. Les hurlements et les quolibets de la foule diminuèrent peu à peu jusqu'à ce qu'ils atteignent le hall d'entrée où ils n'entendirent plus que le bruit de leurs propres pas. Harry sentit que quelque chose continuait de s'agiter dans sa main droite dont les jointures étaient contusionnées à force d'avoir frappé la mâchoire de Malefoy. Baissant les yeux, il vit dépasser d'entre ses doigts les ailes argentées du Vif d'or qui se débattait pour essayer de se libérer.

A peine avaient-ils atteint la porte de son bureau qu'ils entendirent le professeur McGonagall s'avancer derrière eux dans le couloir. Elle portait l'écharpe de Gryffondor qu'elle arracha de son cou avec des mains tremblantes, le visage livide.

— Entrez ! dit-elle d'un ton furieux en montrant la porte.

Harry et George obéirent. Elle contourna son bureau et se posta face à eux, frémissante de rage tandis qu'elle jetait par terre son écharpe de Gryffondor.

— *Alors ?* dit-elle. Je n'ai jamais vu une exhibition aussi indigne. Deux contre un ! J'exige des explications !

— Malefoy nous a provoqués, répondit Harry avec raideur.

— Vous a provoqués ? s'écria le professeur McGonagall.

Elle tapa du poing sur son bureau avec une telle violence que sa boîte de biscuits aux motifs écossais glissa et tomba en répandant sur le sol ses tritons au gingembre.

— Il venait de perdre, non ? Bien sûr qu'il avait envie de vous provoquer ! Mais qu'a-t-il bien pu dire pour justifier que tous les deux, vous...

– Il a insulté mes parents, grogna George. Et la mère de Harry.

– Et au lieu de demander à Madame Bibine d'intervenir, vous avez décidé de vous donner en spectacle en vous livrant à un duel de Moldus ! vociféra le professeur McGonagall. Vous n'avez donc aucune idée de ce que...

– *Hum, hum.*

Harry et George firent aussitôt volte-face. Dolores Ombrage se tenait dans l'encadrement de la porte, enveloppée dans une cape de tweed vert qui accentuait considérablement son allure de crapaud. Elle avait cet horrible sourire, nauséeux et menaçant, que Harry associait désormais à d'imminentes catastrophes.

– Puis-je vous apporter de l'aide, professeur McGonagall ? demanda le professeur Ombrage de son ton le plus suavement venimeux.

Le sang afflua au visage du professeur McGonagall.

– De l'aide ? répéta-t-elle d'une voix étranglée. Qu'entendez-vous par *de l'aide* ?

Le professeur Ombrage s'avança dans le bureau, sans se départir de son sourire écœurant.

– Je pensais que vous pourriez avoir besoin d'un petit surcroît d'autorité.

Harry n'aurait pas été étonné de voir des étincelles jaillir des narines du professeur McGonagall.

– Eh bien, vous pensiez mal, répliqua-t-elle en tournant le dos à Ombrage. Et maintenant, tous les deux, écoutez-moi attentivement. Peu m'importe ce que Malefoy vous a dit pour vous provoquer. Peu m'importe qu'il ait insulté chaque membre de votre famille, votre comportement a été détestable et je vous donne à chacun une semaine entière de retenue ! Ne me regardez pas comme ça, Potter, vous l'avez mérité ! Et si l'un de vous deux s'avise...

– *Hum, hum...*

Le professeur McGonagall ferma les yeux comme si elle priait le ciel de lui accorder une infinie patience et se tourna à nouveau vers le professeur Ombrage.

– *Oui ?*

– Je pense qu'ils méritent plus que de simples retenues, dit Ombrage avec un sourire encore plus large.

Les yeux du professeur McGonagall se rouvrirent aussitôt.

– Malheureusement, dit-elle, en essayant d'afficher à son tour un sourire qui lui donnait l'air d'avoir attrapé le tétanos, ce qui compte, c'est ce que je pense moi, car ces élèves appartiennent à ma maison, Dolores.

– Eh bien, *en fait*, Minerva, minauda le professeur Ombrage, vous allez vous apercevoir que ce que je pense *compte* également. Voyons, où est-il ? Cornelius vient de me l'envoyer... je veux dire – elle émit un petit rire faux en fouillant dans son sac –, le *ministre* vient de me l'envoyer... Ah, voilà...

Elle sortit un morceau de parchemin qu'elle déroula et s'éclaircit la gorge d'un petit air affecté avant d'en donner lecture :

– *Hum, hum...* Décret d'éducation numéro vingt-cinq.

– Encore un ! s'exclama violemment le professeur McGonagall.

– Eh bien, oui, répondit Ombrage, toujours souriante. En réalité, Minerva, c'est vous qui m'avez fait comprendre que nous avions besoin d'un amendement supplémentaire... Vous vous rappelez comment vous êtes passée au-dessus de ma tête quand je ne voulais pas permettre que l'équipe de Gryffondor se reconstitue ? Comment vous êtes allée demander l'arbitrage de Dumbledore qui a insisté pour qu'on autorise cette équipe à jouer ? Eh bien, maintenant, ce ne serait plus possible. J'ai aussitôt contacté le ministre et il a été entièrement d'accord pour estimer que la Grande Inquisitrice devait avoir le pouvoir de retirer aux élèves leurs privilèges, sinon, elle – c'est-à-dire moi – aurait moins d'autorité que les simples professeurs !

Et aujourd'hui, vous voyez bien, Minerva, comme j'avais raison d'essayer d'empêcher la reconstitution de l'équipe de Gryffondor ? Ils ont un tempérament *épouvantable*... Quoi qu'il en soit, j'étais en train de vous lire le nouvel amendement... *Hum, hum*... « Le Grand Inquisiteur aura dorénavant l'autorité suprême pour infliger toute sanction, punition et retrait de privilèges aux élèves de Poudlard, ainsi que le pouvoir de modifier les sanctions, punitions et retraits de privilèges qui auraient été décidés par des membres du corps enseignant. Signé : Cornelius Fudge, ministre de la Magie, Ordre de Merlin, première classe, etc. etc. »

Toujours souriante, elle roula le parchemin et le remit dans son sac.

— Je pense donc que je vais devoir interdire définitivement à ces deux-là de rejouer au Quidditch, dit-elle en regardant alternativement Harry et George.

Harry sentit le Vif d'or se débattre avec fureur au creux de sa main.

— Nous interdire ? dit-il d'une voix qui semblait étrangement lointaine. Définitivement... de rejouer au Quidditch ?

— Oui, Mr Potter, je crois qu'une interdiction à vie devrait faire l'affaire, dit Ombrage.

Son sourire s'élargit encore davantage quand elle vit les efforts que devait déployer Harry pour saisir toute l'ampleur de ce qu'elle venait de lui annoncer.

— Cette interdiction s'appliquera à vous *et* à Mr Weasley, ici présent. Pour plus de sûreté, le frère jumeau de ce jeune homme devrait également être exclu. Si ses coéquipiers ne l'avaient pas retenu, je suis certaine qu'il aurait lui aussi attaqué le jeune Malefoy. Bien entendu, je veux que leurs balais soient confisqués. Je les conserverai dans mon bureau pour être sûre que l'interdiction ne sera pas contournée. Mais je resterai mesurée, professeur, poursuivit-elle en se tournant vers le professeur McGonagall qui la regardait fixement, avec l'immobilité d'une

470

statue de glace. Le reste de l'équipe pourra continuer à jouer, je n'ai vu aucun signe de violence chez les *autres*. Eh bien, au revoir, je vous souhaite un bon après-midi.

Avec un air d'extrême satisfaction, Ombrage quitta alors le bureau, en laissant derrière elle un silence horrifié.

— Interdits à vie, dit Angelina d'une voix caverneuse.

Ils s'étaient retrouvés le soir, dans la salle commune.

— *Interdits à vie*. Plus d'attrapeur, plus de batteurs... Qu'est-ce qu'on va bien pouvoir faire ?

On n'aurait pas du tout pensé qu'ils venaient de gagner le match. Partout où Harry tournait les yeux, il ne voyait que des mines furieuses et inconsolables. Les joueurs eux-mêmes étaient avachis autour de la cheminée, à l'exception de Ron que l'on n'avait pas revu depuis la fin du match.

— C'est tellement injuste, dit Alicia d'un air hébété. Et Crabbe qui t'a envoyé un Cognard après le coup de sifflet final ? On ne lui a pas interdit de jouer, à *lui* ?

— Non, dit Ginny d'un air accablé.

Hermione et elle étaient assises de chaque côté de Harry.

— Il a simplement eu des lignes à copier. Ça faisait beaucoup rire Montague pendant le dîner.

— Et interdire Fred alors qu'il n'a rien fait du tout ! s'exclama Alicia avec fureur en tapant du poing sur son genou.

— Ce n'est pas ma faute si je n'ai rien fait, assura Fred avec une expression redoutable sur le visage. Si vous ne m'aviez pas retenu, toutes les trois, j'aurais réduit ce petit fumier en charpie.

Harry regardait d'un air affligé la fenêtre obscure. La neige tombait. Le Vif d'or qu'il avait gardé voletait tout autour de la salle commune. Les élèves le suivaient des yeux, comme hypnotisés, et Pattenrond sautait de fauteuil en fauteuil pour essayer de l'attraper.

— Je vais me coucher, dit Angelina en se levant lentement. On va peut-être s'apercevoir que tout ça n'était qu'un cauchemar...

Peut-être qu'en me réveillant demain matin, je réaliserai que le match n'a pas encore eu lieu...

Elle fut bientôt suivie par Alicia et Katie. Un peu plus tard, Fred et George regagnèrent leurs lits d'un pas traînant, lançant des regards noirs à tous ceux qu'ils croisaient. Peu après, Ginny rejoignit également son dortoir. Il ne restait plus que Harry et Hermione devant la cheminée.

— Tu as vu Ron ? demanda Hermione à voix basse.

Harry fit non de la tête.

— Je crois qu'il nous évite. Où penses-tu qu'il...

A cet instant précis, il y eut un grincement derrière eux. Le portrait de la grosse dame avait pivoté sur ses gonds et Ron entra par le trou aménagé dans le mur. Il était très pâle et de la neige parsemait ses cheveux. Lorsqu'il vit Harry et Hermione, il se figea sur place.

— Où étais-tu ? demanda Hermione d'une voix anxieuse.

Elle s'était levée d'un bond.

— Je suis allé faire un tour, marmonna Ron.

Il portait toujours sa tenue de Quidditch.

— Tu as l'air frigorifié, remarqua Hermione. Viens t'asseoir !

Ron s'approcha de la cheminée et se laissa tomber dans le fauteuil le plus éloigné de celui de Harry en évitant soigneusement de croiser son regard. Le Vif d'or dérobé voleta au-dessus de leurs têtes.

— Je suis désolé, grommela Ron en regardant ses pieds.

— Pourquoi ? demanda Harry.

— D'avoir cru que je saurais jouer au Quidditch, répondit Ron. Je vais donner ma démission demain matin à la première heure.

— Si tu démissionnes, dit Harry avec mauvaise humeur, il n'y aura plus que trois joueurs dans l'équipe.

Devant l'air surpris de Ron, il ajouta :

— Je suis interdit de Quidditch à vie. Fred et George aussi.

— Quoi ? glapit Ron.

Hermione lui raconta toute l'histoire. Harry n'aurait pas supporté de le faire lui-même. Lorsqu'elle eut terminé, Ron parut plus angoissé que jamais.

– Tout ça est de ma faute...

– Ce n'est pas toi qui m'as poussé à taper sur Malefoy, répliqua Harry avec colère.

– Si je n'étais pas si mauvais au Quidditch...

– Ça n'a rien à voir.

– C'est cette chanson qui m'a énervé.

– Ça aurait énervé n'importe qui.

Hermione se leva et s'approcha de la fenêtre pour ne plus entendre leur dispute. Elle regardait les flocons de neige virevolter devant les carreaux.

– Bon, laisse tomber, tu veux ? s'exclama Harry. C'est déjà suffisamment pénible comme ça, pas la peine en plus de t'entendre dire que tout est de ta faute !

Ron ne répondit rien. Il resta assis, l'air accablé, à contempler l'ourlet humide de sa robe de sorcier. Au bout d'un moment, il murmura tristement :

– Je ne me suis jamais senti aussi mal de ma vie.

– Bienvenue au club, répondit Harry avec amertume.

– Eh bien, moi, dit Hermione d'une voix un peu tremblante, je crois que j'ai quelque chose à vous annoncer qui devrait vous remonter un peu le moral.

– Ah, vraiment ? répliqua Harry d'un air sceptique.

– Oui, assura Hermione.

Elle se détourna de la fenêtre d'un noir d'encre, constellée de flocons de neige. Un large sourire s'étalait sur son visage.

– Hagrid est revenu, dit-elle.

20

LE RÉCIT DE HAGRID

arry se précipita dans le dortoir des garçons pour aller chercher dans sa grosse valise sa cape d'invisibilité et la carte du Maraudeur. Il fut si rapide que Ron et lui étaient prêts à partir au moins cinq minutes avant qu'Hermione revienne du dortoir des filles avec une écharpe, des gants et un de ses propres chapeaux d'elfe grossièrement tricotés.

— Vous savez, il fait froid dehors, dit-elle pour se justifier tandis que Ron claquait la langue d'un air impatient.

Ils se faufilèrent à travers le trou que cachait le portrait de la grosse dame et s'enveloppèrent hâtivement dans la cape d'invisibilité. Ron avait tellement grandi qu'il devait plier les genoux pour que ses pieds ne dépassent pas. Puis, avançant lentement, précautionneusement, ils descendirent les nombreux escaliers, s'arrêtant à intervalles réguliers pour vérifier sur la carte du Maraudeur si Rusard ou Miss Teigne n'étaient pas dans les parages. Ils eurent de la chance et ne rencontrèrent personne en dehors de Nick Quasi-Sans-Tête qu'ils virent glisser d'un air absent, fredonnant une chanson qui ressemblait atrocement à *Weasley est notre roi*. Ils traversèrent le hall d'entrée et sortirent dans le parc silencieux, à présent recouvert de neige. Harry sentit son cœur faire un grand bond dans sa poitrine lorsqu'il vit les petits carrés de lumière dorée sur les murs de la cabane et les volutes de fumée qui s'échappaient de la cheminée. Il accéléra le pas, les deux autres se bousculant derrière lui. De plus en plus impatients, leurs pieds crissant dans la neige, ils s'avancèrent ainsi jusqu'à la porte de la cabane. Lorsque Harry leva le poing et frappa à trois reprises, un chien se mit à aboyer avec force de l'autre côté du panneau.

– Hagrid, c'est nous ! dit Harry à travers le trou de la serrure.

– M'en serais douté ! répondit une voix bourrue.

Sous la cape, ils échangèrent des regards radieux. D'après le son de sa voix, Hagrid était content de les voir.

– Ça fait trois secondes que je suis rentré... Fiche le camp de là, Crockdur... J'ai dit *fiche le camp*, espèce d'endormi...

Le verrou fut tiré, la porte s'ouvrit avec un grincement et la tête de Hagrid apparut dans l'entrebâillement.

Hermione poussa alors un cri.

– Par la barbe de Merlin, tais-toi donc ! dit Hagrid en jetant des regards frénétiques au-dessus de leurs têtes. Ah, vous avez pris la cape, hein ? Allez, entrez, entrez !

– Je suis désolée ! dit Hermione, le souffle court.

Ils pénétrèrent dans la maison en se faufilant entre Hagrid et la porte et enlevèrent leur cape d'invisibilité pour qu'il puisse les voir.

– J'ai simplement... Oh, *Hagrid* !

– Mais c'est rien, rien du tout ! répondit précipitamment Hagrid.

Il referma la porte derrière eux et se hâta de tirer les rideaux, mais Hermione continuait de le regarder d'un air horrifié.

Du sang coagulé collait ses cheveux et son œil gauche n'était plus qu'une fente au milieu de chairs enflées d'une couleur qui oscillait entre le noir et le violet. Son visage et ses mains étaient recouverts de nombreuses plaies, dont certaines saignaient encore, et il se déplaçait avec précaution, ce qui laissait penser qu'il avait des côtes cassées. De toute évidence, il venait tout juste de rentrer. Une épaisse cape de voyage était accrochée au dossier d'une chaise et un sac à dos suffisamment grand pour y promener plusieurs enfants en bas âge était posé contre le mur, à côté de la porte. Hagrid lui-même, qui avait deux fois la taille d'un homme normal, s'approcha en boitillant de la cheminée et mit sur le feu une bouilloire de cuivre.

– Qu'est-ce qui vous est arrivé ? demanda Harry, tandis que Crockdur leur faisait la fête en essayant de leur lécher le visage.

– Vous l'ai dit, *rien du tout*, répondit Hagrid d'un ton ferme. Voulez une tasse de thé ?

– N'essayez pas de nous faire croire ça, dit Ron. Vous êtes dans un état épouvantable !

– Je vous dis que je vais très bien, insista Hagrid.

Il se redressa et se tourna vers eux pour leur adresser un grand sourire, mais il fit la grimace.

– Alors, là, vous pouvez dire que ça fait plaisir de vous revoir tous les trois... Vous avez passé de bonnes vacances ?

– Hagrid, quelqu'un vous a attaqué ! dit Ron.

– Pour la dernière fois, c'est rien du tout ! assura Hagrid d'un ton sans réplique.

– Vous diriez que ce n'est rien si l'un d'entre nous venait vous voir avec une livre de steak haché à la place du visage ? demanda Ron.

– Vous devriez aller voir Madame Pomfresh, Hagrid, dit Hermione d'un air anxieux. Vous avez quelques blessures qui paraissent inquiétantes.

– Je m'en occupe, d'accord ? répondit Hagrid d'une voix autoritaire.

Il s'avança vers l'énorme table de bois qui occupait le milieu de la pièce et écarta d'un geste vif une serviette qui y était posée. Au-dessous, il y avait un steak cru, sanguinolent, verdâtre par endroits, et un peu plus grand qu'un pneu de voiture.

– Vous n'allez pas manger ça, Hagrid ? s'exclama Ron en se penchant pour voir de plus près. Ça paraît empoisonné.

– Normal, c'est de la viande de dragon, expliqua Hagrid. Et je l'ai pas achetée pour la manger.

Il prit le steak qu'il plaqua brutalement sur la partie gauche de son visage. Des gouttes de sang verdâtre coulèrent dans sa barbe et il laissa échapper un grognement de satisfaction.

— Ah, ça va mieux. C'est bon pour calmer la douleur, vous comprenez ?

— Alors, vous allez nous raconter ce qui vous est arrivé ? demanda Harry.

— Peux pas, Harry. Top secret. Si je vous le disais, ça me coûterait plus que mon poste.

— Ce sont les géants qui vous ont battu, Hagrid ? demanda Hermione à voix basse.

Les doigts de Hagrid laissèrent échapper le steak de dragon qui glissa avec un bruit de succion sur sa poitrine.

— Les géants ? répéta-t-il.

Il rattrapa le steak avant qu'il ne tombe plus bas et l'appliqua à nouveau sur son visage.

— Qui vous a parlé de géants ? Qui vous avez vu ? Qui vous a dit ce que j'ai... ? Qui a raconté que j'avais été... hein ?

— On a deviné, répondit Hermione sur un ton d'excuse.

— Ah, c'est ça, deviné ? dit Hagrid en la regardant avec sévérité de l'œil qui n'était pas recouvert par le steak.

— D'une certaine manière, c'était... évident, ajouta Ron.

Harry approuva d'un signe de tête.

Hagrid leur lança un regard noir. Il émit un grognement, jeta le steak sur la table et s'avança à grands pas vers la bouilloire qui s'était mise à siffler.

— Jamais vu des mômes aussi doués pour en savoir plus que ce qu'ils devraient, marmonna-t-il en versant de l'eau bouillante dans trois de ses énormes tasses de la taille d'un seau. Et c'est pas un compliment. On appelle ça des fouineurs. Des gens qui se mêlent de ce qui ne les regarde pas.

Mais un frémissement dans sa barbe vint contredire le ton de sa voix.

— Alors, vous êtes parti à la recherche des géants ? dit Harry avec un grand sourire en s'asseyant à la table.

Hagrid posa une tasse de thé devant chacun d'eux, s'assit à son tour, et reprit son steak de dragon qu'il appliqua à nouveau sur son visage.

— Oui, bon, d'accord, grogna-t-il, c'est ça.

— Et vous les avez trouvés ? demanda Hermione d'une voix étouffée.

— Bah, franchement, ils sont pas très difficiles à trouver. On les voit de loin.

— Où sont-ils ? demanda Ron.

— Dans les montagnes, répondit Hagrid sans plus de précisions.

— Alors, comment se fait-il que les Moldus... ?

— Oh, si, ils les voient, dit Hagrid d'un air sombre. Mais quand on les retrouve morts, on dit que c'est un accident de montagne.

Il déplaça un peu le steak pour qu'il recouvre ses contusions les plus douloureuses.

— Allez, Hagrid, racontez-nous ce qui vous est arrivé ! dit Ron. Racontez-nous l'attaque des géants et Harry vous racontera l'attaque des Détraqueurs...

Hagrid s'étouffa dans sa tasse et lâcha son steak. Une impressionnante quantité de salive, de thé et de sang de dragon se répandit sur la table tandis que Hagrid toussait, crachait et que le steak glissait par terre en tombant avec un bruit mou.

— Qu'est-ce que ça veut dire, l'attaque des Détraqueurs ? grogna Hagrid.

— Vous n'êtes pas au courant ? s'étonna Hermione, les yeux ronds.

— Je ne sais rien de ce qui s'est passé depuis que je suis parti. J'étais en mission secrète, je ne voulais pas que des hiboux me suivent partout... Fichus Détraqueurs ! Vous me faites une farce, ou quoi ?

— Pas du tout, ils sont arrivés à Little Whinging et nous ont attaqués, mon cousin et moi. Là-dessus, le ministère de la Magie m'a renvoyé de Poudlard...

— QUOI ?

— ... et je suis passé devant le tribunal, mais racontez-nous d'abord l'histoire des géants.

— Tu as été *renvoyé*?

— Racontez-nous votre été et je vous raconterai le mien.

Avec un mélange d'innocence et de détermination, Harry soutint le regard noir que Hagrid lui lança de son unique œil ouvert.

— Oh bon, d'accord, dit enfin Hagrid, résigné.

Il se pencha et arracha le steak de dragon de la gueule de Crockdur.

— Oh, Hagrid, ne faites pas ça, ce n'est pas hygién..., commença Hermione, mais Hagrid avait déjà remis la viande sur son œil enflé.

Il but une nouvelle gorgée de thé pour se donner du courage et reprit:

— Voilà, on est partis dès la fin du trimestre...

— Madame Maxime est allée avec vous? l'interrompit Hermione.

— Ouais, c'est ça, dit Hagrid, et une expression attendrie apparut sur la toute petite partie de son visage qui n'était pas recouverte de barbe ou de steak. Oui, on était tous les deux, et je vais vous dire une chose: elle n'a pas peur de vivre à la dure, Olympe. Vous comprenez, c'est une belle femme, bien habillée, et comme je savais où on allait je me suis demandé, qu'est-ce qu'elle va faire quand elle verra qu'il faut grimper dans les rochers, dormir dans des grottes et tout ça, mais elle ne s'est jamais plainte une seule fois.

— Vous saviez où vous alliez? demanda Harry. Vous connaissiez le pays des géants?

— Dumbledore le connaissait et il nous a dit où c'était, répondit Hagrid.

— Est-ce qu'ils se cachent? interrogea Ron. C'est un secret, l'endroit où ils habitent?

— Pas vraiment, dit Hagrid en hochant sa tête hirsute. C'est simplement que la plupart des sorciers se fichent de savoir où ils sont, du moment que c'est le plus loin possible. Et justement, il est très difficile d'aller chez eux, pour les humains en tout cas, donc, on avait besoin des indications de Dumbledore. Nous a fallu environ un mois pour arriver là-bas.

— Un *mois* ? répéta Ron comme s'il n'avait jamais entendu parler d'un voyage qui dure un temps aussi ridiculement long. Vous ne pouviez pas utiliser un Portoloin ou quelque chose dans le genre ?

Une étrange expression passa dans l'œil valide de Hagrid, comme s'il regardait Ron avec une certaine pitié.

— On est surveillés, Ron, dit-il d'un ton rude.

— Qu'est-ce que vous voulez dire ?

— Tu ne comprends pas, répliqua Hagrid. Les gens du ministère tiennent Dumbledore à l'œil et aussi tous ceux qu'ils soupçonnent d'être alliés avec lui, et...

— Ça, on le sait, dit précipitamment Harry, qui avait hâte d'entendre la suite de l'histoire, on sait que le ministère surveille Dumbledore...

— Alors, vous n'avez pas pu utiliser la magie pour arriver là-bas ? demanda Ron, effaré. Vous avez dû faire comme les Moldus, *pendant tout le trajet* ?

— Pas vraiment tout le trajet, dit Hagrid d'un air rusé. Il fallait simplement prendre des précautions, parce que Olympe et moi, on a du mal à passer inaperçus...

Ron émit un son qui tenait à la fois du grognement et du reniflement et s'empressa de boire une gorgée de thé.

— ... donc, c'est pas très difficile de nous suivre. Alors, on a fait comme si on partait en vacances. On a commencé par la France en prenant la direction de l'école d'Olympe parce qu'on savait que quelqu'un du ministère nous filait. Au début, il a fallu aller lentement vu que je n'ai pas vraiment le droit de me servir de la magie et qu'on savait que le ministère cherchait un prétexte pour nous arrêter. Mais on a réussi à semer l'abruti qui nous collait aux basques du côté de Dis John...

— Aaaaah, Dijon ? s'exclama Hermione, enthousiaste. J'y suis allée en vacances, vous avez vu le...

Elle s'interrompit en voyant le regard de Ron.

— Après, on a utilisé un peu de magie de temps en temps et le voyage s'est assez bien passé. On est tombés sur deux trolls fous du côté de la frontière polonaise et j'ai eu un léger désaccord avec un vampire dans un pub de Minsk, mais à part ça, c'était du gâteau.

Ensuite, on est arrivés sur place et on a commencé à marcher dans les montagnes en cherchant leurs traces...

Il fallait abandonner la magie une fois qu'on s'approchait d'eux. En partie parce qu'ils n'aiment pas les sorciers et qu'on ne voulait pas se les mettre à dos dès le départ, en partie parce que Dumbledore nous avait prévenus que Vous-Savez-Qui allait sûrement essayer de les contacter. Il a dit qu'il y avait de bonnes chances pour qu'il leur ait déjà envoyé des messagers et qu'il ne fallait pas attirer l'attention sur nous au cas où il y aurait des Mangemorts dans les environs.

Hagrid s'interrompit pour boire une longue gorgée de thé.

— Et ensuite ? l'encouragea Harry.

— On les a trouvés, dit simplement Hagrid. Un soir, on est montés sur une corniche et ils étaient là, juste en dessous. On voyait brûler des petits feux avec des ombres immenses... C'était comme si des morceaux de montagne s'étaient mis à bouger.

— Ils sont grands comment ? demanda Ron à mi-voix.

— A peu près six mètres, répondit Hagrid d'un ton dégagé. Les plus grands doivent faire dans les sept ou huit mètres.

— Et il y en avait combien ? demanda Harry.

— Sans doute entre soixante-dix et quatre-vingts.

— C'est tout ? s'étonna Hermione.

— Ouais, répondit Hagrid avec tristesse. Il en reste quatre-vingts, alors qu'ils étaient très nombreux, avant. Il devait y avoir une centaine de tribus différentes dans le monde entier. Mais ils sont morts au cours des siècles. Les sorciers en ont tué quelques-uns, bien sûr, mais la plupart, c'est entre eux qu'ils se sont tués et maintenant, ils meurent plus vite que jamais. Ils ne sont pas faits pour rester collés les uns aux autres, comme ça. Dumbledore dit que c'est notre faute, que ce sont les sorciers qui les ont obligés à vivre loin de nous et qu'ils n'avaient pas d'autre possibilité que de rester ensemble pour se protéger.

— Donc, dit Harry, vous les avez vus, et après, qu'est-ce qui s'est passé ?

— Eh ben, on a attendu jusqu'au matin, on ne voulait pas s'approcher d'eux dans le noir, pour notre propre sécurité, dit Hagrid. Vers trois heures du matin, ils se sont endormis sur place. Nous, on n'osait pas dormir. D'abord, on voulait être sûrs que l'un d'eux ne viendrait pas faire un tour de notre côté et ensuite, leurs ronflements étaient incroyables. Ils ont déclenché une avalanche un peu avant l'aube.

Enfin, bref, dès que le jour s'est levé, on est descendus les voir.

— Comme ça, tout simplement ? dit Ron, qui paraissait très impressionné. Vous êtes juste entrés dans leur camp ?

— Dumbledore nous avait dit comment nous y prendre, expliqua Hagrid. Donner des cadeaux au Gurg, lui montrer qu'on le respecte, vous voyez le genre ?

— Donner des cadeaux au *quoi* ? demanda Harry.

— Au Gurg... Ça veut dire le « chef ».

— Comment pouviez-vous savoir lequel était le Gurg ? interrogea Ron.

Hagrid grogna d'un air amusé.

— Pas difficile, répondit-il, c'était le plus grand, le plus laid et le plus paresseux. Il restait assis là à attendre que les autres lui apportent à manger. Des chèvres mortes et d'autres choses comme ça. S'appelait Karkus. À mon avis, il devait faire entre six mètres cinquante et sept mètres et peser le poids de deux éléphants mâles. Il avait une peau de rhinocéros et tout le reste dans le même style.

— Et vous êtes montés le voir ? dit Hermione, le souffle coupé.

— Non, on est plutôt descendus là où il était couché, dans une vallée entre quatre belles montagnes, à côté d'un lac. Karkus était allongé au bord de l'eau et hurlait aux autres de leur apporter à manger à lui et à sa femme. Olympe et moi, on a descendu le flanc de la montagne...

— Et ils n'ont pas essayé de vous tuer quand ils vous ont vus ? s'étonna Ron.

— Oh, il y en a qui ont eu l'idée, c'est sûr, répondit Hagrid en haussant les épaules, mais on a fait ce que Dumbledore nous avait dit, c'est-à-dire montrer notre cadeau et garder les yeux fixés sur le Gurg sans s'occuper des autres. Du coup, ils n'ont rien dit et ils nous ont regardés passer. On est allés droit vers Karkus, on s'est inclinés et on a posé notre cadeau devant lui.

— Qu'est-ce qu'on donne comme cadeau à un géant ? demanda Ron avec curiosité. A manger ?

— Oh, non, la nourriture, ils la trouvent facilement. On lui a apporté un objet magique. Les géants aiment bien la magie, simplement, ils n'aiment pas qu'on l'utilise contre eux. Le premier jour, on lui a offert une branche de Feu de Sempremais.

Hermione murmura : « Wouao ! » mais Harry et Ron froncèrent les sourcils d'un air perplexe.

— Une branche de...

— De feu éternel, répondit Hermione, agacée. Vous devriez savoir ça, maintenant. Le professeur Flitwick en a parlé au moins deux fois en classe !

— En tout cas, intervint rapidement Hagrid avant que Ron ne puisse répliquer, Dumbledore avait ensorcelé cette branche pour qu'elle brûle à tout jamais et ça, ce n'est pas à la portée de n'importe quel sorcier. Alors, j'ai posé la branche dans la neige, aux pieds de Karkus, et j'ai dit : « Voici un cadeau pour le Gurg des géants, de la part d'Albus Dumbledore qui vous adresse ses salutations très respectueuses... »

— Et qu'est-ce qu'a répondu Karkus ? demanda Harry, impatient de connaître la suite.

— Rien, dit Hagrid. Parlait pas anglais.

—Vous plaisantez ?

— Ça n'avait pas d'importance, poursuivit Hagrid, imperturbable. Dumbledore nous avait prévenus que ça pouvait arriver. Karkus en savait suffisamment pour appeler deux autres géants qui connaissaient notre patois et ils ont fait la traduction pour nous.

— Le cadeau lui a plu ? demanda Ron.

— Oh oui, quand ils ont compris ce que c'était, ils se sont déchaînés, répondit Hagrid en retournant son steak de dragon sur son œil enflé. Absolument ravis. Alors, j'ai dit : « Albus Dumbledore demande au Gurg de parler avec son messager quand il reviendra demain avec un autre cadeau. »

—Vous ne pouviez pas leur parler le jour même ? s'étonna Hermione.

— Dumbledore voulait qu'on fasse les choses très lentement. Leur montrer qu'on tenait nos promesses. *Nous reviendrons demain avec un autre cadeau* et on revient réellement avec le cadeau promis ; ça fait bonne impression, vous comprenez ? En plus, ça leur donne le temps d'apprécier notre premier cadeau et de voir qu'il est vraiment très beau, comme ça, ils ont envie d'en avoir un autre. De toute façon, un géant comme Karkus, si on lui en dit trop d'un seul coup, il vous tue, histoire de simplifier les choses. Alors, on s'est inclinés bien bas et on a pris congé, puis on est allés se chercher une bonne petite caverne pour passer la nuit et le lendemain, on est revenus. Cette fois, Karkus était debout et il nous attendait avec impatience.

—Vous lui avez parlé ?

— Oh oui. D'abord, on lui a offert un très beau casque de guerrier — fabriqué par un gobelin et totalement indestructible — et puis on s'est assis et on a parlé.

— Qu'est-ce qu'il a dit ?

— Pas grand-chose. Il a surtout écouté. Mais on notait des signes encourageants. Il avait entendu parler de Dumbledore, on lui avait dit qu'il s'était opposé à ce qu'on tue les derniers géants de Grande-Bretagne. Karkus semblait très intéressé par ce que Dumbledore avait à dire. D'autres géants, surtout ceux qui parlaient un peu anglais, se sont regroupés autour de nous et ont écouté aussi. Quand on est repartis, on avait bon espoir. On lui a promis de revenir le lendemain matin avec un nouveau cadeau. Mais cette nuit-là, tout est allé de travers.

— Qu'est-ce que vous voulez dire ? demanda aussitôt Ron.

— Eh bien, comme je vous le disais tout à l'heure, les géants ne sont pas faits pour vivre ensemble, répondit Hagrid avec tristesse. Pas en aussi grand nombre, en tout cas. C'est plus fort qu'eux, ils s'entre-tuent à moitié toutes les trois ou quatre semaines. Les hommes se battent entre eux et les femmes entre elles. Les derniers rescapés des anciennes tribus se battent aussi et ce n'est même pas parce qu'ils se disputent la nourriture ou les meilleurs feux ou des endroits pour dormir. Quand on pense qu'ils sont sur le point de disparaître, on pourrait croire qu'ils vont arrêter de faire ça, mais...

Hagrid poussa un profond soupir.

— Cette nuit-là, donc, une bagarre a éclaté dans la vallée, on l'a vue depuis l'entrée de notre caverne. Elle a duré des heures, avec un vacarme incroyable. Quand le soleil s'est levé, la neige était écarlate et sa tête était au fond du lac.

— La tête de qui ? s'exclama Hermione avec un haut-le-corps.

— Celle de Karkus, répondit Hagrid d'une voix accablée. Il y avait un nouveau Gurg, du nom de Golgomath.

Il soupira à nouveau.

— Nous n'avions pas imaginé qu'ils changeraient de Gurg deux jours après qu'on était devenus amis avec le premier et on avait la drôle d'impression que Golgomath ne tenait pas tellement à nous écouter, mais il fallait quand même essayer.

— Vous êtes allés lui parler ? demanda Ron, incrédule. Après l'avoir vu arracher la tête d'un autre géant ?

— Bien sûr, dit Hagrid. On n'avait pas fait tout ce chemin pour abandonner au bout de deux jours ! On est redescendus avec le nouveau cadeau qu'on avait prévu de donner à Karkus. Je savais que ça ne marcherait pas avant même d'avoir ouvert la bouche. Il était assis là avec le casque de Karkus sur la tête et il nous regardait arriver d'un œil mauvais. Il était immense, un des plus grands. Des cheveux noirs, des dents assorties et un collier d'os autour du cou. Certains avaient l'air d'être des os humains. Enfin, j'ai quand même essayé, je lui ai tendu un grand rouleau de peau de dragon et j'ai dit : « Un cadeau pour le Gurg des géants. » Une seconde plus tard, j'étais suspendu par les pieds la tête en bas. Deux de ses copains m'avaient attrapé.

Hermione plaqua ses mains contre sa bouche.

— Comment vous avez fait pour vous en sortir ? demanda Harry.

— Oh, je n'aurais pas pu si Olympe n'avait pas été là, répondit Hagrid. Elle a sorti sa baguette et je n'ai jamais vu quelqu'un jeter un sort aussi vite. Un sacré prodige. Elle a envoyé un maléfice de Conjonctivite aux deux géants qui me tenaient et ils m'ont tout de suite lâché. Mais les choses tournaient vraiment mal parce qu'on avait utilisé de la magie contre eux et c'est justement ce que les géants détestent chez les sorciers. Il fallait déguerpir très vite et plus question de remettre les pieds dans le camp.

— Oh, là, là, dit Ron à voix basse.

— Comment se fait-il que vous ayez mis aussi longtemps à revenir si vous n'êtes allés là-bas que trois jours ? s'étonna Hermione.

— Oh, mais on n'est pas partis au bout de trois jours ! répondit Hagrid, l'air outré. Dumbledore comptait sur nous !

— Mais vous venez de dire qu'il n'était pas question d'y remettre les pieds !

— Pas dans la journée, c'est sûr. Il fallait réfléchir un peu. On a passé deux jours à les observer discrètement depuis notre caverne. Et ce qu'on a vu n'était pas très agréable.

— Il a arraché d'autres têtes ? demanda Hermione d'un air dégoûté.

— Oh, non, répondit Hagrid, j'aurais préféré.

— Qu'est-ce que vous voulez dire ?

— Je veux dire qu'on s'est bientôt aperçus qu'il ne rejetait pas tous les sorciers – simplement nous.

— Des Mangemorts ? dit précipitamment Harry.

— Oui, répondit Hagrid d'un air lugubre. Deux d'entre eux allaient le voir tous les jours. Ils apportaient des cadeaux au Gurg et il ne les pendait pas par les pieds.

— Comment saviez-vous que c'étaient des Mangemorts ? demanda Ron.

— Parce que j'ai reconnu l'un d'eux, grogna Hagrid. Macnair, vous vous souvenez ? Le type qu'ils ont envoyé pour tuer Buck ? Un fou, celui-là. Il aime tuer autant que Golgomath, pas étonnant qu'ils se soient si bien entendus.

— Et Macnair a convaincu les géants de rallier Vous-Savez-Qui ? dit Hermione d'un ton désespéré.

— Doucement, ne mets pas la charrue avant les hippogriffes, je n'ai pas fini mon histoire ! s'indigna Hagrid.

Pour quelqu'un qui n'avait rien voulu dire au début, il semblait à présent prendre du plaisir à raconter.

— Olympe et moi, on en a parlé et on est tombés d'accord là-dessus : ce n'est pas parce que le Gurg semblait favorable à Vous-Savez-Qui que tous les autres géants étaient forcément d'accord. Il fallait donc essayer d'en mettre certains de notre côté, ceux qui n'avaient pas voulu de Golgomath comme Gurg.

— Comment savoir lesquels c'était ? interrogea Ron.

— Facile, c'étaient ceux qui avaient pris le plus de coups dans la figure, répondit Hagrid avec patience. Et s'ils avaient un peu de bon sens, ils évitaient de se trouver sur le chemin de Golgomath. Ils se cachaient dans des grottes autour de la vallée, comme nous. On a donc décidé d'aller faire le tour des cavernes la nuit et de voir si on pouvait en convaincre quelques-uns.

— Vous êtes allés la nuit dans des cavernes pour chercher des géants ? dit Ron avec un mélange de peur et d'admiration.

– Oh, ce n'étaient pas les géants qui nous inquiétaient le plus, c'étaient plutôt les Mangemorts. Dumbledore nous avait dit de ne pas nous frotter à eux si on pouvait l'éviter. L'ennui, c'est qu'ils savaient qu'on était dans le coin ; me doutais bien que Golgomath leur avait parlé de nous. La nuit, quand les géants dormaient et qu'on voulait explorer les cavernes, Macnair et les autres rôdaient dans les montagnes pour nous chercher. J'ai eu du mal à empêcher Olympe de leur sauter dessus, dit Hagrid, les coins de sa bouche soulevant sa barbe hirsute. Elle avait une envie folle de les attaquer... C'est quelque chose quand elle est remontée, Olympe... Un tempérament de feu... Son côté français, sans doute...

Hagrid contempla le feu d'un regard embué. Harry lui accorda trente secondes de souvenirs émus puis s'éclaircit bruyamment la gorge.

– Et après, qu'est-ce qui s'est passé ? Vous avez réussi à approcher les autres géants ?

– Hein, quoi ? Ah oui... Oui, oui, on a réussi. La troisième nuit après le meurtre de Karkus, on est sortis en douce de notre cachette et on est retournés dans la vallée en ouvrant l'œil au cas où il y aurait eu des Mangemorts. On est entrés dans quelques cavernes, mais il n'y avait personne. Et puis, à la sixième, on a trouvé trois géants qui s'y cachaient.

– Il ne devait plus rester beaucoup de place dans la caverne, dit Ron.

– On n'aurait même pas pu y faire entrer un Fléreur, dit Hagrid.

– Ils ne vous ont pas attaqués en vous voyant ? demanda Hermione.

– Ils auraient sûrement essayé s'ils avaient été en état, mais ils étaient gravement blessés, tous les trois. La bande de Golgomath les avait roués de coups et quand ils s'étaient réveillés, ils avaient rampé jusqu'à l'abri le plus proche. L'un d'eux connaissait un peu d'anglais et il a traduit aux deux autres. Ce qu'il nous a dit était plutôt encourageant. On a donc continué à aller voir les blessés... A un moment, on avait réussi à en convaincre six ou sept de se mettre de notre côté.

– Six ou sept, dit Ron avec enthousiasme. Ce n'est pas mal. Est-ce qu'ils vont venir ici pour se battre avec nous contre Vous-Savez-Qui?

Mais Hermione intervint :

– Qu'est-ce que vous voulez dire par « à un moment » ?

Hagrid la regarda avec tristesse.

– La bande de Golgomath les a attaqués dans leurs cavernes. Après ça, ceux qui ont survécu ne voulaient plus entendre parler de nous.

– Alors, aucun géant ne va venir ? dit Ron, déçu.

– Non, dit Hagrid.

Il poussa un profond soupir et retourna le steak de dragon sur son visage.

– Mais on a fait ce qu'on devait faire, on leur a transmis le message de Dumbledore et certains d'entre eux l'ont entendu. J'imagine qu'il y en a qui s'en souviendront. Peut-être que ceux qui ne veulent pas rester avec Golgomath quitteront les montagnes et alors, il y a une chance pour qu'ils se rappellent que Dumbledore a voulu être ami avec eux... Peut-être qu'ils viendront.

La neige s'accumulait contre la fenêtre à présent. Harry se rendit compte que sa robe était trempée. Crockdur, la tête posée sur ses genoux, avait bavé sur lui.

– Hagrid ? dit Hermione à voix basse après un moment de silence.

– Mmmm ?

– Est-ce que... Vous avez trouvé une trace de... vous avez entendu quelque chose au sujet de... de votre... mère, quand vous étiez là-bas ?

Lorsque l'œil valide de Hagrid se posa sur elle, Hermione parut un peu effrayée.

– Je suis désolée... Je... N'en parlons plus...

— Morte, grogna Hagrid. Elle est morte il y a des années. Ils me l'ont dit.

— Oh... je... Je suis vraiment navrée, dit Hermione d'une toute petite voix.

Hagrid haussa ses épaules massives.

— Pas de quoi, dit-il d'un ton abrupt. Me souviens pas beaucoup d'elle. Pas formidable, comme mère.

Ils redevinrent silencieux. Hermione jetait à Harry et à Ron des regards inquiets pour les inciter à dire quelque chose.

— Vous ne nous avez toujours pas raconté ce qui vous a mis dans cet état, dit enfin Ron en montrant le visage ensanglanté de Hagrid.

— Ni pourquoi il vous a fallu aussi longtemps pour rentrer, ajouta Harry. Sirius dit que Madame Maxime est revenue depuis une éternité...

— Qui vous a attaqué ? demanda Ron.

— Je n'ai pas été attaqué ! répondit Hagrid d'un ton catégorique. J'ai...

Mais ses paroles furent soudain noyées par des coups frappés à la porte. Hermione sursauta. Sa tasse lui glissa des mains et se fracassa sur le sol. Crockdur laissa échapper un jappement. Tous les quatre regardèrent la fenêtre, à côté de la porte. L'ombre d'une petite silhouette trapue ondoyait à travers le mince rideau.

— *C'est elle !* murmura Ron.

— Vite, venez là-dessous, dit Harry.

Il attrapa la cape d'invisibilité et la jeta sur lui et sur Hermione tandis que Ron se précipitait pour les rejoindre. Serrés les uns contre les autres, ils reculèrent dans un coin de la pièce. Crockdur s'était mis à aboyer de toutes ses forces. Hagrid semblait ne rien comprendre.

— Hagrid, cachez nos tasses !

Il prit les tasses de Harry et de Ron et se hâta d'aller les cacher sous le coussin, dans le panier de Crockdur. Le molosse sautait à présent contre la porte. Hagrid l'écarta avec son pied et ouvrit.

Le professeur Ombrage se tenait sur le seuil, vêtue de sa cape de tweed vert et d'un chapeau assorti muni de rabats pour les oreilles. Les lèvres pincées, elle se pencha en arrière pour voir le visage de Hagrid. Elle lui arrivait tout juste au nombril.

— *Alors*, dit-elle lentement en parlant très fort comme si elle s'adressait à un sourd. C'est vous, Hagrid ?

Sans attendre de réponse, elle s'avança dans la pièce d'un pas résolu, ses yeux globuleux roulant en tous sens.

— Va-t'en, dit-elle sèchement en agitant son sac à main devant le museau de Crockdur qui avait bondi sur elle et essayait de lui lécher le visage.

— Heu... je ne voudrais pas paraître malpoli, dit Hagrid, le regard fixé sur elle, mais, nom d'une gargouille, j'aimerais fichtrement bien savoir qui vous êtes !

— Je m'appelle Dolores Ombrage.

Son regard balayait la cabane. A deux reprises, il s'arrêta sur le coin de la pièce où se tenait Harry, coincé en sandwich entre Ron et Hermione.

— Dolores Ombrage ? répéta Hagrid qui paraissait totalement désorienté. Je croyais que vous faisiez partie du ministère... Ce n'est pas vous qui travaillez avec Fudge ?

— J'étais sous-secrétaire d'État auprès du ministre, en effet, dit-elle.

Elle arpentait à présent la pièce, notant chaque petit détail, depuis le sac à dos posé contre le mur jusqu'à la cape de voyage accrochée à la chaise.

— Maintenant, je suis le professeur de défense contre les forces du Mal...

— Courageux de votre part, remarqua Hagrid. On n'en trouve plus beaucoup qui voudraient faire ce travail.

— ... et également la Grande Inquisitrice de Poudlard, ajouta Ombrage, comme si elle ne l'avait pas entendu.

– C'est quoi, ça ? demanda Hagrid, les sourcils froncés.

– Voilà précisément la question que j'allais vous poser, répondit Ombrage en montrant par terre les débris de la tasse d'Hermione.

– Oh, ça, dit Hagrid.

Il jeta un regard des plus inutiles vers le coin où Harry, Ron et Hermione étaient cachés.

– Ça, c'est... C'est Crockdur. Il a cassé une tasse. Alors, j'ai été obligé d'en prendre une autre.

Hagrid montra sa propre tasse, son autre main tenant toujours le steak de dragon contre son œil. Ombrage lui faisait face à présent et c'était lui qu'elle examinait en détail après en avoir fini avec la cabane.

– J'ai entendu des voix, dit-elle.

– Je parlais à Crockdur, affirma Hagrid.

– Et il vous répondait ?

– Ben... d'une certaine manière, oui, répondit Hagrid, mal à l'aise. Je me dis parfois que Crockdur est presque humain...

– Dehors, dans la neige, il y a les traces de pas de trois personnes qui sont allées du château jusqu'à votre cabane, fit remarquer Ombrage d'une voix doucereuse.

Effrayée, Hermione inspira bruyamment une bouffée d'air. Harry lui plaqua une main sur la bouche. Par chance, le faible son fut couvert par les reniflements de Crockdur qui flairait la robe d'Ombrage. Apparemment, elle n'avait rien entendu.

– Je viens tout juste de rentrer, dit Hagrid, son énorme main montrant le sac à dos. Peut-être que quelqu'un est venu me voir tout à l'heure, quand je n'étais pas encore là.

– Il n'y a aucune trace de pas qui reparte de votre cabane.

– Eh ben, je... Je sais pas, moi..., balbutia Hagrid.

Il tira nerveusement sur sa barbe et se tourna à nouveau vers le coin où se trouvaient les trois autres, comme s'il cherchait de l'aide.

– Heu...

Ombrage pivota sur ses talons et parcourut toute la longueur de la pièce en regardant soigneusement autour d'elle. Elle se pencha et jeta un coup d'œil sous le lit. Elle ouvrit les placards et passa à quelques centimètres de l'endroit où Harry, Ron et Hermione se pressaient contre le mur. Harry dut même rentrer son ventre pour éviter qu'elle ne l'effleure. Après avoir scruté les profondeurs de l'énorme chaudron dont Hagrid se servait pour cuisiner, elle fit à nouveau volte-face et dit :

— Que vous est-il arrivé ? Où avez-vous eu ces blessures ?

Hagrid enleva aussitôt le steak de dragon. Pour Harry, c'était une erreur car les contusions noires et violettes autour de son œil étaient à présent bien visibles, ainsi que les taches de sang coagulé qui parsemaient son visage.

— Oh, j'ai eu un petit accident, dit-il maladroitement.

— Quel genre d'accident ?

— Je... J'ai trébuché.

— Vous avez trébuché, répéta-t-elle avec froideur.

— Oui, c'est ça. Contre... contre le balai d'un ami. Moi-même, je ne vole pas. Vous avez vu ma taille ? Je ne pense pas qu'il existe un balai capable de supporter mon poids. Cet ami élève des chevaux, des Abraxans, je ne sais pas si vous en avez déjà vu, de grandes bêtes avec des ailes, un jour, j'ai fait un tour sur l'un d'eux et c'était...

— Où étiez-vous ? demanda Ombrage, interrompant d'une voix glaciale les balbutiements de Hagrid.

— Où je...

— Où vous étiez, oui. Le trimestre a commencé il y a deux mois. Un autre professeur a dû assurer vos cours. Aucun de vos collègues n'a pu me donner de renseignements sur vos coordonnées. Vous n'avez laissé aucune adresse. Où étiez-vous ?

Il y eut un silence. Hagrid la fixait, de ses deux yeux, cette fois. Harry avait presque l'impression d'entendre son cerveau tourner frénétiquement.

— Je... je suis parti pour ma santé, dit-il.

— Pour votre santé...

Le regard du professeur Ombrage se promena sur le visage bariolé et enflé de Hagrid. Du sang de dragon s'égouttait lentement sur son gilet.

— Je vois...

— Oui, dit Hagrid, un peu de... d'air frais, vous comprenez ?

— Bien sûr, comme garde-chasse, vous devez terriblement manquer d'air frais, répondit Ombrage avec douceur.

La toute petite partie du visage de Hagrid qui n'était pas couverte de bleus devint écarlate.

— Enfin... le changement de décor, vous comprenez...

— Décor de montagne, par exemple ? dit aussitôt Ombrage.

« Elle sait », pensa Harry, désespéré.

— De montagne ? répéta Hagrid qui réfléchissait très vite. Non. Pour moi, rien ne vaut le sud de la France. Un bon petit soleil et... et la mer.

— Vraiment ? Vous n'êtes pas très bronzé, pourtant, fit remarquer Ombrage.

— Ah ça... la peau sensible, répondit Hagrid, en risquant un sourire aimable.

Harry remarqua qu'il avait perdu deux dents. Ombrage regarda Hagrid avec froideur et son sourire s'évanouit. Elle remonta son sac au creux de son bras puis ajouta :

— Je vais bien entendu informer le ministre de votre retour tardif.

— Très bien, dit Hagrid en hochant la tête.

— Il faut aussi que vous sachiez qu'en tant que Grande Inquisitrice il est malheureusement de mon devoir d'inspecter mes collègues enseignants. Nous nous reverrons donc sans doute dans peu de temps.

Elle fit brutalement demi-tour et s'avança vers la porte.

— Vous nous inspectez ? dit Hagrid, comme en écho.

L'air perplexe, il la suivit du regard.

— Oh, oui, murmura Ombrage, la main sur la poignée de la

porte. Le ministère est décidé à se débarrasser des enseignants qui n'apportent pas entière satisfaction, Hagrid. Bonsoir.

Elle sortit et referma la porte avec un bruit sec. Harry fit un geste pour se débarrasser de la cape d'invisibilité, mais Hermione lui attrapa le poignet.

— Pas encore, lui souffla-t-elle à l'oreille. Elle est peut-être restée derrière la porte.

Hagrid semblait penser la même chose. Il traversa la pièce de son pas lourd et écarta le rideau de quelques centimètres.

— Elle retourne au château, annonça-t-il à voix basse. Nom de nom... Alors comme ça, elle inspecte les gens...

— Oui, dit Harry, en rejetant la cape. Trelawney est déjà mise à l'épreuve...

— Heu... Qu'est-ce que vous avez l'intention de nous faire étudier en classe, Hagrid ? demanda Hermione.

— Oh, ne t'inquiète pas pour ça, j'ai plein de choses prévues, répondit Hagrid avec enthousiasme en reprenant son steak de dragon qu'il s'appliqua à nouveau sur l'œil. J'ai gardé exprès quelques créatures pour votre année de BUSE. Tu verras, elles sont vraiment spéciales.

— Heu... spéciales dans quel sens ? demanda timidement Hermione.

— Je ne veux pas te le dire, pour l'instant, répliqua Hagrid d'un ton joyeux. Il ne faut pas gâcher la surprise.

— Écoutez, Hagrid, dit Hermione d'un ton pressant, en abandonnant tout faux-semblant, Ombrage ne sera pas contente du tout si vous amenez en classe des créatures trop dangereuses.

— Dangereuses ? s'exclama Hagrid qui paraissait sincèrement étonné. Ne sois pas stupide, jamais je ne vous ferais étudier des choses dangereuses ! D'accord, ce sont des créatures qui n'ont besoin de personne pour se débrouiller dans la vie...

— Hagrid, il faut que vous passiez l'inspection d'Ombrage et pour cela, il vaudrait beaucoup mieux nous apprendre à nous occuper des Porlocks ou à faire la différence entre des Noueux et des hérissons ! dit Hermione d'un ton grave.

— Mais ça n'a pas grand intérêt, Hermione, répondit Hagrid. Ce que j'ai en réserve est beaucoup plus impressionnant. Il y a des années que je les élève. Je crois bien que c'est le seul troupeau domestique qui existe dans tout le Royaume-Uni.

— Hagrid... S'il vous plaît, reprit Hermione, avec une nuance de désespoir dans la voix. Ombrage cherche le moindre prétexte pour se débarrasser des professeurs qu'elle pense trop proches de Dumbledore. Hagrid, s'il vous plaît, apprenez-nous des choses bien ennuyeuses sur lesquelles on est sûrs d'être interrogés le jour des BUSE.

Mais Hagrid se contenta de bâiller longuement et de jeter, de son œil unique, un regard d'envie vers l'immense lit installé dans un coin de la cabane.

— Écoutez, la journée a été longue et il est tard, dit-il.

Il tapota gentiment l'épaule d'Hermione, dont les genoux se dérobèrent sous le choc et heurtèrent le sol avec un bruit sourd.

— Oh, désolé.

Il la releva en la prenant par le col de sa robe.

— Ne vous inquiétez pas pour moi, je vous promets que j'ai vraiment de très bons sujets d'étude pour vos prochains cours maintenant que je suis revenu... Pour l'instant, vous feriez bien de rentrer au château et n'oubliez pas d'effacer vos empreintes derrière vous !

— Je ne sais pas si tu as réussi à lui faire comprendre les choses, dit Ron un peu plus tard, alors qu'ils retournaient au château en s'enfonçant dans la couche de neige de plus en plus épaisse.

Grâce au sortilège d'Oblitération que lançait Hermione, leurs traces s'effaçaient à mesure qu'ils avançaient.

— Dans ce cas, j'y retournerai demain ! répondit Hermione d'un ton décidé. S'il le faut, je ferai le programme de ses cours à sa place. Ça m'est égal si elle renvoie Trelawney mais je ne veux pas qu'elle arrive à se débarrasser de Hagrid !

21

L'ŒIL DU SERPENT

Le dimanche matin, Hermione se fraya un chemin jusqu'à la cabane de Hagrid dans une couche de neige de cinquante centimètres. Harry et Ron auraient voulu l'accompagner mais leur montagne de devoirs avait atteint une hauteur si alarmante qu'ils se résignèrent, à contrecœur, à rester dans la salle commune. Ils essayaient de ne pas prêter attention aux cris de joie des élèves qui s'amusaient à patiner sur le lac gelé, à glisser sur les pentes neigeuses ou, pire encore, à envoyer sur la tour de Gryffondor des boules de neige ensorcelées qui frappaient les fenêtres de plein fouet.

– Ohé ! hurla Ron, qui perdit patience et passa la tête par l'une des fenêtres, je suis préfet et, si jamais quelqu'un envoie encore une seule boule de neige contre ces carreaux... OUILLE !

Il rentra brusquement à l'intérieur, le visage couvert de neige.

– C'est Fred et George, dit-il d'un ton amer en claquant la fenêtre. Bande de crétins...

Hermione revint de la cabane de Hagrid un peu avant le déjeuner, légèrement frissonnante, sa robe mouillée jusqu'aux genoux.

– Alors ? demanda Ron en la voyant arriver. Tu lui as fait le programme de ses cours ?

– J'ai essayé, répondit-elle d'un air maussade.

Elle se laissa tomber dans un fauteuil à côté de Harry puis sortit sa baguette magique et lui imprima un petit mouvement compliqué en forme de vaguelette qui fit sortir de l'air chaud à son extrémité. Elle pointa ensuite la baguette sur sa robe qui dégagea un nuage de vapeur en séchant.

— Il n'était même pas là quand je suis arrivée. J'ai frappé à la porte pendant au moins une demi-heure. Et puis, je l'ai vu sortir de la forêt...

Harry poussa un grognement. La Forêt interdite grouillait des créatures les plus susceptibles de valoir à Hagrid un renvoi immédiat.

— Qu'est-ce qu'il prépare là-bas ? Il te l'a dit ? demanda Harry.

— Non, répondit Hermione d'un air accablé. Il dit qu'il veut nous faire une surprise. J'ai essayé de lui expliquer qui était Ombrage, mais il n'a toujours pas compris. Il prétend qu'aucune personne saine d'esprit ne préférerait étudier les Noueux plutôt que les Chimères... Oh, non, je ne pense pas qu'il ait de Chimère, s'empressa-t-elle d'ajouter en voyant le regard épouvanté de Harry et de Ron. Mais ce n'est pas faute d'avoir essayé, si j'en crois ce qu'il m'a dit sur la difficulté d'obtenir des œufs. Je ne sais pas combien de fois je lui ai répété qu'il ferait beaucoup mieux de suivre le programme de Gobe-Planche. Mais je crois qu'il n'a pas écouté la moitié de ce que je lui ai dit. Il est d'une humeur un peu bizarre et il ne veut toujours pas raconter d'où viennent toutes ces blessures.

Le lendemain matin, au petit déjeuner, la réapparition de Hagrid à la table des professeurs ne provoqua pas un enthousiasme unanime. Certains, comme Fred, George et Lee poussèrent un rugissement ravi et se précipitèrent entre les tables de Gryffondor et de Poufsouffle pour aller serrer chaleureusement son énorme main. D'autres, comme Parvati et Lavande échangèrent des regards sinistres en hochant la tête. Harry savait que nombre d'entre eux préféraient les cours du professeur Gobe-Planche et le pire, c'était qu'une toute petite voix au fond de lui admettait objectivement qu'ils avaient de bonnes raisons pour cela : dans l'idée de Gobe-Planche, un enseignement de qualité excluait le risque qu'un élève se fasse arracher la tête par une quelconque créature sauvage.

Le mardi, ce fut avec une certaine appréhension que Harry, Ron et Hermione, emmitouflés des pieds à la tête, prirent la direction de la cabane de Hagrid. Harry ne s'inquiétait pas seulement de ce que Hagrid avait décidé de leur apprendre mais également de la façon dont le reste de la classe, en particulier Malefoy et sa bande, se comporterait si Ombrage inspectait le cours.

Mais la Grande Inquisitrice n'était nulle part en vue lorsqu'ils avancèrent péniblement dans l'épaisse couche de neige pour rejoindre Hagrid qui les attendait en lisière de la forêt. Hagrid n'offrait pas une vision très rassurante. Ses contusions, violettes le samedi précédent, se nuançaient à présent de vert et de jaune et certaines de ses plaies saignaient encore. Harry ne comprenait pas : Hagrid avait-il été attaqué par une créature dont le venin empêchait les blessures de se cicatriser ? Comme pour compléter ce sinistre spectacle, il portait sur l'épaule quelque chose qui ressemblait à une moitié de vache morte.

– Aujourd'hui, on va travailler là-bas ! annonça joyeusement Hagrid aux élèves qui approchaient, en montrant d'un signe de tête les arbres sombres de la forêt. C'est plus abrité. D'ailleurs, ils préfèrent l'obscurité.

– Qui est-ce qui préfère l'obscurité ? lança vivement Malefoy à Crabbe et à Goyle avec une pointe de terreur dans la voix. Qu'est-ce que c'est que ça, encore, vous avez entendu ?

Harry se souvenait du seul jour où Malefoy avait pénétré dans la Forêt interdite. Il n'avait pas été très courageux ce soir-là. Harry eut un sourire. Depuis le dernier match de Quidditch, tout ce qui pouvait mettre Malefoy mal à l'aise était bienvenu à ses yeux.

– Prêts ? demanda Hagrid, toujours aussi enjoué, en regardant les élèves rassemblés. Bon, alors, pour votre cinquième année, je vous ai réservé une petite excursion dans la forêt. Je pense qu'il vaut mieux voir ces créatures dans leur milieu naturel. Ce qu'on va étudier aujourd'hui est plutôt rare. Je crois bien que je suis la seule personne au Royaume-Uni à en avoir dressé.

– Et vous êtes vraiment sûr qu'elles sont dressées, vos créa-tures ? demanda Malefoy d'une voix où la panique perçait de plus en plus. Ce ne serait pas la première fois que vous nous amèneriez des bêtes sauvages.

Un murmure approbateur parcourut les rangs des Serpentard et quelques élèves de Gryffondor semblaient trouver que Malefoy n'avait pas tort.

– Bien sûr qu'elles sont dressées, répondit Hagrid.

Il fronça les sourcils et remonta un peu la vache morte sur son épaule.

– Alors, pourquoi vous avez la figure dans cet état ? demanda Malefoy.

– Occupe-toi de tes affaires ! répliqua Hagrid avec colère. Et maintenant, si vous avez fini de poser des questions stupides, allons-y !

Il tourna les talons et s'avança droit vers la forêt. Personne ne semblait très disposé à le suivre. Harry jeta un coup d'œil à Ron et à Hermione qui poussèrent un soupir mais acquiescèrent d'un signe de tête et tous trois emboîtèrent le pas à Hagrid, entraînant derrière eux le reste de la classe.

Ils marchèrent pendant environ dix minutes jusqu'à un endroit de la forêt où les arbres étaient si rapprochés qu'il régnait une obscurité crépusculaire et qu'on ne voyait pas trace de neige sur le sol. Avec un grognement, Hagrid déposa par terre sa demi-carcasse de vache et se retourna pour faire face aux élèves. La plupart d'entre eux avançaient prudemment d'arbre en arbre en jetant autour d'eux des regards inquiets, comme s'ils s'attendaient à une attaque imminente.

– Rapprochez-vous, rapprochez-vous, les encouragea Hagrid. Ils vont être attirés par l'odeur de la viande mais de toute façon, je vais les appeler parce qu'ils aiment bien savoir que je suis là.

Il secoua sa tête hirsute pour écarter ses cheveux de son visage et lança un étrange cri perçant qui résonna parmi les arbres comme l'appel d'un monstrueux oiseau. Personne ne songea à rire. La plupart des élèves paraissaient trop effrayés pour émettre le moindre son.

Hagrid lança à nouveau son cri aigu. Une minute s'écoula pendant laquelle tout le monde continua de jeter des regards alarmés parmi les arbres pour essayer d'apercevoir les créatures attendues. Et tandis que Hagrid écartait ses cheveux et gonflait sa poitrine pour la troisième fois, Harry donna un petit coup de coude à Ron en lui montrant un espace obscur entre deux ifs aux troncs noueux.

Deux yeux blancs, brillants, au regard vide, grandissaient dans les ténèbres. Un instant plus tard, la tête de dragon, puis le corps squelettique d'un grand cheval ailé, entièrement noir, émergèrent de l'obscurité. L'animal regarda les élèves pendant quelques secondes en agitant sa longue queue noire, puis baissa la tête et commença à arracher de ses crocs pointus des lambeaux de chair à la vache morte.

Harry éprouva un immense soulagement. Au moins, la preuve était faite qu'il n'avait pas imaginé ces créatures, qu'elles étaient bien réelles. Hagrid les connaissait également. Harry se tourna aussitôt vers Ron mais celui-ci continuait de fixer les arbres. Quelques instants plus tard, il murmura :

– Qu'est-ce qu'il attend pour les appeler de nouveau ?

La grande majorité des élèves avaient toujours la même expression d'attente, perplexe et anxieuse, et ne cessaient de lancer des coups d'œil partout, sauf en direction du cheval qui se tenait devant leur nez. Deux personnes seulement semblaient le voir : un garçon de Serpentard à la silhouette filiforme, qui se trouvait juste derrière Goyle et regardait le cheval manger avec une expression de dégoût, et Neville dont les yeux suivaient le mouvement de balancier de la longue queue noire.

– Ah, en voilà un autre ! annonça fièrement Hagrid.

Un deuxième cheval noir surgit d'entre les arbres, serra ses ailes contre son corps et baissa la tête à son tour pour dévorer la viande.

– Et maintenant, levez la main, ceux qui arrivent à les voir.

Avec une très grande satisfaction à l'idée qu'il allait enfin comprendre le mystère de ces chevaux, Harry leva la main. Hagrid lui adressa un petit signe de tête.

– Oui, bien sûr... je savais que tu les verrais, Harry, dit-il d'un ton grave. Ah, toi aussi, Neville, hein ? Et...

– Excusez-moi, l'interrompit Malefoy d'une voix narquoise, mais qu'est-ce qu'on est censés voir, exactement ?

Pour toute réponse, Hagrid montra la vache morte. Toute la classe l'observa pendant quelques secondes puis il y eut des exclamations de surprise et Parvati laissa échapper un petit cri aigu. Harry comprit pourquoi : voir des morceaux de chair s'arracher tout seuls de la carcasse et disparaître comme par enchantement devait sembler très étrange.

– Qu'est-ce qui fait ça ? demanda Parvati d'une voix terrifiée en allant se réfugier derrière l'arbre le plus proche. Qui est-ce qui mange ?

– Des Sombrals, répondit fièrement Hagrid.

– Oh, murmura Hermione qui venait soudain de comprendre.

– Il y en a tout un troupeau, à Poudlard, reprit Hagrid. Maintenant, qui peut me dire... ?

– Mais ils portent malheur ! l'interrompit Parvati, l'air effaré. On dit qu'il arrive d'horribles catastrophes aux gens qui les voient. Le professeur Trelawney m'a dit un jour...

– Non, non, non, coupa Hagrid en pouffant de rire, ça, ce sont des superstitions, ils ne portent pas malheur du tout, au contraire, ils sont très intelligents et très utiles ! Oh, bien sûr, ceux-là n'ont pas beaucoup de travail, ils tirent simplement les diligences de l'école. Parfois, Dumbledore les utilise aussi quand il a un long voyage à faire et qu'il ne veut pas transplaner et... Tiens, regardez, en voilà encore deux...

Deux autres chevaux surgirent silencieusement de l'obscurité. L'un d'eux passa tout près de Parvati qui frissonna et se plaqua un peu plus contre l'arbre.

– J'ai senti quelque chose, dit-elle, je crois qu'il est juste à côté de moi !

– Ne t'inquiète pas, il ne te fera pas de mal, assura Hagrid avec patience. Maintenant, qui peut me dire pourquoi certains d'entre vous les voient et d'autres pas ?

Hermione leva la main.

– Je t'écoute, dit Hagrid en lui adressant un sourire radieux.

– Les seules personnes qui peuvent voir les Sombrals, répondit-elle, sont celles qui ont vu la mort.

– C'est exactement ça, approuva Hagrid d'un air solennel. Dix points pour Gryffondor. Donc, les Sombrals...

– *Hum, hum...*

Le professeur Ombrage venait d'arriver derrière Harry. Elle portait toujours sa cape verte et son chapeau assorti et tenait son bloc-notes à la main. Hagrid, qui n'avait encore jamais entendu la fausse toux d'Ombrage, observait avec inquiétude le Sombral le plus proche, croyant que c'était lui qui avait toussé.

– *Hum, hum...*

– Ah, bonjour, dit Hagrid avec un sourire, en voyant enfin qui avait produit ce son étrange.

– Avez-vous reçu le mot que je vous ai envoyé dans votre cabane ce matin ? demanda Ombrage de cette même voix lente et sonore avec laquelle elle s'était déjà adressée à lui, comme si elle avait affaire à un étranger particulièrement obtus. Je vous annonçais que je viendrais inspecter votre cours.

– Ah, oui, répondit Hagrid d'un ton joyeux. Content que vous ayez trouvé où c'était ! Comme vous le voyez – enfin, je ne sais pas si vous le voyez ou pas –, aujourd'hui, on fait les Sombrals...

– Je vous demande pardon ? dit le professeur Ombrage d'une voix forte, la main derrière l'oreille et les sourcils froncés. Qu'avez-vous dit ?

Hagrid parut un peu surpris.

– Heu... *les Sombrals* ! répéta-t-il en haussant le ton. Vous savez, ces... heu... grands chevaux avec des ailes !

Il agita ses bras gigantesques dans l'espoir de lui faire mieux comprendre de quoi il parlait. Le professeur Ombrage leva les sourcils et marmonna en même temps qu'elle écrivait sur son bloc-notes :

— *Doit... recourir... à un... langage... gestuel... rudimentaire...*

— Enfin, en tout cas..., reprit Hagrid, un peu troublé, en se tournant vers la classe. Heu... Qu'est-ce que je disais, déjà ?

— *Semble... avoir... des problèmes... de mémoire...*, grommela Ombrage suffisamment fort pour que tout le monde puisse l'entendre.

On aurait dit que pour Drago Malefoy, Noël venait d'arriver avec un mois d'avance. En revanche, Hermione, le teint écarlate, avait du mal à contenir sa rage.

Hagrid jeta un regard un peu inquiet au bloc-notes d'Ombrage, mais il poursuivit vaillamment :

— Ah oui, c'est ça, je voulais vous expliquer pourquoi nous en avons un troupeau à Poudlard. Voilà, on a commencé avec un mâle et cinq femelles. Celui-ci s'appelle Tenebrus, dit-il en caressant le premier cheval qui était apparu, c'est mon préféré, il est le premier à être né ici, dans la forêt...

— Savez-vous, l'interrompit Ombrage d'une voix claironnante, que le ministère de la Magie a classé les Sombrals dans la catégorie des créatures dangereuses ?

Harry sentit son cœur tomber comme une pierre dans sa poitrine mais Hagrid se contenta de pouffer de rire.

— Les Sombrals ne sont pas dangereux ! s'exclama-t-il. Oh, bien sûr, ils pourraient vous arracher un petit bout de quelque chose si vous les embêtiez...

— *Montre... des signes... de... plaisir... à l'évocation... de la... violence...*, marmonna Ombrage en recommençant à écrire sur son bloc-notes.

— Mais non, voyons ! reprit Hagrid qui paraissait légèrement anxieux, à présent. Un chien aussi peut vous mordre si vous le provoquez, non ? Les Sombrals ont une mauvaise réputation à cause de cette histoire de mort... Les gens croyaient que c'était un mauvais présage d'en voir un, mais ils n'y comprenaient rien, voilà tout, pas vrai ?

Ombrage ne répondit pas. Elle acheva ce qu'elle était en train d'écrire, puis regarda Hagrid et reprit, toujours de sa voix lente et sonore :

— S'il vous plaît, continuez à faire votre cours comme d'habitude, je vais me promener (elle mima l'acte de marcher, provoquant les rires de Malefoy et de Pansy Parkinson) parmi les élèves (elle montra du doigt plusieurs d'entre eux) et leur poser des questions (elle pointa l'index vers sa bouche).

Hagrid la regarda d'un air ébahi, en se demandant pourquoi elle se comportait avec lui comme s'il était incapable de comprendre l'anglais normal. Des larmes de fureur étaient apparues dans les yeux d'Hermione.

— Espèce de harpie malfaisante ! murmura-t-elle tandis qu'Ombrage s'approchait de Pansy Parkinson. Je vois bien ce que tu es en train de faire, espèce de tordue, d'horrible, de vicieuse petite...

— Bon, continuons, dit Hagrid en s'efforçant de reprendre le fil de ses explications. Donc, les Sombrals... Oui, c'est ça. Il y a des tas de choses à dire en leur faveur...

— Parvenez-vous à comprendre facilement le professeur Hagrid quand il parle ? demanda le professeur Ombrage d'une voix forte en s'adressant à Pansy Parkinson.

Comme Hermione, Pansy avait les larmes aux yeux, mais, cette fois, c'étaient des larmes de rire. Sa réponse sembla presque incohérente, à force d'être interrompue par ses gloussements.

— Non... parce que... voilà... on dirait... souvent, c'est comme s'il grognait.

Ombrage griffonna sur son bloc-notes. Les quelques endroits dépourvus de bleus sur le visage de Hagrid prirent une teinte écarlate mais il s'efforça de faire comme s'il n'avait pas entendu la réponse de Pansy.

– Heu... oui... beaucoup de choses en faveur des Sombrals. Par exemple, une fois qu'ils sont dressés, comme ceux-là, vous ne pouvez plus vous perdre. C'est fou ce qu'ils ont le sens de l'orientation, suffit de leur dire où vous allez...

– En admettant qu'ils puissent vous comprendre, bien sûr, dit Malefoy, ce qui plongea Pansy Parkinson dans une nouvelle crise de fou rire.

Le professeur Ombrage leur adressa un sourire indulgent puis se tourna vers Neville.

– Vous arrivez à voir les Sombrals, Londubat, n'est-ce pas ? dit-elle.

Neville acquiesça d'un signe de tête.

– Qui avez-vous vu mourir ? demanda-t-elle d'un ton indifférent.

– Mon... mon grand-père, répondit Neville.

– Et qu'est-ce que vous pensez de ça ? reprit Ombrage, un doigt boudiné pointé vers les chevaux qui avaient déjà dépouillé la carcasse d'une bonne partie de sa viande.

– Heu..., dit Neville, visiblement nerveux, en jetant un coup d'œil à Hagrid. Je pense que... heu... c'est intéressant...

– *Les élèves... sont... trop... intimidés... pour admettre... qu'ils... ont... peur*, marmonna Ombrage en écrivant une nouvelle fois sur son bloc-notes.

– Non ! protesta Neville, qui paraissait bouleversé. Non, je n'ai pas peur !

– Tout va bien, ne vous inquiétez pas, dit Ombrage.

Elle lui tapota l'épaule avec un sourire qui se voulait compréhensif mais qui apparut plutôt comme un rictus ironique aux yeux de Harry. Ombrage se tourna ensuite vers Hagrid et reprit sa voix lente et sonore pour s'adresser à lui.

– Eh bien, Hagrid, je crois que j'ai tout ce qu'il me faut, dit-elle. Vous recevrez (elle mima le geste de prendre quelque chose devant elle) les résultats de votre inspection (elle montra le bloc-notes) dans un délai de dix jours.

Elle leva ses dix doigts boudinés puis, avec un sourire encore plus large qui la faisait plus que jamais ressembler à un crapaud sous son chapeau vert, elle s'en alla d'un air affairé. Malefoy et Pansy Parkinson étaient pris de fou rire, Hermione tremblait de fureur et Neville paraissait désemparé et furieux.

— Cette horrible vieille gargouille menteuse et complètement tordue, tempêta Hermione une demi-heure plus tard, tandis qu'ils retournaient vers le château en empruntant le chemin qu'ils avaient tracé dans la neige un peu plus tôt. Vous avez vu ce qu'elle mijote ? C'est encore son obsession des hybrides – elle essaye de faire passer Hagrid pour une espèce de troll arriéré simplement parce que sa mère était une géante. Ce n'est vraiment pas juste, ce cours n'était pas mal du tout, bon, d'accord, si on avait encore eu droit aux Scroutts à pétard, je ne dis pas, mais les Sombrals, c'est très bien. En fait, d'après ce que dit Hagrid, ils sont très utiles !

— Ombrage dit qu'ils sont dangereux, fit remarquer Ron.

— Comme l'a expliqué Hagrid, ce sont des créatures qui n'ont besoin de personne pour se débrouiller dans la vie, répondit Hermione d'un ton impatient, et j'imagine qu'un prof comme Gobe-Planche ne nous les montrerait pas avant notre année d'ASPIC, mais, bon, ils *sont* intéressants, non ? Certaines personnes peuvent les voir, d'autres pas ! Moi j'aimerais bien les voir.

— Vraiment ? lui demanda Harry à mi-voix.

Elle parut soudain frappée d'horreur.

— Oh, Harry – excuse-moi – non, bien sûr, je ne tiens pas du tout à les voir, c'était idiot de dire ça.

— Aucune importance, assura-t-il, ne t'en fais pas.

— J'ai été étonné que tant de gens puissent les voir, dit Ron. Trois dans la classe...

— Au fait, Weasley, on se demandait quelque chose, dit une voix malveillante.

Ils n'avaient pas entendu Malefoy, Crabbe et Goyle qui marchaient juste derrière eux, leurs pas étouffés par la neige.

– Tu crois que si tu voyais quelqu'un mourir, ça t'aiderait à repérer le Souafle sur un terrain de Quidditch ?

Malefoy et ses deux acolytes hurlèrent de rire en les dépassant, puis ils se mirent à chanter *Weasley est notre roi*. Les oreilles de Ron devinrent cramoisies.

– Ne fais pas attention, ne fais surtout pas attention, dit Hermione d'une voix monocorde.

Elle sortit sa baguette magique et lança un sortilège pour faire souffler à nouveau de l'air chaud et tracer dans la neige vierge un chemin jusqu'aux serres.

Décembre arriva en apportant encore plus de neige et une véritable avalanche de devoirs pour les cinquième année. Les obligations qui incombaient à Ron et à Hermione dans leur rôle de préfets devinrent également de plus en plus écrasantes à mesure que Noël approchait. On fit appel à eux pour superviser la décoration du château (« Essaye donc de poser des guirlandes quand c'est Peeves qui tient l'autre bout et qu'il cherche à t'étrangler avec », dit Ron), surveiller les première et les deuxième année qui devaient passer leurs récréations à l'intérieur du château à cause du froid (« Ils sont d'une insolence incroyable, ces petits morveux, on n'était sûrement pas aussi mal élevés quand on était en première année », dit encore Ron), et patrouiller dans les couloirs en alternance avec Rusard qui pressentait que l'esprit de Noël pourrait bien se traduire par une multiplication de duels magiques (« Il a de la bouse de dragon à la place du cerveau, celui-là », commenta Ron avec fureur). Ils étaient si occupés qu'Hermione avait cessé de tricoter des chapeaux pour les elfes et se rongeait les sangs à l'idée qu'elle n'en avait plus que trois.

– Tous ces pauvres elfes que je n'ai pas encore pu libérer et qui vont être obligés de passer Noël ici parce qu'il n'y a pas assez de chapeaux !

Harry, qui n'avait pas eu le cœur de lui dire que c'était Dobby qui prenait tout ce qu'elle tricotait, se pencha un peu plus sur son devoir d'histoire de la magie. De toute façon, il ne voulait pas penser à Noël. Pour la première fois, il désirait plus que tout passer ses vacances hors de Poudlard. Entre son interdiction de jouer au Quidditch et la menace d'une mise à l'épreuve qui pesait sur Hagrid, il éprouvait à présent un profond ressentiment à l'égard de son école. La seule chose qu'il attendait avec impatience, c'étaient les réunions de l'A.D. qui s'interrompraient pendant cette période, car presque tout le monde devait rentrer dans sa famille. Hermione allait faire du ski avec ses parents, ce qui amusa grandement Ron : il n'avait encore jamais entendu dire que les Moldus s'attachaient des planches aux pieds pour glisser au flanc des montagnes. Ron, lui, rentrait au Terrier. Pendant plusieurs jours, Harry fut rongé d'envie, mais lorsqu'il lui demanda par quel moyen il devait se rendre là-bas, Ron répondit :

– Toi aussi, tu viens ! Je ne t'avais pas prévenu ? Maman m'a écrit il y a déjà plusieurs semaines pour me dire de t'inviter !

Hermione leva les yeux au ciel, scandalisée par tant de négligence, mais Harry sentit son moral remonter en flèche. Passer Noël au Terrier le remplissait de joie. Il éprouvait cependant une certaine culpabilité à l'idée de ne pas pouvoir retrouver Sirius pour les vacances. Il se demanda s'il parviendrait à convaincre Mrs Weasley d'inviter son parrain aux festivités. Mais, en admettant même que Dumbledore autorise Sirius à quitter le square Grimmaurd, il était à craindre que Mrs Weasley ne veuille pas de lui. Ils passaient trop de temps à se disputer, tous les deux. Sirius n'avait plus contacté Harry depuis sa dernière apparition dans la cheminée. Harry savait qu'il serait déraisonnable de lui écrire, en raison de la surveillance constante qu'exerçait Ombrage, mais il ne pouvait se résoudre à imaginer Sirius seul dans la vieille maison de sa mère, réduit à faire exploser un malheureux pétard surprise avec Kreattur.

Pour la dernière réunion de l'A.D. avant Noël, Harry arriva de bonne heure dans la Salle sur Demande, ce dont il se félicita car, lorsque les torches s'embrasèrent, il vit que Dobby avait pris l'initiative de décorer les lieux à sa manière. Il sut tout de suite que c'était l'œuvre de l'elfe : personne d'autre n'aurait eu l'idée de suspendre au plafond une centaine de boules dont chacune montrait une photo de Harry accompagnée de la légende :

VIVE LE POTTER NOËL !

Harry avait réussi à décrocher la dernière boule quand il entendit la porte s'ouvrir avec un grincement. Luna Lovegood entra, l'air aussi rêveur qu'à l'ordinaire.

– Bonjour, dit-elle d'un ton absent, en regardant ce qui restait des décorations. C'est joli, commenta-t-elle, tu as fait ça toi-même ?

– Non, répondit Harry, c'est Dobby, l'elfe de maison.

– Tiens, du gui, dit Luna d'une voix songeuse.

Elle montra une grappe de baies blanches accrochée presque au-dessus de la tête de Harry qui fit aussitôt un bond en arrière pour s'en éloigner.

– Tu as raison de te méfier, dit Luna avec le plus grand sérieux, c'est souvent infesté de Nargoles.

Harry fut dispensé de demander ce qu'étaient des Nargoles par l'arrivée d'Angelina, de Katie et d'Alicia. Toutes trois étaient hors d'haleine et paraissaient frigorifiées.

– Et voilà, annonça Angelina d'un ton morne en enlevant sa cape qu'elle jeta dans un coin. On a fini par te remplacer.

– Me remplacer ? dit Harry sans comprendre.

– Toi, Fred et George, précisa Angelina, agacée. On a un nouvel attrapeur !

– Qui ça ? demanda aussitôt Harry.

– Ginny Weasley, répondit Kate.

Harry la regarda bouche bée.

– Oui, je sais, dit Angelina qui sortit sa baguette magique et fit quelques exercices d'assouplissement du bras. Mais, en fait, elle se débrouille très bien. Rien à voir avec toi, bien sûr, ajouta-t-elle en lui jetant un regard accusateur. Mais comme on ne peut plus t'avoir...

Harry ravala la réplique qu'il brûlait de lui lancer. Pouvait-elle imaginer un seul instant qu'il ne regrettait pas cent fois plus qu'elle son expulsion de l'équipe ?

— Et les batteurs ? demanda-t-il en s'efforçant de garder une voix égale.

— Andrew Kirke, répondit Alicia sans enthousiasme, et Jack Sloper. Ni l'un ni l'autre ne sont très brillants mais comparés aux autres idiots qui se sont présentés...

L'arrivée de Ron, d'Hermione et de Neville mit un terme à cette conversation déprimante et, cinq minutes plus tard, la salle s'était suffisamment remplie pour que Harry ne soit plus obligé de croiser les regards flamboyants et chargés de reproche d'Angelina.

— Bien, dit-il en demandant leur attention, j'ai pensé que ce soir, nous devrions revoir tout ce que nous avons fait jusqu'à maintenant, puisque c'est notre dernière réunion avant les vacances et qu'il ne servirait à rien de commencer quelque chose de nouveau à la veille d'une interruption de trois semaines.

— On ne va rien faire de nouveau ? protesta Zacharias Smith dans un murmure de mauvaise humeur assez sonore pour être entendu dans toute la salle. Si j'avais su, je ne serais pas venu.

— Dans ce cas, on regrette tous beaucoup que Harry ne t'ait pas prévenu à temps, dit Fred à haute voix.

Il y eut quelques ricanements. Harry vit Cho éclater de rire et sentit à nouveau son estomac faire une cabriole, comme s'il avait manqué une marche en descendant un escalier.

— Nous allons reformer des équipes de deux, reprit Harry. On commencera par le maléfice d'Entrave pendant dix minutes, ensuite, on remettra les coussins en place pour la Stupéfixion.

Ils se répartirent docilement par deux et Harry fit équipe avec Neville, comme d'habitude. Bientôt, des *Impedimenta* retentirent par intermittence d'un bout à l'autre de la salle. Des élèves se figeaient sur place et demeuraient ainsi immobiles une bonne minute pendant laquelle leurs partenaires soudain inoccupés regardaient autour d'eux les autres équipes à l'œuvre. Puis, dès qu'ils avaient retrouvé leur liberté de mouvement, ils essayaient à leur tour de lancer le maléfice.

Neville avait fait des progrès spectaculaires. Après qu'il eut réussi trois fois de suite à pétrifier Harry, celui-ci lui demanda de rejoindre à nouveau Ron et Hermione pendant qu'il ferait le tour de la salle pour aller voir comment se débrouillaient les autres. Quand Harry s'approcha de Cho, elle lui adressa un sourire radieux et il eut du mal à résister à la tentation de repasser plusieurs fois devant elle.

Au bout de dix minutes de maléfice d'Entrave, ils disposèrent des coussins sur le sol et s'exercèrent à la Stupéfixion. Il n'y avait pas suffisamment d'espace dans la salle pour qu'ils puissent jeter le sort tous en même temps. La moitié des équipes regarda faire l'autre moitié pendant un moment puis on inversa les rôles. Harry se sentait rempli de fierté en les observant. Certes, Neville avait stupéfixé Padma Patil au lieu de Dean qu'il prenait pour cible, mais il avait quand même mieux visé que d'habitude. Quant aux autres, ils avaient tous fait d'énormes progrès.

Au bout d'une heure, Harry mit fin à la séance.

– Vous devenez excellents, dit-il en leur adressant un grand sourire. Au retour des vacances, nous pourrons attaquer des choses plus difficiles – peut-être même les Patronus.

Il y eut un murmure d'enthousiasme puis, peu à peu, les élèves quittèrent la salle par groupes de deux ou trois comme d'habitude. En partant, la plupart d'entre eux souhaitèrent un « joyeux Noël » à Harry. Avec un sentiment d'allégresse, celui-ci ramassa et rangea soigneusement les coussins, aidé de Ron et d'Hermione qui s'en allèrent avant lui. Harry tenait en effet à rester un peu plus longtemps car Cho était encore là et il espérait qu'elle aussi lui souhaiterait un « joyeux Noël ».

— Non, non, vas-y, je te rejoindrai plus tard, l'entendit-il murmurer à son amie Marietta et son cœur fit un bond qui sembla le propulser du côté de sa pomme d'Adam.

Quasiment sûr qu'ils étaient désormais seuls, Harry feignit de mettre de l'ordre dans une pile de coussins en attendant qu'elle dise quelque chose. Il l'entendit alors renifler bruyamment.

Il se retourna. Cho, debout au milieu de la pièce, pleurait à chaudes larmes.

— Qu'est-ce que… ?

Il ne savait plus quoi faire. Elle restait là, immobile, à pleurer en silence.

— Qu'est-ce qu'il y a ? demanda-t-il d'un ton à peine audible.

Elle hocha la tête et s'essuya les yeux avec une manche de sa robe.

— Excuse-moi, dit-elle, la voix sourde. C'est simplement… apprendre tous ces trucs… Ça me fait penser… si *lui* avait su tout ça… peut-être qu'il serait encore vivant.

Le cœur de Harry retomba plus bas que sa place habituelle et sembla s'immobiliser dans les environs de son nombril. Il aurait dû s'en douter. Elle voulait lui parler de Cedric.

— Il connaissait déjà tout ça, répondit Harry, accablé. Il était même très bon, sinon, il n'aurait jamais pu arriver au milieu du labyrinthe. Mais quand Voldemort veut vraiment tuer quelqu'un, on n'a aucune chance de s'en sortir.

Cho eut un hoquet en entendant le nom de Voldemort mais elle soutint le regard de Harry sans tressaillir.

— Toi, tu as survécu alors que tu n'étais qu'un bébé, dit-elle à mi-voix.

— Oui, bon, répondit Harry avec lassitude en se dirigeant vers la porte. Je ne sais pas pourquoi, et personne ne le sait, alors il n'y a pas de quoi s'en vanter.

— Oh, ne t'en va pas ! dit Cho, la voix à nouveau pleine de larmes. Excuse-moi, je suis bouleversée… Je ne voulais pas…

Elle eut un sanglot. Même lorsqu'elle avait les yeux rouges et gonflés, elle était très belle. Harry se sentait désemparé. Il aurait été si content qu'elle lui souhaite simplement un «joyeux Noël».

– Je sais que ça doit être horrible pour toi, dit-elle en s'essuyant à nouveau les yeux avec sa manche. M'entendre parler de Cedric alors que tu l'as vu mourir... J'imagine que tu préférerais oublier ?

Harry ne répondit rien. C'était vrai, mais il aurait manqué de cœur en l'admettant.

– Tu es vraiment un bon prof, tu sais, reprit Cho avec un sourire mêlé de larmes. Je n'avais jamais été capable de stupéfixer quoi que ce soit jusqu'à maintenant.

– Merci, répondit maladroitement Harry.

Ils se regardèrent un long moment. Harry éprouvait un ardent désir de s'enfuir de la pièce mais, en même temps, il était totalement incapable de bouger les pieds.

– Du gui, remarqua Cho à voix basse en montrant le plafond au-dessus de la tête de Harry.

– Oui, dit-il, la bouche sèche. Mais il est sans doute infesté de Nargoles.

– Qu'est-ce que c'est, des Nargoles ?

– Aucune idée, dit Harry.

Elle s'était rapprochée de lui. Harry eut l'impression qu'on lui avait stupéfixé le cerveau.

– Il faut demander ça à Loufoca, heu, je veux dire à Luna, ajouta-t-il.

Cho émit un drôle de son à mi-chemin entre le rire et le sanglot. Elle était encore plus près de lui, à présent. Il pouvait voir les moindres détails de son visage.

– Je t'aime beaucoup, Harry, tu sais.

Il était incapable de réfléchir. Une sorte de fourmillement le parcourait en lui paralysant les bras, les jambes et le cerveau.

Elle était beaucoup trop près. Il voyait chaque larme accrochée à ses cils...

Lorsqu'il retourna dans la salle commune, une demi-heure plus tard, il trouva Ron et Hermione confortablement installés devant le feu qui brûlait dans la cheminée. Presque tous les autres étaient partis se coucher. Hermione était occupée à écrire une très longue lettre. Elle avait déjà rempli la moitié d'un rouleau de parchemin qui pendait de la table. Ron, allongé sur le tapis, essayait de finir son devoir de métamorphose.

– Qu'est-ce que tu faisais ? demanda-t-il lorsque Harry s'enfonça dans un fauteuil à côté d'Hermione.

Harry ne répondit pas. Il était en état de choc. Une moitié de lui-même aurait voulu raconter à Ron et à Hermione ce qui s'était passé tandis que l'autre moitié préférait garder le secret jusqu'à la tombe.

– Ça va bien, Harry ? s'inquiéta Hermione en le regardant par-dessus l'extrémité de sa plume.

Harry haussa les épaules d'un air incertain. En vérité, il ignorait s'il allait bien ou pas.

– Qu'est-ce qu'il y a ? demanda Ron qui se hissa sur un coude pour mieux le voir. Qu'est-ce qui s'est passé ?

Harry ne savait pas très bien par où commencer et n'était toujours pas sûr d'avoir envie de leur raconter quoi que ce soit. Au moment où il décida finalement de ne rien dire, Hermione prit les choses en main.

– C'est à propos de Cho ? demanda-t-elle d'un ton de femme d'affaires. Elle t'a coincé après la réunion ?

Pris par surprise, Harry, l'air hébété, acquiesça d'un signe de tête. Ron ricana mais il s'interrompit en croisant le regard d'Hermione.

– Et… heu… qu'est-ce qu'elle voulait ? demanda-t-il d'un ton faussement désinvolte.

– Elle…, commença Harry, la voix rauque.

Il s'éclaircit la gorge et recommença :

– Elle… heu…

– Vous vous êtes embrassés ? demanda vivement Hermione.

Ron se redressa avec une telle brusquerie que sa bouteille d'encre se renversa en projetant son contenu un peu partout sur le tapis. Indifférent au désastre, il regarda Harry d'un air avide.

— Alors ? demanda-t-il d'une voix pressante.

Harry regarda tour à tour Ron, dont l'expression se mêlait de curiosité et d'hilarité, puis Hermione qui fronçait les sourcils. Enfin, il répondit « oui » d'un simple hochement de tête.

— HA !

Ron lança le poing en l'air dans un geste de triomphe et éclata d'un rire si bruyant qu'il fit sursauter, à l'autre bout de la pièce, quelques élèves de deuxième année à l'air effarouché. Un sourire contraint s'étala sur le visage de Harry tandis que Ron se roulait sur le tapis. Hermione jeta à Ron un regard de profond dégoût et reporta son attention sur sa lettre.

— Alors ? dit enfin Ron en levant les yeux vers Harry, comment c'était ?

— Humide, dit Harry en toute sincérité.

Ron fit un bruit qui pouvait exprimer au choix la jubilation ou la répugnance.

— Parce qu'elle pleurait, reprit Harry d'un ton abattu.

— Oh, dit Ron, son sourire s'effaçant légèrement. Tu embrasses si mal que ça ?

— Sais pas, dit Harry qui n'avait pas vu les choses sous cet aspect et sembla soudain inquiet. C'est possible.

— Bien sûr que non, dit Hermione d'un air absent, sans cesser d'écrire sa lettre.

— Comment tu le sais ? dit Ron d'un ton abrupt.

— Tout simplement parce que Cho passe la moitié de son temps à pleurer, ces temps-ci, répondit Hermione d'un ton absent. Elle pleure pendant les repas, aux toilettes, un peu partout dans le château.

— Un bon baiser, ça aurait dû lui remonter le moral, commenta Ron avec un sourire.

— Ron, dit Hermione d'un air très digne en trempant la

pointe de sa plume dans son encrier, tu es le butor le plus insensible que j'aie jamais eu l'infortune de rencontrer.

— Ça veut dire quoi, ça ? s'indigna Ron. Tu connais des gens, toi, qui pleurent quand on les embrasse ?

— Oui, c'est vrai, dit Harry, d'un ton où perçait le désespoir, tu en connais, toi, des gens comme ça ?

Hermione les regarda tous les deux avec une expression proche de la pitié.

— Vous ne comprenez donc pas ce que Cho peut ressentir en ce moment ? demanda-t-elle.

— Non, répondirent Harry et Ron d'une même voix.

Hermione soupira et posa sa plume.

— Eh bien, évidemment, elle est très triste à cause de la mort de Cedric. En plus, je pense qu'elle ne sait plus très bien où elle en est parce qu'elle aimait Cedric et que maintenant elle aime Harry sans arriver à déterminer qui elle aime le plus. Ensuite, elle se sent coupable en pensant que c'est une insulte à la mémoire de Cedric d'embrasser Harry et elle se demande ce que les autres vont penser d'elle si elle se met à sortir avec lui. D'ailleurs, elle n'arrive sans doute pas à définir ses sentiments pour Harry parce que c'est lui qui se trouvait avec Cedric quand il est mort et donc, tout cela est très embrouillé et très douloureux. Ah oui, il faut aussi ajouter qu'elle a peur d'être exclue de l'équipe de Quidditch de Serdaigle parce qu'elle vole très mal en ce moment.

Un silence un peu étonné accueillit ce discours.

— Il est impossible de ressentir tout ça à la fois sans exploser, dit enfin Ron.

— Ce n'est pas parce que tu as la capacité émotionnelle d'une cuillère à café qu'il en va de même pour tout le monde, dit Hermione d'un ton féroce en reprenant sa plume.

— C'est elle qui a commencé, dit Harry. Moi, je n'aurais rien fait... Elle est venue vers moi... et elle s'est mise à me pleurer dessus... Je ne savais plus comment réagir...

– Ça, je te comprends, dit Ron, alarmé à cette seule pensée.

– Il suffisait d'être gentil avec elle, dit Hermione en levant vers Harry un regard anxieux. J'espère que tu l'as été ?

– Ben, heu..., dit Harry qui sentit une chaleur désagréable lui monter aux joues, je lui ai... donné des petites tapes dans le dos.

Hermione semblait se retenir à grand-peine de lever les yeux au ciel.

– J'imagine que ça aurait pu être pire, soupira-t-elle. Tu vas la revoir ?

– Il faudra bien, non ? répondit Harry. Nous avons d'autres réunions de l'A.D.

– Tu sais très bien ce que je veux dire, s'impatienta Hermione.

Harry resta silencieux. Les paroles d'Hermione lui avaient ouvert tout un horizon de redoutables éventualités. Il essaya de s'imaginer allant quelque part avec Cho – à Pré-au-Lard, peut-être – et se retrouvant seul avec elle pendant plusieurs heures. Bien sûr, elle s'attendait à ce qu'il l'invite quelque part après ce qui venait de se passer... Cette pensée lui contracta douloureusement l'estomac.

– Oh, de toute façon, dit Hermione d'un air distant en se replongeant dans sa lettre, tu auras sûrement plein d'occasions de l'inviter.

– Et s'il n'en a pas envie ? dit Ron qui avait observé Harry avec une sagacité inhabituelle.

– Ne sois pas stupide, dit Hermione, un peu absente, Harry aime Cho depuis une éternité, n'est-ce pas, Harry ?

Il ne répondit pas. Oui, Harry aimait Cho depuis une éternité mais à chaque fois qu'il s'était imaginé en sa compagnie, il avait vu une Cho rieuse, enjouée, et non pas une Cho qui sanglotait éperdument sur son épaule.

– A qui tu écris ce roman ? demanda Ron à Hermione en essayant de lire le morceau de parchemin qui traînait à présent par terre.

Hermione le tira vers elle pour le mettre hors de vue.

– A Viktor.

– *Krum ?*

– On connaît combien d'autres Viktor ?

Ron ne répondit pas un mot mais parut mécontent. Ils restèrent ainsi silencieux pendant une vingtaine de minutes. Ron termina son devoir de métamorphose à grand renfort de grognements et de ratures, Hermione écrivit avec constance jusqu'au bas de son parchemin, le roula et le cacheta soigneusement et Harry contempla le feu en désirant plus que tout voir la tête de Sirius apparaître dans l'âtre pour lui donner des conseils sur la façon de s'y prendre avec les filles. Mais la vigueur des flammes diminua peu à peu jusqu'à ce que les braises rougeoyantes tombent en cendres. Jetant un regard autour de lui, Harry vit alors qu'ils étaient encore une fois les derniers.

– Eh bien, bonsoir, dit Hermione qui bâilla longuement et se dirigea vers le dortoir des filles.

– Qu'est-ce qu'elle lui trouve, à Krum ? demanda Ron à Harry tandis qu'ils montaient se coucher à leur tour.

– Bah, répondit Harry en réfléchissant à la question. J'imagine que c'est parce qu'il est plus âgé... et puis c'est un joueur de Quidditch de niveau international...

– D'accord, mais à part ça ? reprit Ron, agacé. En fait, c'est un crétin grognon, tu ne trouves pas ?

– Il est un peu grognon, c'est vrai, admit Harry dont les pensées étaient toujours tournées vers Cho.

Ils enlevèrent leurs robes de sorciers et mirent leurs pyjamas en silence. Dean, Seamus et Neville dormaient déjà. Harry posa ses lunettes sur sa table de chevet et se glissa dans son lit mais sans fermer les rideaux de son baldaquin. Il préférait contempler le morceau de ciel étoilé qui apparaissait à travers la fenêtre, à côté du lit de Neville. S'il avait pu se douter, la veille à la même heure, que vingt-quatre heures plus tard, il aurait embrassé Cho Chang...

– Bonne nuit, grogna Ron, quelque part à sa droite.

— 'Nuit, dit Harry.

Peut-être que la prochaine fois... s'il y avait une prochaine fois... elle serait un peu plus heureuse. Il aurait dû l'inviter à sortir. Elle s'y était sûrement attendue et devait être furieuse contre lui... Ou bien elle continuait à pleurer dans son lit en pensant à Cedric. Il ne savait plus où il en était. Les explications d'Hermione avaient rendu les choses encore plus compliquées au lieu de l'aider à les comprendre.

« Voilà ce qu'ils devraient nous enseigner, songea-t-il en se tournant sur le côté, comment fonctionne le cerveau des filles... Ce serait sûrement plus utile que la divination... »

Neville marmonna dans son sommeil. Un hibou hulula quelque part dans la nuit.

Harry rêva qu'il se trouvait à nouveau dans la salle de l'A.D. Cho l'accusait de l'y avoir attirée par la ruse. Elle disait qu'il lui avait promis cent cinquante cartes de Chocogrenouille si elle venait. Harry s'indignait... Cho criait : « Cedric m'a donné plein de cartes de Chocogrenouille, regarde ! » Et elle sortait des poches de sa robe des poignées de cartes qu'elle jetait en l'air. Puis elle se transformait en Hermione qui disait : « Tu lui avais promis, Harry... Je crois que tu ferais bien de lui donner autre chose à la place... Pourquoi pas ton Éclair de feu ? » Et Harry protestait qu'il ne pouvait pas donner son Éclair de feu à Cho parce que c'était Ombrage qui l'avait et d'ailleurs, tout cela était ridicule, il était venu dans la salle de l'A.D. simplement pour accrocher des boules de Noël qui représentaient la tête de Dobby...

Le rêve changea...

Son corps était devenu lisse, puissant, flexible. Il glissait entre des barres de métal brillantes, sur un sol de pierre froid et sombre... Il était à plat ventre par terre et rampait... Malgré l'obscurité, il voyait luire autour de lui des objets aux couleurs vives, étranges... Il tournait la tête... A première vue, le couloir était vide... Mais non... Un peu plus loin, un homme était assis par terre, le menton sur la poitrine. Les contours de sa silhouette luisaient dans le noir...

Harry sortait sa langue... Il sentait l'odeur de l'homme qui se diffusait dans l'air... Il était vivant mais assoupi... Assis devant une porte au bout du couloir...

Harry éprouvait une envie profonde de mordre cet homme... mais il devait maîtriser cette impulsion... Il avait un travail plus important à faire...

L'homme bougeait, cependant... Une cape argentée tombait par terre tandis qu'il se relevait d'un bond. Et Harry voyait sa silhouette aux lignes floues, brillantes, s'élever au-dessus de lui, il voyait une baguette magique sortir d'une ceinture... Il n'avait plus le choix... Il dressait la tête le plus haut possible et frappait une fois, deux fois, trois fois, plongeant profondément ses crochets dans la chair de l'homme. Il sentait ses côtes se briser sous sa morsure, il sentait le flot de sang tiède...

L'homme hurlait de douleur... Puis il se taisait... tombait en arrière et s'effondrait contre le mur... Du sang se répandait sur le sol...

Son front lui faisait terriblement mal... Comme s'il était sur le point d'exploser...

– Harry ! HARRY !

Il ouvrit les yeux. Son corps était entièrement recouvert d'une sueur glacée. Ses draps et ses couvertures s'étaient entortillés autour de lui, comme une camisole de force. Il avait l'impression qu'on lui appuyait contre le front un fer chauffé à blanc.

– *Harry !*

Ron se tenait debout au-dessus de lui, l'air terrorisé. Il y avait d'autres silhouettes au pied du lit. Harry se prit la tête entre les mains. La douleur l'aveuglait... Il roula sur lui-même et vomit par-dessus le bord du matelas.

– Il est vraiment malade, dit une voix apeurée. On devrait peut-être appeler quelqu'un.

— Harry ! *Harry !*

Il fallait le dire à Ron. Il était très important de le lui dire... Aspirant l'air à grandes bouffées, la vue obscurcie par la douleur, Harry se redressa dans son lit avec la volonté de s'empêcher de vomir.

— Ton père, dit-il, la respiration haletante. Ton père... s'est fait attaquer...

— Quoi ? dit Ron sans comprendre.

— Ton père ! Il s'est fait mordre, c'est grave, il y avait du sang partout...

— Je vais chercher de l'aide, dit une voix angoissée.

Harry entendit des bruits de pas qui s'éloignaient en courant.

— Harry, mon vieux, dit Ron, d'un ton incertain. Tu... tu as simplement rêvé...

— Non ! répliqua-t-il avec fureur.

Il était crucial que Ron comprenne.

— Ce n'était pas un rêve... pas un rêve ordinaire... J'étais là, je l'ai vu... Je l'ai *fait*...

Il entendait Seamus et Dean murmurer, mais il n'y prit pas garde. La douleur de son front diminuait légèrement. Il continuait cependant à transpirer et à frissonner, comme sous l'effet de la fièvre. Il eut un nouveau haut-le-cœur et Ron fit un bond en arrière.

— Harry, tu es malade, dit-il d'une voix tremblante. Neville est allé chercher de l'aide.

— Je vais très bien !

Harry s'étrangla et s'essuya la bouche sur la manche de son pyjama, le corps agité de tremblements incontrôlables.

— Tout va bien pour moi, c'est pour ton père qu'il faut s'inquiéter... Il faut absolument savoir où il est... Il saigne terriblement... J'étais... j'étais un énorme serpent.

Il essaya de sortir du lit, mais Ron l'en empêcha. Dean et Seamus continuaient de murmurer entre eux, un peu plus loin. Harry ne savait pas combien de temps s'était écoulé, une minute, dix minutes ? Il resta là à trembler en sentant diminuer très lentement la douleur de sa cicatrice... Puis des bruits de pas précipités retentirent dans l'escalier et il entendit à nouveau la voix de Neville.

– Par ici, professeur.

Le professeur McGonagall entra en trombe dans le dortoir. Elle était vêtue d'une robe de chambre écossaise, ses lunettes perchées de travers sur son nez osseux.

– Qu'est-ce qu'il y a, Potter ? Où avez-vous mal ?

Il n'avait jamais éprouvé autant de plaisir à la voir. C'était d'un membre de l'Ordre du Phénix qu'il avait besoin en cet instant, pas de quelqu'un qui ferait des histoires pour sa santé en lui prescrivant des potions inutiles.

– Le père de Ron, dit-il en se redressant à nouveau, il a été attaqué par un serpent et c'est grave. Je l'ai vu.

– Qu'est-ce que vous voulez dire par « je l'ai vu » ? interrogea le professeur McGonagall en fronçant ses sourcils noirs.

– Je ne sais pas... Je dormais et je me suis retrouvé là-bas...

– Vous voulez dire que vous avez rêvé ?

– Non ! protesta Harry avec colère.

Personne n'allait donc le comprendre ?

– Au début, c'était un rêve, un rêve stupide qui n'avait rien à voir... Et puis tout d'un coup, c'est devenu réel. Je ne l'ai pas imaginé. Mr Weasley était endormi par terre et il a été attaqué par un serpent gigantesque, il y avait plein de sang et il s'est évanoui. Il faut absolument savoir où il est...

Le professeur McGonagall l'observait derrière ses lunettes posées de travers comme si elle était horrifiée par ce qu'elle voyait.

– Je ne mens pas et je ne suis pas fou ! affirma Harry, dont la voix s'enfla en un cri. Je vous le dis, je l'ai vu !

– Je vous crois, Potter, répliqua sèchement le professeur McGonagall. Mettez votre robe de chambre, nous allons voir le directeur.

22

L'HÔPITAL STE MANGOUSTE
POUR LES MALADIES ET BLESSURES MAGIQUES

Harry fut tellement soulagé d'être pris au sérieux par le professeur McGonagall qu'il sauta hors du lit sans un instant d'hésitation, mit sa robe de chambre et chaussa ses lunettes.

– Weasley, vous devriez venir aussi, dit le professeur McGonagall.

Passant devant les silhouettes silencieuses de Neville, Dean et Seamus, ils la suivirent hors du dortoir, puis descendirent l'escalier en colimaçon, sortirent de la salle commune et arpentèrent le couloir de la grosse dame à la lueur du clair de lune. La panique que ressentait Harry menaçait de déborder à tout moment. Il avait envie de courir, de hurler pour appeler Dumbledore. Mr Weasley continuait de perdre son sang pendant qu'ils avançaient d'un pas de sénateur. Et si les crochets du serpent (Harry s'efforça de ne pas penser « mes crochets ») étaient venimeux ? Ils croisèrent Miss Teigne qui tourna vers eux ses yeux brillants comme des lampes et émit un faible sifflement, mais le professeur McGonagall s'exclama : « File ! » et la chatte disparut dans l'ombre. Quelques minutes plus tard, ils se retrouvèrent devant la gargouille de pierre qui gardait l'entrée du bureau de Dumbledore.

– *Fizwizbiz*, dit le professeur McGonagall.

La gargouille s'anima et s'écarta. Le mur derrière elle s'ouvrit, révélant un escalier de pierre qui tournait sur lui-même comme un escalator en colimaçon. Tous trois s'avancèrent sur les marches mobiles, le mur se referma avec un bruit sourd et ils s'élevèrent en cercles serrés jusqu'à la haute porte de chêne munie d'un heurtoir de cuivre en forme de griffon.

Bien qu'il fût beaucoup plus de minuit, des voix provenaient de l'intérieur de la pièce dans un babillage incessant. On aurait dit que Dumbledore recevait une douzaine d'invités.

Le professeur frappa trois fois à l'aide du heurtoir et les voix se turent brusquement, comme si quelqu'un avait actionné un interrupteur. La porte s'ouvrit toute seule et le professeur McGonagall emmena Harry et Ron à l'intérieur du bureau.

La pièce était plongée dans la pénombre. Les étranges instruments d'argent avaient cessé de bourdonner et d'émettre des volutes de fumée. Ils restaient à présent silencieux et immobiles. Les portraits des anciens directeurs et directrices de Poudlard qui s'alignaient le long des murs somnolaient dans leurs cadres. Derrière la porte, un magnifique oiseau rouge et or, de la taille d'un cygne, dormait sur son perchoir, la tête sous l'aile.

– Oh, c'est vous, professeur McGonagall... et... *ah*.

Dumbledore était assis derrière son bureau, dans un fauteuil à dossier haut. Il se pencha en avant, dans la flaque de lumière diffusée par les chandelles qui éclairaient les papiers posés devant lui. Il portait une robe de chambre pourpre et or, aux broderies somptueuses, par-dessus une chemise de nuit d'un blanc de neige, mais semblait parfaitement éveillé, ses yeux perçants, d'une couleur bleu clair, fixant le professeur McGonagall d'un regard intense.

– Professeur Dumbledore, Potter a eu un... enfin... un cauchemar, expliqua le professeur McGonagall. Il dit...

– Ce n'était pas un cauchemar, l'interrompit Harry.

Le professeur McGonagall se tourna vers lui en fronçant légèrement les sourcils.

– Très bien, Potter, dans ce cas, racontez-le vous-même au directeur.

– Je...Voilà, je *dormais*, c'est vrai..., commença Harry.

Malgré sa terreur et l'énergie désespérée avec laquelle il voulait faire comprendre ce qui s'était passé, il ressentit un certain agacement en voyant que Dumbledore, les yeux rivés sur ses mains croisées devant lui, s'obstinait à ne pas le regarder.

— Mais ce n'était pas un rêve ordinaire... poursuivit-il. C'était réel... J'ai vu ce qui arrivait... (Il respira profondément.) Le père de Ron, Mr Weasley, a été attaqué par un serpent géant.

L'écho de ses paroles sembla résonner dans la pièce après qu'il les eut prononcées et elles parurent soudain un peu ridicules, comiques même. Il y eut un silence pendant lequel Dumbledore se laissa aller contre le dossier de son fauteuil en contemplant le plafond d'un air méditatif. Ron, pâle et choqué, observa tour à tour Harry et Dumbledore.

— Comment avez-vous vu cela ? demanda Dumbledore à voix basse, toujours sans regarder Harry.

— Je ne sais pas, répondit celui-ci avec une certaine colère. Qu'est-ce que ça peut faire ? Dans ma tête, j'imagine...

— Vous m'avez mal compris, déclara Dumbledore d'un ton toujours aussi calme. Je voulais dire... Vous souvenez-vous de... heu... l'endroit où vous vous trouviez lorsque l'attaque s'est produite ? Étiez-vous à côté de la victime, ou observiez-vous la scène du dessus ?

La question était tellement étrange que Harry regarda Dumbledore bouche bée. C'était comme s'il savait déjà...

— J'étais le serpent, répondit-il. J'ai tout vu par l'œil du serpent.

Pendant un certain temps, personne ne prononça plus un mot, puis Dumbledore, le regard à présent tourné vers Ron, qui était toujours aussi pâle, demanda d'une tout autre voix, plus tranchante :

— Arthur est gravement blessé ?

— *Oui*, insista Harry.

Pourquoi étaient-ils si lents à comprendre ? Ils ne se rendaient donc pas compte de la quantité de sang qu'un homme peut perdre quand des crochets de cette taille lui déchirent le flanc ? Et pourquoi Dumbledore n'avait-il pas l'élémentaire courtoisie de le regarder ?

Mais tout à coup, Dumbledore se leva, si brusquement que Harry sursauta, et s'adressa à l'un des vénérables portraits, accroché tout près du plafond.

— Everard ? dit-il sèchement. Et vous aussi, Dilys !

Un sorcier au teint cireux, une courte frange plaquée sur le front, et, dans le cadre voisin, une sorcière âgée, avec de longues boucles argentées, ouvrirent aussitôt les yeux malgré le profond sommeil dans lequel tous deux semblaient plongés.

— Vous avez entendu ? demanda Dumbledore.

Le sorcier acquiesça d'un signe de tête. La sorcière répondit :

— Naturellement.

— L'homme a les cheveux roux et porte des lunettes, dit Dumbledore. Everard, vous allez donner l'alerte et vous assurer qu'il soit découvert par les gens qu'il faut.

Les deux portraits hochèrent la tête en signe d'assentiment et sortirent de leurs cadres, mais au lieu de réapparaître dans les tableaux voisins (comme c'était souvent le cas à Poudlard), ils se volatilisèrent. L'une des toiles ne représentait plus qu'un rideau de couleur sombre et l'autre un élégant fauteuil de cuir. Harry remarqua que beaucoup d'autres directeurs et directrices dont les portraits étaient accrochés aux murs ne cessaient de lui jeter des coups d'œil sous leurs paupières closes, tout en ronflant conscien-cieusement, un filet de bave aux lèvres. Il comprit alors d'où venaient les voix qu'il avait entendues en arrivant devant la porte.

— Everard et Dilys ont été deux des directeurs de Poudlard les plus célèbres et les plus appréciés, expliqua Dumbledore.

Il contourna Harry, Ron et le professeur McGonagall pour s'approcher du magnifique oiseau endormi sur son perchoir, à côté de la porte.

— Leur renommée est telle qu'ils ont tous deux leurs portraits exposés dans d'autres institutions importantes du monde de la magie. Et comme ils possèdent la faculté de se déplacer à leur guise entre leurs différents portraits, ils peuvent nous dire ce qui se passe ailleurs...

– Mais Mr Weasley pourrait être n'importe où ! s'exclama Harry.

– Asseyez-vous tous les trois, dit Dumbledore comme si Harry n'avait pas ouvert la bouche. Everard et Dilys ne reviendront sans doute pas avant quelques minutes. Professeur McGonagall, pourriez-vous nous fournir quelques sièges supplémentaires ?

Le professeur McGonagall tira sa baguette magique d'une poche de sa robe de chambre et l'agita un instant. Trois chaises en bois à dossier droit surgirent alors de nulle part, beaucoup moins confortables que les fauteuils de chintz que Dumbledore avait fait apparaître devant le tribunal. Harry s'assit en regardant Dumbledore qui caressait d'un doigt les plumes d'or de Fumseck. Le phénix s'éveilla aussitôt, releva sa tête éclatante et observa Dumbledore de ses yeux sombres et brillants.

– Nous aurons besoin d'être avertis, dit très doucement Dumbledore en s'adressant à l'oiseau.

Il y eut un éclair enflammé et le phénix disparut.

Dumbledore se précipita ensuite vers l'un des fragiles instruments d'argent dont Harry avait toujours ignoré la fonction et l'apporta sur son bureau. Il s'assit de nouveau face à eux puis le tapota doucement du bout de sa baguette magique.

Dans un tintement, l'instrument s'anima aussitôt en produisant un cliquetis régulier. De petites bouffées d'une fumée vert pâle s'échappèrent d'un minuscule tube d'argent, situé en haut de l'appareil. Dumbledore examina attentivement la fumée, le front plissé. Quelques secondes plus tard, les petites bouffées se transformèrent en un jet régulier qui s'épaissit et s'enroula en spirale... Une tête de serpent, la gueule grande ouverte, apparut à l'extrémité de la volute. Harry se demanda si l'instrument confirmait son histoire. Il regarda avidement Dumbledore en quête d'un signe encourageant, mais celui-ci ne leva pas les yeux.

– Naturellement, naturellement, murmura Dumbledore pour lui-même.

Il continuait d'observer le jet de fumée sans manifester la moindre surprise.

– Mais séparés dans leur essence ?

Harry n'avait aucune idée de ce que signifiait cette question. Le serpent de fumée, cependant, se divisa instantanément en deux autres serpents qui ondulèrent et s'enroulèrent sur eux-mêmes dans la pénombre. Avec une expression de sombre satisfaction, Dumbledore tapota à nouveau l'instrument : le cliquetis ralentit puis s'évanouit et les serpents de fumée s'estompèrent en une vapeur informe qui se dissipa peu à peu.

Dumbledore alla remettre l'instrument sur la petite table aux pieds effilés. Harry vit plusieurs portraits d'anciens directeurs le suivre des yeux, mais lorsqu'ils s'aperçurent qu'il les observait, ils se hâtèrent de replonger dans leur faux sommeil. Harry voulut demander à quoi servait l'étrange instrument d'argent, mais avant qu'il ait pu ouvrir la bouche, un cri retentit en haut du mur, à leur droite. Le dénommé Everard était revenu dans sa toile, légèrement essoufflé.

– Dumbledore ?

– Quelles sont les nouvelles ? interrogea celui-ci.

– J'ai crié jusqu'à ce que quelqu'un vienne, répondit le sorcier qui s'épongeait le front à l'aide du rideau accroché derrière lui. J'ai dit que j'avais entendu quelque chose bouger au bas des escaliers... Ils ne savaient pas s'ils devaient me croire ou non mais ils sont quand même descendus... Comme vous le savez, il n'y a pas de tableaux en bas, je ne pouvais donc pas aller voir moi-même. En tout cas, ils l'ont remonté quelques minutes plus tard. Il a l'air mal en point, avec du sang partout. J'ai couru dans la toile d'Elfrida Cragg pour voir de plus près au moment où ils l'emmenaient.

– Bien, dit Dumbledore, tandis que Ron était saisi d'un mouvement convulsif. Je pense que Dilys les aura vus arriver...

Quelques instants plus tard, en effet, la sorcière aux boucles argentées réapparut à son tour dans sa toile. Elle se laissa tomber dans son fauteuil, en proie à une quinte de toux, et annonça :

– Ils l'ont emmené à Ste Mangouste… je les ai vus passer devant mon portrait… Il est dans un triste état…

– Merci, dit Dumbledore.

Il se tourna vers le professeur McGonagall.

– Minerva, je voudrais que vous alliez réveiller les autres enfants Weasley.

– Bien sûr…

Elle se leva et se hâta en direction de la porte. Harry jeta un regard en biais à Ron qui paraissait terrifié.

– Et, heu… Dumbledore… En ce qui concerne Molly ? demanda le professeur McGonagall en s'arrêtant devant la porte.

– Ça, ce sera le travail de Fumseck quand il aura fini de faire le guet, répondit Dumbledore. Mais elle est peut-être déjà au courant… Grâce à sa merveilleuse horloge…

Harry connaissait cette horloge qui n'indiquait pas l'heure mais le lieu où se trouvaient les divers membres de la famille Weasley ainsi que leur état de santé. Avec un pincement au cœur, il pensa que l'aiguille qui représentait Mr Weasley avait dû s'arrêter sur « En danger de mort ». Mais il était très tard. Mrs Weasley dormait sûrement et ne regardait pas l'horloge. Harry éprouva une sensation glacée en se souvenant de l'Épouvantard qui, devant Mrs Weasley, avait pris l'apparence du cadavre de son mari, les lunettes de travers, le sang ruisselant sur son visage… Mais Mr Weasley ne mourrait pas… C'était impossible…

Dumbledore fouillait à présent dans un placard, derrière Harry et Ron. Il en sortit une vieille bouilloire noircie qu'il posa avec précaution sur son bureau. Il leva alors sa baguette et murmura :

– *Portus !*

Pendant un instant, la bouilloire trembla, luisant d'une étrange lumière bleue, puis redevint inerte et aussi noire qu'à l'ordinaire.

Dumbledore s'approcha d'un autre tableau qui représentait un sorcier au visage intelligent avec une barbe en pointe. Il portait les couleurs vert et argent de Serpentard et paraissait si profondément endormi qu'il n'entendait pas la voix de Dumbledore :

– Phineas. *Phineas.*

Les portraits qui tapissaient les murs ne songeaient plus à dormir et changeaient de position dans leurs cadres pour mieux voir ce qui se passait. Lorsque le sorcier à la barbe en pointe continua de feindre le sommeil, certains se mirent eux aussi à crier son nom :

– Phineas ! *Phineas !* PHINEAS !

Il ne put tricher plus longtemps. Dans un sursaut théâtral, il ouvrit grand les yeux.

– Quelqu'un m'a appelé ?

– J'ai besoin que vous vous rendiez dans votre autre portrait, Phineas, dit Dumbledore. J'ai encore un message.

– Me rendre dans mon autre portrait ? répondit Phineas d'une voix flûtée en faisant semblant de bâiller longuement (ses yeux balayèrent la pièce et s'arrêtèrent sur Harry). Oh, non, Dumbledore, pas ce soir, je suis trop fatigué.

La voix de Phineas avait quelque chose de familier aux oreilles de Harry. Où l'avait-il déjà entendue ? Mais avant d'avoir eu le temps d'y réfléchir, un tonnerre de protestations s'éleva des autres portraits accrochés aux murs :

– Insubordination, monsieur ! rugit un sorcier corpulent au nez rouge. Manquement au devoir !

– Nous devons nous mettre au service de l'actuel directeur de Poudlard, il y va de notre honneur ! s'écria un vieux sorcier à la silhouette gracile que Harry reconnut comme étant Armando Dippet, le prédécesseur de Dumbledore. Honte à vous, Phineas !

– Voulez-vous que j'emploie des arguments plus convaincants, Dumbledore ? demanda une sorcière aux yeux perçants en brandissant une baguette magique d'une taille si exceptionnelle qu'elle ressemblait plutôt à une cravache.

– Oh, *très bien*, reprit le dénommé Phineas en regardant la baguette avec une certaine appréhension. Mais il a peut-être détruit mon portrait à l'heure qu'il est, il s'est débarrassé de presque toute la famille...

— Sirius sait bien qu'il doit conserver votre portrait, répliqua Dumbledore.

Harry sut alors où il avait déjà entendu la voix de Phineas : c'était celle qui s'élevait de la toile vide, dans la chambre du square Grimmaurd.

— Vous allez lui transmettre le message qu'Arthur Weasley a été grièvement blessé et que sa femme et ses enfants, ainsi que Harry Potter, arriveront très bientôt chez lui, reprit Dumbledore. Vous avez compris ?

— Arthur Weasley, blessé, femme, enfants et Harry Potter arrivent, récita Phineas d'une voix lasse. Oui, oui... Très bien...

Il se dirigea vers le bord du cadre et disparut au moment même où la porte du bureau s'ouvrait à nouveau pour laisser entrer le professeur McGonagall qui poussait devant elle Fred, George et Ginny. Échevelés et en état de choc, tous trois étaient encore en pyjama.

— Harry... Qu'est-ce qui se passe ? demanda Ginny, l'air effrayé. Le professeur McGonagall nous a dit que tu avais vu papa blessé...

— Votre père a été attaqué pendant qu'il accomplissait une mission pour l'Ordre du Phénix, expliqua Dumbledore avant que Harry ait pu ouvrir la bouche. Il a été transporté à l'hôpital Ste Mangouste pour les maladies et blessures magiques. Vous allez tous retourner dans la maison de Sirius qui est beaucoup plus pratique que le Terrier pour se rendre à l'hôpital. Vous retrouverez votre mère là-bas.

— On y va comment ? demanda Fred, visiblement secoué. Par la poudre de Cheminette ?

— Non, répondit Dumbledore. Trop risqué, le réseau des cheminées est surveillé. Vous prendrez un Portoloin. (Il montra l'innocente vieille bouilloire posée sur son bureau.) Nous attendons simplement que Phineas Nigellus vienne faire son rapport... Je veux être sûr que la voie est libre avant de vous donner le feu vert...

Il y eut soudain un éclair de flammes au beau milieu du bureau et une unique plume d'or virevolta doucement vers le sol.

— C'est un avertissement de Fumseck, dit Dumbledore en rattrapant la plume. Le professeur Ombrage doit savoir que vous avez quitté vos dortoirs... Minerva, allez l'occuper... Racontez-lui une histoire quelconque...

Le professeur McGonagall sortit dans un tourbillon de tissu écossais.

— Il dit qu'il sera ravi de les accueillir, annonça une voix morne derrière Dumbledore.

Le dénommé Phineas avait repris sa place devant la bannière des Serpentard.

— Mon arrière-arrière-petit-fils a toujours manifesté un goût étrange dans le choix de ses invités.

— Venez ici, dit Dumbledore à Harry et aux Weasley. Et dépêchez-vous avant que quelqu'un n'arrive.

Harry et les autres se rassemblèrent autour du bureau de Dumbledore.

— Vous avez tous déjà utilisé un Portoloin ? demanda Dumbledore.

Ils acquiescèrent d'un signe de tête et chacun d'eux tendit la main pour toucher la bouilloire noircie.

— Bien, attention, à trois... Un... Deux...

Tout se passa en une fraction de seconde : dans l'instant infinitésimal qui précéda le « trois », Harry leva son regard vers lui — ils étaient tout près l'un de l'autre — et les yeux bleu clair de Dumbledore se posèrent sur son visage.

Aussitôt, la cicatrice de son front lui fit l'effet d'être chauffée à blanc, comme si l'ancienne blessure venait de se rouvrir. Alors, contre tout désir, contre toute volonté, mais avec une force terrifiante, il sentit monter en lui un sentiment de haine si intense qu'en cet instant précis, rien n'aurait pu lui apporter plus grande satisfaction que de frapper – de mordre – d'enfoncer ses crochets dans la chair de l'homme qui se tenait devant lui...

– ... *Trois.*

La main soudain collée contre la bouilloire, Harry ressentit une puissante secousse au niveau de son nombril et le sol se déroba sous ses pieds. Il se cognait contre les autres tandis qu'un tourbillon de couleurs les emportait dans un sifflement semblable à celui du vent... jusqu'à ce que ses pieds atterrissent si brutalement que ses genoux fléchirent. La bouilloire tomba par terre dans un bruit de ferraille et une voix toute proche marmonna :

– De retour, les sales petits gamins traîtres à leur sang. Est-il vrai que leur père est à l'agonie ?

– DEHORS ! rugit une deuxième voix.

Harry se releva tant bien que mal et regarda autour de lui. Ils étaient arrivés dans la sinistre cuisine aménagée au sous-sol du 12, square Grimmaurd. Il n'y avait pour toute lumière que le feu de la cheminée et une chandelle qui éclairait les restes d'un dîner solitaire. Avant de disparaître par la porte qui donnait sur le hall, Kreattur leur lança un regard mauvais en remontant son pagne. Sirius se précipita vers eux, l'air anxieux. Il était encore habillé et ne s'était pas rasé depuis plusieurs jours. Une vague odeur d'alcool rance, à la Mondingus, flottait autour de lui.

– Qu'est-ce qui se passe ? demanda-t-il en tendant une main à Ginny pour l'aider à se relever. Phineas Nigellus a dit qu'Arthur avait été gravement blessé...

– Demandez à Harry, dit Fred.

– Oui, moi aussi, j'aimerais bien savoir, ajouta George.

Ginny et les jumeaux avaient les yeux fixés sur Harry. Les pas de Kreattur s'étaient arrêtés sur les marches de l'escalier qui menait dans le hall.

– J'ai eu..., commença Harry.

C'était encore pire que de le raconter à McGonagall ou à Dumbledore.

– J'ai eu une... une sorte de... vision...

Il leur fit alors le récit de ce qu'il avait vu mais en modifiant un peu l'histoire pour laisser entendre qu'il avait observé l'attaque de l'extérieur et non pas à travers les yeux du serpent lui-même. Ron, toujours très pâle, lui lança un regard furtif, mais ne dit pas un mot. Lorsque Harry eut terminé, Fred, George et Ginny continuèrent de le fixer pendant un bon moment. Harry ne savait pas si c'était un effet de son imagination mais il lui semblait déceler dans leurs yeux quelque chose d'accusateur. S'ils devaient lui en vouloir d'avoir été le simple témoin de l'attaque, il ne pouvait que se féliciter de ne pas leur avoir révélé qu'il s'était trouvé à l'intérieur même du serpent.

— Maman est là ? demanda Fred en se tournant vers Sirius.

— Elle ne doit pas encore être au courant, répondit Sirius. L'important, c'était de vous éloigner d'Ombrage avant qu'elle ne puisse s'en mêler. Je pense que Dumbledore va prévenir Molly, maintenant.

— Il faut qu'on aille tout de suite à Ste Mangouste, dit Ginny d'une voix fébrile.

Elle jeta un coup d'œil à ses frères qui étaient toujours en pyjama.

— Sirius, vous pouvez nous prêter des capes ou autre chose ?

— Attendez un peu, vous n'allez pas vous précipiter comme ça à Ste Mangouste ! dit Sirius.

— Bien sûr que si. On va à Ste Mangouste si on a envie d'y aller, dit Fred avec une expression butée. C'est notre père !

— Et comment allez-vous expliquer que vous êtes au courant de l'attaque dont il a été victime alors que l'hôpital n'a même pas encore prévenu sa femme ?

— Quelle importance ? dit George d'un ton véhément.

— C'est important parce qu'il ne faut surtout pas attirer l'attention sur le fait que Harry voit dans ses rêves des choses qui se passent à des centaines de kilomètres ! répliqua Sirius avec colère. Vous vous rendez compte de ce que le ministère pourrait faire d'une telle information ?

A l'évidence, Fred et George considéraient les agissements du ministère comme le dernier de leurs soucis. Ron, lui, avait toujours un teint de cendre et ne disait pas un mot.

— Quelqu'un d'autre que Harry aurait pu nous prévenir..., dit Ginny.

— Qui, par exemple ? demanda Sirius d'un ton agacé. Écoutez-moi bien, votre père a été blessé au cours d'une mission pour le compte de l'Ordre. Les circonstances de l'attaque sont déjà suffisamment louches, si en plus on s'aperçoit que ses enfants étaient au courant quelques secondes plus tard, l'Ordre pourrait en subir de très graves conséquences...

— On s'en fiche complètement de cette idiotie d'Ordre ! s'exclama Fred.

— Tout ce qui compte, c'est que papa est en train de mourir ! s'écria George.

— Votre père savait à quoi il s'exposait et il ne vous remerciera pas d'avoir compliqué les choses ! répliqua Sirius, tout aussi furieux. Voilà pourquoi vous n'êtes pas membres de l'Ordre... Vous ne comprenez pas... Il y a des causes pour lesquelles il vaut la peine de mourir !

— Ça vous va bien de dire ça, vous qui restez toujours collé ici ! vociféra Fred. On ne vous voit pas beaucoup risquer votre peau !

Le peu de couleur qui restait sur le visage de Sirius disparut aussitôt. Pendant un instant, il sembla éprouver une envie irrésistible de frapper Fred, mais lorsqu'il reprit la parole ce fut d'une voix résolument calme :

— Je sais que c'est difficile, mais nous devons tous agir comme si nous ne savions rien. Il faut rester ici au moins jusqu'à ce que votre mère nous prévienne, d'accord ?

Fred et George avaient toujours l'air révoltés. Ginny, en revanche, se dirigea vers la chaise la plus proche et s'y laissa tomber. Harry regarda Ron qui fit un drôle de mouvement, entre le signe de tête et le haussement d'épaules, puis tous deux s'assirent également. Les jumeaux continuèrent de fixer Sirius d'un œil noir avant de se décider à s'asseoir à leur tour, de part et d'autre de Ginny.

— Très bien, dit Sirius d'un ton encourageant, on va tous... on va tous boire quelque chose en attendant. *Accio Bièraubeurre !*

Il leva sa baguette et une demi-douzaine de bouteilles s'envolèrent du garde-manger, glissèrent sur la table en éparpillant les reliefs du repas de Sirius et s'arrêtèrent net devant chacun d'eux. Pendant qu'ils buvaient, on n'entendit plus que le craquement du feu dans la cheminée et le léger bruit que produisaient les bouteilles lorsqu'ils les reposaient sur la table.

Harry buvait simplement pour occuper ses mains. Un horrible sentiment de culpabilité lui tenaillait le ventre. Sans lui, ils ne seraient pas là. Ils continueraient de dormir paisiblement dans leur lit de Poudlard. Et se dire qu'en donnant l'alarme il avait permis de sauver Mr Weasley ne servait à rien car le fait était indéniable : c'était bel et bien lui qui l'avait attaqué et mordu.

« Ne sois pas stupide, tu n'as pas de crochets », se disait-il en s'efforçant de se calmer, sans parvenir toutefois à empêcher sa main de trembler. « Tu étais dans ton lit, tu n'attaquais personne... Mais alors, que s'est-il passé dans le bureau de Dumbledore ? J'ai eu envie de l'attaquer, lui aussi... »

Il reposa sa bouteille un peu plus brutalement qu'il ne l'aurait voulu. De la bière gicla mais personne ne le remarqua. Soudain, une flamme explosa dans les airs, illuminant les assiettes sales posées devant eux. Des exclamations de surprise s'élevèrent autour de la table et un rouleau de parchemin tomba avec un bruit sourd, accompagné d'une unique plume d'or.

— Fumseck ! dit aussitôt Sirius en attrapant le parchemin. Ce n'est pas l'écriture de Dumbledore, il doit s'agir d'un message de votre mère. Tiens.

Il mit la lettre dans la main de George qui l'ouvrit aussitôt et lut à haute voix :

— « Papa est toujours vivant. Je pars pour Ste Mangouste à

l'instant. Restez où vous êtes. Je vous enverrai des nouvelles dès que possible. Maman. »

George regarda autour de lui.

— Toujours vivant..., répéta-t-il avec lenteur. On dirait qu'il est...

Il n'eut pas besoin de terminer sa phrase. Harry aussi avait l'impression que Mr Weasley était suspendu quelque part entre la vie et la mort. Le teint d'une pâleur exceptionnelle, Ron fixait le verso de la lettre de sa mère comme s'il avait pu y trouver quelques mots de réconfort. Fred prit le parchemin des mains de George et le lut pour lui-même. Puis il regarda Harry. Celui-ci sentit sa main trembler sur sa bouteille de Bièraubeurre qu'il serra plus fort pour essayer de se contrôler.

Harry ne se souvenait pas d'avoir jamais passé une nuit aussi longue. A un moment, Sirius suggéra, sans grande conviction, qu'ils feraient peut-être bien d'aller se coucher mais le regard dégoûté des Weasley lui tint lieu de réponse. Ils passèrent la plus grande partie du temps assis en silence autour de la table à regarder la mèche de la chandelle s'enfoncer de plus en plus dans la cire liquide. Parfois, ils portaient une bouteille à leurs lèvres, ne parlant que pour vérifier l'heure ou se demander à haute voix ce qui se passait et se rassurer les uns les autres. Ils se disaient que s'il y avait de mauvaises nouvelles, ils le sauraient tout de suite car Mrs Weasley devait être arrivée depuis longtemps à Ste Mangouste.

Fred tomba dans un demi-sommeil, la tête penchée sur son épaule. Ginny était lovée comme un chat sur sa chaise mais gardait les yeux ouverts. Harry y voyait le reflet des flammes de la cheminée. Ron était assis la tête dans les mains sans qu'on puisse savoir s'il était éveillé ou endormi. Enfin, Harry et Sirius échangeaient un regard de temps à autre, tels des intrus dans une famille frappée par le malheur, et attendaient... attendaient...

A dix heures et demie du matin d'après la montre de Ron, la porte s'ouvrit et Mrs Weasley entra dans la cuisine. Elle était d'une extrême pâleur mais, lorsque tout le monde se tourna vers elle – Fred, Ron et Harry se levant à demi de leurs chaises –, elle esquissa un sourire.

– Il va s'en sortir, annonça-t-elle, la voix affaiblie par la fatigue. Pour l'instant, il dort. On pourra tous aller le voir un peu plus tard. Bill est resté avec lui. Il a décidé de ne pas aller travailler ce matin.

Fred retomba sur sa chaise, le visage dans les mains. George et Ginny se levèrent et se précipitèrent sur leur mère pour la serrer dans leurs bras. Ron eut un petit rire chevrotant et avala d'un trait le reste de sa Bièraubeurre.

– Petit déjeuner ! dit Sirius d'une voix forte et joyeuse en se levant d'un bond. Où est ce maudit elfe de maison ? Kreattur ! KREATTUR !

Mais Kreattur ne répondit pas à l'appel.

– Bon, tant pis, marmonna Sirius en comptant le nombre de personnes présentes. Alors, un petit déjeuner pour... – voyons – sept. Œufs au bacon, j'imagine, avec du thé et des toasts...

Harry se hâta vers le fourneau pour apporter son aide. Il voulait laisser les Weasley à leur bonheur de savoir que leur père était sauvé et redoutait le moment où Mrs Weasley lui demanderait de lui raconter sa vision. Mais à peine avait-il pris des assiettes dans le buffet que Mrs Weasley les lui arracha des mains et le serra contre elle.

– Je me demande ce qui se serait passé sans toi, Harry, dit-elle d'une voix étouffée. Arthur serait resté là des heures avant qu'on le découvre et, alors, il aurait été trop tard. Mais grâce à toi, il est vivant et Dumbledore a pu inventer une histoire plausible pour justifier la présence d'Arthur là-bas. Sinon, tu ne peux pas imaginer les ennuis qu'on aurait eus, regarde ce pauvre Sturgis...

Harry avait du mal à supporter sa gratitude. Heureusement, elle le lâcha bientôt pour se tourner vers Sirius qu'elle remercia d'avoir pris soin de ses enfants tout au long de la nuit. Sirius répondit qu'il était ravi d'avoir pu se rendre utile et espérait les voir demeurer chez lui aussi longtemps que Mr Weasley serait à l'hôpital.

— Oh, Sirius, je te suis tellement reconnaissante... Il devra rester un petit moment là-bas et ce serait merveilleux d'être un peu plus près... Bien sûr, ça signifie qu'on passera peut-être Noël ici.

— Plus on est de fous, plus on rit ! dit Sirius avec une telle sincérité que Mrs Weasley lui adressa un sourire radieux.

Elle mit ensuite un tablier et aida à préparer le petit déjeuner.

— Sirius, murmura Harry, incapable d'attendre une minute de plus. Est-ce que je peux te parler un instant ? Heu... *maintenant* ?

Il se dirigea vers le garde-manger où Sirius le suivit. Sans préambule, Harry raconta alors à son parrain tous les détails de la vision qu'il avait eue, y compris le fait que c'était lui, dans la peau du serpent, qui avait attaqué Mr Weasley.

Lorsqu'il s'interrompit pour reprendre son souffle, Sirius demanda :

— Tu as raconté tout ça à Dumbledore ?

— Oui, répondit Harry d'un ton agacé. Mais il ne m'a pas dit ce que ça signifiait. D'ailleurs, il ne me dit plus rien du tout.

— Je suis sûr qu'il t'aurait prévenu s'il fallait y voir quelque chose d'inquiétant, assura Sirius.

— Mais ce n'est pas tout, reprit Harry d'une voix à peine plus forte qu'un murmure. Sirius, je... je crois que je deviens fou. Dans le bureau de Dumbledore, juste avant qu'on prenne le Portoloin... pendant un instant, j'ai cru que j'étais un serpent. Je me *sentais* serpent... Ma cicatrice m'a vraiment fait mal quand j'ai regardé Dumbledore... Sirius, j'ai eu envie de l'attaquer, lui !

Le visage de son parrain était plongé dans l'obscurité. Il n'en distinguait qu'une toute petite partie.

— C'était sans doute un effet de ta vision, rien de plus, répondit Sirius. Tu pensais toujours à ton rêve, ou je ne sais pas comment il faut l'appeler, et...

— Non, ce n'était pas ça, coupa Harry en hochant la tête. C'était comme si quelque chose s'était soudain dressé en moi, comme s'il y avait eu un *serpent* dans mon corps.

— Tu as besoin d'aller dormir, dit fermement Sirius. Tu vas prendre un petit déjeuner et monter te coucher. Cet après-midi, tu pourras aller voir Arthur avec les autres. Tu es en état de choc, Harry. Tu t'accuses toi-même de quelque chose dont tu n'as été que le témoin et heureusement que tu *as été* ce témoin, sinon Arthur en serait peut-être mort. Cesse de t'inquiéter.

Il donna à Harry une tape amicale sur l'épaule et sortit du garde-manger en le laissant seul dans le noir.

A part Harry, tout le monde passa le reste de la matinée à dormir. Il monta dans la chambre qu'il avait partagée avec Ron au cours des dernières semaines de l'été mais, alors que Ron se glissait dans le lit et s'endormait aussitôt, Harry resta assis tout habillé, recroquevillé contre les barres de métal glacées de sa tête de lit, dans une position volontairement inconfortable. Il était bien décidé à ne pas s'endormir, terrifié à l'idée de redevenir un serpent dans son sommeil et de s'apercevoir à son réveil qu'il avait attaqué Ron ou qu'il avait rampé dans la maison à la recherche d'une autre victime...

Lorsque Ron se réveilla, Harry feignit d'avoir fait lui aussi un bon petit somme. Leurs bagages arrivèrent de Poudlard pendant le déjeuner pour qu'ils puissent se rendre à Ste Mangouste habillés en Moldus. Tout le monde, sauf Harry, bavardait et riait dans un joyeux tapage en revêtant les jeans et les pulls qui devaient leur permettre de passer inaperçus. Lorsque Tonks et Fol Œil arrivèrent pour les escorter à travers Londres, ils furent accueillis par des cris d'allégresse. De grands éclats de rire saluèrent le chapeau melon que Fol Œil portait de travers pour cacher son œil magique et on lui assura que Tonks, qui avait à présent des cheveux courts d'un rose éclatant, attirerait beaucoup moins l'attention que lui dans le métro.

Tonks s'intéressait beaucoup à la vision qu'avait eue Harry mais celui-ci n'avait pas la moindre envie d'en parler.

— Il n'y a jamais eu de voyant dans ta famille ? demanda-t-elle avec curiosité, alors qu'ils étaient assis côte à côte dans une rame de métro bringuebalante qui les emmenait vers le centre de la ville.

— Non, répondit Harry qui pensa au professeur Trelawney et se sentit insulté.

— Non, répéta Tonks d'un air songeur. Non, je pense qu'il ne s'agit pas vraiment d'une prophétie. Je veux dire par là que tu ne vois pas l'avenir, tu vois le présent... Étrange, non ? Mais utile quand même...

Harry ne répondit pas. Heureusement, ils descendirent à l'arrêt suivant, une station située en plein cœur de Londres. Dans la cohue, Harry s'arrangea pour que Fred et George viennent se placer entre lui et Tonks qui menait la marche. Tout le monde la suivit dans l'escalier roulant, Maugrey boitant à l'arrière du groupe. Sa main noueuse, glissée entre deux boutons de sa veste, serrait sa baguette magique et Harry crut sentir l'œil caché fixé sur lui. S'efforçant d'éviter toute autre question sur son rêve, il demanda à Fol Œil où était dissimulé Ste Mangouste.

— Pas très loin d'ici, grommela Maugrey.

Ils sortirent dans le froid hivernal et se retrouvèrent sur une large avenue bordée de magasins et grouillante de Londoniens qui faisaient leurs achats de Noël. Maugrey poussa Harry devant lui et le suivit de son pas claudicant. Harry savait que, sous le chapeau melon posé de travers, l'œil magique aux aguets pivotait dans toutes les directions.

— Pas facile de trouver un bon endroit pour un hôpital. Il n'y avait pas assez de place sur le Chemin de Traverse et impossible de le mettre sous terre, comme le ministère, ce ne serait pas bon pour la santé. Finalement, ils ont réussi à se procurer un bâtiment ici. L'idée, c'était que les sorciers malades pouvaient ainsi aller et venir en se mêlant à la foule.

Il prit Harry par l'épaule pour éviter qu'ils ne soient séparés par un troupeau de badauds qui n'avaient d'autre intention que de se ruer sur un magasin proche, rempli de gadgets électroniques.

—Voilà, on y est, dit Maugrey, un instant plus tard.

Ils étaient arrivés devant un bâtiment de briques rouges qui abritait un grand magasin à l'ancienne dont la façade indiquait : Purge & Pionce Ltd. L'endroit avait un aspect miteux, misérable. Les vitrines présentaient quelques mannequins écaillés, la perruque de travers, disposés au hasard et affublés de vêtements qui auraient déjà été démodés dix ans plus tôt. Sur les portes poussiéreuses, des écriteaux signalaient : « Fermé pour rénovation ». Harry entendit une grosse femme chargée de sacs en plastique dire à son amie :

— Ce n'est *jamais* ouvert, ici...

— Bon, dit Tonks en leur faisant signe d'approcher d'une vitrine dans laquelle un mannequin de femme particulièrement laid, les faux cils décrochés, présentait une robe-chasuble en nylon vert. Tout le monde est prêt ?

Ils acquiescèrent d'un signe de tête en se regroupant autour d'elle. Maugrey poussa à nouveau Harry entre les omoplates pour le faire avancer et Tonks se pencha tout près de la vitrine, le regard fixé sur l'horrible mannequin, son souffle dessinant un cercle de buée sur le verre.

— Salut, dit-elle, on vient voir Arthur Weasley.

Harry trouvait absurde de s'imaginer que le mannequin allait entendre Tonks parler si bas à travers une vitrine, dans le grondement des bus qui passaient derrière eux et le vacarme d'une rue surpeuplée. Il songea d'ailleurs que les mannequins étaient de toute façon incapables d'entendre quoi que ce soit. Un instant plus tard, cependant, il resta bouche bée lorsqu'il vit le mannequin hocher très légèrement la tête et faire un petit signe de ses doigts joints. Tonks prit alors Ginny et Mrs Weasley chacune par un bras, puis toutes trois avancèrent d'un pas en traversant la vitrine et disparurent.

Fred, George et Ron les suivirent. Harry jeta un coup d'œil à la foule qui se bousculait autour de lui. Personne ne semblait disposé à accorder le moindre regard à des vitrines aussi laides que celles de Purge & Pionce Ltd. Et personne n'avait remarqué que trois femmes et trois hommes venaient de se volatiliser sous leur nez.

—Viens, grogna Maugrey.

Il poussa à nouveau Harry dans le dos et tous deux franchirent la vitrine qui avait la consistance d'un rideau d'eau fraîche. Lorsqu'ils se retrouvèrent de l'autre côté, ils étaient secs et bien au chaud.

Il n'y avait plus trace de l'horrible mannequin ni de l'espace où il était exposé. Ils étaient à présent dans un hall d'accueil bondé où des rangées de sorciers et de sorcières attendaient, assis sur des chaises de bois branlantes. Certains paraissaient parfaitement normaux et lisaient de vieux numéros de *Sorcière-Hebdo*, d'autres présentaient d'effroyables malformations, telles des trompes d'éléphant ou des mains supplémentaires qui sortaient de leur poitrine. La salle était à peine moins bruyante que la rue au-dehors en raison des bruits insolites qu'émettaient de nombreux patients : au milieu du premier rang, une sorcière au visage luisant de sueur s'éventait vigoureusement avec un numéro de *La Gazette du sorcier* en laissant échapper un sifflement aigu tandis que des jets de vapeur jaillissaient de sa bouche. Dans un coin, un sorcier d'une propreté douteuse tintait comme une cloche chaque fois qu'il faisait un geste et sa tête se mettait alors à vibrer horriblement, l'obligeant à la saisir par les oreilles pour la maintenir immobile.

Des sorciers et des sorcières vêtus de robes vertes arpentaient les rangées de malades et leur posaient des questions en écrivant sur un bloc-notes semblable à celui d'Ombrage. Harry remarqua l'emblème brodé sur leur poitrine : une baguette magique et un os croisés.

— Ce sont des médecins ? demanda-t-il à Ron à mi-voix.

— Des médecins ? s'étonna Ron. Tu veux dire ces Moldus cinglés qui coupent les gens en morceaux ? Non, eux, ce sont des guérisseurs.

— Par ici ! appela Mrs Weasley en couvrant le nouveau bruit de cloche que venait de faire le sorcier à la tête vibrante.

Ils la rejoignirent dans la queue qui s'était formée devant une petite sorcière blonde et replète assise à un comptoir où était écrit : « Renseignements ». Derrière elle, le mur était couvert d'avis et d'affiches sur lesquels on pouvait lire des slogans du genre : DANS UN CHAUDRON PROPRE LES POTIONS NE SE TRANS-FORMENT PAS EN POISONS, ou LES ANTIDOTES SONT DE LA CAMELOTE S'ILS NE SONT PAS APPROUVÉS PAR UN GUÉRISSEUR QUALIFIÉ. Il y avait aussi un grand portrait d'une sorcière aux longues boucles argentées sous lequel on pouvait lire :

Dilys Derwent
guérisseuse à Ste Mangouste 1722-1741
directrice de l'école de sorcellerie de Poudlard
1741-1768

Dilys observait les Weasley comme si elle avait voulu les compter. Lorsque Harry croisa son regard, elle lui adressa un imperceptible clin d'œil, se dirigea vers le bord du cadre et disparut.

Le premier de la file était un jeune sorcier qui dansait sur place une étrange gigue en s'efforçant, entre deux cris de douleur, d'expliquer ses ennuis à la sorcière assise derrière le comptoir.

— Ce sont – Aïe ! – ces chaussures que mon frère m'a données – houlà ! –, elles me dévorent les – OUILLE ! – pieds, elles doivent être – AARG ! – ensorcelées et je n'arrive pas – AAAAARG ! – à les retirer.

Le sorcier sautait d'un pied sur l'autre comme s'il dansait sur des charbons ardents.

— Vos chaussures ne vous empêchent pas de lire, j'imagine ? dit la sorcière blonde d'un air agacé en montrant un grand écriteau à gauche du comptoir. Vous devez vous rendre au service de pathologie des sortilèges, au quatrième étage. Il suffit de consulter le plan. Suivant !

Tandis que le sorcier s'éloignait dans une suite de cabrioles et d'entrechats, les Weasley et leurs amis avancèrent de quelques pas et Harry put lire le plan affiché au mur :

ACCIDENTS MATÉRIELS   Rez-de-chaussée
Explosions de chaudron,
courts-circuits de baguettes,
chutes de balai, etc.

BLESSURES PAR CRÉATURES VIVANTES   Premier étage
Morsures, piqûres, brûlures,
enfoncements d'épines, etc.

VIRUS ET MICROBES MAGIQUES   Deuxième étage
Maladies contagieuses,
ex. : variole du dragon,
disparition pathologique,
scrofulites, etc.

EMPOISONNEMENT PAR POTIONS
ET PLANTES   Troisième étage
Urticaires, régurgitation,
fous rires incontrôlables, etc.

PATHOLOGIE DES SORTILÈGES   Quatrième étage
Maléfices chroniques,
ensorcellements,
détournements de charmes, etc.

SALON DE THÉ/BOUTIQUE DE L'HÔPITAL   Cinquième étage

SI VOUS NE SAVEZ PAS OÙ ALLER,
SI VOUS ÊTES INCAPABLE DE VOUS EXPRIMER NORMALEMENT
OU DE VOUS RAPPELER POURQUOI VOUS ÊTES ICI,
NOTRE SORCIÈRE D'ACCUEIL SERA HEUREUSE DE VOUS AIDER.

Le premier de la file était à présent un très vieux sorcier au dos voûté, un cornet acoustique dans l'oreille. Il s'avança vers le comptoir d'un pas traînant.

— Je suis venu voir Broderick Moroz ! dit-il d'une voix sifflante.

— Salle 49, mais j'ai bien peur que vous perdiez votre temps, répondit la sorcière d'un ton dédaigneux. Il a le cerveau complètement ramolli. Il se prend toujours pour une théière. Suivant !

Un sorcier à l'air épuisé tenait fermement par la cheville une fillette qui voletait autour de sa tête grâce à d'immenses ailes couvertes de plumes qui avaient poussé à travers sa barboteuse.

— Quatrième étage, dit la sorcière d'une voix lasse sans poser de question.

L'homme disparut par la double porte, à côté du comptoir, en tenant sa fille comme un étrange ballon.

— Suivant !

Mrs Weasley s'approcha du comptoir.

— Bonjour, dit-elle, mon mari Arthur Weasley devait être transféré dans une autre salle ce matin. Pourriez-vous m'indiquer...

— Arthur Weasley ? dit la sorcière en parcourant une longue liste du doigt. Oui, premier étage, deuxième porte à droite, salle Dai Llewellyn.

— Merci, dit Mrs Weasley. Venez, vous autres.

Ils la suivirent à travers la double porte puis le long d'un couloir étroit où s'alignaient d'autres portraits de guérisseurs célèbres. L'endroit était éclairé par des globes de cristal remplis de chandelles, semblables à des bulles de savon géantes. D'autres sorcières et sorciers vêtus de robes vertes allaient et venaient en tous sens. Un gaz jaunâtre et malodorant flottait dans le couloir lorsqu'ils passèrent devant l'une des portes et ils entendaient de temps en temps un gémissement lointain. Ils montèrent une volée de marches et arrivèrent dans le couloir du service des blessures par créatures vivantes. Sur la deuxième porte à droite, une plaque indiquait : « Salle Dai Llewellyn, dit le Dangereux : morsures graves ». Au-dessous, sur une carte glissée dans un support de

cuivre, on pouvait lire, écrit à la main : « Guérisseur-en-chef :
Hippocrate Smethwyck. Guérisseur stagiaire : Augustus Pye ».

— On va attendre dans le couloir, Molly, dit Tonks. Arthur ne
voudra sûrement pas voir trop de visiteurs à la fois… il faut laisser
la famille d'abord.

Fol Œil approuva d'un grognement et s'appuya contre le mur,
son œil magique pivotant de tous côtés. Harry resta également en
arrière, mais Mrs Weasley tendit la main et le poussa à l'intérieur.

— Ne sois pas stupide, dit-elle, Arthur veut te remercier.

La salle était petite et plutôt sinistre, en raison de l'unique et
étroite fenêtre aménagée tout en haut du mur qui faisait face à
la porte. La lumière qui éclairait l'endroit provenait principalement d'autres globes de cristal accrochés au centre du plafond.
Les murs étaient recouverts de lambris de chêne et un tableau
représentait un sorcier à l'air méchant sous lequel une plaque
indiquait : « Urquhart Rackharrow, 1612-1697, inventeur du
maléfice de Videntrailles ».

Il n'y avait que trois patients. Mr Weasley occupait le lit situé
tout au fond de la salle, près de la minuscule fenêtre. Harry fut
content et soulagé de voir qu'il était adossé contre une pile
d'oreillers et lisait *La Gazette du sorcier* à la lueur de l'unique rayon
de soleil qui filtrait par la fenêtre. Il leva les yeux à leur entrée et
son visage s'éclaira d'un sourire radieux lorsqu'il les reconnut.

— Bonjour, lança-t-il en jetant *La Gazette* à côté de lui. Bill
vient de partir, Molly, il fallait qu'il aille travailler mais il m'a dit
qu'il passerait te voir un peu plus tard.

— Comment ça va, Arthur ? demanda Mrs Weasley.

L'air anxieux, elle se pencha pour l'embrasser sur la joue.

— Tu parais encore un peu faible.

— Je me sens en pleine forme, répondit Mr Weasley d'un ton
joyeux en tendant son bras valide pour serrer Ginny contre lui. Si
seulement ils m'enlevaient ces bandages, je serais en état de rentrer à la maison.

— Et pourquoi ils ne les enlèvent pas ? demanda Fred.

– A chaque fois qu'ils essayent, je me mets à saigner comme un dément, dit Mr Weasley d'une voix amusée.

Il prit sa baguette magique posée sur la commode à côté du lit et l'agita pour faire apparaître six chaises.

– Apparemment, il y avait un drôle de venin dans les crochets de ce serpent, quelque chose qui empêche les blessures de se refermer. Mais ils sont sûrs de trouver un antidote. Ils disent qu'ils ont vu des cas bien pires que le mien et, en attendant, il suffit que je prenne toutes les heures une potion de Régénération sanguine. Celui-là, là-bas, en revanche...

Il baissa la voix et montra d'un signe de tête le lit d'en face où était étendu un homme au teint verdâtre et maladif, les yeux fixés au plafond.

– ... il a été mordu par un *loup-garou*, le malheureux. Aucun remède possible.

– Un loup-garou ? murmura Mrs Weasley, l'air alarmé. Et ce n'est pas dangereux de le mettre dans une salle commune ? On ne devrait pas plutôt le placer en chambre individuelle ?

– La pleine lune est dans deux semaines, lui rappela Mr Weasley à voix basse. Les guérisseurs sont venus lui parler ce matin pour essayer de le convaincre qu'il pourra mener une vie presque normale. Je lui ai dit – sans indiquer aucun nom, bien sûr – que je connaissais personnellement un loup-garou, un homme charmant, qui s'accommode très bien de sa condition.

– Et qu'est-ce qu'il a répondu ? demanda George.

– Que lui aussi allait me mordre si je ne la fermais pas, répondit Mr Weasley avec tristesse. Et cette femme, là-bas – il montra le troisième lit occupé, juste à côté de la porte –, ne veut pas dire par quoi elle a été mordue, ce qui laisse supposer qu'elle doit posséder une créature illégale. En tout cas, il lui manque un bon morceau de jambe, et on sent une *horrible* odeur quand ils lui enlèvent ses bandages.

– Alors, tu vas enfin nous raconter ce qui s'est passé, papa ? demanda Fred qui rapprocha sa chaise du lit.

— Vous le savez déjà, non ? dit Mr Weasley en adressant à Harry un sourire entendu. C'est très simple. J'avais eu une très longue journée, je me suis endormi, un serpent s'est approché silencieusement et m'a mordu.

— Est-ce que *La Gazette* raconte que tu as été attaqué ? interrogea Fred, le doigt pointé sur le journal posé à côté de lui.

— Non, bien sûr que non, répondit Mr Weasley avec un sourire teinté d'amertume. Le ministère ne tient pas du tout à ce qu'on sache qu'un énorme serpent venimeux a réussi à...

— Arthur ! coupa Mrs Weasley.

— A réussi à... me mordre, acheva-t-il précipitamment, bien que Harry fût certain qu'il avait l'intention de dire tout autre chose.

— Et où étais-tu quand c'est arrivé ? demanda George.

— Ça, c'est mon affaire, dit Mr Weasley avec un petit sourire.

Il reprit *La Gazette du sorcier*, la secoua pour l'ouvrir de sa seule main valide et poursuivit :

— Quand vous êtes arrivés, j'étais en train de lire un article sur l'arrestation de Willy Larebrouss. Vous saviez que c'était Willy le responsable de cette histoire de toilettes régurgitantes, l'été dernier ? L'un de ses maléfices a mal tourné, les toilettes lui ont explosé à la figure et on l'a retrouvé évanoui au milieu des débris, couvert de la tête aux pieds de...

— Quand tu dis que tu étais en mission, l'interrompit Fred à voix basse, qu'est-ce que tu faisais ?

— Vous avez entendu votre père, murmura Mrs Weasley, nous n'allons pas parler de ça ici ! Continue l'histoire de Willy Larebrouss, Arthur.

— Eh bien, ne me demande pas comment, mais il a fini par être innocenté, dit Mr Weasley d'un air sombre. Je ne serais pas surpris que quelques pièces d'or aient changé de mains.

— Tu étais chargé de la garder, c'est ça ? dit George à mi-voix. L'arme ? Celle que Tu-Sais-Qui essaye de se procurer ?

— George, tais-toi ! ordonna sèchement Mrs Weasley.

— En tout cas, reprit Mr Weasley en élevant la voix, cette fois, Willy s'est fait prendre alors qu'il vendait à des Moldus des poignées de porte mordeuses et là, je ne pense pas qu'il puisse s'en tirer parce que, d'après l'article, deux Moldus ont perdu des doigts et se trouvent maintenant au service des urgences de Ste Mangouste pour leur faire repousser les os et leur modifier la mémoire. Vous vous rendez compte, des Moldus à Ste Mangouste ! Je me demande dans quelle salle on les a mis.

Il promena autour de lui un regard avide comme s'il espérait apercevoir un écriteau.

— Tu nous avais bien dit que Tu-Sais-Qui avait un serpent, Harry ? demanda Fred en observant son père pour voir sa réaction. Un très gros ? Tu l'as vu, la nuit de son retour, non ?

— Ça suffit, dit Mrs Weasley avec colère. Tonks et Fol Œil sont dans le couloir, Arthur, ils voudraient venir te voir. Vous autres, vous attendrez dehors, ajouta-t-elle en s'adressant à ses enfants et à Harry. Vous pourrez revenir après pour dire au revoir. Allez-y.

Ils retournèrent tous dans le couloir. Tonks et Fol Œil entrèrent à leur tour et refermèrent la porte derrière eux. Fred haussa les sourcils.

— C'est très bien, dit-il avec froideur en fouillant dans ses poches. Vous ne voulez rien nous dire ? D'accord, continuez.

— C'est ça que tu cherches ? dit George en lui tendant un enchevêtrement de ficelles couleur chair.

— Tu as lu dans mes pensées, répondit Fred avec un sourire. Voyons si Ste Mangouste jette des sorts d'Impassibilité sur les portes de ses salles.

En démêlant les ficelles, ils obtinrent cinq Oreilles à rallonge qu'ils distribuèrent aux autres. Harry hésita à en prendre une.

— Vas-y, Harry ! Tu as sauvé la vie de papa. Si quelqu'un a le droit d'écouter, c'est bien toi.

Souriant malgré lui, Harry prit l'extrémité d'une des ficelles et l'enfonça dans son oreille, comme l'avaient déjà fait les jumeaux.

— O.K., on y va ! chuchota Fred.

Les ficelles couleur chair se tortillèrent comme de longs vers de terre et se glissèrent sous la porte. Au début, Harry n'entendit rien du tout puis il sursauta soudain lorsque Tonks se mit à parler aussi clairement que si elle avait été à côté de lui :

— ... ils ont fouillé tout le secteur, mais ils n'ont pas retrouvé le serpent. Il semble qu'il ait disparu juste après t'avoir mordu, Arthur... Mais Tu-Sais-Qui n'espérait quand même pas qu'un serpent puisse entrer là, non ?

— Je pense qu'il l'a envoyé en éclaireur, grogna Maugrey, étant donné qu'il n'a pas eu beaucoup de chance, ces temps derniers. Il a voulu avoir une vue plus claire de ce qui l'attendait et, si Arthur n'avait pas été là, la bête aurait eu beaucoup plus de temps pour inspecter les lieux. Potter dit qu'il a assisté à tout ce qui s'est passé ?

— Oui, répondit Mrs Weasley, plutôt mal à l'aise. Dumbledore semblait presque s'attendre à ce que Harry ait ce genre de vision.

— Oui, oui, dit Maugrey, on sait bien que ce jeune Potter est un peu bizarre.

— Dumbledore avait l'air de s'inquiéter pour Harry quand je l'ai vu ce matin, murmura Mrs Weasley.

— Bien sûr qu'il s'inquiète, gronda Maugrey. Ce garçon voit des choses à l'intérieur même du serpent de Vous-Savez-Qui. Bien évidemment, Potter ne se rend pas compte de ce que ça signifie, mais si Vous-Savez-Qui a pris possession de lui...

Harry arracha l'Oreille à rallonge de la sienne, le cœur battant à tout rompre, le visage en feu. Il se tourna vers les autres qui le regardaient à présent avec de grands yeux, leurs ficelles couleur chair pendant toujours de leurs oreilles. Ils paraissaient soudain terrorisés.

23

Noël dans la salle spéciale

Était-ce pour cela que Dumbledore ne voulait plus croiser le regard de Harry ? S'attendait-il à voir Voldemort le fixer à travers ses yeux ? Craignait-il que le vert de ses iris vire soudain au rouge et que ses pupilles se réduisent à deux fentes, comme celles des chats ? Harry n'était pas près d'oublier la face de serpent de Voldemort qui s'était incrustée à l'arrière de la tête du professeur Quirrell et il passa la main derrière sa propre tête en se demandant ce qu'il ressentirait si les traits de Voldemort se dessinaient soudain sur son crâne.

Il se sentait sale, contaminé, comme s'il était porteur d'un germe mortel. Sur le chemin du retour, il s'estima indigne de s'asseoir dans le métro en compagnie de gens innocents, sains, dont le corps et l'esprit ne portaient pas la souillure de Voldemort... Il n'avait pas seulement vu le serpent, il *avait été* le serpent, il le savait, à présent...

Une pensée terrifiante lui vint alors à l'esprit, un souvenir qui remontait à la surface et lui donnait soudain l'impression que ses entrailles elles-mêmes ondulaient et se tortillaient comme des serpents.

« Il ne cherche pas seulement à recruter des partisans... Il a également d'autres projets... Des choses qu'il ne peut obtenir que dans le plus grand secret... Une arme, par exemple. Une arme nouvelle dont il ne disposait pas la dernière fois. »

« Je *suis* cette arme », pensa Harry et c'était comme si un poison se répandait dans ses veines, lui glaçait le sang. Il sentit son corps se couvrir de sueur tandis qu'il oscillait sur son siège au rythme de la rame qui s'enfonçait dans le tunnel obscur. « Je suis celui que Voldemort essaye d'utiliser, voilà pourquoi ils me suivent partout où je vais. Ce n'est pas pour ma protection, c'est pour celle des autres, mais ça n'a pas marché, ils ne peuvent pas me surveiller sans cesse, quand je suis à Poudlard... Et c'est *moi* qui ai attaqué Mr Weasley la nuit dernière. Voldemort m'a obligé à le faire et peut-être qu'en cet instant même, il est en moi, peut-être qu'il écoute chacune de mes pensées... »

– Ça va, Harry, mon chéri ? murmura Mrs Weasley.

Elle s'était penchée devant Ginny et lui parlait à l'oreille pendant que la rame poursuivait son chemin dans un fracas métallique.

– Tu n'as pas l'air très bien. J'espère que tu n'es pas malade ?

Tous les regards étaient tournés vers lui. Il hocha violemment la tête en signe de dénégation et fixa les yeux sur une affichette qui vantait les services d'une compagnie d'assurances.

– Harry, mon chéri, tu es *sûr* que ça va ? insista Mrs Weasley d'une voix inquiète.

Ils étaient de retour à présent square Grimmaurd et contournaient la pelouse en friche qui occupait le centre de la place.

– Tu parais si pâle... Tu as dormi, ce matin ? Tu vas monter te coucher tout de suite, comme ça, tu pourras te reposer deux heures avant le dîner, d'accord ?

Il acquiesça d'un signe de tête. Elle lui offrait une excuse toute faite pour éviter de parler aux autres, ce qui était précisément son plus cher désir. Dès que Mrs Weasley eut ouvert la porte d'entrée il passa tout droit devant le porte-parapluies en jambe de troll et monta l'escalier jusqu'à la chambre.

Il se mit alors à faire les cent pas dans la pièce, entre les deux lits et le cadre vide de Phineas Nigellus, la tête bouillonnant de questions et d'hypothèses plus terrifiantes que jamais.

Comment avait-il pu se transformer en serpent ? Peut-être était-il un Animagus... Non, c'était impossible, il le saurait... Peut-être *Voldemort* en était-il un... « Oui, songea Harry, tout se tient, c'est *lui* qui se transforme en serpent... Et quand Voldemort prend possession de moi, alors nous nous transformons tous les deux... Ça n'explique toujours pas, cependant, comment j'ai pu aller à Londres puis revenir dans mon lit en l'espace de cinq minutes... Mais Voldemort est sans doute le plus puissant sorcier du monde, en dehors de Dumbledore, ce ne doit pas être très difficile pour lui de transporter quelqu'un aussi rapidement. »

Puis, dans un sursaut de panique qui le frappa comme un coup de poignard, il pensa : « Tout cela est complètement fou... Si Voldemort a pris possession de moi, je suis en train de lui donner en ce moment même une vue parfaitement claire du quartier général de l'Ordre du Phénix ! Il saura ainsi qui fait partie de l'Ordre et où se trouve Sirius... Et en plus, j'ai entendu des tas de choses que je n'aurais jamais dû savoir, tout ce que Sirius m'a dit le premier soir où je suis arrivé ici... »

Il n'y avait plus qu'une seule possibilité : quitter le square Grimmaurd à l'instant même. Il irait passer Noël à Poudlard, sans les autres, ce qui garantirait leur sécurité au moins pendant les vacances... Mais non, ce n'était pas la bonne solution, il y avait encore plein de gens à Poudlard qu'il pourrait blesser ou mutiler. Et si la prochaine victime était Seamus, Dean ou Neville ? Il cessa de faire les cent pas et s'arrêta devant la toile vide de Phineas Nigellus. Harry eut soudain l'impression d'avoir du plomb au creux de l'estomac. Il n'y avait plus d'autre choix : il devait retourner à Privet Drive, se couper entièrement du monde des sorciers.

Si c'était vraiment ce qu'il fallait faire, il était inutile de rester ici plus longtemps. Essayant de toutes ses forces de ne pas imaginer ce que serait la réaction des Dursley lorsqu'ils le trouveraient devant leur porte six mois avant la date prévue, il s'avança à grands pas vers sa grosse valise, en ferma le couvercle d'un coup sec et verrouilla la serrure. Puis il jeta un regard autour de lui, cherchant machinalement Hedwige, et se rappela qu'elle était restée à Poudlard – au moins, il n'aurait pas à porter sa cage. Il prit sa valise par l'une des poignées et la traîna derrière lui en direction de la porte lorsqu'une voix sarcastique s'éleva soudain :

— Alors, on prend la fuite ?

Il se retourna. Phineas Nigellus était apparu sur sa toile. Adossé contre le cadre, il regardait Harry d'un air amusé.

— Non, je ne prends pas la fuite, répliqua Harry d'un ton brusque en continuant de tirer sa valise.

— Je croyais, reprit Phineas Nigellus en caressant sa barbe, qu'appartenir à la maison Gryffondor signifiait qu'on était courageux ? J'ai l'impression que vous auriez été beaucoup plus à votre place dans ma propre maison. Car nous, les Serpentard, nous ne manquons certes pas de courage, mais nous ne sommes pas stupides. Par exemple, quand on nous donne le choix, nous préférons toujours sauver notre peau.

— Ce n'est pas ma peau que je sauve, répondit laconiquement Harry.

Il avait traîné sa valise jusqu'à la porte, là où le tapis était gondolé et mangé aux mites plus encore que dans le reste de la pièce.

— Ah, je vois, dit Phineas Nigellus qui continuait de se caresser la barbe. Il ne s'agit pas d'une fuite inspirée par la couardise, mais d'une attitude pleine de *noblesse*.

Harry ne lui accorda aucune attention. Il avait la main sur la poignée de la porte lorsque Phineas Nigellus ajouta d'un ton nonchalant :

— J'ai un message pour vous de la part de Dumbledore.

Harry fit volte-face.

— Qu'est-ce que c'est ?

— Restez où vous êtes.

— Je n'ai pas bougé ! répliqua Harry, la main toujours sur la poignée de la porte. Alors, c'est quoi, ce message ?

— Je viens de vous le donner, jeune sot, répondit Phineas Nigellus d'une voix doucereuse. Dumbledore vous dit : « Restez où vous êtes. »

— Et pourquoi ? demanda Harry avec impatience en laissant tomber sa valise. Pourquoi veut-il que je reste ? Qu'est-ce qu'il a dit d'autre ?

— Rien du tout, répondit Phineas Nigellus en haussant un sourcil noir et fin, comme s'il trouvait Harry impertinent.

La colère de Harry remonta à la surface comme un serpent qui se dresse soudain parmi les hautes herbes. Il était épuisé, son esprit s'égarait au-delà de toute mesure. Au cours des douze dernières heures, la terreur, le soulagement, puis à nouveau la terreur s'étaient succédé en lui, et pourtant, Dumbledore ne voulait toujours pas lui parler !

— Alors, c'est tout ? lança-t-il d'une voix forte. « Restez où vous êtes » ? C'est aussi tout ce qu'on a trouvé à me dire après l'attaque des Détraqueurs ! Tiens-toi tranquille pendant que les adultes s'occupent des choses sérieuses ! On ne prendra pas la peine de te dire quoi que ce soit parce que ton minuscule petit cerveau ne saurait pas comment réagir !

—Voilà précisément pourquoi j'ai toujours *détesté* être professeur ! répliqua Phineas Nigellus d'une voix encore plus forte que celle de Harry. Les jeunes gens ont toujours l'infernale certitude d'avoir raison en toutes choses. Vous est-il jamais venu à l'esprit, mon pauvre petit jacasseur tout boursouflé d'importance, que le directeur de Poudlard pourrait avoir une excellente raison de ne pas vous confier dans leurs plus infimes détails les projets qu'il a en tête ? Avez-vous jamais pris le temps de remarquer que, malgré votre sentiment d'être si durement traité, vous n'avez jamais eu à souffrir d'avoir suivi les ordres de Dumbledore ? Non. Non, comme tous les jeunes gens, vous êtes convaincu que vous êtes seul à ressentir, seul à réfléchir, que vous seul savez reconnaître le danger, que vous seul êtes assez intelligent pour comprendre ce que le Seigneur des Ténèbres prépare...

— Il prépare quelque chose qui me concerne, alors ? demanda précipitamment Harry.

– Ai-je dit cela ? répondit Phineas Nigellus en contemplant ses gants de soie d'un air nonchalant. Maintenant, si vous voulez bien m'excuser, j'ai autre chose à faire que prêter l'oreille aux tourments d'un adolescent... Je vous souhaite le bonjour.

Et il sortit du tableau.

– Très bien, allez-vous-en ! s'écria Harry en s'adressant au cadre vide. Et inutile de remercier Dumbledore, il n'y a aucune raison pour ça !

La toile resta silencieuse. Rageur, Harry ramena sa valise au pied de son lit puis se jeta à plat ventre sur les couvertures mangées aux mites, les yeux fermés, le corps lourd et douloureux.

Il avait l'impression d'avoir parcouru des kilomètres et des kilomètres... Il lui semblait impossible que, moins de vingt-quatre heures plus tôt, Cho Chang se soit approchée de lui, sous la branche de gui... Il était si fatigué... Il avait peur de dormir... Mais il ne savait pas combien de temps encore il pourrait lutter contre le sommeil... Dumbledore lui avait dit de rester... Cela devait signifier qu'il avait le droit de dormir... Mais la peur était là quand même... Si quelque chose de semblable se produisait à nouveau ?

Il s'enfonça peu à peu dans l'obscurité...

C'était comme si un film dans sa tête l'avait attendu pour commencer. Il marchait dans un couloir désert en direction d'une porte lisse et noire, entre des murs de pierre brute, éclairés par des torches. Sur la gauche, un passage ouvert donnait sur une volée de marches qui descendaient...

Il atteignait la porte mais ne parvenait pas à l'ouvrir... Il restait là à la contempler, avec une envie irrépressible d'entrer... Quelque chose qu'il désirait plus que tout au monde se trouvait derrière cette porte... Quelque chose qui dépassait tous ses rêves... Si seulement sa cicatrice cessait de le picoter... il pourrait réfléchir plus clairement...

– Harry, dit la voix très, très lointaine de Ron. Maman dit que le dîner est prêt mais qu'elle te gardera quelque chose si tu veux rester couché.

Harry ouvrit les yeux, mais Ron avait déjà quitté la pièce.

« Il ne veut pas rester seul avec moi, pensa-t-il. Pas après avoir entendu ce que Maugrey a dit... »

Il se doutait que plus personne ne voulait se trouver en sa présence, maintenant qu'ils savaient ce qu'il y avait en lui.

Il ne descendrait pas dîner, il ne leur infligerait pas sa compagnie. Il se tourna de l'autre côté et retomba bientôt dans le sommeil. Il se réveilla beaucoup plus tard, aux premières heures du jour, rongé par la faim. Ron ronflait dans le lit d'à côté. Plissant les yeux pour scruter la pénombre, Harry vit la silhouette sombre de Phineas Nigellus qui était revenu dans son portrait et il pensa que Dumbledore l'avait sans doute chargé de le surveiller au cas où il attaquerait quelqu'un d'autre.

L'impression de souillure s'intensifia. Il regrettait presque d'avoir obéi à Dumbledore... Si telle devait être sa vie désormais dans la maison du square Grimmaurd, peut-être qu'après tout, il serait mieux à Privet Drive.

Tout le monde, à part lui, passa la matinée à accrocher des décorations de Noël. Harry ne se souvenait pas d'avoir jamais vu Sirius d'aussi bonne humeur. Il allait même jusqu'à chanter des cantiques, apparemment ravi d'avoir de la compagnie pour les fêtes. Harry entendait sa voix filtrer à travers le parquet, dans le salon glacé où il était assis tout seul, regardant par la fenêtre le ciel de plus en plus blanc qui annonçait la neige. Harry éprouvait une sorte de plaisir sauvage à donner aux autres l'occasion de parler de lui, comme ils devaient sûrement le faire. Quand il entendit Mrs Weasley l'appeler doucement dans l'escalier à l'heure du déjeuner, il ne lui répondit pas et alla se réfugier plus haut dans les étages.

Vers six heures du soir, la sonnette de la porte d'entrée retentit et Mrs Black recommença à hurler. Se doutant que Mondingus ou quelque autre membre de l'Ordre était venu en visite, il se cala plus confortablement contre le mur, dans la pièce où Buck était enfermé et où lui-même avait décidé de se cacher. Il essayait d'ignorer sa propre faim tandis qu'il donnait à l'hippogriffe des rats morts à manger. Quelques minutes plus tard, il sursauta légèrement en entendant quelqu'un frapper à grands coups contre la porte.

— Je sais que tu es là, dit la voix d'Hermione. Tu veux bien sortir ? J'ai à te parler.

— Qu'est-ce que tu fais ici ? demanda Harry en ouvrant la porte.

Buck s'était remis à gratter la paille répandue sur le sol, à la recherche des morceaux de rat qui auraient pu lui échapper.

— Je croyais que tu étais partie faire du ski avec tes parents ?

— Pour t'avouer la vérité, je n'aime pas *vraiment* le ski, répondit Hermione. Alors, je suis venue passer Noël ici.

Elle avait de la neige dans les cheveux et ses joues étaient rosies par le froid.

— Mais ne le répète pas à Ron. Je lui ai dit que le ski était un sport merveilleux parce qu'il n'arrêtait pas d'en rire. Mes parents sont un peu déçus mais je leur ai expliqué que tous ceux qui préparent sérieusement leurs examens restent à Poudlard pour travailler. Et comme ils veulent que je réussisse, ils comprendront. Bon, maintenant, allons dans ta chambre, ajouta-t-elle d'un ton vif. La mère de Ron y a allumé un feu et elle a apporté des sandwiches.

Harry la suivit au deuxième étage. Lorsqu'il entra dans la chambre, il fut surpris d'y voir à la fois Ron et Ginny qui l'attendaient, assis sur le lit de Ron.

— Je suis arrivée par le Magicobus, dit Hermione d'un ton dégagé en retirant son blouson avant que Harry ait eu le temps de dire un mot. Dumbledore m'a raconté ce qui s'est passé ce matin à la première heure mais il a fallu que j'attende la fin officielle du trimestre pour pouvoir quitter Poudlard. Ombrage est déjà furieuse que vous ayez disparu sous son nez, même si Dumbledore lui a dit que Mr Weasley était à Ste Mangouste et qu'il vous avait donné la permission de partir. Bon, alors...

Elle s'assit à côté de Ginny et tous trois regardèrent Harry.

– Comment tu te sens ? demanda Hermione.

– Très bien, assura Harry avec raideur.

– Ne mens pas, Harry, répliqua-t-elle d'un ton agacé. Ron et Ginny m'ont dit que tu te cachais de tout le monde depuis ton retour de Ste Mangouste.

– Ah, ils ont dit ça ?

Harry jeta à Ron et à Ginny un coup d'œil furieux. Ron baissa les yeux, mais Ginny ne manifesta aucun embarras.

– En tout cas, c'est ce que tu as fait ! dit-elle. Et tu ne nous regardes même plus !

– C'est vous qui ne me regardez plus ! dit Harry avec colère.

– Peut-être que vous vous regardez à tour de rôle mais jamais en même temps, suggéra Hermione, les coins de sa bouche frémissant en un sourire.

– Très drôle, dit Harry d'un ton sec en se détournant.

– Arrête de jouer les incompris, lança Hermione. Écoute, les autres m'ont raconté ce que vous avez entendu l'autre jour avec les Oreilles à rallonge...

– Ah ouais ? grogna Harry.

Les mains enfoncées dans les poches, il regardait la neige tomber à gros flocons.

– Alors, comme ça, vous parlez tous de moi ? Remarquez, je commence à m'y habituer.

– C'est *à toi* qu'on voulait parler, Harry, dit Ginny, mais comme tu n'arrêtes pas de te cacher depuis qu'on est rentrés...

– Je n'avais pas envie qu'on me parle, répondit-il de plus en plus irrité.

– C'est quand même un peu bête de ta part, s'emporta Ginny. La seule personne que tu connaisses qui ait jamais été possédée par Tu-Sais-Qui, c'est moi. J'aurais pu te dire quel effet ça fait.

Harry resta immobile, frappé par les paroles de Ginny. Puis il tourna sur lui-même pour la regarder en face.

– J'avais oublié, dit-il.

— Tu as bien de la chance, répliqua-t-elle avec froideur.

— Je suis désolé, dit sincèrement Harry. Alors... vous pensez que je suis possédé, hein ?

— Est-ce que tu te souviens de tout ce que tu as fait ? demanda Ginny. Est-ce que tu as l'impression qu'il y a de longues périodes de blanc pendant lesquelles tu ne sais plus ce qui s'est passé ?

Harry fouilla sa mémoire.

— Non, dit-il.

— Dans ce cas, Tu-Sais-Qui ne t'a jamais possédé, répondit simplement Ginny. Quand il a pris possession de moi, il m'arrivait de ne plus savoir ce que j'avais fait pendant plusieurs heures d'affilée. Tout d'un coup, je me retrouvais quelque part sans savoir comment j'y étais arrivée.

Harry osait à peine la croire, pourtant, presque malgré lui, il se sentait le cœur plus léger.

— Mais quand j'ai rêvé de ton père et du serpent...

— Harry, tu as déjà eu des rêves dans ce genre-là avant, l'interrompit Hermione. L'année dernière, tu voyais parfois ce que Voldemort était en train de faire.

— C'était différent, répondit Harry en hochant la tête. Cette fois-ci, j'étais *à l'intérieur* du serpent. C'est comme si c'était *moi* le serpent... Et si Voldemort avait réussi à me transporter à Londres ?

— Un jour, dit Hermione au comble de l'exaspération, tu te décideras peut-être à lire *L'Histoire de Poudlard*, et tu te souviendras alors qu'il est impossible de transplaner à Poudlard, ni pour y venir, ni pour en sortir. Même Voldemort ne parviendrait pas à t'arracher à ton dortoir, Harry.

— Tu n'as pas quitté ton lit, mon vieux, assura Ron. Je t'ai vu t'agiter pendant au moins une minute dans ton sommeil avant qu'on arrive à te réveiller.

Harry se remit à faire les cent pas dans la pièce. Il réfléchissait. Ce qu'ils disaient n'était pas seulement rassurant, c'était aussi logique… Sans même y penser, il prit un sandwich dans l'assiette posée sur le lit et le fourra avidement dans sa bouche.

« Finalement, ce n'est pas moi, l'arme », songea-t-il. Il sentit une vague de bonheur et de soulagement le submerger et il eut presque envie de chanter avec Sirius lorsque celui-ci, en passant devant leur porte pour aller voir Buck, entonna à pleins poumons *De bon matin, j'ai rencontré l'hippogriffe.*

Comment avait-il pu songer à passer Noël à Privet Drive ? Le plaisir qu'éprouvait Sirius à voir sa maison à nouveau pleine, et surtout Harry de retour sous son toit, était contagieux. Ce n'était plus l'hôte renfrogné qu'ils avaient connu l'été dernier. A présent, au contraire, il semblait décidé à ce qu'ils s'amusent autant, sinon plus, que s'ils étaient restés à Poudlard. Les jours suivants, avec leur aide, il travailla sans relâche au nettoyage et à la décoration et lorsqu'ils allèrent se coucher à la veille de Noël, la maison était à peine reconnaissable. Sur les lustres ternis, des guirlandes or et argent entremêlées de branches de houx avaient remplacé les toiles d'araignée. Une neige magique scintillait en couches épaisses sur les tapis usés et Mondingus s'était procuré un grand sapin de Noël, décoré de fées vivantes, qui cachait avantageusement l'arbre généalogique de la famille de Sirius. Même les têtes d'elfes empaillées, sur le mur du hall, portaient des barbes et des chapeaux de père Noël.

En se réveillant le matin de Noël, Harry trouva une pile de cadeaux au pied de son lit. Ron avait déjà ouvert la moitié de son propre tas, d'une taille appréciable.

– Bonne pêche, cette année, annonça-t-il à travers un nuage de papiers froissés. Merci pour la boussole de balai, c'est une excellente idée, bien meilleure que celle d'Hermione… Elle m'a offert un *planning de devoirs…*

Harry regarda ses cadeaux et trouva un paquet avec l'écriture d'Hermione. A lui aussi, elle avait donné un carnet qui ressemblait à un agenda mais chaque fois qu'il l'ouvrait, une voix forte lui assenait des conseils du genre : « Fais-le aujourd'hui si tu ne veux pas d'ennuis. »

Sirius et Lupin lui avaient offert une série d'excellents livres intitulés *La Défense magique appliquée et son usage contre les forces du Mal*, comportant des illustrations animées et en couleurs de tous les contre-maléfices et ensorcellements décrits dans l'ouvrage. Harry feuilleta avidement le premier tome et vit tout de suite qu'il lui serait très utile pour le programme de l'A.D. Hagrid lui avait envoyé un portefeuille recouvert de fourrure et muni de crocs destinés sans doute à dissuader les voleurs, mais qui empêchèrent Harry d'y mettre la moindre pièce sans risquer de se faire arracher un doigt. Tonks lui avait offert un modèle réduit d'Éclair de feu que Harry regarda voler autour de la pièce en regrettant de ne plus posséder la version grandeur nature. Ron lui avait donné une énorme boîte de Dragées surprises de Bertie Crochue et le paquet de Mr et Mrs Weasley contenait l'habituel pull-over tricoté main ainsi que quelques gâteaux de Noël. Enfin, Dobby lui avait fait parvenir une horrible peinture dont il soupçonnait l'elfe d'être l'auteur. Alors qu'il la retournait pour voir si elle ne serait pas mieux à l'envers, un craquement sonore retentit et Fred et George transplanèrent au pied de son lit.

— Joyeux Noël ! lança George. Ne descendez pas tout de suite.

— Et pourquoi ? demanda Ron.

— Maman est encore en train de pleurer, dit Fred d'un ton lourd. Percy lui a renvoyé son pull de Noël.

— Sans même un mot, ajouta George. Il n'a pas demandé de nouvelles de papa, il n'a pas été le voir, rien.

— On a essayé de la consoler, dit Fred qui avait contourné le lit pour venir voir la peinture que Harry tenait entre ses mains. On lui a dit que Percy n'est qu'un énorme tas de crottes de rats.

— Mais ça n'a pas marché, dit George en prenant un Chocogrenouille. Alors, Lupin a pris le relais. Il vaut mieux lui laisser le temps de lui remonter le moral avant de descendre prendre le petit déjeuner.

— Qu'est-ce que ça représente ? demanda Fred, le regard fixé sur le tableau de Dobby. On dirait un gibbon avec deux gros yeux noirs.

— C'est Harry ! s'exclama George en montrant le dos de l'image. C'est écrit derrière !

— Très ressemblant, commenta Fred avec un sourire.

Harry lui jeta à la figure son nouvel agenda qui heurta le mur d'en face et tomba sur le sol en lançant d'un air joyeux : « Si tu as bien travaillé, tu peux aller t'amuser ! »

Ils se levèrent et s'habillèrent au son des « joyeux Noël ! » qui retentissaient dans toute la maison. Lorsqu'ils descendirent l'escalier, ils rencontrèrent Hermione.

— Merci pour le livre, Harry, dit-elle d'un ton enjoué. Il y avait une éternité que je la voulais, cette *Nouvelle Théorie de la numérologie* ! Et ce parfum est très original, merci Ron.

— Pas de quoi, répondit Ron. Et ça, c'est pour qui ? ajouta-t-il en montrant d'un signe de tête le paquet soigneusement emballé qu'elle portait sous le bras.

— Pour Kreattur, répondit Hermione d'un air radieux.

— Il y a intérêt à ce que ce ne soit pas un vêtement ! la prévint Ron. Tu te souviens de ce que Sirius a dit : Kreattur en sait trop, on ne peut pas se permettre de le libérer !

— Ce ne sont pas des vêtements, assura Hermione. N'empêche que si j'avais mon mot à dire, je lui donnerais sûrement autre chose à se mettre que ce vieux chiffon crasseux. En fait, c'est un couvre-lit en patchwork ; j'ai pensé que ça égayerait un peu sa chambre.

— Quelle chambre ? demanda Harry en baissant la voix dans un murmure tandis qu'ils passaient devant le portrait de la mère de Sirius.

— Sirius dit que ce n'est pas vraiment une chambre, plutôt une espèce de... *tanière*, répondit Hermione. Apparemment, il dort sous la chaudière dans le réduit à côté de la cuisine.

Mrs Weasley était la seule personne présente lorsqu'ils arrivèrent au sous-sol. Elle se tenait devant le fourneau et reniflait comme si elle avait eu un mauvais rhume. Elle leur souhaita un « joyeux Noël » et tout le monde évita de croiser son regard.

– Alors, c'est là, la chambre de Kreattur ? demanda Ron en s'avançant vers une porte délabrée située dans le coin opposé au garde-manger.

Harry ne l'avait jamais vue ouverte.

– Oui, dit Hermione, un peu mal à l'aise. Heu… je pense qu'il vaudrait mieux frapper.

De ses doigts repliés, Ron donna quelques coups contre le panneau mais il n'y eut pas de réponse.

– Il rôde sans doute dans les étages, dit il.

Et sans plus de cérémonie, Ron ouvrit la porte.

– *Beurk !*

Harry jeta un coup d'œil à l'intérieur. La plus grande partie du réduit était occupée par une immense chaudière d'un modèle très ancien. Dans l'espace d'une trentaine de centimètres de hauteur situé sous la tuyauterie, Kreattur s'était aménagé une sorte de nid. Un mélange de chiffons assortis et de couvertures malodorantes était entassé sur le sol. Au milieu, un petit creux indiquait l'endroit où Kreattur se pelotonnait chaque nuit pour dormir. On apercevait de-ci, de-là, incrustés dans le tissu, des miettes de pain rassis et de vieux morceaux de fromage moisi. Dans le coin opposé brillaient de petits objets et des pièces de monnaie que Kreattur avait sans doute réussi à sauver, à la manière d'une pie, du grand nettoyage de Sirius. Il était également parvenu à récupérer la photo de famille dans un cadre d'argent que Sirius avait jetée au cours de l'été. Le verre cassé ne dissuadait pas les petits personnages en noir et blanc de les regarder d'un air hautain, notamment – et Harry en ressentit un coup à l'estomac – la femme brune aux paupières lourdes dont il avait vu le procès dans la Pensine de Dumbledore : Bellatrix Lestrange. Apparemment, c'était le personnage préféré de Kreattur. Il l'avait placée devant les autres et avait maladroitement réparé le verre à l'aide d'un morceau de Sorcier Collant, la bande adhésive magique.

— Je crois qu'il vaut mieux lui laisser son cadeau ici, dit Hermione.

Elle déposa soigneusement le paquet au creux des chiffons et referma la porte en silence.

— Il le trouvera plus tard, ce sera très bien.

Au moment où ils sortaient du réduit, Sirius, chargé d'une énorme dinde, émergea du garde-manger.

— Au fait, dit-il, est-ce que quelqu'un a vu Kreattur, ces temps-ci ?

— Pas depuis le soir où on est arrivés, dit Harry, quand tu lui as ordonné de sortir de la cuisine.

— Oui..., dit Sirius, les sourcils froncés. Je crois que moi aussi, c'est la dernière fois que je l'ai vu... Il doit se cacher quelque part dans les étages.

— Il ne serait pas parti définitivement, quand même ? dit Harry. Quand tu lui as dit « Dehors ! », peut-être a-t-il cru que tu voulais le chasser de la maison ?

— Non, non, les elfes ne peuvent pas partir tant qu'on ne leur a pas donné de vêtements. Ils sont liés à la maison de famille.

— Ils peuvent la quitter s'ils le veulent vraiment, objecta Harry. C'est ce qu'a fait Dobby il y a deux ans, quand il est parti de chez les Malefoy pour venir m'avertir. Après, il n'arrêtait pas de se punir lui-même mais il a quand même réussi à s'absenter.

Sirius parut un instant déconcerté puis répondit :

— Je le chercherai plus tard. Je le trouverai sûrement là-haut en train de pleurer à chaudes larmes sur une vieille robe de ma mère ou je ne sais quoi d'autre. Ou alors peut-être qu'il est allé se réfugier dans le séchoir et qu'il y est mort... Mais ne soyons pas trop optimistes.

Fred, George et Ron éclatèrent de rire mais Hermione avait un air réprobateur.

Après le déjeuner de Noël, les Weasley, Harry et Hermione avaient l'intention de rendre à nouveau visite à Mr Weasley, escortés par Fol Œil et Lupin. Mondingus arriva à temps pour manger un morceau de pudding de Noël et de génoise à la crème. Il avait « emprunté » une voiture pour l'occasion car le métro ne fonctionnait pas le jour de Noël. La voiture, dont Harry doutait fort qu'elle soit arrivée là avec le consentement de son propriétaire, avait été agrandie à l'intérieur grâce au même sortilège qui avait permis de faire entrer huit personnes et leurs bagages dans la vieille Ford Anglia des Weasley. Bien qu'elle fût de taille normale à l'extérieur, dix passagers, en plus de Mondingus qui conduisait, pouvaient s'y installer confortablement. Mrs Weasley hésita à y monter — Harry savait qu'elle était partagée entre sa méfiance à l'égard de Mondingus et sa répugnance à voyager sans l'aide de la magie — mais finalement, le froid qui régnait au-dehors et les exhortations de ses enfants finirent par triompher et elle s'installa de bonne grâce sur la banquette arrière, entre Fred et Bill.

Il y avait très peu de circulation, ce qui leur permit d'arriver rapidement à Ste Mangouste. Quelques sorcières et sorciers rôdaient furtivement dans la rue par ailleurs déserte pour se rendre à l'hôpital. Harry et les autres sortirent de la voiture et Mondingus partit se garer au coin de la rue pour les attendre. D'un pas nonchalant, ils se dirigèrent ensuite vers la vitrine où se trouvait le mannequin habillé de nylon vert, puis un par un, ils traversèrent la vitre.

Le hall de réception dégageait une agréable atmosphère de fête. Les globes de cristal qui éclairaient Ste Mangouste avaient été colorés en rouge et or, se transformant ainsi en gigantesques boules de Noël lumineuses. Du houx était accroché au-dessus des portes et des sapins de Noël resplendissants, recouverts de givre et de neige magiques, scintillaient dans tous les coins, chacun d'eux surmonté d'une étoile d'or. Il y avait moins de monde que la fois précédente. En arrivant au centre de la salle, cependant, Harry fut bousculé par une sorcière qui avait un kumquat coincé dans la narine gauche.

— Querelle de famille ? ricana la sorcière blonde derrière son comptoir. Vous êtes la troisième aujourd'hui... Pathologie des sortilèges, quatrième étage.

Ils trouvèrent Mr Weasley adossé contre ses oreillers, un plateau sur les genoux avec les reliefs de sa dinde de Noël. Un certain embarras se lisait sur son visage.

— Comment ça va, Arthur ? demanda Mrs Weasley après que tout le monde l'eut salué en lui donnant ses cadeaux.

— Très bien, très bien, assura-t-il d'un ton un peu trop chaleureux. Tu... heu... Tu n'as pas vu le guérisseur Smethwyck, par hasard ?

— Non, dit Mrs Weasley, l'air soupçonneux. Pourquoi ?

— Oh, pour rien, répondit Mr Weasley d'un ton dégagé en commençant à ouvrir ses cadeaux. Alors, tout le monde a passé une bonne journée ? Qu'est-ce que vous avez eu pour Noël ? Oh, *Harry*, c'est absolument magnifique !

Il venait d'ouvrir le paquet que lui avait apporté Harry et qui contenait des tournevis et des fusibles.

Mrs Weasley ne sembla pas entièrement satisfaite de la réponse de son mari. Tandis qu'il se penchait pour serrer la main de Harry, elle jeta un coup d'œil au bandage qu'on voyait sous sa chemise de nuit.

— Arthur, dit-elle, le ton aussi sec qu'un piège à souris, ton pansement a été changé. Pourquoi l'a-t-on changé un jour plus tôt que prévu, Arthur ? Ils m'avaient pourtant assuré qu'ils ne le feraient que demain.

— Quoi ? répondit Mr Weasley.

Il avait l'air effrayé et ramena ses couvertures sur sa poitrine.

— Non, non... ce n'est rien... c'est... je...

Il sembla se dégonfler comme un ballon sous le regard perçant de Mrs Weasley.

— Bon... Ne te mets pas en colère, Molly, mais Augustus Pye a eu une idée... C'est un guérisseur stagiaire, un garçon adorable et très intéressé par... heu... la médecine d'appoint... Je veux dire, certains remèdes moldus... ça s'appelle des *points de suture*, Molly, et c'est très efficace pour les... les blessures moldues...

Mrs Weasley laissa échapper un bruit de très mauvais augure, à mi-chemin entre le hurlement et le grognement. Lupin s'écarta du lit et alla voir le loup-garou qui n'avait aucun visiteur et contemplait avec envie la petite foule rassemblée autour de Mr Weasley. Bill marmonna qu'il allait se payer une tasse de thé et Fred et George se levèrent d'un bond pour l'accompagner, un grand sourire aux lèvres.

— Est-ce que tu essayes de me faire comprendre par là, dit Mrs Weasley, sa voix augmentant de volume à chaque mot, et sans se rendre compte que tout le monde filait se mettre à l'abri, que tu as fait l'idiot avec des remèdes moldus ?

— Pas fait l'idiot, Molly chérie, répondit Mr Weasley d'un ton implorant. C'était simplement... simplement quelque chose que Pye et moi, nous voulions essayer... Seulement voilà, il se trouve que par malheur... ce genre de blessures... enfin, ça n'a pas marché aussi bien que nous l'avions espéré...

— *Ce qui veut dire ?*

— Eh bien... heu... J'ignore si tu sais ce que sont des points de suture ?

— Apparemment, ça signifie que tu as essayé de te recoudre la peau ? répondit Mrs Weasley avec une sorte de rire sans joie. Mais enfin, Arthur, même toi, tu ne serais pas *aussi* stupide...

— Je crois que je prendrais bien une tasse de thé, moi aussi, dit Harry en se levant d'un bond.

Hermione, Ron et Ginny l'accompagnèrent en courant presque. Lorsque la porte de la salle se referma derrière eux, ils entendirent Mrs Weasley hurler :

— QU'EST-CE QUE TU VEUX DIRE PAR : « C'EST L'IDÉE GÉNÉRALE » ?

— Typique de papa, commenta Ginny en hochant la tête tan-

dis qu'ils s'éloignaient dans le couloir. Des points de suture...
Je vous demande un peu...

— Tu sais, ça marche très bien sur les blessures non magiques,
dit Hermione, dans un souci d'impartialité. Il doit y avoir dans
le venin de ce serpent quelque chose qui dissout les fils ou je ne
sais quoi. Je me demande où est le salon de thé.

— Cinquième étage, répondit Harry qui se souvenait de
l'écriteau affiché au-dessus du comptoir d'accueil.

Ils suivirent le couloir, franchirent une double porte et se
retrouvèrent dans un escalier branlant aux murs duquel s'alignaient d'autres portraits de guérisseurs à l'allure féroce qui ne
cessaient de les interpeller à mesure qu'ils montaient les
marches, diagnostiquant d'étranges maladies et proposant d'horribles remèdes. Ron se sentit gravement insulté lorsqu'un sorcier
moyenâgeux lui cria qu'il était atteint, de toute évidence, d'une
forme inquiétante d'éclabouille.

— Et c'est quoi, ça ? demanda-t-il avec colère, alors que le
guérisseur le poursuivait de tableau en tableau en bousculant
leurs occupants légitimes.

— Il s'agit, mon jeune monsieur, d'une très grave affection de
la peau qui vous laissera le teint grêlé et vous fera paraître
encore plus abominable que vous ne l'êtes déjà...

— Et c'est moi que vous traitez d'abominable ! s'indigna Ron,
les oreilles écarlates.

— Le seul remède sera de prendre le foie d'un crapaud, de
l'attacher bien serré autour de votre gorge et de vous plonger
nu à la pleine lune dans un tonneau que vous aurez rempli avec
des yeux d'anguilles.

— Je n'ai pas d'éclabouille !

— Et pourtant, mon jeune monsieur, voyez ces marques
disgracieuses sur votre figure...

— Ce sont des taches de rousseur ! répliqua Ron d'un ton
furieux. Maintenant, rentrez dans votre tableau et laissez-moi
tranquille !

Il se tourna vers les autres qui s'efforçaient de rester impassibles.

– On est à quel étage, ici ?

– Je crois que c'est le cinquième, dit Hermione.

– Non, le quatrième, rectifia Harry. Encore un.

Mais lorsqu'il posa le pied sur le palier, il s'immobilisa soudain, en regardant la petite fenêtre découpée dans la double porte qui marquait l'entrée du service de **PATHOLOGIE DES SORTILÈGES**. Un homme les observait, le nez collé contre la vitre. Il avait des cheveux blonds ondulés, des yeux bleu clair et un large sourire vide qui découvrait des dents d'un blanc éclatant.

– Ça alors ! dit Ron en regardant l'homme à son tour.

– Oh, mon Dieu, s'exclama Hermione, la voix haletante. Professeur Lockhart !

Leur ancien professeur de défense contre les forces du Mal poussa la double porte et s'avança vers eux, vêtu d'une longue robe de chambre couleur lilas.

– Bonjour ! dit-il. J'imagine que vous voulez mon autographe ?

– Il n'a pas beaucoup changé, marmonna Harry à Ginny qui eut un sourire.

– Heu… comment allez-vous, professeur ? demanda Ron d'un air un peu coupable.

C'était à cause de la baguette magique défectueuse de Ron que le professeur Lockhart avait perdu la mémoire et s'était retrouvé à Ste Mangouste. Mais comme l'accident avait eu lieu au moment où lui-même essayait d'effacer définitivement la mémoire de Ron et de Harry, celui-ci n'éprouvait pour lui qu'une compassion très limitée.

– Je vais très bien, merci ! répondit Lockhart avec exubérance, en sortant de sa poche une plume de paon qui avait connu des jours meilleurs. Combien d'autographes désirez-vous ? Maintenant j'arrive à attacher les lettres entre elles, vous savez ?

– Heu... nous n'avons pas besoin d'autographes pour le moment, merci, répondit Ron.

Les sourcils levés, il se tourna vers Harry qui demandait :

– Professeur, est-il bien prudent que vous vous promeniez dans les couloirs ? Vous devriez peut-être rentrer dans votre chambre ?

Le sourire de Lockhart s'effaça lentement. Pendant quelques instants, il fixa Harry.

– Nous nous sommes déjà rencontrés, non ? dit-il.

– Heu... oui, en effet, répondit Harry. Vous nous donniez des cours à Poudlard, vous vous souvenez ?

– Des cours ? répéta Lockhart, un peu déconcerté. Moi ? Vous êtes sûr ?

Le sourire revint alors sur son visage, si soudainement qu'il en avait quelque chose d'inquiétant.

– J'ai dû vous apprendre tout ce que vous savez, j'imagine ? Alors, ces autographes ? On n'a qu'à dire une douzaine, vous les donnerez à vos amis comme ça tout le monde sera content !

Mais à cet instant, une tête apparut à la porte, tout au bout du couloir et une voix appela :

– Gilderoy, vilain garçon, qu'est-ce que tu fais là-bas ?

Une guérisseuse aux allures maternelles, une couronne de guirlandes dans les cheveux, s'approcha à grands pas en adressant à Harry et aux deux autres un sourire chaleureux.

– Oh, Gilderoy, tu as des visiteurs ! Mais c'est merveilleux et le jour de Noël, en plus ! Vous savez, il n'a jamais de visites, le pauvre petit agneau, et je ne comprends pas pourquoi, il est tellement mignon, n'est-ce pas que tu es mignon ?

– Je donne des autographes ! dit Lockhart à la guérisseuse avec un nouveau sourire étincelant. Ils en veulent plein et ils insistent ! J'espère au moins qu'on a suffisamment de photos !

– Écoutez-le, dit la guérisseuse en le prenant par le bras, le visage radieux, comme s'il s'agissait d'un enfant de deux ans particulièrement précoce. Il était assez connu, il y a quelques années, on espère beaucoup que ce goût pour les autographes est un signe que sa mémoire commence à revenir. Vous voulez bien venir par là ? Il est dans une salle spéciale, vous savez, toujours fermée à clé, il a dû se glisser dehors quand j'ai apporté les cadeaux de Noël. D'habitude, la porte reste verrouillée... Non pas qu'il soit dangereux ! Mais, poursuivit-elle en baissant la voix, il est un peu dangereux pour lui-même, le pauvre... Il ne sait pas qui il est, il va se promener au hasard et n'arrive plus à retrouver son chemin... C'est vraiment gentil à vous d'être venus le voir.

– Heu..., dit Ron avec un geste inutile en direction de l'étage supérieur. En fait, on voulait simplement... heu...

Mais la guérisseuse leur souriait d'un air confiant et la fin de la phrase de Ron, qui ajouta timidement : « ... prendre une tasse de thé », se transforma en un marmonnement inaudible. Harry, Ron et Hermione échangèrent un regard d'impuissance puis se résignèrent à suivre Lockhart et sa guérisseuse dans le couloir.

– On ne va pas rester longtemps, dit Ron à voix basse.

La guérisseuse pointa sa baguette magique sur la porte de la salle Janus Thickey et mumura : « *Alohomora.* » La porte s'ouvrit aussitôt et elle les conduisit à l'intérieur en continuant de tenir fermement Lockhart par le bras jusqu'à ce qu'elle l'ait installé dans un fauteuil, près de son lit.

– C'est là que sont réunis nos résidants de longue durée, expliqua-t-elle à voix basse, ceux qui sont atteints de maladies incurables consécutives à des sortilèges. Oh, bien sûr, avec des potions intensives, quelques charmes thérapeutiques et un peu de chance, nous arrivons à obtenir des progrès. Gilderoy semble reprendre un peu conscience de lui-même et nous avons constaté une très nette amélioration chez Mr Moroz, il retrouve peu à peu l'usage de la parole bien que nous ne comprenions pas la langue qu'il utilise. Bon, je vais continuer de distribuer les cadeaux, je vous laisse bavarder tranquillement.

Harry jeta un coup d'œil autour de lui. Des signes manifestes indiquaient que la salle était en effet réservée à des résidants

permanents. Les patients avaient beaucoup plus d'effets person-
nels autour de leurs lits que dans le service de Mr Weasley. Le
mur au-dessus du lit de Lockhart, par exemple, était tapissé de
photos de lui qui adressaient aux nouveaux venus des gestes de
la main et des sourires aux dents étincelantes. La plupart des
portraits étaient dédicacés à lui-même, dans une écriture enfantine aux lettres séparées. Dès que sa guérisseuse l'eut déposé
dans son fauteuil, Gilderoy prit une pile de photos et une
plume et se mit à les signer fébrilement.

— Vous n'aurez qu'à les ranger dans des enveloppes, dit-il à
Ginny en lui jetant les photos sur les genoux à mesure qu'il les
signait. On ne m'a pas oublié, vous savez, oh non, je reçois toujours beaucoup de courrier de mes fans... Gladys Gourdenièze,
par exemple, m'écrit *toutes les semaines...* J'aimerais simplement
savoir *pourquoi...*

Il s'interrompit, l'air un peu perdu, puis leur adressa un
nouveau sourire rayonnant et recommença à signer avec une
vigueur renouvelée.

— Je pense que c'est à cause de mon physique avantageux...

Un sorcier au teint cireux, le visage lugubre, était allongé
dans le lit d'en face, les yeux fixés au plafond. Il marmonnait
tout seul et semblait ne pas se rendre compte de ce qui se passait autour de lui. Deux lits plus loin, une femme avait la tête
entièrement recouverte d'une épaisse fourrure. Harry se souvenait qu'Hermione avait subi le même phénomène au cours
de leur deuxième année mais heureusement, dans son cas, les
effets n'avaient pas été permanents. Tout au bout de la salle,
deux lits étaient entourés de rideaux à fleurs pour donner un
peu d'intimité aux patients et à leurs visiteurs.

— Voilà pour vous, Agnès, dit la guérisseuse d'un ton joyeux en
donnant quelques cadeaux à la femme au visage velu. Vous
voyez, on ne vous oublie pas. Et votre fils a envoyé un hibou
pour dire qu'il viendra vous voir ce soir, c'est bien, non ?

Agnès aboya bruyamment à plusieurs reprises.

La guérisseuse se dirigea ensuite vers l'homme qui marmonnait tout seul.

— Regardez, Broderick, on vous a envoyé une plante en pot et un très joli calendrier avec un hippogriffe différent pour chaque mois. Ça va égayer un peu le décor, non ?

Elle posa sur le meuble de chevet une plante assez laide, dotée de longs tentacules qui pendaient de toutes parts, et fixa le calendrier au mur d'un coup de baguette magique.

— Et puis… Ah, Mrs Londubat, vous partez déjà ?

Harry tourna brusquement la tête. Les rideaux avaient été écartés devant les deux lits situés à l'autre bout de la salle et deux visiteurs s'avançaient dans l'allée centrale : une sorcière âgée, à l'aspect redoutable, qui portait une longue robe verte, une fourrure de renard mangée aux mites et un chapeau orné d'un vautour empaillé et, traînant derrière elle, l'air complètement déprimé… *Neville*.

En un éclair, Harry comprit qui devaient être les deux patients du fond de la salle. Il chercha frénétiquement des yeux quelque chose qui pourrait distraire les autres afin que Neville ait le temps de sortir sans être vu mais Ron avait également levé la tête en entendant le nom de Londubat et, avant que Harry ait pu l'arrêter, il s'écria :

— Neville !

Neville sursauta et courba le dos comme si une balle de pistolet venait de le manquer de peu.

— C'est nous, Neville ! dit Ron d'une voix claironnante en se levant. Regarde ! Lockhart est ici ! Et toi, qui est-ce que tu venais voir ?

— Ce sont des amis à toi, mon chéri ? demanda la grand-mère de Neville d'un ton aimable en se dirigeant vers eux.

Apparemment, Neville aurait préféré se trouver n'importe où dans le monde pourvu que ce soit loin d'ici. Son visage joufflu se teinta peu à peu d'une couleur violette et il évita avec soin de croiser leurs regards.

— Ah, oui, dit sa grand-mère.

Elle fixa sur Harry des yeux flamboyants et lui tendit une main desséchée en forme de serre.

— Oui, oui, je sais qui vous êtes, bien sûr. Neville me dit toujours le plus grand bien de vous.

— Heu... merci, répondit Harry en lui serrant la main.

Neville ne le regardait pas, les yeux baissés sur ses chaussures, le teint de plus en plus violacé.

— Et vous deux, vous êtes les Weasley, poursuivit Mrs Londubat en tendant la main d'un geste royal à Ron puis à Ginny. Oui, je connais vos parents — pas très bien sans doute — mais ce sont des gens charmants... Et vous, vous devez être Hermione Granger ?

Hermione lui serra la main, l'air surprise que Mrs Londubat connaisse son nom.

— Oui, Neville m'a parlé de vous. Vous l'avez aidé à se tirer de quelques mauvais pas, si j'ai bien compris ? Oh, c'est un gentil garçon, dit-elle.

Ses yeux s'abaissèrent de chaque côté de son nez osseux et elle observa Neville d'un regard sévère comme si elle l'évaluait.

— Mais il n'a pas le talent de son père, il faut bien le reconnaître.

Elle montra les deux lits du bout de la salle d'un mouvement de tête si brusque que le vautour empaillé de son chapeau se mit à osciller dangereusement.

— Quoi ? dit Ron, abasourdi. (Harry aurait voulu lui écraser le pied mais il était plus difficile de le faire discrètement quand on portait un jean plutôt qu'une robe de sorcier.) C'est ton *père* qui est là-bas ?

— Qu'est-ce que ça signifie ? s'exclama sèchement Mrs Londubat. Tu n'as donc pas parlé de tes parents à tes amis, Neville ?

Neville prit une profonde inspiration, leva les yeux au plafond et hocha la tête. Harry ne se souvenait pas d'avoir jamais ressenti une telle gêne pour quelqu'un mais il ne voyait aucun moyen de sortir Neville de cette situation.

— Il n'y a pas de quoi en avoir honte ! poursuivit Mrs Londubat avec colère. Tu devrais au contraire être *fier*, Neville, tu m'entends ? *Fier !* Ils n'ont pas sacrifié leur santé et leur équilibre mental pour que leur fils unique ait honte d'eux !

— Je n'ai pas honte, répondit Neville d'une toute petite voix en évitant toujours de regarder les autres.

Ron s'était dressé sur la pointe des pieds pour essayer de voir les occupants des deux lits.

— Eh bien, tu as une drôle de façon de le montrer ! répliqua Mrs Londubat. Mon fils et son épouse, continua-t-elle en se tournant d'un air hautain vers Harry et les trois autres, ont été torturés jusqu'à en perdre la raison par les partisans de Vous-Savez-Qui.

D'un même mouvement, Hermione et Ginny plaquèrent leurs mains contre leur bouche. Ron cessa de tendre le cou pour tenter d'apercevoir les parents de Neville et parut mortifié.

— C'étaient des Aurors, voyez-vous, reprit Mrs Londubat, et très respectés dans la communauté des sorciers. Très doués tous les deux. Je... Oui, Alice, ma chérie, qu'est-ce qu'il y a ?

La mère de Neville, vêtue de sa chemise de nuit, s'était approchée à petits pas. Elle n'avait plus cet air joyeux et joufflu qu'on voyait sur la vieille photo des membres de l'Ordre que Maugrey avait montrée à Harry. Son visage à présent était maigre et usé, ses yeux semblaient trop grands et ses cheveux, devenus blancs, étaient fins et ternes comme ceux d'un mort. Elle ne semblait pas vouloir parler, ou peut-être en était-elle incapable, mais elle fit un geste timide vers Neville, pour lui donner quelque chose qu'elle tenait à la main.

— Encore ? dit Mrs Londubat, un peu lasse. Très bien, Alice, ma chérie, très bien... Neville, je ne sais pas ce que c'est mais prends-le.

Neville avait déjà tendu la main dans laquelle sa mère laissa tomber un papier vide de Ballongomme du Bullard.

— C'est très gentil, ma chérie, dit Mrs Londubat d'une voix faussement enjouée en tapotant l'épaule de sa belle-fille.

— Merci, maman, dit Neville à voix basse.

D'un pas chancelant, sa mère retourna vers le fond de la salle en chantonnant pour elle-même. Cette fois, Neville regarda les autres d'un air provocant, comme s'il les mettait au défi de rire, mais Harry ne pensait pas avoir jamais rien vu de moins drôle au cours de sa vie.

— Bon, il est temps de rentrer, soupira Mrs Londubat en enfilant de longs gants verts. J'ai été très heureuse de faire votre connaissance à tous. Neville, va mettre ce papier dans la corbeille, elle a dû t'en donner déjà suffisamment pour tapisser les murs de ta chambre.

Mais lorsqu'ils sortirent, Harry était certain d'avoir vu Neville glisser le papier dans sa poche.

La porte se referma sur eux.

— Je ne savais pas, dit Hermione, les larmes aux yeux.

— Moi non plus, ajouta Ron d'une voix rauque.

— Ni moi, murmura Ginny.

Ils se tournèrent vers Harry.

— Moi, je le savais, confessa-t-il d'un air sombre. Dumbledore me l'avait dit mais il m'avait fait promettre de ne le répéter à personne... C'est pour ça que Bellatrix Lestrange a été envoyée à Azkaban, parce qu'elle a fait usage du sortilège Doloris sur les parents de Neville jusqu'à ce qu'ils perdent la raison.

— Bellatrix Lestrange a fait ça ? murmura Hermione, horrifiée. Cette femme dont Kreattur garde la photo dans sa tanière ?

Il y eut un long silence qui fut interrompu par la voix courroucée de Lockhart :

— Dites, vous pourriez vous intéresser à mes autographes ! Ce n'est pas pour rien que j'ai appris à attacher les lettres !

24

Occlumancie

Il apparut que Kreattur s'était caché dans le grenier. Sirius raconta qu'il l'avait trouvé là-haut, couvert de poussière, à la recherche d'autres reliques de la famille Black à cacher dans son réduit. Sirius se contenta de cette explication mais Harry ne pouvait s'empêcher d'éprouver un certain malaise. Lorsqu'il se montra à nouveau, Kreattur paraissait de meilleure humeur. Ses marmonnements acerbes s'étaient un peu calmés et il obéissait aux ordres plus docilement qu'à l'ordinaire. Une ou deux fois, Harry surprit l'elfe de maison à le fixer d'un air avide mais il se hâtait de détourner le regard lorsqu'il s'apercevait que Harry l'avait remarqué.

Harry ne parla pas de ses vagues soupçons à Sirius dont la joie se dissipait rapidement, maintenant que Noël était terminé. A mesure que la date de leur retour à Poudlard approchait, il devenait de plus en plus enclin à ce que Mrs Weasley appelait des « crises de grognerie » pendant lesquelles il devenait taciturne et grincheux et se retirait souvent pendant plusieurs heures d'affilée dans la chambre de Buck. Sa morosité imprégnait toute la maison, suintant sous les portes comme un gaz nocif qui finissait par contaminer tout le monde.

Harry ne voulait pas laisser une nouvelle fois Sirius en la seule compagnie de Kreattur. En fait, pour la première fois de sa vie, il n'avait aucune hâte de rentrer à Poudlard. Retourner à l'école signifiait subir à nouveau la tyrannie de Dolores Ombrage qui s'était sûrement arrangée pour faire passer une douzaine de nouveaux décrets en leur absence. Il ne pouvait plus espérer jouer au Quidditch maintenant qu'il avait été exclu, il y avait tout à parier que le fardeau des devoirs s'alourdirait à mesure qu'approcheraient les examens et Dumbledore restait aussi distant que d'habitude. S'il n'y avait pas eu l'A.D., Harry aurait peut-être supplié Sirius de l'autoriser à abandonner Poudlard pour rester square Grimmaurd.

Enfin, le tout dernier jour des vacances, il se passa quelque chose qui remplit Harry d'une véritable terreur à l'idée de retourner à l'école.

– Harry, mon chéri, dit Mrs Weasley en passant la tête par la porte entrebâillée de la chambre.

Ron et Harry jouaient aux échecs, version sorcier, sous l'œil d'Hermione, Ginny et Pattenrond.

– Pourrais-tu descendre dans la cuisine ? Le professeur Rogue voudrait te parler.

Harry n'enregistra pas tout de suite ce qu'elle avait dit. L'une de ses tours était engagée dans un violent combat avec un pion de Ron et il l'encourageait avec enthousiasme à attaquer :

– Vas-y, écrase-le… *Écrase-le*, je te dis, ce n'est qu'un pion, espèce d'idiote. Excusez-moi, Mrs Weasley, vous m'avez dit quelque chose ?

– Le professeur Rogue, mon chéri. Dans la cuisine. Il a quelque chose à te dire.

Harry resta muet d'horreur, la mâchoire pendante. Il regarda successivement Ron, Hermione et Ginny qui étaient eux aussi bouche bée. Pattenrond, qu'Hermione avait eu du mal à retenir au cours du dernier quart d'heure, en profita pour sauter joyeusement sur l'échiquier et faire fuir les pièces qui coururent se mettre à l'abri en poussant des hurlements aigus.

– Rogue ? dit Harry, l'air interdit.

– Le professeur Rogue, mon chéri, répondit Mrs Weasley sur un ton de reproche. Viens vite, il a dit qu'il ne pouvait pas attendre très longtemps.

— Qu'est-ce qu'il te veut ? s'étonna Ron, déconcerté, tandis que Mrs Weasley refermait la porte. Tu n'as pourtant rien fait ?

— Non ! s'indigna Harry, en se triturant les méninges pour chercher une raison qui aurait pu inciter Rogue à le poursuivre jusqu'au square Grimmaurd.

Peut-être que son dernier devoir lui avait valu un T comme « troll » ?

Une ou deux minutes plus tard, il poussa la porte de la cuisine et vit Sirius et Rogue, assis à la table, lançant tous deux des regards noirs dans des directions opposées. Il régnait un silence lourd d'hostilité réciproque. Une lettre était posée devant Sirius.

— Heu... dit Harry pour signaler sa présence.

Rogue tourna les yeux vers lui, le visage encadré de deux rideaux de cheveux noirs et gras.

— Asseyez-vous, Potter.

— Tu sais, dit Sirius d'une voix forte en se balançant sur les pieds arrière de sa chaise, le visage levé vers le plafond, j'aimerais bien que tu évites de donner des ordres quand tu es ici. C'est ma maison, je te le rappelle.

Une horrible rougeur se diffusa sur le visage blanchâtre de Rogue. Harry s'assit sur une chaise à côté de Sirius, face au professeur de potions.

— J'étais censé vous voir seul, Potter, dit celui-ci avec son habituel rictus méprisant. Mais Black...

— Je suis son parrain, rappela Sirius en parlant plus fort que jamais.

— Je suis venu ici sur ordre de Dumbledore, répliqua Rogue, dont l'irritation rendait par contraste la voix plus assourdie, mais reste donc avec nous, Black, je sais que tu aimes bien... participer.

— Qu'est-ce que ça veut dire ? répliqua Sirius en laissant sa chaise retomber sur ses quatre pieds avec un grand bruit.

— Tout simplement que tu dois te sentir... disons frustré de ne rien pouvoir faire d'*utile* (Rogue accentua légèrement le mot) pour l'Ordre.

Ce fut au tour de Sirius de rougir. Rogue retroussa la lèvre dans une expression de triomphe et se tourna vers Harry.

— Le directeur m'a chargé de vous dire, Potter, qu'il souhaite vous voir prendre des cours d'occlumancie dès le début de ce trimestre.

— Des cours de quoi ? demanda Harry, interloqué.

Le rictus de Rogue s'accentua.

— D'occlumancie, Potter. La défense magique de l'esprit contre les tentatives de pénétration extérieure. Une branche obscure de la magie mais très utile.

Le cœur de Harry se mit à battre de plus en plus vite. Défense contre les tentatives de pénétration extérieure ? Mais il n'était pas possédé, tout le monde était tombé d'accord là-dessus...

— Et pourquoi faut-il que j'étudie l'occlu... chose ? balbutia-t-il.

— Parce que le directeur pense que c'est une bonne idée, répondit Rogue d'une voix doucereuse. Vous aurez des cours privés une fois par semaine mais vous n'en parlerez à personne, et surtout pas à Dolores Ombrage. Compris ?

— Oui, assura Harry. Et qui me donnera ces cours ?

Rogue haussa un sourcil.

— Moi, dit-il.

Harry eut l'horrible sensation que ses entrailles fondaient comme du métal en fusion. Des cours supplémentaires avec Rogue... qu'avait-il pu faire pour mériter ça ? Il se tourna précipitamment vers Sirius, en quête de réconfort.

— Et pourquoi Dumbledore ne pourrait-il pas donner lui-même ces cours à Harry ? demanda Sirius d'un ton agressif. Pourquoi faut-il que ce soit toi ?

— Sans doute parce que c'est un privilège du directeur de déléguer à ses collaborateurs les tâches les moins plaisantes, répondit Rogue d'une voix veloutée. Je peux t'assurer que je ne l'ai pas supplié de me confier ce travail.

Il se leva.

— Je vous attends lundi soir à six heures, Potter. Dans mon

bureau. Si quelqu'un vous pose la question, vous répondrez que vous prenez des leçons de rattrapage en potions. Quiconque vous aura vu à l'un de mes cours ne saurait nier que vous en ayez grand besoin.

Il tourna les talons et se dirigea vers la porte, sa cape noire tourbillonnant dans son sillage.

— Attends un peu, dit Sirius en se redressant sur sa chaise.

Rogue fit volte-face, toujours méprisant.

— Je suis assez pressé, Black. Contrairement à toi, je ne dispose pas de loisirs illimités.

— Dans ce cas, je viendrai droit au fait, dit Sirius qui se leva à son tour.

Il était plus grand que Rogue et Harry vit ce dernier serrer le poing dans une poche de sa cape sur ce qui était certainement sa baguette magique.

— Si jamais j'apprends que tu te sers de ces cours d'occlumancie pour faire passer un mauvais moment à Harry, tu auras affaire à moi.

— Comme c'est touchant, ricana Rogue. Mais tu as sûrement remarqué que Potter ressemble beaucoup à son père ?

— En effet, dit Sirius avec fierté.

— Dans ce cas, tu sais déjà qu'il est si arrogant que toute critique rebondit sur lui sans l'atteindre, reprit Rogue d'une voix onctueuse.

Sirius écarta brutalement sa chaise et s'avança vers Rogue à grands pas en sortant sa baguette magique. D'un geste vif, Rogue tira également la sienne de sa cape. Ils se postèrent face à face, Sirius le teint livide, Rogue le regard calculateur, ses yeux allant sans cesse du visage de son adversaire à l'extrémité de sa baguette.

— Sirius ! s'écria Harry, mais il ne semblait pas l'entendre.

— Je t'ai prévenu, *Servilus*, dit Sirius, son visage à trente centimètres de celui de Rogue. Peu m'importe que Dumbledore pense que tu t'es repenti, moi, je sais très bien ce qu'il en est...

– Dans ce cas, pourquoi ne pas le lui dire ? murmura Rogue. A moins que tu aies peur qu'il ne prenne pas très au sérieux les conseils d'un homme qui s'est caché pendant six mois dans la maison de sa mère ?

– Dis-moi donc comment va Lucius Malefoy, ces temps-ci ? Il doit être ravi que son petit caniche travaille à Poudlard, non ?

– En parlant de chien, reprit Rogue de sa voix doucereuse, sais-tu que Lucius Malefoy t'a reconnu la dernière fois que tu as risqué une petite promenade au-dehors ? Très habile, Black, de te montrer sur un quai de gare où tu ne risquais rien... Ça t'a donné une excuse en acier trempé pour ne plus avoir à quitter ta petite cachette à l'avenir, n'est-ce pas ?

Sirius leva sa baguette.

– NON ! hurla Harry en sautant par-dessus la table pour essayer de se placer entre eux. Sirius, arrête !

– Tu me traites de lâche ? rugit Sirius.

Il voulut écarter Harry mais celui-ci refusa de bouger.

– Je pense que c'est ça, en effet, répondit Rogue.

– Harry-va-t'en-de-là ! gronda Sirius en le poussant de sa main libre.

Au même moment, la porte s'ouvrit et la famille Weasley, accompagnée d'Hermione, entra dans la cuisine. Ils paraissaient tous très heureux, Mr Weasley marchant fièrement au milieu du groupe, vêtu d'un pyjama sur lequel il avait passé un imperméable.

– Guéri ! annonça-t-il d'une voix claironnante. Complètement guéri !

Tout le monde resta alors cloué sur place en voyant la scène qui semblait elle-même figée en pleine action. Sirius et Rogue se tournèrent vers la porte, leurs baguettes magiques toujours pointées l'un sur l'autre, Harry immobile au milieu, un bras tendu vers chacun d'eux pour essayer de les séparer.

– Par la barbe de Merlin, dit Mr Weasley, son sourire s'effaçant de son visage, qu'est-ce qui se passe ici ?

Sirius et Rogue abaissèrent leurs baguettes en même temps. Harry les regarda alternativement : tous deux affichaient une expression de profond mépris mais l'irruption inattendue de tant de témoins semblait les avoir ramenés à la raison. Rogue remit sa baguette dans sa poche et traversa la cuisine à grandes enjambées en passant devant les Weasley sans prononcer un mot. Arrivé devant la porte, il lança un coup d'œil derrière lui.

— Lundi soir, six heures, Potter.

Puis il disparut. Sirius continua de fixer la porte d'un regard furieux, sa baguette magique pendant au bout de son bras.

— Qu'est-ce qui s'est passé ? demanda à nouveau Mr Weasley.

— Rien, Arthur, répondit Sirius, la respiration haletante comme s'il venait de parcourir une longue distance au pas de course. Une simple petite conversation amicale entre deux anciens camarades d'école.

Au prix d'un effort qui paraissait considérable, il parvint à sourire.

— Alors... tu es guéri ? Ça, c'est une bonne nouvelle, une très bonne nouvelle.

— N'est-ce pas ? dit Mrs Weasley en faisant asseoir son mari sur une chaise. Le guérisseur Smethwyck a finalement exercé sa magie, il a trouvé un antidote au venin de ce serpent et Arthur a appris qu'il ne fallait pas bricoler avec la médecine moldue, *n'est-ce pas, chéri* ? ajouta-t-elle d'un ton menaçant.

— Oui, Molly chérie, répondit Mr Weasley d'une voix penaude.

Le dîner aurait pu être plus joyeux, pour saluer le retour de Mr Weasley. Harry voyait Sirius faire des efforts en ce sens : il se forçait à rire bruyamment aux plaisanteries de Fred et de George ou veillait à remplir les assiettes des convives, mais dès qu'il cessait d'être occupé, il redevenait maussade, soucieux. Harry était séparé de lui par Mondingus et Fol Œil qui étaient venus féliciter Mr Weasley de sa guérison. Il aurait voulu parler à Sirius, lui dire qu'il ne devait pas prêter attention aux réflexions de Rogue, que celui-ci cherchait à le provoquer délibérément et que personne ne pensait qu'il était un lâche sous prétexte qu'il restait enfermé square Grimmaurd, conformément aux instructions de Dumbledore. Mais Harry n'eut pas l'occasion de le faire et d'ailleurs, devant le visage menaçant de Sirius, il se demandait s'il aurait osé amener la conversation sur ce sujet. En revanche, il raconta à mi-voix à Ron et à Hermione qu'il devrait désormais prendre des cours d'occlumancie avec Rogue.

— Dumbledore veut t'éviter de rêver à nouveau de Voldemort, dit aussitôt Hermione. J'imagine que ça ne te manquera pas ?

— Des cours particuliers avec Rogue ? J'aimerais encore mieux faire des cauchemars ! commenta Ron, effaré.

Ils devaient retourner à Poudlard le jour suivant par le Magicobus, escortés de Tonks et de Lupin. Ces derniers prenaient leur petit déjeuner lorsque Harry, Ron et Hermione descendirent dans la cuisine le lendemain matin. Les adultes présents semblaient absorbés dans une conversation à voix basse. Dès que Harry eut ouvert la porte, ils se tournèrent brusquement vers lui et se turent aussitôt.

Après avoir avalé un rapide petit déjeuner, ils s'habillèrent de blousons et d'écharpes pour affronter le froid grisâtre de cette matinée de janvier. Harry éprouvait une désagréable sensation d'oppression dans la poitrine. Il ne voulait pas quitter Sirius. Ce départ lui laissait une mauvaise impression. Il ne savait pas quand ils se reverraient et il se sentait obligé de dire quelque chose à son parrain pour le retenir de prendre des initiatives stupides ; il craignait que les accusations de lâcheté lancées par Rogue l'aient si profondément blessé qu'il lui vienne dès maintenant l'idée d'entreprendre une expédition hasardeuse hors du square Grimmaurd. Mais avant qu'il ait eu le temps de songer à ce qu'il allait dire, Sirius lui fit signe d'approcher.

— Tu vas prendre ceci, murmura-t-il en lui mettant dans la main un paquet mal emballé de la taille d'un livre de poche.

— Qu'est-ce que c'est ? demanda Harry.

— Un moyen de me faire savoir si Rogue se montre trop dur avec toi. Non, ne l'ouvre pas ici !

Sirius jeta un coup d'œil méfiant à Mrs Weasley qui essayait de convaincre les jumeaux de mettre des moufles tricotées main.

— Je doute fort que Molly m'approuve mais je veux que tu t'en serves si tu as besoin de moi, d'accord ?

— O.K., répondit Harry en glissant le paquet dans la poche intérieure de son blouson.

Il n'avait aucune idée de ce que c'était mais il savait que, de toute façon, il ne s'en servirait pas. Ce ne serait pas lui, Harry, qui inciterait Sirius à quitter la sécurité de son refuge, quelle que soit la façon dont Rogue le traiterait pendant ses leçons d'occlumancie.

— Bon, allons-y, dit Sirius.

Avec un sombre sourire, il donna une tape sur l'épaule de Harry et, avant que celui-ci ait pu dire quelque chose, ils montèrent les marches qui menaient dans le hall et s'arrêtèrent, entourés par les Weasley, devant la porte d'entrée, chargée de chaînes et de verrous.

— Au revoir, Harry, prends bien soin de toi, dit Mrs Weasley en le serrant contre elle.

— A bientôt, Harry, et continue à surveiller les serpents pour moi ! dit Mr Weasley d'un ton cordial en lui serrant la main.

— Oui, d'accord, répondit Harry, l'air hagard.

C'était sa dernière chance de recommander à Sirius d'être prudent. Il se retourna, regarda son parrain dans les yeux et ouvrit la bouche pour parler mais, avant d'avoir pu prononcer le moindre mot, Sirius le serra brièvement contre lui et lança d'un ton bourru :

— Veille bien sur toi.

Un instant plus tard, Harry se trouva emporté dans l'atmosphère glacée de l'hiver, Tonks (déguisée ce jour-là en une grande femme aux cheveux gris fer, toute vêtue de tweed) le poussant vers les marches du perron.

La porte du numéro 12 claqua derrière eux et ils suivirent Lupin au bas des marches. Quand il eut posé le pied sur le trottoir, Harry regarda par-dessus son épaule. La maison du numéro 12 rétrécissait rapidement tandis que celles qui l'encadraient s'élargissaient en l'écrasant de plus en plus. En un clin d'œil, elle avait disparu.

— Venez, plus vite on sera dans le bus, mieux ça vaudra, dit Tonks.

Harry remarqua une lueur d'inquiétude dans ses yeux lorsqu'elle jeta un regard autour de la place. Lupin tendit brusquement son bras droit.

BANG !

Un autobus à double impériale, d'une éclatante couleur violette, venait de surgir de nulle part, évitant de peu le réverbère le plus proche qui fit un bond en arrière pour libérer le passage.

Un jeune homme boutonneux aux oreilles en chou-fleur sauta à terre.

— Bienvenue à bord du..., commença-t-il.

— Oui, oui, c'est ça, on connaît, merci, l'interrompit Tonks. Allez, vite, montez...

Elle poussa Harry vers le marchepied, devant le contrôleur qui le regarda avec des yeux ronds.

— Oh mais... c'est Harry !

— Si jamais tu prononces son nom, je te jette un sort qui te plongera dans un oubli définitif, menaça Tonks en poussant à présent Ginny et Hermione à bord du bus.

— J'ai toujours voulu monter dans ce truc-là, dit Ron d'un ton joyeux.

Il avait rejoint Harry et regardait autour de lui d'un air ravi.

La dernière fois que Harry avait pris le Magicobus, il faisait nuit et il était rempli de lits en cuivre. Aujourd'hui, la matinée venait tout juste de commencer et les lits avaient fait place à un entassement de chaises et de fauteuils dépareillés disposés au hasard autour des fenêtres. Des sièges étaient tombés lorsque le bus s'était brutalement arrêté square Grimmaurd, précipitant sur le plancher des sorcières et des sorciers qui se relevaient en grommelant. Un sac à provisions avait glissé sur toute la longueur du bus, semant sur son passage un mélange peu ragoûtant d'œufs de grenouille, de cafards et de biscuits fourrés.

— Il va falloir qu'on se sépare en deux groupes, dit vivement Tonks qui cherchait des yeux des sièges inoccupés. Fred, George et Ginny, allez vous asseoir là-bas, au fond... Remus restera avec vous.

Elle emmena ensuite Harry, Ron et Hermione tout en haut du bus où ils trouvèrent deux chaises vides à l'avant et deux autres à l'arrière. Stan Rocade, le contrôleur, suivit avidement Harry et Ron qui allèrent s'installer à l'arrière. Les autres passagers regardèrent passer Harry et, lorsqu'il s'assit, il vit les têtes se tourner à nouveau vers l'avant.

Harry et Ron tendirent six Mornilles à Stan tandis que le bus repartait en oscillant dangereusement. Dans un grondement, il tourna autour du square Grimmaurd, montant à plusieurs reprises sur le trottoir puis, avec un nouveau BANG ! impressionnant, ils furent tous projetés en arrière. La chaise de Ron bascula et Coquecigrue, qui était sur ses genoux, s'échappa de sa cage en lançant de petits hululements frénétiques et voleta jusqu'à l'avant où il vint se poser sur l'épaule d'Hermione. Harry, qui avait échappé de peu à la chute en s'accrochant à un chandelier fixé à la cloison, regarda par la fenêtre. Ils fonçaient à présent sur ce qui semblait une autoroute.

— On est tout près de Birmingham, annonça joyeusement Stan, répondant à la question muette de Harry pendant que Ron se relevait tant bien que mal. Alors, ça va comme tu veux, Harry ? J'ai vu ton nom dans le journal plein de fois cet été, mais on peut pas dire qu'ils ont été très gentils avec toi. J'ai dit à Ern, moi, il m'a pas semblé dingue du tout quand on l'a vu, j'ai dit, et c'est bien une preuve, ça, non ?

Il leur rendit leurs tickets et continua de fixer Harry d'un regard fasciné. Apparemment, Stan ne s'inquiétait pas de la folie des gens, du moment qu'ils étaient suffisamment célèbres pour qu'on parle d'eux dans les journaux. Le Magicobus se pencha d'une manière alarmante en doublant une file de voitures du mauvais côté. Harry jeta un regard vers l'avant et vit Hermione se cacher les yeux, Coquecigrue se balançant joyeusement sur son épaule.

BANG !

Les sièges glissèrent à nouveau en arrière tandis que le Magicobus sautait de l'autoroute de Birmingham sur une petite route de campagne aux virages en épingle à cheveux. Des deux côtés de la chaussée, des haies s'écartaient précipitamment lorsque le bus montait sur le talus. Ils passèrent ensuite dans la rue principale d'une petite ville animée, puis sur un viaduc entouré de hautes collines avant de s'engager sur une route balayée par le vent, entre de hauts immeubles d'habitation. A chaque changement de décor, un BANG ! sonore retentissait.

— J'ai changé d'avis, marmonna Ron en se relevant après être tombé par terre pour la sixième fois. Je ne veux plus jamais mettre les pieds dans ce machin.

— Hé, le prochain arrêt, c'est Poudlard, dit Stan d'un ton réjoui en oscillant vers eux. La bonne femme qu'est montée avec vous, celle qui commande, elle nous a donné un petit pourboire pour qu'on vous fasse passer avant les autres. On va simplement déposer Madame Dumarais — à l'étage inférieur, on entendit un haut-le-corps suivi d'un horrible gargouillement —, elle est pas bien en forme.

Quelques minutes plus tard, le Magicobus s'arrêta dans un crissement de pneus devant un petit pub qui se tassa un peu pour éviter la collision. Ils entendirent Stan aider la malheureuse Madame Dumarais à descendre sous les murmures de soulagement des autres passagers. Le bus repartit et...

BANG !

Ils roulaient à présent dans la grand-rue enneigée de Pré-au-Lard. Harry aperçut l'enseigne de La Tête de Sanglier qui se balançait au vent. Des flocons de neige s'écrasaient contre l'immense pare-brise, à l'avant du bus. Enfin, ils s'arrêtèrent devant le portail de Poudlard.

Lupin et Tonks les aidèrent à sortir leurs bagages avant de descendre leur dire au revoir. Harry jeta un coup d'œil aux trois étages du Magicobus et vit que tous les passagers les observaient, le nez collé aux vitres.

— Vous serez en sécurité dès que vous aurez franchi l'enceinte de Poudlard, assura Tonks en scrutant la route déserte. Bon trimestre !

— Prenez bien soin de vous, dit Lupin qui serra la main de tout le monde en terminant par celle de Harry. Et toi, écoute-moi bien, ajouta-t-il en baissant la voix pendant que les autres prolongeaient leurs effusions avec Tonks. Je sais que tu n'aimes pas Rogue mais c'est un excellent occlumens et nous voulons tous, y compris Sirius, que tu apprennes à te protéger. Alors, travaille dur, d'accord ?

— Ouais, d'accord, répondit Harry d'un ton lourd, en regardant le visage prématurément ridé de Lupin. A bientôt.

Harry, Hermione et les Weasley remontèrent à grand-peine l'allée glissante qui menait au château, traînant derrière eux leurs énormes valises. Hermione parlait déjà de tricoter quelques chapeaux d'elfes avant d'aller se coucher. Lorsqu'ils arrivèrent devant les grandes portes de chêne, Harry jeta un regard en arrière. Le Magicobus était déjà reparti et, en pensant à ce qui l'attendait le lendemain soir, il aurait presque souhaité être resté à bord.

Harry passa la plus grande partie du lendemain à redouter ce qui allait se produire le soir. Le double cours de potions du matin ne fit rien pour dissiper ses appréhensions. Rogue s'y montra aussi désagréable qu'à l'ordinaire. Les questions des membres de l'A.D. qui l'abordaient sans cesse dans les couloirs, entre les classes, pour lui demander s'il y aurait une réunion ce soir-là, n'améliorèrent pas son humeur.

— Je vous ferai savoir de la manière habituelle la date de la prochaine séance, répétait-il sans relâche. Mais ce soir, c'est impossible, je dois prendre... heu... des cours de rattrapage en potions.

— *Rattrapage en potions ?* s'exclama dédaigneusement Zacharias Smith qui avait coincé Harry dans le hall d'entrée après le déjeuner. Tu dois être vraiment nul. Rogue ne donne jamais de cours particuliers.

Smith s'éloigna d'un pas allègre qui avait quelque chose de particulièrement agaçant. Ron le regarda partir, l'air furieux.

— Tu veux que je lui jette un sort ? Je peux encore le faire d'ici, dit-il en sortant sa baguette magique qu'il pointa entre les omoplates de Smith.

— Laisse tomber, dit Harry, la mine maussade. C'est ce que tout le monde va penser, non ? Que je suis vraiment stup...

— Bonjour, Harry, dit une voix derrière lui.

Il se retourna et vit Cho.

— Oh, dit-il en sentant son estomac faire un bond. Salut.

— On se retrouve à la bibliothèque, Harry, dit fermement Hermione qui prit Ron par le bras et l'entraîna vers l'escalier de marbre.

— Tu as passé un bon Noël ? demanda Cho.

— Oui, pas mal, répondit Harry.

— Le mien était plutôt calme.

Pour une raison qu'il ignorait, Cho paraissait un peu gênée.

— Heu... poursuivit-elle, il y a une autre sortie à Pré-au-Lard le mois prochain, tu as vu ?

— Quoi ? Ah non, je n'ai pas encore regardé le tableau d'affichage depuis mon retour.

— C'est le jour de la Saint-Valentin...

— Ah, très bien, dit Harry en se demandant pourquoi elle lui annonçait cela. J'imagine que tu veux...

— Seulement si tu le veux aussi, s'empressa-t-elle d'ajouter.

Harry la regarda d'un air étonné. Il s'apprêtait à dire : «J'imagine que tu veux savoir la date de la prochaine réunion ?» Mais sa réponse ne semblait pas convenir.

— Je... heu..., dit-il.

— Oh, ce n'est pas grave si tu ne veux pas, dit Cho, l'air mortifié. Ne t'inquiète pas. A... à un de ces jours.

Et elle s'en alla. Harry la regarda s'éloigner, en faisant travailler frénétiquement ses méninges. Tout à coup, les rouages se mirent en place.

— Cho ! Hé... CHO !

Il courut après elle et la rattrapa au milieu de l'escalier de marbre.

— Heu... Tu veux sortir avec moi à Pré-au-Lard, le jour de la Saint-Valentin ?

— Oooh oui ! répondit-elle avec un grand sourire en devenant écarlate.

— Bon... Ben... alors, c'est d'accord, dit Harry.

Avec le sentiment qu'en définitive, cette journée ne serait pas complètement perdue, il bondit littéralement jusqu'à la bibliothèque pour aller chercher Ron et Hermione avant leurs cours de l'après-midi.

A six heures ce soir-là, cependant, même le bien-être qu'il éprouvait après avoir invité avec succès Cho à l'accompagner à Pré-au-Lard ne parvenait pas à alléger la menace qui pesait sur lui avec de plus en plus d'intensité à mesure qu'il approchait du bureau de Rogue.

Lorsqu'il arriva devant la porte, il s'arrêta quelques instants en songeant qu'il aurait préféré se retrouver n'importe où ailleurs, ou presque, puis il prit une profonde inspiration, frappa et entra.

Les murs de la pièce plongée dans la pénombre étaient recouverts d'étagères surchargées de centaines de bocaux dans lesquels de petits morceaux visqueux d'animaux ou de plantes flottaient dans des potions de diverses couleurs. Au fond de la pièce se trouvait l'armoire que Rogue avait un jour accusé Harry – non sans raison – d'avoir fouillée pour y voler des ingrédients. L'attention de Harry fut attirée par une bassine de pierre peu profonde, gravée de runes et de symboles, posée sur le bureau à la lueur des chandelles. Harry la reconnut tout de suite : c'était la Pensine de Dumbledore. Il se demanda ce qu'elle pouvait bien faire là et sursauta lorsque la voix glacée de Rogue s'éleva de l'ombre :

– Fermez la porte derrière vous, Potter.

Harry obéit en éprouvant l'horrible impression qu'il s'emprisonnait lui-même. Lorsqu'il se retourna, Rogue était apparu dans la lumière et montrait silencieusement la chaise qui faisait face à son bureau. Harry s'assit, Rogue également, ses yeux noirs et froids fixés sur lui, une expression d'antipathie gravée dans chaque ride de son visage.

– Bien... Potter, vous savez pourquoi vous êtes ici, dit-il. Le directeur m'a demandé de vous enseigner l'occlumancie. J'espère simplement que vous manifesterez de meilleures dispositions dans l'étude de cette matière que dans celle des potions.

– Très bien, dit sobrement Harry.

– Ceci n'est peut-être pas un cours ordinaire, Potter, reprit Rogue, en plissant les yeux d'un air mauvais, mais je reste votre professeur et vous êtes prié par conséquent de toujours m'appeler « professeur » ou « monsieur ».

– Oui... monsieur, répondit Harry.

– Bien. L'occlumancie. Comme je vous l'ai déjà dit dans la cuisine de votre cher parrain, cette branche de la magie a pour objet de fermer l'esprit aux intrusions et influences extérieures.

– Et pourquoi le professeur Dumbledore pense-t-il que j'en ai besoin, monsieur ? interrogea Harry, les yeux fixés sur ceux de Rogue, en se demandant s'il allait répondre.

Rogue soutint son regard pendant un moment puis déclara d'un ton méprisant :

— Même vous, vous auriez pu le comprendre, Potter. Le Seigneur des Ténèbres est très habile en matière de legilimancie...

— De quoi ? *Monsieur ?*

— Il s'agit de la faculté d'extraire de l'esprit d'autrui des sentiments ou des souvenirs...

— Vous voulez dire qu'il arrive à lire dans les pensées ? dit aussitôt Harry qui voyait ses pires craintes confirmées.

— Vous êtes totalement dépourvu de subtilité, Potter, répliqua Rogue, ses yeux noirs étincelant. Vous ne comprenez pas les nuances. C'est l'un des défauts qui font de vous un si lamentable préparateur de potions.

Rogue resta un moment silencieux, tout à son plaisir d'insulter Harry, puis il poursuivit :

— Seuls les Moldus parlent de lire dans les pensées. Les pensées ne sont pas un livre qu'on ouvre et qu'on peut feuilleter tout à loisir. Elles ne sont pas gravées à l'intérieur du crâne, à la disposition du premier intrus qui passera par là. L'esprit est une chose complexe qui comporte de nombreuses couches successives, Potter ; chez la plupart des gens, en tout cas... (Il eut un petit rire ironique.) Il est vrai, cependant, que ceux qui maîtrisent la legilimancie sont capables, dans certaines conditions, de plonger dans l'esprit de leurs victimes et d'interpréter correctement ce qu'ils y découvrent. Le Maître des Ténèbres, par exemple, sait toujours lorsque quelqu'un lui ment. Seuls ceux qui pratiquent l'occlumancie arrivent à interdire tout accès aux sentiments ou aux souvenirs qui contredisent leurs mensonges et peuvent ainsi proférer de fausses affirmations en sa présence sans qu'il parvienne à les détecter.

Rogue pouvait bien raconter ce qu'il voulait, Harry ne voyait aucune différence entre la legilimancie et le fait de lire dans les pensées, et tout cela ne lui disait rien qui vaille.

– Alors, il pourrait savoir ce que nous pensons en ce moment même ? Monsieur ?

– Le Seigneur des Ténèbres se trouve très loin d'ici et les murs, ainsi que le parc de Poudlard, sont protégés par de très anciens charmes et sortilèges qui assurent la sécurité physique et mentale de ceux qui y résident, dit Rogue. Le temps et l'espace ont une grande importance en matière de magie, Potter. Le contact visuel est souvent essentiel dans l'exercice de la legilimancie.

– Dans ce cas, pourquoi dois-je apprendre l'occlumancie ?

Rogue dévisagea Harry en caressant ses lèvres d'un doigt long et fin.

– Les règles habituelles ne paraissent pas s'appliquer à vous, Potter. Le maléfice qui a failli vous tuer semble avoir établi une sorte de connexion entre vous et le Seigneur des Ténèbres. L'observation laisse penser qu'à certains moments, lorsque votre esprit est le plus détendu et le plus vulnérable – quand vous êtes endormi, par exemple –, vous partagez ses pensées et ses émotions. Le directeur estime qu'il n'est pas souhaitable que cette situation se prolonge. Il désire donc que je vous apprenne à interdire l'accès de votre esprit au Seigneur des Ténèbres.

Harry sentait à nouveau son cœur battre à tout rompre. Tout cela n'était pas très logique.

– Mais pourquoi le professeur Dumbledore veut-il y mettre fin ? demanda abruptement Harry. Je ne peux pas dire que ça me plaise beaucoup mais c'est quand même utile, non ? J'ai vu ce serpent attaquer Mr Weasley. Si je n'avais rien vu du tout, le professeur Dumbledore n'aurait pas réussi à le sauver, vous ne croyez pas ? Monsieur ?

Rogue observa Harry pendant quelques instants, caressant toujours ses lèvres d'un doigt. Lorsqu'il reprit la parole, il s'exprima lentement, posément, comme s'il pesait chaque mot :

– Il apparaît que le Seigneur des Ténèbres n'a pris conscience de cette connexion entre vous et lui que très récemment.

Jusqu'alors, il semble que vous éprouviez ses émotions et que vous partagiez ses pensées sans qu'il en ait connaissance. Cependant, la vision que vous avez eue peu avant Noël...

— Celle avec le serpent et Mr Weasley ?

— Ne m'interrompez pas, Potter, lança Rogue d'une voix menaçante. Comme je le disais, la vision que vous avez eue peu avant Noël a représenté une intrusion si puissante dans les pensées du Seigneur des Ténèbres...

— J'étais dans la tête du serpent, pas dans la sienne !

— Je croyais vous avoir dit de ne pas m'interrompre, Potter ?

Mais Harry se moquait bien de la colère de Rogue. Au moins, il abordait enfin le fond de la question. Il s'était avancé sur sa chaise à tel point que, sans s'en rendre compte, il était à présent perché tout au bord, aussi tendu que s'il s'apprêtait à s'envoler.

— Comment se fait-il que j'aie vu la scène à travers l'œil du serpent si ce sont les pensées de Voldemort que je partage ?

— *Ne prononcez pas le nom du Seigneur des Ténèbres !* vociféra Rogue.

Il y eut un terrible silence. Tous deux se fusillèrent du regard par-dessus la Pensine.

— Le professeur Dumbledore prononce bien son nom, lui, dit Harry à mi-voix.

— Dumbledore est un sorcier aux pouvoirs extrêmement puissants, marmonna Rogue. *Lui* ne craint peut-être pas de l'appeler par son nom... mais nous...

Il massa son avant-bras gauche, d'un geste apparemment machinal, à l'endroit où Harry savait qu'était gravée dans sa peau la Marque des Ténèbres.

— Je voulais simplement savoir, recommença Harry en se forçant à reprendre une voix polie, pourquoi...

— Il semble que vous vous soyez trouvé dans la tête du serpent parce que c'était là qu'était le Seigneur des Ténèbres à ce moment précis, gronda Rogue. Il avait pris possession du reptile et c'est pourquoi vous avez rêvé que vous étiez à l'intérieur.

— Et Vol... et lui, il s'est rendu compte que j'étais là ?

— Apparemment, oui, répondit Rogue avec froideur.

— Comment le savez-vous ? demanda aussitôt Harry. Est-ce que le professeur Dumbledore l'a simplement deviné ou...

— Je vous ai déjà dit, l'interrompit Rogue, raide dans son fauteuil, des fentes à la place des yeux, de m'appeler « monsieur ».

— Oui, monsieur, répondit Harry, agacé. Mais comment savez-vous... ?

— Il suffit que nous sachions, répliqua Rogue d'un ton autoritaire. Le point important, c'est que le Seigneur des Ténèbres sait maintenant que vous avez accès à ses pensées et à ses émotions. Il en a déduit que le processus pouvait sans doute s'inverser, c'est-à-dire que lui aussi avait la possibilité d'accéder à vos pensées et à vos émotions...

— Et il pourrait essayer de me faire faire des choses ? interrogea Harry. *Monsieur ?* s'empressa-t-il d'ajouter.

— Il pourrait, en effet, dit Rogue, d'un ton froid et indifférent. Ce qui nous ramène à l'occlumancie.

Il sortit sa baguette magique d'une poche intérieure de sa robe et Harry se raidit sur sa chaise mais Rogue se contenta de lever sa baguette vers sa tempe et d'en appliquer l'extrémité à la racine de ses cheveux graisseux. Lorsqu'il l'en retira, une substance argentée y était collée et s'étirait entre la tempe et la baguette comme les filaments d'une épaisse toile d'araignée. Il éloigna un peu plus la baguette, le filament se détacha de sa tempe et tomba avec grâce dans la Pensine où il tournoya dans des reflets blancs et argent, ni gazeux ni liquides. A deux reprises, Rogue leva à nouveau la baguette vers sa tempe et déposa la substance argentée dans la bassine de pierre. Puis, sans donner la moindre explication, il prit précautionneusement la Pensine, la posa sur une étagère un peu plus loin et revint se placer devant Harry, sa baguette magique pointée sur lui.

— Levez-vous et sortez votre baguette, Potter.

Harry se leva avec une certaine appréhension. Ils étaient face à face, séparés par le bureau.

– Vous pouvez utiliser votre baguette pour essayer de me désarmer ou de vous défendre de la manière qui vous conviendra, dit Rogue.

– Qu'est-ce que vous allez faire ? demanda Harry en regardant avec inquiétude la baguette de Rogue.

– Je vais essayer d'entrer de force dans votre esprit, répondit Rogue à mi-voix. Nous verrons si vous parvenez à résister. On m'a dit que vous aviez déjà montré certaines aptitudes à combattre le sortilège de l'Imperium. Vous verrez qu'il faut faire appel à des pouvoirs similaires dans le cas présent... Préparez-vous, attention ! *Legilimens !*

Rogue avait attaqué avant que Harry soit prêt, avant même qu'il ait pu concentrer la moindre force mentale. Le décor se mit à flotter autour de lui puis disparut. Des images se succédaient dans son esprit, comme un film si réaliste qu'il occultait tout le reste.

Il avait cinq ans, il regardait Dudley pédaler sur son nouveau vélo rouge vif et son cœur débordait d'envie... Il avait neuf ans et Molaire, le bouledogue, le poursuivait en l'obligeant à se réfugier en haut d'un arbre, sous les rires de la famille Dursley qui observait la scène depuis la pelouse... Il était assis sous le Choixpeau magique qui lui disait qu'il pourrait faire de grandes choses à Serpentard... Hermione était allongée sur un lit de l'infirmerie, le visage recouvert d'une épaisse toison noire... Une centaine de Détraqueurs s'avançaient vers lui, sur la rive du lac... Cho Chang s'approchait sous la branche de gui...

« Non, dit une voix dans la tête de Harry, tandis que Cho s'approchait de plus en plus, il ne doit pas voir ça, il ne doit pas voir ça, c'est ma vie privée... »

Il ressentit une douleur aiguë au genou. Le bureau de Rogue était réapparu et Harry s'aperçut qu'il était tombé par terre. Dans sa chute, l'un de ses genoux s'était cogné douloureusement contre un pied de la table. Il leva les yeux vers Rogue qui avait abaissé sa baguette et se massait le poignet, à un endroit où sa peau était enflée, comme s'il venait de se brûler.

— Vous avez fait exprès de lancer un maléfice Cuisant ? demanda Rogue avec froideur.

— Non, répondit Harry d'un ton amer, en se relevant.

— C'est bien ce que je pensais, dit Rogue avec mépris. Vous m'avez laissé entrer trop loin. Vous avez perdu tout contrôle.

— Vous avez vu tout ce que j'avais dans la tête ? s'inquiéta Harry qui n'était pas sûr de vouloir connaître la réponse.

— Par éclairs, dit Rogue, la lèvre retroussée. A qui appartenait le chien ?

— A ma tante Marge, répondit Harry avec une véritable haine pour Rogue.

— Pour une première tentative, ce n'était pas aussi lamentable qu'on aurait pu le craindre, reprit Rogue en levant à nouveau sa baguette. Vous avez fini par réussir à me bloquer bien que vous ayez perdu du temps et de l'énergie à crier. Vous devez rester concentré. Repoussez-moi avec votre cerveau, vous n'aurez pas besoin de votre baguette.

— J'essaye, dit Harry avec colère, mais vous ne m'expliquez pas comment faire !

— Sur un autre ton, Potter, répliqua Rogue, menaçant. Et maintenant, vous allez fermer les yeux.

Harry lui lança un regard féroce avant d'obéir. Il n'aimait pas du tout l'idée de rester là les yeux fermés, face à Rogue qui pointait sa baguette sur lui.

— Videz votre esprit, Potter, dit Rogue de sa voix glaciale. Débarrassez-vous de toute émotion...

Mais la fureur de Harry continuait de palpiter dans ses veines comme un venin. Se débarrasser de sa colère ? C'était à peu près aussi facile que de s'arracher les jambes...

— Vous n'y parvenez pas, Potter... Vous aurez besoin d'une plus grande discipline... Concentrez-vous, à présent...

Harry essaya de se vider l'esprit, de ne penser à rien, de ne se souvenir de rien, de ne rien ressentir...

– Allons-y... Je compte jusqu'à trois... Un, deux, trois, *Legilimens* !

Un grand dragon noir se cabrait devant lui... Son père et sa mère lui adressaient des signes de la main, de l'autre côté d'un miroir enchanté... Cedric Diggory était allongé sur le sol, ses yeux vides fixés sur lui...

– NOOOOOOOON !

Harry était à nouveau tombé à genoux, le visage dans les mains. Son cerveau lui faisait mal comme si quelqu'un avait essayé de l'arracher de son crâne.

– Levez-vous ! lança sèchement Rogue. Levez-vous ! Vous n'essayez pas, vous ne faites aucun effort. Vous me laissez accéder à des souvenirs qui vous font peur, vous me donnez des armes !

Harry se releva, le cœur cognant frénétiquement contre sa poitrine, comme s'il venait vraiment de voir Cedric mort dans le cimetière. Rogue était encore plus pâle que d'habitude, plus en colère aussi, mais certainement pas aussi furieux que Harry.

– Je-fais-des-efforts, répliqua celui-ci, les dents serrées.

– Je vous avais dit de vous débarrasser de toute émotion !

– Ah oui ? Eh bien, je trouve ça très difficile en ce moment, gronda Harry.

– Alors, vous deviendrez une proie facile pour le Seigneur des Ténèbres ! dit Rogue avec une sorte de sauvagerie. Les idiots qui portent fièrement leur cœur en bandoulière, qui sont incapables de contrôler leurs émotions, qui se complaisent dans les souvenirs les plus tristes et se laissent facilement provoquer – les gens faibles, en d'autres termes – n'ont aucune chance de résister à ses pouvoirs ! Il parviendra à pénétrer votre esprit avec une facilité absurde, Potter !

– Je ne suis pas faible, répondit Harry à voix basse.

La fureur parcourait tout son corps avec une telle force qu'il se sentait prêt à attaquer Rogue à tout moment.

– Alors, prouvez-le ! Maîtrisez-vous ! lança Rogue. Contrôlez votre colère, disciplinez votre esprit ! On va essayer encore une fois ! Préparez-vous ! *Legilimens !*

Il regardait l'oncle Vernon clouer une planche devant la boîte aux lettres à grands coups de marteau... Une centaine de Détraqueurs s'avançaient vers lui sur les rives du lac... Il courait avec Mr Weasley le long d'un couloir sans fenêtres... Ils s'approchaient de la porte noire et lisse, au fond du passage... Harry pensait qu'ils allaient passer par là... Mais Mr Weasley l'entraînait vers la gauche, en direction d'une volée de marches qui descendaient...

– JE SAIS ! JE SAIS !

Il était à nouveau à quatre pattes sur le sol. Sa cicatrice le picotait désagréablement, mais c'était un cri de triomphe qu'il avait lancé. Il se releva et se retrouva devant Rogue qui l'observait, sa baguette en l'air. Cette fois-ci, on aurait dit que Rogue avait levé le sortilège avant même que Harry ait eu le temps de le combattre.

– Qu'est-ce qui s'est passé, Potter ? demanda-t-il en dévisageant Harry d'un regard intense.

– J'ai vu... Je me suis souvenu, répondit Harry d'une voix haletante, je viens de me rendre compte...

– De vous rendre compte de quoi ? interrogea sèchement Rogue.

Harry ne répondit pas tout de suite. Frottant sa cicatrice, il savourait encore le moment où il avait enfin compris dans un éclair aveuglant...

Depuis des mois, il rêvait d'un couloir sans fenêtres qui menait à une porte verrouillée, sans s'être aperçu qu'il s'agissait d'un endroit bien réel. A présent, après avoir revu ce souvenir, il savait qu'il s'agissait du couloir dans lequel il avait couru avec Mr Weasley, le 12 août dernier, alors qu'ils se rendaient en hâte dans la salle du tribunal. Le couloir conduisait au Département des mystères et c'était là également que se trouvait Mr Weasley la nuit où le serpent de Voldemort l'avait attaqué.

Harry leva les yeux vers Rogue.

– Qu'est-ce qu'il y a, au Département des mystères ?

– Qu'avez-vous dit ? demanda Rogue à voix basse.

Avec une profonde satisfaction, il vit Rogue déconcerté.

– Je vous ai demandé ce qu'il y avait au Département des mystères, *monsieur*, répéta Harry.

– Et pourquoi voulez-vous savoir cela ? dit Rogue avec lenteur.

– Parce que, répondit Harry, guettant sa réaction, le couloir que j'ai revu à l'instant – celui dont je rêve depuis des mois –, je viens de le reconnaître... C'est celui qui mène au Département des mystères... Et je pense que Voldemort veut quelque chose...

– *Je vous ai déjà dit de ne plus prononcer le nom du Seigneur des Ténèbres !*

Ils échangèrent un regard noir. La cicatrice de Harry redevint douloureuse mais peu lui importait. Rogue semblait nerveux. Lorsqu'il reprit la parole, cependant, il s'efforça d'apparaître à nouveau froid et indifférent :

– Le Département des mystères renferme beaucoup de choses, Potter. Mais il n'y en a pas beaucoup que vous pourriez comprendre et aucune qui vous concerne. Suis-je assez clair ?

– Oui, répondit Harry en continuant de frotter sa cicatrice qui lui faisait de plus en plus mal.

– Vous reviendrez mercredi prochain à la même heure. Nous poursuivrons ce travail.

– Très bien, dit Harry.

Il avait hâte de sortir du bureau et d'aller retrouver Ron et Hermione.

– Chaque soir avant de vous endormir, vous devrez faire l'effort de chasser toute émotion. Évacuez ce que vous avez dans la tête, que votre esprit soit vide et paisible, vous comprenez ?

– Oui, répondit Harry qui écoutait à peine.

– Et je vous avertis, Potter... Je le saurai si vous n'avez pas fait ces exercices...

– C'est ça, marmonna Harry.

Il ramassa son sac, l'accrocha à son épaule et s'avança à grands pas vers la porte du bureau. En l'ouvrant, il jeta un coup d'œil à Rogue qui lui tournait le dos et repêchait ses propres pensées dans la Pensine, du bout de sa baguette magique, pour les remettre soigneusement dans sa tête. Harry sortit sans un mot, en refermant la porte avec précaution, sa cicatrice toujours traversée de douloureux élancements.

Il trouva Ron et Hermione à la bibliothèque où ils travaillaient à la nouvelle pile de devoirs qu'avait donnée Ombrage. D'autres élèves, presque tous des cinquième année, étaient assis à des tables éclairées par des lampes, le nez collé à leurs livres, dans un grattement de plumes fébrile tandis que, derrière les fenêtres à meneaux, le ciel devenait de plus en plus noir. Le seul autre bruit était le couinement que produisait l'une des chaussures de Madame Pince, la bibliothécaire, qui rôdait parmi les rayons d'un air menaçant. Quiconque s'avisait de toucher à ses précieux ouvrages ne tardait pas à sentir son souffle dans son cou.

Harry tremblait. Sa cicatrice ne cessait de lui faire mal et il se sentait presque fiévreux. Lorsqu'il s'assit en face de Ron et d'Hermione, il aperçut son reflet dans une vitre. Il était très pâle et sa cicatrice semblait plus apparente qu'à l'ordinaire.

– Comment ça s'est passé ? chuchota Hermione.

Puis, soudain inquiète, elle ajouta :

– Ça va, Harry ?

– Oui… Très bien… enfin, je ne sais pas, répondit-il d'un ton impatient en faisant une grimace de douleur. Écoutez… Je viens de réaliser quelque chose…

Et il leur raconta ce qu'il venait de voir.

– Tu… tu veux dire…, murmura Ron, alors que Madame Pince passait devant eux dans un léger couinement, que l'arme – celle que cherche Tu-Sais-Qui – se trouverait au ministère de la Magie ?

— Au Département des mystères, très certainement, chuchota Harry. J'ai vu cette porte quand ton père m'a emmené dans la salle du tribunal et c'est la même qu'il gardait quand le serpent l'a mordu.

Hermione laissa échapper un long et profond soupir.

— Évidemment, souffla-t-elle.

— Évidemment quoi ? dit Ron, agacé.

— Ron, réfléchis... Sturgis Podmore a essayé de forcer une porte au ministère de la Magie... C'était sûrement celle-là, ça ne peut pas être une simple coïncidence.

— Comment se fait-il que Sturgis ait tenté de forcer la porte que mon père gardait alors qu'il est de notre côté ? fit remarquer Ron.

— Je n'en sais rien, avoua Hermione. C'est un peu étrange...

— Qu'est-ce qu'il y a au Département des mystères ? demanda Harry à Ron. Est-ce que ton père t'en a déjà parlé ?

— Tout ce que je sais, c'est que les gens qui y travaillent sont surnommés les Langues-de-plomb, répondit Ron en fronçant les sourcils. Parce que personne ne semble savoir vraiment ce qu'ils font. C'est un endroit bizarre pour cacher une arme.

— Pas bizarre du tout, très logique, au contraire, objecta Hermione. Il doit s'agir de quelque chose de top secret sur lequel a travaillé le ministère... Harry, tu es sûr que ça va ?

Harry venait de frotter sa cicatrice de ses deux mains, comme pour la rendre plus lisse.

— Oui... Très bien..., dit-il en reposant sur la table ses mains tremblantes. Je me sens simplement un peu... Je n'aime pas beaucoup l'occlumancie.

— N'importe qui se sentirait secoué si quelqu'un essayait sans arrêt d'entrer dans sa tête, dit Hermione d'un ton compatissant. Venez, on va retourner dans la salle commune, on sera mieux installés.

Mais la salle commune était bondée et retentissait d'éclats de rire et de hurlements surexcités. Fred et George étaient en train de faire une démonstration de leur dernière invention en matière de farces et attrapes.

— Le Chapeau-sans-Tête ! annonça George tandis que Fred agitait devant les élèves un chapeau pointu orné d'une grosse plume rose. Deux Gallions pièce. Regardez bien ce que va faire Fred. Vas-y !

Avec un grand sourire, Fred enfonça le chapeau sur sa tête. Pendant un instant, il eut l'air simplement stupide puis tout à coup le chapeau et sa tête disparurent en même temps.

Tout le monde hurla de rire, à part quelques filles qui s'étaient mises à crier de terreur.

— Et hop, on l'enlève ! s'exclama George.

Pendant un moment, la main de Fred tâtonna dans ce qui semblait être le vide, au-dessus de son épaule, puis sa tête réapparut lorsqu'il enleva d'un grand geste le chapeau à la plume rose.

— Comment fonctionnent ces chapeaux ? se demanda Hermione à haute voix.

Distraite de ses devoirs, elle regardait Fred et George.

— De toute évidence, il s'agit d'un sortilège d'Invisibilité mais c'est assez habile d'avoir réussi à en étendre le champ au-delà de l'objet ensorcelé… J'imagine que le sortilège ne doit pas durer très longtemps.

Harry ne répondit pas. Il se sentait mal.

— Je ferai ça demain, marmonna-t-il en remettant dans son sac les livres qu'il venait tout juste d'en sortir.

— Note-le dans ton planning de devoirs ! lui conseilla Hermione. Comme ça, tu ne l'oublieras pas !

Harry échangea un regard avec Ron puis fouilla dans son sac et en sortit le planning qu'il ouvrit timidement.

Ne remets pas à demain, espèce de bon à rien ! lança le carnet d'un ton réprobateur pendant que Harry notait le devoir à faire pour Ombrage.

Hermione paraissait enchantée.

– Je crois que je vais aller me coucher, dit Harry.

Il rangea le planning dans son sac en se promettant de le jeter au feu à la première occasion. Puis il traversa la salle commune, évitant George qui essaya de le coiffer d'un Chapeau-sans-Tête, et se réfugia dans la fraîcheur paisible de l'escalier de pierre. Il se sentait de nouveau malade, comme la nuit où il avait eu la vision du serpent, mais il pensait qu'il lui suffirait de s'allonger un moment pour aller mieux.

Il avait ouvert la porte du dortoir et s'était avancé d'un pas à l'intérieur lorsqu'il éprouva une douleur si aiguë qu'il eut l'impression d'avoir la tête coupée en deux. Il ne savait plus où il était, s'il était couché ou debout, ne se souvenait même plus de son nom.

Un rire de dément résonnait dans sa tête... Il ressentait un bonheur qu'il n'avait pas connu depuis très longtemps... Jubilant, extatique, triomphant... Une chose absolument merveilleuse venait de se produire...

– Harry ? HARRY ?

Quelqu'un l'avait frappé au visage. Le rire démentiel fut ponctué d'un cri de douleur. La sensation de bonheur s'échappait, mais le rire persistait.

Il ouvrit les yeux et s'aperçut alors que ce rire déchaîné sortait de sa propre bouche. Dès qu'il s'en fut rendu compte, le rire s'évanouit. Harry était allongé sur le sol, la respiration précipitée, les yeux fixés au plafond, sa cicatrice traversée d'horribles douleurs. Ron s'était penché sur lui, l'air très inquiet.

– Qu'est-ce qui s'est passé ? demanda-t-il.

– Je ne sais pas, haleta Harry en se redressant. Il est vraiment heureux... très, très heureux...

– Tu-Sais-Qui est heureux ?

– Il s'est passé quelque chose de très bien pour lui, marmonna Harry.

Il tremblait autant qu'après avoir vu le serpent attaquer Mr Weasley et il se sentait pris de nausées.

— Quelque chose qu'il espérait.

Les mots sortirent de ses lèvres comme cela s'était produit dans les vestiaires de Gryffondor, quand il avait eu la sensation qu'un étranger parlait par sa bouche, et il savait qu'ils exprimaient la vérité. Harry respira profondément à plusieurs reprises pour s'empêcher de vomir sur Ron. Il était content que Dean et Seamus ne soient pas là pour le regarder, cette fois.

— Hermione m'a dit de monter voir comment tu allais, murmura Ron en l'aidant à se relever. Elle dit que tes défenses doivent être affaiblies après tout ce que Rogue t'a fait subir en bricolant dans ton cerveau... Mais je pense quand même que ça te sera utile à long terme, non ?

Il regarda Harry d'un air sceptique tandis qu'il l'aidait à regagner son lit. Harry hocha la tête sans conviction et s'effondra sur ses oreillers. Il était tombé si souvent par terre, ces dernières heures, qu'il avait mal partout et sa cicatrice restait douloureuse. Il ne put s'empêcher de penser que sa première incursion dans le domaine de l'occlumancie avait affaibli sa résistance mentale au lieu de la renforcer et il se demanda avec un sentiment d'angoisse quel était l'événement qui avait rendu Lord Voldemort plus heureux qu'il ne l'avait jamais été depuis quatorze ans.

25

LE SCARABÉE SOUS CONTRÔLE

L a question que se posait Harry trouva sa réponse dès le lendemain matin. Lorsque Hermione reçut son exemplaire de *La Gazette du sorcier*, elle le déplia, regarda la première page et laissa échapper un cri aigu qui fit tourner les têtes de tous ses voisins de table.

– Quoi ? s'exclamèrent Harry et Ron d'une même voix.

Pour toute réponse, elle étala le journal sur la table et leur montra dix photographies en noir et blanc qui occupaient la plus grande partie de la une. Neuf d'entre elles représentaient des sorciers, la dixième une sorcière. Certains avaient une expression narquoise, comme s'ils se moquaient d'eux silencieusement, d'autres pianotaient d'un air insolent sur le bord de la photo. Chaque portrait s'accompagnait d'une légende précisant le nom du sorcier et le crime pour lequel il avait été envoyé à Azkaban.

« Antonin Dolohov », disait la légende sous la photo d'un sorcier au long visage pâle et tordu qui regardait Harry d'un air sarcastique, « condamné pour les meurtres particulièrement brutaux de Gideon et Fabian Prewett. »

« Augustus Rookwood », indiquait la légende sous la photo d'un sorcier au visage grêlé, les cheveux graisseux, qui avait l'air de s'ennuyer ferme, appuyé contre le bord de son cadre, « condamné pour avoir communiqué des secrets du ministère de la Magie à Celui-Dont-On-Ne-Doit-Pas-Prononcer-Le-Nom. »

Mais le regard de Harry fut surtout attiré par la photo de la sorcière. Son visage lui avait sauté aux yeux dès l'instant où il avait vu le journal. Elle avait de longs cheveux bruns qui paraissaient négligés et décoiffés sur la photo mais qu'il avait vus lisses, épais et brillants. La femme lui lançait des regards noirs sous de lourdes paupières et ses lèvres minces esquissaient un sourire plein d'arrogance et de dédain. Comme Sirius, elle conservait les vestiges d'une grande beauté, mais quelque chose – Azkaban, sans doute – lui avait ravi ses attraits.

« Bellatrix Lestrange, condamnée pour tortures ayant entraîné une incapacité permanente sur les personnes de Frank et Alice Londubat. »

Hermione donna un coup de coude à Harry et lui montra le titre au-dessus des photos. Concentré sur le visage de Bellatrix, il ne l'avait pas remarqué.

ÉVASION MASSIVE D'AZKABAN
LE MINISTÈRE CRAINT QUE BLACK SOIT
LE « POINT DE RALLIEMENT »
D'ANCIENS MANGEMORTS

– Black ? dit Harry à haute voix. Pas de...

– *Chut !* murmura Hermione, l'air effaré. Pas si fort. Lis, c'est tout.

Le ministère de la Magie a annoncé tard dans la nuit qu'une évasion massive avait eu lieu à Azkaban.

Recevant les reporters dans son bureau privé, Cornelius Fudge, ministre de la Magie, a confirmé que dix prisonniers sous haute surveillance s'étaient évadés hier en début de soirée et qu'il avait déjà informé le Premier Ministre moldu du caractère dangereux de ces individus.

« Nous nous trouvons malheureusement dans la même situation qu'il y a deux ans et demi, au moment de l'évasion de Sirius Black, l'assassin bien connu, nous a déclaré Fudge. Nous pensons d'ailleurs

que ces deux affaires ne sont pas sans rapport. Une évasion de cette ampleur laisse supposer l'existence d'un concours extérieur et il faut savoir que Black, qui est la première personne à s'être jamais échappée d'Azkaban, serait idéalement placé pour aider d'autres détenus à suivre ses traces. Il nous semble très probable que ces individus, parmi lesquels figure Bellatrix Lestrange, une cousine de Black, se sont rassemblés autour de Black lui-même qu'ils considèrent comme leur chef. Nous faisons cependant tout ce qui est en notre pouvoir pour retrouver les criminels et nous demandons instamment à l'ensemble de la communauté magique de rester prudente et de manifester la plus grande vigilance. En aucun cas ces individus ne doivent être approchés. »

— Et voilà, Harry, dit Ron, horrifié, c'était pour ça qu'il était si heureux hier soir.

— Je n'arrive pas à y croire, gronda Harry. Fudge fait porter la responsabilité de l'évasion sur *Sirius*?

— Il n'avait pas d'autre choix, commenta Hermione avec amertume. Il ne peut quand même pas dire : «Désolé, mesdames et messieurs, Dumbledore m'avait prévenu que ça pouvait arriver, les gardiens d'Azkaban se sont ralliés à Lord Voldemort — arrête de *gémir*, Ron — et voilà maintenant que les plus redoutables partisans de Voldemort se sont évadés, eux aussi. » Tu comprends, il a quand même passé six bons mois à raconter à tout le monde que vous étiez des menteurs, Dumbledore et toi.

Hermione ouvrit grand le journal et commença à lire le reportage en pages intérieures tandis que Harry jetait un regard dans la Grande Salle. Il n'arrivait pas à comprendre que ses condisciples ne soient pas terrorisés par la nouvelle, ou au moins qu'ils n'en parlent pas entre eux mais en fait, rares étaient ceux qui, comme Hermione, lisaient le journal tous les jours. Ils étaient là à discuter de leurs devoirs, de Quidditch ou d'on ne savait quelles autres bêtises alors qu'au-delà de ces murs, dix autres Mangemorts étaient venus grossir les rangs des partisans de Voldemort.

Il se tourna vers la table des professeurs. Là, les choses étaient différentes : Dumbledore et le professeur McGonagall, le visage grave, étaient en grande conversation. Le professeur Chourave avait appuyé son exemplaire de *La Gazette* contre une bouteille de ketchup et lisait la première page avec une telle concentration qu'elle tenait sa cuillère immobile et ne remarquait pas les gouttes de jaune d'œuf qui s'en écoulaient lentement en tombant sur ses genoux. Pendant ce temps, à l'autre bout de la table, le professeur Ombrage s'attaquait à un bol de porridge. Pour une fois, ses gros yeux de crapaud ne balayaient pas la salle à la recherche d'un élève en faute. Elle fronçait les sourcils en vidant son bol à grands coups de cuillère et lançait de temps à autre un regard malveillant en direction de Dumbledore et du professeur McGonagall toujours absorbés dans leur conversation.

– Oh, ça alors..., dit Hermione, surprise, les yeux toujours fixés sur le journal.

– Qu'est-ce qui se passe, encore ? demanda précipitamment Harry, les nerfs à vif.

– C'est... *horrible*, dit Hermione, visiblement ébranlée.

Elle plia le journal à la page 10 et le tendit à Harry et à Ron.

MORT TRAGIQUE D'UN EMPLOYÉ DU MINISTÈRE DE LA MAGIE

L'hôpital Ste Mangouste a promis hier soir de mener une enquête approfondie à la suite de la mort de Broderick Moroz, employé au ministère de la Magie, découvert étranglé dans son lit par une plante en pot. Les guérisseurs appelés sur place n'ont pas pu ranimer Mr Moroz qui avait été blessé dans un accident du travail quelques semaines auparavant.

La guérisseuse Miriam Strout, responsable de la salle où était soigné Mr Moroz au moment des faits, a été aussitôt suspendue et n'a pas souhaité faire de déclaration. En revanche, un porte-parole de l'hôpital a publié le communiqué suivant :

« L'hôpital Ste Mangouste regrette profondément le décès de

Mr Moroz dont l'état de santé s'améliorait de jour en jour avant ce tragique accident.

« Nous avons une réglementation très stricte en ce qui concerne les décorations autorisées dans nos salles, mais il est apparu que la guérisseuse Strout, surchargée de travail en cette période de Noël, n'avait pas mesuré le danger que représentait la plante posée sur la table de chevet de Mr Moroz. Voyant que sa mobilité et sa capacité à s'exprimer étaient en progrès, la guérisseuse Strout a encouragé Mr Moroz à s'occuper lui-même de la plante, sans se rendre compte qu'il ne s'agissait pas d'un innocent Voltiflor mais d'une bouture de Filet du Diable qui a étranglé le convalescent dès qu'il l'a touchée.

« L'hôpital Ste Mangouste n'est pas en mesure d'expliquer pour le moment la présence de cette plante dans la salle et demande à toute sorcière ou sorcier qui pourrait lui fournir des informations à ce sujet de se faire connaître. »

— Moroz... murmura Ron. *Moroz.* Ça me dit quelque chose...

— On l'a vu à Ste Mangouste, vous vous souvenez ? rappela Hermione. Il était dans le lit en face de Lockhart. Il restait immobile à regarder le plafond. Et on a vu le Filet du Diable arriver. La guérisseuse a dit que c'était un cadeau de Noël.

Harry relut l'article. Un sentiment d'horreur lui remonta dans la gorge comme un afflux de bile.

— Comment se fait-il qu'on n'ait pas reconnu le Filet du Diable ? On en a déjà vu, pourtant... Nous aurions pu empêcher ça.

— Qui irait imaginer qu'un Filet du Diable déguisé en plante d'agrément puisse atterrir dans un hôpital ? dit vivement Ron. Ce n'est pas notre faute, c'est la personne qui l'a envoyé qui est responsable ! Il faut être un fameux crétin pour ne pas faire attention à ce qu'on achète !

— Arrête un peu, Ron ! dit Hermione d'une voix tremblante. Personne n'arriverait à planter une bouture de Filet du Diable dans un pot sans se rendre compte qu'il essaye d'étrangler tous ceux qui le touchent. C'est... c'est un meurtre... Et un meurtre très habile... Si la plante a été envoyée anonymement, comment retrouver le coupable ?

Harry ne pensait plus au Filet du Diable. Il se souvenait du jour où il avait pris l'ascenseur pour descendre au neuvième niveau du ministère où avait lieu son audience et de l'homme au teint cireux qui était monté dans la cabine à l'étage de l'atrium.

– J'ai rencontré Moroz, dit-il avec lenteur. Je l'ai vu au ministère avec ton père.

Ron resta bouche bée.

– Je me rappelle, maintenant, j'ai entendu papa en parler à la maison ! C'était une Langue-de-plomb et il travaillait au Département des mystères !

Ils se regardèrent un moment, puis Hermione referma le journal et jeta un coup d'œil furieux aux photos des dix évadés d'Azkaban. Enfin, elle se leva d'un bond.

– Où tu vas ? s'étonna Ron.

– Envoyer une lettre, répondit Hermione en accrochant son sac à l'épaule. C'est... Je ne sais pas si... mais ça vaut le coup d'essayer... et je suis la seule à pouvoir m'en charger.

– Je *déteste* quand elle fait ce genre de chose, grommela Ron.

Harry et lui se levèrent à leur tour et sortirent de la Grande Salle avec beaucoup moins de précipitation.

– Ça la tuerait de nous dire ce qu'elle mijote, pour une fois ? Il lui suffirait de dix secondes... Hé, Hagrid !

Debout près de la porte d'entrée du hall, Hagrid laissait passer devant lui un groupe de Serdaigle. Son visage était aussi tuméfié qu'à son retour du pays des géants et il avait même une nouvelle coupure sur l'arête du nez.

– Ça va, vous deux ? demanda-t-il.

Il essaya de sourire mais ne parvint qu'à faire une grimace de douleur.

– Et vous Hagrid ? répondit Harry.

Ils l'accompagnèrent tandis qu'il suivait les Serdaigle d'un pas lourd.

– Très bien, très bien, affirma-t-il en essayant sans grand succès d'adopter un ton dégagé.

Il agita une main d'un geste rassurant et faillit frapper au visage le professeur Vector qui passait par là, l'air effrayé.

– Je suis simplement un peu occupé, la routine habituelle, les cours à préparer, deux ou trois salamandres qui ont attrapé la gale des écailles... et puis je suis mis à l'épreuve, marmonna-t-il.

– *Vous êtes mis à l'épreuve ?* répéta Ron d'une voix forte, s'attirant les regards curieux des élèves qui se trouvaient à proximité. Excusez-moi, je voulais dire, vous êtes mis à l'épreuve ? reprit-il dans un murmure.

– Oui, dit Hagrid. Oh mais, en fait, je m'y attendais. Vous n'aviez peut-être pas remarqué mais cette inspection ne s'est pas très bien passée... Enfin bon, soupira-t-il, je vais aller mettre encore un peu de poudre de piment sur ces salamandres, sinon leur queue va finir par tomber. A bientôt, vous deux...

Il sortit en traînant les pieds et descendit les marches de pierre qui menaient dans le parc au sol détrempé. Harry le regarda s'éloigner en se demandant combien de mauvaises nouvelles il pourrait encore supporter.

Tous les élèves apprirent la mise à l'épreuve de Hagrid dans les jours suivants mais, à la grande indignation de Harry, il n'y eut pas grand monde pour s'en émouvoir. Certains même, à commencer par Drago Malefoy, s'en montraient enchantés. Quant à la mort monstrueuse d'un obscur employé du ministère de la Magie à l'hôpital Ste Mangouste, personne ne semblait s'en soucier ni même être au courant en dehors de Harry, Ron et Hermione. Il n'y avait plus désormais qu'un seul sujet de conversation dans les couloirs : l'évasion des dix Mangemorts. La nouvelle avait fini par se répandre dans toute l'école par l'intermédiaire des rares élèves qui lisaient les journaux. D'après les rumeurs qui se propageaient, certains des évadés avaient été vus à Pré-au-Lard. On racontait qu'ils s'étaient cachés dans la Cabane hurlante et qu'ils s'apprêtaient à s'introduire à Poudlard comme l'avait fait un jour Sirius Black.

Ceux qui venaient de familles de sorciers avaient grandi en entendant les noms de ces Mangemorts prononcés avec presque autant d'épouvante que celui de Voldemort. Les crimes qu'ils avaient commis, au temps où le Seigneur des Ténèbres imposait sa terreur, étaient devenus légendaires. Certains élèves de Poudlard, qui étaient apparentés aux familles de leurs victimes, devinrent bien malgré eux l'objet d'une célébrité indirecte dont les terribles effets se manifestaient chaque fois qu'ils marchaient dans un couloir : Susan Bones, dont l'oncle, la tante et les cousins avaient été assassinés par l'un des dix évadés, dit un jour à Harry, pendant le cours de botanique, qu'elle avait à présent une idée de ce qu'il devait ressentir.

– Je ne sais pas comment tu arrives à supporter ça. C'est horrible ! lui confia-t-elle sans détour, la mine accablée.

Sous le coup de l'émotion, elle répandit beaucoup trop de fumier de dragon sur ses pousses de Cricasse qui se tortillèrent en émettant des couinements de protestation.

Harry entendait à nouveau murmurer abondamment sur son passage et les doigts recommençaient à se pointer sur lui. Il décela cependant un léger changement de ton. A présent, les chuchoteries exprimaient davantage la curiosité que l'hostilité et quelques bribes de conversation laissaient deviner que certains n'étaient pas du tout satisfaits de la façon dont La Gazette avait présenté les causes et les circonstances de l'évasion des dix Mangemorts. Soudain plongés dans la peur et la confusion, ceux qui doutaient ainsi semblaient maintenant se tourner vers la seule autre explication possible : celle que Harry et Dumbledore n'avaient cessé de répéter depuis l'année précédente.

Les élèves n'étaient pas seuls à avoir changé d'état d'esprit. Il n'était pas rare désormais de croiser dans les couloirs deux ou trois professeurs qui conversaient à voix basse et précipitée et s'interrompaient dès qu'ils voyaient un élève approcher.

— Il est évident qu'ils ne peuvent plus parler librement dans la salle des professeurs, dit un jour Hermione au moment où elle passait en compagnie de Harry et de Ron devant les professeurs McGonagall, Flitwick et Chourave en plein conciliabule devant la classe de sortilèges. A cause d'Ombrage qui ne cesse de les surveiller.

— Tu crois qu'ils ont du nouveau ? demanda Ron en jetant par-dessus son épaule un regard aux trois enseignants.

— Si c'est le cas, tu peux être sûr qu'on n'en saura rien, répondit Harry avec colère. Pas avec le décret... on en est à quel numéro, maintenant ?

Une nouvelle note d'information était en effet apparue sur les tableaux d'affichage des différentes maisons, le lendemain du jour où l'évasion d'Azkaban avait été connue :

PAR ORDRE DE LA GRANDE
INQUISITRICE DE POUDLARD
Il est désormais interdit
aux professeurs de communiquer aux élèves
toute information qui ne serait pas en rapport direct
avec la matière qu'ils sont payés pour enseigner.
Conformément au décret d'éducation numéro vingt-six.

Signé : Dolores Jane Ombrage, Grande Inquisitrice

Ce dernier décret avait donné lieu à un grand nombre de plaisanteries de la part des élèves. Lee Jordan avait fait remarquer à Ombrage qu'en vertu de cette nouvelle règle, elle n'était pas autorisée à réprimander Fred et George pour avoir joué à la Bataille explosive au fond de la classe.

— La Bataille explosive n'a rien à voir avec la défense contre les forces du Mal, professeur ! Ce n'est pas une information en rapport direct avec la matière que vous enseignez !

Lorsque Harry revit Lee un peu plus tard, il avait sur le dos de la main une vilaine blessure qui saignait encore. Harry lui recommanda l'essence de Murlap.

Harry aurait pensé que l'évasion d'Azkaban inciterait Ombrage à faire preuve d'un peu plus d'humilité, qu'elle ressentirait une certaine honte devant cette catastrophe qui s'était produite sous le nez de son bien-aimé Fudge. Mais il semblait au contraire que son furieux désir d'exercer son contrôle sur tous les aspects de la vie à Poudlard s'en trouvait intensifié. Elle paraissait en tout cas décidée à procéder bientôt à des licenciements et la seule question était de savoir si la première victime en serait le professeur Trelawney ou Hagrid.

Chaque cours de divination ou de soins aux créatures magiques se déroulait désormais en présence d'Ombrage et de son bloc-notes. Tapie près du feu, dans la classe saturée de parfums douceâtres, elle interrompait les propos de plus en plus hystériques du professeur Trelawney avec de difficiles questions sur l'ornithomancie et l'heptomologie, insistait pour qu'elle prédise les réponses des élèves avant qu'ils ne les donnent et exigeait qu'elle démontre ses aptitudes à lire l'avenir dans la boule de cristal, les feuilles de thé ou les pierres de runes. Harry pensait que le professeur Trelawney n'allait pas tarder à s'effondrer sous la pression. A plusieurs reprises, il l'avait croisée dans les couloirs – ce qui était déjà en soi un fait inhabituel car elle restait généralement cloîtrée dans sa tour –, marmonnant toute seule d'un air fébrile, se tordant les mains et jetant par-dessus son épaule des regards terrifiés. Une puissante odeur de xérès bon marché se répandait dans son sillage. S'il ne s'était pas tant inquiété pour Hagrid, il aurait éprouvé de la sympathie à son égard, mais, si l'un des deux devait perdre sa place, Harry n'avait aucun doute quant au choix de la personne qu'il souhaitait voir rester.

Malheureusement, Harry ne pouvait pas dire que Hagrid faisait meilleure figure que Trelawney. Apparemment décidé à suivre les conseils d'Hermione, il ne leur avait montré, depuis Noël, rien de plus effrayant qu'un Croup – une créature impossible à distinguer d'un fox-terrier en dehors de sa queue fourchue –, mais lui aussi semblait avoir perdu toute assurance. Il se révélait nerveux et étrangement égaré pendant les cours, perdant le fil de ce qu'il disait, répondant de travers aux questions et jetant sans cesse à Ombrage des regards anxieux. Il était également plus distant avec Harry, Ron et Hermione et leur avait formellement interdit de lui rendre visite après la tombée de la nuit.

– Si elle vous attrape, on y passera tous, leur avait-il dit d'un ton catégorique.

Comme ils ne voulaient surtout rien faire qui risque d'accélérer son renvoi, ils s'abstenaient de se rendre dans sa cabane le soir.

Harry avait l'impression qu'Ombrage s'obstinait à le priver chaque jour un peu plus de ce qui rendait la vie à Poudlard digne d'être vécue : les visites à Hagrid, les lettres de Sirius, son Éclair de feu et le Quidditch. Il ne lui restait qu'un seul moyen de prendre sa revanche : redoubler d'efforts pour l'A.D.

Il fut content de voir que tout le monde, même Zacharias Smith, était décidé à travailler plus que jamais depuis la fuite des dix Mangemorts. Mais celui qui avait fait les plus gros progrès était sans nul doute Neville. L'évasion de ceux qui s'étaient attaqués à ses parents semblait avoir provoqué en lui un changement étrange et même un peu alarmant. Pas une seule fois il n'avait mentionné sa rencontre avec Harry, Ron et Hermione dans la salle spéciale de Ste Mangouste. Suivant son exemple, eux non plus n'en avaient pas parlé. Il n'avait rien dit non plus de l'évasion de Bellatrix et des autres tortionnaires. D'ailleurs, Neville ne parlait pratiquement plus pendant les réunions de l'A.D. Il pratiquait sans relâche chaque mauvais sort ou contremaléfice que leur enseignait Harry, son visage lunaire tendu par la concentration. Apparemment indifférent aux blessures ou aux accidents, il travaillait avec plus d'acharnement que tous les autres. Ses progrès étaient tels qu'ils en devenaient troublants et lorsque Harry leur enseigna le charme du Bouclier – un moyen de renvoyer à l'attaquant les maléfices mineurs –, seule Hermione parvint à maîtriser le charme plus vite que Neville.

Harry aurait donné cher pour faire autant de progrès dans l'étude de l'occlumancie que Neville dans les réunions de l'A.D. Les séances avec Rogue, qui n'avaient déjà pas très bien commencé, ne s'arrangeaient pas. Au contraire, Harry sentait les choses empirer à chaque nouvelle leçon.

Avant de se lancer dans l'étude de l'occlumancie, sa cicatrice le picotait occasionnellement, en général au cours de la nuit ou lorsqu'il lui arrivait de percevoir les pensées ou les humeurs de Voldemort. Depuis quelque temps, cependant, elle ne cessait de lui faire mal et il éprouvait souvent des accès de mécontentement ou de gaieté qui n'avaient pas de rapport avec ce qui se passait autour de lui et s'accompagnaient toujours d'une douleur aiguë. Il avait l'horrible impression de se transformer lentement en une sorte d'antenne réglée sur les plus infimes changements d'humeur de Voldemort et il était certain que cette sensibilité accrue datait de sa première leçon d'occlumancie avec Rogue. Par surcroît, il rêvait presque chaque nuit à présent qu'il marchait dans le couloir menant au Département des mystères et se retrouvait debout devant la porte noire avec le désir ardent de la franchir.

– C'est peut-être comme une sorte de maladie, dit Hermione d'un air préoccupé lorsque Harry se fut confié à elle et à Ron. Comme une fièvre. Il faut d'abord que ça empire avant d'aller mieux.

– Les cours particuliers de Rogue aggravent les choses, dit Harry d'un ton tranchant. J'en ai assez que ma cicatrice me fasse mal et je commence à me lasser de marcher chaque nuit dans ce couloir.

Il se massa le front d'un air furieux.

– J'aimerais bien que cette porte s'ouvre enfin, je ne peux plus supporter de rester devant à la contempler bêtement...

– Ça n'a rien de drôle, répliqua sèchement Hermione. Dumbledore ne veut plus que tu fasses ce rêve de couloir sinon, il n'aurait pas demandé à Rogue de t'enseigner l'occlumancie. Il faut simplement que tu travailles un peu plus tes leçons.

– Je travaille, protesta Harry, piqué au vif. Tu n'as qu'à essayer, toi, un de ces jours – te retrouver face à Rogue qui cherche à entrer dans ta tête –, ce n'est pas une partie de plaisir, crois-moi !

– Peut-être que..., dit lentement Ron.

– Peut-être que quoi ? lança Hermione d'un ton plutôt sec.

– Peut-être que ce n'est pas la faute de Harry s'il n'arrive pas à fermer son esprit, reprit Ron, l'air grave.

– Qu'est-ce que tu veux dire ? s'étonna Hermione.

– Eh bien, peut-être que Rogue n'essaye pas vraiment d'aider Harry...

Harry et Hermione l'observèrent avec des yeux ronds. Ron leur jeta à chacun un regard sombre et éloquent.

– Peut-être, poursuivit-il en baissant la voix, qu'il essaye d'ouvrir un peu plus l'esprit de Harry... pour faciliter la tâche de Tu-Sais...

– Tais-toi, Ron, l'interrompit Hermione avec colère. Combien de fois as-tu soupçonné Rogue sans avoir *jamais* eu raison de le faire ? Dumbledore a confiance en lui et il travaille pour l'Ordre, ça devrait te suffire.

– Il a été un Mangemort, insista Ron, têtu. Et on n'a jamais eu la preuve qu'il avait *véritablement* changé de camp.

– Dumbledore lui fait confiance, répéta Hermione. Et si on ne peut pas faire confiance à Dumbledore, alors on ne peut faire confiance à personne.

Avec tant de sujets d'inquiétude et un programme aussi chargé – des quantités stupéfiantes de devoirs qui obligeaient bien souvent les cinquième année à travailler jusqu'à plus de minuit, les séances secrètes de l'A.D. et les cours particuliers de Rogue –, janvier fila à une vitesse alarmante. Avant que Harry ait eu le temps de s'en rendre compte, février était arrivé, apportant avec lui un temps plus humide et plus chaud, ainsi que la promesse d'une deuxième sortie à Pré-au-Lard. Harry n'avait eu que très peu de temps libre pour parler à Cho depuis qu'ils avaient décidé d'aller ensemble au village et il se retrouva soudain confronté à la perspective de passer toute la journée de la Saint-Valentin en sa compagnie.

Au matin du 14, il s'habilla avec un soin tout particulier. Ron et lui descendirent prendre leur petit déjeuner juste au moment de l'arrivée des hiboux postaux. Hedwige n'était pas là – d'ailleurs, Harry ne s'était pas attendu à la voir – mais lorsqu'ils s'assirent, Hermione arrachait une lettre du bec d'une chouette hulotte qu'il ne connaissait pas.

– Il était temps ! Si elle n'était pas arrivée aujourd'hui..., dit-elle en décachetant avidement l'enveloppe d'où elle sortit un petit morceau de parchemin.

Ses yeux bondissaient de gauche à droite tandis qu'elle lisait le message et l'expression d'un plaisir sardonique s'étala bientôt sur son visage.

– Écoute, Harry, reprit-elle en levant la tête vers lui. C'est très important. Est-ce que tu pourrais me retrouver aux Trois Balais aux alentours de midi ?

– Ça... Je ne sais pas, répondit-il d'un ton incertain. Cho voudra peut-être que je passe toute la journée avec elle. On n'a pas décidé de ce qu'on allait faire.

– Amène-la, s'il le faut, dit Hermione d'un ton pressant. Tu veux bien venir ?

– Heu... oui, d'accord, mais pourquoi ?

– Je n'ai pas le temps de te le dire maintenant, il faut que je réponde très vite.

Et elle se hâta de quitter la Grande Salle, sa lettre dans une main, un morceau de toast dans l'autre.

– Tu viendras, toi ? demanda Harry à Ron.

L'œil sombre, Ron fit non de la tête.

– Je ne pourrai pas du tout aller à Pré-au-Lard, Angelina veut qu'on s'entraîne toute la journée. Comme si ça allait changer quelque chose. On est la plus mauvaise équipe que j'aie jamais connue. Si tu voyais Sloper et Kirke, ils sont minables, encore pires que moi.

Il poussa un profond soupir.

– Je ne comprends pas pourquoi Angelina refuse que je démissionne.

– C'est parce que tu es bon quand tu es en forme, voilà pourquoi, répondit Harry, agacé.

Il trouvait difficile de compatir aux malheurs de Ron alors que lui-même aurait donné n'importe quoi ou presque pour pouvoir jouer le prochain match contre Poufsouffle. Ron avait sans doute remarqué le ton de Harry car il ne parla plus de Quidditch pendant tout le petit déjeuner et il y avait une légère fraîcheur dans la façon dont ils se dirent au revoir peu après. Ron prit la direction du terrain de Quidditch et Harry, après avoir tenté de se lisser les cheveux en se regardant sur le dos d'une cuillère, se rendit seul dans le hall d'entrée pour y retrouver Cho. Avec un sentiment d'appréhension, il se demanda de quoi ils allaient bien pouvoir parler.

Elle l'attendait un peu à l'écart des portes de chêne, très belle avec ses cheveux ramenés en arrière et noués en une longue queue-de-cheval. En s'avançant vers elle, Harry eut soudain l'impression que ses pieds étaient trop grands pour son corps. Horrifié, il prit également conscience de ses bras : ils devaient paraître tellement stupides à se balancer ainsi de chaque côté.

– Salut, dit Cho, le souffle un peu court.

– Salut, répondit Harry.

Ils se regardèrent un moment, puis il se décida enfin à lui dire :

– Bon... Ben... heu... on y va ?

– Oh... oui.

Ils rejoignirent la file des élèves dont Rusard cochait les noms sur sa liste. De temps en temps, leurs regards se croisaient et ils échangeaient un sourire furtif mais sans se parler. Harry se sentit soulagé lorsqu'ils furent enfin dehors. Il était plus facile de marcher en silence que de rester debout d'un air empoté. C'était une journée fraîche avec une petite brise qui soufflait régulièrement. Lorsqu'ils passèrent devant le terrain de Quidditch, Harry aperçut Ron et Ginny qui volaient au-dessus des tribunes et ressentit un terrible pincement au cœur à l'idée de ne pas être avec eux.

– Ça te manque vraiment, hein ? dit Cho.

Il se tourna vers elle et vit qu'elle l'observait.

– Oh oui, soupira Harry.

– Tu te souviens de la première fois où on a joué l'un contre l'autre, en troisième année ? lui demanda-t-elle.

– Oui, répondit Harry avec un sourire, tu n'arrêtais pas de me bloquer.

– Dubois t'avait dit de ne pas être galant et de me faire tomber de mon balai s'il le fallait, dit Cho en souriant à l'évocation de ce souvenir. On m'a raconté qu'il avait été engagé par l'équipe de l'Orgueil de Portree, c'est vrai ?

– Non, par le Club de Flaquemare. Je l'ai vu à la Coupe du Monde, l'année dernière.

– Nous aussi, on s'est vus ce jour-là, tu te rappelles ? On était sur le même terrain de camping. C'était vraiment très bien, là-bas, non ?

Les souvenirs de la Coupe du Monde de Quidditch les accompagnèrent sur toute la longueur de la grande allée, jusqu'au portail du château. Harry avait du mal à croire qu'il soit si facile de parler avec elle – pas plus difficile en fait que de parler avec Ron ou Hermione – et il commençait à reprendre confiance en lui lorsqu'une bande de filles de Serpentard, menée par Pansy Parkinson, les dépassa.

— Potter et Chang ! s'écria Pansy d'une voix suraiguë dans un concert de ricanements. Beurk, Chang, je ne te félicite pas pour ton goût... Au moins, Diggory était un beau garçon !

Les filles accélérèrent le pas, parlant et riant avec insistance, lançant derrière elles des regards appuyés à Harry et à Cho qui retombèrent dans un silence embarrassé. Harry ne trouvait plus rien à dire sur le Quidditch et Cho, légèrement rougissante, contemplait ses chaussures.

— Alors... Où est-ce que tu veux aller ? demanda Harry lorsqu'ils arrivèrent à Pré-au-Lard.

La grand-rue était pleine d'élèves qui flânaient en regardant les vitrines ou chahutaient sur les trottoirs.

— Oh, ça m'est égal, répondit-elle avec un haussement d'épaules. On pourrait peut-être aller voir les magasins ?

Ils se dirigèrent vers la boutique de Derviche et Bang. Quelques villageois qui regardaient une affiche collée dans la vitrine s'écartèrent en voyant approcher Harry et Cho. Et une fois de plus, Harry se retrouva face aux photos des dix Mangemorts évadés. L'affiche, « par ordre du ministère de la Magie », offrait mille Gallions de récompense à quiconque fournirait des informations pouvant conduire à la capture des fugitifs.

— C'est drôle, dit Cho à voix basse en regardant les Mangemorts, tu te souviens quand Sirius Black s'est échappé et qu'il y avait des Détraqueurs partout à Pré-au-Lard pour le rechercher ? Aujourd'hui, dix Mangemorts sont en fuite et on ne voit aucun Détraqueur nulle part...

— Oui, répondit Harry.

Il détacha son regard du visage de Bellatrix Lestrange et jeta un coup d'œil des deux côtés de la rue.

— Oui, tu as raison, c'est bizarre.

Il ne regrettait pas le moins du monde qu'il n'y ait pas de Détraqueurs à proximité mais, maintenant qu'il y pensait, leur absence était en effet très significative. Non seulement ils avaient laissé les Mangemorts s'échapper mais ils ne se souciaient même pas de les retrouver... Apparemment, ils avaient bel et bien échappé au contrôle du ministère.

Les dix Mangemorts en fuite les regardaient chaque fois qu'ils passaient devant une vitrine. Lorsqu'ils arrivèrent à la hauteur du magasin de plumes Scribenpenne, la pluie commença à tomber à grosses gouttes glacées qui s'écrasaient sur le visage et la nuque de Harry.

– Heu... Tu veux qu'on aille prendre un café ? demanda timidement Cho alors que l'averse s'intensifiait.

– Oui, d'accord, répondit Harry en jetant un coup d'œil alentour. Où ça ?

– Il y a un endroit très agréable un peu plus loin là-bas. Chez Madame Pieddodu, tu connais ? dit-elle d'un ton enjoué.

Elle le conduisit dans une rue latérale, devant un petit salon de thé que Harry n'avait encore jamais remarqué. Dans la salle exiguë et embuée, tout semblait décoré de petits nœuds et de fanfreluches diverses qui rappelaient désagréablement à Harry le bureau d'Ombrage.

– C'est mignon, non ? dit Cho, l'air joyeux.

– Heu... oui, mentit Harry.

– Regarde, elle a fait une décoration spéciale pour la Saint-Valentin.

Elle lui montra des angelots dorés qui voletaient au-dessus de chacune des petites tables rondes et jetaient de temps à autre sur les clients des poignées de confettis roses.

– Aaah...

Ils s'installèrent à la dernière table encore libre, près de la vitrine couverte de buée. Roger Davies, le capitaine de l'équipe de Quidditch de Serdaigle, était assis à cinquante centimètres d'eux en compagnie d'une jolie blonde à qui il tenait la main. Cette vision mit Harry d'autant plus mal à l'aise qu'en jetant un regard dans la salle, il ne vit que des couples qui se tenaient la main. Peut-être Cho s'attendait-elle à ce que lui aussi prenne *sa* main dans la sienne.

– Qu'est-ce qui vous ferait plaisir, mes enfants ? demanda Madame Pieddodu, une très forte femme au chignon noir et brillant, en se glissant avec beaucoup de difficultés entre la table de Davies et la leur.

– Deux cafés, s'il vous plaît, dit Cho.

Pendant le temps que mirent leurs cafés à arriver, Roger Davies et sa petite amie commencèrent à s'embrasser par-dessus le sucrier. Harry aurait préféré qu'ils s'en abstiennent. Davies donnait le ton et Cho s'attendait sans doute à ce que Harry l'imite. Il sentit son visage s'embraser et essaya de regarder au-dehors mais il y avait tant de buée sur la vitrine qu'il ne voyait rien du tout. Pour retarder le moment où il devrait à nouveau se tourner vers Cho, il leva les yeux au plafond comme s'il s'intéressait aux peintures qui le décoraient et reçut en plein visage une poignée de confettis lancée par l'angelot voletant au-dessus de leur table.

Quelques pénibles minutes plus tard, Cho prononça le nom d'Ombrage. Soulagé, Harry sauta sur l'occasion et ils passèrent un agréable moment à en dire le plus grand mal mais le sujet avait été si abondamment traité au cours des réunions de l'A.D. qu'il fut vite épuisé. Le silence retomba entre eux. Harry entendait les bruits mouillés qui provenaient de la table voisine et cherchait frénétiquement un nouveau sujet de conversation.

– Heu... dis-moi, est-ce que tu veux venir avec moi aux Trois Balais à l'heure du déjeuner ? Je dois retrouver Hermione Granger, là-bas.

Cho haussa les sourcils.

– Tu as rendez-vous avec Hermione Granger ? Aujourd'hui ?

– Oui, enfin, c'est elle qui me l'a demandé, alors j'ai dit oui. Tu veux m'accompagner ? Elle a dit que tu pouvais venir, si tu voulais.

– Ah bon ? Eh bien... C'est très aimable à elle.

Mais à en juger par le ton de Cho, elle ne voyait rien d'aimable là-dedans. Sa voix était glaciale et elle afficha soudain une mine rébarbative.

Plusieurs minutes s'écoulèrent dans un silence total. Harry buvait son café si vite qu'il lui faudrait bientôt en commander une autre tasse. A côté d'eux, Roger Davies et sa petite amie semblaient collés l'un à l'autre par les lèvres.

La main de Cho était posée sur la table, à côté de son café, et Harry sentait monter en lui un désir grandissant de la prendre dans la sienne. « Vas-y, fais-le, se disait-il, tandis qu'un mélange de panique et d'excitation jaillissait comme une fontaine dans sa poitrine, prends-lui la main. » Étonnant de voir à quel point il était plus difficile de tendre le bras d'une trentaine de centimètres pour lui prendre la main que d'attraper un Vif d'or en pleine course...

Mais au moment même où il avançait enfin sa main, Cho retira la sienne. Elle regardait à présent avec une expression vaguement intéressée Roger Davies embrasser sa petite amie.

— Tu sais qu'il m'a demandé de sortir avec lui ? dit-elle à voix basse. Il y a une quinzaine de jours. Roger. Mais j'ai refusé.

Harry, qui avait pris le sucrier pour justifier le geste qu'il venait de faire en tendant la main, ne comprenait pas pourquoi elle lui racontait ça. Si elle avait préféré être assise à la table voisine et se faire embrasser passionnément par Roger Davies, pourquoi avait-elle accepté de sortir avec lui ?

Il resta silencieux. Leur angelot attitré leur jeta une nouvelle poignée de confettis dont certains tombèrent dans les dernières gouttes de café froid que Harry s'apprêtait à boire.

— Je suis venue ici avec Cedric, l'année dernière, poursuivit Cho.

Dans la seconde qui lui fut nécessaire pour assimiler ce qu'elle venait de dire, Harry sentit ses entrailles se glacer. Il ne parvenait pas à croire qu'elle veuille lui parler de Cedric maintenant, alors qu'ils étaient entourés de couples en train de s'embrasser et qu'un chérubin flottait au-dessus de leur tête.

La voix de Cho était un peu plus aiguë lorsqu'elle reprit la parole :

– Il y a une question que j'ai toujours voulu te poser... Est-ce que Cedric... est-ce qu'il a... dit quelque chose sur moi avant de mourir ?

C'était le dernier sujet dont Harry avait envie de parler, surtout avec Cho.

– Heu... non..., répondit-il à mi-voix. Il... Il n'a pas eu le temps de dire quoi que ce soit. Et... heu... tu vas souvent voir des matches de Quidditch pendant les vacances ? Ce sont les Tornades, ton équipe préférée, je crois ?

Sa voix paraissait faussement enjouée et il vit avec horreur que les yeux de Cho se remplissaient à nouveau de larmes, comme le jour, avant Noël, où elle avait pleuré à la fin de la réunion de l'A.D.

– Écoute, chuchota-t-il d'un air désespéré en se penchant vers elle pour que personne d'autre ne puisse l'entendre. Ne parlons pas de Cedric maintenant... Parlons d'autre chose...

Mais apparemment, ce n'était pas du tout ce qu'il aurait fallu dire.

– Je pensais, sanglota-t-elle, des larmes s'écrasant sur la table, je pensais que *toi*, tu c-c-comprendrais ! J'ai *besoin* d'en parler ! Et t-t-toi aussi, tu as besoin d'en parler ! Enfin quoi, tu as vu comment ça s'est passé, non ?

Tout se transformait en cauchemar. A la table voisine, la blonde avait même décollé ses lèvres de celles de Roger Davies pour regarder Cho pleurer.

– J'en ai déjà parlé, dit Harry dans un murmure, à Ron et à Hermione, mais...

– Oh, tu en as parlé à Hermione Granger ! s'indigna Cho d'une voix aiguë, le visage brillant de larmes.

Plusieurs autres couples cessèrent de s'embrasser pour se tourner vers elle.

– Mais à moi, tu ne veux rien dire ! Il v-v-vaut mieux qu'on p-p-paye et que tu ailles retrouver Hermione G-G-Granger, puisque c'est ça que tu veux !

Totalement désemparé, Harry la regarda sans comprendre tandis qu'elle se tamponnait le visage avec une serviette ornée de fanfreluches.

– Cho ? dit-il d'une petite voix.

Il espérait que Roger allait reprendre la blonde dans ses bras et recommencer à l'embrasser pour qu'elle cesse de les observer, Cho et lui, avec ses yeux écarquillés.

– Allez, va-t'en ! dit Cho qui pleurait à présent dans la serviette. Je ne sais pas pourquoi tu m'as demandé de sortir avec toi si tu t'organises des petits rendez-vous pour aller voir d'autres filles après moi... Tu en vois combien d'autres, après Hermione ?

– Ce n'est pas du tout ce que tu crois ! répliqua Harry.

Il était si soulagé d'avoir enfin compris ce qui l'avait tant contrariée qu'il éclata de rire en se rendant compte une fraction de seconde trop tard qu'il venait de commettre une erreur de plus.

Cho se leva d'un bond. La salle était devenue silencieuse et tout le monde les observait.

– A un de ces jours, Harry, dit-elle d'un ton théâtral.

Avec un léger hoquet, elle se précipita vers la porte, l'ouvrit à la volée et se hâta de sortir sous la pluie battante.

– Cho ! appela Harry.

Mais la porte s'était déjà refermée derrière elle dans un tintement musical.

Le silence était total dans le salon de thé. Tous les yeux s'étaient fixés sur Harry. Il jeta un Gallion sur la table, secoua la tête pour faire tomber les confettis roses qu'il avait dans les cheveux et sortit à son tour.

Il pleuvait dru à présent et il ne la voyait nulle part. Harry ne comprenait rien à ce qui venait de se passer. Une demi-heure plus tôt, ils s'entendaient à merveille.

– Ah, les femmes ! marmonna-t-il avec colère, les mains dans les poches, en pataugeant dans l'eau qui ruisselait sur le trottoir. Et d'abord, pourquoi voulait-elle parler de Cedric ? Pourquoi faut-il toujours qu'elle amène des sujets de conversation qui la transforment en tuyau d'arrosage ?

Il tourna à droite et se mit à courir dans des gerbes d'eau. Quelques minutes plus tard, il poussait la porte des Trois Balais. Il savait qu'il était trop tôt pour son rendez-vous avec Hermione mais il pensait trouver quelqu'un avec qui passer le temps en attendant. Il secoua ses cheveux mouillés qui lui tombaient devant les yeux et jeta un coup d'œil dans la salle. Hagrid, l'air morose, était assis tout seul dans un coin.

Harry se faufila entre les tables serrées les unes contre les autres et tira une chaise pour s'asseoir à côté de lui.

— Bonjour, Hagrid ! dit-il.

Hagrid sursauta et baissa les yeux vers Harry comme s'il le reconnaissait à peine. Harry remarqua qu'il avait deux nouvelles coupures et plusieurs autres contusions au visage.

— Ah, c'est toi, Harry, dit-il. Alors, ça va ?

— Oh oui, très bien, mentit Harry.

A côté de Hagrid, avec son visage meurtri et son air lugubre, il trouvait qu'il n'avait pas tellement de raisons de se plaindre.

— Heu... et vous ?

— Moi ? Oh oui, ça va à merveille, Harry, à merveille.

Il contempla les profondeurs de sa chope d'étain qui avait la taille d'un seau et soupira. Harry ne savait pas quoi dire et ils restèrent un bon moment assis côte à côte sans prononcer un mot. Puis Hagrid rompit soudain le silence :

— On est dans le même bateau, toi et moi, pas vrai, Harry ? dit-il.

— Heu...

— Ouais... je te l'ai déjà dit... on est des marginaux, reprit Hagrid en hochant la tête avec sagesse. Et orphelins tous les deux... Oui... orphelins tous les deux.

Il but une longue gorgée.

— Ça fait une différence d'avoir une famille convenable, dit-il. Mon père était quelqu'un de bien. Et ta mère et ton père, eux aussi, étaient des gens bien. S'ils avaient vécu plus longtemps, la vie n'aurait pas été la même, tu ne crois pas ?

– Si... J'imagine, répondit Harry avec prudence.

Hagrid paraissait de très étrange humeur.

– La famille, dit-il d'un air sombre. On peut dire ce qu'on veut, le sang, c'est important...

Et il en essuya une goutte qui coulait au coin de sa paupière.

– Hagrid, dit Harry, incapable de se retenir. D'où viennent toutes ces blessures ?

– Quoi ? répondit Hagrid d'un air surpris. Quelles blessures ?

– Celles-ci ! dit Harry en montrant le visage de Hagrid.

– Oh, ça, c'est normal, simplement des bleus et des bosses, dit Hagrid avec dédain. Mon travail est un peu rude, parfois.

Il vida sa chope, la reposa sur la table et se leva.

– A un de ces jours, Harry... Prends bien soin de toi.

L'air accablé, il sortit du pub d'un pas pesant et disparut sous la pluie torrentielle. Harry se sentit désemparé en le regardant partir. Hagrid était malheureux. Il leur cachait quelque chose mais paraissait décidé à n'accepter aucune aide. Que se passait-il ? Avant qu'il ait pu y réfléchir plus longtemps, il entendit une voix l'appeler :

– Harry ! Harry, par ici !

Hermione lui faisait des signes de la main à l'autre bout de la salle. Il se leva et se fraya un chemin dans le pub surpeuplé pour aller la rejoindre. Il n'était plus qu'à quelques tables d'elle lorsqu'il s'aperçut qu'Hermione n'était pas seule. Elle était assise en compagnie des deux personnes les moins susceptibles de boire un verre avec elle : Luna Lovegood et une femme qui n'était autre que Rita Skeeter, ex-journaliste à *La Gazette du sorcier* et l'un des êtres qu'Hermione détestait le plus au monde.

– Tu es en avance ! dit Hermione en se poussant pour lui laisser la place de s'asseoir. Je pensais que tu étais avec Cho, je ne t'attendais pas avant encore une heure !

— Cho ? dit aussitôt Rita en pivotant sur son siège pour dévisager Harry d'un regard avide. Une *fille* ?

Elle attrapa son sac en crocodile et fouilla à l'intérieur.

— Même si Harry sortait avec une centaine de filles, cela ne vous regarderait pas, dit Hermione à Rita d'un ton glacial. Alors vous pouvez tout de suite ranger votre petit matériel.

Rita était sur le point de sortir une plume d'un vert criard qu'elle remit aussitôt dans son sac avec l'air de quelqu'un qu'on vient d'obliger à avaler un flacon d'Empestine.

— Qu'est-ce que vous fabriquez là ? demanda Harry.

Il s'assit et regarda successivement Rita, Luna et Hermione.

— C'est ce que la petite Miss Parfaite s'apprêtait à me dire quand tu es arrivé, répondit Rita en buvant bruyamment une longue gorgée de son verre. J'espère quand même que j'ai le droit de lui *parler* ? lança-t-elle à Hermione.

— En effet, vous avez le droit, répliqua Hermione avec froideur.

Le chômage ne convenait guère à Rita. Ses cheveux autrefois soigneusement bouclés étaient à présent ternes, négligés, et pendaient tristement autour de son visage. Le vernis écarlate qui recouvrait ses ongles, semblables à des serres, était écaillé et deux ou trois fausses pierres manquaient à ses lunettes en amande. Elle but une nouvelle gorgée et demanda du coin des lèvres :

— Elle est jolie, Harry ?

— Un mot de plus sur la vie sentimentale de Harry et le marché ne tient plus, je vous le garantis, dit Hermione d'un ton irrité.

— Quel marché ? interrogea Rita en s'essuyant la bouche d'un revers de main. Tu ne m'as pas encore parlé de marché, Miss Bégueule, tu m'as simplement dit de venir te retrouver ici. Oh, toi, un de ces jours...

Elle prit une profonde inspiration qui la fit frissonner de la tête aux pieds.

— C'est ça, un de ces jours, vous écrirez d'autres articles horribles sur Harry et sur moi, dit Hermione avec indifférence. Allez-y, trouvez donc quelqu'un que ça intéresse.

— Cette année, ils n'ont pas eu besoin de moi pour écrire des articles horribles sur Harry, répliqua Rita.

Elle lui jeta un regard en biais par-dessus son verre et ajouta dans un murmure rauque :

— Comment as-tu réagi en lisant ça, Harry ? Tu t'es senti trahi ? Désemparé ? Incompris ?

— Il est en colère, bien sûr, répondit Hermione d'une voix dure et distincte. Parce qu'il a dit la vérité au ministre de la Magie et que le ministre est trop bête pour le croire.

— Alors, tu t'en tiens à ton histoire selon laquelle Celui-Dont-On-Ne-Doit-Pas-Prononcer-Le-Nom est de retour ? dit Rita.

Elle abaissa ses lunettes et soumit Harry à un regard perçant pendant que son doigt s'aventurait avec convoitise vers la fermeture de son sac en crocodile.

— Tu maintiens toutes ces salades que Dumbledore a racontées à tout le monde au sujet du retour de Tu-Sais-Qui dont tu serais le seul témoin ?

— Je n'étais pas du tout le seul témoin, gronda Harry. Il y avait une douzaine de Mangemorts également présents. Vous voulez leurs noms ?

— J'aimerais beaucoup, confia Rita dans un souffle.

Elle fouillait à nouveau dans son sac à présent et regardait Harry comme s'il offrait le plus beau spectacle qu'elle eût jamais vu.

— J'imagine le titre en grand : « Potter accuse... » avec en sous-titre : « Harry Potter révèle les noms de Mangemorts qui se cachent parmi nous ». Et puis, en légende d'une belle grande photo de toi : « Harry Potter, quinze ans, l'adolescent perturbé qui a survécu à l'attaque de Vous-Savez-Qui, a provoqué un scandale hier en accusant d'éminents et respectables membres de la communauté magique d'être des Mangemorts... »

La Plume à Papote était maintenant dans sa main et à mi-chemin de sa bouche lorsque l'expression d'extase de son visage s'évanouit.

— Mais bien sûr, dit-elle en baissant la voix et en fusillant Hermione du regard, la petite Miss Parfaite ne veut surtout pas que je raconte cette histoire, n'est-ce pas ?

— Eh bien, en réalité, répondit Hermione avec douceur, c'est au contraire ce que *veut* la petite Miss Parfaite.

Rita l'observa avec des yeux ronds. Harry également. De son côté, Luna chantonnait *Weasley est notre roi* d'une voix rêveuse et remuait le contenu de son verre à l'aide d'un bâtonnet sur lequel était piqué un oignon mariné.

— Tu veux que je rapporte dans un article ce qu'il a dit au sujet de Celui-Dont-On-Ne-Doit-Pas-Prononcer-Le-Nom ? demanda Rita à Hermione d'une voix étouffée.

— Oui, c'est ça, répondit Hermione. La véritable histoire. Tous les faits. Exactement comme les raconte Harry. Il vous donnera tous les détails, il vous révélera les noms des Mangemorts clandestins qu'il a vus là-bas, il vous dira à quoi ressemble Voldemort maintenant — oh, je vous en prie, ressaisissez-vous, ajouta-t-elle avec mépris en lui jetant une serviette.

Au nom de Voldemort, Rita avait tellement sursauté qu'elle avait renversé sur elle la moitié de son Whisky pur Feu.

Elle épongea le devant de son imperméable crasseux sans quitter Hermione du regard. Puis elle lâcha soudain :

— *La Gazette* n'imprimera jamais ça. Au cas où tu ne l'aurais pas remarqué, personne ne croit ces histoires à dormir debout. Tout le monde pense qu'il a des hallucinations. Maintenant, si tu veux bien me laisser écrire quelque chose sous cet angle...

— Nous n'avons pas besoin d'un nouvel article pour dire que Harry a perdu la boule ! coupa Hermione avec colère. Nous avons déjà ce qu'il nous faut, merci ! Je veux qu'il ait la possibilité de dire la vérité !

— Il n'y a pas de marché pour une histoire comme ça, dit Rita d'un ton froid.

—Vous voulez plutôt dire que *La Gazette* ne la publierait pas parce que Fudge s'y opposerait, rectifia Hermione, agacée.

Rita la fixa longuement d'un regard dur. Puis elle se pencha en avant par-dessus la table et dit, d'un ton de femme d'affaires :

— D'accord, Fudge fait pression sur *La Gazette*, mais ça revient au même. Ils ne publieront jamais un article qui montre Harry sous un jour favorable. Personne n'a envie de lire ça. C'est contraire à l'état d'esprit de l'opinion. La dernière évasion d'Azkaban a suffisamment inquiété les gens. Ils ne veulent tout simplement pas croire que Tu-Sais-Qui est de retour.

— Alors, *La Gazette du sorcier* a pour ambition de ne dire aux gens que ce qu'ils ont envie d'entendre, c'est ça ? répliqua Hermione d'une voix cinglante.

Rita se redressa, les sourcils levés, et vida son verre de Whisky pur Feu.

— *La Gazette* a pour ambition de se vendre, espèce de petite sotte, dit-elle froidement.

— Mon père trouve que c'est un horrible journal, dit Luna en se mêlant soudain à la conversation.

Suçant son oignon mariné, elle fixa Rita de ses immenses yeux protubérants au regard un peu fou.

— Lui, il publie des articles importants parce qu'il pense que le public a besoin de savoir. Il s'en fiche de gagner de l'argent.

Rita se tourna vers Luna d'un air hautain.

— J'imagine que ton père dirige une quelconque feuille de chou locale ? dit-elle. Le genre *Vingt-cinq façons de passer inaperçu chez les Moldus* avec la date des prochaines braderies de chaudrons ?

— Non, répondit Luna en trempant son oignon dans son soda de Branchiflore. Il est directeur du *Chicaneur*.

Rita poussa un grognement de dédain si bruyant que les clients de la table voisine se retournèrent d'un air inquiet.

— Des articles importants parce qu'il pense que le public a besoin de savoir, hein ? répéta-t-elle avec le plus profond mépris. Je pourrais me servir de ce torchon comme fumier pour mon jardin.

— Eh bien, voilà une chance de relever un peu le niveau, répliqua Hermione d'un ton aimable. Luna dit que son père est d'accord pour prendre l'interview de Harry. C'est lui qui la publiera.

Rita les regarda toutes les deux pendant un moment puis elle laissa échapper un hurlement de rire.

— *Le Chicaneur* ! s'exclama-t-elle en gloussant comme une poule. Et tu penses que les gens vont le prendre au sérieux si on publie ça dans *Le Chicaneur* ?

— Certaines personnes ne le croiront pas, admit Hermione d'une voix égale. Mais la version que *La Gazette du sorcier* a présentée de l'évasion d'Azkaban comporte des lacunes béantes. Je crois que beaucoup de gens vont se demander s'il n'existe pas une meilleure explication de ce qui s'est passé et s'ils voient un autre article disponible, même publié dans un... — elle jeta à Luna un regard en coin — dans un magazine *inhabituel*, je pense qu'ils auront très envie de le lire.

Rita resta silencieuse un long moment mais elle observait Hermione d'un œil rusé, la tête légèrement penchée de côté.

— Bon, admettons que je le fasse, dit-elle soudain. Je serais payée combien pour ça ?

— Je ne crois pas que mon père paye vraiment les gens pour écrire dans son magazine, répondit Luna d'une voix rêveuse. Ils le font parce que c'est un honneur et puis aussi pour voir leur nom imprimé.

Rita Skeeter se tourna vers Hermione. On aurait dit qu'elle avait encore dans la bouche un goût prononcé d'Empestine.

— Je suis censée faire ça *gratuitement* ?

— Eh bien oui, assura Hermione d'un ton très calme en buvant une gorgée du contenu de son verre. Sinon, comme vous le savez déjà, j'informerai les autorités que vous êtes un Animagus non déclaré. A ce moment-là, peut-être que *La Gazette* vous paiera un bon prix pour un reportage en direct sur la vie des prisonniers d'Azkaban.

Rita semblait éprouver une envie irrépressible de prendre le petit parasol en papier qui dépassait du verre d'Hermione et de le lui enfoncer dans le nez.

— J'imagine que je n'ai pas le choix ? dit Rita d'une voix légèrement tremblante.

Elle ouvrit à nouveau son sac en crocodile, en sortit un morceau de parchemin et prit sa Plume à Papote.

— Papa sera très content, déclara Luna d'un ton enjoué.

Un muscle tressaillit sur la mâchoire de Rita.

— D'accord, Harry ? demanda Hermione en se tournant vers lui. Prêt à dire la vérité au public ?

— Oui, je pense, répondit Harry.

Il regarda Rita dont la Plume à Papote frémissait déjà au-dessus du morceau de parchemin.

— Alors, allez-y, Rita, dit Hermione d'un ton serein en repêchant une cerise confite au fond de son verre.

26

VU ET IMPRÉVU

De son air absent, Luna dit qu'elle ignorait quand paraîtrait dans *Le Chicaneur* l'interview de Harry par Rita.
Son père attendait un long et passionnant article sur
des témoignages récents de gens qui avaient vu des Ronflaks
Cornus...

— Bien entendu, c'est une nouvelle très importante, Harry
devra donc attendre le numéro suivant, ajouta Luna.

Pour Harry, il n'avait pas été facile de parler de la nuit du
retour de Voldemort. Rita lui avait demandé avec insistance
tous les plus petits détails et, sachant que c'était pour lui
l'occasion ou jamais de dire la vérité au monde, il lui avait
raconté tout ce dont il se souvenait. Il se demandait comment
allaient réagir les lecteurs. Beaucoup, sans doute, verraient
dans cet article la confirmation qu'il était complètement fou,
ne serait-ce que parce qu'il allait être publié à côté de franches
idioties concernant les Ronflaks Cornus. Mais l'évasion de
Bellatrix Lestrange et des autres Mangemorts avait donné à
Harry un désir ardent de faire *quelque chose*, même si cela ne
devait aboutir à rien...

— Je suis impatient de savoir ce que va penser Ombrage quand
elle verra que tu parles publiquement, commenta Dean,
impressionné, au dîner du lundi.

Assis de l'autre côté de Dean, Seamus était occupé à englou-
tir de grandes quantités de tourte au poulet et au jambon, mais
Harry savait qu'il écoutait.

— C'était ce qu'il fallait faire, Harry, dit Neville, assis en face de lui.

Le teint plutôt pâle, il poursuivit à voix basse :

— Ça devait être... dur... d'en parler, non ?

— Oui, marmonna Harry, mais il faut que les gens sachent de quoi Voldemort est capable.

— C'est vrai, approuva Neville avec un hochement de tête, et aussi ses Mangemorts... il faudrait que les gens sachent...

Neville laissa sa phrase en suspens et reporta son attention sur ses pommes de terre au four. Seamus leva les yeux, mais dès qu'il croisa le regard de Harry, il se pencha à nouveau sur son assiette. Un peu plus tard, Dean, Seamus et Neville remontèrent dans la salle commune, laissant Harry et Hermione attendre Ron qui n'avait pas encore dîné à cause de la séance d'entraînement de Quidditch.

Cho Chang entra alors dans la Grande Salle, en compagnie de son amie Marietta. Harry sentit son estomac se contracter, mais elle n'accorda pas un regard à la table des Gryffondor et s'assit en prenant soin de lui tourner le dos.

— Oh, j'ai oublié de te demander, dit Hermione d'une voix enjouée en jetant un coup d'œil à la table des Serdaigle. Comment ça s'est passé ta sortie avec Cho ? Comment se fait-il que tu sois arrivé si tôt aux Trois Balais ?

— Oh, heu... c'était..., dit Harry en se servant une deuxième part de tarte à la rhubarbe, un fiasco total, maintenant que tu m'y fais penser.

Et il lui raconta la scène qui s'était déroulée dans le salon de thé de Madame Pieddodu :

— ... et à ce moment-là, acheva-t-il quelques minutes plus tard tandis que disparaissait le dernier morceau de tarte, elle se lève d'un bond et elle me dit : « A un de ces jours, Harry. » Et puis elle s'en va en courant !

Il posa sa cuillère et regarda Hermione.

— Je me demande ce qui lui a pris ? Qu'est-ce que ça signifie ?

Hermione jeta un coup d'œil à Cho et soupira.

– Oh, Harry, dit-elle. Je suis désolée, mais tu as un peu manqué de tact.

– *Moi ?* Manqué de tact ? s'indigna-t-il. Tout allait très bien et, brusquement, elle me raconte que Roger Davies l'a invitée à sortir avec lui et qu'elle venait souvent dans ce stupide salon de thé pour s'embrasser avec Cedric. Comment je dois réagir à ça, moi ?

– Eh bien, voilà, répondit Hermione du ton patient de quelqu'un qui aurait expliqué à un enfant en bas âge souffrant d'hyperémotivité que un plus un égale deux. Tu n'aurais pas dû lui dire que tu voulais me voir au beau milieu de la journée.

– Mais… mais…, balbutia Harry, c'est toi qui m'as demandé de te retrouver à midi et de venir avec elle. Il fallait bien que je le lui dise, non ?

– Tu aurais dû t'y prendre différemment, poursuivit Hermione, toujours avec cette même patience exaspérante. Tu aurais dû lui dire que c'était vraiment assommant mais que je t'avais fait promettre de venir aux Trois Balais, que tu n'avais pas du tout envie d'y aller, que tu aurais préféré passer toute la journée seul avec elle, mais que malheureusement, il le fallait bien et s'il te plaît, s'il te plaît, je voudrais tellement que tu viennes avec moi, comme ça ce serait plus vite fini. Tu aurais peut-être dû lui dire aussi que tu me trouvais très laide, ajouta-t-elle après un instant de réflexion.

– Mais je ne te trouve pas laide du tout, répondit Harry, déconcerté.

Hermione éclata de rire.

– Harry, tu es pire que Ron… Non, finalement, non, soupira-t-elle au moment où Ron, constellé de boue et l'air grognon, entrait d'un pas lourd dans la Grande Salle. Écoute… Tu as mis Cho en colère quand tu lui as dit que tu avais rendez-vous avec moi, alors elle a essayé de te rendre jaloux. Pour elle, c'était un moyen de savoir si tu l'aimais vraiment.

– Ah bon, c'était ça, le message ? dit Harry.

Ron se laissa tomber sur le banc face à eux et attrapa tous les plats qui se trouvaient à sa portée.

– Tu ne crois pas qu'il aurait été plus facile de me demander simplement si je l'aimais plus que toi ?

– Les filles ne posent pas souvent ce genre de question, fit remarquer Hermione.

– Eh bien, elles devraient ! répliqua Harry avec vigueur. Parce que dans ce cas, je lui aurais dit qu'elle me plaît beaucoup et elle n'aurait pas eu besoin de se mettre de nouveau dans tous ses états à propos de la mort de Cedric !

– Je ne prétends pas que ce qu'elle a fait est raisonnable, répondit Hermione.

Ginny arriva à son tour. Elle était aussi sale et paraissait d'aussi mauvaise humeur que Ron.

– J'essaye simplement de te faire comprendre ce qu'elle ressentait à ce moment-là.

– Tu devrais écrire un livre, dit Ron à Hermione en coupant ses pommes de terre. Un truc qui donne la traduction des idioties que font les filles pour que les garçons puissent comprendre à quoi ça rime.

– Oui, approuva Harry avec ferveur.

Il jeta un coup d'œil à la table des Serdaigle. Cho venait de se lever et, toujours sans un regard à Harry, elle quitta la Grande Salle. Passablement déprimé, il se tourna à nouveau vers Ron et Ginny.

– Alors, comment s'est passé l'entraînement de Quidditch ?

– Un cauchemar, répondit Ron d'une voix maussade.

– Allons donc, dit Hermione en regardant Ginny, je suis sûre que ce n'était pas...

– Oh, si, coupa Ginny. C'était abominable. Angelina était au bord des larmes à la fin de la séance.

Après le dîner, Ron et Ginny allèrent prendre un bain. Harry et Hermione retournèrent dans la salle commune de Gryffondor, toujours aussi animée, pour s'atteler à leur habituelle pile de devoirs. Depuis une demi-heure, Harry était aux prises avec une nouvelle carte du ciel pour le cours d'astronomie lorsque Fred et George entrèrent dans la salle.

— Ron et Ginny ne sont pas là ? demanda Fred en prenant une chaise.

Harry répondit non d'un signe de tête.

— Tant mieux. On a assisté à leur séance d'entraînement. Ils vont se faire massacrer. Sans nous, ils ne valent rien.

— N'exagère pas, Ginny se débrouille bien, dit George en s'asseyant à côté de Fred. D'ailleurs, je me demande comment elle fait alors qu'on ne l'a jamais laissée jouer avec nous.

— Depuis l'âge de six ans, elle force la porte de votre remise à balais, dans le jardin, et vole sur chacun de vos balais à tour de rôle quand vous n'êtes pas là, révéla Hermione derrière sa pile vacillante de livres consacrés aux anciennes runes.

— Oh, dit George, modérément impressionné, ça explique tout.

— Est-ce que Ron a réussi à bloquer un tir ? demanda Hermione en leur jetant un regard par-dessus *Hiéroglyphes et logogrammes magiques*.

— Il y arrive quand il est sûr que personne ne l'observe, répondit Fred en levant les yeux au plafond. Samedi prochain, il suffira de demander à la foule de lui tourner le dos et de parler d'autre chose chaque fois que le Souafle s'approchera de ses buts.

Il se leva, se dirigea vers la fenêtre d'un air fébrile et contempla le parc plongé dans l'obscurité.

— Le Quidditch était à peu près la seule chose pour laquelle il valait la peine de rester ici.

Hermione lui lança un regard sévère.

— Tu as des examens à la fin de l'année !

— Je t'ai déjà dit qu'on n'était pas très passionnés par les ASPIC, répliqua Fred. Les boîtes à Flemme sont prêtes à la commercialisation. On a enfin trouvé le moyen de se débarrasser de ces furoncles, ils disparaissent avec quelques gouttes d'essence de Murlap, c'est Lee qui nous a donné l'idée.

George bâilla longuement et contempla d'un air inconsolable le ciel nocturne chargé de nuages.

– Je me demande si je vais prendre la peine d'aller voir ce match. Si jamais Zacharias Smith nous bat, il ne me restera plus qu'à me tuer.

– Ou plutôt à le tuer lui, dit Fred d'un ton décidé.

– C'est ça, l'ennui avec le Quidditch, remarqua distraitement Hermione qui s'était replongée dans sa traduction des anciennes runes. Ça crée des tensions et des sentiments hostiles entre les maisons.

Elle leva la tête pour prendre son exemplaire du *Syllabaire Lunerousse* et vit que Fred, George et Harry la regardaient tous les trois avec un mélange d'écœurement et d'incrédulité.

– C'est vrai ! insista-t-elle, agacée. Ce n'est quand même qu'un jeu, ne l'oublions pas.

– Hermione, répliqua Harry en hochant la tête, tu t'y connais peut-être très bien en sentiments et en trucs comme ça mais tu n'as jamais rien compris au Quidditch.

– C'est possible, dit-elle d'un air sombre en retournant à sa traduction, mais au moins, je ne fais pas dépendre mon bonheur de la capacité de Ron à défendre ses buts.

Et bien que Harry eût préféré se jeter du haut de la tour d'astronomie plutôt que de l'admettre devant elle, après avoir vu le match du samedi, il aurait volontiers donné n'importe quelle somme en Gallions pour ne plus être intéressé par le Quidditch.

Ce qu'on pouvait dire de mieux à propos du match, c'était qu'il n'avait pas duré longtemps. Les supporters de Gryffondor n'avaient eu à subir que vingt-deux minutes de supplice. Il était difficile de déterminer ce qui avait été le pire : le quatorzième but encaissé par Ron, le coup de batte que Sloper avait donné sur la bouche d'Angelina en ratant un Cognard ou la chute de

Kirke qui était tombé en arrière de son balai en poussant un hurlement perçant lorsque Zacharias Smith avait foncé sur lui, le Souafle à la main. Le miracle, c'était que Gryffondor n'avait perdu que de dix points : Ginny avait réussi à ravir le Vif d'or sous le nez de Summerby, l'attrapeur de Poufsouffle, ce qui donnait un score final de deux cent quarante à deux cent trente.

— Joli coup, dit Harry à Ginny lorsqu'ils se retrouvèrent dans la salle commune où l'atmosphère faisait penser à une veillée funèbre particulièrement lugubre.

— J'ai eu de la chance, répondit-elle avec un haussement d'épaules. Le Vif d'or n'était pas très rapide et Summerby a un rhume, il a éternué en fermant les yeux juste au mauvais moment. De toute façon, quand tu auras repris ta place dans l'équipe...

— Ginny, je suis interdit *à vie*.

— Tu es interdit aussi longtemps qu'Ombrage restera à l'école, rectifia-t-elle. Ça fait une différence. Donc, quand tu auras repris ta place, je pense que j'essaierai de jouer au poste de poursuiveur. Angelina et Alicia quittent toutes les deux l'école l'année prochaine et moi, je préfère marquer des buts plutôt que d'attraper le Vif d'or.

Harry jeta un coup d'œil à Ron qui était recroquevillé dans un coin et contemplait ses genoux en serrant une bouteille de Bièraubeurre dans sa main.

— Angelina ne veut toujours pas accepter sa démission, dit Ginny comme si elle avait lu dans les pensées de Harry. Elle dit qu'elle est sûre qu'il finira par y arriver.

Harry était reconnaissant à Angelina de la foi qu'elle avait en Ron mais en même temps, il pensait qu'il serait plus charitable de le laisser quitter l'équipe. Ron était à nouveau sorti du terrain au son de *Weasley est notre roi*, chanté en un chœur puissant et enthousiaste par les Serpentard qui étaient à présent donnés favoris pour remporter la coupe de Quidditch.

Fred et George s'approchèrent d'eux.

– Je n'ai même plus le cœur à me payer sa tête, dit Fred en jetant un coup d'œil à la silhouette prostrée de Ron. Tu te rends compte... quand il a laissé entrer le quatorzième...

Il fit de grands moulinets désordonnés avec ses bras, comme un chien pataugeant dans l'eau.

– Enfin bon, il vaut mieux que je réserve ça pour les soirées entre amis.

Peu après, Ron se traîna jusqu'au dortoir. Soucieux de ménager sa sensibilité, Harry attendit un certain temps avant de monter lui-même se coucher afin que Ron puisse faire semblant de dormir s'il le souhaitait. Et en effet, lorsque Harry entra à son tour dans le dortoir, les ronflements de Ron étaient un peu trop bruyants pour paraître vrais.

Harry se coucha en repensant au match. Y assister depuis les tribunes lui avait paru terriblement frustrant. Il avait été impressionné par la performance de Ginny mais il savait que si c'était lui qui avait joué, il aurait pu attraper le Vif d'or bien avant... A un certain moment, il l'avait vu voleter près de la cheville de Kirke. Si Ginny n'avait pas hésité, elle aurait pu arracher une victoire pour Gryffondor.

Pendant le match, Ombrage était assise quelques rangs au-dessous de Harry et d'Hermione. A deux reprises, elle avait tourné vers lui sa silhouette courtaude pour le regarder, sa large bouche de crapaud étirée en ce qui semblait un sourire goguenard. Ce souvenir le fit brûler de rage tandis qu'il restait étendu dans le noir. Puis, quelques minutes plus tard, il se rappela qu'il était censé vider son esprit de toute émotion avant de s'endormir, comme Rogue ne cessait de le lui répéter à la fin de chaque cours d'occlumancie.

Il s'y efforça une ou deux fois mais la pensée de Rogue s'ajoutant au souvenir d'Ombrage ne fit qu'augmenter son ressentiment et il s'aperçut qu'il se concentrait au contraire sur l'aversion que tous deux lui inspiraient. Peu à peu, les ronflements de Ron s'estompèrent, remplacés par la respiration lente et profonde du vrai sommeil. Il fallut davantage de temps à Harry pour s'endormir. Son corps était fatigué mais son cerveau avait du mal à se mettre au repos.

Il rêva que Neville et le professeur Chourave valsaient autour de la Salle sur Demande pendant que le professeur McGonagall jouait de la cornemuse. Il les regardait pendant un bon moment avec un sentiment de joie puis décidait d'aller chercher les autres membres de l'A.D.

Lorsqu'il sortait de la pièce, cependant, il se retrouvait non pas face à la tapisserie de Barnabas le Follet mais devant une torche qui brûlait sur son support fixé au mur de pierre. Il tournait lentement la tête vers la gauche et là, tout au bout d'un couloir sans fenêtres, il apercevait une porte noire et lisse.

Il s'avançait alors dans cette direction avec une exaltation grandissante et la très étrange impression que, cette fois, il aurait enfin de la chance et trouverait le moyen de l'ouvrir... Arrivé à un ou deux mètres, il distinguait dans un frisson d'excitation une faible lumière bleue qui dessinait un rai vertical du côté droit... la porte était entrouverte... Il tendait la main pour l'ouvrir et...

Ron émit un ronflement rauque et sonore, un vrai cette fois, et Harry se réveilla en sursaut, sa main droite tendue devant lui dans l'obscurité pour ouvrir une porte qui se trouvait à des centaines de kilomètres de là. Il laissa retomber son bras avec un mélange de déception et de culpabilité. Il savait qu'il n'aurait pas dû voir la porte mais il était en même temps si curieux de savoir ce qu'il y avait derrière qu'il ne put s'empêcher d'éprouver à l'égard de Ron une certaine irritation... Si seulement il avait pu attendre encore une minute avant de laisser échapper son ronflement.

Le lundi matin, ils descendirent prendre leur petit déjeuner au moment précis où les hiboux entraient dans la Grande Salle pour apporter le courrier. Hermione n'était pas la seule à attendre impatiemment sa *Gazette du sorcier*. Presque tout le monde était avide de connaître les dernières nouvelles sur les Mangemorts en fuite qui restaient introuvables en dépit de nombreux témoignages signalant leur présence ici ou là. Hermione donna une Noise au hibou et déplia précipitamment le journal tandis que Harry se versait un verre de jus d'orange. Comme il n'avait reçu qu'une seule lettre depuis le début de l'année, il fut certain que le hibou qui venait d'atterrir devant lui avec un bruit sourd se trompait de destinataire.

– Qui cherches-tu ? lui demanda-t-il.

D'un geste indolent, il écarta son verre de jus d'orange de sous le bec du hibou et se pencha en avant pour voir le nom écrit sur l'enveloppe :

Harry Potter
Grande Salle
École Poudlard

Les sourcils froncés, il tendit la main mais avant qu'il ait eu le temps de prendre la lettre, trois, quatre, cinq autres hiboux avaient atterri devant lui et se bousculaient, marchant dans le beurre, renversant la salière, pour essayer d'être les premiers à distribuer le courrier.

– Qu'est-ce qui se passe ? demanda Ron stupéfait.

Les élèves assis à la table de Gryffondor se penchèrent pour voir ce qui se passait. Sept autres hiboux se posèrent alors parmi les autres, criant, hululant, battant des ailes.

Hermione plongea la main dans ce tourbillon de plumes et en retira un hibou moyen duc qui portait dans son bec un long paquet cylindrique.

– Harry ! dit-elle d'une voix haletante. Je crois savoir ce que ça signifie. Ouvre d'abord celui-ci !

Harry déchira le papier d'emballage d'où s'échappa un exemplaire soigneusement roulé de l'édition de mars du *Chicaneur*. Il déroula le magazine et vit sur la couverture son propre visage lui sourire d'un air timide. En grosses lettres rouges, un titre annonçait sur toute la largeur de la photo :

HARRY POTTER PARLE ENFIN :
LA VÉRITÉ SUR CELUI-DONT-ON-
NE-DOIT-PAS-PRONONCER-LE-NOM
ET LE RÉCIT DE LA NUIT OÙ JE L'AI VU REVENIR

— C'est bien, hein ? dit Luna qui s'était approchée d'un pas traînant de la table des Gryffondor et s'asseyait à présent en se glissant entre Fred et Ron. Il est sorti hier. J'ai demandé à papa de t'en envoyer un exemplaire gratuit. Je pense que tout ça doit être du courrier de lecteurs, ajouta-t-elle en montrant les hiboux qui se pressaient sur la table.

— C'est bien ce que je pensais, dit Hermione avec avidité. Harry, tu veux bien que…

—Vas-y, répondit Harry, un peu déconcerté.

Ron et Hermione commencèrent tous deux à ouvrir des enveloppes.

— Celle-ci est envoyée par un type qui pense que tu as perdu la boule, dit Ron en parcourant une lettre. Bah…

— Là, il y a une femme qui te recommande de suivre une cure d'électro-sorts à Ste Mangouste, dit Hermione qui froissa la lettre, l'air déçue.

— Celle-là m'a l'air mieux, dit Harry avec lenteur.

C'était une lettre d'une sorcière de Paisley.

— Hé, elle me croit !

— Celui-ci est partagé, dit Fred qui participait avec enthousiasme à l'ouverture des lettres. Il écrit que tu ne donnes pas l'impression d'être fou mais, comme il ne veut vraiment pas croire que Tu-Sais-Qui est de retour, il ne sait plus que penser. Bref, beaucoup de parchemin pour ne rien dire !

— En voilà un autre que tu as convaincu, Harry ! s'exclama Hermione d'un ton surexcité. « Après avoir lu votre version de l'histoire, je suis bien obligé de conclure que *La Gazette du sorcier* vous a traité très injustement... Bien que je n'aie pas du tout envie de croire au retour de Celui-Dont-On-Ne-Doit-Pas-Prononcer-Le-Nom, je suis forcé de reconnaître que vous avez dit la vérité... » Oh, c'est merveilleux !

– Encore un qui pense que tu racontes n'importe quoi, dit Ron en jetant par-dessus son épaule une lettre froissée. Mais celle-ci écrit que tu l'as convaincue et te considère maintenant comme un véritable héros. Elle a joint une photo... Wouaoo !

– Que se passe-t-il, ici ? dit alors une voix de petite fille faussement aimable.

Harry leva la tête, les mains pleines d'enveloppes. Le professeur Ombrage se tenait derrière Fred et Luna, ses gros yeux de crapaud observant le fouillis de hiboux et de lettres qui s'entassaient devant Harry. Aux autres tables, de nombreux élèves les regardaient avec convoitise.

– Pourquoi avez-vous reçu toutes ces lettres, Mr Potter ? demanda-t-elle lentement.

– C'est un crime, maintenant, de recevoir du courrier ? demanda Fred d'une voix forte.

– Attention, Mr Weasley, sinon je serai obligée de vous donner une retenue, dit Ombrage. Alors, Mr Potter ?

Harry hésita mais il ne voyait pas comment il pourrait garder le secret sur ce qu'il avait fait. Ombrage ne tarderait pas à avoir un exemplaire du *Chicaneur* entre les mains.

– Des gens m'ont écrit parce que j'ai donné une interview, expliqua Harry. Au sujet de ce qui s'est passé au mois de juin.

Instinctivement, Harry jeta un coup d'œil à la table des professeurs. Il avait la très étrange impression que Dumbledore l'avait observé un instant auparavant mais, lorsqu'il le regarda, le directeur semblait absorbé dans une conversation avec le professeur Flitwick.

– Une interview ? répéta Ombrage, la voix plus aiguë et plus grêle que jamais. Que voulez-vous dire ?

— Je veux dire qu'une journaliste m'a posé des questions et que j'y ai répondu, dit Harry. Voilà...

Et il lui jeta l'exemplaire du *Chicaneur*. Elle l'attrapa au vol et regarda la couverture. Son visage terreux, blafard, prit alors une horrible teinte violacée.

— Quand avez-vous fait cela ? interrogea-t-elle d'une voix légèrement chevrotante.

— Pendant la dernière sortie à Pré-au-Lard, répondit Harry.

Elle lui lança un regard brûlant de rage, le magazine tremblant entre ses doigts boudinés.

— Il n'y aura plus d'autres sorties à Pré-au-Lard pour vous, Mr Potter, murmura-t-elle. Comment avez-vous osé... ? Comment avez-vous pu... ? (Elle prit une profonde inspiration.) J'ai pourtant essayé de vous apprendre à ne pas dire de mensonges mais, apparemment, le message n'a pas pénétré. Cinquante points de moins pour Gryffondor et une nouvelle semaine de retenue.

Elle s'éloigna en serrant *Le Chicaneur* contre sa poitrine, suivie des yeux par la plupart des élèves.

Vers le milieu de la matinée, d'énormes écriteaux avaient été placardés partout dans l'école, pas seulement sur les tableaux d'affichage mais également dans les couloirs et les salles de classe.

PAR ORDRE DE LA GRANDE INQUISITRICE DE POUDLARD
TOUT ÉLÈVE SURPRIS EN POSSESSION DU MAGAZINE LE CHICANEUR SERA RENVOYÉ.
CONFORMÉMENT AU DÉCRET D'ÉDUCATION NUMÉRO VINGT-SEPT

SIGNÉ : DOLORES JANE OMBRAGE,
GRANDE INQUISITRICE

Pour une raison que Harry ne comprenait pas, chaque fois qu'Hermione passait devant l'un de ces écriteaux, elle rayonnait de plaisir.

– Tu peux m'expliquer ce qui te rend si heureuse ? lui demanda Harry.

– Tu ne comprends donc pas ? murmura-t-elle. La meilleure chose qu'elle pouvait faire pour que tout le monde lise ton interview, c'était de l'interdire !

Apparemment, Hermione avait raison. À la fin de la journée, bien que Harry n'ait vu nulle part la moindre trace du *Chicaneur*, tous les élèves ne parlaient plus que de l'interview, citations à l'appui. Il les entendait en discuter à voix basse dans les files d'attente, avant le début des cours, dans la Grande Salle pendant le déjeuner et au fond des classes. Hermione raconta même que, dans les toilettes des filles, toutes les occupantes des cabines étaient en train d'en parler lorsqu'elle y avait fait un tour avant son cours de runes anciennes.

– Quand elles m'ont vue, comme elles savent que je te connais, elles ont commencé à me bombarder de questions, lui dit Hermione, les yeux brillants, et tu sais, Harry, j'ai l'impression qu'elles te croient. Je le pense vraiment, tu as fini par les convaincre !

Pendant ce temps, le professeur Ombrage rôdait dans les couloirs, arrêtant les élèves au hasard pour exiger qu'ils retournent leurs poches et leurs sacs. Harry savait qu'elle cherchait des exemplaires du *Chicaneur*, mais ses condisciples avaient pris de l'avance sur elle. Ils ensorcelaient les pages de l'interview qui se transformaient en innocentes pages de manuel lorsque quiconque d'autre y posait les yeux, ou devenaient blanches dès qu'ils en interrompaient eux-mêmes la lecture. Bientôt, il sembla que tout le monde dans l'école avait lu l'article.

Bien entendu, le décret d'éducation numéro vingt-six interdisait aux professeurs d'en parler mais ils trouvaient quand même le moyen de faire savoir ce qu'ils en pensaient. Le professeur Chourave donna vingt points à Gryffondor lorsque Harry lui passa l'arrosoir. A la fin du cours de sortilèges, le professeur Flitwick, radieux, lui mit dans la main une boîte de Couinesouris en sucre en murmurant : « Chut ! » avant de s'éloigner précipitamment. Quant au professeur Trelawney, elle éclata en sanglots hystériques pendant le cours de divination et annonça devant une classe stupéfaite et une Ombrage désapprobatrice que, finalement, Harry ne connaîtrait *pas* une mort précoce mais vivrait au contraire jusqu'à un âge avancé, deviendrait ministre de la Magie et aurait douze enfants.

Ce qui fit le plus grand plaisir à Harry, cependant, ce fut de voir Cho le rattraper, le lendemain, alors qu'il se dépêchait d'aller au cours de métamorphose. Avant qu'il ait compris ce qui se passait, elle avait mis sa main dans la sienne et murmurait à son oreille :

— Je suis vraiment, vraiment désolée pour l'autre fois. C'est si courageux de ta part d'avoir donné cette interview... J'ai pleuré en la lisant.

Il était navré de lui avoir fait verser quelques larmes supplémentaires mais très heureux qu'elle accepte de lui parler à nouveau et sa joie fut encore plus intense lorsqu'elle l'embrassa rapidement sur la joue avant de repartir à pas précipités. Devant la salle de métamorphose, une surprise incroyable et tout aussi réjouissante l'attendait. Seamus sortit en effet de la file d'attente et s'avança vers lui.

— Je voulais simplement te dire, marmonna-t-il, le regard fixé sur les genoux de Harry, que je te crois, maintenant. Et j'ai envoyé le magazine à ma mère.

Enfin, la réaction de Malefoy, Crabbe et Goyle mit le comble à son bonheur. Il les vit cet après-midi-là à la bibliothèque, tête contre tête autour d'une table, en compagnie d'un garçon efflanqué du nom de Theodore Nott, d'après ce que lui souffla Hermione. Lorsque Harry alla chercher sur les étagères un livre consacré à la Disparition Partielle, ils se tournèrent vers lui et Goyle fit craquer ses jointures d'un air menaçant tandis que

Malefoy murmurait à l'oreille de Crabbe quelque chose qui ne pouvait être que très malveillant à son égard. Harry connaissait parfaitement les raisons de leur attitude : il avait cité leurs pères comme étant des Mangemorts.

– Et le plus drôle, chuchota Hermione d'un air joyeux quand ils eurent quitté la bibliothèque, c'est qu'ils ne peuvent pas te contredire, sinon ce serait admettre qu'ils ont lu l'article !

Pour couronner le tout, Luna lui annonça au dîner que jamais on n'avait vu un numéro du *Chicaneur* aussi vite épuisé.

– Papa va réimprimer ! dit-elle à Harry, les yeux exorbités d'enthousiasme. Il n'arrive pas à y croire, il dit que les gens s'intéressent encore plus à ça qu'aux Ronflaks Cornus !

Ce soir-là, Harry fut accueilli en héros dans la salle commune de Gryffondor. Provocateurs, Fred et George avaient jeté un charme d'Agrandissement sur la couverture du *Chicaneur* et l'avaient accrochée au mur. La tête géante de Harry contemplait l'agitation ambiante en lançant de temps à autre d'une voix tonitruante des phrases du genre : « LE MINISTÈRE EST UN TAS DE CRÉTINS » ou « OMBRAGE EST BÊTE À MANGER DE LA BOUSE. » Hermione ne trouvait pas la plaisanterie très amusante et prétendait que sa concentration en était perturbée. Exaspérée, elle finit par monter se coucher beaucoup plus tôt que d'habitude. Harry dut lui-même l'admettre, l'affiche était devenue moins drôle au bout d'une heure ou deux, surtout lorsque les effets du sortilège de Parole commencèrent à s'estomper et que la photo ne criait plus que quelques mots isolés, comme « BOUSE » ou « OMBRAGE » à des intervalles de plus en plus rapprochés et d'une voix chaque fois plus aiguë. En fait, il commençait à avoir mal à la tête et sa cicatrice le picotait à nouveau désagréablement. Sous les grognements déçus des Gryffondor qui s'étaient assis autour de lui et lui demandaient de leur répéter en direct pour la énième fois le contenu de son interview, il annonça qu'il avait besoin d'une bonne nuit de sommeil.

Le dortoir était désert quand il y entra. Il appuya son front contre la fraîcheur du carreau de la fenêtre, à côté de son lit, et sentit sa douleur s'apaiser. Puis il se déshabilla et se coucha en espérant que son mal de tête disparaîtrait. Il se sentait également un peu barbouillé. Se tournant sur le côté, il ferma les yeux et s'endormit presque aussitôt...

Il était debout dans une pièce sombre aux rideaux tirés, éclairée par un unique chandelier. Ses mains serraient le dossier d'un fauteuil devant lui. Ses doigts longs et pâles, comme s'ils n'avaient pas connu la lumière du soleil depuis des années, ressemblaient à de grandes araignées blanchâtres contre le velours noir du fauteuil.

De l'autre côté, dans le cercle de lumière que projetaient les chandelles, un homme vêtu d'une robe de sorcier noire était à genoux.

— Il semble que l'on m'ait mal conseillé, disait Harry d'une voix aiguë, froide, palpitante de colère.

— Maître, j'implore votre pardon, répondait d'un ton rauque l'homme agenouillé.

Sa nuque brillait à la lueur des chandelles et il était parcouru de tremblements.

— Je ne te blâme pas, Rookwood, disait Harry de cette même voix cruelle et glacée.

Il lâchait le dossier du fauteuil et le contournait pour s'approcher de l'homme prosterné sur le sol. Il se tenait devant lui, à présent, dans l'obscurité, et regardait les choses de beaucoup plus haut qu'à l'ordinaire.

— Tu es sûr de ce que tu affirmes, Rookwood ? demandait Harry.

— Oui, Seigneur, oui... Je travaillais au Département des mystères...

— Avery m'a dit que Moroz arriverait à l'en sortir.

— Moroz n'y serait jamais parvenu, Maître... Il savait qu'il ne pouvait pas... C'est certainement pour cela qu'il a tant combattu le sortilège de l'Imperium auquel l'avait soumis Malefoy...

— Lève-toi, Rookwood, murmurait Harry.

Dans sa hâte d'obéir, l'homme agenouillé manquait de tomber. Il avait le visage grêlé et la lueur des chandelles mettait en relief les marques de sa peau. Après s'être relevé, il demeurait un peu voûté, comme s'il s'inclinait à demi, et jetait à Harry des regards terrifiés.

— Tu as bien fait de me dire cela, poursuivait Harry. Bon... il semble donc que j'aie perdu des mois en vaines manœuvres... Mais peu importe... Nous allons recommencer dès maintenant. Tu as la gratitude de Lord Voldemort, Rookwood...

— Seigneur... Oh oui, Seigneur, balbutiait Rookwood, la voix rauque de soulagement.

— J'aurai besoin de ton aide. Je veux que tu me donnes toutes les informations que tu pourras recueillir.

— Bien sûr, Seigneur, bien sûr... Tout ce que vous voudrez...

— Très bien... Tu peux t'en aller, maintenant. Envoie-moi Avery.

En s'inclinant, Rookwood reculait d'un pas précipité et disparaissait derrière une porte.

Resté seul dans la pièce obscure, Harry se tournait vers le mur. Un miroir craquelé, piqueté par le temps, était accroché au mur, dans la pénombre. Harry s'en approchait. Peu à peu, son reflet grandissait, devenait plus distinct... Un visage plus blanc qu'une tête de mort... des yeux rouges avec deux fentes en guise de pupilles...

— NOOOOOOOOON !

— Qu'est-ce qu'il y a ? s'écria une voix proche.

Harry se débattit comme un fou, s'empêtra dans les rideaux de son baldaquin et tomba du lit. Pendant quelques secondes, il ne sut plus où il était, il s'attendait à voir le visage blanchâtre en forme de tête de mort se dessiner à nouveau dans l'obscurité mais soudain la voix de Ron s'éleva, tout près de lui :

– Est-ce que tu vas cesser de t'agiter comme un dément, que je puisse te dégager de là ?

Ron écarta les rideaux d'un coup sec et Harry, étendu par terre sur le dos, sa cicatrice brûlante de douleur, le regarda à la lueur du clair de lune. Ron semblait sur le point de se coucher. Il avait déjà enlevé une des manches de sa robe de sorcier.

– Quelqu'un s'est encore fait attaquer ? demanda-t-il en relevant Harry sans ménagements. C'est mon père ? Toujours ce serpent ?

– Non... Tout le monde va bien..., haleta Harry qui avait l'impression d'avoir le front en feu. Sauf Avery... Il a des ennuis... Il lui a donné de faux renseignements... Voldemort est très en colère...

Il poussa un grognement et se laissa tomber sur le lit en massant sa cicatrice.

– Mais Rookwood va s'en occuper, maintenant... Il est à nouveau sur la bonne piste...

– De quoi tu parles ? demanda Ron, effrayé. Tu veux dire... que tu viens de voir Tu-Sais-Qui ?

– *J'étais* Tu-Sais-Qui, répondit Harry.

Il tendit les mains devant lui dans la pénombre et les approcha de son visage pour s'assurer qu'elles n'avaient plus ces longs doigts d'une pâleur de mort.

– Il était avec Rookwood, l'un des Mangemorts évadés d'Azkaban, tu te souviens ? Rookwood vient de lui dire que Moroz n'y serait jamais parvenu.

– Parvenu à quoi ?

– A sortir quelque chose... Il a dit que Moroz savait qu'il n'y arriverait pas... Moroz était soumis au sortilège de l'Imperium... Il a dit que c'était Malefoy qui le lui avait jeté, je crois.

– Moroz a été ensorcelé pour sortir quelque chose ? dit Ron. Mais alors, ça doit être...

– L'arme, acheva Harry. Je sais.

La porte du dortoir s'ouvrit. Dean et Seamus entrèrent et Harry se hâta de glisser les jambes sous ses couvertures. Il ne voulait pas donner l'impression qu'il s'était passé quelque chose d'étrange au moment où Seamus cessait tout juste de le prendre pour un cinglé.

Ron se rapprocha de Harry en faisant semblant de prendre la cruche d'eau posée sur sa table de chevet.

— Tu veux dire, murmura-t-il, que tu *étais* Tu-Sais-Qui ?

— Oui, répondit Harry à voix basse.

Ron but inutilement une trop longue gorgée. Harry vit l'eau ruisseler sur son menton et sa poitrine.

— Harry, reprit-il, tandis que Dean et Seamus s'affairaient bruyamment, enlevant leurs robes et bavardant, il faut que tu le dises à...

— Il ne faut le dire à personne, l'interrompit sèchement Harry. Je n'aurais rien vu du tout si je savais pratiquer l'occlumancie. Je suis censé avoir appris à me protéger contre ce genre de choses. C'est ce qu'ils veulent.

Par « ils », Harry entendait Dumbledore. Il se réinstalla dans son lit et tourna le dos à Ron. Quelques instants plus tard, il entendit le matelas de Ron grincer tandis qu'il se couchait à son tour. La cicatrice de Harry recommença à le brûler. Il mordit son oreiller pour étouffer une plainte de douleur. Quelque part, il le savait, Avery était en train de subir son châtiment.

Harry et Ron, qui voulaient être sûrs que personne ne surprendrait leur conversation, attendirent la récréation du lendemain matin pour raconter à Hermione ce qui s'était passé. Debout dans leur coin habituel de la cour balayée par le vent froid, Harry lui relata son rêve dans tous les détails. Lorsqu'il eut terminé, Hermione resta silencieuse un bon moment à regarder avec une sorte d'intensité douloureuse Fred et George, tous deux sans têtes, qui vendaient, à l'autre bout de la cour, leurs chapeaux magiques cachés sous leurs capes.

— Alors, c'est pour ça qu'ils l'ont tué, dit-elle enfin en détachant les yeux de Fred et George. Quand Moroz a essayé de voler cette arme, quelque chose d'étrange lui est arrivé. Je pense qu'elle doit être protégée par des sortilèges de défense pour empêcher les gens d'y toucher. C'est pour ça qu'il a fini à Ste Mangouste, son cerveau a complètement déraillé et il ne pouvait plus parler. Mais vous vous souvenez de ce que nous a dit la guérisseuse ? Il allait mieux. Et ils ne pouvaient pas prendre le risque qu'il guérisse, bien sûr. Le choc qu'il a subi quand il a touché l'arme a probablement annihilé les effets de l'Imperium. En retrouvant l'usage de la parole, il aurait expliqué ce qu'il avait fait. On aurait su alors que quelqu'un l'avait envoyé voler l'arme. Bien sûr, il était facile à Lucius Malefoy de lui jeter le sortilège. Il est toujours fourré au ministère, non ?

— Il y traînait même le jour où je suis passé au tribunal, dit Harry. Dans le... hé, mais attendez..., dit-il lentement. Il se trouvait dans le couloir du Département des mystères, ce jour-là ! Ton père a dit qu'il était sans doute descendu voir ce qui s'était passé pendant mon audience. Mais s'il...

— Sturgis ! dit alors Hermione dans un souffle.

On aurait dit qu'elle venait d'être frappée par la foudre.

— Pardon ? s'étonna Ron.

— Sturgis Podmore, reprit Hermione, la respiration haletante, arrêté pour avoir essayé de forcer une porte ! Lucius Malefoy a dû l'y obliger, lui aussi ! Je parie qu'il l'a fait le jour même où tu l'as vu là-bas, Harry. Sturgis avait emporté la cape d'invisibilité de Maugrey, vous vous souvenez ? Imaginons qu'il ait monté une garde invisible devant la porte et que Malefoy l'ait entendu bouger, ou ait deviné sa présence, ou même qu'il ait jeté le sortilège de l'Imperium à tout hasard en pensant qu'il y avait peut-être quelqu'un en faction ? À la première occasion — sans doute au moment où c'était à nouveau son tour de monter la garde —, Sturgis, sous l'emprise du maléfice, a essayé de pénétrer dans le Département des mystères et d'y voler l'arme pour Voldemort

— Ron, tais-toi — mais il s'est fait prendre et on l'a envoyé à Azkaban...

Elle regarda Harry.

— Et maintenant, c'est Rookwood qui a indiqué à Voldemort comment voler l'arme ?

— Je n'ai pas entendu toute la conversation, mais c'est ce qui semblait en ressortir, répondit Harry. Rookwood travaillait là, avant... Peut-être que Voldemort l'a envoyé le faire lui-même ?

Hermione acquiesça d'un signe de tête, toujours perdue dans ses pensées. Puis, tout à coup, elle lança :

— Mais en fait, tu n'aurais pas dû voir ça, Harry.

— Quoi ? s'exclama-t-il, interloqué.

— Tu es censé apprendre comment fermer ton esprit à ce genre de choses, dit Hermione, soudain sévère.

— Je sais, répondit Harry, mais...

— Je crois que nous devrions essayer d'oublier ce que tu as vu, déclara-t-elle d'un ton ferme. Et il faudrait que tu fasses un peu plus d'efforts dans tes cours d'occlumancie, à partir de maintenant.

Il n'y eut aucune amélioration à mesure que la semaine progressait. Harry obtint deux nouveaux D en potions, il était toujours sur des charbons ardents en attendant de savoir si Hagrid serait renvoyé ou pas et il ne pouvait s'empêcher de ruminer le rêve dans lequel il avait été Voldemort — bien qu'il n'en ait plus parlé avec Ron et Hermione, de peur que celle-ci ne le rappelle une nouvelle fois à l'ordre. En revanche, il aurait bien aimé pouvoir en parler à Sirius, mais comme il n'en était pas question, il s'efforçait de rejeter tout ça dans un coin de sa tête.

Malheureusement, aucun coin de sa tête n'était plus à l'abri.

— Levez-vous, Potter.

Une quinzaine de jours après avoir rêvé de Rookwood, Harry, une fois de plus, se retrouvait à genoux sur le sol du bureau de Rogue, essayant de reprendre ses esprits. Rogue l'avait à nouveau forcé à revivre une série de très anciens souvenirs qu'il ne pensait pas avoir conservés dans sa mémoire. La plupart concernaient des humiliations que Dudley et sa bande lui avaient infligées à l'école primaire.

— Ce dernier souvenir, dit Rogue, qu'est-ce que c'était ?

— Je ne sais pas, répondit Harry en se relevant d'un air las.

Il avait de plus en plus de mal à séparer les différents souvenirs enchevêtrés dans le flot d'images et de sons que Rogue ne cessait de susciter.

—Vous voulez dire celui où mon cousin essayait de me faire tenir debout dans la cuvette des toilettes ?

— Non, dit Rogue à mi-voix, celui où un homme était à genoux au milieu d'une pièce sombre...

— Oh, ce... ce n'est rien, assura Harry.

Le regard noir de Rogue vrilla celui de Harry. Se souvenant de ce que Rogue lui avait dit sur l'importance cruciale du contact visuel dans l'exercice de la legilimancie, Harry cligna des yeux et regarda ailleurs.

— Comment cet homme et cette pièce se sont-ils retrouvés dans votre tête, Potter ? interrogea Rogue.

— C'est..., répondit Harry en regardant un peu partout sauf en direction de Rogue, c'est un rêve que j'ai fait.

— Un rêve ? répéta Rogue.

Il y eut un silence pendant lequel Harry contempla une grosse grenouille morte qui flottait dans un liquide violet.

—Vous savez pourquoi nous sommes ici, n'est-ce pas, Potter ? demanda Rogue d'une voix basse, menaçante. Vous savez pourquoi je sacrifie mes soirées à ce travail fastidieux ?

— Oui, dit Harry avec raideur.

— Rappelez-moi donc pourquoi nous sommes ici, Potter.

— Pour que j'apprenne l'occlumancie, répondit Harry qui observait à présent une anguille d'un œil furieux.

— Exact, Potter. Et bien que vous ne soyez pas très vif — Harry lui lança un regard de haine —, j'aurais pensé qu'après plus de deux mois de cours, vous auriez fait quelques progrès. Combien de fois encore avez-vous rêvé du Seigneur des Ténèbres ?

— Une fois seulement, mentit Harry.

— Peut-être, répliqua Rogue, ses yeux froids et noirs se plissant légèrement, peut-être éprouvez-vous un certain plaisir à avoir ces visions et ces rêves, Potter ? Peut-être vous donnent-ils le sentiment d'être quelqu'un de très original, d'important ?

— Non, ce n'est pas du tout ça, répondit Harry, les dents serrées, les doigts crispés sur sa baguette magique.

— Tant mieux, Potter, déclara Rogue avec froideur. Car vous n'êtes ni original, ni important, et ce n'est pas à vous qu'il appartient de découvrir ce que le Seigneur des Ténèbres dit à ses Mangemorts.

— Non... Ça, c'est votre travail, n'est-ce pas ? lui lança Harry.

Il n'avait pas voulu dire cela. Les mots étaient sortis tout seuls dans un mouvement d'humeur. Pendant un long moment, ils s'observèrent. Harry était convaincu qu'il était allé trop loin. Pourtant, il y eut une étrange expression de satisfaction sur le visage de Rogue lorsqu'il lui répondit :

— Oui, Potter, dit-il, les yeux étincelants. C'est en effet mon travail. Et maintenant, si vous êtes prêt, nous allons recommencer.

Il leva sa baguette.

— Un... deux...trois... *Legilimens !*

Une centaine de Détraqueurs s'avançaient en direction de Harry sur les rives du lac... Il crispa son visage dans un effort de concentration... Ils se rapprochaient... Il voyait les trous noirs sous leurs cagoules... Mais il voyait également Rogue debout devant lui, ses yeux fixés sur son visage, marmonnant des paroles inaudibles... Et, peu à peu, Rogue sembla plus distinct tandis que les silhouettes des Détraqueurs s'estompaient...

Harry leva sa propre baguette.

— *Protego !*

Rogue tituba – sa baguette magique lui échappa des mains –

et soudain la mémoire de Harry bouillonna de souvenirs qui n'étaient pas les siens : un homme au nez crochu hurlait devant une femme recroquevillée pendant qu'un jeune garçon aux cheveux noirs pleurait dans un coin... Un adolescent à la chevelure graisseuse était assis tout seul dans une chambre, pointant sa baguette magique au plafond pour tuer des mouches en plein vol... Une fille riait en voyant un jeune homme efflanqué essayer de monter sur un balai qui ruait comme un cheval.

– ÇA SUFFIT !

Harry eut l'impression qu'on lui avait donné un coup dans la poitrine. Il recula de plusieurs pas chancelants, heurta une des étagères qui recouvraient les murs et entendit un bruit de verre brisé. Le teint très pâle, Rogue tremblait légèrement.

Harry sentit que le dos de sa robe était humide. Un bocal s'était cassé sous le choc et l'horrible chose gluante qu'il contenait tournoyait sur elle-même, emportée par le tourbillon de la potion qui s'en échappait.

– *Reparo*, siffla Rogue et le bocal se reconstitua aussitôt. Eh bien, Potter, c'était un progrès incontestable...

La respiration légèrement haletante, Rogue redressa la Pensine dans laquelle il avait mis de côté certaines de ses pensées avant le début du cours et regarda à l'intérieur comme pour vérifier qu'elles étaient toujours là.

– Je ne me rappelais pas vous avoir dit d'utiliser le charme du Bouclier... Mais c'était efficace, sans aucun doute...

Harry ne répondit pas. Dire quoi que ce soit pourrait être dangereux, il le sentait. Il était certain d'être entré dans des souvenirs de Rogue, d'avoir vu des scènes de son enfance. Harry éprouva un certain malaise à l'idée que le petit garçon qui pleurait devant ses parents en train de se disputer était à présent devant lui, avec une telle répugnance dans le regard.

– Essayons à nouveau, d'accord ? dit Rogue.

Harry éprouva un sentiment d'effroi. Rogue allait lui faire payer ce qui venait de se produire, il en était sûr. Ils reprirent leur place respective de part et d'autre du bureau et Harry sentit qu'il lui serait beaucoup plus difficile, cette fois, de vider son esprit.

– Attention, à trois, dit Rogue en levant à nouveau sa baguette, un... deux...

Harry n'eut pas le temps de rassembler son énergie et d'essayer de faire le vide dans sa tête avant que Rogue s'écrie :

– *Legilimens !*

Il se précipitait le long du couloir qui menait au Département des mystères. Les murs nus et les torches défilaient de chaque côté, la porte noire et lisse grandissait devant lui. Il courait si vite qu'il n'allait pas tarder à la heurter de plein fouet. Il n'était plus qu'à un ou deux mètres et voyait à nouveau le rai vertical de lumière bleue...

La porte s'était ouverte toute grande ! Il l'avait enfin franchie et se retrouvait dans une pièce circulaire aux murs et au sol noirs, éclairée par des chandelles aux flammes bleutées. Autour de lui, il y avait d'autres portes. Il devait absolument aller plus loin, mais quelle porte choisir ?

– POTTER !

Harry ouvrit les yeux. Il était étendu sur le dos sans se souvenir d'être tombé. Il avait le souffle court comme s'il avait véritablement couru tout au long du couloir, comme s'il avait véritablement franchi la porte et découvert la pièce circulaire.

– Expliquez-vous ! dit Rogue, debout au-dessus de lui, l'air furieux.

– Je... ne sais pas ce qui s'est passé, répondit sincèrement Harry en se relevant.

Il avait une bosse derrière la tête, là où il avait heurté le sol, et se sentait fiévreux.

– Je n'avais encore jamais vu ça. Je vous l'ai dit, j'ai rêvé de la porte... Mais elle ne s'était jamais ouverte jusqu'à maintenant...

– Vous ne faites pas assez d'efforts !

Pour une raison qui lui échappait, Rogue était encore plus

furieux que deux minutes auparavant, lorsque Harry avait réussi à voir certains de ses souvenirs.

—Vous êtes paresseux et négligent, Potter. Il ne faut pas s'étonner que le Seigneur des Ténèbres...

— Pourriez-vous me dire quelque chose, *monsieur* ? l'interrompit Harry en se mettant à nouveau en colère. Pourquoi appelez-vous Voldemort le Seigneur des Ténèbres ? Je n'ai entendu que les Mangemorts lui donner ce nom.

Rogue ouvrit la bouche comme pour lancer un rugissement, et une femme poussa alors un hurlement quelque part dans le château.

Rogue leva brusquement la tête et regarda le plafond.

— Qu'est-ce que... ? marmonna-t-il.

Harry entendit un brouhaha étouffé qui devait venir du hall d'entrée. Rogue jeta un regard autour de lui, les sourcils froncés.

— Avez-vous remarqué quelque chose d'inhabituel lorsque vous êtes descendu ici, Potter ?

Harry fit non de la tête. Au-dessus d'eux, la femme hurla à nouveau. Rogue s'avança à grands pas vers la porte, sa baguette toujours brandie, et disparut dans le couloir. Harry hésita un moment puis sortit à sa suite.

Les cris provenaient en effet du hall d'entrée. Ils augmentaient d'intensité à mesure que Harry montait les marches de pierre qui menaient des cachots au rez-de-chaussée. Lorsqu'il arriva en haut de l'escalier, une foule était rassemblée dans le hall. Des élèves étaient accourus de la Grande Salle où ils étaient en train de dîner pour venir voir ce qui se passait. D'autres se pressaient sur les marches de l'escalier de marbre. Harry se fraya un chemin parmi un groupe de grands Serpentard et vit qu'un cercle s'était formé. Certains visages paraissaient choqués, d'autres effrayés. Le professeur McGonagall se trouvait de l'autre côté du cercle, face à Harry. Apparemment, ce qu'elle voyait lui soulevait le cœur.

Le professeur Trelawney se tenait au milieu du hall, sa

baguette magique dans une main, une bouteille de xérès vide dans l'autre. Elle semblait en proie à une véritable crise de folie. Ses cheveux étaient dressés sur sa tête et ses lunettes de travers faisaient paraître un de ses yeux plus grand que l'autre. Ses innombrables châles et écharpes pendaient en désordre de ses épaules et donnaient l'impression qu'elle se déchirait de toutes parts. Deux grosses malles étaient posées sur le sol, à ses pieds. L'une d'elles était à l'envers, comme si on l'avait jetée dans l'escalier. Le professeur Trelawney, le regard fixe, paraissait terrifiée par quelque chose que Harry ne pouvait voir mais qui devait se trouver au bas des marches de marbre.

– Non ! hurla-t-elle. NON ! Ce n'est pas possible... Ça ne se peut pas... Je refuse de l'accepter !

– Vous n'avez donc pas réalisé que cela vous pendait au nez ? dit avec un amusement cruel une voix aiguë de petite fille.

En se déplaçant légèrement vers la droite, Harry comprit que la terrifiante vision du professeur Trelawney n'était autre que le professeur Ombrage.

– Bien que vous ne soyez même pas capable de prévoir le temps qu'il fera demain, vous auriez dû deviner que vos piteuses performances au cours de mes inspections et votre absence totale de progrès par la suite rendaient votre renvoi inévitable.

– Vous... Vous ne pouvez pas faire ça ! s'écria le professeur Trelawney, des larmes ruisselant derrière ses énormes lunettes. Vous ne... vous ne pouvez pas me renvoyer ! Je... Je suis ici depuis seize ans ! P-Poudlard est ma m-maison !

– C'était votre maison, rectifia le professeur Ombrage.

Harry éprouva un sentiment de révolte en voyant la joie qui s'étalait sur son visage de crapaud tandis qu'elle regardait le professeur Trelawney, secouée de sanglots incontrôlables, s'effondrer sur l'une de ses malles.

– Mais depuis que le ministre de la Magie a signé il y a une heure votre ordre de révocation, vous n'habitez plus ici.

Veuillez avoir l'amabilité de vous retirer de ce hall. Vous nous embarrassez.

Elle resta là à observer avec une jubilation féroce le professeur Trelawney, au comble du malheur, qui tremblait et gémissait en se balançant d'avant en arrière sur sa malle. Harry entendit à sa gauche un sanglot étouffé. Lavande et Parvati pleuraient silencieusement, serrées l'une contre l'autre. Puis des bruits de pas résonnèrent dans le hall. Se détachant de la foule, le professeur McGonagall marcha droit sur le professeur Trelawney et lui tapota le dos d'un geste ferme en sortant un mouchoir d'une poche de sa robe.

– Allons, allons, Sibylle... Calmez-vous... Tenez, mouchez-vous... Ce n'est pas si grave... Vous ne serez pas obligée de quitter Poudlard...

– Ah vraiment, professeur McGonagall ? dit Ombrage d'un ton assassin en s'avançant de quelques pas. Et qu'est-ce qui vous donne le droit de dire cela ?

– Moi, répondit une voix grave.

Les portes de chêne s'étaient soudain ouvertes et les élèves qui se trouvaient devant s'écartèrent précipitamment pour laisser passer Dumbledore. Qu'était-il allé faire dans le parc, Harry n'en avait aucune idée, mais il y avait quelque chose d'impressionnant à le voir ainsi apparaître dans l'encadrement de la porte, sa silhouette se découpant dans la nuit étrangement brumeuse. Il laissa les portes grandes ouvertes derrière lui et s'avança à travers le cercle des spectateurs en direction du professeur Trelawney, frissonnante et ruisselante de larmes, toujours effondrée sur sa malle, le professeur McGonagall à son côté.

– Vous, professeur Dumbledore ? dit Ombrage avec un petit rire singulièrement déplaisant. J'ai bien peur que vous n'ayez pas compris la situation. J'ai ici – elle tira de sa robe un rouleau de parchemin – un ordre de révocation signé par moi et par le ministre de la Magie. Conformément au décret d'éducation numéro vingt-trois, la Grande Inquisitrice de Poudlard a le pouvoir d'inspecter, de mettre à l'épreuve et de renvoyer tout enseignant qu'elle — c'est-à-dire que je — juge incapable de répondre aux critères exigés par le ministère de la Magie. Or, j'ai estimé que le professeur Trelawney n'était pas au niveau requis et c'est pourquoi j'ai mis fin à ses fonctions.

A la grande surprise de Harry, Dumbledore continua de sourire. Il baissa les yeux vers le professeur Trelawney qui sanglotait toujours sur sa malle et déclara :

— Vous avez tout à fait raison, bien sûr, professeur Ombrage. Comme Grande Inquisitrice, vous avez parfaitement le droit de mettre fin aux fonctions de mes enseignants. En revanche, vous n'avez aucune autorité pour les expulser du château. Je crains bien, poursuivit-il en s'inclinant courtoisement, que ce pouvoir-là incombe encore au directeur de l'établissement. Or, je souhaite que le professeur Trelawney continue d'habiter à Poudlard.

Le professeur Trelawney laissa alors échapper un petit rire frénétique ponctué d'un hoquet qu'elle n'arriva pas à étouffer.

— Non... Non, je v-vais partir, Dumbledore ! Je quitterai P-Poudlard pour chercher f-fortune ailleurs...

— Non, répliqua Dumbledore d'un ton abrupt. Je souhaite que vous restiez, Sibylle.

Il se tourna vers le professeur McGonagall.

— Puis-je vous demander de raccompagner Sibylle chez elle, professeur ?

— Bien entendu, répondit McGonagall. Levez-vous, Sibylle...

Le professeur Chourave surgit de la foule et se précipita pour prendre l'autre bras du professeur Trelawney. Toutes deux l'entraînèrent vers l'escalier de marbre en passant devant Ombrage. Le professeur Flitwick accourut derrière elles.

— *Locomotor Barda !* ordonna-t-il de sa petite voix flûtée.

Aussitôt, les deux malles s'élevèrent dans les airs et se dirigèrent vers l'escalier, le professeur Flitwick fermant la marche.

Le professeur Ombrage resta parfaitement immobile, les yeux fixés sur Dumbledore, toujours souriant.

— Et qu'allez-vous faire, demanda-t-elle dans un murmure qui résonna tout autour du hall, lorsque j'aurai nommé un nouveau professeur de divination qui aura besoin de cet appartement ?

— Oh, ça ne posera aucun problème, répondit Dumbledore d'un ton aimable. Figurez-vous que j'ai déjà trouvé un nouveau professeur de divination et il préfère loger au rez-de-chaussée.

—Vous avez trouvé ? s'exclama Ombrage d'une voix perçante. *Vous* avez trouvé ? Puis-je vous rappeler, Dumbledore, qu'en vertu du décret d'éducation numéro vingt-deux...

— Le ministère est chargé de choisir lui-même la personne qualifiée dans le cas — et uniquement dans ce cas — où l'actuel directeur ne serait pas en mesure de trouver lui-même un candidat, répondit Dumbledore. Or, je suis heureux de vous annoncer qu'en la circonstance, j'ai réussi. Puis-je vous présenter ?

Il se tourna vers les portes ouvertes à travers lesquelles filtrait à présent la brume nocturne. Harry entendit un bruit de sabots. Il y eut un murmure stupéfait dans tout le hall et les élèves qui se tenaient près des portes reculèrent à nouveau, certains d'entre eux trébuchant dans leur hâte de laisser le passage au nouveau venu.

A travers la brume se dessinèrent un visage et une silhouette que Harry avait déjà vus lors d'une nuit sombre où il avait dû affronter les dangers de la Forêt interdite : des cheveux d'un blond presque blanc, des yeux d'un bleu extraordinaire, la tête et le torse d'un homme, le corps d'un cheval à la robe claire et cuivrée.

— Voici Firenze, dit Dumbledore d'un ton joyeux à une Ombrage qui semblait frappée par la foudre. Je pense que vous le trouverez qualifié pour ce poste.

27

LE CENTAURE ET LE CAFARD

J e parie que tu regrettes d'avoir laissé tomber la divination, maintenant, dit Parvati à Hermione avec un sourire narquois.

C'était à l'heure du petit déjeuner, deux jours après le renvoi du professeur Trelawney. Parvati se recourbait les cils à l'aide de sa baguette magique et se regardait au dos d'une cuillère pour observer le résultat. Ce matin-là, ils devaient avoir leur premier cours avec Firenze.

— Pas vraiment, répondit Hermione d'un ton indifférent.

Elle était plongée dans la lecture de *La Gazette du sorcier*.

— Je n'ai jamais beaucoup aimé les chevaux.

Elle tourna une page du journal et en parcourut les colonnes.

— Ce n'est pas un cheval, c'est un centaure ! protesta Lavande, choquée.

— Et un très beau centaure…, soupira Parvati.

— En tout cas, il a toujours quatre jambes, répliqua Hermione avec froideur. Et, au fait, je croyais que vous étiez bouleversées par le départ de Trelawney, toutes les deux ?

— C'est vrai ! lui assura Lavande. Nous sommes montées la voir dans son bureau, nous lui avons apporté un bouquet de jonquilles, des vraies, des belles, pas celles qui font un bruit de klaxon comme chez Chourave.

— Comment va-t-elle ? demanda Harry.

— Pas très bien, la malheureuse, répondit Lavande d'un ton compatissant. Elle pleurait et elle disait qu'elle aimerait encore

671

mieux quitter le château à tout jamais plutôt que de rester sous le même toit qu'Ombrage. Moi, je trouve qu'elle a raison, Ombrage a été horrible avec elle, non ?

— J'ai l'impression qu'Ombrage ne fait que commencer à être horrible, dit Hermione d'un air lugubre.

— Impossible, fit remarquer Ron, occupé à dévorer une belle portion d'œufs au lard. Elle ne peut pas être pire que maintenant.

— Souviens-toi de ce que je te dis, elle va vouloir se venger de Dumbledore pour avoir nommé un nouveau professeur sans la consulter, déclara Hermione en refermant le journal. Et un autre hybride, en plus. Vous avez remarqué son expression quand elle a vu Firenze ?

Après le petit déjeuner, Hermione se rendit à son cours d'arithmancie tandis que Harry et Ron suivaient Parvati et Lavande à celui de divination.

— On ne va pas dans la tour nord ? demanda Ron, surpris, lorsqu'il vit Parvati passer devant l'escalier de marbre sans monter.

Parvati lui jeta par-dessus son épaule un regard méprisant.

— Tu t'imagines que Firenze arriverait à grimper cette échelle ? Nous sommes dans la salle 11, maintenant, c'était écrit hier sur le tableau d'affichage.

La salle 11 se trouvait au rez-de-chaussée, dans le couloir situé de l'autre côté de la Grande Salle. Harry savait que c'était une de ces classes qui ne servaient pas régulièrement et qu'on avait tendance à assimiler à un placard ou à une réserve. Aussi fut-il stupéfait, lorsqu'il y entra derrière Ron, de se retrouver dans une clairière, comme s'il était en pleine forêt.

— Qu'est-ce que... ?

Le sol de la classe était recouvert d'un moelleux tapis de mousse et des arbres y étaient plantés. Leurs branches luxuriantes se déployaient à la surface du plafond et devant les fenêtres, laissant filtrer dans toute la pièce des rayons obliques d'une lumière verte, douce et tachetée. Les élèves qui étaient déjà là s'étaient assis sur le sol terreux, le dos appuyé contre un tronc d'arbre ou un rocher, les bras autour des genoux ou croisés sur la poitrine. Tous avaient l'air assez inquiets. Firenze se tenait debout au milieu de la clairière, dans un espace dépourvu d'arbres.

– Harry Potter, dit-il en lui tendant la main à son entrée dans la classe.

– Heu... bonjour, répondit Harry en serrant la main du centaure qui le dévisagea de ses étonnants yeux bleus, sans ciller et sans sourire. Ça... ça fait plaisir de vous voir.

– Toi aussi, ça fait plaisir de te voir, répondit le centaure en inclinant sa tête aux cheveux blonds. Il était écrit que nous nous rencontrerions à nouveau.

Harry remarqua la trace d'une ecchymose en forme de fer à cheval sur la poitrine de Firenze. Lorsqu'il alla s'installer par terre avec les autres, tous le regardaient avec une sorte de révérence, impressionnés de le voir en si bons termes avec Firenze qui semblait les intimider.

Quand la porte fut refermée et que le dernier élève se fut assis sur une souche d'arbre, près de la corbeille à papiers, Firenze montra la classe d'un geste circulaire.

– Le professeur Dumbledore a eu l'amabilité de nous aménager cette salle, dit-il, en reconstituant mon habitat naturel. J'aurais préféré vous donner mes cours dans la Forêt interdite qui était, jusqu'à lundi dernier, ma maison... mais ce n'est plus possible.

– S'il vous plaît... heu... monsieur, dit Parvati, le souffle court, en levant la main. Pourquoi ne pouvons-nous pas aller là-bas ? Nous y avons déjà été avec Hagrid, nous n'avons pas peur !

– Ce n'est pas votre bravoure qui est en cause, répondit Firenze, mais ma situation personnelle. Je ne peux pas retourner dans la forêt. Mon troupeau m'a banni.

–Votre troupeau ? dit Lavande, décontenancée, et Harry vit tout de suite qu'elle pensait à des vaches. Qu'est-ce que... ah oui !

Une lueur de compréhension s'alluma dans son regard.

– Il y en a donc *d'autres que vous* ? demanda-t-elle, stupéfaite.

– Est-ce que c'est Hagrid qui vous a élevés comme les Sombrals ? demanda Dean, avide de savoir.

Firenze tourna très lentement la tête pour regarder Dean qui sembla soudain réaliser à quel point sa question était insultante.

– Je ne voulais pas... Je veux dire... Excusez-moi..., balbutia-t-il d'une voix étouffée.

– Les centaures n'ont pas vocation à être des serviteurs ou des jouets pour les humains, répondit Firenze à mi-voix.

Il y eut un silence, puis Parvati leva à nouveau la main.

– S'il vous plaît, monsieur... Pourquoi est-ce que les autres centaures vous ont banni ?

– Parce que j'ai accepté de travailler pour le professeur Dumbledore, répondit Firenze. Il considèrent que j'ai trahi notre espèce.

Quatre ans auparavant, le centaure Bane s'était mis en colère contre Firenze pour avoir laissé Harry monter sur son dos. Il l'avait alors traité de mule, Harry s'en souvenait très bien, et il se demanda si c'était Bane qui avait donné un coup de sabot dans la poitrine de Firenze.

– Commençons, dit le centaure.

Il balança sa longue queue cuivrée, leva sa baguette magique vers la voûte de feuillages qui se déployait au-dessus d'eux, puis l'abaissa avec lenteur. A mesure qu'il accomplissait ce geste, la lumière de la pièce diminua et leur donna bientôt l'impression de se trouver dans une clairière au crépuscule. Des étoiles apparurent alors au plafond. On entendit des exclamations émerveillées, des hoquets de surprise et Ron qui lança très distinctement :

– Ah ben ça, alors !

– Allongez-vous sur le sol, dit Firenze de sa voix paisible, et observez les cieux. C'est là que se trouve écrite, pour ceux qui savent lire, la destinée de nos espèces.

Harry s'étendit par terre et contempla le plafond. Une étoile rouge scintillante sembla lui faire un clin d'œil.

– Je sais qu'au cours d'astronomie, vous avez appris les noms des planètes et de leurs lunes, poursuivit la voix calme de Firenze, et que vous avez relevé la trajectoire des étoiles dans les cieux. Au cours des siècles, les centaures ont dénoué les mystères de ces mouvements. Nos découvertes nous enseignent qu'il est possible d'avoir un aperçu de l'avenir en observant le ciel.

– Le professeur Trelawney nous a fait faire de l'astrologie ! dit Parvati d'un ton surexcité en levant son bras qui se dressa en l'air, perpendiculaire à son corps allongé. Mars provoque des accidents, des brûlures et d'autres choses comme ça et, quand il forme un angle avec Saturne, comme maintenant – elle dessina en l'air un angle droit –, ça signifie qu'il faut faire très attention quand on manipule des choses brûlantes...

– Ça, dit tranquillement Firenze, ce sont les sottises que racontent les humains.

Le bras de Parvati retomba mollement le long de son corps.

– Les petites blessures, les minuscules accidents que subissent les hommes, poursuivit Firenze tandis que ses sabots piétinaient la mousse avec un bruit sourd, tout cela n'a pas plus de sens dans l'univers que le grouillement des fourmis et n'est en rien affecté par le mouvement des planètes.

– Le professeur Trelawney..., reprit Parvati d'une voix peinée et indignée.

– ... est un être humain, acheva simplement Firenze. Et se trouve de ce fait aveuglée et entravée par les insuffisances qui caractérisent votre espèce.

Harry tourna très légèrement la tête pour regarder Parvati. Elle paraissait offensée, comme beaucoup d'autres autour d'elle.

– Sibylle Trelawney a peut-être *vu*, je n'en sais rien, poursuivit Firenze.

Harry entendit à nouveau le bruissement de sa queue qui se balançait au rythme de ses pas.

— Mais dans l'ensemble, elle a perdu son temps à pratiquer cette complaisante absurdité qui consiste à dire la bonne aventure, selon l'expression des humains. Moi, en revanche, je suis ici pour vous exposer la sagesse des centaures, une sagesse impartiale qui ne s'occupe pas des questions individuelles. Si nous observons les cieux, c'est pour y déceler les grandes marées du mal ou les grands changements qui y sont parfois inscrits. Dix ans peuvent être nécessaires pour nous assurer de ce que nous avons vu.

Firenze montra l'étoile rouge qui brillait juste au-dessus de Harry.

— Au cours des dix dernières années, nos observations nous ont indiqué que la communauté des sorciers traversait seulement une brève période de paix entre deux guerres. Mars, messager des batailles, brille de tous ses feux au-dessus de nos têtes, ce qui laisse entendre que, bientôt, les hostilités éclateront à nouveau. Que signifie « bientôt », les centaures peuvent essayer de le deviner en brûlant certaines herbes ou feuilles, en observant les flammes et la fumée...

Ce fut le cours le plus insolite auquel Harry eût jamais assisté. Ils brûlèrent en effet de la sauge et de la mauve douce sur le sol de la classe et Firenze leur demanda de regarder certaines formes ou symboles dans la fumée âcre qui s'en dégageait. Mais le fait que personne n'ait pu voir les signes qu'il décrivait le laissa indifférent. Il leur expliqua que les humains étaient rarement habiles dans cet exercice, qu'il fallait aux centaures des années et des années pour acquérir des compétences en ce domaine et que, de toute façon, il était idiot d'accorder trop de foi à ces choses-là, car les centaures eux-mêmes se trompaient parfois dans leurs interprétations. Il ne ressemblait à aucun des professeurs humains que Harry avait connus. Son objectif essentiel ne semblait pas être de leur enseigner ce qu'il savait mais plutôt de leur faire comprendre que rien, pas même le savoir des centaures, n'était infaillible.

– Il n'est pas très précis, remarqua Ron à voix basse, alors qu'ils éteignaient leur feu de mauve douce. Moi, j'aurais bien aimé avoir quelques détails supplémentaires sur la guerre qui se prépare, pas toi ?

La cloche située tout à côté de la porte se mit à sonner et tout le monde se leva d'un bond. Harry avait complètement oublié qu'ils étaient toujours à l'intérieur du château et se croyait véritablement dans la Forêt interdite. Lorsque les élèves sortirent de la salle, ils avaient la mine un peu perplexe.

Harry et Ron étaient sur le point de les suivre lorsque Firenze appela :

– Harry Potter, j'aimerais te dire un mot, s'il te plaît.

Harry se retourna et le centaure fit quelques pas vers lui. Ron hésita.

– Tu peux rester, lui dit Firenze. Mais ferme la porte, je te prie.

Ron s'empressa d'obéir.

– Harry Potter, tu es un ami de Hagrid, n'est-ce pas ? dit le centaure.

– Oui, répondit Harry.

– Alors, donne-lui cet avertissement de ma part. Sa tentative est vouée à l'échec. Il ferait mieux de l'abandonner.

– Sa tentative est vouée à l'échec ? répéta Harry, l'air interdit.

– Et il ferait mieux de l'abandonner, dit Firenze en hochant la tête. J'aurais volontiers prévenu Hagrid moi-même, mais je suis banni – il serait imprudent pour moi de m'approcher de la forêt en ce moment. Hagrid a suffisamment d'ennuis comme ça sans avoir besoin en plus d'un combat de centaures.

– Mais... Qu'est-ce que Hagrid essaye de faire ? demanda Harry, inquiet.

Firenze le regarda, le visage impassible.

– Hagrid m'a rendu récemment un grand service, répondit Firenze, et il a depuis longtemps gagné mon respect pour la façon dont il traite toutes les créatures vivantes. Je ne trahirai pas son secret. Mais il faut le ramener à la raison. Sa tentative est vouée à l'échec. Dis-le-lui, Harry Potter. Bonne journée à vous deux.

Le bonheur que Harry avait ressenti après la parution de son interview dans *Le Chicaneur* s'était depuis longtemps dissipé. Tandis qu'un mois de mars maussade laissait place à un avril venteux, sa vie semblait n'être plus qu'une longue suite de soucis et d'obstacles.

Ombrage avait continué d'assister à tous les cours de soins aux créatures magiques, ce qui avait empêché Harry de transmettre à Hagrid l'avertissement de Firenze. Un jour, pourtant, il y était finalement parvenu en faisant semblant d'avoir oublié son exemplaire de *Vie et habitat des animaux fantastiques* qu'il s'était hâté de venir rechercher après la fin du cours. Lorsqu'il eut fait passer le message du centaure, Hagrid parut déconcerté et le regarda un moment de ses yeux bouffis et contusionnés. Puis il se reprit.

— Un brave type, Firenze, dit-il d'un ton bourru, mais il ne sait pas de quoi il parle. Ma tentative, comme il dit, se passe à merveille.

— Hagrid, qu'est-ce que vous préparez ? demanda Harry d'un ton grave. Il faut que vous soyez très prudent. Ombrage a déjà renvoyé Trelawney et, si vous voulez mon avis, elle ne s'en tiendra pas là. Si vous faites quoi que ce soit qu'il ne faudrait pas faire...

— Il y a des choses plus importantes que de conserver son travail, répondit Hagrid.

Mais ses mains tremblaient un peu et il laissa tomber par terre une bassine pleine de crottes de Noueux.

— Ne t'inquiète pas pour moi, Harry, va-t'en, maintenant, sois gentil.

Harry n'avait plus d'autre choix que de repartir en laissant Hagrid ramasser les crottes répandues sur le plancher, mais il se sentit complètement démoralisé en rentrant au château.

Pendant ce temps, ainsi que les professeurs et Hermione ne cessaient de le répéter, les BUSE s'approchaient de plus en plus. Tous les cinquième année souffraient de stress à un degré plus ou moins élevé mais Hannah Abbot fut la première à se voir administrer un philtre Calmant par Madame Pomfresh après qu'elle eut fondu en larmes pendant le cours de botanique en disant qu'elle était trop stupide pour réussir ses examens et qu'elle voulait quitter l'école à l'instant même.

Sans les leçons de l'A.D., Harry aurait été très malheureux. Il lui semblait parfois qu'il ne vivait plus que pour les heures passées dans la Salle sur Demande où il travaillait dur mais s'amusait beaucoup. Il se sentait rempli de fierté en voyant à quel point tout le monde avait progressé. Mais il lui arrivait de se demander quelle serait la réaction d'Ombrage lorsqu'elle verrait que les membres de l'A.D. avaient tous reçu la mention « Optimal » à l'épreuve de défense contre les forces du Mal.

Ils avaient enfin commencé à travailler sur les Patronus, ce qu'ils avaient tous attendu avec impatience. Mais Harry ne cessait de leur rappeler que produire un Patronus au milieu d'une salle de classe bien éclairée, sans être soumis à aucune menace, était beaucoup plus facile que d'avoir à le faire face à un Détraqueur.

— Oh, ne joue pas les rabat-joie, dit Cho d'un ton ravi en regardant son Patronus en forme de cygne argenté voler autour de la salle pendant la leçon qui précédait les vacances de Pâques. Ils sont tellement jolis !

— Ils ne sont pas là pour faire joli, ils sont là pour te protéger, répondit Harry avec patience. Ce qu'il nous faudrait, c'est un Épouvantard, ou quelque chose dans ce genre-là, c'est comme ça que j'ai appris. Il fallait que je fasse apparaître un Patronus pendant que l'Épouvantard prenait l'apparence d'un Détraqueur.

— Ça, ce serait vraiment effrayant ! dit Lavande qui projetait des bouffées de vapeur argentée au bout de sa baguette. Et moi, je n'y arrive toujours pas ! ajouta-t-elle avec colère.

Neville avait des difficultés, lui aussi. Son visage était crispé par la concentration mais seuls de faibles lambeaux de fumée argentée sortaient de sa baguette magique.

— Il faut penser à quelque chose d'heureux, lui rappela Harry.

— J'essaye, répondit Neville d'une petite voix misérable en déployant de si grands efforts que son visage luisait de sueur.

— Harry, je crois que j'y arrive ! s'écria Seamus que Dean avait amené avec lui pour la première fois. Regarde... Oh, il a disparu... Mais c'était quelque chose de très velu !

Le Patronus d'Hermione représentait une loutre argentée qui gambadait autour d'elle.

— C'est vrai que c'est joli, dit-elle en la regardant avec tendresse.

A cet instant, la porte de la Salle sur Demande s'ouvrit et se referma. Harry se retourna pour voir qui était entré mais apparemment, il n'y avait personne. Il mit quelques instants à réaliser que tous ceux qui se trouvaient près de la porte étaient devenus soudain silencieux. Puis quelqu'un tira un pan de sa robe à la hauteur de ses genoux. En baissant la tête, il eut la surprise de voir Dobby, l'elfe de maison, qui le regardait sous son habituelle pile de chapeaux de laine.

— Salut, Dobby, dit-il. Qu'est-ce que tu... ? Qu'est-ce qui se passe ?

L'elfe tremblait, les yeux écarquillés de terreur. Autour de Harry, tout le monde s'était tu et fixait Dobby. Les quelques Patronus que les élèves avaient réussi à faire apparaître s'évanouirent en une brume argentée qui rendit la pièce beaucoup plus sombre qu'auparavant.

— Harry Potter, monsieur..., couina l'elfe, tremblant de la tête aux pieds. Harry Potter, monsieur... Dobby est venu vous avertir... Mais on a ordonné aux elfes de maison de ne rien dire...

Il se précipita vers le mur tête la première. Harry, qui avait une certaine expérience des autopunitions que s'infligeait Dobby, voulut le rattraper mais Dobby rebondit simplement contre le mur, le choc absorbé par sa pile de huit chapeaux superposés. Hermione et plusieurs autres filles laissèrent échapper de petits cris de frayeur et de compassion.

– Qu'est-ce qui se passe, Dobby ? répéta Harry.

Il saisit l'elfe par son bras minuscule et le maintint à l'écart de tout ce qu'il aurait pu utiliser pour se faire mal.

– Harry Potter... Elle... elle...

De son bras libre, Dobby se donna un grand coup de poing sur le nez. Harry lui immobilisa les deux bras.

– Qui ça, elle ?

Mais il pensait le savoir déjà. Il n'y avait qu'une seule « elle » qui puisse inspirer une telle terreur à Dobby. L'elfe leva les yeux vers lui en louchant légèrement et remua les lèvres sans qu'il en sorte aucun son.

– Ombrage ? dit Harry, horrifié.

Dobby acquiesça d'un signe de tête puis essaya de se cogner le front contre les genoux de Harry qui le tint à bout de bras.

– Et alors, Dobby ? Dis-moi, elle n'a quand même pas découvert ce qui se passe ici ? Elle n'a pas découvert l'A.D. ?

Il lut la réponse sur le visage effaré de l'elfe. Les mains immobilisées par Harry, Dobby essaya de se donner des coups de pied et tomba par terre.

– Elle arrive ? demanda Harry à voix basse.

Dobby laissa échapper une longue plainte et se mit à frapper violemment le sol de ses pieds nus.

– Oui, Harry Potter, oui !

Harry se redressa et regarda les autres. Immobiles, terrifiés, ils contemplaient l'elfe qui se débattait en tous sens.

– QU'EST-CE QUE VOUS ATTENDEZ ? s'écria Harry. FILEZ !

Ils se précipitèrent tous en même temps vers la sortie et formèrent devant la porte une véritable mêlée d'où certains parvinrent à émerger pour se ruer dans le couloir. Harry les entendait courir à toutes jambes en espérant qu'ils auraient suffisamment de bon sens pour ne pas essayer de rejoindre directement leurs dortoirs respectifs. Il n'était que neuf heures moins dix, il leur suffisait d'aller se réfugier à la bibliothèque ou dans la volière qui étaient toutes les deux beaucoup plus proches.

— Harry, viens vite ! cria Hermione au centre de la cohue où tout le monde se battait à présent pour sortir.

Il saisit Dobby qui essayait toujours de s'infliger de cruelles blessures et courut se joindre aux autres en portant l'elfe dans ses bras.

— Dobby, c'est un ordre : va tout de suite retrouver les autres elfes dans la cuisine. Si elle te demande si tu m'as prévenu, n'hésite pas à mentir et réponds-lui que non ! recommanda Harry. Et je t'interdis de te faire du mal !

Il lâcha l'elfe après avoir été le dernier à franchir la porte qu'il claqua derrière lui.

— Merci, Harry Potter, couina Dobby qui fila aussitôt.

Harry jeta un regard de chaque côté. Les autres couraient si vite qu'il vit simplement des pieds s'agiter à chaque bout du couloir puis disparaître rapidement. Il se mit à courir à son tour vers la droite. Un peu plus loin, il y avait des toilettes réservées aux garçons. Il pourrait toujours prétendre qu'il y était depuis un certain temps déjà, si toutefois il parvenait jusque-là...

— AAARGH !

Quelque chose se prit dans ses jambes et il fit une chute spectaculaire, glissant à plat ventre sur une distance de deux mètres avant de s'arrêter enfin. Quelqu'un riait derrière lui. Il roula sur le dos et vit Malefoy, caché dans une niche, derrière un horrible vase en forme de dragon.

— Maléfice du Croche-Pied, Potter ! lança-t-il. Hé, professeur... PROFESSEUR ! J'en ai un !

Ombrage surgit au bout du couloir, essoufflée mais le sourire ravi.

— C'est lui ! dit-elle avec jubilation en voyant Harry par terre.

Excellent, Drago, excellent ! Oh, c'est vraiment très bien, cinquante points pour Serpentard ! Je m'en occupe, maintenant... Debout, Potter !

Harry se releva en leur jetant à tous les deux un regard noir. Il n'avait jamais vu Ombrage aussi heureuse. Elle lui saisit le bras en le serrant comme un étau et se tourna vers Malefoy avec un large sourire.

– Voyez si vous pouvez encore en attraper, Drago, dit-elle. Demandez aux autres d'aller faire un tour à la bibliothèque, qu'ils repèrent ceux qui sont essoufflés, vérifiez aussi les toilettes, Miss Parkinson s'occupera de celles des filles. Allez-y. Quant à vous, Potter, ajouta-t-elle de sa voix la plus douce et la plus menaçante tandis que Malefoy s'éloignait, vous allez venir avec moi dans le bureau du directeur.

Quelques minutes plus tard, ils arrivèrent devant la gargouille de pierre. Harry se demandait combien d'autres membres de l'A.D. s'étaient fait prendre. Il pensa à Ron – Mrs Weasley allait le tuer – et à la réaction d'Hermione si elle était renvoyée avant d'avoir pu passer ses BUSE. Et Seamus... C'était sa toute première séance... Et Neville qui faisait tant de progrès...

– *Fizwizbiz*, chantonna Ombrage.

La gargouille de pierre s'écarta aussitôt, le mur s'ouvrit et ils montèrent l'escalier mobile. Lorsqu'ils eurent atteint la porte de bois verni au heurtoir en forme de griffon, Ombrage ne se donna pas la peine de frapper et entra directement en tenant Harry toujours aussi fermement.

La pièce était remplie de visiteurs. Assis derrière son bureau, Dumbledore paraissait serein, ses doigts joints devant lui. Le professeur McGonagall se tenait debout à côté de lui, raide et le visage extrêmement tendu. Près de la cheminée, Cornelius Fudge, le ministre de la Magie, se balançait d'avant en arrière sur ses orteils, apparemment ravi de la situation. Kingsley Shacklebolt et un autre sorcier que Harry ne connaissait pas, l'air patibulaire, le cheveu court et dru, avaient pris position de chaque côté de la porte comme des sentinelles en faction. La silhouette affairée de Percy Weasley, le visage constellé de taches de rousseur, les lunettes sur le nez, l'air surexcité, se détachait du mur. Il tenait entre les mains une plume et un gros rouleau de parchemin, visiblement prêt à prendre des notes.

Les portraits des anciens directeurs et directrices de Poudlard ne faisaient pas semblant de dormir, cette fois. Tous avaient l'air grave et attentif, regardant ce qui se passait sous leurs yeux. Lorsque Harry entra, quelques-uns d'entre eux se précipitèrent dans les cadres de leurs voisins pour leur chuchoter précipitamment quelque chose à l'oreille.

Dès que la porte se fut refermée derrière eux, Harry se dégagea de l'étreinte d'Ombrage. Cornelius l'observa d'un œil flamboyant avec une expression de satisfaction perverse.

– Eh bien, dit-il. Eh bien, eh bien...

Pour toute réplique, Harry lui lança le regard le plus féroce dont il était capable. Il sentait son cœur battre à un rythme démentiel, mais, étrangement, son esprit restait froid et lucide.

– Il essayait de revenir dans la tour de Gryffondor, dit Ombrage.

On sentait dans sa voix une excitation indécente, la même jouissance impitoyable que Harry l'avait vue éprouver en regardant le professeur Trelawney se liquéfier devant elle.

– C'est le jeune Malefoy qui l'a coincé.

– Ah oui, vraiment ? dit Fudge d'un air appréciateur. Il faudra que je pense à raconter ça à Lucius. Eh bien, Potter... J'imagine que vous savez pourquoi vous êtes ici ?

Harry avait la très ferme intention de répondre « oui » sur un ton de défi. Il avait déjà ouvert la bouche, prêt à prononcer le mot, lorsqu'il aperçut le visage de Dumbledore. Celui-ci ne le regardait pas directement – ses yeux s'étaient fixés quelque part au-dessus de son épaule – mais quand Harry se tourna vers lui, il hocha très légèrement la tête de gauche à droite.

Harry changea aussitôt de direction.

— Ou... non.

— Je vous demande pardon ? dit Fudge.

— Non, répondit Harry d'un ton décidé.

— Vous ne savez *pas* pourquoi vous êtes ici ?

— Non, je ne le sais pas, répéta Harry.

L'air incrédule, Fudge observa successivement Harry puis le professeur Ombrage. Harry profita de ce moment d'inattention pour jeter un autre bref regard à Dumbledore qui hocha imperceptiblement la tête en signe d'approbation et adressa au tapis l'ombre d'un clin d'œil.

— Vous n'avez donc aucune idée, reprit Fudge, la voix déformée par le sarcasme, de la raison pour laquelle le professeur Ombrage vous a amené dans ce bureau ? Vous n'êtes pas conscient d'avoir violé le règlement de l'école ?

— Le règlement de l'école ? dit Harry. Non.

— Ou plutôt les décrets du ministre ? rectifia Fudge avec colère.

— Pas que je sache, répondit Harry d'un ton aimable.

Son cœur continuait de battre très vite. Il valait presque la peine de dire tous ces mensonges pour le simple plaisir de faire monter la tension artérielle de Fudge mais, en même temps, il ne voyait pas comment ils pourraient l'aider à se sortir de là. Si quelqu'un avait parlé à Ombrage de l'A.D., lui, le meneur, n'avait plus qu'à préparer tout de suite ses bagages.

— Donc, vous n'êtes pas au courant, reprit Fudge, la voix à présent chargée de fureur, qu'une organisation illégale d'élèves a été découverte dans cette école ?

— Non, je ne suis pas au courant, répondit Harry en affichant un air de stupeur innocente assez peu convaincant.

— Je crois, monsieur le ministre, dit la voix veloutée d'Ombrage à côté de lui, que nous progresserions davantage si j'allais chercher l'élève qui m'a donné l'information.

— Oui, oui, faites donc, dit Fudge en approuvant d'un signe de tête.

Il lança à Dumbledore un regard malveillant tandis qu'Ombrage sortait du bureau.

– Rien ne vaut un bon témoin, n'est-ce pas, Dumbledore ?

– Vous avez parfaitement raison, Cornelius, répondit-il d'un air grave en inclinant la tête.

Quelques minutes s'écoulèrent pendant lesquelles personne ne se regarda, puis Harry entendit la porte s'ouvrir à nouveau. Ombrage entra dans la pièce et passa devant lui en tenant par l'épaule l'amie aux cheveux bouclés de Cho, la dénommée Marietta, qui se cachait le visage dans les mains.

– N'ayez pas peur, ma petite, vous n'avez rien à craindre, dit Ombrage d'une voix douce en lui tapotant le dos. Tout va bien, maintenant, vous avez fait ce qu'il fallait. M. le ministre est très content de vous. Il dira à votre mère que vous vous êtes très bien conduite. La mère de Marietta, monsieur le ministre, ajouta-t-elle en levant les yeux vers Fudge, est Mrs Edgecombe, du Département des transports magiques, Service du réseau des cheminées. Elle nous a aidés à assurer la surveillance des feux de Poudlard.

– C'est parfait, parfait ! dit Fudge d'un ton chaleureux. Telle mère, telle fille, hein ? Bien, alors, ma chère petite, regardez-moi dans les yeux, ne soyez pas timide, nous allons écouter ce que vous avez à nous... Mille milliards de gargouilles galopantes !

Lorsque Marietta releva la tête, Fudge fit un bond en arrière, l'air horrifié, et faillit atterrir dans la cheminée. Il poussa un juron et tapa du pied sur le bas de sa cape qui commençait à fumer. Avec un petit cri plaintif, Marietta releva le col de sa robe jusqu'à ses yeux, mais tout le monde avait eu le temps de voir son visage atrocement défiguré par une éruption de pustules violettes qui s'étalaient en rangs serrés sur son nez et ses joues en formant le mot « CAFARD ».

– Ne vous inquiétez pas pour vos boutons, ma petite, dit Ombrage d'un ton impatient. Ne mettez pas votre robe devant votre bouche et dites plutôt à M. le ministre...

Mais Marietta poussa un nouveau gémissement étouffé et hocha frénétiquement la tête en signe de dénégation.

– Oh, très bien, petite sotte, puisque c'est comme ça, c'est moi qui lui dirai tout, déclara sèchement Ombrage.

Elle afficha à nouveau son sourire nauséabond et poursuivit :

– Eh bien, voilà, monsieur le ministre, Miss Edgecombe ici présente est venue ce soir dans mon bureau, peu après le dîner, pour me dire qu'elle avait des révélations à me faire. Elle m'a alors informée que si je me rendais dans une salle secrète du septième étage, que l'on appelle parfois la Salle sur Demande, j'y trouverais quelque chose qui me serait utile. Je lui ai posé quelques questions pour en savoir plus et elle a fini par m'avouer qu'il devait s'y dérouler une sorte de réunion. Malheureusement, juste à ce moment-là, ce maléfice – elle montra d'un geste irrité le visage caché de Marietta – s'est déclenché et en se voyant dans le miroir de mon bureau, cette jeune fille a été si bouleversée qu'elle n'a pas pu me dire un mot de plus.

– Bien, dit Fudge en fixant Marietta d'un regard qu'il imaginait empreint de bienveillance paternelle, c'est très courageux de votre part, ma chère petite, d'être venue avertir le professeur Ombrage. Vous avez fait exactement ce qu'il fallait. Maintenant, dites-moi donc ce qui s'est passé au cours de cette réunion ? Quel était son objet ? Qui y participait ?

Mais Marietta refusait de parler. Elle se contentait de hocher la tête en ouvrant de grands yeux terrorisés.

– N'avons-nous pas de contre-maléfice pour ce genre de chose ? demanda Fudge à Ombrage d'un ton agacé en montrant d'un geste de la main le visage de Marietta. Qu'elle puisse parler librement ?

– Je n'ai pas encore réussi à en trouver un, admit Ombrage à contrecœur.

Les compétences d'Hermione en matière de maléfices emplirent Harry d'un sentiment de fierté.

– Mais ça ne fait rien, si elle ne veut pas parler, je peux

prendre le relais et vous raconter l'histoire moi-même. Vous vous souvenez sans doute, monsieur le ministre, que je vous ai envoyé au mois d'octobre un rapport pour vous signaler que Potter avait réuni un grand nombre de ses condisciples à La Tête de Sanglier, le pub de Pré-au-Lard...

— Et quelle preuve avez-vous de ce que vous avancez ? interrompit le professeur McGonagall.

— Je possède le témoignage de Willy Larebrouss, Minerva. Il se trouve qu'il était dans ce bar à ce moment-là. Il portait des bandages partout, c'est vrai, mais son ouïe était intacte, répliqua Ombrage d'un air supérieur. Il a entendu tout ce que Potter a dit et s'est hâté de venir à l'école pour me le répéter.

— Ah, c'est donc pour ça qu'il n'a pas été poursuivi dans l'affaire des toilettes régurgitantes ! lança le professeur McGonagall en haussant les sourcils. Voilà une information intéressante sur la façon dont fonctionne notre système judiciaire !

— Corruption manifeste ! rugit le portrait du corpulent sorcier au nez rouge, accroché au mur derrière le bureau de Dumbledore. De mon temps, le ministère ne passait pas de marchés avec des petits délinquants, non, monsieur, c'était impensable à l'époque !

— Merci, Fortescue, ça ira comme ça, dit Dumbledore à mi-voix.

— Le but de la réunion de Potter avec ces élèves, poursuivit Ombrage, était de les persuader de s'enrôler dans une association illégale ayant pour objet d'enseigner des sortilèges et des maléfices que le ministère juge inappropriés pour des jeunes gens d'âge scolaire...

— Je pense que vous vous trompez sur ce point, Dolores, dit Dumbledore sans hausser le ton, en regardant Ombrage à travers ses lunettes en demi-lune perchées au milieu de son nez aquilin.

Harry se tourna vers lui. Il ne voyait pas quels arguments pourrait employer Dumbledore pour le tirer d'affaire. Si Willy

Larebrouss avait véritablement entendu tout ce qu'il avait dit à La Tête de Sanglier, il n'existait plus de porte de sortie.

– Oh, oh, dit Fudge en recommençant à se balancer sur ses orteils. Allons-y, écoutons la dernière histoire à dormir debout destinée à tirer Potter de ce mauvais pas ! Allez-y, Dumbledore, allez-y. Willy Larebrouss a menti, c'est ça ? Ou bien était-ce un sosie de Potter qui se trouvait à La Tête de Sanglier ce jour-là ? Ou bien s'agit-il de l'explication habituelle avec une inversion de temps, un mort qui revient à la vie et deux Détraqueurs invisibles ?

Percy Weasley éclata de rire.

– Ho ! ho ! très drôle, monsieur le ministre, très drôle !

Harry lui aurait volontiers donné quelques coups de pied. Mais, à son grand étonnement, il vit que Dumbledore souriait lui aussi.

– Cornelius, je ne nie pas – et Harry non plus, j'en suis sûr – qu'il était bien à La Tête de Sanglier ce jour-là, ni qu'il essayait de recruter des élèves pour constituer un groupe de défense contre les forces du Mal. Je voudrais simplement souligner que Dolores se trompe en laissant entendre qu'un tel groupe était illégal à cette époque. Si vous vous souvenez bien, le décret ministériel qui interdit toute association d'élèves à Poudlard n'a pris effet que deux jours après la réunion de Pré-au-Lard, aussi Harry n'a-t-il violé aucun règlement lorsqu'il se trouvait à La Tête de Sanglier.

Percy donna l'impression d'avoir reçu en pleine figure un objet très lourd. Fudge s'immobilisa au milieu d'un balancement, la bouche ouverte.

Ombrage fut la première à se ressaisir.

– Tout cela est très bien, cher directeur, dit-elle avec un sourire sucré, mais à présent, six mois ont passé depuis l'application du décret d'éducation numéro vingt-quatre. Si cette première réunion n'était pas illégale, toutes celles qui ont eu lieu depuis le sont sans aucun doute.

— Il est vrai, répondit Dumbledore en la contemplant avec un intérêt poli par-dessus ses doigts joints, qu'elles le *seraient* si elles *avaient* continué après la publication du décret. Avez-vous la preuve que de telles réunions se soient renouvelées ?

Pendant que Dumbledore parlait, Harry entendit un bruissement derrière lui et eut l'impression que Kingsley chuchotait. Il aurait également juré que quelque chose de très léger lui avait effleuré le flanc, un courant d'air ou peut-être une aile d'oiseau mais lorsqu'il baissa les yeux, il ne vit rien du tout.

— La preuve ? répéta Ombrage avec son horrible sourire de crapaud. Vous ne m'avez pas bien écoutée, Dumbledore ? Pourquoi pensez-vous que Miss Edgecombe est ici ?

— Oh, elle pourrait donc nous raconter six mois de réunions ? dit Dumbledore en haussant les sourcils. Il me semblait qu'elle parlait seulement d'une réunion qui aurait eu lieu ce soir.

— Miss Edgecombe, reprit aussitôt Ombrage, dites-nous donc pendant combien de temps ces réunions ont eu lieu. Vous pouvez répondre en vous contentant d'un signe de tête. Je suis certaine que vos boutons n'empireront pas pour autant. Ces réunions se sont-elles produites régulièrement au cours des six derniers mois ?

Harry eut l'horrible sensation que son estomac tombait dans le vide. C'était fini, ils allaient se trouver devant un mur de preuves que même Dumbledore ne pourrait écarter.

— Faites un simple signe de tête pour répondre oui ou non, ma petite, dit Ombrage à Marietta d'un ton cajoleur. Allons, voyons, ce n'est pas cela qui réactivera le maléfice.

Tout le monde dans la pièce s'était tourné vers Marietta dont seuls les yeux étaient visibles, entre son col relevé et sa frange bouclée. Peut-être était-ce une illusion due à l'éclairage mais son regard semblait étrangement vide. Soudain, à la stupéfaction de Harry, Marietta fit non de la tête.

Ombrage jeta un rapide coup d'œil à Fudge puis regarda à nouveau Marietta.

— Je crois que vous n'avez pas très bien compris la question, ma chérie. Je vous ai demandé si vous étiez allée à ces réunions au cours des six derniers mois. Vous y êtes allée, n'est-ce pas ?

A nouveau, Marietta fit « non » de la tête.

— Que voulez-vous dire par là ? demanda Ombrage d'une voix agacée.

— Il me semble qu'elle a été très claire, fit remarquer le professeur McGonagall d'un ton abrupt. Il n'y a pas eu de réunions secrètes au cours des six derniers mois. C'est bien cela, Miss Edgecombe ?

Marietta acquiesça d'un signe de tête.

— Mais il y a eu une réunion ce soir ! s'exclama Ombrage avec fureur. Une réunion dans la Salle sur Demande, Miss Edgecombe, vous m'en avez parlé ! Et Potter en était le meneur, n'est-ce pas ? C'est Potter qui l'a organisée, Potter qui a... *Pourquoi remuez-vous la tête ainsi ?*

— D'ordinaire, lorsque quelqu'un hoche la tête de droite à gauche, dit McGonagall avec froideur, cela signifie non. Aussi, à moins que Miss Edgecombe utilise un langage visuel inconnu des humains...

Le professeur Ombrage saisit Marietta par les épaules, la tourna vers elle pour lui faire face et se mit à la secouer brutalement. Une fraction de seconde plus tard, Dumbledore avait bondi, sa baguette levée. Kingsley s'avança et Ombrage fit un saut en arrière. Elle avait lâché Marietta et remuait les mains en l'air comme si elle s'était brûlée.

— Je ne puis tolérer que vous malmeniez mes élèves, Dolores, dit Dumbledore.

Pour la première fois, il paraissait en colère.

— Il va falloir vous calmer, Mrs Ombrage, dit Kingsley de sa voix grave et profonde. Vous ne voudriez quand même pas vous attirer des ennuis ?

— Non, répondit-elle, le couffle court, en levant les yeux vers la silhouette imposante de Kingsley. Je veux dire, oui... vous avez raison, Shacklebolt, je... je me suis emportée.

Marietta était restée à l'endroit où Ombrage l'avait lâchée. Elle ne semblait pas avoir été perturbée par cette soudaine attaque, ni soulagée d'en être libérée. Elle continuait de tenir le haut de sa robe contre son visage et regardait droit devant elle de ses yeux étrangement vides.

Un brusque soupçon, lié au murmure de Kingsley et au frôlement qu'il avait senti, jaillit soudain dans l'esprit de Harry.

— Dolores, dit Fudge, avec l'air de vouloir régler les choses une bonne fois pour toutes, parlons de cette réunion de ce soir — celle dont nous savons qu'elle a bel et bien eu lieu...

— Oui, répondit Ombrage en se ressaisissant. Eh bien, voilà, Miss Edgecombe m'a donc avertie et je me suis rendue aussitôt au septième étage, accompagnée de quelques élèves *dignes de confiance*, pour prendre la main dans le sac ceux qui assistaient à cette réunion. Or, il apparaît qu'ils ont été avertis de mon arrivée car, lorsque nous avons atteint le septième étage, ils s'enfuyaient déjà en tous sens. Mais c'est sans importance, j'ai quand même tous leurs noms. Miss Parkinson s'est aussitôt précipitée dans la Salle sur Demande pour voir s'ils avaient laissé quelque chose derrière eux. Nous avions besoin de preuves et la salle nous en a fourni.

Sous les yeux horrifiés de Harry, elle sortit alors de sa poche la liste des noms qui avait été affichée dans la Salle sur Demande et la tendit à Fudge.

— Dès que j'ai vu le nom de Potter sur la liste, j'ai su de quoi il s'agissait, dit-elle à mi-voix.

— Excellent, approuva Fudge avec un large sourire. Excellent, Dolores. Et... Mille tonnerres...

Il leva les yeux vers Dumbledore qui se tenait toujours à côté de Marietta, sa baguette pendant au bout de son bras.

—Vous avez vu le nom qu'ils se sont donné ? murmura Fudge. *L'Armée de Dumbledore.*

Dumbledore tendit le bras et prit la liste des mains de Fudge. Il contempla l'en-tête qu'Hermione avait griffonné des mois auparavant et, pendant un instant, sembla incapable de parler. Puis il releva la tête, souriant.

– Bon, eh bien, c'est fini, dit-il simplement. Voulez-vous que je vous fasse une confession écrite, Cornelius, ou une déclaration devant ces témoins sera-t-elle suffisante ?

Harry vit McGonagall et Kingsley échanger un regard, une expression de peur sur le visage. Il ne comprenait pas ce qui se passait et, apparemment, Fudge non plus.

– Une déclaration ? dit lentement celui-ci. Qu'est-ce que... ? Je ne...

– L'Armée de Dumbledore, Cornelius, répondit Dumbledore toujours souriant en agitant la liste des noms sous le nez de Fudge. Pas l'Armée de Potter, l'*Armée de Dumbledore*.

– Mais... Mais...

Un éclair de compréhension traversa soudain le regard de Fudge. Horrifié, il recula d'un pas, poussa un petit cri, et fit un nouveau bond pour s'écarter de la cheminée.

– Vous ? murmura-t-il, piétinant encore une fois sa cape fumante.

– En effet, dit Dumbledore d'un ton aimable.

– C'est vous qui avez organisé ça ?

– C'est moi, assura Dumbledore.

– Vous avez recruté ces élèves pour... pour votre armée ?

– Nous devions tenir la première réunion ce soir, expliqua Dumbledore. Simplement pour voir s'ils souhaitaient se joindre à moi. A présent, bien sûr, je constate que j'ai commis une erreur en invitant Miss Edgecombe.

Marietta approuva d'un signe de tête. Fudge la regarda puis se tourna à nouveau vers Dumbledore, en gonflant la poitrine.

– Alors, vous avez *vraiment* comploté contre moi ! s'écria-t-il.

– C'est exact, admit Dumbledore d'un ton joyeux.

– NON ! s'exclama Harry.

Kingsley lui jeta un regard d'avertissement et McGonagall écarquilla les yeux d'un air menaçant, mais Harry venait de comprendre ce que Dumbledore s'apprêtait à faire et il ne pouvait l'accepter.

– Non... Professeur Dumbledore !

– Taisez-vous, Harry, sinon vous devrez sortir de mon bureau, dit Dumbledore d'une voix très calme.

– Oui, fermez-la, Potter ! aboya Fudge qui continuait de contempler Dumbledore avec un sentiment de délice horrifié. Eh bien, eh bien, eh bien... j'étais venu ce soir en m'attendant à renvoyer Potter et au lieu de ça...

– Au lieu de ça, vous allez m'arrêter, coupa Dumbledore avec un sourire. C'est comme si vous aviez perdu une Noise pour trouver un Gallion, n'est-ce pas ?

– Weasley ! s'écria Fudge qui frémissait littéralement d'allégresse, à présent. Weasley, avez-vous bien tout écrit ? Tout ce qu'il a dit, sa confession, vous l'avez ?

– Oui, monsieur, je crois bien, monsieur ! assura Percy d'un ton empressé.

Il avait écrit si vite que son nez était constellé d'encre.

– Le passage où il dit qu'il a essayé de lever une armée contre le ministère, tous ses efforts pour me déstabiliser, c'est bien noté ?

– Oui, monsieur, tout y est ! répondit Percy en parcourant ses parchemins d'un air ravi.

– Très bien, dit Fudge, radieux. Faites une copie de vos notes, Weasley, et envoyez-la immédiatement à *La Gazette du sorcier*. Si nous la faisons partir par hibou express, elle devrait arriver à temps pour l'édition du matin !

Percy se rua hors du bureau en claquant la porte derrière lui et Fudge se tourna à nouveau vers Dumbledore.

– Vous allez maintenant être escorté jusqu'au ministère où une inculpation officielle vous sera notifiée, puis vous serez envoyé à Azkaban en attendant le procès !

– Ah oui, bien sûr, dit Dumbledore avec douceur, je pensais bien que nous allions en arriver à cette petite difficulté.

– Une difficulté ? s'étonna Fudge, la voix toujours vibrante de bonheur. Je ne vois aucune difficulté là-dedans, Dumbledore !

— Eh bien, moi, si, je le crains, répondit Dumbledore sur un ton d'excuse.

— Ah, vraiment ?

— Voilà... Il semble que vous entreteniez l'illusion selon laquelle je serais disposé à obéir... Quelle est la formule, déjà ? Ah, oui... *sans opposer de résistance*. Or je crois bien que je vais en opposer une, justement. Car, voyez-vous, Cornelius, je n'ai aucune intention de me laisser envoyer à Azkaban. Oh, bien sûr, je pourrais m'en évader, mais quelle perte de temps et, très franchement, il y a tant de choses plus utiles que j'aimerais mieux faire à la place.

Le teint d'Ombrage devenait de plus en plus rouge. On aurait dit que quelqu'un la remplissait peu à peu d'eau bouillante. Fudge fixa Dumbledore d'un air particulièrement stupide comme s'il venait de recevoir un coup qui l'aurait à moitié assommé. Il ne parvenait pas à croire ce qui se passait sous ses yeux. Il émit une sorte d'éructation puis se tourna vers Kingsley et le sorcier aux cheveux courts, qui était le seul à n'avoir pas dit un mot jusqu'à maintenant. Celui-ci adressa à Fudge un signe de tête rassurant et s'écarta légèrement du mur. Harry vit sa main glisser d'un geste presque naturel en direction de sa poche.

— Ne soyez pas idiot, Dawlish, dit Dumbledore avec gentillesse. Je suis certain que vous êtes un excellent Auror — je crois me souvenir que vous avez obtenu la mention « Optimal » dans toutes vos épreuves d'ASPIC — mais si vous essayez de... heu... m'emmener *par la force*, je vais être obligé de vous faire mal.

Le dénommé Dawlish cligna les yeux d'un air assez bête. Il regarda à nouveau Fudge mais, cette fois, il semblait attendre un signe lui indiquant ce qu'il convenait de faire.

— Ainsi donc, ricana Fudge qui s'était ressaisi, vous avez l'intention d'affronter Dawlish, Shacklebolt, Dolores et moi-même à vous tout seul, c'est bien cela, Dumbledore ?

– Par la barbe de Merlin, non, répondit Dumbledore avec un sourire. Tant que vous ne serez pas assez sot pour m'y obliger.

– Il ne sera pas tout seul ! assura d'une voix forte le professeur McGonagall en plongeant la main dans sa robe.

– Oh, si, il le sera, Minerva ! répliqua sèchement Dumbledore. Poudlard a besoin de vous !

– Ça suffit, ces sottises ! s'exclama Fudge qui sortit sa propre baguette magique. Dawlish ! Shacklebolt ! *Saisissez-vous de lui !*

Un éclair de lumière argentée illumina la pièce. Il y eut une détonation, comme un coup de feu, et le sol trembla. Une main attrapa Harry par la peau du cou et le força à se coucher au moment où jaillissait un deuxième éclair d'argent. Plusieurs portraits se mirent à hurler, Fumseck lança un cri aigu et la pièce se remplit d'un nuage de poussière qui fit tousser Harry. Il vit alors une silhouette sombre s'effondrer avec fracas devant lui. Puis un hurlement aigu retentit, suivi d'un bruit sourd, et quelqu'un s'écria : « Non ! » Il entendit ensuite un bris de verre, des pas précipités, un grognement... et le silence revint.

Harry se débattit pour voir qui l'étranglait à moitié et aperçut le professeur McGonagall accroupie à côté de lui. Elle les avait écartés de force, Marietta et lui, de la trajectoire des éclairs. De la poussière flottait toujours dans la pièce et retombait lentement sur eux. Un peu essoufflé, Harry vit une haute silhouette s'approcher.

– Ça va ? demanda Dumbledore.

– Oui ! répondit le professeur McGonagall.

Elle se releva en hissant Harry et Marietta pour les aider à se remettre debout.

La poussière qui se dissipait laissait voir peu à peu l'étendue des dégâts. Le bureau de Dumbledore était retourné, toutes ses tables de bois fin renversées et les instruments d'argent en morceaux. Fudge, Ombrage, Kingsley et Dawlish, allongés par terre, demeuraient immobiles. Fumseck, le phénix, volait en larges cercles au-dessus d'eux en chantant doucement.

– Malheureusement, j'ai dû infliger aussi le maléfice à

Kingsley, sinon, ils auraient eu des soupçons, dit Dumbledore à voix basse. Ses réflexes ont été remarquables, il a réussi à modifier la mémoire de Miss Edgecombe pendant que tout le monde regardait ailleurs – vous le remercierez pour moi, voulez-vous, Minerva ? Ils ne vont pas tarder à se réveiller, maintenant, et il vaudrait mieux qu'ils ne sachent pas que nous avons pu communiquer ; vous devrez agir comme si aucun laps de temps ne s'était écoulé entre leur évanouissement et leur réveil. Faites-leur croire qu'ils ont simplement été jetés à terre, ils ne se souviendront de rien.

– Où irez-vous, Dumbledore ? murmura le professeur McGonagall. Square Grimmaurd ?

– Oh non, répondit-il avec un sourire sinistre. Je n'ai pas l'intention d'aller me cacher. Fudge regrettera bientôt de m'avoir délogé de Poudlard, je vous le promets.

– Professeur Dumbledore..., commença Harry.

Il ne savait pas quoi dire d'abord : qu'il était désolé d'avoir constitué l'A.D. et provoqué ainsi tout ce bouleversement ou qu'il se sentait terriblement coupable à l'idée que Dumbledore quitte Poudlard pour lui épargner le renvoi ? Mais Dumbledore l'interrompit avant qu'il ait pu prononcer un mot de plus.

– Écoute-moi, Harry, dit-il d'un ton pressant, tu dois absolument étudier l'occlumancie, tu comprends ? Fais tout ce que te dit le professeur Rogue et exerce-toi chaque jour, surtout le soir, avant de t'endormir pour pouvoir fermer ton esprit aux mauvais rêves. Tu comprendras pourquoi bien assez tôt, mais tu dois me promettre...

Le dénommé Dawlish commençait à remuer. Dumbledore attrapa Harry par le poignet.

– Souviens-toi, dit-il : ferme ton esprit.

Mais lorsque ses doigts entourèrent le poignet de Harry, une douleur aiguë traversa la cicatrice de son front et il ressentit à nouveau ce terrible désir de frapper Dumbledore à la manière d'un serpent, de le mordre, de lui faire mal...

— Tu comprendras plus tard, murmura Dumbledore.

Fumseck décrivit un cercle autour du bureau et descendit vers lui. Dumbledore lâcha Harry, leva la main et attrapa la longue queue dorée du phénix. Il y eut alors un éclair enflammé et tous deux disparurent en même temps.

— Où est-il ? hurla Fudge en se redressant péniblement. *Où est-il ?*

— Je ne sais pas ! s'étonna Kingsley qui s'était relevé d'un bond.

— Il ne peut pas avoir transplané ! s'exclama Ombrage. C'est impossible dans l'enceinte de cette école...

— Les escaliers ! s'écria Dawlish.

Il se précipita vers la porte, l'ouvrit à la volée et disparut, suivi de près par Kingsley et Ombrage. Fudge hésita puis se releva lentement en époussetant ses vêtements. Un long et doulou-reux silence s'installa.

— Eh bien, Minerva, dit enfin Fudge d'un ton mauvais en lissant la manche déchirée de sa chemise, j'ai bien peur que ce ne soit la fin de votre ami Dumbledore.

— Vous croyez vraiment ? répondit le professeur McGonagall avec mépris.

Fudge sembla ne pas l'avoir entendue. Il regardait le bureau dévasté. Quelques portraits émirent des sifflements hostiles en le regardant, certains lui adressèrent même des gestes grossiers de la main.

— Vous feriez bien d'envoyer ces deux-là se coucher, dit Fudge.

Il se retourna vers le professeur McGonagall en désignant Harry et Marietta d'un signe de tête dédaigneux.

Le professeur McGonagall ne répondit rien mais entraîna Harry et Marietta vers la sortie. Lorsque la porte se referma sur eux, Harry entendit la voix de Phineas Nigellus :

— Voyez-vous, monsieur le ministre, il y a bien des sujets sur lesquels je suis en désaccord avec Dumbledore... Mais il faut lui reconnaître qu'il ne manque pas de style...

28

LE PIRE SOUVENIR DE ROGUE

PAR ORDRE DU MINISTÈRE DE LA MAGIE
Dolores Jane Ombrage (Grande Inquisitrice) remplace
Albus Dumbledore à la direction de l'école
de sorcellerie Poudlard
Conformément au décret d'éducation
numéro vingt-huit

Signé : Cornelius Oswald Fudge, ministre de la Magie

En une nuit, la nouvelle avait été placardée dans toute l'école, mais cela n'expliquait pas comment tout le monde dans le château pouvait savoir que Dumbledore avait réussi à s'échapper en terrassant à lui seul deux Aurors, la Grande Inquisitrice, le ministre de la Magie et son jeune assistant. Partout où allait Harry, on ne parlait que de la fuite de Dumbledore et bien que certains détails aient été enjolivés (Harry entendit une élève de deuxième année raconter à une amie que Fudge se trouvait à présent à Ste Mangouste avec une citrouille à la place de la tête), il était surpris par l'exactitude des informations qui circulaient. Chacun savait, par exemple, que Harry et Marietta avaient été les seuls élèves témoins de la scène. Or, comme Marietta ne quittait plus l'infirmerie, Harry subissait le siège de tous ceux qui voulaient entendre un récit de première main.

— Dumbledore sera bientôt de retour, assura Ernie Macmillan en revenant du cours de botanique après avoir écouté avec attention Harry raconter l'histoire. Ils ne sont pas parvenus à se débarrasser de lui au cours de notre deuxième année, ils n'y arriveront pas plus cette fois. Le Moine Gras m'a dit — il baissa la voix avec des airs de conspirateur, obligeant Harry, Ron et Hermione à se rapprocher de lui pour l'entendre — qu'Ombrage a essayé d'entrer dans son bureau la nuit dernière, après qu'on l'ait cherché partout dans le château et dans le parc. Elle n'a pas réussi à passer la gargouille. Le bureau s'est fermé hermétiquement devant elle, dit-il avec un sourire goguenard. Il paraît qu'elle a piqué une assez belle crise de rage.

— Elle devait sûrement s'imaginer trônant à la place du direc-teur, dit Hermione d'un ton hargneux tandis qu'ils montaient les marches de pierre qui menaient dans le hall d'entrée. Elle se voyait déjà régenter tous les autres profs, cette espèce de stupide vieille boursouflure assoiffée de pouvoir...

— Tu veux peut-être encore ajouter quelque chose, Granger ?

Drago Malefoy avait surgi de derrière la porte, suivi de Crabbe et de Goyle. Son visage pâle et pointu rayonnait de méchanceté.

— Bien peur d'avoir à enlever quelques points à Gryffondor et Poufsouffle, dit-il de sa voix traînante.

— Il n'y a que les profs qui ont le droit d'enlever des points aux maisons, Malefoy, dit aussitôt Ernie.

— Ouais, nous aussi, on est préfets, il ne faudrait pas l'oublier, gronda Ron.

— Je sais bien que les *préfets* ne peuvent pas enlever de points, mon bon roi Ouistiti, lança Malefoy d'un ton sarcastique.

Crabbe et Goyle ricanèrent.

— En revanche, les membres de la brigade inquisitoriale...

— La quoi ? demanda Hermione d'un ton sec.

— La brigade inquisitoriale, Granger, répondit Malefoy en montrant du doigt un minuscule I argenté épinglé sur sa robe de sorcier, juste au-dessous de son insigne de préfet. Il s'agit d'un groupe d'élèves triés sur le volet, qui soutiennent le ministère de la Magie et sont spécialement choisis par le professeur Ombrage. Or, les membres de la brigade inquisitoriale *ont* le droit d'enlever des points... Donc, Granger, je t'enlève cinq points pour avoir été grossière avec notre nouvelle directrice. Macmillan, cinq points pour m'avoir contredit. Potter, cinq points parce que je ne t'aime pas. Weasley, il y a un pan de ta chemise qui dépasse, ce qui te coûtera également cinq points. Ah, et puis, j'oubliais, tu es une Sang-de-Bourbe, Granger, ça vaut bien dix points de moins.

Ron sortit sa baguette mais Hermione lui écarta le bras en murmurant :

— Non !

— Sage initiative, Granger, dit Malefoy dans un souffle. Une nouvelle directrice s'installe, une nouvelle ère commence... Sois sage, petit pote Potter... et toi aussi, mon bon roi Ouistiti...

Éclatant d'un grand rire, il s'éloigna en compagnie de Crabbe et de Goyle.

— Il bluffait, dit Ernie, l'air effaré. Il ne peut pas avoir le droit d'enlever des points... Ce serait ridicule... Ça détruirait complètement le système des préfets.

Mais Harry, Ron et Hermione s'étaient machinalement tournés vers le mur où s'alignaient les niches abritant les sabliers géants qui servaient à compter les points des différentes maisons. Le matin même, Gryffondor et Serdaigle étaient en tête, dans une lutte serrée pour la première place. Au moment même où ils regardèrent, des pierres remontèrent de bas en haut, diminuant le niveau de la partie inférieure du sablier. En fait, le seul sablier qui demeurait inchangé était celui de Serpentard, rempli d'émeraudes.

— Vous avez vu ça ? dit la voix de Fred.

George et lui venaient de descendre l'escalier de marbre et les avaient rejoints devant les sabliers.

— Malefoy vient de nous enlever une trentaine de points en tout, dit Harry d'un ton furieux tandis qu'ils voyaient encore quelques pierres remonter dans la partie supérieure du sablier de Gryffondor.

— Ouais, Montague a essayé de nous faire le même coup pendant la récréation, dit George.

— Qu'est-ce que tu entends par « essayé » ? demanda aussitôt Ron.

— Il n'a pas réussi à prononcer sa phrase en entier, expliqua Fred, pour la simple raison qu'on l'a forcé à entrer tête la première dans l'Armoire à Disparaître du premier étage.

Hermione parut choquée.

— Mais vous allez vous attirer de terribles ennuis !

— Pas tant que Montague ne sera pas réapparu, ce qui pourrait prendre des semaines. Je ne sais pas où nous l'avons envoyé, dit Fred avec froideur. De toute façon on a décidé qu'on s'en fiche désormais de s'attirer des ennuis.

— Parce qu'avant, vous ne vous en fichiez pas ? demanda Hermione.

— Non, bien sûr, dit George. La preuve, on ne s'est jamais fait renvoyer.

— On a toujours su où était la limite, dit Fred.

— On a peut-être posé un orteil dessus, à l'occasion, admit George.

— Mais nous ne sommes jamais allés jusqu'au vrai grand chambardement, dit Fred.

— Et maintenant ? demanda Ron d'un ton hésitant.

— Eh bien, maintenant..., dit George.

— ... après le départ de Dumbledore..., ajouta Fred.

— ... nous avons pensé que notre nouvelle directrice..., reprit George.

— ... méritait bien un peu de chambardement.

— Ne faites surtout pas ça ! murmura Hermione. Surtout pas ! Elle serait ravie d'avoir une bonne raison de vous renvoyer !

— Je crois que tu ne nous as pas très bien compris, Hermione, répondit Fred avec un sourire. Nous n'avons plus envie de rester. Nous partirions volontiers à l'instant même si nous n'étions pas décidés à faire un petit quelque chose en hommage à Dumbledore.

Il consulta sa montre.

— La phase un ne va pas tarder à commencer. Si j'étais vous, j'irais tout de suite m'installer dans la Grande Salle pour déjeuner, comme ça les profs verront que vous n'êtes pas dans le coup.

— Dans quel coup ? interrogea Hermione d'une voix anxieuse.

— Tu verras bien, dit George. Allez-y, maintenant.

Fred et George tournèrent les talons et se fondirent dans la foule des élèves qui descendaient l'escalier de marbre pour aller déjeuner. L'air passablement décontenancé, Ernie marmonna quelque chose à propos d'un devoir de métamorphose inachevé et s'éloigna à toutes jambes.

— Je crois que nous devrions filer d'ici, dit Hermione, toujours nerveuse. Simplement au cas où...

— Ouais, d'accord, approuva Ron.

Tous trois se dirigèrent vers la Grande Salle mais à peine Harry avait-il eu le temps de jeter un coup d'œil aux nuages blancs qui filaient dans le ciel enchanté que quelqu'un lui tapota l'épaule. Il se retourna et se retrouva presque nez à nez avec Rusard, le concierge. Harry fit hâtivement plusieurs pas en arrière. Rusard gagnait à être vu avec une certaine distance.

— La directrice voudrait vous voir, Potter, dit-il avec un regard mauvais.

— Je n'y suis pour rien, répondit bêtement Harry en pensant à ce que George et Fred préparaient.

Rusard eut un rire silencieux qui fit trembloter ses bajoues.

— Mauvaise conscience, hein ? dit-il d'une voix sifflante. Suivez-moi.

Harry jeta un coup d'œil à Ron et à Hermione, tous deux

inquiets. Il haussa les épaules et suivit Rusard qui se dirigea vers le hall d'entrée en remontant le courant des élèves affamés.

Rusard semblait de très bonne humeur. En gravissant les marches de l'escalier de marbre, il chantonna quelque chose de sa voix grinçante et lorsqu'ils arrivèrent au premier étage, il lança soudain :

— Les choses changent ici, Potter.

— J'ai remarqué, répliqua froidement Harry.

— Eh oui... Pendant des années et des années, j'ai répété à Dumbledore qu'il était trop faible avec vous, dit Rusard avec un ricanement féroce. Bande de répugnants petits gorets, vous n'auriez jamais fait éclater des boules puantes dans le château si vous aviez su qu'il était en mon pouvoir de vous fouetter jusqu'à l'os, n'est-ce pas ? Et personne n'aurait eu l'idée de lancer dans les couloirs des Frisbee à dents de serpent si j'avais eu la possibilité de vous pendre par les pieds dans mon bureau, pas vrai ? Mais quand le décret d'éducation numéro vingt-neuf entrera en vigueur, Potter, j'aurai le droit de faire tout cela... Et elle a demandé au ministre de signer l'ordre d'expulsion de Peeves... Oh oui, les choses seront bien différentes ici, avec *elle* aux commandes...

Ombrage avait dû aller assez loin pour mettre ainsi Rusard de son côté, songea Harry, et le pire, c'était qu'il constituerait pour elle une arme redoutable. Seuls les jumeaux Weasley pouvaient prétendre en savoir plus que lui sur les passages secrets et les cachettes de Poudlard.

— Nous y voilà, dit-il en jetant à Harry un regard mauvais.

Il frappa à trois reprises à la porte d'Ombrage et entra.

— Le jeune Potter est là, madame, annonça-t-il.

Le bureau, que Harry connaissait bien pour y avoir passé de nombreuses heures de retenue, n'avait pas changé. Le seul élément nouveau était la grosse plaque de bois qui s'étalait en travers de la table et sur laquelle était écrit en lettres d'or le mot : DIRECTRICE. Son Éclair de feu et les Brossdur de Fred et de

George, qu'il vit avec un pincement au cœur, étaient à présent attachés par une chaîne cadenassée à un gros piton de fer planté dans le mur du fond.

Assise derrière son bureau, Ombrage écrivait d'un air affairé sur l'un de ses parchemins roses. En les voyant arriver, elle leva les yeux et sourit largement.

— Merci, Argus, dit-elle d'une voix douce.

— Mais je vous en prie, madame, c'était un plaisir, répondit Rusard qui s'inclina aussi profondément que ses rhumatismes le lui permettaient et sortit à reculons.

— Asseyez-vous, dit sèchement Ombrage.

Elle lui montra une chaise. Harry s'assit et elle continua à écrire pendant un certain temps. Il regarda les affreux chatons gambader dans leurs assiettes, au-dessus de la tête d'Ombrage, et se demanda quelles horreurs elle lui réservait cette fois-ci.

— Bien, à nous, maintenant, dit-elle enfin.

Elle posa sa plume et le regarda comme un crapaud s'apprêtant à avaler une mouche particulièrement juteuse.

— Qu'est-ce que vous voulez boire ?

— Pardon ? dit Harry qui était sûr d'avoir mal entendu.

— Ce que vous voulez boire, Mr Potter, dit-elle, le sourire encore plus large. Du thé ? Du café ? Du jus de citrouille ?

A chaque boisson qu'elle nommait, elle donnait un petit coup de baguette magique et une tasse ou un verre apparaissait aussitôt sur la table.

— Rien, merci, répondit Harry.

— Je souhaiterais que vous buviez quelque chose en ma compagnie, insista-t-elle avec une douceur qui devenait menaçante. Choisissez.

— Très bien... Du thé, alors, répondit Harry en haussant les épaules.

Elle se leva et ajouta du lait avec un soin tout particulier, le dos tourné vers lui. Puis, la tasse à la main, elle contourna le bureau. Un sourire d'une amabilité sinistre s'étalait sur son visage.

—Voilà, dit-elle en lui tendant le thé. Buvez-le avant qu'il ne refroidisse, voulez-vous ? Maintenant, Mr Potter... Je pense que nous devrions avoir une petite conversation après les pénibles événements de la nuit dernière.

Il ne répondit rien. Elle retourna s'installer dans son fauteuil et attendit. Après un long moment de silence, elle lança d'un air joyeux :

—Vous ne buvez pas !

Il porta la tasse à ses lèvres puis, tout aussi soudainement, l'éloigna à nouveau. L'un des horribles chatons peints, derrière Ombrage, avait de grands yeux ronds et bleus, identiques à l'œil magique de Maugrey et Harry venait de penser à ce que Fol Œil dirait s'il apprenait qu'il avait accepté de boire quelque chose offert par un ennemi déclaré.

— Qu'y a-t-il ? demanda Ombrage, les yeux toujours fixés sur lui. Vous voulez du sucre ?

— Non, répondit Harry.

Il porta à nouveau la tasse à ses lèvres et fit semblant de boire une gorgée tout en maintenant sa bouche hermétiquement close. Le sourire d'Ombrage s'élargit.

— Bien, murmura-t-elle. Très bien. Et maintenant...

Elle se pencha un peu en avant.

— *Où est Albus Dumbledore ?*

— Aucune idée, répliqua aussitôt Harry.

— Buvez, buvez, reprit-elle, toujours souriante. Mr Potter, cessons les enfantillages. Je sais parfaitement que vous connaissez le lieu où il se cache. Dumbledore et vous, vous êtes ensemble dans cette affaire depuis le début. Songez à votre situation, Mr Potter...

— Je ne sais pas où il est.

Harry fit à nouveau semblant de boire.

— Très bien, dit Ombrage, l'air mécontent. Dans ce cas, vous allez avoir l'amabilité de me dire où se trouve Sirius Black.

Harry sentit son estomac chavirer et ses mains se mirent à

trembler tellement que la tasse cliqueta dans sa soucoupe. Les lèvres serrées, il fit encore une fois semblant de boire et un peu de liquide chaud coula sur sa robe de sorcier.

— Je n'en sais rien, répondit-il un peu trop vite.

— Mr Potter, reprit Ombrage, je voudrais vous rappeler que c'est moi qui ai failli attraper le criminel Black dans la cheminée de Gryffondor, en octobre dernier. Je sais parfaitement qu'il était venu vous voir et si j'en avais la moindre preuve, vous pouvez être certain que ni lui ni vous ne seriez en liberté à l'heure actuelle. Alors, je vous répète, Mr Potter... Où est Sirius Black ?

— Aucune idée, dit Harry d'une voix sonore. Je ne sais pas du tout.

Ils s'observèrent un si long moment que Harry sentit les larmes lui venir aux yeux. Soudain, Ombrage se leva.

— Très bien, Potter, cette fois, je vais vous croire sur parole mais je vous avertis : j'ai derrière moi la puissance du ministère. Tous les moyens de communication de cette école avec le monde extérieur sont sous contrôle. Un régulateur du réseau des cheminées est chargé de surveiller tous les feux de Poudlard — sauf le mien, bien entendu. Ma brigade inquisitoriale ouvre et lit tout le courrier qui arrive au château ou qui en sort. Et Mr Rusard observe tous les passages secrets qui mènent vers l'extérieur. Si je découvre la moindre petite preuve...

BOUM !

Le sol du bureau se mit à trembler. Ombrage glissa de côté en se cramponnant à sa table pour ne pas tomber. Elle paraissait ébranlée.

— Qu'est-ce que... ?

Elle regarda la porte. Harry en profita pour vider sa tasse presque pleine dans les fleurs séchées du vase le plus proche. Au-dessous, il entendait des gens courir et hurler.

— Retournez déjeuner, Potter ! s'écria Ombrage.

Sa baguette brandie, elle se rua hors du bureau. Harry lui

laissa quelques secondes d'avance puis se hâta de sortir à son tour pour aller voir la cause du tumulte.

Elle ne fut pas difficile à découvrir. A l'étage au-dessous régnait un véritable chaos. Quelqu'un (et Harry avait une idée très précise de l'identité des coupables) avait allumé le contenu d'une énorme boîte de feux d'artifice magiques.

Des dragons entièrement constitués d'étincelles vert et or volaient dans les couloirs en produisant des explosions assourdissantes. Des soleils d'un mètre cinquante de diamètre, d'un rose criard, traversaient les airs dans un sifflement meurtrier, telles des soucoupes volantes. Des fusées au long sillage d'étoiles argentées ricochaient sur les murs. Des cierges magiques écrivaient tout seuls des jurons qui restaient suspendus en l'air. Des pétards explosaient partout comme des mines et, au lieu de se consumer, de s'estomper, ou de perdre leur élan, tous ces miracles pyrotechniques semblaient gagner en énergie et en mouvement sous les yeux de Harry.

Rusard et Ombrage, pétrifiés d'horreur, se tenaient côte à côte au milieu de l'escalier. Soudain, l'un des plus grands soleils parut se sentir à l'étroit. Dans un sifflement sinistre, il tourna sur lui-même et fonça sur Ombrage et Rusard, qui poussèrent un hurlement de terreur en se baissant pour l'éviter, puis il s'envola par la fenêtre et traversa le parc. Pendant ce temps, plusieurs dragons et une chauve-souris violette, qui dégageait une fumée menaçante, profitèrent de la porte ouverte, au bout du couloir, pour s'échapper vers le deuxième étage.

– Dépêchez-vous, Rusard ! Vite ! hurla Ombrage. Il faut faire quelque chose sinon il y en aura partout. *Stupéfix !*

Un jet de lumière rouge jaillit de l'extrémité de sa baguette et frappa l'une des fusées. Mais au lieu de s'immobiliser dans les airs, la fusée explosa avec une telle force qu'elle fit un grand trou dans un tableau qui représentait une sorcière à l'air mièvre au milieu d'une prairie. La sorcière parvint à s'échapper de justesse et réapparut quelques instants plus tard, écrasée dans le tableau voisin, où deux sorciers qui jouaient aux cartes se levèrent aussitôt pour lui faire de la place.

— Il ne faut surtout pas les stupéfixer, Rusard ! s'exclama Ombrage avec colère, comme si c'était lui qui avait prononcé la formule magique.

— Vous avez raison, madame la directrice ! répondit-il de sa voix sifflante.

Rusard, qui était un Cracmol, aurait été aussi incapable de stupéfixer les feux d'artifice que de les avaler. Il se précipita vers un placard proche, en sortit un balai et se mit à donner de grands coups en l'air pour essayer de repousser fusées, soleils et dragons. Quelques secondes plus tard, son balai était en feu.

Harry en avait vu suffisamment. Éclatant de rire, il courut, penché en avant, vers une porte qu'il connaissait, dissimulée par une tapisserie du couloir. Il l'ouvrit, se glissa par l'entrebâillement et se retrouva nez à nez avec Fred et George qui s'étaient cachés là. Secoués d'un rire étouffé, les jumeaux écoutaient les hurlements d'Ombrage et de Rusard.

— Impressionnant, chuchota Harry avec un sourire. Très impressionnant. Vous n'aurez aucun mal à réduire le Dr Flibuste au chômage.

— Merci, murmura George qui essuyait des larmes de rire. J'espère qu'elle va essayer un sortilège de Disparition, la prochaine fois... Ça les multiplie par dix.

Cet après-midi-là, les feux d'artifice continuèrent d'exploser et de se répandre dans toute l'école. Malgré le désordre qu'ils semaient sur leur passage, surtout les pétards, les autres professeurs ne semblaient pas s'en formaliser.

— Tiens, tiens, voyez-vous ça, dit le professeur McGonagall d'un ton sardonique, tandis que l'un des dragons surgissait dans sa salle de cours en émettant de puissantes détonations et de longs jets de flammes. Miss Brown, voulez-vous bien courir prévenir Mme la directrice qu'un feu d'artifice est venu se réfugier dans notre classe ?

Le professeur Ombrage dut ainsi passer son premier après-midi de directrice à courir d'un bout à l'autre de l'école pour répondre aux demandes des autres enseignants, dont aucun ne semblait capable, sans son aide, de débarrasser sa classe des feux d'artifice vagabonds. Lorsque la cloche sonna la fin du dernier cours de la journée et que tout le monde retourna à la tour de Gryffondor, Harry eut l'immense satisfaction de voir une Ombrage échevelée, couverte de suie et le visage en sueur, sortir d'un pas titubant de la classe du professeur Flitwick.

– Merci beaucoup, professeur ! dit Flitwick de sa petite voix flûtée. Certes, j'aurais pu me débarrasser moi-même de ces cierges magiques mais je n'étais pas sûr d'avoir *l'autorité* nécessaire pour cela.

Rayonnant, il referma la porte de sa classe sur le visage hargneux d'Ombrage.

Ce soir-là, dans la salle commune de Gryffondor, Fred et George furent traités en héros. Hermione elle-même se fraya un chemin parmi la foule des élèves surexcités pour les féliciter de vive voix.

– Ces feux d'artifice étaient une merveille, dit-elle avec admiration.

– Merci, répondit George qui paraissait à la fois surpris et content. Ça s'appelle les Feuxfous Fuseboum, qualité Weasley, précisa-t-il. Le seul ennui, c'est qu'on a utilisé tout notre stock. Il va falloir recommencer la fabrication depuis le début, maintenant.

– Mais ça valait la peine, dit Fred qui prenait les commandes d'élèves vociférants d'enthousiasme. Si tu veux ajouter ton nom à la liste d'attente, Hermione, c'est cinq Gallions la boîte Flambée de Base et vingt pour la Déflagration Deluxe...

Hermione retourna à la table où Harry et Ron étaient assis et contemplaient leurs sacs comme s'ils espéraient que leurs devoirs allaient en jaillir tout seuls et se faire d'eux-mêmes.

– Si on prenait plutôt une soirée de repos ? proposa Hermione d'un ton allègre alors qu'une fusée au sillage d'étoiles argentées passait devant la fenêtre. Après tout, les vacances de Pâques commencent vendredi, on aura tout notre temps à ce moment-là.

— Tu te sens bien ? demanda Ron en la regardant d'un air incrédule.

— Maintenant que tu m'en parles, répondit joyeusement Hermione, il est vrai que je me sens un peu... *rebelle.*

Lorsqu'il monta dans le dortoir en compagnie de Ron, Harry entendait encore les explosions lointaines de pétards égarés. Tandis qu'il se déshabillait, un cierge magique flotta devant la tour en inscrivant dans le ciel le mot « CROTTE ».

Harry se mit au lit en bâillant. Sans ses lunettes, les feux d'artifice qu'il voyait encore passer de temps en temps devant la fenêtre paraissaient flous, comme des nuages d'étincelles, beaux et mystérieux, qui se détachaient contre le ciel noir. Il se tourna sur le côté en se demandant ce qu'Ombrage ressentait à l'issue de ce premier jour où elle avait exercé les fonctions de Dumbledore, et comment Fudge réagirait quand il apprendrait que l'école avait été plongée pendant la plus grande partie de la journée dans un état de désordre avancé. Avec un sourire, Harry ferma les yeux...

Les sifflements et les explosions des pétards échappés dans le parc semblaient à chaque fois plus distants... Ou peut-être était-ce lui qui s'en éloignait...

Il s'était retrouvé directement dans le couloir du Département des mystères. Il courait vers la porte noire et lisse... *qu'elle s'ouvre... qu'elle s'ouvre...*

Elle s'ouvrait. Il entrait à nouveau dans la salle circulaire où s'alignaient les autres portes... Il la traversait, posait la main sur une porte identique qui s'ouvrait à son tour vers l'intérieur...

A présent, il pénétrait dans une longue pièce rectangulaire où l'on entendait un étrange cliquetis mécanique. Des taches de lumière dansaient sur les murs mais il ne s'arrêtait pas pour essayer d'en savoir plus... Il devait continuer...

Une nouvelle porte apparaissait tout au bout... Elle aussi s'ouvrait dès qu'il la touchait...

Maintenant, il était dans une pièce faiblement éclairée, aussi vaste qu'une église, et remplie d'innombrables rangées de hautes étagères sur lesquelles s'entassaient de petites sphères poussiéreuses en verre filé... L'excitation faisait battre son cœur de plus en plus vite... Il savait où aller... Il se mit à courir mais ses pas ne produisaient aucun son dans l'immense pièce déserte...

Il y avait dans ce lieu quelque chose qu'il désirait ardemment...

Quelque chose qu'il voulait à tout prix... ou que quelqu'un d'autre voulait à tout prix...

Sa cicatrice lui faisait mal...

BANG !

Harry se réveilla en sursaut, désorienté et furieux. Des rires s'élevaient dans le dortoir obscur.

– Super ! s'exclama Seamus dont la silhouette se découpait contre la fenêtre. Je crois qu'un des soleils a heurté une fusée et c'est comme s'ils avaient eu des petits ! Venez voir !

Harry entendit Ron et Dean se précipiter hors de leurs lits pour assister au spectacle. Il resta étendu, immobile et silencieux, tandis que la douleur de sa cicatrice s'estompait et qu'une terrible déception l'envahissait. Il avait l'impression qu'on lui avait arraché au dernier moment un merveilleux bonheur... Il était arrivé si près, cette fois-ci !

Des porcelets ailés, rose et argenté, brillaient à présent devant les fenêtres de la tour de Gryffondor. Harry ne bougea pas. Il écouta les exclamations admiratives qui s'élevaient des dortoirs du dessous. Un spasme nauséeux lui noua l'estomac lorsqu'il se rappela qu'il avait un cours d'occlumancie le lendemain soir.

Harry passa la journée du lendemain à redouter ce que Rogue allait dire si jamais il s'apercevait qu'il avait pénétré si loin dans le Département des mystères au cours de son dernier rêve. Avec un brusque accès de culpabilité, il réalisa qu'il n'avait fait aucun exercice d'occlumancie depuis leur dernier cours : il s'était passé trop de choses depuis que Dumbledore était parti. Il était certain qu'il ne serait pas parvenu à se vider l'esprit même s'il avait essayé. Il doutait, cependant, que Rogue accepte une telle excuse.

Il tenta de faire quelques exercices de dernière minute pendant les cours de la journée mais sans succès. Hermione ne cessait de lui demander ce qui n'allait pas chaque fois qu'il demeurait silencieux en s'efforçant de se débarrasser de toute pensée et de toute émotion. Finalement, le meilleur moment pour se vider l'esprit n'était pas celui où les professeurs les soumettaient à un feu nourri de questions pour leur faire réviser ce qu'ils avaient appris au cours du trimestre.

Résigné au pire, il se dirigea vers le bureau de Rogue après le dîner. Au milieu du hall d'entrée, cependant, Cho se précipita vers lui.

— Par ici, dit Harry.

Content d'avoir un prétexte pour retarder le moment de son rendez-vous avec Rogue, il lui fit signe d'aller dans le coin du hall où se trouvaient les sabliers géants. Celui de Gryffondor était à présent presque vide.

— Ça va ? demanda-t-il. Ombrage ne t'a pas posé de questions sur l'A.D., j'espère ?

— Oh, non, répondit précipitamment Cho. Non, c'est simplement... Je voulais juste te dire... Harry, je n'aurais jamais pensé que Marietta irait raconter...

— Ouais, bon, dit-il avec mauvaise humeur.

Il estimait que Cho aurait dû choisir ses amis avec plus de soin. Et il n'avait éprouvé qu'une très mince consolation en apprenant que Marietta était toujours à l'infirmerie et que Madame Pomfresh n'avait pas réussi à faire disparaître le moindre bouton de son visage.

— C'est vraiment quelqu'un d'adorable, assura Cho. Elle a simplement commis une erreur.

Harry la regarda d'un air incrédule.

— *Quelqu'un d'adorable qui a commis une erreur ?* Elle nous a tous vendus, même toi !

— On s'en est quand même sortis, non ? répondit Cho en guise de défense. Tu comprends, sa mère travaille au ministère, c'est très difficile pour elle...

— Le père de Ron aussi travaille au ministère ! répliqua Harry avec fureur. Et, au cas où tu ne l'aurais pas remarqué, il n'est pas écrit « cafard » sur son visage...

— Ça, c'était une horrible perfidie d'Hermione Granger, dit Cho d'un ton féroce. Elle aurait dû nous prévenir qu'elle avait jeté un maléfice sur cette liste...

— Je pense que c'était une excellente idée, assura froidement Harry.

Cho rougit et ses yeux s'agrandirent.

— Ah oui, bien sûr, j'avais oublié, c'était l'idée de la petite Hermione chérie...

— Ne recommence pas à pleurer, l'avertit Harry.

— Je n'en avais pas l'intention ! s'écria-t-elle.

— Bon... ben... tant mieux. J'ai suffisamment d'ennuis comme ça en ce moment.

— Eh bien, va donc t'occuper de tes ennuis ! répliqua Cho, furieuse.

Elle tourna les talons et s'en alla d'un air indigné.

Écumant de rage, Harry descendit les marches qui menaient au cachot de Rogue. Il savait par expérience que s'il arrivait débordant de colère et de ressentiment, il serait d'autant plus facile à Rogue de pénétrer dans son esprit. Pourtant, sur le chemin qui le séparait de la porte, il fut incapable de se calmer et ne réussit qu'à penser à d'autres choses encore moins aimables qu'il aurait dû dire à Cho au sujet de Marietta.

— Vous êtes en retard, Potter, dit Rogue d'une voix glaciale alors que Harry refermait la porte derrière lui.

Tournant le dos à Harry, Rogue était occupé, comme d'habitude, à ôter de son esprit certaines pensées qu'il mettait soigneusement de côté dans la Pensine de Dumbledore. Il déposa dans la bassine de pierre un dernier filament argenté puis se tourna vers Harry.

— Alors, dit-il, vous vous êtes exercé ?

— Oui, mentit Harry, le regard fixé sur un des pieds du bureau.

— C'est ce que nous allons voir très vite, répondit Rogue d'une voix veloutée. Sortez votre baguette, Potter.

Harry se mit à sa place habituelle, face à Rogue, de l'autre côté du bureau. Il sentait son cœur battre à tout rompre, de fureur contre Cho et d'angoisse à l'idée de ce que Rogue allait encore lui sortir de la tête.

— Attention, à trois, dit Rogue d'une voix nonchalante. Un… deux…

La porte du bureau s'ouvrit à la volée et Drago Malefoy se précipita dans la pièce.

— Professeur Rogue, oh… pardon…

L'air surpris, Malefoy regarda successivement Rogue puis Harry.

— Ce n'est pas grave, Drago, dit Rogue en abaissant sa baguette magique. Potter est venu prendre un petit cours de rattrapage en potions.

Harry n'avait pas vu Malefoy aussi réjoui depuis qu'Ombrage était venue inspecter le cours de Hagrid.

— Je ne savais pas, dit-il.

Il lança un regard mauvais à Harry qui sentit ses joues s'embraser. Il aurait donné cher pour pouvoir crier la vérité à Malefoy ou, mieux, lui jeter un maléfice.

— Eh bien, Drago, de quoi s'agit-il ? demanda Rogue.

— C'est le professeur Ombrage, monsieur… Elle a besoin de

votre aide. Ils ont trouvé Montague coincé dans des toilettes au quatrième étage.

– Comment est-il arrivé là ? interrogea Rogue.

– Je l'ignore, monsieur. Ses explications sont un peu confuses.

– Très bien, très bien, Potter, dit Rogue, nous reprendrons cette leçon demain soir.

Il fit volte-face et sortit à grands pas de son bureau. Malefoy se tourna vers Harry et forma sur ses lèvres, sans les prononcer, les mots : « Rattrapage en potions. » Puis il suivit Rogue dans le couloir.

Bouillonnant de rage, Harry rangea sa baguette magique dans une poche de sa robe et se dirigea à son tour vers la porte. Au moins, il avait vingt-quatre heures de plus pour s'exercer. Il aurait dû être content de l'avoir échappé belle mais le prix à payer était élevé : Malefoy allait s'empresser de raconter partout qu'il avait besoin de cours de rattrapage en potions.

Au moment où il allait sortir dans le couloir, son regard fut attiré par une petite lueur dansante sur le montant de la porte. Elle lui rappelait quelque chose et il s'arrêta pour l'observer... Brusquement, il se souvint : cette tache de lumière ressemblait à celles qu'il avait vues dans son rêve de la nuit précédente, sur les murs de la deuxième pièce où il était entré, au Département des mystères.

Il se retourna. La lueur provenait de la Pensine posée sur le bureau de Rogue. Les filaments argentés ondulaient, tournoyaient à l'intérieur. Les pensées de Rogue... Des choses qu'il ne voulait pas que Harry voie s'il lui était arrivé de forcer accidentellement ses défenses...

Harry contempla la Pensine. Il sentait la curiosité monter en lui... Qu'est-ce que Rogue tenait tant à lui cacher ?

Le reflet des lueurs argentées tremblait sur le mur... Harry fit deux pas en direction du bureau. Il réfléchissait. Se pouvait-il que Rogue cherche à lui dissimuler des informations sur le Département des mystères ?

Le cœur battant plus vite et plus fort que jamais, Harry jeta un coup d'œil par-dessus son épaule. Combien de temps faudrait-il à Rogue pour libérer Montague des toilettes ? Reviendrait-il directement dans son bureau, ou accompagnerait-il Montague à l'infirmerie ? Cette dernière hypothèse était la plus vraisemblable... Montague était capitaine de l'équipe de Quidditch de Serpentard, Rogue voudrait s'assurer qu'il était en bonne santé.

Harry parcourut les deux derniers mètres qui le séparaient de la Pensine et plongea son regard dans ses profondeurs. Il hésita, l'oreille aux aguets, puis sortit à nouveau sa baguette magique. Le bureau et le couloir étaient totalement silencieux. Du bout de sa baguette, il remua légèrement le contenu de la bassine de pierre.

Les filaments argentés se mirent à tourbillonner très vite. Harry se pencha en avant et vit qu'ils étaient devenus transparents. Cette fois encore, il distinguait l'intérieur d'une grande pièce, comme s'il l'avait regardée à travers une fenêtre circulaire aménagée dans le plafond... S'il ne se trompait pas, c'était la Grande Salle qu'il avait sous les yeux.

Son souffle embuait les pensées de Rogue... Son cerveau lui semblait plongé dans d'étranges limbes... Faire ce qui le tentait tellement serait un acte de folie... Il s'était mis à trembler... Rogue pouvait revenir à tout moment... Mais Harry pensa à la colère de Cho, à l'expression narquoise de Malefoy, et un accès de témérité le saisit soudain.

Il prit une profonde inspiration et plongea son visage dans les pensées de Rogue. Aussitôt, le sol de la pièce bascula, projetant Harry tête la première dans la Pensine...

Emporté par un tourbillon furieux, il fit une longue chute dans une obscurité glacée. Puis...

Il se retrouva au milieu de la Grande Salle mais les quatre tables auxquelles les élèves des différentes maisons prenaient leurs repas avaient disparu. A la place, il y avait une bonne centaine de tables beaucoup plus petites, tournées dans la même direction. Un élève était assis à chacune d'elles, la tête penchée, occupé à écrire sur un rouleau de parchemin. On n'entendait que le grattement des plumes et de temps en temps un froissement de papier lorsque quelqu'un remuait son parchemin. De toute évidence, c'était un jour d'examen.

Le soleil projetait des flots de lumière à travers les hautes fenêtres, illuminant les têtes penchées qui étincelaient de reflets bruns, cuivrés ou dorés selon la couleur des cheveux. Harry regarda précautionneusement autour de lui. Rogue devait être présent, quelque part... C'était *son* souvenir...

En effet, il était là, juste derrière Harry qui l'observa attentivement. Rogue adolescent paraissait maigre, noueux et blafard, comme une plante qu'on aurait abandonnée dans l'obscurité. Ses cheveux longs, ternes et graisseux pendaient sur la table, et son nez crochu touchait presque le parchemin sur lequel il écrivait. Harry s'approcha pour regarder par-dessus l'épaule de Rogue l'intitulé du questionnaire d'examen :

DÉFENSE CONTRE LES FORCES DU MAL
BREVET UNIVERSEL DE SORCELLERIE ÉLÉMENTAIRE

Rogue devait donc avoir quinze ou seize ans, à peu près l'âge de Harry. Sa main volait littéralement à la surface de son parchemin. Il avait écrit au moins trente centimètres de plus que ses voisins les plus proches, malgré son écriture minuscule et serrée.

– Plus que cinq minutes !

La voix fit sursauter Harry. Il se retourna et vit le sommet du crâne de Flitwick qui avançait un peu plus loin entre les tables. Le professeur Flitwick passa devant un élève aux cheveux noirs ébouriffés... Très ébouriffés...

Harry se déplaça si vite qu'il aurait tout renversé sur son passage s'il avait été à l'état solide. En fait, il lui sembla qu'il glissait comme dans un rêve tandis qu'il traversait deux rangées de tables et en remontait une troisième. Le dos de l'élève aux cheveux noirs se rapprocha et... Le garçon s'était redressé à présent, il posait sa plume, reprenait son parchemin au début pour relire ce qu'il avait écrit...

Harry s'arrêta devant la table et regarda son père âgé de quinze ans.

Il éprouva au creux de l'estomac un brusque sentiment d'excitation. C'était comme s'il avait contemplé son propre portrait, à quelques erreurs près. Les yeux de James étaient couleur noisette, son nez légèrement plus grand que celui de Harry et il n'y avait pas de cicatrice sur son front, mais ils avaient le même visage mince, la même bouche, les mêmes sourcils. Les cheveux de James se dressaient en épis à l'arrière de sa tête, exactement comme ceux de Harry, ses mains étaient semblables aux siennes et Harry était sûr que lorsque James se lèverait, ils auraient la même taille à un ou deux centimètres près.

James bâilla en ouvrant grand la bouche et se passa la main dans les cheveux en les ébouriffant encore un peu plus. Puis, après avoir jeté un regard au professeur Flitwick, il se tourna sur son siège et adressa un sourire à un autre élève assis quatre rangs derrière.

Harry éprouva le même sentiment d'excitation lorsqu'il vit Sirius répondre à James en levant le pouce. Sirius était confortablement installé sur sa chaise qu'il balançait d'avant en arrière. Il était très beau, ses cheveux bruns tombaient sur ses yeux avec une sorte d'élégance désinvolte que ni James, ni Harry n'auraient jamais pu imiter et une fille assise derrière lui l'observait d'un œil plein d'espoir, bien qu'il n'eût aucun regard pour elle. Deux tables plus loin – Harry éprouva à nouveau un sursaut de plaisir –, il reconnut Remus Lupin. Il paraissait pâle et faible (la pleine lune approchait-elle ?) et semblait absorbé dans sa copie d'examen. Les sourcils légèrement froncés, il relisait ses réponses en se grattant le menton avec le bout de sa plume.

Logiquement, Queudver devait être également quelque part dans la salle... et en effet, Harry le repéra quelques secondes plus tard : il était petit, le nez pointu, les cheveux châtain clair, sans éclat. Queudver paraissait anxieux, se rongeait les ongles, les yeux fixés sur son parchemin, le bout de ses chaussures raclant le sol. De temps à autre, il jetait un coup d'œil à la copie de son voisin en espérant y lire quelque chose. Harry l'observa un long moment puis se tourna à nouveau vers James qui griffonnait quelque chose sur un morceau de parchemin. Il avait dessiné un Vif d'or et traçait à présent les lettres « L. E. ». Que pouvaient-elles signifier ?

– Posez vos plumes, s'il vous plaît ! couina le professeur Flitwick. Cela vous concerne également, Stebbins ! Veuillez rester assis pendant que je ramasse les parchemins ! *Accio !*

Plus d'une centaine de parchemins s'envolèrent aussitôt pour atterrir avec force entre les bras tendus de Flitwick qui tomba à la renverse sous le choc. Il y eut quelques rires et deux élèves, parmi ceux assis au premier rang, se précipitèrent pour l'aider à se relever.

– Merci... Merci, dit le professeur Flitwick d'une voix haletante. Très bien, vous pouvez sortir, maintenant !

Harry regarda à nouveau son père. Entre-temps, il avait enjolivé les lettres « L. E. » qu'il raya brusquement. Puis il se leva d'un bond, fourra sa plume et son questionnaire d'examen dans son sac qu'il balança sur son épaule et attendit que Sirius vienne le rejoindre.

Harry tourna la tête et aperçut Rogue un peu plus loin. Il se faufilait parmi les tables en direction des portes de la Grande Salle, toujours absorbé dans son propre questionnaire. Les épaules rondes mais le corps anguleux, il avait une démarche saccadée qui faisait penser à une araignée et ses cheveux graisseux voletaient autour de son visage au rythme de ses pas.

Un groupe de filles en grande conversation séparait Rogue de James, Sirius et Lupin. Harry se glissa au milieu pour conserver Rogue dans son champ de vision tout en écoutant ce que disaient James et ses amis.

— Ça t'a plu, la question dix, Lunard ? demanda Sirius tandis qu'ils arrivaient dans le hall d'entrée.

— J'ai adoré, répondit vivement Lupin. *Donnez cinq signes permettant d'identifier un loup-garou.* Excellente question.

— Tu crois que tu as réussi à les trouver tous ? demanda James d'un ton faussement inquiet.

— Je pense que oui, répondit Lupin très sérieusement.

Ils se mêlèrent à la foule qui se pressait aux portes du hall, avide de sortir dans le parc ensoleillé.

— Premier signe : il est assis sur ma chaise. Deuxième signe : il porte mes vêtements. Troisième signe : il s'appelle Remus Lupin.

Queudver, qui les avait rejoints, fut le seul à ne pas rire.

— Moi, j'ai mis la forme du museau, les pupilles des yeux et la queue touffue, dit-il d'un air anxieux, mais je n'ai rien trouvé d'autre...

— Tu es donc tellement bête, Queudver ? dit James, irrité. Tu fréquentes pourtant un loup-garou une fois par mois...

— Pas si fort, implora Lupin.

Harry jeta à nouveau un regard inquiet derrière lui. Rogue restait proche d'eux, toujours plongé dans ses questions d'examen... mais c'était son souvenir à lui et Harry était certain que, si Rogue choisissait de s'éloigner d'eux une fois qu'ils seraient sortis, lui-même ne pourrait plus suivre James. A son grand soulagement, cependant, lorsque James et ses trois amis traversèrent la pelouse en direction du lac, Rogue les imita, sans quitter son questionnaire des yeux. Apparemment, il n'avait pas d'idée précise de l'endroit où il voulait aller. En se maintenant à quelques pas devant lui, Harry pouvait continuer à surveiller de près James et les autres.

— Moi, j'ai trouvé que c'était du gâteau, cet examen, disait Sirius. Je serais surpris si je n'obtenais pas un Optimal.

— Moi aussi, dit James.

Il mit une main dans sa poche et en retira un Vif d'or qui se débattait.

– Où est-ce que tu as eu ça ?

– Je l'ai piqué, dit James d'un ton désinvolte.

Il se mit à jouer avec le Vif d'or qu'il laissait s'envoler à une trentaine de centimètres avant de le rattraper. Ses réflexes étaient excellents et Queudver paraissait impressionné.

Ils s'arrêtèrent au bord du lac, à l'ombre du même hêtre sous lequel Harry, Ron et Hermione avaient passé un dimanche à finir leurs devoirs, et se laissèrent tomber dans l'herbe. Harry regarda une nouvelle fois par-dessus son épaule et fut ravi de constater que Rogue s'était lui aussi installé dans l'herbe, à l'ombre d'un épais fourré. Voyant qu'il était toujours aussi absorbé par ses sujets d'examen, Harry eut toute liberté de s'asseoir entre le hêtre et le fourré pour continuer à observer James et ses amis. Le soleil étincelait à la surface lisse du lac et les filles qui avaient quitté la Grande Salle en même temps qu'eux s'étaient assises sur la rive. Hilares, elles avaient enlevé leurs chaussures et leurs chaussettes et se trempaient les pieds dans l'eau.

Lupin avait sorti un livre qu'il s'était mis à lire. Sirius regardait les autres élèves se presser sur la pelouse. Il affichait un air hautain et ennuyé, mais avec beaucoup d'élégance. James, lui, continuait de jouer avec le Vif d'or qu'il laissait filer de plus en plus loin et rattrapait à la dernière seconde, au moment où il était presque parvenu à s'échapper. Queudver le regardait bouche bée. Chaque fois que James réussissait à saisir le Vif d'extrême justesse, Queudver étouffait une exclamation et applaudissait. Au bout de cinq minutes, Harry se demanda pourquoi il ne conseillait pas à Queudver de se contrôler un peu, mais James semblait prendre plaisir à être l'objet de son attention. Harry remarqua que son père avait la manie de s'ébouriffer les cheveux d'un geste de la main pour éviter qu'ils ne paraissent trop bien coiffés. Il remarqua également qu'il ne cessait de lancer des coups d'œil en direction des filles assises au bord du lac.

— Range ça, tu veux ? dit enfin Sirius — une fois de plus, James venait de rattraper le Vif d'or d'un geste virtuose et Queudver avait poussé un cri d'admiration —, sinon, Queudver va tellement s'exciter qu'il finira par s'oublier.

Queudver rosit légèrement et James eut un sourire.

— Si ça te gêne..., dit-il en rangeant le Vif d'or dans sa poche.

Harry eut la très nette impression que Sirius était le seul qui pouvait décider James à cesser de jouer les m'as-tu-vu.

— Je m'ennuie, dit Sirius. J'aimerais bien que ce soit la pleine lune.

— Espère toujours, dit Lupin d'un ton grave derrière son livre. Si tu t'ennuies, on a encore l'épreuve de métamorphose, tu n'as qu'à me faire réviser. Tiens...

Il lui tendit son livre, mais Sirius renifla d'un air méprisant.

— Je n'ai pas besoin de ces idioties, je sais déjà tout.

— Tiens, voilà de quoi t'amuser un peu, Patmol, dit James à voix basse. Regarde qui est là...

Sirius tourna la tête et s'immobilisa comme un chien qui vient de sentir la piste d'un lapin.

— Parfait, murmura-t-il. *Servilus.*

Harry se retourna pour suivre le regard de Sirius.

Rogue s'était relevé et rangeait le questionnaire des BUSE dans son sac. Lorsqu'il quitta l'ombre des buissons et s'éloigna sur la pelouse, Sirius et James se levèrent à leur tour.

Lupin et Queudver restèrent assis. Lupin était toujours plongé dans son livre mais ses yeux restaient immobiles et une légère ride était apparue entre ses sourcils. Queudver regarda successivement Sirius et James, puis Rogue, une expression d'avidité sur le visage.

— Ça va, Servilus ? lança James d'une voix forte.

Rogue réagit si vite qu'il semblait s'être attendu à cette attaque. Lâchant son sac, il plongea la main dans une poche de sa robe de sorcier et sa baguette était à moitié levée lorsque James cria :

— *Expelliarmus !*

La baguette magique de Rogue fit un bond de quatre mètres dans les airs et retomba derrière lui avec un petit bruit mat. Sirius éclata d'un grand rire qui ressemblait à un aboiement.

— *Impedimenta !* dit-il en pointant sa propre baguette sur Rogue qui fut projeté à terre au moment où il plongeait pour ramasser la sienne.

Autour d'eux, les élèves s'étaient retournés et regardaient. Plusieurs d'entre eux se levèrent pour venir voir d'un peu plus près. Certains semblaient inquiets, d'autres avaient l'air de s'amuser.

Rogue était allongé par terre, le souffle court. James et Sirius s'avancèrent vers lui, leurs baguettes brandies. En même temps, James lançait des regards par-dessus son épaule vers les filles assises au bord du lac. Queudver était également debout à présent. Il avait contourné Lupin pour mieux voir et contemplait le spectacle avec délectation.

— Alors, comment s'est passé ton examen, Servilo ? demanda James.

— Chaque fois que je le regardais, son nez touchait le parchemin, dit Sirius d'un air mauvais. Il va y avoir de grosses taches de gras sur toute sa copie, ils ne pourront pas en lire un mot.

Des rires s'élevèrent un peu partout. De toute évidence, Rogue n'était pas très aimé. Queudver émit un ricanement aigu. Rogue essayait de se relever mais le maléfice agissait encore sur lui. Il se débattait comme s'il était attaché par d'invisibles cordes.

— Attends... un peu, haleta-t-il en regardant James avec une expression de haine. Attends... un peu !

— Qu'est-ce qu'il faut attendre ? demanda Sirius avec froideur. Qu'est-ce que tu as l'intention de nous faire, Servilo, t'essuyer le nez sur nous ?

Rogue laissa échapper un flot de jurons et de formules magiques mais avec sa baguette à trois mètres de lui, rien ne se passait.

— Qu'est-ce que c'est que ces grossièretés, lave-toi la bouche, dit James d'un ton glacial. *Récurvite !*

Des bulles de savon roses s'échappèrent alors de la bouche de Rogue. La mousse qui recouvrait ses lèvres le faisait tousser, l'étouffait à moitié...

— Laissez-le TRANQUILLE !

James et Sirius se retournèrent. James se passa aussitôt la main dans les cheveux.

L'une des filles assises au bord du lac s'était levée et s'approchait d'eux. Elle avait une épaisse chevelure roux foncé qui lui tombait sur les épaules et d'extraordinaires yeux verts en amande — les yeux de Harry.

La mère de Harry.

— Ça va, Evans ? demanda James.

Tout à coup, le ton de sa voix était devenu beaucoup plus agréable, plus grave, plus mûr.

— Laisse-le tranquille, répéta Lily.

Elle regardait James avec la plus grande répugnance.

— Qu'est-ce qu'il t'a fait ?

— Eh bien voilà, répondit James qui sembla réfléchir à la question, le plus gênant, chez lui, c'est le simple fait qu'il existe, si tu vois ce que je veux dire...

Un bon nombre d'élèves éclatèrent de rire, y compris Sirius et Queudver, mais Lupin, toujours concentré sur son livre, resta impassible, tout comme Lily.

— Tu te crois très drôle, dit-elle d'un ton glacial, mais tu n'es qu'une abominable petite brute arrogante, Potter. Laisse-le *tranquille* !

— C'est d'accord, à condition que tu acceptes de sortir avec moi, Evans, répondit précipitamment James. Allez... Sors avec moi et je ne porterai plus jamais la main sur le vieux Servilo.

Derrière lui, les effets du maléfice d'Entrave se dissipaient. Rogue rampait imperceptiblement vers sa baguette en crachant de la mousse de savon.

— Je ne sortirai jamais avec toi, même si je n'avais plus le choix qu'entre toi et le calmar géant, répondit Lily.

— Pas de chance, Cornedrue, dit vivement Sirius qui se tourna à nouveau vers Rogue. Oh ! Attention !

Mais il était trop tard. Rogue avait pointé sa baguette droit sur James. Il y eut un éclair de lumière et une entaille apparut sur la joue de James, éclaboussant sa robe de sang. James fit volte-face. Un deuxième éclair de lumière plus tard, Rogue se retrouva suspendu dans le vide, les pieds en l'air. Le bas de sa robe était tombé sur sa tête, révélant deux jambes maigres et un caleçon grisâtre.

Des acclamations s'élevèrent de la petite foule des élèves. Sirius, James et Queudver rugissaient de rire.

Lily, dont le visage furieux avait un instant tressailli comme si elle allait sourire, lança :

— Fais-le descendre !

— Mais certainement, dit James.

Il donna un léger coup de baguette et Rogue retomba par terre comme un petit tas de chiffons. Se dépêtrant de sa robe, il se hâta de se relever, la baguette brandie, mais Sirius s'exclama :

— *Petrificus Totalus !* et Rogue bascula à nouveau par terre, raide comme une planche.

— LAISSEZ-LE TRANQUILLE ! hurla Lily.

Elle avait sorti sa propre baguette, à présent, sous l'œil méfiant de James et de Sirius.

— Ah, Evans, ne m'oblige pas à te jeter un sort, dit James avec gravité.

— Alors, libère-le du maléfice !

James poussa un profond soupir puis se tourna vers Rogue et marmonna la formule de l'antisort.

— Et voilà, dit-il tandis que Rogue se relevait tant bien que mal. Tu as de la chance qu'Evans ait été là, Servilus.

— Je n'ai pas besoin de l'aide d'une sale petite Sang-de-Bourbe comme elle !

Lily cligna des yeux.

— Très bien, dit-elle froidement. Je ne m'en mêlerai plus, à l'avenir. Et, si j'étais toi, je laverais mon caleçon, *Servilus*.

— Fais des excuses à Evans ! rugit James d'une voix menaçante, sa baguette magique pointée sur Rogue.

— Je ne veux pas que tu l'obliges à s'excuser ! s'écria Lily en se tournant vers James. Tu es aussi mauvais que lui.

— Quoi ? protesta James. JAMAIS je ne t'aurais traitée de... tu-sais-quoi !

— Tu te mets les cheveux en bataille parce que tu crois que ça fait bien d'avoir toujours l'air de descendre de son balai, tu te pavanes avec ce stupide Vif d'or, tu jettes des maléfices à tous ceux que tu n'aimes pas simplement parce que tu sais le faire... Ça m'étonne que ton balai arrive encore à décoller avec une tête aussi enflée. Tu me fais VOMIR !

Elle tourna les talons et s'éloigna à grands pas.

— Evans ! lui cria James. EVANS !

Mais elle ne regarda pas en arrière.

— Qu'est-ce qui lui prend ? dit James en essayant sans succès de faire comme s'il s'agissait d'une question très secondaire à laquelle il n'attachait aucune importance.

— Si je lis entre les lignes, je dirais qu'elle te trouve un peu prétentieux, répondit Sirius.

— Ah, c'est ça ? Très bien, marmonna James qui paraissait furieux à présent. Très bien...

Il y eut un autre éclair de lumière et Rogue se retrouva à nouveau suspendu les pieds en l'air.

— Qui veut me voir enlever le caleçon de Servilo ?

Mais Harry ne sut jamais si son père était parvenu à ses fins. Une main s'était refermée sur son bras avec la force d'une tenaille. Harry fit une grimace de douleur et se retourna pour voir qui l'avait attrapé ainsi. Horrifié, il vit alors à côté de lui un Rogue adulte et livide de rage.

— Vous vous amusez bien ?

Harry se sentit soulevé dans les airs. Autour de lui, la belle journée d'été s'évanouit. Il flottait à présent dans une obscurité glacée, la main de Rogue toujours serrée sur son bras. Puis, avec la sensation de retomber en chute libre, comme s'il avait fait un saut périlleux dans le vide, ses pieds heurtèrent le sol de pierre du cachot et il se retrouva debout devant la Pensine posée sur la table, dans le bureau obscur du maître des Potions.

— Alors, dit Rogue en lui serrant si fort le bras que Harry sentait sa main s'engourdir. *Alors...* Vous avez passé un bon moment, Potter ?

— N-non, répondit Harry qui essayait vainement de libérer son bras.

Le visage de Rogue était effrayant : ses lèvres tremblaient, son teint était blanc, ses dents découvertes.

— Un homme très amusant, votre père, n'est-ce pas ? dit Rogue en secouant Harry si vigoureusement que ses lunettes glissèrent sur son nez.

— Je... Je n'ai pas...

Rogue poussa Harry de toutes ses forces, le projetant brutalement à terre.

— Vous ne raconterez à personne ce que vous avez vu ! vociféra-t-il.

— Non, répondit Harry en se relevant le plus loin possible de Rogue. Non, bien sûr, je ne...

— Sortez ! Sortez, je ne veux plus jamais vous revoir dans ce bureau !

Et tandis que Harry se ruait vers la sortie, un bocal rempli de cafards morts explosa au-dessus de sa tête. Il ouvrit la porte à la volée et fonça dans le couloir. Il ne s'arrêta que lorsqu'il eut mis trois étages entre Rogue et lui. Harry s'appuya alors contre le mur, la respiration haletante, massant son bras meurtri.

Il n'avait pas la moindre envie de retourner de si bonne heure dans la tour de Gryffondor, ni de raconter à Ron et à Hermione la scène à laquelle il venait d'assister. Ce qui horrifiait tant Harry, ce qui le rendait si malheureux, ce n'étaient pas les hurlements de Rogue ou les jets de bocaux. C'était le fait qu'il savait ce que l'on ressent lorsqu'on est humilié au milieu d'un cercle de spectateurs. Il savait exactement ce qu'avait éprouvé Rogue au moment où James Potter l'avait ridiculisé et à en juger par ce qu'il venait de voir, son père était bel et bien le personnage arrogant que Rogue lui avait toujours décrit.

29

CONSEILS D'ORIENTATION

M ais pourquoi tu n'as plus de cours d'occlumancie ? s'étonna Hermione en fronçant les sourcils.

– Je te l'ai dit, marmonna Harry. Rogue trouve que je peux continuer tout seul, maintenant que j'ai les bases.

– Alors, tu ne fais plus tes drôles de rêves ? demanda Hermione, sceptique.

– Presque plus, répondit Harry en évitant son regard.

– Je ne crois pas que Rogue devrait arrêter ses cours tant que tu n'es pas absolument sûr de pouvoir contrôler tes rêves ! s'indigna Hermione. Harry, je crois que tu devrais aller le voir et lui demander...

– Non, l'interrompit Harry avec force. Laisse tomber, Hermione, d'accord ?

C'était le premier jour des vacances de Pâques et Hermione, comme à son habitude, avait passé une bonne partie de la journée à établir un programme de révisions pour tous les trois. Harry et Ron l'avaient laissée faire : c'était plus facile que de discuter avec elle et d'ailleurs, son tableau pouvait se révéler utile.

Ron avait été abasourdi en découvrant qu'il ne restait plus que six semaines avant leurs examens.

– Je ne vois pas ce qui peut te surprendre là-dedans, commenta Hermione.

Du bout de sa baguette magique, elle tapota les petits carrés du tableau de Ron pour que chaque matière brille d'une couleur différente.

— Je ne sais pas, répondit Ron. Il s'est passé tant de choses.

— Tiens, voilà, dit Hermione en lui tendant le tableau des révisions. Si tu suis ce programme, tout devrait bien se passer.

Ron regarda le tableau d'un air sombre, puis son visage s'éclaira.

— Tu m'as donné une soirée libre par semaine !

— C'est pour l'entraînement de Quidditch, précisa Hermione.

Le sourire de Ron s'effaça.

— A quoi ça sert ? dit-il. On a à peu près autant de chances de gagner la coupe cette année que papa de devenir ministre de la Magie.

Hermione ne répondit rien. Elle regardait Harry qui contemplait d'un regard vide le mur opposé de la salle commune pendant que Pattenrond lui donnait de petits coups de patte sur la main dans l'espoir de se faire gratter les oreilles.

— Qu'est-ce qui ne va pas Harry ?

— Quoi ? dit-il. Oh, rien.

Il prit son exemplaire de la *Théorie des stratégies de défense magique* et fit semblant de chercher quelque chose dans l'index. Pattenrond abandonna la partie et alla se réfugier sous le fauteuil d'Hermione.

— J'ai vu Cho, tout à l'heure, dit timidement Hermione. Elle n'a pas l'air bien non plus…Vous vous êtes encore disputés ?

— Hein ? Heu… oui, répondit Harry, saisissant cette excuse pour justifier son état.

— A quel sujet ?

— Sa copine Marietta.

— Ça, je te comprends ! dit Ron avec colère en posant son tableau de révisions. Si elle ne nous avait pas dénoncés…

Ron se lança alors dans un discours véhément contre Marietta Edgecombe, ce qui fut très utile à Harry. Il n'avait rien d'autre à faire que de paraître furieux et de hocher la tête en lançant quelques « Ouais » et « Ça, c'est vrai » chaque fois que Ron

731

reprenait son souffle. Il eut ainsi tout le loisir de s'attarder, avec un désarroi grandissant, sur ce qu'il avait vu dans la Pensine.

Ce souvenir semblait le ronger de l'intérieur. A ses yeux, ses parents avaient toujours été tellement merveilleux qu'il n'avait jamais éprouvé la moindre difficulté à repousser les calomnies dont Rogue accablait son père. Des gens comme Hagrid ou Sirius n'avaient-ils pas affirmé à Harry que son père était un homme extraordinaire ? (« Oui, eh bien, regarde donc comment Sirius se conduisait lui-même, dit dans sa tête une petite voix exaspérante... Il était tout aussi horrible, non ? ») Bien sûr, il avait entendu un jour le professeur McGonagall déclarer que son père et Sirius avaient causé bien des ennuis au sein de l'école mais elle les avait plutôt décrits comme des précurseurs des jumeaux Weasley et Harry n'imaginait pas Fred et George suspendant quelqu'un la tête en bas simplement pour s'amuser... à moins qu'ils aient éprouvé pour lui une véritable aversion... Malefoy, peut-être, ou quelqu'un qui le méritait vraiment...

Harry essaya de se persuader que Rogue méritait bel et bien ce que James lui avait infligé. Mais quand Lily avait demandé : « Qu'est-ce qu'il t'a fait ? », James n'avait-il pas simplement répondu : « Le plus gênant, chez lui, c'est le simple fait qu'il existe, si tu vois ce que je veux dire » ? James n'avait-il pas tout déclenché simplement parce que Sirius disait qu'il s'ennuyait ? Harry se souvint qu'au square Grimmaurd, Lupin lui avait raconté que Dumbledore l'avait nommé préfet dans l'espoir qu'il exercerait un certain contrôle sur James et Sirius... Mais dans la Pensine, il était resté assis en laissant faire...

Harry ne cessait de se répéter que Lily, elle, était intervenue. Sa mère s'était conduite avec dignité. Pourtant, le souvenir de son expression lorsqu'elle s'était mise à crier contre James le rendait aussi mal à l'aise que tout le reste. De toute évidence, elle éprouvait du dégoût pour James et Harry ne comprenait pas comment ils avaient pu finir par se marier. Une ou deux fois, il se demanda même si James ne l'y avait pas forcée...

Pendant près de cinq ans, la pensée de son père avait été une source de réconfort, d'inspiration. Chaque fois que quelqu'un lui avait dit qu'il était comme James, il s'était senti rempli de fierté. Et maintenant... Maintenant, il éprouvait une sensation de froid et de détresse quand il pensait à lui.

A mesure que passaient les vacances de Pâques, le temps devenait plus clair et plus chaud, plus venteux aussi, mais Harry, comme les autres élèves de cinquième ou de septième année, restait bouclé à l'intérieur du château, obligé de réviser en faisant des allées et venues à la bibliothèque. Il prétendait que son humeur maussade n'avait pas d'autre cause que l'approche des examens et comme ses condisciples de Gryffondor travaillaient eux aussi jusqu'à la nausée, personne ne mettait son excuse en question.

– Harry, je te parle, tu m'entends ?

– Hein ?

Il se retourna. Ginny Weasley, ébouriffée par le vent, l'avait rejoint à la table de la bibliothèque où il s'était assis tout seul. C'était un dimanche soir, assez tard. Hermione était retournée dans la tour de Gryffondor pour réviser les runes anciennes et Ron avait une séance d'entraînement de Quidditch.

– Oh, salut, dit Harry en rassemblant ses livres. Tu n'es pas à l'entraînement ?

– C'est terminé, répondit Ginny. Ron a dû emmener Jack Sloper à l'infirmerie.

– Pourquoi ?

– On ne sait pas très bien mais on *pense* qu'il s'est donné un coup avec sa propre batte.

Elle poussa un profond soupir.

– En tout cas, il y a un paquet qui est arrivé, il vient de passer les nouveaux contrôles d'Ombrage.

Elle posa sur la table une boîte enveloppée de papier kraft. De toute évidence, le colis avait été ouvert puis refermé sans aucun soin. Un mot griffonné à l'encre rouge indiquait : « Inspecté et autorisé par la Grande Inquisitrice de Poudlard. »

— Ce sont des œufs de Pâques qu'a envoyés maman, dit Ginny. Il y en a un pour toi... Tiens, le voilà.

Elle lui tendit un bel œuf en chocolat, décoré de petits Vifs d'or glacés, et qui contenait, d'après les indications de l'emballage, un sachet de Fizwizbiz. Harry contempla l'œuf pendant un moment puis il sentit avec horreur sa gorge se nouer.

— Ça va, Harry ? demanda Ginny à voix basse.

— Oui, oui, ça va, répondit-il d'un ton grincheux.

Sa gorge lui faisait mal. Il ne comprenait pas pourquoi un simple œuf de Pâques pouvait avoir cet effet-là sur lui.

— Tu n'as pas l'air d'avoir le moral, ces temps-ci, insista Ginny. Tu sais, je suis sûre que si tu allais *parler* à Cho...

— Ce n'est pas à Cho que je veux parler, dit brusquement Harry.

— A qui, alors ?

— Je...

Il jeta un regard dans la salle pour s'assurer que personne ne pouvait les entendre. Madame Pince se trouvait à plusieurs étagères de là, occupée à extraire une pile de livres pour une Hanna Abbot visiblement fébrile.

— Je voudrais parler à Sirius, marmonna-t-il, mais je sais que c'est impossible.

Davantage pour s'occuper les mains que par envie véritable, Harry déballa son œuf de Pâques et en cassa un gros morceau qu'il fourra dans sa bouche.

— En fait, dit lentement Ginny en mangeant à son tour un morceau d'œuf, si tu veux vraiment parler à Sirius, il doit bien y avoir un moyen d'y arriver.

— Tu plaisantes, répondit Harry d'un ton désespéré, avec Ombrage qui fait surveiller les cheminées et lit tout notre courrier ?

— L'avantage d'avoir grandi avec Fred et George, dit Ginny d'un air songeur, c'est qu'on finit par penser que tout est possible quand on a suffisamment de culot.

Harry la regarda. Il ne savait pas si c'était à cause du chocolat – Lupin lui avait toujours conseillé d'en manger après une rencontre avec un Détraqueur – ou simplement parce qu'il avait formulé à voix haute l'envie qui brûlait en lui depuis une semaine, mais il sentit renaître un peu d'espoir.

– QU'EST-CE QUE VOUS FAITES ?

– Aïe, murmura Ginny, j'avais oublié...

Madame Pince s'était ruée sur eux, son visage parcheminé déformé par la rage.

– *Du chocolat dans la bibliothèque !* hurla-t-elle. Dehors ! dehors ! DEHORS !

Sortant sa baguette magique d'un geste vif, elle ensorcela les livres, le sac et la bouteille d'encre de Harry qui les chassèrent tous les deux de la bibliothèque en leur donnant de grands coups sur la tête tandis qu'ils s'enfuyaient à toutes jambes.

Vers la fin des vacances, comme pour souligner l'importance des examens qui les attendaient, une pile de brochures, de prospectus et d'annonces concernant les diverses carrières de la sorcellerie apparurent sur les tables de la salle commune de Gryffondor, en même temps qu'une note sur le tableau d'affichage :

Conseils d'orientation

Tous les élèves de cinquième année sont convoqués à un bref entretien avec le directeur ou la directrice de leur maison, au cours de la première semaine du troisième trimestre, afin d'examiner leurs perspectives de carrière. L'horaire de ces rendez-vous individuels est indiqué ci-dessous.

Harry consulta la liste et vit qu'il était attendu dans le bureau du professeur McGonagall le lundi à 14 heures 30, ce qui signifiait qu'il manquerait la plus grande partie du cours de divination. Les élèves de cinquième année passèrent presque tout le dernier week-end des vacances de Pâques à lire dans les documents mis à leur disposition les informations fournies sur les possibilités de carrière.

— Je n'ai pas envie de devenir guérisseur, dit Ron, le dernier soir.

Il s'était plongé dans un prospectus dont la première page portait l'emblème de Ste Mangouste, un os et une baguette magique croisés.

— Ils disent là-dedans qu'il faut obtenir au moins un E en potions, en botanique, en métamorphose, en sortilèges et en défense contre les forces du Mal aux épreuves d'ASPIC. Oh, là, là, et à part ça, qu'est-ce qu'il leur faut ?

— C'est un métier à hautes responsabilités, non ? commenta Hermione d'un air absent.

Elle était elle-même absorbée dans la lecture d'un prospectus rose et orange vif intitulé : VOUS AVEZ TOUJOURS ÉTÉ TENTÉ PAR LES RELATIONS PUBLIQUES AVEC LES MOLDUS ?

— Apparemment, on n'a pas besoin de beaucoup de qualifications pour nouer des liens avec les Moldus. Tout ce qu'ils demandent c'est une BUSE en étude des Moldus. « Ce qui compte surtout, c'est l'enthousiasme, la patience et le sens de la fête ! »

— Il ne suffit pas d'avoir le sens de la fête pour nouer des liens avec mon oncle, dit Harry d'un air lugubre. Il vaut mieux le sens de l'esquive.

Il était en pleine lecture d'une brochure sur la banque chez les sorciers.

— Écoutez ça : « Vous recherchez une carrière exigeante qui vous permette de voyager, de connaître l'aventure, de partir à la recherche souvent périlleuse de trésors substantiels ? Pourquoi ne pas envisager un emploi chez Gringotts, la banque des sorciers, qui recrute actuellement des briseurs de maléfices pour des postes passionnants à l'étranger... » Mais il faut avoir fait de l'arithmancie. Ça pourrait te convenir, Hermione !

– Je n'ai pas très envie d'entrer dans une banque, répondit Hermione d'un ton vague.

Elle était plongée à présent dans : SAURIEZ-VOUS DRESSER DES TROLLS POUR DES MISSIONS DE SURVEILLANCE ET DE SÉCURITÉ ?

– Hé, dit une voix à l'oreille de Harry.

Il se retourna. Fred et George étaient venus les rejoindre.

– Ginny nous a parlé de toi, dit Fred.

Il étendit les jambes et posa les pieds sur la table en faisant tomber par terre diverses brochures relatives à des carrières au sein du ministère de la Magie.

– Elle nous a dit que tu voulais parler à Sirius ?

– Quoi ? dit brusquement Hermione.

Elle s'immobilisa, la main à demi tendue vers un prospectus intitulé : FAITES UN MALHEUR AU DÉPARTEMENT DES ACCIDENTS ET CATASTROPHES MAGIQUES.

– Ouais, répondit Harry en essayant d'adopter un ton dégagé. Oui, j'aimerais bien...

– Ne sois pas ridicule, l'interrompit Hermione qui s'était redressée en le regardant comme si elle n'en croyait pas ses yeux. Avec Ombrage qui se promène dans les cheminées et passe tous les hiboux à la fouille ?

– Nous, on pense pouvoir contourner la difficulté, dit George en s'étirant, un sourire aux lèvres. Il s'agit simplement de provoquer une diversion. Vous aurez peut-être remarqué que nous nous sommes faits discrets sur le front du chambardement, pendant les vacances de Pâques ?

– A quoi pouvait bien servir, nous sommes-nous demandé, de perturber les moments de détente ? poursuivit Fred. A rien du tout, nous sommes-nous répondu. En plus, nous aurions empêché les gens de réviser et c'était quelque chose que nous ne voulions surtout pas faire.

Il adressa un petit signe de tête vertueux à Hermione qui parut prise de court par tant de délicatesse.

– Mais à partir de demain, les affaires reprennent, ajouta vivement Fred. Et si nous devons créer un peu de désordre, pourquoi Harry n'en profiterait-il pas pour avoir sa petite conversation avec Sirius ?

– Oui, mais *en admettant même*, dit Hermione avec l'air de quelqu'un qui tente d'expliquer quelque chose de très simple à un interlocuteur particulièrement obtus, que vous provoquiez *en effet* votre petite diversion, comment Harry s'y prendra-t-il pour lui parler ?

– Le bureau d'Ombrage, répondit Harry à mi-voix.

Il avait réfléchi à la question pendant quinze jours et ne voyait pas d'autre solution. C'était Ombrage elle-même qui lui avait dit que le seul feu non surveillé du château était le sien.

– Tu es... complètement fou ? dit Hermione d'une voix étouffée.

Ron avait cessé de lire son prospectus sur le commerce des champignons cultivés et écoutait la conversation d'un air méfiant.

– Je ne pense pas, assura Harry avec un haussement d'épaules.

– Et d'abord, comment tu ferais pour y entrer ?

Harry s'attendait à la question.

– Le couteau de Sirius, dit-il.

– Pardon ?

– A Noël d'il y a deux ans, Sirius m'a offert un couteau qui peut ouvrir n'importe quelle serrure. Alors, même si elle a ensorcelé sa porte pour résister à *Alohomora*, ce qui est sûrement le cas...

– Qu'est-ce que tu penses de ça ? demanda Hermione à Ron.

Harry songea irrésistiblement à Mrs Weasley prenant son mari à témoin, le premier soir où il avait dîné square Grimmaurd.

– Je ne sais pas, répondit Ron, très inquiet à l'idée d'avoir à donner une opinion. Si Harry veut le faire, c'est à lui de décider, non ?

– Voilà comment doit parler un Weasley à un véritable ami,

approuva Fred en donnant une grande claque dans le dos de Ron. Bien, alors, nous avions pensé agir demain juste après la fin des cours, parce que l'impact sera beaucoup plus grand si tout le monde se trouve dans les couloirs. Harry, nous déclencherons la chose quelque part dans l'aile est, ce qui attirera Ombrage loin de son bureau. A mon avis, nous devrions pouvoir te garantir dans les... disons, vingt minutes de tranquillité ? dit-il en regardant George.

— Facile, répondit celui-ci.

— Ce sera quel genre de diversion ? demanda Ron.

— Tu verras, petit frère, dit Fred qui se leva en même temps que George. Si toutefois tu prends la peine d'aller te promener dans le couloir de Gregory le Hautain demain vers cinq heures de l'après-midi.

Harry se leva très tôt le lendemain matin, en éprouvant presque autant d'appréhension que le jour où il s'était rendu à son audience disciplinaire du ministère de la Magie. La perspective de forcer la porte du bureau d'Ombrage et de se servir de sa cheminée pour parler à Sirius aurait suffi à le rendre nerveux mais, en plus, il devait aujourd'hui se retrouver en présence de Rogue pour la première fois depuis qu'il l'avait chassé de son bureau.

Après être resté allongé un moment en pensant à ce qui l'attendait au cours de la journée, Harry se leva sans bruit et s'approcha de la fenêtre, à côté du lit de Neville. Au-dehors, la matinée était resplendissante, le ciel d'un bleu clair, légèrement brumeux, opalescent. Droit devant lui, Harry voyait le grand hêtre sous lequel son père avait un jour tourmenté Rogue. Il ne savait pas ce que Sirius pourrait bien lui dire pour justifier ce qu'il avait vu dans la Pensine mais il voulait à tout prix entendre sa version des faits, connaître les éventuelles circonstances atténuantes, une excuse, n'importe laquelle, qui puissent expliquer la conduite de son père...

Quelque chose attira alors son attention : un mouvement en lisière de la Forêt interdite. Il plissa les yeux pour se protéger du soleil et aperçut Hagrid qui émergeait d'entre les arbres. Il semblait boiter. Harry le vit s'avancer d'un pas chancelant vers sa cabane dans laquelle il disparut bientôt. Il n'en sortit plus mais, quelques minutes plus tard, de la fumée s'éleva de la cheminée. Il n'était donc pas blessé au point de ne plus pouvoir allumer un feu.

Harry se détourna de la fenêtre, se dirigea vers sa grosse valise et commença à s'habiller.

Compte tenu de ce qu'il s'apprêtait à faire, Harry ne s'attendait pas à vivre une journée de tout repos mais il n'avait pas prévu les tentatives quasi continuelles d'Hermione pour le dissuader de mettre son projet à exécution. Pour la première fois de sa vie, elle fut au moins aussi inattentive au cours d'histoire de la magie du professeur Binns que Harry ou Ron, et le soumit à une suite ininterrompue de remontrances chuchotées auxquelles il eut beaucoup de mal à rester indifférent.

— ... et si elle t'attrape, non seulement tu seras renvoyé mais elle devinera que tu parlais à Sniffle et cette fois, je suis sûre qu'elle te forcera à boire du Veritaserum pour que tu répondes à ses questions...

— Hermione, chuchota Ron avec indignation, est-ce que tu vas cesser de harceler Harry et écouter ce que dit Binns ? Sinon, je serai obligé de prendre des notes moi-même !

— Eh bien, prends donc des notes pour changer, ça ne te tuera pas !

Lorsqu'ils descendirent dans les cachots, ni Harry, ni Ron ne parlaient plus à Hermione. Sans se laisser démonter, elle profita de leur silence pour maintenir un flot continu d'avertissements apocalyptiques. Elle murmurait avec véhémence sans reprendre son souffle, produisant une sorte de sifflement constant qui inquiéta Seamus et lui fit perdre cinq minutes à vérifier que son chaudron ne fuyait pas.

Pendant ce temps, Rogue semblait décidé à faire comme si Harry n'existait pas. Harry avait l'habitude de cette tactique qui était l'une des préférées de l'oncle Vernon et dans l'ensemble, il fut soulagé de n'avoir pas à endurer pire. En fait, comparé à ce que Rogue lui faisait subir ordinairement en matière d'ironie et de sarcasmes, il estima que cette nouvelle approche constituait plutôt un progrès. Il fut aussi très content de constater que, si on le laissait tranquille, il était capable de préparer assez facilement un philtre Revigorant. A la fin du cours, il remplit un petit flacon de potion, le boucha avec soin et l'apporta au bureau de Rogue pour qu'il lui donne une note. Cette fois, il pensait pouvoir enfin arracher un E.

Mais à peine s'était-il éloigné du bureau qu'il entendit un bruit de verre brisé. Malefoy éclata d'un rire réjoui et Harry fit aussitôt volte-face. Le flacon qui contenait son échantillon s'était fracassé par terre et Rogue regardait Harry avec une jubilation méchante.

– Oups ! dit-il à mi-voix. Eh bien, ça nous fera un nouveau zéro, Potter.

Harry était trop révolté pour pouvoir prononcer un mot. Il retourna auprès de son chaudron avec l'intention de remplir un autre flacon pour forcer Rogue à lui donner une note. Mais il vit avec horreur que le chaudron était vide.

– Je suis désolée ! dit Hermione, la main sur sa bouche. Je suis vraiment désolée, Harry, je croyais que tu avais fini, alors j'ai fait le ménage !

Harry fut incapable de répondre quoi que ce soit. Lorsque la cloche sonna, il se précipita hors du cachot sans un regard en arrière et prit soin de se trouver une place entre Neville et Seamus pendant le déjeuner afin qu'Hermione ne puisse plus le harceler au sujet du bureau d'Ombrage.

Quand il arriva au cours de divination, il était de si mauvaise humeur qu'il en avait oublié son rendez-vous avec le professeur McGonagall. Il ne s'en souvint qu'au moment où Ron s'étonna qu'il ne soit pas déjà monté dans son bureau. Harry se précipita dans l'escalier et arriva hors d'haleine avec quelques minutes de retard.

– Désolé, professeur, haleta-t-il en fermant la porte, j'avais oublié.

– Ce n'est pas grave, Potter, dit-elle d'un ton vif.

En même temps, Harry entendit quelqu'un renifler dans un coin. Il se retourna.

Le professeur Ombrage était assise là, son bloc-notes sur les genoux, des dentelles autour du cou et un horrible petit sourire suffisant sur le visage.

– Asseyez-vous, Potter, dit le professeur McGonagall d'un ton sec.

Ses mains tremblaient légèrement tandis qu'elle rassemblait les nombreuses brochures qui s'étalaient sur son bureau.

Harry s'assit en tournant le dos à Ombrage et s'efforça de rester indifférent au grattement de sa plume qui courait sur son bloc-notes.

– Bien. Potter, cet entretien a pour objet de parler des idées de carrière que vous pourriez avoir et de vous aider à choisir les matières que vous devriez continuer à étudier en sixième et septième année, expliqua le professeur McGonagall. Avez-vous déjà pensé à ce que vous aimeriez faire lorsque vous aurez quitté Poudlard ?

– Heu…, dit Harry.

Le grattement de la plume d'Ombrage dans son dos l'empêchait de se concentrer.

– Oui ? dit le professeur McGonagall pour l'encourager.

– Eh bien, voilà, je pensais que je pourrais peut-être devenir Auror, marmonna Harry.

– Il vous faudra d'excellentes notes pour cela, dit le professeur McGonagall.

Elle sortit de sous sa masse de papiers un petit prospectus de couleur sombre qu'elle déplia.

– Ils demandent au moins cinq ASPIC avec la mention « Effort Exceptionnel » au minimum. Ensuite, il vous faudrait passer une série de tests d'aptitude et de personnalité très rigoureux au bureau des Aurors. C'est une carrière difficile, Potter, ils ne prennent que les meilleurs. En fait, je crois bien que personne n'a été accepté au cours des trois dernières années.

A cet instant, le professeur Ombrage laissa échapper un infime toussotement comme si elle s'efforçait d'émettre le son le plus bas possible. Le professeur McGonagall l'ignora.

– J'imagine que vous voulez savoir quelles matières il vous faudra choisir ? poursuivit-elle en parlant un peu plus fort qu'auparavant.

– Oui, répondit Harry. Défense contre les forces du Mal, je suppose ?

– Naturellement, répondit le professeur McGonagall d'un ton cassant. Je vous conseillerais également...

Le professeur Ombrage émit un autre toussotement, un peu plus audible, cette fois. Le professeur McGonagall ferma les yeux un instant puis les rouvrit et poursuivit comme si de rien n'était.

– Je vous conseillerais également la métamorphose, car les Aurors y ont souvent recours dans leur profession. Et je dois tout de suite vous avertir, Potter, que je n'accepte dans mes classes d'ASPIC que des élèves qui ont obtenu au moins la mention « Effort Exceptionnel » à leur Brevet Universel de Sorcellerie Élémentaire. Pour le moment, je dirais que vous avez une moyenne qui se situe au niveau « Acceptable », vous devrez donc travailler dur avant l'examen si vous voulez avoir une chance de continuer. Vous devriez également poursuivre les sortilèges, toujours utiles, et les potions. Oui, Potter, les potions, ajouta-t-elle avec l'ombre d'un sourire. Les poisons et les antidotes constituent une matière essentielle pour les Aurors. Et il faut savoir que le professeur Rogue refuse catégorique-

ment de prendre des élèves qui n'ont pas reçu la mention
« Optimal » à leur BUSE, aussi...

Le professeur Ombrage laissa échapper un toussotement plus
prononcé.

— Puis-je vous proposer un sirop pour la toux, Dolores ? dit
sèchement le professeur McGonagall sans accorder un regard à
Ombrage.

— Oh non, merci beaucoup, répondit celle-ci avec ce petit rire
minaudant que Harry détestait tant. Je voulais simplement
savoir si je pouvais me permettre une toute petite remarque,
Minerva ?

— Oh, j'imagine que vous allez vous la permettre, en effet,
répliqua le professeur McGonagall les dents serrées.

— Je me demandais si Mr Potter a *véritablement* le tempérament nécessaire pour devenir un Auror ? dit le professeur
Ombrage d'une voix doucereuse.

—Voyez-vous ça ? répondit le professeur McGonagall d'un air
hautain. Eh bien, Potter, poursuivit-elle, comme s'il n'y avait eu
aucune interruption, si vous êtes sérieux dans votre ambition, je
vous conseillerais de faire de gros efforts pour vous mettre au
niveau en métamorphose et en potions. Je vois que le professeur Flitwick vous a donné en moyenne des notes qui oscillent
entre « Acceptable » et « Effort Exceptionnel » au cours des
deux dernières années. Par conséquent, votre travail en sortilèges paraît satisfaisant. Quant à la défense contre les forces du
Mal, vos notes sont en général élevées. Le professeur Lupin,
notamment, pensait que vous — *vous êtes sûre que vous ne voulez
pas de sirop pour la toux, Dolores ?*

— Oh non, inutile, merci, Minerva, minauda le professeur
Ombrage qui venait de tousser beaucoup plus fort. Je me
disais simplement que vous n'aviez peut-être pas sous les
yeux les dernières notes de Harry en défense contre les forces
du Mal. Je suis pourtant sûre de vous avoir mis un mot à ce
sujet.

– Ah, vous voulez dire cette chose ? répliqua le professeur McGonagall d'un ton dégoûté.

Elle sortit du classeur de Harry une feuille de parchemin rose, y jeta un coup d'œil en haussant légèrement les sourcils puis la remit dans le classeur sans aucun commentaire.

– Oui, comme je vous le disais, Potter, le professeur Lupin pensait que vous faisiez preuve d'une indéniable aptitude en cette matière et de toute évidence, pour un Auror...

– Avez-vous compris le contenu de mon petit mot, Minerva ? demanda le professeur Ombrage d'un ton mielleux, en oubliant cette fois de tousser.

– Bien sûr que j'ai compris, répliqua le professeur McGonagall, les dents si serrées que sa voix sembla un peu étouffée.

– Dans ce cas, quelque chose m'échappe... J'ai bien peur de ne pas saisir pourquoi vous donnez à Mr Potter de faux espoirs sur...

– De faux espoirs ? répéta le professeur McGonagall en refusant toujours de regarder Ombrage. Il a obtenu des notes élevées dans tous ses examens de défense contre les forces du Mal...

– Je suis profondément navrée d'avoir à vous contredire, Minerva, mais si vous lisez bien mon petit mot, vous verrez que les résultats de Harry dans ma classe ont été très médiocres...

– J'aurais dû me montrer plus explicite, dit le professeur McGonagall en se tournant enfin vers Ombrage pour la regarder droit dans les yeux. Il a obtenu des notes élevées aux examens de défense contre les forces du Mal chaque fois qu'il a eu affaire à un professeur compétent.

Le sourire du professeur Ombrage s'effaça aussi soudainement qu'une ampoule qui grille. Elle s'enfonça dans son fauteuil, tourna une page de son bloc-notes et se mit à écrire très vite, ses yeux globuleux pivotant de gauche à droite. Le professeur McGonagall, les narines pincées, les yeux flamboyants, reporta son attention sur Harry.

— Des questions, Potter ?

— Oui, répondit Harry. Quel genre de test d'aptitude et de personnalité le ministère fait-il passer si on a assez d'ASPIC ?

— Vous devez par exemple montrer votre capacité de réaction dans une situation dangereuse, expliqua le professeur McGonagall. Il faut aussi faire preuve de persévérance et d'abnégation car la formation d'un Auror dure trois ans, sans parler des compétences exceptionnelles qui sont indispensables en matière de défense pratique. Cela signifie encore de longues études après avoir quitté l'école. A moins que vous ne soyez décidé...

— Vous vous apercevrez également, coupa Ombrage d'une voix glaciale, que le ministère consulte les dossiers des candidats. Leur casier judiciaire, notamment.

— ... à moins que vous ne soyez décidé à passer encore plus d'examens après Poudlard, vous devriez choisir une autre...

— Ce qui signifie que ce garçon a autant de chances de devenir Auror que Dumbledore de revenir dans cette école.

— Il a donc de très bonnes chances, assura le professeur McGonagall.

— Potter a un casier judicaire, dit Ombrage d'une voix sonore.

— Potter a été reconnu innocent, répliqua McGonagall d'une voix encore plus forte.

Le professeur Ombrage se leva. Elle était si petite qu'on ne remarquait pas très bien la différence mais ses minauderies avaient laissé place à une franche fureur qui donnait à son large visage flasque une expression étrangement sinistre.

— Potter n'a aucune chance de jamais devenir un Auror !

Le professeur McGonagall se leva à son tour, ce qui était beaucoup plus impressionnant. Elle domina de toute sa hauteur le professeur Ombrage.

— Potter, dit-elle d'une voix claironnante, je vous aiderai à devenir un Auror même si c'est la dernière chose que je dois faire dans ma vie ! Même s'il faut pour cela que je vous donne des cours particuliers chaque soir, je veillerai personnellement à ce que vous obteniez les résultats requis !

— Le ministre de la Magie n'emploiera jamais Harry Potter ! dit Ombrage d'une voix tonitruante de fureur.

— Il se pourrait très bien qu'il y ait un nouveau ministre de la Magie lorsque Potter sera prêt à entreprendre une carrière ! s'écria le professeur McGonagall.

— Aha ! hurla le professeur Ombrage en pointant un doigt boudiné sur McGonagall. Ah, oui, oui, oui, bien sûr ! C'est ça que vous voulez, n'est-ce pas, Minerva McGonagall ? Vous voulez que Cornelius Fudge soit remplacé par Albus Dumbledore ! Vous pensez que vous obtiendriez alors ma place : sous-secrétaire d'État auprès du ministre et directrice de Poudlard par-dessus le marché !

— Vous délirez, dit le professeur McGonagall avec un somptueux dédain. Potter, voilà qui conclut notre entretien d'orientation.

Harry balança son sac sur son épaule et se hâta de sortir du bureau sans oser regarder Ombrage qui continua d'échanger avec le professeur McGonagall des cris qu'on entendait jusqu'au bout du couloir.

Lorsqu'elle arriva dans la classe de défense contre les forces du Mal, le professeur Ombrage avait encore la respiration précipitée, comme si elle venait de courir.

— J'espère que tu as réfléchi et renoncé à tes projets, murmura Hermione dès qu'ils eurent ouvert leurs livres au chapitre trente-quatre, intitulé « Absence de représailles et négociation ». Ombrage a déjà l'air d'une humeur massacrante...

A intervalles réguliers, le professeur Ombrage lançait des regards noirs à Harry qui gardait la tête baissée sur sa *Théorie des stratégie de défense magique*. Les yeux dans le vague, il réfléchissait...

Il imaginait la réaction du professeur McGonagall s'il se faisait prendre dans le bureau d'Ombrage quelques heures seulement après qu'elle se fut portée garante de lui... Rien ne l'empêchait de retourner simplement dans la tour de Gryffondor en espérant que l'occasion se présenterait au cours des prochaines vacances d'été d'évoquer avec Sirius la scène à laquelle il avait assisté dans la Pensine... Rien, à part le fait que choisir cette voie raisonnable lui donnait la sensation qu'un morceau de plomb lui tombait dans l'estomac... Et puis il y avait Fred et George dont la diversion était déjà prévue, sans parler du couteau que Sirius lui avait donné et qu'il avait déjà mis dans son sac avec la vieille cape d'invisibilité de son père.

Mais le fait demeurait : si jamais il se faisait prendre...

– Dumbledore s'est sacrifié pour que tu restes à l'école, Harry ! chuchota Hermione en se cachant d'Ombrage derrière son livre. Si tu es renvoyé aujourd'hui, il l'aura fait pour rien !

Il pouvait abandonner son projet et se contenter d'apprendre à vivre avec le souvenir de ce que son père avait fait un jour d'été, plus de vingt ans auparavant...

Puis soudain, il se rappela les paroles de Sirius, dans la cheminée de la salle commune... « Tu ne ressembles pas autant à ton père que je le pensais... Pour James, c'était justement le risque qui était amusant... »

Mais voulait-il toujours ressembler à son père ?

– Harry, ne fais pas ça, je t'en prie, ne fais pas ça ! dit Hermione d'une voix angoissée lorsque la cloche annonça la fin du cours.

Harry ne répondit pas. Il ne savait plus très bien où il en était.

Ron paraissait déterminé à ne donner ni opinion ni conseil. Il évitait le regard de Harry mais lorsque Hermione ouvrit la bouche pour essayer une nouvelle fois de le dissuader, il dit à boix basse :

– Laisse-le un peu tranquille, tu veux ? Il est capable de décider tout seul.

En quittant la salle, Harry sentit son cœur battre très vite. Il avait parcouru la moitié du couloir lorsqu'il entendit au loin des clameurs caractéristiques. Des cris, des hurlements retentissaient quelque part au-dessus d'eux. Les élèves qui sortaient des cours tout autour de lui se figeaient sur place et levaient les yeux vers le plafond, l'air effrayé...

Ombrage se rua hors de sa classe aussi vite que le lui permettaient ses courtes jambes. Sortant sa baguette magique, elle courut dans la direction opposée. C'était le moment ou jamais.

– Harry... s'il te plaît ! le supplia Hermione d'une petite voix.

Mais il avait pris sa décision. Son sac solidement accroché à l'épaule, il se mit à courir en se faufilant dans la foule des élèves qui se hâtaient en sens inverse pour aller voir ce qui se passait dans l'aile est.

Le couloir qui menait au bureau d'Ombrage était désert. Harry se précipita derrière une grande armure qui tourna son heaume dans un grincement pour le regarder. Il ouvrit son sac, y prit le couteau de Sirius et se recouvrit de la cape d'invisibilité. Puis il se glissa lentement, précautionneusement, hors de sa cachette et suivit le couloir jusqu'au bureau d'Ombrage.

Il inséra dans l'interstice entre la porte et le mur la lame du couteau magique qu'il remua doucement de haut en bas. Lorsqu'il la retira, il y eut un faible cliquetis et le panneau s'ouvrit. Harry se faufila dans le bureau, referma aussitôt la porte derrière lui et jeta un coup d'œil autour de la pièce.

Tout était immobile, à part les horribles chatons qui gambadaient dans leurs assiettes accrochées au mur, au-dessus des balais confisqués.

Harry retira sa cape et s'avança vers la cheminée où il trouva en quelques secondes ce qu'il cherchait : une petite boîte remplie d'une substance étincelante, la poudre de Cheminette.

Les mains tremblantes, il s'accroupit devant l'âtre vide. Harry n'avait encore jamais fait cela mais il pensait connaître le fonctionnement du système. Il mit la tête dans la cheminée, prit une grosse pincée de poudre et la répandit sur les bûches soigneusement empilées. Elles explosèrent aussitôt dans une gerbe de flammes vert émeraude.

— 12, square Grimmaurd ! dit Harry à haute et intelligible voix.

Ce fut l'une des plus curieuses sensations qu'il ait jamais connues. Il lui était déjà arrivé de voyager par la poudre de Cheminette, bien sûr, mais c'était alors son corps tout entier qui avait tourbillonné dans les flammes à travers le réseau des cheminées magiques qui s'étendait dans tout le pays. Cette fois, en revanche, ses genoux restaient solidement appuyés sur le sol froid du bureau d'Ombrage et seule sa tête tournoyait dans le feu d'émeraude...

Puis soudain, aussi brusquement qu'il avait commencé, le tourbillon cessa. Avec une sensation de nausée et l'impression d'avoir la tête enveloppée dans un cache-nez particulièrement chaud, Harry ouvrit les yeux et découvrit devant lui la longue table de bois de la cuisine, vue depuis la cheminée. Assis à la table, un homme était absorbé dans la lecture d'un parchemin.

— Sirius ?

L'homme sursauta et leva la tête. Ce n'était pas Sirius mais Lupin.

— Harry ! dit-il, stupéfait. Qu'est-ce que tu... Qu'est-ce qui s'est passé, tout va bien ?

— Oui, répondit Harry. Je me demandais simplement... Je veux dire, j'aurais voulu... bavarder avec Sirius.

— Je l'appelle, dit Lupin en se levant, l'air toujours perplexe. Il est monté voir où était Kreattur. Il semble qu'il se soit encore caché dans le grenier...

Harry vit Lupin sortir en hâte de la cuisine. Resté seul, il n'eut plus sous les yeux que les pieds des chaises et de la table. Sirius ne lui avait jamais dit à quel point il était inconfortable de parler dans un feu de cheminée. Ses genoux protestaient déjà douloureusement contre leur contact prolongé avec le sol de pierre du bureau d'Ombrage.

Quelques instants plus tard, Lupin revint, Sirius sur ses talons.

— Qu'est-ce qu'il y a ? demanda précipitamment Sirius.

Il écarta ses longs cheveux noirs de ses yeux et se laissa tomber sur le sol, devant la cheminée, pour se mettre à la hauteur de Harry. Lupin, l'air très inquiet, s'agenouilla à son tour.

– Ça va, Harry ? Tu as besoin d'aide ?

– Non, répondit-il, ce n'est pas ça... Je voulais simplement parler... de mon père.

Sirius et Lupin échangèrent un regard surpris, mais Harry n'avait pas le temps d'éprouver de l'embarras. Ses genoux lui faisaient de plus en plus mal à chaque seconde et il estima que cinq minutes avaient déjà passé depuis le début de la diversion. George ne lui en avait garanti que vingt. Il parla donc aussitôt de ce qu'il avait vu dans la Pensine.

Lorsqu'il eut terminé, Sirius et Lupin restèrent tous deux silencieux pendant un moment. Puis Lupin murmura :

– Je ne voudrais pas que tu juges ton père d'après ce que tu as vu là-bas, Harry. Il n'avait que quinze ans...

– Moi aussi, j'ai quinze ans, répliqua vivement Harry.

– Écoute, dit Sirius d'un ton apaisant, James et Rogue se sont haïs dès l'instant où ils se sont vus. Ce sont des choses qui arrivent, tu peux le comprendre, non ? Je crois que James représentait pour Rogue tout ce qu'il aurait voulu être – il était aimé de tout le monde, très doué pour le Quidditch – d'ailleurs, il était doué à peu près en tout. Rogue, lui, était ce petit personnage bizarre, plongé jusqu'aux yeux dans la magie noire, et James – quelle que soit la façon dont il t'est apparu, Harry – a toujours détesté la magie noire.

– D'accord, admit Harry, mais il a quand même attaqué Rogue sans aucune raison, simplement parce que... parce que tu lui as dit que tu t'ennuyais, acheva-t-il avec un vague ton d'excuse dans la voix.

– Je n'en suis pas très fier, répondit aussitôt Sirius.

Lupin jeta à Sirius un regard en biais, puis il ajouta :

– Écoute, Harry, ce que tu dois comprendre, c'est que ton père et Sirius étaient les meilleurs à l'école, dans tous les domaines – tout le monde pensait qu'on ne pouvait pas faire plus cool – même si, parfois, ils se laissaient un peu emporter...

– Même si, parfois, on se conduisait comme de petits imbéciles arrogants, tu veux dire, rectifia Sirius.

Lupin eut un sourire.

– Il n'arrêtait pas de se passer la main dans les cheveux pour avoir l'air décoiffé, dit Harry d'une voix douloureuse.

Sirius et Lupin éclatèrent de rire.

– C'est vrai, j'avais oublié, dit Sirius, le regard affectueux.

– Est-ce qu'il jouait avec le Vif d'or quand tu l'as vu ? demanda Lupin, avide de savoir.

– Oui, répondit Harry.

Il les regarda avec un air d'incompréhension. Sirius et Lupin paraissaient radieux à l'évocation de ce souvenir.

– Moi, je trouve qu'il était un peu idiot.

– Bien sûr qu'il était un peu idiot, dit Sirius d'une voix énergique. Nous étions tous idiots ! Enfin, Lunard pas tellement, ajouta-t-il en regardant Lupin.

Mais Lupin hocha la tête.

– Est-ce que je vous ai jamais dit de laisser Rogue tranquille ? demanda-t-il. Est-ce que j'ai jamais eu le cran de vous empêcher d'aller trop loin ?

– Parfois, dit Sirius, tu faisais en sorte qu'on ait honte de nous-mêmes... C'était déjà quelque chose...

– Et puis aussi, insista Harry, décidé à dire tout ce qu'il avait sur le cœur maintenant qu'il avait commencé, il n'arrêtait pas de jeter des coups d'œil vers les filles assises au bord du lac en espérant qu'elles le regardaient !

– Oh, il se rendait toujours ridicule quand Lily était dans le coin, répondit Sirius en haussant les épaules. Il ne pouvait s'empêcher de faire le malin chaque fois qu'il se trouvait près d'elle.

– Comment se fait-il qu'elle l'ait épousé ? demanda Harry d'une petite voix. Elle le haïssait !

— Non, pas du tout, assura Sirius.

— Elle a commencé à sortir avec lui en septième année, dit Lupin.

— Quand la tête de James s'est un peu dégonflée, ajouta Sirius.

— Et qu'il a cessé de jeter des maléfices aux autres simplement pour s'amuser.

— Même à Rogue ? demanda Harry.

— Oh, Rogue, c'était un cas particulier, dit lentement Lupin. Lui-même n'a jamais perdu une occasion de lancer des sorts à James et donc on ne pouvait pas s'attendre à ce que James reste sans réaction, non ?

— Et ma mère ne trouvait rien à redire à ça ?

— Elle n'en savait pas grand-chose, pour te dire la vérité, répondit Sirius. James n'emmenait pas Rogue quand il sortait avec elle et il ne lui jetait pas de maléfices en sa présence.

Sirius fronça les sourcils en voyant que Harry ne paraissait pas très convaincu.

— Écoute, dit-il, James était le meilleur ami que j'aie jamais eu et c'était un type bien. Beaucoup de gens sont bêtes quand ils ont quinze ans. Ça s'est arrangé quand il a grandi.

— Oui, oui, bien sûr, dit Harry d'un ton accablé. Mais je ne pensais pas qu'un jour Rogue me ferait pitié.

— Au fait, dit Lupin, un léger pli entre les sourcils, comment a réagi Rogue quand il s'est aperçu que tu avais vu ça ?

— Il m'a dit qu'il ne me donnerait plus jamais de cours d'oc-clumancie, répondit Harry d'un ton indifférent. Comme si ça pouvait me déran...

— Il QUOI ? s'écria Sirius.

Harry sursauta et avala une bouffée de cendres.

— Tu parles sérieusement, Harry ? demanda précipitamment Lupin. Il a vraiment arrêté de te donner des leçons ?

— Ben oui, répondit Harry, surpris par cette réaction qu'il jugeait excessive. Mais ce n'est pas grave, ça m'est égal, c'est même plutôt un soulagement si vous voulez mon...

– Je vais aller là-bas dire deux mots à Rogue ! s'exclama Sirius avec force.

Il amorça un geste pour se lever mais Lupin le fit brutalement rasseoir.

– Si quelqu'un doit aller voir Rogue, ce sera moi ! affirma-t-il d'un ton ferme. Mais d'abord, Harry, il faut que tu dises à Rogue qu'il ne doit en aucun cas arrêter de te donner des leçons. Quand Dumbledore saura que...

– Je ne peux pas lui dire ça, il me tuerait ! répondit Harry, outré. Vous ne l'avez pas vu quand on est sortis de la Pensine.

– Harry, rien n'est plus important que ton apprentissage de l'occlumancie ! assura Lupin d'un ton grave. Tu comprends ? Rien !

– D'accord, d'accord, répondit Harry, totalement décontenancé, et plus encore, irrité. Je... J'essaierai de lui dire un mot... Mais ce ne sera pas...

Il s'interrompit. Il venait d'entendre des bruits de pas lointains.

– C'est Kreattur qui descend ?

– Non, dit Sirius en jetant un coup d'œil derrière lui. Ce doit être quelqu'un de ton côté.

Le cœur de Harry rata quelques battements.

– Je ferais bien d'y aller ! dit-il très vite.

Et il se retira aussitôt de la cheminée du square Grimmaurd. Pendant un bon moment, il lui sembla que sa tête tournoyait sur elle-même. Enfin, elle s'immobilisa à nouveau sur ses épaules et il se retrouva devant l'âtre du bureau d'Ombrage. Les flammes d'émeraude vacillèrent encore quelques instants puis s'éteignirent.

– Vite, vite ! marmonna une voix sifflante derrière la porte du bureau. Ah, elle a laissé ouvert...

Harry plongea sur sa cape d'invisibilité et parvint tout juste à s'en recouvrir avant que Rusard fasse irruption. L'air ravi, le concierge traversa la pièce en parlant tout seul d'un ton fébrile.

Puis il ouvrit un tiroir du bureau d'Ombrage et commença à fouiller dans les papiers qu'il contenait.

– Autorisation de donner des coups de fouet... Autorisation de donner des coups de fouet... J'ai enfin le droit de le faire... Ils le méritent depuis tant d'années...

Il retira du tiroir un morceau de parchemin qu'il embrassa avant de retourner précipitamment vers la porte en le serrant contre sa poitrine.

Harry se leva d'un bond, s'assura qu'il n'oubliait pas son sac et que la cape d'invisibilité le recouvrait entièrement puis il ouvrit la porte et se précipita dans le couloir à la suite de Rusard qu'il n'avait jamais vu filer aussi vite de son pas clopinant.

Un étage plus bas, Harry estima qu'il pouvait redevenir visible sans risque. Il ôta sa cape d'invisibilité, la fourra dans son sac et se hâta de poursuivre son chemin. Un grand tumulte monta alors du hall d'entrée. Il dévala l'escalier de marbre et vit une foule qui devait rassembler la quasi-totalité des élèves de l'école.

La scène lui rappelait le soir où Trelawney avait été renvoyée. Les élèves formaient un grand cercle le long des murs (certains d'entre eux, remarqua Harry, étaient couverts d'une substance qui ressemblait à s'y méprendre à de l'Empestine). Les enseignants et les fantômes étaient également présents. Bien visibles dans la foule, on reconnaissait les membres de la brigade inquisitoriale qui affichaient un air satisfait. Peeves voletait au-dessus des têtes en regardant fixement Fred et George. Debout au milieu du cercle, tous deux avaient l'expression caractéristique de quelqu'un qu'on vient de prendre la main dans le sac.

– Bien ! dit Ombrage d'un air triomphant.

Harry s'aperçut qu'elle se tenait devant lui, quelques marches plus bas. Cette fois encore, elle contemplait sa proie avec délectation.

– Alors, vous trouvez amusant de transformer un couloir de l'école en marécage, n'est-ce pas ?

– Très amusant, oui, répondit Fred qui leva le regard vers elle sans manifester le moindre signe de frayeur.

Rusard joua des coudes pour s'approcher d'Ombrage. Il pleurait presque de bonheur.

– J'ai le formulaire, madame la directrice, dit-il d'une voix rauque en brandissant le morceau de parchemin que Harry l'avait vu prendre dans le tiroir du bureau d'Ombrage. J'ai le formulaire et les fouets sont prêts... Oh, s'il vous plaît, donnez-moi l'autorisation de le faire tout de suite...

– Très bien, Argus, dit Ombrage. Vous deux, ajouta-t-elle en regardant Fred et George, vous allez voir ce qui arrive dans mon école aux canailles de votre espèce.

– Eh bien, moi, je crois qu'on ne va rien voir du tout, répliqua Fred.

Il se tourna vers son frère jumeau.

– George, dit-il, je pense que nous n'avons plus l'âge de faire des études à plein temps.

– Oui, c'est bien ce qu'il me semblait, répondit George d'un ton léger.

– Le moment est venu d'exercer nos talents dans le monde réel, tu ne crois pas ? reprit Fred.

– Sans aucun doute, approuva son frère.

Et avant que le professeur Ombrage ait pu dire un mot, ils levèrent leurs baguettes et s'écrièrent d'une même voix :

– *Accio balais !*

Harry entendit un grand bruit quelque part dans le château. Il jeta un coup d'œil sur sa gauche et eut tout juste le temps de se baisser. Les balais de Fred et de George, l'un traînant toujours derrière lui la lourde chaîne et le piton de fer auquel Ombrage les avait attachés, fonçaient dans le couloir en direction de leurs propriétaires légitimes. Ils virèrent sur leur gauche, plongèrent le long de l'escalier et s'arrêtèrent net devant les jumeaux, la chaîne cliquetant bruyamment sur les dalles du sol.

– Au plaisir de ne plus vous revoir, dit Fred au professeur Ombrage en passant une jambe par-dessus le manche de son balai.

– Oui, ne vous donnez pas la peine de prendre de nos nouvelles, ajouta George qui enfourcha également le sien.

Fred jeta un regard circulaire aux élèves rassemblés en une foule attentive et silencieuse.

– Si quelqu'un a envie d'acheter un Marécage Portable semblable à celui dont nous avons fait la démonstration là-haut, rendez-vous au 93, Chemin de Traverse, chez Weasley, Farces pour sorciers facétieux, dit-il d'une voix sonore. Nos nouveaux locaux !

– Réduction spéciale pour les élèves de Poudlard qui jurent d'utiliser nos produits pour se débarrasser de cette vieille grenouille, ajouta George en montrant du doigt le professeur Ombrage.

– ARRÊTEZ-LES ! hurla Ombrage d'une voix suraiguë.

Mais il était trop tard. Tandis que la brigade inquisitoriale s'avançait vers eux, Fred et George décollèrent d'un coup de pied et firent un bond de cinq mètres dans les airs, le piton de fer se balançant dangereusement sous leurs balais. Fred se retourna vers l'esprit frappeur qui voletait à sa hauteur au-dessus de la foule.

– Rends-lui la vie infernale à cette vieille folle, Peeves, lança-t-il.

Et Peeves, que Harry n'avait encore jamais vu obéir à l'ordre d'un élève, ôta de sa tête son chapeau en forme de cloche et se mit au garde-à-vous devant Fred et George qui firent demi-tour sous les applaudissements nourris de la foule avant de s'élancer au-dehors dans le ciel étincelant du crépuscule.

30

GRAUP

L'histoire de la fuite de Fred et de George vers la liberté fut racontée tant de fois dans les jours qui suivirent que Harry était sûr de la voir entrer à l'avenir dans la légende de Poudlard. Au bout d'une semaine, même ceux qui avaient été témoins de la scène furent presque convaincus d'avoir vu les jumeaux fondre en piqué sur Ombrage pour la bombarder de Bombabouses avant de s'envoler au-dehors. Après leur départ, beaucoup parlèrent de les imiter. Harry entendait souvent des propos du genre : « Franchement, certains jours, j'ai envie de sauter sur mon balai et de quitter cet endroit », ou bien : « Encore un cours comme celui-là et je file façon Weasley. »

Fred et George avaient pris les dispositions nécessaires pour qu'on ne les oublie pas de sitôt. Tout d'abord, ils n'avaient laissé aucune instruction sur la façon de faire disparaître le marécage qui occupait le couloir du cinquième étage de l'aile est. On avait vu Ombrage et Rusard essayer divers moyens, mais sans succès. Finalement, le secteur fut interdit d'accès et l'on confia à Rusard, qui grinçait furieusement des dents, la tâche de faire passer les étudiants d'une classe à l'autre en les transportant dans un bac à fond plat. Harry ne doutait pas que des professeurs comme McGonagall ou Flitwick étaient parfaitement capables de débarrasser le couloir de son marécage mais, apparemment, ils préféraient voir Ombrage se débrouiller seule, comme le jour où Fred et George avaient rempli le château de leurs Feuxfous Fuseboum.

Ensuite, il y avait les deux gros trous en forme de balai, sur la porte du bureau d'Ombrage, là où les Brossdur de Fred et de George étaient passés en force pour rejoindre leurs maîtres. Rusard installa une nouvelle porte et descendit l'Éclair de feu de Harry dans les cachots où, selon la rumeur, Ombrage avait posté un troll armé pour le garder. Les ennuis d'Ombrage, cependant, étaient loin d'être terminés.

Stimulés par l'exemple de Fred et de George, bon nombre d'élèves étaient entrés en compétition pour occuper les postes désormais vacants de chahuteurs-en-chef. En dépit de la nouvelle porte, quelqu'un avait réussi à glisser dans le bureau d'Ombrage un Niffleur au museau velu. La créature avait très vite saccagé l'endroit, à la recherche d'objets brillants, et avait sauté sur Ombrage dès son retour dans le bureau pour essayer de lui arracher à coups de dents les bagues qui ornaient ses doigts boudinés. Des Bombabouses et des boules puantes étaient si fréquemment jetées dans les couloirs que la nouvelle mode consistait à s'appliquer un sortilège de Têtenbulle avant de quitter chaque classe, ce qui donnait l'apparence bizarre de porter sur la tête un bocal à poissons rouges renversé mais permettait au moins de respirer.

Rusard rôdait dans les couloirs, une cravache à la main, dans l'espoir de surprendre les coupables mais ils étaient à présent si nombreux qu'il ne savait plus où donner de la tête. La brigade inquisitoriale s'efforçait de l'aider mais ses membres étaient victimes d'étranges phénomènes. Warrington, de l'équipe de Quidditch de Serpentard, se présenta un jour à l'infirmerie en se plaignant d'une horrible affection de la peau qui lui donnait l'air d'être recouvert de corn flakes. Le lendemain, Pansy Parkinson, pour le plus grand bonheur d'Hermione, dut renoncer à se rendre en classe en raison des cornes de cerf qui lui avaient poussé sur la tête.

Dans le même temps, on eut une idée du nombre impressionnant de boîtes à Flemme que Fred et George avaient réussi à vendre avant de partir. Il suffisait à Ombrage d'entrer dans sa classe pour que se multiplient les évanouissements, les vomissements, les fièvres violentes ou les saignements de nez. Hurlant de rage, elle essayait de remonter à la source des mystérieux symptômes mais les élèves s'obstinaient à lui répondre qu'ils souffraient simplement d'« ombragite chronique ». Après avoir infligé à quatre de ses classes une retenue collective sans avoir réussi à découvrir leur secret, elle dut abandonner la partie et autoriser ses élèves ruisselants de sueur ou de sang, saisis de syncopes ou de nausées, à quitter la classe par groupes entiers.

Mais même les adeptes de la boîte à Flemme ne pouvaient rivaliser avec le maître du chaos, Peeves, qui semblait avoir pris très à cœur les dernières paroles prononcées par Fred avant son départ. Dans des caquètements démentiels, il volait à travers toute l'école en renversant les tables, surgissant des tableaux noirs, projetant à terre statues et vases. A deux reprises, il enferma Miss Teigne à l'intérieur d'une armure dont elle fut délivrée, dans un concert de miaulements, par le concierge furieux. Peeves fracassait les lanternes, éteignait les chandelles, terrorisait des élèves en jonglant au-dessus de leurs têtes avec des torches enflammées, faisait tomber par la fenêtre ou dans les feux de cheminée des liasses de parchemins soigneusement empilés. Il inonda le deuxième étage en ouvrant tous les robinets des salles de bains, jeta un sac de tarentules au milieu de la Grande Salle pendant le petit déjeuner et, dans ses moments de repos, voletait derrière Ombrage des heures durant, en lançant des bruits grossiers chaque fois qu'elle essayait de parler.

En dehors de Rusard, personne, parmi le personnel, ne remuait le petit doigt pour aider Ombrage. Une semaine après le départ de Fred et de George, Harry vit le professeur McGonagall passer devant Peeves, occupé à détacher du plafond un lustre de cristal, et aurait juré l'avoir entendue dire du coin des lèvres à l'esprit frappeur : « Il faut le dévisser dans l'autre sens. »

Pour couronner le tout, Montague ne s'était toujours pas remis de son séjour dans les toilettes. Il restait plongé dans la plus grande confusion et l'on vit un mardi matin ses parents, en proie à une extrême fureur, remonter à grands pas l'allée qui menait au château.

— Tu crois qu'on devrait dire quelque chose ? demanda Hermione d'une voix inquiète, pendant le cours de sortilèges, la joue contre la vitre pour regarder Mr et Mrs Montague entrer dans le hall. A propos de ce qui lui est arrivé ? Ça pourrait peut-être aider Madame Pomfresh à le guérir ?

— Bien sûr que non, il s'en remettra tout seul, assura Ron d'un air indifférent.

— De toute façon, ça crée encore un peu plus d'ennuis à Ombrage, non ? fit remarquer Harry, satisfait.

Ron et lui tapotèrent du bout de leurs baguettes magiques les tasses de thé qu'ils étaient censés ensorceler. Harry fit apparaître quatre petites pattes qui gigotaient en vain, trop courtes pour atteindre la surface de la table. Ron parvint à produire quatre longues pattes filiformes qui hissèrent la tasse avec beaucoup de difficulté, tremblèrent pendant quelques secondes puis se dérobèrent. La tasse retomba brutalement et se cassa en deux.

— *Reparo*, dit aussitôt Hermione en donnant un coup de baguette magique à la tasse de Ron pour lui rendre sa forme première. C'est bien gentil, tout ça, mais imaginez que l'état de Montague soit permanent ?

— Et alors, qu'est-ce que ça peut faire ? répliqua Ron d'un ton irrité, tandis que sa tasse se redressait à nouveau sur ses pattes titubantes. Montague n'aurait pas dû essayer d'enlever tous ces points à Gryffondor, non ? Si tu tiens absolument à t'inquiéter pour quelqu'un, Hermione, inquiète-toi pour moi !

— Pour toi ? s'étonna-t-elle.

Elle rattrapa sa tasse qui trottinait joyeusement à la surface de la table, sur quatre petites pattes bien fermes semblables à de la porcelaine anglaise, et la remit devant elle.

— Pourquoi devrais-je m'inquiéter pour toi ?

Ron était obligé de tenir sa tasse en l'air pour aider ses pattes frêles et tremblantes à supporter son poids.

— Parce que quand la prochaine lettre de ma mère aura passé la censure d'Ombrage, répondit-il d'un ton amer, je vais avoir beaucoup d'ennuis. Je ne serais pas surpris qu'elle m'envoie encore une Beuglante.

— Mais...

— Tu verras qu'elle va trouver le moyen de dire que c'est ma faute si Fred et George sont partis, expliqua-t-il d'un air sombre. Elle racontera que j'aurais dû les retenir par le manche de leurs balais ou quelque chose dans ce genre-là... C'est sûr, ce sera entièrement ma faute.

— Si *réellement* elle disait ça, ce serait très injuste, tu n'y pouvais rien du tout ! Mais je suis sûre qu'elle ne le fera pas. Tu comprends, si c'est vrai qu'ils ont un local sur le Chemin de Traverse, ils avaient dû prévoir leur coup depuis très longtemps.

— Ça, c'est encore autre chose. Comment ont-ils fait pour avoir ces locaux ? dit Ron.

Il donna un coup de baguette si violent à sa tasse que ses pattes se dérobèrent à nouveau en se convulsant vainement.

— C'est un peu louche, non ? Il faut beaucoup de Gallions pour louer une boutique sur le Chemin de Traverse. Ma mère voudra savoir comment ils s'y sont pris pour se procurer ce tas d'or.

— Oui, j'y ai pensé aussi, dit Hermione.

Sa tasse gambadait en petits cercles autour de celle de Harry, toujours paralysée par ses pattes trop courtes.

— Je me suis demandé si Mondingus n'avait pas réussi à les convaincre de vendre des marchandises volées ou je ne sais quelle horreur.

— Ce n'est pas ça, dit sèchement Harry.

— Comment tu le sais ? demandèrent Ron et Hermione d'une même voix.

— Parce que..., hésita Harry.

Mais le moment d'avouer semblait venu. Il ne pouvait plus garder le silence si cela devait faire soupçonner Fred et George d'être des voleurs.

— Parce que c'est moi qui leur ai donné l'or que j'ai reçu pour le Tournoi des Trois Sorciers en juin dernier.

Il y eut un silence stupéfait puis la tasse d'Hermione, emportée par son élan, passa par-dessus le bord de la table et s'écrasa par terre.

— Oh, Harry, tu n'as pas fait *ça* ? s'exclama Hermione.

— Si, je l'ai fait, répliqua-t-il d'un air rebelle, et je ne le regrette pas. Je n'avais pas besoin de cet or et eux seront d'excellents marchands de farces et attrapes.

— Mais c'est formidable ! s'exclama Ron, l'air ravi. Du coup, c'est entièrement ta faute, Harry... Ma mère ne peut rien me reprocher ! Tu veux bien que je le lui dise ?

— Je crois qu'il vaudrait mieux, répondit Harry avec lassitude. Surtout si elle s'imagine qu'ils font du trafic de chaudrons volés ou quelque chose dans ce genre-là.

Hermione resta silencieuse jusqu'à la fin du cours, mais Harry soupçonnait fortement que sa réserve serait de courte durée. Et en effet, à l'heure de la récréation, lorsqu'ils se retrouvèrent dans la cour sous un pâle soleil de mai, elle fixa Harry avec un regard perçant et ouvrit la bouche d'un air décidé.

Mais il ne lui laissa pas le temps de prononcer un mot.

— Ça ne sert à rien de m'accabler de reproches, ce qui est fait est fait, assura-t-il d'un ton ferme. Fred et George ont leur or — il semblerait d'ailleurs qu'ils en aient déjà dépensé une bonne partie — et je ne pourrais plus le récupérer même si j'en avais envie, ce qui n'est pas le cas. Alors, épargne ta salive, Hermione.

— Je n'avais pas l'intention de dire quoi que ce soit au sujet de Fred et de George ! répliqua-t-elle d'un air blessé.

Ron eut un petit rire incrédule et Hermione lui lança un regard assassin.

— C'est vrai ! affirma-t-elle avec colère. En fait, je voulais demander à Harry quand il irait voir Rogue pour lui demander de reprendre les cours d'occlumancie !

Harry sentit son cœur chavirer. Après avoir parlé des heures entières du départ spectaculaire de Fred et de George, et avoir à peu près épuisé le sujet, Ron et Hermione lui avaient demandé des nouvelles de Sirius. Comme Harry ne leur avait pas révélé la raison pour laquelle il s'était obstiné à vouloir lui parler, il avait eu du mal à trouver quelque chose à leur répondre et avait fini par leur dire, en toute vérité, que Sirius tenait à ce qu'il reprenne ses leçons d'occlumancie. Il n'avait cessé de le regretter depuis : Hermione, en effet, était bien décidée à revenir sur la question aux moments où Harry s'y attendait le moins.

— N'essaye pas de me faire croire que tes rêves bizarres sont terminés, lui dit-elle. Ron m'a raconté que tu marmonnais dans ton sommeil la nuit dernière.

Harry lança un regard furieux à Ron qui eut le bon goût de prendre un air honteux.

— Oh, tu marmonnais juste un peu, balbutia-t-il sur un ton d'excuse. Tu disais quelque chose dans le genre : « un peu plus loin »...

— J'ai rêvé que je vous regardais tous jouer au Quidditch, mentit Harry d'une voix brusque. Et j'essayais de te dire d'aller un peu plus loin pour bloquer le Souafle.

Les oreilles de Ron devinrent écarlates. Harry éprouva une sorte de plaisir vengeur. Bien entendu, il n'avait jamais fait un tel rêve.

La nuit précédente, il avait suivi l'habituel trajet le long du couloir du Département des mystères. Il avait traversé la pièce circulaire, puis celle où l'on entendait un cliquetis et où des taches de lumière dansaient sur les murs, puis il s'était retrouvé dans la vaste salle remplie d'étagères sur lesquelles s'alignaient des sphères poussiéreuses en verre filé.

Il s'était précipité droit sur la rangée numéro quatre-vingt-dix-sept, avait tourné à gauche, et couru dans l'allée... C'était sans doute à ce moment-là qu'il avait parlé dans son sommeil... « Un peu plus loin »... car son moi conscient luttait pour se réveiller... et avant qu'il n'eût atteint le fond de la rangée, il s'était retrouvé étendu les yeux grands ouverts à contempler le ciel-de-lit de son baldaquin.

— Tu essayes *vraiment* de fermer ton esprit, n'est-ce pas ? demanda Hermione en regardant Harry d'un œil pénétrant. Tu continues de t'exercer à l'occlumancie ?

— Bien sûr, répondit-il.

Le ton de sa voix laissait entendre qu'il trouvait la question insultante mais il n'avait quand même pas osé croiser le regard d'Hermione. En vérité, il était si curieux de voir ce qui se cachait dans cette pièce remplie de sphères poussiéreuses qu'il avait envie de voir son rêve se prolonger.

Mais, à moins d'un mois de l'examen, il devait consacrer chaque instant libre à ses révisions et son esprit semblait si saturé d'informations diverses qu'il avait beaucoup de mal à s'endormir quand il allait se coucher. Et lorsqu'il se laissait enfin gagner par le sommeil, son cerveau surmené ne produisait la plupart du temps que des rêves stupides liés aux examens. Il soupçonnait également cette partie de son esprit — celle qui lui parlait parfois avec la voix d'Hermione — de se sentir coupable quand il s'égarait dans le couloir qui menait à la porte noire et de chercher alors à le réveiller avant la fin du voyage.

— Tu sais, dit Ron, les oreilles toujours rouge vif, si Montague ne se remet pas avant le match de Serpentard contre Poufsouffle, nous avons peut-être encore une chance de gagner la coupe.

— Oui, c'est possible, dit Harry, content de pouvoir changer de sujet.

— On a gagné un match, on en a perdu un. Si Serpentard perd contre Poufsouffle samedi prochain...

— Oui, tu as raison, dit Harry qui ne savait plus très bien ce qu'il était en train d'approuver.

Cho Chang venait de traverser la cour en prenant bien soin de ne pas le regarder.

Le dernier match de Quidditch de la saison, Gryffondor contre Serdaigle, devait avoir lieu le dernier week-end de mai. Bien que Serpentard eût été battu de peu par Poufsouffle au cours de la dernière rencontre, Gryffondor ne pouvait espérer la victoire, en raison principalement (même si, bien sûr, personne n'osait le lui dire) du nombre phénoménal de buts que Ron encaissait à chaque fois. Il semblait cependant avoir trouvé une nouvelle forme d'optimisme.

— En fait, je ne peux pas être pire que ça, non ? dit-il d'un air sinistre à Harry et à Hermione pendant le petit déjeuner, le matin du match. On n'a plus rien à perdre.

— Tu sais, dit Hermione alors qu'elle se rendait avec Harry sur le terrain au milieu d'une foule surexcitée, je crois que Ron jouera peut-être mieux, maintenant que Fred et George ne sont plus là. Ils ne lui ont jamais donné une très grande confiance en lui.

Luna Lovegood les rattrapa. Elle portait sur la tête quelque chose qui se révéla être un aigle vivant.

— Oh, là, là, j'avais oublié, dit Hermione en regardant l'aigle battre des ailes tandis que Luna passait d'un air serein devant des supporters de Serpentard qui la montraient du doigt en gloussant. Cho va jouer dans l'équipe de Serdaigle, non ?

Harry, lui, n'avait pas oublié ce détail et se contenta de répondre par un grognement.

Ils trouvèrent des places tout en haut des gradins. C'était une belle journée au ciel clair. Ron n'aurait pu souhaiter mieux et Harry se surprit à espérer qu'il ne donnerait plus de raisons aux Serpentard de chanter à nouveau *Weasley est notre roi*.

Lee Jordan, qui paraissait très démoralisé depuis le départ de

Fred et de George, commentait le match comme à son habitude. Mais lorsque les équipes arrivèrent sur le terrain, il donna le nom des joueurs avec un peu moins d'entrain qu'à l'ordinaire.

– ... Bradley... Davies... Chang, annonça-t-il.

Cette fois, l'estomac de Harry ne fit plus de saut périlleux. Il eut tout juste un faible spasme lorsque Cho arriva sur le terrain, ses cheveux noirs et brillants ondulant dans une légère brise. Harry ne savait plus très bien ce qu'il désirait à son sujet, la seule chose certaine, c'était qu'il ne pouvait plus supporter les disputes. Même lorsqu'il la vit parler avec animation à Roger Davies, au moment où ils s'apprêtaient à enfourcher leurs balais, il ne ressentit qu'une très vague pointe de jalousie.

– Et les voilà partis ! annonça Lee. Davies prend immédiatement le Souafle, Davies, le capitaine de Serdaigle, en possession du Souafle, il évite Johnson, il évite Bell, il évite Spinnet... Il fonce droit vers les buts ! Il va tirer et... et... – Lee poussa un juron sonore – et il marque.

Harry et Hermione poussèrent un gémissement en même temps que les autres supporters de Gryffondor. Comme c'était à prévoir, les Serpentard, de l'autre côté du stade, se mirent à chanter leur horrible refrain :

> *Weasley est un grand maladroit*
> *Il rate son coup à chaque fois...*

– Harry, Hermione, dit alors une voix rauque à leur oreille.

Harry se retourna et vit l'énorme tête barbue de Hagrid qui dépassait d'entre les sièges. Apparemment, il s'était glissé tant bien que mal le long de la rangée située juste derrière eux car les première et les deuxième année devant lesquels il était passé avaient un petit air chiffonné et aplati. Pour une raison qu'ils ignoraient, Hagrid s'était penché à angle droit, comme s'il tenait à passer inaperçu. Mais même dans cette position, il mesurait un bon mètre de plus que n'importe qui d'autre.

— Écoutez, murmura-t-il, est-ce que vous pourriez venir avec moi ? Maintenant ? Pendant que tout le monde regarde le match ?

— Heu... Ça ne peut pas attendre, Hagrid ? demanda Harry. Jusqu'à la fin du match ?

— Non, répondit-il. Non, Harry, il faut que ce soit tout de suite... Pendant que tous les autres regardent ailleurs... S'il vous plaît...

Des gouttes de sang coulaient lentement de son nez et il avait les deux yeux au beurre noir. Harry ne l'avait pas vu d'aussi près depuis son retour à l'école. Il paraissait complètement abattu.

— Bien sûr, dit aussitôt Harry. On va venir.

Hermione et lui remontèrent leur rangée de sièges, provoquant des grognements chez les spectateurs obligés de se lever pour les laisser passer. Dans la rangée de Hagrid, il n'y eut aucune plainte et tout le monde essaya de se faire le plus petit possible.

— C'est vraiment gentil de votre part, à tous les deux, dit Hagrid lorsqu'ils eurent atteint l'escalier.

Il continua à lancer des regards inquiets autour de lui pendant qu'ils descendaient les marches.

— J'espère qu'elle ne va pas nous voir partir.

— Vous voulez parler d'Ombrage ? dit Harry. Elle ne verra rien du tout, elle est entourée de sa brigade inquisitoriale au complet, vous ne l'avez pas vue ? Elle doit s'attendre à des incidents pendant le match.

— Oh, quelques incidents, ça ferait pas de mal, dit Hagrid.

Il s'arrêta et jeta un coup d'œil derrière les gradins pour s'assurer que la pelouse qui s'étendait jusqu'à sa cabane était déserte.

— Ça nous donnerait un peu plus de temps.

— Que se passe-t-il, Hagrid ? demanda Hermione.

Elle l'observa d'un air anxieux tandis qu'ils se hâtaient en direction de la forêt.

— Vous allez voir ça dans un moment, répondit Hagrid en regardant par-dessus son épaule.

Des acclamations s'élevèrent des gradins, derrière eux.

— Hé... Quelqu'un vient de marquer ?

— Sûrement Serdaigle, dit Harry d'un ton accablé.

— Bien... Très bien, commenta Hagrid, distrait. C'est très bien...

Sans cesser de jeter des coups d'œil autour de lui, Hagrid traversait la pelouse à grandes enjambées et Harry et Hermione durent courir pour se maintenir à sa hauteur. Lorsqu'ils arrivèrent devant la cabane, Hermione tourna machinalement à gauche, en direction de la porte, mais Hagrid poursuivit son chemin tout droit jusqu'à l'ombre des arbres, en lisière de la forêt. Là, il ramassa une arbalète posée contre un tronc. Lorsqu'il s'aperçut qu'ils n'étaient plus avec lui, il se tourna vers eux.

— On va par là, dit-il en désignant la forêt de sa tête hirsute.

— Dans la Forêt interdite ? demanda Hermione, perplexe.

— Oui, répondit Hagrid. Venez vite avant que quelqu'un nous voie !

Harry et Hermione échangèrent un regard puis s'enfoncèrent sous le couvert des arbres, derrière Hagrid qui avançait déjà à grands pas sous les feuillages sinistres, son arbalète à la main. Harry et Hermione coururent pour le rattraper.

— Hagrid, pourquoi êtes-vous armé ? interrogea Harry.

— Simple précaution, répondit-il en haussant ses épaules massives.

— Vous n'aviez pas emporté votre arbalète le jour où vous nous avez montré les Sombrals, dit timidement Hermione.

— On n'allait pas aussi loin, ce jour-là. Et puis, c'était avant que Firenze quitte la forêt.

— Qu'est-ce que ça change, le départ de Firenze ? demanda Hermione avec curiosité.

— Ça change que les autres centaures sont fous de rage contre moi, répondit Hagrid à mi-voix en surveillant les alentours. Avant, ils étaient... – enfin bon, on ne peut pas vraiment dire amicaux, mais on s'entendait bien. Ils restaient entre eux mais ne refusaient jamais de me voir si j'avais besoin de leur parler. C'est fini, maintenant.

Il poussa un profond soupir.

– Firenze nous a expliqué qu'ils sont en colère parce qu'il a accepté de travailler pour Dumbledore, dit Harry.

Les yeux fixés sur le profil de Hagrid, il trébucha contre une racine qu'il n'avait pas vue.

– Oui, dit Hagrid d'un ton lourd. Mais en colère n'est pas le mot juste. En fait, ils sont dans une fureur noire. Si je ne m'en étais pas mêlé, ils auraient tué Firenze à coups de sabots...

– Ils l'ont attaqué ? demanda Hermione, choquée.

– Ouais, marmonna Hagrid en écartant des branches basses qui lui barraient le chemin. La moitié du troupeau lui est tombée dessus.

– Et vous les avez arrêtés ? dit Harry, ébahi et admiratif. A vous tout seul ?

– Bien sûr, je n'allais quand même pas rester là à attendre qu'ils l'aient tué, non ? répliqua Hagrid. C'est une chance que je me sois trouvé pas très loin... Et j'aurais pensé que Firenze s'en souviendrait avant de m'envoyer ses stupides avertissements ! ajouta-t-il brusquement d'un ton enflammé.

Surpris, Harry et Hermione échangèrent un regard mais Hagrid, l'air renfrogné, ne donna pas de détails.

– En tout cas, dit-il, la respiration un peu plus profonde que d'habitude, depuis cette histoire, les autres centaures sont furieux contre moi et l'ennui, c'est qu'ils ont beaucoup d'influence, dans la forêt... Ce sont les créatures les plus intelligentes, ici.

– C'est à cause d'eux que vous nous avez fait venir, Hagrid ? Les centaures ?

– Oh non, répondit-il en hochant la tête. Non, ce n'est pas à cause d'eux. Oh, bien sûr, ils pourraient compliquer les choses, c'est vrai… Mais vous verrez ce que je veux dire dans un petit moment.

Sur ces paroles incompréhensibles, il se tut et accéléra le pas. Chacune de ses enjambées équivalait à trois des leurs et ils eurent beaucoup de mal à suivre son allure.

Le sentier était de plus en plus envahi par la végétation et les arbres devenaient si touffus à mesure qu'ils avançaient dans la forêt qu'on avait l'impression d'être à la tombée de la nuit. Bientôt, ils eurent dépassé de très loin la clairière où Hagrid leur avait montré les Sombrals. Harry n'avait ressenti aucune appréhension jusqu'au moment où Hagrid s'écarta inopinément du chemin et s'enfonça parmi les arbres vers le cœur obscur de la forêt.

– Hagrid ! Où allons-nous ? s'inquiéta Harry.

Il luttait pour se frayer un passage à travers d'épaisses ronces enchevêtrées que Hagrid avait piétinées sans difficulté. Harry avait un souvenir encore très vif de ce qui lui était arrivé la dernière fois qu'il s'était écarté du sentier.

– Un peu plus loin, répondit Hagrid par-dessus son épaule. Viens Harry, il faut qu'on reste groupés, maintenant.

Marcher au rythme de Hagrid représentait un combat de tous les instants. Les branches et les buissons d'épines qu'il écartait aussi facilement que s'il s'était agi de toiles d'araignée se prenaient dans les robes de Harry et d'Hermione en s'y accrochant avec tant de force qu'ils devaient s'arrêter un bon moment pour s'en libérer. Les bras et les jambes de Harry furent bientôt couverts d'entailles et d'égratignures. L'obscurité de la forêt était telle à présent que Hagrid n'était plus par moments qu'une forme noire et massive qui avançait devant eux. Dans le silence étouffé, le moindre son paraissait menaçant. Le craquement d'une brindille résonnait bruyamment et le plus modeste froissement, fût-il le fait d'un simple moineau, incitait Harry à scruter la pénombre à la recherche du coupable. Il songea que jamais encore il n'était allé aussi loin dans la forêt sans rencontrer de quelconques créatures. Leur absence ne lui semblait pas un bon signe.

— Hagrid, vous croyez qu'on pourrait allumer nos baguettes magiques ? demanda Hermione à voix basse.

— Heu... Oui, d'accord, répondit-il dans un murmure. En fait...

Il s'immobilisa soudain et se retourna. Poursuivant sur sa lancée, Hermione le heurta de plein fouet et fut projetée en arrière. Harry la rattrapa de justesse avant qu'elle ne s'étale par terre.

— Peut-être qu'il vaudrait mieux s'arrêter un moment pour que je puisse... vous mettre au courant, dit Hagrid. Avant qu'on arrive là-bas.

— Très bien, dit Hermione tandis que Harry l'aidait à retrouver son équilibre.

— *Lumos !* murmurèrent-ils tous deux et l'extrémité de leurs baguettes s'alluma aussitôt.

Le visage de Hagrid flotta dans l'obscurité, éclairé par les deux rayons lumineux, et Harry le vit à nouveau triste et inquiet.

— Bon, alors, reprit Hagrid, voilà...

Il prit une profonde inspiration.

— Il y a de fortes chances que je sois renvoyé d'un moment à l'autre.

Harry et Hermione échangèrent un regard puis se tournèrent à nouveau vers lui.

— Vous êtes resté jusqu'à maintenant, risqua Hermione, qu'est-ce qui vous fait penser que...?

— Ombrage croit que c'est moi qui ai mis ce Niffleur dans son bureau.

— Et c'est vrai ? demanda Harry avant d'avoir pu s'en empêcher.

— Ah non, ça, sûrement pas ! s'indigna Hagrid. Mais dès qu'il y a une créature magique dans le coup, elle croit que c'est moi.

Depuis que je suis revenu, elle cherche un prétexte pour se débarrasser de moi. Je n'ai pas envie de partir, bien sûr, mais s'il n'y avait pas... heu... les circonstances particulières que je vais vous expliquer, je m'en irais tout de suite, avant de lui laisser l'occasion de me chasser devant toute l'école, comme elle l'a fait avec Trelawney.

Harry et Hermione se récrièrent mais Hagrid les fit taire en agitant l'une de ses énormes mains.

– Oh, ce n'est pas la fin du monde, je pourrai aider Dumbledore quand je serai parti d'ici. Je peux être utile à l'Ordre. Et vous autres, vous aurez Gobe-Planche, vous... vous n'aurez pas de mal à passer vos examens...

Sa voix trembla et se brisa.

– Ne vous inquiétez pas pour moi, dit-il précipitamment alors qu'Hermione s'apprêtait à lui tapoter le bras.

Il sortit de la poche de son gilet un immense mouchoir à pois et se tamponna les yeux.

– Écoutez, je ne vous raconterais pas tout ça si je n'y étais pas obligé. Vous comprenez, si je m'en vais... je ne peux pas partir sans... sans dire à quelqu'un... Parce que je... je vais avoir besoin de vous deux pour m'aider. Et de Ron aussi, s'il veut bien.

– Bien sûr qu'on va vous aider, dit aussitôt Harry. Qu'est-ce que vous voulez qu'on fasse ?

Hagrid renifla bruyamment et tapota sans un mot l'épaule de Harry avec une telle force qu'il fut projeté contre un arbre.

– Je savais que vous accepteriez, dit Hagrid, plongé dans son mouchoir, mais je... n'oublierai... jamais... allez... venez... c'est un peu plus loin, là-bas... faites attention, il y a des orties...

Ils continuèrent à marcher en silence pendant encore un quart d'heure. Au moment où Harry ouvrait la bouche pour demander si c'était encore loin, Hagrid tendit son bras droit pour leur faire signe de s'arrêter.

— Attention, dit-il à voix basse, pas de bruit...

Ils avancèrent avec précaution et Harry aperçut un grand monticule de terre lisse presque aussi haut que Hagrid. De toute évidence, songea-t-il avec une frayeur soudaine, il s'agissait de la tanière d'un énorme animal. Des arbres avaient été déracinés tout autour et leurs troncs entassés formaient une sorte de clôture, ou plutôt de barricade, derrière laquelle ils se tenaient à présent tous les trois.

— Il dort, chuchota Hagrid.

Harry entendait en effet une sorte de grondement lointain et régulier qui faisait penser à la respiration de gigantesques poumons. Il jeta un regard en biais à Hermione qui fixait le monticule, la bouche entrouverte. Elle paraissait terrifiée.

— Hagrid, dit-elle dans un murmure que le son produit par la créature endormie rendait à peine audible. *Qui est-ce ?*

Harry trouva la question étrange. Il aurait plutôt songé à demander : « Qu'est-ce que c'est ? »

— Hagrid, vous nous aviez dit... balbutia Hermione, sa baguette magique tremblant dans sa main. Vous nous aviez dit qu'aucun d'entre eux n'avait voulu venir !

Harry regarda successivement Hermione, puis Hagrid. Comprenant soudain, il se tourna à nouveau vers le monticule et étouffa une exclamation horrifiée.

La surface du monticule de terre sur lequel Hermione, Hagrid et lui auraient pu aisément se tenir côte à côte s'élevait et s'abaissait au rythme de la respiration rauque et profonde qu'ils entendaient. En fait, ce n'était pas du tout un monticule. C'était le dos arrondi d'un...

— Justement, il ne voulait pas venir, dit Hagrid d'un ton désespéré. Mais il fallait que je l'emmène, Hermione, il le fallait !

— Pourquoi donc ? demanda Hermione qui paraissait au bord des larmes. Pourquoi... Qu'est-ce que... oh, *Hagrid* !

— J'étais sûr que si j'arrivais à le ramener, expliqua Hagrid, lui-même proche des larmes, et à lui apprendre un peu de bonnes manières, je pourrais le sortir et montrer à tout le monde qu'il est inoffensif !

— Inoffensif ! s'exclama Hermione d'une voix suraiguë.

Hagrid agita frénétiquement les mains pour la faire taire alors que l'énorme créature poussait un grognement sonore et changeait de position dans son sommeil.

— C'est lui qui vous donnait des coups, n'est-ce pas ? C'est pour ça que vous avez toutes ces blessures !

— Il ne connaît pas sa force ! répondit Hagrid avec conviction. Mais il fait des progrès, il se bat beaucoup moins...

— Voilà donc la raison pour laquelle vous avez mis deux mois à revenir ! dit Hermione, effarée. Oh, Hagrid, pourquoi l'avez-vous amené, s'il ne voulait pas venir ? N'aurait-il pas été plus heureux avec son propre peuple ?

— Ils n'arrêtaient pas de le brutaliser, Hermione, dit Hagrid. Il est si petit !

— Petit ? répéta Hermione. *Petit ?*

— Je ne pouvais pas l'abandonner..., gémit Hagrid.

Des larmes coulaient à présent sur son visage meurtri et disparaissaient dans sa barbe.

— Tu comprends, c'est mon frère !

Hermione le regarda bouche bée.

— Hagrid, quand vous dites « mon frère », ça signifie... demanda Harry d'une voix lente.

— Enfin bon, mon demi-frère, rectifia Hagrid. Il se trouve que ma mère est partie avec un autre géant quand elle a quitté mon père et c'est à ce moment-là qu'elle a eu Graup...

— Graup ? s'étonna Harry.

— Oui... En tout cas, c'est ce qu'on comprend quand il dit son nom, répondit Hagrid d'un air anxieux. Il ne parle pas très bien anglais... J'ai essayé de lui apprendre... Ma mère n'a pas l'air de l'avoir aimé beaucoup plus que moi. Vous savez, avec les géantes, ce qui compte c'est de faire de beaux gros enfants et lui, pour un géant, il est plutôt du genre avorton... Il ne mesure que cinq mètres...

— Oh oui, c'est minuscule ! remarqua Hermione avec une sorte de rire nerveux. Absolument minuscule !

— Les autres n'arrêtaient pas de le maltraiter... Je ne pouvais pas l'abandonner...

— Madame Maxime était d'accord pour le ramener ? demanda Harry.

— Elle... enfin, elle voyait bien que c'était très important pour moi, répondit Hagrid en tordant ses énormes mains. Mais, au bout d'un moment, elle en a eu un peu assez, je dois l'avouer... Alors, on s'est séparés et on est rentrés chacun de notre côté... Mais elle a promis qu'elle n'en parlerait à personne...

— Et comment avez-vous fait pour le ramener sans que personne le remarque ? interrogea Harry.

— C'est pour ça qu'il m'a fallu si longtemps. On ne pouvait voyager que la nuit et en pleine nature. Bien sûr, il avale pas mal de kilomètres quand il veut, mais il avait toujours envie de revenir chez lui.

— Oh, Hagrid, pourquoi ne l'avez-vous pas laissé partir ? se lamenta Hermione.

Elle s'effondra sur le tronc d'un arbre déraciné et enfouit son visage dans ses mains.

— Qu'est-ce que vous allez bien pouvoir faire avec un géant violent qui n'a même pas envie de rester ici ?

— Oh, violent... c'est un peu fort, dit Hagrid qui continuait de se tordre les mains. J'admets qu'il m'a donné quelques coups de poing quand il était de mauvaise humeur mais il fait des progrès, de gros progrès, il est beaucoup plus calme...

— Et ces cordes, elles servent à quoi ? demanda Harry.

Il venait de remarquer d'épaisses cordes attachées aux troncs des plus gros arbres alentour et qui s'étiraient jusqu'à l'endroit où Graup était pelotonné sur le sol, le dos tourné vers eux.

– Vous êtes obligé de l'attacher ? dit Hermione d'une voix faible.

– Ah ben, oui…, répondit Hagrid, anxieux. Vous comprenez… c'est comme je le disais… Il ne connaît pas sa force.

Harry comprenait à présent la raison de l'étrange absence d'autres créatures dans cette partie de la forêt.

– Alors, qu'est-ce que vous voulez qu'on fasse ? demanda Hermione avec appréhension.

– Que vous vous occupiez de lui, répondit Hagrid d'une voix rauque. Quand je serai parti.

Harry et Hermione échangèrent des regards accablés. Avec un certain malaise, Harry songea qu'il avait déjà promis à Hagrid de faire tout ce qu'il lui demanderait.

– Et heu… en… en quoi ça consiste, exactement ? s'inquiéta Hermione.

– Oh, il n'a pas besoin qu'on lui donne à manger ! répondit précipitamment Hagrid. Il se débrouille pour trouver sa nourriture tout seul, des oiseaux, des cerfs, tout ça… Non, il a surtout besoin de compagnie. Si je pouvais être sûr que quelqu'un continue à l'aider un peu… à lui apprendre des choses, vous comprenez ?

Sans dire un mot, Harry se retourna vers la silhouette gigantesque endormie sur le sol. A la différence de Hagrid, qui avait simplement l'apparence d'un homme de très grande taille, Graup était étrangement difforme. Ce que Harry avait pris pour un gros rocher couvert de mousse, à gauche du monticule, était en réalité la tête de Graup. Beaucoup plus grande par rapport à son corps que celle d'un humain, elle était parfaitement ronde et recouverte d'une toison de boucles courtes et serrées d'une couleur de fougère. L'ourlet d'une oreille unique, grande et charnue, était visible au sommet de sa tête qui paraissait attachée directement aux épaules comme s'il n'avait quasiment pas eu de cou, à la manière de l'oncle Vernon. Son dos, recouvert d'une espèce de blouse sale et brunâtre constituée de peaux de bêtes grossièrement cousues, était très large et semblait mettre à mal les coutures rudimentaires qui maintenaient les peaux attachées. Les jambes étaient repliées sous le corps et Harry voyait la plante de ses énormes pieds, nus et crasseux, semblables à deux luges posées l'une sur l'autre.

– Vous voulez qu'on lui apprenne des choses ? dit Harry d'une voix caverneuse.

Il comprenait maintenant ce que signifiait l'avertissement de Firenze. « Sa tentative est vouée à l'échec. Il ferait mieux d'abandonner. » Bien sûr, toutes les autres créatures de la forêt avaient dû entendre parler des vains efforts de Hagrid pour apprendre l'anglais à Graup.

– Oui, même si vous lui parlez juste un petit peu, répondit Hagrid avec espoir. Je me dis que s'il a l'occasion de bavarder avec des gens, il comprendra mieux qu'on l'aime vraiment et qu'on tient à le garder parmi nous.

Harry lança un coup d'œil à Hermione qui le regarda à son tour à travers ses doigts écartés.

– Ça nous ferait presque regretter Norbert le dragon, dit-il et Hermione fut secouée d'un petit rire.

– Alors, vous voulez bien le faire ? demanda Hagrid qui ne semblait pas avoir entendu ce que Harry venait de dire.

– Nous allons…, répondit Harry, déjà lié par sa promesse. Nous allons essayer.

– Je savais que je pouvais compter sur toi, Harry, dit Hagrid.

Il eut un sourire larmoyant et s'épongea à nouveau le visage avec son mouchoir.

– Mais je ne veux pas que tu te donnes trop de mal… Je sais bien qu'il y a les examens… Si tu pouvais juste venir faire un tour avec ta cape d'invisibilité, disons une fois par semaine, et bavarder un peu avec lui… Bon, je vais le réveiller maintenant… Pour vous présenter…

– Que, quoi… non ! s'exclama Hermione en se levant d'un

bond. Hagrid, non, ne le réveillez pas, nous n'avons vraiment pas besoin de...

Mais Hagrid avait déjà enjambé le grand tronc d'arbre couché devant eux et s'avançait vers Graup. Lorsqu'il fut arrivé à environ trois mètres, il ramassa par terre une longue branche cassée, adressa par-dessus son épaule un sourire rassurant à Harry et à Hermione puis donna un coup sec dans le dos de Graup avec l'extrémité de la branche.

Le géant poussa un rugissement qui résonna dans le silence de la forêt. Des oiseaux posés au faîte des arbres s'envolèrent en pépiant tandis que sous les yeux de Harry et d'Hermione, le géant faisait trembler le sol en y posant sa main énorme pour s'aider à se redresser sur les genoux. Il tourna la tête pour voir ce qui l'avait dérangé.

– Ça va, Graupy ? dit Hagrid d'une voix faussement joyeuse.

Il recula en brandissant sa branche, prêt à en donner un nouveau coup à Graup.

– Tu as bien dormi ?

Harry et Hermione battirent en retraite le plus loin possible sans perdre le géant de vue. Graup s'était agenouillé entre deux arbres qu'il n'avait pas encore déracinés. Ils contemplèrent sa tête ronde et immense qui ressemblait à une pleine lune grisâtre, suspendue dans l'obscurité de la clairière. C'était comme si ses traits avaient été taillés dans une grosse boule de pierre. Le nez était court, informe, la bouche de travers et pleine de dents jaunes et irrégulières de la taille d'une brique. A moitié collés par le sommeil, ses yeux, petits pour un géant, avaient la couleur marron-vert de la vase. Graup leva ses grosses mains et se frotta vigoureusement les paupières avec des jointures aussi grosses qu'une balle de cricket puis, soudain, il se mit debout avec une rapidité et une agilité surprenantes.

– Oh, là, là, couina Hermione, terrifiée, à côté de Harry.

Les arbres auxquels étaient attachées les cordes qui retenaient Graup par les poignets et les chevilles grincèrent dangereusement. Comme Hagrid l'avait dit, il devait faire au moins cinq mètres de hauteur. Jetant un regard vitreux autour de lui, Graup tendit une main de la taille d'un parasol, attrapa un nid d'oiseau au sommet d'un grand pin et le retourna avec un rugissement mécontent en constatant qu'il ne contenait aucun oiseau. Des œufs tombèrent comme des grenades et Hagrid se protégea la tête de ses bras.

— Graupy, cria Hagrid en levant les yeux avec méfiance, de peur que d'autres œufs ne s'écrasent sur lui, j'ai amené des amis pour te les présenter. Souviens-toi, je t'en avais parlé. Tu te rappelles quand je t'ai dit que j'irais peut-être faire un petit voyage et que je leur demanderais de s'occuper de toi pendant quelque temps ? Tu te souviens de ça, Graupy ?

Mais Graup se contenta de pousser un nouveau rugissement. Il était difficile de savoir s'il écoutait Hagrid ou même s'il avait conscience que les sons émis par lui constituaient un langage articulé. Il avait saisi à présent le faîte de l'arbre et le tirait vers lui, pour le simple plaisir de voir jusqu'où il irait dans l'autre sens lorsqu'il le lâcherait.

— Non, Graupy, ne fais pas ça ! s'exclama Hagrid. C'est comme ça que tu as déraciné les autres…

Harry, en effet, voyait la terre se craqueler autour des racines du pin.

— Je t'ai amené un peu de compagnie ! cria Hagrid. De la compagnie, tu vois ? Regarde en bas, espèce de gros bouffon, je suis venu avec des amis !

— Oh, non, Hagrid, gémit Hermione.

Mais il avait déjà levé sa branche dont il donna un coup sur le genou de Graup.

Le géant lâcha l'arbre qui oscilla dangereusement et répandit sur Hagrid une pluie d'aiguilles de pin. Puis il baissa les yeux.

—Voici Harry, Graup ! dit Hagrid en se précipitant vers Harry et Hermione. Harry Potter ! Il viendra peut-être te voir si je dois m'en aller, tu as compris ?

Le géant venait seulement de s'apercevoir de la présence de Harry et d'Hermione qui le regardèrent avec une appréhension grandissante tandis qu'il baissait sa grosse tête en forme de rocher pour les observer d'un œil vitreux.

– Et voici Hermione, tu vois ? Herm...

Hagrid hésita puis lui demanda :

– Ça ne t'ennuie pas s'il t'appelle Hermy ? Ce sera plus facile pour lui de s'en souvenir.

– Non, non, pas du tout, répondit Hermione d'une petite voix aiguë.

– Voici Hermy, Graup ! Et elle aussi viendra te voir ! C'est bien, hein ? Ça te fait deux nouveaux amis... GRAUPY, NON !

La main de Graup avait soudain jailli vers elle. Harry attrapa Hermione et la projeta derrière un arbre. Le poing de Graup érafla le tronc mais se referma dans le vide.

– C'EST TRÈS VILAIN, GRAUPY ! s'écria Hagrid tandis qu'Hermione, tremblante et gémissante, se cramponnait à Harry. TRÈS VILAIN... IL NE FAUT PAS ESSAYER D'ATTRAPER... OUILLE !

Harry passa la tête derrière le tronc et vit Hagrid étendu par terre, une main sur le nez. Apparemment, Graup ne s'intéressait plus à lui et recommençait à tirer le sommet du pin le plus loin possible.

– Bien, dit Hagrid d'une voix pâteuse.

Il se releva, une main pinçant son nez pour l'empêcher de saigner, l'autre crispée sur son arbalète.

– Voilà, vous avez fait sa connaissance et... et maintenant il saura qui vous êtes quand vous reviendrez le voir... Bon, alors...

Il leva les yeux vers Graup qui continuait de tirer le pin vers lui avec une sorte de plaisir détaché. Dans un grincement, les racines commençaient à sortir du sol.

– Je pense que ça suffit pour aujourd'hui, dit Hagrid. On va... on va retourner là-bas, maintenant, d'accord ?

Harry et Hermione approuvèrent d'un signe de tête. Hagrid remit son arbalète sur son épaule en se pinçant toujours le nez et s'enfonça à nouveau parmi les arbres.

Personne ne dit rien pendant un bon moment, même quand ils entendirent un fracas lointain qui signifiait que Graup avait enfin réussi à déraciner le pin. Le visage d'Hermione était pâle, fermé, et Harry ne trouvait pas la moindre chose à dire. Qu'allait-il se passer lorsque quelqu'un découvrirait que Hagrid avait caché Graup dans la Forêt interdite ? En plus, il avait promis que Ron, Hermione et lui poursuivraient ses inutiles tentatives pour essayer de civiliser le géant. Comment Hagrid, même avec son extraordinaire capacité à se convaincre que des monstres aux dents pointues étaient en fait des créatures charmantes et inoffensives, avait-il pu nourrir l'illusion que Graup parviendrait jamais à se mêler aux humains ?

— Attendez, dit soudain Hagrid, au moment où Harry et Hermione se frayaient à grand-peine un chemin dans un enchevêtrement de hautes herbes.

Il sortit un carreau du carquois qu'il portait en bandoulière et en chargea l'arbalète. Harry et Hermione levèrent leurs baguettes magiques. Maintenant qu'ils avaient cessé de marcher, eux aussi entendaient un bruit proche.

— Oh, nom de nom, murmura Hagrid.

— Je croyais pourtant qu'on t'avait prévenu, dit une voix grave, que tu n'es plus le bienvenu, ici ?

Le torse nu d'un homme sembla flotter un instant devant eux dans la faible lumière verte qui tachetait les arbres. Puis ils virent que le torse s'articulait harmonieusement au corps d'un cheval au pelage brun. Le centaure avait un visage fier, aux pommettes hautes, encadré de longs cheveux noirs. Comme Hagrid, il était armé. Il portait à l'épaule un arc et un carquois rempli de flèches.

— Comment ça va, Magorian ? demanda Hagrid d'un air méfiant.

Les arbres bruissèrent et quatre ou cinq autres centaures apparurent derrière Magorian. Harry reconnut le corps noir et le visage barbu de Bane qu'il avait déjà vu quatre ans auparavant, la même nuit où il avait rencontré Firenze pour la première fois. Bane ne manifesta aucun signe indiquant qu'il reconnaissait Harry.

— Eh bien voilà, dit-il d'un ton mauvais avant de se tourner vers Magorian. Nous étions tombés d'accord, je crois, sur ce que nous ferions à cet humain si jamais il remettait les pieds dans la forêt ?

— Alors, maintenant, je suis « cet humain » ? répliqua Hagrid avec mauvaise humeur. Simplement parce que je vous ai empêchés de commettre un meurtre ?

— Tu n'aurais pas dû te mêler de nos affaires, Hagrid, reprit Magorian. Nos mœurs ne sont pas les vôtres, nos lois non plus. Firenze nous a trahis et déshonorés.

— Je ne sais pas où vous avez été chercher ça, répondit Hagrid, irrité. Il n'a rien fait d'autre que d'aider Dumbledore...

— Firenze a accepté de vivre dans la servitude imposée par les humains, dit un centaure gris au visage dur, creusé de rides profondes.

— *Servitude !* s'exclama Hagrid d'un ton cinglant. Il rend service à Dumbledore, c'est tout...

— Il colporte notre savoir et nos secrets auprès des humains, dit Magorian à mi-voix. On ne peut pardonner une telle disgrâce.

— Si c'est toi qui le dis, répliqua Hagrid en haussant les épaules. Mais personnellement, je crois que vous faites une grosse erreur...

— Toi aussi, l'humain, lança Bane, tu fais une grosse erreur en revenant dans la forêt alors que nous t'avions averti...

— Bon, maintenant, écoutez-moi, vous tous, dit Hagrid avec colère. Si ça ne vous ennuie pas, j'aimerais bien que vous arrêtiez un peu cette histoire de « notre » forêt. Ce n'est pas à vous de décider qui a le droit ou pas de venir ici...

— Ce n'est pas à toi non plus, Hagrid, dit Magorian d'une voix paisible. Je te laisserai passer aujourd'hui parce que tu es accompagné de tes jeunes...

— Ce ne sont pas les siens ! l'interrompit Bane avec mépris. Ce sont des élèves de l'école, Magorian ! Ils ont sans doute déjà profité des enseignements du traître Firenze.

— Quoi qu'il en soit, poursuivit Magorian toujours très calme, tuer des poulains est un crime horrible ; nous ne touchons jamais aux innocents. Aujourd'hui, Hagrid, tu peux passer. Mais à l'avenir, ne viens plus ici. Tu as renoncé à l'amitié des centaures lorsque tu as aidé le traître Firenze à nous échapper.

— Ce n'est pas une bande de vieilles mules dans votre genre qui m'empêchera d'aller dans la forêt ! répliqua Hagrid en haussant le ton.

— Hagrid ! s'exclama Hermione d'une voix aiguë et terrifiée, tandis que Bane et le centaure gris frappaient le sol de leurs sabots. Allons-nous-en, s'il vous plaît, allons-nous-en !

Hagrid reprit son chemin, mais son arbalète était toujours levée et ses yeux fixaient Magorian d'un air menaçant.

— Nous savons très bien ce que tu caches dans cette forêt, Hagrid ! leur cria Magorian alors que les centaures disparaissaient de leur champ de vision. Et notre tolérance a des limites !

Hagrid se retourna en ayant l'air de vouloir foncer droit sur Magorian.

—Vous le tolérerez aussi longtemps qu'il sera là. C'est autant sa forêt que la vôtre ! s'exclama-t-il.

Harry et Hermione le repoussaient de toutes leurs forces, les mains sur son gilet en peau de taupe, pour essayer de l'empêcher d'avancer. Toujours furieux, il baissa les yeux et son visage exprima soudain une légère surprise lorsqu'il les vit arc-boutés contre lui. Il semblait n'avoir rien remarqué.

— Calmez-vous, tous les deux, dit-il en faisant demi-tour pour repartir.

La respiration haletante, ils reprirent leur marche à ses côtés.

– Ce sont vraiment d'horribles vieilles mules !

– Hagrid, dit Hermione, le souffle court, en contournant les orties devant lesquelles ils étaient déjà passés en arrivant, si les centaures ne veulent pas d'humains dans la forêt, je ne vois pas comment Harry et moi nous pourrions...

– Oh, tu as entendu ce qu'ils ont dit, ils ne tuent pas les poulains, enfin, les enfants. De toute façon, on ne va pas se laisser impressionner par cette bande-là, répondit Hagrid avec dédain.

– Bien essayé, murmura Harry à Hermione qui paraissait déconfite.

Ils rejoignirent enfin le sentier et, dix minutes plus tard, les feuillages des arbres commencèrent à s'éclaircir. Des taches de ciel bleu apparaissaient à nouveau au-dessus de leurs têtes et ils entendirent au loin des cris et des acclamations.

– C'était un autre but ? demanda Hagrid en s'arrêtant un instant à l'abri des arbres alors que le stade venait d'apparaître au loin. Ou vous croyez que le match est fini ?

– Je ne sais pas, répondit Hermione, accablée.

Harry vit qu'elle n'était pas en très bon état. Ses cheveux étaient pleins de feuilles et de brindilles, sa robe déchirée en plusieurs endroits et elle avait de nombreuses égratignures un peu partout sur le visage et les bras. Lui-même, songea-t-il, ne devait pas paraître plus reluisant.

– Moi, je pense que c'est fini, dit Hagrid en plissant les yeux pour observer le stade. Regardez, il y a des gens qui sortent déjà. Si vous vous dépêchez, vous pourrez vous mêler à la foule et personne ne s'apercevra que vous n'étiez pas là pendant le match.

– Bonne idée, dit Harry. Bon, alors... à plus tard, Hagrid.

– Je n'arrive pas à y croire, dit Hermione d'une voix mal assurée lorsqu'elle fut certaine que Hagrid ne pouvait plus les entendre. Je n'arrive *vraiment* pas à y croire.

– Du calme, conseilla Harry.

– Du calme ? reprit-elle fébrilement. Un géant ! Un géant

dans la forêt ! Et on est censés lui donner des leçons d'anglais ! En admettant, bien sûr, qu'on puisse échapper au troupeau de centaures assassins à l'aller et au retour ! Je n'arrive pas à y *croire* !

— Pour l'instant, on n'a encore rien à faire ! dit Harry à mi-voix pour essayer de la rassurer.

Ils s'étaient mêlés à un flot de Poufsouffle jacasseurs qui retournaient au château.

— Il ne nous a pas demandé de commencer quoi que ce soit tant qu'il n'a pas été renvoyé, ce qui ne se produira peut-être pas.

— Oh, ça suffit, Harry ! répliqua Hermione avec colère.

Elle s'arrêta net, obligeant les élèves qui la suivaient à la contourner.

— Bien entendu qu'il va être renvoyé et, pour être tout à fait honnête, après ce qu'on vient de voir, qui pourrait en vouloir à Ombrage de se débarrasser de lui ?

Il y eut un silence pendant lequel Harry la fusilla du regard. Les yeux d'Hermione se remplirent lentement de larmes.

— J'espère que tu n'as pas voulu dire ça, murmura Harry.

— Non... C'est vrai... Bon... ça m'a échappé, répondit-elle en s'essuyant les yeux avec colère. Mais pourquoi faut-il qu'il se complique tellement la vie... et qu'il complique la nôtre ?

— Je ne sais pas...

Weasley est notre roi
Weasley est notre roi
Avec lui, le Souafle ne passe pas
Weasley est notre roi

— Et j'aimerais bien qu'ils arrêtent de chanter cette stupide chanson, dit Hermione d'un ton affligé. Ils ne se sont pas suffisamment moqués de lui ?

De retour du stade, une marée de supporters remontait la pelouse.

— Rentrons vite avant qu'on tombe sur des Serpentard, ajouta Hermione.

Weasley est vraiment très adroit
Il réussit à chaque fois
Voilà pourquoi
Les Gryffondor chantent avec joie
Weasley est notre roi

— Hermione, dit lentement Harry.

La chanson retentissait avec de plus en plus de force. Cette fois, cependant, elle ne s'élevait plus d'une foule de Serpentard en tenue vert et argent mais d'une masse rouge et or qui avançait lentement vers le château, portant en triomphe une silhouette solitaire.

Weasley est notre roi
Weasley est notre roi
Avec lui, le Souafle ne passe pas
Weasley est notre roi

— Non ? dit Hermione d'une voix étouffée.

— SI ! s'exclama Harry.

— HARRY ! HERMIONE ! leur cria Ron, fou de joie, en brandissant la coupe de Quidditch en argent. ON A RÉUSSI ! ON A GAGNÉ !

Harry et Hermione le regardèrent passer en lui adressant un sourire radieux. Il y eut une mêlée à la porte du château et la tête de Ron heurta assez brutalement le linteau mais personne ne semblait décidé à le reposer par terre. Sans cesser de chanter, la foule se pressa dans le hall d'entrée, disparaissant peu à peu à l'intérieur. Le visage rayonnant, Harry et Hermione les suivirent du regard jusqu'à ce que les derniers échos de *Weasley est notre roi* s'évanouissent. Puis ils se tournèrent l'un vers l'autre et leur sourire s'effaça.

— On ne lui annoncera la nouvelle que demain, d'accord ? suggéra Harry.

— Oui, très bien, approuva Hermione d'une voix lasse. Je ne suis pas pressée.

Ils montèrent les marches côte à côte. Arrivés devant la porte, ils se retournèrent instinctivement vers la Forêt interdite. Harry ne savait pas très bien si c'était un effet de son imagination mais il crut voir des oiseaux s'envoler précipitamment comme si l'arbre dans lequel ils étaient perchés avait été soudain déraciné.

31

BUSE

Le lendemain, l'euphorie que ressentait Ron après avoir aidé Gryffondor à arracher de justesse la coupe de Quidditch était telle qu'il n'arrivait plus à se concentrer sur quoi que ce soit. Il ne parlait que du match et Harry et Hermione avaient le plus grand mal à trouver une occasion de mentionner l'existence de Graup. D'ailleurs, ils n'essayaient pas beaucoup, ni l'un ni l'autre n'ayant très envie d'être le premier à ramener Ron si brutalement à la réalité. Comme c'était à nouveau une belle et chaude journée, ils le persuadèrent de les accompagner au-dehors pour aller réviser sous le hêtre, au bord du lac, où ils couraient moins de risques d'être entendus que dans la salle commune. Au début, Ron ne se montra guère enthousiaste – il était trop heureux que tout le monde lui tapote le dos en passant devant son fauteuil, sans parler des *Weasley est notre roi* qui, de temps à autre, retentissaient délicieusement à ses oreilles – mais il finit par admettre qu'un peu d'air frais lui ferait du bien.

Ils étalèrent leurs livres à l'ombre du hêtre et s'installèrent dans l'herbe pour écouter Ron leur raconter une fois de plus – il leur sembla que c'était la douzième – comment il avait réussi à bloquer un tir dans ses buts.

– Vous comprenez, j'avais déjà laissé passer celui de Davies, alors je ne me sentais pas trop sûr de moi, mais, je ne sais pas pourquoi, quand Bradley m'a foncé dessus, en surgissant tout d'un coup, je me suis dit : « Cette fois, tu peux y arriver ! » J'avais une seconde pour décider de quel côté plonger. Il avait l'air d'aller vers le but de droite – ma droite, sa gauche à lui – mais j'avais la drôle d'impression qu'il feintait et donc j'ai pris le risque de filer à gauche – c'est-à-dire sur sa droite – et... bon, vous avez vu vous-mêmes ce qui est arrivé, conclut-il modestement.

Sans aucune nécessité, il se passa la main dans les cheveux en se donnant l'air intéressant du sportif décoiffé par le vent puis il regarda autour de lui, soucieux de voir si les élèves qui se trouvaient à proximité – en l'occurrence une bande de Poufsouffle de troisième année – l'avaient entendu.

– Cinq minutes plus tard, quand j'ai vu arriver Chambers... Quoi, qu'est-ce qu'il y a ? demanda Ron au milieu de sa phrase en regardant Harry. Pourquoi tu souris ?

– Je ne souris pas, répondit précipitamment Harry.

Il baissa les yeux sur ses notes de métamorphose en essayant de reprendre son sérieux. En fait, Ron venait de lui rappeler un autre joueur de Gryffondor qu'il avait vu se passer la main dans les cheveux sous ce même arbre.

– Je suis content qu'on ait gagné, voilà tout.

– Oui, *on a gagné*, dit lentement Ron en savourant ses mots. Tu as vu la tête de Chang quand Ginny a attrapé le Vif d'or juste sous son nez ?

– J'imagine qu'elle a pleuré ? demanda Harry d'un ton amer.

– Oui, mais plutôt de rage que d'autre chose.

Ron fronça les sourcils.

– Vous l'avez vue jeter son balai par terre quand elle a atterri, non ?

– Heu..., dit Harry.

– Eh bien, en vérité... non, Ron, répondit Hermione avec un profond soupir.

Elle posa son livre et le regarda d'un air contrit.

– En fait, le seul moment du match auquel on ait assisté, Harry et moi, c'est le premier but de Davies.

Les cheveux soigneusement ébouriffés de Ron semblèrent s'aplatir de déception.

—Vous n'avez pas vu le match ? dit-il d'une petite voix en les regardant l'un après l'autre. Vous n'avez vu aucun des tirs que j'ai bloqués ?

— Ben, heu... non, avoua Hermione en tendant vers lui une main apaisante. Mais ce n'est pas nous qui voulions partir, on a été obligés !

— Ah ouais ? dit Ron dont le teint devenait de plus en plus rouge. Et pourquoi ?

— A cause de Hagrid, répondit Harry. Il avait décidé de nous dire enfin pourquoi il est couvert de plaies et de bosses depuis qu'il est revenu de chez les géants. Il a demandé qu'on l'accompagne dans la forêt, on n'avait pas le choix, tu sais comment il est. En tout cas...

En cinq minutes, ils lui racontèrent toute l'histoire. Lorsqu'ils eurent terminé, l'indignation de Ron avait fait place à une totale incrédulité.

— *Il en a ramené un qu'il a caché dans la forêt ?*

— Ouais, dit Harry d'un ton sinistre.

— Non, murmura Ron, comme si ce simple mot avait eu le pouvoir de modifier la réalité. Non, c'est impossible.

— C'est pourtant vrai, assura Hermione d'une voix ferme. Graup fait environ cinq mètres de haut, il adore déraciner des pins qui en font six et il me connaît sous le nom de — elle renifla d'un air dédaigneux — *Hermy*.

Ron eut un rire nerveux.

— Et Hagrid veut que nous...

— Lui apprenions l'anglais, oui, acheva Harry.

— Il a perdu la tête, dit Ron d'une voix proche de l'épouvante.

— Oui, répondit Hermione avec colère.

Elle tourna une page de son *Manuel du cours moyen de métamorphose* et jeta un regard noir à des schémas montrant un hibou qui se transformait en une paire de jumelles de théâtre.

— Oui, je commence à croire qu'il est vraiment devenu fou,

mais malheureusement, il nous a fait faire une promesse, à Harry et à moi.

– Il ne faudra pas la tenir, voilà tout, répliqua Ron d'un ton décidé. Enfin quoi... on a des examens et on est déjà à ça – il approcha son index tout près de son pouce – d'être renvoyés. En plus... vous vous souvenez de Norbert ? Vous vous souvenez d'Aragog ? Est-ce que ça nous a jamais servi à quoi que ce soit d'approcher les monstres que fréquente Hagrid ?

– Je sais bien... L'ennui, c'est qu'on a promis, dit Hermione d'une toute petite voix.

Ron se lissa les cheveux du plat de la main pour les recoiffer. Il paraissait inquiet.

– Enfin..., soupira-t-il, Hagrid n'a pas encore été renvoyé, hein ? Alors, s'il a réussi à tenir jusque-là, peut-être qu'il tiendra encore jusqu'au bout du trimestre et qu'on n'aura pas besoin d'aller voir Graup.

Le parc du château étincelait au soleil comme si on venait de le repeindre de frais. Le ciel sans nuages se souriait à lui-même à la surface scintillante du lac. Les pelouses satinées ondulaient par moments au souffle d'une faible brise. Juin était là mais pour les cinquième année, il ne signifiait plus qu'une seule chose : les BUSE avaient fini par arriver.

Leurs professeurs ne leur donnaient plus de devoirs à faire. Les cours étaient à présent consacrés à réviser les sujets les plus susceptibles de tomber aux examens. Cette atmosphère fébrile et résolue avait chassé de l'esprit de Harry à peu près tout ce qui ne concernait pas les BUSE. Parfois, cependant, il se demandait, pendant les cours de potions, si Lupin avait jamais dit à Rogue qu'il devait continuer à donner des leçons d'occlumancie à Harry. Si tel était le cas, Rogue avait ignoré Lupin aussi superbement qu'il ignorait Harry à présent. Ce qui, d'ailleurs, lui convenait très bien. Il était suffisamment occupé et énervé pour ne pas avoir besoin de cours supplémentaires avec Rogue et, à son grand soulagement, Hermione était bien trop affairée ces temps-ci pour le harceler au sujet de l'occlumancie. Elle passait un temps considérable à marmonner toute seule dans son coin et n'avait plus laissé ni chapeaux ni écharpes aux elfes de maison depuis des jours et des jours.

Elle n'était pas la seule à se comporter étrangement à l'approche des BUSE. Ernie Macmillan avait pris l'habitude exaspérante de poser des questions aux autres sur leur façon de réviser.

— Vous y passez combien d'heures par jour, vous ? demanda-t-il à Harry et à Ron, une lueur démente dans les yeux, alors qu'ils attendaient le début du cours de botanique.

— J'en sais rien, répondit Ron. Quelques-unes.

— Plus ou moins de huit ?

— Moins, sans doute, dit Ron, l'air un peu inquiet.

— Moi, j'en fais huit, affirma Ernie en gonflant la poitrine. Huit ou neuf. Je travaille une heure chaque jour avant le petit déjeuner. Huit, c'est ma moyenne. Pendant les week-ends, je peux en faire dix les bons jours. J'en ai fait neuf et demie lundi dernier. Mardi, c'était moins bien, seulement sept heures un quart. Mais mercredi...

Harry fut profondément reconnaissant au professeur Chourave d'être apparue à cet instant précis pour les faire entrer dans la serre numéro trois, forçant Ernie à interrompre sa litanie.

Drago Malefoy, lui, avait trouvé un autre moyen de semer la panique.

— Évidemment, ce n'est pas du tout ce qu'on croit, l'avait-on entendu dire à Crabbe et à Goyle alors qu'ils attendaient le cours de potions, quelques jours avant les examens. C'est une question de relations. Pendant des années, mon père a entretenu des rapports amicaux avec la présidente de l'Académie des examinateurs magiques, la vieille Griselda Marchebank, on l'a invitée à dîner, et tout ça...

– Tu crois que c'est vrai ? murmura Hermione à Harry et à Ron, soudain inquiète.

– Si ça l'est, de toute façon, on n'y peut rien, répondit sombrement Ron.

– Moi, je ne crois pas que ce soit vrai, dit Neville derrière eux. Tout simplement parce que Griselda Marchebank est une amie de ma grand-mère et qu'elle ne lui a jamais parlé des Malefoy.

– De quoi elle a l'air ? demanda aussitôt Hermione. Elle est très stricte ?

– Elle ressemble un peu à grand-mère, répondit Neville d'une voix étouffée.

– Le fait de la connaître ne peut pas faire de mal, non ? lui dit Ron d'un ton encourageant.

– Oh, je ne pense pas que ça changera grand-chose, répliqua Neville, encore plus accablé. Grand-mère n'arrête pas de dire au professeur Marchebank que je ne suis pas aussi doué que mon père... Enfin, bon, vous avez vu comment elle est quand on s'est rencontrés à Ste Mangouste...

Neville fixait le sol. Harry, Ron et Hermione échangèrent un regard mais ne surent que dire. C'était la première fois que Neville évoquait leur rencontre à l'hôpital des sorciers.

Dans le même temps, un marché noir florissant s'était développé parmi les cinquième et les septième année pour vendre des produits destinés à augmenter la concentration et l'agilité mentale, et à diminuer le besoin de sommeil. Ron et Harry étaient très tentés par la bouteille d'Élixir Cérébral de Baruffio que leur proposait Eddie Carmichael, un élève de sixième année de Serdaigle. Il jurait que c'était uniquement grâce à cela qu'il avait obtenu neuf mentions « Optimal » lorsqu'il avait passé ses BUSE et il leur en proposait un demi-litre pour seulement douze Gallions. Ron promit à Harry qu'il lui rembourserait sa part le jour où il quitterait Poudlard et qu'il gagnerait sa vie mais avant qu'ils n'aient pu conclure le marché,

Hermione confisqua la bouteille à Carmichael et la vida dans les toilettes.

— Hermione, on voulait l'acheter ! s'écria Ron.

— Ne sois pas stupide, répliqua-t-elle d'un ton exaspéré, pourquoi ne pas prendre la griffe de dragon en poudre de Harold Dingle, pendant que tu y es ?

— Dingle a de la griffe de dragon en poudre ? demanda Ron, intéressé.

— Plus maintenant, répondit Hermione. Je l'ai également confisquée. De toute façon, aucun de ces trucs-là n'est efficace, tu sais ?

— Je te demande pardon, mais la griffe de dragon, ça marche ! protesta Ron. Il paraît que ça stimule vraiment le cerveau, on a l'esprit beaucoup plus éveillé pendant quelques heures… Hermione, donne-m'en juste une petite pincée, allez, quoi, ça ne peut pas faire de mal…

— Si, justement, répondit-elle d'un ton grave. J'y ai jeté un coup d'œil et, en fait, ce sont des crottes de Doxy séchées.

Cette révélation modéra singulièrement l'envie de Harry et de Ron de recourir à des stimulants intellectuels.

Leurs horaires d'examen et les détails de la marche à suivre leur furent communiqués lors du cours de métamorphose.

— Comme vous pouvez le constater, commenta le professeur McGonagall tandis qu'ils recopiaient les dates et les heures d'examen affichées au tableau noir, vos épreuves de BUSE sont réparties sur deux semaines. Vous passerez la théorie le matin et la pratique l'après-midi. Bien entendu, votre épreuve pratique d'astronomie aura lieu la nuit. Je dois maintenant vous avertir que les sortilèges les plus stricts ont été mis en œuvre pour lutter contre la fraude. Les Plumes à Réponses Intégrées sont interdites dans les salles d'examen, ainsi que les Rapeltouts, les Manchettes Copieuses et l'Encre Autocorrectrice. Chaque année, hélas, il se trouve au moins un élève pour penser qu'il ou elle parviendra à contourner le règlement de l'Académie des examinateurs magiques. J'espère simplement que ce ne sera pas quelqu'un de Gryffondor. Notre nouvelle... directrice – le professeur McGonagall prononça ce mot avec la même expression que celle de la tante Pétunia lorsqu'elle se trouvait confrontée à une tache particulièrement tenace – a demandé aux responsables des maisons de prévenir les élèves que toute tentative de tricherie sera très sévèrement punie car, bien sûr, les résultats de vos examens refléteront le nouveau régime imposé par la direction de l'école...

Le professeur McGonagall laissa échapper un infime soupir. Harry vit frémir les narines de son nez pointu.

– Ce n'est cependant pas une raison pour ne pas donner le meilleur de vous-mêmes. Vous devez d'abord penser à votre propre avenir.

– S'il vous plaît, professeur, dit Hermione, la main en l'air, quand connaîtrons-nous nos résultats ?

– Un hibou vous sera envoyé au mois de juillet, répondit le professeur McGonagall.

– Très bien, commenta Dean dans un murmure parfaitement audible, comme ça, on aura l'esprit tranquille jusqu'aux vacances.

Harry s'imagina six semaines plus tard, assis dans sa chambre de Privet Drive, attendant les résultats de ses BUSE. Enfin, au moins, pensa-t-il, il était sûr de recevoir un peu de courrier cet été.

Leur premier examen, théorie des sortilèges, devait avoir lieu le lundi matin. Le dimanche après déjeuner, Harry accepta de tester les connaissances d'Hermione mais il le regretta presque aussitôt. Très agitée, elle n'arrêtait pas de lui arracher le livre des mains pour vérifier l'exactitude de sa réponse. Finalement, elle lui donna un coup sur le nez avec le coin de *Réussir ses sortilèges*.

– Tu n'as qu'à te tester toi-même, dit-il d'un ton ferme en lui rendant le livre, les yeux humides.

Pendant ce temps, Ron relisait deux ans de notes prises pendant les cours de sortilèges. Il s'était bouché les oreilles et ses lèvres remuaient silencieusement. Seamus Finnigan, allongé par terre sur le dos, récitait la définition d'un sortilège Autonome que Dean vérifiait dans *Le Livre des sorts et enchantements, niveau 5*. Quant à Parvati et Lavande, elles pratiquaient les charmes de Locomotion en faisant faire à leurs boîtes de crayons une course autour de la table.

Ce soir-là, le dîner ne fut guère animé. Harry et Ron ne parlèrent pas beaucoup mais mangèrent de bon appétit après avoir passé une rude journée en révisions diverses. Hermione, en revanche, posait sans cesse son couteau et sa fourchette et plongeait sous la table pour y prendre son sac d'où elle retirait un livre dans lequel elle vérifiait un fait ou un chiffre. Ron avait commencé à lui dire qu'elle ferait bien de prendre un bon repas si elle voulait dormir cette nuit lorsque la fourchette d'Hermione lui glissa des doigts et tomba dans son assiette avec un tintement sonore.

– Oh, ma parole, dit-elle d'une voix faible en fixant des yeux le hall d'entrée. Ce sont eux ? Les examinateurs ?

Harry et Ron pivotèrent instantanément sur leur banc. Par la porte de la Grande Salle, on apercevait Ombrage en compagnie d'un petit groupe de sorcières et de sorciers apparemment très âgés. Harry fut heureux de constater qu'Ombrage avait l'air assez nerveuse.

– Vous voulez qu'on aille voir de plus près ? proposa Ron.

Harry et Hermione acquiescèrent d'un signe de tête et tous trois se précipitèrent vers le hall, ralentissant l'allure au moment où ils franchissaient la porte afin de passer d'un pas tranquille devant les examinateurs. Harry pensa que le professeur Marchebank devait être la minuscule sorcière voûtée, au visage si ridé qu'on l'aurait cru enveloppé de toiles d'araignée. Ombrage s'adressait à elle avec déférence. Le professeur Marchebank semblait un peu sourde et lui répondait en élevant la voix, bien qu'elle ne fût qu'à cinquante centimètres d'elle.

– Oh, le voyage s'est très bien passé, très bien passé, nous l'avons déjà fait souvent ! disait-elle d'un ton impatient. Je n'ai pas eu de nouvelles de Dumbledore, ces temps derniers ! ajouta-t-elle en scrutant le hall comme si elle espérait le voir soudain surgir d'un placard à balais. Vous n'avez aucune idée de l'endroit où il se trouve, je suppose ?

– Pas la moindre, répondit Ombrage.

Elle jeta un regard malveillant à Harry, Ron et Hermione qui traînaient au pied de l'escalier pendant que Ron faisait semblant de renouer les lacets de ses chaussures.

– Mais j'imagine que le ministère de la Magie retrouvera bientôt sa trace.

– J'en doute, cria la minuscule sorcière. Pas si Dumbledore a décidé de rester caché ! Je suis bien placée pour le savoir... C'est moi-même qui étais son examinatrice quand il a passé ses ASPIC de métamorphose et de sortilèges... Il a fait avec sa baguette magique des choses que je n'avais encore jamais vues.

– Oui... eh bien..., reprit le professeur Ombrage, alors que Harry, Ron et Hermione montaient l'escalier aussi lentement que possible, permettez-moi de vous conduire à la salle des professeurs. Je pense que vous prendrez bien une tasse de thé après votre voyage.

La soirée ne fut pas très détendue. Chacun essayait de se lancer dans des révisions de dernière minute mais personne ne semblait arriver à grand-chose. Harry monta se coucher de bonne heure et resta étendu les yeux ouverts pendant ce qui lui parut des heures. Il se rappela son entretien d'orientation et la déclaration furieuse de McGonagall disant qu'elle l'aiderait à devenir un Auror, même si c'était la dernière chose qu'elle devait faire dans sa vie. Maintenant que les examens étaient là, il regrettait de ne pas avoir formulé une ambition plus accessible. Il savait qu'il n'était pas le seul à rester éveillé mais personne ne parla dans le dortoir et ils finirent par s'endormir l'un après l'autre.

Le lendemain, au petit déjeuner, les cinquième année ne par-lèrent pas davantage. Parvati murmurait des formules magiques devant sa salière agitée de soubresauts. Hermione relisait *Réussir ses sortilèges* si vite que ses yeux paraissaient flous. Neville, lui, ne cessait de faire tomber sa fourchette et son couteau et de ren-verser la marmelade.

A la fin du petit déjeuner, les cinquième et les septième année se rassemblèrent dans le hall d'entrée tandis que les autres élèves se rendaient à leurs cours. Puis, à neuf heures et demie, ils furent appelés classe par classe pour revenir dans la Grande Salle qui avait été réaménagée exactement comme Harry l'avait vue dans la Pensine, lorsque son père, Sirius et Rogue passaient eux-mêmes leurs BUSE. Les quatre grandes tables avaient disparu, remplacées par des tables individuelles alignées côte à côte. A l'autre bout de la salle, le professeur McGonagall faisait face aux élèves. Lorsque tout le monde se fut assis et que le silence revint, elle annonça :

– Vous pouvez commencer.

Elle se tourna alors vers un énorme sablier posé à côté d'elle sur un bureau où s'étalaient également des plumes, des encriers et des rouleaux de parchemin de secours.

Le cœur battant, Harry retourna son questionnaire – trois rangées à sa droite, à quatre tables devant lui, Hermione avait déjà commencé à écrire – et lut la première question : « a) Donnez la formule et b) décrivez le mouvement de baguette magique permettant de faire voler un objet. »

Harry eut le souvenir fugitif d'une massue qui s'élevait très haut dans les airs et retombait avec un craquement sinistre sur le crâne épais d'un troll... Esquissant un sourire, il se pencha sur son parchemin et commença à écrire.

– Ce n'était pas trop difficile, hein ? demanda Hermione deux heures plus tard, dans le hall d'entrée.

L'air anxieux, elle serrait toujours son questionnaire contre elle.

– Je me demande si j'ai dit tout ce que je savais sur les charmes de Réjouissance. Il ne me restait plus assez de temps. Vous avez parlé de l'antisort contre les hoquets ? Je ne savais pas s'il fallait le mettre, peut-être que ça faisait trop... Et à la question vingt-trois...

– Hermione, l'interrompit Ron d'un air grave, ne recommence pas... On ne va pas refaire chaque examen après coup, c'est déjà assez pénible de le passer une seule fois.

Les cinquième année déjeunèrent avec les autres élèves (les quatre grandes tables avaient été remises en place à midi) puis se rendirent dans la petite pièce adjacente à la Grande Salle où ils attendirent de passer leur épreuve pratique. Tandis que de petits groupes étaient appelés par ordre alphabétique, ceux qui restaient derrière marmonnaient des incantations et s'exerçaient à des mouvements de baguette en se donnant parfois des coups involontaires dans l'œil ou dans le dos.

· On appela le nom d'Hermione. Tremblante, elle sortit en compagnie d'Anthony Goldstein, Gregory Goyle et Daphné Greengrass. Les élèves qui avaient déjà passé leur épreuve ne revenaient pas dans la pièce. Harry et Ron n'eurent donc aucune idée de la façon dont Hermione s'en était tirée.

– Elle a sûrement réussi, souviens-toi, elle a obtenu cent vingt pour cent de bonnes réponses à l'un des tests de sortilèges qu'on lui a fait passer, dit Ron.

Dix minutes plus tard, Flitwick appela :

– Parkinson, Pansy – Patil, Padma – Patil, Parvati – Potter, Harry.

– Bonne chance, dit Ron à voix basse.

Harry se rendit dans la Grande Salle en serrant si fort sa baguette magique que sa main tremblait.

– Le professeur Tofty est libre, Potter, couina le professeur Flitwick qui se tenait près de la porte.

Il lui montra le plus vieux et le plus chauve des examinateurs. Il était assis à une petite table, dans le coin opposé, non loin du professeur Marchebank qui était en train d'interroger Drago Malefoy.

– Potter, c'est cela ? dit le professeur Tofty.

Il consulta ses notes et regarda Harry par-dessus son pince-nez.

– Le célèbre Potter ?

Du coin de l'œil, Harry vit nettement Malefoy lui lancer un regard assassin. Le verre à vin qu'il était en train de faire léviter tomba par terre et se fracassa. Harry ne put s'empêcher de sourire et le professeur Tofty lui rendit son sourire d'un air encourageant.

– Très bien, dit-il, la voix chevrotante, aucune raison d'avoir le trac. Maintenant, je vais vous demander de prendre ce coquetier et de lui faire faire la roue plusieurs fois de suite.

Dans l'ensemble, Harry estima qu'il s'était bien débrouillé. Son sortilège de Lévitation était sans aucun doute beaucoup mieux réussi que celui de Malefoy, mais il s'en voulait d'avoir confondu la formule du Changement de Couleur avec celle des sortilèges de Croissance : le rat auquel il aurait dû donner une teinte orange s'était mis à enfler jusqu'à devenir aussi grand qu'un blaireau avant que Harry ne puisse rectifier son erreur. Il était content qu'Hermione ne se soit pas trouvée dans la Grande Salle à ce moment-là et se garda bien de lui relater l'incident. En revanche, il en parla à Ron qui, de son côté, avait changé une assiette en un gros champignon sans avoir la moindre idée de la façon dont il s'y était pris.

Ils n'eurent pas le temps de se détendre, ce soir-là. Après le dîner, tout le monde remonta directement dans la salle commune et se plongea dans des révisions pour les épreuves de métamorphose du lendemain. Lorsque Harry alla se coucher, sa tête bourdonnait de théories et de sortilèges complexes.

Le lendemain matin, au cours de l'épreuve écrite, il oublia la définition du sortilège de Transfert. L'épreuve pratique, cependant, aurait pu être pire. Au moins, il avait réussi à faire disparaître complètement son iguane alors que la malheureuse

Hannah Abbot, à la table voisine, perdait complètement ses moyens et transformait son furet en un vol de flamants roses. Il fallut interrompre l'examen dix bonnes minutes pour rattraper tous les oiseaux et les faire sortir de la salle.

L'examen de botanique eut lieu le mercredi (en dehors de la morsure que lui infligea un Géranium Dentu, Harry estima s'en être assez bien sorti). Le jeudi, ce fut le tour de la défense contre les forces du Mal. Pour la première fois, Harry était sûr d'avoir réussi. Il n'eut aucune difficulté à répondre aux questions écrites et prit un plaisir particulier, au cours de l'épreuve pratique, à réaliser tous ses contre-maléfices et ses sortilèges défensifs sous les yeux d'Ombrage qui l'observait avec froideur, debout près de la porte du hall.

– Oh, bravo ! s'écria le professeur Tofty qui, cette fois encore, lui faisait passer l'épreuve, lorsqu'il repoussa un Épouvantard grâce à un sortilège impeccable. C'est vraiment remarquable ! Eh bien, je crois que ce sera tout, Potter, à moins que...

Il se pencha légèrement en avant.

– J'ai entendu dire par mon très cher ami Tiberius Ogden que vous étiez capable de produire un Patronus ? Si vous voulez tenter un point supplémentaire...

Harry leva sa baguette, fixa Ombrage des yeux et imagina qu'elle était renvoyée.

– *Spero Patronum !*

Son cerf argenté jaillit à l'extrémité de la baguette magique et traversa la Grande Salle au petit galop. Les autres examinateurs se retournèrent pour le suivre des yeux et, lorsqu'il se volatilisa en une brume d'argent, le professeur Tofty applaudit avec enthousiasme de ses mains noueuses, sillonnées de veines.

– Excellent ! s'exclama-t-il. Très bien, Potter, vous pouvez partir !

Quand Harry passa devant Ombrage, près de la porte, leurs regards se croisèrent. Un sourire mauvais flottait sur la bouche large et molle de la directrice, mais Harry n'y prêta aucune attention. A moins de se tromper lourdement, il venait d'obtenir une mention « Optimal » à l'épreuve de défense contre les forces du Mal. Mais il se promit de n'en rien dire à personne, au cas, précisément, où il se tromperait.

Le vendredi, Harry et Ron disposèrent d'une journée libre tandis qu'Hermione passait ses épreuves de runes anciennes. Comme ils avaient encore tout un week-end devant eux, ils s'autorisèrent une pause dans les révisions et firent une partie d'échecs magiques, s'étirant et bâillant près de la fenêtre ouverte qui laissait pénétrer l'air tiède de l'été. Au loin, Harry apercevait Hagrid en train de donner un cours en lisière de la forêt. Il essayait de deviner quelle créature il faisait étudier à ses élèves – sans doute une licorne car les garçons restaient un peu en retrait – lorsque le portrait de la grosse dame pivota pour laisser entrer Hermione, visiblement de très mauvaise humeur.

– Comment ça s'est passé, les runes ? demanda Ron en bâillant.

– J'ai mal traduit *ehwaz*, répondit-elle, avec colère. Ça veut dire « association », pas « défense ». J'ai confondu avec *eihwaz*.

– Oui, bah, ce n'est qu'une simple erreur, commenta Ron d'une voix nonchalante. Ça ne t'empêchera pas de...

– Oh, tais-toi ! répliqua Hermione, furieuse. C'est le genre d'erreur qui peut faire la différence entre un succès et un échec. Et en plus, quelqu'un a encore mis un Niffleur dans le bureau d'Ombrage. Je ne sais pas comment ils ont fait pour forcer la nouvelle porte mais je suis passée par là et Ombrage hurlait à s'en casser la voix. D'après ce que j'ai entendu, le Niffleur a essayé de lui arracher un bout de jambe...

– Très bien, dirent ensemble Harry et Ron.

– Non, ce n'est *pas* très bien du tout ! protesta Hermione avec ardeur. Elle pense que c'est Hagrid qui fait ça, vous vous souvenez ? Et nous ne voulons *pas* que Hagrid soit renvoyé !

– Il est en train de donner un cours, elle ne peut pas l'accuser, fit remarquer Harry en montrant la fenêtre.

– Oh, tu es si *naïf*, parfois. Tu crois vraiment qu'Ombrage va attendre d'avoir des preuves ? s'exclama Hermione.

Apparemment décidée à ne pas laisser sa fureur retomber, elle se dirigea à grands pas vers le dortoir des filles en claquant la porte derrière elle.

– Quelle jeune fille adorable, d'un caractère toujours charmant, dit Ron à voix basse en poussant sa reine pour prendre un cavalier à Harry.

La mauvaise humeur d'Hermione persista pendant tout le week-end mais Harry et Ron n'y prêtèrent aucune attention car ils passèrent la plus grande partie de leur samedi et de leur dimanche à réviser l'examen de potions du lundi. C'était l'épreuve que Harry redoutait le plus et dont il était sûr qu'elle mettrait un terme à ses ambitions d'Auror. L'épreuve écrite lui parut sans nul doute très difficile, même s'il pensait obtenir une excellente note à la question du Polynectar. Il en avait décrit les effets avec d'autant plus de précision qu'il en avait pris lui-même, en toute illégalité, au cours de sa deuxième année.

En revanche, l'épreuve pratique de l'après-midi ne fut pas aussi redoutable qu'il s'y était attendu. Hors de la présence de Rogue, il se rendit compte qu'il était beaucoup plus détendu que d'habitude pour préparer ses potions. Neville, assis tout près de lui, semblait également plus heureux que dans les cours de Rogue. Lorsque le professeur Marchebank annonça : « Écartez-vous de vos chaudrons, s'il vous plaît, l'examen est terminé », Harry boucha le flacon contenant son échantillon avec l'impression qu'il n'aurait sans doute pas une très bonne note mais qu'au moins, il ne serait pas recalé.

– Il reste seulement quatre examens, dit Parvati Patil d'une voix lasse tandis qu'ils retournaient dans la salle commune de Gryffondor.

– Seulement ! répliqua sèchement Hermione. Moi, je dois passer l'arithmancie et c'est sans doute la matière la plus difficile qui soit !

Personne ne se montra assez sot pour risquer un commentaire. Hermione renonça donc à déverser sa bile sur eux et en fut réduite à rappeler à l'ordre quelques élèves de première année qui riaient trop fort dans la salle commune.

Harry était décidé à réussir son examen de soins aux créatures magiques du mardi pour ne pas décevoir Hagrid. L'épreuve pratique avait lieu l'après-midi, en bordure de la Forêt interdite. On demandait aux élèves d'identifier un Noueux dissimulé au sein d'une douzaine de hérissons, l'astuce consistant à proposer du lait à chacun : les Noueux, créatures très méfiantes dont les piquants possèdent de nombreuses propriétés, devenaient généralement fous de rage face à ce qu'ils considéraient comme une tentative d'empoisonnement. Les candidats devaient également montrer qu'ils savaient manipuler correctement un Botruc. Puis il leur fallait nourrir et nettoyer un Crabe de Feu sans subir de brûlures graves. Et enfin choisir, dans une vaste sélection d'aliments, ce qui pouvait le mieux convenir à une licorne malade.

Harry voyait Hagrid les observer d'un air inquiet depuis la fenêtre de sa cabane. Quand l'examinatrice, une petite sorcière replète cette fois-ci, lui sourit en disant qu'il pouvait partir, Harry leva brièvement le pouce en direction de Hagrid avant de retourner au château.

Le mercredi matin, l'épreuve théorique d'astronomie ne se passa pas trop mal. Harry n'était pas sûr d'avoir indiqué correctement les noms de toutes les lunes de Jupiter mais, au moins, il était sûr qu'aucune d'entre elles n'était couverte de garces. Il fallait attendre le soir pour passer l'épreuve pratique. Entre-temps, l'après-midi était consacré à la divination.

Même compte tenu des modestes exigences de Harry en la matière, l'examen se passa très mal. D'abord, il ne distingua rien de plus dans la boule de cristal obstinément vide que s'il avait espéré voir des images animées à la surface du bureau. Ensuite, il perdit complètement ses moyens en interprétant les feuilles de thé et annonça au professeur Marchebank qu'à son avis, elle n'allait pas tarder à rencontrer un inconnu trempé jusqu'aux os, au teint sombre et à la silhouette rebondie. Enfin, pour parfaire le fiasco, il confondit ligne de vie et ligne de tête lorsqu'il lui examina la main et l'informa qu'elle aurait dû mourir le mardi précédent.

— De toute façon, celui-là, c'était sûr qu'on le raterait, dit Ron d'un air lugubre tandis qu'ils montaient l'escalier de marbre.

Il consola un peu Harry en lui racontant comment il avait décrit en détail l'image d'un homme très laid, affligé d'une grosse verrue sur le nez, qu'il voyait nettement dans la boule de cristal avant de s'apercevoir qu'il s'agissait du visage de l'examinateur dont le reflet lui apparaissait à la surface de la sphère.

— On n'aurait jamais dû choisir cette matière stupide, dit Harry.

— Au moins, on peut l'abandonner maintenant.

— Ouais, on ne sera plus obligés de faire semblant de s'intéresser aux rapprochements de Jupiter et d'Uranus.

— Et, à partir d'aujourd'hui, même si des feuilles de thé m'écrivent sous le nez : « Tu dois mourir bientôt, Ron », je les remettrai à leur place, c'est-à-dire à la poubelle.

Harry éclata de rire tandis qu'Hermione les rattrapait en courant. Il reprit aussitôt son sérieux, de peur d'aggraver sa mauvaise humeur.

— Je crois que j'ai bien réussi l'arithmancie, dit-elle.

Harry et Ron poussèrent tous deux un grand soupir de soulagement.

— J'ai juste le temps de jeter un coup d'œil aux cartes du ciel avant le dîner et ensuite...

Lorsqu'ils arrivèrent au sommet de la tour d'astronomie, à onze heures du soir, la nuit paisible et sans nuages était parfaite pour observer les étoiles. Le parc baignait dans la lueur argentée du clair de lune et une légère fraîcheur agrémentait l'atmosphère. Les candidats réglèrent leurs télescopes et, au signal du professeur Marchebank, commencèrent à remplir la carte vierge qu'on leur avait donnée.

Les professeurs Marchebank et Tofty passaient parmi eux tandis qu'ils inscrivaient la position précise des étoiles et des planètes observées. On n'entendait que le bruissement des parchemins, le grincement occasionnel d'un télescope qu'on ajustait sur son trépied et le grattement des plumes. Une demi-heure passa, puis une heure. Les petites taches dorées qui se reflétaient sur la pelouse disparaissaient peu à peu à mesure que s'éteignaient les lumières du château.

Au moment où Harry achevait d'indiquer la constellation d'Orion sur sa carte, les portes du château s'ouvrirent, sous le parapet derrière lequel il se tenait, et une vive clarté illumina la pelouse. Tout en rectifiant légèrement la position de son télescope, Harry jeta un coup d'œil en bas et vit les ombres allongées d'une demi-douzaine de personnes apparaître à la surface de l'herbe brillamment éclairée avant que les portes ne se referment, replongeant le parc dans les ténèbres.

Harry regarda à nouveau à travers le télescope et fit le point sur Vénus. Lorsqu'il se pencha sur sa carte du ciel pour y inscrire la planète, quelque chose détourna son attention. Sa plume suspendue au-dessus du parchemin, il s'immobilisa, scrutant l'obscurité du parc. Les silhouettes dont il avait vu les ombres traversaient à présent la pelouse. Seuls leurs mouvements et le clair de lune qui ourlait le sommet de leurs têtes permettaient de les distinguer dans le noir. Mais même à cette distance, Harry eut la drôle d'impression de reconnaître la démarche de la plus petite des silhouettes qui semblait mener le groupe.

Il ne comprenait pas ce qui aurait pu inciter Ombrage à faire un tour dehors après minuit, encore moins accompagnée de cinq personnes. Il entendit alors quelqu'un toussoter derrière lui et se souvint qu'il était en plein examen. Il avait complètement oublié la position de Vénus et dut à nouveau coller son œil contre le télescope pour la retrouver. Il s'apprêtait à l'inscrire enfin sur sa carte lorsque, à l'affût du moindre bruit insolite, il entendit retentir dans le parc désert des coups frappés à une porte, immédiatement suivis des aboiements étouffés d'un gros chien.

Il leva les yeux, le cœur battant à tout rompre. Les silhouettes qui avaient traversé la pelouse se détachaient à présent contre les fenêtres éclairées de la cabane de Hagrid. La porte s'ouvrit et il vit distinctement six personnes en franchir le seuil. Puis la porte se referma et ce fut de nouveau le silence.

Harry se sentait mal à l'aise. Il regarda par-dessus son épaule pour voir si Ron et Hermione avaient remarqué ce qui venait de se passer mais, au même instant, le professeur Marchebank arriva derrière lui. De peur de lui laisser penser qu'il jetait un coup d'œil au travail des autres, Harry se pencha à nouveau sur sa carte et fit semblant d'y ajouter quelques notes. En réalité, il observait la cabane de Hagrid par-dessus le parapet. Les silhouettes se déplaçaient à présent derrière les fenêtres et masquaient provisoirement la lumière.

Sentant le regard du professeur Marchebank dans son dos, il colla son œil contre son télescope et observa la lune dont il avait déjà inscrit la position une heure plus tôt. Alors que le professeur Marchebank s'éloignait, il entendit, en provenance de la cabane, un rugissement qui résonna dans l'obscurité, jusqu'au sommet de la tour d'astronomie. A côté de lui, plusieurs élèves se détournèrent de leurs télescopes et regardèrent en direction de la cabane de Hagrid.

Le professeur Tofty toussota.

— Mesdemoiselles et messieurs, essayez de vous concentrer, s'il vous plaît, dit-il à mi-voix.

La plupart des élèves reprirent leurs observations. Harry regarda vers sa gauche. Hermione, pétrifiée, fixait le fond du parc.

— Ahem... Plus que vingt minutes, dit le professeur Tofty.

Hermione sursauta et reporta aussitôt son attention sur sa carte du ciel. Harry retourna également à la sienne et remarqua qu'il avait indiqué le nom de Mars sous la planète Vénus. Il se pencha pour corriger l'erreur.

BANG ! Une détonation retentit au-dehors. AÏE ! Plusieurs élèves s'étaient mis le télescope dans l'œil en tournant trop vite la tête vers le parc.

La porte de la cabane s'ouvrit à la volée et, dans la lumière qui jaillissait de l'intérieur, on vit nettement la forme massive de Hagrid qui rugissait, les poings brandis, entouré de six personnes dont chacune, à en juger par les minuscules rayons de lumière dirigés vers lui, essayait de le stupéfixer.

– Non ! s'écria Hermione.

– Mademoiselle, voyons, dit le professeur Tofty, scandalisé. Ceci est un examen !

Plus personne, cependant, ne s'intéressait à la carte du ciel. Des jets de lumière rouge continuaient de jaillir du côté de la cabane mais on aurait dit qu'ils rebondissaient sur Hagrid. Autant que Harry pouvait en juger à cette distance, il était toujours debout et résistait à ses assaillants. Des hurlements, des vociférations, s'élevaient dans le parc. Un homme s'écria :

– Soyez raisonnable, Hagrid !

Ce dernier poussa un nouveau rugissement.

– Raisonnable ? Va donc au diable ! Tu ne m'auras pas comme ça, Dawlish !

Harry apercevait la minuscule silhouette de Crockdur qui essayait de défendre Hagrid en sautant sur ses agresseurs jusqu'à ce qu'un sortilège de Stupéfixion le frappe de plein fouet. Le molosse s'effondra à terre. Avec un hurlement de fureur, Hagrid souleva alors le coupable et le projeta en l'air. L'homme fit un vol plané d'au moins trois mètres et ne se releva pas. Hermione étouffa une exclamation, les deux mains sur la bouche. Harry se tourna vers Ron : lui aussi paraissait terrifié. Jamais ils n'avaient vu Hagrid dans un tel état de rage.

– Regardez ! couina Parvati, penchée par-dessus le parapet. Elle montrait le pied du château où la porte d'entrée s'était ouverte à nouveau. De la lumière jaillit dans l'obscurité du parc et une ombre unique, longue et noire, ondula sur la pelouse.

– Allons, voyons ! dit le professeur Tofty d'un ton anxieux. Il ne reste plus que seize minutes, vous savez !

Mais personne ne lui accorda la moindre attention. Tous suivaient des yeux la silhouette qui courait à présent vers le lieu du combat.

– Comment osez-vous ? s'écriait-elle. Comment *osez*-vous ?

– C'est McGonagall, murmura Hermione.

– Laissez-le ! Je vous dis de le *laisser* ! s'exclama la voix du professeur McGonagall dans l'obscurité. De quel droit l'attaquez-vous ? Il n'a rien fait qui puisse justifier...

Hermione, Parvati et Lavande poussèrent un hurlement simultané. Devant la cabane, les silhouettes avaient projeté pas moins de quatre éclairs de stupéfixion sur le professeur McGonagall. Les rayons rouges la frappèrent à mi-chemin entre la cabane et le château. Pendant un instant, elle sembla s'illuminer, entourée d'un inquiétant halo rougeâtre, puis elle fut projetée dans les airs et retomba brutalement sur le dos. Étendue de tout son long, elle ne bougeait plus.

– Mille milliards de gargouilles galopantes ! s'écria le professeur Tofty qui semblait avoir à son tour complètement oublié l'examen. Sans la moindre sommation ! Une conduite scandaleuse !

– LÂCHES ! hurla Hagrid.

Sa voix parvint nettement jusqu'au sommet de la tour et des lumières s'allumèrent à l'intérieur du château.

– IGNOBLES LÂCHES ! PRENEZ ÇA ! ET ÇA...

– Oh, là, là..., s'étrangla Hermione.

Hagrid balaya de deux énormes coups de poing ses agresseurs les plus proches qui s'effondrèrent aussitôt, assommés net. Harry vit alors Hagrid se courber en deux et pensa qu'il avait été touché par un sortilège. Mais un instant plus tard, il s'était redressé, portant sur son dos quelque chose qui ressemblait à un sac. Harry comprit qu'il s'agissait du corps inerte de Crockdur couché en travers de ses épaules.

– Attrapez-le ! Attrapez-le ! cria Ombrage.

Mais le seul de ses acolytes encore debout ne paraissait guère empressé de se mettre à portée du poing de Hagrid. Il recula si vite qu'il trébucha contre le corps étendu de l'un de ses collègues et tomba en arrière. Hagrid avait tourné les talons et s'enfuyait, Crockdur toujours sur son dos. Ombrage lança vers lui un dernier éclair de stupéfixion mais elle rata son coup et Hagrid, courant à toutes jambes vers le grand portail, disparut dans l'obscurité.

Il y eut un long silence fébrile pendant lequel tout le monde scruta le parc, bouche bée. Puis la voix du professeur Tofty annonça faiblement :

– Heu... Plus que cinq minutes...

Bien qu'il n'eût rempli que les deux tiers de sa carte, Harry avait hâte que l'examen se termine. Lorsque le moment arriva enfin, Ron, Hermione et lui rangèrent tant bien que mal leurs télescopes dans leurs étuis puis se précipitèrent dans l'escalier en colimaçon. Personne n'alla se coucher. Tous les élèves restèrent au bas des marches à parler d'un ton surexcité de ce qu'ils venaient de voir.

– Quelle horrible bonne femme ! haleta Hermione dont la rage était telle qu'elle avait du mal à articuler. Prendre Hagrid par surprise en pleine nuit !

– Elle voulait éviter une nouvelle scène genre Trelawney, dit avec pertinence Ernie Macmillan qui s'était faufilé jusqu'à eux.

– Hagrid a bien réagi, hein ? dit Ron, plus inquiet qu'impressionné. Comment ça se fait que tous les sortilèges aient rebondi sur lui ?

– Ça doit venir de son sang de géant, expliqua Hermione d'une voix tremblante. C'est très difficile de stupéfixer un géant, ils sont comme les trolls, vraiment coriaces... Mais le professeur McGonagall, la malheureuse... Quatre éclairs de stupé-fixion en pleine poitrine, et à son âge, en plus...

— Abominable, abominable, commenta Ernie en hochant la tête avec emphase. Bon, moi, je vais me coucher. Bonne nuit, tout le monde.

Autour d'eux, les élèves s'éloignaient peu à peu en conti-nuant de parler avec animation de la scène qui s'était déroulée sous leurs yeux.

— Au moins, ils n'ont pas réussi à emmener Hagrid à Azkaban, dit Ron. J'imagine qu'il est allé rejoindre Dumbledore, vous ne croyez pas ?

— Sans doute, répondit Hermione qui paraissait au bord des larmes. Oh, c'est vraiment affreux, je pensais que Dumbledore reviendrait très vite et maintenant, nous avons perdu Hagrid également.

Ils retournèrent d'un pas traînant dans la salle commune de Gryffondor qui était bondée. Le tumulte dans le parc avait réveillé plusieurs élèves qui s'étaient empressés de tirer les autres de leurs lits. Seamus et Dean, arrivés avant Harry, Ron et Hermione, racontaient à tout le monde ce qu'ils avaient vu et entendu depuis le sommet de la tour d'astronomie.

— Mais pourquoi renvoyer Hagrid maintenant ? demanda Angelina Johnson en hochant la tête. Ce n'est pas comme Trelawney, il a fait de bien meilleurs cours que d'habitude, cette année !

— Ombrage déteste les hybrides, répondit Hermione d'un ton amer en se laissant tomber dans un fauteuil. Elle voulait absolu-ment se débarrasser de lui.

— Et puis elle pensait que c'était Hagrid qui mettait des Niffleurs dans son bureau, intervint Katie Bell.

— Oh, nom d'une gargouille, dit Lee Jordan en se plaquant une main contre la bouche. C'est moi qui ai mis les Niffleurs. Fred et George m'en avaient laissé deux. Je les ai fait léviter par la fenêtre.

– De toute façon, elle l'aurait renvoyé, assura Dean. Il était trop proche de Dumbledore.

– C'est vrai, approuva Harry qui s'enfonça dans un fauteuil à côté d'Hermione.

– J'espère que le professeur McGonagall ne va pas trop mal, dit Lavande, les larmes aux yeux.

– Ils l'ont ramenée au château, on a vu ça par la fenêtre du dortoir, raconta Colin Crivey. Elle n'avait pas l'air en bon état.

– Madame Pomfresh arrivera sûrement à la remettre sur pied, assura Alicia Spinnet. Elle réussit toujours à guérir tout le monde.

Il était près de quatre heures du matin lorsque la salle commune se vida enfin. Harry se sentait parfaitement éveillé. L'image de Hagrid s'enfuyant dans la nuit le hantait. Il éprouvait à l'égard d'Ombrage une telle fureur qu'il ne pouvait imaginer de châtiment assez féroce contre elle, bien que la suggestion de Ron de la livrer à une bande de Scroutts à pétard affamés ne lui parût pas sans mérites. Il finit par s'endormir en envisageant les plus atroces vengeances et se leva trois heures plus tard, avec l'impression de ne pas s'être reposé du tout.

Leur dernier examen, histoire de la magie, n'avait lieu que l'après-midi. Harry se serait volontiers recouché après avoir pris son petit déjeuner mais il avait prévu de passer la matinée à des révisions de dernière minute. Il alla donc s'installer près d'une fenêtre de la salle commune et, la tête dans les mains, essaya de toutes ses forces de ne pas somnoler en lisant quelques notes extraites de la pile de parchemins d'au moins un mètre de hauteur qu'Hermione lui avait prêtée.

Les cinquième année entrèrent dans la Grande Salle à deux heures de l'après-midi et s'installèrent à leurs tables sur lesquelles les questionnaires d'examen étaient retournés pour qu'on ne puisse pas voir les sujets. Harry se sentait épuisé. Il avait envie d'en finir au plus vite pour pouvoir dormir. Le lendemain, Ron et lui iraient faire un tour sur le terrain de

Quidditch – Harry volerait un peu sur le balai de Ron – et savoureraient enfin la liberté de ne plus avoir à réviser quoi que ce soit.

– Retournez vos questionnaires, dit le professeur Marchebank au bout de la salle en faisant pivoter le sablier géant. Vous pouvez commencer.

Harry regarda fixement la première question. Il lui fallut quelques secondes pour se rendre compte qu'il n'en avait pas compris un mot. Une guêpe qui bourdonnait contre l'une des hautes fenêtres l'empêchait de se concentrer. Enfin, lentement et avec bien des détours, il commença à écrire une réponse.

Il avait beaucoup de mal à se rappeler les noms et confondait sans cesse les dates. Il décida de sauter la quatrième question (« A votre avis, la législation sur les baguettes magiques a-t-elle favorisé les émeutes de gobelins au XVIIIe siècle ou, au contraire, a-t-elle permis de mieux les contrôler ? ») en se disant qu'il y reviendrait peut-être à la fin, s'il avait le temps. Il essaya de répondre à la cinquième question (« Comment le Code du secret fut-il violé en 1749 et quelles mesures furent prises pour éviter que cette situation ne se reproduise ? »), mais eut l'impression persistante d'avoir omis plusieurs points importants. Il lui semblait vaguement que les vampires avaient eu un rôle à jouer dans l'histoire à un certain moment.

Il chercha une question à laquelle il était sûr de pouvoir répondre et tomba sur la numéro dix : « Décrivez les circonstances qui ont mené à la fondation de la Confédération internationale des sorciers et expliquez pourquoi les sorciers du Liechtenstein refusèrent d'y adhérer. »

« Ça, je le sais », songea Harry, bien que son cerveau lui parût ramolli et cotonneux. Il revoyait dans sa tête un titre écrit par Hermione : « La fondation de la Confédération internationale des sorciers... » Il avait lu ces notes le matin même.

Il commença à écrire en jetant de temps en temps un regard à l'énorme sablier posé sur le bureau, à côté du professeur

Marchebank. Il était assis juste derrière Parvati Patil dont les longs cheveux bruns tombaient plus bas que le dossier de sa chaise. Une ou deux fois, il se surprit à contempler les minuscules éclats d'or qui brillaient dans sa chevelure lorsqu'elle remuait légèrement la tête et dut secouer un peu la sienne pour s'éclaircir les idées.

« ... Le premier Manitou suprême de la Confédération internationale des sorciers fut Pierre Bonaccord mais la communauté des mages du Liechtenstein contesta sa nomination en raison... »

Tout autour de Harry, les plumes grattaient les parchemins comme des rats affairés à creuser une galerie. Le soleil lui brûlait la nuque. Qu'avait donc fait Bonaccord pour déplaire aux mages du Liechtenstein ? Harry avait l'impression qu'il s'agissait d'une histoire de trolls... Il posa à nouveau un regard vide sur les cheveux de Parvati. Si seulement il avait pu pratiquer la legilimancie et ouvrir une fenêtre dans sa tête pour y voir si c'était bien la question des trolls qui avait opposé Pierre Bonaccord au Liechtenstein...

Harry ferma les yeux et plongea son visage dans ses mains. Ses paumes rafraîchirent ses paupières dont la rougeur luisante s'assombrit peu à peu. Bonaccord avait voulu déclarer illégale la chasse aux trolls et leur donner des droits... Or, le Liechtenstein rencontrait de sérieuses difficultés avec une tribu de trolls des montagnes particulièrement féroce... C'était ça.

Il rouvrit les paupières et ressentit un picotement dans les yeux tandis qu'ils se remplissaient de larmes, éblouis par le parchemin d'un blanc étincelant. Lentement, il écrivit deux lignes sur les trolls puis relut tout ce qu'il avait fait. Il n'avait pas donné beaucoup d'informations ni de détails et pourtant, il se souvenait que les notes d'Hermione sur la confédération s'étalaient sur des pages et des pages.

Il ferma à nouveau les yeux, essayant de revoir dans sa tête ce qu'elle avait écrit, de se souvenir... La confédération s'était réunie pour la première fois en France, oui, ça, il l'avait déjà dit...

Les gobelins avaient essayé d'y assister et s'étaient fait expulser... ça aussi, il en avait parlé...

Et personne n'avait voulu venir du Liechtenstein...

« Réfléchis », s'ordonna-t-il à lui-même, le visage dans les mains. Autour de lui, les plumes écrivaient dans un grattement incessant des réponses interminables pendant que le sable s'écoulait lentement dans le sablier...

Il marchait à nouveau dans le couloir sombre et frais qui menait au Département des mystères. Parfois, il se mettait à courir, décidé à atteindre enfin son but... La porte noire s'ouvrait, comme d'habitude, et il se retrouvait dans la salle circulaire avec toutes les autres portes...

Il la traversait en arpentant le sol de pierre et franchissait la deuxième porte... toujours les taches de lumière sur les murs et cet étrange cliquetis mécanique, mais pas le temps d'explorer les lieux, il fallait se dépêcher...

Il parcourait au pas de course les quelques mètres qui le séparaient de la troisième porte. Elle s'ouvrait comme les autres...

Une fois de plus, il se retrouvait dans la salle vaste comme une cathédrale, remplie d'étagères et de globes de verre... Son cœur battait très vite, à présent... Cette fois, il allait y arriver... Lorsqu'il atteignait le numéro quatre-vingt-dix-sept, il tournait à gauche et se hâtait de parcourir l'allée, entre les deux rangées d'étagères...

Mais tout au bout, une forme se dessinait sur le sol, une forme noire qui remuait comme un animal blessé... Harry sentait son estomac se serrer sous l'effet de la peur... et de l'excitation...

Une voix s'élevait alors de sa propre bouche, une voix aiguë, glacée, dépourvue de toute chaleur humaine...

– Prends-la pour moi... Rapporte-la... Je ne peux pas y toucher... mais toi, tu peux...

Sur le sol, la forme noire bougeait légèrement. Harry voyait une main aux longs doigts blafards serrés sur une baguette magique se lever au bout de son propre bras... Puis il entendait la voix glacée prononcer le mot :

— *Endoloris !*

L'homme étendu par terre laissait échapper un cri de douleur. Il essayait de se relever mais retombait en se tortillant sur le sol. Harry éclatait de rire. Il brandissait sa baguette pour interrompre le maléfice et la silhouette à nouveau immobile poussait un gémissement.

— Lord Voldemort attend...

Très lentement, les bras tremblants, l'homme étendu par terre soulevait ses épaules de quelques centimètres et redressait la tête. Son visage émacié était maculé de sang, tordu par la douleur, mais restait crispé dans une expression de défi...

— Tu devras me tuer, murmurait Sirius.

— Sans aucun doute, c'est ce que je finirai par faire, disait la voix glacée. Mais tu commenceras par aller me la chercher, Black... Tu crois donc que c'était vraiment de la douleur, ce que tu as éprouvé jusqu'à maintenant ? Réfléchis... Nous avons des heures devant nous et personne ne peut t'entendre...

Quelqu'un se mettait alors à crier lorsque Voldemort abaissait à nouveau sa baguette. Quelqu'un qui hurlait et tombait d'une table brûlante sur la pierre froide. Harry se réveilla en heurtant le sol, hurlant toujours, sa cicatrice en feu tandis que des clameurs s'élevaient tout autour de lui dans la Grande Salle.

32

HORS DU FEU

Non, non, pas question... Je n'ai pas besoin d'aller à l'infirmerie... Je ne veux pas...

Harry balbutiait en essayant de s'éloigner du professeur Tofty qui l'observait avec beaucoup d'inquiétude après l'avoir aidé à sortir dans le hall sous les regards des autres candidats.

— Je... Je vais très bien, monsieur, bredouilla Harry en essuyant la sueur qui ruisselait sur son visage. Vraiment... Je me suis simplement endormi... J'ai eu un cauchemar...

— La pression des examens ! dit le vieux sorcier avec compassion en tapotant l'épaule de Harry d'une main tremblante. Ce sont des choses qui arrivent, jeune homme ! Buvez donc un verre d'eau fraîche et vous pourrez peut-être retourner dans la Grande Salle ? L'examen est presque terminé, mais peut-être parviendrez-vous à faire un petit effort pour donner une bonne réponse à la dernière question ?

— Oui, répondit Harry d'un ton frénétique. Je veux dire... non... j'ai fait ce que je pouvais...

— Très bien, très bien, dit le vieux sorcier avec douceur. Dans ce cas, je vais aller chercher votre copie et je vous suggère d'aller vous étendre un peu.

— C'est ce que je vais faire, assura Harry avec un vigoureux signe de tête. Merci beaucoup.

Dès que le vieillard eut disparu dans la Grande Salle, Harry monta quatre à quatre l'escalier de marbre, courut si vite le long des couloirs que les portraits devant lesquels il passait marmonnaient des protestations, escalada encore quelques escaliers et fit irruption comme un ouragan dans l'infirmerie. Madame Pomfresh, qui était en train de faire boire à la cuillère un liquide bleu clair à Montague, poussa un hurlement de frayeur.

— Potter, qu'est-ce que vous faites ?

— Je dois absolument voir le professeur McGonagall ! haleta Harry, les poumons en feu. A l'instant même... C'est urgent !

— Elle n'est plus ici, Potter, répondit Madame Pomfresh avec tristesse. Elle a été transférée ce matin à Ste Mangouste. Quatre éclairs de stupéfixion en pleine poitrine à son âge ? C'est étonnant qu'elle ait survécu.

— Elle... est partie ? dit Harry, stupéfait.

La cloche sonna à l'extérieur de la salle et il entendit l'habituel martèlement de pas des élèves qui commençaient à envahir les couloirs à tous les étages. Harry resta immobile, les yeux fixés sur Madame Pomfresh. Il sentait la terreur monter en lui.

Il n'y avait plus personne désormais à qui se confier. Dumbledore était parti, Hagrid était parti, mais il avait toujours cru que le professeur McGonagall resterait là, irascible et inflexible sans doute, mais toujours présente, solide et digne de confiance...

— Je ne suis pas surprise que vous soyez choqué, Potter, dit Madame Pomfresh avec une sorte d'approbation féroce. Aucun d'entre eux ne se serait risqué à lancer sur Minerva McGonagall un éclair de stupéfixion en plein jour ! De la lâcheté, voilà ce que c'était... Une lâcheté méprisable... Si je n'avais pas peur de ce qui pourrait arriver aux élèves en mon absence, je donnerais tout de suite ma démission en signe de protestation.

— Oui, dit Harry d'une voix blanche.

Avec un regard d'aveugle, il sortit de l'infirmerie dans le couloir grouillant de monde et resta là, immobile, bousculé par la foule des élèves. La panique qui se répandait en lui comme un gaz empoisonné lui paralysait le cerveau et l'empêchait de réfléchir...

« Ron et Hermione », dit alors une voix dans sa tête.

Il se mit à nouveau à courir, écartant quiconque se trouvait sur son chemin, sans tenir compte des protestations courroucées. Il dévala deux étages et se trouvait en haut de l'escalier de marbre lorsqu'il les vit se hâter vers lui.

— Harry ! dit aussitôt Hermione, l'air très effrayé. Que s'est-il passé ? Ça va ? Tu n'es pas malade ?

— Où étais-tu ? interrogea Ron.

— Venez avec moi, répondit Harry. Venez, j'ai quelque chose à vous dire.

Il les emmena le long du couloir du premier étage et finit par trouver une salle vide dans laquelle il se précipita, refermant la porte et s'adossant contre elle dès que Ron et Hermione furent entrés.

— Sirius est prisonnier de Voldemort.

— *Quoi ?*

— Comment tu le… ?

— Je l'ai vu. A l'instant. Quand je me suis endormi pendant l'examen.

— Mais… où ? Comment ? demanda Hermione dont le visage était devenu livide.

— Comment, je l'ignore, mais où, ça je le sais très précisément. Il y a une salle au Département des mystères remplie d'étagères sur lesquelles sont alignées de petites boules de verre. Sirius se trouve au bout de la rangée numéro quatre-vingt-dix-sept et Voldemort veut se servir de lui pour lui faire prendre quelque chose dont il a besoin dans cette salle… Il est en train de le torturer… Il dit qu'il finira par le tuer !

Harry se rendit compte que sa voix et ses genoux tremblaient. Il s'approcha d'une table et s'y assit en essayant de se maîtriser.

— Comment va-t-on s'y prendre pour aller là-bas ? leur demanda-t-il.

Il y eut un moment de silence. Puis Ron dit :

– A... aller là-bas ?

– Aller au Département des mystères pour secourir Sirius ! s'exclama Harry.

– Mais... Harry..., murmura Ron d'une petite voix.

– Quoi ? *Quoi ?* s'emporta Harry.

Il n'arrivait pas à comprendre pourquoi tous deux le regardaient la bouche ouverte comme s'il leur demandait quelque chose de totalement déraisonnable.

– Harry, dit Hermione d'un ton apeuré, heu... Co... comment Voldemort a-t-il pu entrer au Département des mystères sans que personne s'en aperçoive ?

– Qu'est-ce que tu veux que j'en sache ? s'écria-t-il. La question, c'est plutôt de savoir comment *nous*, nous allons y entrer !

– Mais, Harry, réfléchis, dit Hermione en avançant d'un pas vers lui. Il est cinq heures de l'après-midi... Le ministère de la Magie doit être plein d'employés à cette heure-ci... Comment Voldemort et Sirius auraient-ils pu y entrer sans être vus ? Harry... ce sont certainement les deux sorciers les plus recherchés dans le monde... Tu crois qu'ils pourraient s'introduire dans un bâtiment rempli d'Aurors sans être repérés ?

– Je n'en sais rien, Voldemort a dû utiliser une cape d'invisibilité, ou quelque chose comme ça ! s'exclama Harry. D'ailleurs, le Département des mystères a toujours été vide chaque fois que j'y suis allé...

– Tu n'y es jamais allé, Harry, fit remarquer Hermione à voix basse. Tu as vu cet endroit en rêve, c'est tout.

– Ce ne sont pas des rêves normaux ! s'emporta-t-il.

Il se releva et fit lui aussi un pas vers elle. Il aurait voulu la prendre par les épaules et la secouer.

– Sinon, comment pourrais-tu expliquer que j'aie vu le père de Ron, qu'est-ce que ça voulait dire, comment se fait-il que j'aie su ce qui lui arrivait ?

– Il a raison, approuva Ron à mi-voix en regardant Hermione.

— Mais c'est tellement... tellement *invraisemblable* ! dit-elle d'un air désespéré. Harry, comment serait-il possible que Voldemort ait capturé Sirius alors qu'il n'a pas quitté le square Grimmaurd ?

— Sirius en a peut-être eu assez et il est allé prendre l'air, répondit Ron, inquiet. Il y a une éternité qu'il voulait sortir de cette maison.

— Mais pourquoi, insista Hermione, pourquoi Voldemort voudrait-il se servir de *Sirius* pour s'emparer de cette arme, ou de je ne sais quoi ?

— Je n'en sais rien, il pourrait y avoir des tas de raisons ! s'exclama Harry. Peut-être que Voldemort l'a choisi parce qu'il s'en fiche que Sirius soit blessé dans l'opération ?

— Moi, je viens de penser à quelque chose, dit Ron d'une voix étouffée. Le frère de Sirius était un Mangemort, non ? Peut-être qu'il lui a révélé le secret qui permet de se procurer cette arme !

— Oui, et c'est sans doute pour ça que Dumbledore tenait tant à ce que Sirius reste tout le temps enfermé ! ajouta Harry.

— Écoutez, je suis désolée, s'écria Hermione, mais ce que vous racontez n'a aucun sens, nous n'avons pas la moindre preuve de tout ça, pas la moindre preuve que Voldemort et Sirius soient vraiment là-bas...

— Hermione, Harry les a vus ! répliqua Ron en se tournant vers elle.

— O.K., reprit-elle, effrayée mais déterminée, maintenant, écoutez ce que j'ai à vous dire...

— Quoi ?

— Tu... Ce n'est pas pour te critiquer, Harry, mais tu... d'une certaine manière... je veux dire... Tu ne crois pas que tu as un peu trop tendance à vouloir *sauver les gens* ? risqua-t-elle.

Harry lui lança un regard noir.

— Et qu'est-ce que ça signifie, ça, « une tendance à vouloir sauver les gens » ?

— Eh bien... tu... — elle avait l'air plus anxieuse que jamais —, l'année dernière, par exemple... dans le lac... pendant le tournoi... Tu n'aurais pas dû... je veux dire, tu n'avais pas besoin d'aller à la rescousse de la petite Delacour... Tu t'es laissé un peu... emporter...

Harry sentit monter en lui une vague de colère, comme un fourmillement brûlant. Comment pouvait-elle choisir ce moment pour lui rappeler cette bourde ?

— Bien sûr, c'était très généreux de ta part, et tout ce que tu voudras, ajouta précipitamment Hermione qui paraissait littéralement pétrifiée par le regard de Harry. Tout le monde a pensé que c'était merveilleux de l'avoir fait...

— Ça, c'est drôle, l'interrompit Harry d'une voix tremblante, parce que je me souviens très bien de Ron me disant que j'avais perdu mon temps *à jouer les héros*... C'est ce que tu penses ? Tu crois que je veux recommencer à jouer les héros ?

— Non, non, non ! assura Hermione, effarée. Ce n'est pas du tout ce que je voulais dire !

— Alors dépêche-toi de nous balancer ce que tu as en tête parce qu'on est en train de perdre notre temps ! s'écria Harry.

— J'essaye de te dire... Voldemort te connaît, Harry ! Il a emmené Ginny dans la Chambre des Secrets pour t'y attirer, ce sont des choses qu'il a l'habitude de faire, il sait que... que tu es du genre à porter secours à Sirius ! Alors, imagine, et si c'était toi qu'il essayait d'attirer au Département des mys...

— Hermione, peu importe qu'il ait fait ça pour m'amener là-bas ou pas... Ils ont transporté McGonagall à Ste Mangouste, il n'y a plus à Poudlard aucun membre de l'Ordre à qui on puisse raconter ce qui se passe et si nous n'y allons pas, Sirius est mort !

— Mais, Harry... Et si ton rêve... n'était qu'un rêve ?

Harry laissa échapper un rugissement de rage. Hermione recula d'un pas, affolée.

— Tu ne veux donc pas comprendre ! lui cria Harry. Je ne fais pas de cauchemars, ce ne sont pas de simples rêves ! A ton avis, à quoi servait l'occlumancie ? Pourquoi crois-tu que Dumbledore voulait m'empêcher de voir ces choses-là ? Parce qu'elles sont RÉELLES, Hermione... Sirius est prisonnier, je l'ai vu. Voldemort le tient à sa merci et personne d'autre ne le sait, ce qui signifie que nous sommes les seuls à pouvoir le sauver ! Alors, si tu ne veux pas bouger, très bien, mais moi, j'y vais, tu comprends ? D'ailleurs, si je me rappelle bien, tu ne te plaignais pas trop de ma *tendance à vouloir sauver les gens* quand c'était toi que je sauvais des Détraqueurs ou toi – il se tourna brusquement vers Ron –, quand c'était ta sœur que je sauvais du Basilic...

– Je n'ai jamais dit que je me plaignais ! protesta Ron avec ardeur.

– Mais, Harry, tu viens de le dire toi-même, répliqua Hermione d'un ton féroce. Dumbledore voulait que tu apprennes à empêcher ce genre de visions de pénétrer dans ta tête. Si tu avais étudié l'occlumancie correctement, tu n'aurais jamais vu ce...

– SI TU CROIS QUE JE VAIS FAIRE COMME SI JE N'AVAIS RIEN VU !

– Sirius lui-même a dit qu'il était très important que tu apprennes à fermer ton esprit !

– EH BIEN, JE PENSE QU'IL DIRAIT AUTRE CHOSE S'IL SAVAIT CE QUE JE VIENS DE...

A cet instant, la porte de la salle s'ouvrit. Harry, Ron et Hermione firent volte-face. Ginny, le regard interrogateur, entra dans la classe, suivie par Luna qui avait l'air, comme d'habitude, de s'être aventurée là par hasard.

– Salut, dit Ginny d'un ton hésitant. On a reconnu la voix de Harry. Pourquoi tu criais comme ça ?

– Ça ne te regarde pas ! répondit-il brutalement.

Ginny haussa les sourcils.

– Pas la peine de me parler sur ce ton, reprit-elle avec froideur. Je me demandais simplement si je pouvais me rendre utile.

— Eh bien non, tu ne peux pas, trancha Harry, cassant.

— Tu n'es pas très poli, tu sais, fit remarquer Luna, l'air serein.

Harry poussa un juron et se détourna d'elle. Il n'avait vraiment pas envie d'entamer une conversation avec Luna Lovegood.

— Attends, dit soudain Hermione, attends... Harry, je crois au contraire qu'elles *peuvent* nous être utiles.

Harry et Ron se tournèrent vers elle.

— Écoute, poursuivit-elle, nous devons savoir si Sirius a véritablement quitté le quartier général.

— Je t'ai déjà dit que j'ai vu...

— Harry, je t'en supplie, s'il te plaît ! l'interrompit Hermione d'un ton désespéré. Laisse-nous simplement vérifier que Sirius n'est plus chez lui avant de foncer à Londres. Si nous nous apercevons qu'il n'est plus là, alors, je te jure que je n'essaierai pas de te retenir. Je viendrai avec toi, je ferai... tout ce qui est possible pour essayer de le sauver.

— Sirius est torturé EN CE MOMENT MÊME ! s'écria Harry. Nous n'avons pas de temps à perdre.

— Mais si c'est une ruse de Voldemort, Harry, nous devons vérifier, il le faut.

— Comment ? interrogea-t-il. Comment on va s'y prendre pour vérifier ?

— On se servira de la cheminée d'Ombrage pour voir si on peut le contacter, répondit Hermione, littéralement terrifiée à cette idée. On va de nouveau attirer Ombrage ailleurs mais nous aurons besoin de quelqu'un pour faire le guet et c'est là que Ginny et Luna peuvent nous être utiles.

Bien qu'elle n'eût visiblement rien compris à ce qui se passait, Ginny répondit aussitôt :

— D'accord, vous pouvez compter sur nous.

Luna ajouta :

— Quand vous dites Sirius, vous voulez parler de Stubby Boardman ?

Personne ne lui répondit.

— O.K., dit Harry à Hermione d'une voix agressive, O.K., si tu trouves le moyen de le faire vite, je marche avec toi, sinon je vais tout de suite au Département des mystères.

— Le Département des mystères, dit Luna, légèrement surprise. Et comment tu vas aller là-bas ?

Cette fois encore, Harry ne lui prêta aucune attention.

— Bien, reprit Hermione qui faisait les cent pas entre les rangées de tables en se tordant les mains. Bon alors, il faut que l'un de nous aille trouver Ombrage pour... pour l'envoyer dans la mauvaise direction et la garder le plus longtemps possible éloignée de son bureau. On pourrait lui dire... je ne sais pas... que Peeves est en train de tout ravager quelque part, comme d'habitude...

— Je m'en occupe, proposa aussitôt Ron. Je lui dirai qu'il casse tout dans le département de métamorphose ou quelque chose comme ça, c'est à des kilomètres de son bureau. D'ailleurs, quand j'y pense, je pourrais aussi bien essayer de convaincre Peeves de le faire vraiment si je le rencontre sur mon chemin.

Le fait qu'Hermione ne soulève aucune objection à l'idée de tout casser au département de métamorphose en disait long sur la gravité de la situation.

— D'accord, dit-elle, le front plissé, tandis qu'elle continuait de faire les cent pas. Maintenant, il faut qu'on empêche les autres de s'approcher du bureau d'Ombrage pendant qu'on force la porte sinon, on risque d'être repérés par un Serpentard qui ira la prévenir.

— Luna et moi, on n'a qu'à se mettre à chaque bout du couloir, dit aussitôt Ginny, pour prévenir les gens que quelqu'un a répandu du Gaz Étrangleur.

Hermione parut surprise de la rapidité avec laquelle Ginny avait trouvé ce mensonge. Ginny haussa les épaules et expliqua :

— Fred et George avaient l'intention de le faire pour de bon avant de partir.

— O.K., dit Hermione. Harry, toi et moi, on se mettra sous la cape d'invisibilité et on s'introduira dans le bureau pour que tu puisses parler à Sirius...

— Il n'est pas là, Hermione !

— Tu peux... tu peux au moins vérifier s'il est chez lui ou pas pendant que je surveille le bureau. Mais il ne faut pas que tu y restes tout seul. Lee a déjà montré que la fenêtre était un point faible en y faisant passer les Niffleurs.

Malgré toute sa colère et son impatience, Harry devait bien reconnaître que la proposition d'Hermione de l'accompagner dans le bureau d'Ombrage était un signe de solidarité et de loyauté.

— Je... D'accord, merci, marmonna-t-il.

— Bon, mais même si on fait tout ça, je ne pense pas qu'on puisse disposer de plus de cinq minutes, reprit Hermione, soulagée que Harry ait accepté son plan. Avec Rusard et l'horrible brigade inquisitoriale qui se promènent un peu partout...

— Cinq minutes suffiront, assura Harry. Viens, allons-y.

— Maintenant ? dit Hermione, prise de court.

— Bien sûr, maintenant ! répliqua-t-il avec colère. Qu'est-ce que tu crois ? Qu'on va attendre après le dîner, ou quoi ? Hermione, Sirius est torturé *en ce moment même* !

— Je... Bon, d'accord, dit-elle, résignée. Va chercher la cape d'invisibilité et on se retrouve au bout du couloir d'Ombrage, O.K. ?

Harry ne prit pas le temps de répondre. Il se précipita hors de la classe et se fraya un chemin parmi la foule des élèves qui se pressaient dans le couloir. Deux étages plus haut, il rencontra Seamus et Dean qui lui annoncèrent d'un ton jovial leur intention d'organiser une fête dans la salle commune, du crépuscule à l'aube, pour célébrer la fin des examens. Harry les entendit à peine. Il se rua à travers l'ouverture dissimulée par le portrait de la grosse dame pendant qu'ils se disputaient sur le nombre de bouteilles de Bièraubeurre qu'ils devraient se procurer au marché noir et il était déjà ressorti avec la cape d'invisibilité et le couteau de Sirius dans son sac avant qu'ils aient eu le temps de remarquer son absence.

— Harry, tu veux bien mettre deux Gallions pour participer aux frais ? Harold Dingle dit qu'il pourrait nous vendre un peu de Whisky pur feu...

Mais Harry s'éloignait déjà à toutes jambes et deux minutes plus tard, il sautait les dernières marches pour rejoindre Ron, Hermione, Ginny et Luna, rassemblés à l'extrémité du couloir d'Ombrage.

— Ça y est, j'ai tout ce qu'il faut, dit-il d'une voix haletante. Alors, vous êtes prêts ?

— Oui, on peut y aller, murmura Hermione tandis qu'une bande de sixième année particulièrement bruyants passaient devant eux. Toi, Ron, tu pars t'occuper d'Ombrage... Ginny, Luna, si vous pouviez commencer à éloigner les gens du couloir... Harry et moi, on va se mettre sous la cape et attendre que la voie soit libre...

Ron s'éloigna à grands pas. Ses cheveux roux vif restèrent visibles jusqu'à ce qu'il ait atteint le bout du couloir. Pendant ce temps, la tête tout aussi flamboyante de Ginny s'éloignait dans l'autre direction, ballottée par les élèves qui se bousculaient autour d'elle et suivie par la chevelure blonde de Luna.

—Viens par là, murmura Hermione.

Elle prit Harry par le poignet et l'entraîna dans un recoin où la tête repoussante d'un sorcier médiéval, sculptée dans la pierre et posée sur une colonne, marmonnait des paroles incompréhensibles.

— Tu... Tu es sûr que ça va, Harry ? Tu es toujours très pâle.

— Je vais très bien, répliqua-t-il sèchement en sortant de son sac la cape d'invisibilité.

En fait, sa cicatrice lui faisait mal mais pas au point de lui laisser penser que Voldemort avait donné à Sirius un coup fatal. Elle était beaucoup plus douloureuse lorsque Voldemort avait puni Avery...

—Voilà, dit-il.

Il étendit la cape sur eux et ils restèrent immobiles, l'oreille aux aguets, sans se laisser distraire par les marmonnements en latin du buste de pierre.

— On ne peut pas passer par là ! criait Ginny à la foule des élèves. Désolée, il faut passer par l'escalier tournant, quelqu'un a répandu du Gaz Étrangleur dans le couloir...

Ils entendirent des protestations.

— Je ne vois pas de gaz, ici, dit une voix grincheuse.

— C'est parce qu'il est incolore, répondit Ginny d'un ton exaspéré qui semblait tout à fait convaincant. Mais si tu veux passer quand même, vas-y, on montrera ton corps au prochain imbécile qui refusera de nous croire.

Peu à peu, il y eut de moins en moins de monde. La nouvelle de la présence du Gaz Étrangleur s'était largement diffusée et plus personne n'empruntait le couloir. Lorsque les alentours furent complètement dégagés, Hermione chuchota à l'oreille de Harry :

— Je crois qu'on ne peut pas espérer mieux. Viens, on y va.

Ils s'avancèrent, recouverts par la cape d'invisibilité. Luna leur tournait le dos, à l'autre bout du couloir et, lorsqu'ils passèrent devant Ginny, Hermione murmura :

— Bravo... N'oublie pas le signal.

— C'est quoi, le signal ? marmonna Harry alors qu'ils approchaient de la porte d'Ombrage.

— Si l'une d'elles voit Ombrage revenir, elle devra chanter très fort *Weasley est notre roi*.

Harry inséra la lame du couteau de Sirius dans l'interstice entre la porte et le mur. La serrure s'ouvrit avec un déclic et ils pénétrèrent dans le bureau.

Les chatons aux couleurs criardes se chauffaient au soleil qui baignait leurs assiettes mais, pour le reste, le bureau était aussi vide et paisible que la dernière fois. Hermione poussa un soupir de soulagement.

– J'avais peur qu'elle ait installé de nouveaux systèmes de sécurité après le deuxième Niffleur.

Ils ôtèrent la cape. Hermione se précipita vers la fenêtre, sa baguette magique à la main, et surveilla le parc en prenant soin de rester hors de vue. Harry se rua sur la cheminée, prit la boîte de poudre de Cheminette et en jeta une pincée dans l'âtre. Des flammes d'émeraude jaillirent aussitôt. Il s'agenouilla, plongea la tête dans le feu puis s'écria :

– 12, square Grimmaurd !

Sa tête se mit à tourner comme s'il venait de descendre d'un manège de fête foraine mais ses genoux restèrent solidement plantés sur le sol de pierre froide du bureau. Il ferma les yeux pour les protéger des tourbillons de cendre et les rouvrit lorsque l'impression de tournis eut cessé. La vaste cuisine glacée du square Grimmaurd apparut alors devant lui.

Il n'y avait personne. Harry s'y attendait mais il ne s'était pas préparé à la vague de terreur panique qui le submergea quand il vit la pièce déserte.

– Sirius ? cria-t-il. Sirius, tu es là ?

Sa voix résonna en écho dans toute la cuisine mais il n'y eut aucune réponse en dehors d'un bruissement à peine perceptible à droite de la cheminée.

– Qui est là ? s'exclama-t-il en se demandant si ce n'était pas simplement une souris.

Kreattur, l'elfe de maison, se glissa dans son champ de vision. Il avait l'air enchanté malgré les gros bandages qui lui entouraient les mains et semblaient cacher des blessures graves.

– C'est la tête du jeune Potter dans le feu, déclara l'elfe comme s'il s'adressait à la cuisine elle-même.

Il jeta à Harry un regard furtif et étrangement triomphant.

– Kreattur se demande ce qu'il est venu faire ici.

– Où est Sirius ? demanda Harry d'un ton pressant.

L'elfe de maison laissa échapper un petit rire sifflant.

– Le maître est sorti, Harry Potter.

— Où est-il allé ? *Où est-il allé, Kreattur ?*

Celui-ci se contenta d'émettre un petit rire aigu.

— Attention, je te préviens ! menaça Harry, parfaitement conscient que, dans cette position, ses possibilités d'infliger un châtiment à Kreattur étaient quasi inexistantes. Où est Lupin ? Et Fol Œil ? Est-ce qu'il y a quelqu'un ici ?

— Personne sauf Kreattur ! répondit l'elfe d'un ton ravi.

Se détournant de Harry, il se dirigea lentement vers la porte, à l'autre bout de la cuisine.

— Kreattur pense qu'il va aller bavarder un peu avec sa maîtresse, maintenant, oui, il y a longtemps qu'il n'en a pas eu l'occasion, le maître de Kreattur l'a tenu éloigné d'elle…

— Où est parti Sirius ? lui cria Harry. *Kreattur, est-ce qu'il est allé au Département des mystères ?*

L'elfe se figea sur place. Harry parvenait tout juste à distinguer son crâne chauve à travers la véritable forêt que formaient les pieds de chaises devant ses yeux.

— Le maître ne dit pas au pauvre Kreattur où il va, répondit l'elfe à voix basse.

— Mais tu le sais quand même ! s'écria Harry. N'est-ce pas ? Tu sais où il est !

Il y eut un moment de silence, puis l'elfe laissa échapper un rire plus sonore que les précédents.

— Le maître ne reviendra pas du Département des mystères ! dit-il avec joie. Kreattur et sa maîtresse sont à nouveau seuls !

Puis il fila à petits pas pressés et disparut par la porte du hall.

— Espèce de… !

Mais avant d'avoir eu le temps de prononcer la moindre insulte, Harry éprouva une intense douleur au sommet du crâne. Il respira une bouffée de cendres, s'étouffa à moitié et se sentit tiré en arrière, à travers les flammes. Soudain, il eut l'horrible surprise de voir devant lui le gros visage blafard du professeur Ombrage qui l'avait traîné hors du feu en le saisissant par les cheveux et lui tordait à présent le cou en arrière aussi loin qu'elle le pouvait, comme si elle avait voulu lui trancher la gorge.

— Vous pensez sans doute, murmura-t-elle en tirant un peu plus la tête de Harry qui était obligé à présent de regarder le plafond, qu'après deux Niffleurs, j'allais à nouveau laisser une ignoble petite créature fouiner dans mon bureau quand j'ai le dos tourné ? Depuis la dernière fois, j'ai jeté des sortilèges Anticatimini tout autour de ma porte, espèce d'idiot. Prenez sa baguette, aboya-t-elle à quelqu'un qu'il ne pouvait pas voir.

Il sentit alors une main fouiller dans la poche de sa robe de sorcier et en retirer sa baguette magique.

— La sienne aussi, ajouta Ombrage.

Harry entendit un bruit de lutte près de la porte et devina que quelqu'un s'était également emparé de la baguette d'Hermione.

— Je veux connaître les raisons de votre présence ici, dit Ombrage.

Elle secoua la touffe de cheveux qu'elle serrait dans son poing en faisant vaciller Harry sur ses jambes.

— J'essayais… de récupérer mon Éclair de feu ! répondit-il d'une voix rauque.

— Menteur !

Elle lui secoua à nouveau la tête.

— Votre Éclair de feu est sous bonne garde dans les cachots, vous le savez très bien, Potter. Vous aviez la tête dans ma cheminée. Avec qui étiez-vous en train de communiquer ?

— Personne, assura Harry en essayant de se dégager.

Il sentit des cheveux se détacher de son crâne.

— *Menteur !* hurla Ombrage.

Elle le projeta vers le bureau qu'il heurta de plein fouet. Il voyait à présent Hermione plaquée contre le mur par Millicent Bulstrode. Accoudé contre le rebord de la fenêtre, Malefoy, avec un sourire narquois, lançait la baguette de Harry en l'air et la rattrapait d'une seule main.

Il y eut un grand bruit dans le couloir et quelques robustes élèves de Serpentard entrèrent dans le bureau, en tenant fermement Ron, Ginny, Luna et, à la stupéfaction de Harry, Neville. Crabbe l'avait immobilisé en lui serrant la gorge et Neville semblait sur le point de suffoquer. Tous les quatre avaient été bâillonnés.

– Nous les avons tous, annonça Warrington qui poussa brutalement Ron à l'intérieur de la pièce. *Celui-là* – il pointa un index épais en direction de Neville – a essayé de m'empêcher d'emmener *celle-ci* – il désigna Ginny qui essayait de donner des coups de pied dans les tibias de la grosse fille de Serpentard qui la maintenait – alors, j'ai décidé de l'ajouter aux autres.

– Très bien, très bien, se réjouit Ombrage en regardant Ginny se débattre. Il semble que Poudlard sera bientôt un espace libéré des Weasley.

Malefoy eut un rire sonore et servile. Avec son large sourire satisfait, Ombrage s'installa dans un fauteuil recouvert de chintz et contempla ses captifs en clignant des yeux à la manière d'un crapaud tapi dans un massif de fleurs.

– Alors, Potter, dit-elle, vous avez installé des guetteurs, ou plutôt des guetteuses, autour de mon bureau et vous avez envoyé ce bouffon – elle désigna Ron d'un signe de tête et Malefoy éclata d'un rire encore plus bruyant – me raconter que l'esprit frappeur détruisait tout au département de métamorphose alors que je savais pertinemment qu'il était occupé à badigeonner d'encre les lentilles des télescopes. Mr Rusard venait de m'en informer. De toute évidence, il était très important pour vous de parler à quelqu'un. Était-ce Albus Dumbledore ? Ou l'hybride Hagrid ? Je ne pense pas qu'il puisse s'agir de Minerva McGonagall, j'ai entendu dire qu'elle n'était plus en état de parler à quiconque.

Cette réflexion déclencha à nouveau le rire de Malefoy et de quelques autres membres de la brigade inquisitoriale. Harry se surprit à trembler de rage et de haine.

– Vous n'avez pas à savoir à qui je parlais, ça ne vous regarde pas, gronda-t-il avec hargne.

Le visage flasque d'Ombrage sembla se durcir.

– Très bien, répliqua-t-elle de sa voix la plus menaçante et la plus doucereuse, très bien, Mr Potter... Je vous ai donné une chance de me répondre librement. Vous avez refusé. Je n'ai maintenant plus d'autre choix que de vous forcer à parler. Drago, allez chercher le professeur Rogue.

Malefoy rangea la baguette de Harry dans une poche de sa robe et sortit du bureau en ricanant mais Harry le remarqua à peine. Il venait de réaliser quelque chose. Comment croire qu'il avait été assez stupide pour l'oublier ? Il pensait que tous les membres de l'Ordre, tous ceux qui auraient pu l'aider à sauver Sirius, étaient partis – mais il se trompait. Il restait un membre de l'Ordre du Phénix à Poudlard : Rogue.

Le silence retomba dans le bureau. On n'entendait plus que les mouvements brusques et les froissements d'étoffe dus aux efforts des Serpentard pour maintenir leurs prisonniers. La lèvre de Ron saignait sur le tapis d'Ombrage tandis qu'il se débattait pour se libérer de Warrington qui l'avait immobilisé d'une clé au bras. Ginny s'efforçait toujours d'écraser les pieds de la fille de sixième année qui l'avait solidement empoignée. Neville devenait de plus en plus violacé en essayant d'écarter les bras de Crabbe. Et Hermione tentait en vain de repousser Millicent Bulstrode qui continuait de la plaquer contre le mur. Luna, en revanche, se tenait négligemment à côté de sa ravisseuse, jetant par la fenêtre des regards vagues comme si ce qui se passait autour d'elle lui paraissait très ennuyeux.

Harry soutint le regard d'Ombrage qui l'observait avec attention. Il conserva délibérément une expression lisse et neutre lorsque des bruits de pas retentirent dans le couloir et que Drago Malefoy revint dans la pièce en tenant la porte pour laisser passer Rogue.

— Vous vouliez me voir, madame la directrice ? demanda Rogue en regardant avec une totale indifférence les élèves qui se débattaient.

— Ah, professeur Rogue, dit Ombrage qui se releva en souriant largement. Oui, je voudrais un autre flacon de Veritaserum, aussi vite que possible, s'il vous plaît.

— Vous avez pris mon dernier flacon pour interroger Potter, répondit Rogue en l'observant d'un regard froid à travers le rideau de cheveux noirs et graisseux qui lui tombaient autour de la figure. Vous ne l'avez sûrement pas utilisé entièrement ? Je vous avais dit que trois gouttes seraient suffisantes.

Ombrage rougit.

— Vous pouvez m'en préparer encore, n'est-ce pas ? dit-elle, d'une voix qui avait pris des intonations doucereuses de petite fille, comme toujours lorsqu'elle était furieuse.

— Mais certainement, répondit Rogue, la lèvre légèrement retroussée. La potion doit mûrir pendant un cycle complet de la lune, elle sera donc prête dans un mois environ.

— Un mois ? couina Ombrage qui sembla enfler comme un crapaud. Un *mois* ? Mais j'en ai besoin ce soir, Rogue ! Je viens de surprendre Potter qui se servait de ma cheminée pour communiquer avec une ou des personnes dont il n'a pas voulu me révéler le nom !

— Vraiment ? dit Rogue, qui tourna son regard vers Harry en montrant pour la première fois un très léger signe d'intérêt. Je n'en suis pas surpris. Potter n'a jamais manifesté un goût très prononcé pour le respect du règlement de l'école.

Ses yeux noirs et froids vrillèrent ceux de Harry qui soutint son regard sans ciller. Il se concentrait sur ce qu'il avait vu dans son rêve, en espérant que Rogue lirait dans sa pensée, qu'il comprendrait...

— Je veux l'interroger ! s'écria Ombrage.

Rogue détacha son regard de Harry pour le reporter sur le visage tremblotant de fureur d'Ombrage.

– Je veux que vous me fournissiez une potion qui le forcera à me révéler la vérité !

– Je vous ai déjà dit, répondit Rogue avec douceur, qu'il ne me reste plus de Veritaserum. A moins que vous ne souhaitiez empoisonner Potter – et je puis vous assurer qu'une telle tentative m'inspirerait la plus grande sympathie –, il m'est impossible de vous aider. Le seul ennui, c'est que la plupart des venins agissent trop vite pour laisser à la victime le temps de dire tout ce qu'elle sait.

Rogue regarda à nouveau Harry qui le fixa en s'efforçant frénétiquement de communiquer avec lui sans recourir à la parole. « Voldemort détient Sirius au Département des mystères, pensa-t-il avec l'énergie du désespoir. Voldemort détient Sirius... »

– Vous êtes mis à l'épreuve ! hurla le professeur Ombrage.

Rogue se tourna à nouveau vers elle, les sourcils légèrement levés.

– Vous refusez délibérément de coopérer ! J'attendais mieux de votre part. Lucius Malefoy parle toujours de vous en termes très élogieux ! Et maintenant, sortez de mon bureau !

Rogue s'inclina en un salut ironique et s'apprêta à repartir. Harry savait que sa seule chance de faire savoir à l'Ordre ce qui se passait était sur le point de disparaître par cette porte.

– Il a pris Patmol ! s'écria-t-il. Il a emmené Patmol là où la chose est cachée !

Rogue s'était immobilisé, la main sur la poignée de la porte.

– Patmol ? s'exclama le professeur Ombrage en regardant successivement Harry et Rogue d'un œil avide. Qui est Patmol ? Où est cette chose cachée ? Que veut-il dire, Rogue ?

Rogue se tourna vers Harry, le visage insondable. Harry ignorait s'il avait compris ou pas mais il n'osait pas s'exprimer plus clairement devant Ombrage.

– Je n'en ai aucune idée, répondit Rogue d'un ton glacial. Potter, quand j'aurai envie de vous entendre crier des paroles sans queue ni tête, je vous donnerai une potion de Babillage. Et vous, Crabbe, desserrez un peu votre prise. Si Londubat meurt étouffé, il faudra remplir tout un tas de paperasses et en plus, j'ai bien peur d'avoir à le mentionner dans vos références quand vous chercherez un emploi.

Il referma la porte derrière lui avec un léger claquement, laissant Harry dans un désarroi encore plus profond. Rogue constituait son dernier espoir. Il se tourna vers Ombrage qui semblait ressentir la même chose. La rage et la frustration accéléraient sa respiration et l'on voyait sa poitrine se soulever avec force.

– Très bien, dit-elle en sortant sa baguette magique. Très bien... Je n'ai plus d'autre choix... Il ne s'agit plus seulement de discipline scolaire... C'est une question qui concerne la sécurité du ministère... Oui... Oui...

On aurait dit qu'elle essayait de se convaincre de quelque chose. Les yeux fixés sur Harry, elle dansait nerveusement d'un pied sur l'autre, respirant avec bruit et tapotant sa baguette contre la paume de sa main. Sans sa propre baguette magique, Harry éprouvait devant elle un horrible sentiment d'impuissance.

– Vous m'y forcez, Potter... Ce n'est pas moi qui le veux, dit-elle, en dansant toujours sur place. Mais parfois, les circonstances justifient qu'on y ait recours... Je suis certaine que le ministère comprendra que je n'avais pas le choix...

Malefoy l'observait avec un regard gourmand.

– Le sortilège Doloris devrait vous délier la langue, dit Ombrage à mi-voix.

– Non ! s'écria Hermione. Professeur Ombrage... C'est illégal !

Mais Ombrage ne fit pas attention à elle. Il y avait sur son visage une expression de férocité, d'excitation, d'avidité que Harry ne lui avait jamais connue. Elle leva sa baguette.

– C'est contraire à la loi, professeur Ombrage ! s'exclama Hermione. Le ministre ne vous approuvera sûrement pas !

– Ce que Cornelius ignore ne peut pas lui porter tort, répondit Ombrage.

La respiration légèrement haletante, elle pointa sa baguette magique sur différentes parties du corps de Harry, essayant de déterminer l'endroit où elle pourrait lui faire le plus mal.

— Il n'a jamais su que j'avais donné l'ordre à des Détraqueurs d'aller s'occuper de Potter l'été dernier, mais il a quand même été ravi d'avoir une occasion de le renvoyer.

— C'était *vous* ? s'exclama Harry, le souffle coupé. *Vous* m'avez envoyé les Détraqueurs ?

— Il fallait bien que *quelqu'un* agisse, dit Ombrage dans un murmure, sa baguette magique pointée à présent sur le front de Harry. Ils étaient tous là à gémir qu'on devait absolument vous faire taire, vous discréditer, mais j'ai été la seule à *agir* en ce sens... L'ennui, c'est que vous avez réussi à vous en sortir, n'est-ce pas, Potter ? Aujourd'hui, en revanche, vous ne vous en sortirez pas, plus maintenant...

Elle prit alors une profonde inspiration et s'écria :

— *Endol...*

— NON ! hurla Hermione d'une voix brisée. Non... Harry... Il faut le lui dire !

— Certainement pas ! protesta Harry en fixant des yeux le peu que Millicent Bulstrode laissait voir d'Hermione.

— Il le faut, Harry. De toute façon, elle t'y forcera, à quoi ça servirait de s'entêter ?

Et Hermione se mit à pleurer dans la robe de Millicent Bulstrode qui cessa aussitôt de l'écraser contre le mur et s'écarta d'elle d'un air dégoûté.

— Tiens, tiens, tiens, dit Ombrage, triomphante. Mademoiselle J'ai-toujours-une-question va maintenant nous donner quelques réponses ! Alors, allons-y, ma petite fille, allons-y !

— Her – mio – ne – non ! s'écria Ron qui suffoquait.

Ginny fixait Hermione comme si c'était la première fois qu'elle la voyait. Neville, étouffant toujours à moitié, avait également les yeux rivés sur elle. Harry, en revanche, venait de remarquer quelque chose. Le visage dans les mains, Hermione sanglotait désespérément mais on ne voyait pas trace de larmes.

— Je...je suis désolée..., dit Hermione. Mais...je ne peux pas le supporter...

— Très bien, très bien, ma petite fille ! s'exclama Ombrage.

Elle saisit Hermione par l'épaule, la projeta dans le fauteuil de chintz et se pencha sur elle.

— Allons-y, maintenant... Avec qui Potter était-il en train de communiquer il y a quelques minutes ?

— Eh bien, hoqueta Hermione, le visage dans les mains, il *essayait* de parler au professeur Dumbledore.

Ron se figea, les yeux grands ouverts. Ginny cessa d'écraser les orteils de la fille de Serpentard et Luna elle-même parut un peu étonnée. Heureusement, l'attention d'Ombrage et de ses laquais était trop concentrée sur Hermione pour que ces diverses manifestations de surprise éveillent leurs soupçons.

— Dumbledore ? dit Ombrage d'un air avide. Vous savez donc où est Dumbledore ?

— Oh... non ! sanglota Hermione. On a essayé Le Chaudron Baveur, sur le Chemin de Traverse, et Les Trois Balais, et même La Tête de Sanglier...

— Espèce d'idiote ! Dumbledore ne va pas s'installer dans un pub alors que tout le ministère est à sa recherche ! s'écria Ombrage.

La déception se lisait sur chaque ride de son visage flasque.

— Mais... On avait quelque chose de très important à lui dire ! gémit Hermione.

Elle serra ses mains plus fort contre son visage, non en signe de détresse, Harry le savait bien, mais pour cacher l'absence de larmes.

— Ah oui ? murmura Ombrage avec un regain d'excitation. Et qu'est-ce que vous vouliez lui dire ?

— Nous... voulions lui dire que c'est... p-prêt ! balbutia Hermione d'une voix étouffée.

— Qu'est-ce qui est prêt ?

Ombrage la prit par les épaules et la secoua légèrement.

— Qu'est-ce qui est prêt, ma petite fille ?

— L'a... l'arme, répondit Hermione.

— L'arme ? L'arme ? s'exclama Ombrage dont les yeux semblaient sur le point de sortir de leurs orbites. Vous avez organisé une méthode de résistance ? Avec une arme que vous pourriez utiliser contre le ministère ? Sous les ordres du professeur Dumbledore, bien sûr ?

— Ou – oui, haleta Hermione, mais il a dû partir avant qu'elle soit terminée et m-m-maintenant, on l'a finie pour lui, mais on n'arrive pas à le t-t-trouver pour le lui d-d-dire !

— De quel genre d'arme s'agit-il ? demanda Ombrage d'une voix dure, ses doigts boudinés toujours serrés sur l'épaule d'Hermione.

— On n'a p-p-pas vraiment compris, répondit Hermione en reniflant bruyamment. On a s-s-simplement fait ce que le p-p-professeur Dumbledore nous a d-d-dit de faire.

Ombrage se redressa. Elle exultait.

— Montrez-moi cette arme, dit-elle.

— Je ne veux pas la montrer... *à eux* ! dit Hermione d'une voix suraiguë en regardant les Serpentard à travers ses doigts écartés.

— Ce n'est pas à vous de fixer les conditions, répliqua le professeur Ombrage d'un ton cassant.

— Très bien, dit Hermione qui recommença à sangloter dans ses mains. Très bien... Qu'ils la voient, et j'espère qu'ils s'en serviront contre vous ! Finalement, je voudrais que vous ameniez plein de gens pour la voir ! Ce... ce serait bien fait pour vous ! Je serais ravie si t-t-toute l'école savait où elle est et comment s'en servir, comme ça, dès que vous vous en prendrez à quelqu'un, il pourra vous ré-régler votre compte !

Les paroles d'Hermione eurent un impact considérable sur Ombrage. Elle jeta un regard furtif et soupçonneux aux membres de sa brigade inquisitoriale, ses yeux globuleux s'attardant un instant sur Malefoy qui fut trop lent pour dissimuler l'expression d'avidité apparue sur son visage.

Ombrage contempla Hermione pendant encore un bon moment puis elle reprit la parole, d'un ton qu'elle voulait maternel :

— Entendu, ma chérie, allons-y toutes les deux... Et nous emmènerons Potter aussi, d'accord ? Levez-vous, maintenant.

— Professeur, dit précipitamment Malefoy, professeur Ombrage, je pense que des membres de la brigade devraient venir avec vous pour veiller à...

— Je suis une représentante officielle et parfaitement qualifiée du ministère de la Magie, Malefoy, vous pensez vraiment que je ne peux pas me débrouiller toute seule face à deux adolescents désarmés ? demanda-t-elle d'un ton sec. En tout cas, il semble préférable que les élèves de l'école ne voient pas cette arme. Vous resterez donc ici jusqu'à mon retour en vous assurant que ces jeunes gens — elle montra d'un geste circulaire Ron, Ginny, Neville et Luna — ne puissent pas s'échapper.

— Très bien, répondit Malefoy, déçu et boudeur.

— Et vous deux, vous allez passer devant moi pour me montrer le chemin, ajouta Ombrage en pointant sa baguette magique sur Harry et Hermione. On y va.

33

LUTTE ET FUGUE

Harry n'avait aucune idée du plan d'Hermione. Il n'était même pas sûr qu'elle en ait un. Il lui avait emboîté le pas dès qu'elle était sortie dans le couloir, sachant qu'il éveillerait les soupçons s'il paraissait ignorer où ils allaient, mais il ne fit pas la moindre tentative pour lui parler. Ombrage les suivait de si près qu'il entendait sa respiration saccadée.

Hermione les amena au bas de l'escalier, dans le hall d'entrée. Les échos du tumulte produit par les éclats de voix et le cliquetis des couverts sur les assiettes leur parvenaient de la Grande Salle. Harry avait du mal à croire qu'à moins d'une dizaine de mètres d'eux, les élèves de Poudlard dînaient joyeusement, fêtant la fin des examens, l'esprit libre de tout souci...

Hermione franchit les portes de chêne et descendit les marches de pierre dans l'atmosphère parfumée du soir. Le soleil descendait à présent sur les arbres de la Forêt interdite et tandis qu'Hermione traversait la pelouse d'un pas décidé – Ombrage courant derrière pour ne pas se laisser distancer –, leurs ombres allongées ondulaient dans l'herbe derrière eux, telles des capes noires.

– L'arme est cachée dans la cabane de Hagrid, c'est cela ? demanda Ombrage, impatiente, à l'oreille de Harry.

– Bien sûr que non, répondit Hermione d'un ton cinglant. Hagrid aurait pu la déclencher accidentellement.

– Oui, dit Ombrage, de plus en plus excitée. Oui, bien sûr, c'était le risque avec cet hybride imbécile.

Elle éclata de rire. Harry éprouva une terrible envie de se retourner et de la prendre à la gorge mais il résista à la tentation. Il sentait sa cicatrice palpiter sous la faible brise du soir mais elle n'était pas encore chauffée au rouge, ce qui aurait été le cas si Voldemort s'apprêtait à tuer Sirius.

— Alors, où est-elle ? demanda Ombrage avec un soupçon d'incertitude dans la voix, pendant qu'Hermione continuait d'avancer droit vers la forêt.

— Là-bas, répondit Hermione en montrant l'obscurité des arbres. Il fallait la mettre dans un endroit où les élèves ne pouvaient pas tomber dessus par hasard.

— Bien sûr, approuva Ombrage qui semblait saisie à présent d'une certaine appréhension. Bien sûr... Bon, dans ce cas... Vous restez devant moi, tous les deux.

— Est-ce qu'on peut prendre votre baguette si on doit marcher devant ? lui demanda Harry.

— Non, je ne crois pas, Mr Potter, répondit Ombrage d'une voix suave en lui donnant un petit coup de baguette magique dans le dos. J'ai bien peur que le ministère accorde beaucoup plus de valeur à ma vie qu'à la vôtre.

Lorsqu'ils atteignirent l'ombre fraîche des premiers arbres, Harry essaya de croiser le regard d'Hermione. S'enfoncer dans la forêt sans baguette magique lui paraissait beaucoup plus téméraire que tout ce qu'ils avaient fait d'autre au cours de cette soirée. Mais Hermione se contenta d'adresser à Ombrage un regard méprisant et marcha droit parmi les arbres en avançant d'un pas si rapide que les courtes jambes d'Ombrage avaient du mal à suivre.

— C'est encore loin ? demanda-t-elle, sa robe déchirée par les ronces.

— Oh oui, répondit Hermione. Elle est bien cachée.

Harry se sentait de plus en plus mal à l'aise. Hermione ne suivait pas le sentier qu'ils avaient pris pour aller voir Graup mais celui qu'il avait emprunté trois ans auparavant lorsqu'il s'était rendu dans le repaire d'Aragog. Hermione n'était pas avec lui ce jour-là et ne devait pas avoir la moindre idée du danger qui les attendait au bout du chemin.

– Heu... Tu es sûre que c'est la bonne direction ? lui demanda-t-il d'un ton appuyé.

– Oh, oui, répondit-elle, catégorique.

Elle écrasait les broussailles sur son passage en produisant un bruit que Harry estimait tout à fait inutile. Derrière eux, Ombrage trébucha contre un arbuste renversé. Ni l'un ni l'autre ne se donna la peine de l'aider à se relever. Hermione continua d'avancer avec détermination en s'écriant par-dessus son épaule :

– C'est un peu plus loin !

– Hermione, pas si fort, marmonna Harry qui accéléra le pas pour la rejoindre. Le moindre son peut être entendu, ici...

– Justement, je veux qu'on nous entende, répondit-elle à voix basse tandis qu'Ombrage courait bruyamment pour les rattraper. Tu verras...

Ils poursuivirent ainsi leur marche pendant un temps qui parut très long et s'enfoncèrent si loin dans la forêt que les feuillages des arbres empêchaient à nouveau toute lumière de passer. Harry retrouvait la même sensation qu'il avait déjà éprouvée en venant ici : celle d'être observé par des yeux invisibles.

– C'est encore loin ? demanda Ombrage avec colère.

– Non, plus maintenant ! lui cria Hermione alors qu'ils arrivaient dans une clairière humide et sombre. Juste un petit peu plus...

Une flèche siffla dans l'air et se planta dans un arbre, avec un bruit mat, menaçant, juste au-dessus de sa tête. Des martèlements de sabots retentirent soudain de partout. Le sol de la forêt se mit à trembler. Ombrage laissa alors échapper un petit cri et poussa Harry devant elle, comme un bouclier...

Harry se dégagea et regarda autour de lui. Une cinquantaine de centaures avaient surgi de tous côtés, les flèches de leurs arcs pointées sur eux. Tous trois reculèrent lentement jusqu'au centre de la clairière. Ombrage poussait de petits gémissements de frayeur. Harry jeta à Hermione un regard en biais et la vit afficher un sourire triomphant.

— Qui êtes-vous ? dit une voix.

Harry regarda sur sa gauche. Le centaure au pelage brun du nom de Magorian s'était détaché du cercle et avançait vers eux. Lui aussi braquait la flèche de son arc dans leur direction. A la droite de Harry, Ombrage continuait de se lamenter, sa baguette magique, qui tremblait violemment, pointée sur le centaure.

— Je t'ai demandé qui tu étais, humaine, dit Magorian d'un ton abrupt.

— Je suis Dolores Ombrage ! répondit-elle d'une voix rendue suraiguë par la terreur. Sous-secrétaire d'État auprès du ministre de la Magie, directrice et Grande Inquisitrice de Poudlard !

— Tu appartiens au ministère de la Magie ? dit Magorian tandis que de nombreux centaures s'agitaient d'un air impatient.

— Exactement ! répondit Ombrage, la voix encore plus aiguë. Alors, faites attention ! Conformément aux lois établies par le Département de contrôle et de régulation des créatures magiques, toute attaque menée par un hybride tel que vous sur un être humain...

— Comment nous as-tu appelés ? s'écria un centaure noir à l'air sauvage en qui Harry reconnut le dénommé Bane.

Il y eut autour d'eux de nombreux murmures courroucés et ils entendirent des arcs se tendre.

— N'employez pas ce mot-là ! dit Hermione d'un ton furieux.

Mais Ombrage ne semblait pas l'avoir entendue. Pointant toujours sa baguette tremblante sur Magorian, elle poursuivit :

— L'article 15 B établit clairement que : « Toute attaque d'une créature bénéficiant d'une intelligence presque humaine et, de ce fait, considérée comme responsable de ses actes... »

— Une intelligence presque humaine ? répéta Magorian.

Bane et plusieurs autres centaures s'étaient mis à rugir de rage en frappant le sol de leurs sabots.

– Nous estimons qu'il s'agit là d'une terrible insulte, l'humaine ! Notre intelligence est fort heureusement très supérieure à la vôtre.

– Que faites-vous dans notre forêt ? mugit le centaure gris au visage dur que Harry et Hermione avaient déjà vu lors de leur dernière incursion dans la forêt. Pourquoi êtes-vous ici ?

– *Votre* forêt ? s'exclama Ombrage qui, à présent, ne tremblait plus seulement de peur mais également d'indignation. Je vous rappelle que vous vivez ici simplement parce que le ministère de la Magie vous autorise à disposer de certains territoires...

Une flèche vola si près d'elle qu'elle lui arracha quelques cheveux au passage. Elle poussa un cri à déchirer les tympans et se protégea la tête de ses mains tandis que plusieurs centaures hurlaient leur approbation et que d'autres éclataient d'un rire bruyant. Leurs rires déchaînés, semblables à des hennissements, qui résonnaient dans la clairière obscure et la vision de leurs sabots qui martelaient le sol avaient quelque chose de terriblement angoissant.

– Alors, elle est à qui, maintenant, cette forêt, l'humaine ? mugit Bane.

– Répugnants hybrides ! hurla Ombrage, les mains toujours crispées au-dessus de sa tête. Espèces de bêtes sauvages ! Bandes d'animaux déchaînés !

–Taisez-vous ! s'écria Hermione.

Mais il était trop tard. Ombrage, sa baguette magique pointée sur Magorian, avait crié :

– *Incarcerem !*

Des cordes surgirent de nulle part, tels de gros serpents, et s'enroulèrent étroitement autour du torse du centaure en lui immobilisant les bras. Il poussa un cri de rage et se cabra, essayant de se libérer tandis que les autres centaures chargeaient.

Harry attrapa Hermione et la jeta à terre. A plat ventre contre le sol de la forêt, il eut un moment de terreur en entendant le tonnerre des sabots autour de lui mais les centaures sautèrent par-dessus eux ou les contournèrent en poussant des hurlements furieux.

– Nooooon ! s'écria Ombrage d'une voix suraiguë. Noooooon... Je suis sous-secrétaire d'État... Vous n'avez pas le droit... Enlevez vos sales pattes, bandes d'animaux... Nooooon !

Harry vit un éclair de lumière rouge et sut qu'elle avait tenté de stupéfixer l'un d'entre eux. Elle poussa alors un hurlement assourdissant. Levant la tête de quelques centimètres, Harry vit que Bane avait saisi Ombrage par-derrière et la soulevait en l'air. Hurlant et se tortillant de terreur, elle lâcha sa baguette magique qui tomba par terre. Harry sentit son cœur faire un bond dans sa poitrine. Si seulement il pouvait l'attraper...

Mais au moment où il tendait la main, le sabot d'un centaure s'abattit sur la baguette et la cassa net en deux morceaux.

– Ça suffit, maintenant ! rugit une voix à l'oreille de Harry et un bras puissant, velu, surgi de nulle part, le remit brutalement sur ses pieds.

Hermione aussi avait été relevée de force. Dans le tourbillon de couleurs formé par les divers pelages des centaures, Harry vit Bane emporter Ombrage parmi les arbres. Ses hurlements ininterrompus s'évanouirent peu à peu puis se turent, couverts par le piétinement des sabots.

– Et ceux-là ? dit le centaure gris au visage dur qui tenait Hermione prisonnière.

– Ils sont jeunes, répondit une voix lente et triste, derrière Harry. Nous ne nous en prenons jamais aux poulains.

– Ce sont eux qui ont amené cette femme ici, Ronan, répondit le centaure qui maintenait fermement Harry. D'ailleurs, ils ne sont pas si jeunes... Celui-ci est déjà presque un homme.

Il secoua Harry par le col de sa robe de sorcier.

– S'il vous plaît, implora Hermione, le souffle court, ne nous faites pas de mal. Nous ne pensons pas du tout comme elle, nous ne sommes pas des employés du ministère de la Magie ! Nous sommes venus ici en espérant simplement que vous nous débarrasseriez d'elle.

Lorsqu'il vit l'expression du centaure gris qui maintenait Hermione, Harry comprit qu'elle venait de commettre une terrible erreur. Le centaure rejeta la tête en arrière en frappant le sol de ses sabots et lança :

– Tu vois, Ronan ? Ils ont déjà l'arrogance de leur espèce ! Alors, nous sommes là pour accomplir vos basses besognes, n'est-ce pas, petite humaine ? Nous devons nous comporter avec vous en serviteurs et chasser vos ennemis comme des chiens obéissants ?

– Non ! s'écria Hermione, horrifiée. S'il vous plaît... Ce n'est pas ce que j'ai voulu dire ! Je pensais simplement que vous pourriez... nous aider...

Mais c'était pire encore.

– Nous n'aidons pas les humains ! gronda le centaure qui tenait Harry.

Il resserra son étreinte et se cabra légèrement. Pendant un bref instant, les pieds de Harry se soulevèrent du sol.

– Nous sommes une espèce à part et fière de l'être. Nous ne vous laisserons pas repartir d'ici pour que vous alliez vous vanter d'avoir obtenu de nous ce que vous désiriez !

– Nous ne dirons jamais une chose pareille ! protesta Harry. Nous savons que ce n'est pas pour nous obéir que vous avez fait cela...

Mais personne ne semblait l'écouter.

Un centaure barbu, à l'arrière de la foule, cria :

– Ils sont venus ici sans y avoir été invités, ils doivent en subir les conséquences !

Un rugissement d'approbation accueillit ces paroles et un centaure louvet ajouta :

– Qu'ils aillent rejoindre la femme !

—Vous disiez que vous ne vous en preniez pas aux innocents ! s'exclama Hermione, de véritables larmes coulant à présent sur ses joues. Nous ne vous avons fait aucun mal, nous ne nous sommes pas servis de nos baguettes magiques, nous ne vous avons pas menacés, nous voulons simplement retourner dans notre école. S'il vous plaît, laissez-nous partir...

— Nous ne sommes pas tous comme le traître Firenze, petite humaine ! répliqua le centaure gris en déclenchant de nouveaux hennissements approbateurs. Tu croyais peut-être que nous étions de mignons petits chevaux doués de parole ? Nous sommes un peuple très ancien qui n'acceptera jamais les insultes et les invasions de sorciers ! Nous ne reconnaissons pas vos lois, ni votre prétendue supériorité, nous sommes...

Mais ils n'eurent pas l'occasion d'entendre ce qu'étaient les centaures car, au même moment, un grand fracas retentit au bord de la clairière, si puissant que tous, Harry, Hermione et la cinquantaine de centaures présents, se retournèrent d'un même mouvement. Le centaure qui tenait Harry le laissa tomber par terre pour prendre son arc et une flèche dans son carquois. Celui d'Hermione l'avait également lâchée et Harry se précipita vers elle tandis que deux gros troncs d'arbre s'écartaient dans un craquement sinistre pour laisser apparaître la silhouette monstrueuse de Graup.

Les centaures qui se trouvaient près de lui reculèrent vers leurs congénères. La clairière était à présent hérissée d'arcs et de flèches prêtes à jaillir, toutes pointées vers l'énorme visage grisâtre qui se dessinait au-dessous des plus hauts feuillages. Graup gardait stupidement ouverte sa bouche de travers. Ses dents jaunes en forme de briques luisaient dans la pénombre et il plissait ses yeux vitreux couleur de vase pour mieux voir les créatures rassemblées à ses pieds. Des cordes sectionnées, attachées à ses chevilles, traînaient derrière lui.

Il ouvrit la bouche encore plus grand.

— Hagger.

Harry ne savait pas ce que « hagger » signifiait ni même à quelle langue appartenait le mot et d'ailleurs, peu lui importait. Il observait les pieds de Graup qui étaient presque aussi longs que le corps de Harry. Hermione se cramponna à son bras. Les centaures demeuraient silencieux, les yeux levés vers le géant dont l'énorme tête ronde dodelinait de droite à gauche tandis qu'il regardait parmi eux comme s'il cherchait quelque chose qu'il aurait laissé tomber par terre.

– *Hagger !* répéta-t-il d'un ton plus insistant.

– Va-t'en d'ici, géant ! s'exclama Magorian. Tu n'es pas le bienvenu parmi nous !

Ces paroles n'eurent aucun effet sur Graup. Il se pencha un peu (les cordes des arcs se tendirent) puis rugit :

– HAGGER !

Quelques centaures paraissaient inquiets, à présent. Soudain, Hermione étouffa une exclamation.

– Harry ! murmura-t-elle, je crois qu'il essaye de dire « Hagrid » !

A cet instant précis, Graup les aperçut, les deux seuls humains dans cette marée de centaures. Il baissa encore un peu la tête et les observa d'un regard intense. Harry sentit Hermione trembler lorsque Graup ouvrit à nouveau grand la bouche et dit d'une voix profonde, comme dans un grondement :

– Hermy.

– Mon Dieu, dit Hermione qui semblait sur le point de s'évanouir.

Elle serrait Harry si fort qu'il sentit son bras s'engourdir.

– Il... il s'en est souvenu !

– HERMY ! rugit Graup. OÙ HAGGER ?

– Je ne sais pas, couina-t-elle, terrifiée. Je suis désolée, Graup, je ne sais pas !

– GRAUP VEUT HAGGER !

Le géant tendit une de ses mains massives. Hermione poussa un véritable hurlement, recula précipitamment et tomba par terre. Privé de baguette magique, Harry se prépara à se défendre à coups de poing, de pied, de dents ou de n'importe quoi d'autre. La main du géant fondit vers lui et renversa au passage un centaure au pelage blanc comme la neige.

C'était ce que les centaures attendaient. Les doigts de Graup n'étaient plus qu'à trente centimètres de Harry lorsque cinquante flèches, tirées au même instant, criblèrent l'énorme tête du géant. Avec un cri de douleur et de rage, il se redressa et se frotta le visage de ses mains immenses, cassant net toutes les hampes mais enfonçant plus profondément encore dans sa peau les pointes des flèches.

Poussant un hurlement, le géant piétina le sol de ses pieds démesurés et les centaures s'écartèrent de son chemin. Des gouttes de sang grosses comme des cailloux pleuvaient sur Harry alors qu'il aidait Hermione à se relever. Tous deux se précipitèrent à l'abri des arbres. Lorsqu'ils regardèrent à nouveau derrière eux, Graup essayait d'attraper des centaures à l'aveuglette, le sang ruisselant sur son visage. Les centaures s'enfuyaient en désordre, galopant parmi les arbres, de l'autre côté de la clairière. Graup poussa un nouveau rugissement de fureur et se rua à leur poursuite en écartant violemment les arbres sur son passage.

— Oh, non, gémit Hermione qui tremblait si fort que ses genoux se dérobaient. C'est horrible. Il va les massacrer.

— Pour tout te dire, je m'en fiche un peu, répondit Harry d'un ton amer.

Le galop des centaures et les pas désordonnés du géant s'évanouirent peu à peu. Harry les entendait s'éloigner lorsqu'une nouvelle douleur traversa sa cicatrice et le submergea d'une vague de terreur.

Ils avaient perdu tellement de temps ! Ils étaient encore plus loin de leur but qu'au moment où il avait eu la vision. Non seulement Harry s'était débrouillé pour perdre sa baguette mais en plus ils étaient coincés au milieu de la Forêt interdite sans aucun moyen de transport.

– Intelligent, comme plan, lança-t-il à Hermione, poussé par le besoin d'exprimer sa fureur. Vraiment intelligent. Qu'est-ce qu'on fait maintenant ?

– Il faut retourner au château, répondit Hermione d'une petite voix.

– Quand on y sera arrivés, Sirius sera sans doute déjà mort ! dit Harry en donnant un coup de pied rageur dans un arbre.

Un jacassement aigu s'éleva au-dessus de sa tête et il vit un Botruc agiter vers lui ses longs doigts en forme de brindilles.

– On ne peut rien faire sans nos baguettes magiques, se lamenta Hermione en se redressant péniblement. De toute façon, Harry, comment avais-tu l'intention d'aller à Londres ?

– Oui, c'est justement ce qu'on se demandait, dit derrière elle une voix familière.

Harry et Hermione se retournèrent d'un même mouvement et scrutèrent les arbres.

Ron apparut en compagnie de Ginny, Neville et Luna. Ils semblaient tous assez mal en point – de longues égratignures apparaissaient sur la joue de Ginny, une grosse bosse violacée enflait au-dessus de l'œil droit de Neville et la lèvre de Ron saignait plus que jamais – mais ils avaient l'air plutôt content.

– Alors, dit Ron qui écarta une branche basse et tendit à Harry sa baguette magique, tu as une idée pour aller à Londres ?

– Comment avez-vous fait pour vous échapper ? demanda Harry, stupéfait, en prenant sa baguette.

– Deux éclairs de stupéfixion, un sortilège de Désarmement et un joli petit maléfice d'Entrave exécuté par Neville, répondit Ron d'un air dégagé en rendant également à Hermione sa propre baguette. Mais Ginny a fait encore mieux, elle a eu Malefoy avec un maléfice de Chauve-Furie, c'était superbe, il avait le visage couvert de bestioles qui battaient des ailes. Après, en regardant par la fenêtre, on vous a vus partir en direction de la forêt et on vous a suivis. Qu'est-ce que vous avez fait d'Ombrage ?

— Elle a été emmenée par un troupeau de centaures, répondit Harry.

— Et ils vous ont laissés tranquilles ? demanda Ginny, étonnée.

— Non, mais ils se sont fait poursuivre par Graup, dit Harry.

— C'est qui, Graup ? interrogea Luna, intéressée.

— Le petit frère de Hagrid, répondit Ron. Mais ça n'a pas d'importance pour l'instant. Harry, qu'est-ce que tu as vu dans la cheminée ? Est-ce que Tu-Sais-Qui a vraiment capturé Sirius ou...

— Oui, dit Harry, alors que sa cicatrice le picotait à nouveau douloureusement. Je suis sûr que Sirius est toujours vivant mais je ne vois pas comment nous pourrions aller là-bas pour l'aider.

Ils restèrent tous silencieux, l'air effrayé. Le problème paraissait insoluble.

— Il faudra que nous y allions par la voie des airs, non ? dit enfin Luna.

Elle avait parlé sur un ton presque réaliste que Harry ne l'avait jamais entendue employer jusqu'à présent.

— Bon, alors, répondit-il d'un air irrité en se tournant vers elle, pour commencer, si tu t'inclus dans ce « *nous* », tu te trompes complètement parce que toi, tu ne vas rien faire du tout, et ensuite, Ron est le seul à avoir un balai qui ne soit pas gardé par un troll, alors...

— Moi, j'ai un balai ! intervint Ginny.

— Oui, seulement toi non plus, tu ne viens pas avec nous, dit Ron avec colère.

— Excuse-moi, mais ce qui arrive à Sirius m'importe autant qu'à toi ! répliqua Ginny.

Sa mâchoire crispée la faisait soudain ressembler d'une manière frappante à Fred et à George.

— Tu es trop..., commença Harry.

Mais Ginny l'interrompit avec fougue :

— J'ai trois ans de plus que tu n'avais quand tu as affronté Tu-Sais-Qui pour l'empêcher de prendre la Pierre philosophale et c'est grâce à moi que Malefoy est coincé dans le bureau d'Ombrage avec des Chauves-furies géantes qui l'attaquent de tous les côtés...

– Oui, mais...

– On fait tous partie de l'A.D., dit Neville à mi-voix. On était censés apprendre à combattre Tu-Sais-Qui, non ? Eh bien voilà, c'est la première fois qu'on a l'occasion de faire quelque chose de concret – ou alors, est-ce que ça signifie que nos séances d'entraînement n'étaient qu'un jeu ?

– Non, bien sûr que non, répondit Harry, agacé.

– Dans ce cas, nous devrions venir aussi, conclut simplement Neville. On veut aider.

– Exactement, ajouta Luna avec un sourire joyeux.

Harry croisa le regard de Ron. Il savait que tous deux pensaient exactement la même chose : s'il avait fallu désigner des membres de l'A.D. pour les aider, Ron, Hermione et lui dans leur tentative de secourir Sirius, ce n'était certainement pas sur Ginny, Neville et Luna que son choix se serait porté.

– De toute façon, ça n'a pas d'importance, puisqu'on ne sait toujours pas comment faire pour aller là-bas..., dit Harry d'un ton qui exprimait toute sa frustration.

– Je croyais que nous avions déjà réglé la question, répondit Luna, exaspérante. Nous irons par la voie des airs !

– Écoute, dit Ron, qui avait du mal à contenir sa colère, peut-être que toi tu es capable de voler sans balai mais nous, on n'arrive pas à se faire pousser des ailes sur commande...

– Il y a d'autres moyens de voler qu'avec des balais, assura Luna d'un air serein.

– Sans doute sur le dos d'un Cornac Ronfleur ou je ne sais plus comment ça s'appelle ? demanda Ron.

– Le Ronflak Cornu est incapable de voler, répliqua Luna d'une voix pleine de dignité. Mais *eux*, ils peuvent et Hagrid a dit qu'ils savaient très bien trouver la destination de leurs cavaliers.

Harry fit volte-face. Entre deux arbres, leurs yeux blancs luisant d'un reflet étrange et inquiétant, se tenaient deux Sombrals qui les regardaient comme s'ils comprenaient chaque mot de leur conversation.

– Oui ! murmura-t-il en s'approchant d'eux.

Ils secouèrent leurs têtes reptiliennes, rejetant en arrière leurs longues crinières noires, et Harry tendit la main pour caresser l'encolure brillante de celui qui était le plus proche. Comment avait-il pu les trouver laids ?

– C'est encore ces histoires démentes de chevaux volants ? dit Ron d'une voix mal assurée en fixant des yeux un point qui se trouvait légèrement à gauche du Sombral que caressait Harry. Ceux qu'on ne peut voir que si on a eu un cadavre sous les yeux ?

– Oui, répondit Harry.

– Il y en a combien ?

– Deux seulement.

– Il nous en faut trois, dit Hermione qui paraissait encore un peu secouée mais n'avait rien perdu de sa détermination.

– Quatre, Hermione, rectifia Ginny, le visage renfrogné.

– En fait, nous sommes six, dit calmement Luna en comptant.

– Ne sois pas idiote, nous ne pouvons pas y aller tous ! s'emporta Harry. Écoutez, vous trois – il montra Neville, Ginny et Luna –, vous n'êtes pas dans le coup, vous ne...

Leurs protestations l'empêchèrent d'aller plus loin. Au même instant, il ressentit à l'endroit de sa cicatrice une nouvelle douleur, plus intense qu'auparavant. Chaque seconde qui passait leur faisait perdre un temps précieux. Il n'avait pas le temps de discuter.

– D'accord, très bien, c'est vous qui prenez la décision, dit-il sèchement, mais si nous ne trouvons pas d'autres Sombrals, vous ne pourrez pas...

– Oh, ils vont arriver, assura Ginny, confiante.

Tout comme Ron, elle fixait les yeux dans la mauvaise direction en ayant l'impression de regarder les chevaux.

– Qu'est-ce qui te fait penser ça ?

– Au cas où tu ne l'aurais pas remarqué, Hermione et toi, vous êtes tous les deux couverts de sang, répondit-elle froidement, et nous savons que Hagrid se sert de viande crue pour attirer les Sombrals. C'est d'ailleurs sûrement pour ça que ces deux-là sont venus ici.

Harry sentit alors quelque chose tirer légèrement sur sa robe et il vit l'un des Sombrals lécher sa manche trempée du sang de Graup.

– Bon, d'accord, dit-il – il venait d'avoir une brillante idée –, Ron et moi, on va prendre ces deux-là et partir tout de suite. Hermione restera avec vous pour en attirer d'autres.

– Je refuse de rester derrière ! protesta Hermione, furieuse.

– Ce ne sera pas nécessaire, assura Luna avec un sourire, regardez, il y en a encore qui arrivent... Vous devez vraiment sentir très fort, tous les deux...

Harry se retourna. Pas moins de six ou sept Sombrals s'avançaient parmi les arbres, leurs grandes ailes lisses comme du cuir étroitement repliées sur leur corps, leurs yeux luisant dans l'obscurité. Il n'avait plus aucune excuse pour laisser les autres derrière, à présent.

– Très bien, dit-il avec colère. Prenez-en un chacun et allons-y.

34

LE DÉPARTEMENT DES MYSTÈRES

Harry s'accrocha solidement à la crinière du Sombral le plus proche, posa le pied sur une souche et grimpa tant bien que mal sur le dos soyeux du cheval. L'animal n'opposa aucune résistance mais il tourna la tête en découvrant ses crocs et essaya de lécher à nouveau le sang qui imprégnait sa robe.

Harry trouva un endroit, derrière l'articulation des ailes, où il put loger ses genoux afin d'assurer son assise et jeta un coup d'œil en direction des autres. Neville s'était hissé sur le Sombral qui se trouvait à côté de lui et essayait à présent de faire passer l'une de ses courtes jambes par-dessus son dos. Luna était déjà installée, assise en amazone, et arrangeait sa robe comme si elle avait fait ça tous les jours. Ron, Hermione et Ginny, en revanche, étaient restés immobiles au même endroit, la bouche et les yeux grands ouverts.

— Et alors ? dit Harry.

— Comment on fait pour monter ? demanda Ron d'une voix timide. On ne voit rien, nous.

— Oh, c'est facile, répondit Luna.

Elle se laissa glisser à terre et s'avança vers eux.

—Venez...

Elle amena chacun d'eux auprès d'un Sombral et l'aida à monter sur son dos. Ils semblèrent tous les trois extrêmement inquiets lorsqu'elle entortilla leurs mains dans la crinière des chevaux et leur conseilla de se cramponner fermement. Puis elle retourna s'asseoir sur sa propre monture.

– C'est de la folie, murmura Ron en passant précautionneusement la main le long de l'encolure du cheval. Une vraie folie... Si seulement je pouvais le voir...

– Espère plutôt que tu ne le verras jamais, dit sombrement Harry. Bon, vous êtes prêts ?

Tous acquiescèrent d'un signe de tête et il vit leurs genoux se serrer contre leurs montures.

– O.K....

Il contempla la tête luisante de son cheval et déglutit difficilement.

– Alors... Ministère de la Magie, entrée des visiteurs, Londres, dit-il d'une voix mal assurée. Heu... Si tu sais... où c'est...

Pendant un instant, le Sombral ne bougea pas. Puis, dans un ample mouvement qui faillit désarçonner Harry, ses ailes se déployèrent de chaque côté. Le cheval s'accroupit lentement avant de s'élancer dans les airs, à une telle vitesse que Harry dut se cramponner de toutes ses forces, bras et jambes serrés, pour éviter de glisser en arrière sur le dos osseux de l'animal. Il ferma les yeux et enfouit son visage dans la crinière soyeuse tandis qu'ils émergeaient d'entre les arbres et s'élevaient dans la lueur rougeâtre du crépuscule.

Harry ne pensait pas s'être jamais déplacé à une telle vitesse. Le Sombral fila au-dessus du château, ses larges ailes battant à peine. L'air frais lui fouettait le visage. Les yeux plissés pour se protéger du vent, il regarda autour de lui et vit les cinq autres qui volaient derrière, chacun penché sur l'encolure de son cheval pour se protéger des remous d'air. Ils étaient sortis des limites de l'école et avaient dépassé Pré-au-Lard. Harry voyait défiler au-dessous d'eux des montagnes et des ravines. A mesure que la nuit tombait, de petites lumières s'allumaient dans les villages qu'ils survolaient. Sur une route sinueuse, une voiture solitaire rampait comme un insecte parmi les collines...

– C'est vraiment bizarre !

Harry avait vaguement entendu Ron faire cette remarque derrière lui et il imagina ce qu'on devait ressentir en filant à cette altitude sans aucun support visible.

Le soleil disparaissait : le ciel était d'un violet sombre, parsemé de minuscules étoiles d'argent, et bientôt, seules les lumières des villes moldues leur donnèrent une idée de leur altitude ou de leur vitesse. Harry serrait dans ses bras l'encolure de son cheval. Il aurait voulu qu'il aille encore plus vite. Combien de temps s'était-il passé depuis le moment où il avait vu Sirius étendu sur le sol, dans l'immense salle du Département des mystères ? Combien de temps Sirius pourrait-il encore résister à Voldemort ? Tout ce dont Harry était sûr, c'était que son parrain ne s'était pas soumis à la volonté de son bourreau et qu'il était toujours vivant, car il avait la conviction que, dans le cas contraire, il aurait ressenti soit la jubilation soit la fureur meurtrière de Voldemort dans son propre corps : sa cicatrice lui aurait fait aussi mal que la nuit où Mr Weasley avait été attaqué.

Ils continuèrent à voler ainsi dans l'obscurité qui s'épaississait. Harry avait le visage figé, frigorifié, ses jambes s'étaient ankylosées à force de serrer les flancs du Sombral mais il n'osait pas changer de position, de peur de glisser... L'air qui sifflait à ses oreilles le rendait sourd, sa bouche était sèche, glacée par le vent nocturne. Il avait perdu tout sens de la distance et devait se fier sans réserve à la bête qui le portait en filant résolument dans la nuit, ses ailes bougeant à peine.

S'ils arrivaient trop tard...

« Il est toujours vivant, il lutte, je le sens... »

Et si Voldemort se rendait compte que Sirius ne céderait jamais...

« Je le saurais... »

Harry sentit son estomac faire un bond. La tête du Sombral pointait soudain vers le sol et il glissa de quelques centimètres le long de l'encolure. Ils descendaient enfin... Harry crut entendre un cri aigu derrière lui et prit le risque de se retourner mais il ne vit aucun corps tomber dans le vide... Tout comme lui, les autres avaient sans doute subi le choc du changement de direction.

A présent, des lumières orangées grandissaient de toutes parts, rondes et brillantes. On distinguait les sommets des immeubles, les traînées des phares, semblables à des insectes lumineux, et les lueurs jaune pâle qui filtraient à travers les fenêtres. Brusquement, ils eurent l'impression de foncer droit vers le trottoir. Rassemblant toutes ses forces, Harry se cramponna au Sombral et se prépara à l'impact mais le cheval se posa avec la douceur d'une ombre et Harry se laissa glisser à terre. Il aperçut à nouveau la benne débordante d'ordures, près de la cabine téléphonique vandalisée, toutes deux décolorées par la clarté orange des réverbères.

Ron atterrit un peu plus loin et tomba à la renverse sur le trottoir.

— Plus jamais, dit-il en se relevant à grand-peine.

Il voulut s'éloigner du Sombral mais, incapable de le voir, il heurta sa croupe de plein fouet et faillit tomber à nouveau.

— Plus jamais, jamais... Pire que tout...

Les Sombrals d'Hermione et de Ginny se posèrent à ses côtés. Toutes deux en descendirent avec un peu plus de grâce que Ron mais avec la même expression de soulagement. Neville sauta de sa monture en tremblant de tout son corps et Luna mit pied à terre en douceur.

— Et maintenant, où va-t-on ? demanda-t-elle à Harry d'une voix polie et intéressée, comme s'il s'agissait d'une agréable excursion.

— Là-bas, répondit-il.

Il tapota le flanc du Sombral avec gratitude puis se dirigea vers la cabine téléphonique aux vitres cassées et en ouvrit la porte.

— Venez, entrez ici ! *Vite !* dit-il aux autres d'un ton pressant en les voyant hésiter.

Ron et Ginny s'avancèrent docilement à l'intérieur de la

cabine. Hermione, Neville et Luna se tassèrent derrière eux. Harry jeta un dernier regard aux Sombrals qui fouillaient la benne à ordures en quête de déchets comestibles puis il entra à son tour en se serrant contre Luna.

— Celui ou celle qui est le plus près du téléphone compose six, deux, quatre, quatre, deux, dit-il.

Ce fut Ron qui s'en chargea, le bras bizarrement tordu pour atteindre les numéros. Lorsque le cadran circulaire se fut remis en place, la voix féminine froide et distante résonna dans l'appareil :

— Bienvenue au ministère de la Magie. Veuillez indiquer votre nom et l'objet de votre visite.

— Harry Potter, Ron Weasley, Hermione Granger, dit rapidement Harry, Ginny Weasley, Neville Londubat, Luna Lovegood… Nous sommes venus sauver quelqu'un à moins que votre ministère puisse s'en charger à notre place !

— Merci, dit la voix féminine. Les visiteurs sont priés de prendre les badges et de les attacher bien en vue sur leurs robes.

Une demi-douzaine de badges glissèrent dans le réceptacle habituellement destiné aux pièces inutilisées. Hermione les ramassa et les donna sans un mot à Harry par-dessus la tête de Ginny. Il jeta un coup d'œil au premier de la pile : « Harry Potter, mission de secours ».

— Les visiteurs sont priés de se soumettre à une fouille et de présenter leurs baguettes magiques pour enregistrement au comptoir de la sécurité situé au fond de l'atrium.

— D'accord ! dit Harry d'une voix sonore tandis que sa cicatrice le lançait à nouveau. Et maintenant, est-ce qu'on pourrait *bouger* un peu ?

Le plancher de la cabine téléphonique se mit alors à vibrer et le trottoir s'éleva devant les fenêtres. Les Sombrals, toujours occupés à fouiller la benne, disparurent de leur champ de vision, l'obscurité se referma sur eux et, avec un grondement sourd, ils s'enfoncèrent dans les profondeurs du ministère de la Magie.

Un rai de lumière dorée tomba sur leurs pieds et s'élargit jusqu'à éclairer leurs corps tout entiers. Harry fléchit les genoux en s'efforçant, autant qu'il était possible dans un espace aussi réduit, de tenir sa baguette prête. A travers la vitre, il scruta l'atrium pour voir si quelqu'un les attendait, mais l'endroit était désert. La lumière était moins vive qu'en plein jour et aucun feu ne brûlait dans les cheminées, mais lorsque la cabine s'arrêta en douceur, il vit que les symboles dorés continuaient de décrire des courbes sinueuses sur le plafond bleu.

– Le ministère de la Magie vous souhaite une agréable soirée, dit la voix féminine.

La porte de la cabine téléphonique s'ouvrit à la volée et Harry sortit en trébuchant, suivi de Neville et de Luna. On n'entendait dans tout l'atrium que l'écoulement régulier des jets d'eau qui sortaient des baguettes magiques de la sorcière et du sorcier, de la flèche du centaure, du chapeau du gobelin et des oreilles de l'elfe de maison pour retomber dans le bassin, autour de la fontaine d'or.

– Venez, dit Harry à voix basse.

Sous sa conduite, ils se hâtèrent de traverser le hall, passant devant la fontaine en direction du bureau où le sorcier-vigile avait enregistré la baguette de Harry. Ce soir, cependant, il était vide.

Harry était sûr qu'un gardien aurait dû se trouver là et que son absence était un présage inquiétant. Son mauvais pressentiment s'aggrava lorsqu'ils franchirent les portes dorées qui permettaient d'accéder aux ascenseurs. Il appuya sur le bouton « Descente » le plus proche et une cabine apparut presque immédiatement dans un grincement. La grille dorée coulissa avec un grand bruit métallique qui résonna en écho et ils se précipitèrent à l'intérieur. Harry pressa le bouton du niveau neuf, la grille claqua en se refermant et l'ascenseur entama sa descente, grinçant et cliquetant. Le jour où il était venu avec Mr Weasley, Harry ne s'était pas rendu compte à quel point les ascenseurs étaient bruyants. Ce vacarme aurait dû alerter tous les agents de sécurité présents dans le bâtiment mais lorsque la cabine s'arrêta, l'habituelle voix féminine annonça normalement :

— Département des mystères, et la grille se rouvrit.

Ils sortirent aussitôt dans le couloir où rien d'autre ne bougeait que les flammes des torches agitées par le souffle d'air qu'avait provoqué l'arrivée de l'ascenseur.

Harry regarda la porte noire et lisse. Après en avoir rêvé pendant des mois et des mois, il la voyait enfin devant lui.

— Allons-y, murmura-t-il.

Il s'avança dans le couloir, suivi de Luna qui regardait autour d'elle, la bouche légèrement entrouverte.

— Bon, écoutez, dit Harry lorsqu'il fut arrivé à deux mètres de la porte. Peut-être que... que deux d'entre nous devraient rester ici pour... pour faire le guet...

— Et comment on s'y prendra pour te prévenir, si quelqu'un arrive ? demanda Ginny en haussant les sourcils. Tu seras peut-être à des kilomètres d'ici.

— On vient avec toi, Harry, dit Neville.

— Continuons, dit Ron d'un ton décidé.

Harry ne voulait toujours pas qu'ils l'accompagnent tous ensemble mais apparemment, il n'avait pas le choix. Il se tourna à nouveau vers la porte et s'avança... Comme dans son rêve, elle s'ouvrit et il la franchit le premier, suivi des autres.

Ils se trouvaient à présent dans une grande salle circulaire. Tout, ici, était noir, y compris le sol et le plafond. Identiques, sans aucune marque, dépourvues de poignées, des portes noires s'alignaient à intervalles réguliers le long des murs également noirs. Des chandeliers fixés entre les portes éclairaient la pièce de flammes bleues dont la lueur froide, vacillante, se reflétait dans le marbre brillant du sol en lui donnant l'aspect d'une eau sombre.

— Fermez la porte, murmura Harry.

Il regretta d'avoir donné cet ordre au moment même où

Neville l'exécuta. Privée de la lumière provenant des torches du couloir, la pièce circulaire devint si obscure que, pendant un moment, seules les flammes qui tremblotaient sur les murs et leurs reflets fantomatiques dans le marbre du sol restèrent visibles.

Dans son rêve, Harry avait toujours marché résolument vers la porte située face à l'entrée. Mais il voyait à présent une douzaine d'autres portes devant lui. Tandis qu'il les observait pour essayer de déterminer laquelle il devait franchir, un grondement sonore retentit et les chandeliers se déplacèrent latéralement. Le mur circulaire était en train de tourner sur lui-même.

Hermione s'agrippa au bras de Harry comme si elle avait peur que le sol se mette aussi à bouger mais il resta immobile. Pendant quelques secondes, emportées par le mur qui tournait de plus en plus vite, les flammes bleues devinrent floues, traçant des lignes lumineuses semblables à des néons. Puis aussi soudainement qu'il avait commencé, le grondement s'interrompit et la pièce retrouva sa stabilité.

Harry ne voyait plus rien d'autre que les lignes bleues qui s'étaient imprimées dans ses yeux.

– A quoi ça rime ? murmura Ron, effrayé.

– Je crois que c'est pour qu'on ne sache plus par quelle porte on est entrés, dit Ginny d'une voix étouffée.

Harry réalisa aussitôt qu'elle avait raison. A présent, il aurait été tout aussi incapable de reconnaître la porte d'entrée que de repérer une fourmi sur le sol de marbre noir, et la porte qu'ils devaient franchir pour continuer leur chemin pouvait être n'importe laquelle, parmi celles qui les entouraient.

– Comment on va faire pour ressortir ? demanda Neville, mal à l'aise.

– Ça n'a pas d'importance pour l'instant, répondit Harry avec force.

Il cligna des yeux pour essayer de chasser les lignes bleues, la main serrée plus étroitement que jamais sur sa baguette magique.

– Nous n'aurons pas besoin de sortir avant d'avoir retrouvé Sirius.

– Ne crie pas son nom, surtout ! recommanda Hermione d'un ton pressant.

Mais jamais Harry n'avait eu aussi peu besoin de ses conseils. Son instinct l'incitait à faire le moins de bruit possible.

– On va où, maintenant ? demanda Ron.

– Je ne..., répondit Harry – il déglutit avec difficulté. Dans mes rêves, je passais la porte située au bout du couloir en sortant de l'ascenseur et j'arrivais dans une pièce sombre. Celle-ci. Ensuite, je franchissais une autre porte qui donnait sur une salle où je voyais... des lumières briller. Essayons d'ouvrir des portes, s'empressa-t-il d'ajouter, je reconnaîtrai le bon chemin quand je le verrai. Venez.

Il s'avança droit vers la porte qui lui faisait face. Les autres lui emboîtèrent le pas. Posant une main sur le panneau luisant et froid, il leva sa baguette, prêt à attaquer, et poussa.

La porte s'ouvrit sans difficulté.

Après l'obscurité de la première pièce, les lampes suspendues à de longues chaînes d'or fixées au plafond donnaient l'impression que cette longue salle rectangulaire était beaucoup mieux éclairée. Mais Harry ne vit pas les lumières scintillantes qui lui étaient apparues dans ses rêves. L'endroit était vide, à l'exception d'un énorme réservoir aux parois de verre, si grand qu'ils auraient pu y nager tous ensemble. Il occupait le centre de la pièce et contenait un liquide vert foncé dans lequel flottaient paresseusement des objets d'un blanc nacré.

– Qu'est-ce que c'est que ces machins-là ? murmura Ron.

– Sais pas, dit Harry.

– Tu crois que ce sont des poissons ? chuchota Ginny.

– Des larves d'Aquavirius ! s'exclama Luna avec enthousiasme. Papa dit que le ministère élève...

– Non, coupa Hermione d'un ton étrange.

865

Elle s'avança vers le réservoir et regarda à travers la paroi transparente.

– Ce sont des cerveaux.

– *Des cerveaux ?*

– Oui… Je me demande ce qu'ils en font.

Harry la rejoignit et regarda à son tour. En effet, vu de près, on ne pouvait pas s'y tromper. Scintillant d'une lueur inquiétante, ils dérivaient lentement, apparaissant et disparaissant dans les profondeurs du liquide vert, comme des espèces de choux-fleurs visqueux.

– Sortons d'ici, dit Harry. Ce n'est pas par là, il faut essayer une autre porte.

– Ici aussi, il y a des portes, dit Ron en montrant les murs.

Harry sentit son cœur se serrer. Cet endroit était donc si vaste ?

– Dans mon rêve, je traversais la pièce sombre pour entrer dans l'autre salle. Je pense qu'il faut retourner là-bas et faire une nouvelle tentative.

Ils se hâtèrent de revenir dans la pièce circulaire. A présent, les lignes bleues qui s'étaient imprimées dans les yeux de Harry avaient fait place aux formes fantomatiques des cerveaux.

– Attends, dit brusquement Hermione alors que Luna s'apprêtait à refermer derrière eux la porte de la salle aux Cerveaux. *Flambios !*

Avec sa baguette magique, elle dessina une croix dans les airs et un X enflammé apparut aussitôt sur la porte. A peine le panneau s'était-il refermé que le grondement sonore se déclencha à nouveau. Une fois de plus, le mur se mit à tourner rapidement sur lui-même mais à présent une lueur rouge s'était glissée parmi les traînées bleues, et lorsque tout redevint immobile, la croix flamboyante brûlait toujours, indiquant la porte qu'ils avaient déjà ouverte.

– C'était une bonne idée, dit Harry. Essayons celle-ci, maintenant.

A nouveau, il s'avança vers la porte qui lui faisait face et l'ouvrit, sa baguette magique toujours brandie, les autres sur ses talons.

Cette pièce-là, rectangulaire et faiblement éclairée, était plus vaste que la précédente. On distinguait au centre une grande fosse de pierre d'environ six mètres de profondeur. Ils se trouvaient au sommet d'une série de gradins formés de bancs de pierre qui faisaient tout le tour et descendaient en marches escarpées, comme un amphithéâtre ou la salle de tribunal dans laquelle Harry avait été jugé par le Magenmagot. Mais, au lieu d'un fauteuil à chaînes, se dressait au milieu de la fosse un socle de pierre sur lequel reposait une arcade, également en pierre, qui paraissait si antique, lézardée, croulante, que Harry fut étonné qu'elle puisse encore tenir debout. Isolée, sans aucun mur pour la soutenir, elle encadrait un rideau noir en lambeaux, ou plutôt un voile qui, malgré la totale immobilité de l'air, ondulait très légèrement, comme si quelqu'un venait de l'effleurer.

– Qui est là ? C'est toi, Sirius ? demanda Harry en sautant sur le banc de pierre qui se trouvait au-dessous.

Personne ne répondit mais le voile continua de bouger.

– Attention ! murmura Hermione.

Harry descendit les gradins un à un jusqu'au fond de la fosse. L'écho de ses pas résonna bruyamment lorsqu'il s'approcha du socle. L'arcade pointue paraissait beaucoup plus haute de l'endroit où il se tenait que vue d'en haut. Le voile se balançait doucement comme si quelqu'un venait de le traverser.

– Sirius ? appela à nouveau Harry, en parlant moins fort, maintenant qu'il était tout près.

Il avait l'impression très étrange que quelqu'un se tenait derrière le voile, de l'autre côté de l'arcade. Serrant étroitement sa baguette dans sa main, il contourna le socle de pierre mais il n'y avait personne derrière. On ne voyait que l'autre face du voile noir déchiré par endroits.

– Allons-nous-en, dit Hermione qui était descendue jusqu'au

milieu des gradins. Il y a quelque chose de bizarre, ici, viens, Harry, partons.

Elle paraissait effrayée, plus encore que dans la salle aux cerveaux. Harry, en revanche, trouvait que l'arcade, toute délabrée qu'elle fût, possédait une certaine beauté. Le voile qui ondulait doucement l'intriguait. Il avait très envie de grimper sur le socle et de traverser le rideau noir.

— Harry, allons-nous-en, d'accord ? répéta Hermione avec insistance.

— O.K., dit-il, mais il ne bougea pas.

Il venait d'entendre quelque chose. Un faible murmure s'élevait derrière le voile.

— Qu'est-ce que tu dis ? demanda-t-il à haute voix.

Ses paroles se répercutèrent en écho sur les gradins de pierre.

— Personne n'a rien dit, Harry ! répondit Hermione qui s'était rapprochée.

— On entend murmurer quelqu'un derrière ce rideau, assura-t-il en s'éloignant d'elle.

Il observa le voile, le visage tendu.

— C'est toi, Ron ?

— Je suis là, mon vieux, dit Ron en apparaissant à côté de l'arcade.

— Vous n'entendez pas ? demanda Harry.

Le murmure avait augmenté d'intensité.

Il s'aperçut qu'il avait posé sans le vouloir le pied sur le socle.

— Moi aussi, je les entends, dit Luna dans un souffle.

Elle les rejoignit à côté de l'arcade et contempla le voile qui ondulait toujours.

— Il y a des gens, *là-dedans* !

— Qu'est-ce que tu veux dire par *là-dedans* ? interrogea Hermione en sautant de la dernière marche.

Elle paraissait beaucoup plus en colère que ne le justifiaient les circonstances.

— Il n'y a pas de *là-dedans*, c'est une simple arcade. Elle n'est pas assez grande pour y mettre quelqu'un. Harry, arrête ça, sortons d'ici...

Elle lui saisit le bras et voulut l'entraîner mais il résista.

– Harry, nous sommes venus chercher Sirius ! s'écria-t-elle d'une voix aiguë, inquiète.

– Sirius, répéta Harry, les yeux toujours fixés sur le voile, comme hypnotisé. Oui...

Les choses se remirent soudain en place dans son cerveau. Sirius, prisonnier, entravé, torturé... Et pendant ce temps-là, il contemplait cette arcade.

Il recula de plusieurs pas et arracha son regard du voile.

– Allons-y, dit-il.

– C'est ce que j'essayais de... Alors, on y va, oui ? s'impatienta Hermione.

Elle contourna le socle en entraînant les autres. De l'autre côté, Ginny et Neville, eux aussi, fixaient le voile, apparemment fascinés. Sans un mot, Hermione prit le bras de Ginny, Ron celui de Neville et ils les ramenèrent de force vers les gradins qu'ils escaladèrent jusqu'à la porte.

– A ton avis, c'était quoi, cette arcade ? demanda Harry à Hermione tandis qu'ils regagnaient la salle circulaire.

– Je n'en sais rien, mais sûrement quelque chose de dangereux, répondit-elle d'un ton catégorique en inscrivant un autre X enflammé sur la porte.

Une fois de plus, le mur tourna sur lui-même puis s'immobilisa. Harry s'approcha d'une nouvelle porte choisie au hasard et la poussa mais elle ne bougea pas.

– Qu'est-ce qui se passe ? demanda Hermione.

– Elle est... fermée à clé, répondit Harry.

Il pesa de tout son poids contre la porte qui ne céda pas d'un pouce.

– C'est sûrement celle-là, alors ? dit Ron, surexcité, en se joignant à Harry pour essayer de la forcer. Ce serait logique !

– Écartez-vous ! commanda sèchement Hermione.

Elle pointa sa baguette à l'endroit où aurait dû se trouver la serrure et prononça la formule :

— *Alohomora !*

Rien ne se produisit.

— Le couteau de Sirius ! dit Harry.

Il le sortit de sa poche et en glissa la lame dans l'interstice entre la porte et le mur. Sous le regard avide des autres, il passa la lame de haut en bas, la retira et donna à nouveau un grand coup d'épaule contre la porte qui resta aussi hermétiquement close qu'auparavant. Pire encore, Harry s'aperçut que la lame du couteau de Sirius avait fondu.

— Bon, laissons cette pièce de côté, dit Hermione d'un ton décidé.

— Et si c'était la bonne ? dit Ron qui regardait la porte avec un mélange d'appréhension et d'envie.

— Impossible. Dans son rêve, Harry franchissait facilement toutes les portes, fit remarquer Hermione en dessinant une nouvelle croix enflammée.

Harry rangea dans sa poche le manche du couteau désormais inutile.

— Vous savez ce qu'il y a peut-être, là-dedans ? dit Luna d'un air gourmand, alors que le mur se remettait à tourner.

— Un gros truc à babille, sans doute, murmura Hermione.

Neville eut un petit rire nerveux.

Le mur s'immobilisa et Harry, avec un sentiment de découragement grandissant, poussa une nouvelle porte.

— *C'est celle-ci !*

Il avait aussitôt reconnu les lumières magnifiques qui dansaient sur les murs comme les éclats d'un diamant. Lorsque les yeux de Harry se furent habitués à l'étincelante clarté, il vit des pendules qui brillaient de toutes parts, des grandes, des petites, des horloges de grand-mère, des réveils de voyage. Certaines étaient accrochées aux murs, entre des bibliothèques, d'autres posées sur des tables alignées tout au long de la pièce. Un cliquetis incessant s'élevait de partout, comme si des milliers de pieds minuscules avaient marché au pas. Les lueurs éclatantes qui dansaient comme des reflets de diamant provenaient d'une grande cloche de cristal, tout au fond de la pièce.

– Par ici !

Maintenant qu'ils étaient sur la bonne voie, Harry sentait son cœur battre frénétiquement. Montrant le chemin, il s'élança dans l'étroit espace entre les rangées de tables. Comme dans son rêve, il se dirigeait vers la source lumineuse, la cloche de cristal, aussi haute que lui, posée sur un bureau et dans laquelle un tourbillon de vent dessinait des volutes de lumière.

– Oh, *regardez* ! dit Ginny en montrant le cœur de la cloche.

Porté par les courants étincelants, un œuf minuscule, brillant comme un joyau, flottait à l'intérieur. A mesure qu'il s'élevait, sa coquille craquait et laissait apparaître un colibri que le vent emportait jusqu'au sommet de la cloche. Il retombait alors dans les remous et ses plumes se froissaient peu à peu, redevenant aussi humides qu'au moment de sa naissance. Enfin, lorsqu'il touchait le fond, une nouvelle coquille se formait autour de lui.

– Ce n'est pas le moment de traîner ! dit sèchement Harry à Ginny qui avait visiblement envie de regarder l'œuf se transformer à nouveau en oiseau.

– Et toi, tu n'as pas traîné devant cette vieille arcade ? répliqua-t-elle avec colère.

Elle le suivit cependant en direction de l'unique porte qui se trouvait derrière la cloche.

– C'est celle-ci, dit encore une fois Harry.

Son cœur battait si vite et si fort, à présent, qu'on devait le sentir dans sa façon de parler.

– Par là, venez.

Il leur jeta un coup d'œil par-dessus son épaule. Tous avaient sorti leurs baguettes et l'expression de leurs visages était devenue grave, anxieuse. Il se tourna à nouveau vers la porte qui s'ouvrit sous sa poussée.

Enfin, ils y étaient, ils avaient trouvé l'endroit : aussi vaste qu'une église et rempli d'immenses étagères sur lesquelles s'alignaient de petits globes de verre poussiéreux. On les voyait luire faiblement à la lueur des chandeliers fixés à intervalles réguliers le long des rayons. Tout comme ceux de la pièce circulaire, ils brûlaient d'une flamme bleue. Un froid intense régnait dans la salle.

Harry s'avança prudemment et scruta l'obscurité de l'une des allées, entre deux rangées d'étagères. Il n'entendit rien, ne perçut pas le moindre signe de mouvement.

— Tu as dit que c'était la rangée quatre-vingt-dix-sept, murmura Hermione.

— Oui, répondit Harry dans un souffle.

Il examina la rangée la plus proche. Entre deux chandeliers, il lut « cinquante-trois » en chiffres argentés qui brillaient dans un halo de flammes bleues.

— Je crois qu'il faut aller à droite, chuchota Hermione en plissant les yeux pour lire le chiffre suivant. Oui... voilà le cinquante-quatre...

— Tenez vos baguettes prêtes, dit Harry à voix basse.

Ils progressèrent lentement, lançant des coups d'œil derrière eux tandis qu'ils passaient devant les rangées numérotées dont les profondeurs étaient plongées dans une obscurité quasi totale. De minuscules étiquettes jaunissantes avaient été collées sous chaque globe de verre. Certains d'entre eux diffusaient une lueur étrange, liquide, d'autres étaient aussi sombres et ternes que des ampoules usagées.

Ils passèrent le numéro quatre-vingt-quatre... quatre-vingt-cinq... L'oreille tendue, Harry guettait le moindre bruit, mais Sirius était peut-être bâillonné, ou évanoui... ou alors, ajouta dans sa tête une voix qui s'imposa malgré lui : *il était peut-être déjà mort...*

« Je l'aurais senti », se dit-il. Son cœur, à présent, lui donnait l'impression d'être remonté dans sa gorge. « Je le saurais... »

— Quatre-vingt-dix-sept ! murmura Hermione.

Ils se rassemblèrent à l'extrémité de la rangée, scrutant la pénombre. Il n'y avait personne.

— Il est tout au bout, dit Harry, la bouche légèrement sèche. On ne peut pas bien voir d'ici.

Prenant la tête du groupe, il s'enfonça dans l'allée, entre les hautes étagères chargées de sphères poussiéreuses dont certaines brillaient faiblement sur leur passage...

— Il devrait être tout près, chuchota Harry.

A chaque pas, il s'attendait à voir apparaître la silhouette malmenée de Sirius étendue sur le sol obscur.

— Tout près...

— Harry ? dit Hermione d'une voix timide.

Mais il ne voulait pas répondre. Sa bouche était de plus en plus sèche.

— Quelque part... par ici..., murmura-t-il.

Lorsqu'ils atteignirent l'extrémité de l'allée, ils émergèrent dans la lueur bleue d'autres chandeliers. Il n'y avait toujours personne. Tout était plongé dans un silence poussiéreux où le moindre bruit résonnait en écho.

— Il est peut-être là..., murmura Harry d'une voix rauque en scrutant l'allée suivante. Ou là...

Il regarda dans une autre allée.

— Harry ? répéta Hermione.

— Quoi ? gronda-t-il.

— Je... Je ne pense pas que Sirius soit ici.

Personne n'ajouta un mot. Harry évitait de les regarder. Il se sentait pris de nausée. Il ne comprenait pas pourquoi Sirius n'était pas là. Il aurait dû y être. C'était ici que Harry l'avait vu.

Il courut d'une étagère à l'autre, scruta l'obscurité. Les allées vides se succédaient devant ses yeux. Il courut dans l'autre sens, passant précipitamment devant ses compagnons qui le suivaient des yeux. Il n'y avait aucun signe de Sirius, pas la moindre trace de lutte.

– Harry ? appela Ron.

– Quoi ?

Il ne voulait pas entendre ce que Ron avait à lui dire, ne voulait pas l'entendre lui reprocher d'avoir été stupide ou suggérer qu'ils feraient mieux de rentrer à Poudlard. Ses joues étaient en feu et il préférait rôder ici dans la pénombre le plus longtemps possible avant d'affronter à nouveau la clarté de l'atrium et le regard accusateur des autres...

– Tu as vu ça ? demanda Ron.

– Quoi ? dit à nouveau Harry, mais d'un ton empressé, cette fois.

Ron avait dû repérer quelque chose qui indiquait que Sirius était venu ici, un indice. Il retourna à grands pas vers l'allée quatre-vingt-dix-sept, là où les autres étaient restés. Mais en fait d'indice, Ron regardait simplement l'un des globes de verre poussiéreux posé sur une étagère.

– Quoi ? répéta Harry, l'air découragé.

– Il... Il y a ton nom là-dessus, dit Ron.

Harry s'approcha. Ron lui montra une petite sphère à l'intérieur de laquelle on voyait briller une faible lueur, malgré l'épaisse couche de poussière qui recouvrait le verre. Apparemment, l'objet était resté là de nombreuses années sans que personne n'y touche.

– Mon nom ? murmura Harry, interdit.

Il s'avança d'un pas. Harry était moins grand que Ron et dut tendre le cou pour lire l'étiquette jaunie collée sous la sphère poussiéreuse. D'une écriture longue et fine était indiquée une date qui remontait à seize ans auparavant et au-dessous :

S.P.T. à A.P.W.B.D.
Seigneur des Ténèbres
et (?) Harry Potter

Harry contempla l'étiquette.

– Qu'est-ce que c'est ? demanda Ron, visiblement mal à l'aise. Qu'est-ce que ton nom fait là-dessus ?

Harry jeta un coup d'œil aux étiquettes voisines.

– Je ne figure pas sur les autres, dit-il, perplexe. Ni aucun d'entre nous.

– Harry, je crois qu'il ne faut pas y toucher, dit aussitôt Hermione en le voyant tendre la main vers la sphère.

– Et pourquoi pas ? répliqua-t-il. C'est quelque chose qui me concerne, non ?

– Ne fais pas ça, Harry, dit soudain Neville.

Harry se tourna vers lui. Le visage lunaire de Neville luisait de sueur. Il semblait ne plus pouvoir supporter ce surcroît d'angoisse.

– Il y a mon nom dessus, répondit Harry.

Conscient de son imprudence, il referma les doigts sur la sphère poussiéreuse. Il s'était attendu à une sensation de froid mais la boule était tiède au contraire, comme si elle était restée des heures au soleil, comme si la lueur qui brillait à l'intérieur la réchauffait. Prévoyant, espérant même, que quelque chose de spectaculaire se produirait, quelque chose qui justifierait leur long et périlleux voyage, Harry ôta la sphère de son étagère et la regarda de près.

Il ne se passa rien du tout. Les autres firent cercle autour de lui, les yeux fixés sur le globe de verre qu'il frotta pour le débarrasser de sa poussière.

A cet instant, une voix traînante s'éleva derrière eux :

– Très bien, Potter, dit la voix. Maintenant retourne-toi lentement, gentiment, et donne-moi ça.

35

AU-DELÀ DU VOILE

Des silhouettes noires surgirent de partout, bloquant le passage des deux côtés. Des yeux brillaient à travers les fentes des cagoules et une douzaine de baguettes magiques allumées étaient pointées sur leurs poitrines. Ginny étouffa une exclamation d'horreur.

— Donne-moi ça, Potter, répéta la voix traînante de Lucius Malefoy qui tendait la main vers lui.

Harry sentit une nausée l'envahir. Ils étaient cernés par des adversaires deux fois supérieurs en nombre.

— Donne, insista Malefoy.

— Où est Sirius ? demanda Harry.

Les Mangemorts éclatèrent de rire. Une voix féminine, dure et sèche, s'éleva à la gauche de Harry et lança d'un ton triomphant :

— Le Seigneur des Ténèbres sait toujours comment faire !

— Toujours, dit doucement Malefoy, comme en écho. Maintenant, donne-moi la prophétie, Potter.

— Je veux savoir où est Sirius !

— *Je veux savoir où est Sirius !* répéta la femme en l'imitant.

Les Mangemorts s'étaient rapprochés et n'étaient plus qu'à quelques dizaines de centimètres de Harry et des autres. Les rayons de lumière qui jaillissaient de leurs baguettes magiques l'éblouissaient.

—Vous l'avez fait prisonnier, dit Harry.

Il décida de ne pas prêter attention à la panique qu'il sentait monter dans sa poitrine, à cette peur qu'il combattait depuis le moment où ils s'étaient glissés dans l'allée quatre-vingt-dix-sept.

— Il est ici, je le sais.

— Le petit bébé f'est réveillé en furfaut et a cru que fon rêve était vrai, dit la femme en imitant une horrible voix d'enfant.

Harry sentit Ron bouger à côté de lui.

— Ne tente rien, marmonna Harry. Pas encore...

La femme éclata d'un rire rauque.

— Vous l'entendez ? *Vous l'entendez ?* Il donne ses instructions aux autres mômes comme s'il pensait pouvoir se battre contre nous !

— Oh, tu ne connais pas Potter comme je le connais, Bellatrix, dit doucement Malefoy. Il a une faiblesse très marquée pour le mélodrame. Le Seigneur des Ténèbres a très bien compris cela chez lui. *Et maintenant, donne-moi cette prophétie, Potter.*

— Je sais que Sirius est ici, répondit Harry.

Une peur panique lui serrait la poitrine. Il avait l'impression de ne plus pouvoir respirer normalement.

— Je sais que vous l'avez fait prisonnier !

De nouveau, les Mangemorts éclatèrent de rire et c'était la femme qui riait le plus fort.

— Il serait temps que tu apprennes à faire la différence entre la vie et les rêves, Potter, dit Malefoy. Donne-moi cette prophétie ou nous devrons nous servir de nos baguettes.

— Très bien, allez-y, répliqua Harry en brandissant la sienne.

Aussitôt, les cinq baguettes magiques de Ron, d'Hermione, de Neville, de Ginny et de Luna s'élevèrent en même temps autour de lui. Le nœud qui contractait l'estomac de Harry se resserra. Si vraiment Sirius n'était pas ici, il aurait mené ses amis à la mort sans aucune raison...

Mais les Mangemorts ne les attaquèrent pas.

— Donne-moi la prophétie et il ne sera fait de mal à personne, dit Malefoy d'une voix glaciale.

Ce fut au tour de Harry d'éclater de rire.

– Oui, bien sûr, répondit-il. Je vous donne cette... prophétie, comme vous dites, et ensuite vous nous laissez tranquillement rentrer à la maison, c'est ça ?

A peine avait-il prononcé ces mots que la femme Mangemort s'écria d'une voix suraiguë :

– *Accio proph...*

Harry s'était préparé. Il cria : « *Protego !* » avant qu'elle ait eu le temps d'achever sa formule. La sphère glissa jusqu'à l'extrémité de ses doigts mais il parvint à la retenir.

– Oh mais, il sait bien jouer, le petit bébé Potter, dit la femme Mangemort, ses yeux déments étincelant à travers les fentes de sa cagoule. Très bien, dans ce cas...

– JE T'AVAIS DIT DE NE PAS FAIRE ÇA ! rugit Lucius Malefoy. Si jamais elle se casse...

Harry réfléchit très vite. Les Mangemorts voulaient à tout prix ce globe de verre alors que lui-même n'y attachait aucune importance. La seule chose qui comptait pour lui, c'était qu'ils sortent tous d'ici vivants, qu'aucun de ses amis n'ait à payer un terrible prix pour sa stupidité...

La femme s'avança, se détachant de ses compagnons, et enleva sa cagoule. Azkaban avait creusé les traits de Bellatrix Lestrange, elle avait le visage émacié, semblable à une tête de mort, mais une lueur fébrile, fanatique, l'animait.

– Tu as besoin d'arguments plus convaincants, sans doute ? dit-elle, sa poitrine se soulevant au rythme de sa respiration saccadée. Très bien... Prends la petite, ordonna-t-elle à l'un des Mangemorts. On va la torturer devant lui. Je m'en charge.

Harry sentit les autres se resserrer autour de Ginny. Il fit un pas de côté pour se placer devant elle, la prophétie serrée contre sa poitrine.

– Si vous voulez attaquer l'un d'entre nous, il faudra d'abord casser cette sphère, dit-il à Bellatrix. Je ne pense pas que votre patron sera très content si vous revenez sans elle.

Elle ne bougea pas et se contenta de le fixer, en passant la pointe de sa langue sur ses lèvres.

— Au fait, reprit Harry, de quel genre de prophétie s'agit-il ?

Il ne voyait pas très bien ce qu'il pouvait faire d'autre que de gagner du temps en parlant. Le bras de Neville, appuyé contre le sien, était parcouru de tremblements et il sentait sur sa nuque le souffle précipité de l'un des autres, il ne savait pas lequel. Harry espérait qu'ils étaient tous en train de réfléchir à un moyen de se sortir de là car lui-même avait l'esprit vide.

— Quel genre de prophétie ? répéta Bellatrix, son sourire s'effaçant de son visage. Tu plaisantes, Harry Potter.

— Non, je ne plaisante pas du tout, répondit-il.

Son regard allait d'un Mangemort à l'autre, cherchant un maillon faible, un espace quelconque par lequel ils pourraient s'échapper.

— Comment se fait-il que Voldemort ait tellement besoin de ça ?

Les Mangemorts émirent une sorte de sifflement assourdi.

— Tu oses prononcer son nom ? murmura Bellatrix.

— Oui, répondit Harry, sa main fermement serrée sur la sphère.

Il s'attendait à ce qu'elle lance un autre sortilège pour la lui arracher.

— Je n'ai aucune difficulté à dire Vol...

— Ferme-la ! s'écria Bellatrix d'une voix aiguë. Tu oses prononcer ce nom avec tes lèvres indignes, tu oses le souiller avec ta langue de sang-mêlé, tu oses...

— Vous saviez que lui aussi était un sang-mêlé, comme vous dites ? l'interrompit Harry, téméraire.

Hermione laissa échapper un gémissement à son oreille.

— Oui, la mère de Voldemort était une sorcière mais son père un Moldu... ou peut-être vous a-t-il dit qu'il était de sang pur ?

— *Stupéf*...

— NON !

Un éclair de lumière rouge avait jailli de la baguette magique de Bellatrix Lestrange mais Malefoy l'avait dévié et le rayon frappa une étagère, à trente centimètres à gauche de Harry. Des globes de verre volèrent en éclats.

Deux silhouettes d'un blanc nacré, semblables à des fantômes, aussi mouvantes qu'une fumée, s'élevèrent alors des débris répandus sur le sol et se mirent à parler. Leurs voix se chevauchaient en essayant de se faire entendre et seules quelques paroles restèrent audibles parmi les cris de Malefoy et de Bellatrix :

– ... *au moment du solstice viendra...*, dit la silhouette d'un vieil homme barbu.

– NE L'ATTAQUE PAS ! NOUS AVONS BESOIN DE LA PROPHÉTIE !

– Il a osé... Il ose... ! hurla Bellatrix, dans une suite de mots incohérents. Il reste là à... Répugnant bâtard...

– ATTENDS QUE NOUS AYONS LA PROPHÉTIE ! beugla Malefoy.

– ... *et personne ne viendra après...*, dit la silhouette d'une jeune femme.

Les deux formes fantomatiques échappées des débris de verre s'étaient volatilisées. Il ne restait plus de leur ancienne demeure que quelques fragments dispersés sur le sol. Elles avaient cependant donné une idée à Harry. Le problème était de la communiquer aux autres.

–Vous ne m'avez toujours pas expliqué ce qu'a de si précieux cette prophétie que je suis censé vous donner, dit Harry pour gagner du temps.

Il glissa lentement le pied de côté, essayant d'entrer en contact avec celui d'un des autres.

– Ne joue pas à ce petit jeu-là avec nous, Potter, conseilla Malefoy.

– Je ne joue à aucun jeu, répondit Harry.

Son esprit s'intéressait pour moitié à la conversation, l'autre moitié étant occupée par les mouvements de son pied. Il entra enfin en contact avec les orteils de quelqu'un et appuya dessus. Une respiration soudaine derrière lui indiqua qu'il s'agissait de ceux d'Hermione.

— Quoi ? murmura-t-elle.

— Dumbledore ne t'a donc jamais expliqué que la raison pour laquelle tu as cette cicatrice au front se trouve au Département des mystères ? dit Malefoy d'un ton ironique.

— Je... quoi ? balbutia Harry.

Pendant un moment, il oublia complètement son plan.

— Qu'est-ce qu'elle a, ma cicatrice ?

— *Quoi ?* répéta Hermione dans un murmure plus pressant.

— Est-ce vraiment possible ? dit Malefoy d'un ton à la fois malveillant et ravi.

Les Mangemorts éclatèrent de rire et Harry en profita pour souffler à Hermione en remuant les lèvres aussi peu que possible :

— Démolissez les étagères...

— Ainsi, Dumbledore ne t'a jamais rien dit ? répéta Malefoy. Voilà la raison pour laquelle tu n'es pas venu plus tôt, Potter. Le Seigneur des Ténèbres se demandait pourquoi...

— ... dès que je dirai : « Allez-y ! »...

— ... tu n'étais pas tout de suite accouru quand il t'a montré dans tes rêves l'endroit où elle était cachée. Il pensait qu'une curiosité naturelle te pousserait à vouloir entendre la formulation exacte...

— Vraiment ? dit Harry.

Derrière lui, il sentit plutôt qu'il n'entendit Hermione passer le message aux autres et il s'efforça de prolonger la conversation pour distraire les Mangemorts.

— Alors, comme ça, il voulait que je vienne la prendre ? Et pourquoi ?

— *Pourquoi ?* s'exclama Malefoy avec une incrédulité réjouie. Tout simplement parce que les seules personnes autorisées à retirer une prophétie au Département des mystères sont celles qui en font l'objet, comme l'a découvert le Seigneur des Ténèbres lorsqu'il a essayé de se servir de quelqu'un d'autre pour la dérober.

— Et pourquoi voulait-il dérober une prophétie qui me concernait ?

— Qui vous concernait tous les deux, Potter, tous les deux... Tu ne t'es donc jamais demandé pourquoi le Seigneur des Ténèbres avait essayé de te tuer lorsque tu étais encore bébé ?

Harry fixa les fentes de la cagoule à travers lesquelles brillaient les yeux gris de Malefoy. Cette prophétie expliquait-elle pourquoi les parents de Harry étaient morts, la raison pour laquelle il portait au front cette cicatrice en forme d'éclair ? La réponse à ces questions était-elle enfermée au creux de sa main ?

— Quelqu'un a fait une prophétie sur Voldemort et sur moi ? dit-il à mi-voix en observant Lucius Malefoy, les doigts étroitement serrés sur la tiédeur de la sphère, guère plus grande qu'un Vif d'or et encore rugueuse de poussière. Et il m'a poussé à venir la chercher pour lui ? Pourquoi ne pouvait-il la prendre lui-même ?

— La prendre lui-même ? s'écria Bellatrix de sa voix aiguë qui couvrit une explosion de rires déments. Le Seigneur des Ténèbres arrivant au ministère de la Magie alors qu'ils ont l'amabilité d'ignorer son retour ? Le Seigneur des Ténèbres se montrant à visage découvert devant les Aurors, alors qu'ils sont en train de perdre leur temps à rechercher mon cher cousin ?

— Et donc, il vous fait faire son sale boulot, c'est ça ? dit Harry. Comme lorsqu'il a envoyé Sturgis... et Moroz pour essayer de la voler ?

— Très bien, Potter, bien raisonné..., dit lentement Malefoy. Mais le Seigneur des Ténèbres sait que tu es intell...

— ALLEZ-Y ! hurla Harry.

Derrière lui, cinq voix s'exclamèrent en même temps : « *Reducto !* » Cinq sortilèges jaillirent alors dans cinq directions différentes, heurtant de plein fouet les étagères alentour. Les hautes structures vacillèrent tandis qu'une bonne centaine de sphères explosaient. Des silhouettes d'une blancheur nacrée se déployèrent de toutes parts et flottèrent dans les airs, leurs voix s'élevant d'on ne savait quel passé lointain dans le torrent de verre brisé et de bois fracassé qui retombait en pluie sur le sol.

– FUYEZ ! s'écria Harry tandis que les étagères oscillaient dangereusement, précipitant à terre les sphères des rayons les plus élevés.

Harry saisit la robe d'Hermione qu'il entraîna derrière lui, un bras au-dessus de la tête pour se protéger du déluge de verre et de bois qui s'abattait sur eux. Un Mangemort se rua en avant à travers le nuage de poussière et Harry donna un coup de coude sur son visage masqué. Des cris, de douleur parfois, retentissaient dans le tonnerre des étagères qui s'effondraient les unes sur les autres, en laissant échapper les échos étranges et fragmentés des paroles de prophètes fantomatiques libérés de leurs sphères.

Harry s'aperçut que la voie était libre et il vit Ron, Ginny et Luna le dépasser en courant, les bras au-dessus de la tête. Quelque chose de lourd le frappa sur le côté du crâne, mais il se contenta de se baisser et fonça droit devant. Une main l'attrapa alors par l'épaule. Il entendit Hermione crier : « *Stupéfix !* » et la main le relâcha aussitôt.

Ils étaient arrivés au bout de l'allée quatre-vingt-dix-sept. Harry tourna à droite et se mit à courir pour de bon. Il entendait des pas juste derrière lui et la voix d'Hermione qui exhortait Neville à aller plus vite. Devant eux, la porte par laquelle ils étaient entrés était entrouverte. Harry apercevait les reflets étincelants de la cloche de cristal. Il se rua à travers l'embrasure, la prophétie toujours serrée dans sa main, et attendit que les autres aient franchi le seuil à leur tour avant de claquer la porte derrière eux.

– *Collaporta !* haleta Hermione et le panneau se scella de lui-même dans un étrange bruit de succion.

— Où... Où sont les autres ? demanda Harry, hors d'haleine.

Il avait pensé que Ron, Luna et Ginny les avaient devancés et qu'ils les attendaient dans cette pièce mais il n'y avait personne.

— Ils ont dû prendre la mauvaise direction ! murmura Hermione avec une expression de terreur.

— Écoute ! chuchota Neville.

Des bruits de pas et des cris retentissaient derrière la porte qu'ils venaient de sceller. Harry colla son oreille contre le panneau et entendit Lucius Malefoy rugir :

— Ne t'occupe pas de Nott, *laisse-le, j'ai dit...* Ses blessures ne seront rien aux yeux du Seigneur des Ténèbres comparées à la perte de la prophétie. Jugson, reviens ici, nous devons nous organiser ! Nous allons nous répartir deux par deux pour les chercher. N'oubliez pas, il faut ménager Potter jusqu'à ce qu'on ait récupéré la prophétie, vous pouvez tuer les autres si nécessaire... Bellatrix, Rodolphus, vous prenez à gauche, Crabbe, Rabastan, à droite, Jugson, Dolohov, la porte devant vous, Macnair et Avery par là, Rookwood, ici, Mulciber, tu viens avec moi !

— Qu'est-ce qu'on fait ? demanda Hermione à Harry en tremblant de la tête aux pieds.

— Pour commencer, on ne va pas attendre ici qu'ils nous aient trouvés, répondit Harry. Éloignons-nous de cette porte.

Ils coururent aussi silencieusement que possible, passèrent devant la cloche de cristal où l'œuf minuscule éclosait et se reformait inlassablement, et se dirigèrent vers la porte qui donnait sur le hall circulaire, à l'autre bout de la pièce. Ils étaient presque arrivés lorsque Harry entendit quelque chose de très lourd heurter de plein fouet la porte qu'Hermione venait de sceller par un sortilège.

— Écarte-toi, dit une voix rauque. *Alohomora !*

Tandis que la porte s'ouvrait à la volée, Harry, Hermione et Neville plongèrent chacun sous une table. Ils virent le bas des robes de deux Mangemorts qui s'approchaient d'un pas rapide.

— Ils ont peut-être filé dans le hall, dit la voix rauque.

— Regarde s'ils ne se sont pas cachés sous une table, ajouta une autre voix.

Harry vit les genoux des Mangemorts fléchir. Pointant sa baguette magique, il cria :

— *STUPÉFIX !*

Un jet de lumière rouge frappa le Mangemort le plus proche. Il tomba en arrière sur une horloge de grand-mère qui se renversa sous le choc. Le deuxième Mangemort, en revanche, avait fait un bond de côté pour éviter le sortilège de Harry et pointait à présent sa baguette sur Hermione qui était sortie de sous la table pour mieux viser.

— *Avada...*

Harry s'élança et s'agrippa aux genoux du Mangemort qu'il fit basculer en déviant la trajectoire de son sortilège. Dans sa hâte de se rendre utile, Neville renversa une table et dirigea sa baguette sur Harry et le Mangemort qui luttaient par terre.

— *EXPELLIARMUS !* s'écria-t-il.

Les baguettes de Harry et de son adversaire leur échappèrent des mains en même temps et furent projetées vers la porte qui donnait accès à la salle des Prophéties. Tous deux se relevèrent et se ruèrent en avant pour les récupérer, le Mangemort devant, Harry sur ses talons, et Neville fermant la marche, horrifié par ce qu'il venait de faire.

— Écarte-toi, Harry ! hurla-t-il, décidé à réparer les dégâts.

Harry se jeta sur le côté tandis que Neville visait à nouveau en s'exclamant :

— *STUPÉFIX !*

Le jet de lumière rouge passa juste au-dessus de l'épaule du Mangemort et frappa une armoire vitrée remplie de sabliers aux formes diverses. L'armoire tomba, se fracassa par terre en projetant des morceaux de verre un peu partout, puis se redressa contre le mur, entièrement réparée, avant de tomber à nouveau et de voler en éclats...

Le Mangemort avait réussi à saisir sa baguette qui était tombée à côté de la cloche étincelante. Harry plongea derrière une table au moment où l'homme se tournait vers lui. Sa cagoule avait glissé, lui obscurcissant la vue. Il l'arracha de sa main libre et cria :

— *STUP...*

— *STUPÉFIX !* hurla Hermione qui venait de les rattraper.

L'éclair rouge frappa le Mangemort en pleine poitrine. Il se figea sur place, le bras toujours levé, sa baguette tomba sur le sol et il bascula en arrière, vers la cloche transparente. Harry s'attendait à entendre le bruit du choc lorsque l'homme heurterait la surface dure du cristal avant de glisser à terre. Mais en fait, sa tête s'enfonça à travers la surface comme s'il ne s'agissait que d'une grosse bulle de savon et il resta là, étendu sur la table les bras en croix, la tête à l'intérieur de la cloche où les vents étincelants continuaient de tourbillonner.

— *Accio baguette !* cria Hermione.

La baguette magique de Harry s'envola du coin sombre où elle était tombée et atterrit dans sa main. Elle la lança aussitôt à Harry.

— Merci, dit-il, et maintenant sortons de ce...

— Attention ! hurla Neville, horrifié.

Il regardait la tête du Mangemort, à l'intérieur de la cloche transparente.

Tous trois levèrent à nouveau leurs baguettes mais ne lancèrent aucun sortilège. Bouche bée, l'air effaré, ils observaient la tête du Mangemort.

Elle rapetissait à vue d'œil en devenant de plus en plus chauve. Ses cheveux noirs se rétractaient, ses joues paraissaient de plus en plus lisses, son crâne rond se couvrait d'une sorte de duvet et prenait l'aspect d'une peau de pêche...

Une tête de bébé grotesque reposait à présent sur le cou épais du Mangemort qui essayait de se relever. Puis, sous leurs yeux stupéfaits, la tête augmenta à nouveau de volume pour reprendre sa taille initiale, une chevelure noire et une barbe épaisse poussant sur le crâne et le menton.

– C'est le Temps, dit Hermione, effarée. Le *Temps*...

Le Mangemort secoua sa tête repoussante, essayant de reprendre ses esprits, mais avant qu'il ait pu se ressaisir, elle recommença à rétrécir pour redevenir celle d'un bébé...

Un cri retentit dans une pièce voisine, puis il y eut un grand bruit suivi d'un long hurlement.

– RON ? s'exclama Harry en détachant les yeux de la monstrueuse transformation qui se déroulait devant eux. GINNY ? LUNA ?

– Harry ! s'écria Hermione.

Le Mangemort avait réussi à s'arracher de la cloche transparente. Sa tête de bébé braillait de toutes ses forces et il agitait violemment les bras en tous sens, manquant de peu Harry qui se baissa juste à temps. Harry leva sa baguette mais, à son grand étonnement, Hermione lui saisit le poignet.

– Tu ne vas pas t'en prendre à un bébé !

Ce n'était pas le moment de débattre de la question. Harry entendait des bruits de pas qui se rapprochaient dans la salle des Prophéties et il comprit trop tard qu'il n'aurait pas dû crier, révélant ainsi leur position.

– Venez ! dit-il.

Laissant là le Mangemort à tête de bébé qui titubait derrière eux, ils se précipitèrent vers la porte ouverte donnant sur la salle circulaire.

Ils étaient parvenus à mi-chemin lorsque Harry aperçut par l'embrasure deux autres Mangemorts qui couraient vers eux, dans la pièce aux murs noirs. Virant à gauche, il se précipita dans un petit bureau sombre et encombré dont il claqua la porte derrière eux.

– *Colla...*, commença Hermione mais avant qu'elle ait eu le temps d'achever la formule, la porte s'ouvrit à la volée et les deux Mangemorts firent irruption dans la pièce.

Dans un cri de triomphe, tous deux s'exclamèrent :

– *IMPEDIMENTA !*

Harry, Hermione et Neville furent projetés en arrière. Neville s'effondra sur le bureau, Hermione heurta de plein fouet une bibliothèque et fut engloutie sous une cascade de livres et Harry se cogna violemment la tête contre le mur situé derrière lui. De minuscules lumières se mirent à danser devant ses yeux et pendant un moment, il fut trop étourdi et désorienté pour réagir.

– ON L'A EU ! hurla le Mangemort qui se trouvait le plus près de Harry. DANS LE BUREAU QUI DONNE SUR...

– *Silencio !* s'écria Hermione.

La voix de l'homme s'interrompit aussitôt. Il continua de remuer les lèvres sous sa cagoule mais aucun son n'en sortit. L'autre Mangemort l'écarta d'un geste.

– *Petrificus Totalus !* hurla alors Harry au moment où le deuxième Mangemort levait sa baguette.

L'homme se raidit, les jambes jointes, les bras collés le long du corps, et tomba sur le tapis aux pieds de Harry, face contre terre, droit comme une planche et incapable de faire le moindre geste.

– Bien joué, Ha...

Mais le Mangemort qui venait de perdre sa voix fendit l'air de sa baguette, traçant sur la poitrine d'Hermione une longue flamme violette. Elle poussa un faible cri, comme sous l'effet de la surprise, et s'effondra sur le sol où elle resta immobile.

– HERMIONE !

Harry se laissa tomber à genoux à côté d'elle tandis que Neville émergeait précipitamment de sous le bureau, sa baguette levée devant lui. Le Mangemort lui donna alors un violent coup de pied à la tête, brisant sa baguette magique au passage. Neville fut frappé de plein fouet. Il poussa un hurlement de douleur et se recroquevilla par terre, les mains plaquées sur sa bouche et son nez. Harry fit aussitôt volte-face, levant haut sa propre baguette. Le Mangemort avait arraché sa cagoule et pointait sa baguette magique droit sur lui. Harry reconnut le long visage pâle aux traits tordus qu'il avait vu à la une de *La Gazette du sorcier* : c'était Antonin Dolohov, le sorcier qui avait assassiné les Prewett.

Dolohov sourit. De sa main libre, il montra successivement la prophétie que Harry tenait toujours fermement, puis lui-même, puis Hermione. Bien qu'il fût toujours incapable de parler, il n'aurait pu être plus clair. Ses trois gestes signi-fiaient : « Donne-moi la prophétie ou tu subiras le même sort qu'elle... »

– De toute façon, si je vous la donnais, vous nous tueriez tous ! répliqua Harry.

Le gémissement de terreur qui résonnait dans sa tête l'empê-chait de réfléchir clairement. Une main posée sur l'épaule d'Hermione, il la sentait encore tiède mais n'osait pas la regar-der en face. « Faites qu'elle ne soit pas morte, faites qu'elle ne soit pas morte, c'est ma faute si elle est morte... »

– Guoi gu'il arrive, Harry, dit Neville d'un ton féroce, de lui laize zurdout bas brendre la brovézie !

Toujours sous le bureau, il avait enlevé les mains de son visage, laissant voir un nez cassé, une bouche et un menton ruisselant de sang.

Un grand bruit retentit alors à l'extérieur de la pièce et Dolohov regarda par-dessus son épaule. Le Mangemort à tête de bébé apparut au seuil de la porte, braillant comme un nour-risson, ses gros poings battant l'air en tous sens. Harry sauta sur l'occasion.

– *PETRIFICUS TOTALUS !*

Le sortilège frappa Dolohov avant qu'il ait pu faire un geste pour l'esquiver et il bascula en avant, s'abattant en travers de son camarade, aussi raide et immobile que lui.

– Hermione, dit Harry.

Il la secoua pendant que le Mangemort à tête de bébé s'éloi-gnait à nouveau en titubant.

– Hermione, réveille-toi...

– Gu'est-ze gu'il lui a vait ? demanda Neville en s'extrayant de sous le bureau pour aller s'agenouiller de l'autre côté du corps inerte d'Hermione.

Son nez enflait rapidement en laissant échapper un flot de sang.

– Je ne sais pas...

Neville prit le poignet d'Hermione.

– Le bouls bat engore, Harry. J'en zuis zûr.

Harry sentit une telle vague de soulagement monter en lui que pendant un instant la tête lui tourna.

– Elle est vivante ?

– Oui, je grois.

Il y eut un silence pendant lequel Harry tendit l'oreille pour guetter d'éventuels bruits de pas mais il n'entendit que les vagissements du Mangemort à tête de bébé qui continuait de tout renverser sur son passage dans la pièce voisine.

– Neville, nous ne sommes pas loin de la sortie, murmura Harry. La pièce circulaire est juste à côté... Si tu parviens à l'atteindre et à trouver la bonne porte avant l'arrivée des autres Mangemorts, je suis sûr que tu peux emmener Hermione jusqu'à l'ascenseur... Ensuite, il faudra trouver quelqu'un... donner l'alerte...

– Et doi, gu'est-ze gue du vas vaire ? dit Neville, les sourcils froncés, en épongeant son nez sanglant avec la manche de sa robe.

– Je dois retrouver les autres, répondit Harry.

– Alors, je viens aveg doi, déclara Neville d'un ton ferme.

– Mais Hermione ?

– On va l'embeder aveg dous, assura Neville. Je la borderai, du es beilleur gue boi au gombat...

Il se leva et prit Hermione par un bras en lançant un regard décidé à Harry. Celui-ci hésita puis il prit l'autre bras et aida Neville à hisser sur ses épaules le corps inanimé.

– Attends, dit Harry.

Il ramassa par terre la baguette magique d'Hermione et la mit dans la main de Neville.

— Tu ferais bien de prendre ça.

Neville écarta d'un coup de pied les débris de sa propre baguette et suivit Harry qui s'avançait lentement vers la porte.

— Ba grand-bère va be duer, dit Neville d'une voix accablée, des gouttes de sang giclant de son nez. Z'édait la baguedde bagigue de bon bère.

Harry passa la tête de l'autre côté de la porte et regarda prudemment autour de lui. Le Mangemort à tête de bébé hurlait et se cognait partout, renversant des horloges de grand-mère et des tables chargées de pendules. Incapable de s'orienter, il poussait des braillements de nourrisson tandis que l'armoire vitrée, dont Harry soupçonnait qu'elle était remplie de Retourneurs de Temps, continuait de tomber et de se fracasser par terre avant de se redresser contre le mur en se réparant toute seule.

— Celui-là ne fera sûrement pas attention à nous, murmura Harry. Viens... Reste bien derrière moi.

Ils sortirent silencieusement du bureau et retournèrent dans la salle noire, à présent déserte. Ils avancèrent de quelques pas, Neville vacillant légèrement sous le poids d'Hermione. La porte de la salle du Temps se referma derrière eux et le mur circulaire se remit à tourner. Le coup que Harry avait pris sur la tête semblait affecter quelque peu son équilibre. Il plissa les yeux en oscillant légèrement jusqu'à ce que le mur s'immobilise à nouveau. Avec un pincement au cœur, il vit que les croix enflammées d'Hermione s'étaient effacées.

— A ton avis, par où faut-il... ?

Mais avant qu'ils aient pu décider quelle direction prendre, une porte s'ouvrit sur leur droite et trois personnes firent irruption dans la pièce.

— Ron ! s'exclama Harry en se précipitant vers eux. Ginny... Vous êtes tous...

— Harry, dit Ron avec un petit gloussement de rire.

Il s'avança vers lui, le saisit par le devant de sa robe et le regarda d'un œil vitreux.

— Ah, te voilà... Ha ! ha ! ha !... Tu as un drôle d'air, Harry... On dirait que tu sors du lit...

Ron avait le teint très pâle et un liquide sombre s'égouttait du coin de sa bouche. Soudain, ses genoux se dérobèrent et il resta cramponné à la robe de Harry, l'obligeant à se pencher en une sorte de salut.

— Ginny ? dit Harry, effrayé. Qu'est-ce qui s'est passé ?

Mais Ginny hocha la tête et glissa le long du mur en tombant assise par terre. La respiration haletante, elle se tenait la cheville.

— Je crois qu'elle s'est cassé la cheville, j'ai entendu quelque chose craquer, murmura Luna qui semblait la seule à être en bon état.

Elle se pencha sur Ginny.

— Quatre Mangemorts nous ont poursuivis dans une salle remplie de planètes, expliqua-t-elle. C'était un drôle d'endroit. Par moments, on avait l'impression de flotter dans le noir.

— Harry, on a vu Saturne de près ! dit Ron en continuant de glousser faiblement. Et Saturne rond. Tu as compris, Harry ? Saturne rond... Ha ! ha ! ha !...

Une bulle de sang enfla et éclata au coin de ses lèvres.

— En tout cas, il y en a un qui a attrapé Ginny par le pied, reprit Luna. J'ai jeté un sortilège de Réduction et je lui ai fait exploser Pluton à la figure, mais...

Avec un geste d'impuissance, Luna montra Ginny qui respirait faiblement, les yeux fermés.

— Et Ron, qu'est-ce qu'il lui est arrivé ? demanda Harry, effaré.

Ron continuait à glousser de rire, toujours suspendu à la robe de Harry.

— Je ne sais pas ce qu'ils lui ont fait, répondit tristement Luna, mais il est devenu un peu bizarre. J'ai eu du mal à le ramener.

— Harry, dit Ron qui lui attrapa l'oreille pour l'approcher de sa bouche. Tu sais qui c'est, cette fille ? C'est Loufoca... Loufoca Lovegood... ha ! ha ! ha !...

— Il faut sortir d'ici, dit Harry d'un ton ferme. Luna, tu peux aider Ginny ?

— Oui, répondit-elle en glissant sa baguette magique derrière une oreille pour la garder à portée de main.

Elle passa un bras autour de la taille de Ginny et la souleva.

— C'est simplement la cheville, je peux me relever toute seule ! dit Ginny, agacée.

Mais un instant plus tard, elle glissa sur le côté et se raccrocha à Luna. Harry attrapa le bras de Ron et le passa par-dessus ses épaules pour le soutenir, comme il l'avait fait avec Dudley, de nombreux mois auparavant. Puis il regarda les portes autour de la pièce. Ils avaient une chance sur douze de trouver la sortie du premier coup...

Il traîna Ron vers l'une des portes. Lorsqu'il n'en fut plus qu'à un mètre ou deux, une autre porte s'ouvrit brusquement de l'autre côté de la salle et trois Mangemorts surgirent, menés par Bellatrix Lestrange.

— Ils sont là ! hurla-t-elle.

Des éclairs de stupéfixion jaillirent. Harry fonça sur la porte, l'ouvrit brutalement d'un coup d'épaule, projeta Ron devant lui sans ménagements et revint sur ses pas pour aider Neville à porter Hermione. Tous parvinrent à franchir le seuil à temps pour pouvoir refermer la porte au nez de Bellatrix.

— *Collaporta !* s'écria Harry et il entendit leurs trois poursuivants heurter le panneau de plein fouet.

— Ça ne fait rien, dit une voix d'homme. Il y a d'autres entrées. NOUS LES TENONS, ILS SONT LÀ-DEDANS !

Harry se retourna. Ils étaient revenus dans la salle aux Cerveaux et, en effet, il vit des portes de tous les côtés. Des bruits de pas résonnèrent dans la pièce circulaire, signalant l'arrivée de nouveaux Mangemorts qui couraient rejoindre les premiers.

– Luna ! Neville ! Aidez-moi !

Tous trois se précipitèrent le long des murs pour sceller tous les accès. Dans sa hâte d'atteindre la porte suivante, Harry heurta une table et bascula par-dessus.

– *Collaporta !*

Les bruits de pas se multipliaient derrière les portes et quelqu'un se jetait parfois contre l'une d'elles en la faisant craquer sous son poids. Luna et Neville étaient occupés à sceller celles du mur d'en face. Soudain, alors que Harry atteignait l'extrémité de la pièce, il entendit Luna crier :

– *Collaaaaaaaaaargh…*

Il se retourna à temps pour la voir s'envoler dans les airs. Cinq Mangemorts surgirent par la porte qu'elle n'avait pas eu le temps d'atteindre. Luna atterrit sur une table, glissa à sa surface et tomba à terre les bras en croix, aussi immobile qu'Hermione.

– Attrapez Potter ! hurla Bellatrix qui s'élançait vers lui.

Il l'évita et fila dans l'autre sens. Harry n'avait rien à craindre tant qu'ils auraient peur de briser la prophétie.

– Hé ! s'exclama Ron qui s'était relevé tant bien que mal et s'avançait vers Harry en titubant comme un ivrogne. Hé, Harry, il y a des *cerveaux*, là-dedans, ha ! ha ! ha ! c'est bizarre, hein, Harry ?

– Ron, écarte-toi, baisse cette…

Mais Ron avait déjà pointé sa baguette magique sur le réservoir.

– Je t'assure, Harry, ce sont des cerveaux… Regarde… *Accio cerveau !*

La scène sembla se figer momentanément. Harry, Ginny, Neville et tous les Mangemorts se retournèrent malgré eux pour regarder le réservoir d'où un cerveau jaillit hors du liquide vert, tel un poisson sautant hors de l'eau. Pendant un instant, le cerveau resta suspendu dans les airs, puis il s'envola vers Ron en tournant sur lui-même et des rubans d'images mouvantes se mirent à flotter dans son sillage en se déroulant comme des bobines de film.

– Ha ! ha ! ha ! Harry, tu as vu ? dit Ron qui regardait le cerveau offrir le spectacle de son intimité. Harry, viens voir, touche-le, ça doit faire un drôle d'effet...

– RON, NON !

Harry n'avait aucune idée de ce qui se passerait si Ron touchait les tentacules qui volaient derrière le viscère mais il était sûr qu'il n'en résulterait rien de bon. Lorsqu'il se rua en avant, il était déjà trop tard, Ron avait attrapé le cerveau entre ses mains tendues.

Dès qu'ils entrèrent en contact avec sa peau, les tentacules s'enroulèrent comme des cordes autour des bras de Ron.

– Harry, regarde ce qui se passe... Non... Non... Je ne veux pas... Non, arrêtez... *arrêtez*...

Mais les fins rubans s'entortillaient à présent autour de sa poitrine. Il avait beau tirer dessus, les déchirer, le cerveau se collait à lui comme le corps d'une pieuvre.

– *Diffindo !* hurla Harry, essayant de trancher les tentacules qui enserraient Ron, mais ils ne cédèrent pas.

Ron tomba à terre en se débattant contre ses liens.

– Harry, il va étouffer ! s'écria Ginny, immobilisée par sa cheville cassée.

Un éclair de lumière rouge jaillit alors de la baguette magique de l'un des Mangemorts et l'atteignit en plein visage. Elle bascula sur le côté et resta étendue sur le sol, inconsciente.

– *SDUBÉVIGZ !* hurla Neville, la baguette d'Hermione pointée sur les Mangemorts. *SDUBÉVIGZ ! SDUBÉVIGZ !*

Mais rien ne se produisit.

Un Mangemort jeta lui aussi à Neville un sortilège de Stupéfixion qui le manqua de quelques centimètres. Harry et Neville restaient seuls à affronter leurs cinq adversaires. Deux d'entre eux projetèrent des rayons argentés semblables à des flèches qui les manquèrent mais creusèrent deux gros trous dans le mur, derrière eux. Harry prit la fuite en voyant Bellatrix Lestrange se ruer sur lui. Tenant la prophétie au-dessus de sa tête, il courut vers l'autre bout de la pièce. Le seul plan qui lui venait à l'esprit, c'était d'attirer les Mangemorts loin des autres.

Son idée semblait marcher. Les Mangemorts le pourchassaient en renversant tables et chaises sur leur passage mais n'osaient pas lui jeter de sorts, de peur de briser la prophétie. Il fonça vers la seule porte encore ouverte, celle par laquelle les Mangemorts étaient eux-mêmes entrés. Harry priait pour que Neville reste auprès de Ron et trouve le moyen de le délivrer des tentacules. Franchissant la porte, il courut quelques pas et sentit alors le sol disparaître...

Il dévala brutalement les grands gradins de granit en rebondissant de marche en marche jusqu'à ce qu'il atterrisse sur le dos, dans un choc qui lui coupa le souffle, tout au fond de la fosse où l'arcade se dressait sur son socle. Le rire des Mangemorts résonna dans la salle : il leva les yeux et les vit tous les cinq descendre vers lui tandis que d'autres arrivaient par d'autres portes et sautaient à leur tour de gradin en gradin. Harry se releva mais ses jambes tremblaient si fort qu'elles avaient du mal à le soutenir. Il tenait toujours dans sa main gauche la prophétie miraculeusement intacte, sa main droite serrée sur sa baguette magique. Il recula en jetant des coups d'œil autour de lui pour essayer de surveiller tous les Mangemorts à la fois. Ses jambes heurtèrent alors quelque chose de solide. Il avait atteint le socle sur lequel s'élevait l'arcade. Reculant toujours, il grimpa dessus.

A cet instant, les Mangemorts s'immobilisèrent et le fixèrent des yeux. Certains avaient la respiration aussi haletante que lui. L'un d'eux saignait abondamment. Dolohov, délivré du maléfice du Saucisson, ricanait, sa baguette pointée droit sur le visage de Harry.

– Potter, c'est la fin du chemin, pour toi, dit Lucius Malefoy de sa voix traînante en enlevant sa cagoule. Maintenant, donne-moi cette prophétie, comme un gentil garçon.

– Laissez… Laissez les autres repartir libres et je vous la donnerai ! assura Harry, désespéré.

Quelques Mangemorts éclatèrent de rire.

– Tu n'es pas en position de marchander, Potter, dit Lucius Malefoy, son visage blafard rougissant de plaisir. Vois-tu, nous sommes dix et tu es seul… Dumbledore ne t'aurait-il pas appris à compter ?

– Il d'est bas zeul ! cria une voix au-dessus d'eux. Je zuis là auzzi !

Harry sentit son cœur chavirer. Neville descendait maladroitement les gradins, sa main tremblante crispée sur la baguette d'Hermione.

– Neville… non… retourne auprès de Ron…

– *SDUBÉVIGZ !* s'écria Neville en pointant sa baguette sur chacun des Mangemorts à tour de rôle. *SDUBÉVIGZ ! SDUBÉ…*

L'un des plus grands parmi les Mangemorts le saisit alors par-derrière et lui plaqua les bras contre les flancs. Neville se débattit et donna des coups de pied, provoquant des éclats de rire chez les Mangemorts.

– C'est Londubat, n'est-ce pas ? dit Lucius Malefoy d'un ton narquois. Ta grand-mère a l'habitude de perdre des membres de sa famille pour les besoins de notre cause… Ta mort ne représentera pas un grand choc pour elle.

– Londubat ? répéta Bellatrix.

Son visage émacié s'éclaira d'un sourire véritablement maléfique.

– J'ai eu le plaisir de rencontrer tes parents, mon garçon.

– JE LE ZAIS BIEN ! rugit Neville.

Il se démena alors avec tant de force que le Mangemort qui l'immobilisait s'écria :

– Que quelqu'un le stupéfixe !

— Oh, non, non, non, dit Bellatrix.

Elle paraissait transportée, débordante d'excitation. Son regard se porta sur Harry puis à nouveau sur Neville.

— Voyons plutôt combien de temps peut tenir Londubat avant de s'effondrer comme ses parents... A moins que Potter préfère nous donner la prophétie ?

— DE LA DODDE ZURDOUT BAS ! s'exclama Neville qui paraissait hors de lui, donnant des coups de pied, se tortillant en tous sens tandis que Bellatrix s'approchait de lui, sa baguette levée. DE LA DODDE ZURDOUT BAS, HARRY !

Bellatrix brandit sa baguette magique.

— *Endoloris !*

Neville poussa un cri et releva les genoux contre sa poitrine. Le Mangemort qui l'immobilisait le maintint un bref instant au-dessus du sol puis il le lâcha et Neville tomba brutalement, dans des convulsions et des hurlements de douleur.

— C'était juste un avant-goût ! dit Bellatrix.

Elle releva sa baguette et les hurlements de Neville s'interrompirent. Recroquevillé à ses pieds, il sanglotait. Bellatrix se tourna alors vers Harry.

— Et maintenant, Potter, ou bien tu nous donnes la prophétie, ou bien tu devras regarder ton cher ami mourir dans les pires souffrances !

Harry n'eut pas besoin de réfléchir. Il n'avait pas le choix. La prophétie était restée si longtemps serrée dans sa main qu'elle était brûlante lorsqu'il la tendit à Malefoy. Celui-ci fit un bond en avant pour s'en saisir.

Au même instant, loin au-dessus de leurs têtes, deux autres portes s'ouvrirent à la volée et cinq autres personnes se précipitèrent dans la salle : Sirius, Lupin, Maugrey, Tonks et Kingsley.

Malefoy se retourna, sa baguette brandie, mais Tonks lui avait déjà décoché un éclair de stupéfixion. Harry n'attendit pas de voir si elle avait visé juste. Il plongea au bas du socle de pierre et courut se mettre à l'abri. Les Mangemorts étaient complètement désemparés face à l'attaque soudaine des membres de l'Ordre qui faisaient pleuvoir sur eux un déluge de sortilèges en sautant de gradin en gradin. Derrière les silhouettes filant en tous sens et les éclairs incessants, Harry aperçut Neville qui rampait par terre. Il évita un nouveau jet de lumière rouge et se jeta à plat ventre sur le sol pour se rapprocher de lui.

— Tu n'es pas blessé ? lui cria-t-il alors qu'un autre maléfice jaillissait à quelques centimètres au-dessus de leurs têtes.

— Don, répondit Neville en essayant de se relever.

— Et Ron ?

— Je grois gu'il va bien… Il ze baddait doujours aveg le zerveau guand je zuis bardi…

Le sol de pierre explosa entre eux, frappé par un sortilège qui creusa un cratère à l'endroit où la main de Neville s'était trouvée quelques secondes auparavant. Tous deux se hâtèrent de prendre la fuite mais un bras vigoureux surgit soudain de nulle part, une main se referma sur le cou de Harry et le souleva si haut que ses orteils touchaient à peine le sol.

— Donne-la-moi, gronda une voix à son oreille, donne-moi la prophétie…

L'homme serra avec force la gorge de Harry qui en eut le souffle coupé. A travers les larmes qui embuaient ses yeux, il vit Sirius aux prises avec un Mangemort, à trois mètres de lui. Kingsley affrontait deux adversaires en même temps. Tonks, à mi-hauteur des gradins, jetait des sorts à Bellatrix. Mais personne ne semblait se rendre compte qu'il était en train de mourir. Il retourna sa baguette vers le flanc de son agresseur mais il n'avait plus assez de souffle pour prononcer une incantation. A tâtons, l'homme cherchait la main dans laquelle Harry tenait la prophétie…

— AARGH !

Neville avait soudain bondi. Incapable d'articuler convenablement une formule magique, il avait enfoncé la baguette d'Hermione à travers l'une des fentes qui permettaient au

Mangemort de voir sous sa cagoule. L'homme lâcha aussitôt Harry en poussant un hurlement de douleur. Harry fit volte-face et lança d'une voix haletante :

– *STUPÉFIX !*

Le Mangemort bascula en arrière et sa cagoule glissa, révélant le visage de Macnair, le bourreau qui avait été désigné pour tuer Buck. L'un de ses yeux était enflé et injecté de sang.

– Merci ! dit Harry à Neville.

Il l'écarta d'un geste pour laisser passer Sirius, toujours aux prises avec son Mangemort. Tous deux étaient engagés dans un duel si acharné qu'on n'arrivait plus à distinguer leurs baguettes. Le pied de Harry entra alors en contact avec un objet rond et dur sur lequel il glissa. Pendant un instant, il crut avoir lâché la prophétie mais il vit l'œil magique de Maugrey qui roulait sur le sol.

Son propriétaire était allongé sur le flanc, la tête ensanglantée, et son agresseur se ruait à présent sur Harry et Neville. C'était Dolohov, son long visage blanchâtre tordu dans une expression de joie.

– *Tarentallegra !* s'écria-t-il, sa baguette pointée sur Neville.

Les jambes de Neville se mirent aussitôt à gigoter en dansant frénétiquement les claquettes. Déséquilibré, il tomba une nouvelle fois par terre.

– Et maintenant, Potter...

Dolohov fendit l'air de sa baguette, comme il l'avait fait avec Hermione, mais Harry avait hurlé :

– *Protego !*

Il sentit quelque chose passer en travers de son visage, comme la lame émoussée d'un couteau, avec une force qui le projeta sur le côté et le fit tomber sur les jambes de Neville, toujours agitées de mouvements désordonnés. Le charme du Bouclier avait cependant atténué la puissance du maléfice.

Doholov leva sa baguette.

– *Accio proph...*

Sirius surgit de nulle part et heurta Dolohov de plein fouet d'un grand coup d'épaule qui le précipita à plusieurs mètres. Cette fois encore, la prophétie avait glissé jusqu'à l'extrémité de ses doigts mais Harry était parvenu à la retenir dans sa main. Sirius et Dolohov engagèrent aussitôt un duel acharné. Leurs baguettes magiques flamboyaient comme des épées, dans un jaillissement d'étincelles.

Une nouvelle fois, Dolohov fendit l'air de sa baguette, comme il l'avait fait avec Harry et Hermione. Harry se leva d'un bond et hurla :

– *Petrificus Totalus !*

Bras et jambes à nouveau figés, Dolohov bascula en arrière et atterrit violemment sur le dos.

– Bien joué ! s'écria Sirius en forçant Harry à se baisser pour éviter deux éclairs de stupéfixion qui volaient vers eux. Et maintenant, tu vas sortir de...

Tous deux se baissèrent à nouveau. Un jet de lumière verte avait manqué Sirius de peu. De l'autre côté de la salle, Harry vit Tonks tomber des gradins, sa silhouette flasque dégringolant de marche en marche. Bellatrix, triomphante, revint en courant se jeter dans la mêlée.

– Harry, prends la prophétie, emmène Neville et va-t'en d'ici ! cria Sirius qui se ruait déjà vers Bellatrix.

Harry ne vit pas ce qui se passa ensuite. Kingsley apparut dans son champ de vision, affrontant Rookwood dont le visage grêlé n'était plus masqué par sa cagoule. Un autre jet de lumière verte vola au-dessus de sa tête au moment où il se précipitait vers Neville.

– Tu peux te relever ? hurla-t-il à son oreille.

Ses jambes étaient toujours agitées de mouvements violents et incontrôlables.

– Mets ton bras autour de mon cou !

Harry hissa Neville dont les jambes folles étaient incapables de le porter. Soudain, un homme bondit sur eux et les fit tomber en arrière, les jambes de Neville gigotant frénétiquement, comme les pattes d'un scarabée renversé sur le dos. Harry avait tendu le bras gauche au-dessus de lui pour essayer de protéger la petite boule de verre.

– La prophétie, donne-moi la prophétie, Potter ! gronda la voix de Lucius Malefoy à son oreille.

Harry sentait l'extrémité de la baguette que Malefoy lui enfonçait dans les côtes.

– Non... Laissez-moi... Neville, attrape-la !

Hary fit rouler le globe de verre sur le sol. Pivotant sur le dos, Neville le ramassa et le serra contre sa poitrine. Malefoy dirigea alors sa baguette sur Neville mais Harry retourna la sienne par-dessus son épaule et cria : *Impedimenta !*

Malefoy fut projeté en arrière, libérant Harry qui se releva en hâte. Emporté par son élan, Malefoy heurta de plein fouet le socle de pierre sur lequel Sirius et Bellatrix s'affrontaient en combat singulier. Il pointa à nouveau sa baguette sur Harry et Neville mais avant qu'il ait eu le temps de prononcer la moindre formule, Lupin avait surgi entre eux.

– Harry, rassemble les autres et PARTEZ TOUS !

Harry saisit Neville par l'épaule et le hissa sur le premier gradin. Ses jambes secouées de convulsions ne pouvaient toujours pas supporter son poids. Harry le souleva de toutes ses forces et parvint à lui faire monter un autre gradin.

Un sortilège heurta alors le banc de pierre qui s'effondra sous les pieds de Harry. Tous deux retombèrent sur le gradin inférieur. Neville, les jambes toujours gigotantes, s'affala par terre et glissa la prophétie dans sa poche pour la mettre à l'abri.

–Viens ! dit Harry d'un ton désespéré en saisissant Neville par sa robe. Essaye simplement de pousser avec tes jambes.

Dans un effort colossal, Harry le hissa à nouveau mais soudain, la robe de Neville se déchira sur toute la longueur de la couture gauche. Le petit globe de verre tomba de la poche et avant que l'un d'eux ait pu le rattraper, l'un des pieds de Neville le heurta dans un mouvement convulsif. La sphère s'envola vers la droite et se fracassa sur le gradin inférieur, trois mètres plus loin. Contemplant les débris de verre avec une expression d'horreur, ils virent une silhouette d'un blanc nacré, aux yeux immenses, s'élever dans les airs. Personne d'autre n'avait remarqué l'apparition. Harry voyait remuer les lèvres fantomatiques mais dans les cris, les hurlements et le tumulte des combats, il ne put entendre le moindre mot de la prophétie. La silhouette s'arrêta alors de parler et se volatilisa.

– Harry, je zuis désolé ! s'écria Neville, le visage angoissé, ses jambes s'agitant en tous sens. Je zuis vraibent davré, Harry, je de voulais bas...

– Ça n'a pas d'importance ! coupa Harry. Essaye simplement de te remettre debout et filons de...

– *Dubbledore !* s'exclama brusquement Neville.

Il gardait les yeux fixés par-dessus l'épaule de Harry et son visage luisant de sueur paraissait soudain transporté.

– Quoi ?

– DUBBLEDORE !

Harry se retourna. Au-dessus de leurs têtes, debout dans l'embrasure de la porte qui donnait sur la salle aux Cerveaux, se tenait Albus Dumbledore, sa baguette magique levée, le visage pâle et furieux. Harry sentit une sorte de décharge électrique traverser chaque particule de son corps – *ils étaient sauvés.*

Dumbledore dévala les marches, passant devant Neville et Harry qui ne songèrent plus à quitter la salle. Dumbledore était déjà arrivé au pied des gradins lorsque le Mangemort le plus proche s'aperçut de sa présence et l'annonça à grands cris. L'un des autres Mangemorts prit aussitôt la fuite, grimpant les marches à quatre pattes comme un singe. Le sortilège que lui lança Dumbledore le ramena en arrière aussi facilement que s'il avait été accroché à un filin invisible...

Seuls deux adversaires continuaient à se battre, sans s'être apparemment rendu compte de l'arrivée de Dumbledore. Harry vit Sirius se baisser pour éviter un jet de lumière rouge jailli de la baguette de Bellatrix. Il éclata de rire en se moquant d'elle :

– Allons, tu peux faire mieux que ça ! s'écria-t-il, sa voix résonnant en écho dans la vaste salle.

Le deuxième jet de lumière le frappa en pleine poitrine.

Le rire ne s'était pas complètement effacé de ses lèvres mais ses yeux s'agrandirent sous le choc.

Harry lâcha Neville sans même s'en apercevoir. Il sauta à bas des gradins en brandissant sa baguette magique tandis que Dumbledore se tournait lui aussi vers le socle de pierre.

Sirius sembla mettre un temps infini à tomber. Son corps se courba avec grâce et bascula lentement en arrière, à travers le voile déchiré suspendu à l'arcade.

Harry vit la peur et la surprise se mêler sur le visage émacié, autrefois si séduisant, de son parrain qui traversa l'antique arcade et disparut au-delà du voile. L'étoffe déchirée se souleva un bref instant, comme agitée par une forte rafale, puis se remit en place.

Harry entendit le cri triomphant de Bellatrix Lestrange mais il savait qu'il ne signifiait rien – Sirius avait simplement traversé l'arcade en tombant, il n'allait pas tarder à réapparaître de l'autre côté...

Sirius, pourtant, ne réapparaissait pas.

– SIRIUS ! hurla Harry. SIRIUS !

Il était parvenu au pied des gradins, la respiration brûlante, saccadée. Sirius devait se trouver juste derrière le rideau, Harry allait le sortir de là...

Mais lorsqu'il se précipita vers le socle de pierre, Lupin l'attrapa fermement et lui enserra la poitrine de ses bras pour l'empêcher d'aller plus loin.

– Tu ne peux rien faire, Harry...

– Il faut aller le chercher, le sauver, il est simplement passé de l'autre côté !

– Il est trop tard, Harry.

– On peut encore le rattraper.

Harry se débattait avec une violence rageuse mais Lupin ne le lâchait pas.

– Tu ne peux rien faire, Harry... Rien... C'est fini pour lui.

36

LE SEUL QU'IL AIT JAMAIS CRAINT

Non, ce n'est pas fini ! hurla Harry.

Il ne le croyait pas, ne le croirait jamais. Il continuait de lutter de toutes ses forces pour échapper à l'étreinte de Lupin. Lupin ne comprenait rien. Des gens se cachaient derrière ce voile, Harry les avait entendus murmurer la première fois où il était entré dans cette salle. Sirius se cachait, il voulait simplement rester hors de vue...

– SIRIUS ! s'écria-t-il. SIRIUS !

– Il ne peut pas revenir, Harry, dit Lupin.

Sa voix se brisait sous les efforts qu'il devait faire pour maintenir Harry.

– Il ne peut pas revenir parce qu'il est m...

– IL – N'EST – PAS – MORT ! rugit Harry. SIRIUS !

Il y avait encore beaucoup de mouvement autour d'eux, une agitation inutile, des éclairs qui jaillissaient par instants. Pour Harry, tous ces bruits étaient dérisoires, les jets de lumière qui passaient au-dessus de leurs têtes le laissaient indifférent, la seule chose qui lui importait c'était que Lupin cesse de prétendre que Sirius – qui se trouvait simplement à quelques centimètres derrière ce rideau – n'allait plus réapparaître, qu'on ne le reverrait pas surgir de l'arcade en rejetant en arrière ses longs cheveux noirs, impatient de se lancer à nouveau dans la bagarre.

Lupin entraîna Harry le plus loin possible du socle de pierre. Harry, les yeux toujours fixés sur l'arcade, en voulait à présent à Sirius de le laisser attendre.

Mais, tandis qu'il s'efforçait toujours de se libérer de Lupin, quelque chose en lui réalisait que Sirius ne l'avait jamais fait attendre auparavant... Il prenait toujours tous les risques possibles pour venir le voir, pour lui apporter son aide... S'il restait derrière cette arcade alors que Harry l'appelait comme si sa vie en dépendait, la seule explication possible était qu'il ne pouvait pas revenir... qu'il était vraiment...

Dumbledore avait regroupé au milieu de la salle la plupart des Mangemorts qui semblaient immobilisés par des cordes invisibles. Maugrey Fol Œil s'était glissé jusqu'à l'endroit où Tonks était étendue et tentait de la ranimer. Derrière le socle de pierre, il y avait encore des éclairs, des cris, des grognements ; Kingsley s'était rué sur Bellatrix pour prendre la relève de Sirius.

– Harry ?

Neville avait réussi à se laisser tomber de marche en marche jusqu'à l'endroit où se tenait Harry. Celui-ci avait renoncé à lutter contre Lupin qui lui tenait toujours le bras par simple précaution.

– Harry... Je zuis vraibent désolé..., dit Neville.

Ses jambes continuaient de danser toutes seules.

– Zed hobbe – Ziriuz Blag –, z'édait un de des abis ?

Harry acquiesça d'un signe de tête.

– Attends, dit Lupin à mi-voix.

Il pointa sa baguette sur les jambes de Neville et prononça la formule :

– *Finite*.

Le maléfice fut aussitôt levé. Les jambes de Neville retombèrent sur le sol, retrouvant leur immobilité, et il put se tenir debout normalement. Lupin était très pâle.

– Allons... allons retrouver les autres, dit-il. Où sont-ils ?

Il s'était détourné de l'arcade et l'on aurait dit que chaque parole qu'il prononçait lui faisait mal.

– Ils zont là-bas, répondit Neville. Un zerveau a addagué Rod bais je benze gu'il z'en est zordi. Et Herbiode est évadouie bais zon bouls bat doujours...

A cet instant, une détonation suivie d'un cri retentit derrière le socle de pierre. Harry vit Kingsley tomber par terre en hurlant de douleur. Bellatrix Lestrange tourna les talons et prit la fuite tandis que Dumbledore faisait volte-face. Il lui jeta un sortilège mais elle parvint à le dévier. Elle était déjà arrivée à mi-hauteur des gradins, à présent.

– Harry... Non ! s'écria Lupin.

Il avait un peu relâché sa prise et Harry en avait profité pour dégager son bras d'un coup sec.

– ELLE A TUÉ SIRIUS ! vociféra Harry. ELLE L'A TUÉ, JE LA TUERAI !

Et il s'élança, grimpant à son tour les gradins de pierre. Des cris retentirent derrière lui mais il n'y prêta aucune attention. Le pan de la robe de Bellatrix venait de disparaître par l'embrasure de la porte. Ils étaient revenus dans la salle aux Cerveaux...

Elle lança un sortilège au jugé par-dessus son épaule. Le réservoir s'éleva alors dans les airs et bascula, déversant sur Harry le liquide nauséabond qu'il contenait. Les cerveaux lui tombèrent dessus, glissant le long de sa robe, et commencèrent à dérouler leurs longs tentacules colorés mais il prononça la formule « *Wingardium Leviosa !* » et ils s'envolèrent aussitôt. Dérapant sur le sol visqueux, il courut vers la porte, sauta par-dessus Luna qui gémissait sur le sol, passa devant Ginny qui lui demanda : « Harry... Qu'est-ce que... ? » puis devant Ron qui continuait de glousser faiblement et enfin devant Hermione, toujours inanimée sur le sol. Il ouvrit brutalement la porte qui donnait dans la salle circulaire et vit Bellatrix disparaître par la porte située de l'autre côté. Au-delà, il y avait le couloir qui conduisait aux ascenseurs.

Il courut à toutes jambes, mais elle avait claqué derrière elle la porte lisse et noire et le mur circulaire s'était déjà mis à tourner sur lui-même. Une fois de plus, il se trouva entouré des traînées bleuâtres que dessinaient les flammes tournoyantes des candélabres.

– Où est la sortie ? hurla-t-il avec l'énergie du désespoir.

Le mur s'arrêta aussitôt.

– Par où sort-on d'ici ?

C'était comme si la pièce avait attendu qu'il lui pose la question. La porte située derrière lui s'ouvrit toute seule et il vit apparaître, éclairé par les torches, le couloir désert qui menait aux ascenseurs. Il courut...

Harry entendit devant lui le grincement d'une cabine en mouvement. Il se précipita, tourna le coin et appuya à coups de poing sur le bouton d'appel. Une autre cabine descendit dans un cliquetis de ferraille bringuebalante qui se rapprochait peu à peu. La grille coulissa enfin et Harry se rua à l'intérieur, écrasant le bouton qui indiquait « Atrium ». La grille se referma et l'ascenseur s'éleva...

Parvenu à l'étage, il força le passage hors de la cabine avant même que la grille ait fini de s'ouvrir et regarda autour de lui. Bellatrix avait presque atteint la cabine téléphonique, à l'autre bout du hall, mais lorsqu'elle l'entendit courir, elle jeta un coup d'œil par-dessus son épaule et lui lança un nouveau sortilège. Harry se réfugia derrière la fontaine de la Fraternité magique. Le sortilège le rata et alla frapper, à l'autre extrémité de l'atrium, les deux grandes portes d'or ouvragées qui tintèrent comme des cloches. Les bruits de pas s'interrompirent. Elle avait cessé de courir. Harry s'accroupit derrière les statues, l'oreille aux aguets.

– *Allez, allez, sors de là, mon petit Harry !* cria-t-elle en imitant une voix de bébé qui résonna en écho sur le parquet verni. Sinon, à quoi ça sert de me courir après ? Je croyais que tu étais là pour venger mon cher cousin !

– Oui, c'est pour ça que je suis là ! hurla Harry.

Ce fut comme si une vingtaine d'autres Harry fantomatiques avaient crié après lui : « *Oui, c'est pour ça que je suis là ! Oui, c'est pour ça que je suis là ! Oui, c'est pour ça que je suis là !* » tout autour du hall.

— Aaaaaah... Fallait-il que tu *l'aimes*, bébé Potter !

Une haine telle qu'il n'en avait jamais ressenti auparavant monta en lui. Il bondit hors de sa cachette et lança :

— *Endoloris !*

Bellatrix poussa un cri. Le maléfice l'avait jetée à terre mais elle ne se tortilla pas en hurlant de douleur, comme l'avait fait Neville. Un instant plus tard, elle s'était déjà relevée, le souffle court, et ne riait plus du tout. Harry se réfugia à nouveau derrière la fontaine d'or. L'antisort que lui jeta Bellatrix frappa de plein fouet le beau visage du sorcier. Sous le choc, sa tête s'arracha de son cou et atterrit cinq ou six mètres plus loin en traçant de longues rayures sur le parquet.

— C'est la première fois que tu lances un Sortilège Impardonnable, n'est-ce pas, mon garçon ? hurla-t-elle.

Elle avait renoncé à sa voix de bébé.

— Il faut vraiment *vouloir* la souffrance de l'autre, Potter ! Et y prendre plaisir. La juste et sainte colère n'aura pas beaucoup d'effet sur moi. Laisse-moi te montrer comment faire, d'accord ? Je vais te donner une leçon.

Harry contournait silencieusement la fontaine lorsqu'elle s'écria :

— *Endoloris !*

Et il dut se baisser à nouveau en voyant le bras du centaure qui tenait son arc s'envoler dans les airs et se fracasser sur le sol tout près de la tête d'or du sorcier.

— Potter, tu ne peux pas gagner contre moi ! hurla-t-elle.

Il l'entendit se déplacer vers la droite, à la recherche d'un angle de tir. Il tourna autour de la fontaine pour s'éloigner d'elle, accroupi derrière les jambes du centaure, sa tête à la hauteur de celle de l'elfe.

— J'ai été et je reste la plus loyale servante du Maître des Ténèbres. C'est lui qui m'a appris à maîtriser les forces du Mal et je connais des sortilèges d'une telle puissance que tu ne seras jamais de taille à rivaliser avec moi, pauvre petit bonhomme...

— *Stupéfix* ! cria Harry.

Il s'était glissé derrière le gobelin qui levait un visage radieux vers le sorcier à présent décapité et il l'avait visée dans le dos alors qu'elle le cherchait de l'autre côté de la fontaine. Elle réagit avec une telle rapidité qu'il eut à peine le temps de se baisser.

— *Protego* !

Le jet de lumière rouge qu'avait produit son propre maléfice rebondit vers lui. Il se rua à nouveau derrière la fontaine tandis qu'une oreille de gobelin traversait la pièce en vol plané.

— Potter, je vais te laisser une chance ! cria Bellatrix. Donne-moi la prophétie — fais-la rouler vers moi — et je t'accorderai peut-être la vie sauve !

— Dans ce cas, vous allez devoir me tuer parce que la prophétie n'existe plus ! rugit Harry.

Une douleur aiguë lui traversa le front. Sa cicatrice était à nouveau en feu et il sentit monter en lui une fureur qui n'avait rien à voir avec sa propre rage.

— Et il le sait ! ajouta Harry avec un rire démentiel digne de Bellatrix. Votre cher vieux copain Voldemort sait que la prophétie n'existe plus. Il ne va pas être très content de vous, j'imagine ?

— Quoi ? Qu'est-ce que tu veux dire ? s'écria-t-elle.

Pour la première fois, il y avait de la peur dans sa voix.

— La prophétie s'est cassée pendant que j'essayais d'aider Neville à remonter les gradins ! A votre avis, qu'est-ce que Voldemort va dire de ça ?

Sa cicatrice le brûlait... La douleur était telle que ses yeux se remplissaient de larmes...

— MENTEUR ! vociféra-t-elle.

Mais une véritable terreur perçait derrière sa colère, à présent.

– TU L'AS ENCORE, POTTER, ET TU VAS ME LA DONNER ! *Accio prophétie ! ACCIO PROPHÉTIE !*

Harry éclata à nouveau d'un grand rire destiné à la rendre folle de rage. La douleur s'était intensifiée, sa tête semblait sur le point d'exploser. Il agita sa main vide derrière le gobelin à l'oreille cassée et la retira très vite alors qu'elle dirigeait sur lui un autre jet de lumière verte.

– Rien dans ma main ! cria Harry. On ne peut rien me prendre du tout ! Elle s'est cassée et personne n'a entendu ce qu'elle disait, vous pourrez raconter ça à votre patron !

– Non ! s'égosilla-t-elle. Ce n'est pas vrai, tu mens ! MAÎTRE, J'AI ESSAYÉ, J'AI ESSAYÉ – NE ME PUNISSEZ PAS...

– Inutile de gaspiller votre salive ! s'écria Harry.

Il ferma les yeux, luttant contre une douleur plus terrible que jamais.

– Il ne peut pas vous entendre d'ici !

– Vraiment, Potter ? dit alors une voix aiguë et glacée.

Harry rouvrit les yeux.

Grand, mince, un capuchon noir sur la tête, son terrible visage de serpent blafard et émacié, ses yeux rouges aux pupilles étroites fixés sur lui... Lord Voldemort venait d'apparaître au milieu du hall, sa baguette pointée sur Harry qui était figé de stupeur, incapable de faire un geste.

– Ainsi, tu as brisé ma prophétie ? dit Voldemort à mi-voix, ses yeux rouges au regard implacable rivés sur Harry. Non, Bella, il ne ment pas... Je vois la vérité dans son esprit méprisable... des mois de préparation, des mois d'efforts... Et mes Mangemorts, une fois de plus, ont permis à Harry Potter de contrarier mes plans...

– Maître, je suis désolée, je ne savais pas, je combattais Black, l'Animagus ! sanglota Bellatrix en se jetant aux pieds de Voldemort qui s'approchait lentement. Maître, il faut que vous sachiez...

– Tais-toi, coupa Voldemort d'un ton menaçant. Je m'occuperai de toi tout à l'heure. Crois-tu donc que je suis venu au ministère de la Magie pour t'entendre pleurnicher des excuses ?

– Mais, Maître... il est ici... en dessous...

Voldemort ne lui accorda aucune attention.

– Je n'ai rien de plus à te dire, Potter, reprit-il à voix basse. Tu m'as exaspéré trop souvent et trop longtemps. *AVADA KEDAVRA !*

Harry n'avait même pas ouvert la bouche pour tenter de résister. Il avait l'esprit vide, sa baguette magique inutilement pointée vers le sol.

Mais la statue décapitée du sorcier s'était soudain animée. Elle sauta de son piédestal, atterrit avec un grand bruit sur le parquet et se dressa de toute sa hauteur entre Harry et Voldemort. Le sortilège rebondit sur la poitrine de la statue qui étendit les bras pour protéger Harry.

– Quoi ? s'écria Voldemort en regardant autour de lui. *Dumbledore !* dit-il alors dans un souffle.

Le cœur battant, Harry jeta un coup d'œil par-dessus son épaule. Dumbledore se tenait devant les portes d'or.

Voldemort leva sa baguette et un autre jet de lumière verte jaillit en direction de Dumbledore qui se retourna et disparut dans un tourbillon de sa cape. Un instant plus tard, il réapparut derrière Voldemort et agita sa baguette vers ce qui restait de la fontaine. Les autres statues s'animèrent à leur tour. Celle de la sorcière se rua sur Bellatrix qui poussa un hurlement. Elle essaya de l'arrêter, mais ses sortilèges rebondissaient sur la poitrine d'or de la statue qui plongea sur elle et la plaqua au sol. Pendant ce temps, le gobelin et l'elfe de maison se précipitèrent vers les cheminées aménagées le long des murs et le centaure manchot galopa en direction de Voldemort. Celui-ci se volatilisa aussitôt et réapparut au bord du bassin. D'un geste, la statue sans tête écarta Harry pour l'éloigner du combat tandis que

Dumbledore marchait sur Voldemort, le centaure galopant autour d'eux.

— C'était une idiotie de venir ce soir, Tom, dit Dumbledore d'un ton très calme. Les Aurors sont en route...

— Et quand ils arriveront, je serai parti et tu seras mort ! cracha Voldemort.

Il envoya un autre sortilège mortel à Dumbledore mais il le rata. L'éclair frappa le bureau du sorcier-vigile et y mit le feu.

Dumbledore remua légèrement sa baguette magique et la force du sortilège qui en sortit fut telle que, malgré la protection de la statue d'or, les cheveux de Harry se dressèrent sur sa tête quand il en sentit le souffle. Cette fois, Voldemort fit apparaître un bouclier d'argent étincelant pour dévier le jet de lumière. Le sortilège, dont Harry ignorait la nature, ne causa aucun dégât au bouclier mais, sous le choc, une note grave, semblable à celle d'un gong, s'en éleva et résonna dans toute la salle en un son étrange, à glacer le sang.

— Tu ne cherches pas à me tuer, Dumbledore ? lança Voldemort, ses yeux écarlates plissés au-dessus de son bouclier. Tu ne t'abaisses pas à de telles brutalités, n'est-ce pas ?

— Nous savons tous les deux qu'il existe d'autres moyens de détruire un homme, Tom, répondit Dumbledore, toujours aussi calme.

Il continuait d'avancer vers Voldemort comme s'il n'éprouvait pas la moindre peur, comme si rien ne s'était passé qui pût interrompre sa marche à travers le hall.

— Me contenter de prendre ta vie ne me satisferait pas, je l'avoue...

— Il n'y a rien de pire que la mort, Dumbledore, gronda Voldemort avec hargne.

— Tu te trompes complètement, répliqua Dumbledore.

Il s'approchait inexorablement en parlant d'un ton aussi léger que s'ils étaient en train de boire un verre. Harry avait peur en le voyant s'avancer ainsi, sans défense, sans rien pour le protéger, il avait envie de crier pour l'avertir mais son gardien sans tête continuait de le pousser contre le mur, déjouant toutes ses tentatives pour le contourner.

— En vérité, ton incapacité à comprendre qu'il existe des choses bien pires que la mort a toujours constitué ta plus grande faiblesse...

Un autre jet de lumière verte jaillit de derrière le bouclier. Cette fois, ce fut le centaure manchot, galopant devant Dumbledore, qui reçut l'éclair de plein fouet et se brisa en mille morceaux. Mais avant que les débris aient eu le temps de retomber sur le sol, Dumbledore avait brandi sa propre baguette comme s'il s'agissait d'un fouet. Une longue flamme mince fusa alors de son extrémité et s'enroula autour de Voldemort et de son bouclier. Pendant un instant, il sembla que Dumbledore avait remporté la victoire mais la corde enflammée se transforma soudain en un serpent qui relâcha aussitôt son étreinte et se retourna vers Dumbledore en sifflant avec fureur.

Voldemort se volatilisa. Le serpent se dressa, prêt à frapper...

Une gerbe de flammes explosa dans les airs, au-dessus de Dumbledore, juste au moment où Voldemort réapparaissait, debout sur le piédestal, au milieu du bassin où, quelques minutes plus tôt, se dressaient encore les cinq statues.

— *Attention !* hurla Harry.

Mais à l'instant même où il avait crié, un nouveau jet de lumière verte jaillit de la baguette de Voldemort et le serpent attaqua...

Fumseck apparut soudain devant Dumbledore et fondit, le bec grand ouvert, sur le rayon de lumière qu'il avala tout entier. L'oiseau se consuma alors dans un jaillissement enflammé et tomba sur le sol en une petite boule de plumes ratatinée, incapable de voler. Au même moment, Dumbledore brandit sa baguette magique et décrivit dans les airs un long mouvement fluide. Le serpent, qui était sur le point de planter ses crochets dans sa chair, s'envola puis s'évapora en une volute de fumée noire tandis que l'eau du bassin s'élevait brusquement et enveloppait Voldemort comme un cocon de verre fondu.

Pendant quelques secondes, Voldemort ne fut plus qu'une silhouette sombre, ondulante, dépourvue de visage, dont la forme indécise et luisante se débattait sur le piédestal pour essayer d'échapper à cette masse vitreuse qui l'étouffait.

Soudain, il disparut et l'eau retomba avec fracas, déferlant sur les bords du bassin, inondant le parquet verni.

– MAÎTRE ! hurla Bellatrix.

C'était terminé. Sans aucun doute, Voldemort avait pris la fuite. Harry était sur le point de s'élancer pour échapper à son garde du corps sans tête mais Dumbledore s'écria :

– Reste où tu es, Harry !

Pour la première fois, Dumbledore parut effrayé. Harry ne comprenait pas pourquoi. Il n'y avait personne d'autre dans le hall. Bellatrix, secouée de sanglots, était toujours prisonnière de la sorcière d'or et Fumseck, redevenu un bébé phénix, poussait de petits croassements sur le sol.

La cicatrice de Harry s'ouvrit alors brusquement et il sut qu'il était mort : la douleur dépassait tout ce qu'on pouvait imaginer, tout ce qu'on pouvait supporter.

Il ne voyait plus le hall, il se trouvait à présent prisonnier des anneaux d'une créature aux yeux rouges, si étroitement serrée autour de lui que Harry n'arrivait plus à distinguer la limite entre son propre corps et celui de la créature. Ils avaient fusionné, unis dans la douleur, sans aucune fuite possible.

Lorsque la créature parla, ce fut par la bouche de Harry qui sentit au milieu de sa souffrance ses mâchoires remuer...

– *Tue-moi, maintenant, Dumbledore...*

Aveuglé, agonisant, tout son corps suppliant qu'on le délivre, Harry sentit la créature parler à nouveau à travers lui :

– *Si la mort n'est rien, Dumbledore, tue ce garçon...*

« Que la douleur s'arrête, pensa Harry... Qu'il nous tue... Finissons-en, Dumbledore... La mort n'est rien, comparée à ça... Et je reverrai Sirius... »

Tandis que l'émotion submergeait le cœur de Harry, les anneaux de la créature se relâchèrent soudain, et la douleur disparut. Harry était maintenant étendu à plat ventre sur le sol, sans ses lunettes, le corps frissonnant comme si le bois ciré s'était transformé en glace...

Il entendit alors des voix résonner dans le hall, plus nombreuses qu'elle n'auraient dû l'être... Harry ouvrit les yeux et aperçut ses lunettes au pied de la statue décapitée qui était à présent allongée sur le dos, craquelée et immobile. Il les remit aussitôt, releva légèrement la tête et vit le nez aquilin de Dumbledore à quelques centimètres du sien.

— Ça va, Harry, tu n'es pas blessé ?

— Ça va, répondit-t-il en tremblant si violemment qu'il n'arrivait plus à tenir la tête droite. Je... non... où est Voldemort... qui sont ces... qu'est-ce que... ?

L'atrium était rempli de monde. Le parquet brillant reflétait les flammes vert émeraude qui avaient jailli dans toutes les cheminées aménagées le long des murs, et d'où émergeait un flot continu de sorcières et de sorciers. Lorsque Dumbledore l'aida à se relever, Harry vit les petites statues d'or de l'elfe et du gobelin amener vers eux un Cornelius Fudge abasourdi.

— Il était là ! s'écria un homme vêtu d'une robe écarlate, les cheveux coiffés en catogan.

Il montrait du doigt un tas de débris dorés de l'autre côté du hall, là où Bellatrix s'était trouvée plaquée au sol quelques instants auparavant.

— Je l'ai vu, Mr Fudge. Je vous jure que c'était Vous-Savez-Qui. Il a emmené cette femme avec lui et il s'est enfui en transplanant.

— Je sais, Williamson, je sais, je l'ai vu aussi ! balbutia Fudge qui portait un pyjama sous sa cape à rayures et haletait comme s'il venait de courir plusieurs kilomètres. Par la barbe de Merlin... Ici... Ici même ! Au ministère de la Magie ! Par tous les dieux du ciel ! Comment est-ce possible... ma parole... comment cela a-t-il pu... ?

— Allez donc faire un tour au Département des mystères, Cornelius, dit Dumbledore.

Satisfait d'avoir vu Harry en bonne santé, il s'avança ostensiblement afin que les nouveaux venus s'aperçoivent de sa présence (quelques-uns d'entre eux levèrent leur baguette, d'autres parurent simplement stupéfaits. Les statues de l'elfe et du gobelin applaudirent et Fudge sursauta si violemment que ses pieds chaussés de pantoufles quittèrent brièvement le sol).

— Vous trouverez dans la chambre de la Mort plusieurs des Mangemorts évadés, immobilisés par un maléfice Antitransplanage, en attendant de savoir ce que vous comptez faire d'eux.

— Dumbledore ! bredouilla Fudge, médusé. Vous... Ici... Je... Je...

Il lança des regards frénétiques aux Aurors qui l'accompagnaient. De toute évidence, il était à deux doigts de s'écrier : « Saisissez-vous de lui ! »

— Cornelius, je suis prêt à affronter vos hommes – et à les vaincre une fois de plus ! tonna Dumbledore. Mais, il y a quelques minutes, vous avez eu devant les yeux la preuve que, depuis un an, je vous disais la vérité. Lord Voldemort est revenu, vous avez recherché pendant douze mois un homme qui n'était pas coupable et il serait temps que vous redeveniez raisonnable !

— Je... Ne... Bon..., bégaya Fudge.

Il jeta un coup d'œil autour de lui comme s'il espérait que quelqu'un allait lui dire ce qu'il devait faire. Voyant que personne ne réagissait, il poursuivit :

— Très bien... Dawlish ! Williamson ! Descendez au Département des mystères et voyez ce qu'il en est...

Dumbledore, il... il va falloir que vous m'expliquiez exactement... La fontaine de la Fraternité magique... Qu'est-ce qui s'est passé ? ajouta-t-il dans une sorte de gémissement en contemplant les débris des statues de la sorcière, du sorcier et du centaure, éparpillés sur le sol.

— Nous parlerons de tout ça lorsque j'aurai renvoyé Harry à Poudlard, répondit Dumbledore.

— Harry... *Harry Potter ?*

Fudge pivota sur ses talons et regarda Harry, debout près du mur, à côté de la statue couchée par terre qui l'avait protégé pendant le duel entre Dumbledore et Voldemort.

— Lui... Ici ? dit Fudge. Pourquoi... Qu'est-ce que ça signifie ?

— Je vous expliquerai tout, assura Dumbledore, lorsque Harry sera de retour à l'école.

Il s'éloigna du bassin et s'approcha de l'endroit où se trouvait la tête arrachée du sorcier d'or. Sa baguette pointée, il murmura :

— *Portus.*

La tête brilla d'une lueur bleue et se mit à vibrer bruyamment contre le sol pendant quelques secondes avant de redevenir inerte.

— Attendez un peu ! dit Fudge alors que Dumbledore ramassait la tête d'or pour l'apporter à Harry. Vous n'avez aucune autorisation pour ce Portoloin ! Vous ne pouvez pas faire des choses comme ça sous les yeux du ministre de la Magie, vous... vous...

Sa voix s'étouffa sous le regard impérieux de Dumbledore qui le fixait par-dessus ses lunettes en demi-lune.

— Vous allez donner l'ordre de mettre fin aux fonctions de Dolores Ombrage à Poudlard, déclara Dumbledore. Vous allez dire à vos Aurors d'arrêter de rechercher mon professeur de soins aux créatures magiques afin qu'il puisse reprendre son travail. Je vais vous accorder... — Dumbledore tira de sa poche une montre à douze aiguilles qu'il consulta d'un bref coup d'œil —

une demi-heure de mon temps, au cours de laquelle je vous résumerai l'essentiel de ce qui s'est passé ici. Après cela, il me faudra retourner à mon école. Si vous avez encore besoin de mon aide, je serai ravi de vous l'apporter, il vous suffira de me contacter à Poudlard. Les lettres adressées au directeur me parviendront.

Fudge, les yeux exorbités, resta bouche bée, son visage rond rosissant à vue d'œil sous ses cheveux gris en désordre.

– Je...Vous...

Dumbledore lui tourna le dos.

– Prends ce Portoloin, Harry.

Il lui tendit la tête d'or de la statue et Harry posa la main dessus, trop égaré pour se soucier de ce qu'il allait faire maintenant ou de l'endroit où il atterrirait.

– Je te retrouverai dans une demi-heure, dit Dumbledore à voix basse. Un... deux... trois...

Harry éprouva à nouveau la sensation familière d'une secousse derrière le nombril, comme si on le tirait avec un crochet. Le parquet verni se déroba sous ses pieds, l'atrium, Fudge, Dumbledore disparurent et il s'envola dans un tourbillon de couleurs et de sons...

37

LA PROPHÉTIE PERDUE

Les pieds de Harry heurtèrent une surface dure. Ses genoux fléchirent légèrement sous le choc et la tête d'or du sorcier tomba sur le sol avec un *clang !* métallique. Il regarda autour de lui et s'aperçut qu'il était arrivé dans le bureau de Dumbledore.

Tout semblait s'être réparé tout seul pendant l'absence du directeur. Les fragiles instruments d'argent avaient repris leur place sur les tables aux pieds effilés et ronronnaient sereinement en laissant échapper par instants une bouffée de fumée. Les portraits des anciens directeurs et directrices somnolaient dans leurs cadres, la tête renversée sur le dossier d'un fauteuil ou appuyée contre le bord du tableau. Harry jeta un coup d'œil par la fenêtre. Une ligne vert pâle se dessinait à l'horizon. L'aube approchait.

Le silence, l'immobilité, rompus seulement par le grognement ou le reniflement occasionnel d'un portrait endormi, lui étaient insupportables. Si ce qui l'entourait avait reflété ses sentiments, les tableaux se seraient mis à hurler de douleur. Il fit le tour du bureau, indifférent à la beauté paisible de la pièce. La respiration précipitée, il essayait de ne pas penser. Mais il y était bien obligé... Il n'y avait pas moyen d'y échapper...

Sirius était mort à cause de lui. C'était entièrement sa faute. S'il n'avait pas été assez stupide pour tomber dans le piège de Voldemort, s'il n'avait pas été tellement convaincu que ce qu'il avait vu dans son rêve était réel, s'il avait simplement accepté l'hypothèse que Voldemort, comme Hermione l'avait dit, comptait sur sa tendance à *jouer les héros...*

C'était insoutenable, il ne voulait plus y penser, ne pouvait plus le supporter... Il y avait en lui un vide terrifiant qu'il ne voulait ni ressentir, ni analyser, une sorte de trou noir que Sirius avait occupé jusqu'alors et d'où il avait disparu. Harry ne voulait plus rester seul avec ce vaste espace silencieux à l'intérieur de lui, il ne le supportait plus...

Derrière son dos, un tableau laissa échapper un ronflement particulièrement sonore. Puis une voix froide s'éleva :

– Ah... Harry Potter...

Phineas Nigellus bâilla longuement et s'étira en regardant Harry de ses yeux étroits et pénétrants.

– Qu'est-ce qui vous amène ici, au petit matin ? demanda enfin Phineas. Ce bureau est censé être interdit d'accès à quiconque d'autre que le directeur légitime. Ou bien est-ce Dumbledore qui vous a envoyé ? Oh, ne me dites pas que... (Il eut un nouveau bâillement qui le fit frissonner.) Y aurait-il un nouveau message pour mon vaurien d'arrière-arrière-petit-fils ?

Harry fut incapable de dire un mot. Phineas Nigellus ne savait pas que Sirius était mort, mais il ne pouvait se résoudre à le lui annoncer. Prononcer cette phrase rendrait les choses définitives, absolues, irrémédiables.

D'autres portraits se réveillaient, à présent. Sa terreur à l'idée d'être interrogé incita Harry à traverser la pièce et à poser la main sur la poignée de la porte.

Mais elle refusa de tourner. Il était enfermé.

– Cela signifie, j'espère, que Dumbledore sera bientôt de retour parmi nous, dit le sorcier corpulent au nez rouge, dont le portrait était accroché derrière le bureau directorial.

Harry se retourna et adressa un signe de tête affirmatif au sorcier qui le dévisageait avec beaucoup d'intérêt. Puis il essaya à nouveau d'actionner la poignée de la porte mais elle demeurait immobile.

– Oh, tant mieux, dit le sorcier. C'était très ennuyeux, sans lui, vraiment très ennuyeux.

Il s'installa confortablement dans le fauteuil en forme de trône sur lequel on l'avait peint et adressa à Harry un sourire bienveillant.

– Dumbledore pense le plus grand bien de vous, comme vous devez déjà le savoir, dit-il d'un ton réconfortant. Oh, oui, il vous tient en grande estime.

Le sentiment de culpabilité qui envahissait la poitrine de Harry comme un parasite monstrueux et pesant lui donnait à présent l'impression de s'agiter, de se tortiller en lui. Harry ne pouvait plus se supporter, ne pouvait plus supporter d'être lui-même... Jamais il ne s'était senti autant enfermé à l'intérieur de sa propre tête, de son propre corps, jamais il n'avait éprouvé un désir aussi intense d'être quelqu'un d'autre, n'importe qui...

Des flammes vert émeraude jaillirent soudain dans la cheminée vide. Harry fit un bond en s'écartant de la porte, les yeux fixés sur la forme humaine qui tourbillonnait dans l'âtre. Lorsque la longue silhouette de Dumbledore s'éleva du feu, les sorcières et les sorciers accrochés aux murs se réveillèrent en sursaut et furent nombreux à lancer des exclamations de bienvenue.

– Merci, dit Dumbledore à mi-voix.

Au début, il n'accorda pas un regard à Harry. S'approchant du perchoir, derrière la porte, il sortit d'une poche intérieure de sa robe un Fumseck minuscule, disgracieux et dépourvu de plumes, qu'il posa en douceur sur le plateau de cendres, au-dessous de la perche d'or sur laquelle Fumseck se tenait ordinairement lorsqu'il avait sa forme adulte.

– Eh bien, Harry, dit Dumbledore en se détournant enfin de l'oisillon, je pense que tu seras content d'apprendre qu'aucun de tes camarades de classe n'aura à subir de conséquences durables des événements de la nuit dernière.

Harry essaya de répondre : « Tant mieux » mais aucun son ne

sortit de sa bouche. Dumbledore lui rappelait les dégâts qu'il avait causés et même si, pour une fois, il le regardait directement, même si son expression était beaucoup plus aimable qu'accusatrice, Harry ne pouvait se résoudre à lever les yeux vers lui.

— Madame Pomfresh est en train de rafistoler tout le monde, dit Dumbledore. Nymphadora Tonks devra peut-être faire un petit séjour à Ste Mangouste mais apparemment, elle devrait se rétablir complètement.

Harry se contenta d'acquiescer d'un signe de tête en fixant le tapis qui devenait plus brillant à mesure que le ciel s'éclaircissait. Il savait que tous les portraits accrochés autour de la pièce écoutaient avec avidité chaque mot que prononçait Dumbledore en se demandant où ils avaient bien pu aller tous les deux et pourquoi il y avait eu des blessés.

— Je sais ce que tu ressens, Harry, dit Dumbledore avec beaucoup de douceur.

— Non, vous ne savez rien du tout, répliqua Harry.

Sa voix était devenue soudain puissante et ferme. Une fureur intense, comme chauffée au rouge, jaillissait en lui. Dumbledore ne savait *rien* de ce qu'il ressentait.

— Vous voyez, Dumbledore ? dit Phineas Nigellus d'un air malicieux. N'essayez jamais de comprendre les jeunes. Ils détestent ça. Ils préfèrent de très loin rester des incompris tragiques, s'apitoyer sur eux-mêmes, se complaire dans leur...

— Ça suffit, Phineas, l'interrompit Dumbledore.

Harry lui tourna délibérément le dos et regarda par la fenêtre. Il apercevait au loin le stade de Quidditch. Un jour, Sirius était apparu là-bas, déguisé en un gros chien noir au poil hirsute, pour regarder Harry jouer... Il était sans doute venu voir s'il était un aussi bon joueur que James... Harry ne lui avait jamais posé la question...

— Il n'y a aucune honte à éprouver de tels sentiments, Harry, dit Dumbledore derrière lui. Au contraire... Le fait que tu sois capable de ressentir une telle douleur constitue ta plus grande force.

La fureur de Harry brûlait comme une flamme dans le terrible vide qui s'était installé en lui et elle le remplissait d'un désir de faire mal à Dumbledore, de lui faire payer son calme exaspérant, ses paroles creuses.

– Ma plus grande force, vraiment ? répliqua Harry d'une voix tremblante, les yeux toujours fixés sur le stade de Quidditch qu'il regardait sans voir. Vous n'avez aucune idée... Vous ne savez pas...

– Qu'est-ce que je ne sais pas ? demanda Dumbledore, de la même voix calme.

C'en était trop. Harry fit volte-face, frémissant de rage.

– Je ne veux pas parler de ce que je ressens, compris ?

– Harry, souffrir ainsi prouve que tu es toujours un homme ! Cette douleur fait partie de l'être humain...

– ALORS – JE – NE – VEUX – PAS – ÊTRE – HUMAIN ! rugit-il.

Il prit le fragile instrument d'argent posé sur une table à côté de lui et le jeta à travers la pièce. L'objet se brisa en mille morceaux contre le mur. Divers portraits poussèrent des cris de colère ou de frayeur et la tête d'Armando Dippet s'exclama :

– Non mais vraiment !

– JE M'EN FICHE ! leur cria Harry en saisissant un Lunascope qu'il lança dans la cheminée. J'EN AI EU ASSEZ, J'EN AI VU ASSEZ, JE VEUX QUE ÇA FINISSE, ÇA NE M'INTÉRESSE PLUS...

Il prit la table sur laquelle avait été posé le fragile instrument d'argent et la jeta également de toutes ses forces. Elle se cassa par terre et ses pieds roulèrent aux quatre coins de la pièce.

– Tu ne t'en fiches pas du tout, dit Dumbledore.

Il n'avait pas même tressailli, ni esquissé le moindre mouvement pour empêcher Harry de démolir son bureau. Il paraissait très calme, presque détaché.

– Tu t'en fiches si peu que tu as la sensation de mourir de douleur, comme si on te vidait de ton sang.

– CE N'EST PAS VRAI ! hurla Harry, si fort que sa gorge semblait sur le point de se déchirer.

Pendant un instant, il eut envie de se ruer sur Dumbledore, de le briser lui aussi, de fracasser ce vieux visage si serein, de le secouer, de lui faire mal, de l'obliger à ressentir une minuscule part de l'horreur qui était en lui.

– Oh, si, c'est vrai, reprit Dumbledore, plus calme que jamais. Tu as perdu ta mère, ton père et maintenant l'être qui pour toi tenait lieu de parent. Et tu ne t'en fiches pas du tout.

– VOUS NE SAVEZ PAS CE QUE JE RESSENS ! gronda Harry. VOUS ÊTES LÀ À PARLER... VOUS...

Mais les mots ne suffisaient plus et casser des objets ne l'aidait en rien. Il aurait voulu courir, courir sans s'arrêter et ne plus jamais regarder en arrière, il aurait voulu être quelque part où il ne verrait plus ces yeux bleus et limpides, ce vieux visage si calme qu'il finissait par le haïr. Il se précipita vers la porte, saisit la poignée et la tourna violemment.

Mais la porte ne s'ouvrait toujours pas.

Harry fixa à nouveau Dumbledore.

– Laissez-moi sortir, dit-il.

Il tremblait des pieds à la tête.

– Non, répondit simplement Dumbledore.

Pendant quelques secondes, ils se regardèrent sans bouger.

– Laissez-moi sortir, répéta Harry.

– Non, répondit une nouvelle fois Dumbledore.

– Si vous ne... Si vous m'enfermez ici... Si vous ne me laissez pas...

– Si ça peut te faire plaisir, continue donc à casser mes objets, dit Dumbledore d'un ton serein. De toute façon, j'en ai trop.

Il contourna son bureau et alla s'asseoir derrière en observant Harry.

— Laissez-moi sortir, dit à nouveau Harry d'un ton froid et presque aussi calme que celui de Dumbledore.

— Pas avant que tu aies écouté ce que j'ai à te dire.

— Et vous… Vous pensez que j'ai envie… vous pensez que je m'intéresse à… JE ME FICHE COMPLÈTEMENT DE CE QUE VOUS AVEZ À ME DIRE ! rugit Harry. Je ne veux *rien* entendre !

— Tu m'écouteras quand même, répliqua Dumbledore d'un ton ferme. Parce que tu devrais être beaucoup plus en colère contre moi. Si tu m'attaquais, comme je te sens sur le point de le faire, je l'aurais totalement mérité.

— Qu'est-ce que vous racontez ?

— C'est *ma* faute si Sirius est mort, déclara Dumbledore sans détour. Je devrais plutôt dire presque entièrement ma faute. Je n'aurai pas la prétention de revendiquer toute la responsabilité de ce qui est arrivé. Sirius était un homme courageux, intelligent, énergique et de tels hommes n'ont pas coutume de rester chez eux à se cacher pendant que d'autres courent des risques. Mais tu n'aurais pas dû croire un seul instant qu'il était nécessaire pour toi de te rendre au Département des mystères. Si j'avais été plus franc avec toi, Harry, comme j'aurais dû l'être, tu aurais su depuis longtemps que Voldemort essayerait sans doute de t'attirer là-bas et tu ne serais jamais tombé dans le piège en y allant hier soir. Et Sirius n'aurait pas été obligé de venir à ton secours. C'est moi et moi seul qu'il faut blâmer pour cela.

Harry avait toujours la main sur la poignée de la porte mais ne s'en rendait pas compte. Le souffle coupé, il regardait fixement Dumbledore en écoutant sans vraiment les comprendre les paroles qu'il l'entendait prononcer.

— Assieds-toi, je te prie, dit Dumbledore.

Ce n'était pas un ordre mais une demande.

Harry hésita puis traversa lentement la pièce, jonchée à présent de rouages d'argent et de morceaux de bois, et vint s'asseoir face au bureau directorial.

– Dois-je comprendre, dit lentement Phineas Nigellus, à la gauche de Harry, que mon arrière-arrière-petit-fils – le dernier des Black – est mort ?

– Oui, Phineas, répondit Dumbledore.

– Je ne le crois pas, dit Phineas d'un ton brusque.

Harry tourna la tête à temps pour le voir sortir de son portrait et sut aussitôt qu'il allait se rendre dans son autre tableau du square Grimmaurd. Peut-être irait-il ainsi de toile en toile en appelant Sirius dans toute la maison...

– Harry, je te dois une explication, reprit Dumbledore. L'explication des erreurs d'un vieil homme. Car je me rends compte à présent que tout ce que j'ai fait, ou que je n'ai pas fait, en ce qui te concerne porte le sceau des insuffisances de la vieillesse. La jeunesse ne peut savoir ce que pense et ressent le vieil âge. Mais les hommes âgés deviennent coupables s'ils oublient ce que signifiait être jeune... Et il semble bien que je l'aie oublié, ces temps derniers...

Le soleil se levait véritablement, maintenant. Une clarté orange, éblouissante, apparaissait au sommet des montagnes et le ciel brillait d'un éclat incolore. Un rayon de lumière tombait sur Dumbledore, sur ses sourcils et sa barbe argentés, sur les rides profondes de son visage.

– Il y a quinze ans, lorsque j'ai vu ta cicatrice sur ton front, j'ai deviné ce qu'elle pouvait signifier, commença-t-il. J'ai deviné que c'était peut-être là le signe d'un lien qui s'était forgé entre toi et Voldemort.

– Vous m'avez déjà dit ça, professeur, répondit brutalement Harry.

Peu lui importait de se montrer impoli. Il ne se préoccupait plus de grand-chose, désormais.

– C'est vrai, admit Dumbledore sur un ton d'excuse. Mais, vois-tu, il est nécessaire de commencer par ta cicatrice. Car il est apparu, peu après ton entrée dans le monde de la magie, que je ne m'étais pas trompé et que ta cicatrice t'avertissait lorsque

Voldemort se trouvait près de toi ou qu'il ressentait une émotion intense.

— Je sais, dit Harry d'un ton las.

— Cette faculté que tu as de détecter la présence de Voldemort, même lorsqu'il est déguisé, et de savoir ce qu'il ressent est devenue de plus en plus prononcée depuis que Voldemort a retrouvé son propre corps et l'intégralité de ses pouvoirs.

Harry ne prit même pas la peine de hocher la tête. Il savait déjà tout cela.

— Plus récemment, poursuivit Dumbledore, j'ai eu peur que Voldemort réalise qu'un tel lien existait entre vous. Et en effet, il est arrivé un moment où tu as pénétré si loin dans son esprit et ses pensées qu'il a fini par sentir ta présence. Je parle bien sûr de la nuit où tu as assisté à l'attaque de Mr Weasley.

— Ouais, Rogue m'en a parlé, marmonna Harry.

— Le professeur Rogue, Harry, rectifia Dumbledore à mi-voix. Mais ne t'es-tu pas demandé pourquoi ce n'était pas moi qui te l'avais expliqué ? Pourquoi ce n'était pas moi qui t'enseignais l'occlumancie ? Pourquoi je ne te regardais même plus depuis plusieurs mois ?

Harry leva la tête et vit que Dumbledore paraissait triste et fatigué.

— Si, je me le suis demandé, grommela-t-il.

—Vois-tu, j'étais sûr qu'il ne se passerait pas longtemps avant que Voldemort essaye de s'insinuer dans ton esprit pour manipuler et fourvoyer tes pensées. Bien entendu, je ne voulais pas lui donner de motifs supplémentaires d'agir ainsi. Or, s'il se rendait compte que nos relations étaient — ou avaient toujours été — plus proches que celles qui existent traditionnellement entre un directeur d'école et un élève, j'étais certain qu'il saisirait cette occasion de se servir de toi pour m'espionner. Je craignais qu'il t'utilise en essayant de te posséder. Et je crois, Harry, que ces craintes étaient justifiées. Dans les rares occasions où nous nous sommes retrouvés ensemble, toi et moi, j'ai cru voir l'ombre de Voldemort remuer au fond de tes yeux...

Harry se souvenait d'avoir senti un serpent se dresser soudain en lui, prêt à frapper, dans les rares moments où il avait croisé le regard de Dumbledore.

— Comme il l'a démontré ce soir, Voldemort, en te possédant ainsi, ne cherchait pas ma propre destruction mais la tienne. Lorsqu'il s'est emparé de toi, tout à l'heure, il espérait que je te sacrifierais pour essayer de le tuer. Tu comprends maintenant que si je prenais mes distances avec toi, c'était pour tenter de te protéger, Harry. L'erreur d'un vieil homme...

Il poussa un profond soupir. Harry laissait les paroles de Dumbledore glisser sur lui. Savoir tout cela quelques mois auparavant l'aurait beaucoup intéressé mais maintenant c'était sans importance, comparé au gouffre qu'avait ouvert en lui la perte de Sirius. Plus rien d'autre ne comptait...

— Sirius m'a dit que tu avais senti la présence de Voldemort en toi la nuit même où tu as vu Mr Weasley se faire attaquer. J'ai su aussitôt que mes pires craintes étaient fondées. Voldemort s'était rendu compte qu'il pouvait t'utiliser. Pour tenter de te donner des moyens de défense contre lui, j'ai demandé au professeur Rogue de t'enseigner l'occlumancie.

Il s'interrompit. Harry regarda le rayon de soleil qui glissait lentement à la surface lisse et brillante du bureau de Dumbledore illuminer un encrier d'argent et une élégante plume rouge. Il savait que les portraits autour d'eux étaient parfaitement réveillés et écoutaient avec passion les explications de Dumbledore. Parfois, on entendait une petite toux ou le froissement d'une robe. Phineas Nigellus, lui, n'était toujours pas revenu...

— Le professeur Rogue, reprit Dumbledore, a découvert que tu avais rêvé pendant des mois de la porte qui ouvre sur le Département des mystères. Depuis qu'il a retrouvé son corps,

Voldemort était, bien sûr, obsédé par la prophétie et voulait à tout prix l'entendre. Il pensait si souvent à cette porte qu'elle est apparue dans tes rêves, bien que tu n'aies pas su ce qu'elle signifiait. Et puis tu as vu Rookwood, qui travaillait au Département des mystères avant son arrestation, dire à Voldemort ce que nous savions depuis toujours – que les prophéties conservées au ministère de la Magie bénéficient d'une haute protection. Seules les personnes auxquelles elles font référence peuvent les ôter de leurs étagères sans être frappées de folie. Dans ce cas précis, il fallait que Voldemort pénètre lui-même dans le ministère au risque de se révéler au grand jour, ou bien que ce soit toi qui prennes la prophétie pour lui. Il devenait donc de plus en plus urgent que tu maîtrises l'occlumancie.

— Ce que je n'ai pas fait, marmonna Harry.

Il avait décidé de parler à voix haute pour essayer d'alléger le poids de la culpabilité qui pesait sur lui. Une confession le soulagerait un peu de la terrible étreinte qui lui serrait le cœur.

— Je n'ai pas pris la peine de m'entraîner. J'aurais pu mettre fin à ces rêves. Hermione ne cessait de me répéter que je devais absolument m'exercer. Si je l'avais fait, il n'aurait jamais pu m'attirer là-bas et... Sirius ne serait pas... Sirius ne serait pas...

Harry sentait quelque chose déborder dans sa tête, un besoin de se justifier, de s'expliquer...

— J'ai essayé de vérifier si vraiment il avait capturé Sirius. Je suis allé dans le bureau d'Ombrage. J'ai parlé à Kreattur dans la cheminée et il m'a dit que Sirius n'était pas là, qu'il était parti.

— Kreattur a menti, dit Dumbledore de sa voix calme. Tu n'es pas son maître, il pouvait donc te mentir sans avoir besoin de se punir lui-même. Kreattur voulait que tu ailles au ministère de la Magie.

— Il... Il m'y a envoyé exprès ?

— Oh oui. Je crains bien que Kreattur ait servi plus d'un maître ces derniers mois.

– Comment pouvait-il faire ? demanda Harry, perplexe. Il n'est pas sorti du square Grimmaurd depuis des années.

– Kreattur a saisi l'occasion peu avant Noël, répondit Dumbledore, quand Sirius, apparemment, lui a dit : « Dehors ! » Il l'a pris au mot en l'interprétant comme un ordre de quitter la maison. Et il est allé chez le seul membre de la famille Black pour qui il ait encore du respect... Narcissa, la cousine de Sirius, sœur de Bellatrix et épouse de Lucius Malefoy.

– Comment savez-vous tout cela ? interrogea Harry.

Son cœur battait très vite et il avait la nausée. Il se souvenait qu'il s'était inquiété de l'étrange absence de Kreattur, au moment de Noël, avant sa réapparition dans le grenier...

– Kreattur me l'a dit la nuit dernière, répondit Dumbledore. Quand tu as donné au professeur Rogue cet avertissement codé, dans le bureau de Dolores Ombrage, il a compris que tu avais eu une vision de Sirius prisonnier dans les entrailles du Département des mystères. Comme toi, il a tout de suite essayé de contacter Sirius. Les membres de l'Ordre du Phénix ont des moyens de communication plus sûrs que la cheminée de Dolores Ombrage. Et le professeur Rogue a pu vérifier que Sirius était bien vivant et en sécurité, square Grimmaurd.

Mais quand il s'est aperçu que tu ne revenais pas de la Forêt interdite où il t'avait vu partir avec Dolores Ombrage, le professeur Rogue a craint que tu sois toujours persuadé que Sirius était prisonnier de Voldemort. Il a alors alerté des membres de l'Ordre.

Dumbledore poussa un profond soupir et poursuivit :

– Alastor Maugrey, Nymphadora Tonks, Kingsley Shacklebolt et Remus Lupin se trouvaient au quartier général quand il a établi le contact. Ils se sont tous mis d'accord pour aller immédiatement te porter secours. Le professeur Rogue a demandé que Sirius reste dans la maison car je devais arriver d'un moment à l'autre et il fallait que quelqu'un puisse me prévenir de ce qui s'était passé. Entre-temps, le professeur Rogue avait l'intention d'aller voir si tu n'étais pas resté dans la forêt.

Mais Sirius n'a pas voulu demeurer en arrière pendant que les autres partaient à ta recherche. Il a donc confié à Kreattur le soin de me mettre au courant. Et quand je suis arrivé square Grimmaurd, peu après le départ des autres pour le ministère, j'ai trouvé l'elfe qui a failli s'étouffer de rire en m'annonçant où Sirius était allé.

— Il riait ? dit Harry d'une voix caverneuse.

— Oh oui. Kreattur ne pouvait pas nous trahir entièrement. Il n'est pas le Gardien du Secret de l'Ordre, il lui était impossible d'indiquer aux Malefoy notre lieu de rendez-vous ou de leur parler des plans secrets que nous lui avions interdit de révéler. Il était lié par les enchantements qui s'attachent à son espèce, ce qui signifie qu'il ne peut désobéir à un ordre direct de son maître, Sirius en l'occurrence. Il avait cependant donné à Narcissa des informations très utiles pour Voldemort mais que Sirius avait trouvées trop insignifiantes pour qu'il songe à lui interdire de les répéter.

— Quoi, par exemple ? demanda Harry.

— Par exemple, le fait que l'être qui comptait le plus au monde pour Sirius, c'était toi, répondit Dumbledore à mi-voix. Ou le fait que tu considérais Sirius à la fois comme un père et comme un frère. Bien sûr, Voldemort n'ignorait pas que Sirius était membre de l'Ordre et que tu savais où il se trouvait, mais les informations de Kreattur lui avaient permis de comprendre que la seule personne pour laquelle tu étais prêt à prendre tous les risques si elle avait besoin de toi, c'était Sirius Black.

Harry sentit que ses lèvres étaient devenues glacées, comme engourdies.

— Alors... quand j'ai demandé à Kreattur si Sirius était là, hier soir...

— Les Malefoy — qui obéissaient certainement aux instructions de Voldemort — lui avaient dit de tenir Sirius à l'écart, à compter du moment où tu l'aurais vu, dans ton rêve, subir la torture. Comme ça, si tu décidais de venir voir si Sirius était ou non chez lui, Kreattur pourrait prétendre qu'il était parti. Pour parvenir à ses fins, Kreattur a blessé Buck, l'hippogriffe. Au moment où tu es apparu dans la cheminée, Sirius était en haut, occupé à le soigner.

La respiration de Harry était précipitée, haletante, comme s'il n'y avait pratiquement plus d'air dans ses poumons.

— Kreattur vous a dit tout ça... et ça le faisait rire ? gronda-t-il.

— Il ne voulait pas me le dire, mais j'ai une expérience suffisante de la legilimancie pour savoir quand on me ment ou pas. Je l'ai donc... persuadé... de me raconter toute l'histoire avant de me rendre moi-même au Département des mystères.

— Et Hermione qui n'arrêtait pas de nous dire qu'il fallait être gentil avec lui, murmura Harry, les poings crispés sur les genoux.

— Elle avait entièrement raison, Harry, assura Dumbledore. J'avais prévenu Sirius, lorsque nous avons décidé d'installer notre quartier général square Grimmaurd, qu'il fallait traiter Kreattur avec gentillesse et respect. Je lui avais également dit que Kreattur pouvait devenir dangereux pour nous. Je ne crois pas qu'il ait pris mes avertissements très au sérieux ou qu'il ait même considéré Kreattur comme un être doué des mêmes sentiments qu'un homme.

— Ne rejetez pas la faute... ne parlez... pas... de Sirius comme...

Harry avait tant de mal à respirer qu'il n'arrivait plus à parler normalement mais sa rage, qui s'était un peu atténuée, explosa à nouveau. Il ne pouvait tolérer que Dumbledore critique Sirius.

— Kreattur est un immonde... menteur... il mérite...

— Kreattur est ce que les sorciers en ont fait, Harry, répondit Dumbledore. Oui, il faut avoir pitié de lui. Son existence a été aussi misérable que celle de ton ami Dobby. Il devait obéir à Sirius parce qu'il était le dernier membre de la famille à laquelle l'attachait son état d'esclave mais il n'éprouvait pas de véritable loyauté à son égard. Et quels que soient les torts de Kreattur, il faut avouer que Sirius n'a rien fait pour améliorer son sort...

— NE PARLEZ PAS COMME ÇA DE SIRIUS ! s'écria
Harry.

Il s'était relevé d'un bond, prêt à se ruer sur Dumbledore qui,
manifestement, n'avait rien compris à Sirius, rien compris à sa
bravoure, à sa souffrance...

— Et Rogue ? lança Harry. Lui, vous ne m'en parlez pas !
Quand j'ai voulu lui dire que Sirius était prisonnier de
Voldemort, il a ricané, comme d'habitude...

— Harry, tu sais bien que devant Dolores Ombrage, le professeur Rogue n'avait d'autre choix que de faire semblant de ne
pas te prendre au sérieux, répliqua Dumbledore d'un ton
ferme. Mais comme je te l'ai expliqué, il a informé l'Ordre le
plus vite possible. C'est lui qui a déduit que tu étais parti pour
le ministère en voyant que tu ne revenais pas de la forêt. Lui
aussi qui a donné au professeur Ombrage un faux Veritaserum
lorsqu'elle a voulu te forcer à révéler où Sirius se cachait.

Harry ne voulait rien entendre. Il éprouvait une sorte
de plaisir sauvage à blâmer Rogue. Son terrible sentiment de
culpabilité s'en trouvait soulagé et il voulait entendre
Dumbledore l'approuver.

— Rogue... Rogue asticotait Sirius parce qu'il restait caché
dans la maison. Il voulait le faire passer pour un lâche...

— Sirius était beaucoup trop intelligent et expérimenté pour
se laisser atteindre par des sarcasmes aussi dérisoires, assura
Dumbledore.

— Rogue a arrêté de me donner des leçons d'occlumancie !
reprit Harry avec hargne. Il m'a expulsé de son bureau !

— Je le sais, répondit Dumbledore d'un air accablé. J'ai déjà dit
que j'avais fait une erreur en ne te donnant pas moi-même ces
leçons mais à l'époque, j'étais convaincu que rien n'aurait été
plus dangereux que d'ouvrir encore un peu plus ton esprit à
Voldemort en ma présence...

— Rogue aggravait les choses, ma cicatrice me faisait encore
plus mal après mes leçons avec lui.

Harry se souvint des réflexions de Ron à ce sujet et il se lança :

— Comment pouvez-vous être sûr qu'il n'essayait pas de m'affaiblir pour que Voldemort puisse entrer plus facilement dans mon... ?

— Je fais confiance à Severus Rogue, dit simplement Dumbledore. Mais j'avais oublié — encore une erreur due à l'âge — que certaines blessures sont trop profondes pour pouvoir guérir. Je pensais que le professeur Rogue parviendrait à surmonter ses sentiments à l'égard de ton père... Je me trompais.

— Mais ça, ce n'est pas grave, bien sûr ! s'écria Harry, indifférent aux visages scandalisés et aux marmonnements réprobateurs des portraits accrochés aux murs. Que Rogue haïsse mon père, ça n'a pas d'importance, mais que Sirius déteste Kreattur, alors là, ça ne va plus du tout !

— Sirius ne détestait pas Kreattur, répondit Dumbledore, il le considérait simplement comme un serviteur qui ne mérite pas beaucoup d'intérêt. L'indifférence, la négligence, font parfois beaucoup plus de dégâts que l'hostilité déclarée... La fontaine que nous avons détruite cette nuit racontait un mensonge. Nous les sorciers avons maltraité trop longtemps les êtres qui nous sont proches et nous récoltons aujourd'hui ce que nous avons semé.

— ALORS, SIRIUS A EU CE QU'IL MÉRITAIT, C'EST ÇA ? hurla Harry.

— Ce n'est pas ce que j'ai dit et tu ne me l'entendras jamais dire, répondit Dumbledore d'une voix paisible. Sirius n'était pas un homme cruel, il se montrait bienveillant envers les elfes de maison en général. Mais il n'aimait pas Kreattur car c'était un souvenir vivant de la maison qu'il avait tant haïe.

— Oui, il la haïssait ! s'exclama Harry.

La voix brisée, il tourna le dos à Dumbledore et s'éloigna. Le soleil éclairait brillamment la pièce, à présent. Les portraits suivirent Harry des yeux tandis qu'il marchait dans le bureau sans se rendre compte de ce qu'il faisait, sans rien voir autour de lui.

— Vous l'avez obligé à rester dans la maison et il avait horreur de ça, c'est pour cette raison qu'il a voulu en sortir, la nuit dernière...

— J'essayais de préserver sa vie, dit Dumbledore, toujours à mi-voix.

— Les gens n'aiment pas être enfermés ! s'emporta Harry en se retournant vers lui. Vous m'avez fait la même chose l'été dernier...

Dumbledore ferma les yeux et enfouit son visage dans ses longs doigts. Harry le regarda, mais cette manifestation, inhabituelle chez lui, de fatigue, de tristesse, ou d'il ne savait quoi ne parvint pas à l'attendrir. Au contraire, voir Dumbledore montrer des signes de faiblesse ne faisait qu'accroître sa colère. Il n'avait pas à faiblir au moment où Harry voulait déverser sur lui toute sa rage et sa fureur.

Dumbledore posa les mains sur son bureau et observa Harry à travers ses lunettes en demi-lune.

— Le moment est venu, reprit-il, de te révéler ce que j'aurais déjà dû te dire il y a cinq ans. Assieds-toi, s'il te plaît, je vais tout te raconter. Je te demande simplement un peu de patience, tu pourras te mettre en colère contre moi — ou faire ce que tu voudras — quand j'aurai fini. Je ne t'en empêcherai pas.

Harry lui lança un regard noir puis il alla se rasseoir sur la chaise qui faisait face au bureau et attendit.

Pendant un instant, Dumbledore observa par la fenêtre le parc inondé de soleil avant de se tourner à nouveau vers Harry.

— Il y a cinq ans, tu es arrivé à Poudlard vivant et en bonne santé, dit-il, comme c'était mon intention. Enfin, pas en si bonne santé que ça. Tu avais souffert. Je savais que tu souffrirais lorsque je t'ai laissé à la porte de ta tante et de ton oncle. Je savais que je te condamnais à dix ans d'une vie difficile et obscure.

Il s'interrompit. Harry ne disait rien.

— Tu me demanderas peut-être — et tu auras de bonnes raisons pour cela – pourquoi il devait en être ainsi. Pourquoi ne pas t'avoir confié à une famille de sorciers ? Nombre d'entre elles auraient été ravies et honorées de t'élever comme leur propre fils.

Pour toute réponse, je te dirai que ma priorité était de te garder en vie. Personne d'autre, à ma connaissance, ne courait d'aussi grands dangers que toi. Voldemort avait été vaincu quelques heures auparavant mais ses partisans – dont beaucoup étaient aussi redoutables que lui – se trouvaient toujours en liberté, furieux, désespérés, violents. Il fallait aussi que je prenne ma décision en fonction des années à venir. Étais-je convaincu que Voldemort avait disparu à tout jamais ? Non. J'ignorais combien de temps s'écoulerait avant son retour, dix ans, vingt ans, cinquante ans, mais je savais qu'il reviendrait et, le connaissant comme je le connais, j'étais également certain qu'il ne trouverait pas le repos tant qu'il n'aurait pas réussi à te tuer.

Je savais que la connaissance de Voldemort en matière de magie dépasse sans doute celle de tous les sorciers actuels. Je savais que même mes sortilèges les plus complexes et les plus puissants ne seraient pas invincibles s'il retrouvait tous ses pouvoirs.

Mais ce que je savais aussi, c'était que Voldemort avait une faiblesse. J'ai donc pris ma décision. Tu serais protégé par une ancienne magie qu'il connaît mais qu'il méprise, une magie qu'il a toujours sous-estimée – à ses dépens. Je parle bien sûr du fait que ta mère est morte pour te sauver la vie. Elle t'a ainsi doté d'une protection durable qu'il n'avait pas prévue et qui, aujourd'hui encore, coule dans tes veines. J'ai donc placé ma confiance dans le sang de ta mère. Je t'ai amené à sa sœur, sa seule parente encore vivante.

– Elle ne m'aime pas, dit aussitôt Harry. Elle s'en fiche complètement de...

– Mais elle t'a quand même recueilli, l'interrompit Dumbledore. A contrecœur, peut-être, contre sa volonté, avec fureur, amertume... Il n'en reste pas moins qu'elle t'a accepté et en agissant ainsi, elle a scellé le sort par lequel je te protégeais. Le sacrifice de ta mère avait fait de ce lien du sang le plus puissant bouclier que je pouvais t'offrir.

– Je ne vois toujours pas...

– Tant que tu pourras considérer comme ta maison le lieu où réside le sang de ta mère, il sera impossible à Voldemort de t'atteindre ou de te faire du mal en cet endroit-là. Il a versé le sang de ta mère, mais ce sang vit en toi et en sa sœur, il est devenu ton refuge. Tu n'as besoin de retourner là-bas qu'une fois par an mais aussi longtemps que cette maison reste la tienne, Voldemort ne peut rien contre toi lorsque tu t'y trouves. Ta tante le sait. Je lui ai expliqué ce que j'avais fait dans la lettre que je lui ai laissée devant sa porte, quand je t'ai déposé chez elle. Elle sait qu'en t'accueillant sous son toit, elle t'a gardé en vie pendant quinze ans.

– Attendez, dit Harry. Attendez un peu.

Il se redressa sur sa chaise et regarda Dumbledore dans les yeux.

– Vous lui avez envoyé une Beuglante. Vous lui disiez de se souvenir... C'était votre voix...

– J'ai pensé, répondit Dumbledore en inclinant légèrement la tête, qu'elle aurait peut-être besoin de s'entendre rappeler le pacte qu'elle avait conclu en te prenant chez elle. Je me doutais que l'attaque des Détraqueurs lui redonnerait conscience des dangers qu'elle courait en t'acceptant comme son fils adoptif.

– C'est ce qui s'est passé, répondit Harry à mi-voix. Enfin, c'est plutôt mon oncle qui a réagi. Il voulait me chasser. Mais après la Beuglante, elle... elle a dit que je devais rester.

Il contempla un instant le tapis, puis ajouta :

– Mais qu'est-ce que tout cela a à voir avec... ?

Il n'arrivait pas à prononcer le nom de Sirius.

– Il y a cinq ans, donc, reprit Dumbledore comme s'il ne s'était pas interrompu, tu es arrivé à Poudlard, sans doute pas aussi heureux, ni aussi bien nourri que je l'aurais souhaité mais vivant et en assez bonne santé. Tu n'étais pas un petit prince gâté mais tu me semblais dans un état aussi satisfaisant que possible, compte tenu des circonstances. Jusque-là, mon plan avait bien marché.

Ensuite... tu te souviens aussi bien que moi de ce qui s'est passé au cours de ta première année à Poudlard. Tu as magnifiquement relevé le défi qui t'était lancé et plus tôt − beaucoup plus tôt − que je ne l'avais prévu, tu t'es retrouvé face à Voldemort. A nouveau, tu as survécu. Mieux encore, tu l'as une fois de plus empêché de regagner son pouvoir et sa force. Tu t'es battu comme l'aurait fait un homme accompli. J'étais... plus fier de toi que je ne saurais le dire.

Pourtant, il y avait un défaut dans ce merveilleux plan que j'avais établi. Un défaut manifeste dont je n'ignorais pas, même à ce moment-là, qu'il pourrait tout détruire. Mais, sachant à quel point il était important que ce plan réussisse, j'étais décidé à ne pas laisser ce défaut le compromettre. J'étais le seul à pouvoir empêcher cela, ce serait donc à moi d'être suffisamment fort. C'est alors que j'ai subi mon premier test, lorsque tu étais couché à l'infirmerie, affaibli par ton combat contre Voldemort.

− Je ne comprends rien du tout à ce que vous dites, l'interrompit Harry.

− Ce jour-là, tu m'as demandé pourquoi Voldemort avait voulu te tuer quand tu étais bébé, tu t'en souviens ?

Harry eut un signe de tête affirmatif.

− Aurais-je dû te le dire à ce moment-là ?

Harry fixa en silence les yeux bleus de Dumbledore. Son cœur avait recommencé à battre très vite.

− Tu ne vois pas encore le défaut de mon plan ? Non... Peut-être pas. Comme tu le sais, j'ai décidé de ne pas répondre à ta question. Onze ans, me disais-je, c'est trop jeune pour savoir. Il n'avait jamais été dans mes intentions de te faire si tôt une telle révélation. Elle aurait été trop lourde pour un garçon de cet âge.

J'aurais dû reconnaître alors les premiers signes du danger. J'aurais dû me demander pourquoi je ne m'inquiétais pas outre mesure de t'entendre poser déjà cette question à laquelle je savais qu'il faudrait un jour apporter une terrible réponse. La vérité, et j'aurais dû me l'avouer à moi-même, c'était que j'étais trop heureux d'avoir un bon prétexte pour ne pas y répondre à ce moment-là... tu étais trop jeune, beaucoup trop jeune.

Ensuite a commencé la deuxième année à Poudlard. Une fois de plus, tu as dû relever des défis que même des sorciers adultes n'avaient jamais eu à affronter. Et cette fois encore, tu as réussi au-delà de mes rêves les plus insensés. Mais tu ne m'as plus demandé pourquoi Voldemort avait laissé cette marque sur ton front. Oh, bien sûr, nous avons parlé de ta cicatrice... Nous avons approché le sujet de très près. Pourquoi ne t'ai-je pas tout révélé à cette époque ?

Il me semblait tout simplement que douze ans, ce n'était guère mieux que onze pour entendre de telles révélations. Lorsque tu es sorti de mon bureau, tu étais épuisé, taché de sang, mais euphorique. Quant à moi, si j'ai éprouvé un vague malaise à l'idée que je ne t'avais toujours rien dit, il fut très vite étouffé. Tu étais encore si jeune, je ne pouvais me résoudre à gâcher cette nuit de triomphe...

Tu vois, Harry ? Tu vois le défaut de mon plan si brillant ? J'étais tombé dans le piège que j'avais prévu et dont je m'étais dit que je pourrais l'éviter, que je devais l'éviter.

– Je ne...

– Je te ménageais trop, dit simplement Dumbledore. Je me souciais davantage de ton bonheur que de t'apprendre la vérité, davantage de ta tranquillité d'esprit que de mon plan, davantage de ta vie que des autres vies qui seraient peut-être perdues si ce plan échouait. En d'autres termes, j'ai agi exactement comme Voldemort s'attend à ce que nous agissions, nous, les imbéciles qui éprouvons des sentiments d'amour.

Y a-t-il quelque chose à dire pour ma défense ? Quiconque

t'a observé aussi bien que moi – et je t'ai observé plus attentivement que tu ne peux l'imaginer – aurait eu ce même souci de t'épargner des souffrances supplémentaires après ce que tu avais déjà enduré. Je défie qui que ce soit de dire le contraire. Qu'est-ce que cela pouvait me faire si je ne sais combien de gens dont je ne connaissais ni les noms, ni les visages, trouvaient une mort violente dans un avenir indéterminé, du moment que toi, dans l'instant présent, tu étais vivant, en bonne santé, et heureux ? Je n'avais jamais rêvé que je serais un jour responsable d'un être tel que toi.

La troisième année est alors arrivée. Je t'ai regardé de loin repousser les Détraqueurs, rencontrer Sirius, apprendre qui il était et le secourir. Aurais-je le cœur de te révéler la vérité au moment où tu parvenais triomphalement à arracher ton parrain aux griffes du ministère ? Non, bien sûr, mais tu avais treize ans et, à cet âge, je n'avais plus d'aussi bonnes excuses. Tu étais encore très jeune, c'est vrai, mais tu avais prouvé que tu étais quelqu'un d'exceptionnel. Ma conscience me mettait mal à l'aise, Harry. Je savais que le moment approchait…

Et puis, l'année dernière, tu es sorti du labyrinthe après avoir vu Cedric Diggory mourir, après avoir toi-même échappé de très peu à la mort… là encore, je ne t'ai rien dit, tout en sachant, à présent que Voldemort était de retour, qu'il me faudrait le faire très bientôt. Et maintenant, ce soir, je me rends compte que tu es prêt depuis longtemps à entendre la vérité que je t'ai cachée pendant toutes ces années. Tu as donné la preuve que j'aurais dû placer ce fardeau sur tes épaules bien avant. Ma seule défense, la voici : je t'ai vu affronter des épreuves qu'aucun autre élève de cette école n'a jamais connues et je ne pouvais me résoudre à en ajouter une autre – la plus grande de toutes.

Harry attendit mais Dumbledore restait silencieux.

– Je ne comprends toujours pas.

– Voldemort a essayé de te tuer quand tu étais bébé à cause d'une prophétie faite peu avant ta naissance. Il savait que cette prophétie existait, mais il n'en connaissait pas tous les détails. En voulant te tuer, il croyait accomplir ce qu'elle annonçait. Mais il a appris à ses dépens qu'il s'était trompé lorsque le sort qu'il a jeté sur toi s'est retourné contre lui. Depuis qu'il a retrouvé son corps et surtout depuis que tu as réussi l'exploit extraordinaire de lui échapper l'année dernière, il a résolu d'entendre cette prophétie dans son intégralité. L'arme qu'il cherchait avec tant de constance, c'était celle-là : connaître le moyen de te détruire.

Le soleil avait fini de se lever, à présent, baignant de lumière le bureau de Dumbledore. L'armoire vitrée dans laquelle reposait l'épée de Godric Gryffondor brillait d'une blancheur opaque, les débris des instruments que Harry avait fracassés sur le sol luisaient comme des gouttes de pluie et derrière lui, Fumseck gazouillait dans son nid de cendres.

— La prophétie s'est brisée, dit Harry, l'air interdit. J'essayais d'aider Neville à monter les gradins dans la... la pièce où il y avait l'arcade. Sa robe s'est déchirée et la boule est tombée...

— La chose qui s'est cassée n'était qu'une simple copie de la prophétie, destinée aux archives du Département des mystères. Mais la prophétie elle-même a été faite à quelqu'un qui possède un moyen de se la rappeler parfaitement.

— Qui est-ce ? demanda Harry, bien qu'il eût l'impression de connaître déjà la réponse.

— Moi, répondit Dumbledore. Je l'ai entendue il y a seize ans par une nuit froide et humide, dans une chambre située au-dessus du bar de La Tête de Sanglier. J'étais allé là-bas pour y voir une candidate au poste de professeur de divination, malgré mes réticences à l'égard de cette matière que j'envisageais de supprimer. Mais il se trouvait que cette candidate était l'arrière-arrière-petite-fille d'une voyante très célèbre et très douée et la plus élémentaire courtoisie m'obligeait à la rencontrer. J'ai été très déçu, cependant. Il me semblait qu'elle-même ne possédait pas le moindre don. Je lui ai donc annoncé, poliment j'espère, que je ne pensais pas pouvoir lui confier ce poste et je me suis apprêté à prendre congé.

Dumbledore se leva, passa devant Harry, et se dirigea vers une petite armoire de couleur noire, à côté du perchoir de Fumseck. Il se pencha, souleva un loquet et sortit du meuble la bassine de pierre, gravée de runes, dans laquelle Harry avait vu son père malmener Rogue. Dumbledore revint derrière son bureau, y posa la Pensine et leva l'extrémité de sa baguette magique vers sa tempe d'où il retira de longs filaments argentés, semblables à une toile d'araignée, qu'il déposa dans le récipient. Puis il se rassit à son bureau et regarda pendant un moment ses pensées s'étirer et tournoyer au fond de la Pensine. Enfin, avec un soupir, il remua doucement la substance argentée du bout de sa baguette.

Une silhouette s'en éleva, enveloppée de châles, les yeux énormes derrière ses lunettes, et tourna lentement sur elle-même, les pieds dans la bassine. Mais lorsque Sibylle Trelawney parla, ce ne fut pas de son habituelle voix éthérée et mystique mais du ton rauque et dur que Harry l'avait déjà entendue employer un jour :

– *Celui qui a le pouvoir de vaincre le Seigneur des Ténèbres approche... il naîtra de ceux qui l'ont par trois fois défié, il sera né lorsque mourra le septième mois... et le Seigneur des Ténèbres le marquera comme son égal mais il aura un pouvoir que le Seigneur des Ténèbres ignore... et l'un devra mourir de la main de l'autre car aucun d'eux ne peut vivre tant que l'autre survit... Celui qui détient le pouvoir de vaincre le Seigneur des Ténèbres sera né lorsque mourra le septième mois...*

La silhouette continua de tourner lentement pendant un instant puis se replia sur elle-même et disparut parmi les filaments argentés.

Un silence absolu régnait à présent dans le bureau. Ni Dumbledore, ni Harry, ni aucun des portraits n'émettaient le moindre son. Fumseck lui-même s'était tu.

– Professeur Dumbledore ? dit enfin Harry dans un murmure.

Les yeux toujours fixés sur la Pensine, Dumbledore semblait complètement perdu dans ses pensées.

– Ça... Est-ce que ça veut dire... ? Qu'est-ce que ça signifie ?

– Cela signifie, répondit Dumbledore, que la seule personne qui ait une chance de vaincre définitivement Lord Voldemort est née il y a près de seize ans, à la fin du mois de juillet. Et que ce garçon est né de parents qui, par trois fois déjà, avaient eux-mêmes défié Voldemort.

Harry eut soudain l'impression que quelque chose se resserrait autour de lui. A nouveau, il eut du mal à respirer.

– Ça veut dire... moi ?

– Ce qui est étrange, Harry, reprit Dumbledore à mi-voix, c'est qu'il ne s'agissait pas forcément de toi. La prophétie de Sibylle pouvait s'appliquer à deux jeunes sorciers, nés tous deux à la fin de juillet cette même année et dont chacun avait pour parents des membres de l'Ordre du Phénix qui, à trois reprises, avaient échappé de justesse à Voldemort. L'un d'eux, bien sûr, c'était toi. L'autre s'appelait Neville Londubat.

– Mais alors... alors... pourquoi y avait-il mon nom sur cette prophétie et pas celui de Neville ?

– La copie officielle a été étiquetée à nouveau après que Voldemort eut essayé de te tuer, répondit Dumbledore. Aux yeux du gardien de la salle des Prophéties, il était clair que Voldemort avait voulu t'assassiner parce qu'il avait reconnu en toi celui dont parlait Sibylle.

– Mais... Peut-être que ce n'est pas moi, après tout ?

– J'ai bien peur, dit lentement Dumbledore comme si chaque mot lui coûtait un effort considérable, qu'il s'agisse bel et bien de toi.

– Vous venez de me dire que Neville est né fin juillet, lui aussi... Et que ses parents...

– Tu oublies une partie de la prophétie, le signe distinctif de celui qui pourra vaincre Voldemort... Voldemort en personne

« le marquera comme son égal ». Et c'est ce qu'il a fait, Harry. C'est toi qu'il a choisi, pas Neville. Il t'a marqué de la cicatrice qui s'est révélée à la fois une bénédiction et une malédiction.

– Peut-être s'est-il trompé ! objecta Harry. Peut-être n'a-t-il pas marqué la bonne personne ?

– Il a choisi celui dont il pensait qu'il représenterait pour lui le plus grand danger. Et remarque bien ceci, Harry, son choix ne s'est pas porté sur celui qui avait le sang pur (alors que, d'après son credo, seuls les sorciers de pure ascendance sont dignes de ce nom) mais sur le sang-mêlé, comme lui. Il s'est vu en toi avant même de te connaître. Et, en te marquant de cette cicatrice, il ne t'a pas tué comme il en avait l'intention, mais t'a donné un avenir et des pouvoirs qui t'ont permis, jusqu'à présent, de lui échapper non pas une fois mais quatre. Un exploit que ni tes parents ni ceux de Neville n'ont jamais pu réaliser.

– Pourquoi a-t-il fait ça ? demanda Harry, qui avait soudain froid et se sentait engourdi. Pourquoi a-t-il tenté de me tuer lorsque j'étais encore bébé ? Il aurait dû attendre que nous grandissions pour voir si c'était Neville ou moi qui lui paraîtrait le plus dangereux et essayer alors de tuer l'un ou l'autre...

– Cela aurait peut-être été plus rationnel, en effet, admit Dumbledore, mais Voldemort n'avait de la prophétie qu'une connaissance incomplète. La Tête de Sanglier, que Sibylle avait choisie pour ses prix bon marché, a longtemps attiré une clientèle, disons... plus intéressante que celle des Trois Balais. Comme tes amis et toi l'avez découvert à vos dépens, et moi aux miens cette nuit-là, c'est un endroit où l'on n'est jamais certain de ne pas être entendu par des oreilles indiscrètes. Bien sûr, je n'avais jamais imaginé, lorsque je suis parti rencontrer Sibylle Trelawney, qu'elle allait me confier quelque chose digne d'éveiller l'attention des curieux. La chance que j'ai eue – que nous avons eue –, c'est que l'espion présent ce soir-là fut repéré et jeté dehors alors que Sibylle commençait tout juste à me révéler la prophétie.

– Alors, il n'a entendu que...

– Que le début, la partie qui annonce la naissance au mois de juillet d'un garçon dont les parents ont par trois fois défié Voldemort. L'espion ne pouvait donc avertir son maître qu'en t'attaquant, il risquait de te transférer des pouvoirs et de te marquer comme son égal. Ainsi, Voldemort n'a jamais su qu'il pouvait être dangereux d'essayer de te tuer et qu'il serait plus sage d'attendre d'en savoir plus. Il ne savait pas que tu aurais « un pouvoir que le Seigneur des Ténèbres ignore... »

– Mais je n'ai pas ce pouvoir ! s'étrangla Harry. Je n'ai aucun pouvoir que lui-même ne possède pas, je serais incapable de me battre comme il l'a fait la nuit dernière, je ne peux pas posséder d'autres êtres ou... ou les tuer...

– Il existe une pièce, au Département des mystères, l'interrompit Dumbledore, qui reste toujours verrouillée. Elle contient une force à la fois plus merveilleuse et plus terrible que la mort, que l'intelligence humaine, que les forces de la nature. Peut-être est-ce aussi le plus mystérieux des nombreux sujets d'étude qui se trouvent là-bas. Le pouvoir conservé dans cette pièce, tu le possèdes au plus haut point, Harry, alors que Voldemort en est totalement dépourvu. C'est ce pouvoir qui t'a poussé à vouloir à tout prix sauver Sirius cette nuit. Et c'est ce même pouvoir qui a empêché Voldemort de te posséder, car il ne supportait pas d'habiter un corps où cette force qu'il déteste était si présente. En définitive, il n'était pas très important que tu ne saches pas fermer ton esprit. C'est ton cœur qui t'a sauvé.

Harry ferma les yeux. Justement, s'il n'avait pas cherché à sauver Sirius, Sirius ne serait pas mort... Pour retarder le moment où il devrait à nouveau penser à son parrain, Harry demanda, sans se soucier vraiment de la réponse :

– Et la fin de la prophétie... C'était quelque chose comme : « aucun d'eux ne peut vivre... »

– ... « tant que l'autre survit », acheva Dumbledore.

— Alors, dit Harry en allant chercher ses mots au fond du gouffre que le désespoir avait ouvert en lui, cela signifie que... qu'à la fin... l'un de nous deux devra tuer l'autre ?

— Oui, répondit Dumbledore.

Pendant un long moment, ils restèrent silencieux. Loin au-delà des murs de la pièce, Harry entendait des bruits de voix, sans doute des élèves qui se rendaient dans la Grande Salle pour un petit déjeuner matinal. Il lui semblait impossible qu'il existe encore dans le monde des gens qui avaient envie de manger, de rire, des gens qui ignoraient que Sirius Black avait disparu à jamais et qui, d'ailleurs, s'en fichaient. Sirius semblait déjà à un million de kilomètres de distance. Mais maintenant encore, quelque chose lui disait que s'il avait écarté ce voile, il aurait vu Sirius le regarder, lui faire signe, avec peut-être un de ces rires qui ressemblaient à un aboiement...

— Je sens que je te dois une autre explication, Harry, reprit Dumbledore d'un ton hésitant. Tu te demandes peut-être pourquoi je ne t'ai pas choisi comme préfet ? Je dois te l'avouer... J'ai pensé... que tu avais suffisamment de responsabilités comme cela.

Harry leva les yeux et vit une larme couler sur le visage de Dumbledore puis disparaître dans sa longue barbe argentée.

38

La deuxième guerre commence

CELUI-DONT-ON-NE-DOIT-PAS-PRONONCER-LE-NOM EST DE RETOUR

Dans une brève déclaration faite à la presse vendredi soir, Cornelius Fudge, le ministre de la Magie, a confirmé que Celui-Dont-On-Ne-Doit-Pas-Prononcer-Le-Nom est revenu dans notre pays et qu'il y est à nouveau actif.

« J'ai le très grand regret de devoir confirmer que le sorcier qui s'est décerné à lui-même le titre de Lord – vous voyez qui je veux dire – est vivant et présent une fois de plus parmi nous », a déclaré Fudge, visiblement fatigué et ébranlé, devant les journalistes. « C'est avec un regret presque égal que je dois vous informer de la révolte massive des Détraqueurs d'Azkaban qui se sont montrés hostiles à la poursuite de leur collaboration avec le ministère de la Magie. Nous pensons que les Détraqueurs se sont à présent placés sous les ordres de Lord Machin. Nous demandons instamment à la population magique de rester vigilante. Le ministère publie actuellement des guides de défense élémentaire des personnes et des biens qui seront distribués gratuitement dans tous les foyers de sorciers au cours des prochains mois. »

La déclaration du ministre a été accueillie avec consternation et inquiétude par la communauté des sorciers qui, pas plus tard que mercredi dernier, recevait du ministère l'assurance qu'il n'y avait « aucune espèce de vérité dans les rumeurs persistantes selon lesquelles Vous-Savez-Qui se manifesterait à nouveau parmi nous ».

Le détail des événements qui ont conduit à la volte-face du ministère reste encore très flou. On pense cependant que Celui-Dont-On-Ne-Doit-Pas-Prononcer-Le-Nom, accompagné d'un groupe de fidèles (connus sous le nom de Mangemorts), aurait réussi jeudi soir à pénétrer au sein même du ministère de la Magie.

Albus Dumbledore, nouvellement réintégré dans ses fonctions de directeur de l'école de sorcellerie Poudlard, de membre de la Confédération internationale des sorciers et de président-sorcier du Magenmagot, n'a fait aucune déclaration jusqu'à présent. Tout au long de l'année écoulée, il avait répété avec insistance que Vous-Savez-Qui n'était pas mort, contrairement aux espoirs les plus répandus et que, selon lui, il recommençait à recruter des partisans pour tenter une nouvelle fois de s'emparer du pouvoir. Dans le même temps, le jeune homme surnommé « le Survivant »…

— Ah, voilà, Harry, on parle de toi. J'étais sûre qu'ils trouveraient le moyen de te mettre dans le coup, dit Hermione en le regardant par-dessus son journal.

Ils se trouvaient à l'infirmerie. Harry était assis au pied du lit de Ron et tous deux écoutaient Hermione lire à haute voix la première page du *Sorcier du dimanche*. Ginny, dont la cheville avait été guérie en un clin d'œil par Madame Pomfresh, était pelotonnée au pied du lit d'Hermione. Neville, dont le nez avait retrouvé sa forme et son volume habituels, était assis sur une chaise entre les deux lits. Luna, qui était passée les voir, tenait fermement entre ses mains la dernière édition du *Chicaneur* qu'elle lisait à l'envers sans écouter un mot de ce qu'Hermione disait.

— Ça y est, il est redevenu « le Survivant », dit Ron d'un air sombre. Ce n'est plus un cinglé qui cherche uniquement à se faire remarquer.

Il prit une poignée de Chocogrenouilles dans l'énorme tas de friandises posé sur son meuble de chevet, en jeta quelques-uns à Harry, Ginny et Neville et déchira avec les dents le papier du sien. On voyait toujours sur ses bras les marques profondes provoquées par les tentacules du cerveau qui avait failli l'étouffer. A en croire Madame Pomfresh, les pensées pouvaient laisser des cicatrices plus visibles que n'importe quoi d'autre, ou presque, mais depuis qu'elle lui avait appliqué à doses généreuses l'onguent d'amnésie du Dr Oubbly, il semblait y avoir un progrès.

— Oui, maintenant, ils sont très élogieux envers toi, Harry, dit Hermione en parcourant l'article. « La voix solitaire de la vérité... Perçu comme un déséquilibré, il n'a pourtant jamais varié dans son récit... Obligé de supporter railleries et calomnies... » Hmmmm, je remarque, ajouta-t-elle, les sourcils froncés, qu'ils prennent bien soin de ne pas préciser que ce sont eux qui t'ont raillé et calomnié dans *La Gazette*...

Elle eut une légère grimace et porta une main à ses côtes. Le maléfice dont Dolohov avait fait usage contre elle, bien que moins efficace que s'il avait pu prononcer l'incantation à haute voix, avait néanmoins, selon les propres termes de Madame Pomfresh, « fait déjà assez de dégâts comme ça ». Hermione devait prendre chaque jour dix potions différentes mais elle allait beaucoup mieux et en avait déjà assez de rester à l'infirmerie.

— « La dernière tentative de Vous-Savez-Qui pour prendre le pouvoir, pages 2 à 4. Ce que le ministère aurait dû nous dire, page 5. Pourquoi personne n'a écouté Albus Dumbledore, pages 6 à 8. Une interview exclusive de Harry Potter, page 9... » Eh bien, dit Hermione en repliant le journal qu'elle jeta à côté d'elle, au moins, ils ont de quoi écrire, maintenant. Mais l'interview de Harry n'a rien d'exclusif, c'est celle qui a paru dans *Le Chicaneur*, il y a plusieurs mois.

— Papa la leur a vendue, dit Luna de son ton absent en tournant une page du *Chicaneur*. Il en a tiré un bon prix, alors on va pouvoir organiser une expédition en Suède, cet été, pour essayer d'attraper un Ronflak Cornu.

Hermione sembla se faire violence pendant un instant, puis elle répondit :

— En voilà, une bonne idée.

Ginny croisa le regard de Harry et détourna rapidement les yeux en souriant.

– Alors, qu'est-ce qui se passe de beau, à l'école ? demanda Hermione, qui s'était redressée sur ses oreillers avec une nouvelle grimace.

– Flitwick a débarrassé le couloir du marécage de Fred et George, raconta Ginny. Il a fait ça en trois secondes mais il en a laissé un petit carré sous la fenêtre, entouré par un cordon...

– Pourquoi ? s'étonna Hermione.

– Il a dit que c'était vraiment de la très belle magie, répondit Ginny en haussant les épaules.

– Je pense qu'il a voulu en faire un monument à Fred et à George, commenta Ron, la bouche pleine de chocolat. Ce sont eux qui m'ont envoyé tout ça, dit-il à Harry en montrant la petite montagne de Chocogrenouilles à son chevet. Ça doit bien marcher, leur magasin de farces et attrapes.

Hermione eut un air désapprobateur, puis elle demanda :

– Est-ce que les choses s'arrangent maintenant que Dumbledore est de retour ?

– Oui, assura Neville, tout est redevenu normal.

– J'imagine que Rusard est content, non ? dit Ron en posant contre sa cruche d'eau une carte de Chocogrenouille représentant Dumbledore.

– Pas du tout, répondit Ginny, il est vraiment, vraiment malheureux...

Elle ajouta dans un murmure :

– Il n'arrête pas de dire qu'Ombrage était la meilleure chose qui soit jamais arrivée à Poudlard...

Tous les six tournèrent la tête. Le professeur Ombrage était allongée dans un lit, de l'autre côté de la salle, les yeux fixés au plafond. Dumbledore était allé seul dans la forêt pour l'arracher aux centaures. Comment avait-il fait ? Comment avait-il pu émerger d'entre les arbres en soutenant le professeur Ombrage sans avoir une égratignure ? Personne ne le savait et il ne fallait certainement pas compter sur Ombrage pour le raconter. Depuis qu'elle était revenue au château, elle n'avait pas prononcé le moindre mot, à leur connaissance en tout cas. Personne ne savait non plus de quoi elle souffrait. Ses cheveux châtains habituellement si soigneusement coiffés étaient à présent en désordre et parsemés de feuilles et de brindilles, mais elle semblait intacte par ailleurs.

— Madame Pomfresh dit qu'elle est simplement en état de choc, murmura Hermione.

— Je crois plutôt qu'elle boude, assura Ginny.

— Oui, elle montre des signes de vie quand on fait ça, dit Ron.

Avec sa langue il imita le bruit des sabots d'un cheval. Ombrage se redressa brusquement en jetant autour d'elle des regards fébriles.

— Quelque chose ne va pas, professeur ? demanda Madame Pomfresh en passant la tête derrière la porte de son bureau.

— Je... non, j'ai dû rêver..., répondit Ombrage en se laissant retomber sur ses oreillers.

Hermione et Ginny étouffèrent leur rire dans les couvertures.

— En parlant de centaures, dit Hermione lorsqu'elle eut retrouvé un peu de son sérieux, qui est professeur de divination, maintenant ? Est-ce que Firenze va rester ?

— Il est bien obligé, répondit Harry, les autres centaures ne veulent plus de lui.

— Apparemment, Trelawney et lui vont enseigner tous les deux, dit Ginny.

— J'imagine que Dumbledore aurait bien voulu se débarrasser de Trelawney pour de bon, commenta Ron qui en était à son quatorzième Chocogrenouille. Si vous voulez mon avis, c'est cette matière qu'il faudrait supprimer. Firenze n'est pas tellement meilleur qu'elle...

— Comment peux-tu dire ça ? s'indigna Hermione. Alors qu'on vient de s'apercevoir qu'il existe de *véritables* prophéties.

Le cœur de Harry se remit à battre très vite. Il n'avait révélé ni à Ron, ni à Hermione, ni à personne d'autre le contenu de la prophétie. Neville leur avait simplement raconté qu'elle s'était cassée lorsque Harry l'avait hissé sur les gradins de la chambre de la Mort et Harry n'avait rien ajouté. Il n'avait pas envie de voir l'expression de leur visage lorsqu'il leur expliquerait qu'il n'avait plus désormais d'autre choix possible que de devenir assassin ou victime...

— C'est vraiment dommage qu'elle se soit cassée, dit Hermione à mi-voix en hochant la tête.

— Oui, approuva Ron. Mais au moins, Tu-Sais-Qui ne saura pas non plus ce qu'il y avait dedans... Où tu vas ? ajouta-t-il avec un mélange de surprise et de déception en voyant Harry se lever.

— Heu... chez Hagrid, répondit Harry. Il vient de rentrer et je lui ai promis d'aller le voir pour lui donner de vos nouvelles à tous les deux.

— Ah bon, d'accord, dit Ron d'un air grognon.

Il regarda le carré de ciel bleu que découpait la fenêtre.

— J'aimerais bien qu'on puisse venir avec toi.

— Dis-lui bonjour de notre part ! lança Hermione tandis que Harry se dirigeait vers la porte. Et demande-lui ce qui est arrivé à... à son petit protégé !

Le château semblait très calme, même pour un dimanche. De toute évidence, tout le monde était sorti dans le parc profiter du soleil et de la fin des examens. Les quelques jours qui restaient avant les vacances seraient enfin libérés des devoirs et des révisions. Harry marchait lentement le long du couloir désert, en regardant par les fenêtres. Quelques élèves s'amusaient à voler sur leurs balais au-dessus du terrain de Quidditch et deux ou trois autres nageaient dans le lac, accompagnés par le calmar géant.

Il ne savait plus très bien s'il avait ou non envie de voir des gens. Chaque fois qu'il se trouvait avec quelqu'un, il préférait s'en aller, et dès qu'il était seul il recherchait un peu de compagnie. Mais il songea qu'il irait quand même voir Hagrid à qui il n'avait pas eu l'occasion de parler beaucoup depuis son retour...

Harry venait de descendre la dernière marche de l'escalier de marbre lorsque Malefoy, Crabbe et Goyle surgirent d'une porte située sur la droite et dont il savait qu'elle donnait accès à la salle commune des Serpentard. Harry se figea sur place, Malefoy et les autres également. Pendant un instant, on n'entendit que l'écho lointain des cris, des rires et des bruits de baignade qui leur parvenaient par les portes ouvertes sur le parc.

Malefoy jeta un coup d'œil alentour – Harry savait qu'il voulait vérifier qu'aucun professeur ne se trouvait dans les parages – puis il se tourna à nouveau vers lui et dit à voix basse :

– Tu es mort, Potter.

Harry haussa les sourcils.

– Bizarre, dit-il, dans ce cas, je ne devrais pas être en train de me promener là...

Jamais Harry n'avait vu Malefoy aussi furieux.

Il éprouva une sorte de satisfaction détachée à la vue du visage blafard et pointu, déformé par la rage.

– Tu vas payer, dit Malefoy d'une voix qui n'était plus qu'un murmure. C'est *moi* qui te ferai payer ce que tu as fait à mon père.

– Me voilà terrifié, répliqua Harry d'un ton sarcastique. J'imagine que Lord Voldemort n'est qu'un hors-d'œuvre à côté de vous trois. Eh bien, qu'est-ce qu'il y a ? ajouta-t-il en voyant Malefoy, Crabbe et Goyle horrifiés à l'évocation du nom. C'est un copain de ton père, non ? Tu n'as pas peur de lui, quand même ?

– Tu te prends pour un grand homme, Potter, dit Malefoy en s'avançant vers lui, flanqué de Crabbe et de Goyle. Mais attends un peu. Je t'aurai. Je ne te laisserai pas envoyer mon père en prison...

– Pourtant, c'est ce que je viens de faire, répliqua Harry.

– Les Détraqueurs ont quitté Azkaban, dit Malefoy à voix basse. Mon père et les autres seront très vite dehors...

— Ça, je n'en doute pas, répondit Harry, mais au moins, maintenant, tout le monde sait à quel point ils sont abjects...

La main de Malefoy plongea sur sa baguette magique mais Harry fut trop rapide pour lui. Il avait dégainé la sienne avant même que les doigts de Malefoy se soient glissés dans la poche de sa robe.

— Potter !

La voix résonna dans tout le hall. Rogue venait d'apparaître en haut de l'escalier qui descendait vers son bureau. En le voyant, Harry sentit monter en lui une bouffée de haine qui dépassait de très loin ce qu'il éprouvait pour Malefoy... Quoi que Dumbledore puisse dire, il ne pardonnerait jamais à Rogue... Jamais...

— Qu'est-ce que vous faites, Potter ? dit Rogue du ton glacial qui lui était coutumier tandis qu'il s'approchait d'eux à grands pas.

— Je suis en train de me demander quel maléfice je vais lancer à Malefoy, monsieur, répondit Harry d'un ton féroce.

Rogue le regarda fixement.

— Rangez immédiatement cette baguette, dit-il sèchement. Dix points en moins pour Gryff...

Rogue jeta un coup d'œil aux sabliers géants nichés dans le mur et eut un sourire narquois.

— Ah, je vois qu'il ne reste plus aucun point à enlever dans le sablier de Gryffondor. Dans ce cas, Potter, nous allons simplement...

— En ajouter ?

Le professeur McGonagall venait tout juste de monter d'un pas pesant les marches de pierre de l'entrée.

Elle portait d'une main un sac de voyage écossais et s'appuyait de l'autre sur une canne, mais paraissait en bonne santé.

— Professeur McGonagall ! lança Rogue qui s'avança aussitôt vers elle. Vous voilà enfin sortie de Ste Mangouste !

— Oui, professeur Rogue, répondit McGonagall en se

débarrassant de son manteau de voyage d'un mouvement d'épaules. Et je suis en pleine forme. Vous deux, Crabbe, Goyle, venez-là.

Elle leur fit un signe impérieux et ils s'approchèrent en traînant d'un air gauche leurs énormes pieds.

– Tenez, dit-elle en fourrant son sac de voyage dans les mains de Crabbe et son manteau dans celles de Goyle. Allez porter ça dans mon bureau.

Ils tournèrent les talons et montèrent d'un pas lourd l'escalier de marbre.

– Alors, voyons un peu, reprit le professeur McGonagall, le regard levé vers les sabliers. Je pense que Potter et ses amis devraient recevoir cinquante points chacun pour avoir averti le monde du retour de Vous-Savez-Qui ! Qu'en dites-vous, professeur Rogue ?

– Quoi, comment ? rugit Rogue.

Harry savait qu'il avait parfaitement bien entendu.

– Oh, heu... oui... j'imagine que...

– Cela fait donc cinquante points chacun pour Potter, les deux Weasley, Londubat et Miss Granger, poursuivit le professeur McGonagall.

Une pluie de rubis tomba dans la partie inférieure du sablier de Gryffondor.

– Ah ! et aussi cinquante points pour Miss Lovegood, je pense, ajouta-t-elle.

Des saphirs tombèrent dans le sablier de Serdaigle.

– Vous vouliez en enlever dix à Potter, je crois, professeur Rogue... Voilà, c'est fait...

Quelques rubis remontèrent dans la partie supérieure du sablier mais la quantité qui restait au-dessous était encore très respectable.

– Potter, Malefoy, je crois que vous devriez être dehors par une journée aussi splendide, reprit le professeur McGonagall d'un ton vif.

Harry n'eut pas besoin de se le faire dire deux fois. Il remit sa baguette magique dans sa poche et se dirigea tout droit vers la porte d'entrée sans accorder un autre regard à Rogue et à Malefoy.

La chaleur du soleil le frappa de plein fouet tandis qu'il traversait la pelouse pour se rendre à la cabane de Hagrid. Les élèves étendus dans l'herbe autour de lui bronzaient, bavardaient, lisaient *Le Sorcier du dimanche* ou mangeaient diverses friandises. Ils levèrent tous les yeux vers lui pour le regarder passer, l'appelant ou lui adressant des signes de la main pour bien lui montrer que, tout comme *Le Sorcier*, ils le considéraient désormais comme un héros. Harry n'adressa la parole à personne. Il n'avait aucune idée de ce qu'ils savaient des événements survenus trois jours plus tôt mais, jusqu'à présent, il avait évité les questions et préférait continuer ainsi.

Lorsqu'il frappa à la porte de la cabane de Hagrid, il crut tout d'abord qu'il n'était pas là, mais Crockdur apparut soudain à l'angle du mur et se rua vers lui avec un tel enthousiasme qu'il faillit le renverser. Hagrid était allé cueillir des haricots dans son jardin.

— Ah, Harry ! dit-il avec un sourire radieux en le voyant s'approcher de la clôture. Viens, on va se boire un petit jus de pissenlit...

Lorsqu'ils se furent assis à la table de bois devant un verre de jus glacé, Hagrid lui demanda :

— Alors, comment ça se passe ? Tu... tu vas bien ?

En voyant l'expression inquiète de Hagrid, Harry comprit qu'il ne faisait pas allusion à sa santé physique.

— Ça va très bien, répondit-il précipitamment.

Il savait ce que Hagrid avait en tête mais il ne pouvait supporter l'idée d'en parler.

— Et vous, où étiez-vous allé ?

— Je me suis caché dans les montagnes, répondit Hagrid. Au fond d'une caverne, comme Sirius quand il avait...

Hagrid s'interrompit. Il s'éclaircit bruyamment la gorge, regarda Harry et but une longue gorgée.

– Enfin bon, maintenant, je suis de retour, ajouta-t-il d'une voix faible.

– Vous... Vous avez meilleure mine, remarqua Harry qui était décidé à ne pas parler de Sirius.

– Hein ?

Hagrid passa sur son visage une de ses mains massives.

– Ah, oui. Graup se conduit beaucoup mieux, maintenant, beaucoup mieux. Quand je suis revenu, il avait l'air content de me revoir, pour te dire la vérité. C'est un brave garçon... J'ai pensé que je pourrais peut-être lui trouver une compagne...

En temps normal, Harry aurait tout de suite essayé de lui sortir cette idée de la tête. La perspective de voir un deuxième géant, peut-être encore plus sauvage et brutal que Graup, s'installer dans la forêt avait de quoi susciter les plus vives alarmes. Mais Harry était incapable de trouver en lui l'énergie nécessaire pour discuter de la question. Il ressentait déjà l'envie d'être à nouveau seul et se mit à boire son jus de pissenlit à grandes gorgées dans l'intention de hâter son départ.

– Maintenant, tout le monde sait que tu disais la vérité, dit soudain Hagrid à mi-voix. Ça doit être mieux pour toi, non ?

Harry haussa les épaules.

– Écoute...

Hagrid se pencha vers lui par-dessus la table.

– Je connaissais Sirius depuis plus longtemps que toi... Il est mort en combattant, et c'est comme ça qu'il aurait voulu partir...

– Il n'avait pas du tout envie de partir ! répliqua Harry avec colère.

Hagrid inclina sa grosse tête hirsute.

– Non, bien sûr, dit-il à voix basse. Mais quand même, Harry... Il n'était pas du genre à rester chez lui sans rien faire en laissant les autres se battre. Il n'aurait pas pu se supporter s'il n'était pas allé prêter main-forte...

Harry se leva d'un bond.

– Il faut que j'aille voir Ron et Hermione à l'infirmerie, dit-il d'un ton machinal.

– Ah, répondit Hagrid, visiblement peiné. Bon, dans ce cas... prends bien soin de toi et reviens me voir si tu as un mo...

– Ouais... d'accord...

Harry se précipita vers la porte et l'ouvrit. Il était retourné dehors, sous le soleil, avant même que Hagrid ait fini de lui dire au revoir. Lorsqu'il traversa la pelouse dans l'autre sens, des élèves l'appelèrent à nouveau en le voyant passer. Pendant un moment, il ferma les yeux. Il aurait voulu qu'ils disparaissent tous pendant ce temps-là et qu'il n'y ait plus personne dans le parc quand il les rouvrirait...

Quelques jours plus tôt, avant que ses examens soient terminés et qu'il ait eu la vision imposée par Voldemort, il aurait donné presque n'importe quoi pour que le monde des sorciers sache qu'il avait dit la vérité, que Voldemort était bel et bien de retour, qu'il n'était ni un menteur ni un fou. Maintenant, cependant...

Il longea la rive du lac et s'assit à l'abri d'un bouquet d'arbustes qui le cachait à la vue. Les yeux fixés sur la surface étincelante de l'eau, il réfléchissait...

Peut-être voulait-il être seul parce qu'il se sentait coupé des autres depuis sa conversation avec Dumbledore. Une barrière invisible le séparait du reste du monde. Il était – il avait toujours été – un homme marqué. Il n'avait simplement pas compris ce que cela signifiait vraiment...

Pourtant, assis là au bord du lac, avec le poids terrible de son chagrin, la blessure à vif causée par la perte de Sirius, il ne parvenait pas à éprouver de la peur. Le soleil brillait, le parc était rempli d'élèves qui s'amusaient et, même s'il avait le sentiment de leur être aussi étranger que s'il avait appartenu à une autre espèce, il lui était toujours très difficile de croire qu'un meurtre se produirait inéluctablement dans sa vie, qu'un moment viendrait où il lui faudrait tuer ou être tué...

Il resta assis un long moment à contempler l'eau en essayant de ne pas penser à son parrain, de ne pas se souvenir que, de l'autre côté de ce lac, sur la rive opposée, Sirius un jour s'était effondré en combattant une centaine de Détraqueurs...

Le soleil s'était déjà couché lorsqu'il se rendit compte qu'il avait froid. Il se leva alors et retourna au château en s'essuyant le visage avec sa manche.

Ron et Hermione, complètement guéris, quittèrent l'infirmerie trois jours avant la fin du trimestre. Hermione manifestait sans cesse le désir de parler de Sirius mais Ron se chargeait de la faire taire chaque fois qu'elle mentionnait son nom. Harry ne savait toujours pas s'il avait envie ou non de parler de son parrain. Ses souhaits variaient selon son humeur. Il était sûr d'une chose, cependant : malgré tout son malheur présent, il regretterait terriblement Poudlard dans quelques jours, lorsqu'il lui faudrait revenir au 4, Privet Drive. Même s'il comprenait très bien désormais pourquoi il devait y retourner chaque été, il n'en était pas plus heureux pour autant. En fait, il n'avait jamais tant redouté ce retour.

Le professeur Ombrage quitta Poudlard la veille de la fin du trimestre. Elle était discrètement sortie de l'infirmerie à l'heure du dîner dans l'espoir de ne pas se faire remarquer. Mais, malheureusement pour elle, elle était tombée sur Peeves qui avait saisi sa dernière occasion de suivre les instructions de Fred et l'avait chassée avec joie du château en se servant tour à tour d'une canne et d'une chaussette remplie de craies pour la rouer de coups. De nombreux élèves s'étaient précipités dans le hall d'entrée pour la regarder s'enfuir le long de l'allée et les directeurs des maisons n'avaient pas fait preuve d'un zèle excessif pour essayer de les en empêcher. Le professeur McGonagall se contenta de quelques faibles remontrances avant de se rasseoir à la table des professeurs et on l'entendit même regretter à haute voix de ne pas pouvoir courir derrière Ombrage en poussant des cris de joie car Peeves lui avait emprunté sa canne.

Puis le moment de leur dernière soirée à l'école arriva. La plupart des élèves avaient fait leurs bagages et descendaient dans la Grande Salle pour le festin de fin d'année mais Harry, lui, n'avait pas encore commencé à préparer sa valise.

– Tu n'auras qu'à t'en occuper demain, dit Ron qui l'attendait à la porte du dortoir. Allez, viens, je meurs de faim.

– Ce ne sera pas long… Vas-y, je te rejoins…

Mais lorsque la porte du dortoir se fut refermée sur Ron, Harry ne fit aucun effort pour accélérer ses préparatifs. S'il y avait une chose dont il n'avait pas envie, c'était bien d'assister au festin de fin d'année. Il avait peur que Dumbledore le mentionne dans son discours. Sans nul doute, il évoquerait le retour de Voldemort. Il en avait déjà parlé l'année précédente…

Harry ôta du fond de sa grosse valise quelques robes chiffonnées pour les remplacer par d'autres, soigneusement pliées, et remarqua alors un paquet mal emballé qui traînait dans un coin, sous une paire de baskets. Il ne savait plus ce qu'il faisait là et se pencha pour l'examiner.

La mémoire lui revint en quelques secondes. Sirius le lui avait donné au moment de quitter le 12, square Grimmaurd. « Je veux que tu t'en serves si tu as besoin de moi, d'accord ? » avait-il dit.

Harry se laissa tomber sur son lit et ouvrit le paquet. Un petit miroir carré en sortit. Il paraissait vieux et en tout cas très sale. Harry le tint devant son visage et vit son reflet le regarder.

Il retourna le miroir. Sirius avait écrit quelque chose au dos :

« Ceci est un Miroir à Double Sens. J'en possède un autre exactement semblable. Si tu as besoin de me parler, prononce mon nom en le regardant. Tu apparaîtras alors dans mon propre miroir et moi, je te parlerai dans le tien. James et moi utilisions ce moyen pour communiquer lorsque nous étions en retenue dans des endroits différents. »

Le cœur de Harry se mit à battre plus vite. Il se souvenait avoir vu ses parents morts dans le Miroir du Riséd quatre ans auparavant. Il allait pouvoir parler à nouveau à Sirius à l'instant même, il le savait...

Il jeta un coup d'œil autour de lui pour s'assurer qu'il n'y avait personne. Le dortoir était désert. Il reporta alors son regard sur le miroir, le leva à hauteur de son visage et prononça distinctement à voix haute le nom de Sirius.

Son souffle embua la surface de verre. Avec un sentiment d'exaltation, il rapprocha encore le miroir mais les yeux qui le regardaient derrière la buée étaient les siens. Il essuya le miroir et répéta à haute voix en détachant soigneusement les syllabes :

– Sirius Black !

Rien ne se produisit. Le visage contrarié qu'il voyait devant lui était toujours le sien...

« Sirius n'avait pas le miroir sur lui lorsqu'il a traversé l'arcade, dit alors une petite voix dans la tête de Harry. Voilà pourquoi ça ne marche pas... »

Harry resta immobile un instant puis il jeta le miroir dans la grosse valise où il se brisa. Pendant une minute, une minute entière, une minute illuminée, il avait été convaincu qu'il allait revoir Sirius, lui parler à nouveau...

La déception lui brûlait la gorge. Il se leva et lança ses affaires pêle-mêle dans la valise, par-dessus le miroir brisé.

Une idée lui vint alors en tête... Une idée bien meilleure que celle du miroir... Bien plus importante... Pourquoi n'y avait-il pas pensé avant ? Pourquoi n'avait-il jamais posé la question ?

Il se précipita hors du dortoir et dévala l'escalier en spirale en se cognant contre les murs mais il s'en aperçut à peine. Il traversa à toutes jambes la salle commune entièrement vide, franchit le trou dissimulé par le portrait et courut le long du couloir sans prêter attention à la grosse dame qui lui criait :

– Le festin est sur le point de commencer, il faudrait se dépêcher !

Mais Harry n'avait aucune intention d'assister au festin...

Ce château était rempli de fantômes qui se manifestaient toujours quand on ne leur demandait rien. Maintenant, cependant...

Il descendit des escaliers et parcourut des couloirs sans rencontrer personne, ni vivant, ni mort. De toute évidence, tout le monde était rassemblé dans la Grande Salle. Le souffle court, il arriva devant la classe de sortilèges en songeant avec une tristesse inconsolable qu'il lui faudrait attendre la fin du festin...

Mais au moment où il perdait espoir, il le vit enfin : une silhouette translucide qui flottait au bout du couloir.

– Hé ! Hé, Nick ! NICK !

Le fantôme se retourna alors qu'il avait déjà à moitié traversé le mur, révélant le chapeau aux plumes extravagantes et la tête dangereusement chancelante de Sir Nicholas de Mimsy-Porpington.

– Bonsoir, dit-il avec un sourire en sortant le reste de son corps de l'épais mur de pierre. Je ne suis donc pas le seul à n'avoir pas encore fait mon apparition au festin ? Un mot qui a un sens très différent pour moi, bien sûr..., soupira-t-il.

– Nick, puis-je vous demander quelque chose ?

Une expression très étrange passa sur le visage de Nick Quasi-Sans-Tête. Il glissa un doigt dans la fraise qui lui entourait le cou pour la redresser un peu, cherchant apparemment à se donner le temps de réfléchir. Lorsque sa tête partiellement tranchée sembla sur le point de tomber, il interrompit enfin son geste.

– Heu... maintenant, Harry ? interrogea Nick, décontenancé. Cela ne pourrait pas attendre la fin du festin ?

– Non... Nick, s'il vous plaît, insista Harry. J'ai vraiment besoin de vous parler. On peut aller là ?

Harry ouvrit la porte de la classe la plus proche. Nick Quasi-Sans-Tête poussa un soupir.

– Très bien, dit-il, résigné. Je ne peux pas prétendre que je ne m'y attendais pas.

Harry tenait la porte ouverte pour le laisser passer, mais Nick préféra traverser le mur.

—Vous vous attendiez à quoi ? demanda Harry en refermant la porte.

— A ce que vous veniez me trouver, répondit Nick qui flotta jusqu'à la fenêtre et contempla le parc où le soir tombait. C'est quelque chose qui arrive parfois... Lorsque quelqu'un a subi... une perte.

— Eh bien, vous avez raison, dit Harry, refusant de se laisser démonter. Je suis venu vous voir pour cela.

Nick ne répondit rien.

— C'est simplement parce que..., reprit Harry, qui trouvait soudain la situation plus embarrassante qu'il ne l'aurait pensé, parce que... vous êtes mort. Et pourtant, vous êtes quand même là...

Nick soupira à nouveau en continuant de regarder le parc.

— C'est vrai, non ? poursuivit Harry d'un ton pressant. Vous êtes mort mais je vous parle... Vous pouvez vous promener dans Poudlard et faire plein d'autres choses...

— Oui, répondit Nick Quasi-Sans-Tête à voix basse. Je me promène et je parle, en effet.

— Et donc, vous êtes revenu ? insista Harry. Les gens peuvent revenir, non ? Sous forme de fantômes. Ils ne sont pas obligés de disparaître complètement. *C'est bien cela ?* ajouta-t-il avec impatience devant le silence de Nick.

Nick Quasi-Sans-Tête hésita puis répondit :

—Tout le monde ne peut pas revenir sous forme de fantôme.

— Qu'est-ce que vous voulez dire ? demanda précipitamment Harry.

— C'est réservé... aux sorciers.

—Ah, dit Harry.

Il éprouva un tel soulagement qu'il faillit éclater de rire.

—Alors, ça va, puisque la personne dont je parle est un sorcier. Il peut donc revenir, n'est-ce pas ?

Nick se détourna de la fenêtre et observa Harry d'un air lugubre.

– Il ne reviendra pas.

– Qui ?

– Sirius Black, dit Nick.

– Mais vous, vous êtes revenu ! répliqua Harry avec colère. Vous êtes bien là... Vous êtes mort, mais vous n'avez pas disparu...

– Les sorciers peuvent laisser sur terre une empreinte de ce qu'ils étaient de leur vivant, ils peuvent revenir se promener sous une forme affaiblie là où leur personne existait autrefois, dit Nick d'un ton accablé. Mais très peu d'entre eux choisissent cette voie.

– Et pourquoi pas ? dit Harry. D'ailleurs, ça n'a pas d'importance, Sirius s'en fiche que ça n'arrive pas souvent, il reviendra, je sais qu'il reviendra !

Sa conviction était si forte que, pendant un bref instant, il tourna la tête vers la porte comme s'il était sûr de voir Sirius, transparent et nacré mais le sourire radieux, la traverser et s'avancer vers lui.

– Il ne reviendra pas, répéta Nick. Il aura... continué.

– Qu'est-ce que vous entendez par «il aura continué» ? dit aussitôt Harry. Continué où ? Écoutez... Que se passe-t-il quand on meurt ? Où va-t-on ? Pourquoi est-ce que tout le monde ne revient pas ? Pourquoi n'y a-t-il pas plein de fantômes partout ? Pourquoi ?

– Je ne peux pas répondre, dit Nick.

– Vous êtes mort, non ? s'exclama Harry d'un ton exaspéré. Qui peut répondre mieux que vous ?

– J'avais peur de la mort, expliqua Nick à mi-voix. J'ai choisi de rester en arrière. Parfois, je me demande si je n'aurais pas dû... En fait, on n'est ni ici, ni là-bas... *Je* ne suis ni ici, ni là-bas...

Il eut un petit rire triste.

— Je ne sais rien des secrets de la mort, Harry, car j'ai choisi de la remplacer par ma faible imitation de vie. Je crois que de savants sorciers étudient la question au Département des mystères...

— Ne me parlez pas de cet endroit ! répliqua Harry avec hargne.

— Je suis navré de n'avoir pas pu vous être plus utile, dit Nick avec douceur. Et maintenant, excusez-moi... le festin, vous comprenez...

Il quitta la pièce, laissant Harry seul, ses yeux au regard vide fixés sur le mur que Nick venait de traverser.

Harry avait presque l'impression d'avoir perdu son parrain une deuxième fois en perdant l'espoir de le voir ou de lui parler à nouveau. Il sortit de la classe et parcourut lentement, misérablement, le château vide en se demandant s'il lui arriverait un jour de retrouver un peu de joie de vivre.

Il avait tourné le coin du couloir qui menait au portrait de la grosse dame lorsqu'il vit devant lui quelqu'un qui affichait un parchemin sur un panneau accroché au mur. En regardant plus attentivement, il s'aperçut que c'était Luna. Il n'y avait pas de cachette à proximité, elle avait sûrement entendu le bruit de ses pas et, de toute façon, en cet instant, Harry n'avait même plus suffisamment d'énergie pour éviter qui que ce soit.

— Salut, dit Luna de son ton absent en se détournant du panneau d'affichage.

— Comment se fait-il que tu ne sois pas au festin ? s'étonna Harry.

— J'ai perdu toutes mes affaires, répondit Luna d'un air serein. Les gens me les prennent et les cachent. Mais comme c'est notre dernier soir, j'en ai vraiment besoin, alors je mets des annonces pour les retrouver.

Elle montra d'un geste le panneau sur lequel elle avait épinglé une liste de tous les livres et de tous les vêtements qui lui manquaient en demandant instamment qu'on les lui rapporte.

Un sentiment étrange envahit Harry, une émotion très différente de la colère et du chagrin qu'il avait éprouvés depuis la mort de Sirius. Il mit quelques instants à comprendre qu'il ressentait de la compassion pour Luna.

— Pourquoi est-ce que les gens cachent tes affaires ? demanda-t-il, les sourcils froncés.

— Oh… je ne sais pas, répondit-elle avec un haussement d'épaules, je pense qu'ils me trouvent un peu bizarre. Certaines personnes m'appellent Loufoca Lovegood.

Harry la regarda et son sentiment de pitié s'intensifia douloureusement.

— Ce n'est pas une raison pour te prendre tes affaires, dit-il. Tu veux que je t'aide à les retrouver ?

— Oh non, répondit-elle avec un sourire. Elles finiront bien par revenir, comme toujours. Simplement, j'aurais voulu faire mes bagages ce soir. Au fait… et *toi*, pourquoi tu n'es pas au festin ?

Harry haussa les épaules.

— Je n'en avais pas très envie.

— Non, j'imagine, dit Luna en l'observant de ses yeux globuleux étrangement embués. Cet homme que les Mangemorts ont tué, c'était ton parrain, non ? Ginny me l'a dit.

Harry acquiesça d'un bref signe de tête mais, pour une raison qu'il ignorait, le fait que Luna lui parle de Sirius ne le dérangeait pas. Il se souvenait qu'elle aussi pouvait voir les Sombrals.

— Est-ce que tu as…, commença-t-il. Je veux dire, qui… Tu as connu quelqu'un qui est mort ?

— Oui, répondit simplement Luna. Ma mère. C'était une sorcière extraordinaire, tu sais, mais elle aimait bien faire des expériences, et un jour, un de ses sortilèges a très mal tourné. J'avais neuf ans.

— Je suis désolé, marmonna Harry.

— Oui, c'était assez horrible, dit Luna sur le ton de la conversation. Parfois, je suis très triste en y pensant. Mais j'ai toujours papa. Et d'ailleurs, je reverrai ma mère un jour, n'est-ce pas ?

– Heu… tu crois ? demanda Harry, incertain.

Elle hocha la tête d'un air incrédule.

– Allons donc, tu les as entendus, derrière le voile, non ?

– Tu veux dire…

– Dans cette pièce avec l'arcade. Ils se cachaient pour qu'on ne les voie pas, c'est tout. Tu les as entendus aussi bien que moi.

Ils se regardèrent un long moment. Luna avait un léger sourire. Harry ne savait plus quoi dire ni penser. Luna croyait à tant de choses extraordinaires… Pourtant, lui aussi avait entendu des voix derrière le voile.

– Tu es sûre, tu ne veux pas que je t'aide à chercher tes affaires ? demanda-t-il.

– Oh, non, répondit Luna. Non, je pense que je vais simplement descendre manger un peu de gâteau et attendre qu'elles reviennent… Je finis toujours par les récupérer… Alors, bonnes vacances, Harry.

– Oui… toi aussi.

Elle s'éloigna dans le couloir et il s'aperçut, en la regardant partir, que le poids terrible qui pesait sur lui s'était un peu allégé.

Le lendemain, le voyage de retour par le Poudlard Express fut riche en péripéties. Tout d'abord, Malefoy, Crabbe et Goyle, qui avaient manifestement attendu toute la semaine l'occasion de pouvoir frapper loin du regard des professeurs, tendirent une embuscade à Harry en plein milieu du train, au moment où il revenait des toilettes. L'attaque aurait pu réussir s'ils n'avaient eu l'idée de la déclencher devant un compartiment rempli de membres de l'A.D. qui, voyant la scène à travers la vitre, se levèrent d'un même mouvement pour se précipiter au secours de Harry. Lorsque Ernie Macmillan, Hannah Abbot, Susan Bones, Justin Finch-Fletchley, Anthony Goldstein et Terry Boot eurent fini de faire pleuvoir sur eux une large variété de sortilèges et de maléfices que Harry leur avait enseignés, Malefoy, Crabbe et Goyle ressemblaient à trois gigantesques limaces boudinées dans un uniforme de Poudlard. Harry, Ernie et Justin les hissèrent dans le filet à bagages et les laissèrent là, gluants et visqueux.

— Je dois dire que j'attends avec impatience de voir la tête que va faire la mère de Malefoy quand son fils descendra du train, commenta Ernie d'un ton satisfait en regardant Malefoy se tortiller au-dessus de lui.

Ernie ne lui avait jamais pardonné la façon indigne dont il avait enlevé des points à Poufsouffle lorsqu'il était membre de l'éphémère brigade inquisitoriale.

— La mère de Goyle sera beaucoup plus contente, dit Ron qui était venu voir d'où venait tout ce bruit. Il est beaucoup mieux comme ça... En tout cas, Harry, le chariot de friandises vient d'arriver, si tu veux quelque chose...

Harry remercia les autres et accompagna Ron jusqu'à leur compartiment où il acheta un gros tas de Fondants du Chaudron et de Patacitrouilles. Hermione lisait *La Gazette du sorcier*, Ginny faisait un jeu dans *Le Chicaneur* et Neville caressait son *Mimbulus Mimbletonia* qui avait beaucoup grandi au cours de l'année et se mettait à chantonner étrangement dès qu'on le touchait.

Harry et Ron passèrent le temps à jouer aux échecs magiques tandis qu'Hermione leur lisait des extraits de *La Gazette*. A présent, elle était pleine d'articles sur la façon de repousser des Détraqueurs ou sur les tentatives du ministère de la Magie pour retrouver les Mangemorts, ainsi que de lettres hystériques dont les auteurs prétendaient avoir vu Lord Voldemort passer devant chez eux le matin même...

— Ça n'a pas encore réellement commencé, soupira Hermione d'un air sombre en repliant le journal, mais ce ne sera plus très long, maintenant...

— Hé, Harry, dit Ron à voix basse en montrant le couloir d'un signe de tête.

Harry regarda Cho passer en compagnie de Marietta, la tête cachée sous une cagoule. Pendant un instant, il croisa le regard de Cho qui rougit et poursuivit son chemin puis il s'intéressa à nouveau à l'échiquier, juste à temps pour voir un de ses pions chassé de sa case par un cavalier de Ron.

– Au fait, heu... qu'est-ce qui se passe entre vous deux ? murmura Ron.

– Rien, répondit Harry, en toute sincérité.

– J'ai... heu... entendu raconter qu'elle sortait avec quelqu'un d'autre, maintenant, dit timidement Hermione.

Harry s'aperçut avec une certaine surprise que cette information ne l'affectait en aucune manière. L'envie d'impressionner Cho appartenait à un passé révolu auquel il ne se sentait plus vraiment lié. D'ailleurs, il en était ainsi de beaucoup de choses qu'il avait désirées avant la mort de Sirius... La semaine qui s'était écoulée depuis qu'il avait vu son parrain pour la dernière fois lui avait paru durer beaucoup, beaucoup plus longtemps. Elle s'étendait entre deux mondes, celui où Sirius avait été présent et celui où il n'était plus là...

– C'est une bonne chose pour toi, mon vieux, dit Ron avec conviction. Oh bien sûr, elle est jolie mais il te faudrait quelqu'un d'un peu plus joyeux.

– Elle doit sans doute être très joyeuse avec un autre, dit Harry en haussant les épaules.

– Et avec qui elle est, maintenant ? demanda Ron à Hermione, mais ce fut Ginny qui répondit.

– Michael Corner, dit-elle.

– Michael, mais..., s'étonna Ron en tendant le cou pour mieux la voir. C'est toi qui sortais avec lui !

– Plus maintenant, assura Ginny. Il n'était pas content que Gryffondor ait battu Serdaigle au Quidditch. Il faisait tout le temps la tête, alors je l'ai laissé tomber et il s'est consolé avec Cho.

Elle se gratta le nez d'un air distrait avec l'extrémité de sa plume, retourna *Le Chicaneur* et commença à cocher les réponses à son jeu. Ron parut enchanté.

— J'ai toujours pensé qu'il était un peu idiot, dit-il en avançant sa reine vers une tour de Harry. (La tour se mit à trembler.) C'est très bien pour toi, la prochaine fois, tu choisiras peut-être quelqu'un... de mieux.

Il jeta à Harry un coup d'œil étrangement furtif.

— Maintenant, j'ai choisi Dean Thomas. Tu le trouves mieux ? demanda Ginny d'un ton absent.

— QUOI ? s'écria Ron en renversant l'échiquier.

Pattenrond se précipita sur les pièces et Hedwige et Coquecigrue se mirent à hululer et à pépier d'un air courroucé sur leur filet à bagages.

Lorsque le train ralentit à l'approche de la gare de King's Cross, Harry songea que jamais il n'avait eu si peu envie d'en descendre. Il se demanda même pendant un bref instant ce qui se passerait s'il refusait de sortir et restait obstinément assis là jusqu'au 1er septembre où le train le ramènerait à Poudlard. Mais, dès que le convoi se fut enfin immobilisé, il prit la cage d'Hedwige et se prépara, comme d'habitude, à quitter le wagon en traînant sa grosse valise derrière lui.

Quand le poinçonneur leur fit signe qu'ils pouvaient franchir sans risque la barrière magique entre les quais 9 et 10, une surprise attendait Harry de l'autre côté : un véritable comité d'accueil était venu à sa rencontre.

Il aperçut Maugrey Fol Œil, qui paraissait aussi sinistre avec son chapeau melon enfoncé sur son œil magique que s'il était resté tête nue. Ses mains noueuses tenaient un grand bâton et son corps était enveloppé d'une grosse cape de voyage. Tonks se tenait juste derrière lui, ses cheveux d'un rose chewing-gum brillant à la lumière du soleil qui filtrait à travers la verrière crasseuse de la gare. Elle était vêtue d'un jean abondamment rapiécé et d'un T-shirt violet sur lequel on pouvait lire : « Les Bizarr' Sisters ». Lupin était à côté d'elle, le teint pâle, les cheveux grisonnants, un long pardessus usé couvrant un pantalon et un pull-over miteux. Enfin, parés de leurs plus beaux atours de Moldus, Mr et Mrs Weasley menaient le groupe, accompagnés de Fred et de George qui arboraient des blousons flambant neufs d'un vert criard.

— Ron, Ginny ! appela Mrs Weasley en se précipitant vers ses enfants pour les serrer dans ses bras. Oh, et Harry... Comment vas-tu ?

— Très bien, mentit Harry tandis qu'elle l'étreignait à son tour.

Par-dessus l'épaule de Mrs Weasley, Harry vit Ron regarder avec des yeux ronds les nouveaux vêtements des jumeaux.

— Et c'est en *quoi*, ça ? demanda-t-il en montrant les blousons du doigt.

— En peau de dragon de la meilleure qualité, petit frère, dit Fred en tirant d'un petit coup sec sur sa fermeture Éclair. Les affaires marchent à merveille et on s'est dit qu'on pouvait bien s'offrir un petit cadeau.

— Bonjour, Harry, dit Lupin lorsque Mrs Weasley le lâcha pour se tourner vers Hermione.

— Bonjour, dit Harry. Je ne m'attendais pas... Qu'est-ce que vous faites tous là ?

— Eh bien, répondit Lupin avec un léger sourire, nous avons pensé qu'il serait bon d'avoir une petite conversation avec ta tante et ton oncle avant qu'ils te ramènent à la maison.

— Je ne sais pas si c'est une bonne idée, dit aussitôt Harry.

— Oh, je crois que si, grogna Maugrey qui s'était rapproché de son pas claudicant. C'est eux, là-bas, non, Potter ?

Il pointa le pouce par-dessus son épaule, son œil magique regardant derrière lui, à travers le chapeau melon. Harry se pencha légèrement vers la gauche et aperçut en effet les trois Dursley, visiblement épouvantés par le comité de réception venu accueillir Harry.

— Ah, Harry ! dit Mr Weasley.

Il se détourna des parents d'Hermione qu'il avait salués avec enthousiasme et qui étreignaient à présent leur fille à tour de rôle.

— Alors, on y va ?

— Oui, je pense que c'est le moment, répondit Maugrey.

Suivis des autres, Mr Weasley et lui se dirigèrent vers les Dursley qui paraissaient plantés sur place. Hermione se dégagea doucement des bras de sa mère pour se joindre au groupe.

— Bonjour, dit Mr Weasley d'un ton aimable à l'oncle Vernon en s'arrêtant devant lui. Vous vous souvenez peut-être de moi ? Je m'appelle Arthur Weasley.

Mr Weasley ayant à moitié démoli à lui tout seul le salon des Dursley deux ans auparavant, Harry aurait été surpris que l'oncle Vernon l'ait oublié si facilement. Et en effet, son oncle, le teint de plus en plus violacé, lui lança un regard noir, tout en estimant préférable de ne rien dire, sans doute parce que les Dursley étaient deux fois moins nombreux. La tante Pétunia semblait à la fois effrayée et embarrassée. Elle ne cessait de jeter des coups d'œil autour d'elle comme si elle était terrifiée à l'idée que quelqu'un qu'elle connaissait puisse la surprendre en pareille compagnie. Dudley, lui, s'efforçait de paraître tout petit et insignifiant, un exploit qu'il était totalement incapable d'accomplir.

— Nous voulions vous parler un peu de Harry, dit Mr Weasley, toujours souriant.

— Ouais, grogna Maugrey. Au sujet de la façon dont vous le traitez quand il est chez vous.

La moustache de l'oncle Vernon sembla se hérisser d'indignation. Peut-être parce que le chapeau melon de Maugrey lui donnait la fausse impression qu'il avait affaire à quelqu'un de son espèce, il s'adressa à lui :

— À ma connaissance ce qui se passe chez moi ne vous regarde pas...

— Je crois que ce qui échappe à votre connaissance remplirait plusieurs volumes, Dursley, gronda Maugrey.

— De toute façon, la question n'est pas là, intervint Tonks.

Ses cheveux roses semblaient choquer la tante Pétunia plus encore que tout le reste et elle préféra fermer les yeux plutôt que de la regarder.

— La question, c'est que si jamais on apprend que vous avez été odieux avec Harry...

— Et ne vous y trompez pas, nous le saurons, ajouta Lupin d'un ton aimable.

— Oui, assura Mr Weasley, nous le saurons même si vous l'empêchez de se servir du fêlétone...

— *Téléphone*, souffla Hermione.

— Ouais, si jamais on a le moindre soupçon que Potter a été maltraité de quelque manière que ce soit, c'est à nous que vous devrez en répondre, avertit Maugrey.

L'oncle Vernon gonfla la poitrine d'un air menaçant. Son indignation semblait l'emporter sur la peur que lui inspirait cette bande d'olibrius.

— S'agit-il de menaces, monsieur ? dit-il, si fort que des passants tournèrent la tête vers lui.

— En effet, répondit Fol Œil apparemment satisfait que l'oncle Vernon ait compris si rapidement le message.

— Et vous croyez que je suis le genre d'homme à me laisser intimider ? aboya l'oncle Vernon.

Maugrey repoussa son chapeau melon pour découvrir son œil magique qui pivotait en tous sens d'un air sinistre. Horrifié, l'oncle Vernon fit un bond en arrière et se cogna douloureusement contre un chariot à bagages.

— Eh bien... oui, dit Maugrey, je crois que vous êtes ce genre d'homme.

Il se tourna ensuite vers Harry.

— Alors, Potter... préviens-nous si tu as besoin d'aide. Si on n'a pas de nouvelles de toi trois jours de suite, on enverra quelqu'un pour voir ce qui se passe...

La tante Pétunia laissa échapper un gémissement pitoyable.

On lisait clairement sur son visage qu'elle pensait à ce que diraient les voisins s'ils voyaient ces gens-là pénétrer dans son jardin.

— Bon, eh bien, au revoir, Potter, dit Maugrey en serrant d'une main noueuse l'épaule de Harry.

— Prends bien soin de toi, Harry, dit Lupin à voix basse. Donne de tes nouvelles.

— Harry, nous te ferons sortir de là dès que possible, murmura Mrs Weasley en l'étreignant à nouveau.

— A bientôt, mon vieux, dit Ron d'un ton anxieux en lui serrant la main.

— A très bientôt, Harry, ajouta Hermione avec gravité. On te le promet.

Harry acquiesça d'un signe de tête. Il n'arrivait pas à trouver les mots pour exprimer ce que signifiait à ses yeux le fait de les voir ainsi tous rassemblés à ses côtés. Il se contenta de sourire, leur adressa de la main un signe d'adieu puis tourna les talons et s'avança d'un pas résolu vers la rue ensoleillée, suivi de l'oncle Vernon, de la tante Pétunia et de Dudley qui se hâtaient derrière lui.

TABLE DES MATIÈRES

TABLE DES MATIÈRES

J. K. Rowling est née à Chipping Sodbury, près de Bristol en Angleterre, en 1965. Elle a suivi des études à l'université d'Exeter et à Paris. Elle est diplômée en langue et littérature françaises. Elle a d'abord travaillé à Londres au sein de l'association Amnesty International et a enseigné le français.

C'est en 1990 que l'idée de Harry Potter et de son école de sorciers a commencé à germer dans son esprit alors qu'elle attendait un train qui avait du retard. Ce n'est pourtant que trois ans plus tard qu'elle a commencé à écrire les aventures de son jeune héros. Entre-temps, Joanne était partie enseigner au Portugal. Puis elle a épousé un journaliste portugais et a eu une petite fille, Jessica. Après son divorce, quelques mois plus tard, elle s'est installée à Édimbourg. Elle vivait alors dans une situation précaire. Pendant six mois, elle s'est consacrée à l'écriture de son livre. La suite ressemble à un conte de fées. Le premier agent auquel elle avait envoyé son manuscrit le retint aussitôt pour publication. Le livre fut ensuite vendu aux enchères aux États-Unis pour la plus grosse avance jamais versée à un auteur pour la jeunesse !

Le premier volume de Harry Potter a rencontré dès sa parution un succès phénoménal, tant en Grande-Bretagne qu'à l'étranger. Il a été traduit en trente langues et vingt millions d'exemplaires ont été vendus dans le monde entier en l'espace de dix-huit mois. Harry a remporté les prix les plus prestigieux, dans tous les pays où il a été publié. Il a été en tête des ventes adultes et enfants confondus en Grande-Bretagne et aux États-Unis. Les volumes suivants ne cessent quant à eux de confirmer le succès du premier.

Sept livres au total sont prévus, au cours desquels J. K. Rowling fera grandir, évoluer et mûrir Harry : chacun représente une année de plus à l'école des sorciers.

J. K. Rowling vit toujours en Écosse avec sa famille, se tenant aussi éloignée que possible des médias et du succès étourdissant de ses livres, afin de se consacrer à l'écriture des aventures du plus célèbre des sorciers.

Ce livre est imprimé sur du papier provenant de forêts plantées et cultivées expressément pour la fabrication de pâte à papier.

Achevé d'imprimer
en novembre 2003 sur les presses de
Transcontinental Gagné

Imprimé au Canada

Loi n°49-956 du 16 juillet 1949
sur les publications destinées à la jeunesse
ISBN : 2-07-055685-9
N° d'édition : 125225
Dépôt légal : décembre 2003